CHUFO LLORÉNS
LA LEY *de los* JUSTOS

Chufo Lloréns nació en Barcelona en 1931. Estudió derecho, aunque desarrolló su actividad como empresario en el mundo del espectáculo. Desde siempre apasionado por la historia, inició su carrera literaria en los años ochenta. Entre sus obras destacan *Catalina, la fugitiva de San Benito* (2008), *La otra lepra* (2010) y *La saga de los malditos* (2011). *Te daré la tierra* (2008) y *Mar de fuego* (2011), ambientadas en la Barcelona medieval, fueron éxitos de ventas y han convertido a Lloréns en uno de los autores favoritos de novela histórica entre el público. Los derechos de traducción se han vendido en doce países, sumando un millón de ejemplares en todo el mundo.

LA LEY *de los* JUSTOS

LA LEY
de los
JUSTOS

Chufo Lloréns

VINTAGE ESPAÑOL
Una división de Penguin Random House LLC
Nueva York

A Cristina: el día que llegaste a mi vida, le di vacaciones a mi ángel de la guarda

Al Club de los Enchufados: *Félix Soler y Mercedes Borrell,*
Eduardo Recolons y María Rosa Gaya, Carlos Recolons
y Mercedes Brugada; una amistad que ha resistido los embates
y las vicisitudes de la vida. Gracias por todo.

A nuestros vecinos y sin embargo grandes amigos
Esperanza Sánchez-Moraleda y Gerardo Rocafort.

A mi sobrina Carla Dualde, fan incansable, ejemplo de mujer
fuerte y de madre ejemplar, capaz de comenzar de nuevo en
cualquier rincón del mundo porque ella es el hogar.

A mi notario, Tomás Jiménez Duart. Te lo debía desde
hace mucho.

Y a Alejandra Valentí Mercadal, mi nieta dubaití,
el último brote del árbol de esta familia.

Y finalmente a mi hijo Jacobo Valentí..., que él ya sabe.

PRIMERA PARTE

TIEMPO
DE ROSAS

1
La puja

Cuba, 1871

Cerraba la noche en la ensenada y una nube grisácea como panza de burro cubría la luna amenazando lluvia, circunstancia que favorecía a unos y a otros. Un bergantín-goleta con el hierro echado por proa y con todo el trapo recogido decoraba el fondo del paisaje. Su contramaestre, con el catalejo desplegado, oteaba el horizonte en busca de la señal acordada.

Súbitamente una luz parpadeó tres veces y, tras un largo silencio, dos veces más. El hombre dio la orden, y entre el chirriar de las poleas, el chasquido de los látigos y los gritos sofocados dio comienzo la operación. Una barca impulsada por cuatro pares de remos y cautelada por dos hombres armados, uno a proa y otro a popa, inició un ir y venir del buque a la playa para transportar en cada uno de los viajes la mercancía negra que, apenas desembarcada, quedaba en la arena debidamente encadenada. Dos marineros —pistola en la faja y látigo en una mano— vigilaban que los aterrorizados bultos, que apenas se distinguían por el brillo de sus ojos, permanecieran quietos.

El blanco arenal que el embate de miles de años de las olas había creado, pulverizando las rocas y machacando las valvas de infinitos crustáceos, estaba ceñido por un collar de palmeras que marcaba el principio de la espesura. De entre ella aparecieron tres hombres. Uno iba a la cabeza y los otros dos lo seguían en escolta.

El de la derecha portaba un fanal encendido; el de la izquierda, un mosquete con la bayoneta calada, el dedo en el gatillo y el cañón reposando terciado en su antebrazo izquierdo. Si no por otra cosa, podía deducirse fácilmente por sus ropas quién de los tres mandaba. El primero vestía calzones embutidos en botas de media caña, ancho cinturón de cuero con pistolera —de la que sobresalía la culata de un revólver Remington— y doble canana sobre una camisa abierta de manga corta, y sombrero de ala ancha y copa plana con cenefa de piel de serpiente. Los otros dos llevaban pantalones a media pantorrilla, sandalias de cuero, guayaberas abiertas y sombreros de paja.

El trío llegó hasta el primero de los marineros del bergantín que custodiaba a los desembarcados, y el jefe indagó:

—¿Dónde está Almirall?

—El capitán bajará con el último cargamento.

—¿Cuánto carbón habéis traído en total?

—Salimos de Dakar con más de ciento veinte, pero hasta aquí han llegado sólo éstos —dijo el marinero señalando al grupo.

—¿Cuántas hembras hay?

El marinero no quiso meterse en líos e, indicando la luz de la falúa que subía y bajaba mecida por el oleaje, respondió:

—Ya llega el capitán, él se lo dirá.

La roda de la barca, al impulso del último golpe de remos, se clavó en la arena y, de un brinco, en tanto los remeros sujetaban la chalupa, el capitán desembarcó. Tenía la tez más que morena, curtida en mil intemperies, la barba entrecana y los ojos, pequeños y de mirada cruel, circundados por una miríada de finas arrugas. Vestía un pantalón arremangado a media pierna y una camisa desgastada, ambas prendas de un blanco sucio, un raído chaquetón azul marino con dos hileras de botones que, si bien un día fueron dorados, el tiempo y la mar habían oxidado, y sobre la hirsuta cabellera portaba una vieja gorra blanda de lona y con visera.

A la luz temblorosa del fanal y por encima del grupo de negros acuclillados, el recién llegado buscó la figura de quien lo aguardaba y fue hacia él.

Cuando estuvieron frente a frente, ambos hombres se saludaron con efusión tomándose por los antebrazos.

—Bienvenido al fin, Almirall. Le he aguardado con ansiedad estas cuatro noches y ya iba teniendo malos presentimientos.

—Querido Larios, bien sabe que el mar tiene sus fechas y que nada se puede hacer al respecto. Hubo temporal y tuve que ir muy al sur para evitar a los cañoneros americanos que cautelan la costa desde Carolina del Sur hasta Georgia y Alabama para impedir el contrabando de algodón. ¡Hay mucho rencor acumulado tras la guerra! Perdí mucho tiempo entre Punta de Maisí y Niquero, y luego en cabotaje me costó llegar hasta Manzanillo.

—Me alegra infinito que por fin todo haya acabado bien y que, tras tantos trabajos, el viaje le haya sido rentable.

—Espero que así sea, pero creo que este negocio se está acabando. Las cosas se han puesto de tal manera que no vale la pena jugarse el pellejo. Quiero envejecer al lado de mi mujer en El Masnou. No me apetece pasar el resto de mis días en una mazmorra inglesa o americana.

—¿Cuánta mercancía ha traído? Me ha dicho su hombre que ciento veinte bultos.

—Ése es el número que embarqué en Dakar: ochenta hombres y cuarenta hembras, pero perdí a diez por el camino.

—¿Machos o hembras?

—Tres de los primeros y siete de las segundas.

—¡Lástima que no haya sido al revés!

—Por si fuera poco, dos de ellas venían llenas. Pero ¡ya se sabe!, son más débiles, mercancía delicada —se justificó Almirall.

—Entonces ¿cuántos tenemos aquí?

—Para evitar riesgos y por si tenía problemas, desembarqué a la mayoría de los bultos para el mercado clandestino de Bartolomé Masó.

—Finalmente, ¿cuántos me trae?

—Treinta en total, veinticuatro hombres y seis mujeres.

Larios torció el gesto y puso cara de contrariedad.

—¡Voy a quedar mal con muchos clientes! Han anunciado su asistencia gentes de Río Cauto de las Tunas y hasta de Camagüey.

—Lo lamento, pero debo cuidar mi negocio; nadie me paga el riesgo ni las pérdidas, caso que las haya. Habrá de conformarse con lo que he traído. Y si no le conviene, no se haga pena porque tengo parroquianos en Trinidad.

—De ninguna manera, Almirall, ¡menos es nada! Habrá que conformarse... Tendremos que improvisar nuevas reglas para esta puja, eso sí. Cuando está el mar por medio, toda previsión es gratuita. Y el que no lo entienda... ¡peor para él! Vayamos arriba, que tengo a mi gente en lugar seguro al lado de una misión medio derruida. Allí he montado la feria. Tenemos por delante dos horas de camino y nos conviene hacerlo de noche.

—¡No me diga que puede haber incidentes durante el camino! Después de las penurias que he pasado en la mar, sólo me faltaría que el negocio se me fuera al garete en tierra.

—No se preocupe, Almirall, que yo también arriesgo mucho. Seguiremos una trocha secundaria que hace tiempo que está abandonada, a tal punto que a la venida hemos tenido que abrirnos paso a machetazos en algún tramo para que los carromatos con las jaulas pudieran pasar.

—Antes de partir déjeme dar órdenes a los míos.

—Disponga, Almirall.

En tanto el traficante se ocupaba de sus menesteres, el capitán disponía que la chalupa regresara al bergantín para que cuatro hombres armados bajaran un bulto especial. Tras dejarlo en la playa, debían volver a bordo, donde la tripulación aguardaría la señal convenida, que, como siempre, se daría de noche y mediante la luz del fanal. Al mando del buque quedaría el contramaestre de Almirall, Arturo Mayayo, con órdenes precisas de salir a la mar caso de que en el horizonte apareciera una vela amenazadora o una columna de humo que se fuera agrandando; si así ocurría, regresarían al refugio de la rada cada cinco noches.

En cuanto la falúa se alejó, Almirall se dirigió a Larios.

—Antes de la subasta he de decirle algo que puede redundar en beneficio de ambos.

—Le escucho con atención, Almirall.

—Tras zarpar de Dakar me detuve en Cabo Verde para hacer agua y comprar hortalizas, pero se me presentó la ocasión y adquirí también un esclavo muy especial por el que puede sacarse un buen dinero. Pagué por él una buena suma, pero habla portugués, español y francés, y sabe de números.

—¿De dónde ha salido esa rara avis?

—Me lo vendió el secretario del gobernador. Por lo visto desapareció una joya de su mujer, aunque intuyo que ésa fue la excusa de la señora para tapar un lío con alguien y que ese esclavo fue el chivo expiatorio. Lo vendieron como castigo. Lo he traído aparte de los demás, no fuera a ser que se me estropease. En cuanto lo vea usted, se dará cuenta de que es singular.

—Es un suceso curioso, he de reconocer que me sorprende. Pero no diga usted en la feria que fue acusado de robo porque eso espantaría a los postores. ¡Nadie quiere meterse un ladrón en casa! Desde luego, pienso que será una pieza muy solicitada. En este momento y sin mucho cavilar se me ocurren dos o tres licitadores.

—Voy a contarle su vida. Llegó de muy pequeño a Cabo Verde. Su amo lo vio sumamente despabilado y pagó sus estudios. Luego el hombre murió y su heredero lo vendió al secretario del gobernador. Ignoro en qué circunstancias tuvo una hija, que tendrá ahora unos dos años. También la compré, de manera que quien se quede con él se hará con el lote completo. En cuanto lo vea, Larios, se dará cuenta de que es una pieza fuera de lo común.

La chalupa regresó, y Almirall y Larios se acercaron a la orilla. Uno de los hombres con el Remington en bandolera saltó a tierra ágilmente y retuvo la barca por la proa en tanto que otros dos obligaban a descender de ella a un negro maniatado y a una niña sujeta a él mediante una cuerda atada a su cintura. El esclavo iba descalzo y vestía un deshilachado pantalón sujeto por una guita, cubría su torso con una vieja camisa y sobre ella llevaba una gastada levita que en mejor vida debió de pertenecer a otro, ya que las mangas le venían muy cortas. La niña vestía un viejo vestido de basta sarga floreada en un estado lamentable. Ambos fueron empujados por sus guardianes hasta quedar frente al capitán y su acompañante. A Larios le extrañó la mirada tranquila del negro, quien, pese al momento que sin duda sería para él durísimo por su evidente condición de hombre preso y sin esperanza, guardaba una dignidad que no recordaba haber visto en ningún otro esclavo. La niña, sin hacer caso de la cuerda que llevaba a la cintura, mantenía la pequeña mano agarrada a la de su padre.

—¿Qué le parece la mercancía?

—Curiosa. Creo que es la primera vez que me traen algo así.

—Larios se volvió hacia el negro y le espetó—: ¿Hablas mi idioma?

La respuesta sonó pausada y clara; su voz era profunda y melancólica.

—Hablo su idioma.

—¿Te das cuenta de que eres un esclavo de mierda?

—Me doy cuenta de que soy lo que siempre he sido, un esclavo, aunque mi pensamiento es libre.

Larios pareció desconcertado; sin embargo, se rehízo y, volviéndose hacia Almirall, comentó:

—Rara avis, ¡por mis muertos! Lástima que no tenga más como éste porque las transacciones serían mucho más rentables.

El negro miraba a uno y a otro alternativamente. Para el asombro de Larios, se atrevió a hablar a Almirall.

—Usted me prometió que no me separaría de mi hija.

—Eso es lo que dije e intentaré que así sea.

Larios observó extrañado a Almirall y éste, al sentirse aludido, hizo un aparte y le aclaró al oído:

—Le prometí que, si se portaba bien, estarían juntos, aunque seguiría siendo esclavo. Son cosas que hay que decir si quieres transportar a un negro en buen estado, sin que su salud se deteriore. Igual que hay que darle cierta libertad para pasear por la cubierta durante el viaje... ¡sin que haga ninguna tontería!

—Está bien —comentó el tratante. Y volviéndose hacia uno de sus hombres le ordenó—: Trae los caballos y el mulo. Vamos a colocar esta mercancía en las jaulas, no vaya a ser que se nos estropee por el camino antes del día de mercado.

Los carromatos se acercaron. Sobre sus plataformas podían verse dos inmensas jaulas de barrotes de dura madera y con el suelo forrado de un lecho de paja. Hombres armados y que portaban hachones encendidos fueron aproximándose, iluminando la escena. Sonaron los látigos y la doliente masa se puso en pie mansamente. El viaje, las fiebres y el hambre habían atemperado el espíritu de aquellos seres que, si bien en otro tiempo fueron libres, ahora estaban desorientados, enfermos, famélicos y llenos de parásitos, y aguardaban resignados su destino.

El mercado clandestino se había montado en medio de una manigua situada junto a una antigua laguna, poblada, en un principio, por los indios tainos que, sobre tampas de tupida hierba que se enraizaba en el limo del fondo, construían sus chozas en aquella Venecia rupestre y que para comerciar iban de la una a la otra en frágiles canoas. Allí se hallaban los chamuscados restos de una capilla de la que únicamente quedaban los muros. En tiempos, había formado parte de una misión fundada por los dominicos que acompañaban a los primeros españoles que conquistaron aquellos pagos, para llevar la cruz de Cristo a sus gentes.

Larios, aprovechando lo recóndito de aquel espacio, lo había escogido como centro de sus operaciones clandestinas. En cuanto arribaron a la antigua misión, resguardó la mercancía negra debidamente aherrojada y vigilada noche y día por hombres armados. Colocó al padre y a la niña en una caseta vecina, y al costado montó una cocina de campaña donde, en deteriorados calderos, se guisaba una comida a base de nabos, patatas y trozos de carne de caimán, bestia que abundaba en la laguna, y más allá cuatro tiendas de campaña para él, Almirall y los hombres de ambos. Asimismo envió recado a los posibles licitadores anunciando que la subasta se iba a celebrar al anochecer del siguiente viernes y que la misma se regiría por nuevas normas, dado lo escaso de la mercancía. Larios había confiado a Almirall que esperaba, al menos, veinte o treinta posibles clientes.

Al amanecer del viernes todo estaba preparado. Junto a la derruida misión se montó un tablado cuya parte posterior daba a la puerta de lo que había sido la capilla y en medio del mismo se alzó un recio poste cubierto de anillas de hierro. En todo el perímetro de la tablazón se colocaron unos robustos candeleros y en cada uno de ellos, un grueso hachón de cera amarilla.

Durante todo el día fueron llegando los avisados en todo tipo de carruajes; unos en volantas, otros en quitrines, y algunos en carretelas o, los que menos, en grandes victorias. A medida que los visitantes iban descendiendo de los coches, Larios los presentaba al capitán Almirall. Unos habían ido en persona y otros habían delegado su representación en sus capataces, quienes conocían mejor que ellos mismos las necesidades de sus haciendas. Después de los prólogos, Larios fue hablando con los recién llegados, todos gente del tabaco o del azúcar y todos necesitados de mano de obra esclava. Les explicó lo peligrosa que era en aquel momento la importación de la mercancía negra, lo cual justificaba, por lo tanto, su precio y obligaba a dictar unas normas fuera de las comunes para intentar complacer a todo el mundo. Les informó de que, en cuanto estuvieran todos, se iban a extraer de un sombrero las papeletas correspondientes, respectivamente numeradas. Después, y a la luz de las antorchas, se exhibiría en el tablado la mercancía y cada uno tomaría buena nota de aquel esclavo —macho o hembra— que cubriera sus expectativas; con posterioridad, y según los números, comenzaría la puja, en la que tendría prioridad aquel que tuviera el número más bajo y sólo podría elegirse un esclavo cada vez.

En tanto llegaba la noche y para entretener a los ilustres huéspedes, Larios había ordenado levantar junto a la laguna un palenque para montar cuatro peleas de gallos de quince minutos —había hecho llevar ocho de los mejores ejemplares de su gallera—, con las consiguientes apuestas de dinero. Junto al mismo, dispuso un mostrador donde podían adquirirse botellas de ron de caña, de aguardiente y de cerveza de cebada de cosecha propia.

Las gentes que habían acudido a la llamada de Larios eran muy diversas. Todas tenían en común propiedades que necesitaban de mano de obra esclava, si bien no todas opinaban lo mismo al respecto de la esclavitud. Aunque por el momento tal pretensión era inviable, era impensable prescindir de ellos, pese a que algunos daban a sus esclavos un mejor trato. Al frente de los primeros estaba Juan Massons Bellmig, rico propietario de la isla y con socios poderosos en la metrópoli. El adalid de los segundos, los más liberales, era un criollo cuarterón de cuarta generación al que todos respetaban, de nombre Julián Cifuentes.

En la isla las cosas estaban cambiando. El 10 de octubre de 1868 Carlos Manuel de Céspedes, propietario de la hacienda La Demajagua, próxima a la aldea de Yara, se había alzado en armas contra el gobierno español culminando así la conjura independentista que se había fraguado en la ciudad de Manzanillo y que, posteriormente, se llamaría la guerra de los Diez Años; al detonante se lo conocería a su vez como Grito de Yara. Céspedes era además gran maestre de la logia masónica La Buena Fe, sociedad secreta nacida de un grupo de burgueses liberales en la que se habían integrado propietarios de pequeñas explotaciones azucareras arruinados por la competencia de los grandes ingenios, junto con plantadores de café y de tabaco empobrecidos por el desarrollo de la gran industria del azúcar. A los terratenientes insurrectos no tardaron en sumarse mulatos y negros libertos, en primer término el propio Céspedes, que había declarado libres a los esclavos que trabajaban en su hacienda. El 20 de octubre de 1868 Céspedes proclamó la libertad de todos aquellos esclavos que lucharan a favor de su causa. La guerra se puso en marcha; la tensión era mucha, y ambos bandos pugnaban por lo suyo. En enero de 1869 estalló en La Habana una revuelta de soldados voluntarios, acérrimos partidarios del colonialismo español, que saquearon tiendas y sembraron el terror. La tensión subió hasta límites insoportables. El capitán general de Cuba, Blas de Villate y de la Hera, segundo conde de Valmaseda, tuvo que enfrentarse a una situación insular difícil: por un lado, la guerra de los Diez Años; por otro, las presiones de los militares y los peninsulares que en la isla demandaban mano dura contra los intentos separatistas.

Por la tarde la animación en el campamento era mucha. El alcohol había corrido en abundancia y se habían forjado nuevas amistades; los unos presentaban a los otros, y a todos unía esa sensación de clandestinidad que hace que los hombres que se reúnen para un propósito, y más aún si éste es prohibido, se sientan partícipes de algo común, especialmente en aquellas fechas, cuando era infrecuente ya que se celebrase un mercado de esclavos.

Finalmente los licitadores fueron sólo veintitrés, pero entre ellos se contaban los compradores más destacados de la zona, los grandes propietarios y sus capataces de confianza, incluyendo también a dos influyentes damas, dueñas de ingenios azucareros que habían acudido en nombre de sus respectivas explotaciones.

Larios ejercía de maestro de ceremonias y antes de la comparecencia tuvo a bien recalcar las instrucciones de la subasta, por si a alguien no le hubiera quedado claro el procedimiento, además de dar una conferencia para justificar el precio exorbitante que se iba a demandar por la cada vez más escasa y clandestina mercancía.

Al caer la noche la animación entre los asistentes había llegado al punto álgido tras las peleas de gallos y las libaciones continuas que el propio Larios se había ocupado de promocionar.

El sonido de una campanilla obligó a los presentes a ir ocupando sus puestos alrededor de la tablazón iluminada por los hachones encendidos, a la vez que el subastador ascendía por una escalerilla lateral y se colocaba en el centro del improvisado escenario.

Su voz sonó alta y clara.

—¡Queridos amigos! En primer lugar, gracias por su asistencia y perdón por las incomodidades que haya podido ocasionarles, pero nuestro negocio en los tiempos que corren es harto delicado... por varias razones, que no por sabidas debo dejar de recordar. Esto no es ya lo que era. Antes nos movíamos dentro de la legalidad. Ahora, pese a que nuestras necesidades son las mismas, desde 1848 las leyes y las condiciones han cambiado a tal punto que una guerra de cinco años ha asolado los estados confederados de nuestros vecinos americanos, pues el Norte no quiso entender en su tiempo las razones del Sur, donde la esclavitud era tan necesaria e imprescindible como lo es aquí y ahora.

»Es por gentes tan diestras y arriesgadas como el aquí presente comodoro Almirall el que hoy podamos celebrar esta reunión. Para él les pido un aplauso.

Los asistentes dirigieron la mirada hacia donde indicaba Larios y secundaron su iniciativa con un aplauso prolongado hacia el negrero, quien lo acogió saludando ceremoniosamente e inclinando la cabeza, gorra en mano. Luego el subastador prosiguió:

—Desde la isla de Gorea, frente a Dakar, un sinfín de contrariedades, como son los temporales y los barcos de distintos países que bloquean el comercio, han hecho que esta subasta sea casi un milagro, de modo que traer hasta ustedes esa mercancía que les es tan necesaria ha constituido una auténtica aventura. Todos habríamos deseado que el número de piezas fuera muy superior, pero las cosas son como son y hemos de adecuarnos a las circunstancias. Durante la tarde les he comentado ya lo que hay; es por ello que las reglas serán las que se han dicho.

»Mi segundo va a proceder a repartir los números. La suerte designará el orden, y cada uno de ustedes escogerá una pieza sobre la que tendrá prioridad si se produce un empate. En caso de que sobren, las restantes se sortearán. Les recuerdo que estas reglas regirán para los hombres, ya que la subasta de las seis mujeres será libre.

El segundo de Larios compareció ante los asistentes con los números de la subasta colocados dentro de un sombrero. Todos fueron tomando una papeleta ordenadamente y comprobando el boleto que les había tocado en suerte. Los comentarios y las exclamaciones según el número denotaban la mayor o menor fortuna obtenida en el sorteo. Finalmente sobraron tres boletos.

Entonces y a la luz de las antorchas, la mercadería fue subiendo al tablado. Los hombres, de uno en uno y debidamente engrilletados de pies y manos, quedaban sujetos al poste central a medida que iban compareciendo portando sobre el pecho un número pintado en blanco. A las mujeres se las reservó para el final. Los negros presentaban un aspecto muy diferente del de su llegada, pues, tal como se acostumbraba, habían sido fregoteados y untados con grasa para que su acharolada piel luciera brillante y lustrosa. Durante la travesía habían sobrevivido los más fuertes, lógicamente, y sus edades oscilarían de los dieciocho a los cuarenta años.

Larios fue pregonando las cualidades de cada uno de ellos, y tras ganar la puja cada cual escogió el que más le convino de entre los restantes, según sus necesidades. Cuando todo el pescado estuvo vendido sin que hubiera tropiezo, llegó el turno a las mujeres, que subieron al tablado asustadas y, en su caso, todas juntas. Larios, que conocía muy bien la condición humana, las mostró envueltas en telas de colores y con diversos tocados en la cabeza. Esa vez no alabó su fortaleza, sino la amplitud de sus caderas y la fecundidad de sus vientres, ya que eso era lo que iba a determinar los precios que se pagarían por ellas. Lo que el astuto subastador aguardaba no se hizo esperar y de entre el grupo sonaron unas voces.

—¡Queremos ver lo que compramos! ¡Muestra la mercancía al completo! ¡No queremos engaños!

Entonces, como un oficiante que ejecutara un antiguo rito, Larios fue despojando de la túnica a las muchachas lentamente.

—¡Aquí las tienen! Pueden mirarlas todo el tiempo que les convenga, pero no pueden tocarlas; la fruta se estropea.

Al instante comenzó la pugna por las mujeres, pues ellas eran seis y muchos los pretendientes. Tres de los licitadores se destacaron en la puja. El primero era Juan Massons Bellmig, uno de los plantadores de tabaco más relevantes de la zona, hacendado de tercera generación y con socios importantes en la península, quien, además del cultivo, había instalado en su hacienda secaderos de hoja y plantas de elaboración de puros habanos. La segunda era doña Laura Valencia, que en su plantación había instaurado una especie de granja para producir esclavos y que había luchado denodadamente contra la ley de libertad de vientres promulgada por el ministro de Ultramar Segismundo Moret el año anterior, que otorgaba la condición de libres a los hijos nacidos de esclava. El tercero era Julián Cifuentes, cuarterón de piel muy clara y propietario de la importantísima plantación de tabaco San Andrés y de dos ingenios azucareros.

La puja fue encarnizada. Doña Laura se hizo con tres piezas, Cifuentes con dos —pagando un sobreprecio— y con la última Juan Massons, quien se quejó ostensiblemente, pues había optado hasta el final por una de las mujeres que se había llevado el criollo, alegando que él había igualado el precio de la última puja, que era su tope y que su número era más bajo que el de su competidor. Massons odiaba y envidiaba a Cifuentes; lo primero porque sostenía con él un duro enfrentamiento a causa de los lindes de sus haciendas respectivas, y lo segundo porque intuía que tras su máscara de aparente lealtad a España se escondía un redomado traidor a la patria que sabía jugar a dos paños. Para mayor inri, su mujer y él eran amigos desde niños, lo cual complicaba la situación.

Larios argumentó que aquél era su negocio y que los números únicamente valían para la subasta de los hombres. Luego, para contentarlo, le prometió que en una próxima ocasión lo tendría en cuenta. De cualquier manera, Massons no se conformó. Se dio la vuelta, airado, hacia donde estaba el criollo y le espetó:

—¡Me tiene usted muy harto, Cifuentes! No vuelva a cruzarse en mi camino o lo lamentará.

Recostado indolentemente en el mostrador donde se despachaban las bebidas, Cifuentes atendió el reto.

—Lo que le incomoda a usted es que alguien de mi color le gane la partida.

—¡Usted no me gana a mí a nada!

El criollo insistió.

—Le recomiendo, Massons, que se calme y se acostumbre. Vienen tiempos nuevos.

—¡No necesito de sus consejos! —Y bajando la voz, de modo que sólo lo oyeron los que estaban junto a él, susurró—: ¡Bastardo! Larios intervino, conciliador.

—Señores, déjenlo ahí. El número final está por salir, ¡la fiesta aún no ha terminado! Ocupen sus plazas y prosigamos, que cuanto antes terminemos con esto antes regresaremos cada uno a nuestra casa.

Y tanto para acabar con aquella enojosa cuestión como para hacerse oír mejor, tomó la bocina de latón que estaba a su lado y pregonó en voz alta:

—¡Señoras y señores, ahora viene el punto final! Me consta que, si bien no a la mayoría, a algunos de ustedes va a interesarles... y mucho. —Luego, dirigiéndose a su segundo, ordenó—: Trae a la joya de la corona.

La gente se olvidó de la discusión y todos atendieron a lo que estaba ocurriendo en el tablado. De la caseta ubicada al lado de la construcción de la capilla apareció el lugarteniente de Larios. Tiraba de la cadena que unía las muñecas de un negro de pelo ensortijado y dignamente vestido, que traía sujeta a su cintura con una cuerda a una niñita de unos dos años vestida con una sencilla bata blanca ceñida a su cuerpecillo mediante una ancha cinta. La pequeña miraba todo aquello con ojos espantados. El negro, dándose cuenta, dio un tirón de la cadena que sorprendió al lugarteniente de Larios y, aprovechando el bucle, ofreció sus manos a la niña para que se agarrara a él, cosa que ella hizo al instante. La pareja subió lentamente al tablado siguiendo al hombre y de inmediato el extremo de la cadena fue sujetado a una anilla del poste central. El lugarteniente, cumplido el encargo, abandonó el escenario. Entonces la voz de Larios sonó potente.

—¿Qué es lo que tenemos aquí? ¡Algo muy especial, señoras y señores! De Cabo Verde, directamente, he aquí un esclavo al que alguien muy importante se ocupó de quitarle el pelo de la dehesa. Viene educado: lee, escribe y, además de nuestro idioma, conoce dos más. Desde luego, está destinado a realizar labores dentro de la casa, pudiendo hacer de intendente de mayordomo y hasta de administrador, me atrevería a decir. Es sumiso y capaz de rendir grandes servicios. Se recomienda comprarlo con la niña.

La puja se entabló de inmediato. Las voces fueron superponiéndose una sobre otra: «¡Cincuenta!», «¡Setenta!», «¡Subo a cien!», «¡Que sean ciento treinta!». La cosa llegó hasta los ochocientos setenta pesos. Tras esta última puja hubo una pausa, y luego la voz del cuarterón dominó el barullo: «¡Mil quinientos!». Larios se sorprendió. Se hizo el silencio, y el subastador levantó la mano.

—Mil quinientos a la una... —Crecía la expectación mientras Larios paseaba su mirada sobre el círculo—. Mil quinientos a las dos. Y... ¡mil quinientos a las tres!

Cuando iba a bajar la mano, la voz airada de Massons se alzó entre el cenáculo. Todas las miradas convergieron en él.

—Si la vista no me falla, Larios, está usted perdiendo negocio. Ahí arriba hay una mujer y un hombre. Yo opto por la mujer; ponga usted el precio.

Cifuentes saltó.

—Mi oferta ha sido por ambos.

—Larios, usted me ha dicho que en la siguiente ronda me compensaría.

El subastador indagó.

—¿Cuál es su oferta?

—Sé que no lo vale, pero doy por ella trescientos pesos.

El criollo argumentó:

—No hay caso, la niña va con el lote. He comprado padre e hija.

—Larios, la niña es una hembra y yo sabré esperar. Si no mantiene su palabra, cuente con que puedo complicarle la vida.

El subastador dudaba entre su avara condición y el temor que le inspiraba la inquina de un poderoso colono como Massons. Finalmente el temor a crearse un enemigo acaudalado en aquellas circunstancias revueltas por las que atravesaba la isla le inclinó al pacto.

—Sea, don Juan, y vea que sé cumplir mi palabra. —A continuación se volvió hacia Cifuentes e intentó compensarlo—: Desde luego, don Julián, el precio que paga el señor Massons rebajará su oferta. Por tanto, le queda el negro en mil trescientos pesos. Así ¡todos contentos!

Massons comentó, irónico:

—Es usted libre de hacer lo que desee. Yo le he ofrecido la posibilidad de sacar más partido por esta pareja, pero si usted quiere regalar doscientos pesos, verá lo que hace con su dinero.

—Me basta con que la cosa quede así. Ya ven, señoras y señores, que prefiero perder dinero a perder un amigo.

Tras estas palabras, Larios se volvió rápidamente y, sacando la daga de la vaina que llevaba al cinto, cortó la cuerda que unía a padre e hija. De inmediato ordenó a su segundo que bajara del tablado a la niña y que la entregara a Massons.

El negro, desde su posición, buscó con la mirada los ojos de Almirall, pero éste, dándose la vuelta y calándose la gorra, se mezcló entre la gente. La niñita empezó a gritar y a patalear, arañando al hombre que la llevaba en brazos mientras pugnaba por soltarse, y el negro comenzó a tirar con las dos manos de la cadena hasta que el látigo lo hizo desistir. Entonces, con las muñecas desolladas, se arrodilló, se abrazó al poste e inició un inacabable lamento.

Una luna roja que pregonaba sangre iluminó la escena. Los hacendados, con los bultos negros debidamente atados y colocados en los diversos carruajes, fueron abandonando la vieja misión. A la mañana siguiente la manigua estaba de nuevo como si nada hubiera ocurrido.

2
La honra mancillada

Barcelona, 1874

La mujer era joven y de una extraña belleza. Recostada sobre dos almohadones en la cama de caoba rojiza, apenas cubierta hasta la cintura con una manta festoneada de piel y con una breve estola de lana sobre los hombros que dejaba adivinar sus hermosos senos, observaba, con una lágrima asomando en el balcón de sus ojos, cómo un hombre de unos treinta y cinco años se vestía junto al resplandor que producía el reflejo crepitante del rescoldo de los leños de la chimenea. En la postura de su barbilla y en el talante de su mirada, la mujer dejaba traslucir una firme decisión. El hombre, en escorzo, mostraba un perfil patricio. Era de altura media tirando a alta, figura atlética, moreno y de ojos profundos; llevaba el cabello partido por una crencha en dos mitades, y lucía una barba cuidada y un poblado bigote con las puntas alzadas y dos largas patillas. Se acicalaba despacio. Una vez alisada la raya de sus pantalones, ajustado el chaleco, abotonados sus gemelos de oro en los puños de la camisa de seda y ya cuando se colocaba la levita, mirándose en el espejo del armario y sin volverse hacia la mujer, habló con un deje algo aburrido. Su voz era grave y algo gutural.

—Bueno, querida, tengo una semana muy atareada. Imagino que el sábado nos veremos en el Liceo. Ya buscaré el momento de quedar para nuestra próxima cita.

El puño diestro de la mujer se cerró sobre la colcha, a tal punto que sus nudillos se blanquearon. Sin embargo, su voz sonó serena.

—No habrá próxima cita, «querido». —La última palabra sonó hueca y pronunciada con énfasis.

El hombre percibió al instante el punto de sorna y se volvió presto.

—No entiendo lo que quieres decir.

—Creo yo que hay poco que entender. Es muy fácil: no deseo verte más —afirmó ella, recalcando la frase.

El hombre se dirigió a los pies de la cama y, sentándose en el borde, indagó:

—¿Qué es lo que he hecho?

—Yo diría más bien qué es lo que no has hecho… y lo que has hecho muy mal.

—Créeme que no te entiendo.

—Te lo voy a explicar. Nos conocimos hace dos años, y desde el primer día tu vida fue una farsa que representaste a fondo para conseguir mi entrega porque yo no era de ésas y mis planes eran otros. Me enamoré de ti como una boba y quise creer tus mentiras. Primero me negaste que estuvieras casado, pero esta ciudad es muy pequeña y tú eres demasiado conocido. Al principio, hasta tenías el decoro de quitarte la alianza en nuestros encuentros para no herir mi sensibilidad; ahora, ni siquiera eso. —Con la barbilla señaló su mano—. Después, cuando ya fue una evidencia, me juraste que nos iríamos a Cuba o a cualquier país de América, cosa que no me había atrevido a pedirte jamás, y yo te creí como una estúpida. Me conformaba con venir aquí las tardes que tú tuvieras la amabilidad de dedicarme un tiempo. Luego te acostumbraste a mí y me trataste como a una conquista más, pero temía tanto perderte que acepté lo que me dabas. Lo que no aguanto, sin embargo, es que presumas con tus amigos en el Círculo del Liceo de que has de tener mucho cuidado porque poner cuernos a dos mujeres es muy complicado. A decir verdad, lo que todavía no ha llegado hasta mí es que hayas mentado mi nombre.

—Yo soy un caballero.

—Veo que tienes el concepto de la caballerosidad un tanto amoldado a tu conveniencia.

Hubo una pausa densa, y el hombre jugó con la cadenilla de su reloj.

—Lo cierto es que estoy casado y que tengo un hijo de trece años y otro de ocho, y sobre mí pesa la responsabilidad de negocios muy importantes.

—Eso ha sido así desde siempre.

—Entonces ¿qué vas a hacer?

—Pensar en mí y en mi futuro.

—¿Y cuál es ese futuro?

—El de toda mujer. Ya sabes que en este país si no te casas no existes, y yo, para mi desgracia, vivo en él.

El hombre meditó un momento.

—¿Y quién es el afortunado?

—No te hagas de nuevas, que lo sabes de siempre. Y sabes también que siempre ha estado enamorado de mí. Me casaré antes de lo que te imaginas.

El hombre reflexionó un instante.

—Me extraña porque no me ha dicho nada, y te consta que lo veo con frecuencia.

—Es que aún no lo sabe.

—¿Entonces...?

—Mañana le diré que acepto su propuesta. En los últimos tiempos me lo ha pedido varias veces. Accederé, siempre y cuando la boda se celebre antes de un mes y desde luego en Francia, pues quiero que mi madre, que es la única que me entiende, esté conmigo ese día. Naturalmente, el enlace habrá de tener lugar en la más estricta intimidad; me horrorizan los espectáculos que dais los españoles para un asunto que únicamente atañe a dos personas.

—Lo haces para fastidiarme.

—¿Te ha importado mucho a ti que tus cosas me molestaran?

—¿Y tu virginidad?

—¿Ahora te preocupa? ¡No seas antiguo! No va a interesarle. Pero si así fuera, él sería quien no me interesaría a mí. Además, no sufras; sabré manejarme.

3
La carta del socio cubano

Barcelona, noviembre de 1888

Unos golpes discretos en la puerta acristalada hicieron que don Práxedes Ripoll de Grau alzara la vista de los papeles que estaba revisando. Miró por encima de los quevedos que cabalgaban sobre su nariz y, con un seco «Adelante», autorizó la entrada del intruso, quien sin duda llevaba un importante recado, pues todos los habitantes de la casa, tanto familiares como criados, conocían la orden, escueta y taxativa: «Cuando la puerta está cerrada, nadie debe importunar a don Práxedes».

El picaporte se abatió y, bandeja de plata en mano, apareció en el quicio la figura respetuosa y comedida de Saturnino, el mayordomo y fiel servidor que desde hacía más de dos lustros, desde el traslado a la calle Valencia hacia finales de 1878, servía a la familia Ripoll.

—¿Qué ocurre, Saturnino?

—Señor, el cartero ha traído el correo de hoy y me ha parecido que esta carta era importante. He consultado a doña Adelaida y me ha dicho que era mejor que se la entregara.

—A ver, traiga para acá.

El criado cruzó la estancia.

El prócer tomó un grueso sobre de la salvilla que le ofrecía el sirviente. Con el interés que reflejaba su rostro siempre que recibía correo de la lejana Cuba, ordenó al criado que se retirara y, tomando el abrecartas y tras comprobar la estampilla, se dispuso a rasgar la solapa del sobre, no sin antes leer la identidad del remitente.

La letra recargada y barroca le era harto conocida y asimismo el nombre del expedidor de la misiva, que no era otro que el de su socio en la isla, Juan Massons Bellmig, quien cuidaba de sus negocios al otro lado del Atlántico. La carta decía así:

Matanzas,
23 de octubre de 1888

Mi querido amigo y respetado socio:

Deseo que al recibo de la presente su familia y usted gocen de buena salud, como a Dios gracias es la mía y la de los míos. No puedo decir lo mismo de la de los negocios, como intentaré explicarle a continuación.

Hasta aquí han llegado los ecos de la Exposición Universal de Barcelona, y por lo que cuentan deduzco que está siendo un éxito inmarcesible. Aprovecho pues la ocasión de felicitarle y me congratulo al saber que soy socio de uno de los próceres de esa ciudad que ha contribuido con su esfuerzo al buen fin de este logro desde su cargo de componente del Comité de los Ocho que, bajo la presidencia del alcalde Rius y Taulet, cuenta con apellidos tan notables como don Manuel Girona, Manuel Duran y Bas, José Ferrer y Vidal y Claudio López Bru —marqués de Comillas—, entre otros. Por todo ello, reitero mi más profunda felicitación.

Por mi parte siento no ser portador de buenas nuevas, pero las cosas por aquí, como usted bien sabe, andan cada vez más revueltas y fuera de control. Paso a describirle detalladamente el drama que le adelanté en mi anterior carta.

Desde las dos de la madrugada del día 4 las gentes del pueblo de Sagua la Grande comenzaron a percatarse de la desgracia que se acercaba desde el norte; cada minuto que pasaba se sentía mayor intensidad en la tormenta, y al amanecer el huracán ya atacaba con ferocidad la Villa del Undoso y sus alrededores. Las tejas volaban por los cielos, los árboles caían cual palillos derribados por el furor de un dios vengativo, los mejores edificios de la ciudad aparecían arruinados; nunca en aquella tierra acostumbrada a los desmanes de la naturaleza se había visto nada igual. Cuando los vientos cesaron, los restos del desastre se amontonaban por todas las calles. El viejo Casino Español sufrió graves daños, el hospital parecía un esqueleto de animal prehistórico y los postigos arrancados de las ventanas pendían de sus goznes como banderas de madera destrozadas después de haber golpeado furiosas los muros. Hasta algunas de las losas del cementerio aparecían esparcidas por los caminos; el huracán había violado el eterno sueño de los muertos. La Estación del Ferrocarril del Oeste no existía; el tren de Isabela permanecía volcado totalmente cual gusano aplastado por el pie de un gigante. En el puerto aparecieron cientos de ahogados. El dique de la presa se vino abajo como si fuera un castillo de arena y el edificio del Casino, que estaba ubicado frente a la escalinata del parque El Pelón, se vio muy afectado por la inundación resultante.

El templo católico la Iglesia Parroquial fue una constante y terrorífica amenaza. Se refugiaron en él más de quinientas personas, entre niños, ancianos y mujeres que pudieron llegar hasta allí, desafiando con valor incalificable la muerte que ante sus ojos se cernía al abandonar sus hogares y atravesar las calles. Las tres puertas principales del templo, de hierro, cedieron a la violencia del furioso huracán. La escena fue dantesca; un miedo espantoso se apoderó de todos. Los titánicos esfuerzos que hicieron algunos individuos del Cuerpo de Bomberos para cerrar las puertas fueron desgraciadamente infructuosos; la intensidad del viento y el ímpetu del agua que penetraba a través de las vidrieras destrozadas producían un pánico aterrador, causando grandes desperfectos, tanto en el interior como en el exterior del grande y hermoso edificio. La misma escena ocurriría con la iglesia de Isabela. Entre los asilados en el templo se contaron las fuerzas del departamento militar de la plaza, que pernoctaron allí mismo. La iglesia del barrio de las Clarisas se derrumbó como un castillo de naipes y la de Isabela perdió la espadaña de su campanario.

El techo del secadero de hojas de tabaco de mi hacienda se derrumbó sobre las trabajadoras que allí se habían refugiado desde los campos adyacentes, perdiendo la vida más de veinte y quedando inútiles para la labor otras tantas. La ruina fue considerable y, además, el alambique de licor donde se destilaba el ron de caña quedó destrozado.

Como es obvio, una circunstancia se suma a la otra, y si ya de por sí los negocios a día de hoy son harto complicados, no he de decirle cuánto perjudica el normal transcurso de los mismos y lo difíciles que se tornan cuando las cosas se tuercen y, por si algo faltara, la naturaleza se encabrita destruyéndolo todo. Cada día con más frecuencia, las partidas de insurrectos ocupan los caminos, las incursiones de cuadrillas de maleantes nativos y negros huidos de la justicia, armadas de machetes y que cuentan con la protección de los campesinos indígenas, hacen casi imposible la llegada de mercancías a los puertos de embarque, y la autoridad no lleva a cabo lo necesario para acabar con los desmanes de la chusma y anda siempre con paños calientes por no disgustar al poderoso vecino del norte. Las noticias que pregonan los periódicos españoles como el *ABC*, *La Vanguardia*, *La Amenidad*, *La Época*, *La Publicidad*, *El Noticiero Universal*, *El Imparcial* y *El Correo Militar*, que, aunque con retraso, aquí llegan, e incluso los publicados en la isla, como *Diario de la Marina* o *La Unión Constitucional*, no destapan la cruda realidad, que no es otra que el pernicioso efecto que causan las diatribas que ese loco de José Martí lanza desde América y que están incendiando al pueblo y van a conseguir parar el comercio de toda la isla.

Después de tan extenso preámbulo voy a entrar a fondo en el meollo de la cuestión que motiva mi carta.

Los tiempos obligan a tener el ánimo sereno y templado y a ver desapasionadamente todas las posibilidades del negocio para tomar las decisiones pertinentes y no errar en el cálculo, por lo que mis demandas tendrán dos vías, que, si bien nada tienen que ver la una con la otra, ambas coadyuvarán a llevar nuestra nave a buen puerto, que es de lo que se trata.

Desde mi modestia, pero con la ventaja de estar sobre el terreno, me atrevo a sugerir algo que quizá desde allí parecerá descabellado. Las cosas pueden suceder de muchas maneras y conviene tomar decisiones encaminadas a la posibilidad más lógica. Tres son las facciones que se disputan la isla: los partidarios de que todo siga igual —digamos, los pro españoles—; los criollos que buscan la independencia, auténticos soñadores que pretenden un sueño imposible, y, finalmente, los pro americanos. Tal como pintan las circunstancias, entiendo que está próxima la fecha en la que España va a perder su influencia en este lado del Atlántico. ¿Quién será, por lógica, el heredero de nuestro Imperio colonial? La respuesta es clara: el país más pujante de la tierra y, para más inri, el más cercano; es decir, Estados Unidos de América. ¿Qué es, por lo tanto, lo que conviene hacer? La respuesta, don Práxedes, es evidente: de alguna manera, hay que hacer ver a los yanquis que de entre los propietarios de haciendas y negocios que pueblan Cuba algunos son amigos suyos y, por ende, partidarios, de modo que cuando manden en la isla, que no dudo que lo harán, los que así hayan obrado cobrarán réditos de su inversión.

Se preguntará por qué le cuento todo esto y qué es lo que usted puede hacer desde allí. Voy a intentar responderle y, como verá cuando acabe de leer ésta, la solución se divide en dos vías. El cónsul americano en Barcelona, mister Howard, es íntimo amigo del presidente Grover Cleveland y ferviente masón. ¿Me va captando, don Práxedes? Convendría que en la próxima reunión de la logia Barcino, y desde su elevada posición, se acercara a él, le explicara cuál es su interés en Cuba y se pusiera a su disposición para cualquier cosa que él o su gobierno necesitaran. Después, en posteriores reuniones, iríamos perfilando nuestra oferta. Si todo va bien y las cosas siguen como hasta ahora, nosotros asimismo seguiremos igualmente, pero en caso de que al final se hagan con la isla les recordaremos sutilmente que en la época de las vacas flacas fuimos sus amigos. No debo ofender su inteligencia, que habrá deducido sin duda que esta situación favorecería nuestro comercio con América, y podría bajarnos aranceles y cobrar ventaja a nuestros competidores, Partagás, Xifré, López Bru y los otros. Por tanto, y concluyo, en sus manos está el ganar para nuestra causa la benevolencia de los norteamericanos.

Voy a entrar ahora en el segundo problema que me acucia y para el que solicito su ayuda.

El año de gracia de 1886 se recortó el plazo del Patronato que, en principio, tenía una vigencia de ocho años y que concedió la ley Gamazo para finiquitar la esclavitud en la isla. La finalidad de dicho Patronato era no dejar desiertas de mano de obra negra de un día para otro a las haciendas de azúcar y de tabaco, obligando a los nuevos libertos a trabajar durante ese tiempo en las plantaciones. Por un lado, en un principio fue positivo ya que nos permitió despedir sin demasiados trámites a los negros díscolos ancianos o improductivos. Sin embargo, la experiencia nos dice que sin mano de obra barata no se puede soñar en sacar adelante los cultivos, y los nuevos proletarios se van a la capital en cuanto han cobrado el salario a gastárselo en ron de bajísima calidad, en peleas de gallos y en copular como perros en celo, que es así como finalizan esas orgías rituales y otras ceremonias negroides, de manera que el lunes el aspecto de las plantaciones es lamentable. La única manera de volver a poner colleras a esa gentuza —le recuerdo que la Iglesia sostuvo en su tiempo que carecían de alma; es decir, que eran algo más que bestias— es que encuentren en las plantaciones la satisfacción de su libido disparatada; de este modo, al tener a su hembra retenida y a su prole controlada, será más fácil que tengan querencia al comedero de los suyos, y que el lunes regresen al redil.

La solución al problema podría ser que, empleando los recursos que utilizábamos antes de la maldita ley del Patronato, hiciera usted por enviarme una partida de unos cincuenta bultos, hembras, claro está, en edad de procrear, mercancía que sugiero que se adquiera en la isla de Gorea, frente a Senegal, ya que de allí proceden las más fértiles y robustas, sorteando como es lógico la vigilancia de la flota inglesa, cosa que ya ha hecho otras veces nuestro buen amigo el capitán Almirall con el *Rosa*, que andaba como el viento y que siempre cumplió brillantemente sus cometidos, y aunque en estas condiciones sin duda subirá su precio, ello nos será, a pesar de todo y sin duda, muy rentable. Yo me ocuparé desde aquí —cuando conozca el rumbo del barco y la fecha aproximada de su llegada— de tener preparado, desde el día que se me indique, el lugar y la noche del desembarco, como ya hice otras veces, bien lo sabe.

Ahora viene la segunda vía a la que he aludido al principio. De nuevo me atrevo a sugerir que mister Howard debería ocuparse de alejar a los *cuters* norteamericanos de la costa en la fecha señalada. Por lo que digo comprenderá usted que la colaboración de mister Howard es imprescindible. En lo referente a la legalización del cargamento en el censo de esclavos, es cosa prevista con la connivencia, claro está, del funcionario de turno, que como todos es venal y amigo del tintineo de los duros de plata. Obra en mi poder la documentación de todas las mujeres que perdí el día del huracán, como ya le expliqué en mi anterior carta, a las que enterré sin dar el parte a las autoridades, con lo cual probaré sin duda que estas negras estaban ya hace tiempo en las plantaciones de tabaco. Por otra parte, durante estos años los morenos no tienen personalidad jurídica; por tanto, estamos a resguardo de cualquier denuncia que se les ocurriera plantear.

Como los inconvenientes nunca vienen solos, decirle también que he tenido un litigio con el indeseable de mi vecino, aquel criollo que usted conoció hace años cuando visitó la isla, Cifuentes es su apellido, quien ha tratado de comprar la parcela intermedia entre las dos plantaciones, intentando perjudicar el valor de la nuestra al impedir la expansión por el sur.

Éstas son las nuevas que le proporciono para que usted obre como mejor crea oportuno. Espero, querido amigo, que me tenga al corriente de sus decisiones. Y ya sabe que me tiene siempre a sus órdenes.

Sin otro particular y rogándole que me ponga a los pies de su esposa, doña Adelaida, y enviando mis más cordiales saludos a sus hijos Germán y Antonio, se despide su más fiel colaborador,

JUAN MASSONS BELLMIG

Don Práxedes Ripoll dejó el documento sobre la mesa, descabalgó los pequeños quevedos de su nariz, se toqueteó con parsimonia la barba y meditó sobre la carta recién leída. Desde la jornada del huracán las cosas iban de mal en peor. Ello era evidente, sobre todo, para los negocios que dependían de la importación de productos de las islas, y pese a que las noticias que le llegaban a través de su socio lo aseveraban, aquel que supiera leer entre líneas lo que publicaban los periódicos, por lerdo que fuera, podía darse perfecta cuenta de lo que estaba sucediendo en Cuba. Era evidente que de la isla que él había conocido hacía más de diez años a la actual mediaba un abismo.

Un sinfín de cuestiones se amontonaban ante él. Su cargo en el Comité de los Ocho de la Exposición Universal de Barcelona consumía gran parte de su tiempo, y concretamente en esa coyuntura quería dar lo mejor de sí mismo. Su compromiso como segundo maestre de la logia Barcino y las obligaciones que de tal puesto se derivaban ocupaban también un espacio en su día a día —y a veces en sus noches—. La fábrica de curtidos requería su atención continuada, y el negocio heredado de la familia de su esposa —la importación y exportación de productos allende los mares, sobre todo cigarros habanos— precisaba en los tiempos que corrían un cuidado extremo. Aquella carta había colmado su medida, y las decisiones que tomara al respecto se le antojaban trascendentes e inaplazables.

Don Práxedes, sin darse cuenta, alzó la vista hacia los dos cuadros de marco dorado ovalados que presidían su despacho y desde donde lo observaban sus tatarabuelos Magín y Fuencisla, cuyas esforzadas vidas habían sido el origen de su fortuna, y su pensamiento divagó unos instantes.

Los Ripoll eran oriundos de Reus. Hacía ya cuatro generaciones, el tatarabuelo Magín, forjador de la fortuna de la familia, se había instalado en el barrio de la Ribera y allí había abierto el negocio que mejor conocía, que era el de guarnicionero. Había llegado jinete en un mulo y portando dos alforjas en las que cabía todo su patrimonio, que no era otro que los útiles y las herramientas indispensables para moldear el cuero, que sus hábiles manos convertían en colleras, bridas, baticolas, cinchas y, en fin, toda clase de arreos propios de las caballerías. Con tino e intuición, Magín dedujo que aquel continuo ir y venir de carros y carretas llevando y trayendo mercancía de las goletas, los bergantines y las naos de todo calaje que echaban el hierro en los aledaños de la playa de La Barceloneta por fuerza deberían tener un inmenso deterioro ya que las ruedas, al clavarse en la arena, obligarían al resto de los componentes a hacer un esfuerzo superior, y el desgaste sería doble y la tracción que deberían soportar los arreos, excesiva, y se dijo que, radicado allí su negocio, pronto su buen hacer y la habilidad de sus manos sin duda le habrían de proporcionar sus primeros clientes.

Magín se ubicó enseguida en la gran ciudad y apenas instalado se preocupó de buscar materia prima para el desarrollo de su actividad. Lo que él necesitaba era pieles de animales —en especial la de buey—, y con tal finalidad dirigió sus pasos hacia el matadero de reses a fin de acordar con su encargado la compra continuada de los mejores pellejos de las piezas que se sacrificaran. El propietario del negocio era Nicanor Monforte, un aragonés llegado a Barcelona hacía ya más de cuarenta años, y lo que comenzó entre ambos como un trato comercial devino, pasado el tiempo, en un trato familiar en cuanto que, al segundo viaje, conoció Magín a una garrida moza que, cual si fuera un ligero hatillo, cargaba al hombro protegido por un saco de arpillera una pata de vacuno. Observo Magín que la joven, que no tendría más de diecisiete años, no se andaba con chiquitas y que cuando al pasar frente al grupo de matarifes que, sentados en el suelo del patio bajo un árbol protegiéndose del sol del mediodía, consumían su modesto condumio alguno le soltaba un requiebro más bien subido de tono, ella, sin azorarse y sin perder el punto, respondía al osado con tino y desparpajo, dejándolo en ridículo en medio de las carcajadas de sus compañeros. Magín no perdió el tiempo y, tras pedir la venia a su padre, quien por cierto y debido a su profesión le producía un gran respeto, abordó a la muchacha. La esperó varias tardes a la salida del trabajo, y al cabo de unos meses visitaba al aragonés para pedirle la mano de su hija Fuencisla.

Don Práxedes regresó de los vericuetos mentales de sus orígenes al presente, la razón del rótulo principal de la finca que había hecho construir y que rezaba: HEREDEROS DE RIPOLL-GUAÑABENS. Ocupaba el lienzo de pared que mediaba entre el gran balcón de piedra del piso principal y la portería de la ornamentada fachada del n.º 213 de la calle Valencia. A ambos lados había sendas tiendas. Sobre la entrada de la primera —ubicada a la izquierda del portal— se detallaba en caracteres más pequeños la especialidad del negocio: MALETAS, ARTÍCULOS DE VIAJE, MISALES, BIBLIAS Y LIBROS DE CULTO. A la derecha, sobre la segunda tienda y en otro rótulo asimismo de latón esmaltado, se anunciaba otra industria: IMPORTACIÓN Y EXPORTACIÓN DE TODA CLASE DE PRODUCTOS DE ULTRAMAR. CAFÉ, AZÚCAR DE CAÑA, TABACO DE HOJA Y PUROS HABANOS. La primera tienda se debía a la herencia habida por parte de la familia de don Práxedes, la cual desde siempre trabajó el cuero; la segunda, en cuanto a la parte que a él correspondía, un 25 por ciento —habido en calidad de arras en los capítulos matrimoniales, que aportó su suegro como dote matrimonial a su hija Adelaida Guañabens—; el 75 por ciento restante pertenecía a su cuñado y socio Orestes Guañabens.

El magnífico edificio ocupaba una manzana entre las calles Balmes y Universidad,* Valencia** y Mallorca. Bajo el terrado del piso principal que llegaba por la parte posterior hasta esta última se ubicaba la fábrica del primero de los negocios y el almacén del segundo, cuya luz provenía de las inmensas claraboyas situadas en el suelo del gran terrado, que estaba circunvalado de enormes jardineras de cerámica blanca y azul y de bancos de madera. Exceptuando el rincón del fondo de la izquierda —ocupado por una caseta octogonal con el tejado en cúpula que aliviaba los calores del estío y que alojaba un pequeño estudio con una salita librería y un gran sofá, donde se refugiaba doña Adelaida, su esposa, para leer con tranquilidad en el verano antes de huir de la ciudad—, aquel terrado constituía el lugar de esparcimiento de la familia Ripoll al comienzo del estío y entrado el buen tiempo antes de marchar al veraneo que, huyendo de la canícula, llevaban a cabo en el *mas* ubicado en el camino de la Misericordia en los aledaños de la ciudad de Reus.

La urbe, abatida por fin la muralla, se había esparcido incontenible hacia las faldas del Tibidabo y el Carmelo, y la burguesía había ido ocupando los regulares cuadros de ángulos achatados que constituían las manzanas, alquilando los pisos como vivienda y re-

* Actualmente Enric Granados.
** Entonces aún no se llamaba de esta manera. En el nomenclátor de los planos de Cerdá le correspondía la K 2.

servando los bajos para toda clase de negocios, y cuyo centro, según el plan del ingeniero Ildefonso Cerdá, debía reservarse para zonas ajardinadas y aparcamiento de carruajes, coches, tílburis y calesas a fin de agilizar el tráfico y hacer más grato el paseo a los barceloneses. La arteria principal era el Paseo de Gracia, y en su proximidad se ubicaba la gran mayoría de las familias significadas de la ciudad. Unas venían de las Ramblas, donde habían abandonado sus palacetes en busca del aire renovador que bajaba del Tibidabo y de espacios más abiertos, huyendo de las miasmas y toxinas que se respiraban en la constreñida y vieja ciudad. Otras, de nuevo cuño, habiendo hecho negocio allende los mares, pretendían —amparadas por el brillo de sus nacientes fortunas— compararse y emular a sus ilustres vecinos. Éste era el caso de don Práxedes Ripoll, quien a sus cincuenta y un años era el cabeza de una familia de comerciantes que, con su tesón y esfuerzo, había contribuido notablemente al engrandecimiento de Barcelona.

Don Práxedes volvió a leer la carta, luego dobló el papel y lo metió de nuevo en el sobre. Abrió el cajón derecho de su despacho y extrajo de él un archivo verde —en cuyo lomo podía leerse el rótulo SECRETO Y PERSONAL— y allí colocó el documento. Luego cerró el cajón con un llavín y lo guardó debajo del estantillo de la cigarrera de sobremesa. Después, tirando de la leontina, se extrajo del bolsillo del chaleco el reloj de oro y, apretando el botón de la cuerda, abrió la tapa. Sonó el delicado mecanismo de orfebrería anunciando la una y media. Cerró de nuevo el reloj y, tras guardarlo, se puso en pie y se dirigió al comedor.

Las dudas que pudiera tener se habían disipado. Tras la comida acudiría a la escuela de canto de doña Encarna Francolí para hablar con ella al respecto de los avances de su protegida, Claudia Codinach. Luego iría a su pabellón en la feria, y quedaría pendiente su reunión en la logia Barcino y su visita a El Masnou, demorada durante tantos días a causa de los frecuentes viajes de su viejo amigo, el capitán Almirall, con quien trataría de reunirse de nuevo por ver de contrastar su valorada opinión sobre el contenido de la carta de su socio cubano. Finalmente ordenaría a su secretario, Gumersindo Azcoitia, que se enterara lo antes posible de los horarios del tren de Mataró.

4
El encuentro

Vamos, hijo, vamos, que llegamos tarde.

La mujer frisaría la cuarentena, vestía modestamente, aunque de forma muy pulida, y cubría su cabeza con un pañuelo que ocultaba sus abundantes canas. El chico, al que las ropas le venían justas, rondaría los diecisiete años, aunque su estatura y su complexión eran las de un muchacho más mayor. Ambos subían por la calle Balmes desde la calle de Cortes.

—¿A qué viene tanta prisa, madre?

—Viene a que comemos todos los días, y el sueldo de tu hermano y el mío dependen de la familia Ripoll.

Juan Pedro Bonafont, que así se llamaba el muchacho que caminaba apresurado al lado de la mujer, respondió:

—Nadie regala nada. Máximo y usted hacen su trabajo, y ellos pagan.

—Generosamente, Juan Pedro. La señora es mi mejor clienta, y a tu hermano lo han considerado mucho.

—Será a cuenta de los dedos que se dejó en la cortadora.

La mujer miró bien a un lado y a otro de la calzada por ver si venía algún carruaje y atravesó la calle Aragón justo en el instante en que el pitido de la locomotora del tren que pasaba en aquel momento por el foso ahogaba por completo sus palabras y el humo impregnado de hollín que expulsaba la chimenea de la locomotora invadía sus pulmones.

—La señora es muy buena persona. No me gusta que hables así de los Ripoll, Juan Pedro.

—No la entiendo, madre. La señora será muy buena, pero, por lo que cuenta Máximo, no creo yo que el hijo mayor, el que está en la fábrica, también lo sea.

A pesar de sus argumentos a favor de su hermano, Juan Pedro veía que su madre estaba preocupada, y le dolía.

—Tu hermano tiene el demonio del rencor metido en el cuerpo. ¡Más que sufrí yo con aquel accidente no sufrió nadie! Pero no fue culpa de los amos.

—Yo sólo sé, madre, que lo bajaron de cortador a la carga y descarga, y ahí gana menos.

—Tal como le quedó la mano no podía manejar la máquina, y otros lo habrían echado a la calle.

Hubo un silencio y mediaron diez pasos. El joven insistió.

—Máximo había pedido guantes de cuero mil veces. Allí entran pieles curtidas todos los días, y al que ahora maneja la cortadora bien que se los han dado.

—No me atosigues, Juan Pedro.

En eso andaban cuando la pareja llegó a la calle Valencia y, torciendo a la izquierda, entraron en la portería del n.º 213.

El portero, que, vestido con un guardapolvo a rayas que le protegía el uniforme, estaba limpiando con un plumero alto los faroles que había a ambos lados de la portería, saludó a la pareja.

—¡Buenos días, doña Luisa y compañía! ¿A qué a tan temprana hora por aquí? Usted siempre viene por la tarde.

—Vengo cuando me llaman, Jesús. —Señaló a Juan Pedro—. Éste es mi hijo menor, ya sabe, el hermano de Máximo. ¿Cómo está Florencia? ¿Aún anda con esa tos?

El hombre, dejando el plumero a un lado, respondió:

—Parece que el jarabe le va bien. La señora, que es tan buena, le envió al doctor Goday, que tiene mano de santo.

—Pues me alegro mucho, Jesús. Dé mis saludos a Florencia. —Y dirigiéndose a su hijo añadió—: ¿Lo has visto? Doña Adelaida se ocupa de todos los suyos.

Juan Pedro bajó la voz.

—A esa gente lo que le priva es hacer exhibición de sus caridades.

—Anda, pasa.

Subieron la escalera hasta el rellano del principal y Luisa tocó el timbre de la primera puerta. Al poco, a través de la gruesa y ornada madera, se oyeron unos pasos y la puerta se abrió. Una camarera pulcramente vestida con uniforme azul, delantal blanco con peto y cofia los recibió.

—Buenos días, señora Luisa. —Luego miró a Juan Pedro—. Éste debe de ser su otro hijo, ¿me equivoco?

—No te equivocas, Teresa; éste es el pequeño.

—No me parece a mí tan pequeño... ¡Está hecho ya un buen mozo!

Juan Pedro, con la gorra entre las manos, miraba aquel recibidor que casi tenía el tamaño de su pisito de la calle del Arc de Sant Francesc. Tras la pizpireta camarera se veía un gran vitral policromado con un san Jorge matando al dragón en rojos y verdes dominantes; en su base había un inmenso arcón de tres cuerpos sobre el que destacaba un tapete alargado de damasco con flecos de mortecino dorado; cada uno de los cuarteles del arcón estaba decorado con un bajorrelieve con la cara de perfil de un guerrero. A ambos lados había dos sillas curules de la misma madera con los brazos terminados en garras de león.

La voz de la muchacha proseguía:

—No se parece a su hermano, doña Luisa.

—¿Conoces a Máximo?

—El día de su accidente, cuando vino a buscarlo el carricoche de la Cruz Roja, todo el vecindario bajó a la portería.

—¿Está doña Adelaida?

—Ahora mismo la aviso. La está aguardando.

La joven camarera desapareció tras la cortina que cubría el principio del pasillo, dejando a madre e hijo a la espera. Al poco regresó.

—Dice doña Adelaida que pase usted, doña Luisa.

La mujer se dirigió al muchacho.

—Espérame aquí.

—¡No, no, doña Luisa! Le he dicho a la señora que venía usted con su hijo y me ha dicho que quiere conocerlo.

La mujer, retirándose el pañuelo que le cubría la cabeza, empujó a Juan Pedro por el hombro.

—Anda, pasa. ¡A ver cómo saludas! Y luego si no te preguntan, no hables.

Precedidos por la doméstica avanzaron por el largo pasillo. El muchacho no daba crédito a lo que veían sus ojos. Todo era evidentemente caro y lujoso: el reloj de péndulo, los cuadros, el alargado y noble mueble de nogal donde reposaban tres pequeñas figuras... Al llegar frente a la puerta del final del pasillo la criada indicó con el gesto que aguardaran en tanto ella los anunciaba. Juan Pedro se acercó a las estatuillas y observó las firmas: Agapito y Venancio Vallmitjana y Josep Llimona.

La voz de su madre resonó en su oído.

—No toques nada. ¡A ver si tiras algo!

La criada compareció de nuevo y, retirando la pesada cortina, los invitó a pasar. Empujado otra vez por su madre, Juan Pedro se introdujo en una inmensa pieza que sus ojos recorrieron velozmente. En el lienzo que había al lado de la puerta vio una gran chimenea de mármol, apagada; en la pared de su izquierda, un alargado trinchante, y sobre el mismo —soportada por cuatro torneadas columnas—, una vitrina enorme llena de valiosos objetos entre los cuales destacaba, sobre peanas de terciopelo granate, una colección de relojes. En la pared del otro lado había una puerta que daba a otra habitación. En medio de la estancia vio una gran mesa de comedor con sillones en las cabeceras y sillas alrededor, y en el centro de ésta, sobre un tapete, una porcelana de Sèvres que representaba a un grupo de cazadores asaeteando a un ciervo al que una jauría acosaba.

Luego vio una gran arcada, tras la que divisó una galería de cristales emplomados que se abría a un inmenso terrado y, al fondo del mismo, en un banco de curvados listones bajo una glorieta, una pareja de un joven y una adolescente en animada charla. En la amplia galería y frente a frente había dos sofás con sendos sillones a cada lado. El de la derecha lo ocupaba una señora. Era algo mayor que su madre y, sin embargo, no tenía ninguna cana en el pelo. Vestía un precioso traje carmesí y lucía en el pecho un camafeo de jade verde. Con dos largas agujas tejía una labor de punto, en tanto un pequinés de ojos saltones que descansaba en su regazo se alzaba sobre sus patas y, apoyándose en el brazo del sofá, comenzaba a ladrar furiosamente.

La señora dejó a un lado las agujas con la labor y sujetó al perrillo por el collar.

—¡Calla, tonta, que es Luisa!

La mujer se adelantó para saludar respetuosamente.

—Si ya me conoces, Bruja, ¿por qué ladras?

—Es que no conoce al muchacho.

La costurera se hizo a un lado e indicó con la mano a su hijo que avanzara.

—Éste es Juan Pedro, señora. Es el pequeño.

El muchacho, gorra en mano, avanzó hasta el sillón de la señora de granate e, inclinando la cabeza, saludó brevemente.

—Es la viva imagen de su padre, que en gloria esté.

—Y que lo digas, Luisa. Vi a tu hombre una sola vez, pero lo recuerdo perfectamente.

La señora observó al muchacho con detenimiento.

—¡Vas a hacer carrera con él! A los ganadores se les ve en la salida. La cara es el espejo del alma.

Luisa se esponjó.

—Espero que así sea, señora. Con Máximo no tuve opción. Acababa de morir mi marido, y yo no sabía dónde estaba. Tuve que ponerlo a trabajar y, usted lo sabe bien, nunca podré agradecerle bastante que me lo recomendara a don Práxedes para que entrara en la fábrica. Luego pasó lo que pasó.

Un ligero parpadeo indicó a la costurera que había metido la pata.

La buena mujer añadió:

—No fue culpa de nadie, esas cosas pasan.

—Todo es relativo, Luisa. Tal vez de no entrar, no habría perdido los dedos.

—Eso fue una fatalidad, señora. El destino de cada cual está escrito. Pienso que de trabajar en una cuadra le habría dado una coz una mula el mismo día a la misma hora.

Súbitamente un tenso silencio se estableció en la pieza. Juan Pedro miraba ausente hacia la glorieta donde estaba la parejita. Doña Adelaida acariciaba nerviosamente al pequinés. La costurera quiso cambiar de tema para enmendar el yerro y, señalando a su hijo pequeño, apuntó:

—Con éste es diferente. Quiero que estudie y que tenga letras. Además, se vuelve loco por los libros.

Doña Adelaida se dirigió al muchacho.

—¿Es eso verdad? ¿Te gustan los libros?

La mujer, sin dar tiempo a que su hijo se explicara, intervino de nuevo.

—Son su locura, señora. A través de un conocido lo puse a trabajar en la librería Cardona, que está en el n.º 12 de la Rambla de los Estudios. Creo que ha sido la mejor decisión que tomé jamás, aunque pienso que se le van a quemar las pestañas. El dueño, don Nicanor, es casi ciego y le hace leer en voz alta todos aquellos libros que le interesan. Me parece que se ha leído toda la tienda, y siempre viene a casa cargado de libros que le presta el señor Cardona.

La señora se dirigió a Juan Pedro.

—Creo que te va a gustar lo que he pensado. Pero primero vayamos a lo nuestro, Luisa. Quiero que veas el cuarto de jugar; he hecho cambios porque Antonio tiene que contar con un lugar acondicionado para recibir a sus amigos en invierno. Ya no es un niño... aunque a mí me lo parezca.

—A las madres nos cuesta ver que los hijos crecen, señora.

Doña Adelaida, sin hacer caso de la interrupción, prosiguió:

—Pues como te decía, lo he convertido en una salita y he puesto allí, con otros muebles que me sobraban, el sofá que traje de casa de mi suegra. Pero la verdad es que está un poco raído y quiero que me hagas una funda.

—Pero, señora, yo no voy a saber. ¿No tenía usted a Rogelio?

—Rogelio se ha ido a su pueblo, Luisa, y tú lo vas a hacer muy bien.

La señora comenzó a incorporarse, y el pequinés saltó al suelo y fue a olisquear los pantalones de Juan Pedro.

—Luisa, en tanto te enseño el sofá, quiero que tu hijo vea algo que le va a interesar.

Doña Adelaida se levantó del hondo sillón y, llegándose a la puerta de la galería, la abrió y llamó a su hijo. Éste, acompañado de su prima, una hermosa chiquilla morena peinada con una larga trenza, se acercó donde estaba su madre.

—Antonio, éste es Juan Pedro, el hijo de Luisa. —Luego, dirigiéndose a la modista, añadió—: Y a ésta ya la conoces. Es mi sobrina Candela, la hija de mi hermano Orestes.

—La conozco muy bien, señora. ¡Más de una vez le he contado cuentos!

Doña Adelaida asintió con la cabeza y anunció a ambos muchachos:

—Juan Pedro va a quedarse con vosotros en tanto yo hablo con su madre. Quiero que le enseñéis la biblioteca. Creo que te va a gustar, Juan Pedro.

Y sin añadir nada más y seguida por la modista se alejó, dejando a los tres jóvenes observándose. Juan Pedro no podía evitar la sensación de que la cara de aquella chica le resultaba familiar. De repente recordó: habían pasado muchos años, diez para ser exactos, pero se trataba de un día difícil de olvidar.

El cuadro era desolador. La lluvia caía con persistencia sobre un grupo formado alrededor de una especie de angarilla de madera equipada con pequeñas ruedas para poder ser manejada por un solo hombre, sobre la cual se veía una rústica caja asimismo de madera con un sencillo crucifijo sobre la tapa y marcada con tres letras desvaídas: M., B., C. El trío, pues tal era el número de personas, lo constituía una mujer de mediana edad y dos niños de unos once y siete años, respectivamente. Vestían de manera humilde y sin embargo aseada. Ella llevaba una blusa de tafetán y una falda de sarga gris oscuro; sobre sus hombros, una mantellina de lana negra; el pelo, veteado de canas, se lo había recogido en un moño, que cubría con un velo negro, y en su brazo izquierdo portaba una discreta bolsa de lona con asas de cuero. Lo único que diferenciaba a los niños era el pantalón: el mayor lo llevaba largo y el pequeño, corto. Ambos llevaban jerséis, remendados en los codos, por cuyos escotes sobresalían los desgastados picos de los cuellos de las camisas; sus pies calzaban desgastados zapatos. Los tres se cubrían con deteriorados paraguas que goteaban por el extremo de las varillas mientras observaban el quehacer de un hombre que, vestido con un blusón que le llegaba hasta las corvas, unas gruesas botas de agua y cubierta su cabeza con una vieja gorra de visera que en teoría debería protegerle de la lluvia, manejaba un pico y una pala alternativamente. A su lado izquierdo, en el suelo, tenía un capazo medio tapado con una loneta, una gaveta de paleta, un saquito de cemento y dos o tres utensilios para el menester que su oficio de enterrador requería.

Sobre la tierra, una línea de cordel sujeto a unos tacos de madera marcaba una zona. En aquel instante el hombre estaba cavando con el pico por el extremo y apartando el sobrante, alternativamente, a un lado con la pala.

La mujer se dirigió al chico mayor.

—Máximo, lleva a tu hermano a dar una vuelta. He de hablar con este señor.

—Como usted mande.

El llamado Máximo se volvió hacia el pequeño.

—Vamos, Juan Pedro.

—No os alejéis demasiado. Esto es muy grande, y es fácil perderse.

—Descuide, madre.

—Cuando suenen las diez y media, regresad.

Partieron los muchachos, y la mujer, tras asegurarse de que se alejaban, se dirigió al hombre.

—Pero esto es una fosa común, ¡no es lo que habíamos acordado!

—Señora, no es una fosa común. Si lo fuera, no podría enterrar a su marido en la caja; iría dentro de un saco y listo. Además, allí van los asesinos y los que mueren de paso en Barcelona sin familia. Esto se hizo hace dos años para la gente que no tiene medios y que el cura de su parroquia certifica que son personas de buenas costumbres y de moral intachable. Por eso ha pagado lo que ha pagado. Y es todo lo que puedo hacer hoy por hoy. Como puede ver, le he guardado un extremo de la fila, el primero después del número que marca esa fosa. Si un día tiene dinero para comprar un nicho, podrá recobrar fácilmente el cadáver de su marido y trasladarlo.

—Pero usted me dijo que estaría únicamente con dos cuerpos más en el nicho de una familia conocida suya...

—Señora, las cosas son así. Como usted comprenderá, yo no tengo una bola de cristal para saber la gente que va a fallecer en Barcelona. Anteayer explotó una bomba en la calle Valdonzella y mató al abuelo y al hijo de la familia propietaria del nicho; hoy está completo y no cabe nadie más. Pero le he guardado un buen sitio, el extremo de las fosas parroquiales, que ése es su nombre; siempre está muy solicitado porque en caso de mejoría de la economía familiar puede recuperarse el difunto. Y dígame si no lo quiere, porque por la tarde tengo gente esperando.

Luisa, que así se llamaba la mujer, extrajo un pañuelo del fondo de su bolsa y se lo llevó a los ojos.

—Está bien, proceda antes de que lleguen los chicos. No quiero que vean dónde se entierra en Barcelona a los pobres. Cuando regresen, espero que todo haya acabado.

El hombre la miró con la filosofía que dan el oficio y los años, y procedió con bríos renovados a extraer la tierra y a agrandar el foso. Luego, cuando el sonido del pico golpeó la caja de al lado, se detuvo, apoyó aquél y la azada en un ciprés y, tras secarse el sudor que perlaba su frente bajo la gorra, tomó la carretilla por las asas y la colocó junto al foso.

—Aguarde un momento aquí, señora, que voy a buscar a un compañero.

Partió el hombre, y Luisa quedó frente a los despojos de su marido. Extrajo del bolsón un rosario y comenzó a pasar las cuentas. Ya andaba por el segundo misterio de dolor cuando el hombre regresó acompañado de otro enterrador que le sacaba por lo menos una cuarta, quien saludó respetuoso a Luisa, gorra en mano.

—Vamos, Matías, que es tarde y hay que ir a comer.

Los dos hombres, con la práctica que da la costumbre, tomaron el cajón donde descansaba su marido y lo colocaron en el suelo junto al agujero, luego le pasaron dos cinchas de lona por debajo y hábilmente lo descendieron a la fosa, retirándolas después. Tras dar las gracias al compañero y decirle algo parecido a «Hoy por mí, mañana por ti», el grandote se retiró con una breve inclinación de cabeza. El otro, tomando la pala y llenándola de tierra, procedió a rellenar el hueco. Finalmente, cuando hubo terminado, se dirigió a Luisa.

—Bueno, señora, yo ya he concluido.

Luisa lo observó con expresión incrédula.

—Quedamos en que se ocuparía usted de avisar al párroco. ¿No va a venir a decir unas palabras por mi marido?

—Eso era en el caso de haberlo podido enterrar en el nicho de esa familia. A las fosas parroquiales no viene nunca.

—Pero entonces ¿nadie despedirá a mi esposo?

—Señora, ya puede olvidarse. Perdone la expresión, pero al párroco se la traen al pairo los muertos de las fosas parroquiales. Jamás le he oído una palabra de consuelo para los que no tienen una peseta para comprarse un nicho. El párroco del cementerio, el sacristán y los monaguillos estarán hoy muy atareados cantando el gorigori junto a los que han venido a acompañar a alguien muy importante que murió ayer y que tiene un gran mausoleo al otro lado del arco.

—Pero ¿acaso cuando traen un difunto no vienen con él los curas de su parroquia?

—«Nihil obstat», como dicen ellos; no es impedimento. En cuanto un coche fúnebre lujoso pisa tierra del cementerio, el que tiene los derechos es el cura de aquí y lo que hace es sumarse a la procesión, con su sacristán y sus monaguillos, para justificar su parte. ¡Me parece que hoy habrá aquí más clérigos que en la catedral!

La lluvia había amainado un poco. Los dos hermanos atravesaron el arco de piedra que presidía el recinto de los panteones y, nada más asomarse, percibieron que aquél era otro mundo.

Tuvieron que hacerse a un lado. Por la calzada central avanzaba, tirado por seis caballos negros, un coche estufa de imponente factura. Los arreos de los animales eran de lujo; el coche, encristalado, permitía ver alojado en su interior un sarcófago rematado por cantoneras doradas; el curvo tejadillo del gran Daumont, que iba coronado por una gran cruz, se sustentaba en cuatro pilastras de rojizas maderas nobles trabajadas y rematadas en hojas de acanto y, mirando al frente, había un ángel de abiertas alas. El lujoso carruaje iba conducido por dos cocheros en el pescante, a los que acompañaban dos postillones, encaramados en la parte posterior, uniformados a la Federica con grandes plumeros en sus tricornios. Tras él caminaban nueve religiosos, en tres filas, vestidos de ceremonial y protegidos por un palio cuyas varas sujetaban seis monaguillos que cantaban en gregoriano el «De profundis». Tras ellos, a paso lento, iban doce coches —entre berlinas de acompañamiento y landós particulares— arrastrados por hermosos tiros de caballos de diferentes pelajes y de los que fueron apeándose, a medida que se detenían, grupos de enlutados personajes embutidos en impecables levitas, que desplegaron de inmediato sus paraguas para proteger sus chisteras, hongos y galeras de magnífica factura de la fina lluvia que caía sin cesar.

Máximo, embobado ante tal exhibición de boato, no se dio cuenta de que su hermano pequeño se apartaba de su lado y se perdía por un camino lateral empedrado.

Juan Pedro se introdujo en un mundo mágico.

Entre las más destacadas familias barcelonesas había corrido el bulo de que, al prohibirse el enterramiento en las iglesias, las profanaciones de tumbas para propiciar robos estaban a la orden del día y que en ocasiones los que hurgaban en las mismas eran los lobos que bajaban de la montaña porque olfateaban un auténtico festín de carroña humana. Éste fue el desencadenante primero —el segundo: el afán de las personas de prolongarse en la eternidad con la misma gloria y prosapia que disfrutaron en la tierra— de que comenzara la competencia de panteones. Las sepulturas no estaban una al lado de otra por casualidad, sino que era resultado de lazos e intereses económicos y sociales existentes entre individuos, familias y empresarios. Las capillas historiadas, los túmulos de piedra cerrados con lujosas y trabajadas rejas, las alusiones a las virtudes del difunto y las expresiones de cariño eran muchas y diversas. Así, la sepultura de la familia Nadal estaba rematada por la escultura de una mujer yaciente. El panteón de Antoni Bruguera i Martí tenía un hermoso epitafio encargado por su adinerada mujer: «La muerte que todo lo destruye no podrá borrar, ¡oh, sombra querida!, el recuerdo del cariño de una esposa que te idolatraba». La familia Formiguera, dedicada durante años al negocio de la farmacia, había hecho construir un panteón rematado en mármol con el signo de su profesión. Josep Anselm Clavé, músico, poeta y político, descansaba en un monumento funerario construido en 1874 por el escultor Manuel Fuxà.

Juan Pedro avanzaba observando todo aquello con ojos de asombro, mirando fascinado las estatuas. Los pétreos rostros instalados en las marmóreas alturas parecían observarle también. Súbitamente el niño creyó estar soñando. Frente a él, junto a una capilla presidida por la Virgen de Lourdes, le pareció percibir que algo se movía. Era un angelito de cabello oscuro y mirada traviesa con los tirabuzones deshechos, mojados y pegados a las sienes. Juan Pedro alzó la vista hacia el conjunto escultórico por ver si en él faltaba algún elemento. Estaba completo. El ángel continuaba sonriendo. Siguiendo su natural talante idealista y quijotesco, Juan Pedro se adelantó para protegerlo con su paraguas, aunque la lluvia era ya casi imperceptible.

—¿Cómo te llamas? —preguntó la niña.

—Juan Pedro. ¿Y tú?

—Yo Candela. ¿Quieres jugar?

Juan Pedro la miró de arriba abajo. La niña, aunque empapada, llevaba un precioso traje blanco de organdí. El chico intuyó que costaría una fortuna y, casi instintivamente, ocultó con la mano libre la codera remendada de su brazo derecho.

—Te vas a poner perdida.

Ella se encogió de hombros. Súbitamente entre los arbustos del fondo apareció una elegante señora, precedida por un criado que le sostenía un gran paraguas, mirando a un lado y a otro, con el rostro crispado por la angustia.

—¡Allí está, señora!

La pareja se acercó rápidamente y el hombre se apresuró a coger a la niña de la mano.

—¿Qué estás haciendo, Candela? ¿Dónde te habías metido? Vas a coger un catarro o algo peor. Hemos venido a poner flores en el aniversario de la muerte de tu abuelo, y apenas me doy la vuelta, desapareces. Esta tarde estarás castigada.

Juan Pedro se quedó mirando cómo aquel par de intrusos se llevaban a su ángel y desaparecían de su vista. Repentinamente notó que lo sujetaban por el hombro y lo zarandeaban. Era Máximo, que llegaba enfadado.

—Tú estás chalado. ¿No te das cuenta de que esto es muy grande y que podrías haberte perdido?

—He visto un ángel.

—¡Déjate de historias! Siempre has sido un fantasioso... Mamá se va a disgustar.

De repente la muchacha rompió el fuego y Juan Pedro volvió al presente, dejando los recuerdos atrás.

—¿Es la primera vez que vienes?

Juan Pedro, que todavía no se había hecho cargo de la situación y estaba algo sorprendido al ver que era la jovencita la que comenzaba a hablar, respondió:

—Conocía la casa. He acompañado a mi hermano hasta la puerta de la fábrica un par de veces, pero la verdad es que no había subido nunca.

—¿Quién es tu hermano? ¿Trabaja aquí? —Ahora el que preguntaba era el joven.

—Se llama Máximo, y era cortador de cuero hasta que se lastimó.

Ella miró a su primo.

—¡Lo recuerdo muy bien! ¿No te acuerdas, Antonio? Lo explicó tu padre a la hora de comer. —Entonces se dirigió a Juan Pedro—. Sí, se hizo mucho daño en la mano izquierda.

—Perdió tres dedos. Ahora ya no puede manejar la máquina y reparte las piezas terminadas en un carro con una mula.

La muchacha, tras una pausa, se volvió hacia su primo.

—Tu madre ha dicho que le enseñemos la biblioteca. —Luego, dirigiéndose a Juan Pedro, añadió—: ¿Te apetece ver los libros de mi tío?

—Lo que más me gusta son los libros.

—Entonces vamos.

Candela, decidida, se dirigió hacia la puerta que se abría junto al comedor; Antonio y Juan Pedro la siguieron.

Al entrar en la habitación, Juan Pedro tuvo la impresión de que lo hacía en una catedral. Todas las paredes estaban forradas de nogal y cubiertas de estanterías atestadas de libros. A media pared circunvalaba la estancia un estrecho pasillo con barandilla al que se accedía mediante una escalerilla de madera y en la parte superior los volúmenes encuadernados estaban encerrados en vitrinas. Juan Pedro no salía de su asombro.

Antonio aclaró, siguiendo su mirada:

—Son los más queridos de la colección de mi padre. Algunos incunables están cerrados con llave, son muy valiosos.

Juan Pedro continuó admirando. En medio de la estancia había una mesa cuadrada cubierta por un tapete verde y, en su centro, un quinqué de petróleo de cuatro brazos; alrededor, cuatro pequeños silloncitos que propiciaban la lectura.

La voz de la muchacha interrumpió sus pensamientos.

—¡Qué suerte ser hijo de Luisa!

—¿Por qué dices eso?

—A mí, cuando era pequeña, me encantaba bajar el día que venía a coser porque me sentaba a su lado en un taburete y, mientras ella le daba al pedal de la Singer, me contaba cuentos: «Las tres rosas», «La princesa del garbanzo», «Juan sin miedo», «La bella durmiente»… Imagino que a ti te habrá contado muchos.

—Llega a casa muy cansada, no está para contar historias. —Luego, sin mediar pausa, indagó—: ¿Tú también vives aquí?

—En el segundo primera.

—Su padre y mi padre son cuñados y socios —aclaró Antonio.

Ella prosiguió con su charla.

—A mí me encantan las historias, lo que ocurre es que no me gusta lo que dice mi madre que me debería gustar.

Juan Pedro preguntó:

—¿Qué te gusta leer?

—Me gusta Julio Verne: *De la tierra a la luna*, *Veinte mil leguas de viaje submarino*… Y también *Los piratas del mar Rojo* y *La venus cobriza*, de Karl May o *Los tres mosqueteros*, *El collar de la reina* y *El vizconde de Bragelonne* de Dumas.

Juan Pedro miró a la chica de otra manera, con ojos de complicidad.

—¿Has leído a Mark Twain o a Robert Louis Stevenson?

—No, pero me encantaría.

Antonio se notaba excluido del diálogo; sus veintidós años le daban otro nivel.

—Tengo cosas que hacer. Os dejo solos. —Luego se dirigió a su prima—: Enséñale todo lo que quiera ver.

—Descuida, yo me ocupo de él.

Y cuando, tras despedirse, Antonio se retiró, Candela, olvidándose de su primo, continuó su inacabado diálogo.

—Y ¿cómo harás para hacérmelos llegar?

—Se los daré a mi madre para que se los dé a vuestro portero.

—¡Tráelos tú! Ven algún día conmigo. Podremos leer juntos.

—Me parece que no va a poder ser. Vivo bastante lejos, y no creo que a tu padre le guste que yo venga por aquí a verte.

—No entiendo por qué —dijo Candela.

En aquel instante se abrió la puerta de la biblioteca y entraron doña Adelaida y Luisa.

—¿Qué? ¿Te ha gustado la librería?

—¡Mucho! Aquí hay más libros que en Casa Cardona.

Candela intervino.

—Hemos quedado en que puede venir algún día para leer conmigo.

El rostro de doña Adelaida cambió ligeramente.

—Ya veremos, Candela, ya veremos. Habremos de hablar con tu madre.

Una nube enturbió la mirada de Luisa.

—Vámonos, hijo, que es tarde.

5

El primogénito

Germán Ripoll se miró con deleite en el gran espejo de tres cuerpos de su habitación y la imagen que le devolvió el azogado cristal lo complació en grado sumo. Veintiocho años; porte distinguido; un metro setenta y nueve centímetros de altura; delgado sin llegar a enjuto; cabellera negra partida en dos por una crencha impecable; largas patillas; bigote de guías dibujando el labio superior, y unos ojos grises que transmitían un brillo acerado que, en ocasiones, atemorizaba a su interlocutor. Vestía pantalón gris oscuro con sutiles rayas negras de excelente paño inglés, y sobre éste camisa de cuello almidonado, chaleco de seda, corbata de plastrón adornada con una aguja de perla y levita de cola corta. Calzaba zapatos de charol.

La vida le sonreía, ofreciéndole todas las ventajas imaginables. Nada le faltaba. Llegado el momento sería muy rico; era joven, hermoso como un dios del Olimpo; difícilmente se le resistía alguna mujer, ya fuera casada, viuda o soltera. Era socio del Círculo del Liceo y del Club de Esgrima, y su vitola de ex campeón de España de florete le abría las puertas de los círculos más cerrados y exclusivos y de los mejores salones, donde su reputación de afamado deportista lo proveía de una aureola envidiada por los hombres y, sin embargo, dotada a la vez de un encanto que atraía a las más bellas de entre las bellas, las cuales caían rendidas como las mariposas a la luz.

Antes de cerrar la espita que suministraba el gas a los tres globos de cristal esmerilado de la lámpara, dio una rápida mirada por aquel entorno que tanto le placía. En la pared del fondo, frente a la puerta, estaba la gran cama de cuatro columnas con adornos de bronce que había pertenecido a su padre antes de casarse. El cabezal y los pies eran de negra caoba cubana, taraceada con adornos de nácar. A ambos lados, sendas mesitas de noche haciendo juego. A la izquierda, el gran armario con los tres cuerpos de espejo. Junto a éste, un galán de noche para colgar la ropa. Al otro lado, un despacho de torneadas patas con dos cajones a los costados y uno central. Sobre él y en el ángulo superior izquierdo, un pequeño globo de gas, de igual línea que la lámpara del techo; un gran vade de cuero; delante, un tintero de cristal tallado con tapón de plata; entre ambos, una bandeja del mismo metal con una pluma de oro imitando la de un ganso con plumín de acero, y al costado, asimismo con puño de plata, el curvo artilugio de cuero que sostenía el papel secante. En las paredes había varios cuadros de Josep Cusachs, Joan Brull y José Benlliure, de firma, que pregonaban su afición al mundo de la hípica y a la belleza femenina. También colgaba en ella un panel de terciopelo rojo oscuro con dos floretes cruzados, recuerdo de los dos campeonatos de Cataluña y de España que lucía en su palmarés, y en el centro el escudo de los Ripoll, que su bisabuelo había encargado a un heraldista para prestigiar su nombre. Sobre la puerta, una colección de trofeos daba fe de su brillante carrera de espadachín. Finalmente, al lado de la doble puerta de cristal que se abría a un patio interior con los postigos plegados a ambos lados, estaban su sillón de cuero favorito y, junto a él, un pequeño mueble bar dotado de los mejores y más caros licores.

Germán Ripoll, sintiéndose el amo de Barcelona, cerró la espita del gas y observó cómo las tres llamas languidecían en la lámpara. Con gesto decidido, salió a la salita del piano. Allí, junto al Bernstein de media cola, divisó en la penumbra el estuche del violín de su hermano Antonio y el trípode que sostenía su propio violonchelo. Atravesó el recibidor y la salita y se dirigió por el largo pasillo hacia la galería del salón comedor, donde un reflejo de luz le advertía a aquella hora la presencia de su madre. La puerta estaba ajustada y antes de penetrar en la estancia observó por el resquicio; prefería no encontrarse en aquel momento con su padre. El origen del resplandor venía dado por el fulgor de las llamas que bailaban en la enorme chimenea de mármol que tantas veces había constituido su gran escondite de niño, así como del pequeño quinqué que alumbraba el libro de versos de Carolina Coronado, poetisa favorita de su madre cuyos poemas frecuentemente recitaba ésta en voz alta.

Doña Adelaida alzó la mirada y dejó el libro abierto sobre el macasar que protegía el brazo del sillón orejero ubicado junto a una de las columnas que separaba la pieza de la galería.

Germán acabó de abrir la hoja de la puerta.

—¡Dichosos los ojos, hijo mío! Qué caro eres de ver.

Germán se adelantó e inclinándose besó a su madre en la frente.

—El trabajo me abruma, madre, y en los pocos ratos libres que me deja, si quiero mantenerme en forma, no puedo abandonar el gimnasio ni la sala de esgrima. El deporte es muy exigente. No olvide que tiene en casa a un campeón de España y de Cataluña de florete.

—Esto último me consta, aunque no entiendo esas aficiones de los muchachos de hoy en día, Germán. Pero en cuanto al trabajo, si he de hacer caso a tu padre, creo que no te agobia en demasía.

Germán, recogiéndose las colas de su levita, se sentó frente a su madre en una banqueta tapizada de oscuro terciopelo granate y, atusándose el bigote, se defendió.

—Ya sabe usted cómo es. A padre le gustaría que yo me ocupara de los negocios como él lo hacía en tiempos de mi abuelo. Pero las cosas han cambiado, madre, y ya no hay que ser el primero en alzar la persiana de la fábrica. Los barcos de la Compañía Trasatlántica van a América impulsados por el vapor, y mi señor padre quiere que yo todavía vaya a vela como los viejos bergantines. A no tardar, ese globo de gas que la ilumina —dijo señalando el quinqué con la mano— desaparecerá. ¿Ya sabe que dentro de nada la luz eléctrica que se ha inaugurado en la Exposición Universal llegará a toda Barcelona? ¡Eso es la modernidad, madre! —Esto último lo dijo alzando las manos al cielo—. ¡Estamos en el siglo de las luces! No es cantidad de tiempo lo que se necesita para llevar los negocios; lo que hace falta es mano dura y visión de futuro que, tal vez, es lo que a mi señor padre le falta en los tiempos que corren.

—¡No hables así de tu padre, Germán! Ya sabes que no me gusta. Él ha llevado los asuntos de casa de un modo impecable, ha acrecentado lo que heredó del abuelo y ha impulsado lo de Cuba, que es la envidia de todos los competidores.

—El tío Orestes tendrá algo que ver en todo ello.

—Mi hermano Orestes es la sombra de tu padre, no lo olvides. Es su perfecto escudero, pero quien planea los negocios es Práxedes.

—Pero la banca prestó sus dineros porque desde el principio el tío Orestes avaló los créditos para la ampliación. ¿O no es así?

—Mi hermano Orestes avaló a tu padre porque tu abuelo Guañabens lo dejó así dispuesto. Además, la fábrica de manufactura de piel ya la llevaba Práxedes de soltero.

—Madre, al lado del negocio de importación y exportación de tabaco y puros habanos, como usted bien sabe, lo otro es un juguete.

—No diría yo tal. ¡Como tu padre no hay otro! Y no se hable más. Ya querría parecerse a él don Claudio López Bru, a quien tanto admiras.

Germán se levantó del taburete, se estiró la levita y suspiró profundamente. Luego, inclinándose, besó a su madre en el cuello.

—Tengo sana envidia. El día que encuentre una mujer como usted renunciaré a mi soltería.

—¡Anda! Y no quieras ganarme con tus lisonjas. ¡Vete ya! Por cierto, por si tu padre me pregunta, ¿adónde vas esta noche?

—Me han invitado los Bonmatí. Dan una fiesta. Pero antes quiero ver el ambiente de la Exposición de noche.

—No te has puesto el esmoquin.

—Es una licencia que me permite mi condición. No olvide que soy un deportista y soy muy original hasta con mi forma de vestir.

—En mi tiempo no te habrían dejado entrar ni en la ópera.

—¿No ha ido usted ya dos veces a nuestro pabellón de la Exposición?

—¿Qué me quieres decir con ello?

—Que el paso de la modernidad es muy grande y que ahora las modas son otras. No se preocupe, madre, ¡yo siempre quedo bien!

Doña Adelaida hizo un gesto con la cabeza como negando y luego añadió:

—¿Dónde viven esos Bonmatí?

—Tienen una torre en San Gervasio.

—Buen barrio. Por cierto, ¿va a ir ese amigo tuyo? ¿Cómo se llama?

—Alfredo, madre, Alfredo Papirer, ¡se lo he dicho un centenar de veces! Y ya sé que no le cae bien.

—Es un advenedizo, lo dije desde el primer día. No es de tu clase, se arrima a ti porque le interesas. No es trigo limpio.

—Es divertido, me alegra la vida y sabe estar en cualquier circunstancia.

—¡Menos mal que no te pone en evidencia porque no es de cuna! Si no recuerdo mal, lo conociste cuando hiciste el servicio militar, en artillería ligera.

—Ahí fue, madre.

—En esos sitios se mezcla todo el mundo y se puede conocer a un cualquiera.

—¡Uy, qué falta de caridad, madre! Se lo voy a contar a mosén Cinto mañana domingo cuando venga a decir misa a nuestra capilla. Eso no es cristiano y no le cuadra a la presidenta de la asociación Laus Perennis de la Virgen de la Misericordia de Reus.

—No me gusta que te mofes de ciertas cosas. Ya no tienes edad para que te castigue sin postre, pero ¡no me provoques! Para mí siempre serás un niño. —Luego cambió de tema—. Llama a Mariano y dile que te lleve, que eso está en las afueras. Por cierto, el tiro de caballos que has comprado para tu padre es precioso.

—Un caballero, que es lo que soy, debe entender de cabalgaduras, más aún cuando han de llevar a misa los domingos a la mujer más distinguida de Barcelona.

—¡Eres incorregible! Anda, diviértete, que la juventud pasa muy deprisa.

—Le prometo que ese consejo sí lo voy a seguir.

—Ahora en serio, Germán, pásatelo bien, pero el lunes, por favor, no llegues tarde a la fábrica.

—¡Se lo juro, madre! El lunes, cuando suene la campana del convento de Santa María de los Ángeles, estaré sentado a la mesa del despacho.

Germán, tras besar la frente de su madre, descendió por la escalera de mármol hacia el portal. Frente al mismo, avisado por Saturnino, lo aguardaba Mariano, el cochero de la casa, en el pescante del Milford, un precioso coche muy indicado para lucir el nuevo tronco de caballos que el propio Germán había escogido. Junto a Mariano se hallaba Silverio, un mestizo de color que su padre había traído de La Habana cuando él era un adolescente; un mozo de cuadra que, a veces, ejercía de lacayo. Ambos, cochero y lacayo, vestían casaca azul con botones plateados, pantalones embutidos en botas negras y sombrero de copa baja con escarapela.

Apenas Mariano divisó a Germán indicó a Silverio con un disimulado codazo que descendiera para atender al señorito. El palafrenero saltó del pescante y, con un rápido gesto, desplegó el estribo y abrió la portezuela en forma de media luna invertida. Germán, antes de encaramarse en el coche, facilitó a Mariano la ruta a seguir.

—Vamos a recoger a don Alfredo en la calle Claris, en la puerta del teatro Lírico. Luego iremos al Liceo, después a la Exposición y más tarde a casa de los Bonmatí. ¿Qué tal el tronco nuevo? ¿Lo tienes ya por la mano?

—Son muy buenos, señorito. Me estoy haciendo con ellos. Es la cuarta vez que salen.

—A ver cómo se comportan de noche en el bullicio, en medio de la luz y del ruido de la gente. Será una prueba de fuego. Si de allí salen airosos, entenderé que ya los has hecho tuyos.

—Será una buena prueba, pero seguro que van a ir bien, don Germán.

Germán se subió en el espléndido carruaje, que se balanceó sobre sus ballestas. El criado cerró la portezuela y, sujetándose la chistera con la diestra, de un ágil brinco trepó al pescante. Germán, recostado en el aterciopelado sofá del coche, oyó el tan conocido chasquido que emitía Mariano con los labios para aguijar a los equinos y el Milford, entre lujosos crujidos de cuero y roces de ejes, emprendió la marcha.

6
La Exposición Universal

Caía la noche sobre Barcelona, una Barcelona festiva y orgullosa de su liderazgo industrial, consecuencia del cual, como parturienta primeriza, mostraba al mundo el fruto de sus entrañas: la Exposición Universal de aquel año de gloria de 1888.

Una muchedumbre curiosa y alegre se paseaba, ufana y arrogante, por el real de la feria, que transcurría desde el reformado Parque de la Ciudadela —antiguo acuartelamiento de las tropas que subyugara la ciudad en tiempos no demasiado lejanos, lugar recuperado al oprobio y a la humillación— hasta la explanada coronada por aquel monumento al gran almirante descubridor de las Américas, Cristóbal Colón. La gente aguardaba expectante el esperado momento anunciado por las doce solemnes campanadas dadas desde el reloj instalado en el pabellón central, cuando, como por arte de magia, todas las noches y acompañadas por las exclamaciones de la multitud, se encendían las farolas gracias a aquel milagro que constituía la electricidad, emitiendo una luz blanca y brillantísima que dejaba en un triste pabilo de vela la amarillenta luz de gas. Entonces la multitud, como una enorme bestia, se ponía en marcha. Por la calzada central deambulaban soberbios los landós, las calesas y los tílburis, tirados por los mejores caballos, ostentando los más caros arreos. En ellos iban los retoños de las más conspicuas familias de la ciudad luciendo sus galas. Sedas, brocados y encajes enmarcaban hermosos senos de muchachas, las cuales, gozosas y atrevidas, miraban con descaro sobre el arco de marfil y nácar de sus abanicos a los ocupantes de los coches con los que se cruzaban, riendo y haciendo conjeturas, tras el protector encaje que cubría su boca, sobre el atuendo de los caballeros, el corte de sus levitas, lo osado de sus plastrones y la altura de la copa de sus sombreros. Todos se miraban unos a otros como si aquel logro fuera algo personal reservado únicamente a una clase social: la suya.

Por los laterales, cantidad de familias de clase media y menestrala —algunos de estos últimos todavía con blusón y gorra típica de los obreros de fábrica ellos, y con sayas y mantellina sobre los hombros ellas—, rodeados por una caterva de criaturas y comentando, admirados y mayormente en castellano con acento del sur, la magnificencia de las instalaciones. La muchedumbre observaba aquellas maravillas sin saber cuál de ellas le causaba más asombro, si la fuente iluminada, si el pabellón de la Compañía Trasatlántica obra de Antonio Gaudí recordando su admirada Alhambra, si el puente que atravesaba la vía férrea hasta la Estación de Francia de Gaietà Burgos, si el palacio de Bellas Artes o el de la Industria, si el pabellón de Tabacos de Filipinas, si el Invernáculo de la Ciudadela de Josep Fontserè o si el Gran Hotel Internacional de tres plantas para seiscientos huéspedes levantado milagrosamente por el arquitecto Domènech i Montaner en setenta y tres días junto al monumento a Colón. Todo era un puro asombro.

Dejándose llevar por la inmensa ola humana caminaban dos hombres que curioseaban con afán todo lo que veían sus ojos y comentaban entre ellos lo que les inspiraba aquella ingente multitud. Ambos tenían aspecto menestral y vestían pantalón de sarga ceñido con una faja negra, chaqueta de pana marrón abierta, que dejaba al descubierto una ablusonada camisa que en tiempos había sido blanca, y gorra de cuadros con la visera echada sobre los ojos. El primero, bajo y cetrino, subrayaba sus palabras con el gesto de su mano siniestra, que mostraba sin reparo aunque en ella faltaran tres dedos: el índice, el medio y el anular. El segundo, más alto y delgado, circunspecto y solemne, era el que en aquel momento llevaba la voz cantante.

—Ya ves lo que hay, Máximo: los ricos, por la calzada central y en coches cuyo valor excede en mucho al sueldo del año de cien de nosotros, y aquí, por los laterales, como borregos, una multitud de individuos que muchas semanas a veces no pueden llevar el pan a su casa, pero que están contentos y aplauden porque les han regalado un globo y diez matasuegras.

—Siempre lo he entendido, Paulino: unos nacemos para cargar el mundo sobre nuestras espaldas hasta rompernos el espinazo y otros para gozar del fruto de nuestro esfuerzo y nuestro trabajo.

—¿Y tú te conformas?

—No me conformo, Paulino. Desde que perdí los tres dedos en aquella maldita máquina me bulle en la cabeza un infierno de ideas, pero no veo la manera de salir del círculo.

—Cultura y huevos es lo que hace falta para desasnar al pueblo.

Máximo Bonafont miró al otro con curiosidad.

Paulino, interpretando la mirada como si fuera una pregunta, prosiguió su perorata:

—Todos éstos —dijo, e hizo un amplio gesto con el brazo señalando a la muchedumbre— mañana por la mañana se quedan en la calle. Las obras de la Exposición se han terminado, ya no hay trabajo. Pero ahora les dan el caramelo de un pase familiar para que deambulen con su prole, incluyendo en el boleto un perfumado de coñac, agua azucarada para la mujer y un cucurucho de helado para los hijos. ¡Y mañana *à la putain rue*! Eso, en el lenguaje de Poincaré,* quiere decir: «¡A la puta calle!» —aclaró—. Y ahora todos tan contentos con las Golondrinas** del puerto y el monumento a Colón; o sea, que el despido va a cogerlos cagando y mirando a la bahía.

Máximo meditó unos instantes.

—¿Y qué puedo hacer yo?

—Cobrarte el precio de los dedos que dejaste en aquella jodida máquina.

—No te entiendo.

El llamado Paulino miró circunspecto al otro.

—Cultura y huevos, Máximo. ¡Cultura y huevos!

—Si no te explicas mejor...

—Tú tienes labia, Máximo. Tal vez te falte cultura, pero eso se adquiere.

—Dónde y cuándo, porque eso implica tiempo y yo estoy catorce horas descargando bultos, que ya no soy un obrero especializado.

—El que algo quiere algo le cuesta. ¿Sabes quién es Errico Malatesta?

—He oído algo.

—Es un genio. Lo conocí en Rosario, en Argentina, hace años. Tiene visión de futuro; cuando los otros van, él ya está de vuelta. Ayer reuní a un grupo de fieles en la bodega de Santiago Salvador y los convoqué para ir a escuchar el sábado a Malatesta, que va a hablar en el Círculo Socialista de la calle Tallers. Si no somos lerdos y estamos unidos, el final de la Exposición, con la gente sin trabajo y ni un mísero mendrugo que llevarse a la boca, ofrecerá una ocasión única para poner boca abajo el sistema.

La multitud, ruidosa y festiva, reía, hablaba y bebía por todos lados, pero Máximo Bonafont escuchaba a su amigo como el devoto que descubre una nueva religión. Paulino prosiguió:

—Esos cabrones —añadió señalando la calzada por donde discurrían los carruajes— nos están chupando la sangre, y nosotros vamos como carneros al matadero. Sólo van a comprender un lenguaje.

—No te entiendo.

---

* Insigne matemático francés que visitó España en la época.
** En Barcelona, barca pequeña de motor para viajeros.

—¡El lenguaje de la sangre, Máximo! Si no ponemos en jaque sus negocios y no les hacemos sentir la angustia de tener que mirar hacia atrás cuando salgan de sus casas y sus fiestas, mereceremos estar condenados a la miseria. —Paulino, con los ojos brillantes de fiebre, prosiguió—: Ellos, uno a uno, pueden más que nosotros, pero si nos unimos, si sabemos estar juntos, entonces seremos indestructibles. Ningún hombre ha nacido de una sangre diferente, nadie puede poner su bota encima de otro. Tu misión, Máximo, no es poner bombas, tu misión es calentar a la gente con la palabra. Ayer hablé de ti al grupo de Santiago Salvador, y quieren conocerte.

En aquel instante, todavía aturdido por el discurso de Paulino, Máximo observó el avance por la calzada central de un Milford tirado por dos esbeltos alazanes. Puestos en pie en la barqueta, dos jóvenes reían y lanzaban serpentinas al coche que iba a su lado.

—Mira, Paulino —dijo dando con el codo a su amigo y señalando con la otra mano—, ése es el cabrón que me quitó de obrero especializado y me puso de *camàlic* cuando perdí los dedos.

—Entonces ¡ahí tienes el motivo para comenzar a trabajar!

7

Antonio

Saturnino asomó la cabeza en la arcada de la galería donde estaban los esposos Ripoll y anunció con voz queda, como tenía ordenado siempre que no hubiera invitados, que la cena estaba servida. Práxedes alzó la mirada del *Noticiero Universal* que estaba leyendo —prestando atención en todo lo referido a los disturbios habidos en La Habana y a la visita de la reina regente— y, dirigiéndose al mayordomo por encima de los quevedos que cabalgaban sobre su nariz, ordenó:

—Avise a los señoritos y dígales que estamos esperándoles.

Doña Adelaida, apartando la labor que descansaba en su regazo y en tanto se disponía a levantarse, aclaró:

—Avise al señorito Antonio. —Luego se dirigió a su marido—. Germán no cena en casa.

Práxedes, con un gesto de contrariedad, dobló el periódico y lo dejó con brusquedad sobre la mesilla que tenía a su costado.

—¿Es que esta santa familia no podrá cenar junta un sábado por la noche como está mandado?

Saturnino, acostumbrado como estaba a aquellas escenas domésticas, ya se había retirado.

Doña Adelaida defendió a su hijo.

—Tiene muchas obligaciones, ya lo sabes.

—¡Serán compromisos sociales! Porque obligaciones sí tiene, ¡y muchas!, pero no acostumbra a cumplirlas.

—Práxedes, por favor, tengamos la fiesta en paz.

El matrimonio se dirigió al comedor. La mesa estaba puesta para tres comensales. Las hermanas Carmen y Teresa, las camareras, impecablemente compuestas —uniforme negro, delantales y cofia blanca, y guantes—, aguardaban junto al trinchante, donde reposaba la redonda sopera de porcelana, la primera con las manos cruzadas y la segunda con la botella de tapón esmerilado que contenía el vino ya entre sus manos.

La pareja ocupó su lugar: don Práxedes a la cabecera de la mesa y su esposa a su derecha.

—Adelaida, ¿es que también he de esperar a Antonio?

—Ya veo que no tienes el mejor de tus días... Ya viene. Tiene muchos exámenes...

—Siempre defiendes a los hijos. ¿Es que alguna vez no tendré yo razón? No quiero ni pensar si en mis tiempos hubiera hecho esperar a mi padre un minuto. Recuerdo que en una ocasión, y no por mi culpa, llegué a los postres, y mi padre se volvió hacia mí y me soltó, impertérrito: «Práxedes, uvas o queso. Aquí se come el plato al que se llega, no se sirve ninguno con retraso». Con eso ya te lo he dicho todo.

—Ya me lo has contado muchas veces. Nuestros tiempos eran otros tiempos, Práxedes. Las cosas han cambiado, ¿es que no lo ves?

—Han cambiado para mal. Yo a mi padre, antes de irme a dormir, le besaba la mano, y ahora uno de mis hijos no viene a cenar y el otro me hace esperar hasta que se enfría la sopa.

—También me lo has contado.

Los pasos de Antonio sonaban en el pasillo.

Era alto y delgado, de aspecto distinguido y con una elegancia natural que había heredado de su madre. Su talante invitaba siempre a conciliar posiciones, ya que odiaba el enfrentamiento, sobre todo entre los componentes de su familia; en eso era el reverso de la moneda de su hermano. Desde que era pequeño su madre había sido su norte y su guía; su consejo era para él de una importancia capital.

Entró en el comedor seguido de Saturnino. En tanto se agachaba y besaba a su madre en la frente, se excusó con su padre.

—Perdóneme, padre, estaba estudiando. El doctor Durán y Bas ha convocado un examen sorpresa de toda la materia del trimestre para el próximo lunes, y aún no tocaba.

Don Práxedes removía pacientemente la humeante sopa, siguiendo una inveterada costumbre, hasta cien veces.

—Eso no es óbice para que no comencemos a cenar todos juntos, ¡que ya va siendo hora!

Doña Adelaida interrumpió. Por inconvenientes que fueran las circunstancias, nunca perdonaba la plegaria.

—Si me disculpas, no quiero tener que decir a mosén Jacinto que en esta casa no se reza antes de comer.

Antes de que tuviera tiempo de comenzar el rezo, Antonio ya bendecía los alimentos.

Práxedes, que conocía perfectamente los terrenos en los que era imposible enfrentarse a su esposa —sobre todo en lo tocante a contradecir las recomendaciones de su confesor, mosén Cinto Verdaguer—, dejó la cuchara en el plato y se dispuso a aguardar. Había llegado a un pacto tácito con su mujer. Práxedes era masón, pero permitía la oración sin intervenir en la misma por evitarse problemas familiares.

Comenzaron a comer en silencio. La servidumbre iba y venía, cambiando platos y escanciando en las copas vino o agua. Doña Adelaida, por romper el silencio, interrogó a su hijo.

—¿Te va gustando más lo que estudias, Antonio?

—Verá, madre, como usted ya sabe, no es que me apasione. Me habría gustado estudiar filosofía y letras, pero leyes es lo que por lo visto conviene hoy en día.

Don Práxedes se notó interpelado e intervino.

—De eso no se come. Los filósofos y poetas trasnochados no sirven para nada. Un buen abogado conviene a la empresa, y al fin y al cabo son letras, ¿o no?

Antonio miró largamente a su padre a través de la mesa.

—Sé cuál es mi obligación, padre, y estoy haciendo lo que usted me ha mandado. Pero quiero decirle algo: a lo largo de los siglos, hasta las construcciones hechas de la más dura piedra se vienen abajo; únicamente queda lo que los hombres han escrito, pintado o esculpido, y de este siglo quedará José Zorrilla, Gustavo Adolfo Bécquer, Espronceda, Mariano José de Larra y tantos otros que entendieron que lo único que perdura son las obras del espíritu.

—Monsergas, Antonio. Los más murieron pobres, si es que llegaron a morirse, ya que algunos se quitaron la vida.

—Si se refiere usted a Larra, lo hizo por amor. Y creo que si hay que dar la vida, hay que hacerlo por ideales; en primer lugar, por la religión, por la patria o por el amor de una mujer. Larra lo hizo por eso. Lo otro no vale la pena.

La voz de Práxedes se tornó más dura.

—Primero hay que ocuparse de uno mismo y de la familia. Hacerse rico no es fácil. Lo que ocurre es que cuando se tiene todo no se aprecia. Tu misión en la vida es ayudar a tu hermano a mantener lo que yo deje, y si cabe, aumentarlo. Lo demás son pláticas que para nada sirven ¡y punto!

—Antonio únicamente te ha indicado sus preferencias, y además opino que el saber no ocupa lugar.

—¡Otra vez, Adelaida! ¿Es que tengo que soportar que el chico quiera ser poeta? ¿Qué utilidad va a sacar de esa idiotez absurda? Cuando conozca perfectamente la escolástica de Tomás de Aquino, las rimas de Bécquer y la «Canción del pirata» de Espronceda estará capacitado, si te parece, para llevar los negocios de Cuba que heredaste de tu padre, y si no salen las cuentas o todo se va al traste entonces reclama al maestro armero. —Y lanzando violentamente la servilleta sobre la mesa, don Práxedes se levantó tan de repente que a Saturnino no le dio tiempo a retirar la silla y salió del comedor apresuradamente.

Adelaida, que odiaba hacer escenas ante el servicio, calló.

—No haga caso, madre, que ya sabe cómo es.

La mujer lanzó un hondo suspiro y, volviéndose hacia el mayordomo, le ordenó que se retirara.

—Antonio, esto es un sinvivir. Por una parte, nada podría hacerme más feliz; pero por la otra, ni imaginar puedo la que se va a formar en esta casa. ¿Estás decidido? Piénsatelo bien...

El muchacho tomó delicadamente la mano de su madre.

—Completamente, madre. Apenas termine la carrera entraré en el Seminario Conciliar.

—¡Qué duro es esto, hijo! En el fondo, tu padre me da pena. Si tu hermano sentara la cabeza, sería otra cosa. Pero la influencia de ese Papirer, que además es un don nadie, es nefasta.

El joven intentó romper una lanza en su favor.

—Usted sabe, madre, que la culpa no es sólo de Germán.

—No quieras explicarme cómo es tu padre. Si alguien lo conoce bien, ésa soy yo.

Antonio porfió.

—Pero es muy tozudo, madre; todo ha de ser a su modo. Y lo

que pretende Germán es modernizar la fábrica e imponer nuevas maneras al comercio con Cuba. Todo se renueva: el telégrafo ha acercado los continentes y los barcos van cada día más rápidos. A padre se le ha parado el reloj a principios de siglo.

—Tu padre es como es. Y si tu hermano acudiera al trabajo todos los días y en vez de oponerse frontalmente a tu padre intentara entenderlo, poco a poco sería posible ir haciendo cambios. La dirección de una empresa como la nuestra no puede variar el rumbo de hoy para mañana.

—Pero por algo hay que empezar. En la universidad se ven las cosas desde otro punto de vista. El tiempo del patrón y los obreros se está acabando; no se puede tratar a la gente como animales ni se puede trabajar catorce horas sin interrupción. Son hombres y mujeres sin estudios que vienen del campo, pero son hijos de Dios, como nosotros, y es preferible que los patronos se den cuenta y que los traten como tales a que llegue de fuera un cabecilla espabilado y se organicen. Lea el periódico, madre. Todos los días pasan cosas... y no precisamente agradables.

Adelaida quería y dolía.

—Tengo el corazón partido, Antonio. De una parte, si un día puedo recibir la sagrada comunión de tus manos, colmaré mi dicha en este mundo. De la otra, solamente imaginar cómo se quedará tu padre al saber que no puede contar contigo para sus proyectos me destroza el alma.

—Voy a sentirlo en la mía, madre. Pero es mi vida, y si Dios me ha llamado no voy a defraudarle. —Luego hizo una pausa—. Me dijo que hablaría con mosén Cinto Verdaguer, ¿cuándo piensa hacerlo?

—Lo haré pronto, te lo prometo. Antes de que acabe el año.

8

El Liceo

Atardecía el sábado. Los faroleros, con sus largas pértigas, iban prendiendo los faroles de gas de las Ramblas, cuya luz se reflejaba en el húmedo suelo. Las gentes paseaban ajenas a lo que no fueran sus cosas, y frente al Liceo se arremolinaban los curiosos por ver descender de los carruajes a las bellas, acompañadas por sus caballeros, luciendo sus mejores galas, echarpes y abrigos que apenas cubrían generosos escotes y que dejaban entrever el fulgor de brillantes, esmeraldas y rubíes sobre los tocados y las diademas, y enmarcando los rostros pendientes y ajorcas diseñadas por las más reputadas firmas de joyeros de Barcelona, como Bagués o Masriera y Carreras.

Amelia Méndez se había citado con Consuelito Bassols, su íntima amiga y dependienta como ella de los almacenes El Siglo, donde trabajaban ambas —en distintos departamentos: la primera en la sección de complementos de caballero y su amiga en la de moda femenina—, en el café del hotel Oriente para hacer tiempo antes de acudir al evento. Así podrían observar en detalle las vestimentas de las damas que asistían a la ópera, que aquella noche había colgado el cartel de NO HAY BILLETES debido al inmenso atractivo que ejercía sobre el público el tenor navarro Julián Gayarre, quien iba a cantar *La Favorita*, su ópera predilecta.

La gente se agolpaba frente al teatro, en la parte central de las Ramblas, e intentar ganar un puesto en las apretadas filas era tarea imposible. Amelia se abría paso a codazos sujetándose con la mano izquierda el breve sombrerito verde y tirando de su amiga con la derecha, siempre con la sonrisa en los labios y un «Usted perdone» a punto, por si alguien se sentía molesto. Cuando ambas jóvenes estuvieron instaladas en la primera fila, justamente detrás de la hilera de guardias, Consuelo se dirigió a su amiga.

—¡Me volverás loca! ¿No me habías dicho que, como cada sábado, iba a recogerte Máximo?

—Me ha mandado un recado a última hora por su hermano Juan Pedro, diciendo que tenía algo que hacer y que lo esperara a partir de las doce en el Edén Concert.

—La que no se conforma es porque no quiere. No sé cómo lo aguantas... Además, qué raro en sábado, ¿no?

—Yo ya no pregunto. Está muy misterioso. Un día es una reunión, otro escuchar una charla de alguien que va a hablar de algo... Pero bueno, a mí me viene bien porque hoy me hacía mucha ilusión poder ver todo esto —dijo señalando con un movimiento de su barbilla la brillante parada, ya que era imposible moverse entre el gentío que se arremolinaba—, y de haber venido a recogerme no habría querido venir aquí. O sea, que ya me está bien.

—Hija, para eso no tengas novio.

—No creas, ya me lo voy pensando.

Súbitamente el murmullo de la gente subió en intensidad e hizo que las muchachas se pusieran sobre las puntas de los pies para intentar ver mejor. El caballo de la derecha de una collera de dos que tiraba de un landó brillante como un zapato de charol había resbalado sobre los húmedos adoquines y había doblado las patas delanteras, provocando un barullo. El cochero del carruaje posterior tiró de riendas, y su caballo se encabritó peligrosamente, pateando en el aire e inclinando de manera violenta el coche. Varias personas se abalanzaron sobre la batahola para tratar de auxiliar; uno de los guardias, ayudado por el lacayo, intentaba levantar al equino caído en tanto el cochero ordenaba desengancharlo de las varas para mejor proceder. Un joven bajó de la acera y, tomando el látigo que el cochero había depositado sobre el asiento, comenzó a golpear al animal caído mientras otro joven intentaba sujetarle el brazo y le gritaba:

—¿Qué haces, Alfredo? ¡Déjalo! ¡Así no es! ¡Va a ser peor!

Amelia no pudo aguantarse.

—¡Bruto, es usted un bruto!

El llamado Alfredo miró hacia ellas y, sonriendo indolente, comentó a su amigo, ya más calmado:

—Qué buena jaca la del sombrerito verde, ¿no te parece, Germán?

Por fin levantaron al equino y las gentes fueron serenándose. El orden regresaba poco a poco.

Consuelo dijo a su amiga:

—Qué bestia, ¿no? Tiene cara de caballo.

—Sí, pero tiene algo.

9
La fiesta de los Bonmatí

A las diez de la noche el Milford conducido por Mariano aguardaba turno en el caminal de plátanos que iba desde la reja de la entrada hasta la explanada destinada al estacionamiento de los coches de los invitados. La cola avanzaba lentamente. Hacía una noche espléndida para el mes de noviembre, y la música que salía desde los salones de la casa llegaba nítida hasta donde estaban los dos amigos.

—¡Esto pinta pero que muy bien, Germán! Si la cena está a la altura del ambiente, será espectacular.

Germán se sintió molesto.

—Eres un zafio, Alfredo, siempre piensas en lo mismo. —Señaló en rededor—. ¿No te impresiona el marco?

A un lado y otro del camino, grupos escultóricos iluminados por hachones clavados en la hierba ornaban los inmensos parterres.

—Para ti es muy fácil, estás acostumbrado a todo esto desde que naciste y aprecias la escultura, la pintura y el arte en general, pero para los pobres es diferente. Yo lo que siempre cotizo es la comida, eso sí que marca la diferencia de clases. De no haberte conocido en el cuartel cuando servimos a la patria, por decirlo de alguna manera, yo habría visto esta fiesta en *La Ilustración*. Que sepas que te estoy muy agradecido.

—No hay por qué. Tú también me has descubierto un mundo tremendamente gratificante que no imaginé que existiera y que tampoco sale en las revistas.

Finalmente el Milford llegó a la explanada. Cuando Silverio saltó del pescante para abrir la portezuela, dos criados de calzón corto que portaban sendos velones ya lo habían hecho.

Germán se dirigió al cochero.

—Apárcalo donde puedas. Dentro de tres horas envía a Silverio a la puerta; si no estamos allí, el portero tendrá un recado. —Y dirigiéndose a su amigo, añadió—: ¿Te parece bien?

—A mí me parece bien todo aquello que te lo parezca a ti.

—Pues vamos allá.

Partieron ambos, precedidos por uno de los criados que iluminaba el camino. Alfredo estaba emocionado y, tomando del brazo a Germán, lo instaba a ir más ligero.

—Venga, Germán, que nos lo estamos perdiendo, ¡vamos a por ellos! ¡La noche es joven y tú eres un rey!

Germán lo miró sonriendo. El sirviente que los había conducido hasta la entrada del templete se hizo a un lado y los dejó situados en el carril de los invitados que entraba en la casa. Por el lado contrario salían las parejas que se dirigían a la pista de tenis, donde se había montado un pabellón a imitación de los *envelats* que presidían la fiesta mayor de los pueblos donde el maestro Arturo Rodoreda iba a acompañar al piano a un joven tenor y a una joven soprano, alumnos destacados de las mejores escuelas barcelonesas de canto que interpretarían solos y, conjuntamente, piezas de repertorio clásico. Él era César Ventura y ella, Claudia Codinach.

Dentro de la mansión la gente se fue distribuyendo y cesó el agobio. Los dos amigos, antes de dirigirse al salón para saludar a los anfitriones, se pasearon por la planta baja de la casa. La fiebre del modernismo estallaba en todo su esplendor: vitrales policromados, grandes esmaltes, lámparas con cuerpo de mujer que sostenían una pantalla de pequeñas lágrimas, mesitas bajas con delicadas esculturas, y la embocadura de la soberbia y retorcida escalera que subía al piso superior y cuyos balaustres de flores de hierro entrelazado era una auténtica obra de arte.

Cuando iban a saludar al matrimonio Bonmatí, Papirer observó a un corro de muchachas que, tapándose la boca con disimulo, cuchicheaban entre risas, lanzándoles atrevidas miradas.

—Mira, ya te han reconocido. Eres como el candil que atrae a las mariposas de la noche.

—¡No seas tonto! Las niñas en edad de merecer siempre obran igual.

—Pero no me miran a mí, miran al ex campeón de España de florete que, por una cosa u otra, casi cada mes sale en las revistas.

En ésas andaban cuando, casi sin darse cuenta, se abrió el grupo que los rodeaba y se encontraron frente a los Bonmatí. Él, viudo, sesentón y barrigudo, con cabello y barba canosos y embutido en un frac de larga cola que todavía lo hacía más bajo, había contraído matrimonio tras enviudar con la que había sido su amiguita, Dorotea, mucho más joven que él, una belleza pueblerina y ordinaria a la que llevaba recargada como un muestrario de joyería.

Germán, seguido de Alfredo, se adelantó a besar la mano cubierta de anillos que ella tendía obsequiosa. Tras una elegante reverencia y de apenas rozarle con los labios el dorso, y después de una correcta inclinación de cabeza dirigida al marido, se hizo a un lado para presentar a su acompañante.

—Mi amigo Alfredo Papirer, edecán del Colegio de Registradores.

Papirer, todavía asombrado por la presentación que de su persona había improvisado Germán, se inclinó asimismo e imitó el ceremonial de éste.

La voz de ella, aguda y excesiva, demandó:

—Papirer... Papirer... ¡Me suena! ¿Tal vez de los Papirer de Mataró?

Cuando Alfredo iba a contestar, Germán se adelantó:

—Mi amigo está destinado en Barcelona. Su familia es oriunda de Valencia.

—Pues siendo usted amigo de Germán tiene esta casa abierta. Es un lujo recibir a este destacado *sportman* que pasea por el mundo el nombre de Cataluña en olor de multitud. Pero no se entretengan con nosotros... Disfruten de la fiesta y vayan con la gente joven, que es lo que les corresponde.

La mujer fulminó al marido con la mirada y, tapando con su abanico el rictus de su boca, dedicó a Germán un guiño cargado de intenciones.

Tras una inclinación de cabeza partieron ambos jóvenes, perdiéndose entre los invitados.

—Es como un sortilegio. ¡Ya tienes a otra en el bote!

—Tú, que ves visiones donde no hay más que un guiño amistoso.

—A mí me vas a contar ahora tus andanzas cuando llevo pegado a ti desde nuestra mili.

Luego los amigos se dirigieron al bufet a sugerencia de Papirer y, para su desesperación, casi cada grupo de gente joven los detuvo en el trayecto.

—¿Para cuándo en el Bellas Artes?

—Germán, ¿estuviste con la reina en la inauguración de la Exposición?

—Magnífico pabellón el de su familia, ¡está a la altura del de don Claudio López!

Germán respondía con amabilidad a todo el mundo, en especial a las damas que visiblemente se disputaban su atención. Cuando Alfredo, ya nervioso, le oprimía el codo, insinuando que se deshiciera de los halagos para dirigirse de una vez al comedor, una frase detuvo a Germán. La viuda de Félix Llobatera, famoso constructor y amigo de su padre, mujer que pese a sus años y a su níveo cabello todavía conservaba signos de la gran belleza que había sido mediado el siglo y que tenía fama de decir cuantas cosas se le vinieran a la boca, lo detuvo tomándolo del brazo confianzudamente.

—Querido, ¿ha heredado usted el buen gusto de su padre con respecto al sexo débil?

Germán la observó con detenimiento.

—Eso creo, señora.

—Entonces permítame acompañarlo al recital que se va a celebrar en el entoldado del jardín. Además de tener una voz preciosa, según dicen la joven soprano es de una belleza deslumbrante. Por lo que sé, estudia en la academia de doña Encarna Francolí.

—¿Y eso qué tiene que ver conmigo y con mi padre?

La dama detuvo un instante su camino y miró descaradamente a Germán a los ojos.

—¡No me diga que no lo sabe!

—Perdone, pero no comprendo. ¿Qué es lo que debería saber?

—A lo mejor su señor padre lo guarda en secreto y quiere darle una sorpresa, pero a mi edad una dama puede ser indiscreta. Espero que sabrá perdonar. —Entonces, con un mohín muy estudiado y cubriendo los labios con su abanico plegado, aclaró—: Claudia Codinach es la protegida de don Práxedes. Se dice que el padre de usted le está pagando la carrera, lo cual también haría yo si fuera hombre. La muchacha es una preciosidad. Lo que ignoro es si su voz está a la altura. Claro que en ocasiones eso es lo de menos... Pero ¡si lo sabe todo el mundo!

Alfredo Papirer supuso que por el momento no iba a cenar.

Germán conocía la afición de su padre al bel canto y no ignoraba que de vez en cuando dedicaba su dinero a proteger a artistas noveles. Sus discusiones más frecuentes en el Círculo del Liceo invariablemente versaban sobre la política de ultramar, la última corrida lidiada en El Torín por Lagartijo y Frascuelo o la rivalidad exaltada que separaba a los seguidores de los dos tenores de moda, el navarro Gayarre y el italiano Masini, sin menospreciar a Antonio Aramburo, del que le hacía gracia su endemoniado carácter aragonés que, según se decía, en una ocasión lo había llevado a abandonar la escena e irse a su casa para guisarse unas migas. Sabía también que don Práxedes, hacía un par de años, había protegido a un barítono de La Barceloneta al que inclusive obligó a cambiar el nombre ya que el de César Grau le pareció poco filarmónico y, siguiendo la moda italiana, lo bautizó como César Grodeli, y recordaba que el día de su debut en un papel secundario, con el disgusto de su madre, a la que aquellas cosas horrorizaban, don Práxedes llenó su palco del Liceo con un grupo de amigos a fin de que el barítono estuviera arropado y tuviera asegurado el aplauso. Lo que Germán ignoraba hasta aquella noche era que su padre protegiera a una soprano que, por lo visto, tenía un físico envidiable, cosa que raramente coincidía con la voz, ya que, fuera por el esfuerzo y la necesidad de una gran capacidad aeróbica, todas acostumbraban a tener un seno casi obsceno.

De cualquier manera, Germán no iba a arredrarse ante las insinuaciones de la lengua viperina de la viuda de Félix Llobatera.

—Mi querida señora, conozco perfectamente la afición de mi padre por el bel canto y su gusto por el mecenazgo. Lo que ignoro es el día a día. Los negocios dan mucho trabajo, y tenemos temas más importantes que tratar que futilidades de mujeres desocupadas. Si no le importa, he quedado con unos amigos.

La viuda Llobatera no quiso acusar la indirecta.

—Vaya, vaya... Yo voy más despacio.

—Pues que tenga usted buena noche.

Germán tomó a Alfredo por el brazo y lo obligó a acelerar el paso en dirección al pabellón donde estaba anunciado el recital.

—Pero ¿no íbamos a cenar?

—Luego. Tiempo habrá para que saques la panza del hambre, Pantagruel. Me interesa ver a esa jovencita.

La gente se arremolinaba en la entrada del entoldado, que cuidaban dos porteros. En el interior, cuatro criados iban acomodando a los invitados de más edad en los palcos en tanto la gente joven ocupaba las hileras de sillas forradas instaladas cual si fuera la platea de un teatro. Al fondo, sobre un entarimado cerrado en caja por gruesos tapices a modo de escenario, se veía un piano negro de cuarto de cola y, sobre el mismo, dos candelabros. Circunvalando el estrado, una ristra de candilejas que en aquel instante un joven doméstico iba encendiendo. Al tiempo que Germán y Papirer se colocaban en el extremo de la cuarta fila, el fámulo prendía asimismo las velas de los candelabros y se retiraba, y los cuatro domésticos que habían acomodado a la gente se ocupaban, mediante unos largos bastoncillos acabados en una capucha metálica invertida, de ir apagando los velones que, instalados en ambleos en derredor de los asistentes, habían iluminado la platea.

Al mismo tiempo que la luz se atenuaba, lo iban haciendo las conversaciones, que, poco a poco, se tornaban en murmullos. Tras una larga pausa se abrió la cortina del fondo y apareció el maestro Arturo Rodoreda, quien fue acogido cariñosamente con un aplauso cortés. El maestro se fue al centro del escenario y, tras aguardar a que cesaran las palmas, se dirigió al respetable.

—Damas y caballeros, les doy mi más cordial bienvenida. Nuestros queridos anfitriones, los señores Bonmatí, han tenido la gentileza de confiarme la parte musical de esta velada, y tanto el repertorio como la selección de los intérpretes han sido de mi más absoluta responsabilidad. Y debo decir que no me cabe la menor duda de que ambas cosas serán de su agrado. En primer lugar, porque las piezas elegidas son arias que han triunfado en los más importantes escenarios tanto de Europa como de América y sus autores, Bellini y Verdi, son sobradamente reconocidos y aclamados en todo el orbe. En cuanto a lo segundo, tengo el gusto de presentar a dos de las mejores y más jóvenes voces, escogidas de entre todas las escuelas de canto de Barcelona, que pronto debutarán en nuestro primer teatro. Dentro de un instante podrán ustedes juzgar. Para ellos la gloria que no dudo alcanzarán y para mí cualquier fallo que pudiera haber. Muchas gracias.

En tanto sonaban de nuevo las palmas, el maestro Rodoreda se levantaba elegantemente las colas del frac, se sentaba frente al piano ajustando la banqueta y, a la vez que observaba la partitura, juntaba con delicadeza las manos y hacía crujir sus nudillos.

Por uno de los laterales del escenario apareció César Ventura —pantalón gris, levita verde, camisa con cuello de plastrón, cabello rizado, tórax prominente y una mirada viva que recorrió nerviosa todo el auditorio—, quien, tras saludar primero al público y luego al maestro, se colocó en el centro del entarimado y aguardó a que Rodoreda atacara el solo de tenor del segundo acto de *Rigoletto*. Ventura tenía la voz potente y modulada, más para ópera italiana que alemana y tal vez un poco falta de color. Tras el aplauso del respetable interpretó dos piezas más de Verdi y de Rossini; a continuación, se retiró.

Alfredo Papirer, que no perdonaba lo de la cena, lanzó un fino dardo.

—Ahora le toca a la protegida de tu padre. Imagino que habrá que aplaudir de cualquier manera.

—Si canta bien aplaudiré. Lo de «protegida» no me consta. ¡No estoy para hacer caso de comentarios de viudas ociosas!

—No me habías dicho que tu padre protegía artistas.

—Ni otras muchas cosas. ¿O crees, tal vez, que debo darte cuenta de mi vida?

Papirer intuyó que había rebasado el límite, cosa que en ocasiones le sucedía, y recogió velas rápidamente.

—¡De ninguna manera! Lo decía en buen son. Ya sabes que entre otras ocupaciones soy jefe de claca en el Liceo, y si hay que apoyar a una artista novel que puede tener algo que ver con tu familia, ¡verás qué bueno soy arrancando el aplauso!

—Lo que más me molesta es que me den jabón. Si crees que debes ganarte la cena, aplaude.

Germán había marcado distancias, cosa que hacía frecuentemente.

El aplauso del público hizo que de nuevo atendiera al escenario, y lo que vio le sorprendió en extremo. La muchacha tendría unos veinte años y desdecía cuanto podía suponerse de la figura de una soprano. Era alta y delgada; morena, con el pelo recogido en bucles; vestía una túnica blanca de corte griego que le caía desmayada a lo largo del cuerpo; tenía unos hermosos ojos de largas pestañas y una boca dibujada y de labios jugosos. Correspondió con una leve inclinación al aplauso del respetable y, volviéndose hacia el maestro, le indicó con el gesto que estaba dispuesta.

Su voz tenía un tono y una calidad muy superior a la de su compañero. Cantó «Casta diva» de la *Norma* de Bellini y un aria de *Madame Butterfly*, y, ante el aplauso enfervorizado del público, hizo aparecer a César Ventura, finalizando ambos el concierto interpretando a dos voces «Un bel di vedremo».

El éxito fue notable. La gente salía realmente entusiasmada. Ante el vestidor de ella se formó de inmediato una cola de jóvenes caballeros que querían presentarle sus respetos.

—Ha estado muy bien. ¿Vamos ahora a cenar, Germán?

—Sería una descortesía. Primeramente debo saludar a la protegida de mi padre, ¿no te parece?

Alfredo se dio por aludido y, atendiendo la indirecta, no respondió. Aquélla no era su noche más afortunada.

La cola fue avanzando. Los jóvenes, tras el saludo, iban saliendo del camerino que se había montado en lo que cotidianamente eran los vestuarios del tenis. Cuando llegó su turno e iban a entrar, los dos amigos tropezaron en la estrecha puerta con un militar que salía acompañado de un joven de aspecto inglés.

—No tengan tanta prisa, jóvenes. Antes de entrar hay que dejar salir.

A Germán le molestó el tono.

—Perdón. Tiene usted razón. Comprendo su prisa por ir a Cuba.

El militar captó la indirecta.

—¿Está usted llamándome cobarde?

—No, por Dios. Es únicamente que me sorprende que en un ambiente festivo y de noche alguien tenga alguna urgencia.

El que parecía inglés tiró del militar.

—Déjalo, Emilio, tengamos la noche en paz.

El militar se resistió un poco. Luego musitó:

—No vale la pena perder el tiempo con según quién.

Germán y Alfredo estaban en la puerta del camerino. Y ya cuando se alejaban los otros dos, el último indagó:

—¿Lo conoces?

—Sí, es un imbécil. Creo que se apellida Serrano. Tira sable con el equipo del Casino Militar; alguna vez me he topado con él en el torneo por equipos.

—Déjalo, Germán, y entremos. Estamos parando la cola.

Tras entrar en el lugar Germán cerró la puerta tras de sí. La mujer pareció sorprendida.

—No quiero pecar de descortés, así que voy a presentarme. ¿Le suena el apellido Ripoll?

La muchacha sonrió abiertamente, mostrando una dentadura perfecta.

—¡No me diga que conoce a don Práxedes!

—Lo conozco bastante. Almuerzo con él algunos días... Es mi padre. Y éste —dijo señalando a Fredy— es mi amigo Alfredo Papirer.

—Señorita, debo decirle que tiene una voz preciosa, y yo entiendo de eso bastante, soy asiduo del Liceo. ¿Para cuándo su debut? —preguntó, meloso.

—¡Uy! Va para largo, aún me falta. —Ahora se dirigía directamente a Germán—. ¡No me diga que don Práxedes es su padre!

—Pues sí, sí lo es. —Y añadió, jocoso—: Vamos, que yo sepa.

—Pues a él le deberé todo lo que pueda llegar a ser. De no ser por él, no habría podido asistir a las clases de doña Encarna Francolí.

—¡No se imagina usted cuánto me alegra conocer una de las buenas obras de mi padre! Y ya que él no debe, pues mi madre se enfadaría, ¿podría concederme, en alguna ocasión, el honor de cenar en la compañía de usted en su nombre? ¿O, tal vez, el de acompañarla a su casa esta noche?

—Esta noche es imposible. He venido con mi madre. —Claudia se guardó muy bien de decirle que había sido limpiadora en la fábrica de maletas—. Quizá, y en atención a quien es su padre, y siempre con su permiso, podría acompañarle algún mediodía.

Germán tomó la mano de la muchacha y, sin inclinarse y mirándola a los ojos, se la besó lentamente.

—Yo me ocupo de recabar ese permiso. Usted guárdeme el secreto. Y, dígame, ¿dónde debo buscarla?

—Vivo en la plaza del Ángel n.º 6. Allí tiene usted su casa.

—Mil gracias, no lo olvidaré. —Y volviéndose hacia su amigo añadió—: Vamos, Alfredo.

Papirer se despidió a su vez.

—Ha sido un placer. De cualquier manera, le aconsejaría que cambiara su apellido por uno italiano; en el mundo de la ópera es más comercial y en los carteles luce más importante.

—El maestro Rodoreda ya se lo ha sugerido a mi maestra de composición, Encarna Francolí, y entre los dos han decidido que mi nombre artístico sea Claudia Fadini... Bueno, quiero decir, que lo será en el futuro.

—Entonces hasta muy pronto, Claudia. Espero que este encuentro sea el primero de muchos.

Y dando media vuelta, partió Germán seguido de su amigo.

10
La reunión

A la misma hora, por la calle Tallers —por cierto, apenas iluminada—, marchaban tres hombres. Su apariencia era común y corriente: pantalones gastados por el uso y sujetos por tirantes, camisa blanca, americana estrecha, gorra echada sobre los ojos y manos en los bolsillos. A medida que avanzaban, la calle se iba llenando de grupos de hombres de aspecto parecido. También se veían unas cuantas mujeres de aire sencillo: falda raída, blusa abotonada, toquilla sobre los hombros y moño cubierto por un pañuelo, algunas de ellas. Cuando un grupo alcanzaba a otro, apenas un leve gesto llevándose la mano a la gorra denotaba que se conocían y daba a la señal un aire de conjurados.

El más alto de los tres, Santiago Salvador, comentó con cierta ansiedad:

—Paulino, si no nos damos un poco de prisa, no podremos coger un buen sitio. Aligerad el paso.

—No tengas cuidado, Santiago. Gervasio ya está avisado y nos guardará asiento en uno de los palcos. —El espigado Paulino Pallás se dirigió al tercer componente del grupo acicalándose su alambicado bigote—. Tú, Máximo, ¿conoces a Gervasio Gargallo?

—He oído hablar de él. Me han dicho que es muy «echao p'alante» y que tiene lo que hay que tener. Si no me equivoco, trabaja en La Maquinista.

El llamado Santiago Salvador apuntó:

—Es quien maneja todo esto. Si tuviéramos diez como él, las cosas pintarían de otra manera. Es el que ha conseguido que Errico Malatesta hable esta noche.

—¡Y tú ibas a perdértelo por acompañar a tu chica a ver cómo entran en el Liceo ese atajo de zánganos! —apuntó Pallás.

—Trabaja en la moda y le gustan los trapos, eso no es malo. A última hora le he mandado un recado por medio de mi hermano

Juan Pedro y me he excusado. Como comprenderéis, me importa mucho más lo de esta noche.

El grupo apretó el paso, y una pausa de silencio se estableció entre los tres.

—¿No iba a ser la reunión en el Círculo Socialista?

—Hay mucho chivato emboscado, Máximo, y la policía está sobre aviso. A última hora se ha cambiado el lugar de reunión. Es donde ensaya la coral del Pueblo Seco, está en la calle Valdonzella junto a Montealegre. Ya llegamos.

La gente se arremolinaba en la entrada. Dos tipos, uno de ellos inmenso, se ocupaban de controlar el acceso. Cuando el trío llegó hasta el más grande, Paulino dijo:

—Éste es Santiago Salvador y éste es Máximo, y yo soy Paulino Pallás. Gervasio me ha dicho que me presente en la puerta.

El tipo inmenso llamó a un adlátere que estaba detrás de él.

—Lleva a estos compañeros al palco de Gervasio.

—Me parece que está ocupado —replicó el otro.

—¡Pues échalos, coño! ¡Haz lo que te digo!

El tipo los llevó hasta una escalerilla que conducía al primer piso y luego avanzó por el pasillo hasta la puerta del palco de proscenio. Tal como había anunciado, en el interior estaban instalados cinco compañeros.

—Tenéis que iros.

Uno de los cinco se rebeló.

—Hemos venido hace una hora y nos han dicho que los sitios eran libres.

—Éste no, que es el palco de Gervasio y sólo él dispone.

—¿Y si no me da la gana?

—Si no te da la gana, te lo explicará Matías Cornejo, que está al cargo de la puerta.

Al oír nombrar al inmenso portero el grupo fue saliendo de mala gana.

—Desde aquí lo vais a ver muy bien. ¡Salud, compañeros!

El hombre se retiró y el trío se acomodó junto a la barandilla, preparándose para pasar lo que prometía ser una noche memorable.

El humo de los cigarros encendidos enturbiaba la atmósfera y la barahúnda de voces producía una cacofonía indescriptible. Máximo estaba enfervorizado. Un individuo se asomó a la corbata del escenario con una larga vela encendida y fue prendiendo las candilejas, que iluminaron una bucólica escena de pastores y ovejas que decoraba el telón. Al cabo de un breve tiempo, éste se abrió y apareció

Gervasio por la primera entrecaja aplacando con las manos el barullo que subía de la platea.

—¡Compañeros, compañeros, un poco de silencio, por favor!

El ruido se fue apaciguando.

—Tengo el placer de estar aquí hoy, y no es porque me veáis en este escenario, pues ya me habéis visto en muchas otras ocasiones. Sin embargo, hoy es diferente. He de contaros algo muy importante —remarcó con énfasis—. Todos los que estamos aquí esta noche podremos decir a nuestros hijos: «Yo estuve allí». Ésta puede ser una fecha memorable, compañeros. Al acabar la velada entenderéis el porqué. Y ahora, sin más preámbulos, tengo el honor de presentaros a alguien que ha sabido ordenar y resumir nuestros sueños. Os pido un aplauso para Errico Malatesta, recién llegado de Argentina para darnos su conferencia sobre lo que está pasando en el mundo.

El recibimiento a la salida del personaje por el lateral del escenario fue apoteósico.

Gervasio, poniéndose las cuartillas debajo del brazo, se hizo a un lado batiendo palmas para arrancar el aplauso, y Errico Malatesta se instaló en el centro de la escena en tanto el presentador se retiraba. Máximo se asombró ante el magnetismo que emanaba de aquel hombre cuyo aspecto no inspiraba particularmente una sensación de autoridad: rostro enflaquecido, cabello rizado y canoso levantado por ambos lados, bigote y perilla afilada, magro de cuerpo, vestido de negro con una gastada levita y un raído pantalón, al cuello una desmayada pajarita de lazo. Máximo se preguntó qué era lo que hacía que súbitamente aquella masa de hombres rudos se hubiera callado como cuando de niño su madre lo llevaba a la procesión del Corpus y la gente enmudecía al paso de la custodia. Súbitamente se dio cuenta del porqué. Los ojos, eran los ojos... Bajo aquellas pobladas cejas, penetrantes y duros como dos carbunclos encendidos que se paseaban por la audiencia y que casi obligaban a los presentes a bajar la mirada.

Luego comenzó.

—Queridos hermanos de Barcelona, el honrado soy yo por poder dirigirme a esta asamblea. —El silencio era apabullante, y todavía era más curioso porque el conferenciante no gritaba desaforadamente. Su voz ronca y con aquel extraño acento penetraba como el cuchillo caliente en la manteca—. He dado muchas vueltas por el mundo. Acabo de llegar de Argentina, esa hermosa tierra tan hermanada con la vuestra, y me doy cuenta de que siempre es lo mismo: el hombre sencillo, bueno y trabajador es explotado por una banda de inmisericordes cuervos que, desde sus poltronas y amparados por sus esbirros, se dedican a aprovecharse del trabajo de los demás. No quiero ser augur de malas nuevas, pero hoy he venido aquí porque precisamente aquí se dan ahora todas las circunstancias para que el hambre y la miseria se adueñen de vuestros hogares. Dentro de pocos meses se acabará la Exposición Universal, y entonces, sin otro recurso, os veréis sin empleo, sin un mendrugo de pan que llevaros a la boca ni un cuenco de leche para vuestros hijos, y yo os auguro que no habrá trabajo, ni trabajo ni misericordia para el ingente rebaño de mendigos que poblará las calles. —La masa se revolvía inquieta. El conferenciante prosiguió—: Trabajáis dieciséis horas; no es suficiente. Comenzáis a las cuatro de la madrugada y termináis a las ocho de la noche. Os cruzáis en la puerta de vuestra barraca con vuestra mujer, que comienza su turno cuando vosotros acabáis el vuestro, y todo por una miseria. Y si caéis enfermos o tenéis algún percance os dejan en la calle como si fuerais un perro lisiado. Y yo os digo: ¿es esto vida? ¿Es justo que el hombre explote al hombre? ¿Es que alguien no nace de mujer?

El discurso continuó en esa tesitura. Finalmente, después de una clamorosa ovación, Gervasio demandó si alguno deseaba preguntar algo.

Una voz quiso argumentar que se estaban reuniendo los obreros para formar sindicatos.

—¡Cuidado con eso! —respondió Malatesta—. Los sindicatos presupondrán jerarquías. No os dejéis engañar. Formad grupos y escoged a los más preparados, a aquellos que puedan dar consejos pero no mandar.

Otra voz preguntó qué era lo que había que hacer en caso de guerra.

—No es vuestra guerra. No luchéis por imperios que no os interesan. Mi maestro Bakunin lo tuvo muy claro: ¡nada que ayude al capitalismo! Y si llega el momento, no olvidéis que el único lenguaje que entienden es el del terror.

Los aplausos y las ovaciones duraron quince minutos. Un torbellino de ideas se aglomeraba en la mente de Máximo. La masa se dirigía hacia las puertas.

Súbitamente, cuando ya pisaban la calle, oyeron pitos por Valdonzella, y por Tallers un rumor de cascos de caballos y de voces —«¡Compañeros, la policía! ¡Dispersaos!»—. La gente comenzó a lanzar los adoquines que estaban amontonados al lado de una zanja mientras huía despavorida. Una mujer cayó justo enfrente de Máximo y éste intentó levantarla.

La voz de Paulino sonó a su lado al tiempo que éste lo agarraba por la chaqueta y lo empujaba.

—¡Corre, coño, corre! No le harán nada. ¡Sólo buscan hombres!

Luego Santiago dijo:

—¡Estos hijos de puta no conocen otro lenguaje que las bombas!

Aquella noche Máximo no pudo dormir. A su lado Juan Pedro soñaba, y le pareció que casi sonreía. La madrugada lo pilló en la ventana fumando y mirando su mano mutilada en tanto Barcelona se despertaba y el ruido de las sirenas llamaba a los obreros a las fábricas.

11
Papirer

A las seis y media de la mañana Alfredo Papirer llegaba al portal de su casa en la calle Ponent n.º 8. La noche no había resultado grata, lo que prometía tanto había quedado en muy poco. Se abrió el gabán y tiró de la cadena de las llaves. Un contenido «Me cago en todo» le surgió del fondo del alma. Con la premura había rasgado el pantalón heredado de Germán, cosa que tenía difícil arreglo. Abrió media puerta y, con cuidado de no tropezar con el alzapiés, entró en el portal. El conocido olor acre a col y a humedad asaltó su olfato, y se felicitó tras cerrar por la precaución que había tenido desde siempre en no permitir que lo acompañaran hasta su domicilio. Como de costumbre, se había hecho dejar en la acera frente al Gran Teatro del Liceo alegando que su casa estaba en las proximidades y que siempre le gustaba caminar algo para, de esta manera, despejar su cabeza.

Buscó en su bolsillo izquierdo y sus dedos palparon una caja de cerillas. Extrajo una de ellas, rascó el fósforo contra la suela de su zapato y a la débil llama avanzó hacia la escalera. La barandilla no comenzaba hasta el tercer escalón. Se apoyó en ella e inició su ascensión hasta el tercer piso. La temblorosa llama comenzó a vacilar, y cuando sintió el calor en sus dedos de un soplido terminó de apagarla. Continuó a oscuras. Tristemente, conocía a la perfección el camino. A los dos primeros peldaños del segundo rellano les faltaba el reborde de madera que los remataba, y tanteó con el pie derecho antes de proseguir su ascenso. El desgarrador llanto del bebé del segundo piso llegó a sus oídos. Le parecía mentira que la gente se complicara tanto la vida: aquella pareja tenía tres hijos, y la mujer, cuando llegaban los días del final de mes, acostumbraba subir a la hora de comer, al principio para pedir un huevo o un poco de aceite prestado, y finalmente y ya descarándose, preguntando a su madre si le sobraba algo.

Alfredo llegó a la puerta de su piso y procedió de nuevo a encender otra cerilla. Su luz iluminó sobre la enrejada mirilla el desvaído esmalte del Sagrado Corazón del que su madre tan devota era y tantas novenas le había hecho. Esa vez con mucho cuidado, volvió a extraer el manojo de llaves de su bolsillo y buscó en el aro el correspondiente llavín; tras introducirlo en la cerradura, abrió la puerta. Junto a la entrada y en la pared al lado del perchero estaba el globo de cristal esmerilado del viejo quinqué de petróleo. Alfredo manejó el émbolo de baquelita y, cuando apreció la presión suficiente, abrió la espita del gas, acercó la llama al mechero y, al instante, una luz amarillenta se esparció iluminando el pasillo. Cerró la puerta de la escalera y se dirigió al fondo pasando frente a su habitación, a la puerta cerrada del dormitorio de su madre y a la del pequeño cuarto de baño que compartían ambos. A su izquierda quedaba la cocina y un cuchitril donde se amontonaban todos los trastos viejos de la casa.

Llegó a la estancia donde hacían vida y procedió a encender el candelabro de cinco velas que estaba en el centro de la mesa sobre el tapiz de ganchillo que había hecho su madre. Se quitó el gabán, la chaqueta y el chaleco, y dejó las tres prendas sobre el respaldo de un sillón de mimbre. Luego se acercó a la alacena y, abriéndola, tomó un vaso y del armario una botella de vino. Se escanció una generosa ración y retirándola de la mesa se sentó en una de las cuatro sillas que la rodeaban. Se llevó el vaso a la boca, trasegó un sorbo paladeándolo despacio y se dispuso a repasar mentalmente lo acaecido aquella noche que tanto prometía y que había finalizado de un modo tan amargo.

Sin darse cuenta, en una digresión involuntaria, su pensamiento se deslizó hacia el día en que había visto por vez primera la figura de Germán Ripoll, quien tanta importancia acabaría teniendo en su vida. Recordaba aquel hecho tan nítido y presente como si hubiera ocurrido el día anterior. Había sido en el mes de enero de 1881. Su madre, mediante un esfuerzo titánico, vendiendo a su hermano Cosme la pequeña parcela que había recibido en herencia de su padre en

San Martín de Provensals e hipotecando la carnicería que poseía en la misma calle Ponent y que le dejara su difunto esposo, había conseguido reunir los trescientos duros que requería el gobierno de la nación para eximir a los mozos quintados aquel año del servicio a la patria en ultramar, cosa que la mujer le recordaba en cualquier ocasión para presionarlo y así obtener de él cuanto quisiera. El sueño de su madre era que trabajara con ella en el negocio y ocupara el lugar de un dependiente para, de esta manera, ahorrarse un sueldo. Pero Alfredo tenía otros planes. Leía cualquier revista que llegara a sus manos y le entusiasmaba aquel flamante ingenio de la fotografía que ofrecía la oportunidad de captar la imagen de cualquier persona o edificio en una placa de cobre impregnada de plata por razón de la luz a través de una lente mediante la acción de los vapores de mercurio. Casi lo obsesionaba. Su madre creía que era una pérdida de tiempo y que aquel quehacer no tenía porvenir, pero él estaba seguro de que pasado el tiempo llegaría a ser tan importante como el oficio de pintor, y él quería ser artista.

Lo destinaron al Regimiento de Artillería Montada de Almansa 35, ubicado en los cuarteles del Parque de la Ciudadela, donde desde el primer día se sintió desplazado. Todos los quintos allí presentes eran hijos de familias acomodadas para las que los trescientos duros que costaba la exención de la milicia eran, si no calderilla, una auténtica nadería a cambio de salvar la vida de sus vástagos, ya fuera en acción de guerra o contrayendo alguna enfermedad como el dengue hemorrágico, el paludismo, la disentería o cualquier extraña fiebre de las que acostumbraba cogerse en aquellas lejanas tierras. La prueba: el aspecto famélico que presentaban a su regreso de Cuba aquellos desgraciados con uniformes de rayadillo, muchos con muletas, otros con muñones, que se esparcían por las ciudades de España, los más pidiendo caridad por las esquinas y despreciados por todos, que no veían otra cosa que a un hatajo de cobardes derrotados. Otro motivo tenía Alfredo para sentirse ajeno a todo aquello. Era demasiado alto y huesudo y, por demás, algo torpe, y su rostro caballuno —no exento, sin embargo, de cierto atractivo para las mujeres— y sus manos inmensas invitaban a las chanzas y a las novatadas propias de los quintos.

Recordaba perfectamente a un tipo al que el sargento trataba con desusada consideración. Lo observó varios días en la cantina, y pudo darse cuenta de que los demás asimismo lo respetaban y acercándose a él pretendían ser sus amigos. Pasado el tiempo lo tuvo claro: aquel muchacho, Germán Ripoll era su nombre, era campeón de Cataluña de florete, diestro en el arte de la esgrima, recomendado del coronel del regimiento a través de la influencia de su poderoso padre al punto de ser requerido en la sala de oficiales para librar algún combate con cualquiera de los que estaban fuera de servicio, bien con su arma predilecta, bien con sable o espada. Alfredo Papirer entendió que aquellos días y en aquellas circunstancias aquel tipo era su hombre. Se hacía respetar, tenía influencias y era rico, tres condiciones que él ambicionaba alcanzar en el mundo. Algún día, empleando los medios que hicieran falta, él hablaría de tú a tú a toda aquella gente. Para ello estaba dispuesto a ser el chico de los recados y, si era preciso, a limpiarle las botas a aquel tipo que, por otra parte, intuía algo déspota y caprichoso.

Aquél había sido el principio de una amistad entreverada de admiración y envidia que Alfredo pretendía a alimentar todos los días, costara lo que costase, mientras la considerara necesaria a fin de cumplir sus propósitos.

Su memoria se fue afilando, ordenando los sucesos acaecidos aquella última noche.

Antes de marcharse de la fiesta de los Bonmatí y en tanto la gente de la alta sociedad barcelonesa asediaba a Germán preguntándole sobre el torneo de esgrima del Ecuestre, sobre cuándo llegaría el siguiente cargamento de puros habanos, que escaseaban, si era verdad que el deán de la catedral había encargado el más hermoso y recamado libro de misa a la firma de su padre y si la reina regente María Cristina había visitado junto al pequeño Alfonso el pabellón de los Ripoll en la Exposición Universal, aprovechó para acercarse al bufet de una vez y poner al día su atormentado estómago, ajeno por completo a aquellos selectos manjares que veía en tan raras ocasiones. Finalmente ya ahíto, y antes de descender a la planta baja para rescatar a Germán de sus admiradoras, dio una última mirada a aquella mesa tan ricamente provista y lamentó no poder llevarse parte de todo aquello a su casa, ya que sin duda luego de hartar a la servidumbre iría a parar al carro de los desperdicios, mientras que a él al día siguiente su madre le pondría un plato de potaje condimentado, si había suerte, con sobras de la carnicería.

Recordaba que tras aquel lapso encontró a su amigo y protector ligeramente achispado y discutiendo con dos encopetados caballeros sobre la delicada situación que estaban pasando los propietarios de haciendas dedicadas al cultivo del azúcar o del tabaco en la lejana Cuba. Alfredo se aproximó con discreción y le indicó que Silverio estaba junto a la entrada aguardando órdenes. Germán se disculpó y aprovechó la circunstancia para escabullirse de la fiesta. Tras despedirse de los anfitriones, ambos jóvenes partieron.

Papirer se dio cuenta de que Germán había libado copiosamente y supo que la noche, como de costumbre siempre que tal acaecía, podía complicarse. Luego fue cuando se torcieron las cosas. Imaginaba que Germán querría dar ya por finalizada la velada, y cuál no fue su sorpresa cuando su amigo le espetó:

—La noche es joven, como tú dices, y yo soy un rey. Vamos ahora a uno de esos lugares que he descubierto gracias a ti y que tanto me gustan. —Y poniéndose en pie en el Milford y tocando a Mariano en la espalda le indicó—: Llévanos al Edén Concert, a la calle Conde del Asalto n.º 12.

Recordaba Papirer que el cochero se había vuelto, alarmado.

—Perdón, señor, mala calle para aguardar con este coche.

Germán respondió con voz estropajosa:

—¡Nadie te ha dicho que tengas que esperar! Y acostúmbrate a opinar cuando te pregunte. Después de dejarnos vete a casa, desengancha el coche y limpia los caballos. Acuéstate y procura no hacer ruido, que mi padre tiene el sueño muy ligero.

Tras media hora de camino llegaron a la puerta del Edén Concert.

Germán ya había descendido y Alfredo lo estaba haciendo. La voz del cochero sonó desde el pescante, preocupada.

—Señor, perdone que insista, ya se lo he dicho antes... También es mala calle para andar con esas ropas. En la esquina, aunque es meterme donde nadie me llama, tiene usted el prostíbulo más famoso de Barcelona. ¿Quiere que Silverio les aguarde a la salida?

Germán, aludiendo a la oscura tez del lacayo e intentando hacer una gracia, replicó:

—Está muy oscuro. Si no sonríe y se le ven los dientes, puede atropellarlo cualquier coche. Y además también tiene aquí su palacete el amigo de mi padre, el señor Güell.

Recordaba Papirer haberle reído la pulla, forzada y servilmente.

Mariano arreó a los caballos y el Milford partió.

El Edén Concert estaba de moda. Su ubicación invitaba a que el público fuera desigual y heterogéneo. Las clases altas lo visitaban como un divertimento canalla y esnob, y la chusma del Raval lo consideraba uno de sus lugares predilectos.

La memoria de Alfredo galopaba. El bribón que guardaba la puerta tenía muy claro su cometido y una estaca detrás de la misma, siempre a mano, que era el argumento que manejaba cuando algún paisano se ponía impertinente. En primer lugar se prohibía el paso a todos los borrachos; el que quisiera emborracharse debía hacerlo dentro, no venir de casa ya embriagado. Las mujeres en tanto no fueran mendigas ni zarrapastrosas tenían el paso franco; sin el cebo adecuado no se pescaban peces. Asimismo los pintorescos de baja ralea eran admitidos sin distinción, ya que los tipos achulados y diferentes eran la atracción de los forasteros de la parte alta de la ciudad, y mejor si tenían nombre propio. Fandinga, Patapalo, el Tonet y la Bigardona eran personajes muy conocidos en el Raval; su peripatético paseo entre las mesas formaba el telón de fondo del espectáculo. El dueño conocía su oficio; del Café de la Alegría —uno más de entre los de la zona frecuentado por tipos que dejaban más a deber de lo que pagaban— supo hacer un próspero negocio.

En el pequeño escenario del Edén Concert cabía todo: teatro, cupletistas, variedades, pantomima, prestidigitación, canciones, baile flamenco... Pero el verdadero espectáculo estaba en la platea, en la barra del fondo y en los palcos de la planta baja, ya que los del primer piso permanecían cerrados y cada uno era el reservado donde los muchachos de la clase alta celebraban sus orgías de vino y rosas con camareras de oficio dudoso y generoso escote que, además del conocido *choucroute* especialidad de la casa, ofrecían con descaro sus blancas carnes, pues, desbordando los apretados escotes, mostraban el canal de entre sus pechos para que los agradecidos los usaran de hucha.

El contraste de temperatura entre la parte alta de la ciudad y el ambiente caldeado del local era notable, y la atmósfera cargada por el humo de los cigarros hacía que todo estuviera envuelto en una neblina a la que había que acostumbrarse. El barullo de la gente era festivo y casi apagaba el sonido de la orquestina que acompañaba a la cupletista, que desde el escenario se desgañitaba para hacerse oír y encontrar una pulga que se había escondido en su cubrecorsé. El jolgorio entre los ocupantes de las primeras mesas era ostensible, y más de uno alargaba la mano por ver si podía agarrar el reborde de la falda de La Bella Camelia, que así se llamaba la artista.

Germán y Papirer fueron abriéndose paso entre la gente, cuidando evitar la porquería que invadía el suelo de cuadradas losas blancas achatadas por las esquinas y unidas por los cantos por pequeños azulejos rojos en forma de rombo. La luz de la sala provenía de unos apliques de tres globos de gas instalados en las columnas que separaban los palcos y de la caja del escenario iluminada por las consabidas candilejas. Finalmente llegaron a su destino, que era uno de los ángulos de la barra, y acodados a la misma pidieron al camarero, quien al distinguirlos se acercó rápidamente, un Anís del Mono y un sifón para Germán y, según recordaba, un agua mineral para él a fin de evitarse la consiguiente resaca. Había avisado a su amigo de que aquello podía sentarle mal, pero obtuvo de éste la desabrida respuesta de que se ocupara de sus cosas, a lo que añadió que quienes sabían ir a tiempo al urinario no se emborrachaban nunca.

Germán lo dejó solo para ir al aseo, y fue en aquel momento cuando Alfredo la vio. Acompañada de un tipo al que le faltaban tres dedos en la mano izquierda, estaba la muchacha del sombrerito verde, la misma que le había afeado su conducta cuando él había intentado levantar al caballo en la puerta del Liceo. Disimuladamente se acercó a la mesa donde se hallaba la pareja y se colocó tras una columna. El diálogo llegaba hasta él diáfano. Hablaba el hombre.

—Entonces, Amelia, el lunes a las siete a la salida del trabajo en la puerta de El Siglo. Y no te entretengas, que siempre sales de las últimas.

—Tú no tienes ni idea. Cuando sale la última clienta hay que ordenar todo el género, que no es poco. Luego he de entregar la libreta de pedidos al encargado de mi sección, y después cambiarme y salir.

—Y más tarde cotillear con Consuelo, que es lo que más te gusta.

Alfredo recordaba que fue en aquel momento cuando comenzó a urdir su plan. Regresó a la barra.

—¿Dónde coño te has metido?

—Mira, en aquella mesa está la muchacha del sombrerito verde, la que hemos visto a la salida del Liceo.

Germán intentó divisar entre el nebuloso ambiente. Al poco en sus ojos se reflejó la sorpresa.

—Paga esto y vámonos, no quiero broncas.

—¿Qué es lo que pasa?

—El tipo que la acompaña trabaja para mi padre, se llama Máximo.

—Pero ¡si acabamos de llegar y aún no nos hemos tomado lo pedido! ¿Por qué no llamamos a dos camareras y subimos a un palco a rematar la noche?

—Me imagino que con mi dinero —le soltó—. Nunca has tenido clase. Yo he venido a ver el ambiente; la carne de gallina vieja no me interesa.

—Aquí hay mujeres que están muy bien.

—Me gustan jovencitas, mucho más jovencitas, y si todavía conservan el precinto de origen ¡mejor aún!

Luego Germán, como si hubiera visto al diablo, se abrió paso precipitadamente hacia la puerta.

Alfredo recordaba que tras beber deprisa y corriendo su agua mineral y decir al camarero que se llevara el anís de Germán, que su amigo no se encontraba bien, pagó la consumición y partió tras él. Ya en la calle llegaron hasta las Ramblas y cogieron un coche. Él se apeó en la puerta del Gran Teatro y, tras pagar la carrera, dijo al cochero que llevara a Germán, que dormitaba tumbado en el asiento, a la calle Valencia n.º 213. Luego, recordaba Alfredo, se subió el cuello del gabán y atravesando las Ramblas se dirigió a la calle Ponent.

12
Doña Encarna Francolí

Aquella tarde, Práxedes Ripoll fue al recibidor, tomó del perchero su elegante capa negra con esclavina y se la echó sobre los hombros. Luego se puso el sombrero de fieltro, se miró en el espejo, se atusó el bigote y, conforme con su aspecto, salió al rellano. Cuando iba a cerrar la puerta oyó el taconeo de unos pasos que bajaban, alzó la mirada y al sesgo entrevió la figura de su cuñada Renata. El encuentro no le apetecía, por lo que rápidamente volvió sobre sus pasos y, ajustando desde el interior la puerta de su casa, la cerró en silencio para dirigirse, a través de la cocina, hacia la escalera de servicio, que iba a parar a un distribuidor en el que se abrían dos puertecillas, una a la portería y otra a la fábrica. Llegado allí, aguardó un instante a que el ruido de los pasos de Renata se perdiera en la lejanía. Hacía ya mucho tiempo que ambos procuraban evitarse, guardando únicamente las formas en los eventos familiares. Luego, cuando tuvo la certeza de que ella había partido, tras corresponder al saludo de Jesús, el conserje, aguardó frente al portal de la calle Valencia a que Mariano acudiera con el simón* azul

---

* Coche de caballos de alquiler que tomó el nombre del primer cochero que se dedicó al negocio. También fue conocido como «coche de punto», ya que únicamente se alquilaba en paradas fijas.

oscuro de capota negra para acompañarlo a la academia de doña Encarna Francolí, ubicada en la calle Graciamat n.º 15, entre la plaza de l'Oli y la riera de San Juan, a quien había encomendado la docencia musical de su protegida, Claudia Codinach. Mariano tardaba. Si poco agradaba a Práxedes que le hicieran esperar, menos aún la dirección adonde había de acudir aquella mañana; ni le gustaba el barrio, ni le gustaban las gentes que por allí trajinaban cada día.

Le sacaba de quicio la defensa a ultranza que ejercía su mujer en todo lo relacionado con Antonio. Su hijo menor era un soñador influido por su madre y aficionado a lecturas que a nada conducían; había sido todo un logro conseguir que comenzara la carrera de leyes. Más de una vez había comentado con su cuñado Orestes que era muy conveniente tener un abogado en la familia, ya que el despacho de Andrés Cornet, ubicado en la calle Caspe n.º 70, que desde los principios se había ocupado de las cosas de su firma, se había tornado en los últimos tiempos demasiado importante, y los asuntos se resolvían, si no mal, por lo menos tarde. Práxedes se extrajo del bolsillo del chaleco el reloj de oro y comprobó que Mariano se demoraba en demasía. En aquel tema daba la razón a su mujer, quien había insistido mucho, cuando estaba haciendo la casa, para que destinara una parte del sótano que él había convertido en almacén, en cochera de carromatos y en cuadra de caballos. Pero no hizo caso a Adelaida y, finalmente, tuvo que alquilar un solar en el que había dos grandes cobertizos, ubicado en la calle Universidad, a dos manzanas de su casa.

Finalmente un agobiado Mariano, encaramado en el pescante del coche, dobló la esquina de la calle Valencia. Al llegar a su altura tiró de las riendas del noble bruto y apenas detenido saltó rápidamente, excusándose sombrero en mano.

—Perdóneme, señor, pero esta Barcelona está cada vez más imposible. Frente a la puerta de la cochera habían dejado una plataforma de carga con un tiro de cuatro caballos que me impedía la salida, y el cochero y los dos gañanes que lo acompañaban se habían ido a tomar unos vinos, antes de bajar los bultos, a la taberna de Molinero, la de la calle Universidad esquina con Mallorca. Menos mal que el portero de la casa de al lado se lo había oído comentar, y he podido ir a buscarlos. De no ser así, no sé lo que habría hecho.

—Lo que debes hacer es salir antes. Ya sabes que no me gusta esperar.

Práxedes se dispuso a subir al coche, y aunque comprendía que Mariano no tenía que pagar su malhumor, antes de cerrar la portezuela añadió:

—Si tengo que atender a las excusas que todos los días por una cosa u otra me va dando la gente, el negocio que aquí ves —dijo señalando el rótulo de la puerta con el bastón— se iría al garete en un cuarto de hora.

Luego, interrumpiendo la excusa que intentaba darle Mariano, ordenó:

—Vas a llevarme a la riera de San Juan. Allí aguardarás a que yo vuelva.

Mariano subió al pescante y el cerrado simón se puso en marcha. Práxedes, recostado en el cómodo sillón, iba pensando en sus cosas en tanto veía pasar la ciudad a través de la pequeña ventana ovalada de su derecha. Descendieron por la Rambla de Cataluña hasta la calle de Cortes. La carta de Massons recibida días atrás le había afectado. Evidentemente lo que contaba la prensa al respecto de los asuntos de la isla era una burda mentira; las cosas iban mucho peor de lo que decían los papeles. Desde luego, pensaba ponerse en marcha siguiendo los consejos de su amigo y socio en cuanto hubiera despachado los temas pendientes que tenía en la ciudad. El primero de ellos era de su agrado, cosa que en aquellos días no era común. El mecenazgo de aquella muchacha le placía en grado sumo y era una de las pocas distracciones que se permitía. La afición le venía ya de su padre. Ver triunfar a un cantante lírico en uno de los más señalados templos del mundo del bel canto como era el Liceo, imaginar el aplauso del público y pensar que de no ser por su ayuda aquella voz se habría perdido debía de ser un placer inigualable. Había descubierto aquel diamante sin pulir una de las mañanas que el insomnio pudo con él y, por no dar más vueltas en la cama y despertar a Adelaida, se bajó al despacho. Una voz llamó poderosamente su atención. Salía del almacén de detrás, donde se amontonaban las pieles ya curtidas destinadas a forrar los más hermosos misales y a fabricar los mejores bolsos que habrían de lucir las damas más encopetadas de la ciudad. Sin hacer ruido, Práxedes abrió la puerta delicadamente y se dispuso a observar por la rendija. No conocía a aquella muchacha. Luego supo el porqué: su madre, que era una de las limpiadoras habituales, se había puesto enferma y ella había ocupado su lugar. Al principio la observó con detenimiento sin hacerse notar. La voz era magnífica, fresca, joven y bien timbrada. Sin embargo, lo que más le llamó la atención fue su aspecto, pues pese al basto mandil de tela barata y al turbante de trapo que le recogía el pelo la muchacha tenía un rostro muy agraciado, y era alta y espigada, cosa esta última que no cuadraba con su voz. Recordaba Práxedes el susto de ella cuando abrió la puerta del todo y se presentó. Un montón de excusas vinieron a la boca de la aturrullada joven, quien quiso explicarle la razón de su presencia allí y el motivo por el cual su madre no había acudido al trabajo. Práxedes la tranquilizó. Al cabo de unos días, la hizo llamar. Claudia, que así se llamaba la muchacha, acudió a su despacho, nerviosa e ignorante del porqué de la convocatoria. Vestía sencillamente, aunque de sobra se notaba que se había puesto sus mejores galas. La acompañaba su madre, y ambas mujeres obedecieron su invitación sentándose al borde de los sillones que estaban frente a la mesa de Práxedes.

Recordaba la escena con una claridad meridiana que a él mismo sorprendía. Hacía ya muchos años que, metido en el duro y cotidiano trabajo, no había empleado su tiempo en cosa alguna que le complaciera. Su boda fue un homenaje dedicado a las buenas costumbres y a la mejor tradición catalana, y desde esa fecha Práxedes había cumplido escrupulosamente sus obligaciones matrimoniales, con algún pequeño desliz... Pero nunca hubo amor entre él y Adelaida; a ella le llenaron los hijos, y él dedicó sus horas a engrandecer el negocio heredado de sus padres y a crecer lo recibido como capítulos matrimoniales aportados por su suegro para la boda de su hija. Sus dos únicas pasiones fueron: llegar a ser uno de los próceres que tenían en la ciudad peso específico costara lo que costase —y pasando por encima del que osara oponerse a su ambición— y dedicar su tiempo y su dinero al mecenazgo de una voz que lo sacara de la sima profunda de tedio en que había caído su vida.

Al principio todo fueron prólogos en aquella charla. Luego, cuando preguntó a Claudia Codinach si alguna vez se había planteado cultivar aquel don que Dios le había dado, la muchacha se tranquilizó. La madre respondió por ella: «Con lo que ganamos las dos apenas nos da para vivir. Yo trabajo con usted y ella hace horas en dos casas. De esta manera, difícilmente llegamos a final de mes». Y cuando le planteó si no le gustaría recibir clases de una buena profesora, creyó que a la madre le daba un pasmo. «Yo no puedo permitirme ese lujo», fue la respuesta de la muchacha. Pero cuando Práxedes le dijo que todo iba a correr de su cuenta, no pudo impedir que la chica, tras taparse la boca con la mano y cambiar una mirada con su madre, se abalanzara hacia él, tomara la suya y se la llenara de besos.

En esos andurriales andaba su pensamiento cuando el silbido de Mariano y el crujir del simón al detenerse lo devolvieron al mundo. Aguardó un instante a que el cochero le abriera la puerta y a la vez que descendía del coche ordenó:

—Tardaré una hora. Espérame aquí.

Y tras esas palabras encaminó sus pasos al n.º 15 de la calle Graciamat junto a la plaza de l'Oli.

El piso de doña Encarna Francolí estaba ubicado en un antiguo edificio a media calle que, pese a su vetusta apariencia, guardaba el estilo de una vieja dama venida a menos. Don Práxedes, deshaciéndose de la capa y el sombrero, comenzó a ascender los gastados escalones de aquella escalera que sin duda había vivido mejores tiempos. Al llegar al segundo rellano detuvo sus pasos a fin de recuperar el resuello; aún le faltaban dos pisos. Prosiguió su ascenso hasta el cuarto y se detuvo ante la primera puerta. Al fondo se oía una voz que hacía escalas acompañada de un piano. Don Práxedes llamó al timbre. El sonido del piano se interrumpió y, al cabo de un instante, el roce de unos pies calzados ligeramente se acalló al otro lado de la puerta, que se abrió de inmediato.

La mujer era menuda y vestía una blusa negra ajustada al cuello con un camafeo y una falda larga. Llevaba el pelo blanco recogido en un breve moño que le daba un aspecto de pájaro. Al ver al ilustre visitante sonrió, melosa.

—Buenas tardes, don Práxedes. Aunque no debería haberse molestado... Yo habría acudido a su despacho o a donde me hubiera indicado.

—Si algo respeto en este mundo es el arte. Me siento honrado de visitarla en su casa.

La mujer cerró la puerta e indicó a Práxedes que la siguiera. Lo condujo hasta una pieza que presidía un viejo tresillo alrededor de una mesa camilla y dos vitrinas cuajadas de pequeños objetos.

—¿Puedo ofrecerle un té? Yo lo tomo cada día.

—Me viene bien, doña Encarna. Por prescripción facultativa, he dejado el café.

—Entonces, si me perdona, voy a prepararlo. —Se excusó—: Hoy libra la chica.

La mujer salió de la estancia con el paso menudo y acelerado, y dejó a Práxedes observando las medallas, los dedales, las bolas de cristal que al sacudirlas bajaba nieve y los pequeños instrumentos musicales que conformaban, sin duda, el cúmulo de recuerdos de la vieja profesora.

Al cabo de poco rato un tintineo de cucharillas y porcelana anunció el regreso de la anciana dama. Doña Encarna colocó todo sobre la mesa, y tras las consabidas preguntas de «¿Solo o con leche?», «¿Azúcar?», y la respuesta de «Limón nada más, muchas gracias», sirvió el té a don Práxedes y se sentó en el borde del sofá.

—Bueno, doña Encarna, ya ha visto usted que he respondido a su nota de inmediato y con mi presencia.

—Yo me limitaba a indicar la necesidad de una entrevista y le sugería el día y la hora. Pero si usted me hubiera enviado recado, yo habría acudido a su despacho. ¡No tenía usted que molestarse en venir hasta aquí!

—Es mejor así, doña Encarna. Hay ciertas cosas en los matrimonios que deben ser discretas porque se dan a malentendidos. Ésta es mi única distracción, y no estoy dispuesto a compartirla con nadie por más que ya me sé el libreto: cuando se protege a una mujer joven y hermosa, la propia siempre malpiensa, y caso de no llegar el éxito me lo habría de oír toda la vida. Creo que si fuera un jugador empedernido de naipes o de ruleta tendría mejor perdón.

—Excuse usted a su esposa, don Práxedes. Son cosas de mujeres. Hay que tener mi edad para comprender que el hombre es un rumiante que necesita pastar en cualquier prado, e ir contra ello es ir contra natura... más cuando se tiene su empaque y su distinción.

Práxedes se ahuecó como un pavo.

—¡Usted que me ve con buenos ojos! Ya he cumplido cincuenta y un años.

—Pero ¡si es un niño! Cuando llegue usted a los míos, verá lo que es bueno.

—Las damas como usted no tienen edad.

—La artritis no es tan gentil como usted. Mire mis manos. Pronto tendré que dejar de tocar el piano.

Al decir esto la vieja profesora extendió sus dedos, que parecían talmente un manojo de sarmientos, para acercarlos al quinqué del que provenía la luz.

Práxedes se rindió a la evidencia.

—Usted ya no está para tocar el piano. Una buena intérprete puede sustituirla en cuanto sea preciso. Lo que no tiene precio es su labor docente. Yo, que no soy un gran erudito, sé distinguir de inmediato las voces que han pasado por sus manos.

—Es usted conmovedoramente gentil. Pero estoy abusando de su tiempo. Vayamos al grano.

El rostro de Práxedes de inmediato expresó el interés que le embargaba en aquel momento.

La vieja profesora se recreó un instante. Era consciente de que su alumnado había disminuido y de que don Práxedes era un mecenas que, bien cuidado, podía rendirle grandes beneficios.

—Son muchas las veces que, por lo general, un padre o una madre me han traído aquí a un vástago que si bien no puedo decir que tuviera mala voz, la tenía para ser el cantante de una orquestina en el Café de las Delicias o en el Suizo, pero sin posibilidad alguna en el mundo de la lírica. —Aquí la anciana maestra se detuvo para dar más énfasis a lo que iba a afirmar. Práxedes no perdía tilde ni coma—. He de confesarle que cuando acompañó a Claudia no imaginé que alguien ajeno a la profesión fuera capaz de intuir las posibilidades de una voz que puede llegar a ser excepcional, lo reconozco.

—¿Me lo dice usted seriamente?

—Jamás he hablado más en serio. Claudia es un diamante en bruto que habrá que pulir. —Doña Encarna se guardaba las espaldas—. Tiene un timbre excelente, el tono es excepcional. Pero lo que más me ha impactado de su voz es el color. Eso no se aprende; o se nace con él o no se consigue jamás.

Práxedes extrajo del bolsillo de su levita un pañuelo y se lo pasó por la perlada frente.

—En un momento para mí muy complicado me ha dado usted la alegría más grande de este año.

—No quise decirle nada, quería darle una sorpresa. ¿No fue usted a la fiesta de los señores Bonmatí? ¿La que celebraron hace un par de semanas en su casa?

—Doña Encarna, los conozco de vista. Creo que él es un viudo que se casó con su querida. Tengo demasiado trabajo durante el día para desperdiciar mi tiempo durante la noche y sobre mis negocios tengo, además, el peso de la Exposición Universal. ¡Cada día hay un evento u otro! Soy del Comité de los Ocho, y eso implica un trabajo de relaciones públicas adicionado; el día que no hay que acompañar a la reina hay que inaugurar obras que todavía no se han terminado. Mañana, sin ir más lejos, debo acompañar a Su Majestad y al príncipe Alfonso a inaugurar el pabellón de Vallvidrera. Pero, dígame, ¿qué ocurrió en casa de los Bonmatí?

—El maestro Rodoreda, que me conoce bien, vino a verme para que le recomendara a uno de mis alumnos a fin de hacerle una audición, pues tenía encomendada una fiesta que daban en San Gervasio los señores Bonmatí. Ahí me la jugué, porque realmente hace poco tiempo que trabajo con Claudia, pero le hablé de ella. Rodoreda quiso escucharla, y en el acto la escogió. En la fiesta estuvo toda la juventud de Barcelona, y el éxito que alcanzó la muchacha fue clamoroso. ¿No le han comentado nada?

—Doña Encarna, mi mujer dice que la mano izquierda no debe saber lo que hace la derecha. Soy muy discreto en mis cosas, más sabiendo cómo son de maldicientes las damas asiduas al Liceo. Mal podían hablarme de Claudia cuando nadie sabe de mi mecenazgo... o eso creo.

—Entiendo. Pues voy a decirle que el éxito fue incontestable. A la salida todos se hacían lenguas de la calidad de Claudia. La muchacha vino al día siguiente enajenada; todavía estaba en una nube. ¡Nada hay que emborrache más que los aplausos!

—Entonces ¿cree usted que tiene porvenir?

—Si pone el mismo interés que tiene ahora y si no deja de asistir a las clases... —La vieja maestra guardaba la viña—. En tal caso le pronostico un porvenir esplendoroso.

Súbitamente un tremendo estruendo hizo temblar los cristales de la estancia que daba a la calle Graciamat, a tal punto que las cucharillas que estaban en los platos tintinearon contra la porcelana.

Ambos se levantaron pálidos y se precipitaron a abrir la ventana. A lo lejos, del lado de las Ramblas, salía una gran columna de humo.

—¡Por Dios y los santos! ¿Qué habrá sido eso? —dijo la mujer.

—¡Una bomba! Los anarquistas. Otra vez esos miserables que quieren aprovechar la estancia en Barcelona de Su Majestad para provocar disturbios y asustar a la gente. Lo malo es que las autoridades hacen poco o nada. ¡Malditos sean mil veces!

13

El Siglo

Los Grandes Almacenes El Siglo eran sin duda uno de los orgullos de Barcelona desde el día de su inauguración. Estaban situados en los números 10, 12 y 14 de la Rambla de los Estudios, y su arquitectura podía competir sin desdoro con las más destacadas de Europa. Tenía en el centro un gran patio cubierto por una inmensa marquesina de cristal; en los laterales, tres plantas concéntricas cuyo acceso se realizaba a través de una escalinata; cada planta ofrecía un determinado producto: porcelana, cristal, lanería, lutos, zapatería o muebles, entre otros. En la ornamentación que ofrecía el interior del edificio destacaba la gran lámpara central. El Siglo contaba desde 1881 con un alumbrado de más de seis mil lámparas incandescentes. Tenía un sistema de calefacción y de aire acondicionado poco usual en la época. Contaba, a su vez, con varios sistemas de seguridad contra incendios, uno de megafonía, un depósito de agua y salidas de emergencia.

Alfredo Papirer se ajustó el bombín, se apretó el nudo de la pajarita y, tras comprobar que no se aproximara algún coche, atravesó la calzada lateral de las Ramblas. El trasiego de gente de toda condición cargada de paquetes entrando y saliendo de los grandes almacenes era continuo esos días de diciembre: por un lado, señoras respetables cuyas cabezas cubrían con enormes sombreros anudados bajo la barbilla, corpiños emperifollados con historiadas pecheras, cinturas de avispa, largas faldas —algunas con polisones— y calzando botines ajustados al pie por una hilera de pequeños botones laterales, acompañadas de camareras uniformadas con sencillos trajes de sarga gris o azul marino y amplios delantales blancos; institutrices con niños de marinero con su respectiva gorra —en las que podía leerse el nombre de cualquiera de los grandes barcos que iban a Cuba: *Montserrat*, *Oquendo*, *Alfonso XII*— y niñas con voluminosas faldas de organdí acampanadas, ceñidas a la espalda con enormes lazos, zapatos de charol de hebilla y cabelleras peinadas con largos tirabuzones; y por el otro, mozos con guardapolvo rayado que lucían en la parte superior del pecho las siglas del establecimiento y empujaban carretillas de dos ruedas, cargadas de bultos, hacia un carro plataforma de seis ruedas tirado por cuatro caballos que todos los días hacía el reparto.

Papirer se puso en el carril de entrada y fue avanzando en la cola de gente que una vez dentro del establecimiento iba esparciéndose por todas las secciones. Se encaminó al mostrador de informaciones y, con la mejor de sus sonrisas, se orientó hacia una de las tres dependientas que desde su puesto iban encaminando gentilmente al público según sus demandas. Pese a su rostro caballuno, Papirer tenía un algo especial que ganaba a las hembras, y sabía que el primer mandamiento era halagarlas haciendo que se sintieran únicas.

La dependienta se dirigió a él.

—Buenas tardes, caballero. ¿Qué puedo hacer por usted?

Papirer se inclinó hacia la muchacha en plan de conciliábulo, miró a uno y otro lado y, tapándose el perfil de la cara con el bombín y bajando la voz, musitó:

—Algo muy especial y poco habitual. No quiero comprar nada. Necesito una información que sólo una muchacha como usted, con su perspicacia y su discreción, puede darme.

La chica se sintió partícipe y, sin saber por qué, también bajó la voz.

—Usted dirá, señor.

—Me he enamorado, y únicamente conozco el nombre de mi tormento y que trabaja aquí.

La muchacha lo observó jocosa.

—¿En qué departamento, señor?

—Eso es lo que ignoro. Tan sólo sé su nombre y mi intuición me dice que únicamente un ángel de bondad como usted puede ayudarme.

La dependienta se hizo a un lado, alejándose de su compañera. Papirer la siguió.

—Dígame su nombre y veré si puedo ayudarle.

—Amelia se llama, y mantengo la esperanza de que no haya muchas jóvenes con ese nombre.

—Desde luego de llamarse María o Montserrat sería mucho más complicado. Vamos a ver.

La muchacha se inclinó y de debajo del mostrador sacó un grueso tomo de cubierta roja que colocó sobre el mismo y tras abrirlo recorrió con el dedo índice el perfil de la letra A.

—Tiene usted suerte. Únicamente hay dos Amelias: Amelia Rocamora y Amelia Méndez. La primera trabaja en el estanco y la segunda, en complementos de caballero.

—¡Es usted mi ángel! Jamás olvidaré su gentileza. Puede que le deba mi felicidad.

Y apretando con su inmensa mano la de la muchacha, que descansaba sobre el mostrador, Alfredo Papirer se alejó hacia el fondo de la planta, donde sabía que estaba el estanco.

Tras el mostrador trabajaban dos dependientes: un hombre y una mujer. Ella sin duda no era «su» Amelia, pero al haber una puerta al fondo entre los anaqueles de madera oscura, aguardó haciendo ver que echaba un vistazo a las cachimbas de una vitrina lateral, no fuera el caso que ella estuviera en la trastienda. Su duda se despejó al instante cuando el hombre, volviéndose hacia la chica, se dirigió a ella por su nombre atendiendo la petición del cliente que estaba despachando.

—Amelia, ¿han llegado los mecheros Dunhill para pipa?

—El sábado llega el pedido. —Luego se volvió hacia Alfredo—. ¿Puedo servirle en algo, señor?

—No, muchas gracias. Únicamente estaba mirando.

Aquélla no era la Amelia que buscaba, no había duda. Papirer dio media vuelta y se dirigió a la gran escalera central que ascendía a las plantas superiores. Un joven uniformado de rojo, con casaca de botones, charreteras doradas y gorrito redondo, se hizo a un lado retirando el grueso cordón trenzado y acabado en un gancho dorado que guardaba la embocadura de la majestuosa escalera para permitir el paso de los clientes. Una mujer con dos niños, un anciano de respetable barba blanca y un ama con moño recogido y grandes pendientes que portaba en los brazos un bebé comenzaron a ascender junto a Alfredo. Los niños, de unos ocho o nueve años, observaban con admiración al botones como si fuera el capitán de un transatlántico.

Al llegar a su planta, Papirer observó un cartel de latón que en letras negras anunciaba: PLANTA 2.ª – CABALLEROS, SASTRERÍA Y COMPLEMENTOS. Aquél era su piso. Salió a la planta, que era redonda. Los distintos departamentos estaban ubicados en círculo alrededor de la misma. Una barandilla de hierro con pasamanos de madera noble circunvalaba todas las plantas, de modo que al asomarse por ella el cliente podía observar todos los pisos. Papirer paseó su mirada hacia uno y otro lado, y no le costó gran esfuerzo dar con lo que buscaba. Frente a él, sobre un fondo de cristal negro y en letras doradas, podía leerse: COMPLEMENTOS DE CABALLERO, y en un lateral y en vertical: CORBATINES, AGUJAS DE CORBATA Y GEMELOS. Papirer fue dando la vuelta a la planta lentamente para así tener tiempo de ver si el objeto de su interés estaba allí. Y allí estaba, con el uniforme azul de cuello blanco y letras bordadas a la altura del pecho que distinguía a todas las empleadas de los almacenes El Siglo, ordenando en aquel instante un exhibidor de corbatas de lazo que se hallaba ubicado en un lateral. Aparte de la muchacha, en aquel departamento no había nadie más a la vista. Simulando mirar en otras secciones, Alfredo fue aproximándose hasta llegar a la altura del tablero tras el que estaba la chica. Ella, que vio al escorzo que alguien se acercaba, dejó la tarea y fue hacia el mostrador de lujosa madera, dispuesta a atender al cliente.

—¿Qué desea el señor?

Papirer se demoró un instante en la respuesta, mirándola fijamente. Ella se extrañó y, creyendo que no la había oído bien, insistió:

—¿En qué puedo servirle?

—En tantas cosas que ni se imagina, Amelia.

La muchacha arrugó la frente y lo observó con detenimiento. Aquel rostro le decía algo.

—¿De qué me conoce?

Papirer, sin contestar la pregunta, aseveró:

—Si yo fuera el director de este establecimiento, la haría venir a trabajar con el sombrerito verde.

La sorpresa hizo que los ojos de Amelia se iluminaran. Mas luego su talante cambió, y un rictus amargo y algo despectivo amaneció en sus labios.

—Ya sé de dónde le conozco. Usted era el que pegaba a un caballo hace unas semanas frente al Liceo. —Luego, tras una pausa, inquirió—: ¿Cómo sabe que me llamo Amelia?

—Yo siempre procuro saber lo que me interesa. En cuanto a lo del caballo, debo decirle que era la única manera de alzarlo del pavimento, ya que estaba obstaculizando el paso a los otros coches y usar el látigo en circunstancias puntuales es lo que hace un buen cochero todos los días y eso no llama la atención. Sin embargo, si herí su sensibilidad, le presento mis más humildes excusas.

La expresión de la muchacha cambió un punto.

—Pero ¿por qué sabe mi nombre?

—Es una larga historia. Además, éste no es lugar apropiado para contarla. Le propongo un trato: la espero a la salida y la invito a tomar un chocolate en el café del Liceo o en el Novedades, donde prefiera.

Aquel tipo la intrigaba. Aun así, sus defensas de mujer se pusieron alerta.

—Sepa usted que tengo novio.

—Y se llama Máximo. Pero no me importa, no soy celoso.

Ahora sí que a Amelia le intrigó la actitud de aquel hombre.

—¿Cómo es que sabe el nombre de mi novio?

—A mi edad, y con el interés que pongo, se saben muchas cosas.

La respuesta de Amelia implicó algo.

—Salgo a las siete, pero hoy viene a buscarme.

Papirer entendió al momento y aprovechó el instante.

—¿Y mañana? No se moleste en decirme que no, porque voy a estar todos los días en la puerta a las siete en punto.

La muchacha adoraba visitar lugares que sus escasos medios no le permitían y le hacía una gran ilusión conocer el Novedades. Pensó que no era nada malo tomar un chocolate con alguien y que su amiga Consuelo sin duda lo aprobaría, y la curiosidad de saber por qué conocía su nombre y, sobre todo, el de Máximo, la pudo. Sin embargo, la natural coquetería femenina la impelió a simular que dudaba y a arrugar la nariz con un mohín peculiar que siempre le había dado resultado.

Papirer se dispuso a reforzar sus argumentos.

—Estos días actúa un notable quinteto integrado por el distinguido violinista italiano Cioffi, y los profesores García, Navarro, Ballbe y Sala. Me han dicho que son soberbios, sobre todo cuando interpretan la marcha de *Tannhäuser*.*

—Aguárdeme el primer miércoles después de las fiestas a las siete y media en la puerta del Novedades. Yo acudiré —dijo Amelia, que no quería que se la considerase una chica fácil de impresionar.

—Si no estoy allí a esa hora es que me ha atropellado un coche. Y no se extrañe si tengo ojeras. ¡Hasta ese día no voy a poder conciliar el sueño!

Y ante la sorpresa de Amelia, Alfredo Papirer tomó su mano con delicadeza y, como si fuera una gran dama, la besó.

En un primer momento Amelia no reaccionó. Luego se dio cuenta de que ni siquiera conocía su nombre. El muchacho ya se retiraba y estaba llegando a la gran escalera. Ella siseó. Él volvió la cabeza.

—¿Cómo se llama usted?

—Alfredo, pero mis amigos me llaman Fredy. Usted, mientras me llame, llámeme como quiera.

14
Conspirando

Siguiendo los consejos de Pallás, Máximo había aprendido a caminar manteniendo unas pautas fijas y con un ojo en la espalda para comprobar si alguien iba tras sus huellas. El desconfiado anarquista le había dicho: «Malo es que te cojan, pero peor que hagas de liebre y que lleves a esos podencos hasta la madriguera. Entonces

---

* El quinteto actuó en el café Novedades con gran éxito de crítica y público.

caeríamos todos». Luego había añadido: «No te fíes de las apariencias. Es tan peligroso un guardia municipal como un cura o como un ama de cría con pendientes de ajorcas y llevando a un crío en un cochecito». Lo que en un principio fue la mecánica ordenada con el paso del tiempo se tornó en costumbre, y era siempre la misma: invariablemente, cuando lo asaltaba la menor sospecha, se detenía frente a un escaparate y observaba si alguien se paraba a su vez; después proseguía si alguno de los que lo habían sobrepasado se agachaba para atarse el cordón de un zapato o si se detenía con cualquier excusa y pretendía volver a ponerse a su espalda; entonces Máximo volvía sobre sus pasos súbitamente y, en la peor de las situaciones, echaba a correr entre aquellas callejas que tan bien conocía.

La ciudad de nuevo andaba revuelta. El día anterior un petardo de dinamita había explotado en la casa del fabricante Puig en la calle Mendizábal n.º 22, y en los papeles *El Diluvio* y *El Imparcial* saltó la noticia que, ya por repetida, a nadie sorprendía: «Hay sospecha de que la mano criminal sea la misma que con cortos intervalos de tiempo viene colocándolos en casas de otros fabricantes».

Máximo estaba inquieto y asqueado. En primer lugar, se sentía infravalorado. De momento, era el chico de los recados; transportaba paquetes de un sitio a otro sin saber ni su destino ni su contenido. Dos veces le habían hecho hablar ante pequeños grupos, y creía que no lo había hecho mal, y una vez había transmitido una consigna de una fábrica a otra. Pero lo que lo desazonaba y lo traía a mal traer era sentir que no contaban con él. No estaba en ningún proyecto, y en las reuniones, pese a que era de los pocos admitidos, nadie le consultaba nada. Una única excusa se le ocurría: los grupos anarquistas eran varios y muchas veces inconexos unos de otros. En ocasiones su único vínculo de unión era el ramo al que pertenecían: los del textil eran unos; los del metal, otros; y otros los caldereros. E inclusive en las grandes fábricas como La Maquinista o Can Batlló estaba seguro de que las decisiones se tomaban allí dentro. Pocos eran todavía los que se movían a tenor de lo que ordenara su grupo sindical pese al esfuerzo de sus enlaces. No tenía la certeza, por lo tanto, de que Pallás le ocultara algo como lo sucedido hacía dos días, pues tal vez él mismo lo ignorara.

Aquel atardecer lo había citado en la bodega de Santiago Salvador y le había recomendado tener sumo cuidado. El horno no estaba para bollos. Las fuerzas de seguridad habían caído en descrédito, la ciudadanía no se fiaba de ellas y el gobernador quería resultados inmediatos. Pallás le había dicho: «Ten en cuenta que ese perro rabioso de Peláez* se está jugando el crédito, y ya sabes lo que eso quiere decir: si te cogen, primero te dan la paliza y luego preguntan dónde estabas ese día». El lugar de la cita lo conocía Máximo de otras veces. Era una bodega donde se vendía vino al por mayor situada en la calle de Aymerich, justo al final de la calle Argentería, que pertenecía a Santiago Salvador. El lugar era un viejo almacén con una entrada de carros y el techo de voltas catalanas, con ocho grandes botas de madera de roble arrumbadas en las paredes. Contaba con una escalera de gato que ascendía a un altillo y, lo mejor de todo, que en caso de apuro se recogía, cerrándose la trampilla. Después, encaramándose en el mueble que había al fondo, se accedía fácilmente a un ventanuco que daba a un patio interior desde el que podía pasarse a los tejados de las casas vecinas.

Máximo observó el reloj del torreón del hospital de la cárcel y vio que andaba bien de tiempo. Sin bajar la guardia descendió por la calle Barea hasta la plaza del Ángel, luego enfiló Argentería y, en un suspiro, se encontró frente al arco de piedra de la bodega. Siguiendo las normas la sobrepasó y caminó lentamente hasta el final de la calle; luego dio media vuelta y regresó. Nadie a la vista. Entonces procedió según lo mandado: sujetando la aldaba con firmeza, dio tres golpes espaciados; una pausa; cuatro golpes más, con la mano plana en la madera. Se sintió observado. La noche iba cayendo, y un relente frío, portador de todas las miasmas del barrio, hizo que un escalofrío le recorriera la espalda. Máximo se ajustó la bufanda, se caló la gorra y aguardó con las manos en los bolsillos. La puerta se abrió una cuarta y, a través del hueco, observó la inmensa figura de Matías Cornejo, quien tras constatar que llegaba solo examinó con sus ojillos algo estrábicos el entorno y, después de asegurarse de que no había moros en la costa, tomándolo por los hombros lo hizo pasar al interior. Una vez dentro se justificó.

—Hay que tomar muchas precauciones; corren malos tiempos.

Máximo no hizo comentario alguno al respecto y a su vez repreguntó:

—¿Han llegado todos?

—Falta Francesco Momo, el Relojero. Los demás están arriba.

* Famoso inspector de policía que aparece en la prensa de la época en infinidad de ocasiones. Quien desee saber de sus acciones no tiene más que consultar la hemeroteca de *La Vanguardia*.

—Matías señaló la escalera de gato del fondo, que se perdía en el agujero del techo—. Ya puedes escalar. Di a Paulino que, en cuanto Momo llegue, pongo la barra y subo.

Máximo, sin hacer otro comentario, se dispuso a trepar por la escalera. Apenas asomó la cabeza por el agujero vio reunidos alrededor de una mesilla en sendos taburetes al trío de conspiradores: Paulino Pallás, Santiago Salvador y Gervasio Gargallo. Por lo visto junto con Cornejo, Francesco y él mismo iban a ser seis. Terminó de asomarse y poniéndose en pie saludó a los reunidos.

—¡Salud, compañeros! Creo, Paulino, que he llegado a la hora que me dijiste.

—Ven aquí y siéntate. Nosotros lo hemos hecho antes; teníamos cosas de las que hablar.

Máximo tomó uno de los escabeles vacíos y se colocó junto a Pallás. Los demás lo saludaron con un gesto.

—Por lo visto, Paulino, aún no gozo de vuestra confianza. Hay cosas que aún no debo saber.

—No seas tonto, Máximo. Las cosas se hacen como mandan los que deben mandar, y además cuanto menos sepas mejor para ti. Yo tampoco lo sé todo. Esto se está montando según directrices que vienen de afuera. Cada uno sabemos quién es el anterior y quién el siguiente, pero si alguno cae poco podrá decir.

—Aquí cada uno desempeña el papel que le toca. Esto es una comedia sin protagonista; todos tendremos ocasión de ser *vedette* algún día. ¡Ten calma! Cada uno tendrá su momento. El caso es que ese día y ese momento sirva para todos.

El que había hablado en último lugar había sido Santiago Salvador.

Máximo no se conformaba.

—¿No somos anarquistas? ¿Qué quiere decir eso de «directrices que vienen de afuera» y quiénes son «los que deben mandar»?

Pallás, que de alguna manera se sentía responsable de él, le reprendió.

—¡No seas cerril, Máximo! Alguien tiene que dar las normas, y desde luego son consensuadas. ¿Cómo quieres funcionar, si no?

Gervasio Gargallo tomó la palabra por vez primera en tono represivo.

—¿Qué quieres? ¿Llegar el último y tener mando en plaza? Los que coordinan todo esto son los compañeros de más experiencia. Lo que aquí se pretende en otros países ya está en marcha; o sea, que a achantar la mui. Y da gracias porque por mediación del compañero —dijo señalando a Pallás— se te ha aceptado en el grupo. De manera que ya sabes lo de los tres monitos: ver, oír y callar. —En esto último, Gervasio apuntaló la palabra con el gesto.

Los ruidos y las voces que venían de la planta baja anunciaron que Francesco Momo había llegado. Pronto el movimiento de las puntas de la escalera de madera que asomaba en el altillo indicó que el Relojero y Cornejo estaban subiendo. Apenas penetraron, y después de los saludos de rigor, el grupo se amplió. Máximo entendió que había llegado el momento de tratar el auténtico motivo de la reunión.

Tomó la palabra Santiago Salvador y lo hizo en torno del conciliábulo, como queriendo evitar que las paredes oyeran lo que allí se hablaba.

—Bueno, compañeros, imagino que sois conscientes del éxito que vamos logrando. Si proseguimos sin desmayo, lograremos lo que nos hemos propuesto. El compañero Malatesta tenía razón: la manera de conseguir cambiar el orden de las cosas y que el proletariado mande es el terror. En las fábricas, donde antes éramos animales de carga, ya se nos escucha. Hemos logrado que ningún empresario pise la calle sin mirar hacia atrás, y lo que es mejor, la policía ha perdido los papeles: no sabe, y si lo hacemos como hasta ahora no sabrá, de dónde le vienen las bofetadas. Hace dos días nos apuntamos el último éxito. Ahora voy a explicaros cuál es nuestro próximo objetivo y en qué consiste nuestro golpe siguiente.

Instintivamente y sin ponerse de acuerdo, todos aproximaron las cabezas, cerrando más el círculo.

Salvador prosiguió:

—La fábrica Maspera tiene más de mil operarios que trabajan en dos turnos, y está bien situada... por lo que a nosotros respecta. Se encuentra entre Riera Alta y Carmen. La salida de carros es por la parte de atrás. A las ocho salen todos los compañeros y hasta las nueve no entra el turno de noche. Todo está calculado. A las ocho menos cuarto el hombre que está en la garita abrirá las puertas, y tú y tú —dijo señalando a Máximo y a Cornejo— entraréis llevando un carro tapado con lona, en cuyo interior habrá dinamita suficiente para volar la nave con una mecha de media hora, que encenderá los fuegos artificiales entre las ocho y cuarto y las ocho y media. Ya sabéis que Francesco en eso es muy preciso. Dejaréis el carro entre las dos columnas pintadas de negro y saldréis disimulados entre los demás. Cuando todas las fuerzas del orden y los bomberos disponibles estén atareados en el asunto, otro regalito estallará en el almacén de paños Hermanos Soler Vives, en San Martín de Provensals. ¿Está todo claro?

Salvador observó lentamente el rostro de los confabulados. Todos asintieron.

—¿Alguna pregunta?

El que habló en primer lugar fue Francesco. Él era el responsable de que los artilugios explotaran en el momento preciso y sin posibles fallos.

—¿Cuánto tiempo me dais para prepararme? Lo digo porque parece que os creéis que manejar dinamita es hacer botellas, y además de la mía me juego la vida de todos aquellos que tienen que manejar mis juguetes.

Paulino respondió:

—Tienes dos semanas a partir de mañana. ¿Alguna otra pregunta?

—¿Para cuándo un regalito parecido en la fábrica de Ripoll y Guañabens en la calle Valencia? —indagó Máximo.

Esa vez fue Santiago Salvador el que respondió.

—No tengas prisa. Todo se andará a su debido tiempo. De momento, ocúpate de repartir las octavillas que se te han entregado y procura que no te vean. —Salvador aclaró—: No hay otro orden de prioridad en las acciones que la salida franca para la huida.

Gervasio Gargallo colocó su mano confianzudamente sobre la rodilla derecha de Máximo.

—Ese día serás tú la *vedette*. Podrás cobrarte los dedos que te hurtaron.

Tras estas consignas se dio por finiquitada la reunión. Los conjurados fueron saliendo de dos en dos, y el último, Matías Cornejo, cerró las compuertas y todos se dispersaron. A lo lejos alguien daba palmas llamando al sereno. Con una larga pértiga con fuego en el extremo, un farolero encendía el único farol que alumbraba el callejón.

15
La apuesta

Alfredo Papirer estrenaba ropa, lo que para él era un acontecimiento inusual. La había comprado especialmente para el Fin de Año. Desde niño, su madre —viuda— siempre se había apañado para llevarlo «decente y limpio, que es lo que importa», como ella decía. El caso era que hasta que no fue llamado a quintas no recordaba haber estrenado jamás nada; el uniforme militar fue lo primero. Las ropas venían de los lugares más impensados, y las herencias, por tanto, eran más o menos afortunadas. Si había suerte y el primer poseedor de la prenda, el titular, había sido un muchacho de su misma edad, la ropa estaba gastada, pero, por lo menos, una vez lavada y puesta a punto Alfredo podía llevarla con dignidad. Lo malo ocurría cuando el propietario había sido alguien mucho más corpulento; entonces, pese a los esfuerzos maternos, al ajustar la espalda se desbocaban las solapas, y si se pretendía que éstas cayeran en su sitio, entonces el tiro de las mangas se venía abajo y le dificultaba levantar los brazos. El primer traje heredado de Germán fue una gloria. Por principio lo que éste desechaba era por puro cansancio; jamás dio a Alfredo un traje agotado por más que el paño fuera excelente. Pero lo que a Papirer le resultaba como una patada en el hígado era la frase que su amigo le lanzaba en cuanto lo veía: «¡Oye, te sienta bien! Estoy pasándome de generoso». Cuando esto ocurría, Alfredo se sentía como el mendigo que ponía la mano en la esquina de la iglesia para recibir caridad.

La historia de su primer traje había sido una coyuntura afortunada. Un vecino del barrio venido a más quería dar un banquete a sus amigos y familia, y deseaba celebrar la matanza de un cerdo. A través de un proveedor de su madre, Alfredo supo de una masía en Palautordera en la que un matarife sacrificaba gorrinos todos los meses de enero, y por lo visto en la matanza dejaba intervenir a los invitados, que hacían salchichas, adobaban lomos y cuajaban la sangre para hacer morcillas, de manera que la matanza se convertía en una fiesta. Papirer hizo los tratos y facilitó las cosas. A cambio del servicio, el individuo le regaló un par de cortes de tela a los que él dio rápido destino. Al día siguiente, ni corto ni perezoso, dirigió sus pasos a la calle Petritxol. Francisco Graupera, un amigo y compañero de juegos de la niñez, tras estar cinco años de aprendiz de sastre, se había establecido por su cuenta en el domicilio de su madre, portera en el n.º 6 de dicha calle y que ocupaba el último piso del pequeño edificio de tres plantas que, en sus bajos, alojaba una modesta granja.

Aquel gélido mediodía Alfredo Papirer estaba eufórico. Paseaba arriba y abajo, impecable en su terno de levita azul marino, chaleco azul claro, pantalón gris de raya fina y corbata de plastrón, bajo los porches que el indiano Xifré había hecho construir en el Paseo de Isabel II. Había quedado con Germán para comer en el restaurante de José Cuyás, en el n.º 14 de dicho paseo. El restaurante no tenía nombre, y el pueblo llano lo había bautizado con el que un periodista le había dado el día de la inauguración, en la Navidad de 1838: Siete Puertas.

Alfredo se asomó una vez más al borde de la acera, y en esa ocasión le sonrió la fortuna. A lo lejos, por el Paseo de Colón, divisó el elegante charrete de dos plazas y de impecable factura de cuero, maderas nobles y mimbres tirado por Ninona, la preciosa yegua torda preferida de Germán. El carruaje fue acortando la distancia y, al poco, se detuvo frente a él. El portero, haciendo méritos intuyendo una buena propina, se aproximó para sujetar la yegua por la brida para, de esta manera, facilitar la bajada del elegante caballero que conducía el cochecillo, cosa que éste hizo tras dejar el látigo en el lugar correspondiente.

Germán pisó la acera y, tras deslizar un real en la mano enguantada del sirviente, se volvió hacia Papirer. Dando un paso hacia atrás como para enfocarlo en su totalidad, emitió un silbido y se expresó con admiración.

—¡Válgame Dios, qué bonito has venido! Juraría que soy yo mismo. ¿De quién has heredado esto?

El otro se justificó.

—Oye, que yo también puedo estrenar. ¿O es que sólo podéis hacerlo los ricos?

—No, y me alegro mucho de que te vayan tan bien las cosas. Así podrás invitarme de vez en cuando a comer tú a mí.

Papirer tembló por dentro y por un momento sospechó que la machada podría costarle cara.

A la vez que el portero entregaba las bridas de la yegua al lacayo que la habría de conducir a un descampado ubicado en la parte posterior, que daba a La Barceloneta y que servía para el aparcamiento de carruajes, ambos amigos entraron en el local. El lleno, como todos los días tras su inauguración, era total. Todas las mesas estaban ocupadas. Los mozos y los camareros iban y venían de las cocinas, llevando y trayendo inmensas paellas, retirando servicios o portando botellas de excelentes caldos para que los clientes escogieran el que mejor casara con las viandas encargadas. El propietario, obsequioso, se acercó a aquel cliente que tan pingües beneficios le proporcionaba y que con tanta asiduidad acudía a su local.

—Don Germán, ¡cuán caro es usted de ver! Por lo que parece no le damos bien de comer, y si es así, le juro que voy a echar al cocinero.

Germán se esponjó, prefería estar tres días sin comer que uno sin ser alabado.

—Ya sabe usted, don José, que su establecimiento es uno de mis favoritos.

—Entonces debo esforzarme. Mi obligación es que sea el primero.

Germán recorrió el local con la mirada.

—Parece que está todo lleno.

—Para usted siempre hay un lugar.

José Cuyás llamó rápidamente a uno de los maîtres.

—Ventura, quite el cartel de reservado de la mesa siete. Los señores ya han llegado.

El hombre obedeció de inmediato y, tras hacerse cargo de la elegante capa de Germán y de apartar las sillas para que ambos comensales se ubicaran, se retiró.

Una vez acomodados y en tanto Germán tomaba la carta, Papirer comentó:

—Me encanta este lugar y entiendo que sea uno de los favoritos de la burguesía barcelonesa.

—De la burguesía y de otras gentes que se le arriman. Tú eres la muestra. —Germán no daba puntada sin hilo, y le encantaba zaherir a su amigo, a quien adjudicaba un oficio entreverado de servidor y de bufón de corte. Luego, de inmediato y para compensar como de costumbre, añadió—: ¿Qué vas a tomar?

El rostro de Alfredo no se inmutó. Estaba acostumbrado a encajar aquellos dardos, y los consideraba gabelas fijas que debía pagar a cambio de la buena vida y de las oportunidades que le brindaba la compañía de Germán.

—¿Te parece una paella Parellada* para los dos?

—Muy bien. Tomamos antes algo para picar y luego un postre.

El maître, al chasquido de los dedos de Germán, acudió rápidamente: la libreta en la mano y un lápiz en la oreja.

—¿Qué va a ser, don Germán?

Después de tomar nota preguntó sobre el vino.

Germán, tras consultar la carta, escogió un chardonnay de 1884, año de una excelente cosecha.

---

* Julio Parellada fue un gourmet que vivió en su casa de la calle Canuda, sede actual del Ateneo Barcelonés, cliente asiduo del café restaurante Suizo. Un día demandó al camarero Jaime Carbellido un arroz que no tuviera «tropiezos, ni espinas ni huesos», y éste lo bautizó con su nombre, que aún perdura. Fue tal el éxito de dicha paella que rápidamente fue copiada en otros restaurantes, siendo la más famosa la del restaurante 7 Portes.

Una vez que hubo partido el camarero, Papirer, que aún andaba escocido, tocó el tema que estaba en boca de toda Barcelona.

—Ayer otra bomba. ¿Cuándo se va a acabar esto?

—Tiene mal arreglo. Esos hijos de puta quieren hacer ruido, y mejor momento no han podido escoger. La reina regente y el heredero están en Barcelona, y cualquier noticia tiene una resonancia internacional.

—¡Menos mal que la bomba de la fábrica Maspera no ha causado víctimas!

—Da igual, lo intentarán de nuevo. Y ocasiones no han de faltarles. Todos los días hay inauguraciones; mañana, la iglesia de Santa Madrona en el Pueblo Seco. La regente acudirá, sin duda; es muy amiga de Agustín Casademont. El domingo pasado inauguró el Pabellón Real del Tibidabo, cuyo terreno ha sido cedido por los Salesianos. Mi padre estuvo presente y comentó, a la hora de cenar, que subieron por la recién asfaltada carretera de Vallvidrera. La reina María Cristina lo hizo acompañada de autoridades nacionales y locales, y desde allí pudo ver la Ciudad Condal... y que no había excesiva vigilancia. Dentro de un mes se inaugura oficialmente el monumento a Cristóbal Colón de Gaietà Buïgas. Cada uno de esos eventos es una invitación a los anarquistas. Estamos sobre una caldera. Todos pensábamos que la restauración de la monarquía traería la paz y el orden después de los desastres de la República, pero no ha sido así. Desde los Pactos de El Pardo, Cánovas y Sagasta se han montado un negocio de ahora tú, ahora yo, pero esto no funciona.

En aquel instante el camarero llegó con la paella. Tras mostrarla y recibir la aquiescencia de Germán, comenzó a servir los platos en una mesita auxiliar. Acto seguido se retiró.

Papirer comprobó que se habían quedado solos e indagó:

—¿No tienes miedo?

—¿Y qué quieres hacer? Además de los libelos de los que te hablé, ya nos han enviado anónimos y nos han pintado dianas en las persianas metálicas. Pero a mí no me achantan. Mi padre sí se deja intimidar. Si de mí dependiera, lo acababa en cuatro días.

—¿Y cómo?

—¿No hacen ellos huelgas?

—¿Y...?

—Yo haría lo mismo. Cerraría la fábrica tres meses. ¡Ya verías cómo cuando apretara el hambre regresarían con las orejas gachas!

—Pero ¿y el perjuicio?

—Imagino que los patronos podemos aguantar más tiempo que esa chusma. Nosotros comeremos todos los días, ellos no.

—No lo veo tan fácil.

—¿No? Un petardo o una bomba, sin más, en cualquier fábrica. Y cerramos todos quince días. ¡Ibas a ver tú cómo empezaban a pelearse entre ellos y a denunciarse unos a otros! Después con cortar la cabeza a los más revoltosos, asunto concluido.

—¿Sospechas de alguien en vuestra fábrica?

—Siempre hay cabecillas que se erigen en conductores de los demás. Sospecho de aquel tipo del que te hablé, ya sabes, el que perdió los tres dedos en la máquina, Máximo se llama. Pero no tengo certeza alguna de que fuera él quien pegó los pasquines e inundó todo de octavillas, ya te lo conté.

—Échalo.

—¡No es tan fácil! Tendría problemas. Su madre es la costurera de casa de toda la vida, y no quiero dar un disgusto a la mía si no es imprescindible. Además, únicamente son conjeturas.

Papirer sonrió.

—¿Qué te ocurre, de qué te ríes?

—Nada, cosas mías.

—¡Qué mierda de cosas tuyas! Te ríes porque te ha hecho gracia lo que he dicho.

—Te lo voy a contar: me estoy ligando a su chica.

Germán dejó en el plato el tenedor lleno de arroz y miró fijamente a su amigo.

—¿Qué me estás diciendo?

—¿Recuerdas a la chica del sombrerito verde la noche que se cayó el caballo en el Liceo?

—Más o menos.

—¿Te acuerdas de que de casa Bonmatí fuimos al Edén Concert y la vimos?

—Del Edén no recuerdo nada.

—Bueno, da igual. Me enteré de que trabajaba en los almacenes El Siglo y le tiré los tejos. La he invitado el primer miércoles después de las fiestas al Novedades y luego, en la siguiente cita, pienso llevarla al palco de la claca en el Liceo. Cuando la tenga entusiasmada, un poco de champán en el Lyon D'Or o en la Maison Dorée. Ya conoces el refrán: «El champán quita las penas y calienta a las nenas». Cuando la tenga a punto de caramelo, con la excusa de que esté un poco mareada para llevarla a casa, un simón cerrado y un paseo por Barcelona la Nuit, la mano en el hornillo y, en cuanto vea que el conejito está asado, a la Carola o a cualquier pensión que esté un poco bien en el Raval, cerca del Borne.

Germán estaba desbocado. Estaba convencido de que era Máximo quien había repartido las octavillas por la fábrica —aunque no podía probarlo— y de que era el cabecilla que soliviantaba a la gente. Si bien un pacto de silencio parecía confabular a todos los obreros, sí podía desprestigiar a Máximo contando la aventura de su novia. Cobraría réditos por todos lados. Se apuntaría un tanto con su padre demostrándole que no perdía el tiempo y aumentaría su poder ante los trabajadores desprestigiando al hombre que los lideraba.

—No va a hacer falta que busques ningún hotel. Si Ardura me la acaba a tiempo, te dejo la *garçonnière*.

—Me parece que la paloma caerá antes, pero agradezco tu ofrecimiento. Ignoraba hasta qué punto odias a ese tipo. ¿Tanta manía le tienes?

—A los de su calaña parece que los huelo. Los demás son una panda de aborregados, pero éstos son peligrosos. Aunque tienen una ventaja: cuando acabas con ellos, acabas con todo; muerto el perro se acabó la rabia. Estoy completamente seguro de que el que agita el frasco en el almacén es él. Por eso me divertiría tanto que te ventilaras a su moza.

—Y hablando de todo, ¿cómo te va con la Codinach?

—Estoy en ello, pero he de andarme con pies de plomo. Primeramente porque he indagado y es el juguete de mi padre, en el buen sentido claro está, y en segundo lugar porque no es tan fácil de deslumbrar. Ya tiene admiradores, y luego tiene a su madre… ¡y eso sí es un obstáculo!

Papirer vio negocio. Conocía el afán de su amigo por los envites y estaba cierto de que no renunciaría al reto.

—Te apuesto lo que quieras a que yo ejecuto el jaque a mi dama antes que tú a la tuya.

Germán lo miró complacido.

—¡Qué zorro eres! No creas que soy tonto. Sé que partes con ventaja, pero así y todo te voy a jugar la mano. Eso sí, ya me gusta que me escondan el huevo, pero no pretenderás que además lo ponga yo. Lo de mi *garçonnière* queda anulado. ¡Búscate la vida!

—De acuerdo. ¿Qué nos apostamos?

—Mi aguja de la perla que tanto te gusta contra que me hagas durante tres meses de criado.

Papirer pensó que la apuesta era barata, ya que, más o menos, era lo que hacía siempre. No obstante, puso una condición.

—Pero fuera de tu casa, claro está. ¡No pretenderás que le quite el puesto a Saturnino!

16
Adelaida y Verdaguer

El oratorio de los Ripoll era quizá el lugar de la casa al que Adelaida había dedicado sus más exquisitos desvelos, proporcionados a los obstáculos que había tenido que vencer dada la postura claramente agnóstica, si no atea, de su marido. Podría decirse que no era una capilla al uso. Pero desde que el arquitecto pusiera sobre el despacho de Práxedes los planos de la futura mansión, Adelaida había ido maquinando hasta ganar posiciones; conocía demasiado a fondo a su marido para saber que un posicionamiento frontal era totalmente inútil y que si deseaba alcanzar su objetivo debía conducirlo poco a poco por intrincados vericuetos y sin que se diera cuenta. Al principio fue aprovechar un hueco que se abría a la salita de paso que mediaba entre el recibidor y el salón de música; luego fue adornarla con dos columnas cilíndricas acanaladas, rematadas por sendos capiteles airosos; posteriormente fue sugerir a su esposo que la forma redondeada del fondo, a modo de hemiciclo, obligaba a un tipo de mesa muy especial; después fue cambiar el vidrio biselado blanco de la ventana que daba al patio interior por una cristalera coloreada que matizaba la luz, y finalmente fue conducir la conversación durante el desayuno del domingo de tal manera que él llegara a creer que la idea había sido suya.

Invariablemente el matrimonio desayunaba en el comedor pequeño junto a la librería todos los domingos y fiestas de guardar. Las dos camareras que atendían a la pareja, Teresa y Carmen, conocían perfectamente su cometido. La primera se ocupaba de servir el té a doña Adelaida en una taza de porcelana inglesa en forma de tulipa, los rizos de mantequilla en un pequeño cuenco con hielo picado y las tostadas alineadas en triángulos, siempre bajo una servilleta para conservar el calor, junto a las jícaras de miel y mermelada de frambuesa. Ascensión, la cocinera, se ocupaba de que los huevos pasados por agua de don Práxedes estuvieran siempre en su punto exacto, ni crudos ni muy hechos, de forma que cuando él, tras romper la cáscara por el extremo dando unos golpes con la cucharilla de plata y de poner un punto de sal, introdujera el picatoste, éste saliera pintado de amarillo. Doña Adelaida sabía que aunque Práxedes estuviera leyendo el ejemplar doblado de *La Vanguardia*, si ella dejaba caer algo que le interesara, él la escuchaba perfectamente y, pese a simular que seguía leyendo, sus comentarios no caían en saco roto.

Recordaba Adelaida que el hecho venía ya de hacía un par de años, pero fue tal la ilusión de conseguirlo que lo tenía presente como si hubiera sido el día anterior.

—Se me ha ocurrido algo, Práxedes, que si me das permiso para llevar a cabo es posible que produzca réditos en la consideración social de nuestra familia.

Práxedes, en tanto cambiaba de posición *La Vanguardia* y pasaba hoja mirándola sobre los quevedos de oro, indagó:

—¿Y qué es ello, querida?

—Verás, hace poco fui con Renata, que por cierto tenía un buen día, a escuchar al padre Artigas en Montesión. —Al oír el nombre de su cuñada Práxedes alzó ligeramente las cejas. Adelaida, que no percibió el gesto, continuó la disertación—: Y al terminar la charla nos recibió en la sacristía. Pese a que es un santo varón, como todos los hombres no es insensible al halago, y siendo como es un magnífico orador sagrado, entramos a felicitarle. Hablamos de mil cosas; entre otras, sugerimos dar unas charlas a señoras selectas en casas particulares durante la semana que les toca por turno guardar el trono de la Virgen, con el fin de que éstas, a su vez, repartieran entre sus amigas unos opúsculos con el texto reducido de la conferencia para expandir la palabra de Dios. El caso es que, no sé cómo, el padre Artigas me preguntó si teníamos capilla, y yo respondí que no por el momento, pero que estábamos dispuestos a hacerla ya que al construir la casa reservamos un lugar apropiado para ello.

Práxedes, recordaba Adelaida, descabalgó la pinza de las gafas del puente de su nariz y con la mirada la reprobó.

—¿Por qué dices cosas que no son?

—No te adelantes antes de que llegue al final. Como comprenderás, las charlas no iba a darlas siempre el mismo padre, y a Renata se le ocurrió, ya que conoce muy bien a mosén Cinto Verdaguer, pues lo frecuenta, aunque no como confesor, que yo le pidiera si tal vez algún día podría venir a esta casa a dar la charla. Como sabes, es el capellán de don Claudio López. —Ahora sí que Práxedes concentró toda su atención—. Expliqué al padre Artigas que nuestra casa no era un palacio, pero que habíamos reservado una rotonda donde cabía perfectamente un altar. ¡Ni que decir tiene que se entusiasmó con la idea! Y me prometió que si la llevaba a cabo él habría de hacer que el mismísimo obispo viniera a consagrar el ara y que, en domingos sucesivos, también conseguiría que mosén Jacinto nos dijera la misa. Como comprenderás, que el capellán de los López Bru celebrara en esta casa nos daría un realce magnífico que pronto correría por todos los salones de la sociedad barcelonesa y haría que, sin duda, fueras la envidia de todos tus colegas.

En principio la postura de Práxedes fue rotundamente contraria; luego, al valorar las ventajas que le reportaría el hecho, fue cediendo. Como es natural, su condición de masón no era ignorada por su esposa; sin embargo, tras poner condiciones, consideró el beneficio que podría rendirle la circunstancia y aceptó. Él asistiría sin participar, y cada domingo habría un desayuno al que se sumaría el eclesiástico, perspectiva que le divertía en grado sumo.

Aquel domingo iba ya para dos años que el oratorio estaba terminado, y mosén Jacinto Verdaguer les hacía el honor, respetando siempre la prioridad de su protector don Claudio López, de celebrar la Santa Misa en el pequeño oratorio que había hecho construir. En primer lugar, frente al altar que presidía, una talla policromada de la Virgen de la Misericordia, cuatro reclinatorios —dos a cada lado— con sus correspondientes sillones, forrado el conjunto de terciopelo rojo; luego veinte sillas haciendo juego, separadas por un pasillo tapizado con una alfombra del mismo color; en el respaldo de cada una de ellas, una mínima bandeja para dejar misales, libros de oración o rosarios; detrás, un espacio para acoger gente de pie.

Aquella mañana, último domingo del año, mosén Jacinto celebraba ayudado por Antonio, que ejercía de asistente. A un lado, doña Adelaida y Práxedes; al otro, Orestes con Renata. Como de costumbre, Germán no estaba. En los sillones, Candela con su institutriz, miss Tanner, y el secretario de Práxedes, don Gumersindo Azcoitia; finalmente, detrás y en pie, todo el servicio de la casa: Saturnino, el mayordomo, Ascensión, la cocinera, Teresa y Carmen, las dos camareras; luego, un paso por atrás, Mariano, el cochero, Silverio, el lacayo, y, cerrando el grupo, Jesús, el portero, Adoración, su mujer, Florencia, su anciana madre, y Crispín, el mayordomo de sus cuñados.

Práxedes no creía en Dios. El hombre era principio y fin de todas las cosas, y tal aserto era ley entre sus compañeros de la logia Barcino, pero las conveniencias sociales le privaban y por ellas estaba dispuesto a pasar por las horcas caudinas de cualquier ideología o religión siempre y cuando le sirviera para ascender peldaños en la escala social de su ciudad. Para él, que mosén Jacinto Verdaguer celebrara la misa en su casa era un signo exterior que avalaba su pujanza económica y compartir al presbítero con don Claudio López Bru era un logro que le concedía un estatus que le prestigiaba ante toda Barcelona. Finalmente había impuesto una única condición a su mujer: él jamás tomaría la comunión; sin embargo, estaría presente en la ceremonia. Lo que más le agradaba tras finalizar la misa era el copioso desayuno al que asistía el inteligentísimo y cultivado clérigo, a quien siempre que podía lanzaba finas pullas a las que éste respondía, entablándose una esgrima dialéctica que alcanzaba cotas difícilmente igualables.

Aquella mañana alrededor de la bien provista mesa se sentaban a un costado sus cuñados, Orestes y Renata, y el sacerdote, y al otro Adelaida y él mismo. Antonio se había excusado en aquella ocasión simulando, de acuerdo con su madre, un compromiso adquirido con anterioridad, ya que Adelaida pretendía hacer un aparte con el presbítero para comentar el problema que le acuciaba. Alrededor iban y venían como atareadas abejas Teresa y Carmen, las camareras, tuteladas por el ojo crítico de Saturnino, el mayordomo.

Mosén Jacinto Verdaguer era el presbítero de moda. Poeta ilustre y limosnero mayor y capellán de los barcos de la Compañía Trasatlántica de don Claudio López Bru, hombre popular este último por sus caridades, aunque se comentaba en los círculos más selectos que comenzaba a tener dificultades con el insigne prócer debido, en primer lugar, a la prodigalidad de éste y, en segundo, a que empezaba a ser notorio que Verdaguer dedicaba sus mejores facultades a otro menester, que estaba en boca del pueblo y que gozaba de tantos fanáticos como detractores: su capacidad para expulsar al demonio de los poseídos.

—Pruebe estas rosquillas, padre —ofrecía Adelaida acercando una pequeña salvilla de plata bien provista al alcance del presbítero.

—Doña Adelaida, su mesa es una tentación. No me haga todavía más difícil mi voto de abstinencia.

Práxedes intervino.

—Las religiones son muy graciosas, padre. Como es abstinencia y ayuno, hoy podemos comer langosta y brindar con champán, pero ¡eso sí!, en casa del pobre si se reparte un conejo entre ocho se falta a la regla... Bueno, si no se paga la bula, claro, porque entonces puede comerse de todo. —Se dirigió a Adelaida en un tono irónico—: Por cierto, querida, no sé a cuánto está ahora.

El sacerdote no perdió la calma.

—Don Práxedes, sé que a usted le gusta escandalizarme, pero es una trampa muy ingenua. La oración que más le gusta al Señor es la de los hechos, no la de las palabras, y usted, mal que le pese, es un cristiano nato que ejerce la caridad a través de la mano generosa de su esposa.

Orestes intervino.

—Querido cuñado, como puedes ver, te tienen cogido el punto.

—No le haga caso, padre, él juega a ser ateo por fastidiarme, pero le aseguro que no es tal. —Fue Adelaida la que apostilló.

—Jamás he dicho que fuera ateo. Tal vez el término que más me cuadra es el de agnóstico. Allá cada cual con sus creencias. Yo no me planteo si existe o no Dios. Creo que la religión es el narcótico que mantiene abotagado al pueblo y que Dios es una necesidad del hombre, que precisa creer que hay algo más allá.

Esa vez habló Renata.

—A algunos mejor les irá si no hay nada, ya que en caso contrario van a pasarlo muy mal.

El fraile intervino.

—Usted sabe, don Práxedes, que he navegado todos los mares y he conocido hombres de diversas sensibilidades en casos extremos, y puedo asegurarle que cuando el viento pasa de nueve en la escala de Beaufort, sopla a cuarenta nudos y la mar se pone arbolada no se oye ningún reniego. Más le diré: hombres rudos, curtidos y hechos a todo, acostumbran a persignarse y encomendarse a la Virgen María en cualquiera de sus advocaciones. En situaciones extremas hay un latente «por si acaso» que puede palparse. Ése es el motivo de que las capillas de la costa estén llenas de ex votos fruto de promesas habidas en las tempestades.

—Lo entiendo muy bien, don Jacinto. Cada uno es el amo de sus miedos. Pero entonces, aclíreme: si en cualquiera de sus barcos hay un marinero mahometano, un cocinero indio y un oficial cristiano, explíqueme a qué Virgen se encomiendan.

—Eso es un sofisma, amigo mío. El hombre lleva impreso en el alma, que usted puede llamar karma, espíritu o como quiera, el marchamo de la eternidad, y la ley natural hace que repudiemos cualquier acción maligna. El «no matar» está impreso en el más íntimo «yo» de todos los hombres. Ésos son los mandamientos que a todos afectan. Las diferencias se deben más al lugar donde se vino al mundo, a la tradición y a las costumbres que a otra cosa, y usted no puede exigir a alguien cuya cultura es muy primaria que busque más lejos del medio en que se halla. Da lo mismo que se aplique usted el principio evangélico de que después de una mejilla hay que poner la otra, como que siguiendo a la religión budista, mucho más poética, diga usted: «Sé como el sándalo que perfuma el hacha del leñador que lo hiere», o se atenga usted al conocido dicho catalán «*Fes bé i no facis mal, i cap altra religió et cal*».

Tras estas palabras únicamente se oyó el sonido de las cucharillas tintineando sobre la porcelana.

Luego fue Orestes el que intervino.

—Y dígame, padre, ¿qué hay de ese Congreso Espiritista que va a celebrarse en Barcelona a principios de año?

Mosén Verdaguer, tras enjugarse delicadamente los labios con la servilleta de hilo, respondió:

—Puede ser una experiencia interesante. Tras la buena fe de muchos es posible que se oculte el maligno. Las buenas gentes no se resignan a perder a los seres queridos, y proliferan en nuestra ciudad desaprensivos que pretenden ser el puente de unión de los vivos con los muertos. Es comprensible que la madre desesperada que ha perdido un hijo quiera hablar con él. Pese a que mi obispo es renuente, me ha autorizado en mi calidad de exorcista a asistir, y lo haré acompañado de mi asistente, el padre Piñol.

—La verdad, padre, a mí me cuesta mucho creer esas cosas. Si Jesús fue tentado por el demonio, implícitamente se admite a este último un nivel para que esté a la altura del hijo de Dios... y eso no me cuadra. Además, si Dios lo sabe todo, conocía perfectamente que el ángel de la luz iba a rebelarse. Dígame, padre, entonces ¿por qué lo creó?

—Mi querido Práxedes, ¡todo es cuestión de fe! Pretender comprender los designios de Dios desde nuestra altura de apenas larvas de mosca es, como explica san Agustín, intentar meter en un charco la inmensidad del océano.

—Ustedes lo arreglan todo con ese latiguillo. Y dígame, padre, ¿cómo se expulsa a Satanás del alma de un individuo y cómo es posible que se haya posesionado de la misma? ¿No será acaso un tema más de médicos que de clérigos? Hoy día los adelantos de la psiquiatría son incuestionables. ¿Tal vez no debemos hablar mejor de locos que de poseídos? Creo que Jean-Martin Charcot tiene otra opinión al respecto. Sus fotografías en el hospital de la Pitié-Salpêtrière con esas pobres mujeres, Blanche Wittmann, Rosalie Dubois, Justine Etchevery, sin las cuales Charcot no habría conseguido la gloria, así lo demuestran; sus convulsiones, sus crisis, sus ataques y parálisis eran de naturaleza psicótica y seguían a desgracias sufridas en la infancia, a ultrajes… en síntesis, a la miseria humana.

Llegados a ese punto Renata interrumpió, violentada.

—Creo que como siempre te excedes, Práxedes.

—Déjelo, querida Renata. Don Práxedes es un hombre orgulloso, producto del siglo de las luces en el que habita y de la modernidad que nos rodea, y ya nos ha dicho que, en su opinión, el hombre es el centro de todas las cosas. —Ahora se dirigió a Práxedes—. Como usted comprenderá, respeto profundamente al profesor Charcot, y si tilda a esas pobres mujeres de neuróticas, proclives a la histeria y a la neurosis, está en su derecho como médico. Sin embargo, yo como sacerdote opino que en muchas ocasiones el demonio tiene mucho que ver en todo ello, y desde luego voy a asistir a ese congreso con el ánimo abierto y la mente despierta. Créame, Práxedes, que no voy a confundir a un loco con un endemoniado.

—Me han dicho que ha comenzado a desempeñar esta nueva actividad al regreso de su viaje a Tierra Santa.

El presbítero se puso serio.

—¿A usted no le ha ocurrido alguna vez, don Práxedes, que un suceso señalado marca un cambio en su vida?

—Evidentemente, a veces suceden cosas que te obligan a ello.

—Pues éste es mi caso. Al regreso de ese viaje, una crisis espiritual se abatió sobre mi alma, y me acometió un deseo de purificación y de ascetismo. Fue en ese instante que una singular coyuntura vino a indicarme el camino, y cuando tal ocurre el hombre debe ignorar lo que le conviene para dedicarse a un fin superior.

—¿Y qué fue ello? Si cree conveniente explicármelo —dijo Práxedes.

—Comenté con un buen amigo mío, el padre Piñol, un suceso que presencié en Jerusalén y que me acongojó en grado sumo: tuve la oportunidad de presenciar la expulsión de Satanás del cuerpo de un pobre tullido que se retorcía y chillaba a las puertas de la iglesia de Belén, y estos ojos vieron cómo un franciscano, dotado para ello, mediante la oración y la presencia de la Cruz echaba al demonio de ese cuerpo. Al cabo de dos semanas, una noche vino a buscarme el padre Piñol a petición de una pobre mujer endemoniada que, en un momento de luz, pidió ayuda. Yo acudí con mis pobres medios y fui el mero objeto del que se sirvió el Señor para expulsar a ese demonio. A partir de ese día, mi destino ha estado marcado. Creo que mi primera obligación es ayudar a esos desheredados, y eso queda por encima de cualquier otra y, desde luego, a riesgo de disgustar a personas a las que aprecio mucho.

—¿He de entender que se refiere usted a su protector, don Claudio López?

Una rara tensión se instaló en la mesa. Doña Adelaida estaba visiblemente molesta.

—Práxedes, no creo que éste sea el momento ni el lugar.

—¡Calla, mujer! Desde el principio te dije que lo que más iba a interesarme serían los desayunos con mosén Cinto.

—No, no... ¡Si no importa! No tengo por qué ocultar el tema del que me consta habla toda Barcelona. Mi devoción por don Claudio es inamovible y jamás podré agradecer el padrinazgo que me ha brindado. Tal vez a él no le agrade en demasía esa carga que he puesto sobre mis espaldas, pero no por ello me ha retirado su confianza: sigo siendo su limosnero mayor. Me refería a mi obispo, del que no voy a hablar y al que debo obediencia.

Llegados a este punto, tras un largo silencio, la reunión se dio por finalizada.

—Espero gozar el próximo domingo escuchando su ponderada opinión sobre el primer Congreso Espiritista. Y ahora, si me permiten, el deber me reclama.

—Buenos días a todos —dijo Orestes—. Renata y yo tenemos un compromiso.

Ya iba a levantarse el presbítero cuando la voz de la anfitriona detuvo su gesto.

—Padre, si es tan amable, me gustaría que se quedara usted un poco más.

—¡Cómo no, doña Adelaida! —El clérigo consultó su reloj tirando de la cadenilla que lo sujetaba al interior de su sotana—. Tengo media hora para usted.

La reunión se levantó y todos se fueron a su avío, permaneciendo en el comedor únicamente Adelaida acompañada de mosén Jacinto Verdaguer.

Los criados quedaron recogiendo el desayuno, y la pareja se dirigió al saloncito adyacente. Una vez instalados, al sacerdote le sorprendió el tono angustiado que presidió la palabra de su feligresa.

—Padre, necesito su ayuda. Estoy muy preocupada y no sé para dónde tirar.

—Todo tiene remedio, doña Adelaida, con la ayuda de Dios. ¿Qué es lo que la acongoja?

—Tengo un terrible problema, padre.

—Si me lo explica, intentaré ayudarla.

—Es Antonio, padre. Yo lo sospechaba hace tiempo, pero ahora tengo la certeza.

El sacerdote se adelantó.

—Se trata de su vocación, ¿no es verdad?

Adelaida lo miró admirada.

—¿Cómo lo ha sabido? ¿Se lo ha dicho él?

—Si un pastor de almas no sabe distinguir de entre sus ovejas las más preclaras, mal pastor habría de ser. Doña Adelaida, Antonio ha hablado conmigo, y esa angustia que ahora la acosa a usted ya la ha sufrido él antes y por ello hace meses vino a buscar mi consejo.

—Permítame, mosén Jacinto, y teniendo un padre como el que tiene, que usted bien conoce y en el desayuno ha tenido una muestra, ¿qué consejo puede dar a mi pobre hijo que no sea enfrentarse frontalmente con mi esposo? ¿Sabe usted la que se va a formar en esta casa si Antonio deja la carrera de abogado para entrar en el seminario? ¡No quiero ni pensarlo! Mi marido sufre un gran desengaño con su hijo mayor; a Germán no le gustan los negocios y vive una vida que no cuadra con lo que su padre ambicionaba para él. Y aunque a mí me entusiasma el hecho de que mi hijo pequeño dedique su vida al Señor, el desengaño de su padre será mayúsculo y en esta casa puede ocurrir un terremoto.

El presbítero meditó unos instantes.

—Doña Adelaida, no sufra por lo que todavía no ha sucedido; cuando llegue el momento, Dios proveerá.

—Lo que me aterra, padre, es ese momento.

—El Señor tiene dispuestos los caminos; lo que conviene al hombre es discernir el adecuado, y Antonio lo tiene muy claro. Le diré más: dentro de la Iglesia puede tener un porvenir brillante; incluso es posible que sus estudios abrevien su noviciado.

—Su opinión me conforta y me llena de alegría, pero cuando tal ocurra recabaré su ayuda. ¡En esta casa saltarán chispas!

El presbítero colocó su mano sobre la de doña Adelaida.

—Ese día aquí me tendrá, pero aún no es tiempo.

—¿Entonces…?

—Lo dice el Evangelio: «Hay tiempo de hablar y tiempo de callar, y el tiempo de hablar aún no ha llegado». Lo primero que debe hacer Antonio es acabar su carrera. Por lo que me dijo, va un año adelantado. Ese tiempo servirá para afirmar su vocación, y la carrera de leyes puede servir a la Iglesia e inclusive llevarlo a Roma, pues el tiempo de los curas de campo ya ha pasado. Todo ello nos da un margen para ir conversando con don Práxedes.

Doña Adelaida suspiró, aliviada.

—Me da usted la vida si sé que lo tengo a mi lado.

El presbítero se puso en pie.

—Iremos abonando el terreno todos los domingos, y ya verá que todo va a ser mucho más fácil de lo que usted supone.

Doña Adelaida también se puso en pie e intentó tomar la mano del presbítero para besársela, aunque éste la retiró.

—Es usted mi ángel de la guarda.

—Hacemos lo que podemos al servicio del Señor.

Partieron saliendo desde el saloncito pasillo adelante hasta el recibidor, y ya en la puerta la voz de la mujer sonó agradecida.

—¿Sabe qué es lo malo de ser su feligresa?

Mosén Cinto la miró sorprendido.

—¿Qué tiene de malo?, dígame.

—Que por un motivo u otro toda Barcelona lo requiere: los Juegos Florales, su sagrado ministerio, sus sermones, su impagable labor con los pobres y ahora esa lucha contra el demonio en la que usted anda metido. ¡Ya me dirá qué queda para los demás!

—No se preocupe, doña Adelaida, ¡con la ayuda de Dios llegaremos a todo!

17
El Congreso Espiritista

Las corrientes de pensamiento y las modas europeas eran adoptadas inmediatamente por la intelectualidad barcelonesa; cualquier cosa que llegara de París, de Londres o de Berlín tenía enseguida un tropel de prosélitos que se proclamaban auténticos apóstoles de lo último. Las clases bajas, ya fuera por mimetismo o por interpretar a su manera lo que los ricos propalaban, eran asimismo seguidoras de dichas directrices.

El espiritismo había cuajado en Barcelona. Lo que para unos era una ciencia para otros era una superchería, pero el hecho de la posibilidad de entrar en contacto con los muertos era algo que, desde siempre, apasionaba a las gentes. La cultura de unos los conducía hacia métodos científicos y la incultura de otros los hacía transitar hacia la superstición y el temor. De todas maneras, a río revuelto ganancia de desaprensivos, a tal punto que los médiums, adivinadores, echadores de cartas y gentes de igual pelaje proliferaban en cada esquina.

La Iglesia, celadora puntual de la religión, no podía permitir aquel estado de cosas, de modo que cuando un acto se anunciaba públicamente en los periódicos y tomaba un cariz de cosa importante, de inmediato ponía en marcha su ejército y enviaba sacerdotes preparados para tener todo controlado y obtener así un relato fiel y diligente de lo sucedido.

El Congreso Espiritista de Barcelona estaba anunciado a bombo y platillo ese mes de enero de 1889. Los recuadros en *La Vanguardia*, en *El Liberal* y en *La Nación*, también en las revistas *Blanco y Negro* y *Gracia y Justicia*, invadían las páginas, y hasta en *La Lidia*, dedicada al mundo del toro, con las láminas de las grandes figuras de Lagartijo, Frascuelo y El Guerra firmadas por Perea, y las reseñas de las últimas corridas en la plaza de El Torín, figuraba el anuncio del futuro congreso. En las reuniones de la burguesía no se hablaba de otra cosa, y pese a que iba a durar una semana al ser el aforo limitado, pues en el salón únicamente cabrían setecientas personas, la obtención de un boleto adquiría caracteres de fiera batalla.

Aquel sábado, a pesar de que el salón estaba prácticamente atestado, el público seguía entrando, y eran multitud los que aguardaban en la puerta de la calle Fontanella n.º 1 esquina con Puerta del Ángel a que alguien quisiera vender su entrada. Los guardias municipales se las veían y deseaban para contener aquel desbarajuste, obligados a controlar, como mandaba la autoridad, la contundencia de su actuación ya que el personal que allí concurría era gente de calidad.

Germán y Alfredo habían quedado citados en La Pajarera, recién inaugurada y local de moda del momento. Estaba ubicado en la confluencia del Paseo de Gracia con la plaza Cataluña en lo que había sido el jardín de la casa Gibert, y de allí se divisaba desde el Panorama de Plewna* hasta el Gran Circo. La gente acudía, además de para admirar las instalaciones, por verse unos a otros y comentar el último sombrero y la última moda de los trajes de las damas, así como el lujo de los coches y la hermosura de la estampa de los caballos. El

---

* Edificio circular en el que, mediante un ingenioso sistema, las imágenes se movían alrededor y que ocupaba el espacio donde hoy se encuentra el cine Coliseum.

mostrador de la barra era circular, de manera que a Alfredo, desde su posición, no le costaba nada controlar la entrada de la puerta. Como de costumbre, había llegado el primero. Entre sus obligaciones de buen servidor y vividor a la vez, tenía muy claro que a Germán le ponía de muy mal humor tener que esperar y, además, de dicho talante dependía que la velada fuera grata o se torciera, ya que el enfado de su amigo por alguna minucia podía durar toda una tarde.

Al entrar a través de la puerta giratoria, Germán abarcó con la mirada el local e inmediatamente vio a Alfredo con la mano alzada haciéndole un gesto. Mientras se acercaba, abriéndose paso entre la gente, valoró sus méritos. Tenía que reconocer que aquel tipo le divertía; era consciente de que le chuleaba, de que invariablemente él pagaba la fiesta y que Fredy le daba siempre la razón —no porque la tuviera, sino porque de ello se beneficiaba—, pero sus ocurrencias, sus salidas de tono con los inferiores y el descubrimiento de una Barcelona sumamente atrayente y canalla eran para él bazas que se cobraba y que, de otra manera, no habría obtenido.

—Te he pedido lo de siempre a esta hora. —En la barra, junto al lugar que ocupaba Alfredo, aguardaba un vaso de Pernod al lado de un sifón enjaulado en una malla de metal—. Como puedes ver, no fallo nunca.

Germán, que lo ataba corto, respondió:

—Ésa es una de tus obligaciones.

—Todavía no; aún no has ganado la apuesta, o eso creo. Si procuro atender a tus gustos, lo hago en calidad de amigo, no de criado.

—Eres muy largo tú.

—Procuro únicamente acomodarme a tus costumbres. —Ambos sorbieron su respectiva consumición—. ¿Finalmente has conseguido las entradas?

—¡Me ha costado un triunfo! Jamás imaginé que este evento tuviera más público que los toros.

—Me han dicho que la reventa está por las nubes.

—¿Qué ocurre ahora? ¿Acaso quieres venderte la entrada?

—Estoy valorando tu esfuerzo. —Alfredo sacó el reloj del bolsillo de su chaleco y miró la hora—. Si queremos llegar a tiempo, hemos de salir inmediatamente. —Luego, calculando que la ronda era barata, se adelantó—: Camarero, ¿qué se debe?

—¡Cómo me gusta que me invites! Es todo un detalle por tu parte. —Germán acabó su consumición valorando la urgencia que marcaba su amigo. Papirer pagó la cuenta, y ambos se dirigieron a la salida.

Empezaba a lloviznar. Eran pocos los que atravesaban por el centro la plaza Cataluña; los más se arrimaban a las paredes de las casas buscando la protección de balcones y cornisas. Germán y Alfredo, tras una breve consulta, decidieron cruzar la ronda de San Pedro y luego, atravesando frente a la gran carpa del circo donde estaba anunciado el espectáculo de Buffalo Bill, llegar a la esquina de Fontanella.

—¡Qué barbaridad! Pensé que esta cola era la del circo.

—La gente en verdad se ha vuelto loca. Cuanto más raro se anuncia un espectáculo, más curiosidad despierta. Que si los «Bisontes de la Pradera con Toro Sentado», que si «Juana Calamidad y Buffalo Bill»... ¡Aquí todo vale!

—Me han asegurado que el coronel William Cody entró la semana pasada en el burdel que está en la falda del Tibidabo y que rescató a tiros a una india sioux a la que, tras emborracharla, habían raptado unos proxenetas,* y también que el nuevo Museo de Cera, copia del de Madame Tussauds, está lleno todos los días.

—Barcelona, querido amigo, es la ciudad de los prodigios. Una india sioux no deja de ser una curiosidad, y la gente quiere novedades. Aquí montas un prostíbulo de enanos y te inflas a ganar dinero. Date cuenta de que esta tarde no vas a presenciar otra cosa que un debate sobre un muestrario de locos y ¡ya ves el resultado!

A todas éstas, por entre el pasillo de vallas que habían colocado los municipales a fin de que pudieran entrar los que tenían boletos tanto para las diez primeras filas de platea como para los palcos, habían llegado hasta la puerta, y la marquesina de cristal de la entrada ya los protegía de la lluvia, que caía cada vez con mayor insistencia.

—Por lo menos aquí ya no nos mojamos —comentó Papirer en tanto sacudía en su antebrazo, a pequeños golpes, el agua acumulada en el reborde de su bombín.

El personal iba entrando lentamente, y una vez dentro, conducido por los acomodadores, todos iban dirigiéndose a sus localidades, ya fuera las butacas de platea o subiendo por las escaleras laterales, ocupando los correspondientes palcos.

Los dos amigos, pidiendo excusas por las molestias ocasionadas,

---

* Uno de los sucesos que se cuentan, entre otros muchos, de la estancia de Buffalo Bill en Barcelona, aunque aconteció un año más tarde de la narración —William Cody llegó el 18 de diciembre de 1889—. Pueden seguirse en las hemerotecas las muchas anécdotas que generó esa visita.

se instalaron en su lugar respectivo, dos butacas centrales de la tercera fila.

—Te darás cuenta de lo que me ha costado encontrar este sitio.

—Aún es la hora de que en alguna ocasión te pille en un renuncio. ¡Siempre logras lo que te propones!

—Pues tenlo presente para cuando te gane nuestra apuesta.

—Espero que en esta ocasión te falle el pronóstico. —Súbitamente Alfredo Papirer, al divisar a alguien en el palco proscenio de la derecha, indicó a su amigo—: ¡Mira quién está ahí!

Germán observó en la dirección que indicaba Papirer.

—¿No es el confesor de tu madre, el fraile ese... Jacinto Verdaguer?

—No veo dónde.

—Ahí, en el proscenio de la derecha, delante de ese franciscano.

—Pues es verdad, ¡es él! Y, si no distingo mal, detrás de ambos está una mujer.

—Y su cara me es conocida. Creo que vive por mi barrio.

—Esos frailes son una caja de sorpresas.

—¿Y qué debe de hacer aquí?

—Lo mismo que nosotros, ¡no te fastidia! Aquí no se viene a jugar al póquer.

—Pero no te preocupes, luego lo averiguaremos.

En esos prólogos andaban cuando, ya todo el público colocado, el telón se abrió y en el centro del iluminado escenario, tras una mesa cubierta por un adamascado lienzo rojo, ocupaban su respectivo lugar los personajes que iban a presidir aquel coloquio. En el centro, el moderador, el ilustre secretario de la Academia de Ciencias, el doctor Cuevas; a su derecha, su reverencia el presbítero de la catedral, monseñor Román; a su izquierda, el reconocido científico ayudante del doctor Charcot en el hospital de la Pitié-Salpêtrière, monsieur Petiot.

Tras el caluroso aplauso y terminadas las presentaciones de rigor, comenzó el coloquio. En primer lugar introdujo el tema el moderador, el doctor Cuevas, que con sabias palabras puso al respetable en antecedentes de los temas controvertidos que allí se habían de debatir, terminando su discurso con estas palabras:

—Es por ello por lo que son tan difusos los lindes entre la medicina y la religión; los que unos llaman locos, òtros los denominan endemoniados. ¿Dónde está la frontera? ¿Es cuestión de la ciencia intentar recuperar la razón de estos desgraciados? ¿O más bien corresponde a la religión expulsar al demonio de esos cuerpos poseídos? Nuestros dos invitados, el reverendo monseñor Román y el doctor Petiot, debatirán sobre el tema, y al finalizar ustedes podrán tomar partido por una u otra teoría y, desde luego, interpelar a ambos sobre las dudas que les asalten.

El debate quedó abierto. Ambos conferenciantes expusieron sus ideas; cada uno aportó sus argumentos y en algún momento el moderador tuvo que intervenir para aplacar la acalorada discusión. Luego hubo ruegos y preguntas, y finalmente el doctor Cuevas cerró el debate agradeciendo la asistencia al personal.

Germán y Alfredo fueron desocupando el local siguiendo la riada humana y al llegar al hall, Germán retuvo a su amigo por el codo.

—Esperemos aquí. Los de los palcos de la derecha saldrán por esta escalera y, lógicamente, los del proscenio serán los últimos.

—¿Es verdad que quieres hablar con el confesor de tu madre?

—¡Más aún! Después de oír la conferencia, creo que hay cosas que no se tienen en pie y me parecen cuentos de niños o, peor, patrañas para sacar los cuartos a los ingenuos. Me gustará saber cómo argumenta.

En ésas estaban cuando por la escalera lateral vieron aparecer a la insólita pareja seguida de la mujer. Jacinto Verdaguer en primer lugar; detrás el inmenso fraile tonsurado, que podía sacarle una cuarta de altura, y finalmente ella, vestida de negro y con el pelo recogido en un moño lleno de horquillas, rostro enjuto, nariz aguileña, piel blanquísima... En conjunto, era una mujer vulgar; sin embargo, lo que llamaba la atención era su extraña mirada.

Germán se hizo el encontradizo.

—¡Cuánto de bueno, padre! Qué gusto encontrarlo hoy aquí.

—El gusto es mío, hijo. ¡Cuánto me complace ver que la gente joven tiene inquietudes!

—Mire, padre, le presento a Alfredo Papirer, buen amigo mío.

—Pues mire, Germán, éste es el padre Piñol, mi adjunto en el triste menester que me ocupa en estos momentos, que no es otro que expulsar al maligno de los cuerpos poseídos, y ésta es Pancracia Betancurt, una colaboradora insustituible para mi trabajo.

Tras los saludos de rigor, Germán se arrancó.

—¡Qué interesante, padre! ¿Usted se ocupa de eso?

—Entre otras cosas, hijo.

—No puede imaginarse cuánto me interesa el tema... Y si no es abusar de su amistad y en nombre de la devoción que le profesa mi madre, me encantaría tomar un té con ustedes y preguntarle algo sobre esta paranoia, ya que no tengo ocasión de verle habitualmente.

—¡Mal comenzamos! Sé que es usted un hombre de mundo, y como tal le gustarán las novedades e imagino que estará más cerca de las teorías del doctor Charcot que de las posiciones que sostiene la Iglesia. Además, si no nos vemos frecuentemente no será por mi culpa, ¡todos los domingos celebro la Santa Misa en casa de sus padres!

—Es que yo no acostumbro, padre; eso lo dejo para sus beatas. Por otra parte, nuestros centros de actividad son diferentes; es por ello por lo que no coincidimos: usted no suele ir por el Edén Concert y yo no voy por la catedral.

El buen presbítero entendió que aquél era un reto que le ponía delante la providencia. Su instinto le avisó de que había un alma en peligro, y su primera obligación era intentar llevarla al rebaño.

—Muy bien, Germán, pese a que mi tiempo es escaso, voy a aceptar su invitación.

—No puede imaginar cómo me place su respuesta. De cualquier manera, espero hacerle perder poco tiempo. Aquí al lado mismo, junto a las Cortes, está el Royal, que dispone de unos magníficos reservados donde podremos departir amablemente.

Sin más dilación el grupo salió a la calle y se dirigió al gran café ubicado en la esquina de la calle Lauria con la avenida de las Cortes. Delante caminaba Alfredo acompañando a la mujer, y unos pasos por detrás lo hacían los dos eclesiásticos con Germán.

Papirer tenía la absoluta certeza de que aquella cara le era conocida.

—Perdone, pero desde que la he visto tengo la sensación de que yo a usted la conozco.

La respuesta sorprendió a Alfredo.

—Apéame el tratamiento, guapo, háblame por derecho. Los dos sabemos quiénes somos y de dónde venimos; los perros de la misma camada se reconocen y se respetan, querido, aunque en ocasiones como la de hoy nos conviene disimular. Tú vives en la calle Ponent y yo conozco a tu madre; ella tiene una carnicería en la misma calle y tú andas arriba y abajo con un cacharro de esos que hace cuadros de las personas.

Alfredo se quedó anonadado.

—Me dejas de una pieza. Tal vez te he visto por el barrio, pero no ibas así vestida y, la verdad, no te he reconocido.

—Tú tampoco vistes así por las mañanas; llevas un guardapolvo azul oscuro y alpargatas de esparto. ¡Hay que vestir al muñeco según lo requiera la circunstancia!

Alfredo estaba obnubilado.

—¿A qué te dedicas?

—A muchas cosas; la vida está muy cara. Alguna mañana hago de niñera al servicio de familias de medio pelo que no pueden contratar a una fija; en ocasiones ayudo en una carnicería, y en otras colaboro con este fraile.

—¿Y qué haces con él?

—Cuando da conferencias en colegios y en instituciones, para mostrar lo que es una endemoniada y cómo se la debe sujetar, nos lleva a mí y al fraile ese gigante. Soy buena actriz; hasta puedo babear y simular epilepsias. Entonces comienzo a moverme y a hacer visajes con los ojos, y en tanto el grandote me sujeta él instruye a los aprendices de exorcista sobre las oraciones que deben recitar y dónde deben hacerse las cruces con agua bendita. Todos saben que es una demostración simulada, pues, como comprenderás, no se encuentra un endemoniado en cada esquina, pero ellos creen que sirve para algo. Luego me paga un buen dinero, ¡y santas pascuas, hasta la próxima!

Alfredo se creyó en la obligación de presentarse.

—Bueno, yo pretendo ser fotógrafo y por el momento me dedico a...

La Betancurt lo interrumpió.

—A hacer de muñeco de ese pisaverde, a bailarle el agua y a hacerle de chico de los recados. Conozco a muchos como tú.

Alfredo estaba francamente molesto y del todo asombrado.

—Estás tú muy enterada de mi vida.

—También sé que eres jefe de claca en el Liceo. —Y sin aguardar a que él preguntara, aclaró—: En ocasiones también voy al Liceo, desde luego con otra ropa; hago de acompañante de cierto caballero al que no le gusta acudir solo y que también paga mi compañía.

En apenas veinte minutos los dos grupos se reunieron en la puerta del Royal. Germán, que tan bien conocía a su amigo, supo al punto que algo le ocurría.

—Alfredo, esto va a ser una charla muy privada con mosén Jacinto. Si no te importa, prefiero quedarme a solas con él. Mañana te veo en el Casino Militar. He quedado a las once y media con Ardura para tirar unos asaltos de entrenamiento.

—Está bien, allí estaré. Si no le importa, padre, yo me retiro; les dejo con sus cosas. Y la verdad es que algo me habrá sentado mal; no tengo buen cuerpo.

—Váyase, Alfredo, aquí me quedo yo con su amigo en amor compaña. —Y añadió—: Tú también, Pancracia, procura descansar, que el miércoles tengo una charla en el aula del Colegio Mayor de los Jesuitas y me harás falta.

—Pues si no le soy necesaria, mosén, me voy para casa. Aún tengo que hacer un encargo de una vecina del barrio.

—Ve con Dios, hija. El padre Piñol y yo nos arreglamos bien.

El franciscano no abrió la boca.

Partió la pareja en direcciones opuestas, y el trío se introdujo en el Royal.

Apenas Alfredo Papirer comprobó que ya nadie lo observaba dio rápidamente media vuelta y fue tras los pasos de la mujer. Ésta se había detenido para ver el escaparate de una tienda donde se vendía ropa de niño, y en cuatro zancadas Alfredo le dio alcance. Suavemente le tocó el hombro. La mujer se volvió de inmediato y lo observó, inquisitiva.

—Creo que a los dos nos conviene hablar. Intuyo que podemos hacer buenos negocios. Puedes hacerme falta, y es posible que yo también a ti, ¿no te parece?

La Betancurt, antes de responder, frunció el entrecejo y meditó un instante.

—Puede.

—Eres muy escueta.

—Hablo cuando tengo que hablar. Ya has visto cómo he descrito a tu persona.

—Me gustaría hacerte cambiar de opinión.

—De ti depende.

—¿Dónde vives? —preguntó Fredy.

—Te refieres a dónde moro o habito, ¿no? Porque vivir, lo que se dice vivir, que es a lo que aspiro, es otra cosa. Pero, bien, digamos que en varios sitios; tengo varios domicilios según para qué... De todos modos, por lo que a ti respecta pongamos que en la calle del Tigre n.º 6.

—Está bien. Si te parece, mañana a las once paso a recogerte.

—No, mejor por la tarde y el miércoles.

—De acuerdo. Entonces dime dónde y a qué hora.

—A las cuatro, en la puerta de El Ramillete, en la calle Robador n.º 32, al lado del Arco del Teatro. ¿Lo conoces?

—No lo recuerdo ahora.

—Sí… Es el local donde se reúne la Sociedad Mabille.* También dan clases de baile.

—Ya caigo. Allí estaré sin falta.

—Entonces adiós… Otra cosa: no me gusta que me sigan.

18
Almirall

En aquel frío enero, Mariano, el cochero, conducía entre el tráfico de la ciudad el carruaje de los Ripoll tirado por el tronco de los dos mejores caballos de la selecta cuadra. En su interior, acomodado en el confortable sillón tapizado en terciopelo rojo capitoné, don Práxedes Ripoll, acompañado de don Gumersindo Azcoitia, se dirigía a la Estación de Ferrocarril de Barcelona a Mataró. Para evitar el Raval, iban por Conde Borrell hasta la avenida Marqués del Duero; luego descendieron hasta Colón y, finalmente, tomaron el Paseo de Isabel II.

El secretario tenía sobre las rodillas su carpeta y, abierta encima de ésta, una libreta de tapas de cuero negras en la que, lápiz en mano, iba tomando puntual nota de cuanto don Práxedes decía al tiempo que respondía a sus preguntas.

—¿Tiene mi billete?

—Aquí está, señor —dijo a la vez que se lo entregaba.

—¿Me ha cogido usted ida y vuelta?

—Desde luego, señor. Y, como siempre, en primera clase.

Don Práxedes se echó hacia atrás por mejor guardarlo y, de paso, extrajo del pequeño bolsillo del chaleco su reloj de oro.

—Estos malditos números romanos son una dificultad y con el movimiento del coche y la oscuridad me cuesta verlos —dijo queriendo ocultar su falta de visión.

Gumersindo, como era habitual, se adelantó.

—Vamos con tiempo sobrado. El tren sale a las once y aún no son las diez. El señor Almirall le espera a usted a las once horas cuarenta minutos en el apeadero de El Masnou, y el tren tarda treinta y

---

* La Sociedad Mabille era una organización que promocionaba bailes, sorteos y fiestas privadas. Llegó a estar muy de moda.

cinco minutos hasta Mataró.* Llega usted de sobra. ¿Está cierto, don Práxedes, de que no quiere que le acompañe?

—Me hace usted más falta en Barcelona, Gumersindo. —Ripoll era consciente de que aquella gestión debía hacerla solo—. Con usted no puedo andarme con paños calientes; si alguien conoce mi vida de la A a la Z, ése es usted. Cuando por mis obligaciones me ausento de la fábrica, y en estos días eso ocurre muchas veces, si no está mi cuñado Orestes o usted, la camisa no me llega al cuerpo. Tengo dos hijos: el mayor tiene una complicada vida social que le absorbe, antes por lo menos era la esgrima, y el pequeño, que está estudiando, creo que más bien tiene alma de poeta... ¡Y los negocios son muy duros para entrar en ellos a media pensión!

—Su confianza me honra, don Práxedes. Procuro desempeñar mi trabajo con probidad y esmero. Tras el huracán, ¿ha tenido nuevas noticias de Cuba?

—Sí, recibí carta de allí el pasado noviembre, y las noticias no fueron buenas precisamente. Las cosas cada día andan más revueltas, y el capitán general Marín González no da con la fórmula. En todos lados cuecen habas, mi querido Azcoitia; aquí nos ponen bombas y allá los insurrectos consiguen que el comercio se paralice. ¿Cómo quiere usted que esto marche?

—Pero no me negará, sin embargo, que la Exposición Universal está siendo un éxito, gracias a usted y al resto del comité.

—Aquí cualquier novedad distrae al personal. ¿Qué me dice usted del primer Congreso Mundial de Espiritismo? La gente no habla de otra cosa.

Gumersindo meditó unos instantes, dado que no quería meter la pata al respecto, pues conocía la fama de santero y de exorcista del padre espiritual de doña Adelaida, mosén Cinto Verdaguer.

—Yo, la verdad, respeto a todo el mundo, pero no creo en esas cosas.

—Ni usted ni yo. Son todos unos sacacuartos de beatas. Voy a decirle algo en confianza: ¿sabe usted por qué me place tener en casa cada domingo a decir misa a mosén Cinto?

—Imagino que por sus cualidades, señor.

—Eso también, pero principalmente porque sé, y me consta, que a don Claudio López Bru le fastidia. Él cree tener la exclusiva de

---

* Ésta era la duración del trayecto de tren entre Barcelona y Mataró en su primer viaje, en 1848.

todo lo que toca, y piensa que el clérigo va incluido en la Trasatlántica o en Tabacos de Filipinas. ¡Y no se imagina el placer que me proporciona hurtárselo aunque sea media hora los domingos!

Don Práxedes sonrió para sus adentros.

El coche negro detuvo su marcha frente a la estación; Mariano bajó al instante y abrió la puertecilla. Ambos pasajeros descendieron a la vez.

—Gumersindo, no hace falta que me acompañe hasta el interior.

—Deje que le lleve el maletín, don Práxedes.

—No es necesario. Prefiero que regrese a la calle Valencia ya que hoy, si mis cálculos no fallan, ha de entrar material de cuero.

—Pues, si no manda otra cosa, me voy. Tal como me ha dicho, a las nueve en punto de la noche estaré aquí.

—Hasta luego pues, Azcoitia.

—¡Que tenga un buen día, señor Ripoll!

Práxedes, tras observar cómo sus hermosos caballos incentivados por el silbido de Mariano tiraban del faetón, dio media vuelta y se dirigió al fondo de aquel tinglado que no encajaba en el marco del año de la Exposición Universal. Su primitivismo desentonaba, y urgía una apuesta ciudadana para adecuarlo a la ciudad. La estación del tren de Barcelona a Mataró era una antigualla.

Después de entregar al ferroviario encargado del control de pasajeros su billete, se dirigió al andén número dos, donde una piafante locomotora seguida de seis vagones —uno de primera clase, cuatro de segunda y uno de mercancías— aguardaba, echando vapor de agua por sus carrillos de acero, en tanto el personal subía al tren e iba ubicándose cada uno en su puesto. Práxedes, como cada vez que emprendía el viaje hacia la costa, se admiraba de que aquella hermosa bestia pudiera ni tan siquiera moverse. Conducido por el revisor se fue hacia su sitio y ocupó el lugar junto a la ventanilla, teniendo buen cuidado de comprobar que estuviera bien cerrada, ya que el hollín al atravesar el túnel de El Masnou inevitablemente entraba por ella. El silbato del jefe de estación fue correspondido por el pitido de la locomotora, y entre un chirriar de ruedas, un crujir de ejes y grandes nubes de vapor, el inmenso dinosaurio se puso en marcha.

Al cabo de unos instantes el campo ya corría a su lado, y el hilo del telégrafo que unía los postes por los que transcurrían los mensajes, que era la sangre que alimentaba el corazón de los negocios, subía y bajaba como mecido por la mano mágica de un gigante.

El ferrocarril pasó por debajo del puente de la Exposición y, dejando a su derecha El Torín, cruzó luego un barrio de chabolas miserables entre el cementerio del Este y el mar y se abalanzó sobre el Maresme. El tiempo transcurrió muy deprisa, y al cabo de escasos veinticinco minutos, esa vez entre ruidos de topes y de cadenas, la mole detuvo su loca carrera.

Ripoll se fue a la plataforma posterior del vagón y desde ella vio acercarse, con su inconfundible pipa de espuma en la boca y sus torcidas piernas —más acostumbradas a caminar sobre la bamboleante cubierta de un velero que sobre la tierra firme—, a su viejo amigo el capitán Almirall, para quien los años parecían haberse detenido. Práxedes bajó al andén y se dirigió hacia el antiguo tratante de esclavos, quien lo aguardaba justamente debajo del reloj de la estación. El encuentro de ambos fue cordial; unidos por el apasionante recuerdo de los tiempos de su juventud, mejores sin duda que los actuales.

—Gusto de verle, don Práxedes. Ignoro cuál es el asunto puntual que le trae hoy aquí, pero celebro la afortunada circunstancia. De cualquier manera, no debería haberse molestado; yo habría acudido a Barcelona, aunque no es plato de mi gusto internarme en esa agobiante ciudad.

—¡Y que lo diga! Es incómoda hasta para los que nos manejamos bien en ella. ¡Ni que decir tiene en estos momentos, cuando al calor de la Exposición ha sido invadida por legiones de gentes que han acudido de toda España para mejorar su condición a costa de nuestra tranquilidad! Y cuando se viene de este ambiente marinero y maravilloso que aquí se respira, el contraste todavía es más acusado.

—Realmente jamás he entendido por qué la ciudad no se abre definitivamente al mar.

—Tiene usted razón: nos hemos ido hacia la montaña. ¡Cosas del modernismo y de los sabios que diseñan las urbes!

La pareja iba saliendo de la estación.

—Ignoraba cuáles eran sus planes, don Práxedes, pero he pensado que, sean cuales sean, hemos de comer y me he tomado la libertad de reservar una mesa en el merendero de la Quimeta, la mujer de Dimas, el pescador, que tiene fama de hacer la mejor mariscada de la playa. La he encargado para la una.

—Me parece de perlas. De esta manera, después de comer los postres y habiendo regado las viandas con un buen priorato, le explicaré mi proyecto... que sin duda en esas condiciones lo verá más factible.

—¿Le parece que cojamos un coche? —dijo Almirall señalando las tartanas que junto a la estación aguardaban al pasaje.

—Mejor vamos paseando y estiramos un poco las piernas.

El merendero era uno de los más renombrados del Maresme. Su pescado era excelente, y la mano que cuidaba de las ollas tenía fama en toda la zona. Dimas, el marido de la cocinera, regresaba de la mar de madrugada, y antes de entregar su pesca a la cofradía se reservaba la mejor y la que creía oportuna para que su mujer condimentara sus platos. El arroz a banda, los chipirones y la langosta a la marinera eran una auténtica delicia para el paladar más exigente. En su origen, la construcción había sido dedicada a la reparación y guarda de redes, nansas y otros artilugios de pesca. Cuando cayó en desuso porque se amplió la lonja, Dimas la alquiló e instaló en lo que era un cobertizo una especie de quiosco donde su mujer acostumbraba guisar los pescados rotos que sobraban al recoger las redes. El lugar fue cogiendo fama y acabó en lo que era en la actualidad: un afamado merendero de construcción rústica, con el techo a dos aguas y la cubierta de madera recubierta de lona; en la parte exterior, y sobre un suelo de cemento y a nivel de la arena de la playa, se levantaba bajo un toldo cuadrado una especie de terraza delimitada por una valla de madera pintada de azul y entrecruzada en forma de rombos como una celosía, y en ella había una serie de mesas de obra de distintos tamaños rodeadas de largos bancos en los que se veía a gentes propias de los asuntos de la mar, pescadores con las perneras de los pantalones arremangadas a media pantorrilla, marineros de rayadas camisolas, pescateras descalzas con sus sayas negras y sus delantales con grandes paneras redondas de mimbre entrecruzado preparadas para colocar el pescado...

Los dos hombres se dirigieron a la mesa reservada, que estaba en el interior y ubicada justamente en el ángulo de la parte de atrás, alejado de oídos curiosos, donde podrían charlar con tranquilidad y cómodamente.

—Creo, don Práxedes, que vamos a llamar la atención. Jamás ha pisado esta casa alguien tan elegantemente vestido.

—De haberlo sabido, me habría adecuado al paisaje. Pero ¡entonces habría llamado la atención en Barcelona! Intentaremos ser discretos.

El camarero tomó la comanda y Almirall se quiso asegurar.

—Di a Quimeta que es para mí; que no se le ocurra colocarme un pescado de ayer en la mariscada.

—Le aseguro, capitán, que esta mañana estaban en el mar.

—Espero que así sea. Dile que si no entraré en la cocina.

—No tenga cuidado.

La mariscada fue excelente. Tomaron vino blanco de fina aguja, escogido por Almirall, enfriado en un cubo de hielo de cinc y colocado en una mesa baja en atención a la categoría del huésped. La comida transcurrió por el mejor de los cauces recordando los viejos tiempos. Llegado el café y la copa, Práxedes consideró oportuno comenzar a tratar el asunto que allí lo había llevado.

—Comprendo que he de tener argumentos muy convincentes para arrancarle de sus negocios de cabotaje.

Almirall, cuya codicia era legendaria, respondió, astuto:

—Todo depende... Si el precio conviene, podría cambiar de negocios.

—Usted está trabajando de aquí a Francia en cabotaje. Y lo que voy a ofrecerle tiene mucha más enjundia. ¿Cómo se encuentra usted, Almirall?

—Diríamos que en estos días estoy invernando como los osos. La navegación a vela en los meses de invierno es muy dura, y he descubierto, aunque tarde, el placer maravilloso de la vida bucólica, que consiste en no hacer nada más que jugar a las cartas con los amigos y fumar cuatro o cinco pipas diarias. Para sacarme de esta rutina, como usted bien dice, me harían falta argumentos muy convincentes y compensaciones que me satisficieran lo suficiente.

Almirall intuyó por la expresión del rostro de Ripoll que había llegado el momento crucial de la reunión. Práxedes miró a uno y otro lado para asegurarse de que estaba al resguardo de oídos curiosos.

—¿Qué le parecería cambiar el Mediterráneo por el océano para transportar de nuevo lo que siempre transportó usted a Cuba? —Práxedes subrayó «lo que siempre».

El capitán se sacó de la boca la curvada pipa que había acabado de encender, bebió un sorbo del carajillo que tenía delante y achinó sus pequeños ojos.

—¡No estará usted hablando en serio!

—Jamás he hablado más seriamente.

—Usted no ignora que nuestra mercancía está ahora prohibida.

—Según en qué condiciones.

—Si no se explica mejor, don Práxedes...

—Usted habrá oído hablar del huracán que arrasó Cuba.

—Sigo puntualmente todo lo que pasa en la isla.

—Pues bien, mi socio, Massons, a quien tan bien conoce, me ha comunicado que ha perdido en esas duras circunstancias que desencadenó la naturaleza más de sesenta esclavos al derrumbarse el techo del secadero de tabaco.

Almirall meditó unos instantes.

—Horrible circunstancia, pero dadas las actuales nada puede hacerse. Los sesenta bultos hoy por hoy son irreemplazables.

Práxedes aclaró:

—Se perdieron ellos, no sus documentaciones.

—¿Qué quiere usted decir?

—Se enterraron, en connivencia con las autoridades, claro está, sin dar el correspondiente parte; por tanto, tenemos papeles para por lo menos cincuenta mujeres, que podrían embarcarse legalmente de acuerdo con sus familias con la consiguiente contraprestación económica y con el fin de mejorar su futuro, usted ya me entiende.

Almirall dio una larga calada y, tras expeler el humo, comentó:

—Suponiendo que pudiera intentarse, que es mucho suponer, hay muchos problemas.

—Expóngamelos.

—El primero, el barco. Los tiempos han cambiado. Es impensable habilitar una goleta para partir desde donde sea hasta Dakar con la tripulación oportuna y allí cargar a un montón de bultos y además, por más inconveniente, mujeres, habiéndolas convencido, como usted dice, de que van a mejorar su vida, hacerles poner su dedo negro o el de su padre en un papel, atravesar el océano evitando la visita de huéspedes desagradables, particularmente de la marina inglesa, para desembarcar en Cuba.

Práxedes se había puesto serio.

—¿Qué más?

—La logística. La tripulación y... el cargamento han de comer durante todo el viaje; máxime, si pretendemos que la carga llegue en buenas condiciones. Por tanto, el barco ha de ser importante en cuanto a tonelaje, y por lo menos mixto de vela y carbón, y eso no es de fácil conseguir. Con tiempo, tal vez en Asturias, pero si urge habría que ir a Portsmouth a buscarlo.

—¿Qué otra cosa se le ocurre?

—La verdad, meterme a estas alturas de mi vida en una odisea semejante, como usted comprenderá, tiene un precio... que no es precisamente el dinero. Mal iría si a estas alturas de la partida no lo hubiera ahorrado; el mes pasado cumplí cincuenta y cuatro años.

Práxedes, que conocía la ambición del capitán y su afán de enriquecerse, se sorprendió.

—Entonces ¿cuál es su precio?

El viejo zorro meditó unos instantes.

—Si no recuerdo mal, usted es uno de los números importantes de la logia Barcino.

—Lo hablamos ya hace mucho tiempo. No tengo por qué ocultarlo: soy el encargado de finanzas, y por encima de mí sólo están el gran maestre y el primer secretario.

Como dándolo por sabido, Almirall comentó:

—Para ser admitido hace falta ser presentado por tres componentes que, por decirlo de alguna manera, lo apadrinen, ¿es eso así?

—Así es.

—Y conseguir que ningún hermano le ponga una bola negra.

—Exactamente.

—Pues ése es mi precio. Además, lógicamente, de una compensación económica acorde con los tiempos. Pero eso es lo de menos; usted siempre fue generoso.

Práxedes meditó unos momentos.

—Y, si no es indiscreción, ¿cuál es el motivo que le impele a entrar en la masonería?

—Digamos que he navegado por muchos mares y que al final de mi vida aún no he visto la luz ni he encontrado a Dios en ninguna parte, de modo que me gustaría pertenecer a una hermandad del espíritu donde los cofrades se ayudan mutuamente de manera que si estás en un peligro, sea cual sea el lugar del mundo donde te encuentres, halles socorro y consuelo, ¿o me equivoco?

Práxedes, sin responder directamente, repreguntó:

—¿Ya sabe que lo que me está pidiendo es muy difícil de conseguir?

—Menos de lo que me pide usted a mí.

—Está bien, Almirall, antes de un mes tendrá noticias mías.

19

La logia

Aquélla era una noche importante para él, pensaba Práxedes mientras su carruaje avanzaba por las frías calles de la ciudad. Pretendía conseguir capital suficiente entre sus hermanos de la logia Barcino para comprar un buen barco, un navío mixto de pasaje y carga, y repartirlo en participaciones. Se encontraba dispuesto a llevar a cabo el plan que había diseñado para atender a las necesidades de su socio cubano, para el que era indispensable la colaboración de Almirall. Alimentaba su espíritu esa ambición, pero también entrar en un campo reservado hasta entonces a su némesis ciudadana, que no era otro que don Claudio López Bru —amo y señor de la Compañía de Tabacos de Filipinas, la Sociedad Hullera Española, la Refinería Colonial de Badalona y la naviera Trasatlántica, por no hablar de su generosa participación en el Banco Hispano Colonial—, al que admiraba y envidiaba a la vez, y cuya mención siempre le producía un raro cosquilleo en el estómago. En tanto que Mariano conducía su coche entre la gente que se agolpaba a su alrededor, don Práxedes llevó a cabo una retrospección intentando analizar el porqué de sus desvelos hacia tal personaje. A Práxedes la figura de don Claudio López, marqués de Comillas, le causaba un raro desasosiego. El prócer era todo lo que a él le habría gustado ser: ocupaba un lugar destacadísimo en la sociedad española, fue íntimo amigo del difunto Alfonso XII, el Santo Padre León XIII lo tenía como hijo predilecto y presidía las sociedades más importantes de Barcelona. En su afán de hacerle sombra en algo, un único logro había conseguido Práxedes: el capellán de la Compañía Trasatlántica que inclusive había viajado en sus barcos, el insigne poeta catalán mosén Cinto Verdaguer, aunque después de hacerlo en la mansión de López Bru, asimismo celebraba todos los domingos la misa en la capilla-oratorio de su casa construida hacía ya años a ruegos de su mujer, asunto al que él había transigido pues aunque esta costumbre, al igual que todas las ceremonias de la Iglesia católica, le traía totalmente sin cuidado y poco le importaba, sí tenía en cuenta que, ante la sociedad, tener todos los domingos una figura de tanto prestigio en su casa le daba un tono y una categoría indudable.

El coche retuvo la marcha y don Práxedes fue consciente de que algo ocurría, por lo que se asomó por la ventanilla lateral.

—¿Qué sucede, Mariano? ¿Por qué retienes el tiro?

El cochero habló desde el pescante.

—Hay un tumulto en la calle. Los que protestan se meten en la calzada.

—Pero ¿hasta dónde vas a aguantar la impertinencia de esos desgraciados? ¡Dales con el látigo! A ver si de esa manera esa turba aprende modales.

Mariano se volvió, asustado, tirando de riendas, en tanto que el oscuro rostro de Silverio adquiría un tono más claro.

—Va a ser peor, señor; puede armarse la de Dios. No están los tiempos para provocar a la gente, mejor será tener paciencia.

Práxedes, atendiendo a las prudentes palabras de su auriga, se dejó caer sobre el asiento. Al poco el coche reanudó la marcha siguiendo el ritmo de la alegre multitud de romanos, payasos, colombinas, pierrots, gordas amas de cría, mosqueteros que caminaban a ambos lados del carruaje al grito de «¡Viva el Carnaval!».

Al llegar a la plaza Cataluña, Práxedes ordenó:

—Coge por Urquinaona hasta la ronda de San Pedro, baja después por el Paseo de San Juan y entra por la calle Comercio; por Princesa llegaremos mejor.

—Como usted mande, don Práxedes. El camino será más largo, pero encontraremos menos gente.

Finalmente Mariano detuvo el coche en la esquina de la calle Flassaders con Princesa, frente a la pastelería La Campana.

—Aguárdame aquí —dijo Práxedes—. Voy a tener una larga reunión. —Dirigió la mirada a uno y otro lado—. Junto al abrevadero hay otros cocheros; no hay peligro y, además, sois dos.

Silverio abrió la portezuela, y los pies de don Práxedes Ripoll pisaron los húmedos adoquines de la calzada.

—Mejor será que le acompañe Silverio, señor, todo esto está muy solitario. —Los años de servicio hacían que don Práxedes admitiera los prudentes consejos que frecuentemente le prodigaba Mariano.

—Está bien, que así sea.

De nuevo la voz del cochero sonó desde el pescante.

—Silverio, llévate esto.

Acompañando la palabra y desde su elevado lugar, el cochero alargó a su ayudante una gruesa cachiporra que éste ocultó rápidamente bajo su capotillo.

Vista la maniobra, Práxedes comenzó a caminar con el lacayo a escasos dos metros de su espalda.

A media calle se hallaba el amplio portal de la casa donde se alojaba la logia Barcino. La entrada, circunvalada por una sillería de piedra, se abría a un patio capaz de alojar en su interior un par de coches de caballos, pero que, sin embargo, los asistentes no usaban por mor de no distinguirse unos de otros en privilegios. A la derecha, una ornamentada escalera guarnecida por una regia barandilla de balaustres de piedra ascendía al primer rellano. Don Práxedes, sin volver la vista atrás, comenzó a subir lentamente los peldaños que conducían hasta el único piso. La puerta de madera noble estaba iluminada por un quinqué de gas que alumbraba el entorno; en medio de la misma, una aldaba de bronce en forma de puño y una placa del mismo metal, y sobre ella una pequeña celosía. Don Práxedes Ripoll se quitó el sombrero para dejar su rostro al descubierto y, tomando con su mano la aldaba, hizo que el puño golpeara la puerta en la secuencia acordada para los integrantes de la logia.

Apenas transcurridos unos segundos se abrió la cuadriculada rejilla y sintió que unos ojos lo examinaban detenidamente. A continuación, ruido de fallebas y de pestillos y el giro de una doble llave.

—Buenas noches, señor Ripoll. —La voz del servidor era meliflua y servil.

El prócer, en tanto entregaba al portero el sombrero y la capa, respondió a su saludo a la vez que preguntaba:

—Hola, Evaristo, ¿han ido llegando los hermanos de manera que podamos empezar la ceremonia puntualmente?

El hombre, a la vez que cerraba la puerta, respondió:

—Todavía falta alguno de los que viven más alejados de la casa. De todas maneras, el gran maestre y el primer secretario ya han llegado.

—¿Mister Howard ha venido?

—Ha sido de los primeros.

—Está bien.

Práxedes abandonó el recibidor y se dirigió por el largo pasillo al salón donde los miembros se reunían antes de pasar al vestuario a fin de revestirse para la ceremonia. La estancia era grande y cuadrada, con el techo artesonado con molduras doradas y, en medio, la réplica de una lámina en cuyo centro figuraba la imagen de un hombre de luenga barba, túnica de lino y mandil de cuero que portaba en las manos una escuadra y un compás que contenía una G mayúscula referida al ser supremo, que era el geómetra universal. En las paredes, apliques de luz eléctrica, aquella maravilla innovadora, iluminaban la pieza, y arrimados a las paredes había conjuntos de sillas y sillones para que la gente fuera acomodándose, a gusto de cada cual y según sus afinidades. Práxedes paseó su mirada entre los grupos buscando localizar a mister Howard. En el rincón más alejado de la puerta, en animada charla con el gran maestre, el fabricante don José Sarquella, se hallaba el cónsul americano. Práxedes, a medida que se aproximaba, fue cambiando saludos con componentes de algunos grupos sin detenerse particularmente en ninguno, hasta que finalmente llegó hasta ellos. El saludo fue cordial y, tras el apretón de manos ritual que caracterizaba a los iniciados,* entablaron una conversación inocua que el gran maestre finalizó excusándose.

—Perdónenme, señores, pero debo revisar la sala de actos. Dentro de media hora hemos de empezar la ceremonia.

Partió don José Sarquella, dejando a Práxedes con el cónsul americano.

—No crea, mister Howard, que mi saludo es casual. Más que el gusto de reunirme con mis hermanos de logia, hoy me ha traído aquí el deseo de verle a usted.

Mister Howard, que hablaba perfectamente el español y que conocía la potencia económica y los intereses cubanos de su interlocutor, se interesó al punto.

—Si puedo servirle en algo, ya lo sabe; sobre todo, señor Ripoll, en lo tocante a intereses comunes entre nuestras naciones.

—Como el tema es largo, si a usted le parece, al finalizar la ceremonia podríamos reunirnos en mi despacho de la tesorería, donde podremos conversar sin impedimento largo y tendido. —Práxedes se extrajo del bolsillo del chaleco el reloj de oro y, tras consultar la hora, comentó—: Ahora hay que vestir el uniforme ceremonial, y el tiempo es justo.

—Me tiene siempre a sus órdenes.

En aquel instante sonó el tintín agudo de una campanilla convocando a los presentes. Los grupos fueron disgregándose; los aspirantes, en el primer vestuario; en el segundo, los iniciados, y finalmente en el tercero, los maestros; cada uno se dispuso a revestirse para cumplir el ritual.

Cuando Práxedes entró en la estancia el gran maestre y el primer secretario, adecuadamente vestidos, se encaminaban a la salida. Este último se dirigió a él.

—No se entretenga, Ripoll, que hoy la ceremonia será larga. Además de lo consuetudinario, hay una votación para aceptar a un nuevo aspirante y ya se sabe que estas cosas se demoran. —Después preguntó—: ¿Ha preparado usted el estado de cuentas? Hemos de acometer la reforma del patio, y es conveniente que usted nos diga si se puede o no se puede hacer todavía. Y yo debo leer el orden del día.

* Los masones tenían un modo particular de encajar las manos por el que se reconocían.

138

—Tengo el estudio hecho, luego le pasaré una copia. Me pongo el uniforme en un instante y voy al salón.

Práxedes se quedó solo y se dirigió a su taquilla. Tiró de la cadenilla que sujetaba sus llaves, tomó el llavín correspondiente y lo introdujo en la pequeña cerradura. Después, despaciosamente, se despojó de la levita y se colocó el chaleco negro en cuyas solapas estaban las insignias de la logia y los distintivos de su cargo. A continuación se puso el mandil de damasco negro ornado con la cenefa dorada en cuyo centro figuraba la escuadra y el compás y en medio de ambos la consabida G mayúscula. Finalmente colgó su levita en el armarito y, tras cerrar la puerta, se dirigió al salón principal.

Los componentes de la logia se habían ido alineando en dos filas en el orden que correspondía a su categoría; en primer lugar, el gran maestre y el secretario y el hueco reservado para él; luego, los iniciados, y, finalmente, el aspirante que aquel día se presentaba aguardando el consenso de los demás, quien habría de esperar fuera hasta que un par de ujieres lo condujeran al interior, si es que era aceptado, con los ojos vendados y en mangas de camisa.

El ordenanza abrió solemnemente las puertas. Para cualquiera que no hubiera estado allí el lugar impresionaba. Al fondo, delante de unos cortinajes negros y alzado sobre una tarima, el trono de Salomón donde se habría de ubicar el gran maestre; a ambos lados, dos sitiales más pequeños para el secretario y para él mismo, y a continuación, dos pequeños sillares de piedra, una burda y la otra lisa; frente a los tres, una mesa alargada cubierta por un paño rojo con los símbolos de la logia en su faldón y sobre ella una copa grande de oro y esmalte y un mazo con su correspondiente soporte; luego, cubriendo totalmente el perímetro de la pieza, tres hileras de sillas separadas por una larga alfombra que transitaba desde la puerta hasta los tres escalones que ascendían hasta la mesa. La estancia estaba alumbrada por dos enormes arañas de bronce y cristal que pendían del techo, y en las cuatro esquinas había un inmenso velón encendido.

La comitiva fue avanzando lentamente. Los tres directivos quedaron en pie en sus respectivos puestos y los componentes de la logia fueron ubicándose en sus correspondientes lugares. Luego, caso de ser aceptado, entraría el aspirante conducido por los ujieres.

A una señal del gran maestre toda la comunidad de la logia ocupó sus asientos y el secretario se puso en pie para iniciar la ceremonia. En primer lugar, después de dar la bienvenida, expuso las actividades desarrolladas en aquel trimestre y habló de los planes de futuro inmediato que se proponían. A su interpelación debían responder a mano alzada si estaban conformes o no con las propuestas, teniendo siempre en cuenta a la mayoría. Acto seguido dio paso al tesorero. Práxedes ocupó el lugar en el estrado. Ofreció puntualmente detalles del estado de cuentas de la hermandad y pidió por el mismo procedimiento permiso para iniciar las obras futuras. Finalmente se levantó don José Sarquella y comenzó su parlamento.

—Queridos hermanos, bienvenidos a la ceremonia del séptimo día que, como sabéis, corresponde a la aprobación o no por vuestra parte de la entrada de un nuevo aspirante en nuestra logia Barcino. Os recuerdo vuestra obligación de hilar muy fino y de no dejaros influenciar por cosa ajena alguna. Sabéis que son muchos los que quieren pertenecer a nuestra hermandad, pues estáis al corriente del ascenso social que representa pertenecer a esta segunda familia. El señor secretario ya os ha repartido las hojas que detallan el historial del aspirante; vuestra es la decisión final. Subiréis, como es costumbre, hasta aquí arriba y depositaréis en esta copa la bola blanca o el cubo negro que se ha entregado a la llegada a cada uno, según vuestro criterio. No he de recordaros que un solo cubo negro veta automáticamente la entrada del aspirante. Y ahora procedamos.

A una señal del secretario, en perfecto orden y comenzando por la primera fila de la derecha, fueron pasando uno a uno los cofrades para depositar su voto en la copa allí dispuesta. Cuando el último hubo procedido, el secretario pasó al recuento por ver si faltaba alguno, ya que de ser así la votación habría quedado nula.

Finalmente el gran maestre comunicó con gran gozo que el aspirante había sido aceptado. Entonces comenzó la ceremonia. A una señal del secretario se apagaron las dos grandes lámparas del techo y la estancia quedó en penumbra, únicamente iluminada por los ambleos de las esquinas. Luego se abrió la puerta y entró el primer ujier con una bandeja de plata sobre la que había una calavera. A continuación, entre otros dos ujieres, hizo su aparición el aspirante; con los ojos vendados y en mangas de camisa, con una cuerda de esparto anudada al cuello, la pernera izquierda del pantalón arremangada y con la pantorrilla vendada. De esta guisa fue conducido hasta ocupar el espacio que mediaba frente a la mesa, pero bajo los tres peldaños. Entonces el gran maestre realizó su parlamento.

—Antonio Llaverías, tienes que recorrer un largo y peligroso camino, y deberás mantener tu fidelidad guardando en secreto todo lo que te sea revelado en todas cuantas reuniones estés presente; deberás dominar tus emociones e impulsos; adquirirás conocimientos que sólo podrás emplear en beneficio de los iniciados; se te dará un nombre en clave que usarás siempre que debas firmar cualquier carta, papel o nota enviados al hermano superior que se te designe. Y ahora verás la luz para que se te tome el juramento. —Entonces se dirigió al secretario y le ordenó—: Señor secretario, proceda.

El aludido descendió los tres escalones y, tomando al neófito de la mano, lo hizo subir hasta quedar frente a la mesa. En ella y sobre la bandeja de plata estaba colocada la calavera. En aquel momento retiró al neófito la venda que le tapaba los ojos; éste parpadeó visiblemente aturdido. El secretario dio media vuelta y se dirigió a los presentes.

—Suban los padrinos que han propuesto a este hombre.

De entre las filas de los concurrentes se adelantaron dos. El primero era el coronel Pumariño del Regimiento de Cazadores de Alcántara, buen amigo de Práxedes, quien tomó la corbata de cáñamo que circundaba el cuello del neófito y la llevó hacia atrás y hacia arriba cual si estuviera a punto de ser colgado en una horca; el segundo, el fabricante de Sabadell don Ramón Pelfort, cuyo abono del Liceo estaba en la platea justamente debajo de su palco, quien cogió la bandeja con la calavera y la colocó frente al neófito. El secretario tomó la mano del individuo, visiblemente atribulado, y la puso sobre el macabro resto, entregándole a continuación una hoja de papel y ordenándole que leyera el escrito.

La voz sonó temblorosa y solemne.

—Juro proteger todos los secretos que aquí se me digan bajo pena de que se me corte el cuello, se me arranque la lengua, se me cuelgue de una horca y me entierren cerca del nivel del agua donde la marea sube y baja, si falto a este juramento.

Tras las palabras del neófito se produjo un solemne silencio que casi se podía oír. Luego, como si todos se hubieran puesto de acuerdo, estalló una algarabía de gritos y parabienes para celebrar la recepción del nuevo hermano.

Finalizada la ceremonia don Práxedes y mister Howard, ya desvestidos de sus respectivas indumentarias, se despidieron rápidamente de sus compañeros y, tras efusivos apretones de mano, abandonaron juntos el salón. Cuando los relojes marcaban la una de la madrugada, se reunieron en el despacho del tesorero. En tanto el cónsul se acomodaba en uno de los sillones del tresillo que ocupaba el rincón opuesto al despacho, y tras cerrar la puerta del mismo discretamente, se dispuso a iniciar el tema que había sido en aquella ocasión el auténtico objetivo de su jornada; para ello, lo primero que hizo fue propiciar el ambiente. Práxedes, que sabía que mister Howard era un consumado fumador de vegueros, se dirigió a la mesita auxiliar que estaba junto a su despacho y extrajo del humidificador un excelente habano estuchado en un tubo, fruto del último envío de su socio Massons.

—¿Conoce esta marca?

En tanto Howard examinaba con ojo crítico la funda plateada, Práxedes, recogiendo los faldones de su levita, se sentó frente a él.

—La Flor de Matanzas. Ciertamente no la conocía, pero este habano tiene un aspecto magnífico. ¿Le parecerá una grosería que no me lo fume ahora?

—Por favor, mister Howard.

—Entonces permítame que lo solemnice; puro de tal calibre merece antes una buena comida. Mañana le haré los honores. —El cónsul, colocando el habano en el bolsillo superior de su chaqueta, añadió justificándose—: Tal vez éste sea el único vicio del que no podría prescindir.

Práxedes vio en la frase la manera de entrar por el flanco.

—Pues mucho me temo que si no le trasladan a usted a otro país, es posible que tenga dificultades. Me refiero, obviamente, a los productos elaborados en mis haciendas.

Howard, viejo zorro curtido en mil batallas, intuyó que acababa de abrirse la puerta del motivo real de aquella reunión.

—Conozco perfectamente las dificultades por las que está pasando su país, pero no olvide que el mío está únicamente a unos ciento treinta kilómetros de Cuba y que la isla es una de las primeras prioridades de mi gobierno.

—Ése es uno de los motivos que ha guiado mi interés.

El americano, sin hacer comentario alguno, se retrepó en su sillón. Práxedes prosiguió:

—Todo se ha confabulado contra los intereses de aquellos que estamos luchando por arreglar las cosas. A la dificultad de la guerrilla sumamos los desastres de la naturaleza. El último huracán fue catastrófico para los cultivos de tabaco y de caña de azúcar, amén de que tuve la desgracia de que se viniera abajo la techumbre del almacén donde trabajaban las mujeres que enrollaban la hoja, así como parte de los secaderos, y tuvimos una gran mortandad.

—Todo son dificultades, querido amigo; las cosas cada día se ponen más complicadas. Si puedo hacer algo por usted, siempre que sea beneficioso o por lo menos no perjudique a los intereses de mi país, cuente con ello.

Ripoll vio el cielo abierto y supuso que los hados estaban de su parte.

—El caso es, mister Howard, que tal vez pudiera usted ayudarme en mi dificultad, que es una hidra de siete cabezas y no sé cuál atajar primero. Todo cuanto ha sucedido desde hace dos años, desde el brusco fin del Patrocinio y de la esclavitud, me reafirma en la idea de concebir un plan con que solventar el asunto que, para mí, se ha tornado más que urgente.

—Tenga la bondad de explicarse.

Entonces Ripoll puso al cónsul al corriente de sus calamidades durante una hora larga.

—... Y para intentar resolver todo esto he de parcelar las cosas, pues cada situación requiere un tratamiento. Como le dije, tenemos todavía los documentos de todas las fallecidas; ello quiere decir que si consigo hacer llegar el cargamento a las costas de Cuba, una vez desembarcadas no tendré dificultad, pues con el mero pulgar colocado al fin del documento podré certificar ante las autoridades, si ello fuera preciso, que no va a serlo, usted ya conoce cómo son estas cosas, que todas son mano de obra liberada y voluntaria que lleva tiempo trabajando para mi socio. Tras el ciclón, necesita mano de obra, y ahora no podría conseguir a cincuenta mujeres que trabajasen en las mismas condiciones que las fallecidas.

—Entonces, Ripoll, ¿para qué requiere mi ayuda?

—Querido amigo, en el condicional está el asunto: «Si consigo hacer llegar el cargamento». El peligro está en la mar, pero al llegar a la costa me interesaría que los barcos de su país que cautelan la zona esa noche tuvieran trabajo en otro punto del litoral.

El cónsul se tomó su tiempo. Luego se sentó en el borde del sillón.

—Tiene usted suerte, pues pese a mi condición de cónsul de Norteamérica en Barcelona mis orígenes son sureños. Mi familia poseía una plantación en Savannah, y puedo comprender su necesidad de mano de obra esclava pese a haber librado una guerra para liberar a esa chusma; es decir, tengo la cabeza en un lugar y mi corazón en el otro, aunque por encima de todo me debo al cargo que ocupo... Dígame, ¿qué beneficios sacamos nosotros de todo esto?

—Ganar amigos e influencias. Es muy importante que el ambiente sea pro americano. Como bien sabe usted, en la isla hay tres facciones: los mambises, que quieren, junto con los criollos, la independencia de Cuba; luego están los que sueñan con tiempos pretéritos y piensan que todavía es posible gobernar una colonia desde

Madrid, y finalmente estamos los prácticos, a los que los árboles nos dejan ver el bosque y sabemos que no hay otra vía de salida que la natural, que no es otra que su poderoso país, que además es el más cercano, sea el garante de la paz y de los negocios. A ustedes les conviene tener amigos que influyan en la prensa cubana y preparen el ambiente.

—Como usted comprenderá, mi país no acostumbra improvisar nada. La maquinaria ya estaba en marcha, la Gran Logia Americana ya hace tiempo que prepara la «independencia» de Cuba, una independencia en la que, como puede suponer, por supuesto nosotros nos quedaremos con la mejor porción del pastel, que es la isla.

—Entiendo, pero no me negará que tener un ambiente favorable desde el interior no deja de ser una base importante.

—Yo soy meramente el cónsul de mi país en Barcelona. Veré lo que puedo hacer. Como bien sabe, he de consultar a mis superiores. Cuando tenga su respuesta se la haré llegar. ¿Alguna otra cosa?

—Dos más, Howard. Una: el capitán Almirall, del que ya le he hablado, abriga el deseo de pertenecer a nuestra logia, y necesito su colaboración para convencer a los hermanos. Y dos: aunque eso me preocupa menos, debo adquirir un barco para ese menester. No hace falta que le diga que los tiempos de las goletas ya han pasado. Si se le ocurre algún capitalista que pudiera tener interés en el negocio y quisiera aportar capital, desde luego sería bien recibido.

—En cuanto a lo primero, cuente usted con mi colaboración; haré lo posible para convencer a los hermanos de que Almirall es hombre respetable. Por lo que respecta a lo segundo, permítame sugerirle que acuda usted al astillero Armstrong-Elswick, en Portsmouth. Antes de ser cónsul en Barcelona fui el encargado de compras de efectos navales de mi gobierno y tuve tratos con dicho astillero. Son serios y eficaces, y están en el centro de todas las operaciones importantes de la isla. Si algo flota en la mar ellos lo tienen: eslora, tonelajes, nuevo, viejo, financiación, etcétera. En cuanto a buscar socios para su aventura, cuente con ello, aunque, como usted no ignorará, yo seré un mero introductor; las condiciones, los et y ut de la cuestión, tendrá que explicarlos usted.

—Desde luego, Howard. Soy hombre agradecido que entiende el mundo de los negocios y sabré corresponder a sus desvelos si todo sale como esperamos.

—Es mi obligación como masón crear redes de mecenazgo y de favores. Cualquier gesto será bien recibido, pero sepa usted que no me debe nada.

20
El Novedades

A Alfredo Papirer se le hizo eterna la espera; aquel miércoles de enero, el día previsto para su cita con Amelia, parecía no llegar nunca. Hasta su madre, que siempre andaba en sus cosas, se dio cuenta de que cada mañana al enjabonarse la barba para llevar a cabo la ceremonia del afeitado silbaba alegremente. Intentó llenar su vacuo tiempo en los quehaceres que más le gustaban. Tuvo noticia de que Antonio Fernández Soriano y Anaïs Tiffón, titulares de la firma Hermanos Napoleón a los que conocía por referencia en las revistas del género, estaban alojados en el hotel Oriente, encargados de pasar a la posteridad las imágenes por ellos tomadas de los fastos de la Exposición Universal, particularmente los eventos que protagonizara doña María Cristina de Habsburgo y Lorena, regente del Reino —a quien el pueblo había bautizado como Doña Virtudes— y el rey niño Alfonso XIII, y que buscaban por la Rambla de Santa Mónica un local para abrir un estudio a semejanza del que ya habían inaugurado en Madrid, en 1853, dedicado en principio al rutilante invento de la fotografía.* Papirer se llegó al hotel Oriente, construido en 1842 aprovechando el antiguo colegio religioso de San Buenaventura, donde estaban alojados los Napoleón y, tras largos regateos, les compró una máquina de fotografiar de fuelle, de segunda mano, que le habrían de enviar desde Madrid, así como otra más pequeña y manejable para trabajar en la calle, tres antorchas de magnesio, cinco gavetas de revelado y otros pequeños enseres imprescindibles para su oficio, y por todo ello pagó el exorbitante precio de treinta y cinco pesetas. En esta y otras cuestiones que versaron sobre la mejor manera de usar todos aquellos artilugios consiguió hacer Alfredo que la semana le fuera soportable.

El miércoles, media hora antes de lo acordado, estaba clavado en la puerta del café Novedades, en el Paseo de Gracia, como un nervioso estudiante ante su primera cita amorosa. Era mucho lo que se jugaba en el envite. Para la ocasión se había vestido con su mejor terno, que era el que había estrenado el día de la comida con Ger-

---

* El invento de la fotografía fue un clamor. La burguesía llenaba sus casas de fotos coloreadas que constituían el súmmum de la modernidad. Los escasos estudios fotográficos como el Hermanos Napoleón adquirieron una gran notoriedad en la época.

mán en el Siete Puertas con la única variante del sombrero, que esta vez era de copa blanda y ala ancha.

Amelia Méndez, tras consultar con Consuelo Bassols, había decidido acudir a la cita. La consulta fue una mera excusa, porque dijera lo que dijese su amiga, Amelia pensaba presentarse. Consuelo, que la conocía, le respondió lo que quería oír: «Chica, haces bien. Máximo no tiene por qué enterarse, y además me has dicho que estáis pasando por un mal momento. Pues entonces te servirá para asegurarte; al fin y al cabo, no haces daño a nadie. ¡El noviazgo es para eso, para probar!». A Amelia le alegró la opinión de su amiga; su decisión estaba tomada. Su relación con Máximo no vivía sus mejores tiempos; su novio estaba muy misterioso y además siempre ocupado, y últimamente parecía como si su cabeza estuviera en otro sitio; se pasaban la tarde en la horchatería del tío Nel·lo y apenas abría la boca. Amelia lo interrogaba, y él respondía con un desvaído sí o no que, a veces, nada tenía que ver con la pregunta que le había formulado. De cualquier manera, se justificaba a sí misma aduciendo que el motivo principal que la llevaba a la cita era averiguar por qué aquel joven sabía su nombre y de que conocía a Máximo.

Cuando, con paso apresurado, sobrepasó el circo instalado en la plaza Cataluña y enfocó el Paseo de Gracia sintió que su corazón se aceleraba y a última hora le entraron las dudas. Aquélla iba a ser la primera y última cita; creía estar enamorada de su novio y quería casarse con él. Pero, como decía Consuelito, la entrevista con aquel muchacho tan distinto y, por qué no decirlo, tan bruto pero tan gentil, que sabía decir cosas tan bonitas, iba a servirle para asegurar sus sentimientos. Amelia se detuvo un momento para acompasar su corazón en el escaparate de la joyería Masriera. Los broches de oro y esmalte de colores que reproducían formas de mariposas, ninfas y flores eran una preciosidad. Pensó que aquello no era para ella. Su vida, como la de todas las muchachas de su clase, estaba condenada a la mediocridad; se casaría con Máximo, quien la llenaría de hijos que deformarían su esbelta cintura. Aquel pensamiento hizo que a la vez levantara la vista y se examinara con detalle en el cristal. ¡Qué desperdicio de mujer, qué injusta era la vida! En una rápida transgresión mental, Amelia se dijo, orgullosa, que ignorando su origen humilde podría pasar perfectamente por una señorita de la alta burguesía. Claro estaba que el conjunto que había escogido para la ocasión ayudaba a realzar su figura; era de El Siglo, un modelo del año anterior ya que la empresa había ofrecido los sobrantes de la temporada pasada a las vendedoras. Sobre una blusa beige ajustada de mangas hasta los puños, lucía un corpiño de seda verde acabado en pico y con remate de encaje en el escote, abrochado a la espalda con una ristra de pequeños botones forrados, y llevaba una falda hasta los tobillos de color ciruela; en los pies, unos pequeños botines con cierre lateral; sobre las ondas de su cabello, su sombrerito verde colocado graciosamente de lado, y sobre los hombros, una capa corta marrón oscuro festoneada de un adorno de pasamanería dorada. Amelia pensó que la suerte estaba echada. Suspiró profundamente y encaminó sus pasos, decidida, hacia el Novedades, dispuesta a aprovechar el acontecimiento que representaba para ella acudir a un café de tanto renombre.

Alfredo Papirer vio llegar a su presa y una sonrisa aplomada de hombre seguro de sí mismo amaneció en sus labios. Rápidamente se descubrió y, sombrero en mano, se adelantó hacia la muchacha.

—Aunque hoy lloviera e hiciera sol no saldría el arcoíris —dijo tomándole la mano y acercándosela a los labios.

—¿Por qué me dice usted eso?

—Porque le ha robado usted todos los colores.

Amelia quedó un instante descolocada. Luego, retirando suavemente su mano y por decir algo, preguntó:

—¿Le he hecho esperar?

—Un minuto esperándola a usted es una eternidad. Pero la disculpo; comprendo la dificultad de bajar desde el cielo hasta aquí habiéndose olvidado las alas.

—¿Puede usted dejar de decir tonterías? Me pone nerviosa.

—Perdóneme, son los nervios de la primera cita. Le prometo que voy a ser bueno.

—De la primera cita y de la última.

—Eso ya se verá. ¡Deme usted una oportunidad!

Alfredo la tomó por el codo y la condujo hasta la puerta del Novedades.

Nada más traspasarla, supo Papirer que había impresionado a la chica. Los ojos de Amelia reflejaban el asombro de alguien que está descubriendo un mundo diferente al suyo. Las dimensiones del local; la altura de los techos donde brillaban las inmensas lámparas de luz eléctrica, diseñadas de manera que las bombillas que las conformaban parecían la explosión de un cohete de verbena; las delgadas y esbeltas columnas adornadas con una serpentina de flores que subía en espiral y que también soportaban globos de luz; las hileras de infinitas mesas redondas, colocadas en filas y dirigidas hacia el tablado del fondo donde imaginaba que actuaría la orquesta... Todo era un asombro. El ruido de las conversaciones de la gente obligó a Amelia a acercar sus labios a la oreja de Papirer y, haciendo pantalla con la mano, exclamó:

—¡Qué maravilla de sitio!

—¿Le gusta?

—Es impresionante. —Luego su mente de muchacha sencilla la obligó a decir—: Pero un café aquí debe de costar una fortuna.

Papirer la tomó del brazo y la condujo a una mesa en la que lucía un cartelito de cartón donde se leía RESERVADO y, retirándolo, respondió sonriente:

—No se preocupe de eso; el propietario es amigo mío.

Luego la desembarazó de la capita y, tras colgarla en una percha, le separó la silla para que ella se acomodara.

Amelia miraba a uno y otro lado como si fuera un niño ante un escaparate de juguetes. Papirer tomó la carta de refrescos y meriendas y se la ofreció. Lo primero que observó la muchacha fueron los números en negrilla que, en vertical y a la derecha, indicaban el precio de los manjares y las bebidas.

—¡Dios mío! Y dice usted que no es caro... ¡Por el precio de un chocolate con nata se puede desayunar una semana!

Papirer le retiró la cartulina de las manos.

—¿Le parece que merendemos en amor y compaña para poder charlar tranquilamente, que es a lo que hemos venido?

A un chasquido de los dedos de Papirer acudió rápidamente el mozo.

—¿Qué va a ser?

Ante la mirada interrogante de él la muchacha se decidió.

—Un suizo.

—Y con melindros. —Y luego añadió—: Para mí un café largo con coñac.

Partió el hombre para cubrir la comanda, y Amelia regresó al mundo dispuesta a cumplir el objetivo que se había trazado.

—Vayamos a lo nuestro, Alfredo. ¿Cómo es que sabe usted mi nombre y de qué conoce a Máximo?

—Si le parece, dejemos eso para el final. Permítame gozar de su compañía y vivamos, que mañana aún no ha llegado y ayer ya pasó.

El camarero regresó con la bandeja cargada con el pedido, más dos vasos, un sifón y un platito con la nota, y tras dejar todo sobre la mesa redonda de mármol se retiró.

El ambiente era cálido y la merienda, excelente, y la urgencia de

Amelia pasó a segundo término. Los melindros mojados en el chocolate eran pura delicia, y la muchacha se confesó que lo estaba pasando francamente bien; le brillaban los ojos y la tensión del principio se había disipado. Súbitamente él la miró sonriente, y ella tuvo que reconocer que aquel rostro, sin ser guapo, era sumamente varonil y atractivo. Papirer sacó del bolsillo un pañuelo y, sin darle tiempo a reaccionar, le pasó la punta por los labios. Al principio Amelia iba a apartarse, pero se quedó quieta como un pajarillo asustado.

—¡Fíjese cómo se ha puesto de chocolate! Si besara a alguien, iba a ponerlo perdido.

Amelia sintió que un golpe de sangre le encendía el rostro y que el tacto de aquel dedo le quemaba como un carbón ardiente. En aquel instante, cuando no sabía qué hacer ni qué decir, la orquesta de cámara precedida por el maestro Cioffi ocupaba el escenario.

Papirer, como si no se hubiera dado cuenta del incidente, le comentó:

—En estos momentos estos músicos son la diferencia entre el Novedades y los otros locales; no hay en la ciudad un conjunto mejor.

Las luces de la sala fueron disminuyendo a la vez que subían las del escenario, cosa que confortó a Amelia, pues de esta manera se disimulaba mejor el arrebol de su rostro. En cuanto sonaron los primeros compases entendió que aquello era otra música muy diferente a la que ella había conocido hasta aquel momento. Al acabar la primera pieza los aplausos de un público vehemente estallaron como un trueno. Amelia estaba entusiasmada y en tanto aplaudía comentó a Alfredo:

—He oído esta pieza tocada en el quiosco del parque por la banda municipal y no es lo mismo.

—Pues ya verás.

La muchacha, sin reparar en ello, respondió al tuteo.

—Te agradezco mucho la invitación. ¡Son magníficos!

El recital prosiguió entre vivas y aplausos, valses de Strauss, marchas de Chopin, zardas de Monti, y poco a poco llegó el apoteósico final: la marcha de *Tannhäuser*.

Al finalizar se encendieron las luces, y muchos de los presentes se pusieron en pie ovacionando al grupo. Amelia estaba entusiasmada y, sin darse cuenta, al alzarse sobre las puntas de los pies para ver mejor se apoyó en el brazo de Papirer. Éste, sutilmente, como sin dar importancia a la cosa, puso su mano sobre la de ella. Luego la gente se fue sentando y ellos hicieron lo mismo. Entonces la muchacha dirigió la mirada al gran reloj ubicado sobre la barra central y se asustó.

—¡Son las nueve! Tengo que irme ya, y no me has contado por qué sabes mi nombre y el de mi novio. —Sin saber por qué, al decir esta última palabra un regusto amargo le vino a la boca.

—¡Cuánto me gusta que me tutees! Iba a contarte la historia ahora, pero se te ha hecho tarde.

—Entonces ¿cómo lo hacemos?

—Si te parece, te veo el próximo miércoles a la misma hora.

—Imposible, tengo adelantadas dos fiestas y no puedo pedir más. Me temo que hasta dentro de tres semanas no va a poder ser.

Papirer intentó no reflejar el fiasco que suponía estar tantos días sin volver a verla, más por el miedo de que su interés se desvaneciera que por el presunto dolor que pudiera provocarle su ausencia.

Lanzó un melodramático suspiro.

—Está bien, ¡me resigno! Que sea el miércoles 19, y esta vez en el Suizo.

—Ahí no. Me da miedo que me vea alguien.

—No te preocupes, conozco al dueño y me abrirá por la puerta trasera de la plaza Real.

Amelia dudó, y maldiciéndose por haberse distraído a tal punto de olvidarse de la finalidad de la cita, se avino al nuevo lugar.

—Se me ha hecho muy tarde.

Papirer, con una expresión en la cara que reflejaba la más pura inocencia, añadió:

—Ya ves que no he tenido yo la culpa. Yo no tengo prisa.

Amelia se oyó responder sin casi creérselo:

—Está bien, te veré otra vez; pero será la última.

Y tomando su capa del perchero, partió abriéndose paso precipitadamente entre la gente.

21
Juan Pedro

Aquella mañana una inoportuna fiebre de treinta y ocho grados y medio retuvo en casa a Juan Pedro, y el contratiempo le vino que ni pintado para poner en orden sus ideas. Hasta entonces su madre había sido el centro de su vida, y verla preocupada, triste y nerviosa le producía una desazón que hipotecaba su quehacer diario. Juan Pedro sabía perfectamente el motivo de sus cuitas: Máximo estaba endiabladamente irascible y misterioso. Pocas eran las ocasiones que sonaba la campanilla del timbre de su casa, pero las pocas veces que tal ocurría su hermano saltaba como un muelle y se dirigía a la mirilla de la puerta para ver quién o quiénes eran los visitantes. El misterio se aclaró la mañana en que, rebuscando en el armario que compartían ambos para dar con la caja de madera donde se guardaban los cepillos y las latas de betún, se topó, al fondo del último estante, con un paquete envuelto en un trapo y atado con un cordel. Juan Pedro intuyó que había gato encerrado, y algo en su corazón le dijo que aquello podía ser el motivo de las angustias de su madre. Bajó de la silla en la que se había encaramado y, tras tener buen cuidado de cerrar el postigo de la ventana que daba al patio interior —a fin de cautelar la curiosa mirada de la vecina, que tenía la costumbre de observarlo todo en tanto tendía la ropa en los alambres—, colocó el envoltorio sobre la cama y se dispuso a inspeccionarlo. El cordel estaba sucio y el trapo olía a parafina. Lentamente deshizo los nudos y fue retirando la cubierta del envoltorio. La vena que siempre se le marcaba en la frente si el caudal de sangre se aceleraba comenzó a aumentar su ritmo cuando allí, en mitad de su catre, apareció el perfil pavoroso del cuerpo pavonado de un revólver Colt 45 y a su lado una caja de balas. Juan Pedro, instintivamente y sin un motivo, miró hacia la puerta para asegurarse de que estaba solo. Luego procedió a empaquetar con sumo cuidado el arma recordando, como había oído en alguna ocasión, que las cargaba el diablo. Rehízo el paquete lo mejor que supo y volvió a colocarlo en su sitio como si nada hubiera ocurrido. Apenas se había instalado en el comedor envuelto en un albornoz y con un libro entre las manos que le iba a servir de excusa para seguir pensando en su descubrimiento sin que nadie le hiciera alguna embarazosa pregunta, cuando el ruido de la llave en la cerradura le hizo suponer que su madre o Máximo regresaban.

—¿Cómo te encuentras?

La voz preguntando desde la entrada por su estado febril era la de Luisa. Venía la mujer cargada como siempre con un hatillo de ropa colocada en un gran pañuelo con las puntas anudadas.

—Mejor, madre. La fiebre ha bajado; no debe de llegar a treinta y ocho.

—No debe, no debe... —La mujer dejó el gran paquete sobre la mesa, y de la alacena tomó el termómetro y le ordenó—: Póntelo y dime la fiebre que tienes ahora.

—Madre, no sea pesada. Estoy mejor.

—Si no te pones el termómetro, no te daré el encargo que traigo para ti.

A Juan Pedro le saltaron las alarmas.

—¿Qué recado?

—¡Misterio! Hasta que no me digas la fiebre que tienes ahora, no te lo voy a decir.

Juan Pedro afirmó medio preguntando:

—Viene usted de la casa de los señores Ripoll. —Se precipitó hacia el paquete, desatando los nudos—. ¿Qué lleva ahí?

—Deja eso; es ropa para arreglar.

—¡Venga, madre...! Deme el termómetro, que me lo pongo, pero ¡no me haga usted rabiar!

La mujer, en tanto rebuscaba en su pequeño bolso y dado que su hijo la había complacido, comenzó a explicarse.

—Esta mañana he ido a casa de los Ripoll. Doña Adelaida me había mandado recado de que acudiera para recoger unos trajes que se le han quedado antiguos, pues todavía tenían la forma adecuada para llevar polisón y ese artilugio, que para mí hacía muy bella la figura, ya se ha pasado de moda y ya no se lleva, y como la ropa estaba nueva, quería que se los arreglara.

—Madre, ¡déjese de preámbulos! ¿Estaba allí Candela?

—No, yo no la he visto.

—Entonces ¿quién le ha dado un recado para mí?

—Vas tan deprisa que no me dejas llegar.

—Es que usted, madre, me larga una biblia antes de hablar de lo que me interesa.

—¡Está bien...! Cuando ya me iba, Jesús, el portero, ha salido de la cabina y me ha parado. «Doña Luisa», me ha dicho, «dele este sobre a su hijo de parte de la señorita Candela.» —Y luego añadió—: Pero conste que yo no sé nada de esto.

Juan Pedro saltó de la silla, y al adelantar la mano el termómetro se fue al suelo.

—Démelo, madre, por favor.

—Pero ¡mira lo que has hecho! Pareces tonto. ¡Toma! —La mujer metió la mano en el saquito y entregó malhumorada la nota a su hijo—. Primera y última vez. Me lo he pensado mucho y no estoy dispuesta a hacer de correo ni a que esta bobada nos cueste un disgusto. ¡Y no vayas a cortarte, que el mercurio es muy malo!

Juan Pedro tomó el sobre en tanto su madre se iba a la fregadera y, con la escobilla y el recogedor, se disponía a arreglar el estropicio.

Con dedos torpes, cogió un cuchillo de postre del cajón de los cubiertos y rasgó la solapa. El papel doblado era de color rosa y al sacarlo del sobre un efluvio de jazmín se esparció por la pequeña estancia. Juan Pedro buscó la luz de la ventana y leyó.

Apreciado amigo Juan Pedro:

Jesús me entregó el paquete, y pese a que he tenido que hacer alguna que otra pirueta ya he leído el primero. Como siempre, acertaste: *La isla del tesoro* me fascinó, y ahora he empezado *Las aventuras de Tom Sawyer*. Cuando leas mi nota ya sabrás el conducto que he empleado. Esta semana, no sé el día, voy a bajar las Ramblas con mi institutriz y haré por convencerla para pasar por «tu librería Cardona»; de esta manera, podremos hablar de libros y de otras cosas. No sé si me lo parece a mí, pero por lo visto a la gente mayor le molesta que seamos amigos... Le pregunté a mi madre si podía invitarte a merendar otro día y me dijo que ya veríamos; cuando me contesta eso, ya sé lo que quiere decir.
Recibe un saludo de tu amiga,

CANDELA

Juan Pedro leyó y releyó la nota varias veces. Su madre, que ya había recogido los restos del termómetro, indagó:

—¿Qué te traes entre manos con la señorita Candela?

—Nada, madre. Le dejé unos libros en la portería de la calle Valencia, tal como quedamos, y los está leyendo.

Luisa dejó los cristalitos en la fregadera y adoptó un tono que Juan Pedro conocía bien.

—A ver si te queda claro lo que te voy a decir: olvídate de la señorita Candela; para ti no existe.

—¿Qué ocurre, madre, es que soy un apestado?

En aquel instante el ruido de la llave en la cerradura indicó que Máximo acababa de llegar.

—Para los Ripoll y para la gente de su categoría somos lo que somos, y no me hagas hablar.

—¿Y qué es lo que somos, madre?

El que así preguntaba era Máximo, que se había asomado al quicio de la puerta y había oído el final de la conversación.

Luisa se volvió hacia su hijo mayor.

—Somos la gente que, afortunadamente, tiene trabajo y que, gracias a ellos, come todos los días.

—No nos regalan nada, madre; trabajamos y nos pagan, en esto consiste el trato. A mí me deben tres dedos. El que maneja la máquina que yo manipulaba lleva puesto un guante de malla de acero que se compró a raíz de mi accidente.

—Llevas un carro y haces el reparto, y yo trabajo de modista. De haber trabajado en otra fábrica, ya estarías en la calle.

Hubo una pausa y Juan Pedro, que tan bien conocía a su hermano, supo que Máximo estaba pensando si decía o no lo que tenía en la cabeza.

—Y de estar yo en la calle, tal vez el petardo que explotó anteayer en la fábrica de los Argemí hubiera explotado en la calle Valencia.

El color huyó del rostro de Luisa.

—Estáis locos… ¡Tú y tus amigos estáis locos, queréis arreglar el mundo destruyéndolo!

—A lo mejor es necesario destruir éste para hacer uno nuevo.

Tras estas palabras Máximo se fue hacia el dormitorio que compartían ambos hermanos. Luisa quedó frente a su hijo pequeño.

—¡Me vais a matar! Con tu hermano ya no llego a tiempo y sé que un día se va a meter en un lío muy gordo, pero contigo sí, y vas a ser un hombre de bien mal que te pese. —Hubo una pausa—: Ahora voy a por un termómetro. Si no tienes fiebre, esta tarde vas a trabajar.

Luisa se echó una toquilla de lana sobre los hombros y, tomando la llave de su bolso, se fue a la calle.

Juan Pedro pensó en las últimas palabras de su madre y se dio cuenta de que el asunto que a él atañía era muy poca cosa en comparación con el lío en el que, intuía, se encontraba metido su hermano. Cuando tuvo la certeza de que su madre no estaba, se fue tras Máximo.

Su hermano se había echado en su catre y miraba al techo con las manos cruzadas tras la cabeza. Las frases de su madre aún resonaban en la de Juan Pedro. Sin mediar ni una palabra, le espetó:

—¿Qué hace esa pistola ahí arriba? —Señaló el armario.

Máximo saltó como impelido por un muelle y, a la vez que se encaramaba en el taburete y buscaba el envoltorio del arma, lo increpó.

—¡¿Qué coño te pasa?! Como me entere de que te metes en mis cosas, ¡te voy a sobar el morro!

Máximo ya tenía el paquete en la mano buena y, tras bajar al suelo, retiró los cordeles del envoltorio para comprobar su interior.

Juan Pedro insistió.

—¿Qué hace ahí eso? Como se entere madre le va a dar un síncope.

—Mira, chico, baja ya de tu mundo de cuentos. Acabas de cumplir dieciocho años, y Barcelona no es el país de las Maravillas de Alicia y la reina de Corazones no es el único malo. Estallan bombas cada día y las colocan obreros que están hartos de ser explotados por patronos indecentes. Sí, ¡tengo un arma! Y he de aprender a manejarla con la mano que aún tengo entera, que es mi mano torpe.

—¡Estás loco!

—No, no estoy loco, pero no quiero que me cojan distraído cagando y mirando pasar las golondrinas. ¿No te has enterado de que hay fabricantes como los Ripoll que contratan a canallas de la peor ralea para cargarse obreros? Pues ve tomando nota.

Juan Pedro cambió de tono.

—¿Y no puedes guardar ese chisme en otro sitio que no sea en casa de nuestra madre?

Máximo repreguntó:

—¿Y dónde crees tú que, llegado el momento, vendrán a buscarme?

22
Casa Cardona

Toda la semana fue para Juan Pedro un sinvivir, a tal punto que el señor Cardona, quien tal vez por su ceguera tenía una sensibilidad inusual, hubo de llamarle la atención en un par de ocasiones.

—Estate para lo que has de estar. Deja de pasar el tiempo mirando hacia la puerta, que no se te ha perdido nada en las Ramblas. ¡Y quita el polvo de los libros de la última estantería!

Pero Juan Pedro no podía dominar su inquietud, de modo que se fue a por la escalerilla de tres peldaños, tomó la gamuza y se encaramó en el flechaste a fin de repasar el polvo del lomo de los volúmenes y, de paso, desde aquel observatorio excepcional, continuar vigilando la entrada.

La librería del señor Cardona no era un comercio vulgar al uso. Estaba ubicada en el n.º 12 de la Rambla de los Estudios, y el nombre coronaba la entrada con letras doradas sobre un fondo de cristal negro. La entrada del comercio la componían dos pequeños escaparates, uno a cada lado de la puerta, y el conjunto era de madera oscura torneada. En el escaparate de la derecha se exponían, en ordenados anaqueles, los libros de los autores de moda. De tal manera, ejemplares de *La fiebre del oro* de Narcís Oller se codeaban con las obras del mismo Verdaguer, con las de Costa i Llobera o con las de Guimerà, y ante la insistencia de Juan Pedro también habían incluido las novelas de Julio Verne, Mark Twain o R. L. Stevenson, así como un sinfín de biografías, libros de ensayo y novelas. En el escaparate de la izquierda se asomaban los libros sacros, evangelios y misales, rodeando una hermosa Biblia abierta que mostraba un precioso grabado a plumilla de Gustave Doré, destacando a un Dios padre barbudo e iracundo que, con una flamígera espada en la mano, expulsaba a Adán y Eva del paraíso. La parte inferior de la puerta era también de madera; la parte superior, de cristal biselado con el nombre del propietario serigrafiado; entre ambas, un tirador de latón dorado en forma de ese. El prestigio del comercio se cimentaba en el cariño que mostraba su dueño hacia los libros viejos, así como en el mimo y esmero con que cuidaba a sus clientes, a quienes aconsejaba individualmente sobre cuál era la lectura que mejor les cuadraba. El viejo Cardona tenía sumamente deteriorada la visión y a pesar de los cristales de su montura, que tenían el grosor del fondo de un vaso, y pese a colocar el libro a unos centímetros de su cara, apenas podía distinguir el título y el autor, cosa que subsanaba haciendo leer a Juan Pedro las novedades que iba recibiendo de las editoriales en los momentos en que no había cliente alguno en la librería. El local engañaba, ya que por dentro era mucho más importante y espacioso de lo que se suponía desde fuera. En las paredes, estantes colmados de libros perfectamente ordenados por temas y autores; a cada lado, sendos mostradores; al final del de la derecha, la caja registradora con el correspondiente manubrio, y al fondo, una cortinilla de ganchos de metal, que daba paso a la vivienda del propietario.

En un momento dado en que Juan Pedro estaba de espaldas intentando alcanzar los tomos del extremo del último estante, sonó la campanilla de la puerta anunciando una visita. Juan Pedro se volvió de inmediato, y la visión hizo que casi diera con sus huesos en el suelo. En aquel preciso instante entraba, acompañada de una señora de aspecto extranjero, la imagen que había turbado sus sueños desde el día en que la había conocido: Candela. Le pareció mucho más hermosa que el primer día; tal vez porque en aquella ocasión vestía como una niña, con aquel gran lazo en la espalda que tan presente había estado en su imaginación, y ahora llevaba un abrigo verde largo hasta los tobillos con doble hilera de presillas de cordón negro y charreteras iguales en los hombros, como una casaca de húsar, las manos dentro de un manguito de piel y aquellos minúsculos botines que la hacían más alta. Le pareció también mucho más mujer.

El señor Cardona intuyó su turbación y, a la vez que simulaba hacer algo en la máquina registradora, le ordenó:

—Juan Pedro, atiende a esas señoras.

Bajó como el rayo y, arrimando la escalerilla a un lado, se dirigió hacia la pareja. Dudó un momento entre saludar abiertamente o simular que no conocía a Candela. La muchacha lo sacó de dudas y, sin la menor sombra de turbación, se adelantó hasta él y, volviéndose hacia la adusta señora que la acompañaba, se lo presentó.

—Miss Tanner, éste es Juan Pedro, el hijo de Luisa, la costurera, de quien le he hablado. —Luego, en una hábil maniobra de cobertura, añadió—: Desde el día en que mi tía me mandó enseñarle la librería de su casa él es quien me ayuda a escoger las lecturas.

El señor Cardona atendía curioso desde lejos la extraña escena cuando oyó una inconfundible voz de fuerte acento anglosajón.

—Mucho gusto, señor.

Miss Tanner adelantó la mano a Juan Pedro y éste se inclinó, respetuoso.

—El gusto es mío, señora.

Un brevísimo silencio que a Juan Pedro le pareció una eternidad se estableció entre ellos. El señor Cardona, que intuyó al instante que aquél era el motivo del desasosiego de su empleado durante toda la semana, se dirigió a miss Tanner.

—Permítame presentarme, señora mía: soy Nicanor Cardona, el propietario de esta casa que, desde hoy, es la suya.

—Es usted muy gentil, señor.

—Deduzco por su acento que es usted inglesa.

—Irlandesa, señor; me eduqué en el convento de San Patricio.

—Mejor me lo pone. Voy a mostrarle una de las joyas de la librería.

El librero se fue hasta el fondo del local y del segundo estante extrajo un hermoso tomo encuadernado que depositó sobre el mostrador.

—Si tiene la amabilidad...

Miss Tanner se acercó.

—Ésta es una de mis piezas preferidas. Está editado en Francia, y son grabados de dos genios de la pintura, ambos de su país: William Davis y George Barret. El día que un coleccionista se me lo lleve tendré un disgusto importante.

Don Nicanor dio la vuelta solemnemente al volumen y lo abrió para que miss Tanner pudiera observarlo con detalle.

Juan Pedro, desde el fondo del alma, agradeció el gesto de su patrón. La breve pausa y la situación lo devolvieron al mundo real. Superada la sorpresa inicial, decidió aprovechar la ocasión sabiendo que era difícil que se repitiera.

Candela se adelantó.

—Imagino que recibiste mi nota.

—Me la entregó mi madre.

—Sentí no poder precisarte el día que vendría.

—No importa; he estado preparado toda la semana. Además, éste es mi trabajo.

—Es un trabajo muy bonito el de librero.

—Únicamente soy un aprendiz.

—¡Lo haces muy bien! Estoy terminando *Las aventuras de Tom Sawyer*, y *La isla del tesoro* me encantó.

—Cuando quieras, te presto más.

Candela miró hacia el fondo con disimulo, cosa que no pasó desapercibida a Juan Pedro. Miss Tanner se hallaba en fluido coloquio con el señor Cardona.

—Tendremos que encontrar la manera. Por lo visto, a los mayores les molesta que los jóvenes hagamos nuevos amigos.

—Yo también me he dado cuenta, pero lo entiendo.

Candela se mosqueó.

—¿Qué es lo que entiendes?

—Está claro: si voy a la calle Valencia llevando algún recado de mi madre, soy bien recibido, pero si pretendo ir a visitarte como amigo, entonces molesto.

—Pues eso es precisamente, Juan Pedro, lo que no quiero entender.

—Así son las cosas, Candela.

—Y si nadie hace por cambiarlas seguirán siendo siempre así.

—¿Y qué quieres hacer?

—No lo sé, pero sí sé que estoy aburrida de estar en casa… Sola, o con la compañía de mi primo Antonio, que es mucho mayor que yo. Él es amable y lo quiero mucho, pero me lo paso mejor contigo.

Juan Pedro creyó entender lo que traslucían las palabras de la muchacha.

—A mí también me encanta estar contigo, y si tú lo ves posible, yo estaré donde me digas el día que quieras. —Luego añadió—: Tengo dos pases para dar una vuelta en las Golondrinas del puerto. Si ves la manera, te llevo conmigo.

Los ojos de la muchacha brillaron de interés.

—¿Ves? ¡Cosas así son las que me encantan! —Candela meditó unos instantes—. El jueves por la tarde mi madre y mi tía van a la iglesia de Montesión, celebran la adoración de la Virgen de la Misericordia y hará el sermón el reverendo padre José Artigas. Si me esperas en la calle Mallorca detrás del patio de la fábrica de mi padre a las tres y media, yo acudiré… siempre que me asegures que estaré de regreso antes de las siete y media.

La voz de miss Tanner interrumpió el sigiloso diálogo de los jóvenes.

—Candela, ¡mira qué hermosura de libro!

Juan Pedro observó a la muchacha mientras se dirigía hacia el fondo tras darle al pasar un ligero apretón en la mano.

La voz del señor Cardona lo sacó de la ensoñación.

—Coloca el cartel de CERRADO en el cristal, vete al almacén y trae dos láminas de George Barret, y envuélvelas en papel de seda. —El librero se dirigió a miss Tanner—: Me hará el honor de aceptármelas.

La irlandesa se sintió halagada.

—Pero ¡no tiene usted por qué!

—¿Por qué? Porque hace muchos días que no hablo con persona tan preparada y tan inteligente como usted.

Juan Pedro no entendía nada.

—Es usted tan gentil que no parece de aquí.

—Estaré encantado de recibirla siempre que desee.

—Muchas gracias. Vamos, Candela.

23

Claudia Codinach

Hija, pero ¡cómo me has hecho esto! ¿No entiendes que eso es un desdoro para nosotras?

La puerta de la habitación se había abierto violentamente y la madre de Claudia Codinach la zarandeaba por los hombros. Ella, en la cama en un espeso duermevela, intentaba comprender lo que su madre le estaba diciendo.

—Pero ¿qué hora es?

—Las diez. ¡Cómo se te ocurre citarlo en casa!

La muchacha ya estaba completamente despierta.

—Pero ¿a quién he citado, madre?

—Tienes en el recibidor a don Germán, el hijo de nuestro protector, con un ramo de flores que no cabe en el piso.

Claudia pegó un brinco y, en tanto abría el postigo de su ventana, empujaba a su madre hacia fuera y le ordenaba:

—Lléneme la jarra del aguamanil y hágalo pasar al comedor. ¡Dígale que salgo enseguida!

A la buena mujer le costaba asimilar tanta orden. En primer lugar, le llevó la jarra esmaltada de porcelana. Luego Claudia la oyó hablar con alguien, que imaginó reía al ver su confusión.

La muchacha se despojó apresuradamente de la camisa de dormir y, casi sin querer, se miró de refilón en el espejo del armario. Había de reconocer que tenía un cuerpo que debía de ser objeto de deseo de muchos hombres: los senos altos, la cintura breve, las caderas rotundas y las piernas largas. Realmente, su voz de soprano no cuadraba con aquella estructura que era más de modelo de pintor que de opulenta diva. Tras lavarse y acicalarse se arregló rápidamente. Escogió lo mejor de su parco armario: una hermosa blusa de moaré blanco festoneada de arriba abajo por un adorno de volantes, una falda de paño de terciopelo de grandes cuadros grises y azules que le llegaba hasta los tobillos y un ancho cinturón que ceñía su cintura de avispa; en los pies, sus nuevos botines, que la hacían crecer casi ocho centímetros. Se compuso el pelo y se aplicó algo de colorete en las mejillas. Luego se observó de nuevo en el espejo, y la imagen que éste le devolvió fue de su agrado.

Cuando salió de su habitación se topó con su madre, bajita y tan regordeta que ocupaba la totalidad del pequeño pasillo. La mujer regresaba a por ella y le habló conteniendo la voz.

—Vamos, date prisa. ¡Yo ya no sé de qué hablarle! —Y luego—: Es muy guapo.

Claudia se adelantó a su madre, y cuando ya llegaba al comedor la oyó añadir:

—Sé prudente; escucha y no hables. Pregúntale si viene de parte de su padre. De no ser así, no te comprometas; no vaya a ser que tu protector se enfade.

—Déjeme, madre, que ya soy mayorcita. ¡Tiene usted el don de ponerme nerviosa!

La muchacha se detuvo un instante ante la puerta, se alisó la falda con gesto rápido e instintivo y respiró profundamente como cuando iba a atacar un aria operística de mucha dificultad.

Germán, que en aquel momento estaba mirando por el pequeño balcón que daba a la plaza del Ángel, al oír el ruido del picaporte se volvió al instante y, al ver la expresión de la joven, supo que la sorpresa la había complacido. Estaba acostumbrado; siempre ocurría lo mismo: su planta, el empaque de su estudiado gesto y la prestancia de su persona eran garantía de éxito, fuera cual fuese la hembra a la que se enfrentara; por demás y según con qué tipo de mujer, su aureola de afamado esgrimista hacía el resto.

Claudia no se hacía a la idea de que aquel ejemplar de hombre vestido con una levita de corte impecable de color verde oscuro, pantalón gris marengo, chaleco de doble botón de corte redondo, corbata de plastrón adornado con una aguja de perla gris —acorde con aquellos hermosos ojos que le sonreían bajo las pobladas cejas—, con su brazo izquierdo apoyado en el viejo piano vertical y sujetando en su derecha un inmenso ramo de rosas fuera un ser real.

—Espero, Claudia, que sabrá perdonar mi atrevimiento. Ya sé que no son maneras ni horas de presentarse en casa de una señorita, pero esta mañana, al ver estas rosas blancas en la floristería de la Rambla de Cataluña, me he decidido por fin. No quería entrometerme en el mecenazgo de mi padre, pero he pensado que estas flores no podían marchitarse sin conocerla a usted… Y faltando a las reglas de la más elemental urbanidad, me he decidido a venir para traérselas personalmente y por la mañana, cosa imperdonable.

Germán, al decir esto último, alargó las rosas hacia la muchacha. Claudia las tomó en sus brazos y hundió su nariz en el ramo aspirando con fruición.

—Don Germán, me halaga sobremanera que estas rosas le hayan recordado a mi persona. Yo no merezco esto. Por lo demás, ha tomado usted posesión de su casa, y todas las horas son buenas para recibir a un amigo.

—Me ha quitado usted un enorme peso de encima, pero no creeré que me ha perdonado si no acepta comer conmigo este mediodía y si no me apea el don. Llámeme Germán a secas, por favor.

Claudia dudó.

—Usted me dijo que cenar era imposible, es por eso por lo que me atrevo a sugerir que me permita invitarla a comer. Bien sabe que el sol no es amigo de citas galantes y que mis intenciones no pueden ser más honestas.

Claudia recordó a su madre.

—¿Don Práxedes sabe de su visita?

Germán sonrió de aquella manera que sabía irresistible.

—Llevo los negocios de mi casa y doy cuenta a mi señor padre de cualquier incidencia mercantil, pero creo que ya se me ha pasado la edad de tener que pedirle permiso para invitar a comer a una dama sin otra intención que ver su rostro y oír el trino maravilloso de su voz.

Claudia ofreció una débil resistencia.

—Es que a las cinco tengo clase con doña Encarna.

—Le doy mi palabra de honor que a esa hora allí estará.

Claudia miró el reloj de bronce de esfera blanca y números romanos, cubierto por una campana de cristal, cuyo péndulo giraba sobre sí mismo, que había sido su primer premio en un concurso de canto. Marcaba las once y cuarto.

—Es muy pronto para ir a comer, Germán.

—Eso ya está mejor. Primero, porque quiere decir que acepta, y segundo, porque me ha quitado el don. Mejor así, tendremos más tiempo de conocernos. ¿Ha visto usted el espectáculo del Panorama de Plewna?

—No he tenido ocasión, aunque me han hablado mucho de él.

—Pues ¡hoy lo verá! Es realmente asombroso y da idea de hasta dónde va a llegar el progreso en este siglo. ¿Ha oído hablar del gramófono?

—He oído hablar del fonógrafo.

—Los cilindros encerados ya están periclitados; ahora son de baquelita. ¡Y el futuro está a la vuelta de la esquina! Se lo cuento durante el camino. La voz de cualquier cantante podrá oírse en todo el mundo, ya no estará constreñida a las paredes de un teatro.

Cuando le hablaban de cualquier cosa que representara un avance para la voz, a Claudia le asaltaba de inmediato el gusanillo de la curiosidad.

—Está bien. Déjeme decírselo a mi madre y tomar la capa. Enseguida estoy de vuelta.

La muchacha salió del comedor, y Germán se llevó la diestra a la perla que le sujetaba el plastrón. Papirer iba a tener muy difícil ganarle la apuesta.

24
Llegado el momento

Finalmente el tan ansiado día por el que Máximo tanto había luchado llegó, y la idea de dar un susto importante a los Ripoll fue tomando cuerpo. El tema de las octavillas, que fue una llamada de atención, no había dado resultado y el trato con los obreros, en particular el de Germán Ripoll, continuaba siendo innecesariamente cruel y déspota. Entonces Gervasio dio la orden. Había llegado el momento de la verdad y, como primer aviso, lo conveniente era un petardo lo suficientemente intenso para parar la producción de artículos de piel y para cargarse a aquella jodida máquina que se había llevado sus dedos.

Máximo era consciente de que podía visitar las fábricas del cinturón industrial de Barcelona y calentar a las gentes a la salida o en los patios a la hora de comer, teniendo buen cuidado de contar con el escape franco cautelado por Gargallo, por Matías Cornejo o por el Rata. Él sabía que tenía el verbo fácil y también había llegado a la conclusión de que cuando aquella legión de gentes descontentas y mal nutridas escuchaban lo que querían oír, el éxito estaba asegurado. Su persona empezaba a ser conocida gracias a los mítines que realizaba. No tan sólo en el sinfín de fábricas de Barcelona, sino en más de un lugar del extrarradio y en más de otro donde el encargado no tenía el don de la palabra, era requerido para que fuera él quien señalara las consignas que tenían que aglutinar a aquella masa de desgraciados que, sin ningún derecho, trabajaban en turnos de catorce horas o más. Con todo, no convenía por el momento delatarse en la fábrica de los Ripoll; por tanto, la acción que allí se llevara a cabo tendría que ser eficaz pero discreta.

—Creo que es una buena idea, Gervasio.

—La gente se va a enterar, pero no es prudente que Máximo se signifique. En cuanto a lo del petardo de dinamita, siempre me ha parecido una buena idea. —Matías Cornejo *dixit*.

—Hemos de cuidar varias cosas: la primera, que el explosivo se cargue la máquina para que esos cabrones se den por enterados, sin que ello sirva de excusa para cerrar la fábrica, que sea algo así como un primer aviso; la segunda, poder salir sin correr más riesgos de los justos y además crear dudas acerca de cómo se ha hecho; por tanto, la entrada al igual que la salida deberán ser en la hora que media entre dos turnos.

—Tú que conoces el lugar, Máximo, ¿cómo crees que se puede entrar?

—Llevo pensando en ello mucho tiempo. Creo que llegamos en el momento oportuno; en la fábrica hay incomodidad. Lo de los libros y las maletas aún funciona, lo que ya no marcha es lo de Cuba. Con todo lo que allí está pasando, no llega ni tabaco de hoja ni puros, y todos los de esa sección están mano sobre mano temiendo lo que va a pasar. Si conseguimos hacer daño en la fábrica de maletas, habremos logrado nuestro objetivo y, tal como lo he pensado, necesitamos a alguien de ínfima talla —dijo mirando al Rata.

Del Rata se decía que era un ser misógino, imprevisible y terriblemente cruel, que odiaba a la burguesía y desconfiaba siempre de sus compañeros. Sin embargo, era un buen elemento para trabajar solo. Y lo que jamás permitía era que nadie se burlara de su mínimo aspecto. Gervasio Gargallo lo toleraba porque sabía de sus capacidades, aunque lo ataba corto controlando su principal defecto, que no era otro que la rabia impulsiva que a veces lo embargaba y la envidia que sentía por Máximo.

—Déjate ahora de discursos, que no estás ante una de esas pandas de zoquetes a las que acostumbras calentar, y ve al grano. ¿Cómo se entra y, sobre todo, cómo se sale sin recibir daño y creando dudas? Porque el que se la va a jugar, por lo visto, soy yo.

Máximo ignoró la acerba crítica.

—No he querido ofenderte, compañero, lo único que he querido decir es que hace falta alguien ágil y muy escurrido de carnes para entrar por donde he pensado que más convenía. —Máximo se dirigió a todos—: Entre los dos turnos hay apenas media hora en que la nave queda cerrada. Cuando yo entre por la mañana me ocuparé de retirar a la hora convenida la falleba que cierra la claraboya, que da al patio de carros pero es muy pequeña, y por ese mínimo agujero se colará el Rata, quien a su vez y desde dentro abrirá la portezuela que da a la portería para que entre Cornejo. A esa hora el portero está comiendo. De mí nadie podrá sospechar, pues a esa misma hora debo estar en Sabadell haciendo un reparto; además, ni yo ni ningún compañero pasamos por ese agujero. Una vez dentro, hay que mover la prensa para colocar la bomba justamente donde está la cortadora, y para eso hacen falta los músculos de Cornejo. Cuando el regalito esté preparado y la mecha a punto para que la falla se encienda media hora antes de que el segundo turno regrese, Matías saldrá por la puerta. Tú —dijo señalando al Rata— darás dos vueltas a la llave y saldrás por donde has entrado. Antes de que la gente regrese, estallarán los fuegos artificiales.

—Yo solo puedo entrar con el paquete y dejarlo al lado de la máquina —apuntó el Rata.

—Si queremos que la cortadora se vaya al carajo hay que apartar la prensa, y tú solo no puedes hacerlo. —El que habló fue de nuevo Máximo.

—Necesito más información.

Gervasio Gargallo, que en ausencia de Paulino Pallás y de Santiago Salvador era quien daba las órdenes, deseaba saber más cosas.

—¿Qué es lo que quieres saber?

—Los daños colaterales.

—No te entiendo.

—Es muy fácil... El destrozo del almacén ya está entendido, pero necesito saber qué hay arriba y al otro lado del patio interior.

—Arriba tienes una claraboya que da al terrado de los patrones, y al otro lado del patio interior y a nivel de calle está la casa del portero.

Gargallo meditó unos momentos.

—Habrá que hablar con Francesco Momo, el Relojero; afina mucho en estas cuestiones. Se trata de hacer daño, el suficiente pero no más. No vaya a ser que por dar un susto a tus patrones un proletario resulte herido.

—Y eso ¿cómo se come?

—Cada uno a lo suyo, Matías. El Relojero conoce el oficio y sabe exactamente la cantidad de pólvora y de tornillos que hay que meter en una bomba. Si el cálculo está bien hecho, el destrozo es el deseado; por el contrario, si falla algo, por ejemplo si la mecha es corta, el que puede recibir daño es el que pone la bomba. ¿Me has entendido?

—El que no lo he entendido soy yo —interrumpió el Rata—. ¡Qué coño de avisos y de cuidados...! Si lo que cuesta es entrar, ¿por qué no aprovechamos el viaje y hacemos el mayor destrozo posible?

—Deja esto para los mayores. Ocúpate de lo tuyo, que no es precisamente pensar.

—Hemos acordado que la finalidad era cargarnos una máquina, y no hacer un destrozo que dé la excusa para cerrar la fábrica.

—Se trata de hacer daño a la empresa, no de que tú cumplas tu venganza de niñato en la medida que te convenga.

Gervasio Gargallo intervino.

—¡Basta de gilipolleces! Se va a hacer como ha dicho Máximo:

entraréis los dos; tú, Rata, abrirás a Matías, él moverá la prensa y juntos pondréis el petardo; luego Matías saldrá por la puerta y tú, Rata, cerrarás por dentro, de manera que al no haber nadie tan menudo en la plantilla les cueste entender lo que ha pasado. Además, siendo dos cada uno se ocupará de vigilar al otro para que haga bien las cosas.

Cornejo miró despectivo al Rata.

—Y éste ¿qué podría hacerme a mí en el supuesto de que me equivocara, si no levanta una cuarta del suelo? Yo sí puedo vigilarlo a él, pero ¿él a mí?

—Él puede matarte.

25

El Justin

Claudia dejó a Germán en el pequeño comedor y se fue en busca de su madre para entregarle las rosas blancas a fin de que las colocara en un jarrón y decirle que se iba a comer con él. A partir de aquel momento, doña Flora fue un manantial de consejos.

—¿Lo sabe don Práxedes? Recuerda, hija, que tienes clase con doña Encarna a las cinco. No tomes ninguna bebida fría. Ten cuidado con lo que dices. ¿Quieres que os acompañe? En mis tiempos, ninguna muchacha iba a comer con un caballero el primer día.

Finalmente Claudia, ya en el pasillo, se volvió, sulfurada.

—¿Quiere dejarme en paz, madre? Afortunadamente, mis tiempos no son sus tiempos; me paso los días yendo de aquí a casa de doña Encarna y de casa de doña Encarna aquí... Déjeme respirar un poco, ¡me estoy ahogando!

Doña Flora recogió velas.

—Hija, lo hago por tu bien.

—Y también por el suyo, madre, ¿acaso no me ha dicho mil veces que mi voz va a sacarnos de pobres?

Las dos mujeres habían mantenido ese diálogo con una voz contenida teñida de susurros. Finalmente alcanzaron la puerta del comedor, donde aguardaba Germán. Allí el comportamiento de doña Flora varió totalmente y de consejera adusta se tornó en meliflua trotaconventos.

—¡Cuídemela bien, don Germán! Mi hija no tiene costumbre, y

la dejo salir porque es usted quien es... Y ¡que conste que es la primera vez!

Claudia sonrió en tanto que, disimuladamente, pellizcaba el regordete antebrazo de su progenitora.

—Descuide usted, señora. Deja a Claudia en buenas manos. Y no dude que a las cinco en punto estará en su clase de canto.

Partió la pareja. Apenas cerrada la puerta, doña Flora se apoyó en ella. Tras besar la medallita escapulario que pendía de su cuello y emitir un hondo suspiro, se dirigió a su habitación con paso menudo y ligero, rebuscó en un cajón, halló la caja de cerillas, extrajo un fósforo y, después de frotarlo en el raspador y encenderlo, prendió la pequeña palmatoria que estaba a los pies de la imagen de Nuestra Señora de Montserrat y se precipitó a la ventana para ver salir a la pareja. Cuando vio que el joven sujetaba amablemente a su hija por el codo para ayudarla a subir al elegante coche negro tirado por una soberbia pareja de alazanes que aguardaba en la puerta, creyó morir.

Mariano, el cochero, en cuanto vio llegar a don Germán con una nueva compañía femenina —otra más—, saltó rápidamente del pescante para abrir la portezuela del coche y, en tanto Claudia, recogiéndose la falda, trepaba al landó, indagó con voz queda:

—No me ha dicho adónde vamos, señor.

—Llévanos al Justin. Déjanos en la plaza Real y allí nos esperas.

Luego Germán, con el bombín y los guantes grises en la mano, se subió asimismo en el coche.

—Lo siento, Claudia, pero no nos da tiempo de ir al Plewna si te he de dejar a las cinco en tu clase de canto.

—No importa —respondió nerviosa y a punto de añadir «ya habrá ocasión».

A Germán le excitaban notablemente los preámbulos de la cacería urbana; podría decirse que, junto con la esgrima, era su deporte favorito. Su coto privado: Barcelona. Las piezas a cobrar: cualquier mujer de catorce a cuarenta años. Sin embargo, algo en su interior le decía que en aquella ocasión las cosas iban a ser de otra manera. Aquella muchacha valía la pena; amén de ser terriblemente hermosa y poseer una voz angelical, tenía un encanto especial, mezcla de candidez de muchacha virgen y de mujer segura de sí misma.

Cuando su fino oído percibió que los cascos de los caballos traqueteaban ralentizando el paso en el húmedo empedrado de la calle, Claudia pudo comprobar mirando por la ventanilla que habían llegado a su destino. El coche se detuvo y ella se volvió hacia su acompañante.

—Me parece que estoy a punto de cometer una imprudencia. Éste es el mejor restaurante de Barcelona; es fácil que haya algún conocido de su padre.

—No se preocupe, Claudia, ¡lo tengo todo previsto!

La pareja descendió del coche y se dirigió a la puerta del prestigioso local.

El restaurante, fundado en 1861, estaba ubicado en la plaza Real n.º 12. Su nombre era el de su propietario, Justin, y éste, en atención a su origen, había bautizado en francés todas las excelencias culinarias que allí se servían. El establecimiento ofrecía a los comensales un cuidado servicio, que iba desde un comedor en el patio interior, iluminado por una claraboya, hasta pequeños saloncitos particulares donde se celebraban comidas de negocios o cenas íntimas. Las mantelerías eran de hilo, la vajilla, de Limoges y la cubertería, de plata, pero sobre todo su cocina era de un refinamiento inalcanzable, a lo que había que sumar una excelente bodega. Sus precios estaban acorde con la calidad del servicio; el almuerzo costaba desde cuatro pesetas y la cena, a partir de cinco.* Tal era la fama del local que el mismo Justin decía que trabajar en su cocina estaba tan cotizado que un pinche o un ayudante de camarero necesitaban tantas recomendaciones para formar parte del equipo como un funcionario en Madrid para tener un empleo en el Ministerio de Gracia y Justicia. A tanto llegaba el prestigio de servir en la casa que después de aceptado el aspirante debía pagar, como en la Casa Real, quinientas pesetas en concepto de entrada.

Desde sus comienzos, Justin contó con una ayuda inapreciable, su maître Antoine, también francés, que fue quien supo sugerir sabiamente a la clientela los menús y la forma de armonizarlos con los vinos, así como el impecable comportamiento de los camareros, enseñándoles la elegancia de los mejores restaurantes parisinos.**

Germán empujó la puerta giratoria suavemente, invitando a Claudia a entrar. Él lo hizo a continuación, y al instante el maître, atento y servicial, fue a su encuentro a la vez que un botones de uniforme recogía la capa de Claudia y su gabán azul marino.

—¡Cuánto de bueno, don Germán! Gusto de verle. Tiene como siempre su comedor privado preparado.

---

* Como consecuencia de estos precios, se hizo famosa la expresión «*sopar de duro*».
** Extracto del libro *Memorias de Barcelona*.

—Gracias, Antoine. ¿Está el jefe?

—Monsieur Justin está en París, ha ido a ver las novedades que presenta este año Fauchon; pero pierda usted cuidado que será servido con el mismo esmero de siempre.

Luego Germán se volvió hacia Claudia, como excusándose.

—Perdóneme el atrevimiento, pero reservé un privado con la esperanza de que me concediera el honor de comer conmigo.

Claudia sonrió azorada y algo cohibida ante la magnificencia del lugar.

El maître, acostumbrado a situaciones como aquélla, abrió el paso invitando a la pareja a seguirlo.

—Si tiene la amabilidad, por favor...

Claudia avanzó, seguida de Germán, por la mullida alfombra granate, salpicada de pequeñas jotas negras —inicial del dueño— simétricamente colocadas, hasta un comedorcito retirado que rezumaba discreción y buen gusto.

—Aquí estarán muy tranquilos.

Y al decir esto último el maître retiró la silla de Claudia para que se sentara. Luego, y antes de ofrecer las correspondientes cartas de manjares y de vinos, hizo una pausa. Aquella palomita era nueva, y debía darle tiempo para que se ubicara.

Claudia se sentía asombrada, jamás habría imaginado que tal lujo pudiera existir. La mesa estaba preparada para dos servicios: la vajilla de Limoges, la cubertería de plata con la inevitable J en el mango de las piezas, cuatro copas de finísimo cristal frente a ella —una de color y tres blancas de diversas formas y tamaños—, la mantelería y las servilletas de finísimo hilo... También la impresionaron los muebles, un trinchante y un bufet de caoba roja al igual que la mesa y las sillas. La voz de Germán ordenando la comida al maître sonaba incluso lejana del puro ensimismamiento en el que Claudia había caído. Aquel hombre la fascinaba.

—Con su permiso, voy a elegir el menú. Oriénteme únicamente: ¿carne o pescado?

—Prefiero pescado. No olvide que he de comer ligero; la lírica no tolera excesos.

—Entonces, Antoine, está decidido: vamos a comer lo mismo, tráenos el caldo de la casa, ese con huevo duro y pollo desmigado, y después el volován de langostinos.

Antoine se inclinó obsequioso para retirar dos de los cubiertos. Su fino olfato y el oficio le dictó la pauta.

—Ha escogido usted divinamente, don Germán. El volován es

una especialidad de esta casa y es tan ligero que no obliga al diafragma a esfuerzo alguno. Intuyo que la señorita es cantante.

—Aprendiz nada más —musitó Claudia.

—Una de las futuras grandes voces de nuestro primer teatro, lo que yo te diga.

—Pues si usted lo dice, no lo dudo. ¿Y los vinos, don Germán? Germán examinó la carta.

—Tráeme un Château Rothschild del ochenta y tres, que va muy bien con el pescado. Pero que no esté frío; su garganta no se lo permite.

Antoine, tras retirar las cartas, se retiró a su vez, silencioso y ligero. La pareja se quedó a solas. Tras dar una rápida mirada a la esfera de su pequeño reloj y guardarlo a continuación en el bolsillo del chaleco, Germán comentó:

—Una hora y media para comer y dos para la sobremesa antes de devolver a mi Cenicienta, ¡soy un hombre afortunado! Créame, Claudia, que casi no me lo creo.

—¿Qué es lo que no cree, don Germán?

—Que tras tan larga espera vaya por fin a cumplir un sueño, comer con usted. Pero, por favor, no vuelva a llamarme don Germán. Me gustaría que me tratara como a un amigo… Además, el único y auténtico don es su voz.

—Me abruma usted.

—Únicamente expreso lo que siento.

Tras una pausa Claudia, nerviosa, cambió de tema.

—He de reconocer que su visita me ha sorprendido y que todo ha sido un poco precipitado. Pero como yo siempre cumplo lo que prometo y el día de la fiesta de los señores Bonmatí le dije que aceptaría su invitación, aquí estoy.

—Por cierto, cantó usted divinamente esa noche.

—Todo se lo debo a don Práxedes. Si un día llego a ser algo, será por su ayuda.

La mención de su padre contrarió a Germán, como siempre.

—Mi padre es un vejete encantador que a sus años le gusta jugar a ser Dios.

Claudia se escandalizó.

—¡No hable así de su padre!

—Es la verdad. Lo conozco bien; le gusta ser el supremo hacedor, y esas cosas no las hace por ayudar, sino para sentirse amo de vidas y haciendas.

—Conmigo se está portando maravillosamente.

—Lo sé y me consta, y así será en tanto usted sea una niña buena y obediente.

—¿Por qué dice eso?

—Las cosas y las personas han de ser como él quiera. Lo mismo hace conmigo; se aferra a su manera y no hay medio de cambiar nada. En la fábrica pasa igual. A su edad debería haber dejado el timón de los negocios en mis manos, pues ¡no, señor!, las cosas deben hacerse a la antigua y de ahí no hay forma de apearlo.

Claudia estaba desorientada; no sabía si Germán hablaba así de su padre para probarla o si realmente el don Práxedes que ella conocía era como su hijo lo describía. De cualquier manera, la muchacha fue consciente de que jamás había visto unos ojos grises como aquellos que la miraban, insistentes y sin embargo tiernos.

—No le comprendo a usted, Germán. A mí aún no me conoce nadie; soy una aprendiz de soprano, y no haré nada sin el permiso de su padre.

Germán recogió trapo.

—No se trata de eso. Además, como usted comprenderá, admiro profundamente ese instinto maravilloso que tiene mi progenitor para intuir una voz que puede ser grande. Pero mi padre es de otra época y no entiende que hoy día hay avances técnicos, como el gramófono, que ayudan a darse a conocer más rápidamente que yendo de pueblo en pueblo ofreciendo recitales acompañada de un trío de músicos siempre de difícil trato.

—Lo del gramófono a mí aún me cae muy lejos.

—Menos de lo que usted cree, sobre todo si mi padre me hiciera caso.

Claudia fue consciente de que debía andarse con pies de plomo. Tenía todo a su alcance, y si equivocaba el camino podía perderlo.

Un camarero, seguido por un sumiller y un ayudante, entró en el comedor. Con una eficacia notable y en silencio absoluto cumplieron su cometido. Tras servir los caldos y proveer las copas iban a retirarse, quedando el joven junto al trinchante.

La voz de Germán sonó precisa y autoritaria.

—Déjenme la campanilla en la mesa. Cuando necesite algo ya llamaré.

El servicio se retiró discretamente después de depositar en la mesa, al alcance de Germán, un pequeño gong de plata con el correspondiente mazo.

La pareja comenzó a sorber la sopa en silencio.

—Tenga cuidado, Claudia. No se queme, que esto está abrasando.

La muchacha tuvo una sensación hasta aquel momento desconocida: jamás se había sentido cuidada con tanto esmero. Sin embargo, comprendió que aquello era fruto de la costumbre y que antes que ella se habían sentido así muchas muchachas.

—La verdad, Germán, estoy abrumada. Para usted tal vez ésta sea una situación trivial, pero para mí es absolutamente extraordinaria.

—No le voy a decir que ésta sea la primera vez que vengo aquí acompañando a una mujer, pero sí le diré que la ilusión que me hacía este encuentro es comparable a la que sentía la noche de Reyes cuando de niño esperaba los juguetes.

—¿Debo entender entonces que soy otro juguete?

—He comparado un sentimiento, la ilusión; no me he referido a nada material.

Claudia siguió sorbiendo su sopa hecha un auténtico lío de sensaciones.

La voz de Germán interrumpió de nuevo su pensamiento.

—Voy a preguntarle algo y le ruego que sea sincera.

—Siempre lo soy, y no precisamente por santa... ¡Es que no sé mentir!

—Está bien. ¿Cree usted en el amor a primera vista?

Claudia sintió que un arrebol escarlata le teñía el rostro. Su voz sonó insegura.

—Creo en la afinidad de las personas, y eso lo aplico también a la amistad entre hombre y mujer.

—La amistad entre hombre y mujer es una falacia, no existe; lo que ocurre es que uno de los dos se enamora y, si el sentimiento no es mutuo, el desdeñado procura disfrazarlo de amistad para no perderlo todo.

Ambos habían finalizado su respectivo caldo y ella, para ganar tiempo, dirigió su mirada al gong. Germán entendió el mensaje y golpeó, con la bola de cuero que coronaba el pequeño mazo, el redondo disco de cobre.

Al punto la tropa de servidores apareció en la puerta. En un santiamén Claudia vio frente a ella un plato de porcelana cubierto con media esfera de plata rematada por un pequeño pomo. El camarero la retiró prestamente y dejó a la vista un crujiente volován de hojaldre con una guarnición de verduras caramelizadas. El sumiller repuso el vino y el agua, y el trío se retiró a continuación.

—Pruebe, Claudia. Ahora entenderá por qué el Justin tiene tan merecida fama.

La muchacha atacó el crujiente hojaldre y el perfume de un maravilloso guiso de langostinos se esparció por el pequeño comedor. Claudia se llevó a la boca una pequeña porción.

—Realmente es lo mejor que he probado en mi vida.

—Entonces ¿es digno de su beneplácito?

—Es de matrícula de honor.

—Quiero entender que merezco un premio.

—Si está en mi mano, desde luego.

—A partir de este momento somos amigos y nos tuteamos.

Claudia hizo un esfuerzo. Estar allí ya le parecía un milagro; almorzar con el hijo de don Práxedes, otro... ¡Y ahora, además, la confianza del tuteo!

—Está bien, Germán, a partir de ahora te tutearé.

—¡Estupendo, buena chica!

La comida transcurrió felizmente. Al volován de langostinos sucedió una copa de helado de inmensas proporciones, adornada con frutas confitadas y nata. Germán se ocupó de que el Château Rothschild regara la mesa en abundancia. La traca final estalló cuando se apagó la luz y entró por la puerta un hermoso pastel flambeado en cuyo centro lucía una gran C de guirlache. Claudia se emocionó y, sin saber por qué, comenzó a aplaudir como una niña.

Las luces se encendieron de nuevo.

—¿Por qué me has hecho esto, Germán?

—Para celebrar una fecha que para mí será siempre solemne e inolvidable. ¡Ah, una aclaración! Igual que antes te he dicho una cosa, ahora te digo otra: lo del pastel con la inicial no se lo he hecho a ninguna otra dama.

—Entonces te lo agradezco el doble.

Germán golpeó el gong, y al punto compareció el sumiller esperando la orden.

—Dos cafés —pidió Germán—. Y un Courvoisier para mí y para la señorita un licor de cerezas.

—Para mí café no, por favor.

—Entonces, trae sólo el licor.

El hombre partió rápidamente y regresó al instante, colocando frente a ellos el pedido.

—He bebido mucho vino blanco. Debo cuidar mi voz. Mejor que no tome nada.

—El licor de cerezas es un estomacal. Hará que te siente mejor la comida. Eso sí, tendrás que tomártelo de un trago. ¿Sabes lo que es un brindis francés?

Claudia negó con la cabeza.

Germán se aproximó a ella.

—Cruza tu brazo con el mío y pide un deseo con los ojos cerrados.

Claudia obedeció.

—Ahora bebe.

La muchacha sintió que flotaba; la voz de él sonaba lejana y acariciadora. El licor se le subía a la cabeza, proporcionándole una sensación indescriptible. Luego se percató de que le arrebataban la pequeña copa y abrió los ojos. El rostro de Germán estaba a tres dedos del suyo. Quieta, como hipnotizada, volvió a cerrar los ojos y, casi sin querer, adelantó la barbilla esperando el momento mágico del príncipe azul tantas veces soñado.

Entonces la alegre voz del hombre llegó a sus oídos.

—¡Uy! Cómo ha pasado el tiempo… Vas a llegar tarde a la clase, y he prometido a tu madre que serías puntual.

Germán se puso en pie y ella lo imitó.

—Voy a empolvarme la nariz. ¿Dónde está el servicio de señoras?

—Al final del pasillo a la derecha. Nos encontraremos en la guardarropía.

Quedó Germán pagando la cuenta, y Claudia, como flotando todavía, aún no repuesta del trance, se dispuso a abandonar el reservado. Llegó Antoine a despedir a aquel distinguidísimo cliente y se cruzó con la joven cuando ésta salía.

—Se supera usted, don Germán. Cada vez son más bellas y distinguidas.

—A ésta la vas a ver muy a menudo.

—Nada me puede parecer mejor.

Germán dejó junto a la cuenta una generosa propina y, seguido del maître, se dirigió a la salida.

Claudia salió del tocador de señoras, y del servicio de caballeros salió a la vez un militar al que vio de refilón.

—Ignoraba que los ángeles tuvieran necesidad de alimentarse.

Claudia, al oír el requiebro, se volvió.

El hombre era un capitán de caballería cuyo rostro le pareció recordar vagamente.

—¿Nos conocemos, señor?

—Yo a usted, desde luego.

—¿De dónde?

—De la noche de la fiesta de los señores Bonmatí, donde tuve el honor de escuchar su maravillosa voz. Desde ese día, me la he encontrado mil veces.

—No recuerdo.

—Yo se lo diré. En mis más elucubrantes sueños, siempre la encuentro esperándome en el cruce de dos calles: la de mi imaginación y la de mi esperanza.

Claudia no tuvo más remedio que sonreír.

—No acostumbro hablar con desconocidos.

—Ya no lo soy. —El oficial extrajo de su cartera un cartoncillo y se lo entregó, a la vez que se presentaba—. Capitán Emilio Serrano Freire del Regimiento de Cazadores de Alcántara, para servirla hasta la muerte.

Claudia, sorprendida y casi sin darse cuenta, lo guardó en su pequeño bolso cuando ya llegaba a la guardarropía.

Germán observó el final de la escena, pues tras Claudia llegó el militar. Al reconocerlo, no pudo reprimirse.

—¿Te ha molestado?

El otro se engalló.

—Únicamente molestan los zafios advenedizos como usted, que no sabe distinguir una dama de una cualquiera. Mi apellido tiene más de nueve generaciones, no como el de otros.

Germán tuvo que contenerse por no hacer una escena allí mismo.

—Es la segunda vez que se interfiere en mi camino; la próxima, no responderé de mis actos.

—Estaré encantado de sofocar sus impulsos.

Antoine intervino.

—Por favor, caballeros… Aquí no ha pasado nada.

—Vámonos, Claudia. ¡Huele mucho a chusquero!

Y tomándola del brazo la condujo a la salida en tanto el maître retenía a duras penas al militar.

26
La Golondrina

Madre, hoy comeré muy pronto, si no le importa.

—A mí me da lo mismo, Juan Pedro, pero ¿no entras a las cuatro?

—He de ir a la imprenta; el señor Cardona me ha mandado recoger unos ejemplares encuadernados de *La mujer y la moda*. Es un encargo especial que vendrán a buscar a las siete y media.

—Pues yo aún no habré regresado a casa. Tienes el cocido que sobró ayer en la olla. Iba a hacer ropa vieja, pero no me ha dado tiempo. Sírvete lo que quieras y deja comida a tu hermano, que nunca sé si va a venir o no.

—No se haga cábalas, madre. Máximo anda siempre muy liado.

—Eso ya lo sé, pero no sé dónde ni en qué.

—Ya es mayorcito, madre, para que usted se preocupe por él.

Luisa miró fijamente a su hijo menor.

—Yo ya sé lo que me digo. Las madres únicamente somos un estorbo, y sólo os acordáis de ellas, como de santa Bárbara, cuando truena. Pero que sepas que tenemos un sexto sentido. —Luego miró el reloj de la cocina—. Me voy, que llego tarde. Imagino que estarás aquí para la cena.

—A las nueve estaré en casa, pierda usted cuidado.

Luisa, como de costumbre, tomó su hatillo de ropa anudado por las cuatro puntas y partió para ir repartiendo las prendas arregladas por las casas del vecindario que le habían hecho encargos.

Juan Pedro, desde la visita de Candela a la librería, vivía en una nube. El rostro de la muchacha decoraba sus pensamientos. Jamás habría imaginado ni en el más elucubrante de sus sueños que aquel ser, más perfecto que cualquier otro de los que había visto en las hermosas láminas que embellecían los libros de Casa Cardona, no únicamente descendiera hasta él, sino que le hubiera dicho que le gustaba mucho su compañía y que aquella tarde, pese a tener que saltarse las normas, iba a ir con él a dar una vuelta en una de las Golondrinas del puerto. Instintivamente se palpó el bolsillo superior de su camisa para asegurarse de que los dos cartoncitos perforados que le había regalado su hermano estaban allí. En el reloj de la iglesia de San Justo y Pastor sonaron lentamente los cuartos y luego, en tono más grave, la campana tocó una vez. Juan Pedro dudó unos instantes. Se fue hasta la cocina e inspeccionó la olla del cocido. Como siempre, debía de estar buenísimo; no sabía por qué, pero la comida de su madre le gustaba todavía más al día siguiente. Con todo, decididamente no tenía hambre. Aquellas dos horas y media que faltaban para la cita iban a hacérsele eternas. Fue al cuarto que compartía con su hermano, abrió el pequeño armario y extrajo de su interior la caja de puros donde guardaba sus ahorros. Tomó todos los billetes y monedas, y luego examinó sus ropas, que no eran muchas pero que su madre mantenía impecables. Escogió su mejor pantalón, una camisa blanca y un jersey con el cuello cortado en pico, y de la parte inferior del armario, sus mejores zapatos. Lentamente y con parsimonia se cambió de ropa, y la imagen que le devolvió el desportillado espejo del lavabo le pareció pasable.

Juan Pedro llegó a la conclusión de que el tiempo transcurriría más ligero si salía a la calle y caminaba lentamente y a pie hasta la calle Mallorca. Dicho y hecho, tomó su pequeña cartera sujeta con una goma y, abriéndola, metió en ella las dos entradas y la guardó en el bolsillo trasero de su pantalón. Luego del perchero de la entrada tomó su pelliza, se caló la gorra y, tras salir al descansillo y cerrar la puerta con doble llave, salió disparado escalera abajo hasta la calle. Le pareció que aquella tarde una luz especial iluminaba su humilde barrio. Atravesó callejas y plazas hasta alcanzar las Ramblas, después ascendió hasta la plaza Cataluña y prosiguió a continuación por la calle Balmes junto a la valla del tren de Sarriá, siguiendo el itinerario que siempre realizaba su madre, hasta el cruce de Mallorca. Finalmente, con el corazón batiéndole en la garganta, llegó al lugar indicado por Candela. Avanzó hasta el murete que delimitaba una parcela todavía sin construir que por su parte anterior daba a la trasera de la fábrica de los Ripoll, cuyo tejado era el suelo del terrado del piso de doña Adelaida y don Práxedes, tíos de Candela, y se dispuso a aguardar. A medida que pasaba el tiempo, su ánimo iba desde la desesperanza hasta la certeza absoluta de que Candela acudiría. Los transeúntes iban y venían, caminando deprisa sin tener en cuenta que en aquellos instantes él se estaba jugando algo más importante que la vida. Diez, veinte minutos... Todos los relojes de la ciudad parecieron haberse detenido a la vez. Por fin el rostro adorado se asomó por encima de la pared del fondo.

Al principio le costó reconocerla; Candela había recogido su ondulado pelo en un casquete de lana que la hacía parecer mucho mayor. Desde la distancia, Juan Pedro se dio cuenta asimismo de que ella tampoco lo reconocía. Luego ambos, como impulsados por el mismo resorte, se saludaron con la mano. Entonces la muchacha, haciéndole el gesto para que se acercara, desapareció de su vista. Juan Pedro no podía dar crédito a sus ojos. Por la parte derecha del murete que separaba ambas fincas asomaba el extremo de una escalera de mano que, al ir ganando terreno, iba avanzando sobre el mismo en horizontal; finalmente la escalera, sujeta por la otra punta por unas manos que él no veía, fue cayendo por su propio peso, clavando sus dos patas en el descampado del otro lado. Al instante Juan Pedro saltó la valla que limitaba con la calle Mallorca y, rápidamente, se dirigió al punto donde la escalerilla se había clavado. Luego su corazón se alborotó. La muchacha, pasando las dos piernas por encima del muro, haciendo un medio giro con el cuerpo y teniendo mucho cuidado de recoger sus faldas, se colocó en el extremo de la escalera, y entre el rebujo de la enagua Juan Pedro intuyó el perfil de unos tobillos finísimos embutidos en unos menudos botines. Sin saber por qué, bajó la mirada; no quería sentirse después como el ladrón que hurtaba algo. En un visto y no visto Candela estaba de pie a su lado sacudiéndose las manos del polvo de la escalera. Entonces, sin el menor rubor, como si se vieran todos los días, le espetó:

—¿Qué te ha parecido? ¡Luego dicen que las niñas no servimos para nada y que sólo los chicos sois capaces de saltar y brincar!

Juan Pedro entresacó de la pregunta lo que a él le interesaba.

—Tú no eres una niña.

—Ah, ¿no? Pues ¿qué soy?

—Una muchacha asombrosa que en la vida será lo que quiera.

Candela, sin atender al piropo, indicó:

—Lo que quiero es estar de vuelta a las siete y media; de lo contrario, me juego el castigo de una semana.

—Te prometo que a las siete en punto estaremos de vuelta.

Los muchachos comenzaron a caminar por el descampado hasta alcanzar la calle Mallorca, y desde allí, volviendo la vista atrás, Juan Pedro indagó:

—Éste es el terrado de casa de tus tíos, ¿no es así? Es donde estabas con Antonio el día que te conocí.

—Sí, ya te dije que yo vivía en el segundo primera. La fábrica de maletas de mi padre y de tío Práxedes está debajo, y también el almacén de tabaco.

Los dos ya caminaban por la calle Mallorca hacia la Rambla de Cataluña.

Todavía asombrado por la exhibición de audacia que acababa de presenciar, Juan Pedro insistió:

—¿Y tu institutriz? ¿Cómo lo has hecho?

—Conocer las debilidades de los demás es muy importante. Tal como te dije, mi madre y mi tía han ido a Montesión a escuchar el sermón de mosén Artigas. A miss Tanner lo que más le priva es hacer una siesta, que estando mi madre nunca puede hacer. Hoy le he dicho que después de comer iba a estudiar con Antonio. Mi primo siempre me cubre cuando quiero hacer algo. Entonces al servir a miss Tanner la copa de Anís del Mono me he excedido un poco, y cuando ya he visto que le entraba la bruma del sueño le he indicado que estaría mejor en su cuarto y que yo la despertaría antes de que mi madre regresara. Ella ha aceptado enseguida, alegando, además, que le dolía la cabeza. Es por eso por lo que quiero estar aquí a las siete en punto. Lo demás ha sido coser y cantar. Sé que la escalera se guarda en el lavadero y que en casa de mi tía únicamente está el servicio. Además, Teresa es amiga mía.

—¿Y quién es Teresa?

—La segunda camarera de mis tíos.

Juan Pedro la miró con admiración.

—Eres asombrosa.

—Únicamente soy una chica de casi catorce años que no tiene hermanos y a la que todo el mundo se cree en la obligación de controlarle la vida.

La pareja llegó a la Rambla de Cataluña.

—Podríamos coger un coche para bajar al puerto y otro para subir, así no correré el riesgo de encontrarme con alguien.

Juan Pedro se puso a temblar. Mentalmente contó el dinero que llevaba en la cartera antes de responder. Pero la tentación era demasiado grande: verse en un sitio cerrado con Candela iba a proporcionarle una intimidad jamás soñada.

—Es buena idea —se oyó decir.

Sin casi esperar respuesta Candela ya estaba en el borde de la acera con la mano alzada parando a un simón.

El cochero tiró de las riendas y el viejo caballo se detuvo. Juan Pedro abrió la portezuela para que subiera la muchacha y, antes de hacerlo él, ordenó al auriga:

—Vamos a la estación de las Golondrinas, al puerto, y vaya al paso.

El cochero, desde el pescante, lanzó una mirada al jovencito y, sacándose el palillo que tenía entre los dientes, aclaró con un acento valenciano notable:

—Ojito, que mi coche no es una *torraora* de castañas.

Juan Pedro estuvo a punto de contestarle una impertinencia, pero lo pensó mejor y concluyó que aquel imbécil no iba a frustrarle la tarde.

—Baje las Ramblas y limítese a llevar el coche, que es su obligación.

Luego el muchacho, de un brinco, subió al interior y, tras cerrar la portezuela, se sentó en aquella misteriosa penumbra que propiciaba la capota junto al martirio de sus sueños. Al poco, el perfume de lavanda de Candela lo inundó todo.

Al principio, en el silencio únicamente se oían los cascos del caballo.

—¿Qué decía el cochero?

Juan Pedro evitó la explicación.

—Nada. Le he indicado por dónde queríamos ir. Algunos de éstos son muy listos, creen que todos venimos del campo y dan la vuelta por Marqués del Duero y al llegar a las Atarazanas quieren cobrar una fortuna.

De nuevo el silencio. Candela miraba al exterior en tanto Juan Pedro no podía apartar la vista de la mano derecha de la muchacha, que reposaba lánguida en el ajado terciopelo del asiento. El carricoche llegó hasta el cruce de la calle de Cortes, y Juan Pedro, sin poder remediarlo, rozó la mano de la chica. Ésta se volvió hacia él y, sin retirar la suya, lo interrogó con la mirada.

Juan Pedro, confuso, señaló con la otra mano la cúpula bulbosa que coronaba la puerta del edificio circular que se veía tras el monumento a Güell i Ferrer.

—¿Conoces el Panorama de Plewna?

—Únicamente por fuera; ya te he dicho que no me dejan hacer nada. Pero he decidido que, a partir de hoy, saldré más a menudo de esas cuatro paredes.

La mano seguía allí, bajo la suya, y por no romper la mística del momento Juan Pedro siguió explicándose.

—¡Es fantástico! Te pones en el centro y todo gira a tu alrededor. Si quieres, otro día te llevo.

—¡Ojalá pueda ser! No quiero hacerme ilusiones. Quiero gozar el día de hoy; mañana será otro día.

El monumento a Colón se veía a lo lejos. Llegando hasta él, el coche lo circunvaló y, dejando a un lado el paseo que conducía a la Exposición, tomó el camino empedrado que iba hacia el puerto. El simón se detuvo y los muchachos descendieron de él.

Juan Pedro se dirigió al auriga.

—¿Qué debo del viaje?

—Dame noventa céntimos.

Juan Pedro lanzó a Candela una mirada cómplice como diciendo: «¿Ves? ¡Lo que te he dicho!».

El muchacho se echó mano a la cartera y, tomando tres monedas de diez, alargó el brazo y se las entregó al hombre. Éste las cogió y, al comprobar el importe, desde la altura miró hacia abajo.

—Te he dicho que son noventa céntimos.

—Si quiere el resto, se lo pago en el cuartelillo de los municipales. ¡Y a ver si aprende usted a tratar a los pasajeros! —Y dirigiéndose a la muchacha y tomándola del brazo añadió—: Vamos, Candela, que este señor tiene que coger a algún primo.

—Pero ¿qué ha pasado?

—Nada, luego te lo cuento.

Juan Pedro tiró de la mano de la chica, y ella lo siguió, alegre y divertida, sujetándose el gorrito con la otra mano, en tanto el cochero obligaba al caballo a arrancar rezongando por lo bajo reniegos y exabruptos. La aventura comenzaba bien.

Juan Pedro, fueran cuales fuesen las circunstancias que jalonaran su vida, jamás habría de olvidar aquella tarde. Y por cierto que en aquellos momentos no podía sospechar, ni por asomo, el cúmulo de terribles situaciones por las que habría de pasar.

La estación de las Golondrinas donde se despachaban los boletos era una caseta circular cuyo techo imitaba una pagoda. Los afortunados que ya habían obtenido su entrada formaban una heterogénea cola de jóvenes matrimonios con niños, parejas de quintos en tarde de fiesta con criadas, menestrales comerciantes, alguna que otra ama de cría... Sin embargo, nadie pasaba el control de vigilancia hasta que la embarcación atracaba junto al contrafuerte del puerto en el sitio reservado para ella y la alegre muchedumbre descendía comentando el recorrido entre risas y jolgorios. Entonces, una vez liberada de su carga humana, el encargado abría la valla y el siguiente grupo se disponía a avanzar.

Sin poder evitar un sentimiento superior, Juan Pedro tomó del brazo a Candela y, pasando por el costado de la cola, se dirigió a un pequeño espacio rotulado con un cartelito en el que se leía PASES E INVITADOS. Allí un individuo uniformado, en cuya gorra destacaban en letras doradas las siglas de la sociedad que explotaba el negocio, se ocupaba de ejercer el control.

Juan Pedro extrajo de su cartera los boletos y se los entregó al hombre. Éste miró circunspecto a la pareja, particularmente al muchacho, pues por lo visto el aspecto de ambos no se correspondía con el empaque y la edad que acostumbraban tener los detentores de las invitaciones. Finalmente y tras perforar el cartoncillo, apartó la cadena, y ambos jóvenes, siguiendo la ruta que marcaba una estrecha alfombra de esparto, se dirigieron a la embarcación. A la puerta de la misma, esa vez un marinero con gorra blanca les indicó, tras comprobar su boleto, una corta escalera que ascendía a la parte superior descubierta de la Golondrina.

Candela estaba entusiasmada. Aquél era un mundo nuevo y totalmente desconocido para ella. A pesar del frío, ambos se acomodaron en los dos primeros asientos de proa. La voz del marinero los sorprendió.

—Mejor que dejen tres filas libres. Hace mar en la bocana, y si nos asomamos puede alcanzarles algún que otro roción.

Juan Pedro agradeció la advertencia y retrocedieron, ocupando nuevos asientos.

Candela estaba desconsolada.

—Era mejor ir delante.

—¿Y cómo vuelves a tu casa si te empapa alguna ola? Mejor es ser prudentes, no forcemos la suerte.

—¿No te gusta arriesgarte?

—Sólo cuando hace falta.

La embarcación se fue llenando, y cuando en el gran reloj de la torre sonaban las cuatro y media el poderoso motor se puso en marcha. Un corto y seco sirenazo cortó las conversaciones y los devolvió al mundo. La parte inferior de la Golondrina iba completa; donde ellos estaban se había cubierto la mitad del aforo, y los asientos que habían abandonado habían sido ocupados por tres jovencitos que querían arriesgarse, pese a la admonición del marinero y a los inútiles gritos de su preceptor.

La espuma blanca de las hélices en la popa indicó que la nave se ponía en movimiento. Lentamente y tras haber retirado la pasarela, el casco fue apartándose del muro del puerto.

—¡Mira, Juan Pedro, ya nos movemos! —exclamó alborozada la muchacha a la vez que con la suya palmeaba la mano del muchacho.

A él le habría gustado detener el tiempo en aquel instante, y sabía que por la noche, en la penumbra de su habitación, aquel pensamiento iba a desvelar su sueño.

El paseo duró una hora. Los comentarios al descender de la nave eran entusiastas: la gente se hacía lenguas de lo inmenso que era el puerto y de la fortuna que representaba vivir en una ciudad como Barcelona.

Dos hombres hablaban delante de ellos.

—Desengáñate, a partir de nuestro siglo el mundo será otra cosa.

—Es la modernidad. Me han dicho que en Cartagena se van a hacer pruebas de un barco que navega bajo el agua.

—¡Eso es imposible!

—Nada hay imposible si sumamos en el tiempo las cabezas pensantes de todo el mundo.

Los comentarios eran de lo más diverso.

Candela estaba exultante.

—Juan Pedro, he pasado un rato maravilloso y querría que esta tarde no acabara nunca.

—¡Es que aún no ha acabado!

—¿No? ¿Adónde vamos ahora?

—¿Te gusta el chocolate?

—Me entusiasma.

—Entonces voy a llevarte a la granja de Rafaela Coma, donde dan el mejor chocolate de Barcelona. Un chocolate caliente nos sentará bien. ¿Has probado el postre blanco?

—No sé lo que es.

—¡Ya verás, es buenísimo! Está hecho con almendras.

—Me va a encantar.

—Vamos a coger el tranvía —sugirió Juan Pedro.

—¿El tranvía? Tampoco lo he cogido nunca.

—Eso son las desventajas de ser una señorita del Ensanche.

—¡No me tomes el pelo! Eso es ser una chica a la que tienen encerrada en una jaula de oro y a la que no dejan crecer.

—Ya ves que eso tiene remedio.

La muchacha dudó unos instantes, luego se decidió.

—Vamos. Los amigos de mis padres no van en tranvía.

Los dos jóvenes salieron a paso ligero hasta la parada que estaba junto al nacimiento del paseo. Allí se cambiaba la posta. El carricoche estaba detenido en aquel momento, y dos empleados se dedicaban a sustituir el tronco de cuatro caballos que tiraba de él.

—Tenemos suerte: es un imperial.

Juan Pedro y Candela se acomodaron en el banco de madera y se dispusieron a recorrer el trayecto que mediaba entre el monumento a Colón y el teatro del Liceo. Candela continuaba arrebatada, todo aquello que tan común era para tanta gente de Barcelona para ella constituía una novedad. Al llegar a su parada Juan Pedro tiró del cordel de cuero que pasaba por el techo y a lo lejos sonó una campanilla. El tranvía se detuvo y ambos descendieron del mismo en medio de la gente que, como ellos, había llegado a su destino. Las Ramblas era un hervidero: personal saliendo y entrando de los comercios; ancianos sentados en las sillas de mimbre que bordeaban la acera en el paseo central; soldados; modistillas; señoras encopetadas elegantemente vestidas, acompañadas de muchachas con uniforme de cuadritos azules y grises y almidonados delantales de impoluto blanco llevando los paquetes hasta donde aguardaban los cocheros, y como contraste, en las esquinas de las calles adyacentes y medio ocultos en los soportales, procurando hurtar su imagen a las parejas de municipales que rondaban entre el personal, tipos ceñudos con gorra calada hasta las cejas, chaqueta pequeña y apretada y aspecto siniestro que Candela no recordaba haber visto anteriormente.

La tarde fue una auténtica ventura, y el chocolate y el pastelito de almendras fue un dulce remate.

Desde la granja y vigilando atentamente con quién se cruzaban e intentando transitar por las calles menos concurridas, llegaron por fin a la altura de la calle Mallorca en su cruce con Universidad y desde allí se dirigieron al solar descampado que lindaba con el muro de la parte posterior de la fábrica de los Ripoll. La escalera estaba donde la habían dejado, y Juan Pedro la puso vertical apoyándola en el contrafuerte.

Ambos jóvenes se miraron.

—Ha sido maravilloso, ¡he pasado la mejor tarde de mi vida! Ojalá pueda repetirla.

—Yo no sé qué decirte, Candela, ni sé si es mejor que vuelva a ocurrir.

—¿Por qué dices eso?

—No quiero acostumbrarme, luego será mucho peor.

—¡Qué complicados sois los hombres!

Los jóvenes estaban frente a frente. Súbitamente la muchacha se acercó y quedó a medio palmo de Juan Pedro, con los ojos cerrados. Sin darse tiempo a pensar, atendiendo la invitación de Candela y sin saber bien lo que hacía, él depositó un tímido beso en su boca. Luego hubo una pausa y se miraron en silencio como dos compinches que compartieran un secreto.

La cabeza de Antonio asomó sobre el muro, rompiendo el sortilegio.

—¡Estás loca! Miss Tanner ha bajado a buscarte. Sube de inmediato y vete a tu casa.

La muchacha gateó por la escalera tan rápidamente como le permitió su falda y, cuando ya coronaba el esfuerzo, su primo la ayudó a salvar el último obstáculo. Juan Pedro oyó de nuevo la voz de Antonio mientras se iba alejando.

—¿Con quién estabas?

—¿No lo has visto?

—Estaba tan preocupado al ver la escalera apoyada en el otro lado y al imaginarme que te habías escapado, que únicamente te he visto a ti.

—Entonces no te importa.

27
La promesa

Juan Pedro vivía a un palmo del suelo. El conocimiento de aquel ángel que para él representaba Candela había transformado su vida; nada era lo mismo. Recordaba que durante tres días no se lavó los labios que habían rozado los de la muchacha; transitaba por su casa como un sonámbulo; respondía con monosílabos las interpelaciones de Máximo, quien se extrañaba de su actitud, y el «¿Qué le pasa a ése?» y el «Pero ¡tú estás tonto!» se oían a cada momento. Su madre lo excusaba y respondía a su hijo mayor: «Déjalo. Está en la edad, ya se le pasará». Sin embargo, si bien Luisa se daba cuenta de que a Juan Pedro lo había visitado el diosecillo del amor, ignoraba quién era la elegida, aunque sospechaba que debía de gustarle alguna de las muchachas de la vecindad del barrio que habían crecido con él y habían compartido sus juegos de niño. Lo que no quería imaginar ni en la peor de las pesadillas era que el objeto de la desazón de su hijo fuera la única hija del señor Guañabens.

Máximo se indignaba.

—Madre, ¡dígale algo! No están los tiempos para perderlos en chuminadas infantiles. Este imbécil no tiene en cuenta lo que está pasando en Barcelona; en las organizaciones obreras hay chicos de su edad dando el callo. Y este majadero... ¡con cara de bobo metido en sus libros y ahora, además, enamorado!

—Ojalá te hubiera dado a ti esa locura que tú dices «de los libros». Leyendo y leyendo mucho el hombre tiene una oportunidad; de no ser así, está condenado de antemano a la incultura y a tirar de un carro toda la vida.

—Pero no me negará, con la que está cayendo, que el momento no puede ser más inoportuno.

—Es lo que toca, y no hay nada que hacer. Y ¿sabes qué te digo? Que prefiero preocuparme por eso que romperme la cabeza pensando en lo que andarás tú metido. Además, ¿no empezaste tú a su misma edad con Amelia?

—Por favor, madre, ¡ahora no vaya a negarme que eran otros tiempos! Las cosas no estaban como ahora, y creo que yo no anduve nunca con cara de lelo por la casa. Tengo un hermano que se ha vuelto imbécil, ¡qué se le va a hacer!

Luisa fue injusta. Juan Pedro, desde que nació, había sido la niña de sus ojos. Ya fuera porque su carácter le recordaba a su difunto marido, o porque era el más pequeño, el caso era que siempre que había un altercado infantil salía en su defensa.

—Por casa tal vez no, pero te recuerdo que perdiste tres dedos en la fábrica. Y de haber estado a lo tuyo en lugar de estar pensando en reivindicaciones obreras, quizá no habría ocurrido la desgracia.

—Lo siento, madre, pero eso es de muy mal gusto. ¡Que tenga usted una buena tarde!

Máximo, con gesto desabrido, se levantó de la mesa y, tomando del perchero su chaquetón de cuero, salió al rellano de la escalera dando un fuerte portazo. Luisa se sintió culpable.

Al ruido de la puerta compareció Juan Pedro en la cocina.

—¿Qué es lo que pasa?

—¡Pasa que estás el día entero en tu cuarto, que en esta casa no hay manera de comer todos juntos y que estoy harta de templar gaitas! Tu hermano tiene razón, a ver si bajas ya de las batuecas y estás para lo que has de estar. ¡Toma del puchero lo que quieras y deja el resto en la fresquera del patio! Te has vuelto tú muy señorito. ¿Sabes qué te digo? ¡Que estoy hasta más allá de la coronilla de hacer de criada de mis hijos!

Esa vez fue Luisa quien lanzó violentamente sobre la mesa el trapo que llevaba en la mano y salió llorosa del comedor-cocina, arrepentida de su actitud anterior.

Juan Pedro se quedó de una pieza; no entendía a qué venía aquello. Intuyó que Máximo y su madre habían discutido, y que él pagaba los platos rotos. De cualquier manera, no estaba dispuesto a que le amargaran la tarde. El señor Cardona le había mandado ir a la imprenta, y a su regreso pensaba pasar por la calle Valencia por si tenía la fortuna de ver a Candela en la tribuna donde se instalaba para dar la clase de costura. Si la providencia le deparaba esa suerte, daría el día, pese a la bronca, como afortunado.

Acabó de comer, recogió los platos y, tras cumplir con el mandato de su madre de guardar en la fresquera de alambre los restos del potaje, tomó su gorra y su sobretodo y, teniendo buen cuidado de cerrar la puerta sin hacer ruido, partió a sus cosas.

A las cinco menos cuarto llegaba a la librería y lo hacía con el humor cambiado. No había habido suerte. No sólo pasó, sino que se demoró un tiempo frente al n.º 213 de la calle Valencia, pero los hados no estuvieron de su parte.

El señor Cardona le interpeló nada más sonar la campanilla de la puerta.

—¿Qué te ha pasado? Has tardado mucho.

—He perdido el tranvía.

Le desazonaba la mentira, pero la inhabitual pregunta de su patrón le extrañó y lo cogió por sorpresa.

—Lo he sentido por ti. Ha venido miss Tanner con su pupila a devolverme el libro que le presté, y la niña ha dejado este paquete para ti.

Juan Pedro se dio a los demonios. Castigo de su mentira, pensó, aunque ésta había sido posterior. Tomó el paquete y, con la excusa de que debía ponerse la bata, se dirigió a la trastienda. Ansiosamente deshizo el nudo del cordel que sujetaba el envoltorio y al punto el pulso se le disparó. Entre los dos libros que había prestado a Candela había una carta. Un sobre de color marfil, de excelente calidad, y en cuidada letra inglesa una frase mágica: «Para ti, Juan Pedro». No ponía: «Para Juan Pedro»; ponía: «Para ti». Sin pensarlo olió el sobre, y un perfume suave de pachulí y lavanda inglesa saturó su olfato hasta casi marearlo. Luego con mano torpe rasgó la solapa y sus ojos se posaron sobre el escrito.

Querido amigo mío:

No sé si voy a encontrarte esta tarde, y por si tal no sucede y no puedo decírtelo de palabra, te escribo este mensaje: la tarde que me llevaste a las Golondrinas y luego al tranvía fue la mejor de mi vida, y no he soñado con otra cosa que con poder repetirla. El Señor ha escuchado mis ruegos, pues la semana que viene mi padre, tío Práxedes y tía Adelaida, con don Gumersindo Azcoitia y miss Tanner, parten para Portsmouth; mi padre y mis tíos por negocios, y mi institutriz para visitar a su madre, que es muy mayor y a quien no ve desde hace dos años. Mi madre no va a ir, pero no importa; ella está siempre en sus cosas y, la verdad, es un poco distraída. Van a estar unos diez días fuera, y creo que durante ese tiempo podré escaparme una vez. El martes procura estar a las tres y media donde el otro día. Ya sé que tendrás que inventar una excusa para no acudir al trabajo, pero es tan difícil verte que no encuentro otra manera. De todos modos, pienso que el señor Cardona es una buena persona y que lo entenderá.

Hasta ese martes no podré dormir.

Tuya,

CANDELA

Con la carta en la mano, Juan Pedro tuvo que sentarse sobre una resma de papel que todavía estaba en el suelo sin desempaquetar, por ver de recuperarse del ahogo que lo había acometido y calmar los pulsos, de manera que al salir el señor Cardona no le notara nada especial.

28

El Hispano Colonial

El Hispano Colonial se hallaba ubicado al final de las Ramblas. Era éste un banco joven crecido al humo de las provincias de ultramar y con fama, dentro de las normas bancarias, de apoyar negocios que otras entidades veían arriesgados por menos conocidos. Su accionariado estaba muy repartido, pero en los últimos tiempos corrían voces acerca de que alguien había comprado un paquete de títulos muy importante.

El Milford de los Ripoll, tirado por el elegante tronco adquirido últimamente, descendía por las Ramblas conducido por la experta mano de Mariano. En su interior iba don Práxedes Ripoll, cuidadosamente ataviado —elegante levita gris marengo, pantalón negro, corbata de plastrón, chaleco, botines, e inclusive sombrero de media copa y bastón de caña con empuñadura de plata—, acompañado de su secretario don Gumersindo Azcoitia —siempre discreto con su terno gris de tres botones y su inefable bombín—, quien, como de costumbre, portaba una inmensa cartera sobre sus rodillas llena de papeles, documentos varios y poderes notariales.

—Y afirma usted, Gumersindo, que todo está en orden.

—Para ser exacto debo aclararle que faltaba una firma, pero era una mera cuestión de trámite que, según se me dijo, nuestro crédito saldría aprobado en la última reunión del consejo.

—Creo, querido Gumersindo, que el paso que vamos a dar representa un antes y un después de nuestra firma.

—Evidentemente, don Práxedes, entramos en un terreno que hasta ahora era desconocido para nosotros.

—No crea que no lo he meditado a fondo, pero debo reconocer que el capitán Almirall lleva razón. Si ya de por sí son complicadas las relaciones con las provincias de ultramar, deberá usted reconocer que teniendo un barco no dependeremos de fletes de terceros y, por lo tanto, nuestros suministros podrán llegar con mucha más regularidad.

—Eso sin duda, don Práxedes. Pero siempre acongoja comenzar un nuevo negocio.

—La fortuna es de los que arriesgan, querido amigo. Además, a veces las circunstancias obligan, ya que si bien la adquisición del mismo fue motivada por la petición de nuestro socio Massons, el caso es que debemos emplear nuestra inversión en otros menesteres de no ser que nos sea encargado otro envío, para el cual ya estaremos preparados.

El coche se detuvo y la pareja se dispuso a descender. A Práxedes le encantaba la zona del puerto. Podía decirse que los últimos dos años se habían dedicado plenamente a reconvertir aquel trozo de Barcelona con motivo de la Exposición Universal y que el resultado era realmente notorio; el puerto había adquirido un rango semejante al de los mejores de Europa, y finalizada la Exposición, excepto el gran hotel, que ya había sido derruido, todas las mejoras de palacetes, edificios, jardines y paseos iban a quedar para siempre al servicio de la ciudad, amén de haber podido desplazar finalmente aquel signo ignominioso, como era el cuartel del Parque de la Ciudadela, cuyo recuerdo humillaba a los catalanes, a un emplazamiento sin historia.

El Hispano Colonial estaba a la altura de la ciudad. Ubicado en un edificio modernista de nuevo cuño, presentaba el aspecto de empaque y seguridad que habría podido envidiar cualquier edificio de la City.

Práxedes y Gumersindo, este último cargado con su imprescindible cartera, se dirigieron a la inmensa puerta de hierro ascendiendo los tres escalones en tanto Mariano conducía el coche para aparcarlo junto a otros al comienzo de las Ramblas. El portero, perfectamente uniformado y chistera en mano, obligó a la puerta giratoria a iniciar el movimiento para facilitar la entrada a los sin duda importantes clientes. El recinto era magnífico. Bajo una inmensa cúpula circular se alineaban las ventanillas de los diversos compartimentos, y frente a ellas y en colas de diferentes longitudes, aguardaban su turno hombres y mujeres de toda condición social que acudían a despachar sus asuntos. Inmediatamente un conserje uniformado se levantó de su mesa para atenderlos.

—¿Qué desean los señores?

Azcoitia se adelantó.

—Venimos a ver al señor Eroles, uno de los apoderados.

—Si son tan amables de seguirme...

El conserje los condujo a través de un pasillo que se abría a la derecha hasta una escalera que llevaba al primer piso y, una vez allí, a una salita de espera, antesala de un despacho.

—¿Tendrán la bondad de aguardar un momento?

Práxedes y Gumersindo se acomodaron en un tresillo del fondo y Azcoitia dejó su cartera sobre la mesa.

No habían transcurrido tres minutos cuando se abrió la puerta y Antonio Eroles, primer apoderado del Hispano Colonial, se llegó hasta ellos cordial y sonriente.

Los dos hombres se pusieron en pie y, tras los saludos de rigor, se ubicaron en el tresillo; don Práxedes Ripoll, en el sofá, y ambos hombres, en los correspondientes sillones.

Gumersindo Azcoitia abrió el diálogo.

—Bien, don Antonio, aquí nos tienen para rematar la operación, que, por cierto, ha sido larga y procelosa.

El apoderado cambió ligeramente de actitud.

—Habrán de reconocer que no todos los días se compra un barco.

—¡Ni todos los días se aporta a un banco beneficio tan importante! —apostilló Práxedes.

—Todo guarda proporción con los riesgos que se asumen.

Azcoitia intervino, conciliador.

—Bien, los pros y los contras ya se matizaron; los intereses que propuso el banco, pese a ser cuantiosos, se aceptaron. Creemos que un buen negocio debe serlo para ambas partes; de no ser así, no es tal negocio. De lo dicho se infiere que no perdamos más tiempo y pasemos a la firma.

—Me temo que hoy no va a ser posible.

Práxedes arrugó el entrecejo y Gumersindo Azcoitia dejó caer el monóculo que acostumbraba instalarse cuando iban a firmarse papeles.

—Usted me dijo que hoy estaría todo preparado.

—Mi querido don Gumersindo, ¡yo no soy el banco! Únicamente soy un apoderado.

Práxedes intervino.

—Mi tiempo es escaso, y no estoy para perderlo. Se me dijo que hoy se procedería a la firma; de no ser así, debía ser avisado... ¡Tengo mil asuntos que atender en esta ciudad!

—Verá, don Práxedes, a veces ocurren cosas que escapan al común desarrollo de los negocios. Su póliza estaba en orden, a falta de una firma del consejo, pero, como usted sabrá sin duda, ha habido cambios en las altas esferas, y cuando tal sucede todos los asuntos pendientes se demoran.

—Pero ayer por la mañana hubo consejo, ¿o no?

—Sí, sí lo hubo, y por lo ordenado puede decirse que la política del banco ha cambiado en algún aspecto.

—Hable claro, Eroles, y déjese de subterfugios.

El apoderado se removió, incómodo, en su asiento.

—Parece ser que la nueva dirección muestra un talante más conservador. Ayer se desecharon cinco asuntos que estaban prácticamente hechos y otros dos requieren de una nueva revisión; el suyo es uno de estos últimos.

Ahora el que habló fue Azcoitia.

—Hagan sus objeciones por escrito y nosotros las estudiaremos.

El apoderado se dirigió a Práxedes.

—La línea que el banco preconiza en estos momentos es la de reducir contingencias. El Hispano Colonial tenía fama de ser un banco joven que arriesgaba más que los demás, y parece ser que esto se ha terminado. Hemos tenido últimamente, y se lo digo en confianza, dos tropiezos importantes, así que seguiremos arriesgando... pero hasta cierto límite.

Práxedes intervino, francamente molesto.

—Señor Eroles, la firma Herederos de Ripoll-Guañabens ha cumplido siempre sus compromisos y, como comprenderá, no estoy dispuesto a pagar los errores de los demás.

—Señor Ripoll, si el crédito que usted pretende fuera del tipo corriente, adelantar pagos de un envío de tabaco o comprar pieles al por mayor en Ubrique, que es a lo que se ha dedicado hasta ahora su firma comercial, no habría problema; pero salirse de su línea e inaugurar un nuevo negocio requiere garantías de otra índole.

Azcoitia se inmiscuyó de nuevo.

—Mi querido Eroles, lo que el banco quiere es una garantía por el dinero que adelanta; el fin del mismo creo que es indiferente mientras el aval sea suficiente.

—Ahí está el detalle, don Gumersindo: la compra de un barco

no es tema baladí y se sale de lo común. La firma Herederos de Ripoll-Guañabens está suficientemente prestigiada, mientras se dedique a lo de siempre. Pero ahora el motivo de su demanda es otro y los avales que el banco exige también serán otros.

—La cifra es la que es, y lo que el banco quiere es garantía por la misma, ¿no es así?

—No del todo. Ustedes emprenden un nuevo negocio, y el banco considera que corre un riesgo por su inexperiencia; eso encarece la póliza, lo que quiere decir que el aval debe ser más cuantioso.

—Puedo aportar la garantía de mi casa de la calle Valencia.

—Lo siento, don Práxedes, nos hemos adelantado y hemos comprobado su situación: tiene una primera hipoteca que aún no se ha amortizado.

—Entonces ¿cuál es el aval que requiere el banco?

—Mire, don Gumersindo, con lo que la firma Ripoll tiene en marcha en nuestros dos bancos, no olvide que el consejo es el mismo, creo que el aval de don Práxedes no es suficiente.

—¿Entonces…?

Eroles carraspeó antes de responder.

—Verá usted, Azcoitia, si me lo permite voy a hablar, como dicen en las colonias que ustedes tan bien conocen, a calzón quitado: una firma de don Orestes desatascaría la operación.

Práxedes se puso en pie violentamente.

—Pero ¿qué se han creído ustedes? Mi firma es de ley, ¡y no voy a permitir que el banco me humille requiriendo la firma de mi cuñado!

—Son las normas, don Práxedes. Usted tiene el crédito agotado; su cuñado es una potencia económica muy grande, y todo quedaría en familia. Por otra parte, yo soy un mero mensajero que transmito las órdenes que me dan.

Práxedes estaba rojo de ira. Gumersindo Azcoitia lo había visto así únicamente en otra ocasión, y sabía que era difícil contenerlo.

—¡Yo voy a decirle lo que sucede! Don Claudio López Bru ha metido su larga mano en este banco y no le gusta que yo comience un negocio que tenga que ver con el mar. Él quiere el monopolio de los traslados a Cuba, y yo le molesto, ¡eso es lo que sucede! —Luego, volviéndose hacia Gumersindo, añadió—: Vámonos, Azcoitia. ¡En Barcelona hay otros bancos!

Práxedes partió con un relámpago, de modo que a Gumersindo Azcoitia apenas le dio tiempo a recoger su bombín y la cartera.

29
Peláez

El inspector Peláez, jefe de Vigilancia y Seguridad de la ciudad, era un tipo singular y muy difícil de definir tanto en lo físico como en los rasgos de su carácter. Si a alguien se le obligara a describirlo, tardaría en ajustar sus perfiles porque su camaleónico talante le hacía actuar y vestir de un modo completamente distinto según fuera su interlocutor, de manera que la descripción que de él se hiciera cambiaría de la cruz a la fecha si era dibujado por un superior o por un subordinado. En general, su aspecto era anodino: terno desgastado con delatadores brillos en los codos y en las rodillas; invariable cuello de pajarita; zapatos que habían recorrido ya muchos caminos; ni alto ni bajo; pelo escaso; cara inadvertida por lo vulgar; un bigotillo que recortaba el perfil cruel de su labio superior y una perilla que adornaba su barbilla. Pero lo que sí destacaba en él, y raramente podía ser olvidado, eran unos ojos penetrantes que parecían interrogar a su oponente de un modo exhaustivo. Cuando trataba con un superior se mostraba complaciente y acomodaticio. Cualquier misión que se le encomendara era posible, jamás ponía obstáculo alguno. Cuando acudía a la Casa de Gobierno y un ujier comunicaba su presencia a otro para que, a su vez, lo pasara al jefe de Protocolo, la frase invariable era: «Anuncia a "Sí, señor"», que era el latiguillo que lo distinguía. Otra cosa era cuando, en la jefatura, un policía de turno o cualquier inspector le diera a entender que una orden suya era difícil y hasta tal vez imposible de cumplir, ya fuera por el tiempo exigido o por los medios de los que se disponía en aquel momento. Entonces mejor era hacerse a un lado y dejar que pasara la tormenta, ya que su frase predilecta ante el argumento de un obstáculo insalvable o la carencia de medios era: «Súplalo con celo».

El inspector Peláez paseaba arriba y abajo por el salón antesala del gobernador midiendo la alfombra, paso a paso, en tanto que su mente inquisidora se debatía entre contar el número de dragones del tapiz que enmarcaba el fondo del cuadro con la imagen de la reina regente y del joven heredero o intentar adivinar el asunto concreto que había hecho que el gobernador lo requiriera tan urgentemente y a tan desusada hora. Desde la llamada del secretario, muy de mañana, quien por cierto no le había dado pista alguna, intentaba dilucidar si la convocatoria se debía a una orden nueva o bien se trataba de comentar los últimos sucesos ciudadanos acaecidos, que no eran muy halagüeños en lo tocante al prestigio del cuerpo de Policía Municipal y que no dejaban en muy buen lugar al conjunto de las Fuerzas de Orden Público.

El señor Bonifacio, jefe de Protocolo y funcionario de oficio, con el que convenía estar bien ya que, fuera quien fuese el nuevo gobernador, él permanecía invariable en el cargo, asomó abriendo la gran puerta y se acercó, meloso como su empleo requería, al jefe de la Policía barcelonesa.

—Señor Peláez, el señor gobernador le espera, si me hace el favor...

Bonifacio indicó con la mano que lo siguiera, y ambos se pusieron en marcha.

En tanto caminaban pasillo adelante, Peláez inquirió:

—¿Tiene usted idea de lo que el señor Antúnez requiere de mi persona?

—Lo ignoro. Si le sirve de referencia, le diré que lo ha convocado tras recibir un telegrama y a continuación leer *La Vanguardia* del día de hoy... Y si me apura, seré más concreto: se ha entretenido en la sección de Sucesos.

—Entonces ya voy deduciendo de dónde vienen los tiros.

En la puerta del despacho del gobernador y tras una mesita estaba instalado un ujier que, al ver al jefe de Protocolo, se puso rápidamente en pie, dispuesto a abrir la gran puerta.

El despacho del gobernador, de no haberlo visitado con anterioridad, impresionaba. La distancia que mediaba entre la entrada y la mesa del señor Antúnez era inmensa, y transitaba entre dos grupos de tresillos, ubicados a ambos lados, dispuestos a alojar sendos grupos de personas. Las paredes estaban recubiertas por dos tapices de la Real Fábrica, regalo de la regente; en el de la derecha se veía el Partenón griego con la figura de Licurgo en el atrio leyendo el texto de sus leyes ante un grupo de ciudadanos; en el de la izquierda, una alegoría al siglo de Pericles. La mesa despacho de la autoridad era de tal empaque que tras ella el gobernador se veía casi disminuido; el material —ébano negro—, el estilo napoleónico y los adornos metálicos de palmas doradas que remataban patas y cantoneras dotaban al que tras ella se ubicaba de un aura de autoridad que, desde luego y por encopetado que fuera, impactaba al visitante; frente a la misma, dos sillones de igual regia calidad.

Cuando la pareja llegó a la altura de la mesa ambos quedaron en pie.

—Señor gobernador, el inspector Peláez está aquí.

El gobernador, Luis Antúnez, tenía un genio vivo y fácilmente inflamable, sobre todo cuando desde Madrid se le enviaba un telegrama exigiéndole resultados en la lucha que todos los días se libraba entre la ola incontenible del anarquismo y los agentes del orden que intentaban contener el río que ensangrentaba las calles de Barcelona. Aquella mañana estaba de un humor de mil diablos debido a que, una vez más, le habían denegado la petición del cambio de lugar de los calabozos en los que se recluía a los preventivos antes de enviarlos a Montjuich o a Santa Amelia, según fuera el caso. El telegrama que obraba sobre su mesa decía así:

> Por todas estas razones y aprovechando los locales que dejó el traslado de la Aduana, decido, a propuesta del señor Espinosa de los Monteros según antecedentes que tengo a la vista, que parte de la planta baja continúe siendo utilizada para dichas oficinas de Vigilancia y Orden Público, calabozos, prevención y para retener de fuerza. Presupuesto: 35.000 pesetas.

El gobernador, sin levantar la vista del documento que estaba leyendo, respondió:

—Gracias, Bonifacio. —Y luego, sin espacio que mediara, ordenó—: Siéntese, Peláez.

El jefe de Protocolo se retiró y el inspector ocupó el sillón de la derecha. Tras un minuto que a Peláez se le hizo eterno, alzó la vista del documento, se quitó las antiparras y las dejó al desgaire sobre la carpeta de cuero ubicada en el centro de la mesa. Peláez presagió tormenta. El gobernador entró en el tema sibilinamente suave y comenzó preguntando una obviedad.

—Peláez, ¿es usted el jefe de Vigilancia y Seguridad de Barcelona?

Ambos eran los cuerpos de la Policía de la ciudad, y Peláez era el inspector jefe. El primero se ocupaba de la seguridad en las calles y el segundo, que era más bien judicial, de prever y atajar los posibles delitos antes de que fueran cometidos.

—Es evidente, señor, hasta el día de hoy.

—Entonces también es evidente que usted es la persona encargada de procurar que no haya nada que perturbe el orden público, y caso de que así sea, de detener a los culpables y llevarlos ante la ley. —Sin atender la respuesta de Peláez, el gobernador prosiguió—: ¿Ha leído la sección de Sucesos de *La Vanguardia* de hoy?

—Todavía no he tenido tiempo, señor.

—En ese caso intuyo que el periodista está más informado que usted. —Luego, en un tono mucho menos coloquial, lanzando sobre la mesa el periódico abierto en la página correspondiente, ordenó—: ¡Lea!

Peláez tomó el periódico y leyó la noticia:

> A las dos menos cuarto de la tarde explotó un petardo, al parecer cargado con pólvora y metralla, en el rellano del segundo piso de la casa n.º 1 y 3 del pasaje del Comercio, habitado por don José Morell, fabricante de hilados y tejidos.
>
> El ruido producido sorprendió a los vecinos de las casas contiguas, apoderándose el pánico de los que se hallaban en el mismo edificio donde una mano oculta colocó el petardo.
>
> Densa humareda privaba en los primeros momentos de poder apreciar el destrozo que había causado.
>
> Ni un vidrio entero quedó en toda la casa. Las puertas de los pisos segundo y cuarto fueron derribadas, lanzando la explosión a la larga distancia trozos de madera y vidrios rotos que fueron a parar a los patios contiguos al lugar del siniestro.

Peláez, sin perder la calma, dejó el periódico sobre la mesa.

—Señor, el no haber tenido tiempo de leer la prensa no quiere decir que no tuviera conocimiento del hecho; ayer, a última hora de la tarde, estaba el parte sobre la mesa de mi despacho. —Ante el silencio del gobernador, que presagiaba tormenta, Peláez prosiguió—: Es el pan nuestro de cada día. Los tiempos andan revueltos, y hay profesionales del alboroto que viven de calentar a las masas. No hay que ser un lince para intuir que acabada la Exposición Universal, todos los que acudieron al aroma del trabajo quedaron en el paro sin un mendrugo que llevarse a la boca. Ayer el susto fue en la casa del fabricante don José Morell y mañana será en cualquier otro lugar; ellos escogen el sitio y nosotros vamos corriendo detrás. Con los medios de que dispongo es imposible controlar una ciudad como Barcelona… ¡Se hace lo que se puede!

—¿Me lo dice, Peláez, o me lo explica? —Aquí Antúnez cambió el tono de voz, que se tornó ronca y amenazante—. ¡Pues lo que se hace es poco! Mañana no sé dónde pondrán el petardo, lo que sí sé es que don José Morell está casado con la prima hermana del señor Girona, que fue presidente de la Exposición, y apenas me he sentado en el despacho ya tenía un ujier con la carta de tan importante señor en las manos quejándose, precisamente, de que mi Policía llega a misas dichas, y si no recuerdo mal el cometido de la sección de Vigilancia, que está bajo sus órdenes, es prevenir los atentados, ¡no ir en pos de ellos como los galgos tras los conejos!

Peláez se revolvió, inquieto, en su sillón.

—Respeto profundamente al señor Girona, pero cuento con pocos medios para atender a los frentes que tengo abiertos, y para mí todos los ciudadanos son iguales.

—¡Para usted sí, pero para mí no! —tronó el gobernador—. ¡Los partes que se me envían cada día son deprimentes! Como comprenderá, que anteanoche detuviera usted a una muchacha muda de vida alegre en la casa n.º 14 de la calle del Mediodía por haber robado a un francés la cantidad de trescientas veinte pesetas, de las cuales llevaba encima doscientas setenta y tres,* no me produce frío ni calor. Lo que pretendo es que no estallen bombas, y difiero de su opinión: ¡no todos los ciudadanos son iguales! Con unos nos jugamos el cargo; otros son morralla. Y no olvide que detrás de mí va usted. ¡Y no ponga esa cara de ángel justiciero, adalid de la igualdad entre los hombres! Yo no he hecho este mundo, solamente vivo en él. ¡Le doy dos días! Quiero leer en *La Vanguardia* que se ha encontrado a los causantes del estropicio de la casa del señor Morell y que los miserables están en la jaula.

—Haré lo posible por prenderlos, señor.

—Si no los encuentra, encuentre a otros. ¡Quiero nombres y apellidos! ¡¿Me he explicado claramente?!

—Como la luz, señor.

—Entonces, Peláez, póngase a trabajar y saque a todos sus sabuesos a la calle. El señor Girona tiene cauce directo con el ministro, y estando la regente en Barcelona no quiero ni un incidente más. ¿Estamos?

Peláez no respondió. Se puso en pie lentamente y antes de marchar indagó:

—¿Algo más, señor?

—Sí, algo más, porque ahora su gobernador ya tiene que hacer de confidente. Se me comunica que los estudiantes de la facultad de Derecho de esta ciudad están organizando una solemne manifestación que probablemente tendrá lugar el miércoles próximo para protestar por el nuevo Código Civil. Ni que decir tiene que no quiero ningún incidente. Tome las medidas oportunas, y si ha de exce-

* Nota de *La Vanguardia*.

derse, excédase. Esta ciudad ha de estar en orden, y ¡por mi santa madre que lo va a estar! Tenemos los ojos del mundo puestos sobre nosotros; salimos en todos los periódicos. Y no olvide que la noche es tan importante como el día; por lo tanto, cursará órdenes a sus inspectores de distrito para que a la una y media cierren sus puertas todos los locales que tengan licencia para los juegos no prohibidos (desde luego, la tolerancia con los prohibidos* se ha terminado) y a las dos lo hagan todos los cafés y cervecerías que no tengan restaurante. Las tabernas cerrarán a las diez en punto. No quiero grupos en las calles ni reuniones clandestinas. Es una orden directa.** Pónganse en marcha, Peláez, y tenga usted buen día.

—De lo de la universidad ya estaba sobre aviso —argumentó Peláez justificándose.

—Pues ¡por si acaso! Prefiero prevenir que curar. ¡Ah! Y otra cosa: pese a mi insistencia, siguen sin aprobarse las obras de remodelación de esta casa. Para llegar a este despacho, como usted bien sabe, hay una sola escalera, y los atestados se toman en el primer piso y los calabozos están en el sótano. Ayer pasé un bochorno indescriptible. La llegada del cónsul de Dinamarca coincidió con la bajada de un chorizo al calabozo, y los gritos y exabruptos que lanzó el individuo se oyeron desde aquí. Es un sofocón por el que no deseo volver a pasar; le hago responsable del orden interior de esta casa; no quiero fatales coincidencias en la escalera, y si las hubiere, amordace si conviene al detenido.

Tras estas palabras don Luis Antúnez se caló de nuevo las gafas y volvió a sus papeles sin aguardar a que el inspector se retirara.

30
Portsmouth

Un montón de circunstancias jalonó el viaje de la familia Ripoll a Portsmouth. Muchas cosas tuvo que concretar Gumersindo Azcoitia en cuanto a horarios, enlaces y entrevistas para llevar a buen fin aquel importantísimo proyecto. Práxedes tenía total con-

* En infinidad de locales se jugaba sin permiso ante la tolerancia de la policía, que cobraba por ello.
** Orden del Gobierno Civil durante la Exposición Universal de 1888.

fianza en su secretario, de modo que dejó en sus manos la logística del asunto y el hombre, buen conocedor del oficio, intentó combinar las urgencias de su patrón con los gustos de doña Adelaida, quien se había tomado aquel desplazamiento como un viaje de placer y pretendía aprovechar el perfecto conocimiento del idioma de miss Tanner —la institutriz de su sobrina Candela, que viajaba con ellos para visitar a su madre, que residía desde hacía tiempo en aquel pueblo inglés y a la que hacía dos años que no veía— para, a la vuelta, recalar en Londres y cumplir su sueño, que no era otro que ir de compras a Harrods —el gran almacén de Brompton Road, la selecta calle del barrio de Knightsbridge, en pleno centro de la ciudad— y comprobar la veracidad de su lema «*Omnia Omnibus Ubique*» (Todo para todo el mundo en todas partes) en cuanto Práxedes hubiera zanjado su negocio en Portsmouth.

Tomaron el tren hasta Zaragoza utilizando la red ferroviaria de la Compañía de los Ferrocarriles de Tarragona a Barcelona y Francia (TBF), y llegaron a esa ciudad a las seis de la tarde. Una vez allí hicieron el correspondiente transbordo a un tren de la línea de los ferrocarriles del Norte de España que por Miranda de Ebro llegaba a Bilbao veinticuatro horas después, pues se detenía en varias estaciones. Gumersindo, conociendo las exigencias de su patrón, tomó cuatro cabinas del coche cama: una para el matrimonio, otra para Orestes, y las otras dos respectivamente para miss Tanner y para él mismo; de esta manera, el viaje se hizo mucho más llevadero. Adelaida habría preferido llegar hasta Irún y allí coger un transporte de caballerías que, recorriendo la cornisa durante un par de días, los llevara a Bilbao, pero Práxedes desechó la idea de inmediato y la calificó de peregrina, alegando que era una pérdida de tiempo notable y que él no se desplazaba a Inglaterra en un viaje de placer. Una vez allí habrían de coger un vapor de la Compañía Trasatlántica, para lo cual Gumersindo trató con Luis Calisalvo, antiguo secretario particular de don Patricio de Satrústegui —socio fundador de A. López y Cía.—, quien les proporcionó pasaje en uno de los más lujosos ferris de la compañía, el *Virgen de Begoña*, que partía de Bilbao a las cinco de la tarde y llegaba a Portsmouth a las nueve de la noche del día siguiente.

La travesía fue dura. A medianoche el mar se puso bravo y el capitán tuvo que reducir máquina. A la mañana siguiente, después del desayuno, se reunió con don Práxedes y Orestes en el salón de fumadores, pero ni doña Adelaida ni miss Tanner salieron de sus respectivas cabinas.

Después de acomodarse, Gumersindo indagó:

—¿Qué tal ha descansado?

Práxedes se adelantó a su cuñado.

—Si le digo que mal, le digo poco. Doña Adelaida se ha mareado, a tal punto que he tenido que llamar al médico de a bordo y éste le ha suministrado unas gotas de no sé qué mejunje. A las seis de la mañana mi esposa se ha medio adormilado, pero yo ya no he pegado ojo.

—¿Y usted, don Orestes?

—Yo me tomé una pastilla para dormir, y por lo visto cuando nos hemos movido estaba en el mejor de los sueños. La verdad es que he dormido como un bebé en su cuna.

—No sé cómo lo hace, pero en los momentos crudos de la vida mi cuñado siempre sabe evadirse. Y usted, Gumersindo, ¿qué tal?

—Como usted no ignora, don Práxedes, los Azcoitia somos de Santander, y en mi juventud navegué mucho el Cantábrico, que, como puede ver, es mar que admite pocas bromas, y la verdad es que nos hemos movido, pero he descansado como un santo.

—Ventajas de ser soltero.

Los tres, después de encargar sendos cafés y encender sus respectivos vegueros, comenzaron a departir sobre el negocio que los llevaba a Portsmouth.

—Gumersindo, ¿trae usted toda la documentación que avala los tratos habidos con la naviera?

El secretario se inclinó sobre su cartera y, tras colocársela sobre las rodillas, comenzó a sacar papeles, poniéndolos sobre la mesa al alcance de Práxedes y enumerándolos.

—Contrato principal expedido según los términos acordados por la notaría de mister Morgan; adjunto de la descripción detallada de todas las características del barco y puntual detalle de las reformas pedidas, particularmente, fecha de entrega y sanciones en caso de retraso; certificados de pago de los adelantos correspondientes; precio final y garantías, y por último, certificados y permisos de carga y navegación; en fin, todo aquello que pueda avalar la buena navegación del barco firmado por los tres apoderados de la compañía Armstrong-Elswick.

Práxedes repasó todo ello con atención. Orestes gozaba de su habano con deleite.

—¿Quieres echarle una mirada a todo esto?

—No hace falta. Si para ti está bien, sin duda lo estará para mí.

—¿Se da cuenta, Gumersindo, de lo bien que vive mi cuñado?

—En vez de estar orgulloso de mi confianza me siento vilipendiado —observó Orestes con sorna.

—Esperemos, Gumersindo, que todo esté conforme. La responsabilidad con mis socios es inmensa, y ese primer barco puede ser la semilla de una gran compañía. Otros empezaron con menos, pero a mí lo que ahora me interesa primordialmente es el primer viaje. En cuanto envíe el telegrama el capitán Almirall se desplazará hasta aquí para hacerse cargo de todo; él tiene que aprobar a los hombres que nos presente la naviera y asimismo las especiales condiciones que requiere el barco para cumplir con el peculiar fin al que ha sido destinado.

A las doce en punto se reunieron en el comedor. Adelaida se había recuperado del mareo al hacerle efecto las gotas que le había suministrado el médico. En cuanto a miss Tanner, el temporal la había afectado, pero ni mucho menos al extremo que lo había hecho con Adelaida. En una mesa comía el matrimonio con Orestes y en otra, apartada, Gumersindo Azcoitia, el secretario, con la institutriz.

—Práxedes me ha dicho que lo has pasado muy mal, hermana.

—El día que me muera me moriré, pero no me encontraré tan mal como esta noche. ¡Ha sido horrible! Veía la luna danzar por el ojo de buey, subiendo y bajando como si fuera el caballito de un tiovivo. ¡He tenido que sujetarme fuertemente a la cama para no irme al suelo del camarote!

—Éste —señaló Práxedes dirigiéndose a su cuñado— ha dormido como un bendito.

—No hace falta que me lo jures; lo conozco bien. Nuestra madre, que en paz descanse, decía siempre cuando de pequeño contaba que quería ser torero: «Orestito, no vas a poder; cuando salga el toro a la plaza ya estarás dormido». ¡Mira si lo conocía!

Adelaida apenas probaba bocado en tanto Orestes comía con buen apetito.

—Saber tomarse la vida con tranquilidad es una gran suerte.

—Con cuñados como tú es fácil; nos complementamos perfectamente: a ti te encanta trabajar y a mí gozar de la vida tal como viene.

—Él también sabe —intervino Adelaida—, lo que ocurre es que discierne perfectamente el trabajo del ocio. Cada día a las ocho está en la fábrica, pero ¡descuida que se le olvide una sola vez acudir al Liceo cuando hay función!

—Una cosa es la obligación y otra, la devoción, cuñado.

Adelaida se dirigió a su hermano.

—¿No te angustia, de alguna manera, dejar a Candela sin su institutriz, sola con su madre durante casi dos semanas, conociendo las ausencias mentales de Renata?

—Va al colegio todos los días y en los festivos Antonio, vuestro hijo, se ocupará de ella. Si mi vida tuviera que depender del estado de Renata, hace tiempo que me habría pegado un tiro.

Los tres se habían puesto serios.

—Orestes, deberías hablar con mosén Cinto. Esa maldita enfermedad de la melancolía que asalta a Renata intermitentemente algo tiene que ver con el maligno.

Práxedes se violentó.

—¡Déjate ya de monsergas de curas, mujer! Orestes sabe lo que tiene que hacer. Renata está enferma y basta. Tu hermano lleva esa cruz lo mejor que puede, ¡no hace falta que le des consejos!

En eso estaban cuando Gumersindo se acercó a la mesa.

—Portsmouth a la vista —dijo señalando con el dedo a través de la ventana del comedor el débil perfil de la costa que se distinguía entre la niebla.

Práxedes y Orestes estaban contentos y satisfechos por los logros conseguidos. La compra del barco había sido un éxito, la forma de pago, satisfactoria y las garantías que dio el astillero completaban tres páginas de cláusulas redactadas con apretada escritura por mister Morgan, notario de la ciudad. La nave era un bergantín-goleta mixto de carga y pasaje a la vez que de vela y vapor. El capitán Almirall, que se presentó en Portsmouth al cabo de una semana por indicación de Práxedes, tras indicar las reformas de última hora que creyó oportunas para el buen fin del extraño encargo, dio su absoluto visto bueno. El barco todavía estaba en el dique seco, por lo que no hubo problema para adecuarlo a las exigencias del cliente. Además, tenía un gemelo de exactas condiciones, que pudieron visitar sin impedimento, que iba a hacer su servicio entre Norteamérica y las Antillas. A Almirall le llamó la atención el amplio escondrijo oculto en el mamparo de colisión de proa junto al pozo del ancla de estribor, al que se accedía por una disimulada trampilla. Ante sus preguntas, el representante del astillero le aclaró que se había hecho a instancias del comprador del barco gemelo y que sin duda era un escondite seguro para según qué mercancías, y añadió que su misión era contentar al cliente sin hacer preguntas. Por otra parte, Adelaida llegó feliz tras su paso por Londres, ya que pudo vaciar los grandes almacenes Harrods, comprando, según su marido, un montón de cosas que jamás iba a usar. Miss Tanner, tras dos años de ausencia, visitó a su anciana madre, que se había trasladado a vivir con su hermana, viuda como ella; la colmó de atenciones para justificarse y prometió regresar al año siguiente. En cuanto a Gumersindo Azcoitia, le daba lo mismo cumplir con su obligación en Barcelona que en cualquier otro lugar que le indicara su patrón.

Al regresar, Práxedes hizo inventario de lo acontecido. Todo había transcurrido mucho mejor de lo esperado. Inglaterra era un país serio; podía negociarse con sus astilleros con la seguridad de que lo escrito en los papeles iba a cumplirse a rajatabla. Contrariamente a lo que esperaba, su paso por Londres no fue una pérdida de tiempo. En tanto Adelaida visitaba Harrods acompañada de miss Tanner, él aprovechó para visitar, a través de un amigo de la *logia London*, en compañía de su secretario Gumersindo Azcoitia, uno de los clubes más exclusivos y selectos de la ciudad. Allí pudo apreciar el respeto a las normas establecidas, el silencio absoluto y el maravilloso trato de los criados, que, al contrario de lo que sucedía en Barcelona, estaban orgullosos de su rango y de servir a los señores; nadie hablaba de huelgas y el orden en las calles era absoluto, y si algo sucedía era en la periferia, y los rotativos apenas hablaban de ello salvo para aprovechar la ocasión para poner por las nubes a sus *bobbis* y a los inspectores de Scotland Yard.

La visita al Bank of London en la City fue otro éxito. Allí los atendió uno de los apoderados, quien, al ver de dónde venía don Práxedes y cuál era su sucursal bancaria en Barcelona, puso toda clase de facilidades para el buen fin de su negocio. Se establecieron los pagos, se firmaron los correspondientes documentos bancarios y todo quedó en orden. Por otra parte, la visita del capitán Almirall no pudo ser más provechosa, y allí quedó el hombre para comprobar todas las reformas exigidas en el barco y para contratar la tripulación que había de llevarlo hasta Lisboa, donde los hombres contratados a su vez en El Masnou, todos de su confianza, tomarían el relevo para el viaje a Dakar. Lo que comenzó siendo un proyecto casi disparatado, sugerido por Massons, el socio cubano de Práxedes Ripoll, se había convertido en una realidad.

31
La escapada

Candela estaba ilusionada. Aquel muchacho que se había colado de rondón en su vida le quitaba el sueño; la imagen de su rostro era su primer pensamiento al abrir los ojos y lo último que se le aparecía cada noche antes de cerrarlos. Repasaba punto por punto todas sus conversaciones, y recordaba hasta el último detalle y el más mínimo gesto habido en los pocos ratos que habían pasado juntos. Lo que empezó siendo un intercambio de lecturas y la comprobación de la afinidad de sus caracteres se había transformado, a través de sus breves encuentros en la librería Cardona y de su intercambio de notas, y sobre todo en las maravillosas horas pasadas el día de la Golondrina, en un sentimiento nuevo y desconocido para ella que hacía que el ritmo de su corazón se alterara por el mero hecho de tener una de sus cartas entre las manos. Candela se sentía la protagonista de todas sus novelas, y el beso de aquel día todavía le quemaba los labios. Jamás había conocido a alguien como él. Era mucho menos niña de lo que imaginaban sus mayores, y en las veladas musicales de su tía no podía dejar de comparar a Juan Pedro con alguno de aquellos petimetres, hijos de amigos de sus padres o de sus tíos, que la llamaban «señorita» e intentaban captar su atención con frases que querían ser ingeniosas y galantes pero que ella encontraba insípidas y estereotipadas o, peor aún, sacadas de folletines y usadas sin sonrojo, creyendo que ella era una niña estúpida que no se daba cuenta.

El viaje de su padre junto con sus tíos y miss Tanner a Portsmouth le había abierto las puertas de la jaula. Su madre no era problema; sus ausencias mentales eran notorias y Candela, desde muy pequeña, se había acostumbrado a ellas. Muchas veces, al caer la tarde, Renata se quedaba sentada en la mecedora de la salita de estar, con la mirada perdida en la lejanía y sin responder a pregunta alguna que se le hiciera, a tal punto que el servicio solía dirigirse a Candela recabando órdenes porque sabía que la señora estaba como ausente y no respondía.

Candela había madurado muy bien sus planes. Para ello, debía contar con la colaboración inapreciable de Antonio, quien siempre había sido su salvavidas y su gran recurso y al que debería convencer, cosa que casi habitualmente ocurría. No es que Antonio fuera bueno: era la bondad; para ser exacta en su apreciación, era la mejor persona que conocía. Su otro primo, Germán, al que procuraba evitar y cuya sola presencia hacía que algo en su interior se pusiera en guardia, era para ella un misterio insondable.

Debería ser muy cauta y medir muy bien sus pasos, ya que era consciente de que ocasión como aquélla no iba a presentarse nunca más. La muchacha había repasado su plan infinidad de veces y había dejado la charla con su primo para el último momento. Candela conocía bien el terreno que pisaba, y sabía que era mejor presentar la situación como un hecho consumado mostrando una determinación absoluta, de manera que él supiera que si la ayudaba en su propósito todo iría mucho mejor, pero que en caso contrario estaba dispuesta a realizar el plan ella sola.

Había llegado el momento. Era lunes por la noche. Antonio, como de costumbre, estaría en su cuarto estudiando los temas de los exámenes que se avecinaban. El ahora o nunca había llegado. Las escapadas de Candela al piso principal eran tan comunes que nadie iba a echarla en falta, y caso de hacerlo todos supondrían dónde estaba. Se puso un ligero chal de lanilla sobre los hombros y, ya desde el recibidor y por si acaso, alzó la voz moderadamente para que se la oyera desde la cocina, donde Petra, la cocinera, estaba haciendo bechamel para las croquetas y Crispín, el viejo criado que aportó su madre al matrimonio, estaba limpiando la plata.

—¡Estoy abajo! ¡Si me llama mamá, estoy en casa de los tíos!

Abrió la puerta con cuidado, y tras cerrarla suavemente ganó la escalera y, saltando los peldaños de dos en dos, se plantó en el principal primera. En aquel instante su cabeza estaba en otras cosas y no se le había ocurrido aquella posibilidad: cuando iba a tocar el timbre la puerta se abrió y apareció en ella la imagen de Germán, impecablemente vestido como de costumbre, quien al verla la saludó, socarrón como siempre.

—Hola, primita, ¿adónde vas con estas prisas y tan a deshora? He oído tus pasos por la escalera y he adivinado que eras tú, pero como tu primo mayor que soy debo decirte que no son formas para una damisela. Imagino que te tomas estas libertades porque tu madre estará en sus cosas y la mía está fuera; eso te permite saltar como un corzo en vez de caminar como una damita, que es lo que eres.

—¿Está Antonio? —Candela respondió preguntando.

—Siempre vienes a verlo a él, ¡me estoy poniendo celoso! Algún día deberías preguntar por mí. Si tú quisieras, podría enseñarte muchas cosas.

—Te lo agradezco, Germán. Déjame pasar.

Germán, con las piernas separadas y los brazos en jarras, ocupaba el quicio de la puerta.

—Toda frontera tiene un peaje. —Con el dedo índice de su mano diestra se señaló la mejilla.

Candela consideró la posibilidad de resistirse, si bien su sentido práctico la desechó. Los labios de su primo mostraban una irónica sonrisa, pero sus acerados ojos revelaban una expresión muy diferente.

—Está bien, como quieras... Pero ¡no te acostumbres!

La muchacha se alzó sobre la punta de sus pies y rozó ligeramente con los labios la mejilla de Germán. Éste se hizo a un lado.

—¡Chica lista! ¿Ves?, es fácil. Eso me demuestra que ya casi eres una mujer, y el poder de la mujer, como irás descubriendo, es casi infinito.

Candela dio un paso al frente y cruzó el umbral. Germán la miró de arriba abajo y, calándose el bombín y cuando ya comenzaba a bajar la escalera, exclamó:

—Un día tú y yo *farem feina.**

No hizo caso; estaba acostumbrada a los crípticos mensajes que le enviaba su primo. El caso era que su plan comenzaba a marchar. Cerró suavemente la puerta tras de sí. De la cocina se oían voces y alguna que otra risa, cosa que no solía ocurrir cuando sus tíos se hallaban en casa. Estuvo tentada de detenerse a escuchar. Siempre le había gustado dialogar con los criados, sobre todo con Carmen y Teresa, las jóvenes hermanas, pero en aquella ocasión su cometido era demasiado importante y no admitía espera. Avanzó pasillo adelante. Al no haber nadie en casa la penumbra dominaba; la sombra de los grandes muebles adquiría formas nuevas. Tras el salón de música, a la derecha, pudo distinguir fácilmente la raya de luz que se perfilaba debajo de la puerta del cuarto de Antonio. Tomó aire y golpeó suavemente con los nudillos.

La voz de su primo sonó baja y concentrada.

—No voy a cenar, Saturnino; déjeme un bocadillo de jamón en el comedor y un vaso de leche. Mañana tengo exámenes, hoy estudiaré hasta muy tarde.

Candela abatió el picaporte y empujó la puerta.

---

* Expresión coloquial en catalán que, en este contexto, viene a ser una insinuación de índole sexual.

—No soy Saturnino, ¡soy yo!

Antonio la miró, sorprendido. Su prima no acostumbraba bajar a aquellas horas y, además, no había oído la campanilla del timbre de la puerta.

—¿Qué ocurre, Candela, qué tripa se te ha roto?

Para dar cuerpo a su embajada y para que su primo entendiera que lo que iba a explicarle era importante, ella se sentó en el borde de la cama. Antonio captó rápidamente el mensaje y, empujándola con los pies, apartó su silla del despacho y se dio media vuelta.

—¿Qué sucede? Cuando comienzas a dar rodeos te tengo miedo.

Candela agachó la cabeza y mantuvo el silencio. Conocía muy bien a Antonio y sabía cuáles eran las claves para inquietarlo.

—¿Quieres decirme qué te pasa? ¿Te encuentras bien?

La chica sabía que a Antonio se lo ganaba por la ternura.

—¿Tú me quieres?

—¿Qué tontería es ésa? ¿A qué viene eso ahora? ¡Ya lo sabes!

—Quiero que me lo digas.

Antonio movió la cabeza a uno y a otro lado, circunspecto.

—A las mujeres no hay quien os entienda. Cuando eras una niña te veía venir, pero ahora...

—Soy ya una mujer, tú lo has dicho.

Antonio se revolvió, inquieto.

—Si quieres decirme lo que te pasa, intentaré ayudarte; si no, hazme el favor del largarte y de dejarme estudiar, que mañana tengo exámenes.

—Dime que me quieres y que harías cualquier cosa por mí.

Por la expresión del rostro de Antonio, Candela entendió que en aquel momento ya se la estaba tomando en serio.

—Claro que te quiero... ¿Cuándo no he hecho lo que has querido?

—Júrame que me ayudarás.

Antonio se preocupó.

—Depende. No puedo prometerte nada sin saber de qué se trata.

Candela suspiró profundamente.

—Me aburro, primo.

Él quedó en suspenso.

—¿Qué me estás diciendo? ¿Acaso no te diviertes leyendo o hablando conmigo?

—No es eso. Pero tengo la sensación de estar encerrada todo el tiempo. Me gustaría ver la ciudad, salir a pasear sin miss Tanner de vez en cuando.

—Eso es peligroso, Candela.

—¿Qué puede pasarme? Ya tengo casi catorce años y nunca puedo hacer nada sola.

—Eso es porque tu padre se preocupa mucho por ti... Y yo también.

—Vivo como enjaulada. Pensé que tú, que tan bien me conoces, me entenderías.

Una lágrima silenciosa asomó en los ojos de la muchacha.

Antonio se sintió inerme y desarmado, extrajo de su bolsillo un pañuelo y se lo entregó.

—Está bien, ¿qué quieres que haga?

La tarde barcelonesa era tibia para la estación. Juan Pedro había tenido que hacer milagros para acudir a la cita; la complicidad del señor Cardona había resultado fundamental, y el pretexto de tener que ir a la imprenta de la calle Manso a recoger litografías le había servido de excusa ante su madre para partir inmediatamente después de comer sin que ésta hiciera demasiadas preguntas. La semana se le había hecho eterna; los minutos se convertían en horas, y hasta que amaneció el martes tuvo la sensación de que su único y desolado horizonte había sido las agujas del reloj de la librería, que llegó a creer que estaban fijas y que el artilugio se había parado.

A las tres de la tarde estaba clavado en la calle Mallorca, en la acera del otro lado del muro trasero que limitaba la fábrica Ripoll y el terrado de los tíos de su amada, ya que desde ese punto su campo de visión era más amplio. Mientras sus ojos se secaban de tanto mirar a la lejanía, su mente trabajaba incesante, y a pensamientos maravillosos sucedían otros no sólo menos gratos, sino francamente mucho más turbios y preocupantes. Candela se había constituido en el centro de su vida y su mente se negaba a pensar más allá; cualquier argumento que diera su razón acerca de un amor totalmente imposible respondía su juventud con argumentos descabellados, tales como huidas a países lejanos y a nuevos horizontes, y ya fuere por la proximidad de los Ripoll o por las noticias que estaban en todos los papeles, las palabras Cuba y Filipinas presidían sus disparatados sueños.

Por otra parte, estaba lo de su hermano. Desde la muerte de su padre la economía de su casa siempre había sido una economía de guerra; su madre se dejaba las pestañas trabajando y él aportaba todo cuanto ganaba, pero últimamente el salario de Máximo llegaba intermitente y desigual. Su hermano había cambiado mucho desde el percance de los dedos; de aquel muchacho positivo, hablador y alegre ya nada quedaba, inclusive su madre comentaba que no era normal que unos novios jugaran al ajedrez, pues éste era el pasatiempo habitual de los domingos por la tarde cuando Amelia había ido a comer a su casa. Recordaba la noche en que lo siguió ocultándose en las sombras y en los soportales hasta la taberna de Santiago Salvador ubicada en la calle de Aymerich justo al final de Argentería; las miradas y el talante de los cofrades que fueron llegando y que eran sus naturales contertulios daban terror al miedo. Pero aquella tarde no quería pensar en aquello.

En el campanario de la iglesia del convento de Nuestra Señora de los Ángeles sonaron las tres y media. Un sudor frío comenzó a perlar su frente; algo habría pasado. Sabía que Candela ansiaba aquel día con todo su corazón, lo mismo que él, y que de no acudir, en su interior algo le decía que sería por causa grave. Por otra parte, tras tantas ilusiones y tantas noches de insomnio se sentía incapaz de regresar a casa sin verla y sin saber de ella.

Candela había llegado a un pacto con Antonio y éste había accedido a ayudarla bajo unas condiciones inamovibles que ella había aceptado, pues de no hacerlo, y conociendo a su primo, sabía que él no sólo no colaboraría, sino que se opondría frontalmente. Antonio había puesto unas acotaciones en cuanto al horario y al respecto de la manera de moverse por Barcelona. Candela debía estar a las ocho y media en punto en su casa, sin excusa ni demora, y él la habría de acompañar posteriormente a su piso. En cuanto al transporte, Antonio se negó en redondo a que saliera como la otra vez saltando la tapia del fondo del terrado. Habló con Germán, aduciendo que aquella tarde le hacía falta el coche pequeño, el enganche de la yegua torda y los servicios de Silverio, y le propuso que él, si lo necesitaba, se llevara el faetón con Mariano al pescante. El tílburi era un capricho de Práxedes fabricado ex profeso por el mejor guarnicionero de Sants, copiado de una revista inglesa pero reformado de modo y manera que pudiera portar en el exterior y a la derecha un pequeño pescante para el cochero, desmontable a voluntad y fijado a una de las varas. El tílburi era de dos plazas; la caja era de mimbre y cuero beige con una breve capota abatible y sujeta a los costados por dos flejes metálicos; siete ballestas de hierro lo hacían muy confortable, al igual que sus dos grandes ruedas granates con las llantas rematadas de caucho grueso. El cochecillo tenía otra ventaja: en los días de lluvia se descolgaba del borde exterior de la capota una cortina de lona, que llegaba hasta el suelo de la caja, con una pequeña abertura en el medio resguardada por una cortinilla enrollable que impedía que los ocupantes se mojaran.

Candela se había acicalado con esmero. Componía su atuendo una preciosa blusa de color verde pajizo de seda con gorgueras de encaje, una falda tobillera del mismo color pero más oscuro, escarpines a juego, así como un gracioso gorrito encajado en la cabeza y sujeto con una ancha cinta bajo su barbilla y rematado en su parte anterior por una visera redonda y rizada que enmarcaba su encantador rostro.

Cuando Candela salió de la cuadra montada en el carricoche con Silverio al pescante se sintió la mismísima reina regente. Iba a ver a su amor, la tarde era maravillosa y tenía cinco horas por delante para gozar de una libertad sin límites. Además, en su aventura la acompañaba Silverio, el joven mozo de cuadra cubano por el que siempre sintió una gran simpatía. El color tostado de su piel, su blanca dentadura —adornada en todo momento por una gran sonrisa—, sus risueños y brillantes ojos y aquel deje lento y acariciador de su habla hacían volar su imaginación y la transportaban a remotos lugares.

La cuadra estaba a dos manzanas y a contramano, de modo que debían subir primeramente hasta Provenza para bajar luego y entrar en la calle Mallorca, y de esta manera tomarla en la dirección debida.

—¿Por qué hablas cantando, Silverio?

—Eso no se quita nunca, señorita Candela. Las gentes de mi tierra tienen el sol metido en la cabeza y sus mujeres las olas del mar en las caderas, por eso ríen siempre y bailan al caminar.

—Pero, según me contaron, a ti te trajo mi tío Práxedes aquí de muy pequeño.

—Por eso mismo, señorita Candela, lo que aprendí allí no se me olvida nunca.

—¿Te gustaría volver?

—No conocí a mis padres, señorita Candela; mi familia son ustedes. Me gustaría volver cuando me case para que mi mujer conozca mi tierra.

El coche avanzaba despacio evitando los agujeros hechos el día anterior por la lluvia en la tierra de la calle, todavía a medio pavimentar.

—¿Tienes novia, Silverio?

—No lo sé, aún no le he preguntado si quiere serlo.

—Dirá que sí, ¡seguro! Eres joven y guapo, y lo que es más importante, buena gente.

—Pero soy moreno, señorita Candela, y eso la asusta porque ella es muy de aquí, de Cataluña, y en su tierra sería un bicho raro.

—¿De dónde es ella? ¿La conozco yo?

—Es de Reus, señorita Candela, y se ve que allí la gente es muy suya.

—¡No me digas que es una de las hermanas!

—Sí, señorita; es Teresa, la segunda camarera. Pero guárdeme el secreto, que si se entera el señorito Germán me veo en la calle.

—Descuida, Silverio. Yo guardaré tu secreto y tú el mío.

—Y ¿cuál es su secreto, señorita Candela?

—Míralo, ahí está, frente a ti.

En el cruce de la calle Mallorca con Balmes, Juan Pedro, con la mano diestra haciendo pantalla sobre los ojos, intentaba atravesar el muro del terrado de los Ripoll sin sospechar que su amada llegaba en el cochecillo que entraba por la otra punta de la calle. El carricoche se detuvo junto al bordillo. Juan Pedro seguía mirando a lo lejos. Un leve siseo llamó su atención, pero no dio en que aquel elegante coche tuviera algo que ver con él hasta que vio a Silverio en el pescante. Entonces se le aceleró el pulso. Dirigió su mirada al interior, y cuando vio la silueta de su amada bajo la breve capota, sintió que el corazón se le subía a la garganta. Con paso torpe se acercó al estribo y apenas pudo articular dos palabras.

—Pero… Candela…

La muchacha, con gesto decidido, golpeó suavemente con la palma de la mano el mullido asiento.

—Corre, tonto, sube. ¡No perdamos el tiempo!

Juan Pedro se encaramó rápidamente, sentándose al lado de la muchacha. Silverio, quieto como una estatua, miraba hacia delante. Los jóvenes se tomaron las manos y se miraron a los ojos, transidos de dicha. Luego Juan Pedro reaccionó.

—Pero ¿qué es esto, Candela?

—Más tarde te lo cuento. Pero ¿adónde me llevas? Aquí corremos peligro; dentro de nada las calles se llenarán de gente que ahora aún está en casa tomando café en la sobremesa.

Juan Pedro había hecho mil planes en los días interminables de la espera.

—¿Adónde te gustaría ir?

—¡Sorpréndeme! Lo único que te pido es que me lleves a algún lugar al que no me hayan llevado nunca, como la otra vez.

El muchacho se dirigió a Silverio y despejó sus dudas rápidamente.

—Por favor, baje por Marqués del Duero hasta Colón y vaya por la ribera del mar hasta La Barceloneta. Allí le indicaré. —Y luego, dirigiéndose a Candela con voz muy queda, le preguntó—: ¿Puedes estar segura de la discreción del cochero?

—Está en casa de mis tíos desde que yo era una niña y siempre ha sido amigo mío.

Silverio azuzó a la yegua y ésta partió con un alegre trotecillo, descendió por la calle Balmes junto a la valla que separaba el ferrocarril de Sarriá hasta llegar a la calle Pelayo y allí, por la ronda Universidad, se dirigió hacia Marqués del Duero.

Candela había bajado la capota que los resguardaba de miradas curiosas, y en aquella semipenumbra los jóvenes enamorados se apartaron del mundo sintiéndose únicos. A las preguntas curiosas de Juan Pedro respondió Candela explicándole la conversación habida con Antonio, consecuencia de la cual era el regalo del tílburi en el que ambos iban acomodados.

—Entonces ¿le has hablado a Antonio de mí?

—Antonio me adora, jamás me traicionará y, al fin y a la postre, será nuestro aliado. Es gracias a él que he logrado conseguir cierta libertad. Cuando voy a casa de mis primos todos se olvidan de mi persona. Incluso mi padre lo prefiere a que pase los días sólo en compañía de mi madre.

Tras la extraña declaración de Candela y el silencio que guardó a continuación durante un instante que se le hizo eterno, Juan Pedro intuyó que su vida escondía un extraño secreto, pero no quiso estropear el momento con una pregunta que pudiese importunarla.

El cochecillo daba la vuelta a la estatua de Colón, y cuando ya iba a embocar el camino de la playa la voz de Silverio interrumpió el diálogo de los enamorados.

—Dígame adónde vamos, señorita.

Candela interrogó a Juan Pedro con la mirada.

—Tome el camino de tierra que hay entre la playa y el Paseo Nacional. Al final hay varios barracones convertidos en merenderos; cuando vea el cartel de Casa Joanet, pare allí.

A Candela aquel tipo de aventuras la entusiasmaba. Los lugares que visitaba con sus padres eran muy otros. En aquel ambiente su imaginación se desataba y se sentía heroína de cualquiera de sus novelas. La muchacha miraba a uno y a otro lado, asombrada y feliz.

Gente menestrala paseaba por la playa arriba y abajo, parejas con niños correteando por la arena, pescadores trajinando junto a las barcas y mujeres sentadas en el suelo zurciendo redes.

—Todo esto es maravilloso, Juan Pedro. ¡Ésta es la Barcelona que me gusta! Cada vez que te veo me descubres un mundo nuevo.

—¿No habías bajado nunca hasta aquí?

—Mis padres me llevan a otros sitios. Antes de irse a Portsmouth me llevaron al Castell de l'Oreneta en Bellavista; son amigos de los dueños, que lo son también de La Maquinista Terrestre y Marítima, y la otra semana a la cascada de Casa Vicens. ¿Los conoces?

—No, Candela, no los conozco; nuestros mundos son muy distintos.

—Es mucho mejor tu mundo que el mío.

Juan Pedro quedó pensativo durante un momento.

La muchacha lo interpretó enseguida.

—Además quiero que mi mundo sea el tuyo, pero dime adónde me llevas.

—Ya hemos llegado. Pare aquí, por favor.

Silverio detuvo a la yegua con un suave tirón de riendas, y Candela, sin dar tiempo a que nadie la ayudara, saltó al suelo. Juan Pedro lo hizo a continuación.

La construcción era de madera con el tejado a dos aguas y cubierto con una lona embreada. Sobre la puerta había un gran cartel en el que se leía en gruesas letras negras: CASA JOANET. El lugar olía a sal marina y a pescado frito.

Candela se volvió hacia Silverio.

—Ata la yegua en algún sitio y ven con nosotros.

Silverio respondió con su característico hablar.

—No, señorita, ¡ni pensarlo! Si dejo el tílburi aquí, a la salida no hay carro ni caballo.

Candela preguntó a Juan Pedro:

—Pero ¿esto qué es?

—Es donde comen los pescadores, por eso huele así de fuerte y por eso lo llaman «puda».

Candela lo miró arrobada.

—Me encanta el lugar. ¿Podemos merendar?

—Siempre que te animes a servírtelo tú misma. ¡Aquí no hay camareros!

—Vamos.

Candela tiró de Juan Pedro y lo arrastró hacia el interior.

El lugar entusiasmó a la muchacha. Cuatro columnas de madera soportaban la techumbre, y el espacio estaba invadido por mesas redondas y taburetes bajos. En ellas había tipos de lo más característico de la zona: caras arrugadas, curtidas por el mar y la intemperie; cabezas cubiertas con gorros de pescador o de marinero, estos últimos de lona arrugada y visera de hule. El humo de las pipas y de los vegueros formaba una densa neblina, pero lo que más llamó la atención de la muchacha fue sin duda el parloteo de dos loros que, libremente, saltaban de un aro sujeto en el techo a una especie de percha que estaba junto al tablero del mostrador, así como la profusión de gatos que circulaban libremente entre los pies de la gente.

En el momento de la entrada el aspecto de Candela captó el interés, a tal punto que todas las miradas convergieron en ellos, las conversaciones bajaron de tono y un sordo murmullo sonó de música de fondo; después, las aguas volvieron a su cauce y cada uno fue a lo suyo.

—¿Adónde me has traído, Juan Pedro? ¿Qué sitio es éste?

El muchacho la tomó por la cintura y ambos se llegaron al mostrador.

—Es de un matrimonio que vino de fuera; él se llama Juan Pascual. Pusieron unos fogones para que los pescadores puedan guisar en ellos sus comidas cuando regresan de la pesca nocturna; alguien trajo los loros, y la familia de gatos acudió al olor de los restos del pescado. Está siempre abierto, aunque ellos estén durmiendo. Las gentes toman lo que quieren y en aquel cestillo del fondo dejan el dinero. Ellos mismos fabrican los licores y tuestan el café. ¡Y no creas!, yo he venido alguna noche y empiezan a acudir gentes de la parte alta de la ciudad a la salida de los teatros.

Candela estaba asombrada.

—¡Cómo me gusta, Juan Pedro! ¡Por Dios, cómo me gusta! ¿Vendremos más veces?

—Siempre que quieras, aunque te aseguro que en Barcelona hay muchos sitios que no conoces.

—¡Quiero verlos todos!

Los jóvenes tomaron dos platos de loza y se sirvieron pescadito frito que estaba en una gran fuente de metal. Luego se instalaron en una mesa libre de un rincón, y Juan Pedro fue a por dos copas de vino blanco. Candela no había probado el vino jamás y la experiencia le pareció maravillosa; un calorcillo agradable le subió por el pecho y, al cabo, la asaltó una euforia incontenible que la obligó a quitarse el gorrito y a abanicarse con él.

—¿Te encuentras bien? —indagó algo inquieto Juan Pedro.

—Jamás me he sentido mejor.

El muchacho le pasó el brazo por encima del hombro y la acercó hacia él. Candela supo que aquel instante iba a constituir el momento más importante de su vida. Cerró los ojos y aguardó inmóvil. El beso fue largo e inexperto, pero a ella le pareció que resumía todas las escenas de amor de sus novelas; mil luces se encendieron en su interior y sintió que el mundo se detenía. Cuando abrió los ojos, no comprendió por qué toda aquella gente seguía hablando como si no hubiera pasado nada.

El tiempo transcurrió sin sentir, y cuando se dieron cuenta las agujas del reloj de la pared marcaban las siete y media. Habían pasado cuatro horas en un soplo. Ya en el exterior, la luna se había adelantado a su compañero y, sin esperar a que éste se retirara, había salido, ocupando ambos la bóveda celeste. Candela tuvo un capricho. En tanto Silverio desataba la yegua y sin aguardar a Juan Pedro, se descalzó y se fue a la orilla. Las olas besaban mansas la arena, y la muchacha, recogiéndose la larga falda, se adentró en el mar entre dos cañas de pescadores que estaban clavadas en la arena. El frío del agua acabó de despejarla y sintió en su corazón la certeza de que había conocido el amor y que jamás renunciaría a él.

Ya de nuevo en el coche, y luego de ordenar a Silverio que subiera por Marqués del Duero, Candela desató la cuerdecilla que soltaba la cortina de lona, y en aquella maravillosa penumbra se acurrucó en los brazos de Juan Pedro y se besaron de nuevo; en aquel instante supo que no iba a ser capaz de separarse nunca de él. En la esquina de Conde del Asalto ordenaron a Silverio que detuviera el tílburi. Querían alargar la tarde como fuera, y él saltó para comprar dos cucuruchos de helado. Candela lo aguardó sonriente apoyada en la barandilla del cochecillo. Cuando él regresaba con la dulce golosina en la mano y se encaramaba de nuevo, de la ventanilla de un landó estacionado frente al teatro Circo Español asomó el rostro de una mujer que, rápidamente, se llevó los binoculares a los ojos. La viuda Llobatera había reconocido el coche de Práxedes Ripoll y no daba crédito a lo que estaba viendo: la jovencísima hija de Orestes y de Renata paseando sola con un hombre a aquellas horas por el Paralelo.

32

Máximo y Amelia

Estoy hasta más allá del moño, Máximo! Trabajo como una burra seis días a la semana; el domingo por la mañana no sé dónde andas y por la tarde, si tengo suerte, nos metemos en un café infecto, y si no la tengo, resulta que encima encuentras a un grupo de esos amigos tuyos que todo lo resuelven bebiendo y gritando, y entonces o me dejas sola o te quedas a mi lado con cara de pascuas y sin escucharme... ¿Sabes lo que te digo? Que para ese viaje no me hacen falta alforjas.

—Amelia, tú sabes que te quiero.

—Perrito bonito pero pan poquito... ¡Ya me dirás para qué necesito yo un novio que me quiera así!

—Será para vivir con él, vamos, digo yo.

—Y eso será cuando los gallos pongan huevos. En vez de esforzarte por ver si te suben el sueldo andas metido en batallas que en nada te incumben.

—Si todo el mundo pensara como tú, las cosas no iban a cambiar jamás.

—Qué pretendes, Máximo, ¿cambiar el mundo tú solo?

—Yo solo no, pero si nos unimos todos al final lo conseguiremos.

—Sí, ¿y qué es lo que quieres cambiar?

—Quiero cambiar que la gente no trabaje once horas diarias, quiero cambiar que cuando alguien esté enfermo no lo echen a la calle y quiero cambiar que un hombre pueda alimentar a su familia con su trabajo para que su mujer se quede en casa cuidando de los hijos.

Amelia lo miró con sorna.

—Sobre todo esto último. ¡Ya te conozco yo! La mujer en casa con la pata quebrada y a la mesa atada. ¿Sabes lo que te digo? Que a mí eso no me interesa. Mi amiga Consuelo tiene razón: la vida se vive sólo una vez, y si ahora que somos novios me tratas así, ni pensar quiero lo que será cuando estemos casados.

—Ésa tiene la cabeza a pájaros y se va a quedar para vestir santos.

—Pero mientras tanto habrá vivido la vida.

—Y ¿qué es para ti vivir la vida?

—¡Yo qué sé, Máximo! Salir... Salir a bailar de vez en cuando, coger un coche e ir a merendar a La Floresta o a San Cugat, tomar café en un sitio elegante como el Novedades… no aquí, en La Mina, que si te toca la mesa del fondo hueles toda la tarde a *meaos*.

Máximo se mosqueó.

—¿Qué tiene de malo este lugar? Y ¿qué coño sabes tú del Novedades?

Amelia se dio cuenta de que había errado el tiro y corrigió el viaje.

—¿Crees que soy idiota? Una sabe leer. Y precisamente porque no voy me gusta saber cómo son los sitios elegantes adonde va la gente con posibles… ¿O acaso es lo mismo el Arco del Teatro que el Paseo de Gracia?

—¡Asquerosos burgueses, son como sanguijuelas que viven de chupar nuestra sangre proletaria!

—Esa gente a la que tú odias porque no eres como ellos.

—Los odio porque los conozco. —Máximo alargó la mano mutilada—. Me deben esos tres dedos, y ¡por Dios que me los he de cobrar!

—Tú sabes que todo está escrito; de no ser en casa Ripoll, los habrías perdido en otro sitio. De momento te han dado como inútil total y te has librado de ir a Cuba. El odio te reconcome, Máximo. Nunca serás feliz y, lo que es peor, no dejarás que los que estén a tu lado lo sean.

—No, si al final según tu teoría aún debería darles las gracias…

—Mira, Máximo, vamos a dejarlo un tiempo y te lo piensas bien. Escoge: o tu guerra o yo.

Máximo se la quedó mirando.

—No entiendes que esta guerra es por ti, mejor dicho, por nosotros. No entiendes que vivir de rodillas no vale la pena. No entiendes que un hombre vale igual que otro hombre.

—El que no entiende nada eres tú, que no quieres enterarte de que en este mundo no podemos ser todos iguales, de que siempre habrá ricos y pobres y de que el que no sabe aceptar su condición es un amargado.

Máximo la miró con desconfianza.

—Tú has conocido a alguien que te ha comido el tarro.

Amelia, al verse sorprendida, se engalló y se defendió atacando. Entonces, sin poder remediarlo, comparó aquella tarde con la que había pasado con Alfredo Papirer, cuando entre bromas y música se había sentido como una auténtica reina.

—Máximo, ¡que te den por donde amargan los pepinos! Vete

con tus amigos y arregla el mundo, y por las noches, si no lo has logrado, te lames las heridas.

—Me sacas de madre, Amelia.

La muchacha se levantó.

—¿Sabes lo que te digo? ¡Búscate otra que te aguante! Cuando hayas quemado Barcelona, alimentado a las masas hambrientas y destronado a la reina regente, ven a buscarme. Si es que esperas encontrarme, ¡es que te has vuelto loco!

33
El Ramillete

La cabeza de Papirer era un horno a presión. Nada había que más le molestara que tener muchas compuertas abiertas, y en aquellos momentos sentía que le entraba agua por todas partes. Había que tomar decisiones urgentes; tenía lo que él llamaba «el desván desordenado». El servicio de su patrocinador era exigente; Germán era imprevisible y, por más inconveniente, inmediato. Si a las tres de la tarde se le ocurría algo y le enviaba un recado por medio de un propio, a la media hora debía estar dispuesto y en el punto acordado. Por otra parte, aunque poco le importara, el humor de su madre se había tornado insoportable; bien es verdad que tenía prácticamente ocupado el pequeño piso con los cachivaches propios de su nuevo oficio, que invadían todos los rincones: dos máquinas de fuelle, tres antorchas para el magnesio, dos trípodes, gavetas de revelado y un sinfín de frascos llenos de líquidos imprescindibles para el desempeño del arte de la fotografía. Los gritos de la mujer eran diarios y se sabía de memoria las frases: «¡Quita eso de ahí, un día me voy a matar!», «¡En vez de amontonar trastos, mejor harías de llegarte por las mañanas a la carnicería y echar una mano!», «¡Ya me lo decía tu tío Cosme: "No vas a hacer carrera de este zángano, y malditas sean las pesetas que te dejé para que no fuera a Cuba"!»; en conjunto, un prodigio de amabilidades.

El día tan esperado era el siguiente miércoles. La fecha de su segunda cita con Amelia se echaba encima, y para ese día debía tener sus cosas arregladas por si caía la breva. Lo primero que necesitaba era un lugar adonde llevar a la muchacha en el supuesto de que quisiera ir de buen grado y no precisara del manido recurso del champán. No le parecía apropiado un cuartucho miserable en cualquiera de los lugares que tan bien conocía, ni quería despertarse en un lugar deprimente para cuando se fueran los efluvios etílicos. Ésa era una urgencia que debía solventar de inmediato. En segundo lugar, estaba su otra cita que él tildaba de «negocios»; algo en su interior le decía que el conocimiento de la tal Pancracia Betancurt podía rendirle pingües beneficios, y asimismo que su encuentro en El Ramillete podría contribuir a resolver su primer problema.

Alfredo se vistió con su mejor terno, se lustró los zapatos, tomó su gabán y un bombín inglés de buena factura —heredado como casi siempre de Germán—; como de costumbre, observó en el interior de este último la redonda etiqueta donde podía leerse «Sastrería Modelo – Pantaleoni Hermanos», y pensó que algún día, si sus proyectos resultaban, vestiría siempre allí.

Salió a la calle y por las rutas que tan bien conocía al cabo de media hora estaba en el n.º 32 de la calle Robador, junto al Arco del Teatro. El edificio era viejo, y su fachada, vetusta y desconchada. A ambos lados del portal había sendas tiendas bajo dos balcones; sobre la de la derecha rezaba un rótulo: EL RAMILLETE, y ligado con alambres en la barandilla del balcón del primer piso, otro en letra inglesa blanca sobre fondo negro: SOCIEDAD MABILLE. Alfredo Papirer apenas tuvo tiempo de esperar. En sentido contrario, por la misma calle, avanzaba Pancracia Betancurt; al principio le costó reconocerla, pues la imagen que Alfredo tenía de ella en la cabeza era la del primer día, y la mujer que se dirigía hacia él nada tenía que ver con algo que fuera un traje negro y un cabello recogido en un moño. Llevaba el pelo suelto, una atrevida blusa escotada en pico, un mantón de Manila sobre los hombros, colorete en las mejillas, carmín en los labios y los ojos exageradamente pintados de negro. Ella, por lo visto, lo reconoció al instante, ya que su gesto con el abanico fue como un saludo.

—¿Hace mucho que esperas? ¡Creí que no iba a llegar! Ayer me acosté tarde porque tuve que acompañar al Liceo a mi «caballo blanco», y esta mañana me he levantado y no he tenido tiempo ni de lavarme la cara.

La desvergüenza de aquella mujer asombraba a Alfredo y le impedía clasificarla.

—Hemos llegado casi a la vez.

—Pues venga, vamos a lo nuestro, que el tiempo apremia y tengo mucho que hacer.

La mujer empujó la puerta de El Ramillete y entró decidida. Alfredo fue tras ella, y apenas el eco de la campanilla se había apagado cuando la mujer, ya en el mostrador, en un tono confianzudo que denunciaba su asiduidad, ordenaba al tabernero:

—Nicolás, a mí lo de siempre. —Y volviéndose hacia Alfredo—: ¿Qué quieres tomar?

—Lo mismo que tú, da igual.

La mujer lo miró con sorna.

—No creo que te siente bien.

—¿Por qué? ¿Qué es lo que tomas?

—Un doble de absenta con picón a palo seco.

—A esta hora para mí es realmente excesivo, prefiero una cerveza.

El tabernero sirvió las dos consumiciones sobre la mugrienta barra. Cuando Alfredo iba a pagar, la Betancurt lo contuvo sujetándole el brazo.

—Deja, la primera vez invito yo, pero ¡no te acostumbres!

Luego, tomando cada uno su vaso, se dirigieron a uno de los pequeños barriles que hacían el servicio de mesas y se acomodaron en sendos taburetes.

Antes de comenzar a hablar, Alfredo miró a uno y otro lado. Clientes habituales y cada uno iba lo suyo: dos carreteros; un cobrador del tranvía; al fondo, una pareja compuesta por un proxeneta y una mujerzuela que estaban pasando cuentas; también una mujer que, con una escoba y un recogedor, intentaba limpiar el suelo de serrín, colillas y otros desperdicios.

—Cuando te he visto llegar casi no te he reconocido. No pareces la del otro día; estás... distinta.

—¡Hay que saber estar! Depende siempre del lugar y el momento; la vida es un carnaval, y cada situación requiere un disfraz. He tenido una velada agitada y no me ha dado tiempo de cambiarme. —Luego lo observó de arriba abajo con un punto de ironía—. Sin embargo, debo decirte que en este lugar todavía llamas tú más la atención; vas demasiado bonito. La próxima vez, cuida más tu aspecto.

Alfredo hizo el gesto de ocultar el bombín instintivamente.

—Bueno, dejémoslo ahí y vayamos a lo nuestro. Explícame tus cuitas y yo te diré si me interesa el negocio.

—Vamos por lo primero. Si no recuerdo mal, me dijiste el otro día que tenías varios domicilios.

La mujer se puso en guardia.

—¿Qué te importa eso a ti?

—¡No te alarmes! A mí se me da un higo. Pero si tienes alguno en condiciones y decente, me gustaría alquilártelo alguna tarde o noche.

—¿Es para llevar a alguna dama?

—Eso mismo.

—Puede ser que lo tenga, pero necesito saber el día y la hora… y el tiempo que vas a ocuparlo.

—Eso te lo diré en su momento. Ha de ser un sitio decente con un portal digno.

La Betancurt meditó unos momentos.

—Tengo una buhardilla muy bien apañada en Blasco de Garay. El dueño está ausente y es amigo mío. Yo me ocupo de arreglársela porque en los bajos del edificio tengo un pequeño almacén, ése sí es mío; antes era una tienda de ultramarinos con la vivienda detrás, está en la esquina de Marqués del Duero.

A Alfredo se le prendió una luz.

—¿Lo tienes desocupado?

—Oye, ¡estás preguntando mucho! Dime el día, la hora y el tiempo que ocuparás la buhardilla; yo te diré lo que te voy a cobrar, y cada mochuelo a su olivo.

—Espera, no te precipites. Si tienes el almacén desocupado podría proponerte un negocio.

Pancracia se echó al coleto un sorbo de absenta, chasqueó la lengua, achinó los ojos y preguntó:

—Pongamos que está desocupado. ¡Explícate!

—Verás, la otra tarde me dijiste que me veías pasear por el barrio con una máquina de hacer fotografías.

—¿Y…?

—Que ese negocio necesita espacio y tengo a mi madre desesperada.

—Es un buen trabajo y tiene futuro. ¿Qué quiere tu madre?

—Su casa es muy pequeña, y como no me caben las cosas, lo tengo todo por en medio. Además, yo no quiero ser un fotógrafo callejero con el trípode puesto en Colón para retratar paletos, soldados y niñeras; quiero tener mi estudio.

Los ojos de la mujer comenzaron a reflejar interés.

—¿Quieres retratar parejas de novios con ella sentada en una silla, él detrás de pie con la mano en el hombro de la esposa y en la esquina una columnita con un jarrón de flores?

—También, ¡por qué no! ¿Qué tiene de malo?

—Tiene de malo que es perder el tiempo. Hay mejores cosas para retratar… Si me quieres de socia, te propongo algo.

Alfredo la interrogó con un silencio preñado de dudas. Aquella mujer lo desconcertaba.

—Tú pones tu arte, la máquina y todo lo necesario para hacer los retratos, y yo pongo el local y los modelos y me arriesgo a correr con la mercancía.

—Ahora el que no entiendo soy yo.

—Es muy fácil: hombres y mujeres fornicando, y niños y niñas desnudos; ése es el negocio, ahí hay mucho dinero. Tú haces las placas y yo las vendo.

—Pero eso está perseguido y puedes ir a la cárcel.

—Si te cogen, pero si no, en tres años puedes estar viviendo en la Costa Azul como el marajá de Kapurtala.

Alfredo Papirer vio una luz al final del oscuro túnel de su vida. Se acabó el tener que estar todo el día dando jabón a Germán y haciéndole la pelotilla; se acabó el heredar ropa usada y el andar husmeando en la caja de latón donde su madre guardaba el dinero. Iba a poder vestir en El Siglo o en la sastrería Modelo; podría ir a los restaurantes de lujo sin tener que mirar la cuenta, y los domingos acudir al hipódromo de Can Tunis y apostar por el caballo que le diera la gana sin sentir aquella angustia que le atenazaba la garganta cuando su potro llegaba el tercero. Alfredo Papirer alargó la mano sobre el barril y pronunció la frase que iba a cambiar el rumbo de su vida.

—Choca esos cinco, socia, ¡soy tu hombre!

34
La bomba

Al llegar a casa, como de costumbre comenzaron los problemas. Aunque evidentemente cada cual tenía los suyos, Práxedes, además de los propios de su estatus, como era la dirección de la fábrica de complementos de piel y la importación y exportación de tabaco elaborado y puros habanos de la isla de Cuba, debería lidiar con la problemática de los obreros a los que el movimiento anarquista encrespaba contra los patrones, con la rivalidad de Claudio López en el Comité de los Ocho debido a que el prócer, según Práxedes, había intentado capitalizar el éxito de la ya finalizada Exposición Universal que en parte era suyo y, por si fuera poco, con la desidia de su hijo mayor, al que cada día comprendía menos. Aquel mediodía Práxedes estaba realmente satisfecho. Fuera para celebrar su regreso o fuese que en su ausencia su hijo Germán hubiera decidido cambiar de actitud, el caso era que a la hora de comer iba a estar reunida toda la familia. La única verdad era que doña Adelaida había ejercido a fondo de madre y exigido a su hijo mayor que aquel viernes, sin falta ni excusa, se sentara a la mesa con su padre. A Antonio no hacía falta decirle nada; él siempre cumplía, más aún si se trataba de dar gusto a su madre.

El comedor lucía como siempre; en la mesa: mantel de lino, vajilla de Sèvres y cubertería de plata; el servicio, impecable: Saturnino, el criado, con chaquetilla corta listada a rayas verticales granates y negras, y las camareras, Teresa y Carmen, de azul marino con delantal blanco almidonado, guantes y cofia.

Adelaida estaba feliz; su marido y su hijo no habían discutido en toda la comida. Los temas tratados fueron diversos e infrecuentes; Germán pareció interesarse por el viaje a Portsmouth, y aunque Práxedes le ocultó la verdadera finalidad del mismo, todo sonó a una ampliación del negocio y a que se había cansado de pagar fletes, por lo que había decidido comprar un barco que podía ser origen de otro negocio.

Iban ya por el postre —las muchachas, dirigidas por Saturnino, se movían como diligentes abejas, cambiando servicios y poniendo platos—, cuando una terrible explosión sonó bajo sus pies. Las dos claraboyas más alejadas del terrado saltaron por los aires y el suelo tembló. Carmen, que llegaba con el pastel de nata, cayó al suelo, y los otros sirvientes tuvieron que agarrarse al gran trinchante para no hacer lo mismo. Adelaida se tapó los ojos y comenzó a temblar. Antonio acudió a su lado rápidamente. Práxedes, todavía con la servilleta colgada del cinturón como era su costumbre, y Germán se pusieron en pie.

—¡Ha sido en el despacho, Germán!

Éste masculló, más que habló:

—Han sido esos hijos de puta, padre... Han tardado mucho, yo me lo esperaba hace tiempo.

Y sin añadir nada más partió raudo pasillo adelante seguido por Práxedes.

Al salir a la puerta del piso vieron que otros vecinos iban bajando. Práxedes se asomó por la barandilla que daba a la portería. Aquello era un pandemónium: los faroles arrancados de la pared, cascotes por el suelo, la puerta de los bajos de la derecha arrancada de cuajo y todos los pequeños cristales de la garita del portero hechos añicos. Súbitamente asomó por la portezuela de la portería Adoración, la mujer de Jesús, el portero, chillando como una endemoniada, seguida por Florencia, su suegra.

—¡Ay, Virgen santa, que no me lo han matado de milagro!

Un par de vecinos se acercaron para preguntarle lo que pasaba.

—Mi Jesús, que tiene la gripe, estaba en el lavabo, y la claraboya ha caído sobre su cama... ¡Si está allí, me lo mata!

Por el portal iba entrando gente de la calle, y en la acera se iba haciendo un corro impresionante.

Germán y Práxedes, ante la imposibilidad de acceder por el boquete que había dejado la puerta arrancada a causa de la humareda, se dirigieron al bajo de la izquierda, donde se almacenaban los productos importados de Cuba, que por la parte posterior comunicaba con la fábrica de marroquinería. Los empleados del almacén iban saliendo, pálidos, desencajados, sin saber todavía lo que había ocurrido. Los comentarios eran diversos.

—Menos mal que ha sido a la hora de comer; si no, ¡esto habría sido una carnicería!

—Esto no va contra nosotros, sino contra los patronos.

Había algún comentario complaciente.

—No, si éstos saben muy bien lo que hacen.

Germán y Práxedes llegaron a la puerta trasera que unía ambos bajos.

—Padre, usted quédese aquí.

—¿Qué vas a hacer?

—¿Qué cree que voy a hacer? ¡Voy a entrar!

—Puede haber una segunda explosión. Deja que lleguen los bomberos.

—No, padre; voy a entrar. A mí estos cabrones no me asustan.

—Entonces voy contigo.

Ambos hombres se quitaron las americanas y se las pusieron ante la boca; de esta manera, avanzaron a través de la nave hacia la sección de despachos. El escenario era dantesco: la cortadora y la prensa estaban reventadas, y toda la parte del recibidor, el cuarto de los viajantes y el vestuario de personal, destrozados.

De la parte delantera oyeron voces. Por lo visto, habían llegado los bomberos. Una campana sonaba en el exterior, y tres hombres que arrastraban una manguera se divisaban a través de la humareda.

—Vámonos, hijo. Esto es irrespirable y estoy mareado.

Germán vio a Gumersindo Azcoitia avanzando por el pasillo.

—Llévese a mi padre de aquí.

Gumersindo, desencajado como la muerte, cogió por los hombros y la cintura a su patrón, a punto de desmayarse, y lo arrastró hacia el patio trasero del almacén. Aquello estaba inundándose de agua. Seis bomberos apagaban todos los focos de fuego que aún ardían, manejando dos mangueras empalmadas al carro-bomba inaugurado para los fastos de la Exposición y recién traído de París.

Alguien gritó:

—¡La policía, está aquí la policía!

Los agentes, obedeciendo las órdenes del inspector Peláez, iban echando al personal a la calle. El cordón de municipales impedía acercarse a nadie que no fuera una autoridad. Uno tras otro fueron llegando. En primer lugar, tres parejas de la Guardia Civil, y un retén de las Fuerzas de Orden Público y municipales reforzando a las que allí estaban.

Germán compareció por la puerta del almacén con el rostro completamente tiznado por el humo, la mirada perdida, la ropa hecha un desastre, y en el brillo de sus acerados ojos el reflejo de un odio inacabable, buscando entre la gente el perfil de la autoridad. Al fondo de la portería y junto a la puerta de la calle divisó al inspector Peláez, al que conocía de otras ocasiones, dando órdenes a los municipales a fin de que contuvieran a la gente e impidieran el paso de curiosos. Germán apartó de un manotazo a Mariano, el cochero, que intentaba decirle algo, se llegó hasta el inspector y, zarandeándolo por las solapas, le espetó:

—¿Hasta dónde hay que llegar, inspector, para que la policía mueva el culo? ¿Es que estos malnacidos tienen que matarnos a todos para que ustedes hagan algo?

Considerando el grado de excitación de Germán, Peláez le sujetó fuertemente las muñecas y lo obligó a soltarle las solapas.

—Hacemos lo que podemos, señor Ripoll, y acudimos a donde se nos necesita y lo más rápidamente posible, por eso estamos ahora aquí.

Germán estaba desatado y no atendía a razones.

—Pues ¡llegan tarde! Los que ponen las bombas corren mucho más y les ganan la partida. ¡Y a este paso van a cargarse la ciudad, y ustedes llegarán cuando esto sea un solar!

—Comprendo su estado y me hago cargo de su nerviosismo, pero ahora, señor Ripoll, déjeme trabajar.

Peláez apartó bruscamente a un Germán desaforado y se dirigió hacia el lugar de los hechos.

Tras dos horas de intenso trabajo de los bomberos, la policía pudo entrar para hacerse cargo de los estragos. Poco más tarde, se llevó a cabo una reunión en el despacho de don Práxedes. Estaban presentes en ella, además de Orestes y de Germán, el juez presidente del Tribunal de lo Penal, el señor Viver; el secretario, don Alberto Mercado; el inspector Peláez, y el alcalde de barrio, el señor Castaños. En aquel momento el que llevaba la voz cantante era Práxedes.

—Como comprenderá, inspector, esto es intolerable. Hoy me ha tocado a mí, pero mañana le tocará a otro cualquiera... Y así ¿hasta cuándo?

—Señor Ripoll, la policía hace cuanto está en su mano, pero los medios son los que son y tenemos muchos frentes abiertos.

El que intervino ahora fue Germán.

—¿Hemos de entender, entonces, que están desbordados y que esta partida de canallas les está ganando la mano?

Ahora fue el juez quien tomó la palabra.

—La justicia no ceja, señor Ripoll. Todos los días juzgamos y condenamos a anarquistas; las cárceles de Montjuich y de Reina Amalia están llenas de ellos hasta los topes, pero crecen como la mala hierba. Además y por desgracia, entre los jóvenes obreros desencantados que están en el paro adquieren una aureola de héroes y creen que con estas acciones van a acabar con el sistema.

—Querido juez, a este paso lo van a lograr —afirmó Orestes, quien hasta aquel momento no había intervenido.

El señor Castaños, el alcalde de barrio, que regentaba un estanco al que proveía de labores la empresa de los Ripoll, se sintió obligado a intervenir.

—Creo que en el fondo son ustedes afortunados. Las pérdidas únicamente han sido materiales; por fortuna, nadie ha sufrido daños.

Práxedes se volvió, airado.

—No hable por boca de ganso, Castaños. Como supondrá, tenemos aseguradas nuestras empresas, y en este momento lo menos importante es lo material. Pero voy a elevar mi queja al gobernador. En esta ciudad no se puede vivir; hoy somos los fabricantes, mañana serán los teatros y los locales públicos, y las víctimas finalmente serán hasta los niños.

—Ya se lo he dicho muchas veces, padre, y perdone la expresión: las patadas en los testículos son de dos clases, de vas o de vas o vienes; las segundas se meditan. Como usted comprenderá, si no pasamos a la acción y hacemos algo, esos malnacidos van a apoderarse de esta ciudad que tanto nos ha costado hacer crecer y que tanto debe a los malhadados burgueses que tanto odian.

Peláez aprovechó la ocasión.

—Señor Ripoll, si consigue usted que el señor gobernador atienda mis indicaciones y me provea de los medios necesarios que tantas veces le he solicitado, le aseguro que el día que me den una medalla se la pasaré a usted.

—Tenga usted la certeza de que esto no va a quedar así. Mañana solicitaré audiencia, y le aseguro a usted que no acudiré solo. El malestar y la inquietud entre los fabricantes y los comerciantes de esta ciudad es una marea que crece día a día; a la que yo alce la voz, el número de personas que acudirá al Gobierno Civil no va a caber en el salón de reuniones.

—¡No sabe usted cuánto me place oír eso! Y ahora, señores, si son tan amables, me gustaría tener un cambio de impresiones con don Germán a nivel policial. He de iniciar la investigación, para lo cual me hace falta conocer los nombres de obreros sospechosos, de cabecillas de grupo, de los despedidos últimamente y, asimismo, de aquellas personas que pudieran tener motivos de venganza o de rencor hacia esta casa.

La reunión se disolvió. En el reloj del convento de los Ángeles sonaban las ocho. Peláez y Germán quedaron frente a frente; el inspector extrajo con parsimonia una libreta con tapas de hule de su bolsillo y comenzó su interrogatorio pacientemente.

—Veamos, don Germán, quiero que se concentre. Voy a hacerle algunas preguntas que a lo mejor cree usted que son una pérdida de tiempo, pero créame que no es así. A veces algo muy sutil que en principio parece carecer de importancia es la punta del hilo que, tirando de él, deshace el ovillo.

Germán, que ya había dado rienda suelta a su ira, se dispuso a colaborar.

—Sepa excusarme, inspector, mi intervención de esta tarde no ha sido la más afortunada.

—No tiene importancia, estamos acostumbrados. El ciudadano paga sus impuestos y tiene, por tanto, sus derechos, y me hago cargo de que su estado de ánimo ante el estropicio de hoy no era el más idóneo para cortesías.

—Disponga de mi tiempo. Como usted comprenderá, el más interesado en limpiar mi negocio de elementos indeseados soy yo mismo.

—Muy bien, don Germán, comencemos. Quiero que no se ciña

exactamente a mis preguntas. Si al hilo de una de ellas algo le trae un recuerdo a colación o despierta en usted la memoria de alguna intuición que pudo tener al respecto de algo o de alguien, le ruego que no lo obvie.

—Dispare, inspector; soy todo suyo.

Peláez se retrepó en su silla, cruzó las piernas y comenzó.

—Es evidente que se les ha ido la mano y que únicamente pretendían darle un aviso.

—¿Por qué dice eso?

—En primer lugar, por la hora escogida. Está claro que no querían causar víctimas, pues lo contrario les echaría encima la masa obrera. Y digo que se les ha ido la mano porque para ser un aviso ha habido demasiado destrozo.

—¿Qué quiere decir?

—Cuando quieren conseguir algo de algún patrón acostumbran destruir algo muy concreto, un despacho o un cuarto de archivos; en resumen, no se exceden como han hecho hoy. Y dígame, don Germán, ¿cuántos hombres tiene usted con capacidad para influir en los demás?

Germán meditó unos instantes.

—Vamos a ver... No más de tres. Nicomedes, el segundo jefe de Almacén, es uno de los más veteranos; yo ya lo habría echado a la calle, pero mi padre, que está chapado a la antigua, no me lo permite. Luego está Roberto, el segundo jefe de Expediciones; es un hombre agrio y descontento. Finalmente está Máximo Bonafont, que era cortador y ahora lleva un carro; mi padre lo tiene por caridad, pues perdió tres dedos en una máquina. Ése es el que calienta al personal, estoy seguro de ello.

Peláez alzó las cejas significativamente.

En aquel instante alguien llamó a la puerta con unos golpes discretos.

—Pase —autorizó Germán.

—Con permiso. —El subinspector Colomer, ayudante de Peláez, era el visitante.

—¿Qué hay, Colomer?

—He recopilado unos datos que creo, señor, pueden ser de interés.

—Soy todo oídos, Colomer.

—Algo muy extraño, señor... La puerta reventada ha saltado con los pasadores de acero corridos, de lo cual se infiere que estaba cerrada. En el exterior no había ninguna otra puerta abierta; tanto la del almacén como la de carga y descarga estaban cerradas a cal y canto. Únicamente estaba abierta una trampilla por la que sólo podría pasar un chicuelo; por allí no pasa un hombre ni, creo yo, puede meterse la bombona que ha causado el destrozo.

—¿Están reunidos los del turno de la tarde? Quiero hablar con ellos.

—Todos están en el almacén del otro lado.

—¿Falta alguno?

—Hay una baja por enfermedad y falta un obrero, un tal Bonafont, carretero de reparto, que hoy está en Sabadell.

Peláez se dirigió a Germán.

—¿No es ése el tal Máximo?

—Ése es.

—Entonces hágame el favor de ordenar que le entreguen al subinspector Colomer la lista de las fábricas o los almacenes que tenía que visitar ese hombre. Y usted, Colomer, compruebe si lo ha hecho. Quiero saber dónde estaba el pájaro cada minuto de esta tarde. Algo me dice que tirando de ese hilo se deshará la madeja.

35
Chismorreos

Una vez que el impacto de la explosión de la bomba fue desvaneciéndose lentamente, Práxedes encargó con premura otra máquina cortadora, por cierto más moderna, para no tener ociosos a los trabajadores a fin de no retrasar los pedidos pendientes.

Su idea era mantenerse firme y no dar sensación de amedrentamiento y, mientras la policía encontraba al culpable, aparentar una tranquilidad absoluta, como si nada hubiera ocurrido.

Pero, desgraciadamente, sí había ocurrido, y su corazón rezumaba grandes dosis de rencor acumulado y una creciente preocupación. La consecuencia fueron dos sensaciones; la primera, unos ligeros pinchazos bajo el pecho, y la segunda, un cosquilleo en la mano izquierda; sin embargo, se negó a darles la más mínima importancia.

De todas formas, Práxedes compadecía mucho más al buenazo de su cuñado Orestes, quien, amén de todo lo suyo, tenía que soportar en su propia casa las ausencias mentales de Renata, quien cada día que pasaba estaba más y más ida.

Doña Adelaida de Ripoll estaba de acuerdo con su marido. Su

hermano no tenía manera de evadirse; no como ella, que aquella misma tarde iba a salir con su amiga Hortensia Lacroce. Asistirían al estreno que presentaba el teatro Romea, *Lo pare conveniencias*, comedia original del autor Ferrer y Codina. Puesto que era una obra bufa, a ella ni se le ocurrió decir a Práxedes si quería acompañarla; a su marido le gustaba la ópera y, además, desde el infausto día en que se atrevió a sugerir que tal vez Antonio tuviera vocación, evitaba dirigirle la palabra por no tocar el tema, culpándole de aquel cataclismo familiar. De cualquier manera, entendía que aquello era una crisis pasajera, que Práxedes reconsideraría su actitud y que la decisión de su hijo sería una bendición pasado el tiempo. Doña Adelaida mataba el suyo entre sus devociones religiosas, sus veladas musicales, los estrenos de teatro que tanto la complacían y las charlas con sus amigas. Hortensia Lacroce era una de ellas. Era francesa, estaba divorciada de su primer marido y casada por lo civil en segundas nupcias con el agregado cultural del consulado de su país, y se había educado en París en un colegio laico; estaba muy lejos de los esquemas cerrados de la vida de doña Adelaida, pero la divertía mucho y era una gran compañera, viajada y muy culta, y con un sentido del humor totalmente europeo.

—Querida Adelaida, ¡créeme que cada vez entiendo menos a los españoles! —dijo con aquel peculiar acento que tanto la divertía—. La honra de una mujer puede considerarse, en algún caso, como si fuera el fin del mundo. De no interesaros en la política, intentando ocupar un lugar en el Parlamento, y de no luchar por un lugar semejante al del hombre, siempre seréis para ellos como niñas o, aún peor, como un juguete que se toma y se deja a capricho. Llevo años aquí, pero no me acostumbro. Sois diferentes, los catalanes menos, pero sois diferentes. Un europeo jamás se pondría delante de un toro para morir, y aquí la gente va a la plaza por ver si el toro coge al torero. El otro día en una tertulia oí comentar que si en España se embolaran los toros no iría nadie a la plaza. Desde luego, y no lo digo por ti, admito que Europa empieza en los Pirineos.

Aquella cantinela de Hortensia, Adelaida ya la había oído otras veces y, en ocasiones, todavía más exagerada. Cuando salía con ella lo hacía sola, pues la francesa era una mujer difícil de encajar en grupo alguno; podía defender el amor libre o que la mujer llevara la ropa suelta y sin ninguna clase de protección debajo. Hortensia era así.

—¿Quieres que tomemos algo antes de regresar a casa?

—Me encantará. Cuanto más tiempo esté contigo, menos tendré que aguantar al pelma de Henri. Antes por lo menos era muy francés haciendo el amor, y eso me compensaba; ahora es típicamente francés para todo lo demás menos para eso, y, como comprenderás, se ha vuelto insoportable. ¡Los sesenta son una mala edad!

Anteriormente, Adelaida se escandalizaba con semejantes salidas de tono; ahora no solamente no lo hacía, sino que admiraba a aquella mujer que sabía ocupar su lugar sin depender de los hombres.

Al lado del Romea, en la calle Petritxol, había una granja muy visitada por las señoras de la alta burguesía barcelonesa donde se despachaba un chocolate excelente.

—¿Te parece que vayamos a La Catalana?

—Donde tú quieras me parecerá estupendo.

Adelaida se cogió del brazo de su amiga, y las dos atravesaron el tránsito de las Ramblas para dirigirse a la plaza del Pino y desde allí a Petritxol.

El local estaba concurrido, como de costumbre, pero al fondo del mismo quedó libre una de las mesas de mármol características del lugar. Ambas se acomodaron, y después de pedir un suizo y un chocolate —por descontado con melindros—, se dispusieron a proseguir su charla. Hablaron de mil cosas, de la Exposición, del país, de las colonias de ultramar, de la fiesta de las debutantes que iba a celebrarse en la mansión del barón de Maldá, que estaba en la otra esquina.

—¿Dónde tienes a Práxedes?

—Casi no lo veo. Desde que fue miembro destacado de la Exposición Universal lo reclaman en todo tipo de comités. Además, ya te hablé del atentado que padecimos en la fábrica de maletas, ¿no? Pues bien, ha tenido problemas con el seguro; las compañías son muy proclives a cobrar, pero no tanto a pagar. El motivo del viaje a Inglaterra también acapara su tiempo, siendo como es una nueva aventura mercantil. En fin, ya puedes suponer.

Adelaida se preocupó de ocultar el auténtico motivo por el que Práxedes únicamente paraba en casa para dormir, pues conociendo el declarado anticlericalismo de Hortensia, suponía cuál sería su comentario si le hablaba de la decisión de Antonio de entrar en religión.

—¿Y cómo está tu cuñada Renata? Hace mucho que no la veo.

—Mal, está mal. Cada día le cuesta más salir de casa. Mi hermano Orestes sufre mucho.

—¡Lástima de hombre! Es bueno y, ¡por qué no decirlo!, muy rico. Unas encuentran lo que no merecen y otras que lo merecemos no lo encontramos. A ver si se establece el divorcio de una vez en este complicado país, y la Iglesia deja de meterse en la vida de hombres y mujeres, lo cual, por otra parte, dado su celibato poco les compete.

En esto andaban cuando súbitamente entró por la puerta la viuda Llobatera, acompañada de una joven criada a la que dejó junto a la entrada cargada de paquetes, en tanto ella se acercaba al mostrador donde se despachaban todos los productos derivados de la leche.

Casi al tiempo que Adelaida divisó a la viuda, ésta asimismo la vio a ella. Adelaida se sintió atrapada entre dos frentes; de una parte, sabía que Hortensia era un personaje difícil de encajar, pero temía la famosa incontinencia verbal de la Llobatera. De cualquier manera ya había llegado tarde, pues la viuda, con una sonrisa estereotipada, se acercaba lentamente a la mesa excusándose por los posibles inconvenientes que proporcionaba a los parroquianos el roce de su anticuado polisón.

La fortuna vino en ayuda de Adelaida, pues Hortensia asimismo avistó simultáneamente a la incómoda viuda y, poniéndose en pie, se explayó.

—Perdóname, Adelaida, pero no la aguanto. Me parece que viene a por ti.

—¿La conoces?

—De una fiesta en la embajada de Italia. ¡Es lo más metomentodo que he conocido! Yo pago el chocolate. La semana que viene nos buscamos para ir al nuevo teatro de la Gran Vía.

Y sin añadir nada más, Hortensia Lacroce tomó su bolso y su manguito, que estaban en la silla de enfrente, y sin dar tiempo a Adelaida a replicar se dirigió a la caja.

La Llobatera, no sin arduos trabajos, llegó hasta la mesa que ocupaba Adelaida.

—Buenas tardes, doña Adelaida. ¡Qué gusto encontrarla aquí! Hace ya días que deseaba verla, y a punto he estado de enviarle recado. ¿Ha estado usted de viaje? Lo digo porque no la he visto ni por el Liceo ni por Casa Llibre, en fin, por los sitios en los que comúnmente acostumbraba encontrarla. ¿Su amiga no es la mujer del agregado cultural del consulado de Francia? ¿Me permite que me siente?

Adelaida no tuvo más remedio que aceptar la compañía. La verborrea de la Llobatera era incontenible, y se dispuso a responder a la torrentera de preguntas de la viuda.

—Sí, es Hortensia Lacroce, buena amiga mía. Cuando usted llegaba ella ya se iba. Por otra parte, no me extraña que no nos hayamos encontrado; he estado de viaje.

La viuda se había acomodado en la silla que había dejado Hortensia y tras pedir una horchata preparó sus armas para el ataque.

—¡Qué bonito es viajar! ¿Y por dónde ha ido?

—Hemos estado en Inglaterra.

—¿Negocios?

—Yo no. Ya sabe, los hombres… He acompañado a mi marido, que tenía diligencias que despachar en ese país.

—Y usted se ha dedicado a hacer compras.

—Más o menos.

—¡Dichosa usted! En estas ocasiones es cuando más echo de menos a mi querido Félix. París, Londres, Berlín… ¡qué tiempos aquellos! Yo, ¿sabe usted?, siempre lo acompañaba.

—Yo lo he hecho siempre que he podido. Claro está que cuando los hijos son pequeños es más complicado porque te atan mucho.

La viuda suspiró ostensiblemente.

—Yo, como no tuve hijos, lo hice siempre.

—Los hijos son una bendición.

—Y también una fuente de preocupaciones.

—Pero compensa.

—No sé, no sé… Yo en la vejez me he vuelto egoísta. Según dicen mis amigas, el cordón umbilical no se corta nunca; cuando pequeños porque son pequeños, y cuando crecen porque cometen disparates y siempre hay que acudir con la botella de árnica. ¿Por un casual no iría usted de viaje con su hermano y su cuñada?

—Orestes vino con nosotros. Mi cuñada, no sé si usted lo sabe…

—La pobre… ¡cómo lo siento! Es vox pópuli, toda Barcelona habla de ello. Su pobre hermano… ¡Eso sí es una cruz! Don Orestes tiene todas las desventajas del casado y las del viudo; ella debe de ser como un cero a la izquierda. Y no estando él, todo se entiende…

Adelaida, a pesar de su talante pacífico, se puso en guardia, conociendo el telar donde se urdía el estambre.

—¿Qué es lo que se entiende?

—Bueno, pues… Yo no querría meterme en lo que no me compete, pero, ya se sabe, ¡en ausencia del gato los ratones bailan!

La Llobatera ya había destilado su veneno.

—Señora mía, créame que no la entiendo. ¿Qué quiere decir con eso de que en ausencia del gato...?

—¡No me dirá que no lo sabe! Es la comidilla de toda Barcelona.

—Le ruego que me hable claro y que no se ande con circunloquios.

—Bueno, fue hace dos semanas. Serían las ocho menos cuarto de la tarde, o mejor de la noche, en Marqués del Duero frente al teatro Español. Estaba su sobrina Candela en ese coche tan único que tiene su marido, tomando un helado y riendo alegremente en compañía de un joven... y ¡sin su institutriz u otra persona adulta que cautelara su honor de hija de familia decente!

Adelaida no podía creer lo que estaba oyendo.

—¡No es posible! Quien tal diga o miente o se equivoca.

—Perdone, doña Adelaida, ¡la vieron estos ojos que se han de comer los gusanos! Y por supuesto la vio más gente, por lo pronto toda la que salía del teatro.

Adelaida se empecinó.

—Insisto, se equivoca usted.

—Nada me complacería más que equivocarme, pero... ¿No se llama Silverio ese moreno que hace tiempo trajo de Cuba su marido?

—Así se llama uno de nuestros criados.

—Pues ése era el que conducía el cochecillo.

A Adelaida le faltó el aire.

36

Interna

La denuncia de la viuda Llobatera fue motivo suficiente para que Práxedes Ripoll volviera a dirigir la palabra a su mujer.

Adelaida llegó a casa descompuesta, a tal punto que su esposo, al ver la cara que traía, no tuvo otro remedio que preguntar:

—¿Qué sucede, te encuentras mal?

Adelaida, entre jadeos y golpes de abanico, le explicó lo sucedido. A Práxedes se le descolgaron los quevedos, que quedaron pendientes de la leontina sobre su chaleco.

—¿Está segura esa mujer de lo que dice?

—Se ha reafirmado en ello por activa y por pasiva.

—¿Te ha dicho quién era el galán?

—De haberlo sabido, me lo habría dicho. Lo único que afirma es que reconoció tu coche y que quien lo conducía era Silverio.

—¿Has hablado con Orestes?

—Ni con él ni con Renata, que creo que también tiene derecho a ser informada.

Práxedes respondió, displicente:

—Ella da igual; cada día se entera menos de las cosas.

—Pero es su madre, y aunque tiene días que parece que todo le es ajeno, creo que el tema es de tal calado que mi obligación es comunicárselo.

—Está bien, procedamos con orden. Yo me ocupo de Orestes, tú habla con Renata y a Silverio déjalo de mi cuenta. El tema es de tal enjundia que nos reuniremos mañana a las seis y media. Antes tengo una reunión importante; si no la he acabado, comenzad sin mí.

Pero Práxedes terminó a tiempo la reunión. Candela era hija única y, por tanto, única heredera de su cuñado y socio Orestes. La fortuna de éste y su firma eran de tal importancia que los negocios de ultramar, la fábrica de maletas y su crédito bancario para conseguir la compra del barco, todo dependía de él, y si algo le ocurriera, y dada la salud de Renata, entonces todo dependería de Candela cuando ésta alcanzara la mayoría de edad. Así pues, para Práxedes era de capital importancia controlar a todos los moscones que se acercaran a su sobrina.

La reunión fue en el despacho de Orestes. Práxedes había hablado con él por la mañana, tras hacerlo con Silverio. Su cuñado echó la culpa a su hermana en cuanto supo quién era el galán de aquel infausto día. Renata, que se enteró de lo acontecido por Adelaida, no hizo comentario alguno; se replegó en sí misma como acostumbraba, pero sin embargo quiso acudir a la reunión.

Cuando los cuatro estuvieron reunidos hicieron llamar a Candela. Ésta supo que algo grave había ocurrido o iba a ocurrir en cuanto entró en el despacho, situación anómala ya de por sí solemne, y vio el rostro de los componentes de la asamblea.

—Buenas tardes, tía Adelaida y tío…

—Siéntate, Candela.

La voz de su padre, por lo común siempre cariñosa, la reafirmó en su pensamiento. La muchacha ocupó el centro del gran sofá, y un silencio se abatió sobre el cenáculo.

—¿Tienes algo que decir?

Candela dudó unos instantes.

—¿Al respecto de qué?

—No añadas el cinismo a tu desvergüenza.

—No le entiendo, padre.

Adelaida intervino, conciliadora.

—Al respecto de la semana que estuvimos en Inglaterra.

Candela palideció. En aquel momento supo con certeza por dónde iban los tiros. Bajó la cabeza y guardó silencio, dispuesta a afrontar el temporal.

—¿Eres consciente de la gravedad de tu acto?

Ahora era Práxedes el que preguntaba.

Candela se armó de valor.

—Dar una vuelta por Barcelona con alguien que la conoce bien no creo yo que sea un acto para rasgarse las vestiduras.

Su padre exclamó:

—¡Una señorita de casa bien no sale con un cualquiera, y menos aún a escondidas de sus padres!

—Yo no quiero vivir en una jaula, aunque sea de oro.

—¿Y por eso has de poner en ridículo a toda tu familia?

—Tío Práxedes, que yo salga una tarde con alguien para conocer mi ciudad no creo que sea un delito.

Orestes, airado, intervino de nuevo.

—Con mi permiso y según con quién, ¡desde luego que no! Pero con quien saliste, a donde fuiste y con el agravante de aprovechar mi ausencia, ¡es peor que un delito! Has defraudado mi confianza.

—Con todo el respeto, padre, pienso que de vez en cuando puedo escoger a alguno de mis amigos y que no sean hijos de los de ustedes.

—A ver, Candela, ¿qué tienen de malo los hijos de las familias que has conocido en esta casa?

—Tía Adelaida, con todo respeto, sé a lo que vienen y por lo que vienen. Si yo no fuera la hija de mi padre, ninguno se habría fijado en mí.

—Te minusvaloras, sobrina.

Orestes cargó contra Adelaida ahora, brusco e intemperante.

—Hermana, no estamos aquí para conciliar puntos de vista. ¡El daño ya está hecho! Si no fueras tan proclive a recibir a gente que no merece tu caridad, no pasarían estas cosas. —Luego se volvió hacia su hija—. No conozco a ese Juan Pedro ni me interesa, pero lo que sí te digo, y a ti también, hermana, es que nadie de esa familia va a pisar de nuevo esta casa.

Práxedes subrayó:

—No sé si lo sabes, sobrina, pèro desde el día de la bomba el hermano de tu caballerete está desaparecido; la policía lo está buscando, y ningún inocente se esconde y abandona su puesto de trabajo, y menos en los días actuales, si no es culpable.

A Candela se le llenaron los ojos de lágrimas. Entre hipos y sollozos intentó hablar.

—Él no tiene ninguna culpa. Yo le pedí que me llevara. Y ¿qué tiene que ver Luisa en todo esto?

Práxedes no pudo contenerse.

—Tiene que ver que es la madre de un asesino y de un sinvergüenza.

Entonces Renata, que no había abierto la boca, habló.

—Hay muchos sinvergüenzas que pasan por la vida representando el papel de gente honrada. Yo no veo que sea tan grave lo que ha hecho la niña. —Luego se volvió hacia Candela—: Hija, ya sé que en esta casa se me tilda de loca, pero voy a darte un consejo: desconfía de todos los hombres, pero cuando escojas al que ha de ser tu marido sigue el pálpito de tu corazón… ¡y déjate de conveniencias familiares!

Tras estas palabras que dejaron perplejos a todos los presentes, Renata se levantó y salió de la estancia. Los tres adultos se miraron, intentando comprender.

—Tu madre está mal, ya lo sabes; sus palabras son un sinsentido. No volverás a ver a ese muchacho, tu tío Práxedes castigará a Silverio y tú entrarás interna en el Sagrado Corazón de Sarriá.

37
Consecuencias

En el altillo de la taberna de Santiago Salvador se había constituido el comité de crisis. Gervasio Gargallo, Matías Cornejo, Paulino Pallás y el propio Santiago eran sus componentes. Frente a ellos Segismundo Claret, más conocido como el Rata, aparecía más disminuido que nunca. Su desmedrada figura era la viva imagen de la miseria, encaramado más que sentado en aquel cajón de madera. Los cargos contra él se acumulaban, si bien estaba dispuesto a defenderse hasta el final, así como también los motivos, lo injusto de su causa y el odio acendrado que profesaba a Máximo Bonafont.

En aquel momento el que hablaba era Paulino.

—Salirse de los carriles comporta siempre fracasos. Tenías unas órdenes concretas y nadie es más que todos.

Ahora el que tomó la palabra fue Salvador.

—Has dejado sin comer a más de noventa compañeros. Quedamos en que se instalaría un petardo que causaría daños limitados y que serviría de aviso, y tú, por tu cuenta y riesgo, has puesto una bomba que ha justificado un cierre patronal de quince días. ¿Quién coño te has creído que eres para desobedecer órdenes y obrar por tu cuenta? La carga estaba calculada al milímetro; en esas cosas Momo el Relojero es exacto. ¿A ti quién te manda manipular el explosivo?

El mínimo hombrecillo se creció ante, para él, ese injustificado castigo.

—Creí que éramos anarquistas, que nadie daba órdenes a nadie y que la ocasión venía que ni pintada para hacer el máximo daño a los patrones. Es por ello por lo que pensé en aumentar la potencia, ya que era yo el que se jugaba el tipo.

Ahora fue Gargallo el que intervino.

—Tú estás mal de la cabeza, Segismundo, tienes que hacértelo mirar. ¿Qué es eso de que nadie da órdenes? ¿Crees que así se puede funcionar? Aquí manda el comité y la mayoría es la que decide. Se te ordenó algo muy concreto, y tú, porque te pasó por el arco del triunfo, decidiste que todos estábamos equivocados y que tu decisión era la buena. Si corre la voz y esto se sabe, habrás causado un daño irreparable al anarquismo. ¿Cómo crees que la gente encajará que la hayan enviado a casa porque a un tipo se le ha ocurrido cargarse media fábrica?

—Causé daños en las dependencias de los señoritos y en la cortadora, eso fue todo.

—¿Por qué no me dejáis que le llene la cara de aplausos, a ver si este imbécil se entera? —El inmenso Matías Cornejo *dixit*—. Hay gente que sólo entiende las cosas a leches.

—Tú le echas muchos huevos a todo, pero el que entró allí y se jugó los suyos fui yo. Sois una panda de blandos, os va jugar a proscritos y hacer reuniones para arreglar el mundo; en resumen, hablar mucho y hacer poco, eso es lo que os va.

Santiago Salvador, el jefe in péctore del grupo, habló de nuevo. Su voz era un susurro amenazante.

—Te quedas fuera, ¡imbécil! Y no intentes hacer nada por tu cuenta porque se te va a caer el pelo. Tu única oportunidad es ir despacito y por la sombra. ¡Que no me entere yo de que andas socavando la autoridad del comité ni de que vas hablando por ahí de tu hazaña! Desde ahora no se cuenta contigo para nada, ¡eres basura! ¿Lo has entendido?

En aquel momento podía oírse el vuelo de una mosca.

—Está bien. No sois el único grupo que funciona en Barcelona, yo sabré arrimarme a quien aprecie mis capacidades; no me echáis vosotros, me voy yo. El grupo no me interesa, aquí sobran palabras y faltan huevos.

—Si se te ocurre abrir la boca y perjudicar al grupo, eres hombre muerto —sentenció Salvador.

Habían transcurrido ya dos semanas desde la última reunión. Segismundo Claret, el Rata, paseaba como perro sin amo por los diversos locales de Barcelona de los que era cliente; su esqueleto se movía entre El Sevillano, El Barcelonés o el baile La Palmera, donde, entre efluvios alcohólicos y conversaciones con el primero que encontrara, mataba su rencor a golpe de lingotazos de vino.

Aquella tarde se había acercado a La Palmera. Había entre las chicas-taxi una bajita y pechugona que le iba cantidad; en primer lugar, porque bailando con ella no se sentía excesivamente pequeño; en segundo, porque podía consolar sus penas hundiendo el rostro entre aquellos turgentes senos que desbordaban el balcón del escote, y en tercero, porque África, que así se llamaba o se hacía llamar la muchacha, tenía una paciencia infinita para escuchar historias y para aguantar borrachos.

Segismundo entró en el local y, tras dejar su gabán en la guardarropía, se dirigió a la taquilla donde se despachaban los tíquets de baile que permitían, después de entregar el consiguiente comprobante, sacar a bailar a una de las muchachas que aguardaban pacientemente en una hilera de sillas ubicadas en el lado contrario. En primer lugar y antes de meterse en el torbellino del baile, se dirigió al mostrador donde se despachaba alcohol, pidió una garrafina y, acodándose en el mismo, paseó la mirada indolente observando el ganado. Lo que vieron sus ojos fue lo de siempre: patanes de campo recién llegados a Barcelona agarrados a las muchachas como se aferra un náufrago a un tablón; quintos salidos de los cuarteles de permiso con hambre atrasada de un mes; chicas de servicio en su día de fiesta con el novio obrero o dependiente de comercio; petimetres de ciudad presumiendo de bailar los últimos compases de moda, todo aderezado por el buen hacer de la orquesta Los Cinco del Plata. El Rata buscó con la mirada a África, y al no hallarla entre las que aguardaban clientes, la buscó por la pista. Allí estaba la muchacha, aguantando el asqueroso babeo de un tipo entrado en años que le sacaba la cabeza. Segismundo pidió otra garrafina, y luego otra y otra más.

El inspector Peláez se sentía presionado. El último suceso acaecido en la fábrica Herederos de Ripoll-Guañabens había constituido para él un dolor de cabeza, pues el fabricante de objetos de piel e importador de productos de la isla, que era un hombre influyente, en menos de cuarenta y ocho horas reunió un grupo de ciudadanos indignados y se presentó en el Gobierno Civil. El gobernador, don Luis Antúnez, tuvo que escuchar sus quejas, y el resoplido inmediato recayó, como de costumbre, sobre Peláez.

—Quiero resultados, Peláez, y los quiero en veinticuatro horas. No estoy dispuesto a que se eternicen las diligencias, no quiero volver a salir en los papeles ni quiero que se me llame la atención de nuevo; en pocas palabras, Peláez, ¡quiero éxitos inmediatos!

—Tendré que poner en marcha todos mis recursos.

—¡Pues hágalo!

El inspector se excusó.

—Eso quiere decir lo de siempre: he de desvestir a un santo para vestir a otro; no tengo suficientes hombres.

—¡Haga lo que precise! Este asunto es de máxima prioridad.

Peláez entendió el mensaje: había que poner en marcha la máquina de la justicia en todas sus vertientes, la oficial y la extraoficial.

Una de las cosas que mejor le funcionaba al inspector era su red de soplones, que había obtenido con paciencia y por mil conductos; unos eran raterillos de ocasión a los que había perdonado algún hurto y a los que, sin embargo, tenía amenazados; otros eran reclusos salidos recientemente de la trena sin otros medios para subsistir que ir con el cuento al inspector y que éste pagara su información con pequeños dispendios; finalmente estaban aquellos inspectores a los que disfrazaba de obreros y, si la faz ayudaba, de tipos salidos de los bajos fondos. Todo este ejército se repartía por la ciudad, frecuentando los locales de peor calaña y los garitos donde se reunía la flor del anarquismo, con el oído atento y la charla fácil. Era frecuente que la mejor información partiera de esos lugares.

Aquella tarde uno de sus mejores sabuesos, el policía Fermín Cordero, había decidido ir a La Palmera disfrazado de proxeneta —blusa blanca, pantalón de pitillo, botines de tacón, chaqueta corta de solapa grande, pañuelo al cuello y gorra de cuadros—; la cara ayudaba al disfraz: moreno agitanado, bigotillo recortado y grandes patillas de hacha. Cordero, que podía haber entrado mostrando la placa, guardó paciente la cola, tomó el correspondiente billete y entró en la sala. La animación era notoria; la pista estaba llena de apretadas parejas, había pocas muchachas desocupadas, y en las barras donde se despachaba alcohol tres filas de clientes aguardaban.

Cordero no perdió el tiempo. Con paso cansino y achulado se acercó a la barra, y luego, a fuerza de codos, fue apartando gente. Alguno se volvió, molesto, pero ante la catadura del tipo prefirió no darse por enterado. Pidió un vino y con la copa en la mano se dio media vuelta, apoyó el tacón de su zapato en el alzapiés de metal y observó el ganado. Su mirada experta se desplazó lentamente por la sala codificándolo todo. Un tipo instalado en el extremo opuesto a donde él estaba llamó su atención. La voz aguardentosa del individuo, ya algo opaca, efecto sin duda de las tres o cuatro consumiciones que tenía ante él, pretendía que los demás oyeran sus comentarios. En la pista destacaba entre el personal un muchacho, que claramente podía verse que pertenecía a otro nivel social, bailando con una mucamita a la que sin duda pretendía conquistar y a la que tenía encandilada.

Cordero, lentamente, fue acercándose hacia él hasta conseguir estar a su lado.

—Esos señoritos de mierda que vienen aquí a preparar el terreno para tirarse a las criadas, a ésos les daba yo matarile. Son chulitos de medio pelo, hijos de papá explotadores del pueblo.

—¿Lo conoces?

Segismundo, desde su desmedrada altura, observó al individuo que tenía a su lado. No lo conocía de nada, pero por su pinta intuyó que era carne de su misma camada.

—A ésos los huelo de lejos, hijos de burgueses que vienen aquí a gastarse el dinero de su padre, que lo gana sin duda explotando al pueblo. ¡Una bomba es lo que merecen!

—No hace falta molestarse mucho, todos los días estallan dos o tres en Barcelona.

—¡Pocas son! Deberían ser doscientas.

—Me gusta cómo piensas, te invito a otra copa.

—Se agradece.

—¿Qué quieres tomar?

—Más de lo mismo.

Cordero, con un chasquido de los dedos, llamó al barman.

—Sírvale otra copa al amigo de lo mismo que está tomando.

—Y si puede saberse, ¿a qué se debe tanta amabilidad?

—Pues eso, a que me gusta cómo piensas; pareces un tipo con agallas.

—Si yo te contara… —El Rata se sintió halagado.

A Fermín Cordero se le encendieron todas las alarmas; iba ya a echar un globo sonda cuando el pájaro voló.

—Perdona que te abandone, compañero, pero mi paloma ha quedado libre.

El tipo agotó de un trago la consumición, dirigiéndose rápidamente a la bancada de muchachas, en concreto a una menuda y rellenita que acababa de regresar de la pista y que con un abanico aireaba violentamente su opulenta pechuga.

Cordero observó la escena de lejos y por el gesto dedujo que eran viejos conocidos.

La mujer plegó el abanico y dio dos besos al hombrecillo. Tras guardarse entre los senos el tíquet que él le entregó, y después de estirarse la breve falda, se lanzó a la pista entre sus brazos.

El enano parecía incansable; bailaron cinco o seis piezas, y en cada intermedio él le entregó un nuevo billete. Fermín aguardó a que comenzara el siguiente baile y, contando con que duraría tres o cuatro minutos, aprovechó para ir al servicio a aliviar la vejiga.

¡Maldita fuera! A su regreso la muchacha estaba sentada en el banco de las que aguardaban y el pájaro había volado. Fermín no perdió el tiempo; vio a uno de los encargados de la sala y se dirigió a él tocándole ligeramente el hombro.

El hombre lo observó con desconfianza.

Cordero extrajo al instante su placa de policía del bolsillo y se la mostró.

—Llame al dueño.

—El dueño no viene nunca.

—¡Pues llame al encargado o a quien sea que mande en la casa!

El camarero, ante la contundencia de la orden, obró de inmediato. Al cabo de unos momentos un hombre corpulento y bien trajeado se presentó ante Cordero.

—Soy Eloy Roselló, el apoderado de la sala. Me dice el camarero que es usted policía, ¿puede acreditarse?

Fermín, a la vez que mostraba de nuevo la placa, le habló.

—Necesito que llame usted a una de sus pupilas y que me deje un despacho para hablar con ella.

—Eso está hecho. ¿Cuál es la muchacha con la que usted quiere hablar?

Fermín la señaló.

—La del cuerpo verde escotado y la falda negra, la gordita que está en la cuarta silla.

Roselló se dirigió al camarero.

—Avisa a África. Dile que vaya a mi despacho, no le digas para lo que es. —Luego, volviéndose hacia el inspector—: Si hace el favor de seguirme...

Los dos hombres desaparecieron ante la puerta que conducía a una escalera de madera que ascendía a un altillo.

Era un despacho convencional: mesa con cuatro sillas, un escritorio de persiana corredera americana que cerraba en forma de S arrumbado a la pared y frente a él una silla giratoria. Cordero se sentó en ella y el apoderado aguardó en pie.

Al poco, dos personas ascendían por la escalerilla; el camarero y una voz femenina que preguntaba si sabía por qué la llamaban.

—¡Y yo qué sé! A mí me han dicho que te avise y eso he hecho.

El camarero, seguido de la muchacha, entró en el despacho.

—Aquí la tiene, don Eloy. ¿Puedo retirarme?

—Si el inspector no quiere tomar nada, puedes irte.

La muchacha, al oír el tratamiento que se daba al visitante, palideció.

—No, gracias, no quiero nada. Pueden retirarse los dos.

Ambos hombres abandonaron la estancia, y la muchacha, que con gesto nervioso se arreglaba una y otra vez el pelo, quedó frente al inspector.

—Siéntate. Y no te asustes, que la cosa no va contigo... por el momento.

La chica hizo caso y se acomodó en una de las sillas al tiempo que intentaba subirse el escote.

—Le juro, señor, que yo no he hecho nada y que tengo todos mis papeles en regla.

—Nadie te ha acusado... todavía. ¿Cómo te llamas?

—Carmela Benítez, para servir a Dios y a usted.

—Entonces ¿por qué te llaman África?

—Es mi nombre de guerra, tiene más misterio. Los hombres se creen que soy de allí porque les digo que nací en Tetuán y me sacan más a bailar, pero soy de Grañén, cerca de Zaragoza.

Fermín Cordero hizo una pausa. La experiencia le decía que cuando en un interrogatorio se formaba un silencio, el interpelado se ponía nervioso, sobre todo si se subrayaba tamborileando con los dedos sobre la mesa.

La muchacha hizo un par de visajes con los ojos y volvió a arreglarse el pelo.

—Bailabas con un tipo bajito que se ha ido muy deprisa. ¿Lo has conocido hoy o es cliente tuyo?

—No, señor. Viene aquí a veces y me dice que baila conmigo porque soy de su talla.

—¿Habla mucho?

—Todos vienen a arrimar el apio y a soltar su rollo; a los hombres les gusta que se les escuche, sobre todo cuando llevan copas.

—¿Y de qué hablan?

—De todo un poco: de lo desgraciados que son; de alguien que se ha muerto; de la mujer que los ha dejado; de su pueblo y de los amigos que dejaron allí; si están muy borrachos, de su madre... Ya le digo, de todo un poco.

—¿Cómo se llama el pájaro que se ha ido tan deprisa?

—Yo lo llamo Segis, pero ¡vaya usted a saber! Nadie se presenta con su verdadero nombre.

—Cuando ha salido a bailar parecía muy interesado por ti, y luego ¿te ha dejado a medio baile?

—Se ha cabreado. Cuando tiene el día político le ocurre a menudo.

—Y ¿por qué se ha cabreado hoy?

—Cuando se le contradice, se cabrea. En el último baile ha buscado el encontronazo con un muchacho que bailaba con una amiga mía y que es un tipo con clase, su padre tiene una fábrica de tornillos en Gavá. Segis ha empezado a renegar contra la burguesía y el otro se ha engallado, entonces Segis le ha dicho que se ha quedado con su cara, que se va a enterar de dónde trabaja y que le va a meter una bomba, que eso se le da muy bien. Le he afeado su conducta y le he dicho que a mí no me gustan las broncas. Entonces me ha dejado plantada en medio de la pista y se ha dado el bote.

Cordero estaba interesado.

—¿Acostumbra venir un día fijo?

—Antes venía los jueves, pero esta semana lo he aguantado tres veces.

—¿Sabes dónde vive?

—En el Clot, su madre tiene una cerería.

—Buena chica, lo has hecho muy bien. Voy a darte una dirección; si tienes algún problema, me buscas allí.

Fermín Cordero era un sabueso; cuando olfateaba una pista la seguía hasta dar con la madriguera, y el delincuente al que tomaba el número era hombre perdido.

En *La Vanguardia* apareció la siguiente noticia:

> Ayer por la tarde, en una brillante acción de nuestra Policía, fue detenido Segismundo Claret conocido como El Rata, posible implicado en el atentado de la fábrica. En la cerería de su madre fueron hallados un petardo, varias limas, un revólver cargado, un puñado de cápsulas, una navaja de muelles, un berbiquí, catorce duros en piezas, cuatro monedas de medio duro y doce pesetas, y un paquete de panfletos anarquistas. Todos estos objetos estaban envueltos en un periódico que defiende ideas subversivas.

38
El Suizo

Alfredo Papirer estaba exultante. Por primera vez en su vida tenía la certeza de que había hallado su camino. Cerró en un pispás su negocio con Pancracia y en una tarde, ayudado por un vecino del barrio, trasladó todo su equipo al nuevo local. El almacén de Blasco de Garay era amplio, y él supo acondicionarlo de modo y manera que pareciera algo importante y absolutamente nuevo. En la entrada de la calle, ya que también tenía otra a través de una pequeña puerta ubicada en la portería, montó una especie de recibidor mediante la hábil colocación de unos biombos. En una habitación que había sido la garita del guardia del almacén ubicó su despacho, decorándolo con fotografías de los hermanos Napoleón, y como todo mobiliario puso una mesa con su sillón; en el rincón de la derecha, un perchero; frente a él y arrimado a la pared, un gran sofá de terciopelo azul ajado, todavía en buen estado y comprado a buen precio en Los Encantes. Al fondo de la nave puso lo principal: en unas barras fijadas en el techo y mediante unas gruesas anillas, colocó unas cortinas negras deslizantes que podían agrandar o achicar el espacio a su conveniencia, y en el mismo situó el trípode con su máquina de fuelle de objetivo alemán marca Zeiss y el trapo negro en la parte posterior que le cubría la cabeza, oscureciendo el visor; también distribuyó cuatro globos de gas que daban una intensa luz y los soportes para colocar sus antorchas de magnesio, encargadas de proporcionar el fogonazo que habría de iluminar sus placas; detrás de los cortinajes puso pequeñas peanas, dos taburetes —uno alto y otro bajo—, una *chaise longue* y cuatro jarrones con diferentes clases de flores artificiales y una palmera, todo ello para montar diversos escenarios. Lo más importante de todo fue que colgó en la calle, sobre la puerta del almacén, un cartel provisional que luego habría de hacer definitivo: ESTUDIO FOTOGRÁFICO PAPIRER, y en más pequeño: BAUTIZOS, BODAS Y COMUNIONES, y todavía más aún: SE HACEN TRABAJOS A DOMICILIO.

Alfredo se palpó el bolsillo del pantalón, comprobando una vez más que la llave que le había entregado Pancracia de la buhardilla del último piso de Blasco de Garay estaba en su lugar, y la cajita del pastillero, en el pequeño bolsillo de su chaleco. Casi sin querer, se miró de refilón en el desportillado espejo del cuarto de baño de su madre y dio un hondo suspiro. Por fin la vida iba a pagarle lo que era suyo; un hombre de su inteligencia y tenacidad merecía un premio. La ubre de la vaca pasaba una única vez por la vida de cada uno, y era obligación ineludible saber trincarla; esa cualidad distinguía a los espabilados de los estúpidos, y él era de los primeros. En el fondo de su corazón supo que su momento había llegado, como asimismo y por fin el tan esperado miércoles, cuando, como en un maravilloso rompecabezas, cada pieza iba a ocupar su lugar.

—¿Adónde vas? Tan elegante me cuesta reconocerte.

Su madre, ataviada con su inevitable bata floreada, las zapatillas calzadas como babuchas y escoba en mano, estaba recogiendo las migas de pan caídas en el suelo a la hora de comer.

—Por lo visto estoy condenado a vestir como un zarrapastroso.

—No es eso, hijo, es que a esta hora no acostumbras.

—Pues vaya acostumbrándose a partir de ahora. El señorío y la clase son condiciones que hay que ejercer durante todo el día, no se puede ser un arrastrado por la mañana y luego pretender ser un señor por la tarde.

—No, no, ¡si yo me alegro! Y te agradezco que te hayas llevado todos los trastos que andaban por aquí en medio.

—Confiéselo, madre, usted me quería en la carnicería.

—¡Ay, Alfredo, qué equivocado estás! Una madre siempre quiere lo mejor para su hijo, pero yo entiendo de lo que conozco, y a mí estos nuevos negocios tan extraños me dan miedo.

—Si por usted fuera, aún andaríamos en la Edad de Piedra. Desengáñese, madre, ¡éste es el siglo de las luces, y el que no sepa subirse al carro de la modernidad se quedará a oscuras! —Luego, tras darle un breve beso en la frente, añadió—: No me espere para cenar, tengo que despachar un negocio.

Aún sonando el ruido de la puerta la mujer exclamó:

—¡Dios mío, en qué tiempo me ha tocado vivir!

Alfredo pisó la calle; la tarde era estupenda, pero a él le pareció que el sol todavía brillaba más. En cuatro zancadas se llegó a las Ramblas. Como siempre, en aquel paseo la efervescencia era única; las aceras atestadas de gente deteniéndose en los escaparates; en el paseo central, junto a las pajareras y los puestos de flores, las sillas alineadas con los mirones de turno haciendo comentarios sobre los tobillos de las mujeres que subían a los coches de punto y al tranvía; corros circundando a un músico callejero que con su viejo violín intentaba emular a Pablo Sarasate tocando *Navarra*. Alfredo atravesó con paso apresurado las dos calzadas cuidando de que el tranvía no lo alcanzara, ya que el día anterior figuraba en *La Vanguardia* un suceso referido a un viejo descuidado que había perecido bajo las ruedas del imponente carricoche al no haber atendido, debido a su sordera, los gritos e improperios del cochero y el repicar desesperado de la campanilla. Finalmente empujó la puerta rotatoria del Suizo, ubicado en el n.º 31 de la Rambla del Centro. El ruido que hacían los contertulios era elevado. El Suizo era uno de los cafés de moda de la ciudad; las peñas se ubicaban siempre en el mismo lugar y eran famosas las lideradas por conspicuos personajes como Ángel Guimerà o Narcís Oller, que en cómodos sillones comandaban las tertulias, estando autorizados una serie de personajes menores a colocarse en derredor de ellos en altos taburetes y a escuchar únicamente, sin derecho a voz.

Alfredo atravesó rápidamente el espacio entre las mesas redondas de mármol y se dirigió al mostrador, donde Juan Mata, el encargado, estaba tras la caja registradora dando órdenes a dos camareros. Allí aguardó Papirer pacientemente a que terminara.

—¡Qué de bueno verle por aquí, don Alfredo! Nos tiene muy abandonados.

—No es por mi gusto, es por el trabajo. Si de mí dependiera, me pasaría la vida aquí, ¡me encanta su local!

—Entre mucho y poco, es bueno tomarse las cosas con calma, y no crea que aquí se pierde tiempo, que estos veladores han sido testigos de grandes negocios. —Luego el hombre, que sabía muy bien quién era el que pagaba las francachelas, indagó—: ¿Y qué es de don Germán? No lo vemos nunca.

—Anda muy atareado, las cosas no están fáciles en ultramar.

—No querría ser yo el que tuviera en este momento negocios en Cuba. El día menos pensado va a armarse la gorda. Pero dígame, don Alfredo, ¿qué puedo hacer por usted?

—Verá, Juanito... —Alfredo consideró que, dada la petición que iba a hacer, era mejor usar un tono confianzudo—. El caso es que tengo un compromiso con una joven damisela y me convendría un reservado donde pueda hablar con libertad a salvo de oídos indiscretos, ya me entiende.

—¿Quiere subir al primer piso?

—Aún no es el momento, la paloma está muy tierna y no me conviene que ella piense que la trato como a una horizontal.* Bastará con que me proporcione uno de los del rincón.

—Eso está hecho. ¿Alguna cosa más?

—Sí, si es posible me gustaría que pudiera entrar por la puerta que da a la plaza Real. Ella no conoce el lugar, y le prometí que su entrada sería de lo más discreta.

—Si así lo requiere la situación, cuente con ello. En el amor y en la guerra está todo permitido. Pero tendrá que pasar por delante del vestuario de los camareros.

—Eso no es importante, ¡siempre que no se encuentre con alguno en paños menores! —alegó, bromista, Alfredo.

—Pierda cuidado. Comprendo el valor de una primera cita, yo también he sido joven.

—Entonces, si me lo permite, me gustaría esperarla.

—Por favor, don Alfredo, sígame.

Papirer atravesó, siguiendo al encargado, una puerta de vaivén; caminó por un largo pasillo, dejando a su izquierda las puertas de la cocina y del *office*; después pasó frente al anunciado vestuario de camareros para, finalmente, desembocar en el acceso de servicios por el que, además de las mercancías, entraba y salía el personal.

—Gracias, Juanito, le debo una.

—Nada, don Alfredo; estamos aquí para servirle.

El encargado se retiró dejando a Alfredo en el n.º 17 de la plaza Real, tan nervioso como un chaval en su primera cita, cual si fuera un estudiante ante su primera cita.

La espera fue corta, lo cual alegró a Papirer, pues ello indicaba que la dama estaba interesada; de no ser así, con más de una semana

---

* Nombre que se daba a las medias virtudes que, por edad o condición, se dedicaban a la prostitución de lujo y disimulada.

248

por medio, lo normal era que la joven se hubiera olvidado, o bien que hubiera llegado con mucho retraso para hacerse la interesante.

Amelia divisó a la vez a Alfredo. Sentimientos confusos embargaron su ánimo; la curiosidad femenina, el riesgo de una inocente aventura, el apartarse de su cuadriculada vida y, por qué no decirlo, el atractivo de aquel hombre que salía de los parámetros habituales donde se movían las gentes que ella conocía. Con el corazón galopando desacompasado en su corpiño llegó hasta él. Se había arreglado con esmero y sabía que estaba hermosa; sobre una blusa de organza gris perla que se rizaba en el cuello, llevaba una chaqueta corta de un tono más oscuro con botones forrados en azul marino y alamares, como si fuera la guerrera de un uniforme de húsares de la reina; una falda tobillera del mismo color, que se ceñía a sus caderas y al llegar a las rodillas se acampanaba; escarpines negros con hebilla metálica; sobre las ondas de su cabello lucía un gracioso sombrerito que semejaba una tulipa invertida y que soportaba una tupida redecilla negra, la cual difuminaba su mirada; y en las manos, un pequeño bolso de *petit point* cuyo cierre hacía juego con el adorno metálico de sus botines.

Llegó a la altura de Alfredo dudando sobre la forma de saludarlo: no hizo falta, pues él le tomó la mano y, copiando a Germán, se la llevó a los labios sin inclinarse y sin dejar de mirarla a los ojos.

—He estado a punto de no venir y no sé por qué estoy aquí.

—¿No te han dicho que es muy feo decir mentiras? Te va a crecer la nariz, como a Pinocho.

—Me prometió usted que hoy me diría de qué me conoce y de qué conoce a Máximo.

—Mal vamos, Amelia... Dejo de verte unas semanas y ya vuelves a llamarme de usted, ¡eso no está bien!

Amelia estaba visiblemente azorada.

—Me pone usted... Me pones nerviosa. Y vámonos de aquí, que pueden verme.

—Eso ya está mejor. Tranquila, que todo está previsto. Soy un hombre de palabra; te dije que me abrirían la puerta de atrás del Suizo y... ¡hete aquí el milagro!

Papirer abatió el picaporte de la puerta y, con gesto solemne, la empujó a la vez que con voz engolada pronunciaba el sortilegio mágico: «¡Ábrete, Sésamo!».

Amelia, a pesar de los nervios, comenzó a sonreír. Tenía que reconocer que aquel tipo se la ganaba. Miró a uno y a otro lado, y tras comprobar que nadie la observaba, se recogió el vuelo de la falda para no tropezar con la anilla que aseguraba en el suelo la persiana metálica y se introdujo en el pasillo de servicio.

—¿Adónde vamos ahora?

Papirer iba pegado a ella.

—Al mejor local de Barcelona y por donde únicamente entran los clientes escogidos.

La muchacha siguió obediente pasillo adelante. Sentía que aquel tipo la dominaba. En aquel instante su pensamiento voló hasta Máximo, y se preguntó cómo dos hombres podían ser tan diferentes. Con su novio, que en ocasiones podía ponerse hasta violento, discutía frecuentemente; sin embargo, con aquel casi desconocido se sentía como una gatita obediente.

La pareja llegó hasta la puerta acristalada de vidrio biselado que daba paso al salón. Alfredo alargó el brazo sobre su hombro y la empujó; al punto, el encargado los divisó y fue hacia ellos.

—Comprendo el cuidado que ha exigido, don Alfredo. Cuando se tiene una compañía tan encantadora, hay que proceder con mucho tacto.

Papirer, halagado por el tratamiento con que le obsequiaba Juan Mata, se ahuecó como un pavo.

—Ya le he dicho, Juanito, que la dama requería mucha discreción. —Luego, volviéndose hacia ella, la presentó—. Amelia, el señor es Juan Mata, el jefe de todo esto —dijo señalando en derredor—, que ha tenido la amabilidad de abrir la puerta trasera para que pudiera usted entrar con discreción.

Amelia, cuyos ojos recorrían curiosos y admirados el local, intuyó que el regreso al «usted» revertía en favor de él mismo.

—A sus pies, señora. —El hombre se inclinó servil, y Amelia se sintió como una gran dama alargando su mano para que él se la besara. Luego el individuo se alzó, obsequioso, y se dirigió a Alfredo—. El velador más discreto de la casa está a su disposición. Si son tan amables...

La pareja partió tras del maître, que los condujo hasta un alejado rincón donde el ruido de las conversaciones parecía llegar con menor intensidad.

—Aquí podrán hablar tranquilamente sin ser molestados —indicó tras retirar las sillas para que pudieran acomodarse mejor a la mesa—. Si me dicen lo que quieren tomar, evitaremos que el camarero les interrumpa dos veces.

—Tráete una botella de champán y dos copas. Quiero suponer que tendremos mucho que celebrar.

—¿Moët, señor?

—Mejor de la Viuda Clicquot.

—A su gusto, señor Papirer.

Amelia lo miró asombrada.

—Pero ¡si yo no he probado el champán en mi vida!

—Siempre hay una primera vez, señora. Déjese aconsejar, que el señor es un entendido.

Partió el camarero y, sin casi darles tiempo a acomodarse, ya había regresado. Tras el servicio, dejó sobre la mesa dos anchas copas y en un cubo lleno de hielo picado la botella de champán; luego, con la maestría que da la práctica, retiró la jaula de alambre.

—¿Lo quiere con ruido o sin ruido, don Alfredo?

—Con mucho ruido. Vamos a celebrar algo muy importante.

Entonces, mediante un hábil giro de la muñeca, liberó el corcho, cuyo alegre tapón golpeó el techo artesonado. Tras abocar el ambarino y burbujeante líquido en las copas, preguntó si deseaban algo más y se retiró, discreto y silencioso.

Amelia estaba confusa; el entorno la sobrepasaba.

—No sé ni por qué he venido ni qué hago aquí.

—Yo te lo diré: has venido a conocer un mundo diferente, a pasar un rato amable con un amigo, a comprobar que fuera de los almacenes El Siglo hay otra vida y… no nos olvidemos de lo principal.

—Que es saber de qué conoces a mi novio Máximo.

—Eso será al final, después de hablar de nuestras cosas.

—Nosotros no tenemos cosas comunes de las que hablar.

—¡El futuro es incierto, Amelia! Y aún no es momento de hablar de él. Además, la tarde es joven y tú eres tan bonita… ¡Brindemos por el futuro!

Alfredo alzó su copa a la altura de los ojos, invitándola a que hiciera lo mismo. La muchacha se sintió cual pajarillo frente a un áspid y, llevada por la inercia del momento, alzó su copa murmurando un casi ininteligible:

—Pero si ya te he dicho que yo no bebo.

Con el índice, Papirer empujó suavemente la copa de la muchacha por la base hacia sus labios. Amelia sintió que al tragar el primer sorbo las burbujas le iban hacia la nariz y le provocaban una sensación nueva y divertida.

—¡Uy, qué cosquillas!

—Cuando te acostumbres, te darás cuenta de que el segundo sorbo es el mejor. Bebe sin respirar y luego respira hondo; entonces gozarás de todo el sabor en la boca.

La muchacha hizo lo que le ordenaba Alfredo; tomó aire, cerró los ojos y dio tres sorbos.

—Esto no puede ser bueno.

—¡Esto es lo mejor! Si bebes dos copas, sentirás que al instante se te pasan las penas y creerás que el mundo es maravilloso y que el resto de la humanidad es encantadora.

La operación se repitió varias veces, entre comentarios jocosos de Papirer e insistentes preguntas de Amelia, en un primer momento sobre el cómo y el cuándo había conocido a Máximo, y luego sobre temas fútiles y mundanos.

—Bueno, ya que insistes, creo que te lo debo. Máximo trabaja en la fábrica de un amigo mío, donde, si la memoria no me falla, tuvo la desgracia de perder tres dedos en una máquina, y tu nombre lo supe una noche que acudí con Germán, que así se llama mi amigo, al Edén Concert; tú estabas allí y él te nombró.

Amelia hubo de reconocer que aquello que tanto le interesaba hasta aquel instante había pasado a segundo término; un calor desconocido le invadía el alma, los ojos le hacían chiribitas, los oídos le zumbaban y una extraña euforia hacía que todo fuera rabiosamente presente; el pasado y el futuro, en aquel momento, no existían.

La voz de Alfredo llegaba hasta ella lejana y melodiosa.

—¿Te gustaría conocer el Liceo por dentro?

Aquel hombre la trastornaba.

—¿Es eso posible?

—Soy el jefe de la claca. Estas manos... —Papirer las alargó sobre la mesa y añadió—: Sirven lo mismo para aplaudir que para acariciar.

Súbitamente no pudo sujetar los nervios.

—Tengo que ir al servicio.

—Ésa es otra de las cosas que ocurren cuando se bebe champán. ¿Quieres que te acompañe?

—Me da mucha vergüenza. Dime dónde es.

—No te preocupes, eso pasa hasta en las mejores familias. Ve hasta el mostrador, y a la derecha y tras un biombo verás dos puertas; la que tiene pintada la silueta de una dama de perfil es la tuya.

La muchacha se levantó y al hacerlo descubrió que sus pies dudaban al dar el primer paso. Luego, con una sonrisa algo ficticia, partió hacia el lavabo de señoras.

Papirer sonrió complacido; su plan se iba cumpliendo punto por punto. Entonces extrajo del bolsillo de su chaleco el pastillero; abrió la cajita, tomó una de las pequeñas grageas y, tras depositarla en el fondo de la copa de Amelia, volvió a rellenarla.

El coche se detuvo en la esquina de la avenida Marqués de Duero con Blasco de Garay. La animación al caer la noche era intensa; las gentes acudían a los teatros y a los espectáculos, y en las terrazas de los cafés los camareros se veían apurados para atender a tanto personal. Cada uno iba a su avío: los reventas se acercaban disimuladamente a los que hacían cola frente a las taquillas, ofreciéndoles las mejores entradas; los municipales hacían la vista gorda, por lo que los raterillos y los borrachos, siempre que no molestaran, se movían a sus anchas. Era tan variopinta la multitud que nada ni nadie llamaba la atención.

El auriga que había observado el estado de la damisela al tomar el servicio en la plaza Real saltó del pescante y se ofreció, obsequioso, a auxiliar al caballero. Alfredo, con Amelia más que recostada en su hombro, desechó la ayuda.

La muchacha farfullaba cosas incoherentes.

—Viva... la buenaaa... vida, brindemooos con champán de la viuda.

Con la voz estropajosa y el sombrerito torcido, Amelia saludaba con una mano a los transeúntes.

—Muchas gracias, puedo solo. Dígame qué le debo.

—Son dos pesetas; de noche hay un recargo —se excusó.

Alfredo se cambió a la muchacha de hombro; luego, con grandes dificultades, extrajo del bolsillo del pantalón su billetera y procedió a buscar las dos pesetas, que entregó al hombre añadiendo un real.

—Gracias, caballero, pero permítame que le eche una mano.

—Está bien. En el gabán tengo las llaves; ábrame, por favor, el n.º 7 de Blasco de Garay.

—Al instante, señor.

El cochero rebuscó en el bolsillo exterior del gabán de Papirer y al momento se hizo con el manojo de llaves.

Cuando la puerta de hierro del portal estuvo abierta, a Alfredo se le encendió una luz. La apuesta con Germán necesitaba una evidencia, ¡cómo no se le habría ocurrido antes! Y además iba a ahorrarse tener que subir al piso a la muchacha en aquel estado.

—Si es tan amable, ya que ha llegado hasta aquí, hágame el favor de abrir esa puertecilla lateral, la que comunica con el almacén.

—Para eso estamos, caballero, para servir al público.

El hombre procedió, y cuando ya hubo encendido el globo de gas de la entrada Alfredo lo despidió, añadiendo otro real al ya entregado. El cochero se retiró gorra en mano pensando que aquélla era su noche.

Amelia estaba completamente dormida; el champán y la pastilla habían obrado el efecto correspondiente. Alfredo la arrastró hasta el despacho y la recostó en el gran diván. Luego procedió con orden; abrió todas las luces, colgó del perchero su sombrero, se despojó de su gabán y de su levita, quedándose en mangas de camisa. A continuación se fue al estudio y dispuso el escenario. En medio instaló una tarima compuesta por cuatro cajones cuadrados de un metro y los cubrió con una tela negra. Acto seguido acercó los globos de luz y preparó la máquina de fuelle y las antorchas de magnesio. Cuando tuvo todo a punto, fue a por Amelia. La muchacha estaba desmadejada en el sofá. Con grandes trabajos y no pocas dificultades, consiguió ir quitándole la ropa. El cuerpo de la chica era soberbio. El mejor escultor habría pagado por hacer el mármol de aquella modelo. Papirer cargó con ella y la llevó al estudio, dejándola sobre la tarima recostada de medio lado en el almohadón. Luego se colocó bajo la tela que cubría la máquina y enfocó el encuadre.

La visión que le llegó a través del visor de la máquina lo turbó a tal punto que casi se le desencuadró la imagen. El cuerpo de Amelia, blanco como el mármol, se destacaba voluptuoso sobre el negro de la tarima; sus senos turgentes, coronados de rosadas aureolas, y la azulada sombra de su sexo eran los ditirambos de aquella obra perfecta. La muchacha estaba profundamente dormida. Pese a que era un veterano en aquellas lides no pudo impedir que una inflamación notable le atacara la entrepierna.

Con todo el equipo dispuesto, comenzó su trabajo. Fue cambiándola de postura, y cada una de ellas, a cual más atrevida y procaz. Luego procedió a colocar las subsiguientes placas, dejando con mucho cuidado las ya impresionadas en una mesita. Finalmente se dispuso a realizar aquello que le había quitado el sueño tantas y tantas noches de insomnio.

Alfredo Papirer comenzó a desvestirse.

39
El despertar de Amelia

A las cuatro de la madrugada el repicar de las campanas de Santa Madrona despertó a Amelia de su letargo. Una estrecha raya de luz penetraba por los intersticios de la persiana verde que cubría la ventana por el exterior. Un dolor difuso asaltaba su cuerpo; la cabeza le zumbaba como un molinillo, y al intentar incorporarse notó que un pulso semejante a un latido machacaba sus sienes a la vez que el suelo comenzaba a girar enloquecidamente como si fuera un tiovivo. La muchacha volvió a recostarse y trató de ajustar sus ideas. De pronto fue consciente de su desnudez y, con un movimiento reflejo debido más al pudor que al frío del lugar, instintivamente intentó cubrirse con la colcha vieja que yacía desmayada a su lado. En ese instante sintió que una daga le atravesaba el vientre, y para aliviar el dolor agudo que la acometía se enroscó como un feto en el seno materno y aguardó a que la angustia que le atenazaba el alma se fuera diluyendo.

Cuando sus ojos se acostumbraron a la penumbra observó el lugar con detalle y, poco a poco, fue recordando a ráfagas los sucesos acaecidos la noche anterior. La imagen del Suizo se le aparecía difusa y lejana. Recordaba el descubrimiento del champán, los brindis y la agradable sensación de las chispeantes burbujas en su nariz. Muy lentamente, todo iba aclarándose hasta el momento en que tuvo necesidad de ir al servicio; a partir de aquel instante, las imágenes se sobreponían y se hacían borrosas por más que acudían a su cabeza a ráfagas discontinuas. Recordaba vagamente que la ayudaron a subir a un coche, luego las farolas de las Ramblas; al final, apoyada en dos hombres, había entrado en un portal. Después las luces de su cerebro se apagaron, y en su cabeza todo era ya negra noche.

Súbitamente el instinto y el temor irreverente que su madre le había inculcado y que había presidido los días de su infancia hicieron que Amelia apartara la colcha que la cubría. Entre sus muslos había restos de sangre seca; la desgracia se había consumado. Amelia había perdido en una noche loca el tesoro que, según su madre, debía guardar toda muchacha; ya no era virgen.

Un angustiado sollozo acudió a su garganta. De pronto cada milímetro de su piel fue cobrando memoria y aquel dolor difuso del despertar volvió a expandirse por su cuerpo. Cuando el torbellino de su cabeza se detuvo y cada cosa ocupó su lugar, Amelia observó lentamente su entorno. Estaba recostada sobre una tarima negra y bajo sus riñones alguien había colocado un cuadrante. Frente a ella, sobre un trípode, había un artilugio hasta entonces desconocido; era de madera oscura, en su centro tenía una lente de cristal, y a ambos costados del aparato había sendas antorchas apagadas.

La muchacha, recobrada ya totalmente la conciencia, se puso en pie, se echó la colcha sobre los hombros y recorrió la estancia lentamente. En los rincones, un montón de raros cachivaches amontonados: columnas griegas, floreros, cornucopias, un caballito de cartón y un largo etcétera. Al fondo divisó una pequeña puerta que daba a otra habitación y se asomó despaciosamente. Vio un viejo sofá y sobre el mismo toda su ropa, desde el sombrero en forma de tulipa hasta el bolso de *petit point*. Un escalofrío le recorrió la espalda al ver allí su ropa interior. En cuanto se repuso continuó observando: una mesa de despacho y tres silloncitos, en el rincón un perchero... Su vista se detuvo al punto en algo que llamó poderosamente su atención: apoyado en el tintero de la mesa divisó un papel escrito con letra de palo. Amelia se llegó hasta él y, tomándolo con mano trémula, leyó: «Ha sido estupendo. Tienes un cuerpo maravilloso. Para ser la primera vez, lo has hecho muy bien. Hemos de repetirlo; te buscaré. Tu eterno enamorado, Fredy». En aquel momento Amelia se hundió y tuvo que sentarse en el desvencijado sofá. Su cabeza se puso a cavilar a toda máquina. Su mundo se desmoronaba; en aquella situación todos los planes que había hecho con Máximo se venían abajo. Por otra parte, era impensable regresar a aquellas horas a su casa; su padre la hubiera deslomado. Tenía que ingeniar una excusa creíble, algo que hubiera surgido de repente y que la hubiera obligado a actuar de aquella manera.

Súbitamente sintió la necesidad de hablar con su amiga Consuelo.

Amelia se puso en pie. Recordaba haber visto en uno de los rincones de la otra habitación una jofaina de porcelana en un mueble de tres patas que soportaba un espejo y bajo ella la correspondiente jarra de estaño. Todavía cubierta con la colcha sobre los hombros, se llegó hasta el improvisado tocador, donde se adecentó, se arregló como pudo los cabellos y procedió a vestirse.

Cuando salió a la calle y cerró tras de sí la puerta de su ignominia, el reloj de Santa Madrona ya tocaba las cinco de la mañana. Los últimos noctámbulos de la avenida Marqués del Duero ya se retiraban, únicamente quedaban al relente de la noche algún que otro borracho y las mujerzuelas del oficio que intentaban pescar a última hora a alguno de los marineros que regresaban a los barcos amarrados en el puerto. Amelia se había cubierto la cabeza con una mantellina que había encontrado entre los trastos del almacén, pretendiendo pasar desapercibida. Con paso apretado cruzó el Paralelo y por la calle Unión se dirigió a las Ramblas. Allí las gentes que iban al mercado de la Boquería a vender sus productos ya estaban montando sus puestos con tablones colocados sobre caballetes donde luego habría de mostrarse la mercancía.

Consuelo Bassols vivía en el n.º 6 de la calle Corribia, delante de la plaza de la Catedral, en la pensión de una pupilera que únicamente admitía señoritas a las que les estaba terminantemente prohibido recibir a cualquier persona del sexo contrario. La casa era humilde y estaba compuesta por los bajos, que alojaban un colmado y una carpintería, un entresuelo de dos puertas y un primer piso, que ocupaba la pensión. Amelia se detuvo frente al portal y, sujetando bajo el brazo derecho su pequeño bolso, batió fuertemente las palmas llamando al sereno. La respuesta no se hizo esperar; tres golpes con el talón de hierro del chuzo y una voz aguardentosa que respondió, a lo lejos: «¡Ya voy!». Al poco vio llegar al hombrecillo, vestido con un capote azul marino con botones dorados y grandes solapas rematadas con un reborde verde, al igual que la gorra de plato que en su centro ostentaba el escudo de la ciudad. Llevaba un inmenso aro de llaves atado a su cintura que hacía sonar ostentosamente con su mano izquierda, en tanto que con la derecha y como elemento disuasorio manejaba el garrote de roble cual si fuera un bastón.

—Buenas noches, si es tan amable de abrirme...

El hombre la miró de arriba abajo y, al no reconocerla, indagó.

—Perdone, señorita, sin duda va usted a la pensión de doña Justa.

—Así es.

—No la tengo vista. Y, discúlpeme, pero doña Justa es muy suya.

—Es mi primer día. Llego de fuera y me han robado la maleta. Me ha reservado el sitio mi amiga Consuelo Bassols.

El sereno se tranquilizó, y en tanto encajaba la llave en la cerradura y abría amablemente la puerta, se explayó.

—A su amiga la conozco perfectamente, pase usted. No tiene pérdida, es en el primer piso y tan sólo hay una puerta.

—Muchas gracias, ha sido usted muy amable.

Amelia abrió el cierre de su pequeño bolso, extrajo una moneda de diez céntimos y se la entregó al hombre, quien se retiró haciendo una reverencia. La puerta se cerró a su espalda. La joven comenzó a ascender la breve escalera de tres tramos y en un instante estaba frente a la entrada de la pensión, donde un esmaltado cartel de latón colocado sobre la mirilla anunciaba el establecimiento: PENSIÓN DE SEÑORITAS JUSTA ESTEBAN. Todo lo ocurrido aquella noche se amontonaba en aquel instante en la cabeza de Amelia. La muchacha, tras dar un hondo suspiro, tomó la mariposa de metal ubicada en el lateral y la obligó a dar un rápido giro. La campanilla del timbre sonó en el interior. Luego hubo un silencio total, perturbado únicamente por el crujido de las maderas de la escalera. Unos pasos afelpados sonaron al acercarse, unos ojos la observaron a través de la mirilla, oyó ruido de cerraduras y el vano se abrió una cuarta, obstaculizado por una cadena que le impedía hacerlo en su totalidad. En el resquicio apareció una mujer de mediana edad embutida en una bata de lana y con el pelo canoso recogido en bigudíes que la miraba con desconfianza.

—¿Quién es usted y qué quiere a estas horas?

—Perdone la molestia, soy amiga de Consuelo Bassols, que se aloja aquí. He perdido las llaves de mi casa y estoy en un apuro.

Amelia tuvo la sensación de ser observada exhaustivamente de arriba abajo. Luego la mujer pareció compadecerse, cerró la puerta y, tras retirar la cadena, la abrió de nuevo totalmente.

—Pase usted, alma de Dios. Ahora voy a avisarla. No son horas para llamar a la puerta de una casa honrada, pero tampoco lo son para que una muchacha de bien ande por esta ciudad de mis pecados. Pero dígame, ¿cuál es su nombre?

—Amelia... Amelia Méndez, para servir a Dios y a usted. Consuelo y yo trabajamos juntas en El Siglo.

Esta última aclaración pareció agradar a la mujer.

—Está bien, voy a por ella. Pero no se quede aquí como un pasmarote, pase al comedor.

La pupilera se adelantó a encender un globo de luz y la introdujo en la pieza. Amelia la bendijo y quedó en pie en medio de la estancia aguardando a su amiga.

Entre los murmullos que se oían desde el fondo del pasillo, distinguió la voz adormilada de Consuelo, que, despertada de un profundo sueño, no acertaba a entender las explicaciones de doña Justa. Amelia, que estaba derrengada de angustia y de cansancio, se agachó para verse reflejada en el espejo del trinchante del humilde comedor y la imagen que le devolvió el azogado cristal la asustó.

Era ella, sí, pero varios años más vieja; unas ojeras azuladas circunvalaban sus ojos, y en ellos se adivinaba una zozobra y una desazón infinitas; tenía el pelo pegado a las sienes debido a la humedad y el trajecito hecho una lástima.

La voz de su amiga la devolvió al mundo real.

—¡Válgame la caridad! Amelia, ¿qué ha pasado?

—Muchas cosas, Consuelo.

Ahí Amelia no aguantó más y rompió en un llanto incontenible, amargo y asincopado. Luego se puso blanca como la cera, sus piernas se doblaron y si su amiga no hubiera estado al socorro habría caído al suelo.

Doña Justa acudió presta y, cogiéndola por debajo de las rodillas, ordenó:

—Vamos a tumbarla en el sofá. Así, con cuidado… Ponle el cojín bajo la cabeza en tanto yo voy a buscar el Agua del Carmen.

Ahora la que estaba pálida era Consuelo. El estado de su amiga era lamentable. Sin saber qué otra cosa hacer y en tanto regresaba la pupilera, tomó un pañuelo del bolsillo de su bata y, humedeciéndolo en el agua de una jarra que había quedado allí desde la hora de la cena de la noche anterior, comenzó a pasárselo por las sienes. Cuando doña Justa regresó, Amelia ya había dado señales de vida; había abierto los ojos y, aunque desorientada, intentaba incorporarse. La mujer escanció de la delgada botellita un dedal de líquido en una copa de licor y casi obligó a Amelia a beberlo. Al momento, un calor reconfortante invadió el cuerpo de la muchacha.

La voz de Consuelito sonó tranquilizadora y empujándola suavemente la obligó a recostarse de nuevo.

—¿Qué me ha pasado?

Doña Justa la interrumpió.

—Lo que ha pasado es que esta niña no ha comido en dos días.

—No, no es eso, doña Justa.

Consuelo se sentó en el borde del sofá donde yacía su amiga y le acarició la frente.

—¿Qué ha pasado, hermosa?

La pupilera entendió que allí estaba de más.

—Consuelo, voy a preparar un caldo. Cuando esté listo lo traeré para que se lo beba, y ya verás como se le pasan todos los males. Mejor hablaréis las dos solas. —La mujer se retiró rezongando por lo bajo—: Si es que esta juventud se olvida hasta de comer.

Las dos amigas quedaron frente a frente. Amelia, tapándose la cara con las manos, comenzó de nuevo a sollozar con un gimoteo sordo y contenido. Su amiga respetó su silencio y se limitó a acariciarle el rostro. Cuando ya los hombros de Amelia limitaron las convulsiones, Consuelo indagó:

—Cuéntame, mujer, ¿qué ha ocurrido?

—Algo horrible.

—Cuéntame, todo tiene remedio menos la muerte.

—Ayer salí con Alfredo.

—Eso ya me lo dijiste.

—Creí que era un caballero.

Consuelo se puso seria.

—¡Por Dios, Amelia...! ¿Qué ha pasado?

—Ha abusado de mí.

—¿Qué quieres decir?

—Pues lo que he dicho, Consuelo, ¿hace falta que te explique?

—Sí, hace falta.

—Me emborrachó, Consuelo, y abusó de mí.

—Eso ya me lo has dicho. Explícate mejor, que a mí también me apura preguntarte.

En aquel instante apareció doña Justa portando en una bandejita una taza de caldo humeante. La mujer arrastró con la mano libre una mesilla y la colocó al costado del sofá.

—Aquí te lo dejo. Procura beberlo lo antes posible, y cuanto más caliente mejor, que esto resucita a un muerto. —Luego se dirigió a Consuelo—: En tu cuarto hay dos camas, que descanse allí. Mañana será otro día, a la luz del sol las cosas se ven diferentes. Yo voy a retirarme, pero si necesitas cualquier cosa me llamas.

—Es usted un ángel, doña Justa. Yo respondo de mi amiga.

La mujer se retiró y las dos muchachas quedaron de nuevo solas. Las cejas de Consuelo eran un interrogante.

—Amelia, te escucho. Haz el favor de contármelo todo, de principio a fin.

Amelia comenzó a hablar con los ojos cerrados y en un tono tan bajo que a Consuelo le costaba oírla. Al finalizar quedó en silencio, relajada como si se hubiera quitado de los hombros un saco de cincuenta kilos de cemento.

Consuelo no la interrumpió en todo el rato. Al finalizar le tomó la mano y, con mucho tiento, comenzó a preguntar.

—Y dices que te falla la memoria desde el momento en que regresaste del lavabo.

—Hasta ahí me acuerdo de todo perfectamente, luego es como si fuera una pesadilla, y a partir de que me monté en el coche lo último que tengo en la mente son las luces de las Ramblas y el sonido de los cascos de los caballos al repicar en el empedrado de la calle.

—Perdona que te obligue a hacer memoria, pero ¿físicamente no te acuerdas de nada?

—De nada, Consuelo.

—¿Ni siquiera recuerdas, y perdona, si te dolió?

—Únicamente recuerdo que al despertar todo mi cuerpo se quejaba y que en mis muslos había restos de sangre.

Entre las dos, tras esta confesión, se alzó una cortina de silencio. Al instante Consuelo, como quitando importancia al hecho, cambió el argumento.

—Y ¿en el Suizo fue amable?

—Hasta ahí fue encantador conmigo, pero estoy segura de que llevaba su plan en la cabeza.

Súbitamente pareció que Amelia recordaba algo.

—La nota de la que te he hablado está en mi bolso, léela.

Consuelo, sin levantarse, alargó la mano, tomó de la mesa el pequeño bolso de su amiga, lo abrió y extrajo de él un papel arrugado.

Ha sido estupendo. Tienes un cuerpo maravilloso. Para ser la primera vez, lo has hecho muy bien. Hemos de repetirlo; te buscaré.

Tu eterno enamorado,

FREDY

Consuelo leyó y releyó el papel varias veces. Su rostro no traslucía sentimiento alguno. Amelia la observaba con ansia.

—¡Dime algo, por Dios!

—Lo que te ha ocurrido es muy grave, pero los hombres son así.

—¿Qué quieres decir?

—Que lo que para nosotras es de capital importancia para ellos es una aventura.

—¿Y...?

—¿Piensas decírselo a Máximo?

—¡Cómo puedes preguntarme eso ahora! Ni siquiera me he parado a pensar en ello. Además, Máximo y yo ya no estamos juntos.

Consuelo se puso en pie y comenzó a pasear por la habitación.

—Pues ya puedes ir pensando.

—En estos momentos no estoy capacitada para ello.

—Voy a decirte algo: deja de lamentarte y ponte a cavilar. Lo que te ha ocurrido no tiene remedio; lo que sí lo tiene es el mañana, y eso depende de que Máximo lo sepa o lo ignore.

—Eres mi amiga; he venido aquí en busca de abrigo y consejo.

Consuelo se sentó de nuevo en el borde del sofá.

—Procedamos con orden; hay que pensar muy despacio las cosas y medir las consecuencias. En primer lugar, dime, ¿qué es lo que te pide el cuerpo? Luego te diré lo que yo haría, pero yo no soy tú.

Amelia reflexionó unos instantes.

—Máximo podrá tacharme de ligera e irreflexiva, pero yo de alguna manera lo quiero y jamás pensé que tomar un refresco en un local que tenía ilusión por conocer tuviera tan graves consecuencias. Creo que debería decírselo.

—Eres más inocente que un cubo boca abajo. Conoces mejor que nadie a Máximo, te obligará a decirle el nombre del que te ha robado la honra, y si se lo dices puedes buscarle la ruina porque lo matará, eso lo primero. Lo segundo es que si no quieres quedarte para vestir santos comiences a buscar novio.

Amelia meditó la respuesta de su amiga.

—Si no se lo digo, la primera vez que hagamos el amor se dará cuenta.

Consuelo la observó con cierta sorna.

—Amelia, por Dios, ¡no seas niña! Cuando un hombre está encelado no se entera de nada, eso en primer lugar, y en segundo, un virgo se repara y para la primera noche da el pego.

A Amelia se le pusieron los ojos como platos.

—¿Y eso quién lo hace?

—Mujeres, Amelia, mujeres que se dedican a eso y a otras cosas. De no ser así, la mitad de las chicas de los barrios que forman el Raval irían para solteronas. Los hombres dan mucha importancia a ese trocito de pellejo; es mejor perder un ojo que perder eso.

Amelia comenzó a gimotear de nuevo. Consuelo le entregó su pañuelo.

—¡No me llores, que así no resolvemos nada! Ahora vas a descansar y mañana, como dice doña Justa, será otro día.

Enjugándose las lágrimas, la muchacha añadió:

—He de volver a mi casa, si no mi padre me matará. Querrá saber dónde he pasado la noche y no sabré qué decirle.

—¡De madrugada y en este estado, ni hablar! Deja que piense… Diré que al salir de El Siglo tomamos algo, que me sentó mal y me puse mala, que luego me acompañaste a la pensión, que no estaba la dueña y que te has quedado a velarme toda la noche, que por la mañana yo ya estaba bien, pero tú dormías profundamente y te he dejado descansando.

Un cansancio infinito invadió a Amelia, quien no tuvo ánimos para contradecir a su amiga. Se dejó llevar al dormitorio y, apenas recostó la cabeza en la almohada, perdió la conciencia y ni siquiera supo cuándo Consuelo apagó la luz.

40
Reina Amalia

La cárcel de Reina Amalia era la antesala del infierno. Allí se hacinaban presos de toda laya y condición; hombres y mujeres, inclusive niños que acompañaban a sus madres antes de que la sentencia de su causa llegara al final, cosa que unas veces ocurría en un dilatadísimo tiempo y otras veces nunca. El patio era común, y en los días de invierno la lucha por una porción de sol era feroz. El juez de Vigilancia de Prisiones, don Manuel Ferrer, era el que tenía en sus manos el destino de aquellos desgraciados y de él dependía que siguieran allí o que fueran destinados a Montjuich, pero era tal el número de expedientes que se amontonaban en su mesa que, a pesar de ser un hombre serio y trabajador, el nivel de los mismos parecía no descender nunca.

En la cárcel un personaje había adquirido una siniestra fama; cuando en los periódicos se relataba la captura de un delincuente que «hábilmente interrogado» había confesado al final sus fechorías anarquistas, invariablemente el conseguidor de esa gloriosa hazaña resultaba ser siempre el teniente Portas. Era éste un personaje frío y sin escrúpulos que a petición propia había pasado de las filas del ejército a la Guardia Civil; en los interrogatorios era incansable y recurría a cualquier método para conseguir su fin. En la feroz búsqueda del tufillo libertario había topado con presos de todo tipo; algunos eran hombres duros venidos realmente de las filas del anarquismo, pero en otras ocasiones eran apenas pobres diablos, atracadores de tres al cuarto, pendencieros, borrachos y tipos desesperados, excrecencia de la sociedad. En cualquiera de los casos, el final era siempre el mismo; lo que no era igual era el aspecto del individuo después de pasar por las manos del teniente Portas.

Segismundo Claret, el Rata, se dio por perdido en cuanto fue detenido en la cerería de su madre, pero conociendo la forma de actuar de sus compañeros al respecto de los chivatos, decidió cerrar la boca y aguantar lo que viniera, ya que en la prisión había camaradas anarquistas encubiertos para no ser trasladados a Montjuich y no estaba dispuesto a aparecer cualquier mañana en los urinarios con un punzón o una lima clavados en el vientre.

Al tercer día la cara de Segismundo Claret era un poema: la nariz rota, los ojos cerrados, los labios tumefactos, los dedos meñiques aplastados. Su espíritu se quebró, y si bien su instinto le aconsejó no denunciar a los que lo habían expulsado de la organización, pues sabía que las consecuencias aún serían peores, pensó dar carnaza a aquel demonio para salir del paso y tomar cumplida venganza del, para él, causante de aquel estropicio: Máximo Bonafont.

Entre las filas del anarquismo, en cuanto se supo que la larga mano de la justicia había trincado al Rata cundió el pánico. Los comentarios en las reuniones de obreros, sindicalistas, parados y gentes qué hacían del obligado ocio su quehacer cotidiano eran los mismos: «Han cazado a Segismundo Claret por la bomba de casa Ripoll», «Si ése habla, caerán muchos más», «El Rata se iba mucho de la lengua», «Lo han llevado a Reina Amalia, y allí está el Portas», «Lo tiene bien merecido, ¡ésas no son formas!».

En la bodega de Santiago Salvador de la calle de Aymerich se reunió el cónclave. En aquella ocasión comparecieron todos. Los rostros de los conjurados denotaban la angustia y la gravedad del momento. A la taberna, además de su propietario, había acudido la plana mayor del grupo: Paulino Pallás, Gervasio Gargallo, Matías Cornejo y Máximo Bonafont.

—No os preocupéis, ése no va a hablar por la cuenta que le trae; si lo hace, es hombre muerto. —Ésa era la opinión de Pallás.

—No estoy yo tan seguro. Cuando le apriete el Portas se irá por la pata abajo —conjeturó Gargallo.

—Hablará, le falta cuajo para aguantar el tipo.

—No lo creas, Santiago; es pequeño, pero tiene huevos.

Máximo, que no acostumbraba intervenir, habló por primera vez.

—No descarto que me eche a las patas de los caballos y que haga yo de chivo expiatorio. Me tiene un odio supino y saldrá del paso echándome el muerto a mí, con vosotros no se va a atrever.

Paulino, que siempre se había sentido responsable de él, intervino.

—Pierde cuidado; si alguien tiene una coartada segura de aquel día ése eres tú, estabas en Sabadell, y además nadie pone un petardo en su comedero.

Los debates estaban en el tono más álgido cuando dos aldabonazos cortos y separados y tres largos muy seguidos sonaron en la puerta de la bodega, alertando al grupo.

—Doña Luisa, esta mañana cuando estaba fregando mi portal, ha venido preguntando por Máximo un señor acompañado de dos guardias. Le he dicho que no había nadie, y han hablado entre ellos y se han ido. Luego el de paisano ha vuelto y se ha instalado en la esquina de la barra de La Estrella haciendo ver que leía un periódico. Se lo digo porque creo que es mi obligación de buena vecina.

Luisa palideció. Miró de soslayo hacia el bar La Estrella, cuya barra era visible desde la calle, y no vio a nadie.

—Gracias por el aviso, Matilde. Imagino que no será nada, pero las madres siempre nos preocupamos.

Subió la escalera de su casa y antes de abrir la puerta de su piso miró por el hueco para ver si alguien la había seguido. Luego introdujo la llave en la cerradura.

Un pálpito de su corazón de madre le avisó que lo que había esperado tantas veces iba a ocurrir. La vida de su hijo mayor era un misterio. Máximo traía puntualmente todos los sábados el sobre que le entregaban en la fábrica, eso sí, pero los domingos y los festivos desaparecía del barrio y no iba ni a comer. Por otra parte, Amelia había dejado de acudir a su casa, por lo que suponía que ella y su hijo habían cortado su relación, y bien que lo sentía, pues la muchacha le había gustado desde el primer momento.

Dejó el bolso y el paquete que traía sobre la mesa del pequeño comedor y, aproximándose a la ventana, oculta tras el visillo, observó el bar de enfrente por si el individuo que le había anunciado Matilde había regresado. Todo parecía estar en calma.

El trasiego de una llave sonó en la cerradura de la entrada. Era sin duda Juan Pedro, que como siempre llegaba puntual a la comida. Apenas el chico se asomó al comedor y vio el rostro de Luisa supo que algo importante pasaba.

—¿Qué ocurre, madre?

—Lo que estaba escrito: han venido a por Máximo.

—¿Quién ha venido a por Máximo?

—La policía, hijo, la policía.

—¿Y qué les ha dicho?

—Yo aún no había llegado, me lo ha contado Matilde. Se han ido, pero parece ser que han vuelto y que lo han estado esperando.

—¿Dónde?

—En La Estrella.

Juan Pedro se abalanzó a la ventana y desde aquel observatorio inspeccionó la calle. Nada había que la distinguiera de otros días.

—¿Qué quieres ver? Como comprenderás, si lo buscan lo harán con disimulo, ya sabes cómo funciona esa gente.

Juan Pedro intuyó el peligro y pretendió obrar sin alarmar a su madre.

—Imagino por dónde anda. Voy a intentar decirle que lo buscan. Igual es para una tontería, y será mejor que se presente en la comisaría por su propio pie.

—¿Sabes dónde buscarlo?

—En los sitios de siempre; si no está en uno, estará en otro.

—Pero ¿vas a irte sin comer?

—Comeré luego, madre, y si no me da tiempo, pillaré un bocadillo al lado de la librería. No se apure, hoy día lo hace mucha gente.

Juan Pedro se dirigió a su cuarto y, después de cerrar la puerta con pestillo, arrimó una silla al armario y del altillo extrajo el paquete envuelto en tela engrasada que guardaba el Colt 45. Colocó el revólver y la caja de cartuchos en el fondo de su zurrón, se lo echó a la espalda y, tras despedirse de su madre, bajó la escalera. Durante ese tiempo había trazado un plan. Su hermano le había dado una dirección para casos de emergencia; allí, si él no estaba, sabrían dónde buscarlo. Máximo incluso le había dado la consigna para tocar la aldaba: dos golpes secos y separados y tres muy seguidos.

En aquel momento lo urgente, y más con la carga que llevaba encima, era burlar, si llegaba el caso, a la policía, y su plan ya contemplaba cómo hacerlo. En la parte trasera de la portería había una ventana que daba al patio de vecinos, compartido con la casa que hacía esquina y que también tenía salida por la parte de detrás de la otra portería. Tras comprobar la seguridad, con el zurrón disimulado bajo el brazo, se dirigió a la librería del señor Cardona. A aquella hora estaba cerrada, pues a don Nicanor acostumbraba recogerlo su hermana al mediodía y regresaba a las tres y media. Juan Pedro tenía la llave de la portezuela que daba a la portería de la casa, y el portero lo conocía de otras veces. Entró discretamente, encendió el globo de gas de la trasera y se dirigió al cuartucho donde tenía su armario y colgaba la bata que usaba para la tienda; encima del mismo había un gran cajón de madera que servía de trastero. Juan Pedro lo bajó al suelo y lo inspeccionó a fondo; allí había de todo. Removió los artilugios e hizo un hueco en el fondo, donde colocó el paquete con el revólver, lo cubrió de cachivaches y volvió a dejarlo en su sitio. Luego apagó el quinqué y salió de la tienda. Ya en la calle, más ligero que a la llegada, partió en busca de Máximo.

Los confabulados sabían qué hacer en aquellos casos, lo habían ensayado durante meses. Cada uno tenía un cometido. Paulino y Máximo se arribaron al ventanuco del primer piso para ver quién era el visitante. Cornejo colocó el taburete junto a la trampilla que daba a los tejados de detrás. Gervasio Gargallo se dirigió a un arcón que había al fondo, y de él extrajo una escopeta de cañones recortados y dos granadas de mano, en tanto Salvador retiraba la escalera que ascendía al altillo y cerraba el agujero con la tapadera correspondiente.

La voz de Máximo sonó tranquilizadora.

—Es mi hermano. Algo grave ha ocurrido cuando viene a buscarme aquí.

—¿Le has dicho dónde nos reunimos? —indagó Pallás.

—Es de absoluta confianza. Únicamente se lo conté para casos de emergencia.

—Mal hecho, sin consultar. Pero ahora ya está. Baja a abrirle y hazle subir. Queremos enterarnos todos del asunto.

Máximo descendió la escalerilla y se precipitó a abrir media compuerta. Juan Pedro traspasó el umbral y aguardó a que su hermano volviera a cerrarla.

—Han venido a buscarte, Máximo.

—Calla, ahora nos explicarás a mí y a los compañeros lo que ha ocurrido.

Juan Pedro entendió el mensaje y aguardó a que su hermano le mostrara el camino. Máximo, tras ajustar el portón, se dirigió al fondo precediendo a Juan Pedro en el ascenso por la escalera vertical. Cuando ambos estuvieron de pie, el corro ya estaba formado.

—Éste es mi hermano Juan Pedro. Respondo de él. —Luego, como excusándose, añadió—: Mi madre es viuda y ha sufrido mucho; es por ello, y por si le pasaba algo, por lo que mi hermano sabe dónde buscarme.

Santiago Salvador habló.

—Está bien. Deberías haberlo dicho antes, pero ¡a lo hecho, pecho! Acerca dos sillas, y tú —dijo dirigiéndose a Juan Pedro— desembucha eso tan importante que te ha traído hasta aquí.

Todos ocuparon de nuevo sus puestos y Juan Pedro se sentó en una silla que había arrimado Gargallo.

Salvador lo interpeló.

—Vamos a ver si te explicas bien. El hecho de venir hasta aquí implica que el asunto es de importancia.

—Han venido a buscar a Máximo.

Salvador intervino de nuevo.

—Vale; pero explícanos el canto y el argumento de la ópera.

Juan Pedro refirió con detalle todo lo acontecido; el relato de su madre, la decisión de ir a avisar a su hermano y, por fin, su peripecia por salir de su casa sin que nadie lo viera y llegarse hasta allí.

Ahora fue Paulino el que quiso saber si había tomado las precauciones correspondientes.

—He dado un gran rodeo y estoy cierto de que no me ha seguido nadie.

—¿Dices que has cogido un arma? Muéstrala.

—La he guardado; está a buen recaudo. No he querido acercarme hasta aquí con esa carga encima.

Ahora fue Gargallo, que se ocupaba del armamento, quien, dirigiéndose a Máximo, indagó:

—Las armas siempre han estado custodiadas y a mi cargo, ¿por qué tenías en casa eso?

Máximo, algo nervioso, respondió:

—Me hice con ella cuando perdí los dedos y me iba a practicar con la mano derecha a un descampado de un amigo que está en el barrio del Clot.

—Ese amigo ¿sabe algo de nuestro grupo?

—Cree que es cosa mía. Le dije que era por si venían a por mí los matones de los empresarios, que tenía enemigos personales, pero nada le conté del grupo.

Pallás interrumpió en aquel instante.

—Vamos a dejar eso ahora, que a nada conduce. Está claro que buscan a Máximo, sería una imprudencia imperdonable no ocultarlo. ¿Estáis de acuerdo?

—No del todo —argumentó Salvador—. Si desaparece de la fábrica y ni su familia sabe dónde se encuentra, evidenciará una culpa.

—Ya es tarde. Su única salida es ocultarse; de lo contrario, es hombre muerto.

—Tiene una coartada: en esa fecha y a esa hora estaba en Sabadell.

—Con su patrón en contra y el testimonio del Rata, no se la tendrán en cuenta.

Todos asintieron.

—Entonces, si alguno tiene alguna idea, que la exponga.

Varias fueron las soluciones que se aportaron y finalmente se adoptó la de Paulino Pallás. El hermano de su cuñado tenía una masía a cuatro kilómetros de San Acisclo de Vallalta, que se conocía por Can Deri y estaba ubicada en el camino de Dones d'Aigua, entre los términos de Arenys de Munt y de San Pol. El hombre era secretario de la Unión de Payeses y simpatizante del mundo anarquista. Máximo se refugiaría allí durante un tiempo indeterminado, ayudando en lo que conviniera en las tareas del campo. El enlace para cualquier cosa sería Gervasio Gargallo. Desde luego, Juan Pedro tenía prohibido acercarse por allí ya que suponían que la policía, al no hallar a Máximo ni en su domicilio ni en la fábrica, podría seguir al muchacho. Cualquier recado o urgencia que tuviera algo que ver con su madre se avisaría depositando una nota escrita en el cepillo de la capilla de San Antonio en la iglesia de Santa Madrona, cuyo párroco estaba en la pomada. Por el momento, Máximo podía quedarse el Colt por si tenía que defenderse; en caso de que lo necesitaran, se lo reclamarían.

41
Amelia y Consuelito

A melia notó que alguien la sacudía por los hombros. En un primer momento creyó que seguía soñando; después oyó la voz de Consuelo, que se abría paso lentamente entre las brumas de su cerebro.

—Despierta, Amelia. ¡Has dormido nueve horas! Tenemos muchas cosas que hacer.

Las palabras de su amiga la despertaron del todo. Lo sucedido la noche anterior regresó lentamente a su cabeza y el universo se le vino abajo.

—¿Qué hora es?

—Las cuatro de la tarde.

Ahora sí que Amelia regresó al mundo, e incorporándose completamente del lecho fue consciente del drama que se avecinaba. Se tapó el rostro con las manos y comenzó a llorar.

—Déjate de lloros, que no es el momento. Ya has cometido demasiadas torpezas para añadir otra.

Amelia alzó el rostro y miró a su amiga.

—Pero ¿te das cuenta? ¿Cómo vuelvo yo a casa a estas horas? ¿Qué le digo a mi madre? ¡Mi padre me deslomará!

—Ya te lo he explicado esta mañana antes de irme: he pensado en todo. Ahora vas a hacer cuanto te diga.

Amelia se agarró a Consuelo como el náufrago a un tablón de madera.

—¿Qué has planeado?

—Anda, vístete, y te lo iré contando.

En aquel instante apareció doña Justa llevando una bandeja con un tazón de leche humeante, dos tostadas con miel y un bollo de azúcar. Vestía un traje de tartán a cuadros, un delantal de percal y un pañuelo en el cuello.

Doña Justa tenía dos varas de medir: una para los hombres, a los que odiaba cordialmente y consideraba sus enemigos, y otra para las mujeres, sobre todo si éstas habían caído en desgracia. A los primeros no los admitía en su casa fueran de la clase que fuesen; no quería estudiantes, ni empleados ni cesantes. Su marido se había ido a América dejándole tres hijas, y su lucha por sacarlas adelante fue una epopeya. La vida en general en aquellos pisos era sórdida, pero ella se las arreglaba para tener una pensión decente, aunque únicamente para señoritas, empleadas del hogar interinas o dependientas de comercio, a las que exigía costumbres morigeradas y moral intachable. No tenía mal carácter, más que con la criada, a pesar de ser sobrina suya.

—Anda, tómate esto, que un par de tostadas con miel y un bollo de azúcar resucitan a un muerto. ¡Te aseguro que después verás las cosas de otra manera!

Consuelo se hizo a un lado para permitir que doña Justa colocara la bandeja sobre las rodillas de Amelia.

—No voy a poder; no me entra nada en el estómago y, además, no me va lo dulce.

—Si prefieres las tostadas con aceite y sal...

Ahora fue Consuelo la que se impuso.

—Vas a tomarte esto como me llamo Consuelo, ¡a ver si empezamos a hacer las cosas con la cabeza! —Y tomando el tazón de leche de la bandeja lo acercó a los labios de su Amelia—. ¡Bebe! —ordenó, tajante.

Amelia, forzada por su amiga, comenzó a beber lentamente.

—Así me gusta, ¡buena chica! Ahora para, desmiga el bollo y come.

Amelia no tenía ánimos ni para discutir; primero dio cuenta del bollo y luego de las tostadas con miel, y cuando hubo finalizado tuvo que reconocer que empezaba a ver las cosas de otra manera.

—Cuéntame, ¿qué has pensado?

Doña Justa se sentó a los pies de la cama dispuesta a escuchar todo lo que hablaran las dos muchachas. La historia le interesaba en grado sumo; bien racionada, iba a proporcionarle tema para dos semanas con las vecinas del barrio.

En aquel instante Petra, su sobrina, apareció en el quicio de la puerta.

—Doña Justa, he de ir al colmado para...

—¡Te he dicho cien veces que no me interrumpas cuando estoy con las clientas! ¡Por Dios, qué mal te educó mi cuñada! Déjanos ahora.

La muchacha se esfumó sin hacer comentarios; aquélla era la bronca de todos los días.

Consuelo, que ya estaba al caso, hizo como si no se hubiera enterado y, dirigiéndose a Amelia, comenzó su perorata.

—No he pensado, he hecho.

Amelia era toda oídos, parecía que le iba la vida en ello.

—El madrugón me ha proporcionado el tiempo suficiente para pensar y arreglar algunos detalles que afectan a nuestra historia. Antes de entrar en El Siglo me he ido directamente a tu casa. He tenido suerte, pues tu padre tenía guardia en el ayuntamiento y no había ido a dormir. Cuando yo he llegado, tu madre estaba a punto de ir en tu busca; afortunadamente no ha sido así.

—Pero ¿qué le has dicho para justificar que he pasado la noche fuera?

—Ten un poco de paciencia y escucha. Como puedes imaginarte, tu madre estaba en ascuas. Ni siquiera he tenido que llamar a la puerta; cuando he llegado ella salía. Nos hemos instalado en el comedor. Estaba hecha un manojo de nervios, pero he conseguido calmarla y que me prestara atención. Le he explicado que cenamos juntas en uno de los merenderos de La Barceloneta, que tomé unos mejillones y que alguno debía de estar malo porque me puse a morir, que me trajiste a casa, que doña Justa había salido, que tuviste que ir a llamar al practicante del entresuelo, y que éste certificó mi intoxicación y me recetó unas gotas que había que administrarme cada dos horas junto con un gran vaso de leche, que fuiste a la botica con el sereno a buscarlas, que no tuviste más remedio que quedarte conmigo y no pudiste avisarla, que esta mañana, después de la última toma, que fue a las siete, te quedaste a mi lado, rota y dormida, y que no he tenido corazón para despertarte, por lo que todavía débil, me he levantado, me he echado un abrigo sobre los hombros y he ido a avisarla comprendiendo su angustia.

—¿Te ha creído?

—Eso me ha parecido. La mujer ha pasado una noche terrible, pero mi historia la ha aliviado, y ella quería creerme. Además, le ha proporcionado una excusa por si ha de contárselo a tu padre.

—Eres la mejor de las amigas, Consuelo. Me has dado la vida.

—Quien tiene un amigo tiene un tesoro —aseveró doña Justa levantándose—. Ya verás como todo acaba bien.

—Aún he hecho más cosas.

Amelia la interrogó con la mirada.

—He ido a El Siglo. Ya sabes que tengo ganado a Lucas, el encargado de tu departamento. Le he explicado la misma historia, y me ha dicho que no vayamos hasta mañana.

Amelia, gimoteando inconteniblemente, se abrazó a su amiga.

—¡Ea, ya está! Por el momento hemos salido del paso. —Doña Justa se sentía partícipe de los acontecimientos y de la solución de los mismos, y por lo tanto se atribuía parte del éxito obtenido—. Ahora arregla esa cara, que tu madre creerá que llegas de un funeral.

42

La vocación

Las dudas atormentaban a Antonio. Intentaba seguir puntualmente las clases de Derecho en la universidad, pero su mente estaba en otro lugar, a tal punto que con frecuencia se distraía mereciendo la amonestación de alguno de sus profesores. De un lado, la promesa hecha a su madre de terminar la carrera estaba siempre presente; sin embargo, del otro, sentía en su corazón cada vez más diáfana la llamada del Señor. Cada mañana antes de acudir a la universidad se acercaba a la iglesia del Seminario Conciliar de la calle Diputación para oír la Santa Misa, y en la comunión pedía encarecidamente una señal que le indicara el camino que debía seguir y el momento oportuno para hacerlo. Otra gran preocupación que atenazaba su alma era el momento de comunicar oficialmente su decisión a su padre; era consciente del disgusto que iba a darle, e inclusive se le había pasado por la cabeza la posibilidad de que afectara a su salud.

Por otra parte se sentía ajeno por completo a los temas que apasionaban a la juventud; ni el deporte ni la política —tan en boga en aquellos tiempos— llamaban su atención, y mucho menos las continuas broncas que se armaban en los claustros entre los monárquicos centralistas partidarios de los Borbones y los incondicionales de una Cataluña autónoma. En más de una ocasión recurrió al magisterio del decano doctor Durán y Bas para intentar buscar la luz; la opinión del eximio catedrático fue que en forma alguna debía dejar la carrera, ya que de hacerlo se perdería un magnífico abogado.

La noche anterior, lleno de dudas y vacilaciones, volvió a acudir al consejo de su madre. Doña Adelaida estaba desbordada; de un lado, la felicidad de su hijo; del otro, la inmensa responsabilidad de ser copartícipe en el tremendo disgusto que iba a llevarse su marido, con el cual no había vuelto a abordar el tema.

—Ve a ver a mosén Cinto; él te aconsejará mejor que yo.

A la tarde del día siguiente, Antonio, tras la clase de procesal —la única que se daba a aquella hora—, se despidió de su amigo José María Argelaguet, que era el gran depositario de sus cuitas y que tan bien lo conocía, y no supo eludir sus preguntas.

—¿Has tomado tu decisión?

—Ya no aguanto más. Siento en el alma que Dios me llama y no quiero demorar mi respuesta con excusas de mal pagador. Ahora es acabar la carrera, luego será el no dar un disgusto a mi padre y, finalmente, «Has de echar una mano en la fábrica; demora tu decisión un año». Y no estoy dispuesto, por más que ya me resulta muy difícil seguir con esta comedia en mi casa.

—¿Sabes lo que me apena de esta situación?

—¿Qué es ello, José María?

—Que se acabaron las empanadillas de atún que hace Ascensión y que nos comíamos frías a las tres de la madrugada cada vez que iba a estudiar de noche a tu casa.

—No tienes arreglo, ¡eres un guasón!

—Entonces ¿vas a ver ahora a mosén Cinto?

—«Ya mismo», como dice Silverio.

—¿Quieres que te acompañe?

—No te lo tomes a mal, pero prefiero ir solo. Así en el trayecto, de aquí al palacio Moja, se me aclararán las ideas.

—¿Todavía vive allí?

—Allí me ha citado.

—Me parece haber oído en algún lado que tiene problemas con su protector y que recibe a la gente en la casa de una tal viuda Deseada Durán.

—Yo también he oído algo, pero no quiero dar pábulo a rumores sin fundamento. Desde el momento en que me ha citado allí, es que allí está.

—Está bien, Antonio, te deseo toda la suerte del mundo. Y ya sabes que puedes contar conmigo en cualquier circunstancia.

—No hace falta que lo remarques, estoy seguro de ello.

Antonio atravesó el claustro junto al estanque central del patio de Derecho, luego entró un instante en la capilla y rezó con devoción, pidiendo ayuda al Señor en trance tan delicado, claridad de ideas y calidez en el verbo para explicarse lo más atinadamente posible; tras santiguarse otra vez y hacer una genuflexión en el pasillo, salió al claustro, cruzó con paso acelerado la entrada del edificio, mirando de soslayo las estatuas de los insignes próceres que habían iluminado con sus luces su respectiva época, y se halló en la Gran Vía de las Cortes.

Hacía frío. Antonio se alzó las solapas de su gabán y se dirigió a través de la calle Pelayo a las Ramblas. Durante el trayecto su mente era un potro desbocado; los pros y los contras se amontonaban, y su ser se desdoblaba en dos personajes: el uno apostaba por seguir la carrera y evitar el disgusto de su padre, y el otro argumentaba que su primera obligación era para con Dios, al que no se podía engañar con excusas de mal pagador.

En éstas se paró en la iglesia de Belén y, más para calmar su ánimo que por otra cosa, entró en ella y se sentó en el último banco, donde, por enésima vez, puso en orden sus ideas. «*Alea jacta est.*» Aquella tarde Antonio iba a pasar su Rubicón particular; la suerte estaba echada.

Salió de nuevo a la calle y cruzó la calzada que lo separaba de la puerta del palacio Moja. Sin pensarlo, apretó el botón del timbre y al instante un criado vestido con calzón corto y levita de doble botonadura abrió la puerta. La casa de los Ripoll era en verdad una mansión de la alta burguesía, pero aquello era un palacio como no había visto otro igual.

—¿Qué se le ofrece?

El criado indagó, entre cortés y displicente.

—Estoy citado con mosén Cinto Verdaguer.

En aquel instante la patricia cabeza de don Claudio López Bru asomaba por el arco del recibidor.

El criado se excusó como dando explicaciones.

—El señor viene a ver al mosén.

El ilustre prócer se dirigió a Antonio.

—¿Nos conocemos?

Antonio se explicó.

—Soy Antonio Ripoll, hijo de don Práxedes, y estoy citado con mosén Cinto.

—Sea entonces bienvenido a esta casa. Su padre ocupaba cargos de responsabilidad en muchos de los comités de la Exposición Universal que yo presidí.

Antonio, que había llamado al timbre con cierto reparo dada la evidente animosidad con la que siempre se nombraba en su casa a don Claudio López Bru, se sorprendió ante la cordial bienvenida que le prodigaba el prócer.

—¿Puedo ayudarle en algo?

—Como le decía, me ha citado mosén Cinto Verdaguer; es mi confesor y padre espiritual —aclaró.

Don Claudio se dirigió al criado.

—Avise a mosén Cinto que ha venido a verle don Antonio Ripoll. —Luego, sonriendo, añadió—: Por lo que intuyo, una de sus ovejas nada descarriada. Y ahora, si me excusa, me reclaman mis obligaciones.

—Por favor, don Claudio. Quedo en deuda con usted.

—Pues entonces que le vaya bien con mosén Verdaguer.

Partió don Claudio, y el criado, tras cerrar suavemente la puerta, hizo pasar a Antonio a un salón interior.

—Aguarde un momento aquí.

El joven miraba asombrado el entorno donde todo era lujo y exquisitez: tapices de gobelinos cubriendo las paredes, cuadros de las mejores firmas de pintores catalanes, vitrinas repletas de objetos maravillosos, tres tresillos de estilo y tapicerías diferentes formando diversos ambientes; en los suelos gruesas alfombras, de modo que los pasos del insigne poeta lo sorprendieron.

—La puntualidad, Antonio, es cortesía de reyes.

El muchacho se volvió cuando la imponente figura del clérigo estaba ya en el centro del salón. Antonio se precipitó a besar la mano que le tendía el fraile, y éste, con la otra, le acarició la cabeza.

—No sabe cuánto le agradezco que me haya recibido y que emplee su tiempo en alguien tan poco importante como yo.

—Eso no me gusta, Antonio; la falsa modestia es la virtud de los que no tienen otra. En la vida estamos obligados a distribuir bien el tiempo que, como sabes, es finito, y nada hay más importante que bien emplearlo; cada cosa en su tiempo y un tiempo en cada cosa... ¡Hoy el mío está dedicado a un alma que aprecio mucho!

—Me abruma, mosén.

Hubo una pausa entre los dos.

—Como intuyo que el tema es profundo y que las paredes oyen, creo que estaremos mejor en mis habitaciones. Sígueme, Antonio.

Partió el clérigo y tras él lo hizo Antonio, admirando todas las estancias que se abrían a su paso. Llegaron ambos a una gran escalera en cuyo comienzo y ornando su barandilla lucía una cariátide con una antorcha de vidrio policromado que iluminaba la embocadura. Antonio no sabía ya qué admirar. Mosén Cinto lo tuteló por los pasillos del primer piso hasta una artesonada puerta cuya madera había sido trabajada por el sabio buril de un avezado artesano.

—Ya hemos llegado.

Y diciendo estas palabras y tirando de una cadenilla extrajo del hondo bolsillo de su loba un pequeño manojo de llaves, escogió una de ellas, la introdujo en la cerradura y abrió la puerta de sus habitaciones.

—Pasa, Antonio. Aquí estaremos bien y podremos hablar sin interrupciones ni oídos indiscretos, que siempre los hay.

Antonio se introdujo en la gran estancia. Al igual que el resto de la casa, ésta era regia; al fondo vio un gran cortinón, que intuyó que separaba el dormitorio de la misma; lo que sus ojos alcanzaban a ver, sin dejar de ser sobrio, era magnífico: las paredes tapizadas de anaqueles y éstos llenos de libros, una inmensa mesa de despacho, tras ella un sillón frailuno de madera de ébano y cantos de baobab, y ante la misma dos más pequeños sin orejeras. En un rincón se hallaba lo único modesto de la habitación: un pequeño reclinatorio plegable presidido por un crucifijo con una hermosa talla de Cristo.

Antonio comentó la peculiaridad del reclinatorio.

—Mosén, ¡qué curioso!

—Lo conservo de mis tiempos que llamo yo de «*pastor et nauta*», como dijo Malaquías, de cuando ejercía de cura de a bordo en los viajes de la Trasatlántica a Cuba y a Puerto Rico. —El fraile se adelantó—. Mira la curiosidad. —Apretando dos pequeñas moldu ras y plegándolo, redujo el reclinatorio a la mínima expresión—. A bordo todo espacio es necesario. Este lugar de oración ha atravesado el charco más de quince veces.

—¡Qué vida tan interesante la suya, mosén!

—Realmente puedo decir que he perseguido al maligno en cuatro continentes; me falta Oceanía. Aunque en verdad no se precisa viajar mucho para encontrarlo; aquí, en Barcelona, debo luchar con él de continuo.

Tras una pausa el clérigo invitó a Antonio a sentarse frente a él, y una vez acomodados volvió a hablar.

—Procedamos, Antonio. Sé por lo que estás pasando; muchos jóvenes incomprendidos por sus familias pasan por lo mismo. Pero el tiempo de hablar ya se termina y va llegando el tiempo de hacer. Explícame lo que has pensado desde nuestra última charla; quiero conocer hasta el más recóndito de tus pensamientos.

Antonio cruzó las manos nerviosamente e hizo crujir sus nudillos.

—La verdad, mosén, no me veo con ánimos de acabar mi carrera en estas condiciones. Eso no quiere decir que, si me aceptan en el seminario y mis superiores lo creen conveniente, vuelva a los estudios y termine las materias que me faltan.

—¿Cuántas te faltan, Antonio?

—Si este trimestre apruebo procesal segundo, aún me quedará otro año completo.

El fraile arrugó el entrecejo y antes de hablar meditó profundamente.

—Me temo que no habrá más remedio que dar un pequeño disgusto a tu padre.

—No va a ser pequeño, mosén.

—Se le pasará, Antonio. Y no he de equivocarme si, con el tiempo y desde tu vocación, llegas a ser el sostén de su vejez.

—O quizá sea el causante de que le de un infarto de miocardio.

—No te preocupes, Antonio; el ser humano aguanta mucho más de lo que se cree. Tu padre no morirá de esto, y a lo mejor es un bien para su alma y tú eres el instrumento del que se vale Dios para llevarlo a buen carril.

—Si tuviera esa certeza esta misma noche hablaría con él.

—Ni tan pronto ni más tarde. Lo que sí está claro es que la fruta está madura y que el tiempo de recoger la cosecha ha llegado.

—Entonces, padre, dígame lo que debo hacer.

—Querido hijo, no dudes que nada me costaría hacer de mensa-

jero de tan importante nueva, pero creo que debes ser tú mismo el
que hable con él. Tu madre estará al quite y yo mismo, si soy requerido, acudiré presto.

—¿Entonces…?

—Dame dos días, y yo hablaré con el obispo Morgades y le ex-
pondré tu caso, que es realmente insólito. Creo que por ahí podremos hacer excepciones. Es fácil que, aparte de impartirte teología,
que es asignatura que no has visto nunca, te asimilen a los de segundo o quizá tercer curso; si tal aconteciera y durante el tiempo del
Seminario Conciliar, yo te nombraría mi secretario.

43
Los niños mendigos

Pancracia Betancurt* desconcertaba a Alfredo Papirer. Era inne-
gable que el negocio propuesto por aquella mujer tenía posibilidades y que el tan ansiado nivel de vida al que él siempre había aspi-
rado se acercaba cada día más. Sin embargo, el misterio que rodeaba
sus apariciones, su sistemático mutismo al respecto de sus actividades y el no saber con qué Pancracia iba a encontrarse lo tenía nervioso y malhumorado. A través de sucesivos encuentros, procurando no irritarla y aprovechando los momentos que ella acudía al
estudio acompañando a niños, fue entresacando retazos de la historia y componiendo una imagen que reflejaba varias facetas de aquella extraña y poliédrica mujer. De momento, su atuendo variaba
constantemente, dependiendo de si iba o venía, si era por la tarde o
por la mañana y si representaba uno u otro papel. Igual se presentaba vestida de niñera con el atuendo propio del oficio o de mujer de
clase baja, pareja de un obrero, con falda de humilde sarga, corpiño
raído, delantal mugriento y el pelo recogido en un moño, o de beata
de iglesia —como cuando tenía que acompañar a mosén Cinto para
representar diversos simulacros de exorcismos—, totalmente de negro, misal y rosario en las manos y el pelo cubierto con una mantilla. Lo más llamativo, con todo, fue la vez que acudió hecha un

* El personaje de Pancracia Betancurt está fundamentado en la historia de Enriqueta Martí, mujer conocida como la Vampira de la calle Ponent —hoy calle Joaquín Costa—. Su relación con los personajes de ficción de esta novela obviamente no
existió, como tampoco con los históricos.

brazo de mar excusando su asistencia aquella noche y aduciendo que su amante la había requerido a última hora para acudir al Gran Teatro del Liceo. En lo que era exacta y cumplidora era en la liquidación de la parte de beneficios que le correspondía. Papirer entregaba las placas reveladas el lunes por la mañana y, a lo más tardar, al sábado siguiente tenía su parte en el bolsillo. A las sesiones que ella llamaba «de trabajo» acudía acompañada de niños muy pequeños y, por cierto, bien vestidos; en una bolsita llevaba caramelos y chucherías, y planteaba la sesión unas veces como un juego y otras los dominaba a gritos; al finalizar, sorprendentemente, los vestía de harapos, recogía sus cosas y se largaba. En esas ocasiones iba siempre vestida de niñera y, al igual que los niños, ella también se cambiaba de ropa y salía vestida de mendiga.

En cierta ocasión y con la excusa de que su querido se lo había pedido, se hizo fotografiar desnuda y en procaces posturas. Al acabar la tarde y ya anochecido bebieron bastante alcohol, y Papirer se atrevió a hacer preguntas. Los niños modelos que a veces había traído eran hijos que le confiaban familias acomodadas para llevarlos al parque por la tarde; ella los vestía de harapos, se disfrazaba asimismo de pordiosera y los obligaba a pedir limosna por lugares alejados de sus domicilios; de esta manera, argumentó, aprovechaba mejor el tiempo.

Aquella noche en la que la absenta le soltó la lengua Alfredo se enteró de muchas cosas. La Betancurt era originaria de San Feliu de Llobregat y su casa, conocida como Cal Lindo, estaba ubicada en el n.º 21 de la calle Falguera. De pequeña, jugando con un niño de catorce años hizo que éste le enseñara el pene y se lo medio mutiló con un apero de labranza, alegando que había intentado violarla. Se escapó al cumplir los quince y vivió de mil oficios, estuvo casada con un tal Joan Pujaló, no tuvo hijos y cuando descubrió el Raval supo que había hallado el centro del mundo.

Papirer quería y dolía. Cuando las modelos eran prostitutas y ellos, macarras de las Ramblas, trabajaba tranquilo, pero lo de los niños le traía a mal traer, no por escrúpulos de conciencia, sino más bien por lo que entrañaba aquella peligrosa actividad.

Cierto día argumentó:

—¿No nos estaremos metiendo en algún lío gordo?

—No te preocupes. Tengo una libreta que, si quieres, te dejaré copiar; es mi salvoconducto.

—Y ¿qué hay en ella para que te sientas tan segura?

—¡Algo que haría correrse de gusto al cabrón del famoso inspector Peláez! Es una lista con una relación de nombres que daría mucho que hablar en los más encopetados cenáculos si se expusiera en letra impresa a la opinión pública. En ella figuran médicos, abogados, comerciantes, escritores, políticos, hasta algún torero de postín y otras personalidades de la alta sociedad barcelonesa, ¡lo mejor de cada casa!

—Entonces ¿podemos estar tranquilos?

—Ni en tu sepulcro podrás descansar más en paz.

44
El día aciago

Gumersindo Azcoitia conocía muy bien a su patrón. Cuando algo no era de su agrado o lo incomodaba profundamente, el párpado superior de su ojo derecho temblaba de manera apenas perceptible. Ambos hombres habían cambiado impresiones acerca del aval del Hispano Colonial, cuyo recuerdo todavía sulfuraba a don Práxedes.

—¿Ha visto, Gumersindo, la noticia que trae hoy *La Vanguardia* en portada?

—Todavía no he tenido tiempo.

—Pues lea.

Práxedes empujó sobre la mesa el ejemplar del periódico hacia el lugar donde estaba su secretario y éste se dispuso a leer.

> A las cuatro de la tarde de ayer salieron de la casa del marqués de Comillas los infantes doña Eulalia y don Antonio, en landó tirado por cuatro caballos con postillones.
>
> Detrás seguían un carruaje con los condes de Cumbres Altas y marqueses de Comillas, y otro con el doctor Camisón.
>
> Dirigiéronse por las Ramblas de los Estudios, Canaletas, Cataluña, calle de Cortes, plaza Tetuán y Paseo de San Juan, a la Estación del Norte.
>
> En la sala de descanso esperaban a SS. AA. el capitán general, obispo, gobernador civil, Audiencia, Diputación Provincial y Ayuntamiento con maceros, los oficiales generales residentes en esta capital, los jefes y oficiales francos de servicio de los cuerpos de la guarnición, oficiales de la Capitanía del Puerto y de los buques surtos en el mismo, senadores y diputados residentes en esta capital y varios particulares.

El andén estaba completamente lleno por las familias más distinguidas de esta capital.

Al llegar SS. AA., la compañía de Alfonso XII, que, con bandera, música, banda de cornetas y escuadra de gastadores, estaba formada en un extremo del andén, hicieron los honores de ordenanza.

Antes de partir el tren se dieron vivas a S. M. el rey, a la reina regente y a la familia real.

A las cuatro y media partió el tren entre los acordes de la *Marcha Real*.

Acompañaron a SS. AA. hasta Tarrasa el capitán general, obispo, gobernador civil, don Manuel Girona, don Claudio López Bru, entre otros distinguidos próceres barceloneses.

Gumersindo alzó la vista de los papeles y aguardó la opinión de su jefe.

—¿Se da usted cuenta, Azcoitia? ¡Así es la vida! Unos nacen con estrella y otros estrellados. Para que a mi casa le otorguen algún mérito he de trabajar como un negro, aguantar conversaciones de cretinos nacidos de noble cuna y hacer un sinfín de equilibrios, usted lo sabe muy bien; en cambio a otros, que siempre que pueden entorpecen mi camino, todo les es dado gratuitamente. ¡Ya ve...! Que si méritos, que si medallas, que si acompañar a la familia real, que si honores eclesiásticos... En fin, lo que a mí tanto me cuesta a ellos se les otorga por nacimiento. En esta Barcelona de mis pecados hasta que no se cumplen cuatro generaciones eres un advenedizo.

Los comentarios de Práxedes destilaban hiel. El esfuerzo de toda una vida se le medía según las aportaciones económicas que pudiera hacer para mejorar la ciudad. Estaba en un sinfín de comités, en cargos de sociedades municipales y en otros patronatos menores, pero siempre de vocal, de adjunto o de cualquier cargo menor que su dinero pudiera comprar. En el único lugar donde ocupaba un lugar destacado era en la logia Barcino, en la que su influencia y sus contactos habían conseguido que la admisión del capitán Almirall comenzara el trámite. Este último pensamiento lo retrotrajo al negocio tan trabajosamente iniciado en Portsmouth.

Como si Gumersindo le hubiera adivinado aquel pensamiento, preguntó:

—¿Sabemos algo más del negocio de Dakar?

—Lo último fue el telegrama desde Lisboa. Afortunadamente, tras la llegada de los técnicos ingleses y reparada la avería, el barco partió para Dakar, contando que esa incidencia ha retrasado el viaje. Aparte de eso, Almirall está admirado de cómo está yendo el *Nueva Rosa*; eso del carbón, por lo visto, es una auténtica maravilla. El barco ya no depende del viento, alcanza en punta los catorce nudos, pero mantiene perfectamente los once o doce de crucero. Por otra parte, parece ser que Almirall tiene una buena tripulación. ¡Esperemos que todo transcurra sin novedad y que Dios nos proteja!

—¡Esperemos!

Tras una pausa, el secretario quiso aliviar el mal sabor de boca que a su patrón le había dejado la lectura de la noticia.

—Don Práxedes, no hay mal que por bien no venga. Tras el incendio de la fábrica, por cierto, que todo se va arreglando, parece ser que don Germán se toma las cosas con mucho más interés.

—Ojalá sea así, que ya iba siendo hora.

En ese instante, tras unos discretos golpes en la puerta, apareció el rostro de doña Adelaida. Gumersindo se levantó al punto, y a Práxedes le extrañó la interrupción de su esposa.

—Siéntese, Azcoitia, por favor, no querría interrumpir.

Práxedes respondió algo desabrido:

—Ya lo has hecho. ¿Qué cosa tan urgente te trae hasta aquí?

—Tú lo has dicho: es cosa lo suficientemente importante para no hablarla durante la comida delante de los criados.

—Entonces, doña Adelaida, intuyo que sobro. Si no quiere otra cosa de mí, don Práxedes, yo me retiro.

Práxedes estaba ciertamente extrañado; rara vez Adelaida entraba en su despacho.

—Vaya a sus quehaceres, Azcoitia. Mañana por la mañana me acompañará al notario; entre otras cosas, debo renovar sus poderes.

—Me honra usted con su confianza. Si no manda nada más...

—Puede retirarse.

Partió Azcoitia y el matrimonio quedó frente a frente. Apenas salido el secretario, Adelaida se sentó delante de su esposo y éste, incómodo por la interrupción, la amonestó.

—Ya sabes que no me gusta que se me moleste cuando estoy en el despacho. Espero que tu comisión sea algo importante.

—Práxedes, ¡ya me conoces! Lo que te tengo que decir no es únicamente importante; de ser así, habría aguardado a la hora de comer; más bien creo que es fundamental para la futura felicidad de esta familia.

Don Práxedes descolgó los quevedos que cabalgaban sobre su

nariz intuyendo que el mensaje que intentaba transmitirle Adelaida era realmente importante.

—Está bien, querida, soy todo oídos.

La mujer dudó unos instantes.

—Estoy aquí como esposa y madre porque creo que es mi obligación, pero es Antonio el que quiere hablar contigo.

En ese momento Práxedes se puso en guardia; que su mujer ejerciera de introductora le causaba desasosiego.

—¿Desde cuándo un hijo mío requiere la asistencia de su madre para decirme algo?

—No se trata del hecho de hablar, se trata del tema a abordar; sé lo que piensas al respecto, y de no ser de capital importancia para él, yo no estaría aquí.

Ahora sí que Práxedes se alarmó.

—No demoremos más esta cuestión. Llama a tu hijo.

Adelaida, sabiendo que Antonio estaba en la salita de música, alzó la voz.

—¡Antonio, pasa por favor!

El muchacho entró en el despacho y se quedó en pie frente a su padre. A Práxedes le sorprendió su aspecto; conocía perfectamente a su hijo, y su mirada no cuadraba con la memoria que tenía de ella. Antonio era un joven espigado; sus facciones eran muy correctas: frente amplia, nariz recta, mentón pronunciado, mirada profunda, ojos castaños al igual que los cabellos, y manos de pianista de dedos extremadamente largos. Poseía además una cualidad que sulfuraba a su padre: desde muy pequeño, Antonio era excesivamente desprendido, jamás pensaba en él mismo y, siempre que la ocasión lo requería, se desvivía por los demás.

Práxedes miró alternativamente a su mujer y a su hijo, intentando dilucidar qué vínculo había entre ellos, pues al punto supo que formaban un frente común.

—Siéntate, Antonio.

El joven ocupó el otro sillón que había frente al despacho de su padre.

—En primer lugar, quiero que me digas en qué ocasión no te he prestado atención para que tengas que enviar a tu madre como introductora de embajadores.

El muchacho respiró profundamente.

—No se trata de eso, padre; siempre que he requerido su atención la he tenido. Se trata del propósito que hoy me trae aquí. Creo que es un tema que compete a los dos, y si he hablado antes con mi madre ha sido para mejor proceder y para que me aconsejara la manera adecuada de exponérselo a usted, ya que sé que por parte de ella no hallaré impedimento.

Práxedes se puso en guardia. En aquel instante no barruntaba de qué iba el asunto ni el alcance del mismo.

—Está bien, Antonio, te escucho.

El muchacho miró a su madre y ésta hizo un ligero gesto de afirmación con la cabeza.

—Padre, con todo el respeto, imagino que usted desea mi felicidad en este mundo.

—¡Evidentemente! La respuesta es obvia.

Antonio hizo una pausa y volvió a tomar aliento.

—Crea que lo he intentado con todas mis fuerzas, pero yo no he nacido para ser abogado.

Práxedes se contuvo e intentó dar a su voz un tono neutro.

—Habrás perdido varios años de tu vida, ¿seguro que lo has pensado bien?

—Me ha quitado el sueño muchas noches, pero no me arrepiento; el saber no ocupa lugar, y las materias que he estudiado podrán servirme en el futuro.

—Hay profesiones que no están reñidas con la abogacía, desde luego. Sin embargo, mi ilusión era que fueras abogado; mis negocios requieren un letrado y todavía más considerando el mundo al que vamos abocados. Tu hermano tiene otras cualidades; es inteligente, pero le falta voluntad y le sobra amor a la buena vida. Tú habrías sido su retén y mi tranquilidad. Tu tío Orestes, mi cuñado, sólo tiene una hija y le va a saber muy mal tener que buscar fuera de casa lo que teníamos a mano. Pero ¡en fin!, si tienes otros proyectos, dímelos e intentaremos aunar voluntades.

Una pausa densa, augur de malos presagios, se instaló entre los tres. Aun así, la voz de Antonio no tembló.

—Padre, ya no tengo dudas: quiero ingresar este mismo año en el Seminario Conciliar y mi decisión es irrevocable.

Práxedes fue digiriendo lentamente las palabras de su hijo. Dado que su mujer no había vuelto a mencionar el tema, había creído sinceramente que los planes de su hijo habían quedado relegados al olvido. Luego su voz apenas podía contener la ira que lo embargaba.

Se dirigió a su mujer en un susurro preñado de rencor.

—Ésta es tu obra, Adelaida.

—Mi madre nada tiene que ver. Usted a lo mejor no lo entiende, pero si Dios llama a un alma, nadie puede hacer nada.

Práxedes saltó.

—¡Qué sabrás tú de eso, insensato! ¿Crees acaso que tienen vocación ese montón de jovenzuelos casi niños que caminan en formación por la calle Diputación embutidos en pequeñas sotanas y con fajas de color azul ciñendo su cintura? ¡Entran en el seminario para comer y para recibir una educación gratuita, en eso consiste la llamada del Señor!

—¡Práxedes, por Dios!

La voz de Antonio sonó templada.

—Con todo respeto, padre, los caminos del Señor son inescrutables; nadie sabe cómo ni cuándo llega la vocación. A lo mejor, tal como usted dice, entran en el seminario por otros motivos y Dios les envía su luz cuando están maduros para recibirla.

—Eso son excusas de vieja beata, ¡a otro perro con ese hueso! Yo sé por dónde entra esta hecatombe en esta casa. —Entonces se volvió hacia su mujer—. Ya ves cómo han acabado las misas de mosén Cinto... Que si socialmente nos va a favorecer, que si toda Barcelona se enterará... Finalmente tu Iglesia me roba un hijo, y yo tengo que poner buena cara a los manejos de ese esbirro de don Claudio López. ¡Así es como esas gentes se meten en la vida de los demás y, poco a poco, pretenden controlar la de todas las familias de Barcelona!

—Aunque no lo crea, padre, si he demorado mi decisión ha sido precisamente por los consejos de mosén Cinto, quien ha tenido en cuenta su postura al respecto de la religión y también el disgusto que ello puede proporcionarle a usted de momento.

Práxedes se aflojó la pajarita y se desabrochó el botón del cuello de la camisa, llevándose la mano al pecho.

—¡Práxedes, por Dios! ¿Qué te ocurre?

Madre e hijo se levantaron. Con el gesto de su mano Práxedes los detuvo.

—Dejadme solo, idos ahora. Di a Saturnino que me traiga las gotas.

—¿Llamo al doctor Goday?

—No te preocupes, no pienso morirme hasta que devuelva esta afrenta.

—¿Puedo hacer algo?

—¡Evidentemente, salir de mi despacho de inmediato!

45
Retazos

Lo siento en el alma, Luisa. Sabes que te tengo aprecio, pero el pago por mis desvelos hacia tu persona, tras tantos años, ha sido una puñalada por la espalda.

La costurera, encogida ante doña Adelaida, habría querido fundirse y desaparecer. Con los ojos llorosos y frotándose las manos una con la otra no sabía qué responder.

—Mi hijo Máximo estaba en Sabadell aquella tarde, usted lo sabe.

—Luisa, yo también soy madre, pero no se puede defender lo indefendible. Si tu hijo fuera inocente, se habría presentado a trabajar al día siguiente. Me cuentas que no sabes dónde está y que no lo ves desde hace varios días, ¡ya me explicarás qué quiere eso decir! Y además afirmas que la policía ha ido a tu casa un par de veces.

—Señora, él es incapaz de poner una bomba.

—Hay muchas maneras de causar un estrago; unos dan las ideas y otros las realizan. A la policía le consta que ha dado mítines por varias fábricas, soliviantando a los obreros, y eso es intentar subvertir el orden establecido.

Luisa todavía intentó defenderlo.

—Él es muy bueno, señora. ¡Ya ve, perdió los dedos y nada reclamó! Las malas compañías tienen la culpa.

—En cuanto a los dedos, tú sabes que fue un accidente, y en cuanto a las malas compañías, las madres somos responsables de que los hijos frecuenten amigos que les aporten cosas buenas.

—Yo trabajo todos los días, señora, y puede decirse que casi siempre para usted; bastante he hecho con criarlos a los dos.

—Acabemos esto, Luisa. La decisión está tomada, y no precisamente por mí. Lo que ha ocurrido es demasiado grave y lo de tu hijo Juan Pedro ha acabado de rematarlo. Tienes a mi marido y a mi hermano Orestes hechos una furia. ¿En qué cabeza cabe... y lo repito, sabes que te aprecio, que el hijo de una modista salga con mi sobrina?

—Señora, los jóvenes son así hoy día, no entienden de clases sociales.

—Pero tú sí entiendes, y a la menor sospecha deberías habérmelo dicho.

—Comenzaron prestándose libros y se hicieron amigos. La señorita Candela fue varias veces a la librería con su institutriz, y allí comenzó este desatino.

—Que ha costado muy caro a mucha gente. Miss Tanner ha sido despedida fulminantemente con la excusa de que sus servicios ya no son necesarios, pues mi sobrina va a ingresar interna en el Sagrado Corazón. En cuanto a Silverio, y eso que ese desgraciado no tenía ninguna culpa porque tan sólo obedeció órdenes, fue reprendido con dureza por mi esposo.

Un silencio espectral se instaló entre las dos mujeres; únicamente se oía el crepitar de los leños encendidos en la chimenea. Doña Adelaida emitió un largo suspiro que hizo que Bruja, la pequinesa, se removiera inquieta sobre su falda. Luego habló en un tono desconocido hasta aquel instante por Luisa.

—Lo siento, Luisa, quedas despedida. Si alguna vez te hace falta alguna cosa a ti, no a tus hijos, házmelo saber. Mi marido no quiere volver a verte por esta casa. Lo lamento, no puedo hacer nada.

La modista, hecha un mar de lágrimas, abandonó la salita.

Luisa salió desolada de la calle Valencia n.º 213. Su cabeza estaba hecha un auténtico lío. Cuando doña Adelaida, no sin un dejo de pesadumbre, le puso a sus hijos a las patas de los caballos, no supo ni qué responder. El argumento de la señora era irrefutable: si Máximo era inocente, ¿por qué no acudía al trabajo? En cuanto al comportamiento de Juan Pedro, se sintió a la vez culpable y engañada; lo primero porque ella lo había introducido en casa de los Ripoll y, de alguna manera, había hecho de mensajera; lo segundo porque entendía que su hijo pequeño le había ocultado acciones muy importantes que, de haberlas conocido a tiempo, jamás habría permitido.

Cuando llegó a su casa su aspecto era lamentable, pero al ver a Juan Pedro se encorajinó.

—¿Qué le pasa, madre?

—¿Que qué me pasa? ¡Yo te diré lo que me pasa! Pasa que tu hermano se ha dejado influenciar por malas compañías y se ha metido en algo muy serio que puede costarle muy caro, al punto que ha abandonado su puesto de trabajo y no sé dónde se esconde ni qué va a ser de él; pasa que tú, con tu estupidez, has hecho que me echen de casa de los Ripoll, y tú sabes que el noventa por ciento de mi trabajo, y por tanto del dinero que entraba en esta casa, salía de ahí. ¡Ya me dirás si con lo que ganas en la librería vamos a poder vivir!

Juan Pedro calibró la magnitud del drama, pero su juventud le obligó a preguntar por su amada.

—¿Qué le han hecho a Candela?

—Tu irresponsabilidad ha afectado a la vida de muchas personas. La señorita Candela va a ingresar interna en el Sagrado Corazón de Sarriá, su institutriz ha sido despedida y el cochero, castigado; a ese extremo nos ha llevado tu imprudencia y tu osadía.

A Juan Pedro se le vino el mundo encima. Se puso en pie violentamente y dio una patada a la silla.

—¡Rompe la casa ahora, si te parece! ¡Para qué habré traído hijos al mundo, por Dios!

La mujer puso en pie la silla, se sentó en ella y, apoyándose sobre la mesa, comenzó a llorar.

Eso era lo único que, ya desde muy pequeño, desmontaba a Juan Pedro.

—No llore, madre, que saldremos de ésta como tantas otras veces.

La mujer entre llantos musitaba:

—Tu hermano se ha metido en un lío horroroso, cuando lo encuentren lo meterán en la cárcel. A mí apenas me quedan un par de casas para ir a coser, y además son poca cosa. A ti dentro de nada te llamarán para la milicia… Dios mío, ¿qué voy a hacer?

Juan Pedro dudó unos instantes.

—Yo hablaré con Máximo, madre, le haré reflexionar.

La mujer alzó su rostro rápidamente.

—¿Sabes dónde encontrarlo?

—Para un caso de apuro, sí.

—Llévame a que yo lo vea.

—No puede ser, madre, la cosa está muy seria. A lo mejor puedo contactar con él, pero no es seguro. —Juan Pedro cambió de onda súbitamente—. ¿Usted no cosía para la mujer de un juez de prisiones que creo se llama Manuel Ferrer?

Un brillo de esperanza fulguró en los ojos de la atribulada mujer.

—Es una de las dos clientas que me quedan.

—Si consigo que Máximo regrese, a lo mejor habrá de valerse de su influencia, no todo se acaba en la casa de los señores Ripoll.

El señor Cardona, en un tono reconfortante y consolador, se dirigía a Juan Pedro.

Su ceguera le había agudizado los otros sentidos y lo obligaba a tocar siempre a las personas con quienes dialogaba. Todo lo fiaba a su tacto, y en aquel instante tenía su mano derecha colocada sobre el hombro de Juan Pedro.

—Por el momento, ocúpate de tus asuntos y no te preocupes. Comprendo tu situación y la tensión a la que estás sometido. Lo primero es tu madre y que intentes arreglar ese estropicio. Hoy día la juventud está loca; los valores del esfuerzo y del trabajo no cuentan; los anarquistas son unos ilusos que creen que van a poder cambiar la sociedad poniendo bombas.

—Señor Cardona, usted es como mi padre. Le agradezco la libertad de horario que me concede; trabajaré los domingos, si hace falta. Pero, créame, estoy en un callejón sin salida. La señora Ripoll ha despedido a mi madre, que no tiene ninguna culpa de lo que se acusa a Máximo. Mi hermano, que no digo que no ande metido en líos, aquella maldita tarde estaba en Sabadell; claro que eso a la policía no le importa, ellos buscan un culpable y ya sabemos cómo las gastan cuando algo huele a grupos anarquistas.

—¿No me has dicho que tú puedes contactar con él?

—Tengo una manera, sí, pero sólo en casos extremos.

—Entonces ¿qué piensas hacer?

—Mi madre conoce a un juez que es buena persona y quiere que la acompañe a hablar con él.

—¿Y...?

—Ahora no sé qué decirle, señor Cardona. Mi propósito es que se aclare la situación de Máximo y que pueda buscar un trabajo, su sueldo hace falta en casa.

El viejo librero palmeó la espalda de Juan Pedro.

—¡Que tengas mucha suerte en tu empeño! Si algo puedo hacer por ti, ya sabes dónde me tienes.

—Pasaré por aquí cuantas veces pueda. Le ruego que si, por casualidad, le llega una nota o una carta, me la guarde.

—Ya entiendo, pierde cuidado.

Juan Pedro abandonó la librería de la Rambla de los Estudios con el ánimo destrozado. Aquella Barcelona que siempre le había parecido luminosa aparecía en aquel instante ante sus ojos como una ciudad mortecina y sin luz; ni la algarabía de la gente, ni el ruido de los carruajes, ni los gritos de los vendedores ambulantes, ni el trino de los pájaros en los puestos de venta de las Ramblas hacían mella en su espíritu. Al descuido, un tranvía casi lo atropella al cruzar por el lateral frente al hotel Oriente; la campanilla y el grito de los transeúntes hicieron que de un ágil escorzo ganara la calzada central. Lo acaecido el día anterior lo abrumaba. Su mente pajareaba e iba desde la terrible preocupación de su madre por Máximo hasta el problema económico que se cernía sobre su casa y el desfallecimiento absoluto que le producía el saber que, en parte por su culpa, su amada iba a ser encerrada en un internado. Debía compartimentar sus preocupaciones o no podría salir de aquel mal paso.

El inconsciente de su hermano se había metido en un tremendo embrollo del que le sería muy difícil salir. Jugaba en contra el clima de la ciudad, la indignación de los poderosos, la ira de los gobernantes y la necesidad de la policía, que se jugaba el pan, de encontrar culpables rápidamente, por lo que a menudo no hilaba demasiado fino. Una única baza le quedaba por jugar y era ésta: la evidencia, con testigos que si fuera necesario darían fe de ello, de que a aquella hora Máximo estaba en Sabadell. Condición indispensable para que su plan tuviera una probabilidad era que el terco de su hermano se entregara alegando que se había escondido vencido por un miedo insuperable. Si pudiera conseguir que tal situación se produjera, entonces tal vez, mediante la intervención del juez de Vigilancia de Prisiones don Manuel Ferrer, a quien su madre tenía acceso a través de la esposa del mismo, tras un tiempo de estar en prisión podría ser que quedara en libertad.

Juan Pedro, sin darse cuenta, se encontró frente al portal de la casa de Candela esperando algo que ni él mismo sabía lo que era; quizá ver su hermoso rostro entre los visillos o la vana esperanza de que, por un milagro, saliera ella por la portería a hacer algún recado. Ya estaba a punto de retirarse cuando por la acera de la izquierda de la calle Valencia vio venir de lejos, desde la calle Universidad, un punto oscuro que avanzaba entre la gente. Aguzó la mirada y esperó; el carro de la basura se había detenido en una de las porterías, y el basurero y su ayudante estaban recogiendo en un capazo los desperdicios que las muchachas de servicio habían bajado en los cubos aprovechando, entre risas y alborozo, a requebrarlas y a decirles piropos a cual más sonrojante. Cuando el perfil oscuro sobrepasó el grupo, a Juan Pedro le dio un vuelco el corazón; la sombra que había llamado su atención era Silverio, el cochero de los tíos de su amada. Juan Pedro no lo pensó dos veces; miró a uno y otro lado, para no tener un percance a última hora, y cruzando la calzada se fue hacia él. El muchacho apenas percibió quién era aquel joven que se acercaba, cuando con el espanto reflejado en sus redondos ojos se introdujo, cual monosabio que salta la barrera acosado por un toro, en el colmado de Aquilino, en el que, además de lo común del establecimiento, se vendía vino al por mayor, colocándose al fondo del mostrador y rezando para que el personal que se apelotonaba frente al mismo y el color oscuro de su piel le hicieran pasar desapercibido. Vano empeño. Muy al contrario, Juan Pedro, nada más entrar, paseó la mirada entre los parroquianos y lo detectó al instante. Silverio se resignó; el encuentro con aquel joven causante del cataclismo que se había desencadenado en la casa de su patrono ya era inevitable.

—¡Por favor, señor, no me comprometa! Yo sólo soy un cochero, no haga usted que me echen a la calle.

Juan Pedro estuvo a punto de rendirse y abandonar, pero el envite era demasiado importante.

—Silverio, sólo será un momento. Nadie ha hecho nada malo, lo que pasa es que, por lo visto, hay amores que deben ocultarse.

Silverio meditó un instante y se vio reflejado en aquel joven, aunque por distinto motivo. Él ocultaba sus amores con Teresa, la joven camarera de los Ripoll, debido al color de su piel; esa circunstancia le hizo mirar a aquel atribulado joven con ojos de compañeros de viaje.

Juan Pedro percibió un rayo de esperanza.

—¿Qué ha pasado con la señorita Candela?

El mulato miró a uno y otro lado.

—Por lo visto, señor, no tenía permiso para salir con usted y la han reprendido muy duramente, me lo ha dicho el señorito Antonio cuando ha venido a consolar mi aflicción, porque sepa usted que el haberlos llevado en el coche casi me cuesta el puesto, y mañana, si no lo he entendido mal, la meten en un internado de señoritas que está en Sarriá.

La mente de Juan Pedro iba disparada.

—Te juro que no te comprometeré, pero te ruego que si sabes algo me lo cuentes.

—Es demasiado compromiso, señor. Tengo un horario y me debo a los señores, yo no puedo ir por ahí haciendo recados míos.

—Pasaré todas las semanas por donde me digas.

El mulato dudaba.

—Es demasiado peligroso para mí, señor… La señorita Candela siempre fue muy buena conmigo…

—¿Entonces…?

—Está bien, señor, los lunes y los miércoles limpio las caballerías en las cuadras de la calle Universidad; a partir de las ocho de la noche acostumbro estar solo. El número de la calle es el 115. Quédese en la acera de enfrente, yo le buscaré, pero si no hay recado grande, no saldré.

—Silverio, te lo agradeceré de por vida.

Entonces Juan Pedro hizo algo que sorprendió al mulato y que nadie había hecho desde que llegó a Barcelona. Dio un paso adelante y le dio un apretado abrazo.

46
El vaso colmado

En tanto Mariano, el cochero, manejaba el tiro del faetón con sabia mano dirigiéndose al palacio Moja, Práxedes Ripoll meditaba, recostado al fondo del aterciopelado asiento, el rigor de sus desdichas. En primer lugar, la ofensa del Hispano Colonial aún le escocía; sin la firma de Orestes la concesión del crédito para comprar la goleta se habría retrasado al punto de incumplir el contrato firmado con el astillero, aunque por fin había logrado, no sin sentirse humillado por ello, aportar la firma de su cuñado. La prensa no le daba el lugar que creía merecer; en las notas sociales siempre figuraba de relleno y en los grandes acontecimientos, como fue la despedida de los infantes, no se contaba con él, o así se lo parecía. Práxedes atribuía sus desgracias a la influencia de don Claudio López Bru, y aunque sus sospechas carecieran de base, la evidencia estaba en el caso que le había hecho el gobernador civil, don Luis Antúnez, al respecto del atentado sufrido en su casa; no había quien le apeara de ellas, y ahora, para colmar la medida del vaso de su amargura, aquel fraile protegido de su rival le había robado a su hijo pequeño.

Pese a los consejos de su mujer y a la templada advertencia que su secretario, Gumersindo Azcoitia, había deslizado prudentemente en su oído antes de partir, estaba dispuesto a exigir explicaciones a aquel clérigo poeta que se había atrevido a inmiscuirse en las cuestiones de su casa.

Mariano, siguiendo órdenes, detuvo el coche frente a la iglesia de Belén. Apenas desdoblado el estribo ya se encontraba don Práxedes en la calle bastón en mano indicándole el lugar donde debía aguardarlo. Mariano, que conocía bien el talante de su patrón, intuyó que estaba a punto de armarse un sacramental importante.

La manera que tuvo Práxedes de tocar el timbre no fue precisamente la de una visita al uso. La puerta se abrió y el mayordomo fue sorprendido por un caballero que casi lo empujó para introducirse en el recibidor.

—Diga a mosén Cinto Verdaguer, si está en la casa, que baje.

Al criado le desconcertó el tono del visitante.

—¿De parte de quién le digo?

—De don Práxedes Ripoll. Y añádale: del caballero del que ha traicionado la confianza.

El doméstico, acostumbrado a catar la importancia de los visitantes que acudían a aquella casa, lo instó a pasar y lo condujo a la salita de invitados ilustres.

—Tenga la bondad de aguardar un momento.

Se retiró el hombre, y Práxedes, sin dejar de admirar la riqueza del mobiliario, comenzó a pasear nerviosamente arriba y abajo por la estancia.

La espera no fue excesiva. Los pasos anunciaron al clérigo, y su imagen se hizo presente en el quicio de la puerta.

—¡Qué inesperada sorpresa, don Práxedes! De habérmelo comunicado, habría sido yo el que habría acudido a su casa.

La respuesta de Ripoll denunció la intención que encerraba la visita y puso al clérigo en guardia.

—En mi casa recibo únicamente a mis amigos. ¡A partir de este instante no lo considero como tal! Le ruego, por tanto, que se abstenga de acudir a mi domicilio por el motivo que sea, incluida, claro está, la misa dominical.

El fraile, intuyendo por dónde venían los tiros, encajó la reprimenda con serenidad.

—Si le parece, don Práxedes, mejor hablaremos sentados.

—¡Yo únicamente me siento con gentes que merecen mi confianza!

—Como mejor le plazca, don Práxedes.

El industrial levantó la voz.

—¡Yo no soy una de sus beatas a las que usted maneja como a borregas! Le he dado mi confianza, ha compartido usted mi mesa y, aprovechándose de ello, ¡ha llenado la cabeza de mi hijo pequeño!, que es un inmaduro, de esos argumentos que esgrime su Iglesia para captar a jovencitos imberbes y llevarlos a ampliar su ejército de soldaditos a los que manipula como muñecos.

Mosén Cinto tomó aire.

—Permítame que le diga, don Práxedes, en primer lugar, que yo no manejo a nadie; tampoco he abusado de su confianza ni he intentado captar a Antonio, porque ésa no es mi misión. Dios llama a quien elige para conducir el rebaño de sus fieles, y poco pueden hacer los hombres cuando una vocación es tan clara.

—¡Mi hijo estaba en el penúltimo año de su carrera, iba a ser un hombre de leyes, de él iba a depender la continuidad de un negocio casi centenario, ya que, como usted sabe, mi otro hijo no nació para el comercio! Entra usted en mi casa y, casualmente, surge la vocación... ¡Mis tragaderas no son tan grandes como las de sus beatas! Dedíquese a sus exorcismos, que creo le van muy bien, y ¡deje en paz a la gente que ya no comulga con ruedas de molino!

El tono de voz de Práxedes había aumentado progresivamente al punto de que esto último lo dijo casi gritando.

—Está usted muy equivocado y por demás excitado. Me gustaría hablar todo esto con usted con calma y en circunstancias más propicias.

El volumen desaforado de la filípica había resonado en las paredes del palacio Moja. La puerta se abrió y en el quicio de la misma apareció la figura de don Claudio López Bru, quien observó sorprendido la escena.

—Mi buen amigo Ripoll, ¿a qué debe mi casa el honor de su visita?

Pese a los consejos de su mujer y a las recomendaciones de Gumersindo Azcoitia, Práxedes no pudo contenerse.

—¡Embride a su limosnero, don Claudio! Dedíquelo a sus caridades y a sus beaterías, y si le queda tiempo, a echar a algún demonio que ande por ahí suelto, pero ¡ordénele que deje en paz a las gentes de bien y que no dedique su tiempo a destrozar familias! Tenga usted buenas tardes.

Y tomando el sombrero y su bastón, Práxedes Ripoll salió como alma que llevara el diablo del palacete de uno de los personajes más importantes de Barcelona.

47

El Sagrado Corazón

La tarde estaba encapotada como lo estaba el ánimo de Candela. El coche de su padre ascendía lentamente por Ganduxer traqueteando doliente por la empinada calle y hundiendo sus ruedas en los charcos que la reciente lluvia había ido dejando en el polvoriento camino. Candela, que iba sentada a contramarcha, observaba el paisaje que transcurría a través de la ventanilla lateral: campos y alguna que otra lujosa villa, pero en general casas de payés con sus pajares y sus cuadras jalonando el camino a uno y otro lado. Su padre y su tía Adelaida conversaban serios y cariacontecidos en los mullidos asientos del fondo del coche, él con la barbilla apoyada en el puño de plata de su bastón, ella apesadumbrada ante la magnitud del drama que su delación había desencadenado. El pensamiento de la muchacha iba disparado, el castigo al que iba a ser sometida le parecía injusto y desproporcionado.

Su espíritu era pura congoja y se rebelaba ante el pensamiento de que su corazón no fuera libre para amar a quien quisiera. El recuerdo de Juan Pedro ocupaba completamente su pensamiento, y aparte de que para ella era el más gentil de los muchachos que había conocido, lo encontraba inteligente, ameno y sobre todo generoso, al revés de todos los petimetres que hasta aquel momento le habían presentado, a quienes veía vacíos, sin contenido, presuntuosos y por demás pagados de sí mismos. ¿Cuál había sido su pecado? ¿Tan grave era pasear por Barcelona en un coche de caballos una tarde con la persona que había despertado en ella tan hermosos sentimientos? Candela sabía muy bien el motivo del disgusto que había dado a sus padres: Juan Pedro no era de su clase social. Por lo visto, en aquella Barcelona, por otra parte tan avanzada, nadie tenía derecho a saltarse un escalón intentando pertenecer a otro estatus diferente de aquel en el que había nacido; los pobres debían estar condenados a ser pobres toda la vida y no tenían derecho a mejorar su condición. Candela ya no era una niña; alguna mañana había visto entrar por la puerta de atrás de la fábrica a un grupo de hombres que, gorra en mano, casi ni se atrevían a mirar a la cara a su padre o a su tío, y mucho menos a su primo Germán; aquella gente parecía no haber nacido de madre y sin haber escogido su origen estaba, por lo visto, condenada de antemano a vivir sin manta. A la muchacha aquello le parecía terriblemente injusto.

Volvía a llover. Su padre y su tía Adelaida conversaban en voz baja intentando que ella, distraída, no atendiera sus palabras.

—¿Estás segura, hermana, de que la aceptarán? Ten en cuenta que estamos con el curso muy avanzado, que las clases deben de estar ya completas y que las monjas son muy suyas para estas cosas.

—No te preocupes, Orestes, la madre Guadalupe Bofarull, la superiora, fue compañera mía de clase; de no ser así, jamás le habría explicado el motivo por el que vas a meter a Candela interna. Se ha hecho cargo de la situación, y aprovechando el hueco que ha dejado una alumna francesa que por su estado de salud ha regresado a Perpiñán y, por qué no decirlo, debido al afecto que me profesa, ha aceptado a tu hija.

Orestes quedó en suspenso unos momentos.

—Espero y deseo que las reverendas madres sepan manejar esta situación y reformen el carácter de Candela. Mi hija tiene la cabeza a pájaros; aunque no me extraña, tiene a quien salir.

Adelaida obvió el último comentario de su hermano.

—Ten en cuenta, Orestes, que allí dentro se educan más de cien muchachas externas y cincuenta internas en la edad más conflictiva; mucho será que no den con el tratamiento exacto que requiere la niña.*

Orestes suspiró.

—Ya no es tan niña, Adelaida, y además, conociéndola como la conozco, no va a ser tarea fácil. Algo ha sacado de la tozudez de su madre, ¿o no recuerdas cómo era Renata de recién casada antes de que le afectara esa maldita enfermedad?

El coche avanzaba por el Paseo de la Bonanova. Observó Candela que allí las casas eran torres lujosas, los jardines estaban bien cuidados y las rejas, limpias, inclusive las personas que transitaban por el paseo eran diferentes; no se veían mendigos pidiendo caridad, y la calzada, antes bacheada, presentaba un aspecto uniforme y lucía perfectamente adoquinada. El tiro de caballos, aprovechando lo llano del paseo, había apresurado el trote; los plátanos pasaban más acelerados, y sus anudados troncos le parecieron a Candela augurio de futuras dificultades. Sobrepasando la plaza Sarriá, el silbo del cochero y la desaceleración del carromato anunciaron que el coche iba a girar en la siguiente calle a la derecha. Tras un corto trecho, y después de traspasar la verja y entrar en la amplia avenida, apareció ante los ojos de la muchacha la mole del inmenso edificio que en aquellos instantes se le antojó, recordando las novelas que le había prestado Juan Pedro, talmente el castillo donde iban a encerrar a la princesa. El coche se detuvo frente a la entrada, y tras aguardar a que el cochero bajara el estribo los tres descendieron del vehículo. Candela examinó con ojo crítico la que iba a ser su casa, supuso que por un largo tiempo. El jardín estaba cuidado, grandes palmeras crecían junto al edificio, y de la parte posterior del mismo se oían

---

* El internado del Sagrado Corazón fue posterior; se trata de una licencia para adelantarlo en el tiempo por conveniencia del relato.

risas y gritos contenidos. Candela, siguiendo a su padre y a su tía Adelaida, ascendió la curva escalinata protegida por la balaustrada de piedra y atravesando el templete de la entrada se introdujo en el amplio y oscuro recibidor. Al instante, de una garita lateral apareció ligera la monja encargada de la portería; el negro uniforme y la cofia ceñida a su cara todavía la hacían más cenceña.

—Los señores Guañabens, sin duda.

Adelaida se adelantó.

—Sí, sor. —Señaló a Orestes—. Él es mi hermano y la niña es mi sobrina. La madre Bofarull nos espera.

—Ella es la que me ha dicho, doña Adelaida, que ustedes vendrían esta tarde. Si son tan amables de seguirme...

Los tres siguieron a la monja, y ésta los introdujo en un salón a la derecha del pasillo. Era un espacio amplio y alargado; tres ventanales góticos, estrechos y altos, instalados en la parte más ancha posibilitaban que la luz entrara en el mismo; el techo era artesonado, y arrumbados a sus paredes se veían grupos de tresillos separados por biombos que permitían tener a la vez varios visitantes. Presidiendo la estancia, a un lado estaba el cuadro de la fundadora, Magdalena Sofía Barat, y al otro, el de la protectora del convento, doña Dorotea Chopitea de Serra.

—Aguarden, hagan el favor. La madre Bofarull vendrá en un instante.

Orestes intervino.

—Si es tan amable, hermana, le ruego que diga al cochero que baje el equipaje de la niña.

Aquella orden ratificaba que la decisión era irreversible. En los ojos de Candela amaneció una lágrima, que apartó rápidamente con el dorso de la mano; no pensaba dar ese gusto a su padre y a su tía.

Adelaida quiso justificarse.

—Aunque ahora no lo entiendas, sobrina, hacemos esto por tu bien y, aunque no lo creas, es un acto de amor.

Candela no pudo aguantarse.

—Preferiría que no me quisieran tanto, tía.

—¡Cállate, deslenguada! No compliques todavía más las cosas.

Orestes pronunció la última frase en voz contenida al oír el frufrú de unas sayas que denunciaban la llegada de la monja.

Era ésta una mujer robusta y sin embargo enjuta de rostro, de ojos penetrantes, nariz proporcionada y unos labios finos y apretados que hacían que su boca pareciera una línea recta. La monja frisaría la cincuentena. En cuanto entró, Orestes y Adelaida se pusieron rápidamente en pie; Candela lo hizo continuación. La mirada de la monja al ver a Adelaida se dulcificó y en derredor de sus ojos apareció una miríada de pequeñas arrugas.

—¡Dios sea loado, Adelaida! ¿Ha de suceder algo tan incómodo para todos para poder verte?

Las dos mujeres se acercaron y se tomaron por los antebrazos.

—¡Cuánta razón tienes, Guadalupe! Más de una vez lo he comentado con alguna de las antiguas alumnas, pero siempre te hemos supuesto tan ocupada que, un día por otro, he aplazado el verte. Si a nosotros nos agobian nuestras familias, ¡ni pensar quiero lo que será gobernar una comunidad de mujeres! —Luego señaló a Orestes y a Candela—. Éste es mi hermano y ésta es mi sobrina.

Orestes se inclinó profundamente y Candela sostuvo la mirada de la monja.

—Siéntense, por favor; hablaremos mejor acomodados.

La superiora se colocó en uno de los sillones, ambos hermanos en el sofá central y Candela en el otro.

Una pausa de silencio se instaló brevemente en la reunión. Orestes abrió el diálogo.

—En primer lugar, madre, deseo agradecerle el inmenso favor que me hace. Sé por mis negocios lo difícil que es hacer excepciones que sienten precedentes, y entrar una alumna empezado el curso me consta que es una de ellas. De no ser por el grave problema que se nos ha presentado en casa por una ligereza de mi hija, jamás me habría atrevido a molestarla pidiéndole una prerrogativa semejante.

Adelaida intervino.

—Ya te dije en mi carta cuál era el problema. Mi pobre hermano trabaja todo el día y mi cuñada tiene una enfermedad que la incapacita para gobernar una casa como Dios manda. Y pese a que la niña tenía una institutriz inglesa, mi hermano estaba quejoso de su educación; los ingleses tienen una moralidad muy relajada, esa mujer era demasiado blanda y consentidora, tal vez demasiado moderna, y aquellos vientos trajeron estos lodos. El resultado ha sido una libertad extrema que nos ha conducido a donde nos ha conducido.

La monja escuchaba atentamente.

—Tu carta, Adelaida, explicaba claramente el problema. España siempre ha sido la reserva espiritual de Occidente; si nosotros perdemos el rumbo, la humanidad padecerá un quebranto insuperable. Debemos estar en guardia y vigilantes, como dice Ignacio de Loyola, para que los tiernos arbolitos que nos han sido confiados crezcan sanos y rectos. —Luego se dirigió a Candela—: ¿Es usted consciente de la vergüenza en la que ha sumido a su familia?

—Con todo respeto, madre, vergüenza es matar o robar... o ir por ahí calumniando a la gente. No creo yo que ir en un coche de caballos en compañía de un amigo a plena luz del día sea motivo que deshonre a nadie.

—Si tal era la situación, ¿por qué no pidió usted permiso para esa salida?

—Porque mi padre no estaba y mi madre no está en condiciones.

—Candela, ya sabes que eso no fue así.

—Déjela, don Orestes. Su edad es muy complicada; se creen mujeres y aún son niñas. Intuyo, querida Adelaida, que nos espera una ardua tarea; sin embargo, con la ayuda de Dios intentaremos enderezar este arbolito.

48
La *garçonnière*

La moda había llegado como casi todas desde París e inclusive se había copiado el nombre en la lengua original. Por *garçonnière* se conocía a aquellos pequeños nidos de amor que acostumbraban instalar en barrios algo alejados del centro, aunque a todo lujo y confort, tanto los solteros acomodados como los casados de la alta burguesía, ya que quien no tenía una joven amante y un lugar para celebrar sus francachelas no era nadie.

Germán estaba satisfecho; por fin su pequeño refugio había quedado terminado y completamente a su gusto. Alfonso Ardura, brillante competidor suyo en el arte de la esgrima y, por otra parte, excelente arquitecto interiorista, había hecho un buen trabajo; el reparto de los espacios interiores, la decoración de las paredes, el color y la calidad de los muebles, todo era absolutamente de su agrado. Su paraíso particular estaba ubicado en el tercer piso de un edificio situado en una bonita plazoleta entre las calles Junqueras y Bilbao, en un entorno discreto y encantador frente a unos jardincillos —presididos por una palmera y una fuente que representaba la imagen en bronce de un zagal con un cántaro del que manaba agua— que en años pretéritos había sido el huerto del antiguo Real Monasterio de Santa María de las Junqueras, habitado por monjas de la Orden de Santiago y que había dado nombre a la plaza. La puerta de entrada era de hierro forjado con sendos florones de brillante metal en medio de cada una de las hojas. La portería, sin ser excesiva, era suficiente; a la derecha estaba la encristalada garita de Evaristo, el portero. Con su inevitable bata rayada de alto canesú, discreto y servicial, aquel hombre conocía su oficio a fondo, y transitaba con la discreción y el sigilo de una sombra, costumbre adquirida de su anterior oficio, pues había sido hasta su jubilación mayordomo en una casa de alcurnia, y al jubilarlo, le habían dado la portería de aquel edificio propiedad de la familia. Al fondo, se hallaba la escalera de mármol de cómodos peldaños que en cada rellano ostentaba una pequeña banqueta para el descanso de cualquier engalanada damisela que tuviera que subir los más de sesenta escalones que mediaban entre la portería y el tercer y último piso, que era la altura donde se ubicaba el nido de amor de Germán. Éste, pese a confiar en el buen gusto de su amigo Ardura, había tenido buen cuidado de señalar cuáles eran sus preferencias: todo el conjunto debía respirar masculinidad, pues allí las mujeres eran únicamente aves de paso, y cada detalle debía marcar los gustos y las aficiones de su propietario. Las paredes del recibidor estaban tapizadas de un fino damasco que hacía aguas en tonos verdes, y entre dos cuernas de venado que avalaban la calidad cinegética de Germán y que hacían de perchero, Ardura había colocado un espejo enorme y en su base un ancho paragüero que alojaba parte de su colección de bastones de preciosas y diversas empuñaduras —dos de ellos ocultaban en su interior un afilado estoque—, y frente al espejo un grabado inglés de Reynolds imitando una sala de esgrima con dos tiradores en acción. Tras una puerta —comprada en un anticuario, y en cuyo cristal biselado y en letra inglesa podía leerse SALÓN DE BILLARES—, se abría un gran espacio cuya luz principal entraba por la amplia puerta corredera que daba paso a la joya de la corona, la magnífica terraza a dos calles desde la que se divisaba la ciudad, que era casi tan grande como el espacio interior, llena de plantas y arbustos que proporcionaban sombra y frescor. Aquél iba a ser su lugar predilecto para la celebración de cenas y reuniones cuando la canícula veraniega castigara la ciudad. Los muebles de la terraza eran de exterior a fin de que la intemperie no produjera estragos; alrededor de una mesa redonda de madera de teca de una pieza, cuatro sillones —adquiridos en la subasta de un desguazado yate inglés, de espalda reclinable, bajo cuyo asiento se alojaba una pieza que, alargada, servía para el descanso de los pies—, alternados con otros cuatro de respaldo redondo, y todo el conjunto bajo un toldo de anchas franjas blancas y verdes. El interior de la *garçonnière* se había resuelto con sumo ingenio ya que las dos puertas que allí se abrían parecían talmente que lo eran de grandes armarios y, sin embargo, correspondían, la primera, a una pequeña y bien dotada cocina cuya ventana daba a un patio interior que hacía las veces de lavadero y de despensa, y la segunda, al fondo de la estancia, al dormitorio. La sala reunía todas sus aficiones. En las paredes, tapizadas con el mismo damasco del recibidor aunque algo más oscuro, había grabados de caza y esgrima, así como quinqués apantallados de globo de cristal traslúcido que proporcionaban una luz indirecta, creando un ambiente mágico; frente a la terraza, un mullido tresillo Chester que circundaba una mesa de dos niveles; sobre ella se veía una caja de puros con humidificador, ceniceros encajados en pequeñas patas de animales salvajes y un gran encendedor Dunhill, forrado en cuero, con la hechura semejante a uno de bolsillo; en el estante inferior, profusión de revistas de diversas actividades que iban desde el deporte hasta la moda, y de los toros al humor político. En la pared opuesta, destacaba una chimenea baja empotrada en una librería con sendos escondites para la leña, en su parte inferior, y cuyas puertas simulaban lomos de libros; en la esquina, un mueble diseñado ex profeso sobre el cual se hallaba el artilugio que en aquellos momentos era lo más comentado entre la alta burguesía, un fonógrafo con la correspondiente trompa que reproducía fielmente la voz humana, y en la parte inferior del mueble, rollos que guardaban las voces de los más eximios cantantes. Al fondo de la estancia, estaba la puerta que daba paso al dormitorio; entre dos globos de luz y sendas mesitas de noche, muy bajas, presidía la habitación la gran cama cuyo cabezal de latón dorado al agua con rosetones de porcelana había pertenecido a su abuela paterna; a sus pies, había una alargada banqueta. A un costado del dormitorio se hallaba el baño totalmente equipado; al otro, un cuadro de buen tamaño que a Germán le encantaba: su imagen en pie sobre un fondo negro, vistiendo el atuendo blanco propio de la esgrima, guerrera abotonada a un costado y pantalón embutido, con el florete en una mano y en la otra la careta protectora. Frente a la cama había un inmenso armario cuyas puertas hacían juego con el resto, de manera que sin saberlo nadie podía distinguir lo que era la entrada del baño del cuerpo de armario. De las paredes colgaban grabados semejantes a los de la entrada y adornos del mismo estilo. El conjunto rezumaba riqueza y señorío.

El sonido argentino de la campanilla de la entrada anunció la visita a Germán. Aquélla iba a ser una jornada apretada; su amigo Alfredo Papirer por la tarde y por la noche su última conquista.

Germán se dirigió a la puerta. Siguiendo una inveterada costumbre, frente al espejo se ajustó el batín y se atusó el bigote. Acto seguido abrió, seguro de la identidad del visitante. Como siempre, Fredy Papirer llegaba puntual.

Nada más asomar el perfil de Alfredo, Germán llegó a la conclusión de que la imagen que tenía de su amigo correspondía a otro momento de su vida. Los trajes por él desechados y que luego reconocía vestidos por Papirer eran historia; Fredy lucía, impecable, unos ternos que él habría podido vestir sin desdoro, y en él identificaba su propio estilo.

—¡Pronto te llamarán el Petronio del Raval! Vas a ser el auténtico árbitro de la elegancia en Barcelona.

Alfredo lo miró de refilón.

—¡Cuánto te gusta meterte conmigo! No cambiarás nunca.

Los dos amigos pasaron al interior, y Papirer, tras deshacerse del gabán y colgarlo en el perchero, dejó sobre la mesa un paquete envuelto en papel de periódico que denunciaba la forma de una botella.

—¿Qué me has traído?

—Un Petit Caporal. Tengo algo que celebrar.

Germán retiró el papel del paquete y observó con atención la etiqueta del abombado frasco.

—¿Sabes lo que quiere decir V. S. O. P.?

—Hasta ahí no llego.

—Very Special Old Product. Imagino que no hace falta que te lo aclare.

—Hasta ahí sí llego. A tu lado se aprende mucho; siempre serás mi Pigmalión.

Germán se dirigió al armarito donde guardaba el cristal y regresó con dos copas balón.

—Vamos a la terraza, allí estaremos mejor.

Los amigos se acomodaron en los dos sillones extensibles, y Germán, tras descorchar la botella, escanció dos generosas medidas en las copas.

Papirer, después de dar un sorbo del delicioso néctar, paseó la mirada sobre los balaustres de la terraza, deleitándose en la magnífica panorámica de la ciudad, y suspiró profundamente.

—¡La vida es buena y cara! Ya la hay más barata, pero ¡no es tan buena! Refrán popular.

—Ya que vas de refranes, te diré otro: no hay mal que cien años dure. Por lo visto las cosas te van de capitán general con mando en plaza y Cruz de San Hermenegildo. Jamás imaginé, cuando me enseñaste tu almacén reformado, que lo de retratar caloyos y niñeras diera para tanto. La Betancurt te ha puesto en casa, has ganado la primera peseta y yo me alegro mucho.

Ahora fue Papirer el que observó a Germán de un modo peculiar.

—¿Qué ocurre, por qué me miras así?

—Hoy he ganado más que la primera peseta.

—¿Qué es lo que has ganado?

—Una maravillosa perla montada en una aguja de corbata, vamos, creo yo... A no ser que tengas que darme alguna nueva noticia al respecto de cierta dama.

Papirer extrajo del bolsillo de su levita un pequeño paquete plano y cuadrado y se lo entregó a su amigo.

—Mira esto.

Germán dejó la copa sobre la mesa y tomó el paquete con cierta aprensión, comenzando lentamente a retirar el papel. Cuando apareció, ante su asombro y en color sepia, una placa con la imagen de Amelia desnuda y desmadejada sobre aquella tarima negra, alzó la vista y miró a su amigo. Alfredo había encendido un cigarrillo y lo contemplaba sonriente. Germán volvió de nuevo a la foto y otra vez regresó a su amigo.

—Pero ¿qué coño es esto?

—La prueba fehaciente de que he ganado la apuesta. Como comprenderás, cuando se tiene una fotografía así, lo demás se da por supuesto.

Germán entornó los ojos como enfocando a su amigo.

—Ahora entiendo muchas cosas.

—¿Creías, por un casual, que haciendo fotos de novios iba a progresar tan rápidamente?

—Es evidente que no, y me huelo que aquella pájara de la Betancurt tiene mucho que ver con esto.

—No puedo negártelo, es mi socia; ella se ocupa de traerme los modelos y de distribuir la mercancía, y yo sólo hago las fotos.

—Corres un gran riesgo.

—¡La vida es un riesgo! El que quiere peces ha de mojarse el culo. O ¿acaso no es un riesgo intentar introducir cajas de habanos de contrabando disimuladas en fardos de café o de azúcar para ahorrarse aranceles?

Papirer aludía al negocio que estaba intentando llevar a cabo don Práxedes, que su amigo le había comentado en una noche de vino y rosas.

A Germán le molestó la alusión, y un breve silencio se instaló entre los dos. Observó con detenimiento de nuevo la fotografía.

—Esta chica está desmayada.

—Lo que está es borracha como una cuba, y si me apuras te confesaré que, además, estaba un poco drogada.

Germán lanzó la placa sobre la mesa.

—¡Así no vale! Se trataba de conquistar a una mujer sin descender a esos abismos.

—En el amor y la guerra todo vale.

El joven Ripoll se puso serio.

—Estás muy equivocado. Aquí el que pone las reglas soy yo. Es como si le hubieras dado con un martillo en la cabeza. ¿Te parece que, entonces, también valdría? —Estaba muy molesto—. Además, para llevar mi perla hay que tener mucha clase y tú no la tienes, querido. ¡El hábito no hace al monje!

El fino sentido de superviviente que siempre presidía sus decisiones indicó a Papirer que había ido demasiado lejos y que lo de nombrar lo del contrabando había sido una solemne equivocación.

—Siento haber dicho eso, y conste que jamás me tomé en serio la apuesta. Pero quiero que también quede constancia de que no es la primera vez que hemos emborrachado a una tía para lograr lo nuestro.

Germán aflojó.

—Evidente, tampoco me habrías hecho tú de criado durante tres meses, que era la otra parte de la apuesta, eso está claro. Aun así, voy a matizarte algo: una cosa es agarrar una borrachera con dos damas y acabar en la cama, y otra muy diferente es obrar con nocturnidad y alevosía para conseguir tus fines. A eso no juego.

Papirer arguyó tímidamente:

—Aunque no tenga importancia, que conste que aquel día, en el Siete Puertas, no pusimos reglas. Además, es la novia del anarquista ese que tienes en la fábrica, ese Máximo. ¡Creí que casi te alegraría perder la apuesta!

Por una parte, a Germán no le gustaba perder ni al parchís; por otra, jeringar a aquel individuo que le había revolucionado la fábrica, que estaba cierto de que era el que repartía pasquines y soflamas, le divertía en grado sumo. De cualquier manera, ante su amigo quiso mantener el tipo.

—Una cosa no quita la otra. Hay cuestiones que son de cajón. Conquistar a una dama quiere decir contar con su aquiescencia, ganarse su voluntad y su entrega, que llegue a su casa y sea consciente de lo que ha hecho; lo otro es un percance, algo así como que la atropellara un coche en la calle. —Germán se dispuso a presumir frente a Alfredo—. Lo mío de esta noche sí es una conquista.

—¿Me estás diciendo que hoy tienes un ligue?

—Y por eso te pido que a las ocho en punto te hayas largado.

—¿Conozco a la dama?

—Muy bien, por cierto.

—Dime quién es.

—Por favor, Fredy... ¡Soy un caballero! Hablemos de otra cosa. Papirer insistió.

—¡No me digas que es Claudia!

—No lo es todavía. Pero te diré una cosa: la chica me gusta, y haré lo posible para que no sea flor de un día; por lo tanto, voy a proceder con tiento.

—Eso quiere decir que pretendes hacerla tu amante en exclusiva.

—Tiene todos los números: es guapísima, inteligente, será sin duda una figura del bel canto y... voy a robarle el juguete a mi padre, y eso me divierte mucho.

—¡No doy crédito a lo que oigo! Con la cantidad de mujeres que hay en el mundo, ¿te limitarás a una sola?

—Pero ¿tú estás loco?

—¿No dices que la quieres de amante?

—Eso de cara al público viste mucho, y es lo que se acostumbra entre la gente de mi clase. Pero, como tú comprenderás, con la cantidad de medias virtudes que hay en Barcelona, no voy a renunciar al cupo que me corresponde.

—¿Tienes echados más anzuelos?

—¡Eso siempre! El buen pescador para pescar un atún debe echar mucha sardina. No hay que distraerse. Siempre entran tórtolas nuevas en el campo de tiro. Por ejemplo, no hace mucho mi madre trajo de Reus a dos terneritas, muy guapas, hermanas de diecisiete y diecinueve años para que ocupen plaza de primera y segunda camareras, ¿qué te parece? Aún no están maduras, pero ¡ya crecerán! Tengo la sospecha de que la menor anda tonteando con Silverio, el mozo de cuadra, ya sabes, el mulato ese que trajo mi padre de Cuba hace ya años, y todavía hay que quitarles el pelo de la dehesa.

Papirer lo miraba con admiración. Desde el ya lejano tiempo de la milicia, Germán no dejaba de sorprenderlo.

—Desde luego, ¡eres la caraba! Igual te ligas a una condesa que a una mucama; no le haces ascos a nada.

—La estupidez es buscar donde no hay, lo demás es perder el tiempo. Yo como el Tenorio: «A los palacios subí y a las cabañas bajé, y en todo sitio dejé memoria triste de mí». —Germán hizo una pausa—. Bueno, cuéntame lo de la chica esa de El Siglo. He visto la placa, pero no me has explicado qué tal te fue y cómo acabó toda la cosa.

—Bueno... lo que se dice ir, no fue de ninguna manera; mejor dicho, fue como fornicar con una muñeca. Lo que sí añadiré es que era virgen, y eso siempre es un punto. Por lo demás, hice una faena de aliño.

—Y ¿cómo acabó?

—Tenía prisa y tuve que irme. Ella aún estaba traspuesta, pero le dejé una nota.

—Me parece que has estropeado el final. Cuando se dé cuenta de lo que ha pasado no te querrá ver ni en pintura.

—Al principio no, pero luego sí.

—¿Qué piensas hacer?

—Iré a verla al trabajo, me llamará sinvergüenza, llorará un poco, le diré que no es sitio para hablar y la citaré en algún café, ella dirá que no, pero acudirá sin duda para enterarse de lo que pasó porque, en el fondo, querrá que vuelva a pasar, esa vez dándose cuenta. ¡Todas son iguales!

Germán concedió.

—Está bien, con tal que ese mamón de anarquista tenga que tragarse el sapo, te dejo el estudio para que te la ventiles, pero esta vez con su consentimiento, si no, no tiene gracia.

—¡Eso está hecho! Dame dos semanas.

Germán hizo una pausa y, tras mirar el reloj, se puso rápidamente en pie.

—Tienes que largarte, la dama de hoy está a punto de llegar.

—¡El tiempo de recoger mis cosas! Y conste que no hilo tan fino; si el Petit Caporal te sirve de ayuda, lo doy por bien empleado.

Salieron al rellano.

—¿No me dices quién es?

—No seas pesado y date prisa, no sea que te cruces con mi prenda. ¡Faltan diez minutos!

Germán vio bajar a Fredy raudo por la escalera. En muchas ocasiones su amigo metía la pata, pero, haciendo balance, infinidad de veces lo salvaba del tedio. Por otra parte, era cómodo tener a mano a alguien en quien descargar toda la bilis que le proporcionaba el trato de su padre.

Papirer ganó la calle y, rápidamente, fue a ocultarse en la oscuridad de un portal vecino. Al rato un coche cerrado se detuvo frente a la portería de la casa de Germán, la portezuela se abrió y un fino escarpín que alojaba un apetecible tobillo pisó el estribo, inclinando el coche. Pese a que el velo del sombrerito intentaba ocultarle el rostro, Papirer la reconoció al instante.

Dorotea Bonmatí era la embozada figura.

El sentimiento de amor-odio que le inspiraba Germán se acentuó. De una parte, había vivido a su costa mucho tiempo y le estaba agradecido; sin embargo, las pequeñas humillaciones a las que tan aficionado era su amigo le fastidiaban y, si eran en público, le producían una gran desazón. No obstante, debía reconocer que en cuanto a hembras era la caraba, claro que con aquel apartamento y con el rumbo que sabía dar a su dinero tenía muchas ventajas. Fredy se palpó el bolsillo del gabán y sintió el frío contacto de la llave de la *garçonnière* que le había entregado Germán. En aquel momento tomó una decisión: antes de devolverla, haría una copia. La vida era muy larga, y nunca se sabía en qué pararían las cosas.

49

La primera noche

Una palmada de la monja puso de nuevo la fila en marcha.
—¡En silencio, no quiero oír ni una mosca!

El leve murmullo se apagó, y las internas continuaron subiendo la escalera. Llegando al tercer piso la fila de muchachas se detuvo cuando cada una estuvo frente a la celda asignada. Una nueva palmada y, dando media vuelta a la vez, se introdujeron en su pequeño cubículo, cerrando la puerta tras ellas.

Candela fue consciente de algo que hasta aquel momento no había creído. Su padre había cumplido la amenaza: la habían encerrado por algo tan grave como era salir una tarde con alguien que para ellos no era digno. Dejó la bolsa sobre la cama y examinó el entorno. La pequeña estancia mediría más o menos tres metros y medio de largo por dos de ancho. Arrimada a la pared, había una cama metálica de color verde; sobre su cabezal, un cuadrito del Sagrado Corazón; a la derecha, una modesta mesilla de noche, y en la pared izquierda, un perchero con dos colgadores. La parte inferior de la puerta era de madera y la superior, de cristales traslúcidos, menos el central, que tenía un reborde ovalado transparente y orlado por unas letras, que ella veía del revés, donde se leía: COLEGIO DEL SAGRADO CORAZÓN; finalmente, a la izquierda, había un timbre de cuerda que únicamente podía tocarse en caso de una emergencia.

La madre Guadalupe Bofarull, después de mostrar el soberbio edificio a Orestes y a Adelaida, los acompañó hasta la puerta. La despedida fue breve. Orestes besó en la frente a Candela y subió al coche; Adelaida, tras un largo suspiro, hizo lo mismo y, acariciándole el rostro, murmuró:

—Sé buena y aprovecha el tiempo. Ya verás que vas a estar muy bien, y estos pajaritos se te irán de la cabeza. Yo aquí fui muy feliz. —Luego subió asimismo al coche.

Cuando los caballos, azuzados por Mariano, se pusieron en marcha, Candela supo que en ese momento se cerraba un capítulo de su vida. A continuación la superiora la condujo a su despacho, ubicado en uno de los ángulos del primer piso del edificio, la invitó a sentarse frente a ella y, al tiempo que hacía sonar una campanilla que tenía sobre la mesa, le aclaró:

—Esto no es una cárcel, señorita Guañabens, aquí se educan muchachas de las mejores familias de Barcelona, y creo que sin excepción son muy felices y conscientes de la inmensa prerrogativa que representa instruirse en este colegio; espero que usted también lo sea. Ahora vendrá la madre Genoveva, que será su tutora. Ella la pondrá al corriente de sus obligaciones y de las costumbres del colegio. Espero y deseo que la próxima vez que nos reunamos pueda usted decirme que se siente feliz de estar entre nosotras.

Recordaba Candela que en aquel instante unos golpecitos discretos sonaron en la puerta, acompañados de una voz atiplada.

—¿Da usted su permiso?

—Adelante, madre.

La madre Genoveva era menuda y el hábito negro todavía la disminuía más; la cofia rizada enmarcaba un rostro amable, donde brillaban unos ojos negros, pequeños y muy vivos. La monja se quedó en pie, esperando que su superiora le dirigiera la palabra.

—Madre, ésta será su nueva alumna, Candela Guañabens. Llega con el curso comenzado a causa de un problema familiar. Su tía Adelaida se educó con nosotras; por más explicación, era compañera mía de curso. Póngala al corriente de sus obligaciones, adjudíquele su lugar en el estudio y muéstrele la clase a la que ha sido asignada, así como su lugar en el comedor y en el dormitorio. En fin, lo habitual cuando llega una nueva alumna.

—Sí, reverenda madre. ¿Podemos irnos ya?

—Vaya, su maternidad. Y vaya poniéndome al corriente de sus avances; tengo un especial interés en esta muchacha.

El ruido de la falleba cerrando por el exterior devolvió a Candela al presente. Los ojos de la madre Palmira, celadora del dormitorio, se asomaron por la mirilla central. La monja retiró el pasador y abrió la puerta.

—No la reprendo a usted porque aún no sabe las costumbres. Póngase el camisón, cuelgue su ropa en una de las perchas y prepare el uniforme para mañana. No pierda tiempo, porque dentro de cinco minutos se apagará la luz y, a oscuras, todo es mucho más difícil. Pasaré de nuevo, y quiero verla en la cama.

Candela no respondió.

—Cuando se le dé una orden, flexione un poco la rodilla derecha y diga «Sí, madre». ¿Me ha entendido?

—Sí.

—Sí, madre. ¿A ver?

—Sí, madre.

—Así está mejor.

Sor Palmira se retiró y de nuevo sonó el pestillo.

Candela hizo lo ordenado, y cuando los ojos de la monja asomaron de nuevo por el cristal ovalado ya estaba metida en la cama. Sin embargo, el sueño tardó mucho en llegar. Al cerrar los ojos imaginó el rostro adorado de Juan Pedro... ¡Qué poco la conocían! Aquel encierro sería como el viento que soplaba una brasa ardiente que, en vez de apagarla, aviva el fuego hasta el infinito. Su padre creía que todavía era una niña. No obstante, su cuerpo aún adolescente albergaba un corazón de mujer, un corazón de mujer enamorada dispuesto a arrostrar cualquier obstáculo por cumplir su sueño, y éste tenía un nombre: Juan Pedro.

50

La Fadini

Claudia Codinach estaba hecha un lío. Lo que anteriormente era un vivir gozoso dedicado únicamente al bel canto ahora se regía por otros parámetros. Lo primero que evocaban sus ojos al despertar era la imagen de un Germán apuesto y galán que se desvivía por complacerla. Se habían visto varias veces. Él se había portado como un caballero, le había mostrado los mejores y más afamados lugares de Barcelona, y de vez en cuando, y escogiendo mucho a las personas, la había presentado como la futura gran voz del Liceo. Claudia no se lo planteaba, pero estaba segura de que Germán era el hombre de su vida.

Doña Flora, su madre, se sentía desorientada; de un lado el temor de perder a don Práxedes, el protector de Claudia, la atormentaba; del otro, la posibilidad de picar más alto y que su hija llegara a ser la querida o, ¡por qué no!, la esposa de Germán colmaba sus más disparatados sueños; no sería la primera ni última vez que a través del sexo, donde la hembra ejercía siempre su máximo poder, la mujer llegaba a lo más alto. Siempre que paseaba por las Ramblas no podía dejar de observar el monumento que la pasión del virrey Amat había levantado en recuerdo de su gran amor, una artista, Micaela Villegas y Hurtado de Mendoza, la Perricholi, y aunque el palacete lo heredó su esposa, Francesca de Fiveller y de Bru, el pueblo de Barcelona siempre supo a quién estaba dedicado y, en su honor, lo conoció como palacio de la Virreina.

—Debes andarte con mucho tiento, Claudia. Al hombre hay que encelarlo sin caer. Tienes mucho que perder, y ya sabes de qué va el negocio, que cuando tienen la flor, ¡si te he visto, no me acuerdo!

—Déjeme en paz, madre. Sólo le falta a usted representar el papel de la Celestina. Ya soy una mujer, y sé lo que tengo que hacer con mi vida.

—Hija, yo lo digo por tu bien, ya lo sabes.

—Y también sé, porque me lo ha dicho muchas veces, que mi bien es el suyo.

—Claudia, no me malinterpretes, lo que quiero decirte es que nunca debes dejar un asidero en tanto no tengas otro. Don Práxedes paga tu carrera; lo otro es un sueño.

—Y mi juventud, ¿qué? ¿No le interesa? ¿No puedo enamorarme? Pero ¡claro!, eso no es importante; yo soy su inversión; a usted lo único que le preocupa es asegurar su vejez.

En eso andaban las dos mujeres cuando el timbre de la puerta sonó.

Doña Flora se precipitó al balcón.

—Anda, hija, date prisa. El coche está abajo.

Claudia respondió con sorna:

—Antes «Ándate con cuidado, hija» y ahora «Date prisa, que el coche está abajo». Desde luego, madre, es usted una veleta que gira según le da el viento, o tal vez mejor, un acertijo.

Claudia se dirigió a la puerta seguida por el paso precipitado de su madre envuelta en una bata de boatiné, acolchada, blanca y negra, que la asemejaba a una foca andando sobre sus extremidades inferiores. Los consejos de la mujer aún resonaban en sus oídos cuando la muchacha bajaba por la escalera.

Apenas apareció en el portal, Germán, que estaba de pie junto al coche, se precipitó hacia ella sombrero en mano.

—Estás bellísima —le dijo besando su mano.

Claudia se había arreglado con esmero y se sabía hermosa. Vestía un cuerpo de encaje beige y una larga falda tobillera de color cobre metalizado, una chaquetilla corta con las mangas ajustadas a la muñeca, terminadas con el mismo encaje que la blusa; calzaba escarpines de hebilla y se había recogido el pelo en un moño alto; rematata el conjunto un pequeño bolso de pasamanería y el inevitable abanico.

—¡Adulón, que eres un embaucador! Imagino que a todas tus conquistas les dirás lo mismo.

—En primer lugar, desde que te conozco me he vuelto un hombre serio, y en segundo lugar, tú no eres una conquista.

—Entonces ¿qué es lo que soy?

—Te lo diré después. Ahora ve ligera, que llegamos tarde. Pero te adelanto que, en mi vida, serás lo que tú quieras ser.

Germán estaba decidido a sumar a aquella mujer a su colección de trofeos, si bien reservaba para ella la categoría de «querida».

—Son las cuatro y media, ¿adónde llegamos tarde?

—Ya lo verás, curiosa… como todas las mujeres.

A todas éstas habían llegado junto al coche. Silverio aguardaba frente al estribo con la portezuela abierta. El Milford tirado por el tronco de alazanes presentaba un aspecto soberbio.

Claudia se acomodó al fondo del sofá tapizado. Germán lo hizo a su lado y, en tanto el cochero cerraba la portezuela, a través de la ventanilla ordenó:

—Silverio, llévanos a donde te he dicho.

La muchacha curioseó.

—¿Y adónde le has dicho?

—¿No me dijiste la última vez que no habías visto jamás una corrida de toros? Pues hoy vas a ver la terna mejor del mundo: Rafael Molina, Lagartijo; Salvador Sánchez, Frascuelo, y Rafael Guerra, Guerrita, con toros del conde de la Corte.

—¡Estás loco! Ahí me verá, seguro, algún amigo de tu padre.

—Está todo previsto. El empresario de El Torín es amigo mío y me deja su palco, que está resguardado por una celosía.

—Pero a la entrada o a la salida...

—Entraremos durante la lidia del primer toro y saldremos después del último. ¡Nadie te verá! Y, además, me va dando igual.

La muchacha no pudo negarse. Aquel hombre la hipnotizaba, y para ella ver una corrida de toros era un sueño. En aquellos instantes se sentía como la Cenicienta del cuento.

Durante este diálogo el coche, tras haber sobrepasado la estación de tren que iba a Mataró, llegaba a El Torín, instalado en La Barceloneta.

Los carritos de golosinas, así como los puestos de venta de bebidas y tabaco, se veían mucho más vacíos, y los revendedores de última hora iban desapareciendo. El público ya había entrado en la plaza y el griterío denotaba que la lidia había comenzado. Tras dejar a Silverio en el aparcamiento de carruajes la pareja se dirigió a la entrada de palcos.

El empresario, Vicente Galino, puro en ristre, aguardaba en la puerta oteando, nervioso, el horizonte. En cuanto los divisó, fue a su encuentro.

—Don Germán, el primero ya ha salido, es una pena que hayan llegado tarde.

—Sepa excusarme, Vicente. He tenido un contratiempo, que ya se ha solventado.

El empresario, con un gesto autoritario, llamó a uno de los mozos de puerta.

—Acompaña a los señores a mi palco y di a Sebastián, el del bar, que les sirva lo que deseen.

La pareja comenzó a subir la pronunciada escalera de piedra del vomitorio que conducía a los palcos del primer piso. Claudia, obligada a dar pasos pequeños, ascendía recogiéndose un poco el borde de la falda.

El empresario, sin dejar de observar los finos tobillos de la muchacha, añadió:

—Salude a su padre de mi parte.

—No voy a poder hacerlo; hoy he venido de tapadillo, usted ya me comprende.

—Desde luego que sí.

El ruido era ensordecedor. Germán, cogiendo del brazo a Claudia, la ayudaba a subir. Llegados al palco el mozo abrió la puerta con una llave que sacó del bolsillo. Una penumbra cuadriculada, motivada por el enjaretado de la celosía, invadía el espacio. Claudia se abalanzó hacia la barandilla y se dispuso a gozar del espectáculo desde aquella privilegiada posición. Germán, tras encargar una copa de coñac y un agua fría con anís, despidió al hombre.

La tarde para Claudia fue una auténtica revelación; gozó, sufrió, gritó, se tapó los ojos refugiada en el hombro de Germán, se emocionó... Y se dio cuenta de que había muchas vidas y de que era una necedad vivir únicamente una de ellas. La corrida fue transcurriendo como tantas otras; hubo de todo: algún que otro revolcón, dos caballos muertos, tres orejas y bronca del respetable por la negación de otra por parte del presidente; en conjunto, todas las circunstancias que aderezaban el acto y constituían la sal y la pimienta de una corrida de toros.

Tras el último astado y después de que se vaciara el coliseo, fueron al encuentro de Silverio.

La muchacha estaba enajenada. Eran las siete y cuarto de la tarde.

—¡Ha sido fantástico! Jamás había disfrutado tanto. De verdad, te lo agradezco de todo corazón. Y ahora ¿qué? ¿Adónde me llevas?

—Sorpresa, ¡gran sorpresa! Hoy puede ser un gran día.

El coche arrancó y al trote alegre del tronco fueron atravesando la ciudad. Claudia, como toda mujer y mientras hablaba con Germán, miraba disimuladamente por la ventanilla. Embocaron las Ramblas, llegaron a la plaza Cataluña y siguieron por Fontanella hasta la plaza Urquinaona. Allí la rienda y el silbo del auriga detuvieron el tiro de caballos.

—Ya hemos llegado, princesa.

Claudia miró a uno y otro lado.

—¿Adónde hemos llegado?

—Ése es el misterio. No te vendo los ojos porque a esta hora llamaríamos demasiado la atención.

En el reloj del convento de las Salesas sonaban los tres cuartos para las ocho. Descendieron del vehículo, y Germán, con un breve «Espérate aquí», despidió a Silverio.

Claudia aguardaba en pie, inquieta. Germán la tomó del brazo y juntos descendieron hasta una plazuela recoleta situada entre las calles Junqueras y Bilbao. Llegaron al portal de la casa que hacía chaflán entre ambas calles. Un instinto ancestral frenó a Claudia; intuía que iba a dar el paso más importante de su vida y que tal vez se equivocaba.

—¿Adónde me llevas?

—¿Te fías o no te fías de mí?

La muchacha cedió. En la garita del portero no había nadie. La pareja comenzó a subir la escalera. El corazón de Claudia latía acelerado. Llegaron al tercer piso y Germán, que sonreía, sin dejar de mirarla extrajo del bolsillo un llavín, lo introdujo en la cerradura y abrió la puerta. Nada más entrar los recelos de Claudia se diluyeron, y los «Aaah» y los «Oooh» se sucedieron sin interrupción. Todo era nuevo y maravilloso, y todo la sorprendía: el recibidor, la inmensa terraza, los cuadros y los objetos que ornaban la estancia; pero en especial el fonógrafo, que con su gran trompa dominaba todo lo demás.

—¿Esto qué es?

—Esto es el futuro, Claudia, ya te lo dije. Como comprenderás, los métodos de mi padre para dar a conocer a una artista son del siglo pasado.

Claudia defendió a su protector.

—Tu padre no me da a conocer, paga las clases donde se me enseña a cantar.

—Claudia, ya eres la mejor, te lo digo yo. Además de tu voz portentosa, eres la más guapa, y eso cuenta. El público está harto de ballenas encorsetadas. ¡Lo tienes todo para triunfar!

La muchacha no fue indiferente al halago. Sin embargo, un rasgo de coquetería teñido de humildad la obligó a decir:

—Me falta mucho, Germán, para ser una de las grandes.

—¿Como quién? ¿Como lo fueron la Malibrán o la Sontag, esas antiguallas?

—¡No digas eso! Yo jamás llegaré a esa altura; ellas fueron auténticas sopranos, yo soy una soprano de coloratura, hasta si quieres ligera; pero las voces de ellas fueron únicas.

—No dudes que no únicamente llegarás, sino que las superarás. Te aseguro que si me haces caso en poco tiempo ya no serás Claudia Codinach; la gente te conocerá en todo el mundo como la Fadini. Pero dejemos eso. Quiero que veas la vista desde mi terraza, allí hay otra sorpresa. No abras los ojos hasta que yo lo diga.

Germán, desde la entrada y a través de los cristales, había comprobado que Alfredo Papirer había cumplido sus instrucciones al dedillo. La semana anterior le había entregado su llave para que pudiera llevar a cabo el encargo. Tomó de la mano a la muchacha y ésta lo siguió como un perrillo fiel.

Germán abrió solemnemente la puerta de la terraza.

—Cuidado, hay un escalón.

Claudia subió tanteando.

—Ahora puedes abrir los ojos.

La joven quedó obnubilada. La vista era preciosa; jamás había visto la ciudad desde allí.

—Y ahora, ¡lo mejor!

Germán se fue hacia el extremo y retiró el biombo. Allí, puesta con sumo gusto y un cuidado extremo, lucía una mesa para dos comensales alumbrada por sendos velones todavía apagados, con mantel de hilo, vajilla de excelente factura, cubertería de plata, copas de finísimo cristal y, a un costado y en un cubo de hielo, una botella gigante de champán.

—Pero ¿esto qué es?

—Has de comer algo. No puedes irte a la cama sin cenar como una niña mala.

Claudia no salía de su asombro; aquel hombre hacía que la vida fuera apasionante.

—Ahora cenaremos, luego oiremos música en el sofá y finalmente, si tú quieres, te llevaré a tu casa.

Aquel «si tú quieres» repiqueteó dentro de la cabeza de la muchacha. Germán, despacio y sabiamente, comenzó a coronar su obra. Se sentaron a cenar, y él encendió los infiernillos que calentaban las bandejas, descorchó el champán y se ocupó de que la copa de Claudia estuviera siempre llena.

Al cabo de una hora y media estaban en el sofá con un quinqué encendido que proporcionaba una media luz y mecidos por la voz del gran Gayarre, que salía de la trompa del fonógrafo. Las sabias manos de Germán empezaron a derribar lentamente las últimas defensas de Claudia. Al cabo de otra hora estaban desnudos sobre el lecho, y él, como avezado organista, pulsaba unos registros del cuerpo de la joven que ella ni siquiera sospechaba que existieran. De pronto algo en el interior de la muchacha le avisó que iba a suceder algo que jamás había ocurrido anteriormente; un volcán de lava hirviente estalló en su vientre y en aquel instante llegó a la conclusión de que en el mundo había cosas mucho más apasionantes que el bel canto, y que, desde luego, aquello era lo más maravilloso que le había ocurrido en toda su existencia y no estaba dispuesta a renunciar a ello por el arte. Amaba a aquel hombre y desempeñaría en su vida el papel que él quisiera otorgarle, ya fuera el de esposa, de amante o de concubina.

Tras el acto quedaron exhaustos. Germán se encendió un cigarro con boquilla que fumó satisfecho. Había culminado su obra.

Ella, envuelta con la sábana, se volvió hacia él.

—Germán, ¿me amarás siempre?

—Siempre que seas buena y obediente conmigo, y que me hagas feliz.

51
El intento

El negocio con Pancracia Betancurt marchaba tan bien como él había esperado. El tiempo de miserias, de trajes remendados y de comer cualquier tentempié en un local de tercera categoría mirando el precio de las viandas empezaba a quedar atrás. Alfredo Papirer tenía tres ternos de Pantaleoni Hermanos, dos sombreros —un hongo y otro de media copa—, una gorra inglesa, camisas, jerséis y cuatro pares de zapatos —dos de piel, uno de ante y otro de charol—. La vida le sonreía y por fin le pagaba lo que creía haber merecido sobradamente tras años de penurias. Había ampliado el estudio fotográfico y ahora, además de una máquina nueva de factura alemana, había mejorado el atrezo de su escenario con una *chaise longue*, dos cornucopias y tres telones de fondo pintados al uso para poder simular escenas diferentes. A su socia cada vez la entendía menos, pues su carácter poliédrico lo desconcertaba; por las mañanas era una mujer de barrio; por las tardes, una mendiga que pedía limosna en cualquier barrio alejado del suyo, siempre acompañada por un par de niños pequeños con los rostros tiznados y vestidos de harapos; cuando iba a hacer una simulación de endemoniada para ilustrar las conferencias de mosén Cinto, con sus sayas negras, su moño recogido y la toquilla sobre los hombros parecía talmente una viuda de pueblo, y finalmente, cuando vestía lo que ella llamaba su «traje de alamares» para acompañar al Liceo a su «caballo blanco», lucía sin desdoro en la platea rivalizando con cualquiera de sus encopetadas vecinas.

Aquella mañana, antes de salir al encuentro que tanto le apetecía, Alfredo volvió a mirar a través de una lente de aumento las copias en sepia de la sesión fotográfica que había llevado a cabo con Amelia. La visión de aquel hermoso y blanquísimo cuerpo desmadejado y ofrecido lo puso en marcha, y lamentó profundamente las prisas de aquella madrugada que lo obligaron a abandonar la escena, pues su madre le había encargado abrir la carnicería ya que la mujer estaba en cama con gripe y el carretón que traía del mercado las nuevas vísceras de animales recién muertos llegaba a hora muy temprana. A Fredy le habría encantado esperar el despertar de Blancanieves y repetir la suerte con la muchacha totalmente concienciada y sabiendo lo que hacía, pero tuvo que limitarse a dejarle una nota.

Antes de salir se miró en el espejo del pequeño recibidor del pisito de la calle Notariado que le había facilitado Pancracia y se gustó. Lucía uno de sus ternos preferidos así como la última novedad, el cuello de la camisa de celuloide. Bajo el bombín, plagiando a Germán, se había peinado sus oscuros cabellos con la raya en medio, y en el rostro únicamente lucía un fino bigotillo que subrayaba la cínica sonrisa de galán que había copiado de una de las revistas francesas a las que estaba abonado.

Fredy Papirer vivía en un segundo piso y en cuatro saltos ganó la calle. Ésta era populosa y estaba llena de comercios y de pequeñas tiendas explotadas casi todas en régimen familiar. A Fredy le encantaba saludar a sus vecinas quitándose el sombrero ostentosamente, viendo en la sonrisa que le dedicaban la aceptación que tenía entre el género femenino. Tras su nuevo estatus había adoptado una costumbre que le encantaba: no había escaparate que no mirara de soslayo para comprobar el mejorado aspecto de su persona. Desembocó en las Ramblas y se acercó a uno de los puestos de flores del que era cliente. Allí compró un clavel para su solapa y, asimismo, un pequeño pomo de violetas, que se hizo envolver en un decorado papel de plata. De esta forma pertrechado, se dirigió a la puerta de los almacenes El Siglo.

El barullo era el de todos los días, pero en esa ocasión sabía al dedillo el camino a seguir y no tuvo que preguntar. Ascendió al segundo piso y, situado en un ángulo estratégico desde el que se divisaba perfectamente el mostrador de Amelia, se dedicó a observar a la muchacha como el hábil cazador que acechara a su presa. Allí estaba ella, con el uniforme azul marino con el logotipo de letras blancas de los almacenes en el pecho, ceñido por un ancho cinturón que realzaba su espléndida figura y su talle de avispa. En aquel momento estaba atendiendo amablemente a una señora que había escogido un corbatín. La muchacha le preguntó si era para regalar y ésta asintió. Fredy observó cómo Amelia, tomando una hoja de papel de seda y otra de color verde con las iniciales de la casa, envolvía el obsequio primorosamente, atándolo con una cinta dorada y colocando finalmente sobre el lazo una etiqueta del mismo color que humedeció en una esponjilla antes de pegarla. Después de entregar el paquete Amelia se fue a la caja registradora, y tras pulsar las teclas correspondientes y dar la vuelta a la manivela, el cajón se abrió. La chica cobró el importe y devolvió el cambio a la mujer, para a continuación despedirla con la mejor de sus sonrisas.

Fredy dirigió una rápida mirada a ambos lados; no había moros en la costa. Salió de su reducto y en tres zancadas estuvo ante el mostrador de objetos para caballero. Amelia estaba de espaldas, colocando en las estanterías los corbatines que había desechado la señora. Fredy, tapándose la boca con el puño, emitió una breve tosecilla, y Amelia se volvió dispuesta a atender al nuevo cliente. Cuando su mente codificó el rostro y se dio cuenta de quién era, una palidez que no pudo ocultar el carmín de sus mejillas invadió su rostro, sus ojos se achinaron, y un ramalazo entreverado de temor y de odio brilló en su mirada.

—¿Cómo está mi palomín de vuelo bajo?

Amelia, por el momento, no pudo pronunciar palabra; un nudo de esparto atenazó sus cuerdas vocales.

—Esto es para ti. —Papirer depositó sobre el mostrador el ramito de violetas—. Con mis excusas por haber tardado tanto.

La voz de Amelia salió ronca y susurrante.

—¿Cómo tienes la vergüenza de asomar por aquí tu asquerosa cabeza?

Papirer no se dio por ofendido.

—¡Me encanta que no hayas olvidado cuánto me gusta que me tutees!

Amelia ya se había recuperado de la sorpresa.

—Eres el más canalla de los hombres, el más cobarde y al que más desprecio. ¡Te odio!

—No me preocupa, me gustan las hembras con carácter. Ya sabes que del odio al amor hay un paso.

Amelia estaba crecida.

—¡Eres un perro! Abusaste de mí emborrachándome. ¡No quiero verte más!

—Eso lo decís todas al principio, pero luego, cuando amaina el temporal, os gusta que os insistan.

—Aunque fueras el último hombre sobre la tierra no querría verte, ¡me das asco!

Papirer hizo una pausa para asimilar las palabras de la muchacha.

—Voy a tener paciencia. Regresaré otro día para ver si has cambiado de opinión.

—Si vuelves a molestarme, haré que te echen.

—No te atreverás.

—Pruébalo.

Los dos se miraron, retándose.

Fredy intentó tomarle una mano sobre el mostrador. Amelia la retiró como si le hubieran arrimado una brasa ardiente.

—¡Señor Lucas!

Fredy extrajo del bolsillo de su chaqueta las fotografías de la amarga noche y, tras mostrárselas brevemente, se las volvió a guardar.

A la llamada de la muchacha compareció el encargado, fuerte y ancho de espaldas, extrañado por su tono de urgencia.

—¿Qué ocurre, Amelia?

Fredy intervino rápidamente sin dejar de mirarla.

—No ocurre nada, señor, únicamente que he pedido una corbata de una marca inglesa y, por lo visto, no la tienen. ¿No es verdad, señorita? Pero su dependienta ha sido muy amable y ha tomado mi dirección y en cuanto haya una novedad me avisará, ¿no es cierto?

Y dándose la vuelta Alfredo Papirer salió de El Siglo.

52
El infarto

El Armagedón había llegado al domicilio de los Ripoll. A las cinco de la tarde de aquel lluvioso 12 de marzo Antonio Ripoll iba a ingresar en el Seminario Conciliar de Barcelona para cursar la carrera sacerdotal. En el corazón del joven se había desencadenado un terrible conflicto de sentimientos encontrados; de una parte, pesaba el tremendo disgusto que sabía que iba a dar a su padre; de otra, la absoluta certeza de que Dios lo había llamado por aquel camino de servicio a los más necesitados.

Por la mañana había asistido con su madre a la misa de nueve en la parroquia de la Concepción, donde ambos comulgaron. A la salida se dirigieron a la horchatería Valenciana para solemnizar el que tal vez sería el último desayuno que compartirían en mucho tiempo. Tras ocupar uno de los veladores y demandar dos tazas de chocolate con melindros, se encontraron madre e hijo frente a frente, mesa de mármol por medio.

—Antonio, de no ser por tu padre, hoy podría ser uno de los

días más felices de mi vida. Tú sabes que te eduqué cumpliendo mi obligación de madre cristiana, y quizá me excedí algo para compensar el agnosticismo de tu padre, pero también sabes que nunca te influí ni pretendí que fueras uno de esos niños traumatizados por la religión que apenas participan en los juegos de los demás y cuya mirada refleja la tristeza de los que siempre creen que están en pecado. Es por ello por lo que pienso que tu vocación es auténtica y que tu decisión es la acertada, pero eso no quita que sea consciente del disgusto que se va a llevar tu padre, y eso es lo que hace que mi felicidad sea incompleta.

Antonio miró a su madre con ternura.

—Aparte de usted, madre, cualquier sentimiento de culpa. Mi infancia fue la más feliz que pueda tener un niño. Recordaré siempre los veraneos en el *mas* de Reus, los baños siempre impares por el consejo del médico en Salou, las excursiones y tantas otras cosas como la mejor época de mi vida. Comencé la carrera de leyes por dar gusto a mi padre, pero, tras hablar con mosén Cinto, la llamada fue tan fuerte que no pude demorarla ni por un momento. ¿Cree usted acaso que no me gustaría entrar en el seminario con la aquiescencia de mi padre? Pero como sé que no puede ser, no tengo otra opción que escoger… Y mi decisión está tomada.

Adelaida lo miró con una emoción contenida.

—Tenemos tiempo hasta las seis, Antonio. Vamos a hacer el último intento. Después de comer, cuando tu padre se levante tras la siesta, te acompañaré a su despacho. Me gustaría que por lo menos pudieras despedirte de él. Hace tres noches que trato de convencerlo, pensando que ya lo había digerido; pero es terco como una mula y toma tu vocación como una ofensa particular.

—Me siento egoísta; al fin y al cabo, yo me voy, madre, y lo que me perturba es lo que la espera a usted en casa en días sucesivos. Conozco bien a mi padre, y sé y me consta que va a cargar sobre sus hombros el peso de mi ausencia.

Adelaida hizo de tripas corazón.

—No te preocupes, Antonio. Soy fuerte y lo conozco aún mejor que tú. Irá asimilándolo poco a poco, y si un día alcanzas un lugar preeminente en la carrera eclesiástica, incluso presumirá de ti. A tu padre la sociedad le priva y mira siempre a los que están arriba; le encantan los triunfadores, de ahí esa relación de amor y odio que profesa a don Claudio López Bru.

—Yo no entro en religión para ser obispo, madre, lo hago para ayudar a los más necesitados.

—Pero mi intuición de madre me dice que la Iglesia no está para desperdiciar talentos naturales como el tuyo. Es muy triste, pero, al igual que en la vida, llegan a la cumbre los más preparados e inteligentes, y la bondad, el ejercicio de la caridad y la dedicación al prójimo lo deja la Iglesia para los frailes menores y los hermanos legos de las grandes congregaciones.

—No hable así, madre, no me gusta.

Adelaida, tras una pausa, hizo que la conversación tomara un sesgo diferente.

—En vez de por mí, reza mucho por tu hermano Germán. Si él dedicara al trabajo la cuarta parte del tiempo que dedica a sus francachelas sociales y a su esgrima, tu entrada en religión habría sido mucho menos traumática.

Antonio, como siempre, intentó excusarlo.

—En mi opinión es una falta de sincronía. Como usted sabe, padre es muy suyo, y Germán es un triunfador y no le gusta perder ni al parchís. Creo que si tuviera el mando real de la fábrica se tomaría el trabajo de manera muy diferente; no faltaría ni un día e implantaría sus ideas. Pero sabe que su presencia no es imprescindible; padre y tío Orestes lo controlan todo. A Germán le gusta trasnochar, y para lo que hace en la fábrica no importa si llega a las diez y media o a las once. Yo pensé que tras el suceso de la bomba, padre se retiraría un tanto e iría dando a mi hermano más espacio, pero me equivoqué.

—Es un círculo vicioso, Antonio, la pescadilla que se muerde la cola. Si tu hermano llegara a las ocho, tu padre le daría más responsabilidades, pero llevando la vida que lleva no lo cree capaz. En fin, hijo, es asunto que no está en nuestras manos; nosotros intentemos hacerlo tan bien como nos sea posible y pidamos a Dios que nos ilumine para que tu partida resulte de la mejor manera. —Luego, para aliviar la tensión del momento, añadió—: Lo único que siento, por lo que a mí respecta, es que en nuestras veladas musicales voy a echar de menos a mi primer violín.

—Yo también, madre; la música ha sido asimismo otra de mis pasiones.

—Que se prepare el chantre de la catedral, ¡su sitio peligra!

Tras estas palabras, y de dejar el importe de sus chocolates sobre la mesa, madre e hijo abandonaron el local.

La comida había transcurrido en el silencio habitual de los últimos días. Después de que Antonio comunicara su decisión de entrar en la Iglesia, Práxedes no le dirigía la palabra. La ida y venida de platos y el ruido de copas y cubiertos era mucho más mitigado en aquel ambiente tenso y desagradable. Saturnino ordenaba con la mirada, y Carmen y Teresa, las camareras que servían la mesa aquel día, se esforzaban en realizar atentas su trabajo, poniendo sumo cuidado en no cometer torpeza alguna, pues sabían que lo que en un día cualquiera el hecho habría merecido apenas una admonición, en aquellas circunstancias se tornaba en una regañina exagerada.

Antes de llegar a los postres Práxedes se levantó de la mesa.

—Saturnino, me servirá el café en el despacho. Y cuando llegue mi hijo Germán, dígale que quiero verlo.

Madre e hijo cruzaron una mirada cargada de intenciones.

Práxedes, sin decir una palabra más, se retiró. Adelaida y Antonio, tras terminar el postre, pasaron a la galería acristalada.

—Madre, me parece que ha llegado el momento.

—¿No crees que mejor sería que estuviera tu hermano?

—Ya sabe cómo es Germán; ni siquiera tenemos la certeza de que venga a comer, y yo he de entrar a las seis en punto. Mosén Jacinto nos aguardará en la entrada.

Adelaida intentó ganar algo de tiempo. Aquella despedida se le hacía una montaña inalcanzable.

—Dejemos que tome su café y su copa; siempre que esto ocurre y tras la media hora de siesta, tu padre acostumbra estar más asequible.

Antonio habló a Adelaida en un tono diferente.

—Es mi vida, madre. No soy el niño que aguarda que su padre esté de buen humor por ver si le deja ir a jugar al jardín. Le plantearé mi despedida de la mejor manera posible y, desde luego, del modo más humilde, pero le repito que es mi vida, y creo que ya he hablado con él en demasía para que entienda que mi decisión es irrevocable. Voy a poner mis cosas en el recibidor y diré a Saturnino que comunique a Mariano que prepare el coche.

Adelaida entendió que había llegado el momento y que éste era impostergable.

—Está bien, Antonio, te esperaré en la salita de música.

El muchacho se puso en pie y, después de depositar un beso en la frente de su madre, partió hacia su habitación. Adelaida, tras una breve espera y un hondo suspiro, se dirigió al salón de música.

Un montón de recuerdos se agolpó en su mente al entrar en aquella estancia. A la derecha, el acharolado Steinway de cuarto de cola; junto a él, el estuche del violonchelo de Germán, y a la izquierda, al lado del atril y sobre la mesilla, el del violín de Antonio. ¡Qué empeño el suyo para que sus hijos aprendieran música! Y qué orgullo cuando los miércoles de visitas podía presumir ante sus amigas y los maridos de éstas del excelente nivel musical de aquel trío formado por ella y sus hijos. Era aquel aspecto, tal vez, el único del que Adelaida se enorgullecía. Por aquel entonces su familia era una familia; luego, no sabía cómo, las cosas se habían ido deteriorando, y el diálogo con Práxedes, si ya era escaso antes de comunicarle la decisión de Antonio, ahora era totalmente inexistente. El trabajo era su excusa, pero si bien era cierta, no era la única; aunque en casa jamás se hablaba de ello, Adelaida sabía del tiempo que su marido dedicaba a la logia Barcino y de su pasión desatada por los cantantes de ópera, que hacía que su mecenazgo transcurriera de un tenor a una soprano y de ésta a un bajo, en la esperanza de hallar una perla que lo distinguiera entre los socios del Círculo del Liceo y de que la gente dijera: «Ahí va fulanita, o fulanito, que de no ser por Práxedes Ripoll jamás habría llegado a nada»; ésa era su meta, y tras el fracaso que representaba que uno de sus hijos entrara en religión y el otro se negara a caminar por los carriles que a él le habría gustado, a veces Adelaida ansiaba ver las cosas desde el punto de vista de su esposo, intentando comprenderlo.

Al oír los pasos de Antonio atravesando el recibidor, el corazón le dio un vuelco; el momento culminante de la obra llegaba a su cenit. Adelaida era consciente de que tenía que llegar desde el día en que el muchacho había hablado con su padre, pero era una nebulosa lejana e inconcreta a la que se enfrentaría cuando no hubiera más remedio; era una entelequia. Ahora, sin embargo, aquella irrealidad se había concretado, y ella únicamente pedía a Dios que la despedida no fuera violenta, y que Práxedes entendiera que la decisión de su hijo era irrevocable y que supiera aceptarla.

La presencia de Antonio la sorprendió. Su hijo había dejado la maleta y la cartera de mano sobre la cómoda del recibidor. Vestía un pantalón negro, y del redondo escote del jersey del mismo color sobresalían los picos blancos del cuello de la camisa.

—Vamos, madre, ha sonado la hora. Y, por favor, no sufra. Pase lo que pase y me diga lo que me diga, no voy a contestar, y no crea que es un acto de humildad, es que, simplemente y conociéndolo como lo conozco, comprendo el disgusto que le daré, y respetaré cualquier improperio que le dicte su enojo.

Adelaida se puso en pie, besó a su hijo, se agarró a su brazo y, conteniendo el temblor que atacaba sus piernas y simulando una trémula sonrisa, pronunció un «Vamos» que pretendía ser animoso.

—Práxedes, ¿se puede?

La voz que autorizó la entrada sonó desabrida, tal vez más de lo que solía, pues, además de que no le gustaba ser molestado en el despacho, por aquellos días algo flotaba en el ambiente que amenazaba tormenta.

Madre e hijo entraron en la recargada estancia. Práxedes se puso en guardia y, saliendo de detrás de la mesa, se acercó al tresillo.

Desde el día en que Antonio le declaró su intención de entrar en religión, Práxedes no le dirigía la palabra, y en aquella ocasión lo ignoró como si no existiera. Tras separarse las colas de su levita y acomodarse en su sillón predilecto, se dirigió únicamente a su mujer.

—Siéntate, querida. Muy importante debe de ser el asunto que te trae hasta aquí pues, amén de que sabes que no me gusta ser interrumpido, lo que sea has podido decírmelo durante la comida.

Adelaida y su hijo se sentaron en el sofá.

—Verás, Práxedes...

Antonio creyó que era su obligación librar a su madre de aquel cáliz y, tomando la palabra, la interrumpió.

—Padre, si para mí no fuera tan importante la decisión que hoy voy a tomar, le juro por lo más sagrado que no hay nada en el mundo que no hiciera por evitarle esta pena y que daría años de mi vida por que, al partir esta tarde hacia el seminario, me diera un abrazo y su bendición.

Los anteojos de Práxedes, sujetos por una cadenilla, se descabalgaron de su nariz y le cayeron desmayados sobre el chaleco. En el fondo de su corazón, había llegado a convencerse de que, llegado el momento y viendo su irreductible actitud, su hijo reconsideraría su postura y desistiría de aquel, para él, solemne disparate, volvería al redil de su casa, acabaría la carrera de abogado y se incorporaría a su negocio. Viendo que todo su castillo se desmoronaba, ignoró a Antonio y se dirigió otra vez a su mujer.

—¿Tú has oído lo mismo que yo? ¿Crees que como padre he de permitir este extravío?

—Práxedes, por favor...

Antonio intervino de nuevo.

—Con todo respeto, padre, es mi decisión; deje a mi madre en paz y, por favor, diríjase a mí.

La ira acumulada de Práxedes, sus frustraciones y la patente comprobación de que su última esperanza al respecto de la supervivencia de sus negocios se desvanecía afloraron en aquel momento.

Ahora sí se dirigió a Antonio.

—Entonces ¿quieres consumar esa insensatez?

—Quiero seguir la llamada evangélica «Dejarás a tu padre y a tu madre, y me seguirás».

—No es que sea yo muy docto en esas materias, pero creo que en algún lado dice tu religión «Honrarás a tu padre y a tu madre».

—Usted sabe que, esté donde esté y haga lo que haga, intentaré honrar mis apellidos y hasta, si puedo, darles lustre.

Práxedes todavía intentaba contenerse y razonar.

—Pero ¿es posible que no te quepa en la cabeza que me haces falta aquí y no en misiones, bautizando negritos?

—Padre, por favor, entiéndalo. Únicamente pretendo escoger mi vida como usted escogió la suya.

La ira de Práxedes iba en aumento.

—¡Yo no escogí la mía! Me encontré con un camino trazado y una obligación que cumplir, y a la altura de mis cincuenta y un años sigo cumpliéndola. Tuve dos hijos y los crié en la, por lo visto, loca pretensión de que prosiguieran la obra que iniciaron mis abuelos, continuó mi padre y yo llevo adelante con mejor o peor fortuna. Mi hijo mayor hace su vida, aunque pienso que sentará la cabeza algún día, y mi hijo menor, que por la cordura que siempre mostró era mi gran esperanza, resulta que quiere vivir entre golpes de pecho, humo de cirios y nubes de incienso. ¡Pisa el suelo, Antonio, baja a la tierra! Si los hijos de la burguesía, de la gente más capaz y preparada, se desdicen de las tradiciones familiares y se dedican a otras cosas, esta Barcelona que tanto trabajo ha costado levantar se irá merecidamente a hacer puñetas.

—¡Práxedes, por Dios!

—¡Calla, mujer! Mira adónde nos ha llevado tu estupidez, tus rezos de beata y tus novenas. ¿No lo sabes? Yo voy a decírtelo: tu Iglesia ha entrado en mi casa como un ladrón y hoy se me llevará definitivamente un hijo. ¿Qué quieres, que además bata palmas?

Antonio no pudo reprimirse.

—No le permito, padre, que hable así a mi madre.

—¡Tú no eres quién para permitirme o prohibirme nada! —Práxedes, rojo de ira, se puso en pie y comenzó a pasear iracundo por la estancia—. Ésta, si no estoy mal informado, es la casa de don Práxedes Ripoll, y desde este momento no admito huéspedes, con que

¡empieza a buscarte la vida! Y si te aceptan, alójate en el palacio Episcopal; aquí eres persona non grata.

Adelaida, con un pañuelo sobre la boca, se sofocaba el llanto.

Antonio se dirigió hacia ella y colocó una mano sobre la suya, que descansaba sobre el brazo del sillón.

—No haga caso, madre, que está fuera de sus casillas. No se preocupe por mí; no voy a tener en cuenta lo que me ha dicho.

Práxedes se paró en medio de la estancia.

—Pero ¿es que ahora, además, me tratas como si fuera tu tía Renata, que está medio loca?

Antonio se puso en pie frente a su padre.

—Tía Renata está mal, pero su corazón no conoce la maldad. Ya soy mayor y no me chupo el dedo. Créame, padre, abandone esa logia masónica a la que pertenece y regrese al seno de la Iglesia; de no ser así, su alma inmortal se condenará.

—¡Cómo te atreves a decirme lo que tengo que hacer o lo que no tengo...!

Práxedes no acabó la frase. Su ceja comenzó a temblar. Se llevó la mano derecha al corazón y cayó hacia delante, dándose un tremendo golpe en la frente con el canto de la mesa del despacho.

Adelaida saltó como impelida por un muelle y se abalanzó sobre su marido. La sangre ya manchaba la alfombra; las gafas yacían rotas a su lado.

Justo en aquel instante la figura de Germán apareció en la puerta.

—¡Trae una toalla! —le gritó Antonio inclinándose a su vez sobre el caído e intentando restañar la hemorragia con uno de los pequeños almohadones del sofá.

—¡Llama a Saturnino, y que alguien vaya a buscar al doctor Goday!

Adelaida estaba histérica y repetía una y otra vez «Lo sabía, lo sabía».

Los sucesos se precipitaron en cascada. Por la puerta fueron apareciendo todos los habitantes de la mansión; primero fue Saturnino, seguido del servicio que en aquel momento estaba en la casa, Teresa y Carmen; luego entró de nuevo Germán con una toalla humedecida que Antonio colocó sobre la frente de su padre; después apareció don Gumersindo Azcoitia y, finalmente, Mariano, el cochero.

El secretario, abundando en el criterio de Adelaida, ordenó a éste que fuera a buscar al doctor Goday, pero Germán interrumpió la orden.

—Déjelo, Mariano; iré yo.

—Como quiera, don Germán, pero vaya rápido porque creo que lo de menos es el golpe en la frente.

Adelaida volvió el rostro hacia don Gumersindo e indagó:

—¿Qué quiere decir?

—Según me han explicado, no ha tropezado con nada; se ha llevado la mano al pecho y se ha caído, y es entonces cuando se ha golpeado la frente. No quiero alarmarla, doña Adelaida, pero tiene toda la pinta de un amago de ataque al corazón.

Antonio había colocado otro almohadón debajo de la cabeza de su padre.

Germán ya había partido. Saturnino insinuó que tal vez sería oportuno llevarlo a la cama. Azcoitia replicó que lo mejor era no moverlo.

En el reloj de la pared sonaron las lentas campanadas que marcaban las seis menos cuarto.

—Azcoitia, hágame el favor, vaya a la puerta del Seminario Conciliar, donde encontrará a mosén Jacinto Verdaguer. Explíquele lo que ha ocurrido, excúseme y dígale que mañana me pondré en contacto con él. Lo de mi padre en estos momentos es lo más importante.

—Lo que usted mande, don Antonio.

Práxedes volvía en sí lentamente. Con mirada torpe observó los rostros angustiados de los presentes e intentó incorporarse. Antonio apoyó suavemente la mano en el hombro de su padre y lo obligó a permanecer recostado.

—¿Qué ha ocurrido?

Adelaida le acarició la cabeza.

—Te has desmayado, Práxedes. Trabajas demasiado y quieres abarcarlo todo. Ahora vendrá el doctor Goday. Creo que es hora de que remitas tus responsabilidades y que otros carguen con ellas.

En aquel momento apareció en el quicio de la puerta el rostro angustiado de Orestes.

—¿Qué ha sucedido, hermana?

Adelaida, antes de responder, ordenó al personal:

—Regresen a sus cosas, ya ha pasado todo. —Luego se dirigió a Saturnino—: En cuanto llegue el doctor Goday, hágalo pasar. Y tráigame un vaso con un poco de agua y mi botellita de Agua del Carmen.

La voz de Práxedes se dejó oír.

—No me den esa pócima, tráigame un whisky.

Orestes, ante la extrañeza de Adelaida, comentó:

—Daño no le hará, hermana, es un vasodilatador.

El doctor Goday apareció excusándose media hora después y, tras una inspección a fondo de Práxedes, al que habían acostado en el sofá del despacho, su opinión fue tajante. Hizo un aparte con Orestes y Adelaida y notificó:

—No nos engañemos, Práxedes ha tenido un infarto de caballo. En otra como ésta, igual se queda.

53
Embarazada

Como todos los días, el despertador sonó a las seis y media en punto. Amelia sacó la mano apartando las frazadas y buscó a tientas el ruidoso artilugio, apretó el mecanismo y detuvo el incómodo timbre. Abrió un ojo y observó las fosforescentes agujas; no había engaño, era la hora. Amelia se toleró un duermevela de cinco minutos; cada día le costaba más trabajo levantarse. Los ruidos eran los habituales de la hora y de su casa: su madre zascandileaba con los cacharros en la cocina, en tanto que la voz ronca de su padre exigía el desayuno.

Un hilo de luz de la oscura madrugada se permitía la licencia de abrirse paso penosamente entre el postigo y el marco de la ventana, al igual que su conciencia lo hacía entre las brumas de su cerebro. Amelia estaba preocupada y, pese a las evidencias, su mente se negaba a aceptar aquello. Hacía dos meses que no tenía la regla. De esa semana no pasaba; iría con Consuelo al practicante que vivía en el entresuelo de su pensión para que la examinara. Ni pensar quería en la hecatombe que podía armarse en caso de que su sospecha fuera cierta. Pero los indicios y su naturaleza porfiaban en contra; su cuerpo le anunciaba que algo estaba ocurriendo y, por otra parte, ella siempre había sido un reloj en cuanto a la puntualidad de sus períodos.

—Amelia, ¡vas a llegar tarde! Últimamente te quedas dormida hasta en la cola del pan, y ya voy estando harta de tener que levantarte todas las mañanas.

Desde el día del incidente su madre actuaba de modo raro con ella; le había convenido creer la historia que le había contado Consuelo, pero Amelia sabía que, en el fondo de su corazón, no la creía.

Amelia se puso en pie. Lo que más temía de aquel maldito y desgraciado embrollo era el enfrentamiento que iba a tener con su padre. Era hija única, y si sus temores se concretaban, sabía que con su madre tendría una gran bronca. Aunque no había consentido, la mujer le achacaría que se había puesto en peligro y que de alguna manera había facilitado los medios para que tal aconteciera. Pero su padre, a quien su singular oficio lo había hecho huidizo y desconfiado y al que importaba en grado sumo la opinión de sus vecinos, la echaría de casa, luego se encerraría en un mutismo sin concesiones y se negaría a verla, cosa que, por otra parte, poco le importaba.

Se echó una bata sobre los hombros y salió al comedor. Su padre estaba tomando un plato de migas que habían sobrado del día anterior y tenía enfrente un tazón de leche. Vestía pantalón de rayadillo y alpargatas, y estaba en camiseta leyendo un ejemplar de *La Vanguardia* doblado por la mitad que permanecía a su derecha sobre la mesa; el guardapolvos y la gorra colgaban en el respaldo de una silla.

Amelia se le acercó por detrás. Con el tono desabrido de todos los días, pues sabía que su hija odiaba su trabajo, el hombre auguró:

—Vas a llegar tarde.

—No, padre. Lo tengo muy medido: de la puerta de casa al trabajo, veinticinco minutos. Eso suponiendo que no coja un tranvía.

El hombre, mientras volvía de nuevo la mirada a su periódico, rezongó:

—Eres como tu madre. Yo odio las prisas, me gusta llegar con tiempo a todas partes.

—Claro, su trabajo requiere una puntualidad y una precisión totales.

El padre de Amelia ignoró su ambigüedad. La joven se sentó a su lado, se acercó la taza y, tomando la botella de leche, la llenó.

—¿Me pasa el azúcar, padre?

Él le allegó mecánicamente el azucarero, y ella se puso tres terrones.

El padre alzó la vista.

—No te entiendo... ¡Antes tomabas la leche sin azúcar!

Amelia cayó en la cuenta y se puso pálida. Anteriormente no le gustaban las cosas dulces y ahora se paraba ante el escaparate de todas las pastelerías.

La voz de su padre sonó de nuevo.

—No me gustó nunca y me alegro de que rompieras con él.

Amelia dejó de sorber la leche.

—¿Qué dice, padre?

—Lo trae hoy aquí *La Vanguardia*. Parece ser que uno de sus compinches lo ha denunciado.

—¿A quién ha denunciado?

—A aquel Máximo Bonafont que salía contigo. —Y plegando el periódico y levantándose, comentó—: Uno de los grupos anarquistas puso un petardo en la fábrica de los Ripoll. Han trincado a uno de ellos, y el individuo ha cantado como un *escolanet* de Montserrat y, por lo visto, ha denunciado a tu galán, y éste ha desaparecido. Mi trabajo me da un instinto especial para detectar criminales. Ese tipo no me gustó nunca. —Y en tanto se ponía el guardapolvo añadió—: La prueba es que cuando me preguntaste si quería conocerlo, te dije que no.

Amelia arrebató *La Vanguardia* de las manos de su padre y, tras leer rápidamente la nota, comentó:

—Él no ha hecho nada, ¡y menos poner una bomba! Es verdad que alguno de sus amigos no me gustaba, pero sé que él no ha hecho nada, lo conozco bien.

—Mira, Amelia, dime con quién andas y te diré quién eres... Me alegro de que ya no salgas con ese individuo porque al final cualquier día me lo traerán y tendré que ocuparme de él.

Entonces estalló la bronca.

Todos los martes Amelia y Consuelo comían juntas. Tenían para tal cometido una hora y media, y acostumbraban hacerlo en una casa de comidas ubicada al lado del mercado de la Boquería que reunía, por su calidad y precio, un número inusitado de parroquianos que tenían que guardar turno en la barra porque allí no se reservaba mesa. Su nombre era Casa Julia. Consuelo, que conocía perfectamente a su amiga, supo nada más pisar la calle que Amelia tenía un problema.

—¿Qué te ocurre?

—¿Por qué?

—Hija, para mí eres transparente. Traes una cara que lo dice todo.

Amelia, que había aguantado el tipo toda la mañana, se derrumbó. Se detuvo en el n.º 6 del pasaje Cardoner, sacó un fino pañuelo de batista del bolso y se puso a llorar. Consuelo se alarmó y tomándola del brazo la hizo caminar, en tanto le hablaba al oído.

—Pero ¿qué pasa hoy, mujer, que no pasara ayer? ¿Se ha hundido el mundo en tu casa? ¿Quién se ha muerto?

Amelia la miró a los ojos.

—Consuelo, estoy embarazada.

Su amiga se quedó sin habla e instintivamente miró a uno y otro lado, como si aquel secreto pudiera interesar a alguien.

—¿Estás segura de lo que dices?

—Casi.

—¡Casi no, Amelia! Para afirmar eso, tienes que estar segura.

—Por eso quería hablar contigo. Yo no conozco a ningún médico y, además, me da una vergüenza terrible.

—Eso son tonterías, ¡todas las mujeres van al médico!

—Sí, pero para esas cosas son casadas, e imagino que deben de ir con su marido.

—Entonces ¿qué hacemos?

—Siempre dices que el practicante que vive en el entresuelo de tu casa es un hombre cabal. Si me acompañaras, podría ir a verlo.

—Bueno, vamos a hablar de todo esto despacio; no es un tema baladí para tratarlo aquí, de pie y en la calle.

Las dos muchachas se pusieron de nuevo en marcha, y en cinco minutos se plantaron delante de la puerta de Casa Julia y descendieron los tres escalones de la entrada. Como de costumbre, el local estaba atiborrado. Dos camareros con mandil en la cintura y tres platos en las manos servían aceleradamente las mesas, en tanto que la dueña tomaba las reservas de los que iban entrando.

—Hoy no comemos —comentó Amelia—. Fíjate, hay dos grupos de cuatro y uno de tres delante de nosotras.

—Sí comemos. Está levantándose aquella mesa, que es de dos, y éstos no caben.

La dueña consultó a los que aguardaban y, efectivamente, en la mesa que quedaba libre al lado de la columna no se podía añadir ninguna silla, de manera que en un momento el camarero había cambiado el mantel de cuadros rojos y blancos, colocado los platos, los cubiertos y los vasos, y las dos amigas, tras colgar sus abrigos en el perchero de madera que se hallaba en la pared del fondo, estaban sentadas.

Consuelo tomó el menú del día; podía escogerse entre tres primeros, tres segundos y un postre.

—Mira, ¡me va bien! Voy a pedir los garbanzos y de segundo la pescadilla con ensalada. ¿Tú qué tomarás, Amelia?

Amelia estaba como ida, con los ojos clavados en la ventana, que, siendo el local un semisótano, únicamente permitía ver los pies de los viandantes al pasar.

Consuelo dirigió la mirada hacia donde miraba su amiga.

—¡Precioso paisaje! Pero hemos venido a comer y debemos volver al trabajo en una hora; o sea, que si no te importa, escoge lo que quieras de una puñetera vez. —Y diciendo esto le alargó el cartoncillo donde, en letra de palo, figuraban los platos del día.

—Escoge tú por mí.

—¡Venga ya, Amelia! No lo hagas más complicado.

—Está bien. Yo sólo quiero la pescadilla con ensalada.

A los cinco minutos ambas amigas estaban comiendo.

—¿Qué me dices de lo del practicante?

—No está mal pensado. Visita a todas las mujeres de la pensión y es buena persona. Tengo entendido que Paco Xicoy, que así se llama, dejó la carrera de médico en tercero por falta de recursos. Puedo decírselo, y mañana por la tarde, a la salida del trabajo, podríamos ir a verlo.

—Hazme este favor y te lo agradeceré toda la vida.

—Déjate de tonterías y hablemos. Si no estás embarazada, no hay problema; por lo tanto, pongámonos en lo peor.

—Si me pongo en lo peor tengo que irme de casa. Para mi padre el qué dirán es muy importante y no lo aguantará. Tampoco es que me importe demasiado, pues ya tenía planeado largarme en cuanto pudiera ya que solamente pensar de dónde viene cuando ha tenido trabajo me escalofría. Por otra parte, antes de que me echen de El Siglo me buscaré otra ocupación donde nadie me conozca.

Consuelo, que había acabado los garbanzos, hacía bolitas con una miga de pan.

—Si quieres, hablo con doña Justa. Podríamos compartir mi cuarto.

A Amelia se le arrasaron los ojos de lágrimas. Consuelo le tomó la mano por encima de la mesa.

—No te pongas ahora tontorrona, que no tenemos tiempo. —Luego prosiguió—: En caso de que lo estés, tienes que ir a hablar con ese cabrón.

Amelia la observó interrogante.

—Ya te conté el otro día que lo envié a tomar viento. Lo llamé canalla y avisé a Lucas para que lo echara… ¿Qué quieres que le diga ahora?

—¡Coño, que lo que venga no lo has hecho tú sola, que te ha forzado, que va a ser padre y que un hijo cuesta mucho dinero!

—Me dirá que aborte, ya te he dicho que es un canalla.

—Eso tampoco es gratis.

—Consuelo, si tengo la mala suerte de que me ocurra esto, no quiero abortar.

La otra insistió.

—A los hombres les gusta perpetuar la especie. A lo mejor a éste incluso le hace gracia ser padre. Porque tú, si te lo propusiera, ¿te casarías con él?

En los ojos de Amelia asomó un ramalazo de furia.

—¡Antes muerta, Consuelo, antes muerta!

—De acuerdo. Te entiendo, pero es durísimo ser madre soltera.

Esa vez fue Amelia la que quedó en suspenso.

—¿Qué piensas hacer ahora?

—Hablar con Juan Pedro, que ha de saber dónde está su hermano.

—¿Y...?

—Que me lleve a donde está Máximo. Me conoce desde que éramos niños, y si le cuento lo que me pasó, igual me acepta.

—¿Y con él te casarías?

—Sí, pero él no consentiría; ya lo hablamos alguna vez: los anarquistas no se casan, tienen compañera.

—Pero querrá saber quién fue el que te deshonró.

—Si es con esa condición, me voy con lo puesto. Si le digo el nombre, Máximo lo mata y entonces sí va a la cárcel, seguro.

54
Los restos del naufragio

Era domingo por la tarde. El cielo griseaba, y caía sobre Barcelona una lluvia fina y pertinaz que inundaba de melancolía el corazón de las gentes. El triste repique de las campanas de la catedral tocando a muertos por la defunción de alguien importante no ayudaba precisamente a levantar los ánimos, y el de Amelia iba paralelo al tiempo. Las dos amigas estaban recostadas en las camas del cuarto de Consuelo, y ésta luchaba a brazo partido por poner un poco de orden en la vida de Amelia a fin de conseguir que su angustia remitiera.

—Amelia, has de hacer frente a esto. Si estás preñada, cada día que pasa es peor. Esto no se cura con Agua del Carmen, y tener la certeza es primordial, pues lo que tengas que hacer, y por lo tanto tu vida, depende de ello.

—Consuelo, esta situación me desborda; tengo tantos frentes abiertos que no sé por dónde comenzar.

—Yo te lo diré: si no te ordenas y haces una cosa detrás de otra, te cogerá el toro.

—Pero ¿por dónde empiezo?

—¡Ya te lo he dicho veinte veces! Vamos a bajar a la consulta de Paco Xicoy; salgamos de una vez de esta puñetera incertidumbre.

Amelia dudó unos instantes.

—¿Tendré que desnudarme?

—¡A ti qué te parece! ¿O acaso quieres explicárselo en una postal?

—Me da una vergüenza horrible.

—¡No seas criatura! Eso es innegociable.

Nueva pausa. La lluvia golpeaba la ventana. Amelia se decidió.

—Está bien, bajaré contigo, pero aguarda un momento.

—¿Qué quieres hacer ahora?

—Hablemos.

—Amelia, no seas pesada, ya está todo hablado.

—No, todo no.

—Pues venga, di lo que sea.

—Si lo estoy, antes de un mes he de decirlo en casa, y cuenta con que esa noche tendré que venirme contigo.

—¡Y dale! Amelia, ya te lo he explicado varias veces: he hablado con doña Justa, le he tocado la fibra sentimental y, como sabe que si no es contigo no compartiré la habitación con nadie, te cobrará media pensión, y eso puedes pagarlo.

—Mientras esté en El Siglo, pero luego...

—No hagas cábalas, Amelia, ni adelantemos acontecimientos. Actuaremos sobre la marcha.

Amelia demoraba el momento de bajar a la consulta del practicante; por encima del hecho de mostrarse desnuda ante un desconocido, primaba el terror que le causaba tener la certeza de su estado.

Consuelo colocó su mano sobre la de su amiga.

—Venga, Amelia, vamos.

—Me moriré de vergüenza.

—Nadie se muere de eso, Amelia... ¡Ya ves! Aunque estuvieras embarazada, hay cosas más terribles. Yo me fui de casa con lo puesto por propia voluntad y...

Amelia se agarró al clavo ardiendo que representaba hablar un poco más.

—Nunca me has explicado el motivo.

Consuelo la miró fijamente.

—A ti te lo diré, pero no acostumbro.

Hubo una pausa, en la que Consuelo guardó un silencio preñado de recuerdos.

—Venga, desahógate, mujer.

—Está bien... Mi padre abusó de mí hasta los once años.

Amelia se quedó muda.

—¿No querías saberlo? Pues ya lo sabes. Me fui de casa porque lo odiaba. Mis amiguitas se apartaban de mí porque sus padres no las dejaban jugar conmigo; tú no te imaginas lo que es eso de sentirse apestada para una niña de once años; o sea, que en cuanto fui mayor de edad, cogí el petate y me largué, ésa es mi historia.

La voz de Consuelo se había roto, y con el dorso de la mano diestra se apartó una lágrima que pugnaba por salir de sus ojos.

Amelia balbuceó:

—Eso es terrible, Consuelo.

—¿Te das cuenta? Pues deja de mirarte el ombligo; no te creas la única desgraciada de este mundo. ¡Y pongámonos en marcha de una puñetera vez!

Paco Xicoy era buena persona. La carencia de medios lo había obligado a dejar la carrera de médico en el tercer año, pero la circunstancia no pudo con su vocación y a partir de ese momento, convalidando asignaturas y estudiando por las noches, obtuvo el título de practicante. Lo demás lo obró su afición ya que, sacando de donde no había, ahorrando hasta la última peseta y escatimando el poco dinero que mensualmente le enviaban sus padres, se hizo con una más que regular biblioteca —en las librerías de viejo compró todo tomo usado, antiguo o moderno, que tratara de lo que tanto le interesaba: la medicina— así como, en Los Encantes, con un maletín de médico de cierre metálico y cuero sobado que incluía un más que correcto instrumental —estetoscopio, jeringuillas, pinzas, bisturíes, lancetas—; además adquirió una mesa articulada de tres cuerpos y dos vitrinas en bastante buen estado.

Paco Xicoy iba para soltero. Ya había sobrepasado la cuarentena y nada fuera de la medicina le interesaba. Sus diversiones eran muy morigeradas y consistían en acudir a las clases que impartía dos días por semana en la Universidad de Barcelona el nuevo catedrático de histología don Santiago Ramón y Cajal y en tomar a la salida, a última hora de la tarde, una taza de chocolate en el Viena mientras leía *La Vanguardia* de la mañana o *El Noticiero* de la noche, y hasta a veces el ejemplar del día anterior, pues, como decía doña Justa Esteban, su vecina de la pensión de señoritas del piso superior, lo único que cambiaba era la fecha, lo demás eran bombas de los anarquistas, desgracias en ultramar y más o menos orejas cortadas en las corridas de toros que se celebraban en la plaza de El Torín.

Paco Xicoy había conseguido hacerse con una clientela fiel a base de acudir a donde alguien lo requiriera, tanto de día como de noche, y de no hacer ascos a paciente alguno. Ya fuera para poner una inyección al deán de la catedral, del que casi era vecino, pues vivía en un entresuelo del n.º 6 de la calle Corribia, o para asistir al ataque de nervios de una de las pupilas de uno de los burdeles que tanto abundaban en el Raval, todos sabían que podían contar con él.

Eran las cuatro de la tarde y estaba a punto de salir cuando sonó el timbre. Rápidamente dejó el maletín sobre la mesilla del recibidor, colgó de nuevo el sombrero en el perchero, se alisó el cabello y, tras un ligero carraspeo que arañó su garganta, abrió la puerta. A la media luz, pues la escalera era bastante oscura, observó la imagen de dos muchachas que aguardaban en el rellano. Inmediatamente reconoció una de las dos caras; si no recordaba mal, el nombre de la chica era Consuelo y vivía en la pensión de doña Justa; a la otra joven no la conocía.

Paco se hizo a un lado y las invitó a pasar.

Tras los oportunos saludos y la correspondiente presentación, las dos amigas fueron introducidas en la modesta salita de espera.

El practicante tuteaba a Consuelo.

—Aguardad un instante, voy a prepararlo todo. —Y como excusándose, dijo—: Es que iba a salir.

La salita era mínima; en el centro había una mesita con revistas viejas; en la pared, tres acuarelas de flores diferentes; seis sillas de paja bastante deterioradas, y todo el conjunto alumbrado por la luz que proporcionaba un quinqué de bola colocado en un rincón.

La voz del practicante llegó hasta ellas.

—Ya podéis pasar, Consuelo.

Amelia miró a su amiga. Ésta, tras acariciar brevemente su mejilla, la tomó de la mano y la obligó a caminar.

El despacho de Paco era tan primitivo y sobrio como la salita; la pequeña habitación daba al patio interior, el mismo al que se asomaba la ventana del cuarto de Consuelo. Una mesa vieja con cajones; tras ella, un humilde sillón giratorio y enfrente dos sillas gemelas, iguales a las de la salita de espera; en la pared, un daguerrotipo de don Santiago Ramón y Cajal, y a la derecha, un desconchado biombo que ocultaba a los ojos de las visitas lo que había al otro lado.

—Tú me dirás, Consuelo, lo que te ocurre.

—No es a mí, Paco, es a mi amiga.

El hombre observó a Amelia con ojos amables y, al no tener la confianza que tenía con Consuelo, la trató de usted.

—Pues usted me dirá, señorita.

Amelia miró a su amiga pidiendo auxilio.

—Paco, mi amiga Amelia tiene un retraso en la regla y no se encuentra muy bien.

Ahora la mirada del hombre había cambiado y en ella se reflejaba una curiosidad médica.

—¿De cuánto es ese retraso?

La voz de Amelia fue un susurro.

—Creo que va casi para dos meses.

—Perdone usted, ¿durante este tiempo ha tenido ayuntamiento carnal con su marido?

A Amelia comenzó a temblarle la barbilla.

—Paco, mi amiga no tiene marido y hace algo más de dos meses fue violada.

El practicante separó la espalda del respaldo del sillón y se apoyó sobre la mesa.

—¿Dio parte a la policía?

—No creo que eso tenga importancia. Venimos a saber si está preñada, lo demás no es tu problema.

—Desde luego. Lo he dicho para, en todo caso, favorecerla, y aunque ha pasado mucho tiempo, si detecto lesiones o señales de violencia, podría ponerlo en el parte.

Consuelo amortiguó el trato.

—Paco, venimos al médico y al amigo, y ya sabes cómo son estas situaciones; de tu dictamen dependen muchas cosas.

—Está bien, te entiendo. —Luego se dirigió a Amelia—: Si es tan amable, señorita, pase tras el biombo y quítese la ropa; puede

dejarse la blusa. Cuando esté lista, túmbese en la camilla y aví-
seme.

Consuelo se puso en pie para ayudar a Amelia.

—Yo voy con ella, Paco.

La palidez de Amelia era cadavérica. Se puso en pie como los
muñecos autómatas que se exhibían en uno de los pabellones de la
Exposición Universal que, mediante muelles y complicados resortes,
movían brazos y piernas ante el asombro de los niños. Cogida del
brazo de Consuelo, la joven se dirigió al espacio que se abría detrás
del biombo.

—Amelia, ¡no te me vayas a desmayar ahora! Hemos venido a lo
que hemos venido. Estoy aquí contigo, no te pasará nada y saldremos de dudas.

Y sin esperar respuesta, Consuelo comenzó a desnudar a su amiga, quien se dejaba hacer como una niña pequeña.

El espacio estaba pintado de blanco; en dos de las paredes había
sendas vitrinas llenas de instrumental; en un rincón, un taburete
metálico de tornillo, y en medio, una mesa articulada de tres cuerpos; en la otra pared, una percha de cuatro ganchos y colgada de
uno de ellos una bata blanca; a su lado, una lámpara de pie de petróleo con el pertinente émbolo para dar presión y la correspondiente pantalla.

Consuelo fue desnudando a su amiga y colocando la ropa en el
perchero; la larga falda, el corsé, la enagua, el justillo… Cuando ya
únicamente faltaba por retirar la blusa y los pantaloncitos que se
anudaban mediante unas cintas por debajo de las rodillas, Amelia
comenzó a dar señales de vida.

—Me voy, Consuelo, no quiero seguir con esto.

Consuelo se puso en jarras.

—¡Tú estás loca, chiquilla! ¡Por la gloria de mi madre que vamos a acabar lo que hemos empezado!

—Por favor… ¡Me da una vergüenza horrible!

—¡A mí como si me dices que está lloviendo! ¡Quítate esos polo-
los y échate en la camilla!

Las medias negras y los pantaloncitos fueron a parar al perchero
con las otras prendas. Amelia, ayudada por su amiga, se recostó
sobre la camilla y Consuelo, después de cubrir su desnudez con una
sabanita, asomó la cabeza tras el biombo y llamó al practicante.

—Cuando quieras, Paco. Ya está preparada.

Paco Xicoy sumaba a su pasión por la medicina un miramiento
y una cautela fuera de lo común. Su largo trato con mujeres de toda

índole lo había dotado de un saber hacer en cada circunstancia acorde con la sensibilidad de cada paciente. Entró en la pieza dirigiéndose a Consuelo como si Amelia no existiera, y habló en un tono comedido e intrascendente, de manera que sus palabras llegaran a esta última indirectamente.

—No es nada, vamos a acabar enseguida. No estamos ante una enfermedad, es un hecho de la naturaleza. Y ¿sabes qué, Consuelo? Pues que no hay semana que no vea a una mujer por lo mismo.

En tanto se ponía la bata acercó el taburete metálico a los pies de la camilla y luego, mientras seguía con su perorata como si estuviera en el rellano de la escalera, se fue hacia la lámpara que tenía en su parte posterior una pequeña pantalla circular con un espejo refractante, prendió una cerilla, la acercó a la camiseta, abrió la válvula y, dando presión, consiguió que una luz blanquísima y potente iluminara la estancia.

Ahora por vez primera se dirigió a Amelia como si la acabara de descubrir.

—Estas cosas asustan un poco la primera vez, pero ya verá como después, si lo que sospecho se confirma, lo tomará usted con mucha más naturalidad.

Con el dorso de la mano derecha acarició levemente la mejilla de Amelia. Luego se acercó a una de las vitrinas y de la parte superior tomó dos piezas articuladas, con una curvatura acolchada en la parte superior, y las colocó en los correspondientes ajustes que tenía la parte baja de la camilla.

—Ahora tiene usted que tener confianza en mí y dejarme hacer, que enseguida habremos terminado.

Consuelo se colocó al lado de Amelia y le tomó la mano.

Paco Xicoy, suavemente, colocó las pantorrillas de Amelia en las piezas laterales sin dejar de hablar con Consuelo quitando importancia al acto.

—Si estamos embarazados, el cuello del útero tendrá un color vinoso; eso es un signo infalible.

Se dirigió a la vitrina y, abriendo una de sus portezuelas, tomó un espejo curvo y algo parecido a un calzador y lo dejó en la camilla. Acto seguido colocó el taburete frente a las piernas de Amelia y acercó la lámpara. Finalmente se dirigió al pequeño lavabo que había junto a la ventana y, arremangándose la camisa hasta los codos, se lavó profusamente las manos. Terminadas tales operaciones, se sentó en el taburete.

—Ahora notará usted algo frío, pero será un momento.

Amelia, al percibir que algo extraño se abría paso en su interior, apretó fuertemente la mano de su amiga.

La inspección duró unos minutos.

—Ya estamos listos.

Paco Xicoy se levantó y, sonriendo tras cubrirla con la sabanilla, se dirigió a Amelia.

—¿Ve qué fácil? Ya casi hemos terminado. Ahora siéntese en la camilla que tengo que palparle los senos.

La operación duró apenas un minuto. Paco Xicoy se fue de nuevo a la pila y, tras lavarse las manos y en tanto se secaba con una toalla, se dirigió a Consuelo.

—Ayuda a vestir a tu amiga y pasad al despacho.

Consuelo cumplió lo mandado. En el ínterin, ella y Amelia no cruzaron ni una palabra. Cuando esta última estuvo vestida, ambas pasaron al otro lado y se sentaron frente a la mesa del practicante.

—Tú nos dirás, Paco.

—Sé su circunstancia y entiendo que para usted la noticia será tal vez ingrata. Pero también le diré que he pasado por esta escena otras veces. Va usted a ser madre, pero le garantizo que por muy dura que haya sido y sea su situación, cuando tenga a su niño en los brazos lo olvidará todo.

Amelia comenzó a llorar.

55
La visita

La cabeza de Amelia era un jeroglífico. Tras conocer la noticia y medir la importancia de las decisiones que iba a tomar, se dispuso a ponerse en marcha. Como primera providencia iba a tener aquel hijo. No es que fuera muy religiosa ni muy remilgada, pero el hecho de abortar la horrorizaba y, además, sabía del peligro que ello conllevaba, pues una vecina de la parroquia que tenía seis hijos quiso quitarse el séptimo y se fue al otro barrio sin tiempo a decir Jesús. Por otra parte, estaba cierta de que iba a sentirse como una asesina, ya que el ser que llevaba en sus entrañas no tenía la culpa de su estupidez e imprudencia. Por todo ello, ante la imposibilidad de ocultar el hecho y antes de que éste fuera evidente, decidió que lo mejor iba a ser marcharse de su casa, dejando una escueta nota —principalmente para su padre—, e instalarse en la pensión de doña Justa

Esteban. Su segunda decisión, y Consuelo abundaba en ello, era ir a ver al causante de su desgracia. Sabía que era inútil pedirle responsabilidades, pero quería intentarlo, y en caso de que se negara a reconocerlo y a ayudarla, arrojarle al rostro lo que había hecho y darse el gustazo de escupirle a la cara su indecencia, no sin antes intentar, al menos, recuperar aquellas fotografías en color sepia que eran para ella una espada de Damocles sobre la cabeza. Después estaba lo de buscar trabajo, pues sabía que la dirección de los almacenes El Siglo iba a echarla a la calle en cuanto supiera su estado, siendo como era soltera; en cuestiones de moral, le constaba que eran intransigentes.

Cuando hubiera resuelto todos esos problemas ya enhebraría la aguja al respecto de lo que iba a hacer con su vida.

Tomada su decisión no quiso demorarse, pues sabía que si lo meditaba mucho iban a entrarle las dudas y no sería capaz de realizar lo planificado, por lo que a las diez de la mañana del lunes siguiente se plantó en la portería de Blasco de Garay esquina con Marqués del Duero que, desde aquella malhadada noche, tan infaustos recuerdos le traía.

Cuando Amelia tuvo en la mano la pequeña aldaba en forma de puño que hacía de avisador en medio de la puerta, un tembleque absoluto la asaltó y a punto estuvo de abandonar su empeño. Pero pronto se rehízo, respiró hondo y, ajustándose la breve chaqueta, se dispuso a llamar.

Aguardó sintiendo los latidos de su corazón en el cuello. Al poco unos pasos femeninos sonaron al otro lado, a la vez que una voz amarga y algo ronca emitía un gutural «¡Ya voy, no tengan tanta prisa!». La puerta se abrió y frente a Amelia apareció una mujer de más que mediana edad y de rostro vulgar, con el pelo recogido en un moño, vestida de gris oscuro, cubriendo su larga falda de tafetán con un delantal y llevando en su mano izquierda un gran plumero, la cual la miraba con ojos inquisidores.

—¿Qué se le ofrece?

Amelia dudó unos instantes.

—¿Está Alfredo?

La mujer colocó el plumero a su espalda y respondió, circunspecta:

—El señor Papirer está trabajando y sin cita previa no recibe a nadie. ¿Quién pregunta por él?

—Dígale que soy Amelia.

—¿Amelia qué más?

—Dígale sólo Amelia, que él ya sabe.

La mujer parecía indecisa.

—Aguarde aquí, voy a ver.

En tanto la mujer se retiraba dirigiéndose a la pequeña puerta de la derecha, Amelia paseó la mirada por aquel escenario que tan amargos recuerdos le traía. Un rumor de voces sonaba al fondo, y creyó oír algo así como «Dice que es la Amelia que tú ya sabes». Luego la escena que había imaginado tantas veces se desarrolló ante sus ojos: Alfredo Papirer, apartando rudamente a la mujer que la había recibido, avanzaba hacia ella embutido en una bata llena de manchas de ácido, con las manos tendidas y adornando su caballuna cara con una burlona y cínica sonrisa.

—¡Mi querida Amelia, mi mejor modelo! Qué ansiada aunque inesperada visita.

Amelia hurtó las manos evitando el contacto. El otro hizo como si no se diera cuenta del detalle.

—¿A qué se debe el honor?

—He venido a hablar contigo.

Papirer se volvió rápidamente hacia la mujer.

—Madre, acabe de limpiar aquí fuera, que necesito el despacho.

—Ya está todo limpio.

—Pues repase el cuarto de revelado.

Luego se dirigió de nuevo a Amelia.

—Pasa, preciosa. Estaba seguro de que vendrías, aunque, la verdad, no tan pronto.

La mujer no ignoró el tuteo y fue atando cabos.

—Luego no me dará tiempo, que tengo que ir a la carnicería, y Pancracia sólo puede quedarse hasta las doce.

El talante de Papirer cambió.

—Le he dicho que salga, ¡coño! ¿Es que no me entiende?

En tanto la mujer se retiraba hacia el fondo de la nave mascullando improperios, Fredy cambió otra vez el registro y se dirigió a ella galante y mesurado.

—Mejor hablaremos en el despacho. Si me haces el favor... Ya sabes el camino.

Amelia avanzó lentamente conteniendo su ira. La estancia estaba en lo esencial como la recordaba, pero el mobiliario y las luces tenían otro empaque; se veía a la legua que el negocio iba dando sustanciales réditos.

—Podemos sentarnos aquí —indicó Papirer señalando el sofá.

—No, estoy bien aquí.

Amelia se sentó frente al despacho.

—Como quieras. Los caballeros debemos complacer siempre a las damas.

Fredy se dirigió al rincón y, tras deshacerse de la bata manchada para mostrar su terno impecable, se instaló frente a ella.

—Si te queda un ápice de caballerosidad voy a verlo enseguida.

Papirer la observó como el entomólogo que examina una bella mariposa.

—Tú me dirás, soy todo oídos.

Amelia sintió que la voz se le ahogaba en la garganta.

—Me trajiste aquí una noche.

Fredy jugueteaba con una lupa que estaba sobre el despacho.

—¡Cómo me gusta que lo recuerdes!

—No voy a olvidarlo jamás, y menos aún en las circunstancias en que me encuentro.

Ahora el extrañado era él.

—Si no te explicas mejor…

Amelia intentó que el odio que sentía en sus entrañas no se reflejara en su mirada y trató de mostrarse serena.

—Estoy embarazada.

En un primer momento Papirer acusó el golpe. Luego sonrió lentamente.

—Siempre he creído que era un buen semental, y no deja de hacerme gracia tu ingenua excusa, pero si pretendes sacarme dinero con ese pretexto, ¡vas lista!

Amelia insistió.

—El hijo es tuyo.

—¡A otro perro con ese hueso! Tienes un novio anarquista que predica el amor libre, y te lo habrás tirado cuarenta veces. Estuviste conmigo una noche y estabas borracha, y ahora resulta que pretendes que me crea que el hijo es mío… Vamos, Amelia, ¡estás insultando mi inteligencia!

—Tú sabes que era virgen hasta aquel día.

—Lo único que sé es que, desgraciadamente, te vino la regla y no pudimos acabar la fiesta porque yo tenía prisa y, además, porque me gusta que cuando fornico me digan cosas. ¿Qué pretendes ahora, que sea el cornudo y pague el convite?

Amelia apretó los puños sobre el pequeño bolso y no quiso perder los estribos.

—Tengo que ir olvidándome de mi trabajo en El Siglo; allí nunca han aceptado empleadas solteras y embarazadas.

—¡A mí qué me cuentas! ¿No pretenderás que nos casemos?

—Desde luego que no. A lo único que aspiro, apelando a tu tan cacareada caballerosidad, es a que me ayudes a mantener a este hijo.

Fredy se repanchigó en el sillón.

—Pero ¿tú me consideras imbécil hasta ese punto? En primer lugar, no creo que sea mío. —Ahora de nuevo la cínica sonrisa amaneció en sus labios—. En segundo lugar, supuesto que le des de mamar, usurpará tus pechos, que primero fueron míos, y te los estropeará. Y en tercer lugar, si no recuerdo mal, soy un canalla, un cerdo y no sé cuántas cosas más, y si me descuido y no llevo encima tus fotografías el día que fui a verte a El Siglo, tu amigo el señor Lucas me echa a la calle como si fuera un vagabundo o cosa peor, y ahora me vienes con una historia peregrina que podría ilustrar las páginas de cualquier folletín de esos que se publican en los faldones de los periódicos, con el fin de enganchar al personal femenino, con la historia de una heroína desgraciada y perseguida hasta el catre por un canalla, para que me ocupe de alimentar al hijo de uno de esos cabrones que ponen bombas... ¡No, Amelia, no! Lo máximo que puedo hacer por ti es contratarte de modelo e ir tomando fotografías a medida que avanza tu embarazo. No creas, ¡tendrían éxito! Los hay muy viciosos.

La muchacha contuvo su ira y trató de salvar los muebles de aquel naufragio.

—Está bien, allá tu conciencia. Pero si te queda un adarme de decencia, te ruego que me des las fotografías que me enseñaste el otro día.

Fredy se repanchigó de nuevo en su sillón en tanto que una torcida sonrisa amanecía en su caballuno rostro.

—Podría ser, pero todo tiene un precio.

Los nudillos de Amelia se tornaron blancos de tanto apretar su pequeño bolso.

—Di lo que tengas que decir.

—Me gustaría repetir lo de la última vez... pero estando despierta y hablándome durante el acto.

Amelia no pudo contenerse. Se puso en pie de un brinco, tomó el tintero que estaba sobre la mesa y se lo estampó entre la cara y la camisa, poniéndolo perdido. Cuando a su espalda sonaba la voz iracunda de Papirer bramando «¡Maldita zorra, me has destrozado el traje!» y éste saltaba de su sillón hecho un basilisco e intentando limpiarse el rostro con las manos, la joven abrió la puerta. Casi atropellando a la madre, quien sin duda trataba de oír lo que allí dentro se decía, Amelia salió a la calle y, con la mano alzada, detuvo al primer simón que circulaba libre.

56
Buscando alianzas

Candela se había ido acostumbrando poco a poco a su nueva vida. La rutina era la misma, con la única diferencia de las materias que se impartían en las horas de clase. La campanilla de la madre celadora sonaba en el dormitorio a las seis y media, y al instante se abrían los pestillos de las puertas. Entonces las internas debían colocarse frente a las celdas con el albornoz puesto sobre el camisón y llevando en las manos la caja del aseo. Los lavabos eran corridos, y cada una tenía asignado un grifo, por lo que frente al mismo se guardaba la consiguiente cola de dos o tres muchachas. Los baños funcionaban una vez por semana, y desde luego la higiene se hacía con un camisón largo, que impedía mostrar la más pequeña porción del cuerpo y que dificultaba el proceso. Siendo como era invierno, el frío se metía en los huesos de las educandas y no las soltaba hasta bien mediada la mañana, cuando tras la Santa Misa y el desayuno, y antes de la primera clase, podían empezar a moverse caminando arriba y abajo, con la bufanda y el abrigo sobre el uniforme, por la parcela de jardín destinado a cada curso.

Durante las primeras semanas Candela fue el centro de las conversaciones de sus condiscípulas. El hecho de llegar con el curso iniciado era una situación especial y, por tanto, proclive a toda clase de comentarios.

En el Sagrado Corazón de Sarriá se educaban las hijas de las mejores familias de Barcelona, cuyos padres pertenecían a las sociedades más exclusivas, como el Círculo del Liceo, el Círculo Ecuestre, La Alianza o el Orfeón Catalán de Luis Millet, entre otras. Los apellidos Llonc, Sáenz, Bernades, Blanc y Chopitea estaban presentes en el colegio desde antiguo, ya que las madres de las alumnas que así se apellidaban también habían estudiado en aquel centro.

Candela sabía por qué estaba allí, y pese a que en su cabeza siempre bullía el propósito de ponerse en contacto con Juan Pedro, el hecho de estar rodeada de muchachas de su edad y su natural curiosidad hicieron que rápidamente se adaptara a la institución; su amor por los libros hizo lo demás.

Las mesas del comedor eran de seis, y la cabecera de cada una de ellas estaba presidida por una muchacha del curso superior que instruía a las demás en las normas de los modales que la buena educación exigía siempre, si bien principalmente durante las comidas.

Candela al principio no explicó a nadie el motivo que la había llevado hasta allí, pero por lo visto su historia fue tema de conversación en los salones más encopetados, y aunque como requerían las buenas costumbres debía hacerse en susurros y por labios protegidos por el encaje o las plumas de discretos abanicos, el caso es que la madre de una de las externas lo comentó a su marido durante la cena, la niña lo oyó y al día siguiente su historia corría de boca en boca de manera que, en resumen, todo el colegio hablaba de lo mismo.

Su natural abierto y su simpatía, que siempre la habían ayudado a ganarse a la gente, fueron potenciados en esa ocasión por un aura de muchacha rebelde que se había atrevido a transgredir las normas prescritas paseando por Barcelona con un joven de clase inferior. Dos fueron sus amigas desde el primer momento: Isabel Par y Clotilde Pla. Guiada por ellas, Candela se hizo prontamente con todos los recovecos del convento, y a su espíritu aventurero le interesaron al punto los lugares prohibidos a las alumnas, que principalmente eran dos: el jardín de la reverenda madre y el cementerio de las monjas, ubicado este último en la parte alta de la finca, en la orilla inferior de la falda de Collserola.

Las externas salían a las seis y las internas tenían estudio hasta las ocho; luego, después de la cena y antes de la oración de la noche, tenían media hora de esparcimiento.

Candela estaba en el banco del fondo de la sección charlando con sus nuevas amigas y éstas, conocida su aventura, no se cansaban de indagar detalles.

—Pero ¿es tu novio? —inquirió Isabel.

—Él no me lo ha pedido, pero me ha besado; por lo tanto, guste o no a mis padres, me casaré con él.

Clotilde, morena y apasionada, posando su mano derecha sobre la izquierda de Candela, se interesó por la circunstancia.

—¿Te ha besado, dices?

—Cuando regresábamos de la playa de La Barceloneta.

—¿Cuántas veces?

—Dos, una en Marqués del Duero y la otra llegando a mi casa.

—¿Y qué se siente?

—No se puede explicar, hay que sentirlo.

Isabel, rubia de pelo y muy blanca de piel, apostilló:

—A mí no me emociona tanto el pensarlo... Sé que me casarán con mi primo Enrique, y lo conozco de toda la vida.

Candela inquirió:

—Pero ¿estás enamorada?

—Eso sólo existe en las novelas.

—¡Qué equivocada estás, Isabel! Cuando eso te llegue, que te llegará, te darás cuenta de que sin amor nada vale la pena.

Clotilde intervino.

—Estoy con Candela, quiero amar a un hombre y sentirme amada. Si no lo encuentro, me meteré a monja; mejor casada con Jesús que con alguien que no me quiera.

La conversación seguía por derroteros más o menos trillados, pero a aquella edad el tema del amor y de los hombres encandilaba sus jóvenes corazones de muchachas en tiempo de merecer.

A Candela le rondaba una obsesión desde el primer día, si bien por no equivocar el tiro había sabido aguardar la ocasión hasta estar segura de a quién se dirigía. Cuando supo que su historia había apasionado a sus nuevas amigas y tuvo la certeza de que podía contar con ellas como aliadas fue cuando buscó complicidades.

—Chicas, ¿qué puedo hacer para enviar una carta fuera del colegio sin que se enteren las madres?

Isabel y Clotilde cruzaron una mirada inteligente; que su nueva amiga les propusiera tomar parte en una aventura para burlar la vigilancia de las monjas las hacía sentirse partícipes de un complot.

—Una de las externas.

—No sirve según quién, Isabel.

—Tenemos buenas amigas.

Clotilde, más que indagar, afirmó:

—No, Isabel. Ha de ser alguien que pueda y sepa moverse por Barcelona; no puede ser una externa cualquiera que para pisar la calle lo haga con la institutriz.

Candela observaba a una y a otra alternativamente.

—Entonces lo veo más peliagudo.

—Ya lo tengo, ¡albricias!

—¿Qué es lo que tienes, Clotilde?

Clotilde, en lugar de contestar, preguntó:

—¿Sabes lo que es la Escuelita?

—Claro, es donde se instruyen chicas cuyos padres no pueden pagar el colegio, y por ello ayudan en el comedor y hacen servicios.

—¡Exacto, Candela! Y por eso mismo cuando salen por la ciudad lo hacen sin carabina.

A Isabel se le iluminaron los ojos.

—¡Ya sé por dónde vas! ¡Piensas en Roser Bosch!

—Exactamente.

Ahora la que indagó fue Candela.

—¿Quién es Roser Bosch?

—La hija del jardinero. Es lista y sale y entra mil veces porque hace recados a su padre. Conoce Barcelona palmo a palmo.

—Y ¿de que la conocéis?

Las dos comenzaron a explicarse al mismo tiempo, luego siguió Clotilde.

—El año pasado servía nuestra mesa; ahora se ocupa de asear la sacristía, y cuando los sábados por la tarde hay confesiones, ayuda al padre y coloca y recoge los misales.

—¿Creéis que llevaría una carta a donde yo le dijera?

—¡Seguro! —apuntó Clotilde—. Es amiga mía, y además cada año le regalo ropa que ya está pasada de moda.

57

Afrontando la vida

La vida de Amelia había dado un giro de ciento ochenta grados, a tal punto que llegó a la conclusión de que los hombres eran como cantos rodados que, empujados por el río de la vida, bajaban el cauce chocando unos con los otros de forma que, cuando la corriente de agua los arrumbaba junto a una de las dos riberas, quedaban en un recodo o en el fondo del lecho y se paraban a pensar, y entonces únicamente les cabía reconstruir el trayecto y asombrarse de cómo, de qué manera y al filo del albur de qué extrañas circunstancias habían llegado hasta allí.

En el recuerdo de su memoria quedaría para siempre la última escena vivida en casa de sus padres. Finalmente había decidido dar la cara e intentar que su madre la entendiera. Inútil porfía; las cosas, bien es verdad, no sucedieron como había previsto. Su madre arremetió contra ella, la llamó golfa recalcándole que a ella nadie la engañaba y que desde el primer momento no creyó la excusa de Consuelo. En cuanto a su padre, tras un largo silencio comenzó a querer entrar en detalles. A las preguntas de quién y cómo, Amelia se negó a contestar; entonces, con el rostro contraído por la ira, el hombre alegó que se negaba a que su honor fuera arrastrado por el fango de la murmuración y del escarnio. Ahí saltó Amelia y volcó en su respuesta toda la hiel acumulada durante años por el horror que desde siempre le había inspirado la profesión de su padre, verdugo oficial de Barcelona.

—¿Qué honor? —le dijo—. ¿El de ser el matarife oficial encargado de apiolar la ristra de desgraciados condenados por poner bombas en Barcelona? ¿Cree que cabe honor alguno en la profesión de verdugo de pobres obreros sin trabajo? ¿Le complace dar la vuelta al tornillo para desjarretar las vértebras del cuello de gentes desesperadas que no han hecho otra cosa que intentar romper el yugo que las atenaza para poder comer cada día?

Su padre la llamó ingrata y desgraciada, y le dijo que su oficio era una manera como otra de dar de comer a una familia y que alguien tenía que hacerlo. Amelia no aguantó más, se fue a su cuarto, metió en una deteriorada maleta de cartón sus cuatro pertenencias y, dando un portazo, marchó de su casa casi aliviada.

Hacía ya un mes que se había trasladado a la pensión de doña Justa Esteban, quien la había aceptado mediante la quejumbrosa y convincente actuación de su amiga Consuelo. Tras largas discusiones con su amiga, Amelia tomó la decisión de ir a El Siglo y afrontar su situación argumentando que si había asumido el amargo trago de su casa, mucho menos iba a costarle dar la cara en el trabajo; si lo entendían, mejor, y si no, ya encontraría otra cosa, porque desde luego no pretendía ser una carga para Consuelo ni atrasarse en los pagos de la pupilera.

Cuando le explicó a su amiga la entrevista con Papirer, ésta le comentó que no esperaba menos de aquel canalla, si bien le dijo que había hecho lo correcto al intentarlo, y añadió que debía borrar de su memoria aquel triste recuerdo y enfocar su vida como si el pasado no existiera.

Era sábado por la noche, y habían cenado como de costumbre y se habían retirado a su habitación para hablar tranquilas, lejos de los curiosos oídos de doña Justa y de su sobrina.

—Mira, Amelia, ayer ya pasó y mañana aún no ha llegado; sólo existe hoy. Si vives mirando hacia atrás, volverás a darte otra bofetada. Olvídate de ese cabrón y planifica tu vida a partir de este momento. ¡Vas a tener un hijo! Cuando nazca míralo con los ojos de una mujer a la que abandonó su marido, cuídalo y ámalo, porque si ves en él el reflejo de tu violación, no podrás superarlo.

—Eso es fácil decirlo, Consuelo. Voy a tener ese hijo porque tengo un miedo invencible a abortar, pero creo que me será muy difícil amarlo, sobre todo si saca los rasgos de su padre. ¡Y ni te cuento la montaña que representa para mí el educarlo sin un hombre al lado! Además, nunca me gustaron los niños.

Consuelo meditó unos instantes.

—¿Te has parado a pensar, tal vez, digo yo, en buscar a Máximo? Fuiste su novia tres años y te quiso mucho, luego se metió en esa mierda del anarquismo y tú no lo aguantaste, pero te quiso mucho.

—He pensado en todo, Consuelo; en primer lugar, en cómo y de qué manera ganarme la vida. Sólo quiero pasar una vez por la humillación que sufriré en El Siglo, y teniendo en cuenta cómo es esta puñetera sociedad, las puertas que pueden abrírseme serán muy pocas. En cuanto a lo de Máximo, el primer problema sería encontrarlo y el siguiente decirle la verdad.

—Estoy convencida de que Juan Pedro sabe dónde está.

—Puede. Démoslo por supuesto, vale. Entonces ¿qué le digo?

—Ve de cara, él te creerá.

—No quiero complicarle más la vida. Lo primero que me preguntará, como hizo mi padre aunque me negué a contestarle, será quién fue el cabrón que me violó. Si le cuento lo de las fotografías y lo de aquella noche irá a por él y lo matará. Entonces, además de la culpa que siento por lo que hice, caerá sobre mi conciencia lo que le ocurra a él, y, francamente, ya llevo mucha carga encima.

—Piénsalo bien, Amelia. Creo que estás ante una situación crucial, y te va la vida en ello.

Amelia quedó unos instantes ensimismada.

—Sé que tienes razón. Hablaré con Juan Pedro y escucharé su opinión. Si me aconseja hablar con su hermano y tiene la manera de conducirme hasta él, siempre bajo la premisa de que no voy a revelar el nombre de Papirer porque, como te digo, me niego a ser la causa de la desgracia de Máximo, entonces tal vez tenga el valor de pedirle que se case conmigo. Bueno, lo de que se case es un decir; me refiero a que me tome por compañera.

—Me parece una sabia decisión. En cuanto a lo que me has contado acerca del trabajo, no te preocupes por ello, que con lo que yo gano podemos vivir las dos.

—No, Consuelo; ya has hecho bastante por mí. Aún te debo lo del señor Xicoy. Voy a buscar trabajo y lo haré en un lugar donde a nadie importa si estoy o no estoy preñada.

—No te entiendo.

—Yo te lo explico. Alguna vez fui con Máximo a bailar, pues ya sabes que a mí me gusta mucho y se me da bien. Fuimos a salas como La Palmera o el Edén Concert, donde además de las parejas hay una colección de chicas que se alquilan para enseñar los bailes de moda a los que no saben y cobran por ello, chicas-taxi las llaman.

—¡Y yo me chupo el dedo! A lo que van es a meter mano donde puedan y, si cabe, subir luego a los reservados. ¿Eso quieres hacer?

—No es que quiera, Consuelo, es que no me queda otra. Trabajaré en tanto me lo permita el bombo. Creo que se gana bastante, y espero ahorrar lo suficiente para poder pagar por adelantado los dos últimos meses antes de parir.

Consuelo la observó con un fondo de admiración en sus ojos.

—Tienes más huevos que el caballo de Santiago.

Cuando Amelia llegó al portal de la calle del Arc de Sant Francesc le temblaban las piernas como si en vez de huesos tuviera azogue en las rodillas. Le parecía que por lo menos había transcurrido un siglo desde la última vez que había subido aquella escalera. Los tranquilos días festivos en los que al mediodía iba a comer para luego jugar con Máximo al ajedrez estaban enterrados en el cementerio de su memoria. En realidad no habían pasado tantos meses, pero la cantidad de cosas que en el transcurso de los mismos le habían sucedido hacía que en su recuerdo el tiempo se hubiera dilatado como fuelle de bandoneón. Amelia comenzó a ascender los gastados peldaños queriendo demorar el encuentro. La escalera estaba como siempre; en la esquina del primer rellano faltaba el florón de vidrio del ángulo de la barandilla y en el agujero que debía alojar el perno algún niño había sujetado la guita de un globo con el anuncio de un circo y la cara de un payaso en su tersa superficie de goma, que la joven imaginó se balanceaba burlón ante su angustia. La mente de Amelia evaluó varias circunstancias; si estaba Luisa en casa le preguntaría por Máximo y le rogaría que si tenía noticias se las comunicara, pues necesitaba hablar con él. Luisa sin duda entendería que tras tres años de noviazgo aún lo amaba y que deseaba reemprender su relación. Si no estaba Juan Pedro, haría lo imposible por dejarle el billete que tenía en el bolsillo donde le había escrito el día, la hora y el lugar para encontrarse; el día sería el siguiente lunes por la tarde, que sabía que libraba; la hora, las cuatro, y el lugar, El Galeón, que quedaba muy cerca de la librería Cardona y donde ya en otras ocasiones se habían citado para hablar de Máximo. Únicamente le faltaba por subir un tramo de escalera, y sin darse cuenta buscó en la pared aquel corazón con la A y la M entrelazadas que un día grabara Máximo con su navaja en recuerdo de su amor. La visión de aquel símbolo le dio fuerzas, y en un último envite se plantó ante la puerta de la humilde vivienda. Amelia giró la palomilla y el timbre sonó en el interior, al instante oyó el arrastrar de una silla y el ruido de los pasos de Juan Pedro que se acercaban. Lo que menos imaginaba Amelia era el aspecto que presentaba el que debería haber sido su cuñado, tras tanto tiempo sin verle. De aquel muchacho guapo e inteligente, siempre bien arreglado, poco quedaba. Un desaliño descuidado y una mirada sin brillo adornaban la imagen del hombre que ocupaba el quicio de la puerta. Al verla, a Amelia le pareció adivinar en su semblante una chispa de sorpresa.

—¡Qué alegría, Amelia! ¡Por mi madre que la última persona que pensaba ver hoy aquí eras tú! —Entonces se apartó del marco—. Pero pasa, no te quedes ahí.

Amelia dio un paso al frente e inmediatamente indagó:

—¿Está Luisa en casa?

Juan Pedro cerró la puerta.

—No, tenía que entregar dos faldas y luego se quedaba a coser en casa de los Ferrer, hoy no vendrá a comer.

—Mejor así.

A Juan Pedro le extrañó su respuesta, y en tanto llegaban al comedor y apartaba dos sillas de la mesa invitándola a sentarse, le preguntó:

—¿No venías a verla a ella?

Amelia se sentó.

—Venía a verte a ti.

Juan Pedro hizo lo propio en la otra silla.

—Me alegro, pero cuando sepa que has venido, se disgustará. —Luego añadió—: Te quiere mucho, ya lo sabes.

Un silencio espeso se formó entre ambos tras el saludo de bienvenida, hasta que Juan Pedro lo rompió.

—¿Qué ha sido de tu vida durante este tiempo?

—Ya ves, trabajar y vivir, que no es poco.

—Te veo muy guapa y algo más llenita.

En los ojos de Amelia amaneció y murió un relámpago que no pasó desapercibido al muchacho.

Juan Pedro, sospechando el tema que imaginaba que ella quería tratar, se adelantó.

—Máximo está escondido. Supongo que te habrás enterado de lo de la bomba en casa Ripoll. La policía lo busca, y como en estos días detiene a la gente sin preguntar, mi hermano ha preferido esfumarse durante un tiempo.

—¿No sabes dónde puedo encontrarlo?

A Juan Pedro le dio pena la decepción reflejada en la cara de la muchacha.

—En caso de mucha necesidad tal vez, pero el recorrido para que el comité de su grupo diera el permiso sería largo y tortuoso.

A los ojos de Amelia acudieron dos lágrimas. Buscó en el pequeño bolso un pañuelo e intentó disimular.

Una de las cosas que no soportaba Juan Pedro era ver llorar a una mujer, e inclinándose en su silla le tomó las manos.

—Pero ¿qué pasa, Amelia? Creí que lo habíais dejado. Está escondido, pero está bien; todo se arreglará.

Amelia se enjugó las lágrimas.

—Tu hermano ha sido el único hombre de mi vida desde que era una niña; lo dejamos por una imbecilidad, por esa maldita mierda que es el anarquismo. Él está escondido y yo estoy irremediablemente perdida.

Juan Pedro, alarmado, intentó consolarla.

—Comprendo lo mal que lo estás pasando, créeme, yo también sé lo que es eso, pero ya verás como todo se arregla.

—Lo mío no tiene arreglo.

—Todo tiene arreglo menos la muerte.

—Preferiría haber muerto que pasar por lo que estoy pasando.

Juan Pedro intuyó en aquel instante que el trance en el que la muchacha se veía era peor que el suyo.

—Cuéntamelo todo, Amelia, y ya verás como encontramos arreglo.

Entonces, y durante una hora larga, Amelia fue detallando el rigor de sus desdichas.

—¿De cuántos meses estás?

—Estoy de tres meses ya. Tuve que irme de casa y estoy viviendo en la pensión de Consuelito, ya sabes, mi compañera de trabajo, la que te presenté aquella tarde a la salida de la librería.

Juan Pedro, después de recordar la circunstancia, prosiguió:

—Y dices que ese canalla no ha querido darte esas fotografías.

—Me tiene en sus manos; mientras no las recupere, hará conmigo lo que le dé la gana.

El joven meditó unos instantes.

—A veces pasan cosas que en su momento nos parecen una desgracia y en el fondo son una suerte.

—¿Qué quieres decir?

—Si Máximo llega a estar aquí y se entera de esto, lo mata.

Ahora la que se quedó como en el limbo fue Amelia.

—¿Qué piensas?

—Tengo el pálpito de que Máximo aún me quiere.

—A mí me consta. El día en que se fue al destierro me dijo: «La estupidez más grande que he hecho en mi vida fue dejarlo con Amelia».

A la muchacha se le iluminó la mirada.

—¿Eso te dijo?

—Eso me dijo.

—Si pudiera hablar con él…

Ahora fue Juan Pedro el que quedó en suspenso.

—Habla, di algo.

—Voy a hacer dos cosas: la primera será recuperar esas fotografías, y eso lo hago también por mi hermano, pues él sin duda lo habría hecho por mí, y lo segundo que haré será intentar que puedas verlo.

Amelia saltó de la silla y comenzó a besar las manos de aquel muchacho que, en el tiempo que había dejado de verlo, algo le había ocurrido que le había convertido en un hombre hecho y derecho.

Juan Pedro intentó desasirse.

—Déjalo, Amelia. Serénate; nada ganamos con ponernos así. Lo que hay que hacer es afrontar las dificultades tal como vienen; el dicho es al revés: «Con el mazo dando y a Dios rogando». No creas que eres la única que tiene problemas.

La muchacha se sintió egoísta. Nada más llegar había observado el cambio de Juan Pedro y, sin embargo, aferrada a su drama, ni siquiera había preguntado por él ni por las circunstancias por las que estaría pasando.

—Perdóname. Me siento muy mal; te he encontrado muy cambiado y ni he atinado, obsesionada como estoy, en preguntar si estás bien o te pasa algo.

—Dejémoslo, Amelia. Ya tienes bastante con lo tuyo.

—Por favor…

Ahora quien descargó el caudal de sus desgracias fue él.

58
El marqués y el clérigo

Don Claudio Segundo Bonifacio Antonio López del Piélago y Bru, segundo marqués de Comillas, era sin duda el personaje más influyente de aquella Barcelona del último cuarto de siglo. Además de presidir las empresas que había heredado de su padre —la Compañía Trasatlántica Española y la Compañía General de Tabacos de Filipinas—, dirigía asimismo las que añadió él a su fortuna —la Hullera Española, cuya explotación se ubicaba en los concejos de Mieres, Lena y Aller; la Banca López Bru, la Constructora Naval y el Banco Vitalicio—. Amigo del papa León XIII, convirtió el seminario de San Antonio de Padua en la Universidad Pontificia de Comillas, y fue socio de honor de toda sociedad benéfica importante y presidente del grupo que había impulsado la Exposición Universal de Barcelona de 1888. Éstos eran los poderes del marqués de Comillas.

Don Claudio López Bru era alto sin ser excesivo; componía su figura una testa patricia de cabello blanco y gruesas cejas bajo las cuales brillaba una mirada inteligente e incisiva, que daba al visitante el pálpito de que nada escapaba a su atención, un rostro cubierto por anchas patillas, que se unían a su barbado mentón, y sobre el labio superior, rematando el noble porte, un bigote de grandes guías retorcidas hacia arriba que cada noche requería el uso de bigoteras.

Don Claudio paseaba arriba y abajo dando largas zancadas por el salón de los tres ventanales ubicado en la segunda planta de su palacete, aguardando nervioso la llegada de su visitante. El marqués de Comillas tenía ante sí una ingrata tarea. Su complicada existencia y la imposibilidad de atender a tantos frentes lo habían obligado a delegar en personas de su confianza, para lo cual había buscado, en cada ocasión, a la más idónea para desarrollar la labor encomendada. Capítulo importantísimo de su vida era todo aquello que tenía que ver con la solidaridad hacia el prójimo y la caridad con los más necesitados. Para ello había confiado en las calidades de un sacerdote que, de muy joven, había navegado en sus barcos atendiendo las necesidades espirituales tanto de los pasajeros como de la tripulación, gran poeta, por otra parte, a quien la vocación de mecenas de López Bru empujaba a promocionar, y finalmente hombre adornado de un aura de bondad reconocida por todo el mundo que había hecho que el marqués lo nombrara limosnero de su casa, encargado por lo tanto de repartir sus caridades, que, por lo visto, en aquel momento se habían tornado excesivas. Su nombre era mosén Cinto Verdaguer.

Unos discretos golpes dados con los nudillos, acompañados de la contenida voz del sacerdote, sonaron en la puerta.

—Adelante, monseñor.

La tonsurada cabeza asomó abriendo media hoja.

—¿Puedo?

—¡Cómo no! Adelante, padre.

Entró mosén Cinto, tras cerrar la puerta, con paso mesurado y alargó su diestra hacia el prócer, quien rápidamente se inclinó para besársela.

—Si le parece, paternidad, vamos a acomodarnos donde mejor le convenga, en el despacho o en el tresillo del fondo.

—Tengo una feligresa que ha requerido mis servicios y me espera en la iglesia de Belén.

—Enviaremos a Nicolás para que diga al párroco que comunique a esa mujer que le es imposible acudir. Me temo que hoy nuestra charla va a prorrogarse un largo rato.

Al padre, que conocía las múltiples ocupaciones de su mecenas, le extrañó aquella coyuntura.

—Como le convenga, don Claudio.

—Entonces, mosén, acomódese en tanto yo envío a Nicolás para que su feligresa no le espere.

Mientras el fraile se dirigía al tresillo, el marqués tiró del borlón que pendía en el rincón de la estancia y al punto, sin casi dar tiempo a que don Claudio se sentara junto al canónigo, un criado, tras demandar la consiguiente venia, se asomó por la puerta.

Después de ordenarle que se llegara a la iglesia de Belén con el encargo de informar de que nadie aguardara al clérigo aquella mañana, el marqués de Comillas se sentó frente al eclesiástico y éste entonces tuvo la certeza de que aquella reunión no era la de todos los días.

Don Claudio comenzó el incómodo diálogo dando un amplio circunloquio.

—Usted sabe bien, mosén, el profundo afecto que le profeso y la confianza que he depositado en su persona.

—Me consta, don Claudio, y se lo agradezco. Y considero que jamás le he defraudado.

El prócer continuó como si no hubiera oído la contestación del canónigo.

—Hace muchos años que le he confiado gran parte de mis proyectos, que han sido muchos y variados.

—Entiendo que así ha sido, y en todos ellos he procurado cumplir con el compromiso y de la mejor manera, según las luces que me ha dado Dios Nuestro Señor.

El marqués hizo una breve pausa y, tras un hondo suspiro, prosiguió:

—Hay ciertas cosas de las que quiero hablar con usted.

—Adelante, don Claudio, no se impida.

—He dejado pasar un tiempo para enfriar el tema, pero, como usted comprenderá, la escena de la última y única vez que el señor Ripoll estuvo en esta casa fue de lo más desagradable por más que inesperada, y me gustaría que me aclarara esa circunstancia.

El sacerdote vio claramente por dónde iban los tiros.

—Verá, señor marqués, en la vida de todo hombre y todavía más si éste se la ha dedicado a Dios, surgen situaciones entreveradas donde hay que tener muy claras las prioridades.

—Acláreme esto, padre, al respecto de tan incómodo incidente.

—Es muy sencillo. A través del vicario de la iglesia de Montesión y amigo mío, conocí a la esposa de don Práxedes Ripoll, doña Adelaida, que es feligresa de dicho padre y presidenta del Laus Perennis de la Virgen de la Misericordia de Reus. Dicha señora ofrecía hacer un oratorio en su casa pese al agnosticismo, si no más, de su marido, a cambio de que los domingos, tras cumplir con mis obligaciones tanto en la casa de usted como en la iglesia de Belén, acudiera a la calle Valencia, que allí tiene su domicilio, a decir la Santa Misa. Me pareció una ocasión maravillosa para ejercer mi profesión pastoral y misionera entre almas muy cercanas, ya que a veces no hace falta buscar infieles atravesando los mares, pues los tenemos mucho más próximos de lo que pensamos y son, asimismo y aunque no lo parezca, mucho más difíciles de evangelizar.

—Le sigo, padre. Prosiga.

—El caso es que, tras meses de ejercer mi obligación pastoral, me vino la ocasión de recoger el fruto donde ni se me había ocurrido esparcir la siembra. El hijo pequeño del señor Ripoll sintió la llamada del Señor y vino a mí para que lo orientara. Ni que decir tiene que lo hice de mil amores, pues es un muchacho adornado por las más excelsas virtudes, al igual que su madre, y además es un buen estudiante, por lo que intuyo que hará en la Iglesia una brillante carrera.

—Voy comprendiendo... Ripoll, que además de ser ateo tiene un genio endemoniado, entendió que usted le había robado el hijo y vino aquí a reclamarlo.

—Podríamos decir que así se lo creyó; sin embargo, el aserto es falso. La devoción que Antonio, que así se llama el muchacho, siente por su madre, profunda católica, fue la causa de la formación de su espíritu. Cuando yo llegué a la casa, el campo estaba ya sembrado.

Don Claudio se acarició espaciosamente la barba en tanto medía con calma las palabras que iba a pronunciar.

—Con el debido respeto, mosén, creo que debió comunicarme el hecho de acudir cada domingo a decir la Santa Misa en la capilla de los Ripoll. Intuyo que a don Práxedes lo que le importaba en verdad era presumir ante sus amistades, pregonando que el limosnero de mi casa decía misa los domingos en la suya.

—Pienso, don Claudio, que bueno es el bien aunque lo haga el diablo, y si este humilde siervo de Dios es motivo de presunción para alguien tan dado a vanidades y ello hace que acudan a misa el domingo seis o siete personas, doy por bien empleado mi tiempo. De cualquier manera, pido humildemente perdón y todavía más si mi acción le ha proporcionado alguna incomodidad, aunque ya no hay caso porque, como puede suponer, desde esa fecha todo ha terminado.

—Querido mosén, usted es un santo varón que pasa por encima de las veleidades de este mundo. Si usted fuera meramente el vicario de una iglesia yo le aseguro, como le he dicho, que Ripoll no lo habría requerido para acudir a su casa. Es por ello por lo que debe cuidarse de según qué personas que se arriman a usted por detentar el cargo que ocupa en esta casa, cargo que le inviste de responsabilidades muy importantes.

—Tengo muy presente que la jerarquía que pueda tener mi humilde persona se debe a su mecenazgo y protección; yo únicamente soy un pobre cura poeta que nada vale por sí mismo.

Don Claudio, pese a ser quien era y tener a su cargo a miles de hombres, era de una bondad exquisita, y al punto pensó que tal vez se había excedido con el clérigo.

—No se lo tome a mal, mosén Cinto, pero la gente es muy resabiada, y temo que algunos abusen de su bondad. Y no me sea modesto en lo que no debe, pues usted es una de las lumbreras de la poesía catalana y una de las figuras señeras de nuestro pueblo. —El marqués dudó un momento antes de continuar—. A veces se le acercan personas que no merecen sus caridades, y temo que le presenten casos inexistentes para que usted los socorra en detrimento de otros que más lo necesitan.

—¿A quién se refiere concretamente, don Claudio?

—Prefiero dejarlo ahí. Tan sólo le prevengo para que no caiga otra vez en lo mismo. Estar junto a usted da mucho lustre y, por tanto, beneficio. Le aseguro que hay gentes que no lo merecen y que tales compañías dañan su imagen.

—Me haría un gran favor si precisara un poco más a quién se refiere; es posible que tal vez yo no vea cosas que usted ve.

—No querría parecer lo que no soy. Usted sabe que poco me importa lo material y, asimismo, que el caudal del dinero que destino a caridad pasa siempre por su mano, y así será, pero ha llegado a mis oídos alguna que otra cosa que me obliga a ponerle en guardia.

En el gesto y en la actitud del sacerdote entendió el marqués que aquel tema le importunaba.

El tono de voz del clérigo, dentro de un absoluto respeto, sonó diferente.

—Le ruego, don Claudio, que sea más explícito conmigo, pues para estas cosas soy algo torpe y corto de entendederas.

Tal vez como consecuencia de la actitud de su limosnero también la tesitura del marqués cambió de registro.

El prócer, antes de asumir la carga de la prueba, se cubrió las espaldas.

—No sólo es una apreciación mía, mosén. Su Ilustrísima el obispo doctor Morgades está muy preocupado y piensa lo mismo que yo.

En este punto la actitud del clérigo cambió definitivamente.

—Perdone, don Claudio, pero ya sé por dónde van los tiros. Mi obispo tiene una opinión muy particular de ciertas cosas que no conoce en profundidad, sino únicamente por referencias de sus allegados, cosas que, desde luego, no ocurren en el palacio Episcopal, pero sí en las calles de Barcelona.

El marqués entendió que podía hablar claro y sin cortapisas.

—Pretendía haberlo zanjado aquí, pero, ya que así lo desea, intentaré ser comprensible, y crea que no es sólo mi voz la que habla. En primer lugar, está lo de sus exorcismos. Entiendo como católico que el maligno a veces posee un alma, pero los que simulan esa posesión y buscan en ello beneficio son muchos más que los que lo sufren auténticamente. Tiene usted, padre, demasiado trabajo para dedicar su tiempo a esas cosas. El trío que forma su paternidad con esa tal Pancracia Betancurt y ese inmenso fraile que es el padre Piñol no pasa desapercibido en lugar alguno. Me gustaría que me hablara usted de ello.

El fraile extrajo un pañuelo del bolsillo de su sotana y, retirando el bonete negro que cubría su cabeza, se enjugó el sudor desde la frente hasta la tonsura.

—Aunque mi obispo no lo comparta y tal vez a usted le parezcan monsergas de viejas, el demonio campa a sus anchas en esta ciudad del modernismo y del pecado, invadida por las más ateas corrientes europeas hijas de Voltaire. Las gentes necesitadas son muchas más de las que imagina, y entendiendo que por mis otros trabajos no doy abasto, me he propuesto instruir a santos sacerdotes para que sepan qué hacer en situaciones extremas en las que, evidentemente, Satanás se ha posesionado de un alma, para lo cual me persono acompañado por mis ayudantes donde soy requerido y allí pongo mis humildes conocimientos al servicio de aquellos hombres de Dios para que, en un momento concreto, sepan distinguir lo auténtico de lo simulado y actuar en consecuencia.

—¿Y cuál es la misión de sus ayudantes?

—El padre Piñol tiene una fuerza hercúlea. ¡No imagina usted la potencia que puede acumular el cuerpo de una pobre mujer en el estertor de una posesión! Por esa razón el fraile me acompaña.

—¿Y la mujer?

—Necesito una actriz que conozca su oficio y sepa simular las contorsiones, visajes y sonidos que hace un poseído. Pancracia Betancurt es una ayuda insustituible, ya que no puedo mostrar una posesión si no tengo un ejemplo.

—Lamento decirle que no goza de buena fama y que acude al Liceo de vez en cuando acompañando a un hombre muy mayor.

—Es el viudo de su hermana, amante de la ópera, y lo acompaña por caridad. No tengo por qué entrar en su vida privada ni entiendo qué hay de malo en ello. La vida es muy dura, y la mujer se defiende haciendo varios oficios; entre otros, tengo entendido que trabaja en una carnicería o algo parecido. Lo que me consta es que en cuanto la llamo acude al punto, sin fallar una sola vez. En lo que emplee el resto de su tiempo no es de mi incumbencia.

—Me ha dicho mi primer contable que ha comprado usted una pequeña casa con jardín detrás del puente de Vallcarca. Me gustaría saber a qué ha sido destinada.

—En su día se hará un colegio de muchachos, aunque por el momento la uso para celebrar reuniones del tema que hemos tratado. En ocasiones no encontraba un lugar donde dar, por así decirlo, mis clases de exorcismo y hallé éste gracias a una feligresa de mi parroquia que tenía esa pequeña villa, heredada de su madrina, y tuvo a bien vendérmela a un buen precio. Su nombre es Deseada Durán y junto con su hija Amparo forman parte del grupo de personas que tanto me ayudan en mis quehaceres.

—En cuanto a lo del buen precio de la casa, padre, le diré que mi secretario se ha informado y por aquella zona la tierra está mucho más barata.

El sacerdote se sintió palpablemente incómodo.

—No son así las noticias que yo tengo.

—Perdóneme, padre, pero debe entender que, de esas cosas, otras gentes saben más que usted.

—Don Claudio, si no gozo de su confianza, renuncio a ser su limosnero.

—Yo no he dicho tal cosa, pero desde luego exijo para mí su dedicación absoluta; de lo contrario, me obligará a tomar otras medidas.

—Siempre estaré en deuda con usted. La decisión que pueda tomar sé que en toda circunstancia será la justa, pero entienda, y lo digo, don Claudio, con todo respeto, que jamás antepondré mi cómoda vida en su palacio a mis obligaciones cristianas. Si lo que creo que en conciencia debo hacer topara con mi cargo de limosnero e inclusive con la opinión de mi obispo, quiero que sepa que haría lo que me dicte mi conciencia.

59
¡Dame esas fotos!

La decisión de Juan Pedro estaba tomada. Le debía aquello a Máximo y no dudaba de que, de ser al revés, su hermano habría hecho lo mismo por él; además, en su circunstancia, cualquier riesgo le parecía menor. No sabía ni qué hacer ni adónde o a quién recurrir. Muchos días, al acabar el trabajo, subía hasta Sarriá y se dedicaba a dar vueltas alrededor de la tapia del edificio del Sagrado Corazón, cual borrico de noria, mirando las ventanas hasta que se le secaban los ojos en el vano intento de entrever el perfil de su amada tras los cristales.

La intuición del señor Cardona no dejaba de asombrarle. El ciego, en los momentos en los que la más aguda miseria acosaba el espíritu de Juan Pedro, dejaba oír su voz.

—La juventud no sabe gozar de lo mejor de la existencia, que es la dulce espera. Los niños son felices cada 5 de enero porque aún no tienen los juguetes; al día siguiente vuelven a jugar con las peonzas, botones y tabas, que es lo que les gusta. La vida, Juan Pedro, te ha deparado una ocasión maravillosa para probar la consistencia de ese amor. Con el tiempo entenderás lo que quiero decir.

Esta y otras frases de consuelo proporcionaban un atisbo de luz a la oscuridad del ánimo del muchacho.

Siendo como fue una triste noticia, los problemas de Amelia hicieron que Juan Pedro saliera de su círculo vicioso y que dedicara sus esfuerzos a pensar en el modo de ayudarla. Necesitaba acción, y aquel empeño se la iba a proporcionar. Así, sin darse cuenta, hizo de Fredy Papirer el objeto de sus odios, al punto de estar dispuesto a cobrarse en él todas las frustraciones que le había deparado la vida. Amén de lo de Amelia entraban en el saco de sus amarguras las penas de su madre, la desgracia de Máximo, las sinrazones que veía aflorar todos los días a su alrededor y, sobre todo, la inicua cárcel de su amada, que era el compendio de todas las injusticias sociales que propalaba la prensa y la espuma que flotaba sobre el caldo de la época.

Su mente trajinaba todo el día, y una idea desplazaba la otra. Poco a poco iba perfilando sus planes. Pretendía recuperar las fotografías de Amelia sin dejar rastro alguno que pudiera conducir hasta él, y la descarga de adrenalina que le suponía aquella situación límite hacía que entendiera a su hermano y a los compinches de éste. Llegó a la conclusión de que cualquier acción que desencadenara un peligro al contravenir la norma establecida tenía un raro atractivo.

Amelia le había dado la dirección exacta del estudio de Papirer. La realización de sus planes requería el pertrecho de ciertas cosas, y la provisión de alguna de ellas no era sencilla. De momento, una mañana entró en la camisería Xancó, fundada en 1820, que estaba ubicada muy cerca de la librería, y se hizo con una gorra a cuadros, una bufanda y un jersey de cuello alto del mismo color, ante la extrañeza del dependiente, ya que eran prendas que, en pleno mes de mayo, tenían poca salida. Luego acudió a la calle Fondet, un callejón sin salida que arrancaba en la calle Consolat, donde en un lóbrego portal montaba su parada un personaje del que su hermano le había hablado en algunas ocasiones; era éste un zapatero remendón que entre sus habilidades se contaba la de fabricarse sus propias herramientas y, según Máximo, igual hacía una lezna que una lima o el artilugio que se le encomendara sin preguntar el porqué ni el para qué del encargo. Juan Pedro fue en su busca al salir del trabajo, cuando ya caía la tarde. El hombre había montado su taller en una covacha al fondo de un pequeño portal, bajo el hueco de la escalera, que había rotulado con un pomposo cartel: EL REI NEGRE, y debajo, en letras más pequeñas: SE REPARAN TACONES Y SE PONEN MEDIAS SUELAS. El individuo estaba sentado en un taburete frente a un pequeño yunque de hierro, arrancando con una palanquita el tacón de una bota; vestía sobre su mono un delantal de cuero que lo cubría hasta las rodillas, y de la comisura de su boca colgaba una colilla de puro apagada.

Juan Pedro dijo de parte de quién iba, y el hombre, al oír el nombre de Máximo, dejó su quehacer y, suponiendo que el encargo iba a salirse de lo normal, se llegó hasta la portezuela y tras cerrarla se dispuso a escuchar.

—Usted dirá en qué puedo servirle.

—Me hace falta alguna cosa que no se vende en las tiendas.

—Lo supongo; nadie hace un viaje hasta aquí si lo que busca se encuentra en El Siglo.

—Está bien. Necesito unos grilletes, una porra plegable y un puño americano.

El hombre lo miró circunspecto, lanzó el apagado cigarro a un rincón y se explicó, apeándole el usted.

—Lo primero y lo último lo tengo; en cuanto a lo otro, habrás de darme un tiempo para industriarlo. ¿Para cuándo lo necesitas?

—Antes del próximo jueves.

El individuo se acercó a un mugriento calendario de pared y consultó el recuadro de los números, lleno de anotaciones y signos cabalísticos.

—De acuerdo, el miércoles por la mañana puedo servírtelo. El pago es por adelantado.

Ajustaron el precio de los tres objetos, y tras entregarle el dinero, el hombre suministró a Juan Pedro un juego de esposas con el correspondiente llavín y el puño de pinchos, añadiendo a continuación:

—A estas horas es mejor que lo lleves puesto. Por estas calles hay mucha hambre, y antes de atracar se pregunta poco.

Juan Pedro había perfilado su plan hasta el último detalle. A la anochecida del viernes, antes de salir del trabajo se dirigió al almacén y, encaramándose en la escalerilla de tres peldaños que se usaba para ordenar los estantes superiores, extrajo del rincón donde lo tenía guardado el Colt 45 que había pertenecido a su hermano. Pulsando el resorte comprobó que las seis balas estaban alojadas en los correspondientes agujeros del barrilete; luego, con un seco golpe de muñeca, lo cerró y tras bajar de la escalera buscó una bolsa de cartón donde tenía guardadas sus otras pertenencias. A continuación se despojó de la bata, se puso el jersey de cuello alto y, tomando bajo el brazo la bolsa y tras despedirse de su patrón, salió a la calle.

La Rambla, como siempre, estaba llena a rebosar; una gente iba a su avío acelerada y febril, y reposada y pastueña la otra mirando escaparates y deleitándose en el paseo. Por un momento imaginó tener un percance y, dado lo delicado del envoltorio, decidió ir con sumo cuidado, no fuera que su aventura acabara antes de empezar. Tomó por la calle del Arco del Teatro y con paso mesurado se dirigió a Marqués del Duero. Allí, si cabe, la muchedumbre era más densa; la proliferación de cafés y teatros hacía que aquella calle fuera, al caer la tarde, quizá la más transitada de Barcelona. Cambió de acera al llegar al Café del Teatro y, arrimado a la pared, fue hasta Blasco de Garay donde, tras comprobar el número de la calle que le había dicho Amelia, se instaló en el hueco de un portal que estaba exactamente enfrente. Allí, con el pulso acelerado, acabó de perfeccionar su plan. Quería recuperar las fotografías de la muchacha sin que aquel canalla ni nadie pudieran sospechar que Amelia o alguien de su entorno pretendían hacerse con ellas; por lo tanto, tenía que vestir el muñeco simulando otro interés.

Los cristales de la ventana correspondiente al bajo derecha eran traslúcidos, y en el interior se percibía una luz encendida. El rincón del portal donde Juan Pedro se había alojado era lo bastante oscuro para que su silueta pasara desapercibida a los ojos de cualquier transeúnte. Se palpó los bolsillos donde había colocado la pequeña porra, el puño americano y los grilletes, y por último metió la mano en la bolsa y acarició la culata del Colt. En algún reloj de la vecindad sonó la media. La suerte estaba echada. Con paso rápido atravesó la calle y, aprovechando la salida de un vecino, se coló en el portal. La luz era la suficiente, y siguiendo las instrucciones de Amelia se acercó a la puertecilla de la derecha y leyó la placa de la misma; en la parte superior y en letra de palo: ESTUDIO FOTOGRÁFICO PAPIRER, y debajo y en bastardilla: BAUTIZOS, BODAS Y COMUNIONES. Juan Pedro respiró hondo. Tras colocarse la gorra, alzarse el cuello del jersey y subirse la bufanda hasta los ojos, con la mano izquierda hizo sonar del timbre y, al poco, oyó el arrastrar de un sillón y unos pasos que se acercaban. La puerta se abrió y ante él apareció un individuo que indudablemente era el que buscaba, pues la descripción del rostro caballuno que le había hecho Amelia era exacta. Ambos quedaron frente a frente, y los ojos de Papirer reflejaron, más que miedo, sorpresa.

Juan Pedro paseó la mirada rápidamente por el gran espacio descrito por Amelia con la tarima al fondo y los artilugios propios del oficio, la puertecilla correspondiente al cuarto de revelado y al lavabo, y al otro lado la del despacho del que salía la luz que había visto desde la calle.

—¿Qué se le ofrece? —La voz de Papirer sonó nerviosa e insegura.

Juan Pedro no respondió. Extrajo de la bolsa su mano derecha armada con el revólver y, colocándoselo sobre el pecho, empujó a Papirer hacia atrás en tanto que con el talón del pie izquierdo cerraba la puerta y dejaba caer la bolsa en el suelo.

La visión del pavonado cañón del Colt aterrorizó a Papirer; el color huyó de su rostro y una lividez de cadáver lo fue invadiendo.

—¿Qué quieres? ¿Quieres dinero? No vamos a reñir por eso. No tengo mucho aquí, pero te lo daré todo.

Juan Pedro siguió mudo. Con la mano libre lo cogió por el hombro y lo obligó a dar media vuelta; después le colocó el cañón en los riñones.

—Camina, hijo de puta. —Y diciendo esto lo empujó hacia el despacho.

—Te estás equivocando, seguramente no soy el que buscas.

—¡Camina y calla!

En una fracción de segundo la mirada de Juan Pedro abarcó completamente la habitación. Con un recio empujón obligó a Papirer a sentarse en una silla junto a una cañería que bajaba desde el techo por una de las esquinas de la estancia. Sin dejar de encañonarlo, sujetó uno de los grilletes al tubo y, obligando al fotógrafo a que extendiera el brazo, le colocó el otro en la muñeca. Luego, con una parsimonia estudiada, se sentó frente a él en el brazo del sofá.

—El dinero está en el cajón de la mesa. Tómalo, por favor, y déjame.

Los ojos de Juan Pedro eran una sola línea.

—Ganas mucho con tu feo negocio... ¿Quién crees que soy, un pobre ratero de tres al cuarto que se conforma con unas monedas? No, querido, no voy de este palo.

—¿Qué quieres decir?

—¡No te hagas el listo! ¿Dónde tienes las fotografías guarras que vendes tan caras?

—¿Qué dices? ¡Estás loco!

Visto y no visto, como por arte de magia la pequeña porra se desplegó en la mano libre de Juan Pedro, y éste alzó el brazo y descargó un golpe violento y brutal entre la mejilla y el cuello del aterrorizado fotógrafo, quien intentó cubrirse la cara con la otra mano y comenzó a sollozar.

Juan Pedro, que en su vida había empleado la violencia, estaba sorprendido a tal punto que no se reconocía a sí mismo. También le extrañaba que, hasta el momento, Papirer no hubiera descubierto la forzada impostura de su actitud chulesca y de su rudo lenguaje, y que, en vez de achantarse, no le hubiera hecho frente.

Juan Pedro era ajeno al hecho de que su vigorosa figura de dieciocho años, su cuerpo tensísimo y el odio que transpiraba por aquel detestable individuo tenían más de real que de ficticio; una desconocida sombra negra amagada en su corazón, por lo general bondadoso, fue la que se adueñó de la situación.

—¿Te vas enterando ahora, socio? Cuanto antes lo entiendas, antes lo acabaremos. Hasta mí, y por casualidad, ha llegado una muestra de tus obras de arte. Por el hilo se saca el ovillo, y en mi barrio, preguntando, se sabe todo. ¡Conque date prisa! ¿Dónde tienes tu museo de guarradas?

Papirer respondió con una voz rota y gimoteante en tanto que con un pañuelo intentaba restañarse la sangre que le salía de la boca.

—El cajón tiene un doble fondo, la llave está junto al dinero en una caja.

—¡Ahora sí me gustas! Parece que empiezas a entenderme.

Juan Pedro se levantó del brazo del sillón y se dirigió, rodeando la mesa, a la parte frontal del despacho. Sin dejar de mirar a su rehén, abrió el cajón y extrayéndolo lo colocó sobre la mesa. Lo primero que vieron sus ojos fue una caja de latón y a su lado una pequeña libreta de cubiertas de cuero de color negro. Dejó con sumo cuidado el revólver sobre la mesa y abrió la tapa de la caja; en su interior había una cantidad respetable de billetes, alguna que otra moneda, y bajo el fajo estaba la llave, que igual podría pertenecer a una pequeña cerradura como a un candado.

—Bueno, no contaba con ello, pero ¡a nadie le amarga un dulce!

Tomó todo el montante y lo introdujo en el bolsillo derecho de su pantalón. Luego cogió el llavín y lo puso junto al Colt, alzó la mirada y comprobó que el hombre estaba inmóvil, como hipnotizado. Después ojeó la libretita con curiosidad; en ella figuraba una lista de nombres con las correspondientes direcciones, y al lado de cada una de ellas había una nota aclarativa, imaginó el muchacho que de la relación que los unía con Papirer.

—¡Curiosa documentación! No sé aún para qué, pero voy a llevármela. ¡Nunca se sabe! Si es la lista de tus clientes, puede que me sea útil algún día.

Luego examinó el cajón: útiles de escribir, sellos de goma con la correspondiente caja para la esponja de tinta, plumillas metálicas, una regla y una lupa... Vació todo el contenido en la papelera; el espacio quedó expedito y Juan Pedro pudo inspeccionarlo con detenimiento. Muy disimulada en el panel del fondo y en la misma esquina, descubrió una pequeña cerradura. Tomó el llavín, lo alojó en ella y le dio medio giro; sonó un clic y el doble fondo, empujado por un muelle, se abatió hacia delante.

—He de reconocer que eres un canalla... pero muy listo. ¡Me alegro de haberte conocido!

Unidos por una goma elástica aparecieron ante sus ojos dos paquetes. El primero contenía una colección de las fotos que hacía y comerciaba aquel cerdo, de niños y niñas de cinco a diez años de edad completamente desnudos y en las más diversas y procaces actitudes; en el segundo estaban los negativos en cristal de las mismas. Después de darles una somera mirada, el muchacho tomó un sobre blanco que estaba a su lado. Ahora sí que se le aceleró el pulso. En sus manos tenía las fotos robadas de Amelia con las correspondientes placas. Juan Pedro tuvo que contenerse.

—Vaya, vaya... pero ¿qué tenemos aquí? ¿También te dedicas a muchachas mayores?

Papirer farfulló:

—Es la novia de un amigo mío. Él me encargó las fotos, e hice una copia para mí.

Un velo rojo cubrió los ojos de Juan Pedro y no pudo reprimirse. Tomó el revólver y, rodeando la mesa de nuevo, se dirigió al aterrorizado individuo, lo obligó a abrir la boca y le metió el cañón del Colt en ella.

—¿Sabes lo que vamos a hacer, sabandija? Primero te amordazaré, y luego, por si acaso, dejaré una muestra de tu trabajo bien visible sobre la mesa; eso hará que te lo pienses dos veces antes de pedir auxilio, en el supuesto que pudieras. Ya sabes que a los que se dedican a ese oficio tuyo los meten en el trullo en Reina Amalia, y no puedes imaginarte lo que hacen los presos con la gente de tu calaña. Después cogeré mi parte y me largaré.

Juan Pedro amordazó a conciencia a un aterrorizado Papirer, quien no acertaba a explicarse aquella situación.

—Conste que yo no hago esas guarradas ni se me ocurre forzar a criaturas. Meramente sucede que antes que vendas tú esas fotos lo haré yo.

Tras aquella pantomima que enmascaraba su verdadero propósito, Juan Pedro apagó la luz, recogió todas sus cosas, metió las fotografías de los niños junto con los negativos en la bolsa que había dejado caer a la llegada y se guardó en el bolsillo del pantalón las de Amelia. Acto seguido salió a la noche. Miró a uno y a otro lado y comprobó que no había a la vista peligro alguno. Se acercó a la boca de la alcantarilla y arrojó en ella la asquerosa mercancía.

60
Pelos y señales

Tras su aventura, Juan Pedro necesitó la mañana del sábado para recuperarse. Había quedado con Amelia que en cuanto hubiera novedades iría a El Siglo para acordar con Consuelito la forma de verse. Se acercó por la mañana a los grandes almacenes y, simulando una compra en el departamento de la muchacha, con un muestrario de corbatas sobre la mesa convino con ésta que el domingo por la tarde acudiría a la pensión de doña Justa para explicar su lance, adelantándole únicamente que todo había ido bien.

Consuelo transmitió el encargo a su amiga, quien la acosó con mil preguntas a las que la otra contestó tan sólo que era aquello todo lo que podía decirle y que al día siguiente Juan Pedro respondería a todos aquellos interrogantes. Luego se planteó el reto de justificar ante la pupilera la presencia de un hombre el domingo por la tarde en la pensión. La excusa fue que era un primo de Consuelo que llegaba del pueblo en busca de trabajo. La mujer quiso creerse la historia, pero puso condiciones: no iba a estar sola con él ni un momento, la reunión sería en el comedor y siempre estarían los tres juntos; si le convenía, bien, y si no, debería buscarse otro lugar. Dado lo delicado del asunto, la premura del tiempo y temiendo no hallar sitio apropiado para verse y hablar con discreción, las muchachas se avinieron al trato.

A la hora convenida estaba Juan Pedro —con un paquete envuelto en papel de periódico y atado con un fino bramante bajo el brazo— frente al portal de la calle Corribia, comprobando que el n.º 6 que Consuelo le había escrito en un papel coincidía con el de la placa de latón esmaltada que figuraba sobre la cancela de la portería. El portal estaba cerrado, no vio aldaba ni timbre que pulsar, era domingo por la tarde, el colmado y la carpintería de ambos lados estaban asimismo cerrados y, como no saliera alguien de la casa, comenzó a plantearse la manera de poder entrar. Súbitamente un siseo llamó su atención. El muchacho alzó el rostro y vio a las dos amigas haciéndole gestos desde el pequeño balcón para que aguardara un momento. Juan Pedro obedeció; la espera fue brevísima. A través de la madera del portal, pudo oír el taconeo de unos acelerados pasos que descendían por la escalera; finalmente, uno de los vanos se abrió y aparecieron ante él los rostros inquietos e interrogantes de las dos chicas.

El gesto de Consuelo llevándose el dedo índice de la mano izquierda a los labios y señalando con la derecha el hueco de la escalera indicó a Juan Pedro que debía ir con cuidado, ya que podían estar a la escucha oídos inconvenientes. Juan Pedro entendió el mensaje y saludó de un modo alegre y convencional, de alguna manera contenido como el del primo algo paleto que llega del pueblo, a quien la ciudad le viene grande y que percibe haber llegado a buen puerto.

Tras los saludos y las preguntas de rigor acerca de parientes y amigos del pueblo, Consuelito simuló presentar a Amelia por si doña Justa estaba al acecho.

—Mira, ésta es mi amiga Amelia, la que tanto nombro en mis cartas.

—Mucho gusto.

—El gusto es mío.

—Toma, Consuelo, esto es para ti.

Juan Pedro entregó el trasegado paquete a su falsa prima.

—¡No deberías haberte molestado! ¿Qué me traes?

—Ya puedes imaginarte, ¡restos de la matanza del cerdo!

Amelia intervino apoyando la comedia.

—¡Qué contenta va a ponerse doña Justa! Pero ¡vayamos arriba!

La llegada fue apoteósica. En cuanto Consuelo entregó a la pupilera el paquete con los embutidos, la mujer encontró al primo del pueblo encantador y se dispuso a corresponder poniendo de su parte los medios oportunos para que los jóvenes pudieran contarse su respectiva vida.

Finalmente los tres se hallaron en el comedor con las correderas cerradas.

Amelia no podía más.

—¿Qué ha pasado? Ya me ha dicho Consuelo que ha ido bien, pero ¡cuenta!

Juan Pedro comprobó una vez más que las puertas estaban cerradas y, echando mano al bolsillo de su chaqueta, sacó una carpetilla que entregó a Amelia.

—¿Qué es?

—Míralo.

La muchacha retiró las gomas que cerraban las solapas y echó una mirada al interior. Consuelo vio que su amiga palidecía, cerraba la carpeta, la dejaba sobre la mesa, se tapaba los ojos con las manos y comenzaba a sollozar. Luego, antes siquiera de intentar consolarla, vio que saltaba de la silla, se abalanzaba sobre Juan Pedro y comenzaba a cubrirle el rostro de besos.

—¡Amelia, por Dios, contente! Si se asoma doña Justa, ¡nos pone de patitas en la calle!

Juan Pedro colaboró en calmar a Amelia. Consuelo, más que interrogar, afirmó:

—Son las fotografías que te hizo ese sinvergüenza, ¿me equivoco?

—No, Consuelo, no te equivocas. ¡Mira! Y conste que a nadie en el mundo permitiría ver esta basura, únicamente a ti.

—Déjalo, Amelia. Ya me imagino.

Ahora intervino Juan Pedro.

—No, no te imaginas. ¡Hay que ser un canalla muy canalla para hacer esto! Están las fotos y los negativos. —Luego se dirigió a Amelia—: En cuanto los rompas, jamás nadie podrá reproducirlas.

Amelia avanzó la carpeta hacia su amiga.

Consuelo la abrió con aprensión. Como quien abriera las cartas de la baraja para ver su suerte en una partida de póquer, Consuelo extrajo lentamente una de las copias en color sepia y la examinó con interés. El cuerpo desmadejado y blanco como la nieve de su amiga sobre aquella tarima negra le pareció una profanación.

—Es suficiente, Amelia, ¡no quiero ver más! Deshazte de esto en cuanto puedas —dijo a la vez que volvía a reintegrar la fotografía junto a las demás y cerraba la carpeta.

Tras una pausa que generó la tensión del momento, la voz de Amelia, ya mucho más serena, se dejó oír.

—Explica todo como fue, por favor, Juan Pedro.

—Está bien.

Durante una hora larga, el muchacho explicó con pelos y señales su aventura.

—Podéis tener la certeza de que a partir de ahora, antes de volver a engañar a una muchacha, ese canalla se lo pensará un par de veces.

En el comedor no se movía ni el aire. Consuelo tomó la mano de su amiga.

—¿Ves, mujer? Tenías dos problemas que parecían insolubles, y ahora ya sólo tienes uno.

Amelia trasladó su mirada de uno a otro.

—¡Sois todo lo que me queda en el mundo! Los dos os la habéis jugado por mí, y jamás podré agradeceros lo que habéis hecho. ¡Nadie puede tener mejores amigos! Envidio, Juan Pedro, a la muchacha de quien te has enamorado. ¡Ni se imagina lo afortunada que es! En los tiempos que corren, es tarea imposible encontrar a un hombre cabal, y tú lo eres.

Por los ojos del muchacho atravesó un nubarrón oscuro. Consuelo no sabía de qué iba aquello.

—¿Has podido verla?

—Es tarea más difícil que recuperar tus fotografías. ¡Aquello es el castillo de irás pero no volverás, y está encerrada a cal y canto!

—No desesperes, verás como todo se arregla.

Consuelo enarcó las cejas interrogando a Amelia.

—¡Mal de amores, amiga mía! Los pobres debemos enamorarnos de los pobres, y él se ha enamorado de una niña rica.

Juan Pedro se sintió incómodo.

—Déjalo, Amelia. No he venido aquí a hablar de eso, mis penas me las debo tragar yo solo; cada cual lo suyo. Ahora te diré lo que vamos a hacer al respecto de tu otro gran problema.

El conciliábulo duró más de una hora. Cuando Juan Pedro abandonó la pensión de la calle Corribia ya había anochecido, y los tipos patibularios, las prostitutas y los mendigos de la Barcelona canalla pululaban por las callejas aledañas a las Ramblas, en tanto que la alta burguesía, ignorando los dramas que se desencadenaban a su alrededor, descendía de sus carruajes, engalanada y feliz, a las puertas del Liceo, queriendo ignorar las bombas que, un día sí y otro no, estallaban en algún lugar de la ciudad.

61
Intercambio de confidencias

Los dos amigos comían en Can Culleretes. El rostro de Papirer, que Germán observaba con curiosidad, aún conservaba las señales del atraco. Hacía varios días que no se habían visto, acuciados los dos por sus urgencias, y tenían mucho que contarse.

—Eran ya más de las ocho, y cometí la imprudencia de abrir la puerta sin poner la cadena. Sacó el revólver de debajo de una bolsa de cartón y me empujó hacia el despacho.

—¿No tienes ni idea de quién era?

—Ya te digo que llevaba la gorra calada hasta los ojos y que una bufanda le cubría el rostro.

—¿Y la voz? ¿No reconociste su voz?

—No, y además estaba demasiado asustado. ¡No te imaginas lo que es el cañón de una pistola sobre tu frente!

—Pero, por lo que me cuentas, no venía a buscar dinero.

—¡No, qué va! El tipo sabía de qué iba mi negocio y vino a por material para venderlo bajo cuerda; es un gran asunto, y si mueve la mercancía conociendo el paño, puede sacar mucho más dinero que del mero tirón de un bolso.

—¿No te da miedo que vuelva otra vez a por más?

—He puesto rejas en las dos ventanas y en la puerta.

Germán guardó silencio un momento.

—¿Y tu madre?

—Ya te lo he contado. Al dejarme el cabrón varias fotos sobre el despacho, como tú comprenderás, no llamé a la policía ni pedí auxilio. Mi madre abrió a las ocho de la mañana para limpiar, como de costumbre. Se asustó muchísimo cuando me vio atado a la cañería y casi se puso a gritar. Después de explicarle el asunto la envíe al herrero a por un cortafríos, y cuando me lo trajo pude liberarme; lo que no pude impedir es que viera el material que dejó el tipo sobre el despacho. La bronca que tuve con ella fue de órdago a la grande; es decir, de las que hacen época. Pero al final tragó.

—Hay que joderse... ¡Cómo está el patio en Barcelona desde que finalizó la Exposición Universal! La gente busca en las basuras, roba en los comercios y se lleva hasta las cañerías de plomo de los conductos de agua. Si el gobernador no da una orden a la Guardia Civil al respecto de que los anarquistas y los chorizos no lleguen ni a pisar los juzgados y les den matarile en la calle, estamos aviados.

—Luis Antúnez es un blando. Aquí tendría que venir de gobernador militar Valeriano Weyler en vez de Martínez Campos. ¡Ése sí que los tiene bien puestos!

Tomaron café.

—Cuéntame lo de tu padre. Te he agobiado con mis cosas y apenas me he enterado de lo tuyo.

Una sonrisa curva amaneció en los labios de Germán.

—En resumen, para no hacerlo largo, tuvo un pequeño infarto. Como sabes, tiene el corazón tocado. No suelo hacerle mucho caso ya que es su truco cuando discutimos; hace como si se ahogara, se lleva la mano al pecho y respira agitado para coaccionarme. Recuerdo que una vez le dije: «Cuando se te pase el infarto, me avisas y seguimos». Pero por lo visto esta vez iba en serio. Llegué a casa y me encontré con el cuadro: estaba tumbado sobre la alfombra del despacho, se había dado un golpe en la cabeza, sangraba mucho y lo atendían mi madre y mi hermano.

—¿Y...?

—Todo fue un desmadre. Allí opinaba hasta el apuntador; estaba todo el personal de la casa: Saturnino, las chicas, Gumersindo Azcoitia, Mariano...

—¿Y qué hiciste tú?

—Me ofrecí para ir a buscar al doctor Goday.

—Por lo visto llegó a tiempo.

—Desgraciadamente.

—No me jeringues, ¿qué quieres decir?

—A ti puedo contártelo porque sabes de dónde viene toda la historia. Aquélla era la ocasión de mi vida y no estaba dispuesto a desaprovecharla.

—Si no te explicas mejor...

—Verás, el jamacuco le dio, al parecer, por el disgusto que le sobrevino aquella tarde al saber que Antonio se metía a cura. Y, ya sabes, ¡la ocasión la pintan calva! Intuí que había llegado mi momento.

—No te entiendo...

—Pues es sencillo: si a mi padre le pasaba lo que un día u otro ha de pasarnos a todos y mi hermano se iba al seminario, el campo quedaba libre. De manera que fui lentamente en busca del doctor Goday y procuré retrasar el tema cuanto pude.

Papirer, a pesar de que creía conocer a fondo a Germán, quedó en suspenso.

—Eres una bestia.

—¡Lo que soy es un tío que tiene un par y que sabe lo que le conviene! Con todo, pese a mi precaución el jodido médico llegó a tiempo, le suministró un regulador del ritmo cardíaco que le detuvo la taquicardia, lo tuvo un rato en observación y le recomendó descanso, lo cual hizo muy feliz a mi madre, quien subrayó la circunstancia con un «Ya te lo decía yo». Resumiendo: se van a ir unos días al *mas* de Reus, y a mí me ha caído el coñazo de tener que ir a la fábrica todas las mañanas a las ocho y media.

—Ahora eres el amo, establece nuevo horario.

—¡Es fácil de decir! A mi tío Orestes no le ha ocurrido nada. Y, además, siempre queda Azcoitia, que ya sabes que es un perro de presa fiel a morir que pondría al corriente a mi padre en cuanto regrese de cualquier cambio que yo intentara hacer.

Papirer quedó unos instantes otra vez en suspenso.

—Creí conocerte bien, pero cada día que pasa me sorprendes más. Sé de tu ambición, pero de eso a cargarte a tu propio padre va un abismo.

—¡Imbécil! Yo no me cargo a nadie, únicamente me inhibo a la hora de evitar lo que ha de ocurrir inexorablemente antes o después. Sería un redomado estúpido si no extendiera la mano para coger la fruta que está a punto de caer del árbol, y más si, encima, el campo me queda libre.

—¿Y qué hay de tu tío Orestes? Según me dijiste, es socio mayoritario. ¿Vas a cargártelo también? O, mejor, si se le viene encima un tranvía al cruzar las Ramblas, no lo sujetarás del brazo, ¿eh?

—¡Quién soy yo, querido, para interferir en los designios del Creador!

62
Santa Madrona

Juan Pedro empujó la pesada puerta de la iglesia de Santa Madrona, que chirrió como si alguien hubiera pisado la cola a un gato. Recordaba perfectamente las instrucciones recibidas de Paulino Pallás, Gervasio Gargallo y Matías Cornejo, de modo que apretó ligeramente el sobre que llevaba en el bolsillo derecho de su gabán y con la mirada buscó la capilla de San Antonio. Fue avanzando entre los bancos vacíos de la iglesia hasta que divisó la presidida por el santo, que era la segunda a la derecha, y entonces y a la vez vio a dos personas en uno de los reclinatorios. Una viejecita de ojos húmedos y manos sarmentosas, vestida de luto, con una toquilla sobre los hombros y cubierta su nívea cabeza por una breve mantilla, estaba orando con devoción al santo justamente al costado del cepillo de las ánimas en el que se recogían las limosnas. Saliendo de detrás del altar, vio Juan Pedro a la otra persona: un cura rechoncho, apoplético y de pelo ralo, que tuvo dificultades para hacer la genuflexión frente al ara del sacrificio.

El muchacho miró alternativamente a ambos y tomó su decisión. El sacerdote se había desplazado a un lateral y con un capuchón metálico iba apagando los consumidos cirios enclavados en una tarima de hierro pintada de negro en forma de grada, llena de agujeros y cubierta de cera. Juan Pedro se llegó hasta él.

—Perdone, padre, querría ver al párroco.

El sacerdote se volvió y examinó al intruso.

—Lo está usted viendo, ¡soy yo! Más le diré: soy el párroco, el vicario, el chantre y el sacristán, ¡todo en una pieza! Las iglesias de los barrios tienen poco personal. En la catedral basílica sobran y aquí faltan. Claro que eso, por lo visto, no es cuestión del señor obispo. Pero perdone mi digresión, ¡hoy tengo un mal día! ¿Qué se le ofrece?

Juan Pedro, al ver el son que gastaba el fraile, supuso que el buen hombre apoyaba a los desfavorecidos y estaba en contra de los ricos, suposición que no fue gratuita, como podría comprobar de inmediato, por lo que se dispuso a tantear el terreno.

—Vera, padre, unos amigos míos me han dado un sobre para que lo meta en el cepillo de las ánimas de la capilla de San Antonio, y por el tacto intuyo que no es únicamente dinero lo que hay en su interior.

El fraile abarcó con la mirada toda la iglesia, recayendo ésta finalmente en la viejecita. Luego alzó los ojos hacia Juan Pedro y susurró:

—Sígame, joven. Hay asuntos que conviene tratar con delicadeza. Mejor hablamos en la sacristía.

La respuesta fue casi inmediata. El padre Romero demostró tener sus contactos bien engrasados. Cuando a los tres días acudió Juan Pedro a Santa Madrona, el sacerdote lo esperaba con el pliego de la autorización y las pautas a seguir en la mano.

Juan Pedro y Amelia, pasajeros en el último asiento de un vagón de tercera en el tren que iba hasta Arenys de Mar, hablaban sin parar. Él vestía pantalón gris oscuro y blusa blanca, ceñía su cintura con una faja negra y calzaba alpargatas de cintas. Siguiendo las instrucciones de prevención que le habían impartido desde el primer día, había buscado el lugar oportuno para no tener a nadie a la espalda que pudiera oír su conversación. Amelia, por su parte, daba talmente la imagen de una joven payesa regresando a su casa en una tarde de mayo, pues iba sencillamente vestida: cubría su cabello un pañuelo de pico y sus hombros una mantellina a cuadros marrones y azules, llevaba amplias sayas negras y sujetaba las asas de un cesto de dos tapas.

El asunto que trataban ambos tenía dos vías; la primera, referida a los patrones que la organización anarquista había determinado al respecto de la seguridad de sus miembros; la segunda, acabar de perfilar el plan sobre lo que convenía que Máximo supiera al respecto del embarazo de Amelia.

—Amelia, no volvamos sobre lo mismo. Hay dos obstáculos que, te pongas como te pongas, hemos de salvar y que además van encadenados uno a otro. En primer lugar, Máximo no debe saber nada de tu violación. —La muchacha, al oír aquella palabra, enrojeció hasta las orejas. Juan Pedro se dio cuenta y prosiguió—: Perdona, pero tengo que hablarte así de crudo. Conoces a Máximo mejor que yo, y si cometes el error de contárselo, no parará hasta que le digas quién y cómo, y entonces carga sobre tu conciencia lo que ocurra, yo no quiero saber nada. En segundo lugar, has de justificar tu embarazo; por lo tanto tienes que acostarte con él. Y no te hagas la pusilánime, que te conoce desde que eras una cría y habéis sido novios durante años. De cualquier manera, no ibas a ir al altar de novia, pues ya sabes cuáles son sus creencias; los anarquistas no se casan, toman compañera, por cierto, sin ninguna solemnidad. Eso es lo que serás para él toda la vida. Y, para acabar el cuadro, lleva meses encerrado en una masía de campo sin ver a nadie, así que vas a hacerlo el hombre más feliz del mundo, pues, por lo que me contaste, quien rompió la relación fuiste tú.

El tren entró en el túnel de Montgat, y el ruido ensordecedor de las ruedas al salvar las juntas de los raíles hizo que Amelia tuviera un brevísimo tiempo para meditar su respuesta.

—Lo dejé yo... porque lo nuestro no caminaba. ¡Imagínate lo que me importa la ceremonia! He roto la relación con mis padres, por lo que por parte de la novia habrían ido Consuelo y doña Justa. Pero me da pena engañarlo así. Además, suponiendo que quiera estar conmigo, suponiendo que no se dé cuenta de que he perdido la virginidad y suponiendo que crea que he quedado embarazada la primera vez, está que la criatura nacerá a los siete meses... y Máximo sabe contar.

—Recapacita, Amelia, que ya eres mayorcita. En primer lugar, puedes quedarte con él una semana; no tienes trabajo ni te espera nadie. Plantéatelo como si os fuerais de viaje. En segundo lugar, lleva tanto tiempo solo que debe de estar como un verraco, perdona que lo diga, y ¡no vuelvas a ponerte colorada! En cuanto al tiempo, podrás jugar con él como quieras; imagino que muchas mujeres lo hacen. El comité ha decidido que aún tiene para rato de estar allí; por tanto, si cuando nazca el niño conviene ocultárselo un mes y medio y decir después que el parto se ha adelantado quince días, ten por cierto que no se va a enterar.

El tren, anunciado por el largo pitido de la locomotora, entró en la estación de Arenys de Mar y luego, entre chirriar de frenos y nubes de vapor, detuvo su marcha. Del último vagón, entremezclados con la gente, descendieron dos jóvenes payeses cargados con una cesta. Juan Pedro y Amelia entraron por la puerta que había debajo del reloj de la estación y, atravesándola, salieron a una placita limitada en su parte trasera por el arranque de una calle y en el lateral derecho por la pared del primer edificio del pueblo, cubierta por el cartel anuncio de una fonda en el que podía leerse CAN FLORIS. Aguardaban allí varias clases de carricoches: carros tirados por poderosos percherones, un par de calesas, un charrete —sin duda de un particular— y cuatro tartanas de techo combado con diferentes tiros: un caballo, dos yeguas y un mulo.

Juan Pedro dio un ligero codazo a Amelia.

—Aquélla es la nuestra —dijo señalando la tartana tirada por la yegua torda.

—¿Cómo lo sabes?

—Fíjate en que el cochero lleva colgado de la faja un pañuelo rojo; ésa es la identificación que me han dado.

Entonces Juan Pedro hizo como si se secara el sudor de la frente con su pañuelo y, al finalizar, se lo metió en la faja dejando que sobresaliera un pico blanco.

El hombre lo divisó al instante y, tras hacer un gesto alzando el brazo para indicarle que aquél era su coche, se dirigió a la parte posterior de la tartana, abriendo la portezuela.

—Bienvenidos, compañeros.

Éste fue el saludo del cochero, al que contestó Juan Pedro en el mismo son libertario.

Amelia puso el pie en el estribo del carricoche y éste se inclinó ligeramente hacia atrás. Tras subirse, se colocó en la banqueta de enfrente de la que ocupaba Juan Pedro. El cochero, dando la vuelta por el exterior, se encaramó al pequeño asiento colocado sobre la vara derecha de la tartana y luego, tomando el látigo, lo obligó a chasquear en el aire a la vez que con la voz incentivaba a la yegua, que arrancó con un alegre trote. Tras dos curvas, el camino comenzó a ascender paralelo a una riera.

Juan Pedro sacó el papel de las instrucciones del bolsillo.

—Tenemos que ir...

—No te molestes, compañero; sé adónde ir y cómo. En Arenys de Munt, que más o menos está a medio camino, cambiaré la yegua y seguiremos viaje, y al llegar a San Acisclo tomaremos el camino de Dones d'Aigua hasta Can Deri. Cuenta una hora y media, más o menos.

El hombre, buen conocedor de la zona, acertó en su pronóstico. A las siete y media de la tarde la tartana, tirada esa vez por un tordo castrado, entraba por un caminal de plátanos al fondo del cual se divisaba una masía catalana de tres plantas con cubierta de teja a dos aguas. La puerta principal estaba cercada por un arco curvo de piedras desiguales y contaba con dos ventanas a cada lado; en el primer piso, justo sobre la puerta, se veía asimismo un balcón con sendas ventanas a ambos lados; finalmente en la buhardilla y bajo el tejado, se abrían tres troneras pequeñas y redondas. Adosadas a los costados de la casa había dos construcciones más bajas; a la derecha, el pajar y la leñera, y a la izquierda, la cuadra de los animales. Frente al edificio principal se hallaba la era, redonda y con el suelo de ladrillo cocido; a su lado, un pozo artesano, y más atrás, un pajar coronado en su palo central con una olla de barro invertida.

Varias figuras adornaban aquel belén. Junto a la puerta de la casa una mujer gruesa hacía encaje de bolillos con el cilindro de crin verde apoyado en la pared; a la derecha había dos hombres herrando a una mula que parecía no estar muy conforme con la operación. A Amelia se le hizo extraña la figura de Máximo, que, moreno y mucho más delgado de lo que ella recordaba y con un pañuelo anudado en la cabeza, estaba con una horquilla amontonando la paja en la era.

El ruido de los cascabeles del collar de la caballería alertaron a los habitantes de la masía, que, dejando sus quehaceres, pusieron su atención en la tartana que ascendía el caminal.

—¡Es Máximo!

Juan Pedro lo reconoció a su vez.

El carretero tascó el freno y, con un tirón de riendas y un silbo, detuvo al tordo. Apenas parada la tartana, Amelia manipuló el picaporte, abrió la portezuela del carricoche y bajó al camino sin poner el pie en la estribera. Juan Pedro lo hizo a continuación con el cesto en el brazo.

El hombre que trabajaba en la era se llevó la mano izquierda sobre los ojos haciendo visera, después lanzó la horquilla sobre el montón de paja y se precipitó al camino.

El encuentro de la pareja fue a medio recorrido entre la masía y el caminal de plátanos. Amelia sintió que los fuertes brazos de Máximo la anidaban, y mientras una mano le retiraba el pañuelo de la cabeza y unos labios hambrientos le llenaban el rostro de besos, ella se dejó hacer.

Juan Pedro se quedó al pie de la tartana con el cesto de doble tapa en una mano y la otra sobre la portezuela, y con el pensamiento en el Sagrado Corazón de Sarriá.

63
Pancracia

Fredy Papirer no podía ignorar los grandes beneficios que le había proporcionado conocer a Pancracia Betancurt. De no ser nadie, andando a las sobras de Germán Ripoll, lampando todos los días y hasta registrando el bolso de su madre por ver si encontraba algunas monedas, a vestir buena ropa —trajes de Pantaleoni Hermanos, camisas de Xancó y zapatos de marca— había transitado un largo camino que iba del cero al infinito. Pero la mujer lo asustaba; su mirada inquieta, su descaro hacia todo el mundo y, sobre todo, aquel carácter multifacético que impedía a Papirer clasificarla de alguna manera lo traían a mal traer.

Poco a poco, atando cabos sueltos y pillando una palabra aquí y otra allá, había ido construyendo su personalidad, aunque en verdad debía reconocer que la casualidad había contribuido en parte a ello. Pancracia Betancurt no se ocultaba y se mostraba sin reparo en sus múltiples facetas, si bien había que ser hábil y no preguntarle directamente porque se cerraba en banda y se cabreaba. Alguna noche liceística y usando de su condición de jefe de la claca, que le permitía pasearse por todo el Liceo, la había visto acompañando a un viejo que luego supo era un fabricante de Igualada, un tal señor Pelfort, siempre bien vestida, sin hablar con nadie, observándolo todo desde su butaca ubicada en la fila doce de la platea del coliseo. Recordaba Papirer el día en que, de pasada, le comentó si conocía a alguien que pudiera ayudar a su madre en el negocio de la carnicería, que era muy esclavo pues a las cinco de la mañana le llevaban la pieza del animal que había que descuartizar y cortar en los pertinentes trozos, y tenía que haber alguien en el local para recibirlo; además, comentó Papirer, el tipo tenía que ser diestro con los cuchillos. La respuesta de la mujer le sorprendió.

—Puedo yo misma —le dijo.

—¿Tú?

—Estoy acostumbrada a trasnochar. Inclusive los días que hay Liceo me da el tiempo justo para cambiarme e ir allí, si es que acaso coincide el día.

—Pero manejar los cuchillos de despiece es un arte.

—A mí todo lo que sea aprender me interesa. Y tampoco soy tan novata con el despiece animal; hasta trasladarme a Barcelona, ya mataba el cerdo en la masía de mi abuela.

Fue de esta manera como Pancracia Betancurt entró a colaborar con la madre de Fredy.

Lo de los niños que le llevaba al estudio para fotografiar fue harina de otro costal. Al principio pensó él que iba a buscarlos a las barracas de Montjuich y que los alquilaba a sus madres. Luego recordaba que ella le aclaró:

—Me contratan de niñera, y pienso que, mientras los devuelva a la hora en punto, a nadie le interesa lo que hago con ellos.

—¿Y no te da miedo que alguien te reconozca en el Liceo?

—La gente es muy torpe; se forman la idea de una persona, la encuadran en un escenario y no les cabe en la cabeza verla de otra forma. Cuando recojo a los niños voy de niñera, algún día hasta me he permitido la licencia de pedir limosna vestida de mendiga a una dama que me ha conocido bien, pues ¡ni por ésas!, me ha dado cinco o diez céntimos y ni me ha mirado a la cara.

Aquel día, como de costumbre, se habían citado en El Ramillete, en la calle Robador. Papirer se colocó en el lugar habitual y aguardó, nervioso, la entrada de Pancracia. Estaba cavilando cómo comparecería en aquella ocasión, cuando la puerta se abrió y la mujer apareció vestida al uso de las pupileras: blusa suelta abullonada en la cintura, falda de tafetán verde hasta los tobillos, delantal de sarga de un color indefinido que tiraba a marrón y pañuelo en la cabeza.

Al mismo tiempo lo divisó ella, se acercó al barrilete que hacía de mesa y con un revoleo de la falda se sentó frente a él.

—¿Qué te parece? ¿Crees que alguien que me ha conocido vestida de niñera me reconocería de esta guisa?

—Eres una hembra de camaleón, Pancracia.

—¡Y bien que me sirve saber camuflarme! En esta Barcelona de mis pecados las mujeres que saben vestir cuatro o cinco disfraces viven cuatro o cinco vidas. De esta manera, puedes permitirte el lujo de que una de ellas sea miserable si te sirve para que las otras sean brillantes o, mejor, más brillantes cada día.

—¿Hoy qué toca?

—Tengo un doble compromiso. Cuando acabe contigo debo ir a una casa del Ensanche para que la señora me conozca; quiere contratarme para que pasee tres días por semana a sus niños. Luego tengo una actuación con el fraile en el Seminario Conciliar; por lo visto, el mosén tiene que instruir a una nueva hornada de curitas a punto de salir del cascarón. Eso será a las siete, y como no me da tiempo a cambiarme de ropa he de ajustar a un personaje que me sirva para ambos cometidos.

Sin mediar interrupción, viendo el vaso de absenta con picón que tenía frente a ella, comentó:

—Veo que vas recordando mis gustos, ¡se agradece el detalle!

Fredy se alegró de haber acertado, pues todo lo que fuera predisponer favorablemente a la Betancurt le interesaba sobremanera ya que la noticia del atraco que debía darle le preocupaba y ella ya se estaba fijando con marcado interés en su cara, que todavía semejaba un doliente Cristo sacado en procesión.

—Bueno, vamos a lo nuestro. Tu madre me ha dicho que te urgía verme. ¿Qué es eso tan importante que has de decirme? Me imagino que tendrá que ver con la jeta que llevas.

Fredy se revolvió inquieto en su taburete.

—Verás, Pancracia... Lo que voy a contarte ocurrió hace ya una semana y lo he demorado hasta tenerlo arreglado por no preocuparte.

Los ojos de la Betancurt se achinaron, interrogantes.

—No me gustan las sorpresas, socio, te lo dije el primer día: las cosas de frente y por derecho. ¡Desembucha!

Fredy tragó saliva.

—Pancracia, no vas a echarme encima más mierda de la que me

he echado yo; o sea que no me agobies. Además, ya está todo arreglado.

—¡Que te expliques, te he dicho!

—Está bien. Hace una semana me atracaron al anochecer en el local. ¡Ea, ya lo he soltado!

Los ojos de la mujer se achinaron, interrogantes.

—Prosigue.

Papirer explicó en diez minutos todo lo acontecido aquella amarga noche.

—Y dices que se llevó material.

—Un montón de fotografías y, lo que es peor, los clichés, por cierto los mejores, y en la mesa me dejó cuatro fotos que fueron las que me impidieron pedir auxilio.

Pancracia comenzó a tamborilear con los dedos sobre el barril.

—¿Se lo has contado a alguien más?

—A Germán Ripoll; es amigo mío, ya lo sabes.

—Mal hecho. Los amigos son amigos el tiempo que duran, que nunca sabes cuánto va a ser. Y a ver si te aprendes esto: cuanta menos gente sepa cosas de ti, mejor. Nuestro negocio requiere discreción.

Fredy intentó excusarse.

—No entiendo quién ha querido hacerme daño; yo no tengo enemigos.

—Hasta ahora, porque hasta que me has conocido a mí has sido un don nadie y ahora comienzas a tener cosas que la gente ambiciona.

—¿Qué quieres decir?

—Que algún buscavidas se ha enterado de que tienes una mercancía que se vende bien en el mercado y quiere su parte.

—Eres tú la que mueve la mercancía, yo no me hago notar.

—¡Qué cándido eres! La gente no es tonta y los julandrones que intentan vivir sin dar golpe no son idiotas. Vistes bien, gastas dinero, vas a sitios... Eso provoca envidias, y en este país la envidia es la fiesta nacional por encima de los toros.

Fredy dudó.

—¿Crees que puede volver?

—Si no otra cosa peor.

—No te entiendo.

—Si fuera yo, no me conformaría con una vez y, por no correr riesgos, te haría chantaje. O jugamos todos o rompemos la baraja, así de claro, te diría. Pero ¡no adelantemos acontecimientos! Si tal acontece, házmelo saber.

—¿Y qué puedes hacer tú?

—Mucho más de lo que imaginas. Si viene a por más y quiere jugar duro, jugaremos duro todos. —Luego cambió de tercio—: ¿Qué medidas has tomado?

—En primer lugar, he hecho poner rejas en las ventanas, he reforzado la puerta y he puesto una mirilla. Te juro, Pancracia, que no volverá a ocurrirme.

—No vuelvas a abrir la puerta jamás a nadie sin mirar. Yo haré el resto.

—Confía en que no volverá a pasar. Pero ¿qué vas a hacer tú?

—Voy a poner mis podencos sobre esa liebre; si alguien vende fotos nuestras, lo sabré y entonces ¡que Dios lo ampare! Y hablando de Dios, voy a llegar tarde a mi cita con los demonios y el fraile me reñirá. Cuídate, socio, y a trabajar. ¡Y ojo a ese toro, que no es una mona!

Y tras terminar de un solo trago el vaso de absenta y picón, la Betancurt se puso en pie.

—Hasta luego. Si necesitas algo, búscame en el Liceo o en la carnicería de tu madre. Si no hay novedad, todo queda entre nosotros igual que antes. El martes y el jueves te llevaré mercancía nueva; tenlo todo preparado.

Y dando media vuelta se alejó, mostrando aquel aplomo y aquel descaro que tenían atemorizado a Papirer.

—Y como les decía, queridos hermanos, el maligno puede posesionarse de un alma en cualquier momento. Cuando ejerzan su ministerio en la parroquia que les corresponda y llegue a sus oídos noticia de que alguna persona ha cambiado de actitud, ha dejado de ir a misa, ha adquirido raras costumbres y parece oír voces y hablar con alguien que está ausente, ¡desconfíen!

El auditorio, compuesto por jóvenes sacerdotes que aquel año habían acabado sus estudios y por dos filas de invitados, guardaba un silencio total. El prestigio de mosén Cinto Verdaguer como exorcista, su aura de bondad y la categoría que le daba ser el limosnero de don Claudio López Bru hacían que cada conferencia suya fuera seguida por una inmensa cantidad de admiradores, que ocupaban al completo cualquier espacio por grande que fuera. En aquella ocasión era el salón principal del Seminario Conciliar, y el acto se había organizado para ilustrar a los nuevos ungidos acerca de las medidas que deberían tomar si a lo largo de su vida tenían que enfrentarse, estando solos, con algún caso de posesión demoníaca.

Los jóvenes sacerdotes ocupaban veinte hileras de sillas colocadas en filas de diez, y frente a ellas se alzaba una tarima en la que en un costado se había situado la mesa del conferenciante y en el centro un banco sin brazos.

El presbítero prosiguió:

—Cuando el maligno posee un cuerpo, dota a éste de una fuerza ciclópea. Ésa es una de las principales características, y si no se sabe sujetar debidamente al poseído puede causar cualquier estropicio. Por otra parte, observarán ustedes que responde a cualquier pregunta en cualquier idioma, inclusive lenguas muertas. Yo lo he interrogado en griego, en latín y en arameo, y las respuestas han sido en estos idiomas. Otra característica propia del poseído es que su voz se enronquece y se dirige a nosotros insultándonos y diciendo unas procacidades que esa persona en su estado normal habría sido incapaz de pronunciar. Y, finalmente, debo advertirles que todos tienen una elasticidad asombrosa, de manera que, aun si nos colocamos detrás de ellos, a veces consiguen torcer el cuello y lanzar salivazos al rostro de quienes intentan sujetarlos.

»Como un ejemplo vale más que mil palabras, para ilustrar estas conferencias de modo que lo que digo se vea de una forma patente, traigo conmigo a dos colaboradores valiosísimos. Son el padre Joaquín Piñol y una mujer, Pancracia Betancurt, que si se dedicara a ello podría ser una actriz formidable, si bien su caridad hace que dedique sus aptitudes a ayudarme. A mí, como comprenderán sus paternidades, me es imposible, ¡a Dios gracias!, encontrar, para ilustrar estos coloquios, un endemoniado en cada esquina.

Hubo murmullos entre la concurrencia y alguna que otra risa que alivió la tensión entre los asistentes ante la chanza del eclesiástico.

El presbítero se puso en pie, apartó la cortina del fondo e introdujo en el escenario a sus colaboradores, procediendo a continuación a presentarlos.

—El padre don Joaquín Piñol, mercedario al que expliqué un hecho vivido en Jerusalén y fue la primera persona que adivinó en mí capacidades antidemoníacas.

El inmenso fraile, tras un breve saludo, se apartó a un lado.

—Y ésta es mi apreciada amiga e insustituible colaboradora doña Pancracia Betancurt, que hará las veces de mujer poseída por el diablo.

El silencio en el salón ahora fue total.

Pancracia, a una indicación de mosén Cinto, se sentó en el banco y desplegó ante ella un periódico que había llevado consigo. El padre Piñol y mosén Cinto se ubicaron a ambos lados.

La mujer hizo como si leyera el diario pasando las páginas lentamente. De súbito, lanzó las hojas con violencia a un costado y comenzó a reír enloquecida. Luego la risa se tornó en un lamento y empezó a hacer visajes con el rostro, a mesarse los cabellos y a lanzar unos gritos que helaban la sangre a la concurrencia. Después se puso a dar patadas, a proferir insultos y a golpear el respaldo del banco con violencia. Entonces el padre Piñol se colocó tras ella y con sus poderosos brazos rodeó el cuerpo de la mujer hasta inmovilizarla y obligarla a sentarse. Cuando Pancracia intentaba volver el rostro para escupirle, el padre Piñol dobló el codo izquierdo y con el antebrazo le sujetó la barbilla. En aquel momento mosén Cinto se llegó a la mesa y tomando dos lápices improvisó una cruz de madera que colocó ante los ojos de la falsa poseída, pronunciando a continuación una serie de oraciones en latín. Pancracia lanzaba patadas al aire intentando acertarle. Luego el padre Piñol la sujetó por los cabellos y le obligó a alzar la barbilla, que tenía pegada al pecho, y en ese instante mosén Cinto le llevó la cruz a los labios y la mujer, ante el asombro de los presentes, comenzó a llorar y de sus ojos, como por arte de magia, empezaron a brotar abundantes lágrimas.

La concurrencia quedó sobrecogida ante la portentosa y vívida representación.

Después, cuando ya todo el mundo se iba retirando, un atribulado Antonio Ripoll intentó acercarse a mosén Cinto venciendo la dificultad que representaban dos mujeres que parecían tenerlo en exclusiva —por lo que oyó de las presentaciones que el clérigo iba haciendo, se trataba de la viuda Deseada Durán y de su hija Amparo—. Cuando finalmente lo consiguió, consideró que el esfuerzo había valido la pena.

—Ha estado maravilloso, padre. Creo que mi vocación se la debo usted. Si un día, un único día, llego a poder ayudar a un alma atribulada, como hace usted continuamente, entonces creeré que mi vida ha cumplido una hermosa misión.

—Nuestro mérito, hijo, está en el día a día. ¿Cómo está su señor padre?

—Mucho mejor. Si todo sigue igual, el mes que viene, que habré acabado el curso, ingresaré en el seminario.

—Ese día las campanas del cielo tocarán a gloria.

Antonio besó la mano que le adelantaba el presbítero y aquella noche regresó feliz a casa.

Pancracia, por su parte, componía los desperfectos de su actuación en una antesala previa al salón principal del seminario. La mujer, situada ante un espejo, divisó los portafolios de ambos eclesiásticos dejados sobre una silla curial que adornaba la estancia e instintivamente observó el entorno; evidentemente, no había nadie ni lo habría en tanto no saliera ella. Su curiosidad pudo más. Se llegó hasta la silla y, sin dudarlo, examinó ambas carteras. En la de mosén Cinto había un breviario, un Kempis, un rosario, una agenda de direcciones y otras cosas sin importancia. Cuando Pancracia ya iba a cerrar el portafolios del padre Piñol, un ajado librito con aspecto de ser muy antiguo llamó su atención. Lo extrajo y leyó en la cubierta: «*Libro de pócimas y ungüentos hechos con jugos extraídos de la naturaleza y de órganos y grasa de infantes que ayudan a remediar dolencias y males a los buenos cristianos. Editado en Toledo el año del Señor de 1356. Por Eliá ben Gazar, judío converso*».

Sin saber bien por qué, Pancracia Betancurt lo envolvió en un papel de periódico y lo guardó en el fondo de su bolsa, tapándolo con una toquilla.

64
El regreso de San Acisclo

Cuando al lunes siguiente por la mañana llegó Juan Pedro a la librería del señor Cardona, lo hizo como quien hubiera liberado sus hombros de un saco de cincuenta kilos de peso. La decisión de engañar a su hermano lo había atormentado; sin embargo, una vez tomada, creyó y volvió a convencerse de que había sido lo más oportuno. Aquel hijo haría que Máximo sentara la cabeza, que dejara aquellas nefastas compañías y que enderezara su vida. Por otra parte, Amelia, a la que tanto había echado en falta su madre, resolvería su problema, y Luisa tendría un nietecito que llenaría sus horas.

Bajo su responsabilidad, dejó a Amelia en Can Deri más nerviosa que contenta ante la situación que sin duda iba a vivir aquella misma noche, y pactó con su hermano que iría a recogerla al cabo de siete días. Máximo le dictó una carta que firmó torpemente, ya que no dominaba su diestra, explicando a sus compañeros anarquistas la decisión tomada. El hecho de que Amelia regresara de inmediato o demorara su llegada una semana carecía de importancia al respecto de su seguridad, y él, al cabo de tan largo encierro, podría estar con la mujer que había escogido como compañera.

El domingo siguiente por la tarde Juan Pedro recogió a Amelia. El joven repasaba mentalmente la conversación habida en el tren durante el regreso a Barcelona.

—¿Estás contenta?

—Bueno, de aquella manera... Por fin veo luz al final del túnel.

—¿Todo fue bien?

Recordaba Juan Pedro que la muchacha dio un rodeo antes de afrontar la respuesta. Después, con la mirada baja y el rubor en las mejillas, respondió indirectamente.

—Siempre, desde niña, supe que él iba a ser mi hombre. Luego las cosas se torcieron y pasó lo que pasó, pero me he notado muy querida.

—¿Y tú lo quieres a él?

Amelia miró intensamente a Juan Pedro.

—Desde aquella infausta noche creo que mi capacidad de amar a los hombres se ha agotado, pero tu hermano es alguien muy especial para mí a quien voy a esforzarme en cuidar toda la vida, si me dejan.

Juan Pedro cogió el toro por los cuernos y, más que preguntar, afirmó:

—No se ha dado cuenta de nada.

Amelia, antes de responder, hizo una larga pausa.

—Tenías tú razón, iba ciego, casi me he sentido violada de nuevo. Me ha dado mucha pena engañarlo, pero, al fin y al cabo, creo que ha sido en bien de todos.

—Sin duda. Ya verás que querrá a la criatura como si fuera suya, y estoy seguro de que, con el tiempo, tú volverás a amarlo. Y para cuando eso ocurra, has de jurarme que jamás revelarás nuestro secreto.

—¿Por qué dices eso?

—¡Las mujeres sois mujeres! Cuando pase el tiempo, en un rapto de sinceridad, quizá metas la pata, y a ti Máximo podría perdonarte, pero a mí no me perdonaría.

El tren ya había sobrepasado la estación de Premiá.

—Amelia, he pensado algo, a ver qué te parece.

La muchacha, que iba metida en sus pensamientos, que por cierto eran muchos y muy confusos en aquel momento, lo interpeló con la mirada.

—¿Por qué no le contamos a mi madre que te has casado con Máximo? Vas a hacerla feliz.

—¡Qué infelices sois los hombres! No podemos, porque preguntará muchas cosas, Juan Pedro. Tu madre es mujer, y las mujeres llevamos esas cuentas con mucho cuidado. Voy a tener a mi hijo en la pensión de doña Justa, y cuando haya nacido y haya transcurrido un tiempo prudencial, escogeré el momento para llevárselo a Luisa. Ahí sí que puedo jugar con los meses y ocultar la fecha. Además, hay que contar con lo que pase con Máximo, aunque, según lo que me dices, va para largo. El niño, desde luego, será prematuro. Luego, Dios dirá.

65
Cabo Verde

Acodado en el guardamancebos del *Nueva Rosa*, Facundo Almirall observaba a través del catalejo el perfil de la costa y, al fondo de la bahía, las vetustas construcciones de la isla de Gorea frente a la península de Cabo Verde; allí, por el momento, habría finalizado su viaje. Pronto llegarían a la costa y en un rato se encontraría con su amigo y antiguo socio, el portugués Domingo Cuaresma, y podría disfrutar de una buena cena en tierra firme.

La casa del portugués estaba en lo alto de la colina que presidía el puerto. Era ésta una antigua construcción de dos plantas con un emparrado umbrío que proporcionaba una gratificante sombra. En tiempos, había sido una casa fortificada, de modo que todavía en los ángulos del muro que la rodeaba conservaba las primitivas casamatas con las troneras correspondientes que garantizaban la defensa del lugar. El carricoche pasó bajo un arco en cuyo frontis y en grandes letras algo deterioradas podía leerse el nombre de la propiedad: VILLA CUARESMA. Luego se adentró en un camino bordeado de árboles y levantado entre dos sembrados, donde trabajaban varias parejas de bueyes y mulas tirando de diversos artilugios de labranza y guiados por hombres de color.

El cochero, con un tirón de las riendas y un agudo silbo, detuvo al caballo junto a la entrada, y el negrito saltó, ágil y atento, para abrir la portezuela a la vez que una gruesa mujer de color, que todavía conservaba los rasgos de una exótica belleza, vestida con una bata floreada y un delantal y cubierta su cabeza con un turbante escarlata, acudía a su encuentro, acelerada y jovial. Descendieron ambos.

Almirall, que por cierto era hombre recio y de buena altura, desapareció entre los amorcillados brazos de la negra, que lo ciñeron cual boa constrictor. Cuando ya disminuyó la intensidad del estrujamiento, la mujer habló con una voz cadenciosa mezcla de lenguaje tribal y portugués, característica de las gentes de aquella zona.

—¡Qué bueno verle de nuevo por aquí, don Facundo! Cuando ese zángano me contó que venía —dijo señalando a Domingo— casi no me lo podía creer. Nos trae usted recuerdos de los viejos tiempos.

—Yo también me alegro mucho, doña Desiré. Sigue usted siendo la belleza de Senegal.

—Le he preparado, don Facundo, un guiso de jabalí que se va a chupar los dedos. ¡Ya ve que me acuerdo de sus gustos!

—He soñado con él durante todo el viaje y le juro, Desiré, que le haré los honores, pues traigo un hambre de lobo, y por más señas, atrasada de dos semanas largas.

El trío se dirigió al porche, donde aguardaba una mesa impecable y llena de todas las exquisiteces propias de aquellas tierras.

La comida fue opípara, regada con vino de palma y coronada con buen café, así como con dos hermosos habanos surgidos de la tabaquera de Almirall.

—Me voy a mis cosas y así ustedes podrán hablar de mujeres, que es lo que les gusta hacer a los hombres en las sobremesas.

La negra se retiró, dejándolos solos.

Los dos amigos quedaron frente a frente apurando sendas copas de un licor de cerezas colofón de las delicias salidas de las hábiles manos de Desiré.

—Querido Domingo, vayamos al asunto que me ha traído hasta aquí.

El portugués lo interrumpió.

—Déjame que me explique, pues creo haber entendido perfectamente tu carta y haber interpretado tus necesidades. El asunto no es nuevo y otros ya han caminado este camino, de manera que si me has traído las documentaciones para rellenar, para las objeciones que pones creo tener remedio.

Domingo Cuaresma dio una fuerte calada a su cigarro, expelió el humo y observó con deleite el ascenso lento de las volutas y el extremo encendido, en el que se mantenía sin caer una buena proporción de ceniza blanca.

—Tan sólo por el placer de seguir gozando de estos vegueros vale la pena colaborar para que en Cuba sigan habiendo buenas artesanas dedicadas a manejar la hoja del tabaco. —Tras esta elipsis el portugués prosiguió—: Los tiempos han cambiado, pero las naciones no se ponen de acuerdo. El tiempo de las viejas goletas con cientos de esclavos estibados en el sollado como si fueran bultos se ha terminado. Ahora los cargamentos han de ser menores y más selectos y, lo que es más importante, los negros han de ir a Cuba voluntariamente, sin poner resistencia, y con la documentación en regla. ¿He entendido el meollo de tu problema o se me ha pasado algo por alto?

—En mi carta creo que fui suficientemente explícito, pero no creí que me hubieras interpretado hasta ese punto.

—Pues ya ves cómo el calor de esta tierra todavía no me ha secado el fósforo del caletre.

—Como comprenderás, llegado a Cuba el tema de la documentación lo tengo resuelto. El socio de mi patrón tiene los papeles de las negras que murieron en el derrumbe del tejado de la secadora en el último tornado, y las que vengan conmigo serán bautizadas con los nombres de las fallecidas. En cuanto al viaje, los contratos en blanco están en mi poder. Lo que no veo claro es cómo vas a convencer a las negras de que acepten el trato y pongan al pie del mismo su huella negra. De no ser así, el viaje puede ser un infierno, y no veo la manera de hacerlo sin sujetarlas a los bancos del sollado y, desde luego, jugármelo todo a una carta. De modo que si aparece en el horizonte el perfil de un barco inglés, irremediablemente tendré que emplear los viejos métodos: todas a nadar con una cadena al cuello; y la mercancía y, por lo tanto, el viaje se habrá perdido.

—Eso es precisamente lo que tengo resuelto.

El portugués jugaba con el veguero mientras sonreía misteriosamente.

—¿Quieres explicarte de una vez?

—Facundo, tú has venido aquí en muchas ocasiones, si bien de eso ya hace mucho… Pero yo vivo aquí. Aunque las cosas en tu mundo van progresando, aquí el tiempo se ha detenido y las costumbres ancestrales no cambian.

—No entiendo adónde quieres ir a parar.

—Las negritas pondrán la yema de su pulgar en la base de tu

documento y, aparte de que alguna se maree, no te darán otro problema en todo el viaje.

—Sigo sin entender cómo vas a conseguir eso.

—Verás, Facundo, las familias cobrarán en especie un dinero importante. Las hijas son más rentables allí porque aquí no proporcionan beneficio; cuando las casan, si el marido las devuelve tienen que acogerlas de nuevo, y en las tribus del interior viven hacinados en las chozas, de modo que lo más provechoso para los padres es venderlas. ¿Manera de que se conformen? El jefe brujo organiza un vudú en la gran explanada el último día, y todas ellas saben que de no cumplir el compromiso las visitará el demonio de las tribus, y que todos los maleficios del mundo caerán sobre ellas y sobre sus familias. Ésa es la manera de que sean buenas y no den problemas durante todo el viaje.

Almirall estaba alucinado.

—Eres un genio, Domingo.

—Únicamente soy un comerciante que debe adecuarse a los tiempos. Por eso has venido aquí y haces los tratos conmigo en vez de ir directamente a Dakar.

Almirall dio una fuerte calada a su cigarro, expelió el humo y afirmó más que preguntó:

—Pero mercancía tan delicada como la que yo pretendo no debe de ser fácil de reunir.

—Evidentemente, un grupo grande de mujeres es más fácil de manejar que si fueran hombres, ya que estos últimos no tienen tanto miedo a los demonios. Sin embargo y por el contrario, que todas estén en edad fértil y mejor aún preñadas no es tarea sencilla. Tendré que ir a la costa y echar mano de mis contactos para que me preparen el material, y cuando todo esté dispuesto para la ceremonia acudirás tú, para darte cuenta de lo que es eso y para hacerte cargo de la mercancía. Creo que te gustará. ¡Por una vez, vale la pena! Verás el terror reflejado en la cara de las muchachas y tendrás la certeza de que no sufrirás incidente alguno, como te he dicho, durante todo el viaje.

Al día siguiente muy de mañana Domingo Cuaresma partió hacia la costa en un falucho de seis metros de eslora y vela latina, con una tripulación de dos hombres, dejando al capitán Almirall alojado en su casa a pan y cuchillo por un período que, más o menos, calculaba de dos semanas, tiempo que consideraba suficiente para reunir el material demandado y preparar la ceremonia. La isla distaba tres millas de la costa, por lo que cuando los tratos estuvieran hechos, comprobado el futuro cargamento y pactadas las condiciones del vudú con el gran hechicero, entonces sería el momento de recoger a Almirall.

Éste aprovechó el tiempo para visitar las antiguas instalaciones de la casa de los esclavos. El guardián le mostró mediante una generosa propina las celdas de los hombres, las de las mujeres y la de los niños, esta última muy apartada para evitar que el llanto de las criaturas soliviantara a las madres, así como también le enseñó la destinada a engorde, en la que los hombres recuperaban peso tras el agotador viaje para tener mejor aspecto el día de mercado.

Almirall llegó a la conclusión de que el proyecto del portugués era la única manera de llevar aquel negocio a buen puerto ya que, dadas las condiciones de los nuevos tiempos, pensar en un viaje a la antigua usanza, con la flota inglesa rastreando el océano y los guardacostas americanos merodeando en patrulla cerca de Cuba, era tarea imposible.

A las dos semanas llegó la carta.

Querido amigo:

Ya he cerrado los tratos y creo que en muy buenas condiciones, así que confío en haberme ganado de sobra mi estipendio. La ceremonia será el viernes por la noche aprovechando la coyuntura de la luna llena. Te he reservado habitación para dos noches en el único mesón decente que hay en la zona. El Rincón de Lola es su nombre, y espero que puedas descansar en él aun en compañía de los chinches.

El material es hermoso. Tienen entre dieciocho y treinta y cinco años; cinco vienen llenas, por lo que el precio de estas últimas es un poco más elevado. Contada mi comisión, todo va a salirte por unos treinta y cinco mil dólares, lo cual considero una ganga. Tengo en cuenta que las compras son en origen, pero tú entiende que desde la prohibición los precios se han disparado.

Te esperaré en el puerto el miércoles.

Siempre a tus órdenes,

DOMINGO CUARESMA

Almirall releyó la carta un par de veces. Llegado el día, tras despedirse de Desiré, se dirigió al puerto de Gorea donde, según lo ordenado, todos los días lo esperaba Arturo Mayayo con el falucho que había de conducirlo hasta el *Nueva Rosa* para desde allí, a bordo de un pequeño velero que reposaba sobre sus calzos aparejado para cubrir mayores distancias, partiría al encuentro de Cuaresma en la costa de Senegal.

Una inmensa y redonda luna blanca engarzada entre la miríada de estrellas que tachonaban el cielo africano iluminaba indiferente, con su luz lechosa y fantasmal, el drama humano que estaba a punto de desarrollarse a sus pies. En un calvero de la selva que distaba más o menos un kilómetro y medio del poblado de Dakar, se había montado la ceremonia. Al fondo, junto a los árboles, se hallaba la choza del gran brujo; a su derecha, un poste vertical lleno de símbolos como colmillos y cuernas de animales, máscaras de guerrero y plumeros hechos con colas de pájaros de diversos colores; a su izquierda, leña y hojarasca preparadas para encender una hoguera; tras la estaca, un tocón —resto de un árbol recién cortado—; en medio, circundadas por una pequeña valla hecha con tablones sin devastar e iluminadas por diez gruesas antorchas clavadas en la tierra, un grupo de 55 aterrorizadas mujeres de edades comprendidas entre dieciocho y treinta y cinco años, sentadas en el suelo con las piernas cruzadas; junto a ellas, fuera del círculo y tras los maderos, los familiares de las infelices a un lado y al otro una improvisada mesa de campaña de patas plegables, y tras la misma cuatro primitivas sillas, fabricadas de una sola pieza de troncos de árboles, que ocupaban el portugués Domingo Cuaresma, el capitán Facundo Almirall, el contramaestre Arturo Mayayo —quien abrazaba con sus manos una abultada carpeta— y Uka-Beka-Lele, el jefe de las cinco tribus.

De pronto, cuando la sombra del poste donde colgaban los tótems de las tribus cubrió justamente el tocón que había tras él, un murmullo creciente que partía del lugar donde estaban ubicados los familiares de las mujeres fue llenando el aire tibio de la noche. En aquel momento la cortinilla de la choza se apartó y un trío de músicos pintarrajeados que llevaban en las muñecas y en los tobillos sonoros abalorios, e iban provistos de carracas, zumbonas, dulzainas y tamboriles, ocupó el espacio comprendido entre la mesa de los compradores y la choza del brujo. A continuación, apareció un negro joven con todo el cuerpo cubierto de símbolos diversos de color blanco, con su sexo oculto por una bolsa escrotal y su cabeza ornada con un penacho de plumas rojas y verdes; portaba en sus manos una antorcha encendida y un pequeño caldero, que colocó sobre la leña para, acto seguido, arrimar la llama a la hojarasca. A la vez que el fuego crecía, los músicos empezaron a tocar una melodía sorda, monótona y rítmica, que consiguió silenciar el murmullo de los presentes. Entonces en la puerta de la choza apareció la imagen del brujo investido para el ceremonial. Llevaba el rostro cubierto con una máscara terrorífica, el pecho pintarrajeado de colores sobre un mínimo taparrabos y una falda corta de paja; en muñecas y tobillos, unas pulseras de las que pendían cintas; en la mano izquierda, un cuenco de barro; y en la derecha, un largo bastón rematado en su extremo por una calavera hueca que algo debía de llevar en su interior porque al moverla repiqueteaba como si fuera un gran sonajero. El silencio era absoluto, los músicos aumentaron el volumen y el ritmo de la melodía, y aquel esperpento se acercó al fuego, que ya ardía con intensidad, y arrojó en la olla de barro el líquido que llevaba en el recipiente, el cual, al contacto con el fondo caliente, soltó un espeso humo acompañado de un agudo crepitar.

Domingo Cuaresma dio un leve codazo a Almirall, indicándole luego con la barbilla que observara los rostros de los familiares y de las mujeres.

La aprensión y el temor se reflejaban en las caras de los primeros, y se transformaban en las de las muchachas en un espanto reverencial y un terror incontenible.

El portugués susurró al oído de Almirall:

—¿Te das cuenta de lo acertado de mi idea? No vas a tener ningún problema durante todo el viaje.

El brujo comenzó su sincopada danza; de vez en cuando, se acercaba a la olla, asía el cucharón que le daba su ayudante y, llenándolo del caliente mejunje, tomaba unos sorbos, de manera que, al cabo de unos minutos, por efecto de la bebida la danza se tornó frenética. Luego, cuando la luna ya estaba en su cenit, se acercó al grupo de aterrorizadas mujeres y entrando en el círculo fue tocando con el extremo de su cayado la cabeza de todas ellas, quienes se quedaron mirando al suelo sin atreverse a levantar la vista. La danza llevó después al paroxismo, y el brujo cayó al suelo en trance. Al instante salieron de entre el grupo dos robustos negros y, tomándolo bajo los brazos, lo arrastraron desmayado hasta la choza.

Tras esta ceremonia las mujeres fueron pasando una a una por delante de la mesa para estampar la huella de su dedo pulgar en el papel que les presentó Arturo Mayayo, en tanto que el jefe Uka-Beka-Lele decía el nombre de cada una y detallaba sus características físicas, su edad y su condición en una especie de dialecto que traducía el portugués. Las preñadas fueron las últimas. Aquellas infelices, mercancía del más ignominioso negocio de la humanidad, habían iniciado el triste viaje que las habría de conducir al nunca jamás de su feliz existencia.

Facundo Almirall se despidió de su amigo. Su barco, el *Nueva Rosa*, puso rumbo hacia Cuba. Matanzas era su destino final.

Matanzas estaba situada, bordeando la bahía del mismo nombre, a unos cien kilómetros al este de La Habana y a cuarenta al oeste de Varadero. Asomado a la ventanilla del vagón del tren que iba desde Sabanilla hasta Matanzas, Juan Massons observaba, a las nueve y media de la mañana, aquel paisaje que había recorrido casi a diario durante el último mes. Las noticias que le habían llegado desde Barcelona, hacía ya cinco semanas, le anunciaban la arribada del *Nueva Rosa* en los próximos días y, por lo visto, sin novedad remarcable, por lo que el trasiego que había representado el tramo final de aquella operación había sido considerable. En la lejanía, a su derecha divisaba los tres puentes sobre los ríos Yumurí, San Juan y Canimar, y más al fondo el Pan, la única altura considerable entre Matanzas y La Habana, y al otro lado los castillos de San Severino y La Vigía, orgullo de aquella ciudad que por su cultura había merecido el apelativo de la Atenas de Cuba y que había fascinado a varias generaciones. Juan Massons meditaba. Si la mercancía llegaba sin novedad habría conseguido un logro importante. Este pensamiento lo llevó a palpar el portafolios que descansaba a su lado en el asiento del vagón y que contenía toda la documentación necesaria para que las cincuenta y cinco mujeres pisaran suelo cubano completamente legalizadas. El asunto le había proporcionado no pocos quebraderos de cabeza. Los nombres que figuraban en la documentación correspondían a las mujeres que había perdido en el tremendo tornado que asoló la isla, y adecuarlos a sus nuevas propietarias le había representado, además de una ingente cantidad de propinas, un sinvivir de gestiones y de idas y venidas. Pero por fin, si no había novedad, todo estaba acorde para el desembarque de los cincuenta y cinco bultos, aunque sabía que las dificultades no habían hecho más que comenzar. Su experiencia le advertía que manejar aquella masa de negras aterrorizadas, que llegaban del África profunda a un país desconocido tras un larguísimo viaje por mar, era tarea que precisaba de una logística descomunal. Por lo pronto, los dos carros cerrados, tirado cada uno de ellos por seis caballerías y conducidos por su respectivo cochero, al frente de los cuales iba su capataz, Jonathan Shenke

—acompañado de un viejo liberto negro que hablaba portugués, además de los dialectos de la costa oeste de África—, deberían estar ya ocultos en el almacén de mercancías y fletes náuticos propiedad de Francisco Zavala, un amigo suyo que le había prestado el gran cobertizo situado junto a sus oficinas, las cuales daban a los tinglados de desembarque, para poder llevar a cabo la delicada operación evitando las miradas curiosas de cualquier entrometido.

El pitido de la locomotora al entrar en la estación de Matanzas sorprendió sus pensamientos. Juan Massons se dispuso a descender del vagón. Tras ponerse en pie, tomar su maletín y su portafolios y cubrirse la cabeza con un inmaculado panamá, se dirigió a la plataforma posterior del coche, y salvando los dos escalones de hierro, descendió al andén. La gente iba y venía a su alrededor, cada cual a su avío; los maleteros —negros, sin excepción— ofertaban a gritos sus carretillas a los pasajeros que llegaban o partían; los limpiabotas ofrecían su trabajo, arrodillados en el suelo sobre un pequeño almohadón, a posibles clientes —a poder ser, con botas altas—, haciendo malabares con los cepillos para captar su atención. Desde que se había proclamado la ley del Patronato había proliferado un gremio miserable de tez oscura que pululaba por los lugares públicos, sin nada que hacer y sin oficio ni beneficio, intentando llevar bultos, hacer recados, sujetar caballerías y, en fin, desempeñar cualquier tarea que le rentara el condumio de cada día, cosa que, por lo menos, todos ellos tenían asegurado cuando eran esclavos.

Juan Massons se dirigió a la salida y buscó con la mirada el coche de su propiedad que desde siempre tenía en Matanzas. Era éste una volanta de grandes ruedas que guardaba en una cuadra situada en los bajos del n.º 43 de la calle Bonifacio Byrne, cuyos caballos cuidaba un viejo antiguo esclavo de confianza que atendía por Jeremías. El hombre había nacido esclavo en tiempos del abuelo de Massons en La Dionisia, y al ser liberado, sin tener adónde ir ni a nadie conocer, rogó a este último que le permitiera quedarse a su servicio, circunstancia que se había repetido en otras haciendas y en incontables ocasiones cuando aquella multitud negra invadió las calles sin conocer otra tarea que no fuera trabajar en los ingenios de azúcar o cultivar tabaco o café. Massons, que había aprovechado la coyuntura que le brindaba la ley para deshacerse de todos los viejos inútiles y de todas las negras improductivas, por una vez y entendiendo que el tal Jeremías todavía podía servirle, condescendió a ello y lo ocupó en aquel menester a cambio de vestirlo y darle de comer; por cierto que lo primero fue lo que embelesó a Jeremías, pues el uniforme de los postillones cubanos al servicio de las casas de rango era espectacular: sobre una camisa blanca con gorgueras, lucía una levita azul de grandes solapas con ribetes plateados; pantalón asimismo blanco; altísimas botas hasta las rodillas, con las consiguientes espuelas, rematadas en su parte superior en forma de embudo, y en la cabeza un sombrero de copa alta con la escarapela de la casa de su amo; ésta era la vestimenta que hacía que Jeremías se sintiera más importante que el mismísimo capitán general de Cuba.

Apenas divisó a su patrón, pegó un brinco impropio de su edad, se encaramó sobre la caballería y dando espuela condujo rápidamente la volanta hasta donde se hallaba Massons. Éste, apoyando el pie en el estribo de aquel carricoche sin pescante, subió a la barquilla y, tras acomodarse en el mullido asiento y dejar a sus pies la maleta sin soltar el portafolios, ordenó:

—Ve a la calle Gibert, pero evita la plaza de Armas aunque tengas que dar un rodeo.

Massons quería soslayar cualquier encuentro inconveniente, cosa fácilmente plausible si pasaba por el centro de la ciudad.

Cuando sonaban las once en el reloj instalado en la espadaña de la torre de la iglesia de San Pedro de Versalles, la volanta de Massons enfocaba la calle Gibert, a cuya mitad se alzaba el edificio de los despachos de su amigo Francisco Zavala.

—Aguárdame aquí, Jeremías, y vigila el maletín. ¡Y que no te encuentre hablando con otro cochero, si no quieres que te deslome! ¿Me has entendido?

El postillón, que ya había saltado al suelo y sujetaba al caballo por la brida, asintió quitándose el sombrero con la frase que más veces había repetido a lo largo de su vida:

—Como mande el amo.

Juan Massons tomó el portafolios y se dirigió a la puerta del edificio.

El agudo sonido de una campanilla denunció su presencia e hizo que un amanuense, nuevo en la plaza y que estaba trabajando en un escritorio tras el mostrador tecleando en una máquina de escribir, alzara los ojos, los cuales observaron, curiosos y bajo una visera verde, la llegada del visitante.

—¿Está Francisco?

El confianzudo tuteo y el ahorro del don indicaron al hombre que el extraño era alguien de calidad.

Eso hizo que al punto se alzara del sillón giratorio.

—¿De parte de quién le digo?

—De su amigo Juan Massons.

—¿Cuál es el motivo de su visita?

—Usted dígale que estoy aquí, que él ya sabe.

Partió el hombre hacia el fondo de la estancia y, subiendo por una escalera, desapareció.

El ruido de las voces y el inconfundible y alborotado acento de Zavala, en esta ocasión preocupado, anunció su presencia.

—¡Bienvenido, Juan! Te esperaba más temprano. El barco ha atracado en el muelle del puente viejo esta mañana a las seis y tus carros están desde las cuatro en el cobertizo, y ¡precisamente hoy llegas más tarde!

—Los asuntos de la hacienda también reclaman mi presencia. Llevo un mes aguardando este día, pero ¡albricias!, por fin parece que todo se ha resuelto. La espera ha sido larga, pero ha valido la pena. Cuando quieras vamos hacia allí.

—No tan deprisa, amigo, que antes de proceder hemos de hablar un poco. Vamos al despacho.

El llamado Zavala levantó la parte superior del mostrador que separaba ambos espacios e invitó a Massons a seguirlo. Éste así lo hizo, aunque preocupado, pues el tono de la voz de su amigo auguraba dificultades.

Llegado a la estancia, Massons no pudo dejar de admirar una vez más la espléndida pieza que reflejaba el carácter de su dueño, así como su oficio, que era el flete de toda clase de mercancías destinadas principalmente a Norteamérica o a España. Una gran mesa de caoba presidía la sala; tras ella había un sillón de cuero imponente y, a ambos lados, dos estanterías bajas; sobre las mismas, miniaturas de barcos antiguos; en la pared de la derecha, maquetas de igual condición, y a la izquierda, junto al gran ventanal que daba a la bahía, fijada en un panel una inmensa carta náutica del hemisferio Atlántico de la parte este de América y la oeste de Europa y África llena de chinchetas rojas, azules, amarillas y verdes que representaban barcos de diversas nacionalidades y clases —cargueros, transatlánticos, guardacostas—, y miles de líneas que marcaban las rutas de los mismos; tras el despacho, una gran litografía coloreada de la reina regente, y frente al mismo, dos silloncitos habilitados para los visitantes; al fondo de la estancia, un tresillo de cuero Chippendale, y a sus costados, dos hermosas piezas náuticas —una vieja rueda de timón, de teca cubana y bronce, y un pie que soportaba un gran astrolabio y una antigua brújula circular con caperuza de latón—. Llegados allí, se sentaron uno frente al otro con la gran mesa de caoba mediando entre los dos.

Juan Massons, presumiendo dificultades, fue directamente al grano.

—¿Qué has querido decirme con lo de llegar tarde?

—No hemos tenido suerte. Llevas viniendo infinidad de días, te has quedado a dormir en Matanzas en más de una ocasión, aguardando el momento, y precisamente hoy te retrasas.

—No te entiendo, Paco.

—Las circunstancias no son propicias para desembarcar la mercancía a la luz del sol.

—¿Y eso qué importa? Llevó repartiendo dinero mucho tiempo, del que, por cierto, Carbajal se ha llevado un buen pico, para que ahora importe si bajamos la mercancía, que está documentada, a una hora u otra.

—Carbajal ha tenido un problema familiar. Esta mañana está de capitán de puerto Buisans, que es un borde, lo conozco bien, y además tenemos la puñetera desgracia de que es honrado.

Massons se alarmó.

—¡Maldita sea mi suerte!

—El problema reside en que en el cobertizo hace un calor de mil pares de demonios.

Massons extrajo del bolsillo superior de su levita un pañuelo y se enjugó la frente con él, visiblemente contrariado.

—Entonces ¿qué se te ocurre?

—A las doce de la noche acaba el turno, y además nadie acostumbra desembarcar hasta las seis de la mañana. Entretanto, subiremos a hablar con el capitán Almirall. Imagino que él también tendrá opinión al respecto.

—Pues no perdamos tiempo.

Diciendo esto último Massons se puso en pie.

Tras dar órdenes concretas y decir dónde se le podría encontrar en caso de una urgencia, Zabala partió de su oficina acompañando a su amigo y cliente.

Efectivamente, el *Nueva Rosa* estaba atracado en el muelle viejo junto al primer puente, y al divisarlo a Juan Massons lo invadió una auténtica ola de admiración por su socio barcelonés. El empuje y la determinación que representaba la compra de un barco como aquél era signo patente de la valía y la tenacidad de Práxedes Ripoll. El barco tendría unos setenta y cinco metros de eslora y más o menos unos ocho de manga; tres palos, trinquete mayor y mesana, así como una alta chimenea que sobresalía delante del mayor; el casco era de hierro y madera, y en la cubierta sobresalían tres cabinas, la de proa y la que se alzaba en el través del barco, más grandes ambas, y la situada sobre el puente de popa, más pequeña.

Zabala y Massons se dirigieron a la escalerilla que descendía desde la cubierta y apoyaba sus ruedecillas sobre los adoquines del puerto. Cuando ya se disponían a subir, contando con que el marinero armado que cautelaba la entrada iba a demandarles su filiación, la voz de Almirall, acodado sobre el guardamancebos, los saludó desde lo alto.

Al verlo, el pensamiento de Juan Massons retrocedió unos cuantos años.

El marino debía de haber hecho un pacto con el diablo, pues aparte de tener algunas arrugas y el cabello más blanco, podía decirse que el paso del tiempo lo había respetado.

El saludo fue cordial y sin embargo contenido. Algo en el fondo de aquella voz denotaba preocupación.

—Bienvenidos, señores. Tomen posesión de su casa.

Y diciendo estas palabras el capitán Almirall retiró la cadenilla que cautelaba el final de la escalera.

Con paso contenido y cuidadoso, pues los peldaños estaban húmedos y resbaladizos, ambos hombres ascendieron hasta la cubierta. Tras los apretones de manos de rigor y conociendo los tres el peligroso negocio que compartían, se dirigieron a la cabina del capitán, ubicada a popa. Estaba ésta situada sobre el codaste, y la luz entraba por tres ojos de buey —uno a babor, otro a estribor y el tercero, más grande, sobre el espejo de popa—. Massons observó, nada más entrar, la cómoda sobriedad del amplio camarote. A un lado se hallaba la amplia litera, apenas oculta por una cortinilla; el despacho de persianilla de Almirall estaba arrumbado sobre la aleta de estribor; junto a la puerta había un armarito, y en el centro, una mesa y cuatro sillones sujetos al suelo mediante una cadena que permitía un limitado movimiento. En la pared sobre la cama destacaba un cuadrito de la antigua goleta *Rosa*, y al lado de la puerta se veía una placa metálica con las características técnicas del barco, la fecha de su botadura, la matrícula y el detalle del gemelo salido en las mismas fechas del astillero de Portsmouth.

Los dos visitantes se acomodaron a instancias de Almirall en los silloncitos. Entonces el marino tomó de un estante una botella de viejo ron así como tres vasos, que dejó sobre la mesa. Tras servir tres generosas raciones, Almirall alzó el suyo y brindó.

—¡Por que esta aventura llegue a buen fin y no se tuerza en tierra lo que tanto ha costado en la mar!

Los tres hombres chocaron el borde de los vasos, bebiendo a continuación.

Massons rompió el hielo.

—En primer lugar, capitán, felicitarlo. Lo que ha conseguido, en los tiempos que corren, no es empresa fácil. Y no lo es desde que esto se acabó debido a la incomprensión de muchos que cuando hablan del tema de la esclavitud, sobre todo en Madrid, no saben de lo que hablan. ¡Menos mal que en Barcelona quedan próceres como Vidal Cuadras, Güell, Saura, Baró y Blanchard, quienes siempre entendieron de qué iba el negocio!

Ahora intervino Zabala.

—Eso está claro, aquí no hay derecho de naciones ni historias que valgan cuando se trata de temas de la mar. Inglaterra ha dejado de tener interés en el asunto de los esclavos porque ha entrado de lleno en la era industrial, y quien manda en la mar es Inglaterra.

Almirall apostilló:

—Es una obviedad decirlo; España perdió el tren cuando se hundió la Invencible. Luego pagamos la impericia de un almirante francés en Trafalgar y la incuria de los sucesivos gobiernos que ha hecho que un país con tres cuartas partes de su territorio bañado por el mar no tenga con qué defenderlo.

A Massons no le interesaba la historia; lo que le importaba eran sus negras.

—Pero vayamos a lo nuestro. Cuente, Almirall.

El capitán trasegó un trago de ron y se dispuso a detallar sus vicisitudes.

El relato se hizo largo y prolijo. Todo se explicó con profusión de detalles: la salida de Portsmouth; la avería detectada en Lisboa; la llegada a Dakar; la noche del vudú; la muerte por escorbuto de tres mujeres, a quienes hubo que echar a la mar, y la nocturna huida después de avizorar un barco de guerra holandés al que la oscuridad de la noche y la pericia de Almirall evitaron.

—Entonces, finalmente, ¿cuántas mujeres ha traído?

—Cincuenta y dos, cinco preñadas, y todas en buen estado porque, incluso encerradas en la bodega, sus condiciones de vida en este barco son muy superiores a las que tenían en sus chozas en África. Y ¡qué decir del viaje! Lo de la estiba de cuerpos hacinados unos contra otros y encadenados es cosa del pasado; un barco como éste permite muchas soluciones. Las mujeres, como es lógico, han venido encerradas en la bodega en dos grandes jaulas, pero con jergones de paja, agua durante toda la travesía y saliendo a cubierta, eso sí, aterrorizadas, y un día de cada dos, en grupos de cinco y sin permitir que se acercaran a la borda.

—Es decir, que han viajado como princesas —observó Massons—. Creo que la mitología de lo que era un barco negrero ha pasado a la historia.

—Para casi todas.

—Aclāreme eso, Almirall.

—Verá, Massons, como usted bien sabe, en cada grupo humano hay gente que quiere erigirse en cabecilla de los demás. Éste ha sido el caso de cuatro de ellas, una mayor y tres más jóvenes, por lo que hubo que tomar medidas.

—Y ¿cuáles fueron esas medidas?

—Menos agua y comida, más látigo, eso sí, con cuidado para no estropearles la espalda, y después apartarlas de las demás para que no cundiera el mal ejemplo; de manera que se han pasado el viaje sin salir a cubierta, encerradas en la trampa que tiene este barco y que se hizo a instancias del primer propietario, quien lo perdió al no poder pagarlo y que sin duda lo encargó para el contrabando.

—Curiosa y útil casualidad. ¿Cómo es y dónde está esa trampa?

—Talmente parece un armario empotrado y está ubicada junto al pozo del ancla en proa, entre el casco y el forro y entre la primera y la segunda cuaderna.

—Nos gustaría verla, ¿no es verdad, Francisco?

Zabala asintió.

—No hay el menor inconveniente, siempre que arreglemos primeramente el desembarco de las mujeres; a bordo ya no pueden quedarse. Como usted comprenderá, aquí, en el puerto, me resulta imposible proceder a castigarlas, y el ganado está inquieto y nervioso. Además, he de vaciar las bodegas para cargar azúcar y café para Miami, he de dejar el barco como los chorros del oro y he de hacer agua, y mis hombres han de bajar a tierra, pues después de tantos días merodean las jaulas como perros en celo.

Tras largas deliberaciones fraguaron un plan. El médico del puerto, que estaba en el asunto, subiría a firmar las hojas de sanidad; a las doce en punto Buisans se iría a su casa; ya noche cerrada Jonathan Shenke, que manejaba bien esas situaciones, se haría cargo de la expedición y sus hombres arrimarían los carros para proceder

al desembarco, teniendo en cuenta que las más rebeldes irían enca-
denadas; finalmente, cuando por la mañana llegara Carbajal se procedería a sellar el resto de los papeles.

Al amanecer del siguiente día la actividad del puerto era la de
siempre. Los carros con la gimiente mercancía se perdían en la madrugada.

66

La Palmera

Y qué piensas hacer, Amelia?
    —No lo sé, Consuelo… Supongo que decidir sobre la mar-
cha. Estoy harta de pensar.

—Pero, mujer, vas a tener un hijo dentro de cinco meses, y ese
proceso no se detiene. Y dentro de un mes, aunque te pongas el corsé, ya no podrás disimular.

Las dos amigas hablaban sentadas sobre la cama en la pensión
de doña Justa.

—De momento voy a buscar trabajo, así no quiero estar.

—Te lo repito y te lo vuelvo a repetir: con lo que gano podemos
vivir las dos. Además, ya te dije que me han subido el sueldo.

—Es inútil, Consuelo, no insistas.

—Y ¿adónde vas a ir en cuanto te crezca la tripa? ¡No me digas
que aún sigues con tu idea del baile de alquiler!

—Más que nunca.

—¿Te das cuenta de que puedes perder el crío?

—¡Ojalá!

—¿Por qué dices cosas que no piensas?

—¿Por qué no quieres creerme? Lo tengo claro como la luz. Te
lo dije: no me gustan los niños. Y si no me lo he hecho quitar es
porque tengo pánico a un aborto forzado, pero si lo perdiera me libraría del problema y libraría del mismo a mucha gente a la vez.

—¿Y Máximo?

—De momento no sabe nada, y si tal ocurriera, por su bien, no
tendría por qué decírselo. No deseo ser causante de más desgracias,
porque Máximo mataría a ese sinvergüenza.

—Pero tú lo quieres.

—¿Cómo se come eso, Consuelo? Cuando pasó lo que pasó ya
lo habíamos dejado correr. Éramos unos novios acostumbrados, te

diré que lo nuestro era aburrirnos en compañía. Sabía que era Máximo y no otro, lo conocía desde siempre; pero el amor que soñaba de niña era otra cosa. Además, ya te conté que los hombres ahora me dan asco.

—Lo que me dices es muy fuerte, pero aunque sólo sea por ti misma, quítate de la cabeza estar todos los días ocho horas de pie y aguantando a tíos sudorosos que van a calentarse contigo porque con la parienta ya no se les levanta.

—Es lo que hay, Consuelo. ¿Adónde quieres que vaya a pedir trabajo con la barriga que casi ya se me nota y con mi documentación de mujer soltera? Vivir cuesta dinero y no quiero hacerlo a tu costa.

Consuelo guardó silencio.

—Estás pensando algo, te conozco.

—Pues sí, Amelia. Me da mucha pena ese niño. Antes de nacer será ya un hospiciano, no lo quiere nadie; tú habrías preferido abortar; su padre natural no lo reconoce, no deseas complicar la vida a Máximo... pero, como lo necesitas, te has metido en este embrollo. ¡No he visto criatura menos deseada!

—Y ¿qué quieres que haga si los dados han venido así?

—Pues voy a decirte lo que quiero que hagas: cuando nazca seré su madrina.

En los ojos de Amelia se asomó una lágrima.

—Eres muy buena amiga, Consuelo, pero no olvides que Máximo no consentirá nada que huela a bautizo.

—Está bien, oficialmente seré su «responsable», ¿se dice así en el argot anarquista? Y ya buscaremos con Luisa el momento para hacer, bajo cuerda, un bautizo como Dios manda.

—Te quiero.

A las tres en punto estaba Amelia aguardando en la puerta trasera del baile La Palmera, en la calle Cid, junto a otras dos chicas que, imaginó, iban a lo mismo, arreglada para la ocasión con una blusa de color rosa, falda tobillera negra, zapatos de hebilla con poco tacón y una graciosa torera.

Estaba nerviosa, si bien su decisión era firme. Tras la charla con Consuelo su plan tomó cuerpo, y lo que era un proyecto se tornó en algo inaplazable. La gente iba y venía a lo suyo, entraba y salía de las tiendas; cruzaban la calzada hombres con blusón que arrastraban carretillas trajinando bultos desde un almacén hasta un carro plataforma de seis ruedas tirado por un tronco de cuatro caballos;

un niño con la gorra calada hasta las cejas voceaba el periódico dando noticias de la guerra de Cuba y del resultado, en rabos y orejas, de la última corrida en El Torín, un mano a mano de Frascuelo y Lagartijo.

Súbitamente la puertecilla rotulada con un cartel que rezaba ENTRADA DE PERSONAL se abrió y apareció en el quicio un hombre de mediana edad, bata azul y colilla en ristre, que invitó a entrar a las tres mujeres.

—¿Quién es la primera?

Amelia alzó el brazo.

—Imagino que vienes a buscar trabajo.

—Así es, señor.

El hombre la observó de arriba abajo con mirada de experto, como quien observa una res en una feria.

—Está bien, sube la escalerilla de madera que hay al fondo y llama a la puerta del despacho n.º 1, que es el de don Eloy Roselló. —Luego, dirigiéndose a las otras dos, añadió—: Vosotras aguardad aquí.

Amelia, tras dar las gracias, se dirigió al lugar indicado y, como siempre que se enfrentaba a una nueva situación, notó que las rodillas le temblaban ligeramente. Llegó ante la puerta señalada y llamó levemente con los nudillos.

—Adelante.

La voz sonó grave y autoritaria.

Amelia empujó la puerta y entró en la estancia.

En medio, tras un traqueteado despacho de basta madera lleno de papeles, con un archivo y una lámpara de sobremesa, la observaba un hombre que mascaba la colilla apagada de un puro, vestido con un jersey de pico y una desgastada chaqueta con coderas de cuero. En un rincón había un tresillo de pana ajada y una mesa redonda con un estante inferior lleno de revistas antiguas; al otro lado, un piano vertical que había conocido mejores vidas y, frente a él, una banqueta de tornillo.

—Pasa y siéntate.

La muchacha obedeció la orden, y Eloy Roselló siguió a lo suyo, examinando un papel y escribiendo con un lápiz anotaciones en el margen.

Súbitamente alzó la vista.

—¿Cómo te llamas?

—Amelia Méndez, para servirle.

—¿Qué sabes hacer?

A Amelia le desconcertó la pregunta.

—Me gustaría ocupar plaza de bailarina.

—Aquí no hay bailarinas, aquí hay mujeres que vienen a dejar que las toqueteen. Supongo que vienes aprendida.

Amelia bajó la mirada y la necesidad la empujó a decir:

—Canto.

—¿Sabes cantar?

Amelia se sorprendió.

—No he cantado nunca en público, pero sé cantar.

El caso era defender la oportunidad.

—¿Mientras tiendes la colada?

—Eso.

—Pero, claro, no tienes quien te aplauda, imagino.

En los labios del empresario amaneció una lobuna y rijosa sonrisa. Amelia aguantó el tipo porque, por encima de todo, deseaba aquel trabajo. La voz del empresario sonó de nuevo.

—¿Sabes alguna canción de moda?

—Alguna.

Roselló se levantó del despacho, se dirigió a la puerta y desde allí gritó a alguien que estaba en el piso inferior:

—¡Nicolás!

Un lejano «¡Mande!» sonó a lo lejos.

—¡Di a Tomaso que suba!

—¡A la orden!

El hombre recuperó su lugar.

—Ahora veremos tus capacidades artísticas.

Y siguió a lo suyo en tanto que Amelia, nerviosísima, intentaba recordar la letra de alguna canción.

Apenas transcurridos unos minutos apareció en la puerta un tipo de unos treinta y cinco años, alto, bien parecido, moreno y con el pelo engominado que la miró con una sonrisa divertida.

—¿Qué se le ofrece, don Eloy?

El acento cantarín era puro argentino.

El patrón levantó la mirada.

—Mira, chica, éste es Tomaso, el pianista de Los Cinco del Plata. Tomaso, te presento a Amelia, que ha venido para hacer de chica-taxi, pero a lo mejor se libra.

—Gusto en conocerla, señorita.

—Parece ser que sabe cantar, hazle una prueba.

—Al minuto estoy presto.

Tras estas palabras el recién llegado se dirigió al piano, y después de enroscar el asiento de la banqueta y ajustarlo a sus largas extremidades, se sentó y alzando la tapa del vetusto instrumento deslizó sus largos dedos sobre el amarillento teclado, haciendo un arpegio.

—Cuando querás, piba. ¡Soy todo suyo!

—Está bien. Amelia Méndez, vamos a ver si sabes cantar, que a lo mejor te ahorras el magreo.

—No la trate así, don Eloy. ¿No ve que la pibita está asustada?

Amelia se puso en pie y se acercó al piano.

—Decime que querés cantar.

Amelia se sintió arropada.

—¿Le parece «Las violetas» o «¡Ay, mamá Inés!»?

—Lo que vos digás, yo solamente soy el pianista. A ver, comenzá para que le atrape el tono.

Amelia empezó a tararear el estribillo de la bella canción cubana, y el pianista le cogió el tono al instante y se enganchó a la melodía.

Al inicio Amelia estaba muy nerviosa, pero luego ajustó el ritmo y comenzó a bailotear.

Eloy Roselló la contemplaba con ojo crítico desde detrás de su despacho. Luego su mirada indiferente se fue tornando interesada y, finalmente, arrastrado por el ritmo que Tomaso imprimía a la melodía desde el piano, comenzó a golpear el tablero de la mesa con la cabeza del lapicero.

Al acabar de cantar ni ella misma entendía cómo se había atrevido, y toda la inseguridad y el miedo a no ser admitida regresaron.

—¡Eso está muy bien, piba! —Luego, dirigiéndose a su patrón, dijo—: Don Eloy, ¡tiene madera! Le falta fundamento, pero tiene madera. Lo primero se adquiere, pero lo segundo, o se nace o no hay nada que hacer. Si usted me la deja yo la pongo en quince días y puede cantar con nosotros.

—Vamos a ver, señorita, siéntese. Y tú, Tomaso, ven aquí.

Amelia se sentó al borde del sillón y no supo por qué, pero sintió que en aquel momento iba a pasar algo que tendría consecuencias muy importantes en su vida.

Tomaso estaba entusiasmado.

—¡Canta muy lindo y muy cachengue, don Eloy! ¡Es como si hubiera nacido en el trópico!

La fibra negociante del empresario salió a flote.

—Vamos a ir despacio, Tomaso. La señorita ha venido a ocupar plaza de bailarina. —Amelia notó el cambio de tratamiento—. Y a

mí cada una de las chicas que bailan con los clientes me da beneficio, y en cambio no contaba con una cantante más, que por otra
parte no me hace falta pues vuestro grupo camina muy bien solo.

El argentino insistió.

—Pero ¡una mina así no se puede perder, don Eloy!

Eloy Roselló hizo ver que pensaba y aclaró:

—Mina en argentino es «muchacha», no vaya a creer usted que
se refiere a una mina de oro.

—Yo no creo nada, don Eloy.

—Se me está ocurriendo algo que puede interesarle, señorita.
Evidentemente usted está verde; una cosa es cantar aquí, en mi despacho, una cancioncita, y otra muy diferente hacerlo en un escenario, enfrentándose a toda una sala llena de público. Eso requiere un
aprendizaje que yo le ofrezco gratis y que vale un dinero, para lo
cual, durante un tiempo y en tanto Tomaso le hace un repertorio y
ensaya usted todos los días antes de comenzar la sesión, ocupará
plaza de bailarina y gozará del mismo régimen que las demás; es
decir, de cada boleto que le entregue su pareja usted se llevará el
cuarenta y yo el sesenta. Como puede ver, soy muy generoso. Luego,
cuando consideremos que ya puede cantar, hablaremos de condiciones, teniendo siempre en cuenta que yo he sido su descubridor, el
que le ha dado la primera oportunidad. ¿Le parece bien?

Amelia casi no podía hablar; por su cabeza pasaron un montón
de pensamientos. Dentro de un mes, máximo dos, su embarazo sería
evidente y entonces... Pero en aquel momento no quería pensar; iba
a dejar que las cosas llegaran a su tiempo, y cuando sucedieran ya
las resolvería.

Amelia oyó su propia voz.

—Me parece muy bien, don Eloy. Dígame cuándo empiezo.

—El martes, así pues, a las cuatro la espero aquí. Tomaso le pre-
sentará a África, que va a ser una de sus compañeras. Ella le enseña-
rá la casa y el camerino donde tendrá que cambiarse.

—Lo que usted mande.

—Hoy ha sido su día de suerte. ¡Hasta el martes! Tomaso, acom-
páñala... ¡Ah, por cierto!, traiga un traje más escotado; deje que los
demás se den una ración de vista y gocen de sus encantos ocultos.

La precipitada salida impidió que su nuevo jefe viera cómo una
ola de arrebol cubría sus mejillas.

67

Tomaso

Amelia y Consuelo discutieron hasta altas horas de la madrugada, y esta última le argumentó hasta la saciedad aportando infinidad de razones para que se olvidara de aquella actividad que estaba a punto de iniciar: que si se enteraba Máximo se podía armar, que si dentro de tres meses tendría que dejarlo; y finalmente: que si aguantar borrachos y tipos calientes no era oficio para ella. Pero todo fue inútil. La prueba que había hecho Amelia con el pianista la tenía obsesionada, y pensó que tras tener a la criatura allí podría labrarse un porvenir, al punto que Consuelo cejó en su empeño entendiendo que era como golpear en el yunque con el hierro frío.

Aquel martes Amelia se levantó animosa; pensó que tras tantas amarguras y sinsabores parecía que el sol comenzaba otra vez a calentar su vida.

Consuelo ya se había ido a trabajar e intuía que a ella aquella mañana de junio se le iba a hacer eterna. Empleó su tiempo en múltiples tareas para intentar que pasara más deprisa, pero una vez escogida la ropa que debía ponerse y tras mirarse en el espejo mil veces, de frente y de perfil, para ver si su figura comenzaba a deformarse, ya no supo qué hacer. Entonces se instaló en el comedor de doña Justa, en el balancín junto al balcón, se dedicó a repasar el cúmulo de circunstancias que habían marcado su vida en los últimos tiempos y en aquel instante tomó su decisión. A partir de aquel momento sería la absoluta dueña de sus actos y no permitiría que circunstancia ni persona alguna influyeran en ella.

Por primera vez en mucho tiempo las gentes con las que se iba cruzando durante el recorrido desde la calle Corribia hasta la calle Cid le parecieron amables y bien dispuestas. El día era hermoso, y sintió que el trino de los canarios, el zureo de las palomas y el gorjeo de las oropéndolas saludaban a su paso desde sus jaulas en las pajarerías de las Ramblas.

Amelia llegó a La Palmera con media hora de adelanto y, por hacer tiempo, se instaló en un velador del café de enfrente, desde cuya cristalera se divisaba perfectamente la entrada. Pidió un café al camarero y se dispuso a observar el tipo de mujeres que iban acercándose a la puerta. Las había de todo tipo y, por tanto, para todos los gustos: altas, bajas, gorditas, flacas, morenas, rubias teñidas... Sin querer se comparó con ellas, pareciéndole que en el cotejo salía favorecida.

Apenas el camarero había depositado ante ella el café cuando le sorprendió una voz.

—Pero ¡mirá quién está aquí!

Amelia se volvió rápidamente y, sin saber por qué, su corazón se aceleró.

Repeinado con gomina, con el pelo lustroso, el bigotillo sonriente sobre el carnoso labio superior, la mirada risueña y el porteño acento inconfundible, plantado frente a ella se hallaba Tomaso, el pianista argentino que le había hecho la prueba el primer día.

Seguro de sí mismo y sin pedir permiso retiró la silla y, dándole la vuelta, se sentó a horcajadas frente a Amelia.

—¡Qué bueno que viniste tan pronto! Así podemos hablar. Si hemos de trabajar juntos, es mejor que seamos amigos, ¿no te parece?

Amelia se sintió como un pajarillo frente a una serpiente y sin quererlo se oyó decir:

—Como usted guste.

—¡Qué decís! Usted... ¡Hablame de tú! Por mi parte, intento acostumbrarme, pero no lo consigo del todo. En Buenos Aires nos hablamos de vos. O sea, que hablame como querás. Pero ¡no te cortes!

—Es que me impone usted mucho respeto.

—¡No, pará, así no! Haceme el favor, no pido tanto. Me vas a hacer sentir viejo... Si me hablás de tú, te doy una buena noticia.

—Bueno, lo intentaré.

—Eso está mejor, pero ¿me lo prometés?

Amelia ya no sabía adónde iba; tras tantas desgracias volvía a sentirse femenina y mujer. Aquel hombre era diferente de todos cuantos había conocido.

—Lo prometo —se oyó decir.

—No, mejor me lo jurás.

—Está bien, lo juro.

—Poné vuestra mano sobre la mía y repetí: «Juro que voy a ser amiga de Tomaso».

Y diciendo esto le tomó la mano entre las suyas y la obligó a jurar.

Amelia sintió algo parecido a la vez primera que metió los pies en la orilla del mar, y una especie de ahogo le subió por la garganta y no fue capaz de retirar la mano.

—Juro que seré su amiga, perdón, tu amiga.

—Entonces, ahí va la noticia: hablé con los muchachos y les dije que había descubierto un ruiseñor; están deseando conocerte.

—Pero ¡no sé si voy a saber!

—Nadie nace enseñado, pero yo voy a cuidar de ti y dentro de un mes, en la sesión de la tarde, debutás. Y ya verás qué bien.

—Tengo mucho miedo. Una cosa es cantar una cancioncita al piano y otra hacerlo con una orquesta.

—¡No te preocupés! Los muchachos son unos fenómenos y te van a acoger de maravilla.

—¿Son todos argentinos?

—Bueno, sí... Pero no es lo mismo. Dos somos porteños y tres son cabecitas negras.

—No te entiendo.

—No me hagas caso, son cosas de allá. Tati y yo somos de Buenos Aires; Maxi el Colorao es de Mendoza, y Crosetti y Greco son de Santa Fe.

En el reloj de pared del local sonaron las cuatro.

Tomaso comprobó la hora en el suyo y se puso en pie.

—¡En marcha, pibita, que nada se escribió sobre los cobardes!

Tras pagar la consumición tomó a Amelia del brazo y saliendo del café se dispusieron a cruzar la calle.

Todas las mujeres habían entrado ya. En la puerta estaba el mismo individuo que la última vez.

—Nicolás, ¿llegó ya África?

—Sí, Tomaso. Está en el camerino de las chicas, y a la entrada me ha preguntado no sé qué de una nueva.

—Mirá, ésta es Amelia. A partir de hoy va a trabajar con nosotros. ¡Trátala bien, que es amiga mía!

—No hay problema, Tomaso, yo trato bien a todo el mundo.

—Vení.

Y diciendo esto tiró de Amelia y la condujo al fondo del local, tras la escalera que iba al primer piso, donde se ubicaban los camerinos. En el de los músicos se oía que estaban afinando una flauta travesera y un saxofón.

A Amelia todo aquello le pareció un mundo muy distinto, pero sin embargo terriblemente sugerente.

Tras una puerta cerrada se oía una algarabía de voces más bien agudas.

—Éste es el camerino de las minas. Lo notás, ¿no?

Tomaso golpeó fuertemente la puerta con el puño.

—Chicas, ¿está África aquí dentro?

El volumen de voces bajó un punto y un taconeo acelerado se acercó a la puerta, ésta se abrió una cuarta y ocupó el espacio una muchacha pizpireta y gordita, cuidando de que el visitante no viera el interior.

—África, no seas cruel… Déjame que me dé una ración de vista.

—Que te conozco, Orozco, que te conozco… Si quieres ver tetitas, te enseño las mías; para las de las demás, no estoy autorizada.

—¿Podés salir? Así no es fácil hablar.

La muchacha volvió la cabeza un momento.

—Chicas, estoy fuera. Si me llama don Eloy, me avisáis. Y tú espera, que me pongo un chal.

La puerta se cerró y se abrió al instante.

—Mirá, África, ésta es Amelia. Don Eloy quiere que la pongás al día en las costumbres de la casa.

La llamada África midió de arriba abajo a Amelia con la mirada.

—Déjala de mi cuenta. Don Eloy ya me había informado.

—Entonces queda en tus manos, Carmelita, que eres lo mejor de la casa.

—¡Anda ya, julandrón! A otra con tus arrumacos, que yo soy ya gata vieja.

Tomaso, tras besar la mano de Amelia y dar un pellizco en la mejilla a la llamada Carmelita, se retiró.

Las dos mujeres quedaron frente a frente.

—Eres la nueva, lo sé; don Eloy ya me ha hablado de ti. De momento entras de tanguista; luego creo que tiene otros planes para ti. Me ha dicho que te ponga al día. —Entonces le alargó la mano—. Me llamo África.

Amelia se la estrechó.

—¿Tomaso no te ha llamado Carmelita?

—Mi nombre es Carmela, pero el de guerra es África.

—¿Y eso?

—Suena más exótico, excita el morbo de los tíos. Ven, que voy a explicarte en qué consiste esto.

Carmela tiró pasillo adelante, pasó bajo la escalera que conducía al primer piso y girando a la izquierda apartó un espeso cortinón de terciopelo. Desde allí, a media luz, Amelia se hizo cargo del tamaño del salón, y por la conformación del mismo supuso en qué consistía aquel negocio. La sala tenía forma de rectángulo. A la derecha, en la parte más estrecha, había un escenario elevado con un piano al fondo y varios atriles cuyo pie estaba cubierto por un plafón con el nombre de la orquesta, Los Cinco del Plata. Sobre el perímetro de la arista al pie del escenario estaban alineadas dos hileras de sillas, colocadas una tras otra en la parte izquierda del rectángulo. Unas columnas de hierro forjado soportaban los palcos del primer piso, y bajo el techo del mismo había una larguísima barra con una inmensa colección de botellas en sus estanterías, cuyo fondo era un gran espejo de color rosado.

Carmela dio tiempo a Amelia para que se hiciera la composición del lugar.

—¡Nicolás, da luz a la sala, que esto está más negro que el sobaco de un mono!

En la lejanía se oyó un «¡Ya va!», y progresivamente se hizo la luz; en primer lugar, las arañas del techo; después, las luces de la barra, y finalmente, la orquesta.

África tomó a Amelia de la mano y la invitó a sentarse en una de las sillas; ella ocupó la contigua.

—Pues eso es lo que puedes imaginarte. Más o menos sobre las siete esto se va llenando de tipos con más hambre que los presos de Reina Amalia. Cuando ya está de bote en bote nos sueltan a las fieras; salimos por allí. —África indicó una puertecilla al lado del escenario—. Y nos sentamos en estas sillas. Antes, en el camerino, nos reparte el carnet de baile la jefa, que es Raquel Montenegro, ya la conocerás; es buena chica. Entonces nos sentamos aquí y ¡a esperar! El negocio consiste en que te saquen mucho a bailar. Tú eres libre de aceptar al tipo o no, pero te recomiendo que no seas muy remilgada, porque si vas de estrecha y das mucha calabaza la casa ve que no hay negocio y te bota. Cada pretendiente debe darte un tíquet, está engomado por detrás, que habrás de pegar en tu carnet de baile; ése será el comprobante de tu trabajo y el meollo del negocio. De cualquier manera, no puedes bailar tres bailes seguidos con el mismo tío. Eso lo hacen para que nadie tenga el monopolio de una chica, que puede producirse de dos maneras: la primera es cuando viene un tipo y se encabrona con una chica y la quiere para él solo, sin que ella tenga nada que ver, y la otra es cuando viene el novio de una y se deja el sueldo de la semana para que nadie la toque, que ya ha pasado. —Amelia escuchaba atentamente—. Te cuento otros «si»: si durante una pieza convences al tío para ir a la barra a beber, entonces eres la bomba, y si es champán, la rebomba; ahí se gana mucho dinero, pues de cada descorche el cincuenta es tuyo; pero vete con cuidado porque pagarás el exceso de alcohol con puntuales letras de cambio de tu hígado; tú irás al hospital y la casa pondrá a otra chica.

Amelia quería saber más.

—Imagino que la gente beberá mucho por ganar dinero.

—Eso tiene truco; Dionisio, el barman, es muy listo. Si llevas el anillo en la mano derecha entonces te pone agua coloreada, que da el pego; además, los tíos van tan cegados que no se enteran de nada. —África hizo una pausa—. Otra cosa: no creas que todo el ganado que viene es de desecho de tienta; te diré que alguna chica hasta se ha casado, aunque, como comprenderás, no es lo común. Sin embargo, viene mucho pollo pera bien aseadito que, como todos, quiere arrimarte el apio; si te viene a gusto, tú misma, aunque eso tiene un inconveniente, y es que si otro lo ve, intenta lo mismo y no le dejas, puede cabrearse y formarte un festival en medio de la pista; o sea, que ándate con ojo.

—¿A ti te ha pasado?

—Alguna vez. Por eso llevo una aguja de moño y, si me hace falta, la empleo. De todos modos, ahora estoy tranquila. Tenía a un pelma que me buscaba siempre porque casi era enano y, como soy pechugona, me metía la cara entre las tetas; pero está en los sótanos de Reina Amalia encerrado.

A Amelia le cambió la cara.

—De momento todo te parecerá una montonera, pero luego verás que, poco a poco, vas resolviendo los problemas y colocas cada cosa en su lugar.

—¿Montonera, has dicho?

—¡Se me pega el habla de Tomaso! Por cierto, cuidado con él.

Amelia se interesó.

—¿Por qué dices eso?

—Porque tiene mucho carrete y con su habla argentina, que suena a música, su pelo engominado, su bigotito y su presencia, no he de negarte que es muy guapo. ¡Se ha ligado a media casa! Pero ya sabes, y si te he visto no me acuerdo.

—A mí no me ha parecido así.

África la observó atentamente.

—No te he dicho nada. ¡Tal vez tú seas la excepción! Ya me han contado que tienes una voz muy apañada, y debe de ser así porque para que don Eloy suelte una perra hay que hacer una novena a santa Rita, patrona de los imposibles.

Ante los ojos de Amelia se abría un mundo nuevo y, hasta hacía poco, totalmente inimaginable. El entorno anarquista de Máximo; su antigua vida de dependienta de El Siglo; la pensión de doña Justa, que sin duda habría de abandonar en próximas fechas, y hasta la evidencia de aquella noche que llevaba en sus entrañas, como por arte de magia, pasaron por un momento a la penumbra de sus recuerdos.

68
Por fin noticias

Nada más abrir la puerta de la librería y al oírse el argentino son de la campanilla, lo sorprendió la voz del señor Cardona desde el fondo del local.

—¿Cómo ha ido lo tuyo? Juan Pedro, me has tenido inquieto estos últimos días.

Aquella facultad del viejo librero para reconocer a las personas sin mediar palabra a pesar de su ceguera rebasaba la capacidad de asombro del muchacho.

—Bien, ha ido todo lo bien que podía ir. Y vuelvo a agradecerle todas las facilidades que me ha dado y...

—Para, ¡no me abrumes! Nada hay que me agobie más que me den las gracias por algo que hago de corazón. Eres una buena persona, amas los libros y estás pasando un mal momento. A estas alturas de la vida no me hace falta saber nada más.

Juan Pedro pensó que si por un milagro le hubieran dejado escoger las cualidades que debería reunir un padre, habría escogido las del señor Cardona.

En aquel momento la voz del librero sonó de nuevo.

—Creo que vas a ponerte muy contento.

—¡Falta me hace! Desde lo de mi hermano el panorama de mi casa es desalentador.

El señor Cardona fue a lo suyo.

—El jueves por la tarde vino una jovencita preguntando por ti.

Juan Pedro creyó haber oído mal.

—No puede ser, ya le dije que por mi culpa habían metido interna a Candela.

—No, no era la muchacha a quien acompañaba la señorita inglesa, pero creo que era alguien que venía de su parte.

Tras tantas noches de insomnio pensando en la desgracia que había proporcionado a su amada, aquella noticia le resultaba increíble.

—¿Entonces...?

—Vino alguien aproximadamente de su edad y dejó para ti una carta.

Juan Pedro se apoyó en el mostrador.

El viejo librero se dirigió a la caja registradora. Al darle a la manivela sonó un clinc, se abrió el cajón y el señor Cardona extrajo de él un sobre de color azul pálido.

—Toma, vete al almacén y lee tranquilo. ¡Espero sean buenas noticias!

Juan Pedro alargó la mano y al hacerlo sintió dentro del pecho casi la misma angustiosa sensación de la tarde que atracó el estudio de Papirer.

Musitó un «Muchas gracias, señor Cardona», y al cabo de un minuto estaba sentado en la escalerilla de tres peldaños que servía en el almacén para llegar a los estantes superiores.

Con mano temblorosa, valiéndose de su navaja, abrió el sobre y al hacerlo un suave perfume de violetas invadió la estancia.

Desplegó el papel y leyó con avidez.

Amado Juan Pedro:

Estoy pagando muy caras las horas de felicidad que pasé junto a ti. Han podido encerrar mi cuerpo, pero no pueden enclaustrar mi pensamiento, que vuela hacia ti cada noche como una paloma torcaz.

Sueño con el día en que pueda conseguir mi libertad, cuando alcance mi edad adulta y nadie pueda mandar en mí. Pase lo que pase, espérame, porque ese día llegará y entonces podremos escaparnos y buscar un lugar en el mundo donde no se tengan en cuenta las diferencias sociales que rigen la vida de las personas en esta ciudad. Seré tu mujer o me meteré a monja, no me cabe en la cabeza otra solución.

Ahora que te he dicho lo intenso de mi amor, quiero que sepas que ya voy dominando esto. Tengo buenas amigas que me quieren y a las que nuestra historia ha obnubilado, por lo que no me siento sola; además, van a ayudarme. No me resigno a no verte, y sé que no saldré de aquí en todo el verano ya que mi madre está delicada y mi padre ha decidido llevarla a un especialista en Alemania en esos meses. Por ello he trazado un plan para que podamos vernos.

En ese instante Juan Pedro buscó el pañuelo que tenía en el bolsillo para secarse el abundante sudor que perlaba su frente. Luego prosiguió la lectura.

La chica que te ha llevado esta carta se llama Roser Bosch. Es una de mis nuevas amigas, y por su condición de fámula, ya que es la hija del jardinero, tiene más facilidad para bajar a Barcelona que otra interna cualquiera; ella vive junto con sus padres en la casita del huerto.

El día de San Juan las monjas celebran la festividad con gran boato y solemnidad, y su comida se alarga más que otros días, y como no hay alumnas, me ha dicho Roser que la disciplina está muy relajada. Si puedes deberías estar junto a la esquina que forma la tapia del convento, por la parte de detrás, con el cementerio de las monjas, a las tres en punto. Estate atento porque pueden pasar dos cosas. La primera es que podamos estar juntos, aunque sea muy poco tiempo. No te explico cómo ahora porque sería muy prolijo. Ésta sería la mejor. Y la segunda es que desde la tapia baje un peso tirando de un cordel; junto a él irá una nota mía, y aunque sea desde la distancia podremos vernos.

Caso que te fuera imposible, entonces desde ese día hasta el último del año deja una carta en la librería, que Roser la recogerá y me la traerá.

Te ruego que hagas lo que puedas porque la esperanza de verte, aunque sea de lejos, es lo único que alimenta mi corazón de muchacha enamorada.

Te quiere hasta la muerte,

CANDELA

69

La escalera

El sol salió por el horizonte y la madrugada sorprendió a Juan Pedro en el balcón de su casa, como en tantas otras ocasiones sin haber pegado ojo en toda la noche, y con un montón de colillas apagadas a sus pies. Desde la tarde en que supo que podría volver a ver a Candela, el tiempo comenzó a transcurrir con una lentitud desesperante.

En la gris y monocorde vida de su madre había comenzado a entrar un tibio rayo de sol, pues Luisa supo acerca de la visita realizada a Máximo, aunque ignoraba dónde estaba su hijo.

Teniendo en cuenta que, por una vez en mucho tiempo, en aquella casa había algo que celebrar, dijo a Juan Pedro que iba a guisar un pollo y que había comprado una pequeña coca de Sant Joan, que era la más económica de la modesta pastelería del barrio, y le pidió que invitara a Amelia y a su amiga Consuelo a comer.

—Lo que usted quiera, madre, pero yo a las dos en punto tendré que salir de casa.

—¡Es San Juan! ¿No irás a decirme, Juan Pedro, que tienes que trabajar el día de la verbena?

El joven, algo contrariado, respondió en un tono desabrido que no cuadraba con su carácter:

—Yo también tengo mis cosas, madre. Imagino que con dieciocho años no habré de dar explicaciones.

—Desde luego que no, hijo. Sea como quieres. Nos quedaremos solas las tres mujeres, brindaremos, aunque sea con sidra, y pediremos al Señor que esta familia tenga paz de una vez por todas.

Cuando Juan Pedro comunicó a Amelia los anhelos de su madre, la muchacha comenzó a poner pegas alegando que tal vez la mujer intuyera su incipiente embarazo, pero Consuelito le quitó sus manías.

—¡Quita, chica! Ponte mi corsé bien apretado y la blusa rosa por fuera de la falda. ¡No se te va a notar nada!

Solventado el problema aceptó la invitación, y aquélla fue la primera ocasión en mucho tiempo en que las tres tuvieron un motivo para brindar.

A las dos menos cuarto de la tarde en punto, Juan Pedro, excusándose, abandonó la mesa, adornada aquel día con la mejor loza de la casa y con los restos del pollo todavía en los platos.

—Hijo, ¡si todavía no he sacado la tarta!

—Lo siento. Ya le había dicho, madre, que tengo algo importante que hacer.

Salió de su casa y al punto observó que la circulación era a aquella hora y en aquel día mucho menos densa. Se dirigió desde el Arc de Sant Francesc hacia las Ramblas para subir hasta Pelayo y allí tomar el ferrocarril que lo llevaría por la calle Balmes hasta el Paseo de San Gervasio, desde donde iría a pie hasta la plaza Bonanova. El vagón del tren iba medio desocupado, así que tomó asiento. El trayecto se le hizo eterno.

Aunque llegaba con tiempo de sobra caminó todo el paseo, primeramente a pasos acelerados, y cuando llegó a la plaza Sarriá subió por la calle Mayor casi al trote. Finalmente la mole del colegio apareció ante sus ojos dentro de los muros, solemne e inaccesible como un castillo encantado. Las instrucciones de la carta eran concretas. Juan Pedro fue circunvalando la tapia hasta que ésta se encontró haciendo ángulo con la más alta, correspondiente al cementerio de las monjas. El corazón le batía en el pecho como un caballo desbocado, a tal punto que le obligó a mirar a un lado y a otro convencido de que había llamado la atención de alguien. El entorno del conjunto se hallaba en un bosquecillo de pinos partido por una trocha, que se abría paso dificultosamente hasta la puerta del cementerio y por la que apenas podía pasar el carro con la caja de una monja difunta. Tras asegurarse de que aquél era el lugar indicado, el muchacho alzó la vista hacia la confluencia de ambas tapias, aguardando que, por no sabía qué milagro, apareciera el rostro amado de Candela.

En el reloj de la torre de la iglesia de Sarriá sonaron los cuartos y luego las tres campanadas de la hora. Nadie a la vista. A Juan Pedro le dolían los ojos de tanto mirar y la nuca de tanto alzar la barbilla. La campana del reloj sonó de nuevo, dando el cuarto de hora. El muchacho pensó que su sueño imposible era una entelequia, que no tenía pies ni cabeza y que de tanto desearlo se había convencido de que iba a ser real. Cuando ya desesperaba pensando que iba a despertarse, como en tantas otras ocasiones, bañado en sudor en la cama de su cuarto con un dolor sordo batiéndole en las sienes, un ruido como el de un animalillo que se abriera paso entre las zarzas llegó hasta donde él estaba. Después, como la rosada aurora, apareció el rostro de la muchacha sobre el áspero muro, buscándolo con la mirada y agitando su mano como el náufrago que en la soledad de su balsa divisara una vela en la lejanía.

—¡Candela!
—¡Juan Pedro!
Luego un silencio.
—¡Has venido!
—Si hoy no hubiera estado aquí habría sido porque habría muerto.
—Aguarda.

La cabeza de la muchacha desapareció un momento de su vista. Juan Pedro oyó que hablaba con alguien en el interior. Ante sus asombrados ojos comenzó a aparecer la base de una escalera de tijera que, cuando asomó lo suficiente, se adosó al muro. Le recordó la escena, ya lejanísima en el tiempo, de otra similar que había tenido lugar en la calle Mallorca. Al igual que entonces, la escalera fue bajando lentamente sujeta a una cuerda que iban aflojando desde arriba. Cuando el artilugio tomó tierra, Juan Pedro separó rápidamente el compás de sus patas y, tras afirmarlo en el suelo, sin pensarlo dos veces comenzó a ascender pegado al muro.

En un visto y no visto el muchacho se encontró en el interior del recinto. Junto a Candela había otra muchacha, que lo observaba sonriente.

Juan Pedro no sabía qué hacer cuando la voz de su amada anunció a la amiga:

—Isabel, mira, éste es Juan Pedro, de quien tanto te he hablado.

El muchacho saludó torpemente.

—Estaremos en el lavadero. Si viene alguna monja, silba dos veces y vete; ya me arreglaré.

—Idos, y no te preocupes. —Luego añadió—: Ahora te entiendo... ¡Es muy guapo!

Tras estas palabras de su amiga, Candela tomó de la mano a Juan Pedro y lo arrastró hasta un edificio cuadrado, que se ubicaba en el límite del jardín con el parque, junto al que había ropa tendida. La muchacha empujó la puerta, y ambos se hallaron uno frente al otro al lado de dos inmensos pilones llenos de agua, donde el único sonido era el que producía el regate de dos caños que descargaban el líquido elemento en los lavaderos.

En aquel instante mágico no mediaron palabras. Juan Pedro ciñó a Candela por la cintura y ella le ofreció sus labios cerrando los ojos. El beso selló el pacto de dos almas ansiosas que perfeccionaban en aquel momento la magia del primer amor, descubriendo el origen y principio que movía el mundo desde el primer día de la creación.

Transcurrieron tres cuartos de hora. Isabel Par estaba ya comenzando a preocuparse y se asomó sobre el muro para comprobar que la escalera seguía allí. Cuando ya se disponía a emitir la contraseña, súbitamente la mole de la madre Palmira se hizo presente. El susto fue de tal calibre que le impidió silbar.

70
Asaltos de esgrima

El encuentro era a las once en punto del martes 6 de julio en la sala de esgrima de monsieur Sebastián Pardini. El gran esgrimista, recién llegado a Barcelona con las mejores acreditaciones, había abierto su gimnasio en la Rambla de Santa Mónica junto al Círculo Ecuestre; de esta manera, pensaba el ilustre maestro, atraería alumnos de entre los socios de tan prestigiosa asociación. Aquella mañana el envite a sable, a florete y a espada era entre el conjunto de oficiales del Casino Militar y el del propio gimnasio de don Sebastián Pardini.

Alfonso Ardura, conociendo las carencias de su equipo y sabiendo que en la especialidad de florete adolecían de un buen tirador, con el permiso del maestro, pidió a su amigo Germán Ripoll que los reforzara.

—Nos enfrentamos contra los del Casino Militar, y ya sabes que sus componentes se baten como si les fuera en ello su honor o como si lo estuvieran haciendo contra los mambises en Cuba. Me ha dicho el maestro que busque un refuerzo para el florete, y he pensado que nadie mejor que tú.

Germán, muy sensible al halago y pensando en lucirse ante sus amistades, aceptó encantado. Le vendría bien practicar un poco y, además, tenía un especial encono hacia el estamento militar que databa de los ya lejanos días que había cumplido, junto a Alfredo Papirer, sus obligaciones para con la patria. Aun así, antes de comprometerse, indagó:

—¿Quién tira florete?

—No puedo decírtelo; el domingo aún no lo habían decidido. ¡Los del Casino Militar se toman estos torneos como si fueran a la guerra! El que es bueno en sable es tu amigo el capitán Serrano.

Ardura estaba al tanto de las diferencias de Germán con el militar, pues aquél le había contado el par de incidentes que había tenido con él.

—¡Lástima que no tire florete! Porque le habría bajado los humos.

Pese a su bisoñez, el club estaba muy bien equipado, pues además de las instalaciones propias de cualquier local de pública concurrencia, como despachos, vestuarios, cuartos de baño y demás, tenía dos salas de combate, una más reducida —con grandes espejos en las paredes para que los practicantes vieran sus defectos y pudieran corregirlos— y otra más grande y rectangular —en uno de los lados largos tenía ésta una pequeña grada de tres alturas para alojar a los posibles espectadores—; el largo tartán de ambas era de un azul impecable.

Germán y Ardura llegaron con el tiempo sobrado y, nada más entrar, se dirigieron a la pizarra de anuncios donde estaban escritos los nombres de los concursantes inscritos, el orden de salida y la manera en que se habían emparejado.

—Mira, ¡aún no tienes contrincante designado! Por lo visto te temen. Al lado de tu nombre hay una X. —Luego añadió—: Sales el quinto y yo salgo el cuarto. Desconozco quién es el teniente Cabezón, que me toca a mí, pero en espada todos son buenos.

Germán se aproximó al tablón y, sin contestar directamente a lo que decía su amigo Ardura, comentó:

—Ahí está ese imbécil de Serrano, en el recuadro del combate de sable. Tira contra Alzamora, a quien recuerdo bien porque antes pertenecía a mi club; es bueno.

—Vamos a lo nuestro. En sable estamos bien representados. Y en florete el mejor de Barcelona, sin contar contigo, es Galán; pero afortunadamente no es militar, y además creo que el club Gran Vía está deshaciendo su equipo, que casi al completo pasa al Tívoli.

Los dos amigos se dirigieron al vestuario, en cuya puerta lucía una placa que rezaba: LOCAL.

—Germán, hoy juegas en casa. El día que vengas con tu gimnasio te enviaremos allí.

Un poco más al fondo del pasillo se abría otra puerta con el rótulo de VISITANTE.

—Creo que es el único club de Barcelona que aún no conocía.

—Es muy nuevo, y el profesor es excelente. Si se te ocurre cambiar de club, te recibiremos con los brazos abiertos. ¡Los campeones son siempre bienvenidos!

Alfonso y Germán entraron en el vestuario. El primero se dirigió a su taquilla, y Germán, depositando en el banco contiguo el maletín con sus cosas y la alargada funda en la que transportaba sus floretes, procedió a equiparse. En primer lugar se embutió los calzones de combate, ajustados sobre las medias blancas debajo de las rodillas; sobre la camiseta se puso la chaquetilla, acolchada y abotonada al bies, y se calzó las zapatillas de fina gamuza; finalmente, abrió la funda de cuero de los tres floretes y, tras rasgar el aire con ellos varias veces, escogió el de la empuñadura forrada de delicado cordel gris con los gavilanes en forma de ocho.

—¿Ya estás?

Germán, colocándose el florete bajo el brazo, tomó la careta y los guantes de manopla.

—Estoy listo, vamos allá.

Partieron los dos hacia la sala de combate ubicada al final del pasillo. A medida que iban acercándose aumentaba el ruido que producían los aceros al chocar. Ambos quedaron quietos junto a la puerta para no distraer a los contrincantes hasta que finalizara el asalto. Germán paseó su distraída mirada por la grada colocada enfrente de la mesa de los dos jueces y enseguida distinguió la inconfundible fisonomía de su amigo Fredy Papirer, al que había invitado a ver el torneo, así como a diferentes grupos de amigos a los que había comunicado que aquella mañana iba a combatir reforzando al equipo de Sebastián Pardini. Después de saludar a Fredy con un gesto de la mano, observó la pizarra de terciopelo negro donde, con letras doradas, podía leerse el nombre de los tiradores y el resultado de los encuentros ya finalizados. El gimnasio de Sebastián Pardini ganaba hasta aquel momento por tres a dos; su amigo Ardura iba a continuación y su oponente, como ya sabía, era el teniente Rafael Cabezón. Por fin pudo leer el nombre del suyo: el alférez Carmelo Suances.

Una vaga preocupación pasó un momento por la cabeza de Germán: si la dirección del Casino Militar había escogido un oficial de tan baja graduación debía de ser porque éste sin duda era muy bueno; de lo contrario, habrían elegido por lo menos a un teniente, pues los militares, si no era por motivo muy importante, guardaban siempre el escalafón. Finalmente se dedicó a observar con detenimiento los resultados y presenció, no sin pesar, que aquel cabrón del capitán Emilio Serrano ganaba su liza. Si los jueces daban como perdedor en aquel tercer combate al representante del club de Sebastián Pardini, como así parecía, los dos grupos estarían empatados; entonces, si Ardura perdía el suyo, a Germán no le tocaba otra que ganar para por lo menos empatar la jornada.

La sospecha se consumó: los militares ganaron aquel asalto. Y Germán observó al instante dos cosas: la primera, que su amigo Alfonso Ardura, bloqueado por la responsabilidad, salía muy nervioso a ocupar el extremo que le correspondía en la larga alfombra del tartán, y la segunda, que aquel indeseable de Emilio Serrano, vestido ya con el uniforme del Regimiento de Cazadores de Alcántara, ocupaba ufano un asiento a la mitad de la segunda grada, que por cierto se había ido poblando de público, y que en la tercera, junto a uno de sus numerosos hermanos, se habían instalado dos de sus más fervientes admiradoras, las gemelas Casadevall, a las que recordaba vagamente haber comunicado aquel evento.

La voz de uno de los jueces marcando las reglas del combate a espada lo llevó de nuevo al presente.

No es que el teniente Cabezón fuera un gran tirador —en circunstancias normales, Alfonso Ardura lo habría derrotado—, pero era obvio que el trasnoche y la farra no iban con el deporte, y últimamente a su amigo se le daba mejor sostener en la mano una copa de cóctel que empuñar una espada para competir. La decisión de los jueces, tanto la del casino como la del gimnasio, fue inapelable: ambos dieron el punto al teniente Cabezón. Alfonso había perdido su combate; el cuatro a tres había subido al marcador.

Tras la pausa reglamentaria el *speaker* pronunció el nombre de Germán y el del alférez.

—Quinto y último combate. Por el club Sebastián Pardini, don Germán Ripoll, campeón de Cataluña 1886 y 1887, y ex campeón de España de florete, y por el Casino Militar, el alférez Carmelo Suances, recién llegado de Zaragoza e instructor de dicha especialidad para los oficiales de todos los regimientos barceloneses.

Germán Ripoll se colocó la enjaretada careta bajo el brazo y, tomando el florete, fue a ocupar su lugar en el extremo izquierdo de la alfombra de catorce metros, a la vez que su contrincante lo hacía en el extremo derecho.

Siguiendo la costumbre establecida en los torneos de gimnasios de Barcelona, un tercer juez, en esa ocasión el señor Lagardère —vicepresidente de la Asociación de Esgrimistas de Perpiñán e invitado de honor—, ocupó un sillón elevado entre los dos jueces locales, que eran, por el gimnasio Sebastián Pardini, su propietario, y por el Casino Militar, el comandante Revuelta, cuya misión sería dilucidar para quién era el punto que decantaría en aquella jornada la victoria o el empate.

Al oír la condición de su contrincante, Germán Ripoll lo observó con detenimiento. Suances era muy alto y excesivamente delgado, y cuando tomó el arma Germán supo que gozaba de una característica que le era muy desagradable: el alférez era zurdo.

Según las normas, cada uno de los jueces examinaba el arma del contrario. El comandante Revuelta llegó hasta Germán e inspeccionó con detenimiento la guarda y el botón de protección de la punta de su florete, en tanto que Sebastián Pardini hacía lo mismo con el del alférez Suances al otro lado de la alfombra. Después de regresar ambos jueces a su respectivo asiento, fue el señor Lagardère quien convocó a los dos participantes al centro del tapiz para anunciar las condiciones del último combate e instarlos al saludo de rigor.

—Caballeros —dijo—, si bien es obvio que conocen el reglamento, mi obligación es recordárselo. El torso es la única parte del cuerpo hábil para el tocado, y una salida del tapiz forzada por el contrincante equivaldrá a un tocado. No olviden que la raya de aviso está a dos metros del final de la alfombra. El combate será a cinco asaltos de tres minutos y a cinco tocados; por lo tanto, si uno de ustedes consigue tres de ellos la liza habrá terminado; en caso contrario, consumido el tiempo reglamentario los jueces determinarán el resultado del combate. Por último, tengan presente que éste es un deporte de caballeros.

Germán y el alférez Suances, tras el saludo de rigor y después de colocarse su respectiva careta, se pusieron en guardia.

Germán sudaba copiosamente. Era el último descanso antes del quinto asalto. Aquel maldito era astuto como un zorro y ágil como un rebeco, y su condición de zurdo había proporcionado a Germán no pocas dificultades. Desde el primer momento en el que cruzaron los aceros, supo que enfrente tenía un rival de cuidado, por algo los militares habían nombrado para aquel desafío a un alférez en detrimento de oficiales de más graduación. Iban empatados dos a dos; si quería ganar, tendría que emplear toda su destreza, pues la altura del alférez sumada a los noventa centímetros de la hoja del florete limitaba su táctica, de modo que debía reforzar los ataques al hierro si quería anular aquella ventaja. El desafío de aquella mañana había atraído a mucho público, y además los asiduos al gimnasio, al correr la voz de que en la sala grande había un combate que valía la pena, habían dejado sus actividades y habían acudido tomando partido por uno u otro según fueran las simpatías de cada cual.

Germán bebió el último sorbo de agua y, tras dejar el vaso en la mesa, se colocó la careta y se dirigió al centro de la alfombra. El alférez ya lo esperaba allí.

Sonó la campanilla y ambos contrincantes, tras chocar sus aceros, se pusieron en guardia. Germán quería evitar el incidente que le había proporcionado el último tocado a su adversario; pasara lo que pasase, debía mantener el sitio e intentar no retroceder, ya que el empuje y la determinación, sumados a la agresividad del alférez, le habían ocasionado la pérdida de un punto al verse obligado a retroceder, sacando luego ambos pies del tapiz, pues, metido en el fragor del combate, no fue consciente de que había llegado a la raya que marcaba el límite. Los ataques y las paradas se iban sucediendo a un ritmo trepidante. Germán lo intentaba todo; sin embargo, le parecía que el otro desbarataba sus ataques sin grandes problemas. Ataque en cuarta defensa, en sexta, otra vez arriba... Y súbitamente vio su ocasión: su rival tenía la hoja del florete paralela al suelo. Germán flexionó su rodilla derecha, dio un pasito adelante, cargó el peso en la pierna de atrás y se tiró a fondo dos veces, la primera amagando y la segunda intentando el tocado de abajo arriba. Cuando creía que lo tenía todo hecho, notó que el botón del florete de su rival, en un semicírculo rapidísimo, lo alcanzaba en el instante en que él le llegaba al peto.

Ambos retrocedieron y levantaron el arma a la vez.

El público gritaba. La gente se puso discutir, gesticulando de una grada a otra. Los jueces consultaban. El barullo era considerable.

La campanilla, con un sonar precipitado, impuso silencio y el *speaker* se dispuso a anunciar el resultado.

—Monsieur Sebastián Pardini da el punto a don Germán Ripoll. El comandante Revuelta da el punto al alférez don Carmelo Suances. Como manda el reglamento, dirimirá la cuestión el juez invitado, el señor Lagardère, vicepresidente de la Asociación de Esgrimistas de Perpiñán. El público se había contenido, y un raro silencio se abatió sobre el personal. El juez se levantó solemne y, de haberlo habido, el zumbido de una mosca se habría hecho notar.

—*Pour moi, monsieur Ripoll touché!*

En aquel momento estalló la algarabía. Germán no pudo contenerse. Su orgullo herido, la frialdad de su rival, su carácter que no admitía que le contradijeran en algo, todo ello sumado al hecho de que estaban presentes las gemelas Casadevall y Fredy Papirer formaron un cóctel explosivo.

Lanzó su careta violentamente al suelo, dio la espalda a su rival y, sin aguardar el saludo, se fue al extremo de la alfombra. Cuando ya iba a bajar la escalerilla destacó entre los gritos la inconfundible voz del capitán Emilio Serrano.

—¡Muy bien, muy bien! ¡Señoras y señores, vean cómo pierde un caballero!

Papirer se encaró con él.

—¿Por qué no se calla?

—¡Déjalo, Fredy, que a cada cerdo le llega su San Martín! —gritó Germán.

El capitán Serrano hizo gesto de bajar la grada.

—¡Maldito bastardo, yo le enseñaré modales!

—¡Cuando quiera y donde quiera!

Monsieur Sebastián Pardini intervino.

—¡Por favor, señores, haya paz! No conviertan en una riña de taberna lo que ha de ser una hermosa competición deportiva.

Las aguas poco a poco regresaron a su cauce, y la gente se fue calmando.

A la salida Germán, Papirer y Ardura subían por las Ramblas.

—A ese hijo de puta voy a tener que arreglarlo algún día.

—Déjalo, Germán. La culpa es mía por no haber ganado mi combate.

—Para que olvidéis las penas, ¡os invito esta noche a cenar a Can Culleretes!

—Caray, Fredy... ¡Quién te ha visto y quién te ve! Dentro de poco van a confundirte con don Claudio López de puro rumboso.

—Porque se puede, Germán, porque se puede.

71
El debut de Amelia

Amelia estaba hecha un manojo de nervios. Hasta aquel día había trabajado de chica-taxi en La Palmera, por cierto con notable aceptación a criterio de don Eloy Roselló, según le había comentado África, pero aquella noche de mediados de julio iba a debutar de vocalista con Los Cinco del Plata, y aunque sólo iba a cantar una tanda con la orquesta tenía la sensación de que se hallaba a punto de decidir su futuro.

—Si me va bien, Consuelo, ¡se acabó el soportar babosos! Me ha dicho Tomaso que en cuanto tenga un repertorio ajustado, podré hacer una tanda entera con el grupo.

Estaba Consuelo sentada en una de las camas del cuarto que compartían y observó a su amiga con detenimiento en tanto que ésta se miraba de perfil en el espejo del armario.

—Amelia, me asombras. Tienes lo que tienes encima, sabes que doña Justa ha dicho que en cuanto nazca la criatura aquí no podrás quedarte, y me sales hablando de que esta noche cantarás tres canciones.

Amelia se volvió como si la hubieran pinchado.

—¿Qué quieres que haga? ¿No te parece que ya he llorado bastante? Cuando llegue lo que ha de llegar ya me preocuparé, ahora lo que me obsesiona es lo de esta noche. Hace uno o dos meses lo veía todo negro y ahora, por lo menos, se me puede abrir una puerta. ¿Sabes lo que representa eso para mí? No te lo imaginas. Pero te diré algo: emplear el tiempo fuera del tiempo es perder el tiempo.

—Lo digo por tu bien, Amelia. Soy tu amiga y creo que te lo he demostrado, pero de aquí a nada traerás una criatura al mundo, no tienes adónde ir y no podrás trabajar. ¿Cómo quieres que no me preocupe?

—Perdona, yo también estoy muy nerviosa, pero, como comprenderás, lo que no estoy es loca. Sé lo que se me viene encima y tengo planes.

—Pues no estaría de más que me contaras algo.

—Todo a su debido tiempo. —Amelia cambió de tercio, se puso de perfil, metió la tripa y preguntó a su amiga—: ¿Se me nota mucho?

Consuelo, que la conocía muy bien, entendió que en aquel momento no iba a darle explicaciones y no insistió.

—¡Da gracias a Dios por tu naturaleza, siempre fuiste delgada! El señor Xicoy ha dicho que llevas bien el embarazo y, sin embargo, se te nota muy poco. Yo porque lo sé, que si no... Además, con el blusón que te has hecho y que va suelto, se te ve todavía mucho más delgada que a muchas que no están en estado.

—Ya es bueno que tenga que dar gracias a Dios por alguna cosa.

Consuelo quedó unos instantes silenciosa.

—¿Ahora qué pasa? Y no me digas que nada porque te conozco.

—Pasa que esta tarde en cuanto acabe el trabajo me plantaré en La Palmera. Como imaginarás, no voy a perderme ese momento.

Cuando Amelia llegó a La Palmera, Tomaso ya estaba junto a la entrada.

—¡Che, qué linda que venís! Parecés talmente una diosa.

—Déjate de tonterías, Tomaso, que estoy muy nerviosa.

—¡No te preocupés! Dejale a papito, y verás que todo va a salir muy bien.

En tanto iban pasillo adelante, Amelia preguntó:

—¿Sabes si ha llegado la Montenegro?

—Ya mismo estaba en la barra platicando con Dionisio.

—Ha de darme el carnet de baile.

—Eso está a punto de acabarse, Amelia. ¡Vos sos una artista! Dejate de pavadas.

Amelia, que había ocultado su embarazo, respondió misteriosa:

—No tan deprisa, Tomaso. La cosa no es tan fácil.

El hombre la sujetó por los hombros y la obligó a darse la vuelta apoyándola en una de las columnas.

—¿Qué me querés decir?

Amelia lo pensó un instante y decidió que debía ser honesta con el único aliado que tenía allí dentro.

—Que estoy embarazada, Tomaso.

Tomaso se separó algo de ella y la miró de arriba abajo.

—¿Qué me estás diciendo? No se te nota nada.

—Pero lo estoy, y de aquí a un mes el señor Roselló me echará porque ya no podré bailar y aún no estaré para cantar con el grupo.

—Dejame a mí que hable con don Eloy. Sos una mina bandera y no se puede desperdiciar un porvenir como el de vos por ser mamá. ¿Qué dice vuestro hombre?

Amelia mintió sin mentir.

—No tengo a nadie con derecho a opinar.

—Entonces, por el momento, achantá la mui.

—No te entiendo, Tomaso.

—¡Callate la boquita! ¿Me entendés ahora? No digás nada hasta que yo hable con el jefe, ni a la Montenegro ni a África ni a nadie, que las minas sos muy celosas y yo sé lo que me digo.

Tras estas palabras le indicó únicamente que entraba en el segundo turno y que hasta después de que cantara no tenía que salir para nada a la sala.

—Si te ven antes de salir —añadió— se pierde la mística. ¡Te aseguro que una vez que cantés todos querrán bailar contigo! Serás como una reina.

Amelia se dirigió al camerino de las chicas. Estaban todas sentadas frente al alargado espejo con los potingues colocados en el tocador común, dispuestas a rebozar sus rostros con productos para el disimulo de las imperfecciones de la piel, aumento de pestañas, polvos de maquillaje y pintura de labios.

Sobre su mesa se veía, junto a sus cosas, un estrecho búcaro de cristal con una única rosa blanca.

—¿Qué es esto?

Amelia se volvió en redondo, observando a las chicas.

—Ya lo ves.

La voz de Carmela Benítez, desde el quicio de la puerta, sonó a sus espaldas.

—Pero ¿eso por qué, África?

—No todos los días una amiga debuta como cantante.

Todas las mujeres, siguiendo el gesto de Carmela, comenzaron a aplaudir.

Amelia se llevó las manos a las mejillas.

—Sólo falta que me emocione, comience a llorar, se me haga un nudo en la garganta y no pueda cantar. Eres una burra.

África se adelantó y le plantó dos besos.

—Vas a hacerlo fenomenal y, acuérdate de lo que te digo, algún día presumiré de ello.

En aquel instante entró la Montenegro.

—Niñas, aquí traigo los carnets de baile.

La mujer fue repartiendo las libretitas donde debían pegar los pequeños sellos que acreditaban el número de piezas bailadas. Dejó el de Amelia para el último lugar.

—Toma. Vas a ver como hoy, después de cantar, lo agotas. Los hombres son muy vanidosos y les gusta presumir. Yo estaré en la barra con Dionisio; si te hace falta vienes a buscarme otro carnet. Creo que es una tontería que te hagan bajar a bailar después de actuar, eso va a ser un nido de problemas, pero manda quien manda, y don Eloy Roselló es el amo.

Tras intercambiar besos con sus compañeras y recoger la libretita, Amelia se sentó frente al espejo y abrió ante ella la batería de pequeños botes, borlas y pinceles para componerse el maquillaje. Cuando se quedó sola, pues antes de cantar no iba a salir a la sala, abrió el gran bolso y extrajo de él un blusón azul oscuro estampado de flores rojas, se quitó la chàqueta y, tras dejarla en el perchero, se pasó por la cabeza la nueva prenda. A continuación se cambió la falda por una tobillera de terciopelo negro y lamé de plata, mucho más apropiada para el espectáculo, se calzó los escarpines de charol que había comprado para el evento y, tras recomponerse el peinado, se miró en el espejo.

Desde luego, nadie podría adivinar que estaba embarazada.

El reloj avanzaba y los nervios la comían. El baile había comenzado hacía una hora y media y el momento se avecinaba.

Súbitamente la música de la orquesta del maestro Enrique Fornés se detuvo, y un redoble de platillos indicó que el turno de Los Cinco del Plata estaba a punto de comenzar.

Amelia se santiguó instintivamente.

Por el pasillo ya se oían los pasos de Nicolás, quien además de portero y de chico de los recados y de otros menesteres hacía también de regidor.

—Amelia, ¡tres minutos!

La muchacha entendió que había llegado el momento de jugarse el todo por el todo. Tomaso la había convencido de que para triunfar en aquel oficio había que intentar ser diferente, por lo que le había hecho ensayar, junto con piezas propias del local, ritmos que únicamente se conocían en los ambientes portuarios a los que desde todas las partes del mundo llegaban marineros que traían y llevaban sus cadencias y canciones. Amelia había ensayado un par de milongas, tres habaneras y, desde luego, dos pasodobles, con los que cerraría su actuación.

Llegó al escenario por la parte trasera y aguardó junto a la escalerilla a que Tomaso la anunciara. Las piernas le temblaban, y observó aterrorizada que tenía la boca seca. Ya era tarde y no había nada que hacer.

La voz de Tomaso resonó en sus oídos como un trueno.

—Tengo el gusto de presentar a la selecta concurrencia que nos honra con su presencia, y como primicia en Barcelona, a una cantante que nos trae nuevos ritmos de allende los mares. Con todos ustedes, ¡Camelia Méndez!

Tomaso había decidido aprovechar su nombre añadiendo una C mayúscula.

Amelia subió los tres peldaños de la escalerilla como un reo que subiera al patíbulo.

La música atacó los compases de la primera pieza y, casi sin darse cuenta, se encontró situada en la embocadura del escenario e iluminada por las candilejas. Amelia sintió sobre ella una cantidad de ojos expectantes, y llegado el compás oportuno entró en la melodía con el ánimo del novillero que aguardaba frente al chiquero la salida del primer toro. Apenas finalizada la primera estrofa se fue afirmando y comenzó a cantar, moviéndose y actuando como lo había hecho en los ensayos. Cuál no fue su sorpresa cuando, al finalizar la segunda, la gente coreaba el estribillo y a la tercera la pista estaba llena.

Terminada la última canción, las parejas se desenlazaron y sonó un cariñoso y nutrido aplauso que la hizo descender de las nubes. En el palco proscenio del primer piso un Eloy Roselló con el puro en la boca aplaudía asimismo satisfecho.

En la barra, en aquel instante, un asombrado Fredy Papirer daba un codazo a su amigo Germán Ripoll sin llegar a creerse lo que estaban viendo sus ojos.

—Pero ¿te das cuenta de lo que hay?

—¡Mira por dónde ha salido la mosquita muerta! ¿No me dijiste que estaba embarazada?

—Suponiendo que sea verdad lo que me contó. Pero lo dudo;

creo que lo que ella quería era colgarme el mingo. De todos modos, con esa especie de blusón suelto, si lo está, no se le nota nada.

—¡No me dirás que no tiene gracia la cosa! Pero ¿no trabajaba en El Siglo?

—Allí trabajaba.

—Desde luego, las mujeres son la reoca. A la que te descuidas, intentan pasarte la mona.

Germán se dirigió al barman, que servía las copas detrás de la barra, y cuando Amelia se estaba retirando del escenario inquirió:

—¡Oye, chico! Mi amigo —dijo señalando a Fredy— es amigo de la cantante y le gustaría saludarla.

—Ahora tendrá ocasión. Cuando suba la orquesta grande, saldrá a bailar con las demás mujeres.

Germán cambió con Papirer una mirada significativa.

—Ya lo has oído, dentro de nada la tendrás con las que se alquilan. Y espabila, porque está de muy buen ver y va a tener muchos clientes. Ya sabes, ¡la ocasión la pintan calva! Sobre todo viendo el ganado de desecho de tienta que hay hoy aquí.

Aquella tarde La Palmera estaba abarrotada. Al personal que acostumbraba acudir todas las tardes se sumaba mucho recluta de cuota, de todos los cuerpos, que aprovechaba el día de la patrona de Caballería para salir del cuartel, llenando los locales de ocio, los tugurios y los bailes de toda la ciudad.

—Descuida, tengo diez tíquets y ¡pienso gastarlos todos con ella!

—A mí también me gustaría echarme una polca.

Fredy dirigió a su amigo una mirada cargada de sorna.

—¡Quita ya! Tú picas más alto, deja algo para los aficionados.

—No tengo manías, a mí me da igual la Bonmatí que una camarera de mi madre... ¡Todas tienen lo que tienen en el mismo sitio!

—¡Más a mi favor! Si crees que puedes tener en casa el avío que te alivie, no es justo que quieras cagarme el estofado.

A todas éstas, Amelia salía por la puerta del fondo del lado del escenario y se dirigía a su sitio ubicado en la segunda fila junto a África, entre las demás chicas que esperaban que la orquesta de Enrique Fornés comenzara su turno, con los carnets de baile en la mano y prestas a la caza y captura de incautos.

Fredy fue rodeando las columnas de hierro que soportaban los reservados del primer piso y se colocó, algo apartado, tras la silla que todavía estaba vacía.

Amelia llegó arrebolada.

—¿Qué tal he estado, África?

—Para ser el primer día, ¡fantástica! Y ahora prepárate porque al acabar la noche van a dolerte los pies.

El movimiento de hombres acercándose era notable. Tras la pausa del cambio de orquestas el personal se disponía a bailar de nuevo. Aquella tarde proliferaban los uniformes.

Amelia echó una rápida mirada por la sala.

—¿Qué pasa hoy?

—Es el día de la patrona de Caballería y han soltado el ganado.

Cuando Fredy Papirer llegaba hasta ella, un cabo del Regimiento de Artillería Montada con los rombos distintivos en las puntas de las solapas de la guerrera de gala y el correspondiente galón en la bocamanga llegaba a la vez.

Germán, desde la barra, observaba divertido las maniobras de aproximación de su amigo.

Raro era el día en que, por un motivo u otro, desde luego siempre con el trasfondo de las mujeres, en La Palmera no se formara algún jaleo, desde maridos celosos que descubrían sorprendidos cómo sus mujeres se ganaban un sobresueldo, pasando por novios que querían hipotecar el tiempo de baile de sus respectivas y finalizando con los proxenetas que se preocupaban por el rendimiento de sus protegidas; cada velada tenía su aquel.

La orquesta de Fornés ya estaba tocando, y el número de parejas en la pista iba en aumento.

Amelia no daba crédito. Justo cuando el militar se agachaba con el correspondiente tíquet en la mano invitándola a bailar, una voz mil veces recordada sonaba tras de ella.

—¿Me hace usted el honor, señorita?

Amelia se puso en pie y, dirigiendo a Papirer una mirada preñada de un odio insuperable, adelantó su mano hacia el cabo.

—Lo siento, señor, tendrá que esperar su vez. Este baile me lo ha concedido a mí —argumentó el muchacho aludiendo al gesto.

—Se equivoca, cabo. La muchacha es amiga mía y todavía no ha abierto la boca.

Amelia estaba tan amargamente sorprendida que no atinaba a decir nada.

—Además te recuerdo, querida, que según me dijiste tenemos algo en común. Le ruego, cabo, que desista y no abuse de una riña de novios.

El muchacho se dirigió a Amelia.

—¿Es eso verdad?

Amelia reaccionó.

—Que lo conozco es una triste realidad, pero es el último hombre que querría ver.

—Creo que está todo dicho, señor.

El número de quintos iba aumentando, a la vez que lo hacía el volumen de la discusión.

El militar tiraba de Amelia cuando Papirer la sujetó del hombro rasgándole el blusón.

El revuelo era ya considerable; todo aquello hacía las delicias de Germán y formaba parte del divertimento que, un día sí y otro no, le proporcionaba Fredy.

Soldados que bailaban en la pista se habían separado de sus respectivas parejas y, por espíritu de cuerpo, se acercaban al jaleo.

La orquesta paró la música.

—No se interfiera, cabo, si no quiere tener un problema.

—Aquí el único problema es usted. ¡Suéltela o se arrepentirá!

Fredy, con la vena del cuello ostensiblemente hinchada, chilló:

—¡Voy a hacer que se pudra en un calabozo, tarado!

La mirada de Germán abarcó todo el salón. A la altura de la puerta del salón el apretujado personal dejaba paso a un grupo de guardias municipales a las órdenes de un sargento, que junto con un pelotón de la Policía Militar al frente del cual destacaba un oficial, se iba acercando al grupo.

Germán no dio crédito. Si la vista no le fallaba, el que mandaba la escuadra era el alférez Carmelo Suances, su rival el día del torneo en la escuela de Sebastián Pardini, y tras él, imaginó que como superior que aquel día señalado controlaba toda la vigilancia militar en la ciudad, iba su aborrecido rival, el capitán Emilio Serrano.

La discusión de Papirer iba subiendo de tono.

El barullo había superado los límites acústicos del recinto, y por la escalera que bajaba desde los palcos asomaba Eloy Roselló, avisado por la interrupción de la música, por el creciente murmullo y por los gritos histéricos de las mujeres de la sala.

Germán dejó deprisa y corriendo la copa sobre el mostrador y se precipitó al punto del conflicto.

Los rivales habían apeado el tratamiento.

—¡Eres un bastardo!

—¡Voy a romperte la cara, pedazo de cabrón!

El cabo sujetaba a Fredy por las solapas.

Papirer había retrocedido hasta la pared y Germán se había llegado hasta su lado.

Empezaron los puñetazos.

La pareja de amigos se había refugiado en un ángulo espalda contra espalda, de manera que los atacantes se veían en dificultades para llegar hasta ellos.

La voz ronca de Germán dominó el bullicio.

—¡En columna de a uno, hijos de puta, que os voy a joder a todos!

Comenzaron a volar sillas.

Los pitos de los municipales sonaban intentando abrirse paso a la vez que el pelotón de la Policía Militar, al frente del cual iba el alférez Suances con el sable desenfundado en la mano, se dedicaba a apartar del barullo a los reclutas que querían sumarse a él, procurando controlar la reyerta.

Amelia se refugió tras su amiga África y ésta, con disimulo, extrajo del ramito de violetas que adornaba su escote una larga aguja de moño, su arma defensiva predilecta, preparándose para lo que pudiera venir.

Grupos de paisanos amantes de la bronca a los que el asunto ni iba ni venía comenzaron a tomar parte en el altercado al ver que dos de los suyos eran atacados por militares.

Cuando la batahola era ya considerable sonó un disparo.

El tiempo se detuvo y cada uno quedó quieto en su sitio frente al rival al que hacía un instante había atacado con saña, mirando hacia el lugar donde había sonado la detonación.

El capitán Emilio Serrano, pistola en mano y subido a una silla, comenzó a dar órdenes.

—¡Esto se ha acabado! Todo aquel que lleve uniforme que forme a la derecha de tres en fondo. ¡La fiesta se ha terminado por hoy! —Luego se dirigió a Suances—: Alférez, recoja las navajas y las porras de todos los soldados, sean del arma que sean, y apunte nombre, cuerpo, regimiento, batallón o compañía. —Finalmente se dirigió al cabo de municipales que mandaba los guardias—: Sargento, ocúpese de los paisanos que han intervenido en la trifulca, y deme sus nombres, por si alguno tuviera algo que ver con el estamento militar.

El hombre, al ver el grado de superior, emitió un «¡A la orden!» y se dispuso a cumplir el mandato.

Enseguida se estableció dónde y quién había comenzado el conflicto. Los testimonios de Amelia y de África fueron irrefutables, y la solidaridad femenina, que siempre une a las mujeres en apuros, hizo que las demás avalaran la acusación.

El sargento de los municipales se volvió hacia la pareja de amigos. El ojo izquierdo de Papirer presentaba un aspecto lamentable.

—Identifíquense, señores. Documentación.

La voz de Germán se sobrepuso a todas las demás.

—No me da la gana de entregársela, sargento. Está usted obedeciendo órdenes de un militar; hace tiempo que acabé la mili y, afortunadamente, a mí ya no me afecta ese gremio.

El sargento, al ver menospreciada su autoridad, se engalló.

—Si no se identifica usted, tendrá que acompañarme al cuartelillo.

—Está usted muy equivocado, no voy a ninguna parte por orden de ningún militar. Si usted conoce sus obligaciones, sabrá lo que tiene que hacer, y seguro que entre ellas no está la de detener, como si fuera un maleante, a don Germán Ripoll Guañabens, ex campeón de Cataluña y de España de esgrima, hijo de don Práxedes Ripoll de Grau, destacado prócer barcelonés, vicepresidente de Fomento del Trabajo, dirigente del Círculo del Liceo, que lo fue de la Exposición Universal y del Círculo Ecuestre y buen amigo del inspector general Peláez y del gobernador civil, don Luis Antúnez.

Al oír aquella retahíla de títulos y de nombres, el sargento vaciló.

Germán se volvió hacia Papirer.

—Tú haz lo que creas oportuno.

Finalmente se encaró con Emilio Serrano, y todo el odio concentrado que lo embargaba, imaginando la posible relación de aquel individuo con Claudia Codinach, salió a flote.

—¿Sabe usted cuál es la diferencia entre un militar y un civil?

El capitán lo miró con indiferencia sin dignarse responder.

—Yo se lo diré: es obvio que un civil puede militarizarse, cualquiera que haya hecho el servicio militar es prueba de ello; en cambio, un militar no puede civilizarse, como es patente aquí y ahora mismo.

—¡No le voy a tolerar esta falta de...!

Sin dar tiempo a que el militar acabara la frase, Germán Ripoll dio media vuelta y se dirigió a la salida de La Palmera.

72
La velada musical

Práxedes Ripoll había salido con bien del amago de infarto que lo había obligado a cuidarse todo el verano haciendo una vida muy tranquila en el *mas* de Reus. En esa ocasión Adelaida se había cuadrado. «No estoy dispuesta a quedarme viuda antes de hora —le había dicho—. Este septiembre deja los negocios en manos de Orestes, y los de tu logia tendrán que arreglarse sin ti.» Por otra parte, el siguiente día del susto había llegado a un acuerdo con Antonio, y éste, por complacer a su madre, se avino a postergar su entrada en el Seminario Conciliar hasta que su padre recuperara la salud.

Por supuesto, Práxedes protestó y rezongó malhumorado durante todo el estío, sobre todo porque a mediados de junio Orestes había partido hacia Alemania, donde pasaría una larga temporada en busca de una cura para las crecientes ausencias de espíritu de Renata visitando al renombrado doctor Wember en Berlín.

Por fortuna, una vez más Gumersindo Azcoitia demostró estar perfectamente capacitado para llevar las riendas de la fábrica y los asuntos de Cuba, y sin poder contar con Germán por su habitual falta de interés, al menos contó con la ayuda puntual de Antonio en cuanto a la llegada al puerto de mercancías y su posterior distribución a las fábricas, pues en esa ocasión el más joven de los Ripoll se esforzó al máximo para complacer a su padre.

El doctor Goday había sido tajante con Práxedes. «Si no deja usted el tabaco, amigo mío, atenúa el ritmo de sus negocios remitiendo de sus obligaciones y pasa más tiempo gozando de la naturaleza en su *mas* de Reus y huyendo de esta Barcelona llena de tensiones, problemas y bombas —le había dicho—, su corazón se volverá a resentir. Y tenga en cuenta que en esta ocasión, aunque tarde, hemos llegado a tiempo; no sé si lo lograremos la próxima.» Su cuñado Orestes también insistió en ello antes de partir, de modo que finalmente, acosado por tantos frentes y por una vez, Práxedes izó bandera blanca y dio su brazo a torcer.

De cualquier manera, paseó por la casa parte del verano como un león enjaulado, y Adelaida llegó a la conclusión de que lo mejor sería distraerlo con diversas actividades pues, conociendo como conocía a su marido, sabía que lo que más lo entretenía era marcarse un objetivo y luchar por él. Lo importante era encontrar el señuelo que llenara su tiempo.

—Práxedes —le dijo—, aprovechando tu convalecencia, creo que sería bueno montar una velada musical. Quedaríamos bien con muchos amigos que se han interesado por tu salud, podrías invitar a aquellas personas con las que te sientes obligado, y a mí me serviría para practicar el piano y ensayar con mis hijos. Antonio practica con el violín con asiduidad, pero Germán tiene el violonchelo muy abandonado.

A Práxedes la idea le pareció magnífica. Era una ocasión pintiparada para quedar bien con algunas personas de su círculo íntimo, mostrar la magnificencia de su casa y presumir de protector del bel canto. Puso como contrapunto, eso sí, su deseo de presentar en sus salones a su protegida, Claudia Codinach, que cerraría el recital cantando tres o cuatro partituras de su repertorio acompañada al piano por doña Encarna Francolí o por el maestro que ella designara. Entonces él y Adelaida acordaron que habría una primera parte con el trío y una segunda con la presentación de la nueva soprano. Entre sus invitados debería contarse, sin falta, con el cónsul americano, mister Howard; con don José Sarquella, gran maestre de la logia Barcino; con don Ramón Pelfort, acaudalado fabricante de Igualada; con el coronel jefe del Regimiento de Cazadores de Alcántara, don Fernando Pumariño, y asimismo con el último neófito presentado en la logia, don Antonio Llaverías, votos a ganar para el pretendido ingreso en la misma del capitán Almirall, con quien se había comprometido.

Don Gumersindo Azcoitia se puso a las órdenes de doña Adelaida para rellenar las invitaciones con los nombres de las más conspicuas familias de la burguesía barcelonesa. A los tarjetones con los más distinguidos apellidos, como Fabra, Vilá, Muntañola, Soler-Vidal, Bertrán y Giró, entre otros, se unieron los de pintores de moda y literatos, entre ellos Josep Masriera i Manovens, del que se contaba que había pintado un desnudo de Renata en su juventud. Todos ellos darían lustre a la velada. Tampoco podían faltar los amigos íntimos y los parientes, de modo que las cartulinas con los nombres de Hortensia Lacroce —esposa del agregado cultural del consulado de Francia— y, desde luego, los de Orestes y Renata, entre otros, se sumaron a los anteriores. En las invitaciones se señalaba el día, el motivo y la hora, y asimismo se rogaba contestación. Para asegurar la velada, Azcoitia se preocupó de que llegaran a su destino, ordenando a Silverio que llevara los sobres en mano al edificio de Correos con el fin de que hubiera tiempo para las respuestas.

Una contrariedad surgió cuando Adelaida comunicó su intención a Germán. Su hijo, sin tener en cuenta su clase social y el desdoro que tal situación implicaba, se empeñó en invitar a personaje tan desclasado y tan poco conveniente como Alfredo Papirer, a lo que ella se negó en redondo.

—Entonces no cuente usted conmigo para el trío de cámara.

—¿Ese disgusto vas a dar a tu padre por esa tontería?

—Para mí no es tontería. Fredy es mi amigo, y le aseguro que sabe comportarse y estar en cualquier situación. Además, la sociedad barcelonesa está acostumbrada a verlo conmigo en todas las fiestas. ¡Le sorprendería la cantidad de gente que lo conoce y se ríe con sus cosas!

—Criterio cerrado, Germán. Ese individuo que, por lo visto, también ejerce de payaso no pisará mi casa.

—¡Está claro que no se me ningunea únicamente en la fábrica! Ahora también en mi casa...

Adelaida intentó pactar.

—No es eso, Germán. Si, por ejemplo, quieres invitar a tu amigo Ardura, no tengo inconveniente alguno, pero me niego a que ese Papirer pise mis salones.

—Entonces, madre, sintiéndolo mucho, tendrá que buscarse un chelo.

—Como quieras, ya no tienes edad para que te castigue de cara a la pared, pero te aseguro que voy a acordarme de esta falta de respeto y ¡tiempo habrá para recordártelo!

La amenaza soterrada de su madre y el cosquilleo que le corría por las venas al imaginar a Claudia bajo su techo sin que su padre sospechara nada lo inclinaron a simular un cambio de actitud y a dar otro tipo de explicación a su madre.

Aguardó cuarenta y ocho horas para notificárselo.

—Mire, madre... Como comprenderá, finalmente no iba a contrariarla en esto, pero he intentado ensayar en el club y la verdad es que no tengo dedos, pues hacía mucho que no tocaba. Conste que lo he probado, pero ponerme al día me llevaría no menos de tres o cuatro semanas, y además de no haber tiempo tampoco lo tengo para dedicarme a ello.

—Eso es otra cosa, y te agradezco la explicación. Pero toma nota: no me gusta que me chantajeen. Y has de saber que ya me puse de acuerdo y ya he ensayado con uno de los violoncelistas del Liceo para que ocupe tu lugar, por lo que tengo la papeleta resuelta.

Y el tan anhelado día llegó. Casa Ripoll lucía a más no poder. Adelaida puso bajo la batuta de don Gumersindo Azcoitia, junto con el cuerpo de casa —compuesto por Saturnino, Ascensión, Teresa y Carmen—, a Mariano y a Silverio, acompañados de un grupo de apoyo constituido por el personal de la portería —Jesús, Florencia y Adoración— y reforzado por Crispín —el mayordomo de su hermano Orestes— y por dos muchachos escogidos de entre los empaquetadores de la fábrica, quienes se dedicaron específicamente a recoger las hierbas y a rastrillar el jardín artificial que Adelaida había mandado hacer recientemente en el centro del patio de manzana y al que había cubierto con una enramada de plantas trepadoras, consiguiendo que aquel oasis en medio de la ciudad fuera una auténtica delicia, fragante con las últimas flores de agosto.

Por el número de respuestas afirmativas que fue recibiendo a lo largo de los días, Adelaida pudo comprobar el peso específico que había ganado Práxedes en Barcelona como miembro del selecto grupo que había promovido la Exposición Universal. De manera que, a fin de que todo el mundo pudiera gozar de la velada, decidió agrandar el espacio, para lo cual hizo retirar las puertas de la salita de música y trasladó el piano al salón principal; así quedaban comunicadas las dos estancias, y en derredor de las mismas mandó colocar una herradura de sofás, sillones y sillas, dejando espacio detrás de éstos para que los caballeros, en caso de no poder sentarse, escucharan de pie el recital.

La mansión se llenó de ramos de flores y de otros presentes de diversa índole, y a las cinco en punto comenzaron a llegar los invitados. Práxedes, muy recuperado y notoriamente más delgado, hacía los honores junto a su esposa, recibiendo un sinnúmero de parabienes. «¡Qué esbelto está usted, amigo mío!», «Ya me dirá, don Práxedes, cómo lo ha hecho. ¡Parece un figurín de El Dique Flotante!», «Yo ya me he arruinado un par de veces en Caldas de Malavella y ¡no he bajado ni medio kilogramo!» Estas y otras muchas lindezas que halagaban su aspecto hacían las delicias de Práxedes, quien respondía amablemente a todas ellas, algo envarado y presuntuoso. Germán y Antonio colaboraban ayudando a los dos mayordomos a recoger capas, abrigos y sombreros, y conduciendo a las visitas hacia el fondo de los salones.

Una irónica sonrisa se asomó a los labios de Germán cuando, al regresar de acompañar a los Vidal, pudo ver en la entrada, saludando a sus padres, a Claudia Codinach. La joven iba hecha un figurín con el último modelito que le había regalado él, salido de los talleres de las hermanas Marinette. La acompañaban dos caballeros que, supuso Germán, serían su pianista y el chelo que iba a sustituirlo a él, pues el primero portaba bajo el brazo una carpeta de partituras y el otro el estuche de su instrumento. En aquel momento Práxedes se inclinaba, ignorándolo, a besar la mano de la amante de su hijo, deshaciéndose como un azucarillo en un café. Luego, desde el lugar que ocupaba, Germán oyó sus halagos.

Creyó que su momento había llegado y, abriéndose paso entre el grupo que en aquel instante acompañaba Antonio, se presentó en el recibidor.

—Mira, Germán, ¡voy a presentarte a la futura gran dama de nuestro Liceo! Ésta es Claudia Codinach, a la que me honro en patrocinar. Su voz es una auténtica maravilla, como podrás comprobar durante esta velada.

—Llega usted tarde, padre —dijo, y se adelantó a besar lentamente la enguantada mano de la joven—. La señorita y yo ya nos conocemos. Fue en la fiesta de los Bonmatí.

A Claudia el corazón se le vino a la garganta. La osadía de Germán no tenía límites, pero tal vez aquello era lo que la tenía más enamorada.

Práxedes quedó sorprendido por un momento. Adelaida intervino, pues conocía a su esposo.

—Sí, Práxedes, ¡si nos lo contó a la hora de comer al día siguiente...!

—No lo recuerdo.

—¿O tal vez me lo contó a mí más tarde? —añadió, conciliadora.

La gente iba agrupándose en la escalera.

—Está bien, me alegro de que así sea. —Antonio regresaba en aquel momento, y a él se dirigió su padre—. Antonio, hazme el favor de acompañar a la señorita al cuarto de invitados. ¡Quiero que su presencia sea una auténtica sorpresa!

Germán intervino.

—Yo lo haré, padre. Si me hace el favor, Claudia... —dijo ofreciéndole el brazo.

Práxedes parecía indeciso.

—En tal caso, Antonio, si eres tan amable, acompaña a los maestros al piano para que comprueben su afinación al respecto del chelo y de tu violín, y para que dejen sus cosas.

En tanto proseguía la entrada de los invitados, cada hermano continuó con su cometido. Antonio acompañó a los maestros al fondo del salón para que pudieran proceder a la afinación de los instrumentos, mientras Germán, ocupándose de que sus padres pudieran oírlo, comentaba en voz alta dirigiéndose a Claudia:

—Si es tan amable de acompañarme y en tanto acaban de llegar los invitados, le mostraré la casa. Si le gustan los libros voy a presumir de la biblioteca de mi padre, y si prefiere las flores, presumiré del jardín de mi madre. ¡Aquí cada cual tiene su juguete!

Práxedes, que tenía un oído en la gente y el otro puesto en la charla de su hijo, comentó en voz baja:

—No la entretengas, que Claudia tendrá que calentar la voz.

—Es un momento, padre. No voy a castigar a la señorita teniéndola encerrada tanto tiempo.

Apenas traspasado el arco del recibidor y cuando ya la pesada cortina impedía la visión, Germán tomó a Claudia por la cintura.

—¿Qué haces? ¿Acaso te has vuelto loco? —dijo intentando desasirse.

—No me he vuelto, ¡lo estoy desde que te conocí!

—Germán, ¡por Dios!

—Estás preciosa, y me encanta verte en mi casa.

—Déjate ahora de piropos, ya me los dirás cuando estemos a solas. Y llévame a algún sitio donde pueda calentar la voz, a ser posible sin que se me oiga.

A Germán se le encendió una luz.

—Tengo el sitio perfecto. Vas a poder cantar y, si quieres, hasta gritar sin que nadie pueda oírte.

En el momento en que Germán le pasaba el brazo por los hombros Teresa salió del dormitorio de Adelaida, que había sido habilitado como improvisado ropero.

Germán, rápidamente, le retiró la capa de los hombros.

—Teresa, hágame el favor, lleve la capa de la señorita donde pueda encontrarla fácilmente. Ella se irá antes de que acabe la fiesta.

—Como mande el señor.

La muchacha tomó la hermosa capa de terciopelo forrada de visón y desapareció tras la puerta que daba al dormitorio de los señores.

Germán, tirando de Claudia, atravesó el comedor y salió a la galería. La noche era espléndida. Claudia lo seguía entre asustada y admirada. El impacto de aquel jardín interior cubierto de hiedra, con los dos bancos curvos, el estanque circunvalándolo, rodeado de arbustos y surgiendo como por milagro en el interior de la manzana sorprendió a Claudia, quien no sabía qué admirar más.

—Caramba, ¡cómo vivís los ricos!

—Como vivirás tú, si me dejas cuidar de ti.

—Y ¿qué harás si te dejo?

—Regalarte el mundo y ponerlo a tus pies.

El ambiente y la luna habían ganado completamente a Claudia.

La pareja atravesó el jardín, y Germán la condujo hasta el final del gran terrado que llegaba hasta la calle Mallorca. Al llegar frente al pabellón modernista diseñado por Domènech i Montaner, la cara de asombro de la muchacha, iluminada por la luna, era un poema, y la percepción del tiempo pasó a segundo lugar.

—¿Y esto qué es?

—Esto es donde yo me refugio para pensar en ti. —Luego, abriendo la puerta, añadió—: Pasa, princesa.

Los aplausos coronaron la actuación del trío. Doña Adelaida se levantó de la banqueta del piano y, con el gesto, invitó al maestro y a Antonio para que la acompañaran. Éstos, dejando sus instrumentos apoyados en el piano y en la banqueta respectivamente, se adelantaron a recibir el aplauso. Los «¡Bravo!» de los caballeros ubicados en herradura tras los asientos de las damas eran estentóreos, y la actitud de estas últimas golpeando con el abanico plegado la mano libre era signo incontestable de que la última pieza del recital, que había sido «Mallorca» de Albéniz, había constituido un verdadero éxito.

Desde donde se hallaba Práxedes no podía verse la totalidad del espacio. Un discreto gesto alzando el brazo hizo que Gumersindo Azcoitia se acercara hasta él discretamente.

—Usted dirá, don Práxedes.

—Hágame el favor, Gumersindo, vaya al cuarto de invitados y acompañe a la señorita Claudia hasta el piano, pero hágalo por detrás y cuando el maestro esté colocado. No quiero perder el efecto de su salida.

Partió el secretario a cumplir el mandato. Atravesó el recibidor, enfiló el pasillo y llegado al cuarto de invitados tocó discretamente la puerta con los nudillos. Nadie respondió. Esa vez, además de golpear de nuevo, llamó con la voz.

—Señorita Claudia, señorita Claudia...

El silencio más absoluto fue la respuesta a su llamada.

Gumersindo abatió el picaporte y abrió la puerta con prudencia. Allí no se hallaba nadie, ni por el orden absoluto que reinaba tenía aspecto de haber habido alguien. Cuando iba a dirigirse al cuarto de baño del pasillo se encontró con Teresa, que salía de la cocina.

—¿Ha visto por casualidad a don Germán con una señorita?

—Hará como un cuarto de hora, iban hacia la biblioteca de don Práxedes, y el señor Germán me ha dado la capellina de la señorita para que la guardara.

443

Tras dar las gracias por la información, el secretario partió hacia la biblioteca. Estaba a oscuras, y la única luz que se veía era la de la galería que daba al gran terrado, cuya puerta acristalada estaba medio abierta.

«¡Qué imprudencia, por Dios! Germán, sin duda, ha querido mostrarle el jardín, sin tener en cuenta que a estas horas la humedad y el relente de Barcelona son fatales», pensó Gumersindo.

El secretario, subiéndose el cuello de la chaqueta, se dirigió a la glorieta. Allí tampoco había nadie. El agobio comenzó a asediarlo, el tiempo iba pasando y todo el mundo debía de estar en su sitio, aguardando el tan anunciado cierre del recital. Cuando ya iba a darse la vuelta llamó su atención la pálida luz que salía del pabellón del fondo. Gumersindo terminó de atravesar el jardín rápidamente y dirigió sus pasos a la puerta de la pequeña construcción. Se disponía a llamar, pero una mezcla de gemidos y pequeños gritos hizo que su mano se detuviera. Un sudor frío comenzó a descender por la frente del fiel secretario, y por su mente pasó la escena: aquel insensato, si aquello llegaba a trascender, iba a ser la causa de un nuevo ataque del fatigado corazón de su padre.

Gumersindo Azcoitia tomó la decisión. Se estiró los faldones de la chaqueta, se ajustó el cuello de celuloide de su camisa y golpeó la puerta con energía.

Los suspiros y los entrecortados gritos cesaron al instante. Tras una pausa, sonó la voz de Germán, ronca y autoritaria.

—¿Quién es?

—Soy yo, Gumersindo. Su padre le reclama. La primera parte de la velada ya ha terminado, están esperando a la señorita.

Dentro, un murmullo de voces inconexas casi discutiendo.

La puerta se abrió una cuarta y asomó Germán en mangas de camisa ajustándose los gemelos. Su voz sonó ahora más templada.

—Dígale que ya va yendo, que he tenido que entretenerla porque estaba muy nerviosa. —Luego añadió, cínico, ante la mirada recriminatoria—: Entretener a las damas siempre ha sido mi especialidad.

El maestro ya estaba al piano cuando Claudia apareció por la puerta de atrás después de ser anunciada por Práxedes. La concurrencia la recibió con un aplauso cerrado. La expectativa era muy grande. Las voces fueron enmudeciendo y el pianista atacó la primera pieza.

Claudia, muy alterada, sujetó los nervios con oficio y al segundo lied ya se había hecho con el respetable. De cualquier manera, al finalizar quedó el regusto de que la gente esperaba más; al fin y a la postre, allí se hallaba la crema de Barcelona, acostumbrada a escuchar en el Liceo a grandes divas.

Concluida la velada la gente fue saliendo lentamente y despidiéndose de los anfitriones. Don José Sarquella daba sus parabienes a Práxedes: «Ha sido magnífico». Hortensia Lacroce acercaba sus labios al oído de Adelaida y musitaba: «Me has gustado más tú». El coronel Pumariño, aproximándose a Práxedes como si le confesara un secreto, susurraba: «Entiendo poco de música, pero mucho de mujeres, amigo Práxedes, y creo que ha hecho usted una gran inversión».

Por la noche Adelaida, sentada frente a su tocador, charlaba con Práxedes, quien ya se había colocado su bigotera y leía las tarjetas que habían dejado los asistentes a la velada.

—La verdad, querido, ¡no es para tanto! Creo que la has alabado en exceso en la presentación, de manera que la gente esperaba más y se ha ido algo decepcionada.

Práxedes la excusó.

—Estaba muy nerviosa.

73
Las veleidades de Claudia

A don Práxedes le sorprendió la llegada de aquel mensajero portador de un pequeño sobre en cuyo remite podía leerse:

ENCARNA FRANCOLÍ
Profesora de Canto
Calle Graciamat, 15, 4.º 1.ª

El botones que le había entregado el sobre preguntó:

—Dice el hombre que si hay espera.

—Que aguarde un momento.

Práxedes abrió nerviosamente el sobre y extrajo de su interior un tarjetón de color crema escrito a mano con letra picuda de mujer, y al calzarse los anteojos, sin saber por qué, tuvo un mal pálpito.

Estimado don Práxedes:

Me atrevería a pedirle que me concediera una entrevista y a ser posible aquí, en mi casa, ya que mi precaria salud y la fragilidad de mis piernas me impiden moverme por la ciudad, como bien quisiera. No le adelanto por carta el motivo de la misma, pues creo que es cuestión para hablarlo claro y personalmente.

Si no es abusar de su amabilidad, le ruego que concrete en una nota el día y la hora (yo siempre estoy en casa) y me la envíe mediante el propio que le ha traído ésta.

Suya afectísima,

ENCARNA FRANCOLÍ

Práxedes se sentó en su despacho y garabateó una nota de respuesta. Consultó el calendario de hojas en forma de librillo que estaba sobre el escritorio y, tras decidir una fecha, escribió:

Distinguida amiga:

El jueves próximo a las cuatro de la tarde estaré en su casa sin posible dilación.

Reciba un cordial saludo,

PRÁXEDES RIPOLL

—Toma, entrega esto al mensajero. Y di a don Gumersindo que acuda a mi despacho.

Partió el botones a la vez que don Práxedes se sentaba tras la enorme mesa, presidida por un gran tintero de cristal de roca tallado con tapón de plata. En ella, además de otros útiles para la escritura, había un archivo a un lado y al otro un marco de piel con un cuadrito de Adelaida cuando era más joven; el resto estaba cubierto de carpetas.

Conforme pasaban los días se reincorporaba poco a poco a las labores de la fábrica, sin llegar, no obstante, a dedicar ni las horas ni el desmedido afán del pasado.

Precisamente estaba releyendo la carta cuando la figura de su secretario asomó en la puerta.

—Permiso, don Práxedes.

—Pase, Gumersindo, y siéntese.

El fiel Azcoitia se acomodó frente a él.

—Usted me dirá.

—Mire, Gumersindo, el jueves por la tarde llegan dos cargamentos de piel curtida de Ubrique, y yo no podré estar. Tengo algo urgente que hacer y, consultado el almanaque, el jueves es el día de menos compromiso. Tendrá usted que llegar más temprano para recibirlo, ¿va a poder?

—Desde luego, don Práxedes. —Acto seguido interrogó, prudente—: ¿Estará don Germán para recibirlo?

Práxedes suspiró.

—Es una batalla que tengo perdida. Hágame el favor de ir usted, y si mi cuñado pregunta, diga que he enviado a mi hijo a una reunión del círculo. No quiero tener más problemas.

El coche se detuvo en la plaza de l'Oli, y sin aguardar a que Silverio descendiera del pescante y abriera la portezuela, don Práxedes estaba ya en la calle.

—Como siempre, Mariano, aguárdeme en el mismo sitio.

—Si viene el municipal y me echa como el otro día, dejaré a Silverio para que le espere y yo daré una vuelta.

—Si eso ocurre, hágame el favor de tomar al guardia el número de la placa. Yo haré que se ocupen de él.

Partió Práxedes hacia la calle Graciamat con el bastón volteando en su mano, mirando atentamente la calzada y pensando que si alguno de los aduladores de aquella Barcelona tan admirada después de su Exposición Universal pudiera ver el pavimento de algunas calles de paso menos frecuentado, se escandalizaría al observar los muchos adoquines que estaban arrancados, el estado de alguna de las tapas de las cloacas y los inmensos charcos que se formaban apenas caían dos gotas.

Práxedes llegó al n.º 15 de la calle y se dispuso a ascender la empinada escalera con paso cansino y el sombrero de fieltro en la mano. Llegó al cuarto piso y, atravesando el rellano, se dirigió a la puerta del estudio de doña Encarna. Tocó el timbre y aguardó. Al fondo, como de costumbre, el sonido de un piano que se detuvo al instante, después los consabidos pasitos de pajarillo y, tras abrir la puerta, el esperado perfil de la ilustre profesora. Como siempre, llevaba el escaso pelo peinado en un moño alto y tirante, un severo traje negro de mangas recogidas y escarpines del mismo color, y en el cuello, supuso él que por un adarme de coquetería, una cinta de terciopelo que disimulaba su colgante papada de pavo.

—Buenas tardes, don Práxedes, bienvenido a esta humilde casa.

Práxedes, sin traspasar todavía el umbral, correspondió al recibimiento.

—Su casa, doña Encarna, es un templo de la música y la cultura, y me honra usted al recibirme.

—Mejor querría que fuera por motivo más grato... Pero pase usted, por favor.

Se instalaron en la pieza que ya conocía, y esa vez alrededor de la mesa camilla. La profesora, dada la hora, le ofreció un café o unas hierbas. Práxedes eligió lo primero y aguardó a que doña Encarna Francolí regresara.

La maestra llegó al poco portando en la bandejita dos jícaras de café en su respectivo plato con sendas cucharillas, así como una cafetera con el humeante y negro estimulante. La anciana se dirigió a la vitrina y extrajo de ella el azucarero más recargado y horrible que jamás había visto Práxedes en su vida.

—¿Uno o dos terrones?

—No tomo azúcar. Gracias, doña Encarna.

—Es usted un diletante. C-A-F-E: Caliente, Amargo, Fuerte y Escaso; eso indica las siglas. Yo, desgraciadamente, soy una golosa impenitente... ¡Y eso que mi médico me lo tiene prohibido!

La mujer se instaló frente al prócer y, tras servirse dos terrones de azúcar y remover el café con la cucharilla, cruzó las manos sobre el regazo y suspiró.

—Perdone que entre en materia tan rápidamente, pero la curiosidad me priva, ¿qué es eso tan importante que tiene que explicarme?

Entonces Práxedes, al ver la actitud de la vieja maestra, entendió que toda aquella parafernalia del café había sido para demorar el momento de la explicación.

—Crea usted que me cuesta una enfermedad hablar de este tema, y de no ser porque tengo la certeza de cuanto voy a explicarle, no hablaría de esta manera.

—Me tiene usted sobre ascuas, doña Encarna; le ruego que no se prive.

La mujer se fue un poco por los cerros de Úbeda.

—Mire, señor Ripoll, llevo muchos años en esto y sé cuándo encuentro una perla entre un millón de ostras, pero por lo mismo también conozco el peligro que entraña tomar una decisión equivocada... y, a estas alturas de mi vida, no querría que alguien me tildara de aprovechada.

—Le ruego que sea más clara y concisa; soy un hombre de negocios, y el tiempo es oro.

—Usted, don Práxedes, es uno de los grandes mecenas de esta ciudad. Unos hacen edificios, otros protegen pintores... y usted es de los pocos que patrocina carreras de jóvenes intérpretes.

Práxedes comenzó a intuir por dónde iban los tiros.

La maestra prosiguió:

—Para que un tenor o una soprano llegue a la cumbre no hace falta únicamente tener una voz con una tesitura, un color y un tono increíbles, sino también mucha inteligencia y, sobre todo, voluntad de sacrificio. Cuando esta última cualidad se pierde, todo lo demás huelga. He conocido alumnos con un porvenir maravilloso que han acabado cantando en cafetines de ínfima categoría.

—Le ruego que no se diluya. Estoy acostumbrado a aguantar temporales, no olvide que hasta me han puesto una bomba en la fábrica.

—Está bien, don Práxedes, voy a ello. Su protegida, Claudia Codinach, ha perdido el norte. Cuando las muchachas están en edad de merecer y les entra el demonio debajo de las faldas acostumbran perder el rumbo. Sea como sea, eso no me asusta porque ya lo he vivido en otras ocasiones y he sabido reconducir carreras... hasta que llegan a divas y no hay quien las pare; de todos modos, para entonces yo ya he cumplido mi trabajo. Mire usted, a fe mía que el dinero siempre hace falta, pero a mí no me gusta robar; si fuera más joven, tal vez me tentara la idea... Ahora lo que quiero es acabar mis días y que mi esquela esté impoluta.

Práxedes comenzaba a barruntar algo.

—Y si ha reconducido carreras otras veces, ¿por qué en esta ocasión es diferente?

—Ahora llegamos al motivo de mi llamada. Yo imaginaba cosas, pero dado lo delicado de la situación quería estar cierta de lo que voy a decirle. He hecho seguir a Claudia por un alumno mío, un joven con poco talento para el bel canto pero con muy buena voluntad, al que enseño sin cobrar las clases; él me paga haciéndome recados y algún que otro favor. El caso es que su protegida, don Práxedes, tiene un amante, un amante fijo, por el que bebe los vientos. Falta a clase, no ensaya lo suficiente, está diluida y, en conjunto, he tenido que bajar dos partituras un semitono porque, en mi opinión, ha perdido voz.

Práxedes, aun sabiendo la respuesta, se vio obligado a preguntar:

—¿Y quién es el caballerete que está robando mi dinero?

La mujer miró fijamente al mecenas que tan pingües beneficios le reportaba sabiendo que iba a perder, para ella, un auténtico dineral.

—Germán Ripoll es su nombre. Es su hijo mayor, don Práxedes. ¡Él es la gran dificultad en la carrera de Claudia! Si usted no lo remedia, dentro de cuatro días cantará en el Edén Concert o en el Excelsior, eso en el supuesto de que tenga suerte.

Práxedes Ripoll se puso en pie. La ira contenida lo obligaba a hacer un inmenso esfuerzo para que su voz sonara normal.

—De cualquier manera, doña Encarna, gracias por su información, que la honra. No soy de esa clase de hombres que siempre protegen a sus polluelos. Yo me ocuparé del resto, y pronto tendrá noticias mías. Cuente durante seis meses más con los emolumentos que le pago. Luego veremos en qué queda todo esto.

—Don Práxedes, no aceptaré en modo alguno que pague las clases que no voy a dar.

—Perdone que insista, doña Encarna, pero, al igual que usted, tengo a gala cumplir la palabra que he dado. Mi cochero vendrá cada mes a pagar, si no sus clases, sí su información. Gracias, doña Encarna, de todos modos.

Práxedes se dirigió al recibidor con grandes zancadas, hasta donde la anciana maestra apenas pudo seguirlo.

—Repito: de todos modos, muchas gracias, doña Encarna.

74

Planificando el futuro

Los cuñados se habían citado en el Círculo del Liceo. Práxedes había creído oportuno tomar precauciones considerando que el tema era de capital importancia, no únicamente para la familia, sino también para el futuro de la firma Herederos de Ripoll-Guañabens, y que no convenía que oídos propios o extraños pudieran tener acceso a aquella conversación.

Cuando comunicó a Orestes la urgencia de la reunión, dedujo, a través de la respuesta de su cuñado, que también él tenía algo trascendente que comunicarle tras sus gestiones en Alemania, las cuales, por lo visto, no habían alcanzado el éxito esperado, pues Renata continuaba con sus ausencias mentales y con la melancolía de siempre.

Con el fin de estar tranquilos, había reservado uno de los comedores privados de diversa capacidad que tenía el círculo a disposición de los socios en la segunda planta de la entidad.

El lugar era sumamente discreto y estaba decorado con un gusto exquisito, fusionando sabiamente el estilo del último grito de aquel modernismo de fin de siglo tan en boga con un algo de club inglés. Tal combinación, sin dejar de ser sobria, era impactante. Las retorcidas sillas de respaldo curvo conjugaban admirablemente con los cómodos sillones Chester tapizados en cuero negro; el reloj de bronce Gastón Magne, de esfera blanca y números romanos, enclavado en una escultura que representaba una hermosa náyade medio desnuda mirándose en el espejo que sostenía un cupido, lucía instalado sobre el friso de madera de una chimenea que armonizaba perfectamente empotrada en medio de una biblioteca de estilo Windsor, y finalmente, la hermosa cristalera emplomada con vidrios de colores en forma de verdes hojas de acanto, flores y rojas frutas, que daba a las Ramblas, conjugaba magistralmente con la decoración de las paredes ornadas con dos lienzos, uno de Ramon Casas y otro de Santiago Rusiñol. Todo el conjunto respiraba confort y creaba un ambiente elegante y señorial que encantaba a Práxedes.

Otra cualidad que adornaba aquel islote de paz era para Práxedes el hecho de que en su club no pudieran entrar mujeres; entendía que aquel silencio que rezumaban las tapizadas paredes, que tantos secretos guardaban, habría sido imposible caso que en aquel sanctasanctórum se admitieran señoras.

—¿Ha llegado mi cuñado?

—No, señor Ripoll, don Orestes aún no ha llegado.

—He reservado un comedor pequeño.

—Sí, señor, está aquí anotado, el comedor del reloj para dos personas. Pero en caso de que no lo hubiera reservado daría igual; ésta es su casa.

—Está bien, Emiliano. Cuando llegue don Orestes, dígale que le aguardo arriba.

Práxedes se despojó de su capa de lana inglesa con esclavina ribeteada de cuero y de su bombín y se los entregó al criado.

—¿Tiene prensa del día?

—Ahora mismo le envío un botones a por ella, y le acompaño.

—No se moleste, sé el camino.

Práxedes tomó la escalera curva sintiendo bajo sus pies la mullida alfombra, salpicada de las letras C y L entrelazadas, y se dirigió al saloncito.

Aquel lugar lo reconfortaba; a su ambiente silencioso y a su esmerado servicio había que añadir aquel olor a cigarro habano que tan bien conocía, pues presumía que su nariz podía distinguir más de una veintena de marcas de cigarros puros.

Apenas instalado llegó un joven botones con una bandeja portando prensa de Madrid y Barcelona —*Diario de Barcelona*, *El Correo Catalán*, *La Publicidad*, *Diario Mercantil*, *La Época* y *ABC*—, junto con las revistas del mes provistas con sus correspondientes mástiles con mango de ébano en forma de uso que facilitaba la lectura.

La impecable mesa estaba puesta junto a la cristalera para dos comensales.

Apenas había echado una mirada a *La Vanguardia* cuando la voz de Orestes hablando con Emiliano, el mayordomo jefe, sonaba al fondo del pasillo.

Práxedes se puso en pie. Orestes, como de costumbre, lo saludó espontáneo; sin embargo, Práxedes percibió en su talante que algo ocurría.

—Hola, cuñado, ¿cómo estás?

Antes de responder, Orestes dirigió una mirada al mayordomo y éste la entendió al punto, de modo que, tras dejar sobre la mesilla la carta de platos, desapareció discreto.

—Malas nuevas, Práxedes, malas nuevas.

—¿Y pues…?

—Cuando un hombre no puede contar con la colaboración de su mujer para que ésta resuelva una serie de tareas domésticas y tiene que cargar con el fardo del trabajo fuera de casa y, además, con labores que a ella competen, como es la educación de una hija, entonces el problema se agrava. El matrimonio es un carro con dos varas, y cuando el marido tiene que tirar de las dos, ¡mal asunto!

—¿Y cómo está Candela? Sé que la ingresaste en el Sagrado Corazón tras aquel lamentable incidente con el hijo de la costurera.

—Efectivamente, mi hermana tuvo que acompañarme, como bien sabes. Renata se desentendió, como de costumbre. Te lo explicaré durante la comida, no es cuestión de un minuto. Es por ello por lo que me ha venido bien citarnos aquí.

Práxedes sopesó las palabras de su cuñado y socio.

—Renata está mal, eso lo sabes hace tiempo.

—De eso no me quejo, ya lo he asumido, y más ahora que el doctor Wember no atinó más diagnóstico que atribuirle un gran trauma, debido a un lastre que arrastra desde muy joven.

Práxedes se revolvió inquieto.

—¿Y no atinó a decirte cuál podría ser su origen?

—Me respondió diciendo que eso pertenece al arcano de cada persona y que tal vez ni ella misma sea consciente del origen de su mal. Lo que me saca de quicio es que está mal únicamente para ciertas cosas. Antes no era así; ahora, en cambio, los rezos, las novenas y los curas acaparan su tiempo, y para ello rige perfectamente, pero si le hablas de problemas conyugales es cuando se desinteresa, queda en blanco y apenas responde. Esta carcundia eclesiástica le ha sorbido el seso.

—¡Y me lo dices a mí, a quien esa gente ha robado un hijo! Un día no lejano en esta Barcelona pasarán cosas más serias de las que están pasando. Por ahora los que aguantamos las bombas de los anarquistas somos nosotros, los asquerosos fabricantes burgueses columna vertebral de esta ciudad, pero no te extrañe que el día menos pensado empiecen a quemar conventos, que eso ha pasado ya otras veces, pues en el fondo ese solaz siempre divirtió al pueblo, y no es por hablar, pero, aquí que sólo nos oyen estas discretas paredes, te diré que se lo tendrán bien merecido. Sea como sea, vayamos a lo nuestro, Orestes, que hay mucha lana que cardar. Pensé que era yo únicamente el que tenía que exponer algo, pero por lo visto tú también tienes algo en el buche que quieres decirme. Además, tenemos un tema que tratar: ayer recibí un cable; Almirall ya ha arribado a Dakar y ha comenzado las negociaciones. Las noticias llegan a todos lados. La abolición de la esclavitud está perjudicando, en el mercado de origen, la compra de la mercancía, pero ¡en fin!, todo se resolverá.

Los cuñados se sentaron a la mesa, y apenas Práxedes hizo sonar el pequeño timbre de muelle cuando ya Emiliano comparecía por la puerta.

—¿Qué va a ser, señores?

—¿Qué nos ofrece?

—Tengo una lubina que hoy a las seis de la mañana estaba en el mar, pero es para dos.

Práxedes interrogó con la mirada a Orestes. Éste asintió.

—Está bien. ¿Cómo nos la va a servir?

—Al horno o a la sal, como prefieran.

Se decidieron ambos por la segunda opción y también optaron por compartir una ensalada Círculo. Tras escoger un Southern

Château Rothschild de 1884 se dispusieron a dar cumplida cuenta del ágape.

Cuando iban por el pescado y tras quedarse solos, después de que se retirara el sumiller, comenzaron a debatir las cuestiones que allí los habían llevado.

—Cuéntame, Orestes, qué es lo que ocurre con Candela.

Orestes suspiró profundamente.

—Ocurre, Práxedes, que no sé qué hacer con esa chica. La verdad, se me escapa de las manos, y es por ello por lo que echo en falta el juicio ponderado de una mujer que sepa tratar con tiento los problemas femeninos. Yo soy hombre y soy su padre, y me cuesta entender que Candela ha dejado de ser una niña, pero no por ello voy a permitir que se salte las normas de las buenas costumbres al uso, renuncie a su cuna y, por un estúpido impulso juvenil, haga caer el deshonor sobre mi familia.

Práxedes intuyó un resquicio para meter la cuña que debería ayudar a sus propósitos, y no desaprovechó la circunstancia.

—Sobre nuestra familia, que no se te olvide. Pero prosigue, porque si no te explicas mejor...

—Como bien sabes, he estado todo el verano de viaje. A mi regreso me encontré un recado de la madre Bofarull requiriendo con urgencia mi presencia en el colegio. Ayer por la tarde, dejando un montón de cosas por hacer, me desplacé a Sarriá para entrevistarme con la superiora. ¿Qué te imaginas que me contó?

—No me explico por qué no nos la dejaste en casa durante el verano. Pese a que yo debía guardar reposo por mi infarto, Candela es una muchacha que no causa alboroto alguno.

—Estaba recién entrada en la institución, ya nos costó su ingreso y entendí que habiéndose incorporado en las condiciones que lo hizo no convenía que pensara que su falta había sido leve y creí conveniente dejarla allí.

—Prosigue.

—El caso es que nada más entrar en el despacho de la monja intuí que el tema a tratar no era baladí.

Práxedes callaba, obligando con su silencio a que Orestes continuara.

—Me senté frente a ella y, tras los saludos de rigor y después de unos obligados circunloquios para no entrar en el tema de inmediato, me comunicó que había ocurrido algo tan grave que impedía que Candela permaneciera en el colegio y que el hecho no únicamente la afectaba a ella, sino que era causa de que otra interna fuera expulsada con el consiguiente escándalo. De momento, dijo la madre superiora, habían aislado a Candela de las demás, y llevaba dos meses en compañía de una de las religiosas, que tenían orden de no dejarla sola ni a sol ni a sombra para que no se comunicase con sus compañeras más de lo necesario.

Práxedes negó con la cabeza, disgustado.

—Lo siento, te prometo que no sabía nada. Adelaida, que sin duda debe de estar informada, ha intentado no alterarme durante estas semanas para no perjudicar mi corazón. Ya sabes cómo son las mujeres. Por supuesto ha hecho mal. No comprendo por qué no me ha puesto al corriente de ese infausto acontecimiento, que es de una gravedad que no admitía espera.

—No cargues tu conciencia. Entiendo perfectamente a mi hermana, pero, como puedes comprender, en cuanto lo supe dentro de mi cabeza saltaron todas las alarmas y pregunté a la madre Bofarull: «¿Qué es eso tan grave que determina tan drástica decisión?». La monja me respondió en un tono que indicaba que la institución asumía la cuota de responsabilidad que le correspondía y que, en atención a esa circunstancia, iba a ofrecerme soluciones por el bien de Candela. Me dijo: «El caso es, don Orestes, que su hija, aprovechando la festividad de San Juan, contando con que en esos días la disciplina indebidamente se relaja ya que en el colegio tan sólo quedan tres alumnas, aprovechó, como le digo, esa circunstancia para citarse, todavía no sé cómo, con un joven que la vino a ver. Pero lo más grave no es eso, sino que lo invitó a saltar la tapia del cementerio de las monjas para entrevistarse con él en los lavaderos». «¡Qué me está usted diciendo!», le respondí. «Lo que está usted oyendo», insistió la madre Bofarull. «Y ¿qué ocurrió?», le pregunté. Y contestó: «Que la madre Palmira, la ecónoma, necesitó la escalera y, al no hallarla en su lugar acostumbrado, fue a buscarla y encontró a la compañera encubridora del hecho intentando avisar a la pareja con un silbido, cosa que le impidió la sorpresa de encontrarse frente a frente con la hermana. Entonces, al ver una cuerda sobre la tapia del colegio, la madre Palmira dedujo que la chica algo ocultaba y al asomarse descubrió la escalera en el exterior. Lo demás ya puede imaginárselo, don Orestes; por el hilo se saca el ovillo. Fue al lavadero y sorprendió a la pareja… Y se vio obligada a llamar a los municipales, que se llevaron al intruso».

—¿Qué quieres decir con «sorprendió a la pareja»?

—Pues que la monja los pilló cogidos de las manos, sentados en el borde del lavadero. Eso únicamente, lo que hacen dos jóvenes enamorados, y nada más. Entonces, Práxedes, fue cuando pregunté a la madre Bofarull por la identidad del mismo. —Orestes explicó exactamente a su cuñado lo que le había dicho la superiora—: «Parece ser que es el mismo joven que fue causa de que usted nos la trajera. Su nombre es Juan Pedro, y su madre era la costurera de la casa de ustedes. Como comprenderá, don Orestes, la postura de la institución no puede ser otra, y bien que lo siento dado que su hermana Adelaida es íntima amiga mía desde los primeros tiempos del Sagrado Corazón.» No creas, Práxedes, que me callé; reclamé mis derechos, aludiendo a la responsabilidad del colegio. Le dije: «Son ustedes, madre, las responsables del orden dentro de los muros del convento; de haber estado atentas, esto no habría sucedido». A lo que ella respondió: «Soy consciente de ello, pero he consultado con la madre general y la decisión del cónclave es inamovible. Sintiéndolo en el alma, don Orestes, deberá llevarse a Candela a su casa. Lo único que cabe hacer cuando una manzana se pudre es sacarla del cesto para que no corrompa a las demás. Una única cosa puedo ofrecerle asumiendo la cuota de responsabilidad que tiene el colegio». Le pregunté qué me ofrecía, y contestó: «En atención a mi amistad con su hermana, procuraré que Candela pueda proseguir su formación a finales de este mes de septiembre en otro de nuestros centros, en San Sebastián o en la casa de formación que tenemos en Azpeitia, donde a usted le cuadre mejor». ¡Y así están las cosas, Práxedes! Candela en casa, por el momento, encerrada en su cuarto y sin querer comer, y su madre en el balancín de la tribuna, lagrimeando como una plañidera y mirando a la calle. ¡Ése es el panorama que se abre ante mis ojos!

Práxedes entendió que esa tan triste circunstancia iba a propiciar que Orestes aceptara el planteamiento que se había propuesto bosquejarle.

—Y ¿qué fue del mozo?

—Estuvo en el calabozo tres días, los que tardaron las reverendas madres en comprobar que nada faltaba en el convento. Después salió como garante un tal Cardona, que creo que tiene una librería en la Rambla de los Estudios. Él avaló su buena conducta y afirmó que tenía un puesto de trabajo fijo, por lo que, supongo, tendrá un juicio de faltas en el que seguramente citarán como testigo a Candela. Y luego ¡a la calle!

—La historia de ese mocito ya dura demasiado; creo que haríamos bien en ocuparnos de él. Por lo visto nuestra Candela se ha enamorado de un tipo inconveniente.

—¡Qué dices, Práxedes, si es una chiquilla!

—Lo que nos ocurre, Orestes, es que vemos a nuestros hijos siempre muy jóvenes, y nos parece que únicamente crecen los de nuestros amigos.

—Créeme, estoy auténticamente desolado.

Práxedes dejó que el desengaño y la impotencia se instalaran definitivamente en el ánimo de su cuñado.

En esta tesitura estaban cuando llegaron el café y los licores.

—Tómate el coñac y ya verás como dentro de poco te encuentras con mejor ánimo y ves las cosas de otra manera.

Tras la pausa correspondiente, Práxedes comenzó a esbozar su idea.

—Tal vez este incidente revierta en beneficio para nosotros.

—¡Qué estás diciendo!

—Se me está ocurriendo algo que tiene que ver con lo que estoy pasando yo y que es el motivo por el que te he citado a comer.

Orestes atendió como el neófito a quien se le revela un misterio.

—Explícate.

Práxedes extrajo del bolsillo superior de su levita un estuche con dos puros habanos y entregó uno a su cuñado.

—La Flor de La Dionisia. Nuestro principal competidor, Julián Cifuentes, puede hacer algo parecido pero no mejor.

Ambos encendieron su respectivo veguero, y cuando ya las volutas de humo perfumaban el ambiente, Orestes, casi por compromiso, ya que en aquel instante lo único que le afectaba era el tema de su hija, indagó:

—¿Qué noticias tienes de Almirall?

—Te adelantaré que tuvo que detenerse en Lisboa más de veinte días por una avería en las juntas de los conductos de vapor de las calderas, hasta que los técnicos del astillero que llegaron de Portsmouth dieron con el problema, con el que, por lo visto, están familiarizados, pues el barco gemelo que se vendió en las Antillas tuvo la misma avería. Finalmente, tras repararlo, pudo proseguir viaje, de modo que el envío de… carbón le llegó a mi socio, Massons, más tarde de lo esperado.

Orestes era inmensamente rico, y la aventura del aval y de la compra del barco había sido para él una distracción; si el asunto llegaba a buen puerto, mejor que mejor si resultaba la inversión más económica, por lo que regresó de nuevo al tema que tanto le interesaba.

—Me decías que se te ha ocurrido algo al respecto del problema de Candela.

—Eso es.

—Te confieso que en estos momentos es lo único que me importa.

Práxedes vio el terreno abonado.

—Tú tienes problemas con Candela y yo con Germán, y pienso que lo que se me ha ocurrido puede resolver ambos a la vez.

—Aparte de su inmadurez, porque su reloj se ha parado en el año que fue campeón de España de florete, y eso es un mal endémico, ¿qué es lo que te ocurre con Germán?

En una disertación que duró media hora Práxedes puso al corriente a su cuñado de las aventuras y desventuras que le había proporcionado su hijo.

—Como tú comprenderás, puedo pasarle muchas cosas, como ya he hecho en otras ocasiones, pero no estoy dispuesto a consentirle esto, que ha rebasado los límites de mi paciencia.

—Pero ¿qué es eso tan grave que te ha sulfurado tanto?

—Como sabes, Claudia Codinach era para mí como una flor de estufa a la que cuidaba con esmero, y no por otra cosa más que para que llegara el tan ansiado día en que triunfara en el Liceo, ¡ya sabes cómo soy! Tal vez en este momento de mi mediocre vida los únicos alicientes que he tenido han sido la logia y que la sociedad de Barcelona reconociera que había descubierto una de las voces líricas más importantes de nuestra época. Y ahora ese cretino me ha destrozado el juguete con su actitud. ¡La ha vuelto loca y creo que se ha cargado su carrera! Doña Encarna, aunque de una manera elegante, ha sido muy clara. En resumen, Orestes, ahora y siempre, y perdona que sea tan basto, «la jodienda no tiene enmienda».

—Se han liado.

—Peor, se ha amancebado con ella. No ha sido un capricho pasajero, sino que la ha tomado como querida fija, y eso está afectando a su voz y, por lo tanto, a su carrera.

—¿Y qué piensas hacer?

—Por el momento pagaré a la Francolí seis meses de clases más y daré por cerrado mi mecenazgo. Esa golfa no va a reírse de mí.

—¿Y al respecto de Germán?

—Estoy ante una disyuntiva brutal; sin embargo, las circunstancias me obligan. Y de ti depende que tome una u otra decisión.

—No te entiendo.

—Tú tienes una hija y a mí me queda un hijo, y digo esto porque ya te conté que el otro me lo ha robado la Iglesia. Nuestros negocios son demasiado importantes para que se pierdan en la siguiente generación, y se me ha ocurrido algo que tal vez nos resuelva a los dos el problema.

—Te escucho con atención.

—Mi hijo sostiene que no acude a la fábrica, o que lo hace en raras ocasiones, porque arguye que no le doy cabida en el negocio. Pues bien, creo que tengo la solución, si tú estás de acuerdo. Yo me retiro y lo responsabilizo dándole el mando, siempre bajo tu custodia, claro está. Nuestros hijos son primos hermanos y están en edad de merecer, por cierto que Germán ya comienza a rebasarla... Pero pedimos la consiguiente dispensa a Roma y los casamos. Ahí quiero ver tu fuerza, y si te parece bien lo que he pensado, tú convences a Candela y yo me ocupo de Germán.

A Orestes casi se le cae el puro de la boca.

Práxedes prosiguió:

—De esta manera unimos de facto lo que ya está unido. Nuestra descendencia, que espero viva mejores tiempos que nosotros, heredará dos negocios que, bien llevados, son brillantes, y el tronco de nuestras familias crecerá lozano y fuerte, al punto que con los años podrá llegar a ser, como son otros, santo y seña de esta ciudad. Germán sentará la cabeza bajo tu atenta tutela, repito, y los pájaros que anidan en la de tu hija desaparecerán en cuanto tenga un crío.

Orestes lanzó al aire un círculo de humo en tanto aquella idea entraba a rastras en su cerebro y tomaba cuerpo poco a poco.

—Pero Candela es aún muy joven.

—Aprovecha la oferta de la monja y enciérrala los años que convenga en San Sebastián o en Azpeitia; eso le hará ver que vas en serio, y en este tiempo madurará.

—¿Crees que ellos aceptarán?

—Creo que tengo la solución para ambas situaciones. Mi hijo o acepta el pacto o lo desheredo; en cuanto a Candela, si tú me lo permites, la amenazaré.

—¿Con qué?

—Si mis cálculos no fallan, a ese niñato le faltan tres avemarías para cumplir los diecinueve años y que entre en quintas. Tu hija conoce mis influencias, y o lo desengaña y jura no verlo más, o yo le juro que el tal Juan Pedro irá a Cuba muy recomendado para que ocupe el lugar de más peligro en la manigua, en un batallón de castigo, frente a los machetes de los mambises. Como puedes ver, mi poder de convicción sigue siendo aún notable.

75
La gran bronca

Práxedes Ripoll había decidido coger el toro por los cuernos y, de acuerdo con su cuñado Orestes, había citado aquella misma mañana a Germán en el despacho que tenía en el local de la derecha de la portería de la calle Valencia, donde radicaba el negocio de importación y exportación de productos de la isla de Cuba.

Gumersindo Azcoitia entró en el despacho.

—Don Práxedes, está aquí fuera Germán. Acaba de bajar del piso, dice que lo ha citado usted.

Práxedes estaba cierto de que la entrevista iba a ser dura; sin embargo, aquello era inaplazable. Conocía a su hijo y era consciente de las derivas que podía adquirir el asunto. Germán o iba a negarlo todo de plano, sosteniendo hasta el final la monumental mentira, o bien se encresparía, con lo cual la sesión podría acabar violentamente. Práxedes había sopesado largamente las circunstancias y estaba dispuesto a llevar el asunto hasta las últimas consecuencias; de allí no pasaba, o su hijo regresaba al redil de la familia y obedecía puntualmente sus decisiones o estaba dispuesto a desheredarlo.

Apareció de nuevo Gumersindo haciéndose a un lado para que entrara Germán. Éste se introdujo en la estancia hecho, como siempre, un brazo de mar.

—¿Manda usted alguna cosa más, don Práxedes?

—Gracias, Azcoitia, puede usted retirarse. —Y cuando su secretario ya se iba, añadió—: Que nadie nos interrumpa hasta nueva orden... bajo ningún concepto.

El fiel Gumersindo entendió el mensaje; aquello quería decir: «Oiga lo que oiga y pase lo que pase».

Germán, apenas desaparecido el secretario, se sentó en uno de los sillones frente al despacho de su padre, se ajustó la pernera de los pantalones, alisándose la impecable raya, y se dispuso a escuchar la correspondiente filípica de todos los meses.

—Aquí me tiene, padre. Usted dirá.

Práxedes había aguantado muchas cosas de su hijo, pero en aquella ocasión Germán había cruzado la línea roja que mentalmente él se había trazado y había rebasado los límites.

—Me dice don Gumersindo que acabas de bajar de casa.

—¡Qué quiere que haga! Me gusta más la noche que el día, y

usted me ha demostrado en infinidad de ocasiones que aquí no hago ninguna falta, o mejor, que más bien sobro.

Práxedes quiso armarse de paciencia.

—Esto es un equipo, Germán, y tú no pareces entenderlo; todos remamos en la misma dirección, esto no es un asalto de florete donde cada tirador toma sus decisiones.

—Déjese de pláticas, padre. Usted sabe que lo he intentado mil veces. Mis opiniones no se tienen en cuenta jamás; en las reuniones de negocios, cuando lanzo una idea, se me mira con condescendencia como pensando: «¡A ver qué dice ahora este lechuguino!». Creo que es mejor que hablemos con la máscara quitada.

Práxedes todavía se contuvo.

—¡Tus opiniones... tus opiniones! Me haces mucha gracia. Germán, te incorporas un día, nos reunimos para tratar un asunto del que hemos hablado diez veces, emites tu opinión apenas sin conocimiento y luego, como no se te ha tenido en cuenta, das un portazo y te vas. ¡Has de madurar, Germán! Las cosas se resuelven hablando, no haciendo como el niño pequeño al que han quitado un juguete.

Hubo una pausa.

—Esto es muy cansado, padre. Si tiene la amabilidad de decirme por qué me ha convocado, me hará un favor, pues aunque no lo crea yo también tengo obligaciones.

El termómetro que marcaba la ira de Práxedes había entrado en la zona roja e iba subiendo.

—¡¿Qué obligaciones tienes tú?! ¿Ir al círculo a tomar el aperitivo? ¿Andar de francachela con ese Papirer amigo tuyo? ¿Ir al hipódromo o a los toros? Porque el encuentro galante con la mantenida de turno por la mañana no es lo habitual.

Germán al pronto se desconcertó y entendió el auténtico sentido del encuentro de aquella mañana, pero se rehízo rápidamente. Extrajo de su bolsillo la pitillera de oro, tomó un cigarrillo y lo golpeó contra la tapa. Después de encenderlo, dar una profunda calada y expulsar el humo por la nariz, respondió, altivo:

—Ya soy mayor, padre, y creo que no debo dar cuenta a nadie de mis asuntos de faldas porque, aunque no lo crea, soy un caballero.

Práxedes ya se había arrancado.

—¡Un caballero que se dedica a seducir cantantes sin tener en cuenta que la de esta vez estaba costándole un auténtico dineral a su padre!

Germán acusó el golpe.

—El dinero es suyo, ¡usted verá lo que hace con él! Pero todavía es más triste que tenga que enterarme por terceros de que usted protege a una soprano, que no sé ni me interesa si es su amiga, si bien le juro que al cuello no llevaba un cartelito que dijera «Soy posesión de don Práxedes Ripoll». Me la presentaron en la fiesta de los Bonmatí, como ya le expliqué en su día, y efectivamente ha sido una de mis conquistas, como tantas otras... Pero usted me enseñó que no es de caballeros hablar de las damas con las que uno se acuesta.

Práxedes se agarró al borde de la mesa. Un golpe de sangre invadió su rostro; echó el cuerpo hacia delante, y su hablar se tornó ronco y contenido.

—Invertí en esa muchacha una fortuna y era mi ilusión presentarla en el Liceo como mi gran descubrimiento. Y tú, sin tener en cuenta ni el disgusto que iba a llevarme ni el dinero invertido, te metes en la cama con ella y, lo que es peor, la apartas de su carrera, pierde voz y haces que su profesora tenga que llamarme, por un principio de moral que pareces no tener tú, diciéndome que estoy tirando el dinero y que ella no quiere ser encubridora de tal desaguisado. —Ahora la voz se tornó violenta—. ¡Esta historia se ha terminado, Germán! La muchacha ya es para mí un juguete roto, pero tú irremediablemente eres mi hijo y no quiero darle un disgusto de tal calibre a tu madre; por tanto, te diré lo que vas a hacer... Y piensa bien tu respuesta porque es tu última oportunidad.

Aquí hubo una tensa pausa.

—¿Qué quiere decir con lo de «última oportunidad»?

—Es muy fácil, Germán: o entras por el carril que yo marco o te desheredo.

Germán, ante el tono de su padre, recogió velas; aquello adquiría unas connotaciones que no le convenían en absoluto. Dio una profunda calada al cigarrillo y, tras una larga pausa, inquirió:

—¿Y cuáles son esas condiciones que debo cumplir?

Práxedes se puso en pie y comenzó a pasear por el despacho con las manos a la espalda.

—Que sepas, ante todo, que hablo en mi nombre y en el de mi cuñado. Ésta es decisión mía y de tu tío Orestes. Nuestra firma, que tiene ya más de cien años, ha sido el esfuerzo de generaciones que sacrificaron sus naturales inclinaciones, sus aficiones y sus gustos para que progresara. La vida ha hecho que los intereses de tu tío y los míos sean los mismos, y, como comprenderás, no vamos a permitir que todo esto se vaya por el sumidero a causa de tus caprichos y veleidades.

Germán atendía expectante.

—Tú tienes ya edad de casarte y tu prima Candela alcanzará en pocos años la edad suficiente para ir al altar, por lo que tu tío Orestes y yo hemos decidido que acudiremos al notario para firmar los capítulos matrimoniales de compromiso y que, más tarde, pediremos licencia a Roma porque sois primos. Y cuando ésta llegue os casaréis, y desde luego dejarás a tu amiguita. Éstas son mis condiciones; si las aceptas, bien; en caso contrario, haré la oferta a tu hermano Antonio y si él se aviene, él me heredará, pero si insiste en entrar en el seminario, entonces la parte del negocio que me corresponde irá a parar a mi logia; tu tío Orestes verá lo que hace. Ésta es mi condición final, o lo tomas o lo dejas.

La cabeza de Germán bullía como una olla al fuego. Aquella decisión de su padre, y por lo visto de su tío, lo había cogido por sorpresa. Sin embargo, veía a lo lejos una posibilidad de cumplir sus más elucubrantes sueños. Antonio se autoexcluía, pues a Germán le constaba que su decisión de entrar en el seminario era definitiva. En cuanto a Orestes, su fortuna era inmensa, y contaba con acciones, obligaciones y participaciones en diversas empresas. Por lo demás, Candela era su única hija y por lo tanto la única heredera, por lo que con el tiempo, indefectiblemente, los negocios de la familia irían a parar a sus manos como los higos maduros caen de la higuera. Por otra parte, el morbo de casarse con su primita y hacer con ella lo que quisiera siempre lo había seducido; ella era tremendamente joven, y él le enseñaría todo el repertorio de sus vicios y la volvería loca en la cama. Además, bien mirado, ¡qué le importaba jurar a su padre que su historia se había acabado, si el día menos pensado el cansado corazón de su progenitor diría basta, y entonces él quedaría libre de sus compromisos y podría llevar la vida que quisiera!

—Está bien, padre, sea como usted dice. Estoy dispuesto para el sacrificio.

76

El Seminario Conciliar

El tan temido y a la vez tan deseado día llegó.

Durante toda aquella suave noche de septiembre, Antonio dio vueltas y más vueltas en la cama sin poder conciliar el sueño. Mil ideas acudían a su mente a la vez que se le presentaban mil interrogantes. ¿Iba a acertar con su proyecto de vida? ¿Sería capaz de compensar a su padre por el inmenso disgusto que iba a darle? ¿Estaba cierto de que su vocación era firme? Todas y cada una de esas preguntas habían atormentado sus horas nocturnas con un colofón final que todavía lo acongojaba más: iba a dejar a su querida madre a expensas del genio de su progenitor, quien la culparía sin razón de aquella decisión que había sido totalmente suya, y además ella se quedaría sin otra ayuda en casa, pues era consciente de que con Germán no podía contar. Antonio sabía que el único consuelo que habría podido quedarle a su madre era su prima Candela, cuyo carácter abierto y su natural alegría siempre habían representado un consuelo para Adelaida, pero debido a su audaz e inapropiado comportamiento, la chiquilla llevaba confinada todo el mes en su habitación y pronto sería enviada al colegio del Sagrado Corazón en Azpeitia, centro religioso famoso por su rigidez y disciplina. ¡Candela, su querida prima…! Qué tan caro iba a pagar aquella locura de juventud de la que, por otra parte, él se sentía algo culpable.

Antonio pensó que debería enfocar su vida de oración en tres vías: rogaría para que el Señor, en su bondad, apartara de la cabeza de su prima aquel desatino; en segundo lugar, rezaría para que su amado padre saliera de aquel círculo masónico tan pernicioso para su alma, y por último, pediría a Dios que su hermano Germán recapacitara y volviera al buen camino. Ésas iban a ser sus peticiones, presididas siempre por el amor a su madre.

Finalmente se abrió la mañana, y Antonio tomó conciencia de que el momento había llegado. El día anterior había acordado con mosén Cinto que su aplazado ingreso sería a las once. En esa ocasión no quería de ninguna manera ser el causante de un nuevo percance en el corazón de su padre, ahora que ya parecía totalmente restablecido, por lo que había acordado con su madre que ella sería la encargada de decirle que deseaba despedirse, situación que en modo alguno forzaría, en caso de que su padre se negara a ello.

Antonio, tras asearse, comenzó a vestirse con la ropa que había dejado la noche anterior en la silla. Excepto una camisa blanca, lo demás era todo negro: pantalón, jersey, calcetines y zapatos.

Sonaron las nueve en el carillón del pasillo, y Antonio cerró la maleta y se dirigió al cuarto de su madre. Con los nudillos tocó suavemente a la puerta, y la voz de doña Adelaida sonó en el interior.

—Pasa, Antonio.

Su madre conocía su manera de llamar y más cosas de él. Desde que era muy niño, ella se había anticipado a sus inquietudes adivinándolas apenas germinadas; nunca supo el porqué, pero entre él y su madre siempre había habido una rara simbiosis, cosa que no ocurría con Germán.

Antonio abatió el picaporte de la puerta y se adentró en el dormitorio. Adelaida estaba desayunando en la cama, como era su costumbre los días que no iba a misa, pero en esa ocasión la vio pequeña y disminuida apoyada en los cuadrantes de la inmensa y adoselada cama. En los últimos tiempos había pensado innumerables veces cuál sería el talante de su madre llegado el día. La halló serena y tranquila como cuando entraba a darle un beso en las alejadas mañanas de su niñez y como si la gran decisión, que iba a convertir aquel día de potencial en cinética, fuera una circunstancia más. La conocía bien; no quería aumentar su angustia elevando su nivel de preocupación.

Antonio, tras darle un beso en la frente, se sentó en la cama.

—Bueno, madre, ha llegado el momento.

—No puedes imaginarte, a pesar de todo, lo feliz que me haces. Sé que desde el momento en que te vayas el día a día va a ser para mí muy difícil, pero todo lo doy por bien empleado. ¡Mi hijo pequeño consagrará su vida a los más necesitados! Además, tengo la suerte de que vas a rezar por mí.

—Madre, si a alguien no le hacen falta rezos es a usted. Si hay cielo, y yo creo firmemente en ello, usted será la primera que tendrá el paso franco; si no es así, ya no me interesa.

—No digas eso ni en broma. —Adelaida le tomó la mano tiernamente como cuando era pequeño y, tras una pausa, prosiguió—: He ordenado a Saturnino que reúna a todo el servicio en su comedor a las nueve y media para despedirte.

Antonio miró su reloj.

—Entonces, madre, la espero en el salón. Así podrá arreglarse tranquila. —Luego indagó—: ¿Ha hablado usted con mi padre?

—Creo que es preferible sorprenderlo. A las diez tiene una reunión con Gumersindo. Cuando Azcoitia salga yo entraré. Tú me esperas en el salón de música, y según cómo se desarrollen las cosas pasarás a despedirte; si no es oportuno, mejor haremos en no forzar la situación y, con todo el dolor de mi corazón, te acompañaré yo sola. Mariano nos aguardará con el coche abajo.

A Antonio se le escapó un hondo suspiro.

—Que así sea, madre. Aunque no hace falta que nos lleve Mariano porque el seminario apenas dista tres manzanas.

—Pero llevas la maleta, y quiero acompañarte. Aguárdame fuera. Estaré lista en diez minutos.

Antonio besó a su madre en la frente y tras salir de la habitación se dirigió a la galería, ocupando el lugar que tenía por costumbre.

Al ver tras los cristales el inmenso terrado con las enormes jardineras de mosaico y la glorieta central arbolada su pensamiento se disparó. ¡Cuántas rodilleras de pantalones habría roto allí! ¡Y cuántas caídas de la bicicleta…! La primera de ellas, el día que creyendo que Germán lo sujetaba por el sillín fue pedaleando solo. Recordó también las charlas con Candela en el banco verde que ahora estaba en la pérgola. Aquel espacio resumía toda su infancia, al igual que los rincones de la masía de Reus. Aquél era el mundo que, por su libre decisión, iba a dejar atrás.

El sonido de la puerta del dormitorio de su madre lo trajo de nuevo a la realidad. Antonio se puso en pie y aguardó a que ésta llegara.

—¡Vamos allá! Saturnino me ha dicho que ya está reunido todo el servicio. Y tu padre está en el despacho con Gumersindo. Ahora es el momento.

Además de hacerlo atravesando el rellano de la escalera principal podía accederse al piso, una parte del cual estaba destinada a las dependencias de los criados, por dos puertas ubicadas en los extremos de la casa. Adelaida abrió la que daba a la galería y, seguida por su hijo, se dirigió al comedor del personal. Allí estaban todos; a un lado de la mesa, Saturnino, el mayordomo, seguido por Ascensión, la vieja cocinera, y las dos hermanas camareras, Teresa y Carmen, y al otro, Mariano, el cochero, y Silverio, el lacayo. Todos se pusieron en pie en cuanto vieron que llegaba la señora.

—Siéntense, háganme el favor.

Los criados dudaron un momento y dirigieron sus miradas a Saturnino.

—Señora, si está usted de pie, nos es muy difícil…

—Por favor, Saturnino… No he venido aquí a dar ninguna orden; mi hijo Antonio quiere decirles algo.

Tras estas palabras Adelaida hizo un gesto con la mano y todos se sentaron alrededor de la mesa de mármol. Luego se hizo a un lado, y Antonio, avanzando un paso, se puso en su lugar. Carraspeó nervioso.

—Imagino que lo que voy a decirles no es nuevo para ustedes, pero sí deseo con este acto darle oficialidad a la vez que me despido de todos ustedes.

»La familia es la primera célula de la sociedad, pero no une simplemente a aquellos miembros que comparten lazos sanguíneos, sino que se amplía a todos los que, por diversas circunstancias, conviven bajo un mismo techo; de modo que, de alguna manera, ustedes han sido y son mi familia también. Quiero hoy despedirme de todos y agradecerles cuanto han hecho por mí durante estos años y pedirles perdón si en alguna ocasión les ofendí, porque ahora mismo parto para el Seminario Conciliar, donde iniciaré mi carrera eclesiástica. Dios me ha llamado por este camino, y deseo que sepan que, al igual que rezaré por mis padres y mi hermano, también a ustedes los tendré presentes en mis oraciones.

Un absoluto silencio se instaló entre la servidumbre. El zumbido de un moscardón batiendo sus alas contra el cristal esmerilado de la ventana que daba al patio interior y el crepitar de una olla cociendo al fuego eran los únicos sonidos perceptibles.

Antonio prosiguió:

—Algunos, como Saturnino, Ascensión y Mariano, me conocieron siendo un niño; otros habéis ido entrando en la familia en tiempos sucesivos, pero ya estabais unidos a ella por diferentes lazos. A vosotras —dijo señalando a Teresa y a Carmen— os conocí en el *mas*, en los maravillosos veranos de mi niñez; entrasteis a servir aquí porque mi madre tenía toda la confianza en vuestra familia. —Ahora señaló al lacayo—. Silverio vino de lejanas tierras siendo muy niño y aquí mejoró su condición de vida. A todos os llevaré en el corazón.

Hubo otra pausa. Del bolsillo de la bata de Ascensión salió un pañuelo para enjugar una lágrima que se escapó de los ojos de la vieja cocinera.

Antonio concluyó:

—Quiero ser consecuente con lo que he afirmado al respecto de que todos somos una familia, y conste que me da mucha pena decir lo que voy a decir, pero a estas alturas no creo descubrir ningún secreto si anuncio que, durante un tiempo, seguramente no vendré por aquí, ustedes ya imaginarán por qué.

Ahora sí que Ascensión se derrumbó. La mujer había visto nacer a Antonio y desde siempre fue su preferido, a tal punto que el muchacho era la única persona en el mundo a la que había permitido meter el dedo en la masa de las croquetas sin poner el grito en el cielo. La cocinera se puso en pie tirando hacia atrás el taburete que había sostenido su rechoncha figura y, llegándose a donde estaba Antonio, se abrazó a él desconsolada. Los demás hicieron lo mismo respetuosamente. Adelaida tuvo que intervenir.

—Vamos, Ascensión, ¡que el señorito Antonio no se va a las misiones de África! Dentro de nada lo verá usted de nuevo por aquí hecho todo un sacerdote diocesano.

Antonio correspondía al abrazo de la mujer acariciándole la espalda con profundo afecto.

Saturnino se llegó a la alacena y, tomando la botellita de Agua del Carmen y un terrón del azucarero, lo preparó, empapándolo en una cucharilla, y después de que los demás la obligaran a sentarse, instó a la cocinera a tomarlo.

Ya todo más calmado, Adelaida cerró la escena.

—Mi hijo quería despedirse de todos ustedes y ya lo ha hecho. Vuelvan a sus quehaceres, e intentemos que en esta casa todo siga igual. —Acto seguido se volvió hacia Antonio—. Vamos, hijo, que es la hora. Y usted, Mariano, tenga preparado el coche abajo dentro de media hora.

Salieron madre e hijo de la cocina y, por la puerta que comunicaba los dos pisos por el otro extremo, pasaron al salón de música, estancia previa al despacho de Práxedes. Por el camino Adelaida expresó su opinión a Antonio.

—Creo que te has excedido algo; lo último ha sido una explicación que sobraba. No olvides que, pese al aprecio que puedas tenerles, son el servicio. Hoy están, ¡y que sea por muchos años!, pero mañana pueden no estar, por lo menos no todos, y las cosas de la familia deben quedar en la familia.

—Con todo el respeto, madre, yo no opino lo mismo. Son personas como nosotros, y cosas como éstas son las que me hacen entrar en religión.

—Como tú quieras, Antonio. No es día ni momento para discutir estas pequeñeces.

Madre e hijo llegaron a la puerta del despacho de Práxedes. Dentro no se oía voz alguna, por lo que Antonio dedujo que don

Gumersindo ya había partido. El muchacho se volvió hacia su madre.

—Por última vez, madre, ¿quiere que entre yo? No veo por qué tiene usted que tragarse este mal paso.

—Antonio, lo hago por ti y por tu padre. Intentaré decírselo de la mejor manera posible, y aunque sé que él lo sabe, no quiero que su gastado corazón nos dé otro susto. Tú aguarda aquí, y si veo que es factible te haré entrar; en caso contrario, como ya te he dicho, saldré yo sola y nos iremos.

—Está bien, madre, como usted quiera. Pero conste que es así contra mi voluntad.

Adelaida ya no habló, dio media vuelta y llegando a la puerta del despacho de Práxedes tocó con los nudillos. La voz inconfundible de su esposo sonó desde dentro.

—Pase.

Adelaida se volvió y con el dorso de la mano rozó la mejilla de Antonio. Luego, abriendo media hoja de la puerta y apartando el espeso cortinón, se introdujo en la habitación.

Antonio hizo por oír, pero el cortinón de terciopelo por el momento lo impidió. La voz de su madre era inaudible. Poco a poco fue percibiendo la de su padre, que iba subiendo de tono, y lo que al principio fue un murmullo después fueron palabras entendibles.

—¡Claro que lo sabía! Pero pasado el tiempo y sin hablar de ello pensé que esa barbaridad que va a cometer se le había pasado.

Su madre debía de argumentar en voz muy baja, pues Antonio casi no la oía.

—¡Además, apenas le falta un año para acabar la carrera! ¿Es que no desea ser abogado? Adelaida, ¿no crees que deberías ayudarme en vez de ponerte de su lado?

Otra vez la respuesta imperceptible.

El tono de voz de su padre era ya casi iracundo.

—¡Tú y tus monsergas de vieja! ¡Desde luego que no quiero despedirme de él! Además te digo otra cosa: ¡renuncio al prestigio que dices iba a darme esa capilla! Ya puedes desmontarla y poner un salón de lectura; en caso contrario, instalaré una barra de bar americano. Y otra cosa: ¡no quiero volver a ver a ese cura poeta por aquí ni de visita!

Ahora sí que Antonio oyó la voz de su madre.

—Cálmate, Práxedes, ¡te va a dar algo!

—Lo que me has dado son dos hijos que no me valen. El primero es un calavera al que voy a meter en vereda aunque sea a palos, y el segundo, un alma de cántaro al que me han robado porque creen que algún día va a heredar, pero te juro que esa Iglesia tuya de mí no verá un duro. ¡No he trabajado toda mi vida como un burro para ver que al final todo mi esfuerzo se lo lleva el viento!

—Pero, Práxedes...

—Vete y déjame solo.

Una pausa, y su madre, retirando el cortinón, compareció demudada.

—Vámonos, Antonio. Tu padre no quiere verte.

La primera piedra del Seminario Conciliar fue colocada por el padre Josep Morgades en 1882. El proyecto había sido realizado por el famoso arquitecto Elías Rogent y constituía uno de los orgullos de la burguesía barcelonesa. El edificio, en planta de cruz y con cuatro patios internos y capilla en el centro, estaba ubicado en una manzana entre la calle Diputación y Universidad.

El coche de los Ripoll, conducido por la sabia mano de Mariano, llegó hasta la misma puerta, que se abría en la calle Diputación, en medio del alto muro que rodeaba todas las construcciones, y se detuvo frente a la misma.

Desde el pescante la voz del cochero sonó interrogante.

—Señora, ¿quiere que entremos en el patio?

—No, Mariano. Arrime el coche un poco más a la acera y aguárdeme aquí. Voy a acompañar al señorito Antonio.

Silverio saltó raudo del pescante y, abriendo la portezuela, interpeló a Antonio con su característico acento cubano:

—¿Le llevo la maleta al señorito?

Antonio descendió del coche después de su madre.

—No, Silverio, no quiero ser el primer seminarista que llega al seminario con ayuda de cámara.

Tras estas palabras, Antonio se despidió con un gesto de Mariano, quien aguardaba respetuoso en el pescante con el sombrero de media copa entre las manos, y tras dar una cariñosa palmada al lacayo en la espalda, tomó a su madre del brazo y en la otra mano su maleta y se dispuso a atravesar las puertas del que iba a ser su futuro hogar durante varios años.

Recorrieron los dos el imponente caminal que atravesaba el jardín entre parterres de flores hasta llegar al estanque, surcado por carpas y peces de colores, y en cuyo centro manaba un hermoso surtidor que garabateaba en el aire un prodigio de dibujos líquidos.

Madre e hijo lo circunvalaron y subiendo tres escalones llegaron a la puerta, que se abría bajo de un templete de piedra por cuyas columnas ascendía una enramada de tupida enredadera.

Antonio miró a Adelaida y luego volvió los ojos hacia la puerta del fondo del jardín, a través de la cual se divisaba el coche de su casa, aspiró aire hasta llenar sus pulmones y lo expulsó lentamente.

—¿Estás seguro, hijo, del paso que vas a dar?

—Absolutamente, madre.

—Entonces, adelante.

Antonio empujó la puerta de madera y cristal para que Adelaida avanzara un poco, y ésta lo hizo con el empaque propio de una gran señora de Barcelona y el orgullo de ser la madre de un nuevo seminarista.

Al fondo del gran recibidor y junto a la escalera que subía a los pisos superiores se hallaba la garita del hermano portero. Éste, que estaba sobre aviso, salió de la misma para recibirlos.

—La señora Ripoll, imagino.

—Y mi hijo Antonio.

—Mosén Cinto llegó hace un rato y me anunció su llegada. Está con el rector, el padre Aurelio. Si son tan amables de pasar al salón de visitas, les avisaré de inmediato.

—Si nos hace el favor…

El portero los condujo a un gran salón con las paredes tapizadas de oscuras maderas, en las que colgaban los cuadros de los que habían sido obispos de Barcelona pintados en nobles posturas y con un pequeño rótulo metálico, en la base de madera de sus marcos, donde se leía la respectiva fecha en la que cada uno había desarrollado su labor pastoral. La estancia estaba ocupada por diversos tresillos para alojar grupos diferentes. En uno de ellos se colocaron madre e hijo, dispuestos a aguardar la llegada de los religiosos.

Al cabo de un breve tiempo el ruido de sus conversaciones anticipó su presencia.

Mosén Verdaguer se adelantó, sonriente y afectuoso. El padre Aurelio, rector del seminario, un hombre alto, anguloso y delgado, lo siguió, con su cabeza cubierta con el bonete y las manos metidas en las bocamangas de la sotana.

Adelaida y Antonio se pusieron de pie.

Tras los saludos de rigor, Mosén Cinto hizo las presentaciones.

—Padre rector, le presenté a la señora Ripoll y a su hijo Antonio, a quien Dios ha llamado a su servicio, que viene aquí dispuesto a aprender y a santificarse junto a ustedes.

El rector tendió hacia Adelaida su mano, que ella besó al instante, e hizo lo mismo con Antonio.

—Si les parece, será mejor que nos sentemos y que aguardemos al padre Cusach. —Ahora se dirigió a Antonio—: Él será su padre espiritual y confesor.

En tanto esperaban al que iba a ser celador de la conciencia del neófito seminarista, mosén Cinto comenzó a explicar al superior los tortuosos caminos por los que había tenido que avanzar la vocación de Antonio, de su peripecia vital, remarcando el hecho de que le faltaban tres asignaturas para licenciarse en Derecho, circunstancia de la que el rector tomó buena nota.

—Nos hacemos cargo y no nos viene de nuevo. Muchas son las llamadas que hace el Señor que se ven obstaculizadas por la incomprensión que muestran parientes y amigos, sin darse cuenta de la grandeza y la riqueza que representa una vocación en la familia. —Entonces se dirigió a Antonio—: Verá usted como el tiempo todo lo mitiga, y los que ahora parecen más alejados, mediante la oración se tornarán en los más próximos.

La conversación se fue desarrollando en estos términos. Llegó después el padre Cusach y le fue presentado su nuevo pupilo, y tras otra larga conversación Adelaida se dispuso a partir. Lo hizo con entereza; no quería que una lágrima suya empañara el día glorioso de su hijo. Besó la mano de los eclesiásticos y abrazó cariñosamente a Antonio. Después, ya en el jardín y dirigiéndose al coche, cuya acharolada capota se veía junto a la puerta de la entrada, no pudo impedir que un llanto entreverado de pena y orgullo invadiera sus ojos.

Aquella noche, en la capilla del seminario, Antonio rezó por los suyos, particularmente por su madre y por su padre, y pidió fuerzas al Señor para que hiciera de él un probo y útil sacerdote.

77

El mensajero

Juan Pedro estaba desolado. Desde el ya lejano día que lo habían soltado tras pasar cuarenta y ocho horas en los calabozos del Gobierno Civil, acusado de intento de robo con escalo en el convento del Sagrado Corazón de Sarriá, no vivía, pensando en Candela. Lo que pudiera ocurrirle a él le tenía sin cuidado; lo que le traía a mal traer era devanarse los sesos intentando descifrar las consecuencias que podría acarrear el suceso al futuro de su amada. Las monjas, supuso que a instancias del padre de Candela, habían retirado la denuncia al comprobar que nada faltaba en el centro, cosa que, intuyó Juan Pedro, les había venido bien, dado el escándalo que podría haberse formado si el eco de su hazaña hubiera corrido de boca en boca. Lo que era indudable era que si antes del hecho ver a su amor era difícil, ahora se había tornado en algo totalmente imposible.

El recuerdo de su piel, del tacto de sus manos, de la tibieza de su cintura y de la calidez de sus besos era algo que habría de acompañarlo hasta el fin de sus días.

Su madre dejó de hablarle y se quejó amargamente, alegando que lo único que le habían aportado sus hijos a lo largo de su vida eran complicaciones. Eso no preocupaba a Juan Pedro; conocía a su madre y sabía que al final se le pasaría; lo de Máximo era demasiado importante para que lo suyo tomara carta de hecho capital. La única ventaja que obtuvo es que Luisa se tomó en serio el amor de los dos jóvenes. La mujer tenía una especial predilección por Candela desde que ésta era niña y, pese a que consideraba que todo era una locura, en el fondo de su corazón pensaba que era una lástima que dos almas gemelas tan parecidas no tuvieran acomodo en una Barcelona que se regía por castas cerradas.

En ello andaba el pensamiento del muchacho cuando el sonido de la campanilla que anunciaba la llegada de un visitante tintineó en la librería Cardona.

Juan Pedro, que en aquel momento se hallaba colocando la nueva edición de los *Episodios Nacionales* de don Benito Pérez Galdós en el estante superior del fondo de la librería subido en una escalerilla de tres peldaños, no supo distinguir a contraluz quién era el posible cliente; sí se dio cuenta, en cambio, de que quien fuera miraba hacia atrás como vigilando si alguien lo seguía. Después el corazón comenzó a batirle ansiosamente; si su vista no lo engañaba, el perfil del recién llegado correspondía a Silverio, el mozo de cuadra cubano de don Práxedes Ripoll, tío de su amada. Juan Pedro descendió apresuradamente de la escalera y se precipitó hacia el lacayo.

Gotas de sudor perlaban la oscura piel de la frente de Silverio. Intuyendo los temores que lo embargaban, Juan Pedro le colocó el brazo sobre los hombros y lo arrastró hacia el interior de la tienda.

—Tranquilo, Silverio, no te ha seguido nadie; aquí estás seguro.

—Señorito, estoy jugándome la vida. ¡Ni sé por qué estoy aquí! La señorita Candela siempre me enreda con sus cosas.

—La señorita Candela es tu amiga, y siendo así siempre estarás a salvo. Dime por qué me buscas, porque supongo que si has venido hasta aquí es por algo.

—Señorito Juan Pedro, yo no sé por qué, pero desde el día en que trajeron de vuelta a la señorita, apenas la dejan salir de casa, a no ser que vaya acompañada y tengamos el faetón preparado en la puerta. —El deje cubano era fácilmente reconocible en el acento del muchacho—. La otra tarde mi patrón, don Práxedes, recogió a su cuñado Orestes y a la niña para ir a ver a un señor que creo que es juez, y a la salida la señorita me metió un sobre en el bolsillo de la casaca y una nota, con un mensaje y una dirección, indicándome que debía entregárselo a usted. Y, como soy tonto y por lo visto me gusta meterme en líos, aquí he venido ¡jugándome la vida!

Silverio extrajo de su bolsillo un sobre cerrado, que entregó a Juan Pedro. Éste lo tomó casi temblando.

—Déjame que la lea y así podrás llevar la respuesta.

—No cuente con ello, señorito, casi nunca veo a la señorita Candela y, como ya le he dicho, jamás sale sola.

—Te daré una respuesta, por si puedes entregársela, a lo mejor a través de alguien de su casa.

Al cubano se le iluminaron los ojos.

—Ahora que me dice…

—¿Qué?

—Guárdeme el secreto.

—Descuida.

—Me veo con Teresa, una de las camareras de la señora Adelaida. Tal vez a través de ella…

—Contarás con mi eterna gratitud, Silverio.

—No tarde, señorito, que me compromete. A las dos he de estar en la cuadra por si don Práxedes quiere el coche para la tarde.

Juan Pedro se dirigió a la caja registradora, giró la manivela y salió el cajón, del que cogió cincuenta céntimos que fue a entregar al muchacho.

—Tómate un café aquí al lado, en el Viena, y aguárdame, que iré enseguida.

—¡De ninguna manera! No puedo aceptarlo, señorito.

Juan Pedro le metió las monedas en el bolsillo del chaleco.

—¡Por favor!

—Bueno, si usted lo manda…

Partió Silverio, y en un minuto Juan Pedro estaba en la trastienda rasgando el sobre y disponiéndose a leer la carta de su amada. El olor tan recordado flotó de nuevo en el aire, y a la pálida luz de un viejo quinqué de gas, pues en el almacén no había luz eléctrica, desplegó el tan esperado mensaje.

Amor mío:

No sé si esta carta llegará a tus manos, con esa esperanza la escribo. Como bien puedes suponer, tras descubrirnos juntos, me expulsaron del colegio. Por ese motivo pronto me llevarán interna al Sagrado Corazón en Azpeitia. Si soporto esa circunstancia y las que me sobrevengan sin el menor atisbo de pesar es sólo por los momentos que pasamos juntos en el lavadero de las monjas, que sin duda llenarán mi recuerdo para siempre. Hagan lo que hagan conmigo, jamás podrán borrar de mi memoria los instantes que viví y que he repasado mil veces dentro de mi cabeza.

Ahora no sé cómo ni de qué manera, pero me pondré en contacto contigo. No pierdas la esperanza, porque llegará el día en que nadie podrá separarnos.

Te quiere,

CANDELA

Juan Pedro releyó la carta una y otra vez. Luego, premiosamente, se dirigió a la tienda, tomó una cuartilla y allí, de pie junto a la caja registradora, por mor de la prisa de Silverio, redactó una precipitada carta. Después pegó con saliva la banda engomada del sobre y, tras colgar el cartel de CERRADO en el ganchito de la puerta, se dirigió al Viena.

Silverio tomaba un café ante la barra circular y, al verlo, a sus ojos asomó una expresión de alivio.

—¡Menos mal, señorito! Me van a echar.

—Si eso ocurre, ven a verme, y no te preocupes que donde comen dos comen tres.

—No se trata de eso, señorito.

Juan Pedro tomó aliento.

—Cuando puedas, no importa el tiempo que pase, por favor, haz que esta carta llegue a Candela.

El muchacho la tomó en sus manos como si fuera una brasa ardiente.

—Yo no puedo hacer otra cosa que entregársela a Teresa. Ella tendrá mejor ocasión. Ya le digo que la señorita Candela no pisa la calle si no es acompañada, y yo vivo junto a las cuadras de la calle Universidad.

—Sea quien sea, pero, por favor, que el milagro ocurra.

78
Silverio y Teresa

Dos elementos se conjugaron e hicieron que Silverio tomara su decisión. La carta que le había entregado Juan Pedro para Candela le quemaba en el bolsillo de su elegante levita de lacayo con mangas vueltas y botones dorados, de la que tan orgulloso se sentía, y las ganas de ver a Teresa, desde la primera vez, no remitían jamás. Aquella tarde de jueves la muchacha libraba y a última hora, después de dejar a su hermana en la casa, acudiría a la cuadra como de costumbre tras haber aceptado comprometerse con él, por lo que por fin podría entregarle el recado envenenado que llevaba en el bolsillo para que ella, a su vez, se lo hiciera llegar a la señorita Candela.

Silverio consideraba que la cuadra de los caballos de la familia Ripoll era su auténtico hogar. Cuando abandonó Cuba tenía once años, era huérfano de padre y madre, y un buen día su amo, el señor Massons, lo designó como postillón, lacayo y chico de los recados de su invitado y socio de Barcelona, don Práxedes Ripoll, quien pasaba con él una temporada en la isla. Y con él salió de la hacienda por vez primera, visitó La Habana, Cienfuegos y Santiago de Cuba. Don Práxedes vivía en los mejores hoteles, y él dormía en las caballerizas, pero su despierto intelecto, su afán por ser servicial y su presteza para intuir el menor deseo de aquel catalán rico y extrañamente rumboso hicieron que éste, al regreso a la hacienda, tomara la decisión de pedir a su socio que se lo vendiera. La idea de don Práxedes era llevar a Silverio a Barcelona, educarlo en las costumbres de la burguesía catalana y darle un trato de sirviente, tras manumitirlo, desde luego, de su condición de esclavo, a condición de hacerle un contrato vitalicio como lacayo y, luego, cuando se jubilara Mariano, ascenderlo a cochero mayor. Juan Massons Bellmig no únicamente accedió a ello, sino que se negó a cobrar cualquier cantidad, de manera que Silverio, tras colocar todo el equipaje en el camarote del *Ciudad de Santander*, uno de los barcos de la Compañía Trasatlántica que hacía la travesía La Habana-Lisboa-Barcelona, se encontró asomado a la barandilla observando, desde la cubierta de tercera clase y con el espanto reflejado en los ojos, la visión del inmenso océano.

Silverio había pasado por todos los estamentos dentro de la familia Ripoll. Comenzó siendo un objeto de curiosidad a mostrar a las visitas; pasó luego a ser el complemento del juguete de sus hijos, Germán y Antonio; después, con una breve casaca hecha a su medida, durante dos años abrió la puerta de la casa; más tarde, bajo la batuta de Mariano, se ocupó de cuidar del lustre de los arreos de las caballerías, y finalmente fue ascendido a lacayo, lugar que en aquel momento ocupaba.

Silverio tenía una auténtica devoción por Candela, la sobrina de su patrón, quien lo había tratado desde el primer día como a una persona. Él la había correspondido con una devoción casi perruna, la misma que sentía por Antonio, el menor de los hermanos Ripoll Guañabens. No tenía el mismo afecto por Germán, pues siempre se mostró cruel y distante con Silverio, y presumía de él ante sus amigos como quien enseñara un monito o cualquier ave tropical. El cubano, de no ser por su peculiar condición dentro de aquella casa y de no haberlo eximido la señorita Candela de toda culpa tras la famosa escapada de aquel malhadado día, estaba cierto de que lo habrían puesto de patitas en la calle y habría dejado de ver por siempre jamás a Teresa.

La cosa con ella venía de un año atrás. Cierto día, cuando había cumplido ya veintiún años y coincidiendo con su bajada a las cuadras, llegaron desde Reus, pequeña ciudad en cuyos aledaños tenían los señores una gran masía, dos hermanas muy jóvenes para servir de primera y segunda camarera.

Desde el primer instante que vio a Teresa, la menor de las hermanas, que tendría tres o cuatro años menos, el corazón de Silverio comenzó a latir desacompasadamente, y desde aquel día el muchacho hizo lo imposible por hacerse el encontradizo, empleando todas las argucias que le venían a la mente. Así, para cualquier recado que se le ofreciera a Mariano, el primer cochero, al respecto de llevar cualquier cosa a la casa, Silverio estaba dispuesto; las tardes que, tras fregotear y atender a los caballos, se quedaba solo, se instalaba tras el portalón de una vaquería que se hallaba frente a la portería por ver si Teresa salía con la lecherita a por leche recién ordeñada, que era la que tomaba la señora, e invariablemente a las ocho y media de la mañana, cuando sonaba la corneta del basurero anunciando su paso para recoger los cubos que bajaban de todos los pisos, allí estaba Silverio para ver a la muchacha y, tal vez, tener la fortuna de hablar con ella.

Y ese día llegó. Estaba Silverio aguardando y sufriendo porque el desperdicio de todos los cubos, tras ser éstos abocados en la gran cesta del basurero, ya había sido volcado en el carro y el del principal primera no había bajado. La situación era extraña; todos los días había desperdicios, por lo que aquella rutina era inaplazable. De repente, agitada y muy nerviosa, compareció Teresa llevando un cubo en cada mano. Silverio intuyó que por cualquier circunstancia se le había hecho tarde, y se dijo que era por ello por lo que bajaba acelerada los tres escalones de la portería.

Súbitamente, el estropicio. Jesús, el portero, había sacado las barras doradas que sujetaban la alfombra a los escalones para darles brillo y en ésta, al estar suelta, se había formado una arruga; la muchacha tropezó e instintivamente, para protegerse y amortiguar el golpe, soltó el cubo de la derecha, que cayó con estrépito y cuya tapa metálica fue rodando hasta que, tras un sonoro balanceo, se detuvo en un rincón de la portería. Todos los desperdicios que alojaba el cubo se esparcieron por el suelo. Teresa, ante las risas de las demás muchachas, comenzó a levantarse agobiada y llorosa; aquélla era la ocasión tan soñada por Silverio; sin pensarlo dos veces, se puso a recoger mondas de naranja, huesos del pollo y cáscaras de huevo con sus manos morenas, en tanto le decía a Teresa:

—No pasa nada, enseguida estará resuelto.

Jesús, el portero, acompañado por Florencia, acudió con bayetas, cepillos y un recipiente con agua jabonosa. Todo volvió a su estado primitivo; la basura fue depositada en el carro; las muchachas fueron desapareciendo mientras comentaban, jocosas, el suceso, más por romper la monotonía de los días que por maldad, y Silverio por fin, tras limpiarse las manos con una bayeta húmeda, quedó a solas con Teresa.

Y así empezó todo. Teresa, abrumada por la amabilidad de Silverio, no pudo negarse al requerimiento del muchacho al respecto de verlo por la tarde en la vaquería. Luego el hecho se tornó costumbre. Al principio la muchacha bajaba puntual cada tarde, y en tanto hacía cola para llenar la lechera comenzaron a hablar y a contarse sus vidas. Después, una tarde de jueves, a condición de que su hermana Carmen fuera con ellos, aceptó su compañía; a la muchacha el color de su piel y las historias que le contaba de unos lugares totalmente desconocidos para ella la enajenaban. Silverio era alegre, y a su lado parecía que el mundo fuera maravilloso. Cierto día Teresa compareció sin Carmen, y Silverio apuntó aquella circunstancia como un adelanto. Tras otro mes de hacerla reír, se atrevió a llevarla a bailar; fueron a la fiesta del barrio de Pueblo Seco, y Teresa quedó fascinada con su ritmo. Luego, al cabo de otro mes, le pidió relaciones. Al principio Teresa se resistió alegando un sinfín de circunstancias que él fue rebatiendo una por una: que si era imposible, que si sus padres no lo entenderían... Finalmente aludió al color de su piel. Pero el amor y el fuego de la juventud son imparables, y tras el primer día en que la besó en la cuadra, sin hablar nada más, se consideraron novios y pusieron un telón de fondo a su futuro dejando que la vida transcurriera.

Aquella tarde Silverio aguardaba nervioso en la cuadra a que la muchacha acudiera a la cita. Empleó el tiempo en mil empeños distintos esperando que de esa manera transcurriera más deprisa, pero el reloj de las caballerizas parecía haber detenido sus agujas. Cuando faltaba un cuarto para las ocho compareció por fin Teresa. Estaba Silverio en uno de los compartimentos individuales colgando de un gancho bridas y baticolas, cuando los pasos inconfundibles de la muchacha sonaron en el enlosado de la cuadra.

—¿Silverio?

La voz llamó queda.

Silverio se asomó a la puerta del compartimento.

—Teresa, aquí.

La muchacha divisó su oscura silueta en la penumbra mortecina que proporcionaba la luz de un farol de gas y acudió hasta él.

—Hoy tengo mucha prisa y no podré quedarme; la señora Adelaida me espera para lavarle el pelo.

A la muchacha le extrañó que él no protestara, y todavía más que, en vez de insistir, cambiara de tercio y hablara de otra cosa.

—¿Ves a la señorita Candela?

—Desde que la expulsaron del colegio, en pocas ocasiones. Corren voces de que la envían interna cerca de San Sebastián.

Silverio insistió.

—Pero ¿tienes manera de contactar con ella?

Teresa dudó.

—Sí, de algún modo puedo enviarle un recado por Crispín o tal vez por Jesús, el portero, si baja a la calle.

—Entonces, Teresa, por favor, dale esto.

Silverio se fue hacia una percha que había en la pared donde estaba colgada su casaca, extrajo del bolsillo exterior la carta de Juan Pedro y se la entregó a su novia.

—Toma. ¡Por Dios y los santos que no te sorprendan! Da el sobre a la señorita, y si hay respuesta bájamela a la vaquería.

Teresa tomó el sobre en las manos con el cuidado de algo delicado y lo guardó en el bolsillo de su delantal.

—¿Sabes lo que es?

—¡Cómo voy a saberlo! Únicamente sé que es la respuesta del señor Juan Pedro a la carta de la señorita que yo le entregué.

—Es una carta de amor —afirmó Teresa más que preguntó.

—Imagino.

—La guardaré con mi vida.

—Con tu vida no, porque me pertenece a mí. Ven.

Silverio tomó de la mano a la joven camarera y, tras cerrar la puerta de la cuadra a la que le faltaba un palmo para llegar al suelo, la condujo hacia el fondo, donde se amontonaban las balas de paja que eran el forraje de los caballos.

Aquello ya había ocurrido dos veces más.

—¡No, Silverio! Hoy no, tengo mucha prisa y nos entretendremos.

—No seas tonta, será un momento.

Silverio se recostó en la paja y la atrajo hacia sí.

Los diecisiete años de la muchacha exigían su ración de vida. Teresa no había conocido a ningún hombre anteriormente y no podía negar que el contacto de las ávidas manos de Silverio sobre su cuerpo la enajenaba, pero su decencia la obligaba a poner límites. Le dejaba jugar con sus pechos y besarla, pero nada más. Cuando las manos del joven intentaban buscar bajo la falda, ella se negaba y, musitando, lo obligaba a detenerse.

—No, Silverio, ya sabes que aquí no. Eso será cuando nos casemos.

Silverio la comía a besos hasta que ella comenzaba a gemir. Entonces ambos perdían el mundo de vista.

Súbitamente la luz que entraba en la pequeña estancia disminuyó y unas botas de montar ocuparon el espacio que mediaba bajo la puerta. Los dos quedaron helados. La puerta chirrió sobre sus goznes y se abrió, y en el quicio apareció la imagen de Germán, quitándose lentamente con deleite los guantes de cabritilla de las manos.

—¡Qué bonito! Qué escena tan tierna, una pareja de tórtolos apareándose.

Los muchachos se pusieron en pie de inmediato. Teresa se abrochó precipitadamente los botones del uniforme con una mano en tanto que con la otra se quitaba del pelo las briznas de paja.

La voz de Silverio intentó dar una explicación.

—Ha sido mi culpa, señorito, yo la he obligado.

—No me ha parecido que Teresa se resistiera mucho, más bien me ha parecido feliz y complaciente.

—Señorito, es que somos novios.

El semblante y el tono de Germán cambiaron súbitamente.

—¿Novios? ¿Tú, un negrito indecente, con una mujer blanca? Pero ¿qué coño te has creído? ¿Ya sabes que si ese desliz lo cometes en tu Cuba, de la que te sacó la estúpida complacencia de mi padre, te meten en el cepo y te deshacen la espalda a latigazos? ¡Sal de aquí, que no quiero verte! —Ahora habló a Teresa—: Y tú, golfa, sube a casa que voy a pensar si se lo digo a mi madre para que os ponga a ti y a tu hermana, que debe de ser igual que tú, en la puñetera calle.

Teresa observó el rostro del muchacho y temió por él.

—Vete, Silverio, no lo empeoremos más. —Se volvió hacia Germán—. ¡Por favor, señorito, no volverá a repetirse! ¡No diga nada a su madre!

—No sé, no sé… Ya veremos. ¡Según cómo te portes! —Luego se dirigió a Silverio—: Mañana quiero el tílburi a las nueve en punto, que es por ello por lo que he venido. Y ahora ¡largo de aquí! Ya te he dicho que no quiero verte.

79

El cestillo

La desbordada fantasía de Candela hacía que se sintiera como una de las heroínas de Alejandro Dumas. A partir de aquel día que habría de permanecer para siempre en su memoria como un tesoro, los acontecimientos se habían precipitado. Todo se arremolinaba en su cabeza sin orden ni concierto. El caso era que las monjas del Sagrado Corazón de Sarriá, teniendo en cuenta el historial de su familia al respecto del centro y queriendo guardar la disciplina ante, para ellas, un hecho tan grave, habían desplegado las gestiones oportunas para que ocupara plaza al comenzar el siguiente trimestre en el colegio que las madres tenían en Azpeitia, y durante el tiempo que mediara hasta que llegara ese día, Candela permanecía prisionera en su propia casa sin apenas salir a la calle y, desde luego, jamás sin ser acompañada.

Candela, en la galería trasera de su casa, donde se ubicaban los alambres para tender la ropa y desde la que se divisaba la terraza jardín del piso de sus tíos, repasaba acontecimientos y hacía planes. Se había avenido a salir de casa acompañada de su padre y de tío Práxedes para visitar a un juez amigo de este último gracias al cual podría soslayar la incomodidad y el escándalo que representaba tener que comparecer como testimonio en el cuartelillo de Sarriá a fin de dar fe de los hechos acaecidos; a la vez, así, se eliminarían las consecuencias que aquello pudiera acarrear a su amor. Las madres del Corazón de Sarriá también se avinieron a aquel arreglo ya que les interesaba borrar del historial del colegio tan engorroso tema. Finalmente, todo quedó en agua de borrajas dado que su señoría el juez estuvo de acuerdo en influir para zanjar todo el asunto, y no únicamente una parte de él. A Candela, además, aquella salida le había servido para deslizar en el bolsillo de Silverio la nota que quería hacer llegar a Juan Pedro, de la que estaba segura que recibiría contestación, pues el guiño disimulado que le había hecho el lacayo el sábado al salir de misa le dio la certeza de que, por un camino u otro, le llegaría la ansiada respuesta.

La joven se aferraba a aquel su primer amor como el náufrago al madero que flota a su lado, y concluyó que sin él su vida no tenía sentido. Su casa siempre fue muy triste; su padre estaba invariablemente ocupado, y aquella extraña melancolía de su madre la había dejado desde muy niña en manos del servicio; de manera que el piso de sus tíos, que ocupaba los dos principales, y sobre todo la amistad, pese a la diferencia de edad, que la unía a su primo Antonio había sido para ella un recurso capital.

Antonio. Su querido Antonio... A pesar de su encierro supo, cazando al vuelo un comentario de Crispín, que su primo ya había entrado en el seminario, ocasionando un terrible disgusto a su tío Práxedes. Le habría gustado comentar la noticia con su madre, pero Renata cada día estaba más lejos y sus ausencias mentales eran más frecuentes. Al convocar el recuerdo de su primo, sin darse cuenta su mirada descendió al terrado del principal, donde tan buenos ratos había pasado. En aquel momento salía del cuarto de los lavaderos Teresa, la segunda camarera de su tía, quien a la vez la divisó a ella. Un extraño comportamiento llamó su atención; la muchacha, que iba cargada con un gran cesto lleno de ropa blanca, se lo colocó con dificultad entre su cadera y su brazo derecho en tanto que con la mano izquierda sacaba del bolsillo de su delantal un pequeño sobre y se lo mostraba. A Candela el corazón le dio un vuelco y, rápidamente, entendiendo el mensaje, se puso a elucubrar la manera de hacerse con él.

Su mirada recorrió en un instante la galería y su vivo intelecto compuso al momento una solución. A la derecha, en el suelo, junto al arcón donde guardaba sus viejos juguetes, estaba el cestillo con las pinzas de la ropa y al otro lado las cuerdas viejas que el persianero había dejado allí cuando las había cambiado por las nuevas. Obró sin perder un segundo, y con manos ágiles ató los fragmentos uno con otro hasta hacer una única y larga soga, y a su extremo, tras vaciarlo, ató el cestillo. Después hizo un gesto a Teresa para que se acercara y comenzó a hacer descender por encima de la barandilla su frágil invento. La muchacha volvió la cabeza a uno y otro lado, cautelando cualquier presencia peligrosa, y enseguida dejó el redondo cesto con la ropa en el suelo y se llegó a la vertical que correspondía al descenso del cestillo; llegado éste a su altura, depositó en su interior el sobre y, tras colocar encima de él un guijarro para evitar que lo volara el viento, dio dos tironcillos a la cuerda indicando a Candela que su deseo estaba cumplido. Entonces, como por ensalmo, el pequeño mensajero saltó de sus manos y comenzó a elevarse rápidamente. Teresa lo siguió con la vista. Las ansias de Candela para hacerse con el cestillo lo obligaron a ascender demasiado deprisa; al compás del aire, se balanceaba trazando un arco de medio metro y, súbitamente, ante la congoja de Teresa, quien desde su posición presentía el peligro, uno de los nudos que empalmaban las cuerdas se enganchó en los alambres del tendedero del primer piso. Teresa se alejó un poco de la fachada para indicar a Candela, que en aquel momento estaba tironeando desde arriba, que aflojara la tensión para que el propio peso desatascara el problema. Candela entendió el mensaje; el cestillo descendió un palmo y comenzó a subir de nuevo. A Teresa se le heló la sangre en las venas, pues a través de los cristales emplomados de la galería vio ir hacia ella al señorito Germán.

Desde la charla con su padre la cabeza de Germán era un torbellino. Conocía perfectamente a su progenitor y por lo mismo sabía que en según qué situaciones no era conveniente tensar el cordaje del violín. El ambiente de su casa no era el propicio desde la marcha de Antonio, que por cierto lo había pillado fuera de Barcelona; los silencios se prolongaban interrumpidos únicamente por las breves órdenes que daba su madre al servicio y a las susurrantes charlas de sus componentes. Con el paso de los días, Germán fue encontrando soluciones a sus problemas, y a lo que en un principio le pareció un muro infranqueable le fue encontrando agujeros que, a su entender, le brindaban suficientes escapatorias. Por el momento tenía tiempo por delante; a su prima iban a enviarla interna a Azpeitia durante unos tres años, suficientes para que aquel hermoso proyecto de muchacha rompiera en mujer y, por cierto, intuía en mujer de bandera, y de esa asignatura era maestro consumado. Por otra parte, estaba cierto de que la diferencia de años y su experiencia harían que le fuera relativamente fácil moldear a su gusto la personalidad incipiente de Candela. Otro tema a dilucidar era el de su querida. Debía reconocer que el cuerpo de Claudia lo satisfacía plenamente, pero últimamente se estaba tornando algo absorbente y pesada, al extremo de que la joven soprano hasta se había atrevido, en alguna ocasión, a pedirle explicaciones sobre un retraso o una ausencia. Aquél era un asunto que debería zanjar; tendría que dejarlo durmiente para reemprenderlo más adelante, cuando a él le conviniera y a su gusto. Sobre todo esto, el argumento que revoloteaba por encima de la melé, era lo crematístico. Su tío Orestes era multimillonario y Candela era su única hija, y debido a su edad y al estado de la tía Renata, no había posibilidad de que tuvieran más vástagos. Los negocios de la familia podrían llevarse, contando siempre con la fidelidad y la eficiencia de Gumersindo Azcoitia y en cuanto pasara un tiempo, sin la servidumbre de tener que acudir todos los días al despacho, y si tenía suerte y la salud de su padre continuaba deteriorándose esperaba conseguir convencerlo, con el beneplácito y la ayuda de su madre, para que fuera a reponerse a Reus... y de allí al cielo. Entonces Germán podría continuar con el tipo de vida que tanto le placía: asistir, acompañado de su amigo Papirer, quien tanto le divertía, a las mejores fiestas; apostar en el hipódromo, y aprovechar para visitar nidos ajenos gracias a aquella estúpida afición de algunos maridos por la caza, que hacía que pasaran fuera el fin de semana; a él el campo le encantaba... siempre y cuando estuviera debidamente adoquinado.

Desde el fondo del comedor y a través del vitral de la galería, vio el perfil de Teresa, la segunda camarera de su madre, con los brazos alzados. Los bajaba en aquel momento, y la bata marcaba el contorno de sus jóvenes senos. Súbitamente le vinieron a la memoria las imágenes del día de la cuadra; estaba cierto de que, de no ser por la multitud de problemas que lo habían acuciado aquellos días, habría atendido aquel asunto con más detenimiento. La muchacha valía la pena, y pensó que aquel cuerpo bien merecía un homenaje.

Germán abrió la puerta de la galería, y el ruido que producía la conocida vibración de algún que otro cristal al que faltaba la correspondiente masilla avisó a Teresa de que el peligro era inminente.

—¿Qué haces aquí?

Teresa dudó un instante y señaló el cesto que había dejado junto al lavadero.

—He venido a recoger la ropa limpia.

Germán miró en la dirección indicada.

—Pero el cesto está allí, no aquí.

El peligro estimuló el sentido de supervivencia de la chica.

—Es que a Petra, la camarera de los señores del primero primera, se le ha caído un trapo de cocina del tendedero y se lo he tirado a su galería.

—¿Un trapo? No tiene suficiente peso. ¿Cómo lo has hecho?

—Lo he pillado con cuatro pinzas de la ropa, y ella lo ha cogido al vuelo.

Germán miró hacia arriba y no vio nada.

—Eres muy lista.

Teresa, por destensar la situación, añadió:

—Mi madre me decía de pequeña que era muy bien aprendida.

—Y eso ¿qué significa?

—Que si se me enseña, aprendo rápido.

Germán la observó con sorna y, cambiando de expresión, preguntó:

—Y ¿has dado muchas clases en la cuadra con ese desvergonzado de Silverio?

Teresa se puso como la grana y comenzó a retroceder de espaldas.

—Ya le pedí perdón, señorito, y le dije que no volvería a ocurrir.

—Sí que puede ocurrir, pero no en una cuadra. La próxima vez has de cambiar de maestro. Silverio es de parvulario.

Una sonora carcajada acompañó la atribulada huida de la joven sirvienta.

Por la expresión de Teresa, Candela adivinó que pasaba algo. Acabó velozmente, pero con tiento, de recoger la cuerda y dejó el cestillo en el suelo para tomar la carta. Entró en su cuarto y cerró la galería, y tras pasar la balda del pestillo de su puerta se sentó en la cama, dispuesta a leer la respuesta de su amado.

Rasgó con premura la solapa del sobre, desplegó la nota y leyó.

Mi querida Candela:

Mi alma tiene celos de este papel que rozará tus manos. Siento profundamente los sinsabores que te he causado. Me da igual el tiempo de espera; jamás podré amar a otra mujer que no seas tú. Dado que ya han pasado varios meses, imagino que de un día para otro me avisarán para que vaya a juicio. Como puedes suponer, te exoneraré de toda culpa y diré, si conviene, que yo asalté el muro del convento; todo menos que sobre ti caiga alguna responsabilidad.

Espero que me digas dónde, cuándo y de qué manera tengo la posibilidad de verte, aunque sea de lejos, antes de que te envíen a Azpeitia.

No sufras por mí y cuídate como yo cuidaré la llama de nuestro amor.

El tiempo pasará y nada ni nadie podrá separarnos.

Espero con ansia tus noticias.

Tu amante desesperado,

JUAN PEDRO

Candela, tras besar la nota, la apretó contra su pecho y se echó sobre la cama. Si Juan Pedro la esperaba, estaba dispuesta a arrostrar cualquier contingencia por dura que fuera. El tiempo corría en su favor. No tardaría en ser una mujer cuyas opiniones deberían ser respetadas, y que su padre tal vez la desheredara era una circunstancia que nada le importaba. Estaba más cierta que nunca de que o sería de Juan Pedro o no sería de nadie. Su concepto de la felicidad que podía alcanzarse en este mundo difería del de sus mayores; tenía el peor ejemplo demasiado cerca, y, en cualquier caso, se negaba a vivir desgraciada en una jaula, aunque fuera de oro, como lo había hecho su madre.

80
El viejo códice

La vida de Pancracia Betancurt era cualquier cosa menos relajada y sus actividades se desarrollaban igualmente de día que de noche. Aquella tarde, sin embargo, había decidido quedarse en casa. Desde el día que se hizo con él, tenía gran curiosidad por hojear aquel librito hurtado del portafolios del padre Piñol cuyo título le producía una enorme intriga y una rara desazón.

Llegó a su casa, se despojó del guardapolvo de trabajo y se embutió en una cómoda bata casera, dispuesta a devorar las páginas de aquel extraño y antiguo ejemplar que sabía, tras haberle dado una corta ojeada, que sería tarea dificultosa por la letra manuscrita con antiguos caracteres y en un lenguaje que no era el castellano actual.

Desde el primer momento, el título llamó su atención: *Libro de pócimas y ungüentos hechos con jugos extraídos de la naturaleza y de órganos y grasa de infantes que ayudan a remediar dolencias y males a los buenos cristianos.* Editado en Toledo el año del Señor de 1356. Por Eliá ben Gazar, judío converso.

El ejemplar era sin duda un facsímil extraído del original que había ido a parar a las manos del padre Piñol, amante, como su superior, de cualquier cosa que tratara temas esotéricos y que, de cerca o de lejos, pudieran tener algo que ver con influencias demoníacas.

Pancracia se acomodó en una de las sillas de su modesto comedor y retiró el tapete de ganchillo y el frutero. Con un fósforo prendió la mecha del quinqué de petróleo que estaba en la alacena, graduó la llama y lo puso a su alcance para poder leer con comodidad. El librito tenía el lomo muy deteriorado, por lo que Pancracia obró con sumo cuidado, no fuera que las hojas se le quedaran entre las manos. Su intención era comenzar por el principio, pero su curiosidad pudo más y hojeó el volumen para ver de qué iba la cosa. Enseguida se dio cuenta de que la obra tenía muchos apartados, cuyos encabezamientos estaban redactados con pluma gruesa y letra redonda. Rápidamente fue a la última página y observó que el autor había hecho el correspondiente índice enumerando los diversos temas. Allí había remedio para todo, y también para exorcizar los demonios; de ahí dedujo el interés que tenía el librito para el fraile que la contrataba. Con el dedo índice fue siguiendo el sumario. Plantas medicinales, remedios para el sueño y para el insomnio, para el dolor de huesos, también para las picaduras de diversos bichos... Y hete aquí que halló dos títulos que le interesaron sobremanera. El primero: «Mezclas de productos que producen por igual estados de gran excitación y gozo, a la vez que pérdidas de memoria y de conciencia». El otro tenía una connotación muy diferente: «Destilación en alambiques y redomas de diversas plantas y productos naturales de origen egipcio y que, mezclados en las oportunas proporciones abajo indicadas con grasa de infante menor de cuatro años y vísceras machacadas, rellenan los surcos que los años provocan en la piel de los humanos disimulando arrugas e imperfecciones».

Pancracia Betancurt leyó con avidez. ¡Jamás lo habría imaginado! Resultaba que el cornezuelo del centeno mezclado con semilla de opio debidamente preparado y destilado procuraba a quien lo tomaba un estado catatónico que le proporcionaba sueños lisérgicos y maravillosos de los que al despertar nada había de recordar.

Su avezado olfato detectaba posibles negocios a distancia y su falta de escrúpulos hacía que posibilitara hasta los más oscuros, y aquel descubrimiento le abría un horizonte impensado que iba a ayudarla a conseguir lo que desde siempre había constituido el norte de su vida. Ella de vieja no pediría limosna a nadie.

81
Capítulos matrimoniales

Tras unos breves y respetuosos golpes, la voz de Crispín sonó tras la puerta.

—Señorita Candela, dice su señor padre que dentro de un cuarto de hora esté usted preparada en el recibidor.

A la muchacha le extrañó el recado, y para intentar averiguar adónde iban a llevarla, indagó:

—¿He de vestirme para ir a la calle?

—Nada me han dicho al respecto, señorita.

—Está bien, Crispín, gracias.

Cuando los pasos del fiel mayordomo se hubieron alejado Candela se incorporó del lecho y, dirigiéndose a su armario, se examinó con ojo crítico en el gran espejo de la puerta. Desde que la habían encerrado había descuidado su aspecto físico, y aunque el tema de la ropa nunca le importó en exceso, ahora le traía totalmente sin cuidado; había perdido peso, y la cintura de la larga falda le venía holgada; el rostro se le había afilado y, tal vez, tenía las mejillas algo más hundidas; en lo único que se reconocía era en la determinación de sus ojos. Abrió la zapatera, tomó unos escarpines y se los calzó, dejando en su lugar las zapatillas. Después se puso en pie, cogió una toquilla de lana y se la echó sobre los hombros. Volvió a mirarse en el espejo. Si su padre quería salir a la calle, sin duda habría de comunicárselo; de aquella guisa no podía salir de casa. Para coger fuerzas, porque lo que sin duda iba a venir no sería bueno, extrajo el cajón de las medias, lo dejó sobre la cama y de la parte posterior, metiendo la mano, buscó al tacto la carta de Juan Pedro, la extendió sobre su falda y la leyó dos veces. Luego volvió a ocultarla en su escondrijo y colocó el cajón en su sitio. Antes de que el reloj del pasillo diera los cuartos, Candela estaba sentada en el banco de patas torneadas del recibidor.

Los pasos de Orestes resonaron en la salita de paso. El proceder de su padre al respecto de su problema la había decepcionado. Candela siempre fue la niña de sus ojos, y estaba cierta de que de no haber mediado el consejo de su tío Práxedes en el problema causado por su transgresión disciplinaria en el colegio del Sagrado Corazón las cosas se habrían resuelto de otra manera. Su falta había sido en tiempo de las vacaciones de verano, cuando en el colegio apenas quedaban otras alumnas castigadas como ella, y su inminente ingreso en el colegio de Guipúzcoa era la prolongación de una injusticia que había comenzado cuando fue castigada de forma cruel y excesiva por haber salido de casa por la ciudad con un muchacho que había conocido a través de su tía Adelaida y del que se había enamorado, y esto último era, a su entender, su auténtico delito en aquella Barcelona clasista y de nuevos ricos.

La presencia de su padre interrumpió su discurso mental. Candela, que aguardaba a que éste comentara su indumentaria para deducir el lugar a visitar aquella tarde, a la vista de cómo iba vestido dedujo que no pisarían la calle; Orestes llevaba, sobre su indumentaria de ir por casa, un batín corto de lana de color azul oscuro y de cuadros escoceses, anudado a la cintura mediante un cinturón del mismo género.

La relación de Candela con su padre siempre fue muy intensa y de él recibió el cariño que, por circunstancias que de niña se le habían escapado, no había tenido de su madre. Ésta, desde donde alcanzaba su memoria, siempre alternó estados de exaltada fe religiosa con ausencias notables en las que llegaba a ignorar a la gente que estaba a su alrededor.

Orestes, al ver a su hija, no pudo evitar exhalar un profundo suspiro. Candela intuyó que su paseo aquella tarde iba a ser muy corto, ya que sin duda iba a acabar en el principal primera. Allí se decidirían, evidentemente, las circunstancias que jalonarían su futuro, y de nuevo entendió que la opinión de su tío Práxedes iba a pesar en grado sumo. La siguiente frase de su padre la puso en guardia.

—Candela, hija —dijo—, lo que ocurrió en el colegio fue muy grave y no tiene fecha de caducidad, a tal punto que nos obliga a tomar decisiones de suma trascendencia que deseamos comunicarte antes de tu marcha a Azpeitia. Eres mi única hija y por tanto mi única heredera, y cualquier medida, como comprenderás, ha sido muy meditada.

Candela captó rápidamente la carga de profundidad del mensaje.

—Padre, ¿por qué me habla en plural?

—Tengo un socio, que es tu tío, y lo que me afecta a mí le afecta a él. Pero ten en cuenta que, al fin y a la postre, y aunque no lo entiendas, todo esto redundará finalmente en tu bien. Tristemente, debo tomar estas decisiones yo solo; nadie mejor que tú sabe que con tu madre no puedo contar. Te ruego que no hagas las cosas todavía más difíciles. Y ahora vamos, que tu tío Práxedes nos está esperando.

Candela se puso en pie dispuesta a partir. Padre e hija descendieron dos pisos y, llegados a la puerta del principal primera, Orestes hizo sonar el timbre. Apenas transcurridos unos segundos la puerta se abrió y, por el recibimiento de Saturnino, Candela supo que todo estaba ya montado.

—Don Práxedes les aguarda en el despacho. Me ha ordenado que en cuanto lleguen les haga pasar sin anunciarlos.

Partió la pareja precedida del mayordomo y, tras atravesar el salón morado y la salita de música, se plantaron ante la puerta del despacho. Al paso observó Candela que el espacio anteriormente dedicado al oratorio estaba ocupado por una pequeña salita de lectura en la que había dos lámparas de pie.

Saturnino, obedeciendo la orden recibida, abrió la puerta y apartó la espesa cortina.

—Don Práxedes, don Orestes y la señorita Candela están aquí.

El ruido del sillón anunció a Candela que su tío se levantaba para recibirlos. Saturnino se hizo a un lado, dejando el paso franco, y padre e hija entraron en la estancia.

Aquella habitación, desde niña, le había provocado un miedo reverencial. Sus oscuros muebles, los cuadros de los bisabuelos, el busto en bronce de su abuelo, el gran orejero tras el que se había ocultado jugando al escondite cuando su primo Antonio simulaba no encontrarla, todo sumaba en el acervo de su memoria un aura de profundo respeto.

Ambos cuñados se saludaron brevemente, y su actitud corroboró a Candela que todo estaba atado y bendecido.

Sin mediar palabra, Práxedes se dirigió al tresillo y, ocupando su sillón habitual, indicó a su cuñado y a su sobrina que se sentaran. Orestes ocupó el otro sillón y Candela un lugar en el sofá en medio de ambos.

Práxedes interrogó a su cuñado con la mirada.

—¿Quieres comunicarle tú nuestra decisión?

—Prefiero que le expliques lo hablado. Candela es muy inteligente y entenderá que la medida que vamos a tomar nada tiene que ver con el triste suceso que nos ha ocupado estos días, sino que es algo de mucha más trascendencia para el futuro de nuestra casa.

La mirada de Candela iba de uno a otro, pero aquel introito no presagiaba nada bueno para ella.

La voz de su tío sonó afable.

—Verás, sobrina, el triste suceso, como lo llama tu padre, nos ha obligado a reflexionar mucho. Hemos creído que la decisión de llevarte a Azpeitia es la menos mala para apartarte de los peligros de Barcelona y hacer, de esta manera, que pase el tiempo y que madures lo suficiente para entender las decisiones que hemos tomado.

Candela supuso que se refería al hecho de apartarla de Juan Pedro y estuvo a punto de interrumpir el discurso, pero pensó que era mejor aguardar.

Práxedes prosiguió:

—Tu padre y yo, desde siempre, hemos unido nuestros intereses y hemos levantado, mediante un gran esfuerzo y un ejercicio de responsabilidad, un emporio de riqueza cuyos beneficiarios, pasado el tiempo, seréis dos, tú y mi hijo Germán, ya que, como debes de saber, con Antonio no puedo contar, pues me lo han robado... Pero no quiero hablar de eso ahora porque no viene a colación. La mejor solución para que los negocios progresen, tanto los de aquí como los de ultramar, es que ambas familias continúen unidas por lazos mucho más fuertes que los meramente comerciales y que, andando el tiempo, el tronco permanezca unido y mucho más robusto.

Candela no alcanzaba a intuir hacia dónde iban los proyectos de la familia. Su tío Práxedes siguió hablando:

—Germán ya ha rebasado el tiempo de formar familia y a ti todavía te falta un hervor. —Lo siguiente lo dijo su tío mirando a su padre—. Es nuestra decisión que transcurrido el tiempo necesario, dentro de unos tres años, tú y Germán contraigáis matrimonio, una unión que prorrogará nuestra descendencia y llenará nuestra vejez de nietos que nos alegrarán el paso de los días.

Candela no daba crédito a lo que estaba oyendo. Al principio se sintió inerme ante aquel inesperado arranque y, sin pensarlo demasiado, poniéndose a la defensiva, argumentó casi tartamudeando:

—Somos primos hermanos, no podemos casarnos.

—Deja esas pequeñeces en manos de tus mayores. Con la debida licencia papal, hasta los reyes se casan en primer grado de consanguinidad.

La mente de Candela iba disparada.

—Pero ¡yo no quiero a Germán! Bueno, sí lo quiero, pero como primo. Y él igualmente no me quiere a mí.

—Esas cosas no tienen importancia; si luego te enamoras, mejor, pero si no es así serás una más de tantas mujeres que, a lo largo de la historia, han antepuesto su deber a sus afectos.

Candela se rebeló.

—Sé que esto ha ocurrido y ocurre, pero yo no estoy dispuesta. La vida es demasiado hermosa y corta para perderla al lado de alguien a quien no quieres.

Orestes, que hasta aquel momento no había abierto la boca, intervino.

—Primero es la obligación. El estado de tu madre me permitiría sin duda separarme de ella sin ser por ello pasto de la opinión pública; sin embargo, mi obligación por tu bien es continuar junto a ella. Tu tío y yo únicamente te pedimos que cumplas con tu deber.

—Mi deber, padre, es ser feliz. Los negocios de Herederos de Ripoll-Guañabens no son mis negocios.

—Eres muy joven para medir el alcance de tus palabras, hija.

—Orestes, hablemos claro; Candela, sin mencionarlo, nos está indicando que su felicidad está al lado de otra persona, y tú y yo ya hemos hablado de ello.

Candela entendió el envite.

—Pues sí, tío. Únicamente me casaré con la persona que escoja mi corazón y ésta no es precisamente Germán.

—¿Y puedes decirnos quién es tu elegido…?

—No hace falta, tío, lo sabe usted perfectamente.

Práxedes se acarició la barba muy despacio.

—¿Me permites, Orestes?

Orestes asintió con la cabeza.

—No quería llegar a esto, pero tu actitud me obliga. El tiempo pasa para todos, y ese personajillo que te ha sorbido el seso está a punto de entrar en quintas. De ti depende que ese tiempo pase para él normalmente o que se le complique hasta el infinito.

—No entiendo su amenaza, tío.

—Yo te lo explicaré. Las dos últimas remesas de reclutas y por lo menos tres más harán guardia en el castillo de El Morro o en el Santander. Lo de los disturbios coloniales va para largo y, la verdad, no pinta nada bien. Se puede ir a Cuba de muchas maneras: recomendado para ser asistente de un oficial y pisar únicamente un cuartel o ser destinado a un batallón de castigo de los que entran en la manigua y tienen que sufrir, además de los machetes de los mambises, picaduras de serpiente, ataques de caimanes, fiebres tropicales y otros muchos inconvenientes no precisamente agradables. Sabes que tanto tu padre como yo tenemos amistades muy influyentes, en el estamento militar también. Si tú quieres esto para tu amor, adelante.

El llanto acudía a los ojos de Candela, pero la muchacha se contuvo mirando a su padre. Orestes, con la vista baja, rehuía su mirada.

—¿Usted me haría eso, padre?

—Yo sólo busco tu bien, Candela, y espero que el buen juicio no nuble tu criterio al punto de obligarnos a hacer cosas que nos repugnan.

El tío Práxedes la observaba y prosiguió impertérrito:

—De los que ingresan en batallones de castigo la estadística dice que regresan tres de cada cien, y acostumbran hacerlo en ínfimas condiciones; cojos o mancos es lo más común.

Candela se derrumbó. Con los hombros convulsos comenzó a llorar amargamente.

De no ser por la mirada de su cuñado, Orestes hubiera aflojado la tensión. Los dos hombres aguardaron a que la muchacha se recuperara.

La voz de Candela sonó apenas perceptible y temblorosa.

—Entonces ¿qué debo hacer?

—Eso está mejor. Es muy fácil: escribirás la carta que yo te dicte y nosotros nos ocuparemos de que llegue a las manos de ese individuo; después, llegado el tiempo, te casarás con mi hijo Germán y te dedicarás al oficio que mejor cuadra y corresponde a toda mujer: parir hijos y prorrogar la estirpe uniendo la familia.

Apreciado Juan Pedro:

Una charla con mi padre y una profunda reflexión me han hecho recapacitar profundamente.

Pertenecemos a estratos sociales muy diferentes, nada tenemos que ver el uno con el otro, y lo que en un principio pudo ser una hermosa aventura con el tiempo se habría trocado en una amarga experiencia; tú entre los míos serías siempre un desclasado y yo jamás me avendría a vivir entre los tuyos en unas condiciones diferentes a las que he gozado durante mi niñez.

Es por tanto mi última decisión inalterable que dejemos en un bello recuerdo una historia que no debió comenzar jamás.

Sigue con tu vida y permite que yo siga con la mía sin interferir para nada en ella.

Te deseo lo mejor y estoy segura de que, con el tiempo, entenderás y agradecerás mi decisión.

Tuya siempre afectísima,

CANDELA

P. D.: Cuando recibas ésta ya no estaré en Barcelona, por lo que te ruego que no importunes a nadie de mi casa intentando buscarme.

82
La locura de Renata

El secreto que guardaba Renata Sala Mainz en su corazón había condicionado su vida, amargándola hasta límites insospechados. En los ratos que su intermitente cabeza no le jugaba malas pasadas recordaba fragmentos sueltos de la misma. Aquella mañana, instalada en la tribuna de su casa y cubiertas sus rodillas con la manta que le había llevado Crispín, su mente divagaba.

Renata era una mujer liberal, hija de padres divorciados, barcelonés él y francesa ella, educada en París y de ideas avanzadas que siempre consideró a los españoles gentes retrógradas cuyas costumbres se habían quedado ancladas en el pasado. En uno de sus veraneos en Biarritz junto a su madre, conoció a un muchacho barcelonés de una familia sumamente rica, con intereses en Cuba, que se enamoró de ella perdidamente y que durante los tres meses de estío cruzó todos los días el puente de Hendaya para ir a verla. Orestes Guañabens era su nombre, y a ella le divirtió que sus amigos vieran que aquel españolito tan rico comía en su mano. Antes de finalizar el estío se le había declarado tres veces, y la respuesta de Renata había sido siempre la misma: «Querido, yo no he nacido para casada; tengo otros planes. Además, los españoles sois celosos y posesivos. Mi referente es George Sand, amante de Alfred de Musset y de Frédéric Chopin, amiga de Honoré de Balzac, de Victor Hugo y de Gustave Flaubert, de músicos como Franz Liszt y de pintores como Eugène Delacroix, que se atrevió a vestir pantalones en una época en que la mujer española debía pedir permiso a su marido para pisar la calle. En lo único que os admiro es en la pintura, y es por ello por lo que mi padre me ha autorizado este invierno a acudir a las clases con Josep Masriera i Manovens. Te agradezco tu oferta, pero pienso vivir mi vida de manera muy diferente».

Sus misteriosos ojos azul grisáceo y su cuerpo anguloso y firme, tan distinto del de la mujer española, entusiasmaron al pintor, quien sin dudarlo le pidió que fuera su modelo. Ella, a pesar de la oposición de su padre, que dejó de hablarle asegurándole que aquel antojo iba a cerrarle muchas puertas, siguió adelante con su idea. Pero cuando inició aquella aventura tenía un as en la manga: Orestes Guañabens.

Renata se atrevió a posar desnuda para los pinceles de Josep Masriera i Manovens y los cuadros se expusieron en la galería de Joan Baptista Parés, y pese a que el pintor difuminó sus rasgos faciales el hecho se convirtió en el acontecimiento social de Barcelona; dio vidilla a todas las tertulias, y las discusiones sobre si era o no era se extendieron a todos los ámbitos de la ciudad. Durante un tiempo en los palcos del Liceo, en las kermeses y en el concurso hípico de Casa Antúnez no se habló de otra cosa.

Orestes le preguntó si era ella la modelo, a lo que Renata respondió: «Y si así fuera, ¿qué pasaría?». La respuesta de Orestes fue pagar el precio máximo en la subasta que el pintor hizo de sus cuadros en la Sala Parés e instalarlo en la presidencia de su despacho.

En aquella exposición, le presentaron a Práxedes y ésa fue su perdición. Tras el amargo fracaso de aquella única experiencia en la que por una vez se creyó enamorada y dispuesta a renunciar a los principios de mujer libre que siempre habían sido el norte de su vida, su rencor y su despecho la llevaron a hacer un disparate. Se presentó en el despacho de Orestes Guañabens y todavía recordaba las palabras que le dijo:

—Si aún piensas lo mismo, me casaré contigo.

Recordaba también que Orestes se puso en pie de inmediato, reflejando en su rostro la alegría que le proporcionaba aquella noticia.

—¡Estoy dispuesto cuando tú lo digas!

—No tan deprisa. Si me aceptas, tiene que ser antes de un mes y en Biarritz, con mi madre. La boda ha de ser una ceremonia íntima, y de allí partiremos para nuestro viaje de novios.

Regresó del viaje embarazada, lo que colmó la felicidad de Orestes e hizo que su padre, que por circunstancias no había asistido a la boda, ante aquel yerno que era la envidia de todas las muchachas casaderas de Barcelona arriara la bandera de su orgullo e hiciera las paces con Renata.

Recién casada y durante su embarazo, le dio por quemar las noches acudiendo a todos los saraos y festejos que se dieran en Barcelona, elegantemente vestida y luciendo unas joyas espectaculares, restregando por la cara de todos los que la habían criticado el poderío de su nueva situación.

Luego nació Candela y aquello fue la coronación de su triunfo social.

Después la vida siguió a su ritmo; murió su suegro, y Orestes y su hermana Adelaida heredaron el resto de su fortuna, ya que gran parte de la misma aquél ya la había cedido en vida.

Candela fue creciendo independiente y voluntariosa, y al cabo de los años Orestes reclamó a Renata un heredero varón. Ella creyó que su obligación era dárselo, y lo procuraron con denuedo, pero pasó el tiempo y sus intentos resultaron vanos. Renata acudió al doctor Rodoné, francés como ella y que había sido en su juventud novio de su madre, y primer colaborador del catedrático don Santiago Ramón y Cajal. El médico, tras análisis y pruebas, le aseguró que nada había en ella que le impidiera ser madre de nuevo. Entonces comenzaron a hablar de Orestes, y al ella decirle que hacía años su marido había padecido unas paperas, el doctor Rodoné le indicó que debería visitarlo ya que tal enfermedad, en ocasiones y a edad adulta, podía producir esterilidad. Ante la noticia, y dado su deseo de ser de nuevo padre, Orestes acudió a la consulta del afamado médico y éste lo sometió a un sinfín de pruebas. Cuando llegó a la calle Valencia el sobre de la clínica del doctor Rodoné con los análisis, Orestes estaba de viaje, por lo que Renata lo abrió por ver el resultado. Tras leer el informe casi le da un desmayo: Orestes siempre había sido estéril; debido a una tara de nacimiento carecía de espermatozoides, cosa que en modo alguno podía atribuirse a una parotiditis, por lo que nada tenían que ver en ello sus paperas. Candela, por lo tanto, no era hija suya. Renata acudió aquella misma tarde a la consulta del doctor Rodoné, quien se reafirmó en su diagnóstico. Entonces fue cuando le suplicó, en nombre del amor que él había sentido por su madre, que lo cambiara y atribuyera la infertilidad de Orestes a aquellas paperas. El médico se resistió, pero transigió al alegar Renata que en ello iba la felicidad de su hija, de modo que Orestes jamás se planteó el hecho de que no era el padre de Candela.

A partir de aquel día, Renata comenzó a caer en largos silencios acompañados de rigurosas épocas de absoluta desgana que mermaron su figura y, de alguna manera, apagaron su belleza. Orestes recurrió a toda clase de médicos, nacionales y extranjeros, y todos daban su opinión, pero ninguno dio con la fórmula para sacarla de aquellas ausencias mentales, cada vez más frecuentes y largas. Renata, entonces, se refugió en la religión. Acudía invariablemente a la iglesia de Belén, en las Ramblas, y se confesaba todos los días del mismo pecado, a tal punto que el confesor la reprendió por ello diciéndole que si no confiaba en la eficacia del perdón del sacramento no iba a darle la absolución, lo que la obligó a cambiar de confesor. Y así fue como conoció a mosén Cinto Verdaguer, clérigo de paciencia infinita e ilustre poeta que reconfortó su alma y que jamás tuvo para ella una palabra que no fuera regida por la bondad y el amor hacia sus semejantes.

Todos los habitantes de la casa se vieron afectados por la enfermedad de Renata; los primeros, su marido y su hija. Orestes y ella dormían en habitaciones separadas y sus contactos eran cada vez menos frecuentes. En cuanto a Candela, se fue acostumbrando desde muy pequeña a recurrir a la ayuda y el consejo de su tía Adelaida, por lo que bajaba al principal y allí se pasaba la mayor parte del día, zascandileando por el terrado, jugando con las criadas o cogiendo gusanos de las jardineras de su tía. El día de la semana preferido de la niña era el martes, pues cada mañana a las nueve y media acudía Luisa, la costurera, y ella se escabullía a la galería disimuladamente, y entre puntada y puntada la mujer le explicaba cuentos increíbles de gnomos y princesas, y si además su primo Antonio le dedicaba algo de su tiempo, aquélla era una jornada gloriosa para Candela.

Renata tenía, desde siempre, un solo aliado. Crispín, el mayordomo, la había visto nacer y la había acompañado desde su domicilio de soltera hasta su hogar de casada. Crispín fue como un abuelo amable que entendió todas sus locuras de juventud y tapó todos sus caprichos, a tal punto que llegó a constituir el gran soporte de su vida.

Cuando la visitaba lo que ella llamaba el «desierto negro», se refugiaba en sus soledades, y salvo a Crispín se negaba a ver a nadie, encerrada en la salita de la tribuna de la parte de delante de su piso, el segundo primera de la calle Valencia n.º 213.

Aquella mañana Renata sintió frío; en los cristales repiqueteaba la lluvia, y una miríada de pequeñas gotas dibujaban en ellos un sinfín de inciertos caminos tan cambiantes y dudosos como su propia vida. Crispín, tras pedirle permiso, había salido a un recado, y Renata se dirigió a su dormitorio a buscar una toquilla de lana ya muy deteriorada a la que tenía gran cariño y con la que se envolvía cuando refrescaba. Al pasar frente a la puerta del despacho de Orestes oyó las voces de su marido y de Candela, algo exaltadas, y se dispuso a escuchar.

La de su hija sonaba razonablemente suplicante y la de Orestes se mantenía inusualmente firme.

—Con el debido respeto, padre, creo que la influencia del tío Práxedes sobre usted es excesiva, y si no fuera por ello no me habría encerrado en el Sagrado Corazón de Sarriá... porque creo que fue un castigo excesivo por algo que no tenía tanta importancia.

—¿Te parece que poner en ridículo el nombre de tu familia ante toda la sociedad barcelonesa es cosa baladí?

—Honestamente, padre, tal vez merecí un castigo, pero encerrarme interna por dar una vuelta en coche por Barcelona con alguien a quien conocí precisamente en casa del tío Práxedes creo que no corresponde.

—La vuelta, Candela, no sería tan inocente, ¡mira si no las consecuencias que ha traído! ¿O acaso un muchacho salta la tapia de un convento para ver a una muchacha si no hay algo entre ellos? Tu tío Práxedes me ha ayudado a tomar esta decisión, que creo acertada por dos motivos: en primer lugar y principal, para apartar de tu cabeza esa locura que tú calificas de «tontería», y en segundo, porque vuestra unión hará más fuerte nuestra firma.

Los cinco sentidos de Renata se pusieron en guardia y sintió que su mente se afilaba como no lo había hecho en mucho tiempo.

La voz de Candela suplicaba.

—Le juro, padre, que no volveré a ver a Juan Pedro, pero ¡no me obligue a casarme con Germán! ¡Ni lo quiero ni lo querré jamás!

Renata palideció. A su mente llegaron, apelotonados, turbios recuerdos.

—Es mi decisión y tendrás que atenerte a ella.

Ahora Candela se rebeló.

—¡Es injusto! Como injusta y desproporcionada es la amenaza de dañar a una persona hasta el punto de intimidarla con la posibilidad de una muerte sutil y soterrada, que es como un asesinato, obligándome a firmar una carta para salvarla de semejante barbari-

dad. —Ahora la ira de la muchacha se había desbordado, incontenible.

Orestes suspiró profundamente.

—De no importarte tanto esta persona, no habrías accedido.
Obedéceme y verás como dentro de unos años me lo agradeces. Irás
a Azpeitia, acabarás de formarte y cuando regreses te casarás con tu
primo. Ésta es mi última palabra.

Renata necesitó aire. A su mente le costaba captar la horrible
dimensión de lo que acababa de oír. Se fue a su cuarto, se puso un
abrigo grueso y en la cabeza un sombrero de fieltro que iba atado
bajo la barbilla mediante dos cintas, tomó el paraguas y, sin hacer
ruido para que no la sorprendieran, salió a la escalera cerrando la
puerta con sumo cuidado.

Una vez en el rellano se asomó por la barandilla. Fregando la
portería con agua jabonosa, arrodillada en el suelo al lado de un
cubo, estaba Florencia, en tanto Jesús, con un largo plumero, quitaba el polvo de los dos grandes globos de cristal de los apliques dorados de las paredes.

Las palabras oídas repicaban en su cabeza como el badajo de
una campana. Mil cosas se le ocurrieron, pero lo primero era parar aquel dislate, por lo que la visita a mosén Cinto era inaplazable.

Renata comenzó a bajar la escalera y cuando ya descendía el
último tramo el tono inconfundible de la voz de Práxedes, que en
aquel momento entraba en la portería dando los buenos días al portero, llegó hasta ella. Sintió que su corazón batía incontrolado y
supo al instante que no podría contenerse.

—Cuidado, don Práxedes, el suelo está recién fregado y resbala.
—La voz de Florencia avisaba al patrón.

Renata y Práxedes se vieron a la vez; ella, intentando que el rictus de su boca pareciera una sonrisa, descendió los tres últimos peldaños; él, intuyendo algo raro en el rostro de su cuñada, se quitó el
bombín para saludarla y se detuvo junto a Jesús.

—¿Cómo estás, Renata?

Todo se desencadenó en un instante. Renata llegó hasta él y
cuando estuvo en la distancia conveniente, ante el asombro de Jesús,
que casi se cae de la pequeña escalera, y la mirada incrédula de Florencia, que se había incorporado, arrodillada junto al cubo, armó el
brazo y justo cuando en la calle sonaba la trompeta del basurero,
que debido a la lluvia de aquel día llegaba con retraso, dirigió la
punta del paraguas al rostro de Práxedes intentando clavárselo en el

ojo. El hombre hizo un escorzo casi instintivo, y lo que podía haber sido una estocada mortal se trocó en una herida profunda en la mejilla, que comenzó a sangrar profusamente.

En aquel momento las camareras de los pisos descendían con los cubos de basura entre risas y jolgorios. Jesús saltó de la escalerilla como expelido por un muelle y consiguió sujetarla, sentándola en el banco del portal, en tanto Florencia, recobrada del susto y puesta en pie, entraba rápidamente en la garita de la portería y salía con una toalla blanca, que se puso en un momento completamente roja cuando la mujer intentó restañar la sangre que manaba abundante de la mejilla de Práxedes, quien, apoyado en la pared, blanco como el papel, intentaba serenarse y musitaba entrecortadas imprecaciones.

—¡Maldita loca! ¡Ustedes son testigos de lo que ha intentado esta mujer!

Renata, sujetada por Jesús, no podía moverse, pero sí hablar.

—¡Eres un cerdo! ¡No voy a permitir que destruyas la vida de Candela como destruiste la mía!

Práxedes se dirigió al corro de criadas, entre espantadas y curiosas, que se había formado alrededor de la escena.

—¡Ustedes son testigos de este intento de asesinato! A la señora hay que encerrarla en un manicomio. ¡Dense cuenta de que es un peligro público, y lo que hoy ha intentado conmigo puede intentarlo mañana con cualquiera de ustedes! ¡Los locos no pueden andar sueltos!

—¡Y los cerdos deben estar en las pocilgas! —contraatacó Renata con una voz que daba miedo.

A todas éstas, por la puerta lateral que daba a la fábrica de pieles, apareció Gumersindo Azcoitia seguido por uno de los contables.

—Pero ¿qué ha pasado aquí? ¡Dios mío!

—Un drama de familia, don Gumersindo —respondió Jesús a la vez que inquiría—: ¿Qué hacemos ahora?

Gumersindo se hizo cargo rápidamente de la situación.

—Que alguien vaya a llamar a don Orestes. Esto escapa a mi autoridad.

En aquel momento, empapado de agua, llegaba Crispín de la calle. Al principio no entendió lo que pasaba; luego, conociendo el odio de su ama hacia Práxedes y viendo el estado lamentable de éste, intuyó el drama acaecido, que él había visto venir hacía mucho tiempo. Ignorando a Práxedes como si no existiera, se dirigió a su ama y, apartando de ella los brazos de Jesús de forma cuidadosa pero firme, la tomó por los hombros obligándola a levantarse, en tanto le decía dulcemente:

—Venga conmigo, niña Renata, que yo la cuidaré.

83
El desprecio de Claudia

Claudia Codinach estaba desesperada y dispuesta a que no pasara un solo instante sin aclarar la situación con Germán, quien, por cierto, había estado evitándola durante los últimos tiempos. Aún recordaba estupefacta el día que doña Encarna Francolí le había comunicado su decisión. Su madre la había acompañado a la academia, y en cuanto la mujer supo que la insigne profesora se negaba a seguir dando clases a su hija, pues le echaba en cara su desinterés y sus faltas de puntualidad, y que además su protector había cerrado el grifo de sus recursos, los reproches duraron todo el trayecto de regreso. Los «Ya te lo decía yo», «Esto acabará mal», «Todos los hombres son iguales; en cuanto consiguen lo que quieren, si te he visto no me acuerdo» retumbaban en los oídos de Claudia como el martillo en el yunque de un herrero. Los sermones continuaron en casa, hasta el día en que ella se cuadró y amenazó a su madre con marcharse y dejarla sola; a partir de ese momento, un silencio envenenado se estableció entre las dos, pero las miradas pagaban y los mudos lamentos eran todavía peor que las broncas.

Hacía más de un mes que todas las semanas llegaba a su casa un ramo de rosas con una tarjeta del capitán Emilio Serrano. El primer día Claudia abrió el sobre ilusionada, creyendo que era de Germán, pero al ver el remite ordenó a su madre que lo dejara en la alacena sin dignarse hacer el menor comentario e ignorando los de ella. «Un capitán no es demasiado al lado de lo que habrías podido conseguir, pero hay que conformarse.» Ése fue el primero; el segundo fue: «Un clavo saca otro clavo, y en tu caso yo me lo pensaría un poco». Un «¡Déjeme en paz, madre!» acabó con la cuestión.

Una absoluta desidia invadió el espíritu de Claudia, y la joven se pasaba el día en la cama sin molestarse siquiera en vestirse. Su madre entraba con la bandeja de la comida, pero en muchas ocasiones ésta se iba por donde había venido sin que ella probara bocado. Su cabeza rumiaba mil planes. Se había pasado varias tardes en la placita que había frente a la *garçonnière* de Germán, una de ellas lloviendo a cántaros, pero éste no había aparecido. Como ya no le importaba lo que pudiera pensar don Práxedes, hasta había considerado presentarse en la calle Valencia y armar un escándalo de proporciones colosales.

En ello estaba cuando llegó la carta. Su madre se la llevó a su cuarto, reflejando en el rostro un cúmulo de sensaciones contradictorias. Quería y dolía; si su hija se arreglaba con aquel petimetre y se convertía en su amante oficial, ya que otra cosa era impensable, ya le parecía suficiente; en caso contrario, pensaba que habría tirado al arroyo años de esfuerzo y, desde luego, su carrera a gran nivel, porque para entrar en el coro del Liceo y ser una más estaba de sobra preparada.

Claudia abrió el sobre con dedos temblorosos y desplegó el pliego. Sus ojos recorrieron las líneas con ansia.

La breve nota decía así:

> Querida Claudia:
>
> Motivos de capital importancia y de inaplazables decisiones por negocios urgentes han hecho que durante esta temporada no me haya puesto en contacto contigo. Te espero el miércoles por la tarde, a las cuatro y media, donde tú ya sabes.
> Tuyo siempre,
>
> GERMÁN
>
> P. D.: Ponte el perfume que me gusta.

Claudia introdujo gozosa el mensaje en el sobre y le pareció que la luz del sol entraba con más intensidad por la ventana.

El día señalado estaba Claudia con media hora de antelación junto a la fuente de la placita que había delante de la portería donde se hallaba ubicada la *garçonnière* de Germán.

Se había vestido con sus mejores galas y estrenaba un conjunto que había comprado el lunes en una tienda pequeña pero de gran categoría que habían abierto junto al nuevo teatro Gran Vía, recientemente inaugurado en el chaflán de la calle Lauria, y que le había costado un dineral. La falda era de una cachemira marrón adamascada que se ajustaba muy alta bajo su pecho, y sobre una blusa de seda natural de color limón vestía una chaquetilla corta, acabada en pico por detrás, de suave terciopelo negro adornada con alamares del color de la falda; remataba el conjunto su hermoso cabello, perfectamente peinado en suaves ondas que marcaban sus sienes, sobre el cual lucía un pequeño copete del que caía un velo negro y discreto que le cubría los ojos y una capa fina que envolvía su figura.

Cuando en el reloj de la plaza Urquinaona sonaban las cuatro y cuarto vio llegar un coche de punto cuyo conductor retenía el trote del equino hasta detenerse frente al mismo portal. Vio descender a Germán y el corazón se le vino a la boca. Era endiabladamente atractivo. La levita oscura sobre el pantalón gris marengo, el plastrón impecable ajustado al cuello mediante una aguja cuya cabeza era una hermosa perla, el sombrero hongo en la mano y el pelo engominado y partido en dos por una crencha impecable. El simón partió y ella, antes de ir hacia él, se complació observándolo. Germán tiró de su leontina de oro y del pequeño bolsillo del chaleco extrajo un precioso reloj del mismo metal; abriendo su tapa, consultó la hora. En ese momento fue cuando alzó la vista y vio a Claudia atravesando la calle. A lo primero su expresión fue más bien de sorpresa que de otra cosa y en su mirada le pareció percibir a la muchacha un relámpago de duda antes que de alegría; luego sus ojos se achinaron, y apareció en ellos aquella risueña expresión que lo hacía irresistible y que tenía enamoradas a la mitad de las mujeres de Barcelona.

Germán se adelantó hacia Claudia, galante como siempre, e hizo ademán de tomarla del codo. Ella recordó por un instante las cuatro largas semanas que había pasado en la espera, la escena de su entrevista con doña Encarna Francolí y las reconvenciones de su madre, y hurtó su brazo impidiendo que él la sujetara.

Germán, poco acostumbrado a cualquier desaire femenino, la miró entre extrañado e inquieto.

—Luego te cuento —dijo adelantándose a abrir el portal.

Como de costumbre, el portero estaba en su garita y se acercó a Germán para entregarle el correo acumulado. Entre los sobres se distinguía uno de color crema cuya picuda letra conocía él bien.

Claudia, señalándolo con su mano enguantada, recalcó:

—Éste es mío. Eres tan importante que para saber de ti hay que escribirte.

—No había venido por aquí. Como puedes ver, hasta hoy no me han dado el correo.

Con un ligero gesto invitó a Claudia a subir la escalera. Pronto llegaron al tercer piso; Germán extrajo de su bolsillo el llavero y, abriendo la puerta, invitó a Claudia a franquearla. Ella lo hizo como la extraña que entrara por primera vez en un lugar desconocido. Germán colgó del perchero el sombrero hongo y la invitó a pasar al interior con la prosopopeya del primer día. En aquella ocasión estaba dispuesto a jugar sus bazas de gentil caballero hasta la última instancia.

Una vez en la pieza central, ayudó a Claudia a desembarazarse de la chaquetilla y del sombrerito, que dejó en el sillón, y luego la invitó a instalarse en el sofá.

Germán era consciente de que tenían ante sí una laboriosa tarea. De una parte, y por el momento, debía acabar aquella relación, pues le constaba que su padre era muy capaz de poner un detective sobre su huella para indagar hasta dónde estaba dispuesto a seguir sus indicaciones; era demasiado importante el envite de lo que estaba en juego para apostarlo a una sola carta; por otra parte, después de capear el temporal, pretendía volver a poseer aquel espléndido cuerpo, si bien no de un modo público y notorio, ya que las malas lenguas y la envidia eran moneda común en aquella Barcelona que vivía dedicada a husmear en las vidas de los ocupantes de los palcos del primer piso del Liceo, aunque desde luego pensaba alternarlo con el de otras nuevas conquistas. Así pues, decidió proceder con sumo cuidado.

84
El desencuentro

Conocedor de los gustos de Claudia, Germán se dirigió hacia un objeto grande tapado con una funda de tela y, tras retirarla, apareció como una tulipa invertida la inmensa trompa de un gramófono de carrete. Tomó un cilindro, lo colocó sobre el eje y apuntalando la aguja oprimió el botón que sujetaba el muelle. Al punto la voz angélica de Angelo Masini invadió el ambiente ante la mirada atónita de Claudia.

Germán pensó que ya había marcado el primer tanto y dirigiéndose al pequeño mueble bar se hizo con dos copas balón, una botella de coñac y otra de Chartreuse. Claudia ahora lo observaba dejándolo hacer, y en tanto intentaba recuperarse del asombro que había representado para ella oír la voz del insigne tenor, preparaba una estrategia que iba a indicarle el punto exacto donde se hallaba su vida, pues lo que había comenzado siendo un juego podía acabar de muchas maneras. Por el momento y en primer lugar, había perdido la protección de su mecenas, por lo que su carrera estaba en peligro, y en segundo lugar, había descubierto el sexo que su juventud exigía y no se veía con ánimos de prescindir de él.

Germán depositó las dos copas sobre la mesa y procedió a llenarlas en su justa medida. Después, tras dejar las botellas en el mueble, se sentó en el sillón dispuesto a someterse a un interrogatorio cuyas respuestas creía tener bien preparadas.

Claudia, con la copa en la mano y las piernas plegadas bajo la falda sobre el sofá, lo observaba dispuesta a escuchar sus explicaciones para ver hasta dónde llegaba su grado de cinismo.

—¿Qué te parece el invento?

—Me parece bien, pero no viene al caso.

—Eso es el futuro del que te hablé.

—Ahora lo que me interesa es el presente, del futuro ya hablaremos.

—Pues hablemos, para eso hemos venido.

—¡Eso digo yo! Quien ha desaparecido has sido tú, y creo que a estas alturas quien merece una explicación soy yo.

Germán la observó distante. Lo quería todo: la herencia de casa Ripoll, aquella espléndida mujer y, sobre todo, su libertad, y a esas alturas de la vida no estaba dispuesto a que ninguna hembra le pidiera explicaciones por su conducta y, además, el hecho no cuadraba con su talante; sin embargo, la circunstancia lo obligó. Echó mano de su pitillera de oro y ofreció un cigarrillo a Claudia, que ésta negó con el gesto.

—Tienes mala memoria, deberías recordar que únicamente fumo en ocasiones excepcionales. A lo mejor, como te has enterado de que ya no voy a clase de canto, supones que he relajado mis costumbres.

—Por norma, siempre que voy a fumar suelo ofrecer; es cuestión de estilo y de buena crianza. Y como los Muratti son muy suaves y te gustan, y creo que ésta es una ocasión excepcional, es por ello por lo que te he invitado a hacerlo. Pero no hay problema. Si me lo permites, porque a lo mejor el humo te molesta, yo sí voy a fumar. Y, por cierto, sé que mi padre te ha cerrado el grifo, y ése es el segundo motivo por el que quería verte. El primero… ya lo supones.

Sin dar tiempo a que Claudia respondiera, tomó un cigarrillo y se dispuso a encenderlo. Cuando el extremo hubo prendido dio una honda calada y, tras expeler el humo por la nariz, se acomodó en el sillón y, componiendo con aire despreocupado aquella cínica sonrisa que tan bien conocía Claudia, la miró fijamente a los ojos.

—La vida, querida, no es precisamente un camino de rosas; está lleno de obstáculos, de trampas y de tropiezos que hay que soslayar. Los triunfadores somos aquellos que sabemos adecuarnos a las circunstancias y que no permitimos que algo, por placentero que sea, nos aparte del objetivo final. Los pusilánimes, los faltos de espíritu son, en resumen, la legión de los fracasados que se quedan por el camino por no tener cuajo para afrontar el problema, y yo no quiero encontrarme entre ellos.

Claudia lo observaba circunspecta. Había descubierto el mundo a través de aquel hombre y, ciertamente, había enloquecido, pero no estaba dispuesta a renunciar a su sueño para que el remolino del naufragio engullera el trabajo de tantos y tantos años.

—Como preámbulo me parece muy bien, pero ve al grano, Germán. Tu padre ha cancelado su mecenazgo y doña Encarna me ha echado de su academia; me he pasado una eternidad en mi casa sin salir, soportando las invectivas de mi madre y aguardando a que tuvieras la amabilidad, si no de venir a darme una explicación en persona, por lo menos a enviarme una nota, pero hasta hace unos días por lo visto el señorito estaba muy ocupado y no tuvo tiempo.

Germán entendió que era inevitable tener que dar una disculpa; sin embargo, quería vestir el muñeco de manera que, sin renunciar a ella definitivamente, sus encuentros se espaciaran dificultando ser descubiertos.

—Como comprenderás, conozco los detalles que han hecho que mi padre, en una acción que yo considero vil y rastrera, haya dejado de patrocinarte. No te preocupes por ello; yo sabré compensarte.

—En estos momentos es lo que menos me importa. Lo que quiero saber es cómo queda lo nuestro, cuál ha sido el motivo que te ha impedido verme durante tantas semanas, y en qué han quedado tus promesas.

Germán se removió inquieto.

—Entiendo que lo nuestro ha sido muy hermoso, pero…

—¿Has dicho «ha sido»?

—No puedes echarme en cara nada; jamás me comprometí seriamente a otra cosa que no fuera vernos y pasar los mejores ratos juntos, y los imponderables han hecho que ahora eso, muy a pesar mío, sea muy complicado.

Claudia estaba muy nerviosa.

—Te lo repito, para ver si te enteras: me he pasado todo este tiempo encerrada, intentando dilucidar el motivo de tu desaparición. Entiendo que tu padre me haya retirado la subvención, lo que no comprendo, tras pagar tan elevado precio por verte, es cuál ha sido el motivo de tu ausencia.

—Me han puesto condiciones, Claudia. Si quiero seguir con mi vida, he de atenerme a las normas que ha establecido mi padre; de no ser así, puedo acabar desheredado.

—¡Vaya, vaya, vaya! Al fin y a la postre todo se reduce al vil metal. Y ¿en qué medida me afectan esas normas?

Germán tomó aire y también carrerilla, dispuesto a coger el toro por los cuernos.

—«Lo nuestro», como tú lo llamas, jamás existió. He de dejar de verte y he de casarme con mi prima Candela, ése es el quid de la cuestión y ésas son las normas.

Claudia palideció.

—De todas maneras, cuando pase el temporal podremos seguir viéndonos, discretamente, claro está, y nunca en público —concedió Germán.

Un silencio preñado de malos augurios flotó por la estancia.

La voz de Claudia sonó muy baja.

—Eso no era lo hablado.

—Nunca te prometí nada.

—Pero jamás me dijiste que lo nuestro dependía de los demás, y yo he pagado un precio, para mí, muy caro.

—No estoy en condiciones de elegir. Pero no te preocupes, mujer; dejaremos pasar un tiempo para que mi padre se tranquilice, y vendremos aquí de vez en cuando y lo pasaremos en grande.

Claudia contuvo el llanto.

Germán se levantó del sillón, se trasladó al sofá e intentó rodear con su brazo los hombros de la muchacha. Claudia se apartó vehementemente. Lo miró a la cara y, más que hablar, escupió:

—Te entregué mi virginidad porque me enamoré como una loca de ti y sé lo que ello representa en esta sociedad de mierda en la que vivimos. Los dos éramos solteros y libres, pero de eso a ser para siempre una mantenida va un abismo. ¡Guárdate tu fonógrafo y olvídame! Ah, y has de saber que no eres el único que me envía flores.

Al verse rechazado, y al sentir la sutil aura de una incipiente amenaza, salió a flote la cólera y el cinismo de Germán, quien en cuestión de lances amorosos no toleraba competencias.

—¿Sí? Y ¿quién es ese caballerete que va a conformarse con las prendas interiores usadas que yo dejé?

A Claudia el cruel comentario de Germán la encrespó.

—¡Alguien que es mucho más hombre que tú!

—Ese tal no existe. Lo dices para encabronarme.

Claudia se puso en pie, tomó su chaqueta y el gorrito, y ya en la puerta le espetó:

—El capitán Emilio Serrano es mil veces más hombre que tú, ¡imbécil! —Y dando media vuelta, tomó su capa y, con la dignidad de una reina ofendida, abandonó la estancia.

El portazo marcó la salida de la muchacha. Entonces, al quedarse solo, Germán acabó lentamente el coñac de su copa y se marcó dos metas: la primera, conocer si era verdad el vuelo de aquel zángano alrededor de un panal que creía de su propiedad, y la segunda, solventar la urgente necesidad de aquel día.

Tras cerrar la *garçonnière* descendió la escalera. Al salir a la calle llovía, de modo que se subió las solapas de su gabán y se llegó a la plaza Urquinaona, donde tomó un acharolado coche de alquiler cuya capota brillaba por efecto del agua. Dio la dirección al auriga, abrió la portezuela y con un ágil impulso se encaramó en el vehículo. Al tiempo que el coche avanzaba, el mullido interior, la tenue penumbra únicamente abortada por los débiles rayos de luz procedente de las farolas de gas del Paseo de Gracia que como caprichosos relámpagos se colaban por los intersticios de las cortinas, el rítmico gemido de los ejes y el monótono percutir de los cascos del caballo sobre los adoquines propiciaron que durante el trayecto mil ideas pulularan por su cabeza.

La tarde no había salido como la tenía planeada. A Germán le costaba admitir que una mujer se resistiera a sus encantos. Había concebido esperanzas, aun a pesar de la inexcusable explicación y no sin fundamento, de que la velada acabase en el amplio lecho gozando las delicias de aquel maravilloso cuerpo. La voz aterciopelada de Angelo Masini, el normal efecto del licor y su natural habilidad con el sexo femenino debían de haber coadyuvado al logro, pero las cosas se habían torcido y no habían salido según lo previsto. Aquella insensata, por lo visto, había esperado de él más de lo que podía conceder y se había hecho ilusiones de cosas que jamás habían pasado por su cabeza. Pero eso en aquel momento no sólo no le preocupaba, sino que despertaba en su yo más profundo su atávico instinto de cazador. Por el contrario, el hecho de aparecer en su horizonte aquel capitancito del Regimiento de Cazadores de Alcántara remoloneando por su particular coto de caza, discutiéndole su condición de macho alfa, lo sacaba de quicio. Tendría que buscar el momento y lugar oportunos para arreglar aquel embarazoso inconveniente. El encontronazo no sería difícil, pues los escenarios comunes eran diversos; el hecho de la afición del militar por la esgrima hacía que frecuentaran los mismos clubes y gimnasios, y la inclinación por el bel canto de Serrano lo acercaba al Liceo, por lo que una provocación suficientemente medida que le sirviera de excusa para aplicarle en público un correctivo sería fácil de encontrar. Aparcó aquel asunto tras codificarlo en su cerebro y pasó a otra cuestión.

Cuantas más vueltas daba al proyecto, más lo convencía. Aquella obligada boda con su prima Candela cada vez iba ganando más enteros. De momento, cuidando un poco las formas, olvidando los tapetes verdes de los prohibidos y dejando de frecuentar burdeles de lujo junto a Papirer, en resumen, aparcando sus noches de vino y rosas, y bajando al despacho a las ocho de la mañana, hora que para él las calles todavía no estaban adoquinadas, esperaba ganarse la confianza de su padre y de su tío. Luego, con el tiempo, cuando ya tuviera el mando, las cosas podrían volver a hacerse a su antojo.

Candela era un tema aparte. Su prima ya había llamado su atención durante su adolescencia. ¡No recordaba haberla visto jamás bajar la escalera de la calle Valencia sin dar saltos como una corza! Sin embargo, su experiencia en el género femenino le había advertido hacía ya tiempo que aquella jovencita iba a resolverse en hembra importante, adornada además por un requisito que a él le parecía subyugante: Candela era una de las herederas mejor dotadas de Barcelona. Por otra parte, iba a resultar delicioso ponerla al día de sus obligaciones de esposa, darle a leer el *Ars Amandi* de Publio Ovidio Nasón y observar sus progresos en el lecho conyugal.

Pero todo eso componía el cuadro de su futuro y ahora lo que lo agobiaba era el presente. Germán disponía de una lista de amantes muy bien surtida que podía ser la envidia de cualquier hombre de su generación y que manejaba con asiduidad, ya que para él el sexo, además de un gozo, era una necesidad. Germán había acudido al encuentro de Claudia con la esperanza de que, una vez aclarado el tema, ambos sellaran su nuevo acuerdo con el desahogo pertinente arrullados por la voz inigualable de Angelo Masini, pero el asunto se había torcido y, por una vez, había salido mal. Germán había llegado a una conclusión: el día que se acostaba sin haber copulado lo asaltaban como mal menor horribles pesadillas y por lo común unas migrañas pertinaces que, pese a la ración doble de Cerebrino Mandri, no lo abandonaban hasta que muy entrada la madrugada, vencido por el sueño, caía en un sopor espeso que lo inhabilitaba para cualquier trabajo que precisase de una mente clara y dispuesta, y al levantarse le venía a la boca el sabor amargo de la resaca empapando una lengua de estropajo. Claro era que a ello coadyuvaba en grado sumo la cantidad de alcohol que hubiera ingerido la noche anterior.

Cuando percibió que el jamelgo retenía el tranco, alzó la cortinilla de su ventana para ver por dónde iba. En aquel momento el coche pasaba frente a la cuadra de la calle Universidad y en su puerta divisó a Silverio, que, retirando de la acera un saco, que imaginó sería de pienso, procedía a cerrar las compuertas del exterior para dejar así a buen recaudo las pertenencias de la familia que allí se guardaban.

Entonces una idea que podía arreglarle la noche comenzó a germinar en su mente.

85
Proyectando la reclusión

Don Orestes Guañabens y Espinós, el ilustre prócer catalán al que todos los bancos y estamentos públicos rendían pleitesía, tenía un grave problema que el dinero no podía solventar. Aquella tarde se había reunido en el Círculo Ecuestre con su cuñado y socio, Práxedes Ripoll, la única persona, en su opinión, que conociendo a fondo la raíz y las concomitancias del asunto podía ofrecerle consejo.

El lugar escogido, por cierto muy solicitado, era un pequeño salón del primer piso cuya chimenea central había sido mudo testigo de más de un oscuro secreto que guardaban en la trastienda las más ilustres familias barcelonesas. Los requisitos para ocupar tal espacio eran que por lo menos uno de los interlocutores fuera socio del círculo y que lo hubiera reservado con tiempo suficiente.

La hora —las siete de la tarde—, el humo de los cigarros, las tapizadas paredes de nobles maderas y el discreto servicio que apenas realizada su tarea se retiraba sigilosamente, todo invitaba a la confidencia.

Los cuñados se hallaban frente a frente. El que en aquel momento tenía la palabra era Orestes.

—Créeme, Práxedes, que no sé hacia dónde tirar. Si todos los que me envidian supieran realmente cuál es mi vida, te aseguro que no lo harían. El hombre se desenvuelve en dos vías, la familia y el trabajo. Si las dos marchan bien, la felicidad es absoluta; si solamente marcha una, puede soportarse, y si ninguna de las dos camina, entonces es para pegarse un tiro. No es que mi vida laboral vaya mal, ¡es que no existe! A ti no puedo engañarte. ¡No fue mi culpa nacer inmensamente rico! Pero aparte de mi asistencia a los consejos, y desde luego gracias a tu magnífica gestión, soy consciente de que no hago ninguna falta. Procuro alargar los aperitivos al mediodía en el club hasta que me quedo solo; por la tarde me asomo por el despacho, y luego me vengo aquí o hago enganchar el coche grande y me paseo por Barcelona, y si hay algún evento acudo o voy al Casal de Gracia a oír música, o al teatro, o si no asisto a alguna tertulia. En fin, cualquier cosa me sirve para regresar tarde a casa porque al llegar se me cae el techo encima; puedo encontrarme dos panoramas, y si uno es malo el otro es peor. El primero es la soledad. La alegría de Candela era un gran consuelo para mí y ahora que no está el volumen de su ausencia es inmenso, pero soy consciente de que la decisión que he tomado ha sido por su bien y, por tanto, no me lamento. El segundo panorama depende del estado de Renata. Si la encuentro metida en sí misma y sin responder a mis palabras, tal como era antes, ya me conformo; pero desde el desgraciado incidente que protagonizaste, a tu pesar, está irascible, habla sola y de repente toma extrañas actitudes, y Crispín ha presenciado, alguna vez, que durante la cena ha llegado a arrojarme un cubierto a través de la mesa. Te juro, cuñado, que no sé qué hacer. ¡Es horroroso!

Práxedes respiró profundamente y buscó inspiración en los leños que ardían en la chimenea; no quería ser demasiado directo.

—¿Tienes noticias de Candela en Azpeitia?

—La superiora me cuenta que está bien, que se está habituando a la vida de las religiosas y que no me preocupe, que los principios siempre son duros pero que se acostumbrará.

—Me dijiste que no era exactamente un colegio.

—No, es como un noviciado, pero admiten chicas con... problemas. Además de Candela únicamente hay dos muchachas. Son de Bilbao, e intuyo que el motivo por el que están allí es parejo al de Candela.

—Alégrate, cuñado, has hecho lo que debías.

Práxedes hizo una pausa.

—En cuanto a Renata, la última vez que hablamos me contaste que habías escrito al doctor Wember de Alemania. ¿Has tenido respuesta?

—Inconcreta; a los ilustres galenos no les gusta definirse; le expliqué todo lo que está pasando e incluí detalles al respecto de las raras actitudes violentas que tan bien conoces.

—¿Y...?

—Fue ambiguo en su respuesta. Opina qué si nada la excita ni provoca, los episodios no tienen por qué repetirse, pero avisa que a la menor contrariedad puede desencadenarse una tormenta.

—En resumen, ¿cuál ha sido su consejo?

—Se excusa argumentando que desde lejos y sin seguir el día a día del enfermo es muy difícil opinar sobre su evolución.

—Y ¿qué piensas hacer?

—¡Estoy perdido! Es por eso por lo que recabo tu consejo.

La situación había llegado al punto planeado por Práxedes.

—Como comprenderás, Orestes, lo que menos me importa es el desagradable incidente del que fui protagonista en la portería; lo que me preocupa en verdad es que a la pobre Renata le dé uno de esos ataques de noche, estando tú solo con ella y sin el servicio a mano.

—No entiendo.

—Es fácil de entender. ¿Qué ocurriría si te agrediera mientras duermes? Es relativamente sencillo ocultar un cuchillo bajo la almohada.

—Pero ¡eso es imposible! Conozco bien a Renata, es incapaz.

—Di, mejor, que la conocías. La Renata de ahora, capaz de hacer disparates, es una auténtica desconocida para todos. ¿Acaso no fue para ti una sorpresa que me agrediera con la punta de un paraguas en la portería? ¡De no ser por la Providencia Divina, habría perdido un ojo!

Ahora el que reflexionó un momento fue Orestes.

—Entonces ¿cuál es tu consejo?

—Verás, cuñado, un día, porque tus problemas me preocupan mucho, referí el hecho a José Sarquella, el gran maestre de la logia Barcino, íntimo amigo mío, y me habló de un afamado especialista, muy amigo suyo, el doctor Artur Galceran i Granés, quien se ha hecho cargo del manicomio de San Baudilio de Llobregat, fundado por el doctor Pujadas y que, por cierto, estaba en franco deterioro. Eso fue hace dos años.

—¿Insinúas que encierre allí a Renata? ¡El solo nombre de la institución me aterra!

—Me he expresado mal. ¡No puedes imaginarte lo que ha cambiado! Manicomio era antes, ahora es una casa de salud; se conoce como sanatorio frenopático.

—Pero allí encierran a los locos peligrosos.

—Me he informado bien, y sin negar que hay pabellones dedicados en exclusiva a deficientes mentales profundos de ambos sexos, por cierto separados y perfectamente atendidos, con salas de juego, de lectura y de recuperación, te diré que en aquella vega, cuyos aires pueden sanar los pulmones del más tuberculoso de los enfermos, se han creado unas pequeñas villas particulares que pueden amueblarse al gusto de quien las contrate, amén de que el enfermo, si se desea, puede estar en compañía de criados o de familiares que cuiden de él. Hay visitas regladas a horarios fijos y en días concretos, y mirando siempre por el bienestar de los internos, hace falta toda una serie de requisitos que avalen la buena intención de quienes pretenden el ingreso; entre otros, se precisan dos firmas de facultativos ajenos a la institución y de tres testigos que no sean familiares y que hayan presenciado alguna escena violenta del enfermo, así como muchas otras condiciones que protegen al aspirante de intereses mezquinos de familiares que intenten por medios espurios percibir una herencia que no les corresponde y cosas por el estilo.

Tras una pausa, Orestes comenzó a interesarse por temas diferentes relativos a la duración de la estancia, a la posibilidad de comprar una de las villas o de hacerse accionista del complejo sanitario.

—¿Podrías ocuparte de ello? Créeme si te digo que todo lo referente a este asunto se me hace una montaña.

Práxedes supo en aquel momento que había ganado la partida y que el éxito había coronado su plan.

86
La noche de las sirvientas

Los dormitorios del servicio de la casa de los Ripoll ocupaban parte del otro principal, que se unía al de los señores, además de por el rellano de la escalera, mediante dos puertas, una en un distribuidor junto a la salita de música y otra por la galería que daba al terrado. Esta última la unía con la galería del otro lado, que era donde acostumbraba coser Luisa antes de que se desencadenara el cataclismo. Los dormitorios de la servidumbre eran varios; el del fondo del pasillo lo ocupaban Mariano, el cochero, y Saturnino, el mayordomo; junto a la cocina estaba el de Ascensión, la cocinera, quien, con las peculiaridades del oficio, quería dormir sola, y en los dos cuchitriles más cercanos a la galería estaban las camas de las dos jóvenes hermanas, Teresa y Carmen. Había un pequeño baño al lado del primero y uno también en medio de los otros dos, que compartían las tres habitaciones. Silverio dormía en un altillo de las cuadras de la calle Aribau.

Teresa, cubriendo su camisón con una sencilla y abrigada bata, estaba sentada a los pies de la cama de su hermana Carmen.

—Teresa, ¿no te das cuenta de que no puede ser?

—Tú nunca te has enamorado, hermana.

—Pero ¡es negro!

—Es mulato, Carmen, y me ha dicho que en La Habana son muy comunes las parejas de piel distinta que se casan. Allí se mezclan mulatos con cuarteronas y criollas con blancos de la península, eso sin contar a los cimarrones que se escaparon a las montañas rompiendo las cadenas.

—¡Cuba no es Reus! ¿Te imaginas a Silverio comiendo en casa por Navidad? ¿Tú crees que nuestro padre lo aceptaría? Además, era esclavo.

—Pero ya no lo es, el patrón lo manumitió cuando era muy jovencito, recién llegado a Barcelona.

—Estás loca. Cuando se te pase todo este disparate, lo dejarás.

Teresa se quedó un instante pensativa.

—Estás muy equivocada.

Ahora fue Carmen la que hizo una pausa y miró fijamente a los ojos a su hermana pequeña.

—No me dirás que ha pasado algo...

—No ha pasado, hermana, pero casi.

—¿Dónde y cuándo?

—Quieres saber muchas cosas.

—¡Dímelo!

—¡Está bien! Dos veces, en el altillo de la cuadra donde él duerme.

Carmen, que estaba encogida sobre el lecho sujetándose las rodillas con los brazos, manoteó exaltada.

—¡Estás jugando con fuego! Ya sabes cómo son los Ripoll, fíjate la que se armó con la señorita Candela por salir un día con el hijo de Luisa, y luego con la marcha al seminario del señorito Antonio, y eso que eran de la familia. ¡Y tú únicamente eres una criada, imagínate la que se puede armar! Cuídate, mujer, porque el horno no está para bollos.

Teresa se levantó lentamente y, dando un beso en la frente a su hermana, se despidió.

—Que duermas bien, y no te preocupes por mí. Mañana será otro día, y poco a poco irás asimilando lo que te he dicho.

Luego, desde la puerta, hizo un gesto con la mano y se dirigió a su pequeño dormitorio.

Germán había madurado su plan; conocía las costumbres de sus padres y en profundidad la distribución de la casa. Sabía que por norma su madre se acostaba antes que su padre y que lo hacía poniéndose tapones en los oídos para evitar que los fuertes ronquidos de su progenitor la desvelaran. Práxedes se iba a su despacho de la parte delantera de la casa y allí leía *El Noticiero Universal* —periódico nocturno fundado por Peris Mencheta que había comenzado su andadura en 1888— más o menos hasta las doce y media. A esa hora Germán lo oía pasar desde su dormitorio las pocas noches que no salía después de cenar.

Aunque a él poco le importara, en aquella casa, los silencios, desde la partida de su hermano al seminario, habían aumentado. Durante la cena únicamente se oían el pequeño tintineo de los cubiertos contra la porcelana y las frases, mínimas y correctas, comunes a la situación, ya fuera dirigidas al servicio o fuera su madre que pedía algo concreto a su padre.

Algunas noches bajaba el tío Orestes a la hora del café para hablar con su cuñado. Entonces su madre se excusaba y se iba a la salita morada para no estorbar la charla entre ambos.

Germán, tras la gran bronca y la toma de decisiones, había optado por comportarse integrándose algunas noches a la familia y retirándose antes con frases que denotaban su falsa contrición como «Voy a acostarme, que mañana he de madrugar», o parecidas.

Germán introdujo el llavín en la cerradura y abrió la puerta con cuidado. El ruido del trasiego de platos que procedía de la cocina le indicó que sus padres estaban cenando. Dejó el gabán y el hongo en la percha del recibidor y se dirigió por el pasillo hacia el comedor; al pasar frente a la cocina de los señores lo interrumpió la voz de Saturnino.

—¿Va a cenar, señorito Germán?

—No, gracias, Saturnino. Me entras en el cuarto una taza de caldo con un chorrito de jerez.

—Así se hará, señorito. Su tío Orestes ha bajado a cenar.

—Gracias, Saturnino. Ahora lo saludo.

Continuó Germán pasillo adelante y se cruzó con Teresa, que en aquel momento retiraba la fuente del pescado con una hermosa merluza, apenas tocada, rodeada de pequeñas patatas hervidas así como una salsera de plata con mayonesa.

Germán miró hacia atrás por ver si Saturnino se había vuelto a meter en la cocina.

Desde el día que la había sorprendido en la cuadra con Silverio, Teresa lo evitaba, pero en aquella ocasión el encuentro era ineludible. La muchacha iba vestida como de costumbre, de negro brillante con cofia, cuello y guantes blancos. La única diferencia era el delantal comprado recientemente por doña Adelaida, cuyo peto, al tener forma de corazón, resaltaba la juventud de sus senos e iba sujeto a la espalda mediante dos pequeñas bandas y ceñido a su cintura.

Germán se hizo a un lado para permitirle el paso y le dijo al oído, susurrante:

—¿Quieres que te lleve los bultos?

—Por favor, señorito, déjeme.

Al paso de la muchacha, Germán le deshizo el lazo de la espalda en tanto sonreía socarronamente.

Su presencia en el comedor fue recibida por su madre con una amplia sonrisa.

—¡Qué ilusión, Germán! No te esperábamos. ¿Quieres cenar?

—Buenas noches a todos —dijo, y saludó a su padre y al tío Orestes—. No, gracias, madre. Saturnino me servirá una taza de caldo en mi dormitorio. Algo me ha sentado mal este mediodía y prefiero no tomar nada, que mañana tengo que estar pronto en el almacén porque llega un cargamento de Cuba.

Tres miradas convergieron en él: la de su madre, triunfante y reivindicativa; la de Práxedes, interrogante y desconfiada, y la de su tío Orestes, sorprendida a la par que intrigada.

Los pequeños sonidos que indicaban a Germán que la auténtica noche había comenzado sonaron y dejaron de sonar. Primero fue el reloj del pasillo, luego el roce de las anillas de la cortina del despacho de su padre deslizándose sobre la barra de metal, después sus características pisadas, más tarde las dos vueltas de llave que Práxedes acostumbraba dar en la cerradura de la puerta de la calle y, finalmente y ya muy lejano, el ligero rechinar de la puerta de su dormitorio. Después de aquel último sonido la casa quedó completamente en silencio. Germán se aseguró dejando pasar tres cuartos de hora. Observó las agujas del despertador de su mesa de noche y comprobó que era ya más de la una. Se puso en pie calzándose las zapatillas de fieltro, se dirigió al armario, tomó un elegante batín corto azul marino con un ligero reborde gris en las solapas que le había comprado su madre en Harrods en su último viaje a Londres y se observó con detalle en el gran espejo de tres cuerpos. Tuvo que reconocer que, pese a su desordenada vida, su aspecto era el de siempre; quizá tenía unas pequeñas bolsas bajo los ojos, pero el conjunto era el que subyugaba a toda la crema de las mujeres de la sociedad de Barcelona.

Germán tenía el plan muy bien pergeñado. Tomó el quinqué del despacho y, acercándole la mecha del encendedor, prendió la del pequeño candil y la redujo al mínimo con la rueda de baquelita que se hallaba junto al depósito de petróleo redondo. Después comenzó su peregrinar por el itinerario que tan bien había estudiado con el fin de evitar el dormitorio de sus padres. Atravesó el salón de música, el recibidor y a través del pasillo se dirigió a la galería de la parte de atrás del piso que daba al gran terrado que limitaba con la calle Mallorca. Allí estaba la pequeña puerta que comunicaba con la galería de la zona del servicio. Súbitamente del sillón de la derecha saltó la sombra de Bruja, la perrita de su madre, que, desde que había sido expulsada del dormitorio paterno, dormía allí cobijada en el olor de Adelaida. El animal se paró a un metro de Germán y emitió un gruñido.

—¡Calla, asquerosa, o te mato! —murmuró.

La perrita pareció entender y se refugió tras la mecedora.

La voz de su madre llegó hasta él helándole la sangre en las venas.

—¿No has oído, Práxedes? Me parece que Bruja ha gruñido y no acostumbra.

La de su padre sonó adormilada.

—Déjame dormir. Debe de haber sido un ratoncito.

Germán se mantuvo inmóvil al tiempo que vigilaba la puerta del dormitorio, dispuesto a reducir la mínima luz del quinqué y buscando una excusa en caso de que su madre se asomara.

Silencio total. Al cabo de un momento prosiguió su aventura nocturna. Empujó suavemente la pequeña puerta que comunicaba ambas galerías y comprobó que estaba franca. Dio el paso definitivo; ahora ya no había excusa ni marcha atrás. Cerró la puertecita y a continuación comenzó a caminar por el sector de los criados. La reducida habitación de Teresa era la segunda del pasillo a mano izquierda. Se detuvo de nuevo, comprobando los ruidos; no había novedad, los crujidos eran los de siempre, y el único sonido era el roce de la suela de sus zapatillas sobre las baldosas. Llegado a la puerta del dormitorio, con suma suavidad, abatió el picaporte.

A Teresa le costaba dormir. La conversación con su hermana y las reflexiones que ésta le había hecho al respecto de los obstáculos que se levantaban ante ella, motivados por el color de la piel de su amado, la habían desvelado. Sobre todos esos pensamientos revoloteaban, como pájaros de mal agüero, momentos concretos como el incidente con el señorito Germán en las cuadras y su descaro con ella desde aquel día, que había culminado, esa misma noche, en el pasillo de la cocina de los señores cuando regresaba con el pescado y él le había deshecho el lazo del delantal pronunciando una grosería.

El ligero ruido del picaporte al ser abatido y la suave raya de luz que se veía bajo la puerta la espabilaron. En un principio pensó que Carmen había recapacitado y que pretendía aportarle nuevos argumentos que apartaran de su cabeza a Silverio, pero luego el vano de la puerta se abrió un palmo y apareció un quinqué a una altura que no correspondía a la de su hermana. Un sudor frío comenzó a recorrer el cuerpo de Teresa, que se sentó en la cama y estiró las sábanas hasta cubrirse el pecho. Tras la luz se recortaba en la pared del fondo la alargada sombra del señorito Germán. Aunque Teresa hubiera querido gritar, nada habría salido de su boca; sintió que un nudo atenazaba su garganta. Germán avanzó tres pasos y, dejando el quinqué sobre la mesilla de noche, se sentó a los pies de su cama y le colocó confianzudamente la mano derecha sobre las rodillas.

La voz era un susurro.

—Vengo a darte las buenas noches, Teresa. ¿Te alegras de verme?

La boca de la muchacha era puro estropajo y no pudo emitir ni una palabra.

—Ya veo, estás tan emocionada que no consigues hablar, pero ya sabes lo que dicen: «Quien calla otorga».

Teresa estaba aterrada y únicamente pudo articular:

—Por favor, señorito Germán…

—Eso es lo que he venido a hacerte, un favor.

Teresa pensó que estaba perdida.

—Parece mentira que una chica como tú se haya fijado en un pobre negrito como Silverio. Pero ¡en fin, las mujeres sois tan raras…! Aun así, me alegro de que vengas aprendida. ¡Dicen que los hombres de color tienen muy grande esa cosa! Mejor para mí, ¡menos trabajo!

Teresa palideció.

Germán se puso en pie y se quitó el batín y la chaqueta del pijama, dejándolo todo sobre la silla que había a los pies. Luego ordenó:

—Hazte a un lado. Y recuérdame mañana que te haga cambiar la cama; aquí no cabemos los dos.

—Señorito, ¿qué va a hacer?

Ella, sin casi darse cuenta, también hablaba en susurros.

—Eso está muy bien, ¡así me gusta! Significa que no quieres que nos oigan. Ya veremos, hay muchachas que gimen y gritan mucho, y otras tiene un coito tranquilo... ¡Eso depende del pianista que toque el instrumento y del temperamento de cada una! Pero me parece que tú resultarás una brava hembra.

Teresa comenzó a llorar en silencio.

—¡No te pongas así, mujer! Llora en todo caso si te duele. Y no tengas miedo; voy a ser muy cuidadoso y tengo experiencia. Además, ése es un trance por el que han de pasar todas las mujeres, excepto las feas y las monjas, pero ya verás después ¡qué bien se te queda el cuerpo!

—Señorito, por favor, tenga compasión.

—¿Compasión? ¡Anda ya! No te hagas la mojigata, que en las cuadras con Silverio os pillé jugando a papás y mamás. Además, únicamente quiero ejercer el «derecho de pernada», que era una antigua y sabia ley. Échate hacia la pared y quítate la camisa —ordenó en un tono que no admitía réplica en tanto se deshacía del pantalón del pijama.

Teresa estaba aterrorizada. En las charlas de la portería, cuando las criadas bajaban las basuras, les había oído hablar y hasta presumir de que el señor se acostaba con ellas, pero jamás imaginó que tal pudiera pasarle. Su mente desgranó un montón de posibilidades e intentó valorar las consecuencias. Si comenzaba a chillar, además de armarse un pandemónium, la noticia se expandiría por toda la escalera y, al mismo tiempo, podía estar cierta de que ella y su hermana, estigmatizadas para siempre, tendrían que regresar a Reus con el consiguiente escándalo. Si intentaba negarse en silencio, tenía todas las de perder; el señorito Germán era mucho más fuerte que ella y más pronto que tarde acabaría forzándola.

A pesar de todo, Teresa dudaba. Súbitamente sintió la mano de él abriéndose paso por su escote a la vez que decía:

—Si lo prefieres, echo a Silverio a la calle acusándolo de ladrón, lo vienen a buscar los municipales y no lo ves nunca más.

Teresa comenzó a desnudarse.

87
La provocación

O fendida en lo más profundo de su corazón por lo que consideraba la gran estafa de Germán y, por qué no decirlo, presionada por su madre, Claudia había decidido retomar el timón de su vida jurándose que jamás volvería a depender de ningún hombre. Dos vectores iban a marcar el rumbo de su futuro: el primero, entrar en la escuela de canto del Liceo, que era gratuita. Tras la consiguiente prueba fue admitida de inmediato; viniendo de la prestigiada academia de doña Encarna Francolí, el éxito estaba asegurado.

El segundo objetivo era mucho más sibilino: debía maniobrar con la habilidad consiguiente para conseguir que los continuos ramos de flores que le enviaba el capitán Emilio Serrano se convirtieran en algo más tangible, positivo y, sobre todo, público, con el principal objetivo de lastimar el orgullo de Germán y ofenderlo donde más podía dolerle, en su disparatado amor propio.

Claudia ya no tenía por qué guardar las formas. Había perdido la protección de su mecenas, don Práxedes Ripoll, por lo que ya no temía la reprimenda de su profesora. Por otra parte, su madre, viendo que su único modus vivendi peligraba, había aflojado las tuercas y respetaba sus decisiones, limitándose a hacerle de criada o de acompañante cuando era requerida para ello.

Los horarios de clase del Liceo y la exigencia eran mucho más relajados, por lo que Claudia, al ir muy sobrada, se permitía alguna que otra licencia como faltar a alguna clase o acomodar el horario de las mismas como mejor le conviniera, sabiendo que el profesorado, al ser quizá su alumna más destacada, iba a hacer la vista gorda.

El tema del capitán Serrano lo planificó con mucho esmero. En las tarjetas que invariablemente acompañaban los ramos había un dato interesante: bajo su nombre añadía «Capitán ayudante del coronel Pumariño. Regimiento de Cazadores de Alcántara», además de la dirección del cuartel de la calle Sicilia. Claudia ordenó a su madre que al siguiente ramo la avisara, y cuando llegó el mensajero, tras hacerle esperar unos minutos, salió a su encuentro.

—¿Quieres ganarte una buena propina?

—Para eso estamos, señorita.

—¿Conoces al capitán Emilio Serrano?

—Viene cada sábado a la floristería.

—Otra cosa: ¿eres capaz de pasar un sobre por debajo de la puerta en la dirección que yo te diga?

—Desde luego.

—Entonces vas a hacerme dos encargos. El primero será llevar una nota a esta dirección. —Y le remarcó en el tarjetón las señas del cuartel—. Y el segundo, pasar otro sobre por debajo de la puerta que hay a la izquierda entrando en la portería de la calle Valencia n.º 213. Ahí has de ser cuidadoso y vigilar que no te vea nadie.

—Eso puede ser peligroso.

—En absoluto; todos los días se pasan papeles bajo las puertas: anuncios de publicidad, notas de gente que se ofrece para realizar trabajos… ¡Qué te voy a contar! Pero si tienes dudas, busco a otro.

—No hace falta, yo me ocupo.

—Entonces ve a dar una vuelta y regresa dentro de media hora.

El muchacho vio la posibilidad de ganarse una doble propina con aquella encomienda: la que iba a darle Claudia y la muy generosa que le daría el militar al entregarle la nota. Lo otro era un incremento que añadía valor a su gestión.

—Descuide, aquí estaré.

Claudia había pergeñado su plan hacía ya muchos días.

Se dirigió al comedor y fue poniendo sobre la mesa las cosas que le hacían falta; en primer lugar, papel de cartas, pluma y tinta. Luego fue a su dormitorio y regresó con un montón de revistas y periódicos, unas pequeñas tijeras y un tubo de Sindeticón. Entonces procedió con orden. Antes que nada, escribió la nota dirigida a su nuevo pretendiente, la colocó en un sobre y pegó la solapa humedeciéndola con la lengua. A continuación procedió a escribir el nombre y la dirección, y finalmente puso un libro encima para asegurarse de que quedaba bien cerrado.

Después, con sumo cuidado, con las tijeras fue recortando parsimoniosamente las diversas letras que le convenían de las revistas y los periódicos que había amontonado sobre la mesa, procurando que, aunque de muy diferentes tipos, fueran del mismo tamaño, y procedió a fijarlas con el tubo de pegamento sobre la hoja en blanco. En la cuartilla podía leerse:

SI QUIERES CONOCER AL TIPO QUE TE PONE LOS CUERNOS, LLÉGATE EL PRÓXIMO MIÉRCOLES A LAS SIETE Y MEDIA AL VIENA.

Un amigo

Cuando el trabajo estuvo finalizado, contempló su obra y aguardó a que el muchacho regresara.

—Toma, lleva este sobre al cuartel de la calle Sicilia y procura entregarlo en mano. Éste otro, tal como te he dicho, lo pasas por debajo de la puerta del n.º 213 de la calle Valencia, ¡sobre todo no te confundas!

Y subrayando el mandato le dio una peseta de propina.

. El chico guardó en el bolsillo la moneda, tomó los dos sobres y, considerando que aquél era un día de suerte, respondió lisonjero:

—Descuide, señorita, seré diligente como Mercurio; antes del mediodía habré hecho los recados. ¿He de aguardar respuesta?

—En el cuartel, sí, y me la traes mañana. En la calle Valencia, no, y procura retirarte ligero y sin que nadie te pregunte nada.

Emilio Serrano era el capitán ayudante del coronel Pumariño, jefe, este último, del Regimiento de Cazadores de Alcántara 14 del cuartel de la calle Sicilia, y tenía a gala tanto su pertenencia al regimiento como el empleo que en él desempeñaba. Su despacho estaba ubicado en el primer piso del citado cuartel, junto al de su superior, y por la importancia de su cargo se hallaba exento de casi todos los servicios de armas. En el cuarto de banderas era considerado inclusive entre los militares de más rango, y el comandante jefe del Economato y el de Mayoría se contaban entre sus amigos.

Unos discretos golpes sonaron en la puerta y ésta se abrió una cuarta.

—¿Da usted su permiso, mi capitán?

La voz de su ordenanza era inconfundible.

—Adelante, cabo.

El cabo Villasante se cuadró en el quicio con el gorro cuartelero en la mano.

—¿Qué pasa, cabo?

—Abajo, en el cuerpo de guardia, hay un mensajero de una floristería que tiene una nota para usted e insiste en que debe entregarla en mano.

Serrano saltó de la silla con una presteza que extrañó al ordenanza y, en tanto se ponía la guerrera, ordenó:

—Adelántese y dígale que ahora mismo bajo.

Partió el ordenanza y Serrano, tras asomarse en el despacho del coronel y pedir la venia para ausentarse un momento, se precipitó por la escalera, casi sin responder al saludo de los reclutas con los que se iba cruzando, y en un minuto se presentó en el cuarto de oficiales del cuerpo de guardia.

Sentado en una de las sillas de la pequeña antesala estaba el muchacho que, sobre el pecho del blusón, lucía las letras bordadas de la floristería. En cuanto reconoció al militar se puso en pie.

Serrano lo identificó al punto.

—¿Qué es lo que me traes?

—He llevado sus flores, capitán, y me han dado este sobre para usted. —El mensajero extrajo del bolsillo el pequeño sobre y se lo entregó—. ¿He de aguardar respuesta?

—Espérate aquí.

Entró el capitán en el pequeño despacho del oficial de guardia y, después de saludar al teniente que estaba aquel día al mando, tomó un abrecartas y rasgó la solapa del sobre.

La misiva decía así:

Apreciado amigo:

Su tenacidad y constancia me emocionan, y debo confesarle que, como a toda mujer, las flores me encantan, más, en esta ocasión, por lo que significan que por ellas en sí mismas.

El próximo miércoles a las siete y media de la tarde estaré en el Viena. Me complacería poder darle las gracias personalmente.

Suya afectísima,

CLAUDIA CODINACH

Los ojos de Emilio Serrano recorrieron rápidamente las líneas manuscritas y, antes de tomar conciencia de lo que decían, lo leyó dos veces sin acabar de creerse el giro que tomaba su suerte.

El teniente lo vio tan eufórico que se atrevió a preguntar:

—¿Buenas noticias, mi capitán?

—Buenas no, ¡excelentes! —Y luego a la vez repreguntó—: ¿Tiene usted a mano pluma, tinta y papel del regimiento?

—Claro está, señor. Aquí tiene.

Y al decir esto retiró la silla para que se sentara su superior.

Serrano, considerándose en aquel momento el más feliz de los mortales, tomó los aparejos de escribir, redactó la nota en el papel oficial de los Cazadores de Alcántara, la colocó en el correspondiente sobre y sin dar tiempo a más se dirigió a la antesala.

—Toma, llévaselo a la dama que te ha dado el mensaje que me has traído, y esto para ti.

Sacó el capitán un real del bolsillo y se lo entregó.

La moneda desapareció como por ensalmo en el del mensajero. Aquél, por lo visto, era su día de suerte. Entonces, tras dar las gracias atropelladamente, se dirigió a la calle Valencia.

El lunes después de comer aguardaba Fredy Papirer, como de costumbre, la llegada de Germán en la cervecería Gambrinus en el portal de Santa Madrona. Aquel viejo local era uno de los preferidos de su amigo, y su clientela era una curiosa mezcolanza de la burguesía que bajaba de la parte alta de la ciudad con la menestralía que se atrevía a subir desde el Raval. El local era recoleto y silencioso, e inclusive gozaba en su parte superior, a la que se accedía por una breve escalera de madera, de unos discretos reservados para el uso de cualquier cliente que viniera acompañado de alguna dama que quisiera conservar el anonimato. La decoración era inglesa, y, en las paredes podían colgar cuadros aquellos pintores cuya fama no alcanzara todavía a llamar la atención de los grandes galeristas. Había una larga barra entrando a la izquierda tras la puerta giratoria; simétricamente colocadas entre las tres columnas en cuya base se distinguía el relieve del marchamo de La Maquinista Terrestre y Marítima y las paredes de la derecha, luego repartidas en diez o doce mesas vestidas con un tapete verde y, empotrados en los ángulos, cuatro ceniceros de latón dorado; al fondo se hallaba una mesa de billar, y junto a la puerta de los servicios se encontraban los soportes agujereados de los tacos, el yeso azul y una larga estantería donde reposaban tableros para jugar al ajedrez y a las damas.

El moratón del ojo, adquirido en la lejana reyerta de La Palmera, parecía no haberse curado del todo y le había dejado una minúscula cicatriz que, con el tiempo, había ido cogiendo un desvaído tono rojo-amarillento que, dada su habitual coquetería, Papirer intentaba disimular con unas gafas de sol.

El exhaustivo conocimiento de su amigo le indicó, al observar su talante a través de los cristales de la puerta giratoria, que algo le preocupaba.

Germán no sabía disimular ni lo habían educado para ello; cuando algo lo irritaba, su rostro no se molestaba en ocultar su desasosiego. Desde los tiempos del cuartel había adquirido la costumbre de descargar sus cuitas sobre Fredy, aunque éste en muchas ocasiones nada pudiera hacer por aliviarlo.

Apenas entrado en el local se dirigió al perchero tras colocar en él su capa y su sombrero hongo, avanzó hacia la barra y, sin tener en cuenta que Fredy estaba tomando un café, lo agarró por el brazo y lo arrastró hacia una de las mesas del fondo.

—¿Y mi café?

—Pide otro. Tengo poco tiempo; he de ir al despacho, y me han dado severas órdenes que debo cumplir si no quiero mandar todo al carajo. Gumersindo vigila mis horas de entrada y de salida.

Papirer sabía a lo que se refería; su amigo había variado de costumbres desde que habían programado la boda con su prima, ya que todo su porvenir dependía de ello.

Se sentaron, y el camarero de la barra se acercó con el café de Papirer y aprovechó para pedirle a Germán la comanda.

—Tráeme un perfumado de coñac Courvoisier.

Partió el hombre extrañado; no tenía por costumbre mezclar tan excelente producto con algo que desvirtuara su sabor.

Papirer se quitó las gafas y, mostrando su amarillento morado, por decir algo comentó:

—Deja de mirarme, ¡ya sé que estoy hecho un adefesio! La bronca del día en La Palmera casi me cuesta un ojo.

—Tú te metiste en ella y casi me metes a mí. Y no te quejes, que el que te sacó del cuartelillo fui yo. Además, no he venido a hablar de tu ojo.

Fredy conocía bien a su amigo; a Germán las cosas de los demás le importaban poco. Sabía que si le hubiera comentado que tenía un cáncer, podría haberle respondido que él estaba muy constipado.

El camarero llegó con el pedido y, sin decir nada, lo dejó en la mesa sobre el correspondiente cartoncillo con el logotipo del local, para proteger el tapiz verde de juego, y a continuación se retiró.

Germán buscó en el bolsillo interior de su chaqueta, extrajo un sobrecillo y lo dejó sobre la mesa.

—Lee esto —dijo mientras daba un sorbo al perfumado.

Papirer desdobló el papel y, tras observar el rostro de su amigo para intuir lo que quería oír de sus labios, se puso a leer la nota. Cuando finalizó la plegó con parsimonia y ante la mirada inquisitiva de Germán se encomendó a sus santos difuntos para acertar con la respuesta.

—Procedamos con orden. En primer lugar, si fuera un amigo además de escribir con su letra firmaría la nota. Como no es así, el asunto se desdobla en dos vertientes: la primera es que cualquier envidioso que no da la cara quiere encabronarte instalándose en la barra del Viena para reírse a tu costa; la otra vertiente, la más probable, es que ella misma pretenda darte celos, ocultándose, por ejemplo, en el servicio de las damas y vigilando si acudes o no, lo que medirá tu grado de interés por ella.

—Eso último es lo que piensa Ardura.

—¿Se lo has contado?

—¡Claro! Es amigo, tiene nivel y conoce a Claudia.

Sabía que una de las cosas que más encelaba a Fredy era pensar que perdía influencia y que alguien era más amigo y de más categoría que él, cosa que divertía a Germán en grado sumo.

—Las mujeres despechadas acostumbran obrar así.

—Sólo falta que lo remates diciendo: «Elemental, mi querido Watson». Está bien, Sherlock Holmes, te propongo una tercera vía. Supongamos que es verdad y que la cabrona se ha citado con el soldadito. ¿Qué te va a ti? ¿No le diste puerta el otro día porque te complicaba el tema de tu prima?

—No me entendiste bien.

—O tal vez no te explicaste bien.

—¡Yo suelo explicarme bien! Lo que ocurre es que últimamente estás a lo tuyo y no me atiendes.

En la cabeza de Fredy sonó una alarma.

—Tal vez sea así, ¿qué quieres hacer?

—Mejor dirás: ¿qué vamos a hacer? Voy a explicártelo: acudimos al Viena; yo espero fuera, mirando el escaparate de la tienda de guitarras que hay junto a Canaletas; tú entras y miras bien, te tomas un café y sales a informarme; entonces, según lo que hayas visto, obraré en consecuencia.

—Está bien. Si te parece que ésa es la mejor manera de proceder, sea como tú dices.

—Pues me voy a trabajar. A las siete y media en punto te espero en el quiosco de Canaletas. Paga la ronda y empieza a acostumbrarte, que aún no soy rico.

Germán acabó de un trago su consumición y tras recoger en el perchero su sombrero y su capa partió, dejando a Papirer metido en un mundo de cavilaciones.

Fredy se maldecía a sí mismo. La culpa de aquella situación se debía a su actitud servil de la que era, sin duda, el único responsable; de haber sentado sus reales desde el primer día las cosas no habrían llegado a aquel punto. Sin embargo, en aquel momento creía que la realidad era irreversible y que si intentaba algo al respecto se jugaba a una carta la amistad de Germán. Además últimamente había un agravante que lo atormentaba: Germán, siempre que podía y si no lo traía a colación, le restregaba por la cara su amistad con Ardura, el tirador de sable que, por si fuera poco y para su desgracia, procedía de una familia burguesa de clase media acomodada, lo cual lo dejaba en una situación de inferioridad.

Sus cosas marchaban viento en popa. Su sociedad con Pancracia Betancurt era de lo más rentable, y desde que había puesto rejas y cerraduras de seguridad no había vuelto a tener otro incidente. Vestía ropas de calidad, calzaba zapatos de buena factura y lucía fieltros de categoría; sin embargo, Germán aprovechaba cuantas ocasiones se le presentaran soltándole indirectas que le zaherían y que él captaba al vuelo, lindezas como: «La clase no se compra» o «Las generaciones en sábanas de hilo no se improvisan». En fin, esperaba poder sacarse de encima algún día aquel yugo humillante y soltarle lo que tanto lo atormentaba, pero por el momento había que tragar.

Fredy se dispuso a amortizar el café y el perfumado de Germán. Se fue a un rincón y tomó unos ejemplares de *La Ilustración* y de *La Dinastía*, ambos con la varilla correspondiente para sujetarlos, y se dispuso a pasar el tiempo hasta que llegara el momento de acudir al quiosco de Canaletas del que, andando a buen paso, apenas distaba un cuarto de hora.

A las siete en punto estaba Papirer apoyado en la barra del quiosco hexagonal consumiendo un pipermín con hielo. Las Ramblas eran siempre un hervidero, y en aquel preciso punto confluían una serie de gentes atraídas hasta allí por diversas circunstancias: gente trabajadora de gorra y mandil; amas con coches de inmensas ruedas luciendo encañonados uniformes e inmensas ajorcas; mujerucas de blusa, falda larga hasta el tobillo y moño estirado, haciendo cola, provistas de una diversidad de recipientes, para coger agua de la afamada fuente; soldados; criadas y madres burguesas de historiados sombreros, vigilando que el aro del niño no se fuera a la calzada de carricoches o que el diábolo de la niña no cayera en la cabeza de alguien.

El quiosco era una construcción rematada por una cúpula esférica, provisto de una barra que lo circundaba y estaba cubierto por una marquesina de cristal, que resguardaba al personal de las inclemencias del tiempo; en el centro y siguiendo la forma del perímetro, contaba con un botellero de seis caras con toda clase de vinos y licores. Aquél era, sin duda, uno de los centros neurálgicos de las Ramblas.

Fredy estaba atento, no fuera que Germán se llegara por el otro lado y le pasara desapercibido. Su vista se desplazaba de un lado a otro, cuidando que ningún obstáculo le impidiera la visión de la otra acera del paseo, como en aquel momento lo hacía el carro-cuba del agua, seguido de los barrenderos provistos de largas escobas. Comprobó, nervioso, si las agujas de su reloj coincidían con las de la inmensa esfera que remataba la cúpula del quiosco; aún faltaban diez minutos.

Súbitamente un sudor frío comenzó a perlar su frente. Si la vista no lo engañaba, en la bocacalle de la Puerta Ferrisa estaba sentada en el suelo Pancracia Betancurt, vestida de mendiga zarrapastrosa, con una pareja de niños pequeños pidiendo limosna a su alrededor. Fredy volvió a comprobar la hora; aún tenía tiempo. Pagó la consumición y con paso acelerado se llegó hasta ella.

—¿Qué haces aquí?

—¿No lo ves? ¡Trabajando!

—Pero ¡tú estás loca! ¿No entiendes que alguien puede reconocerte?

—Con este aspecto, únicamente tú. Además, ésas son cosas mías, y te recuerdo que exclusivamente somos socios para lo de las fotos; con el resto de mi tiempo puedo hacer lo que me dé la gana.

—¿Y si te ve mosén Cinto? Ésta es más o menos la zona por donde se mueve.

—¡No me vendría mal! Hasta podría sacarle algunas perrillas... Además ¿a ti qué te importa?

Fredy porfió.

—Y esos niños, a pesar del disfraz y de la mugre, ¡podría reconocerlos alguien!

—Ésos son de mi propiedad. Al niño lo he sacado del hospicio. Ahora los prestan si te comprometes a enseñarles un oficio, y esto es una manera como otra de ganarse la vida. La niña se la he comprado a un chamarilero que ha perdido a su mujer y no sabía qué hacer con ella.

—¡Estás loca!

—Loca por sacar todo el dinero que pueda a esa mierda de burguesía de Barcelona.

Papirer dudó un instante.

—Voy a pedirte un favor: vete más abajo, que tengo un compromiso con mi amigo Ripoll y no quiero el menor incidente.

Pancracia lo miró con sorna en tanto que, sirviendo a su disfraz, se ponía dificultosamente en pie.

—Está bien, voy a cambiar de sitio porque entiendo que tú también estás en tu otro empleo. Pero me debes un favor, y yo acostumbro cobrármelos.

Y Pancracia Betancurt, seguida de los dos niños, cruzó la Rambla y tomando la embocadura de la calle Hospital desapareció.

Fredy, tras comprobar que la «mendiga» partía, se dirigió rápidamente al punto de encuentro y, recuperando su sitio, pidió una nueva consumición y la gaceta de la noche.

Justo entonces, por la confluencia con la calle Pelayo, apareció Germán.

—Me tenías nervioso. Me ha extrañado que llegaras tarde, teniendo en cuenta el interés que has mostrado.

Germán estuvo a punto de lanzarle una pulla, pero calibrando lo importante del momento y el hecho de que en esa ocasión precisara de su ayuda, se contuvo.

—He tenido trabajo hasta ahora mismo. Parece ser que por fin mi padre me está dando carta de director, y hasta Gumersindo me consulta cosas. Pero no perdamos tiempo y vamos a ello. —Y para restablecer el pacto de su singular amistad, añadió—: ¡Te invito al pipermín!

—Se agradece.

Cruzaron la calzada, y al llegar al portal de la tienda de música Germán lo detuvo tomándolo del codo.

—Yo te esperaré aquí. —Señaló el interior de una portería a cuya derecha se hallaba un pequeño garito de venta de joyas de ocasión—. Tú te llegas al Viena y a las ocho menos cuarto me traes la novedad. Si la cita es cierta, él ya habrá llegado; si no, es que algún hijo de puta ha querido gastarme una broma, ¡y se va a joder porque no me verá el pelo! ¿Estamos?

—Estamos.

Y cuando Fredy ya iba a partir, una frase de Germán lo sorprendió gratamente.

—Oye, conste que te quedo muy agradecido. ¡Te debo una!

—No hay por qué. Yo te debo muchas.

Partió Papirer rabiosamente contento, como el perro acostumbrado a pedradas al que un día le daban un hueso con algo de carne.

El capitán Emilio Serrano estaba eufórico. Había llegado a la cita con media hora de anticipación. Lucía orgulloso el uniforme de gala de los Cazadores de Alcántara y en la bocamanga las tres estrellas que acreditaban su rango. Al llegar dio una propina al camarero y le hizo reservar una de las mesas del fondo del altillo, al que se accedía por una corta escalera de madera, en tanto él se colocaba en el extremo curvo de la barra que quedaba junto a la puerta de entrada.

Extrajo del bolsillo superior de su guerrera la nota que le había enviado Claudia y la leyó por enésima vez, considerándose un hombre afortunado. La muchacha era bellísima, y aunque, como todo militar que se preciase, pretendía ser un donjuán, en aquella ocasión se había sentido atraído desde el primer momento en que la vio cantar en casa de los señores Bonmatí, adonde había acudido acompañando a su superior, el coronel Fernando Pumariño, y ya entonces puso en marcha su estrategia de aproximación y cerco. A Serrano le encantaba la ópera, y la voz de la muchacha le arrebató. Su memoria se retrotrajo a aquella noche, y los pensamientos fueron fluyendo uno tras otro, engarzados como un manojo de cerezas, que tirando de una van saliendo las demás, y recordó diáfanamente el lance con aquel petimetre empalagoso con el que ya había tenido un par de incidentes.

En ello estaba su pensamiento cuando el perfil de la bella se dibujó en el cristal de la puerta. Serrano se precipitó hacia el tirador de latón y la abrió con una inmensa sonrisa perfilándose bajo su fino bigote.

—Buenas tardes, Claudia. Me ha hecho usted el más feliz de los mortales. La espera ha valido la pena, tras una tarde de lluvia sale el arcoíris.

Claudia, que lucía sus mejores galas, correspondió con un mohín coqueto y estudiado.

—La tenacidad de su admiración me ha llevado a creer que el hecho de no concederle una cita casi iba a rayar en la grosería.

—En la academia nos enseñan que el sitio es la mejor manera de rendir una ciudadela, y no tome a mal la palabra «rendir», que se refiere sólo a la fortuna de que me haya concedido esta entrevista.

—Pues ¡ya estoy aquí! Y conste que para venir he tenido que saltarme una clase que me va a costar una regañina.

—Intentaré compensarla con creces. Si me hace el favor...

Y, con un gesto, Serrano la invitó a seguirlo hasta la mesa que tenía reservada. Claudia se dejó conducir y, tras despojarse de la capa de armiño, regalo de Germán, que el capitán depositó cuidadosamente sobre el respaldo de una silla, se sentaron frente a frente.

—He soñado tantas veces con este momento que tendré que pellizcarme para asegurarme de que estoy despierto.

El camarero llegó en aquel instante. Claudia pidió una naranjada natural y el militar una copa de coñac.

—Pues no sueña usted. Soy una mujer de carne y hueso que tiene una aspiración en la vida, que es llegar a ser una buena soprano, y eso, créame, capitán, cuesta mucho esfuerzo y dedicación. Es por ello, además de que no acostumbro salir, por lo que hasta haya podido parecer grosera tras tantas atenciones por su parte.

—Muchas menos de las que usted merece.

En tanto daba unos pequeños sorbos a la naranjada que le había servido el camarero, Claudia observaba con curiosidad femenina al militar. Era sin duda un buen ejemplar de hombre, clásico oficial, creído de sí mismo, para el que la mujer no era otra cosa que una propiedad privada. Observó que tenía las manos cuidadas y, desde luego, no vio ninguna alianza.

Claudia se dispuso a lanzar un globo sonda.

—Es raro que un hombre de su condición no esté casado.

—Si no hallamos en nuestro camino una mujer extraordinaria, los militares estamos casados con la patria.

—Les pasa exactamente lo mismo que a las que entregamos nuestra vida al bel canto.

—Y ¿qué ha sido de aquel caballerete de poco peso con el que la vi un par de veces?

—Era un compromiso; su padre era el protector de mi carrera, y me vi obligada a salir con él, como bien dice usted, un par de veces, pero se puso un poco pesado y tuve que darle con la puerta en las narices.

Claudia se había preocupado de sentarse en la silla desde la que se divisaba la puerta y por encima del hombro del militar no dejaba de observarla.

Fredy Papirer había entrado justo en el momento en que la pareja subía al altillo y se había colocado casi debajo del mismo, de manera que podía oír lo que estaban hablando sin que pudieran verlo. Cuando consideró que había oído todo cuanto necesitaba oír, partió en busca de Germán.

Claudia conocía la manera de tener a un hombre prendido, que no era otra que preguntarle por sus logros y ambiciones, y Serrano, como todos, había caído en el engaño.

En aquel momento la puerta se abrió, y Claudia observó con deleite y nervios que por ella entraban Germán y aquel don nadie que lo acompañaba siempre. Germán la divisó a su vez, y estaba por demás advertido de dónde se había situado la pareja, por lo que no perdió el tiempo y rápidamente subió los escalones que conducían al altillo. Su voz hizo que el militar volviera la cabeza por ver quién era el que hablaba a su espalda.

Germán saludó, despectivo.

—Buenas tardes, Claudia y compañía.

Serrano se puso en pie.

—Creo que nadie le ha dado vela en este entierro.

Germán lo ignoró y señalando la capa de armiño que estaba sobre el respaldo de la silla indicó:

—No me gusta que luzcas con otros los regalos que yo te hago.

Claudia, roja como un pimiento y sintiéndose profundamente ofendida, le habló de usted como si casi no lo conociera y mintió descaradamente.

—Es usted un impertinente, esta capa me la regaló su señor padre cuando di mi primer concierto. Le ruego que se retire.

Ahora quien se puso rojo de ira fue Germán. Cuando iba a responder una grosería, la voz del capitán lo interrumpió.

—Ya ha oído usted a la señorita; si no se larga, vamos a tener un incidente.

—¿Por qué no te metes en tus cosas? Es la tercera vez que me importunas, y tendré que aplicarte un correctivo.

—Aunque vayas tan compuesto eres un patán de medio pelo que juega a hombrecito.

Entonces Germán no pudo contenerse y sin tener en cuenta que la ofensa pública podía acarrearle graves consecuencias, a la vez que con los guantes que llevaba en la mano daba al capitán un ligero golpe en la mejilla derecha, explotó.

—Porque tenemos un ejército de soldaditos de plomo como tú es por lo que este país no puede barrer una tropa de negritos con taparrabos y un machete que, si Dios no lo remedia, van a quedarse con Cuba.

El capitán Serrano, pálido como la muerte, sacó una tarjeta de su cartera y se la entregó a Germán.

—Mañana recibirás a mis padrinos.

88
Las dos noticias

La meteorología aquel sábado de mediados de octubre ciertamente no acompañaba, y Juan Pedro sabía por experiencia que cuando las nubes descargaban su vientre de agua sobre Barcelona y las alcantarillas de las Ramblas eran incapaces de tragar el caudal que las desbordaba, el famoso paseo se vaciaba y, si bien las gentes que debían acudir a alguna encomienda puntual no dejaban de hacerlo, los paseantes habituales, aquellos que podían permitirse el lujo de perder el tiempo mirando escaparates, escaseaban.

Su ánimo estaba como el tiempo; una espesa cortina de densas nubes oscurecía perennemente su horizonte desde el infortunado día de su aventura en el colegio del Sagrado Corazón. Había dado veinte mil vueltas al incidente y era consciente de que aquello había sido una temeridad, pero fue tan hermoso... que en su cabeza no cabía otra cosa. Esperaba con ansia una respuesta, una breve nota, un recado; en fin, algo que le llevara nuevas de su amada en respuesta a la breve carta enviada a través de Silverio, pero pasaban los días y no recibía nada de nada.

Una circunstancia reclamaba su atención e informó a su madre, sin decirle el motivo. Le había extrañado que hubiera transcurrido tanto tiempo sin que le hubieran notificado, tal como le habían anunciado el día aciago, su cita con la justicia del correspondiente juicio de faltas. Por ello recalcó a Luisa que guardara cualquier carta que llevara membrete oficial. A los interrogantes de ésta, respondió diciendo que aguardaba respuesta de la instancia que había rellenado solicitando un aplazamiento para su incorporación a quintas, cuestión que lo obsesionaba y que planeaba sobre su futuro y que, en el fondo, esperaba evitar como hijo de viuda, con un hermano medio impedido y además en paradero desconocido, y, sobre todo, siendo como era el único soporte de la familia. Su madre encontró coherente la respuesta; sin embargo, le preguntó de dónde pretendería sacar las dos mil pesetas que costaba la exención del servicio de ultramar, en caso de que no tuvieran a bien concederle la baja militar y, encima, tuviese la mala suerte de ser enviado a Cuba o a Filipinas.

—En ese caso creo que el señor Cardona me las adelantará —fue su respuesta.

El suave tintineo de la campanilla de la entrada lo rescató de sus

533

pensamientos. Aquélla era la primera visita del día. El señor Cardona, que estaba al fondo repasando al tacto los lomos de unos libros recién encuadernados, por puro instinto alzó la vista sin ver.

El visitante era un cochero que, sacudiendo el sombrero de media copa y rezumando reguerillos de agua que resbalaban por los pliegues de su capote de lluvia, lo observaba desde la entrada. A Juan Pedro aquella cara le era conocida, y repasó mentalmente las personas que podía conocer y que vestían de aquella guisa. De súbito un chispazo iluminó su mente. El cochero era el de los Ripoll, y su memoria lo convocó en el pescante de un coche negro de cuatro ruedas rojas, dos más pequeñas delante, y con Silverio a su lado de lacayo. Cuando se precipitó hacia él supo que el hombre lo había reconocido a su vez, aunque éste ignoraba en qué circunstancias ni cuándo.

—¿El señor Juan Pedro Bonafont?

—Soy yo, y usted es el cochero del señor Ripoll.

—Efectivamente, mi nombre es Mariano.

Ambos se quedaron frente a frente examinándose, Juan Pedro intuyendo un vago peligro y el hombre descubriendo ante su presencia a la persona que había desencadenado aquel cataclismo en casa de su patrón. Súbitamente, como si fuera el movimiento de la sucesión de imágenes que presentaba todos los días la sala Plewna, ambos comenzaron a hablar a la vez.

—¿Puede usted decirme cómo está la señorita...?

—Me han ordenado que le entregue esto.

Rebuscando debajo de la empapada capa, Mariano extrajo del bolsillo de su casaca un sobre de tamaño normal.

A Juan Pedro, al ver la caligrafía, se le aceleró el pulso y, al tiempo que tomaba la carta, preguntó:

—¿Puede aguardar respuesta?

El hombre, como si estuviera previamente sobre aviso, respondió sin dudar:

—No, señor.

Juan Pedro insistió.

—Será un instante.

—Lo siento, señor, no es posible.

Tras estas palabras, que sonaron a los oídos de Juan Pedro como un augurio de malas nuevas, Mariano se caló el sombrero, dio media vuelta y partió en medio de la lluvia para encaramarse en el pescante de un coche cuyo lacayo no era Silverio.

El señor Cardona, con aquella percepción que le proporcionaba su condición de ciego, volvió a sus cosas sin preguntar nada. Juan Pedro, tras excusarse, se dirigió al almacén dispuesto a leer la carta con tranquilidad. El lugar era uno de sus preferidos, con los anaqueles llenos de libros, el olor a papel impreso y un silencio como de camposanto que invitaba a la reflexión. Juan Pedro se llegó hasta el final buscando la ventana por la que entraba la luz desde el patio interior del edificio. Tomó las tijeras que estaban sobre el amplio mostrador y, con sumo cuidado, usando como abrecartas una de sus patas, rasgó la solapa del sobre de aquella carta de Candela que Orestes, de acuerdo con su cuñado, había retenido hasta que su hija estuviera ya acomodada en Azpeitia.

Apreciado Juan Pedro:

Una charla con mi padre y una profunda reflexión me han hecho recapacitar profundamente.

Pertenecemos a estratos sociales muy diferentes, nada tenemos que ver el uno con el otro, y lo que en un principio pudo ser una hermosa aventura con el tiempo se habría trocado en una amarga experiencia; tú entre los míos serías siempre un desclasado y yo jamás me avendría a vivir entre los tuyos en unas condiciones diferentes a las que he gozado durante mi niñez.

Es por tanto mi última decisión inalterable que dejemos en un bello recuerdo una historia que no debió comenzar jamás.

Sigue con tu vida y permite que yo siga con la mía sin interferir para nada en ella.

Te deseo lo mejor y estoy segura de que, con el tiempo, entenderás y agradecerás mi decisión.

Tuya siempre afectísima,

CANDELA

P. D.: Cuando recibas ésta ya no estaré en Barcelona, por lo que te ruego que no importunes a nadie de mi casa intentando buscarme.

Las palabras de la carta fueron taladrando su cerebro como clavos ardientes, y en el acto llegó a una conclusión: aquella epístola no la había redactado Candela. Juan Pedro fue procesando datos; en primer lugar, de ser ella la autora, habría enviado un mensajero que esperara respuesta; en segundo, Silverio debía de haber sido sustituido de su puesto de lacayo en el coche de los Ripoll, y finalmente, nadie cambiaba de opinión de una forma tan radical e inesperada, se dijo. Candela no había dejado de amarlo; sencillamente la habían

535

obligado a escribir aquella carta, lo que no imaginaba era con qué métodos de persuasión. De cualquier manera, intuyó que, de forzar la situación, cualquier acto que intentara para acercarse a su amada redundaría en perjuicio de ella.

Juan Pedro sintió entonces que su ánimo se quebraba; la única luz que iluminaba el horizonte de su vida era Candela, y si ahora la apartaban de él, todo su ser se quedaría sin norte. Releyó la carta tres y cuatro veces, y sintió la urgente necesidad de comentarla con alguien.

En ausencia de su hermano y tras la aventura de la recuperación de los negativos de sus placas, Amelia se había convertido en su amiga y confidente, y aunque sospechaba que había algo que no le explicaba, la verdad era que la única que escuchaba sus cuitas amorosas era ella, de modo que había llegado a la conclusión de que las almas afines en momentos de tribulación se unían. Así pues, en cuanto la librería cerró sus puertas, que aquel día lo hacía a la una y media pues por la tarde no se trabajaba, Juan Pedro bajó la persiana metálica y se dirigió al n.º 6 de la calle Corribia.

89
El parto

Amelia había salido de cuentas. Al ser tan delgada, su gravidez era notoria. Un dolor perenne y sordo la castigaba bajo las costillas a la altura del hígado, de manera que su blusón estaba desgastado en aquella zona de tanto intentar aliviarse. El señor Xicoy le había dicho que la criatura se había girado y que era un piececito lo que le causaba aquella molestia, y había añadido que eso eran cosas que a veces ocurrían.

Doña Justa Esteban y Consuelo la cuidaban con mimo; la primera para aliviar su conciencia de haber tenido que notificarle que después de parir, sin prisa pero sin pausa, debería abandonar la pensión, sobre todo si la criatura era llorona, ya que dos de las otras huéspedes eran unas solteronas entradas en años que, dado que eran funcionarias del ayuntamiento, por las tardes no trabajaban y buscaban en la pensión un poco de paz además de hospedaje; Consuelo, por su parte, la cuidaba porque era su amiga.

Aquella mañana de sábado estaban las dos hablando junto al balcón del comedor que daba a la fachada de la catedral.

—¡Ya no puedo más! Estoy deseando acabar de una vez con esta puñetera historia.

La que de esta manera hablaba era Amelia, instalada en la mecedora del comedor de la pensión de señoritas de doña Justa Esteban, en tanto se masajeaba con la mano derecha el ajado blusón.

Petra, la sobrina de doña Justa, iba trajinando platos y cubiertos, poniendo la mesa para ocho comensales.

Amelia se dirigió a ella.

—A mí no me pongas plato, no voy a comer.

—Pero, mujer, no puedes seguir así. ¡Ayer ya no cenaste, te fuiste a la cama con un vaso de leche! Ten en cuenta que has de comer para ti y para el que te patea el hígado.

—Consuelo, no me incordies que no tengo el día.

Consuelo ya estaba acostumbrada a las intemperancias de su amiga y las soportaba con generosa resignación dadas las circunstancias que habían rodeado el futuro nacimiento.

—Esto es muy duro, Consuelo. Nunca me gustaron los niños, y éste todavía menos por todo lo que tú sabes. Estoy deseando verle la cara por si se parece al cabrón de su padre, y estoy planteándome muchas cosas.

—¿Como qué?

—No lo sé, ¡no me hagas hablar! Lo que tengo claro es que no voy a perder quince años de mi vida educándolo.

—Pues ¡ya me dirás!

—Pues ¡ya te diré que si hay gentes que no tienen niños y buscan un hijo, hay otras que lo tienen y por circunstancias no lo quieren!

—No digas burradas. Ya verás como cuando lo tengas en tus brazos todo cambia.

—Esa cantinela ya la he oído otras veces, pero a mí no me va.

Entre las dos amigas se estableció una tregua de silencio.

Amelia había comentado con Consuelo el incidente ocurrido en La Palmera: el día de su debut cuando aquel asqueroso que le había robado la juventud había formado semejante sacramental y cómo Tomaso la había defendido. También le había explicado que Tomaso había intercedido ante don Eloy Roselló para que le diera la oportunidad de ejercer únicamente de cantante con la orquesta argentina, que este último había argumentado que no estaba dispuesto a que le reventaran el salón y que su amigo lo había convencido de que aquel incidente iba a redundar finalmente en beneficio del local porque atraería más público para ver a la chica que había provocado aquel desaguisado, como así había sido, pues los días siguientes los hechos habían dado la razón a Tomaso ya que la asistencia de parroquianos fue masiva. Así pues, cuando Amelia, ya avanzado su embarazo, dejó de actuar lo hizo en la certeza de que cuando hubiera parido don Eloy la esperaría con los brazos abiertos.

—¿Y tú crees —argumentó— que voy a cargarme mi futuro por culpa de un ser al que no quiero, que no va a tener padre, que ha nacido porque fui forzada y al que traeré al mundo porque me horroriza abortar? No, querida, no entra en mis planes.

Consuelo insistió, obstinada.

—Ya verás como cuando lo tengas cambias de opinión.

Ante aquel comentario y aquel tono, Amelia se encabritó.

—¡Qué fácil es opinar ahí sentada! ¡A veces creo que no eres mi amiga!

Consuelo, que estaba acostumbrada, sobre todo en los últimos tiempos, a los cambios de humor de Amelia, la tranquilizó.

—No hace falta que te pongas así. Tú sabes que soy y seré tu amiga.

Aquella actitud mansa y condescendiente todavía sulfuró más a Amelia, que se puso en pie violentamente.

—¡Estoy deseando parir para perderos a todos de vista!

Y en aquel momento un charco comenzó a formarse a los pies de la muchacha a la vez que entraba doña Justa anunciando que, dado el estado de Amelia, iba a permitir, como excepción, que el visitante, que era Juan Pedro, entrara un momento porque quería hablar con ella.

—Pero ¿qué me pasa?

—Pues ¡qué va a pasarte, muchacha! Has roto aguas y vas a parir.

La respuesta fue de doña Justa.

Petra dejó atropelladamente sobre la mesa platos y cucharas, y juntando las manos bajo la barbilla exclamó:

—¡Madre del amor hermoso! ¿Qué ocurrirá?

—¡Que va a nacer una criatura, estúpida! Y no te quedes ahí como un pasmarote. Ve a la cocina inmediatamente y pon calderos de agua a hervir. Luego baja al entresuelo, busca al señor Xicoy y dile que suba que Amelia está de parto. Y tú, Consuelo, ayúdame a trasladar a esta chiquilla al dormitorio.

—¿Y si el practicante no está? —preguntó Petra.

—¡No te pago para que opines, haz lo que te digo! Pero ¿en qué estaría yo pensando el día que le dije a mi hermano que vinieras a trabajar conmigo?

—Sí que está, Petra, es sábado —apuntó Consuelo, a la que, tras la larga espera, el suceso desbordaba.

Mientras ella y doña Justa se ponían a ambos lados de Amelia, la tomaban por la cintura y la obligaban a que pasara los brazos por sus hombros, compareció en la arcada del comedor Juan Pedro, que había oído el discurso y se quiso ofrecer por si podía hacer algo.

—¿Puedo ayudar?

—En estos casos los hombres no hacen más que estorbar. Quédese en el comedor. Mis huéspedes están a punto de llegar. Dígales, si alguna pregunta, que es usted el primo de Amelia.

En tanto las tres mujeres desaparecían por el pasillo Juan Pedro se sentó en uno de los sillones junto al ventanal, sintiéndose egoísta. Había ido en busca de ánimo y se encontraba ante aquel hecho que sabía que iba a cambiar la vida a muchas personas. Pensó en su hermano y le entraron las dudas acerca de si tenía derecho a engañarlo con respecto a su paternidad. Luego se reafirmó en su decisión. Amelia era una buena chica, y aunque era consciente de que el fuego del amor de juventud entre ella y Máximo se había extinguido, estaba seguro de que un proyecto de vida en común iba a resultar beneficioso para los dos, y pensó que aquel hijo tan poco deseado quizá fuera positivo para ambos y para más gente, que tal vez la paternidad apartara a Máximo del anarquismo, que el pequeño posiblemente ayudaría a Amelia a centrar su vida y, desde luego, podía ser un gran bálsamo para Luisa, su madre.

El ruido del cerrojo de la puerta de la entrada lo trajo de nuevo al presente. Oyó voces, la de Petra, que ya conocía, y la de un hombre que hacía preguntas y daba órdenes con voz autoritaria.

—¿Cuánto tiempo hace que ha roto aguas?

—Ni quince minutos, señor Xicoy.

—Me has dicho que tienes un infiernillo de alcohol en la cocina, ¿no?

—Sí, señor.

—Pues tráetelo también, junto con el caldero de agua caliente. Luego te vas a la bajada de Santa Eulalia, que en el n.º 3 vive mi comadrona, la señora Victoria. Dile que venga deprisa, que tenemos un parto que tal vez sea complicado.

Las voces se fueron acercando hasta llegar a la altura del arco del comedor, donde se bifurcaba el pasillo. Petra se fue hacia la cocina en tanto que un hombre alto y delgado, de cabello ondulado, bigote perfilado, con un estetoscopio colgado en el cuello, corbata de pajarita y en la mano un abombado maletín tomaba la otra rama del pasillo.

Habían recostado a Amelia en la cama. Consuelo había ajustado el postigo impidiendo que la luz incidiera sobre el rostro de la angustiada parturienta y doña Justa le había colocado entre la espalda y el cabezal del lecho un gran cuadrante de pluma. Amelia respiraba agitada.

Consuelo puso su mano sobre la de su amiga.

—Ya verás como todo va a ir muy bien.

—Estoy muy asustada.

Doña Justa intervino.

—Todas las mujeres lo están ante su primer parto. ¡Y menos mal que no tienen que parir los hombres, porque se acabaría el mundo!

En aquel momento se abrió la puerta y apareció el señor Xicoy. Juan Pedro se comía las uñas simulando leer una revista.

Las huéspedes fueron entrando en el comedor y saludándolo a continuación, ya que Petra las había puesto al corriente de la circunstancia. Eran cinco mujeres, tres jóvenes y dos más mayores y circunspectas. Las primeras comentaban alborozadas la noticia; aquel acontecimiento iba a ser la comidilla de la semana que animaría sus vidas de dependientas, maestras y bibliotecarias. Las segundas se abstenían de hacer cualquier comentario, pero su actitud reflejaba el sentimiento de incomodidad compuesto de frustradas maternidades, del novio que las dejó ante el altar y de una gris soltería que amenazaba su vejez.

Llegó la señora Victoria acompañada de Petra. Era una mujer inmensa de expresión bondadosa, con los brazos como morcillas y el pelo, teñido de rubio, recogido en un moño que pasó como un ciclón delante del comedor sin detenerse.

Las idas y venidas de Petra por el pasillo trasegando calderos de agua caliente, paños de hilo, toallas y hasta mantas se simultaneaban con el servicio del comedor, y a la vez que servía la sopa con el cucharón o pasaba la bandeja de pescadillas que se mordían la cola, iba dando la novedad de cómo avanzaban las cosas allá dentro.

A las dos de la tarde comenzaron las contracciones, y en el comedor se oían gemidos que se repetían casi invariablemente cada diez minutos. Al acabar la comida las dos comensales de más edad se retiraron a sus respectivas habitaciones con el gesto avinagrado; las tres más jóvenes se hicieron partícipes del evento, y cada vez que se oía un lamento de la parturienta, cambiaban entre ellas miradas cómplices como haciéndose solidarias del sufrimiento de otra mujer.

El tiempo fue transcurriendo a la par que el gemir de la futura madre se hacía más y más frecuente. Luego se oyó un gran y angustiado lamento y, tras él, un silencio preñado de augurios que hizo que todos los presentes en el comedor se miraran, tensos y expectantes; después, tres solemnes y sonoras cachetadas, y por último, un vagido que liberó la tensión acumulada, y los reunidos en el comedor comenzaron a darse parabienes como si aquel parto fuera una empresa común de todos ellos.

A las cinco y media en punto entró Petra investida de ángel anunciador.

—¡Ha sido una niña! Una niña muy chiquitita, pero ¡ya crecerá! El señor Xicoy la ha puesto en las balanzas de la cocina, y pesa dos kilos cuatrocientos gramos.

Sin saber bien por qué, la pequeña concurrencia rompió en aplausos.

Fue pasando el tiempo y los profesionales fueron cumpliendo el ritual; la niña fue fajada y arreglada, por indicación del practicante; la señora Victoria volvió a su casa a poner en orden sus cosas con el encargo de regresar para hacerse cargo de la vela de la recién parida; Petra, que seguía las órdenes de su tía, se ocupó de recoger todos los enseres usados en el alumbramiento; finalmente, el señor Xicoy se retiró, anunciando que iba a buscar de inmediato un ama de cría, Leocadia Basas, la mujer de un sastre de la zona a la que él había asistido en su último parto, y que, por lo visto, tenía leche para dar y vender y además estaba en necesidad, y puesto que Amelia se había negado en redondo a dar el pecho a su hija, fue la escogida.

Al cabo de una hora y a petición de Amelia, Juan Pedro fue autorizado a asomarse a la puerta del dormitorio. La muchacha estaba recostada en la cama cubierta con una mañanita rosa regalo de Consuelo, blanca como la cera y cercados sus bellos ojos con dos profundas ojeras de un color violeta desvaído.

Juan Pedro habló en un susurro.

—¿Ves, mujer? ¡Ya está! Tanto miedo que tenías y todo ha terminado.

—No ha terminado, Juan Pedro, solamente ha empezado.

Consuelo interrumpió.

—Descansa, Amelia. Petra se queda contigo. Yo estaré en el comedor; si quieres algo, me haces llamar.

Luego, disimuladamente y cuidando que su amiga no se diera cuenta, tiró de Juan Pedro hacia el pasillo y se lo llevó.

El comedor se había vaciado, y Juan Pedro y Consuelo, con la aquiescencia de doña Justa, se sentaron en el tresillo del rincón. El día iba cayendo, y la luz que entraba por la ventana iba declinando como el pabilo de una vela que se consume.

—¿Cómo la ves, Consuelo?

—Creí que cuando naciera la niña iba a cambiar de opinión, pero está en lo mismo, y cuando le he comentado el tema de la subida de la leche me ha cortado de golpe. «No insistas, Consuelo», me ha dicho. «No quiero hacer de ama de cría, y nadie va a estropearme el pecho. No sé cómo lo haré, pero quiero seguir con mi vida. Tengo ahorros suficientes para pagar un ama hasta que vuelva a trabajar, y no va a haber dinero mejor empleado.»

Juan Pedro argumentó:

—Todavía no se ha hecho cargo de que es madre. Al paso de los días y cuando tenga a la criatura en los brazos, cambiará de opinión.

—La conozco muy bien y lo dudo; habrá que hacer algo de lo que hablamos.

Juan Pedro pensó cuán injusta era la vida. Amelia no quería a su hija y en cambio a él el solo hecho de imaginar que un día Candela podía darle una criatura, que fuera sangre y carne de los dos, le enajenaba los sentidos.

La voz de Consuelo sonó lejana.

—Lo que pienso es que cuando se encuentre arropada y querida en casa de tu madre tal vez reconsidere su postura, sobre todo si puede compaginar las cosas. Pero desengáñate, Juan Pedro, tiene entre ceja y ceja ganarse la vida cantando y será capaz de sacrificar cualquier cosa por ello. Si tu hermano Máximo puede verla de vez en cuando, quizá se arregle algo.

—No lo creo. Es más, a veces me planteo si fue la solución adecuada; el de ellos fue un amor adolescente y luego la vida los llevó por caminos muy diferentes; ella soñaba otra cosa y a Máximo la desgracia de su mano lo arrastró hacia el anarquismo, que ahora constituye el epicentro de su vida. Lo que me preocupa en este momento es cómo le vendo todo esto a mi madre.

—El señor Xicoy ha tenido una gran idea. Afortunadamente la niña ha nacido con muy poco peso, así que dirás a tu madre que, al ser sietemesina, la ha ingresado en la maternidad al cuidado de las monjas y que no está permitido verla. En cuanto a Amelia, explica a doña Luisa que la he llevado a reponerse a la casa de campo de mis padres.

—Me parece una buena solución. Esperemos que mi madre se la crea.

—Ya verás como esta criatura tan poco deseada va a darle la vida a Luisa.

90
Los padrinos

Habían transcurrido cuarenta y ocho horas del incidente en el Viena. Germán daba una cabezada después de comer en su habitación cuando el inconfundible, por discreto, golpear de los nudillos de Saturnino en la hoja de la puerta de su cuarto lo apartó de la modorra.

—Pasa, Saturnino.

El mayordomo abrió la puerta y apareció en el quicio de la misma con una expresión en el rostro que alertó los cinco sentidos de Germán.

—Señorito, hay dos militares en el recibidor que preguntan por usted.

Germán supo en el acto cuál era el cometido que llevaba a su casa a aquel par de desconocidos.

—Hazlos pasar a la salita morada. Ahora mismo voy.

Partió el fiel sirviente y Germán se puso en pie. Aquella situación ya la había vivido dos veces, aunque en esa ocasión había dudado que llegara a producirse. Fue al cuarto de baño y se miró en el espejo, se lavó la cara, se pasó un peine y se atusó el bigote. A continuación se estiró el chaleco y se enderezó el corbatín, se puso la levita corta y, tras perfumarse las solapas, se dirigió a la salita morada.

—Buenas tardes, señores.

Los dos militares, sentados en el inmenso sofá morado, se pusieron en pie marcialmente. El rostro de uno de ellos le era francamente familiar a Germán, mientras que el del otro pareció recordarlo vagamente. El alférez Suances presentó a su compañero.

—Señor Ripoll, éste es el teniente Cabezón.

Entonces los recordó diáfanamente. Carmelo Suances había sido su contrincante en la escuela de Pardini y Rafael Cabezón lo había sido de Ardura, por más que el primero de ambos mandaba el destacamento de policías militares el día del incidente de Papirer en La Palmera.

—Bienvenidos a su casa, caballeros. Háganme el favor de tomar asiento.

Ambos militares esperaron a que él lo hiciera. Germán apartó las colas de su breve levita y se colocó en uno de los sillones, en tanto que los visitantes lo hacían en el sitio que habían ocupado.

—Permítanme que les ofrezca una copa —dijo Germán al tiempo que, alargando el brazo, tiraba de la borla del grueso cordón que pendía a su espalda—. Imagino a lo que han venido, pero lo cortés no quita lo valiente.

—No se moleste.

—No es molestia, es el hábito de una buena crianza.

Entró el mayordomo en la salita y se quedó expectante junto a la puerta.

—Saturnino, trae lo que gusten tomar estos señores.

Los oficiales demandaron dos coñacs y Germán pidió un café.

En tanto regresaba el criado hablaron del tiempo, del oficio de armas, de la guerra de Cuba y de lo peligrosa que estaba Barcelona. Cuando Saturnino llegó, dejó en la mesa central dos copas balón y un excelente coñac francés, y en una auxiliar colocó el café de Germán.

—Sírvanse ustedes mismos, caballeros.

Los militares procedieron con prudencia mientras Germán daba el primer sorbo a la oscura infusión. Luego de este formulismo, el teniente creyó oportuno entrar en el fondo de la cuestión que los había llevado hasta allí.

—Señor Ripoll, venimos en representación del capitán don Emilio Serrano Freire. Somos sus amigos, y nos ha pedido que lo asistamos.

—Si he de ser sincero, esperaba la visita... aunque no tan pronto. Pero mejor así; lo que haya que hacer mejor será no demorarlo.

El oficial de más graduación prosiguió:

—El capitán Emilio Serrano se ha sentido ofendido y le pide una explicación. Si usted quiere dársela, considerará finiquitado el incidente; en caso contrario, tenemos la misión de ajustar con usted el día, la hora y las condiciones del duelo.

91

El duelo

A lo largo de su vida no se había visto Papirer en otra semejante. Una cosa era leer novelas y otra muy diferente vivirlas en primera persona. Su pertenencia a una clase social inferior le había evitado lances como el que iba a presenciar y, de alguna manera, desempeñar un papel importante en incidentes como aquél, que podría acabar en drama; de todo lo cual infería que haber nacido en el Raval tenía sus ventajas. En tanto el coche que había alquilado Germán traqueteaba sobre el empedrado que discurría pasadas las Atarazanas y enfilaba la ascensión a Montjuich por la parte de atrás, su mente galopaba como corcel desbocado, intentando calibrar las consecuencias que podría tener aquella locura. El gobernador civil, aunque hacía la vista gorda, había declarado delito los duelos y sancionaba a sus participantes con penas que iban desde multas hasta cárcel, considerando culpables a todos los que concurrieran en la ceremonia, fuera del grado que fuese su participación. Germán, su principal protagonista, iba aparentemente tranquilo sentado a su lado, en tanto que enfrente, en el pequeño asiento plegable, iba Alfonso Ardura, el decorador y tirador de sable también amigo de Germán, a quien Fredy imaginaba tan preocupado como él.

Sin casi darse cuenta, mientras el tiro de caballos se esforzaba, azuzado por el cochero, en subir la empinada cuesta, fue repasando los acontecimientos acaecidos hasta llegar a aquel momento.

Germán los había convocado a él y a Ardura en el Círculo Ecuestre y allí, como quien comunica que al día siguiente va a acudir a los toros, los había puesto en antecedentes del duelo que se avecinaba y de su deseo de que fueran sus padrinos. Las reconvenciones y los consejos, tanto por parte de él como por la de Alfonso, fueron inútiles. Germán consideraba que su honor estaba en juego y, por qué no decirlo, su odio hacia el capitán Emilio Serrano se había tornado en una obsesión. Tras ese momento los aconteceres se precipitaron; Ardura y Fredy se reunieron con Cabezón y Suances para puntualizar las condiciones y, con la aprobación de los contendientes, decidieron que finalmente el encuentro fuera con pistolas de duelo reglamentarias, de un solo disparo, y en una explanada que se abría en la falda de la montaña bajo el baluarte que daba al sur del castillo la primera noche que hubiera luna llena.

Tras aflojar la marcha el carruaje se detuvo. Fredy, sin saber bien lo que hacía, descendió el último, siguiendo a Germán y a Ardura. Entre los árboles pudo divisar los dos coches que los habían precedido y a sus aurigas junto a ellos, silenciosos, sujetando por el ronzal a sus respectivos animales. Más allá de la arboleda, en un pequeño prado rectangular, vio un grupo de seis hombres que, al percibir su llegada, silenciaron las voces aguardando su presencia.

Los tres se aproximaron hasta allí. El capitán Serrano había ido acompañado de sus padrinos, el teniente Cabezón y el alférez Suances. Los otros tres personajes que habían acudido en el segundo coche eran el doctor Juan Merino, famoso cirujano que las partes habían acordado; el juez de campo, que iba a ser el ilustre presidente del Colegio de Notarios, don Aurelio Valls, y, por último, su secretario.

Hechas las correspondientes presentaciones, el notario tomó la palabra con el fin de intentar reconducir aquel lance.

Fredy iba como un sonámbulo. Ni aquél era su medio ni aquélla una situación que hubiera vivido anteriormente y pudiera controlar.

—Señores, considero que es mi obligación intentar detener este absurdo desatino. El mero hecho de estar hoy aquí los acredita a ustedes como hombres de honor, y creo que los presentes nos daremos por satisfechos habiendo constatado el valor de ambos. Les ruego, por tanto, que lo piensen por última vez. Señor Ripoll, ¿retira usted la intención que pudo tener al rozar con su guante el rostro del capitán Serrano?

—Agradezco su consejo, don Aurelio, pero el ofendido he sido yo, de manera que considero que este asunto no tiene marcha atrás. Si este militar no se siente ofendido, me congratularé; pero mi acción no fue involuntaria.

—¿Qué dice usted, capitán Serrano?

—Lo que yo pueda decir creo que sobra. Y, desde luego, no voy a permitir que nadie me toque el rostro sin limpiar con sangre la ofensa.

—Entonces, señores, huelgan comentarios. Vamos a finiquitar lo que hemos venido a hacer y acabemos de una vez con este triste episodio. —Luego se dirigió al galeno—: Doctor Merino, cumpla con su obligación.

Ambos contendientes sabían de qué iba el asunto y se deshicieron en ese momento de la levita Ripoll y de la guerrera Serrano y entregaron ambas prendas a sus respectivos padrinos, quedando en mangas de camisa que luego se arremangaron. Entonces el doctor Merino, dejando sobre el tocón de un árbol su abultado maletín, extrajo de él un estetoscopio y un tensiómetro y procedió a auscultar el corazón de ambos contendientes, tomándoles posteriormente la presión. Cuando hubo finalizado su tarea se volvió hacia don Aurelio Valls y con un gesto de la cabeza le indicó que todo estaba en orden. Certificado este último detalle, el director del duelo convocó a protagonistas y padrinos. El grupo de hombres se colocó en derredor del notario.

—Vamos a proceder, antes de escoger las armas, a dar las últimas instrucciones, aunque me consta que huelgan entre caballeros; aun así, no hago otra cosa que cumplir con mi obligación.

El silencio era absoluto, turbado únicamente por los comunes ruidos del bosque cuando las sombras aún no han sido vencidas por la madrugada.

—La distancia entre los contendientes será de treinta pasos, por lo que, a una voz mía y arrancando espalda contra espalda, cada uno caminará quince adelante al ritmo que yo marque contando en voz alta. Llegados a este punto y a otra voz mía, ambos se enfrentarán cara a cara. El duelo será a un solo disparo, por lo tanto, sobra decir que a primera sangre. Ambos contendientes levantarán el arma y dispararán a su criterio. Sepan que daré tres fuertes palmadas, suficientemente espaciadas; en caso de que en ese tiempo uno o los dos no hayan disparado, ya no podrán hacerlo. Y tengan en cuenta que es norma entre caballeros alzar el arma y disparar sin aguardar para apuntar. Sea cual sea el resultado, el honor del ofendido habrá sido restituido sin poder reclamar, por lo mismo, nada más. Y ahora sus padrinos, caballeros, van a elegir las armas. En primer lugar lo hará el ofendido.

El secretario, que apareció silencioso de entre los árboles, entregó al notario un precioso estuche de noble madera taraceada, y éste, soltando sus cierres, lo abrió exponiendo su interior a los contendientes. En un fondo de terciopelo granate amoldado como si en él se alojaran dos joyas, el reflejo plateado de la luna iluminó el siniestro pavonado mate de los cañones de sendas armas de lujo con la madera de las culatas finamente trabajada, con el correspondiente saquito de pólvora, el atacador para presionarla, el cepillo para su cuidado y dos únicas balas.

—Usted escoge, teniente.

Cabezón tomó una de ellas, sopesó el balanceo del cañón, los canales de su ánima y la comodidad de la culata; después hizo lo mismo con la otra, quedándose con la primera. Ardura tomó la segunda, apreció que el exterior del cañón era hexagonal y, copiando al teniente, observó el rayado interior del mismo y dio su plácet. A continuación, tras proceder a cargar las armas convenientemente, y tras la comprobación por parte del juez de campo, fueron entregadas a sus respectivos patrocinados.

La voz de don Aurelio Valls sonó de nuevo.

—Ocupen sus puestos en la explanada, señores.

La luna estaba en su cenit, y lo único que perturbó la solemnidad del momento fue el relincho de un caballo.

A Fredy Papirer no le llegaba la camisa al cuerpo. Pensar que a lo mejor dentro de un momento Germán podría estar muerto le producía una sensación de angustia semejante a la que le había asaltado el día del atraco en su taller de fotografía. Miró a Ardura, y al ver su palidez se cercioró de que pese a intentar aguantar el tipo también estaba afectado. Los dos militares parecían más tranquilos.

Los cuatro, a indicación del juez, se situaron en el límite del bosque y en la explanada, junto con los contendientes, únicamente entraron don Aurelio Valls y el doctor Merino. Finalmente Germán y el capitán Serrano se colocaron en el centro del rectángulo, espalda contra espalda y con los respectivos cañones de sus armas mirando al cielo.

A la voz de «¡Ya!» ambos contendientes comenzaron a caminar al ritmo que marcaba el juez, y al contar los quince pasos sonó la voz de «¡Alto!». A partir de este instante en la memoria de Fredy las imágenes se confundían, y al recordarlo le parecía que, al igual que en un mal sueño, todo había sucedido muy lentamente.

Los duelistas se perfilaron encogiendo el estómago para mostrar menos blanco y alzaron sus respectivas armas. En ese instante la primera palmada del juez restalló en la noche; después se oyeron dos detonaciones sucesivas; la primera de Germán, algo silbó en el aire y, casi inmediatamente, se dejó oír la del capitán Serrano.

El tiempo se detuvo, y Fredy supuso que ninguno había acertado. Luego vio que Germán bajaba el arma, se miraba incrédulo el pecho a la altura del hombro, a la vez que un florón rojo de sangre iba empapando la seda de la camisa, y caía de rodillas.

92

Larga es la noche

Apenas Germán cayó al suelo se dispararon todas las alarmas. El grupo se abalanzó hacia él. El gesto de don Aurelio Valls era de suma preocupación. El doctor Merino se arrodilló junto al herido, dejó su maletín sobre la hierba y, abriéndolo, extrajo de él unas tijeras con las que rasgó con cuidado la camisa de Germán a la altura del hombro. La herida sangraba abundantemente, de manera que el galeno abrió un rollo de algodón en rama y una caja de gasas, y haciendo una torunda se dispuso a contener la hemorragia limpiando la zona con un desinfectante. Cuando ya se hubieron empapado los apósitos, iluminado por la linterna que sujetaba el teniente Cabezón, observó la herida con suma atención; ésta era limpia, el proyectil se había alojado en la clavícula sin tocar la arteria clavicular. El doctor hurgó con unas pinzas intentando localizar la bala, y Germán se desmayó. El médico vendó la herida y, volviéndose hacia el notario, comentó:

—Aquí no se puede hacer nada más, hay que llevarlo al hospital de la Santa Cruz.

Era necesario obrar con rapidez. El capitán Serrano, pálido como un espectro, se acercó acompañado del alférez Suances para interesarse por el herido.

El notario tomó la palabra.

—Ésta es una situación delicada. Como ustedes saben, señores, estamos asistiendo a un acto ilícito que puede tener graves consecuencias para todos si las cosas van a peor. Procedamos con orden, pues. Lo primero que hay que hacer es llevar a este hombre a donde puedan atenderlo, pero allí, dado el cariz de la herida, se harán preguntas, y en ese trance la responsabilidad es de los padrinos del duelista, los demás perjudicaríamos nuestro honor innecesariamente puesto que nuestra labor ya está cumplida. Ésas son las reglas que rigen los duelos, y ni tengo que apostillar que a las preguntas de la autoridad, que sin duda las habrá, es de caballeros no decir ni una palabra al respecto de los asistentes a este acto. Debo añadir que la policía se muestra comprensiva ante circunstancias como ésta, pues entiende que el duelo es cuestión de gentes importantes, ya que los gañanes arreglan sus diferencias con navajas, y no quiere problemas.

Papirer, que estaba helado, cruzó una angustiosa mirada con Ardura, quien, al verse interpelado, se dirigió al grupo.

—Descuide usted, don Aurelio, el señor Papirer y yo sabremos cumplir con nuestra obligación.

En un ambiente lúgubre el grupo se deshizo. El capitán Serrano y los otros dos militares ayudaron a Ardura y a Papirer a meter a Germán, que ya había vuelto en sí, en su coche, y tras un correcto saludo se dirigieron al suyo. El notario y el médico hicieron lo propio, y la luna volvió a iluminar una paz que había estado a punto de truncarse estúpidamente.

Germán, recostado en el respaldo del coche, mordía un pañuelo para contener el gemido que le subía a los labios cada vez que las ruedas se metían en un bache del camino.

—¿Y ahora qué hacemos, Alfonso?

—Cumplir con nuestra obligación de caballeros.

Fredy habló en un susurro.

—Eso puede acarrearnos consecuencias.

Ardura le respondió en la misma tesitura, evitando que Germán oyera sus palabras.

—Espero que no, pero lo primero es lo primero.

El coche ascendió por la calle Urgel, y al llegar al mercado de San Antonio entró por la prolongación de la calle Hospital y se introdujo, atravesando el arco de piedra, en el patio central del hospital de la Santa Cruz. Llegados allí, Ardura, tras indicar a Papirer que lo aguardara, se adelantó a recabar refuerzos. Apenas transcurridos cinco minutos regresó acompañado de tres hombres, dos camilleros portando una angarilla plegada y el portero de noche.

Ardura había tenido buen cuidado de decir únicamente que venía un hombre herido, de manera que, tras descender Papirer y colocar a Germán en la camilla, despidió al cochero después de darle una buena propina y procurando que nadie se fijara en el número del coche. Luego ascendieron la escalera y pasaron a recepción.

Apenas entrados, ya los estaba esperando un médico de guardia que instó a los camilleros para que condujeran al herido al interior en tanto un conserje retenía a los acompañantes frente al mostrador a fin de cumplimentar el ingreso.

Súbitamente compareció un funcionario, seguido de dos vigilantes, que les habló en un tono autoritario y sin embargo prudente.

—Señores, ustedes son conscientes de que han ingresado a un hombre con una herida importante. El reglamento dice que tendrán que permanecer aquí hasta que llegue la autoridad. Si les parece bien, y a fin de adelantar enojosos trámites, den sus nombres y direcciones respectivos al conserje para que empiece a rellenar los cuestionarios; al finalizar los acompañarán a una salita de espera donde el tiempo no se les hará tan gravoso.

Ardura y Papirer ni siquiera respondieron. El conserje colocó en el mostrador frente a ellos dos hojas con las preguntas de los datos que debían aportar y la correspondiente pluma con un tintero. En el apartado donde se leía «lugar y circunstancias del accidente», Ardura trazó una raya horizontal e indicó a Fredy que hiciera lo mismo. Despachadas las diligencias fueron acompañados a una salita, amueblada con unos deteriorados sillones, un sofá y una mesa central, y fueron invitados a aguardar allí. Uno de los vigilantes se quedó fuera junto a la puerta.

La voz de Ardura sonó cautelosa.

—Recuerda lo que hemos hablado en el coche. Hemos estado en el Romea viendo la función a la que asistimos el jueves pasado, *El sagristà de Sant Roc*, de Pitarra, y a la salida hemos ido al *foyer* del San Agustín, adonde nos ha venido a buscar un cochero que nos ha dicho que el amigo que debía encontrarse con nosotros nos aguardaba dentro de su coche frente al Odeón, en la plaza San Agustín, y que se hallaba en mal estado. Hemos acudido y nos hemos encontrado a Germán, casi desvanecido, que quería que lo lleváramos a su casa, y nos ha costado Dios y ayuda meterlo en el hospital... y no sabemos nada más.

—Y ¿qué dirá Germán cuando pueda hablar?

—Nada, no dirá nada. Se escudará en que nada recuerda, y en las actuales condiciones lo dejarán en paz. Cuando las aguas vuelvan a su cauce, él sabe cuál es su obligación; Germán es un caballero.

El tiempo fue pasando lento y espeso. Al cabo de una hora sonaron pasos en la antesala. Un doctor de retorcidos bigotes, todavía con la bata manchada de sangre sobre la camisa blanca y el cuello de pajarita, acudía acompañado de un hombre que, por su porte, dedujo Ardura que era un funcionario.

Alfonso y Fredy se pusieron en pie.

—Señores, soy el cirujano de guardia, el doctor Tornel, y este señor es el inspector jefe Peláez, que quiere hacerles algunas preguntas. Por lo que a mí concierne debo decirles, en lenguaje coloquial, que el señor Ripoll la ha sacado barata; un centímetro más abajo y a la derecha, y la bala se habría alojado en el pulmón y, entonces, estaríamos hablando de otra cosa.

Ardura y Papirer simularon asombro.

—¿Nos está usted diciendo que la herida era de bala?

El inspector intervino.

—¿Lo ignoraban ustedes?

El que respondió ahora fue Ardura.

—Es la primera noticia, creímos que se había accidentado.

—Pero ¿está bien? —apostilló Fredy.

—Podemos decir que ha pasado el peligro. —Luego el doctor se dirigió al policía—: Si no le importa, yo aquí sobro y, en cambio, hago falta en otros sitios; de manera, inspector, que con su permiso me retiro. Si me necesita, mándeme llamar.

Tras este corto discurso, con una breve inclinación de cabeza el galeno se retiró.

Los tres hombres quedaron frente a frente.

—Siéntense, señores. Debo hacerles algunas preguntas.

Papirer y Ardura se sentaron en el pequeño sofá y Peláez lo hizo enfrente. Luego, con parsimonia, sacó del bolsillo de su chaqueta una libretita con tapas de hule y un lapicero, provisto en su extremo de una pequeña goma de borrar, y se dispuso a tomar notas.

—Si son tan amables, denme sus nombres completos y sus direcciones.

Alfonso y Fredy proporcionaron los datos requeridos, que el inspector anotó cuidadosamente. Las preguntas fueron muchas y diversas, pero en cuanto al conocimiento del hecho se aferraron a lo pactado: los tres amigos habían quedado aquella noche para asistir al teatro y Germán, a última hora, se había excusado, supusieron que por acudir a otro compromiso de más enjundia, tal vez con alguna dama, comunicándoles que a la salida, como de costumbre, se encontrarían en el *foyer* del café de San Agustín; allí había ido a buscarlos el auriga de un coche de punto, diciendo que su amigo requería su presencia; lo habían encontrado herido y prácticamente desmayado, lo habían acompañado al hospital de la Santa Cruz y allí acababa todo lo que podían decir; la primera noticia de que la herida era de bala se la había proporcionado el médico.

El inspector Peláez no era tonto y estaba al corriente de que el duelo, aunque no con frecuencia, era una bárbara costumbre todavía no desterrada del todo en Barcelona, y por lo mismo sabía que quienes se enfrentaban jugándose la vida practicando aquella suerte de justa medieval no eran precisamente gentes de medio pelo, por lo que convenía tratar aquellos asuntos con extremada delicadeza, pues el terreno era pantanoso. Por su oficio le había tocado aprenderse a fondo todas las reglas que regían aquellos enfrentamientos, ya fueran a espada o a pistola. Una de las primeras y común en toda clase de duelos era el secretismo que afectaba a todos los componentes de la ceremonia, ya fueran protagonistas, padrinos, juez de campo, médico o posibles acompañantes, y faltar a ese principio era un baldón en la honra de cualquiera, tanto era así que en más de una ocasión en que la evidencia había delatado al protagonista éste no se había molestado en negar nada, en la certeza de que llegado al extremo de tener que presentarse ante el juez la sentencia sería por lo más una multa y que su señoría entendería que, siendo una cuestión de honor entre caballeros, el encausado no diera ni pista ni nombre alguno. Otra cosa a tener en cuenta como policía era que, en caso de descubrir el entramado y a sus protagonistas, la denuncia, a la par que comprometida, era delicada y, puesto que cada quien tenía amigos e influencias al más alto nivel, convenía nadar y guardar la ropa.

—Está bien, señores. Si el señor juez necesita aclarar las cosas, recibirán en sus respectivos domicilios la consiguiente citación.

Y tras estas palabras el inspector Peláez se puso en pie.

Fredy y Alfonso hicieron lo mismo, y el segundo, con un talante inocente como si fuera un niño que preguntara si puede llevarse la pelota, indagó:

—¿Nuestro amigo puede irse a casa?

—Por lo que a mí respecta, no hay inconveniente siempre que el doctor certifique que su estado lo permite.

La siguiente gestión fue la consulta al cirujano sobre la conveniencia de que Germán abandonara el centro.

—Si lo hace será bajo su responsabilidad. El intervenido no está en condiciones, ya que la herida puede infectarse. Mi consejo es que se quede ingresado en el hospital un par de días. El señor Ripoll ha tenido mucha suerte, pero no es bueno abusar de ella. La bala se alojó en la clavícula pero ya ha sido extraída, pero cualquier persona operada y, por tanto, anestesiada no está en condiciones de abandonar el hospital. De cualquier manera, la decisión es suya. —Éstas fueron las palabras del doctor.

Cuando sonaban las siete de la mañana en el reloj que ornaba la espadaña del convento de Santa Ana, tras una larga vuelta por la ciudad para dar tiempo a que a Germán se le pasaran los restos del efecto de la mascarilla de éter y cloroformo que le habían suministrado para extraerle la bala, un coche de alquiler se detenía en el portal, todavía cerrado, de la casa de la calle Valencia n.º 213, y de él descendieron dos hombres sujetando a un tercero que, con el brazo derecho vendado y colocado en cabestrillo, iba maltrecho y con el rostro pálido como la cera.

El más alto pagó al cochero, en tanto el herido, apoyado en el otro, comenzaba a caminar.

—Tengo las llaves en el bolsillo del pantalón, Alfonso; tira de la leontina y sácamelas.

La voz de Germán sonaba turbia; la experiencia de aquella noche había sido terrible.

Ardura extrajo con delicadeza la anilla del pequeño manojo y tomó la llave que le indicaba Germán. Luego procedió a abrir la pequeña puerta que se enmarcaba en uno de los vanos del portal grande. Pasaron los tres con dificultad y, salvando los escalones de la portería, se dirigieron a la gran escalera. El ascenso hasta el principal fue una epopeya. Germán, acusando la pérdida de sangre y el dolor que aumentaba a la vez que disminuía el efecto de la anestesia, era casi un peso muerto. Finalmente coronaron el intento y se plantaron ante la puerta del principal primera, procediendo de nuevo Ardura, por indicación del herido, a abrirla con sumo cuidado.

Pese a lo singular de la situación, Fredy Papirer no pudo evitar el asombro que le causó el lujo y el empaque del recibidor de la casa de su amigo; por su mente pasó un torrente de cosas, y en aquel instante hasta llegó a comprender la arrogancia y el maltrato tantas veces recibido por su parte. A saber cómo hubiera sido él de haber nacido y vivir en aquel entorno, en vez de en el mísero cuchitril que era el piso de su madre, y supuso que insoportable. La voz de Germán interrumpió sus pensamientos.

—Llevadme a mi cuarto.

Ardura, que conocía el camino por haber estado allí otras veces, dirigió la marcha. Desde hacía un par de meses se había instalado la luz eléctrica en la parte de los señores de la casa de los Ripoll, por lo que cuando, a indicación de Germán, Alfonso dio al interruptor y se encendió la lámpara de la salita de música, poco le faltó a Fredy para lanzar un grito, y en su sorpresa dio con la rodilla en la caja del violonchelo, de manera que un sonido bajo y profundo que hizo vibrar el cordaje del instrumento se expandió por el ambiente.

—Cuidado con el chelo. ¡Coño, Fredy, no seas patoso!

Germán no perdía ocasión de zaherirle, ni tan siquiera en aquellas condiciones.

Finalmente el trío, con grandes dificultades, entró en el dormitorio. Alfonso y Papirer colocaron a Germán de espaldas a la cama, y tras poner dos almohadones en la cabecera procedieron a recostarlo y, posteriormente, a subirle las piernas.

Durante el trayecto, cuando ya Germán coordinaba, salido del sopor de la anestesia, habían ido acordando lo que deberían hacer llegado el caso.

El ruido del picaporte al ser abatido los sorprendió. Ambos se volvieron al tiempo cuando la respetable figura de don Práxedes Ripoll con gorro de dormir y bigoteras ocupó el quicio de la puerta.

La sorpresa fue mutua. Práxedes observó el cuadro y se hizo cargo de la situación. La mirada del prócer iba alternativamente de su hijo, cuyo brazo y hombro vendados se destacaban con nitidez sobre el cobertor de la cama, hasta los dos hombres que estaban en pie frente a él. Al primero lo conocía, era Alfonso Ardura, compañero de esgrima de Germán, pero no sabía quién era el segundo.

Práxedes se acercó al lecho y, sin saber bien por qué, tal vez impulsado por un antiguo reflejo de sus años jóvenes, puso su mano diestra sobre la frente de su primogénito, que yacía con los ojos cerrados, como queriendo comprobar su temperatura. Luego se volvió hacia los visitantes y, tras quitarse el gorro de dormir y las bigoteras, y dirigiéndose a Ardura, indagó:

—¿Qué ha pasado? ¿Quién es este señor? ¿Y qué hacen ustedes en mi casa a estas horas?

Alfonso, comedido y prudente, respondió señalando a Fredy:

—Él, señor, es don Alfredo Papirer y el motivo de nuestra presencia en su casa a tan alta deshora es que Germán ha tenido un percance.

—¿Qué ha ocurrido?

—Perdone, don Práxedes, creo que mejor sería que dejáramos a Germán descansando y pasáramos a hablar a otro lugar.

Práxedes dudó mirando a su hijo.

—Todo está en orden, don Práxedes, a Germán le han dado calmantes y me parece que ahora estamos perturbando su descanso.

—Está bien, síganme.

Y tras estas palabras don Práxedes se dirigió a la puerta, seguido por Alfonso Ardura y un Fredy Papirer desconcertado que se movía inseguro por aquel suntuoso y desconocido territorio.

Práxedes, atravesando la salita de música y el salón morado, los invitó a entrar en su despacho tras abrir la puerta y prender la luz. Por indicación del prócer se sentaron ambos frente a la gran mesa.

—Voy a ponerme una bata, ahora regreso.

Práxedes abandonó la estancia y, apenas cerrada la puerta, Papirer, muy nervioso, se dirigió a Ardura.

—¿Qué le decimos ahora?

—Déjame hablar a mí; tú escucha y sigue mi relato, y si te pregunta directamente responde cosas que no comprometan, que yo intervendré de inmediato.

En ésas estaban cuando la puerta se abrió de nuevo y entró don Práxedes peinado y compuesto, cubierta su camisa de dormir con una bata de cuadros de fina lana escocesa y calzando unas zapatillas de fieltro. Se sentó tras la mesa del despacho proyectando la imagen de un hombre importante y muy acostumbrado a mandar, e inmediatamente demandó una explicación.

—Ustedes dirán, señores.

A Fredy, desde lo soberbio de la estancia hasta el empaque del prócer, todo lo impresionaba al punto que la voz de Ardura le sonó lejana.

—Verá usted, don Práxedes, el señor es amigo de su hijo Germán y, como le he dicho, se llama Alfredo Papirer.

Práxedes lo examinó de arriba abajo, buscando datos en su memoria.

—Su nombre me suena. Germán ha hablado de usted en alguna ocasión. —Luego se dirigió de nuevo a Ardura—: Prosiga.

—Don Práxedes, el caso es que esta noche hemos tenido un incidente. Son cosas que pasan y que a veces se hacen ineludibles...

—Vaya usted al grano y déjese de subterfugios.

—Está bien, tiene usted razón, mejor será entrar por derecho. Su hijo ha tenido esta noche un duelo y la suerte le ha sido esquiva, ha sido herido en un lance desafortunado. Pero, a Dios gracias, todo se ha solventado de la mejor manera posible. Lo hemos llevado al hospital de la Santa Cruz, donde ha sido atendido, y la evidencia de que todo ha transcurrido perfectamente es que ya está en su casa.

El rostro de Práxedes reflejó la sorpresa que le causaba la noticia. Hasta aquel momento había imaginado que la imprudencia de un cochero o la bronca con algún borracho en alguno de los locales que frecuentaba su hijo, que tan poco le agradaban, podían haber sido el motivo de aquel espectacular vendaje, pero al oír la palabra «duelo» algo se descompuso en su interior.

—Necesito saberlo todo, le escucho.

Fredy se revolvió inquieto en el asiento.

—Creo que será mejor que las circunstancias, cuando ya esté en condiciones, se las detalle Germán.

—¡Explíquese, Ardura! —ordenó más que pidió.

—Ha sido un lance de honor, y Germán ha salido garante de su honra. Un militar ha ofendido gravemente a una joven soprano que hasta hace poco fue su protegida, y Germán ha salido en defensa de su nombre. El lance, por cierto desfavorable, ha tenido lugar en los aledaños del castillo de Montjuich. El señor Papirer y yo hemos sido sus padrinos. Lamentablemente su hijo ha resultado herido en el hombro derecho, y aunque la bala no ha causado lesión importante, ha sido necesario llevarlo al hospital para que le fuera extraída. El resultado, como puede ver, es que Germán ya está en casa.

El rostro de Práxedes había cambiado de expresión. El entrecejo fruncido e interrogante, las mandíbulas contracturadas, el párpado izquierdo tembloroso y los dedos de la mano derecha tamborileando nerviosamente sobre la caoba del despacho.

—¿Quién ha sido el oponente?

Ardura estaba dispuesto a callar, excusándose en su calidad de padrino, cuando la voz asustada de Fredy irrumpió en la escena.

—El capitán Emilio Serrano del Regimiento de Cazadores de Alcántara del cuartel de la calle Sicilia, él ha sido el causante de la ofensa a la que Germán no ha tenido más remedio que responder.

Un silencio negro preñado de amenazas se instaló entre don Práxedes y los inesperados visitantes.

93

La abuela

Juan Pedro daba vueltas y más vueltas al tema, y al hacerlo sus dudas, en vez de menguar, aumentaban. Había cargado sobre sus espaldas la responsabilidad de tomar decisiones que afectaban a muchas personas. La única ventaja de todo ello era que no tenía tiempo de pensar en sí mismo; sus titubeos fluctuaban, y lo que veía hoy negro al día siguiente lo veía blanco, y viceversa. Invariablemente cada mañana al despertar su pensamiento se escapaba de la jaula de sus recuerdos y volaba hacia Candela como alondra que regresara al nido, pero luego durante el día eran tantas las cosas que debía hacer y las medidas que debía tomar, todo ello conciliado con su trabajo en la librería del señor Cardona, que le faltaba tiempo para compadecerse.

Había ordenado las cosas por prioridades y, en esa ocasión, la circunstancia le había sido favorable.

Le constaba que muy a su pesar, pues su corazón de mujer le gritaba otra cosa, doña Justa, a instancia de dos de sus huéspedes, no había tenido otro remedio que decir a Amelia que en dos meses debería dejar la casa de huéspedes, y eso lo obligó a precipitar su decisión. Juan Pedro recordaba nítidamente la conversación con Luisa.

Fue un día después de comer, cuando la hija de Amelia ya había cumplido el mes.

—Madre, ¿tiene usted a mano algún licor?

—¡No me dirás que has empezado a beber!

—No, madre; es para usted.

—¿Para mí? El único licor que tomo es por Navidad o cuando hago algún pastel borracho.

—Téngalo a mano —le dijo— porque le va a hacer falta.

Recordaba que su madre lo miró extrañada.

—¿Qué te ha dado hoy? ¿Te has vuelto loco?

—No, madre, pero la noticia lo requiere.

Recordaba asimismo que su madre lo observó con talante preocupado; luego Luisa se levantó de la silla y se dirigió a la alacena, tomó un pequeño vaso de culo macizo y, tras escanciar en él un dedal de aquel anisado que le suministraba una amiga suya de Badalona de la destilería del Mono de los hermanos Bosch —así llamado porque por la fábrica andaba suelto un macaco que había venido en uno de sus barcos de las Américas y la gente conocía el producto por ese nombre—, se sentó de nuevo, dio un sorbo y le espetó:

—¿Qué le ha pasado a Máximo?

Juan Pedro recordaba que aprovechó la coyuntura.

—Por una vez, algo bueno.

Su madre, tras aguantar incrédula el silencio durante unos segundos que se le hicieron eternos, concluyó:

—Suéltalo.

Juan Pedro tomó aire.

—Madre, Máximo la ha hecho abuela. Amelia ha tenido una niña.

A lo primero la mujer quedó como transida; después, cuando se recuperó, comenzó el interrogatorio. Los cómo y los cuándo se sucedieron sin interrupción.

Luisa fue asimilando el hecho y entendió el motivo por el que se le impedía ver a la niña, y cuando insistió en ver a Amelia, Juan Pedro le transmitió el recurso ideado por Consuelo. Amelia había quedado muy afectada, pues el parto había sido muy duro; era por ello por lo que a la niña le daba el pecho un ama de cría que acudía a la maternidad, contratada al efecto y que la muchacha pagaba con sus ahorros, en tanto ella estaba recuperándose en el pueblo de su amiga Consuelo, respirando aire puro de la montaña, al cuidado de los padres de ésta. Lo malo, añadió Juan Pedro, era que al regreso Amelia no tenía dónde vivir. Llegado a este punto todo transcurrió como él había supuesto.

—Esté o no esté tu hermano, ésta es la casa de su mujer y de su hija, ¡cómo no va a tener un techo mi nieta! Ya sabes, ¡donde comen dos comen cuatro! Siempre quise mucho a Amelia, y ahora que me ha hecho abuela, mucho más. ¡Mira por dónde, me envía Dios una alegría que no esperaba!

Recordaba Juan Pedro que su madre se levantó de nuevo y, yendo a la alacena, se sirvió otra generosa ración de anís que se llevó al coleto en un decir Jesús. Luego le dio un beso en la frente.

—Me conozco bien —dijo—, así que voy a echarme un rato. Si me quedo dormida, no me despiertes para la cena.

Los acontecimientos se fueron desgranando lentamente y lo que en principio fue un proyecto, al cabo de poco tiempo se transformó en realidad. Aquel mes pasaron muchas cosas.

Amelia se instaló con su hija de pocas semanas en casa de Luisa y de Juan Pedro, y lo hizo tras llegar a un pacto con su suegra, quien, por cierto, la recibió con los brazos abiertos. Luisa enloqueció nada más ver a la niña, por primera vez en su vida iba a ejercer de abuela, ella se ocuparía de todo cuidando de que el ama cumpliera puntualmente su función y atenta al menor síntoma de indisposición que afectara a la criatura. A cambio, Amelia y Juan Pedro serían los encargados de llevar el dinero a casa; él, como siempre, trabajando en la librería del señor Cardona; ella, por su parte, teniendo que inventar un trabajo que cuadrara con los horarios que tendría, que, según explicó a Luisa, le había proporcionado Lucas, su antiguo jefe de El Siglo, en una fábrica de prendas de abrigo de un proveedor que servía a los grandes almacenes; la única dificultad iba a ser que su turno comenzaba a las cinco de la tarde y finalizaba a las tres de la madrugada, por lo que por las mañanas tendría que dormir.

Tras la dura prueba Amelia respiraba. En cuanto resolvió su acomodo y el de su hija, perdió seis kilos y recuperó su figura se dispuso a plantarse en La Palmera, nerviosa como el primer día.

Luisa había dispuesto para ella y para Máximo, cuando regresara, el cuarto que había utilizado para sus encargos de costura. Para ello había trasladado la máquina de coser a su dormitorio, al igual que el moisés de la niña, a la que quería tener al lado para que su llanto no perturbara el descanso de su madre cuando ésta se acostara avanzada ya la madrugada, teniendo además la precaución de conservar junto al hielo de la pequeña nevera un biberón con leche de la nodriza para que no tuviera que acudir por la noche.

Amelia se observó en el desportillado espejo del armario, que hacía ya tiempo había perdido en algún punto algo de azogue, y quedó satisfecha. Había podido meterse en una falda gris marengo muy de su gusto que antes del parto usaba en los días de fiesta, dejando abiertas las tres últimas presillas y utilizando para sujetarla un imperdible; luego había vestido su mejor blusa, que había repasado Luisa, y su guerrera militar azul cobalto, abotonada con alamares negros de pasamanería que iban de lado a lado imitando el uniforme de los húsares de la reina.

Se sentó en la cama sin reconocerse. ¿Sería acaso una mujer desnaturalizada? Juan Pedro estaba recabando permisos y pidiendo favores al comité anarquista, haciendo lo imposible para traer a su hermano a la ciudad a fin de que conociera a su hija, y ella permanecía sentada, allí, en aquella cama donde sin duda iba a ser poseída por aquel hombre joven al que faltaban tres dedos de una mano y que tras tantos días de confinación se había convertido para ella en un extraño. El encuentro la desazonaba; su cabeza estaba en otras cosas. Máximo fue su novio durante la adolescencia, pero la vida había bifurcado sus caminos, y en esos momentos sus sentimientos hacia él como hombre eran nulos, el rostro de Tomaso ocupaba su imaginación y tan sólo pensar en la caricia atormentada de aquella mano lisiada la angustiaba.

En el comedor dormía una criatura que era su hija y por la que, autoexaminándose honestamente, apenas sentía nada. ¿Sería porque ella era así? ¿O tal vez por el recuerdo del vergonzoso acto que había originado su vida a la par que truncaba su juventud? El caso era que con mil problemas por resolver y en una circunstancia que habría agobiado a cualquier mujer, en aquel momento lo único que la ilusionaba y la hacía vibrar era pensar que dentro de unas horas iba a ver sin duda a Tomaso, el apuesto argentino de pelo engominado, jefe de la orquesta de Los Cinco del Plata, cuya voz aterciopelada se adornaba con aquel deje cantarín y porteño, arrastrado como un lamento, cuyo recuerdo la hechizaba.

Tras terminar de acicalarse, Amelia salió de su cuarto y se dirigió al comedor. Luisa planchaba una camisa y junto al pequeño balcón estaba el ama dando de mamar a la niña.

—¿No está Juan Pedro?

Luisa, en tanto dejaba una plancha de hierro sobre el fuego y tomaba la que allí estaba, comprobando su temperatura con el dedo medio de la mano izquierda humedecido en saliva, respondió:

—Está haciendo gestiones acerca del comité. —Al decir esto último señaló con el gesto a la mujer ocupada de dar el pecho a la criatura—. Por ver si dan permiso a su hermano para que pueda conocer a su hija.

Amelia, sin interesarse por el hecho y cambiando de tercio, anunció:

—Voy a hablar con el encargado, a lo mejor regreso un poco tarde. —Luego, dirigiéndose al ama de cría, añadió—: Mi suegra tiene su dinero, y yo voy a ver si me sale un trabajo que me han ofrecido; en caso contrario, a este paso, va usted a tener que dar de mamar a toda la familia.

La mujer, que estaba ajustando su pezón en la boca de la pequeña, sonrió como dando a entender que había comprendido la chanza.

Amelia fue paseando hasta La Palmera, en tanto que mil y un pensamientos acudían a su encuentro. Sin poder remediarlo, cuando embocando la calle divisó el gran rótulo que anunciaba el local, su corazón comenzó a acelerarse. Recordó el día de su primera entrevista y decidió tomar un café en el bar de enfrente. El interior se hallaba en penumbra y, acostumbrada a la luz de la calle, al principio no supo precisar el perfil de los parroquianos hasta que una voz resonó en su pecho como el badajo de una campana.

—¡Habrá que reñir a san Pedro, se dejó abierta la puerta del cielo y se escaparon los angelitos!

94
Práxedes y el coronel

El tiempo transcurrió lentamente, y por la mañana el herido comenzó a delirar cuando su temperatura alcanzó los cuarenta grados. La fiebre acosó a Germán, de modo que los accesos de frío y de calor se sucedían ininterrumpidamente; lo mismo tiritaba de una manera alarmante que empapaba la cama de un sudor frío que obligaba a cambiarle las sábanas cada media hora. Esta circunstancia impelió a Práxedes a llamar con urgencia al doctor Goday a fin de que examinara a fondo a su hijo y diera su opinión al respecto. El ilustre médico se presentó de inmediato y, tras ser puesto en antecedentes y realizar un profundo reconocimiento, diagnosticó que aunque el herido había sido intervenido a tiempo y desde luego por un cirujano experto, hasta que la fiebre no remitiera el peligro de la infección acechaba. También dijo a Práxedes que Germán había tenido mucha suerte, por lo que a partir de aquel día el doctor Goday acudió todas las mañanas a cambiarle los apósitos y a cuidar de que no se le emponzoñara la herida.

Práxedes, en principio y en tanto no aclarara las cosas con su hijo, quiso creer la exposición que del suceso le había relatado Alfonso Ardura aquella madrugada como asimismo las circunstancias que lo habían rodeado, y acordó con Germán, apenas consciente, la excusa que iban a darle a su madre, que debería ser coherente y creíble, y que desde luego nada tendría que ver con un duelo o cosa semejante. Así pues, improvisaron un atropello sufrido la infausta noche por causa de la ineptitud o negligencia de un cochero, seguramente beodo en los aledaños del Laberinto de Horta, que posteriormente se había dado a la fuga. Ésa fue la explicación que se facilitó también a todo el servicio para que el hecho circulara así referido por toda la escalera, y asimismo al personal del almacén y de la fábrica, que recibió la noticia con talantes diversos, escépticos los unos, más o menos crédulos los otros y, sin embargo, todos indiferentes. La única persona que ante el hecho sintió un súbito alivio y decididamente una inmensa alegría fue Teresa, la segunda camarera, que supo que durante un tiempo tan sólo iba a perturbar el descanso de sus noches la voz de su conciencia, que luchaba entre contar a Silverio su desgracia o callarla por el momento.

A Adelaida, cuando fue informada, casi le dio un ataque de nervios, y desde aquel día no se separó de la cama de Germán. Una tarde quiso ir en persona al Seminario Conciliar a decir a Antonio lo que le había ocurrido a su hermano, y éste, de acuerdo con su madre, aprovechando una ausencia de su padre y con el correspondiente permiso de sus superiores, acudió junto a Germán para darle un abrazo y prometerle que todos los días en la misa lo tendría presente en sus oraciones.

La primera mañana que Germán se puso en pie, que fue al sexto día, Práxedes convocó a su hijo en el despacho. Éste se presentó con el batín de seda azul y con la manga derecha rasgada por las tijeras de Adelaida a fin de que le cupiera el brazo derecho, colocado en un cabestrillo de cuero sujeto a su cuello mediante unas correas.

En cuanto se hubo sentado frente a su padre, Práxedes no perdió tiempo.

—Quiero saber de tu boca todo lo ocurrido. Permíteme insistir y dime toda la verdad. Sé que has tenido un duelo, y Ardura y ese otro amigo tuyo, Papirer creo que se llama, que habló poco y que, por cierto, no me parece un caballero, me lo explicaron a grandes rasgos. Pienso que de todas tus locuras ésta ha sido la mayor. —Práxedes ignoraba los dos duelos que había tenido Germán a espada, pues al haber salido indemne y sin ningún rasguño, habían pasado sin dificultad como otra noche cualquiera de desenfreno—. Y es por ello por lo que exijo saber la verdad de principio a fin. Sabes que te he puesto unas condiciones y que has llegado al último tramo de mi paciencia, de manera que tú verás lo que haces.

Germán había tenido mucho tiempo durante aquellos días para preparar su coartada, que coordinó con Ardura una tarde que lo había visitado en ausencia de Práxedes, excusando a Papirer, quien no quería volver por no encontrarse con su padre. Lo sucedido, acordaron, tenía una única defensa y ésta era involucrar la honra de su familia.

Comenzó dudoso, como si le costara rememorar los sucesos de aquella noche.

—Verá, padre, hay momentos en la vida en que un hombre de honor no debe rehuir su destino. Desde que usted y yo, en presencia del tío Orestes, llegamos a un pacto, creo que no puede tener queja de mí. Nada más lejos de mi intención que jugarme la vida si la cuestión no hubiera sido irremediable, pero las cosas vinieron como vinieron, y pienso que usted en su juventud habría obrado igual.

Práxedes escuchaba atentamente la explicación de su hijo deseando, en el fondo de su corazón, que ésta fuera plausible y justificable.

Germán prosiguió:

—Si el hecho hubiera sido referido a mi persona, tal vez lo habría evitado. Pero lo que no consiento es que se toque su honra.

Práxedes frunció el entrecejo y parpadeó, visiblemente nervioso.

—Explícate.

—Verá, padre, el suceso fue por la tarde, habíamos entrado con Alfredo Papirer a tomar un café en el Viena, para hacer tiempo antes de ir al teatro Romea, cuando mi amigo me llamó la atención sobre un militar que estaba con una mujer y que me miraba desde una mesa de un modo insolente. Al principio no reaccioné, hasta que me di cuenta de que ella era Claudia Codinach. Al punto vino a mi mente mi equivocación y el disgusto que, sin querer, le había dado a usted. Entonces observé con más atención y llegué a la conclusión de que Claudia estaba violenta y trataba de hurtar su mano de la del oficial, que intentaba sujetársela sobre la mesa. En ese momento él me provocó y, alzando la voz sin importarle que lo oyeran los presentes, me pidió explicaciones sobre el porqué de mi mirada. No tuve más remedio que acercarme a la mesa para afearle su conducta y, sin el menor reparo, dijo en voz alta: «Yo soy un caballero, y no me valgo de sucias maniobras para salir con una dama a la que su señor padre ha ofendido intentando vestir sus deshonestas intenciones con las falsas promesas de promocionar su carrera artística». Usted comprenderá, padre, que no tuve escapatoria.

A Práxedes aquella explicación le convino y no quiso profundizar. La futura boda de su primogénito con su prima Candela, habiendo prácticamente apartado de su memoria a Antonio, era su última esperanza de que la firma Herederos de Ripoll-Guañabens, por la que tanto había luchado, subsistiera, por lo que todo lo que constituyera un obstáculo para llevar a buen fin aquel logro debería ser borrado de la faz de la tierra.

Práxedes, sentado en su despacho y con la tranquilidad de saber fuera de peligro la vida de su hijo, midió cautamente los pasos que debería dar. Su mente práctica se negaba a admitir la explicación dada sobre el motivo de aquel duelo; sin embargo, era evidente que la causa de la profunda inquina que mediaba entre Germán y aquel capitán del Regimiento de Cazadores de Alcántara no era otro que aquella mujer, su antigua protegida, por la que la admiración que en otro tiempo hubiera podido sentir se había trocado en un intenso desprecio. Por tanto, como primera providencia, aquel obstáculo debía ser eliminado o, por lo menos, apartado del camino de sus designios. El hilo de la madeja se fue desenredando y el profundo análisis de la situación llevó a Práxedes a otra conclusión: una boda tenía dos contrayentes que debían dar su consentimiento en el altar y ante Dios, por lo que los estorbos que pudieran surgir en el camino de ambos deberían ser eliminados conjuntamente; de nada valdría que el camino quedara expedito únicamente para uno de los dos. Al hilo de esa reflexión una idea fue germinando en su mente y pensó que a lo mejor con un solo tiro abatía dos perdices.

A la mañana del siguiente lunes, y tras acordar la cita por medio de Gumersindo Azcoitia, se presentó a las once en punto de la mañana en el cuartel del Regimiento de Cazadores de Alcántara en la calle Sicilia. El coronel del mismo era buen amigo suyo y además hermano de la logia Barcino, por lo que la obligación de atenderlo en sus peticiones era doble; la primera, opcional, pero no así la segunda, ya que la condición de hermanos masones obligaba sin excusa, máxime teniendo en cuenta que el cargo que ocupaba Práxedes en la logia era de suma importancia y su grado era superior.

A las once menos cuarto el lujoso coche de los Ripoll, conducido por la experta mano de Mariano, se detenía junto a la garita del centinela de puerta del cuartel de la calle Sicilia. El soldado llamó al cabo de guardia y éste, tras recabar el nombre y la pretensión del visitante, partió a comunicar la novedad al oficial de guardia, que era aquel lunes el alférez Carmelo Suances.

El alférez salió a la puerta a recibir al visitante y, teniendo órdenes directas de arriba, lo hizo pasar de inmediato, conduciéndolo hasta el cuarto de banderas del regimiento, donde le rogó que tuviera la bondad de aguardar. La espera fue breve. El oficial sorprendió al ilustre visitante con las manos a la espalda observando atentamente las litografías ecuestres del pintor Josep Cusachs que adornaban las paredes del cuarto de banderas.

—Señor, el coronel Pumariño lo espera en el despacho. Si es tan amable de acompañarme...

Partió Práxedes en pos del militar, transitando por largos pasillos hasta embocar una escalera que lo condujo al primer piso y, apenas recorridos unos metros, llegó precedido por el alférez ante una puerta doble cautelada por un ordenanza, que se cuadró ante su superior.

—El señor Ripoll tiene cita con el coronel Pumariño.

—Aguarde un momento, mi alférez.

Desapareció el muchacho tras la puerta para regresar de inmediato.

—El coronel lo está esperando.

El alférez Suances lo precedió, anunciándolo:

—Mi coronel, don Práxedes Ripoll. —Y tras estas palabras el joven militar demandó la venia y se retiró, cerrando la puerta tras de sí.

Fernando Pumariño se levantó sonriente de su sillón y después de dejar sus lentes sobre la carpeta de la mesa la circunvaló, avanzando hacia su visitante.

—Mi querido amigo, ¿qué afortunada circunstancia le trae por aquí? —dijo ofreciendo su diestra a Práxedes, quien la tomó oprimiendo a la vez con su dedo pulgar el segundo nudillo de la mano que le tendía el militar, recordándole con el saludo masón su pertenencia a la logia.

—Ciertamente, un motivo me ha traído aquí, pero tal vez no sea tan afortunado como desearíamos los dos.

La sonrisa desapareció del rostro del coronel, y éste, tirando de Práxedes, lo condujo hasta uno de los sillones que componían el tresillo ubicado bajo el cuadro de la reina regente que presidía la estancia.

—Para mí, sea cual sea la razón, siempre será un honor recibir a un hermano.

Los dos hombres se sentaron.

—¿Le apetece tomar algo?

Práxedes extrajo del pequeño bolsillo de su chaleco su carísimo reloj y observando la hora comentó:

—Demasiado tarde para tomar un café y todavía demasiado pronto para el aperitivo.

—Pero un whisky de malta siempre viene bien.

—Si usted lo toma, lo acompañaré.

Pumariño se levantó del sofá, se dirigió al mueble bar y tomó una botella de whisky y dos copas.

—¿Solo o con hielo?

—Mejor solo, Fernando. —Práxedes usó el nombre de pila para establecer un tono confianzudo entre los dos.

Regresó el coronel, colocó las copas sobre la mesa y sirvió dos generosas raciones del líquido ambarino, sentándose a continuación.

—Usted dirá, Práxedes, lo escucho atentamente.

—Verá, Fernando, como recordará, le he dicho a mi llegada que tal vez el motivo de la misma no sea grato.

—Lo recuerdo perfectamente, y por cierto que ha llegado a alarmarme.

—La cuestión no es para menos. —Práxedes hizo una pausa para solemnizar el relato—. ¿Ha llegado a sus oídos la historia de un duelo en los aledaños del castillo de Montjuich la última luna llena?

—Algo oí en el Casino Militar al respecto de dos detonaciones que figuraban en el parte que dio el oficial de la ronda de imaginarias del castillo hace más o menos una semana. Sólo eso.

—Y tampoco habrá llegado nada a sus oídos al respecto de sus contendientes...

—Nada en absoluto. Además, ya conoce usted el código de honor que se maneja en estos casos, y más aún cuando el duelo está penado por la ley y el tema, por no ser de mi incumbencia, en nada me atañe.

—Tal vez sí, ya que uno de los contendientes resulta que es un oficial a sus órdenes.

—¡Qué me está usted diciendo! Y ¿cómo es que ha llegado a sus oídos con esa proliferación de detalles?

—Yo se lo diré, querido amigo: porque el otro duelista era mi hijo mayor, que fue herido en el lance y, si no se llega a tiempo, estaríamos hablando de otra cosa.

El coronel, que estaba cómodamente sentado, se incorporó, se acercó a Práxedes y, bajando la voz, lo invitó a explicarse.

El puntual relato de los hechos ocupó casi una hora. Al finalizar Pumariño habló.

—Los hechos son graves; el capitán Emilio Serrano es mi ayudante y era su deber comunicarme tan espinoso asunto. Descuide usted, Ripoll, y déjelo de mi mano.

—A eso he venido, pero la cosa no queda aquí, y voy a tener que pedirle un favor aludiendo a nuestra mutua condición no solamente de masones, sino además de compañeros de logia.

Práxedes no creyó necesario recurrir a su cargo dentro de la misma.

—La inquina y los celos de ese militar por mi hijo vienen ya de antiguo, y por la salud de ambos considero del todo necesario apartarlo de la vida de Germán, por lo que le pido sea exonerado del servicio en la península y designado al servicio en ultramar. —En este momento Práxedes no pudo evitar un intenso ramalazo de celos inspirados por el hecho de que la protagonista del incidente hubiera sido su antigua protegida—. Y creo que el abuso del estatus que representa su condición de militar al respecto del manejo de armas de fuego merece un castigo similar a la pérdida de grado o algo parecido.

El coronel meditó unos momentos.

—Don Práxedes, me ha dejado usted de una pieza. Como bien sabe, el reglamento de nuestra logia deja pocas opciones al respecto de responder a la justa demanda de un hermano, y puedo asegurarle que, por mucho que me cueste, contará conmigo para todo.

Práxedes se dispuso a aprovechar la coyuntura.

—Entonces, querido amigo, aún hay algo más, pero en esta ocasión es cuestión mucho más sencilla.

—Usted me dirá.

—Únicamente se trata de pedir un favor a su cuñado, el general Mendo, jefe de la caja de reclutas de la Capitanía General de Cataluña.

La mirada del Pumariño era un interrogante.

—Me parece que a principios del nuevo año entra en quintas un individuo deleznable; es hermano de un anarquista que puso una bomba en mi fábrica, al que ha ayudado a escapar, y por si fuera poco él mismo tiene antecedentes penales por asaltar un convento de monjas con la intención, se supone, de robar. Sé que será enviado a Cuba sin remisión, pero me gustaría que fuera destinado, además, a un batallón de castigo que sufra frecuentemente el fuego de los mambises, usted ya me entiende. Y, sobre todo, que no consiga eximirse del servicio pagando la cuota. No creo que tenga el dinero para ello, pero ya sabe que a veces esos delincuentes son capaces de todo para no servir a su patria.

95
El asunto embarazoso

Saturnino, luego subirá Mariano a buscarme. Dígale que voy a ir a pie al Círculo del Liceo, que me vendrá bien caminar, y que si mi padre no lo necesita le doy la tarde libre. Y diga asimismo a don Gumersindo que tengo una gestión urgente fuera del despacho, que esta tarde no cuente conmigo.

—Como mande el señor.

Dicho esto el mayordomo ayudó a Germán a ponerse la capa, y tras entregarle en la mano el bombín, los guantes y el elegante bastón de ébano con puño de plata en forma de cabeza de águila, abrió la puerta del rellano y se despidió de él.

El paseo le vendría muy bien para despejar las ideas. Todavía llevaba el apretado vendaje debajo de la camisa y la herida aún le dolía, aunque al paso de las semanas las molestias iban remitiendo. Germán estaba contento del cariz que había tomado el asunto de su duelo con el capitán Emilio Serrano y consideraba que, a pesar de todo, había salido con bien. Su padre, que por encima de cuestiones personales siempre velaba por el honor familiar, había realizado una brillante y discreta gestión con el coronel Pumariño; su aventura iba a diluirse en el devenir de los acontecimientos sociales, una bomba o un nuevo suceso ocuparía las portadas de los periódicos en días sucesivos, distrayendo al personal, y lo suyo acabaría, como otras veces, adornando su imagen en el ideario femenino.

Germán descendió la calle Balmes concentrado en sus cosas y no advirtió que a una prudente distancia lo seguía una figura femenina, atenta a sus movimientos, que en el momento en que se paraba en un escaparate o iba a atravesar hacia la calle Pelayo, se disimulaba tras un cartel de anuncios o se ocultaba en la penumbra de un portal.

Llegó al principio de las Ramblas y, mezclado entre la gente, cosa inusual porque casi siempre se desplazaba en coche, bajó por aquel paseo que a pesar del empaque que iban adquiriendo el Ensanche y sus aledaños todavía conservaba aquella especial característica que lo hacía ser santo y seña de la ciudad.

Llegó al Círculo del Liceo y, nada más entrar y en el tiempo que el conserje de la puerta le recogía su capa y demás adminículos, se sintió reconfortado por el olor característico, mezcla de tabaco de pipa y buen vino, que impregnaba las paredes del varonil y sagrado cenáculo, único lugar en España que, en su opinión, tenía el carácter de un club inglés. El día en que se permitiera que las mujeres entraran como socias, pensó Germán, cosa que algún miembro ya había propuesto, aquello se acabaría.

—¿Ha llegado don Alfonso Ardura?

—Le está aguardando en la biblioteca pequeña.

Germán, tras depositar en la mano del conserje una generosa propina, se dirigió a la regia escalera que desembocaba en el primer piso. Apenas coronada y a través de la puerta encristalada del fondo distinguió la figura de su amigo que, cómodamente instalado en un orejero, estaba hojeando el último número de *La Campana de Gracia*, revista de humor que agradaba mucho a los socios de la entidad, pues se atrevía a decir lo que muchos pensaban y no osaban expresar en voz alta.

El ruido del batiente hizo que Alfonso Ardura alzara la vista de su lectura y que, ante la llegada de su amigo, la dejara en la mesilla junto a su copa balón.

—Empezaba a creer que se te había presentado algún imprevisto que marcara negativamente el final de este año.

Germán, a la vez que se sentaba frente a Ardura, observó de refilón la gran esfera del carillón que adornaba el salón.

—Me he retrasado un poco porque he bajado a pie, y ya sabes que no acostumbro.

—Es por ello por lo que me he extrañado. La nota que me has enviado esta mañana al despacho me ha parecido que tenía aromas de urgencia.

En aquel momento, silencioso y discreto como de costumbre, se acercó Emiliano, el mayordomo jefe del local.

—¿Desea tomar algo, don Germán?

—¿Qué estás tomando, Alfonso?

—Un Cardhu con hielo.

—Tráigame lo mismo. —Luego se dirigió a su amigo—: ¿Te apetece un habano?

—Con un buen malta siempre viene bien, y si tú lo fumas...

—Entonces, Emiliano, traiga dos de La Flor de La Dionisia.

—El segundo placer del hombre —apostilló Alfonso aludiendo al eslogan que adornaba la contratapa de las cajas de habanos de la afamada marca.

Germán aguardó a que llegara el criado hablando de cuestiones baladís por que el servicio no interrumpiera el tema que quería comentar con Ardura.

Después de servido el whisky, encendidos los dos habanos con el ritual correspondiente y cerrada la puerta, comenzó el argumento de fondo que, adivinándolo, propició Alfonso.

—¿Cómo estás del balazo?

Germán se palpó el hombro instintivamente.

—Ya mucho mejor. En cuanto me retiren el vendaje comenzaré a entrenar. ¡Estoy poniéndome gordo!

—Desde luego, tienes una pinta desastrosa —bromeó Ardura—. Siempre he pensado que eres un tipo afortunado: sales con bien de lo que podría haber acabado muy mal, estás en boca de todas las muchachas que este año han debutado en el primer baile del Liceo, y todas las madres te observan con curiosidad y, por encima de sus abanicos, hablan de ti... ¿Puede pedirse más?

—Lo he pensado mientras bajaba. Realmente tienes razón, ¡soy un tipo afortunado!

—¿Tal vez debo saber algo que todavía no sé?

—Mi padre se ha portado como un caballero. Ha dejado de lado nuestras rencillas sin tener en cuenta el disgusto que le di con el tema de Claudia y, usando de su influencia, me ha quitado de encima a ese gomoso soldadito.

Ardura se instaló en el borde de su sillón.

—¿Cómo ha sido eso?

Germán en una hora explicó la entrevista habida entre su padre y el coronel Pumariño, el uso de su condición de hermanos de la logia Barcino y cómo había acabado todo.

—¡Me alegro infinito! Estás demasiado encabronado con ese individuo y sin duda habrías tenido otros enfrentamientos que tal vez no hubieran acabado tan bien. En esos casos hay que tener la mente fría; el odio y la precipitación son malos consejeros. Cuanto más lejos lo envíen, mucho mejor.

—¿Sabes quién ha salido mal parado en todo este asunto?

—¿Quién?

—El pobre Papirer.

—¿Por...?

—Mi padre la ha tomado con él, sostiene que pese a que su confesión al respecto de quién me hirió le sirvió para ajustar las cuentas al capitán Serrano, no se portó como un caballero, que el padrino de un duelo debe mantener la boca cerrada pregunte quien pregunte y que no ha de revelar ni contendientes, ni padrinos, ni lugar ni condiciones, y opina que él habló como un doctrino, que es un desclasado y que todo esto le viene grande.

Ardura sonrió.

—No pretendo hacer leña del árbol caído, pero a tu amigo Fredy, tu clase social y tus problemas le desbordan.

—Me sirve para menesteres en los que tal vez otro no me serviría. Es cuestión de saber colocar cada pieza en su sitio; el alfil no tiene el movimiento del caballo. Además, me hace reír desde los tiempos de la milicia, sobre todo en su afán de vestir como yo y de copiar mis actitudes. A veces le he regalado prendas por ver cómo las luce, y realmente el refrán es sabio, ya sabes: aunque la mona se vista de seda...

En aquel instante una discreta tosecilla desde el quicio de la puerta llamó la atención de los amigos.

—¿Qué ocurre, Emiliano?

—Don Germán, abajo hay una...

—¿Qué es lo que hay abajo?

—Iba a decir una señora, pero debo decir una mujer que pregunta insistentemente por usted.

Germán miró a Ardura con una expresión de extrañeza en el rostro.

—¿Una mujer preguntando por mí y aquí? Me parece muy extraño.

—Con todo respeto, a mí también, señor, y de no ser porque ha mencionado su nombre y su patronímico ya la habría despedido.

Germán se puso en pie alisándose las perneras del pantalón.

—Dile que ahora bajo. —Luego se dirigió a Ardura—: ¿Te estás dando cuenta? Hoy día la mujer se atreve a todo. ¡No tengo la menor idea de quién puede ser!

—Sin duda una admiradora que se ha disfrazado de menestrala para acceder a ti.

—Aguárdame aquí que ahora te cuento quién es la bella. ¡La vida tiene sorpresas y hay que estar preparado para cualquier cosa!

Partió Germán, picada su curiosidad por ver quién era la osada criatura que se atrevía a mancillar aquel sacrosanto templo de hombres. Cuando ya llegaba a los últimos peldaños de la escalera divisó la silueta de la mujer vuelta de espaldas. Blusa de tafetán y falda de sarga, hasta los tobillos ambas prendas de color gris oscuro; sobre los hombros una pañoleta y cubriendo su cabeza un pañuelo de campo. Cuando al llegar al vestíbulo iba a llamar su atención vio, al escorzo, su rostro reflejado en el espejo del fondo. ¡Por todos los santos! Era Teresa.

La muchacha se volvió en redondo al oír sus pasos.

Quedaron frente a frente.

—¿Quién te envía? ¿Ha pasado algo en casa?

—No me envía nadie, señorito. Necesitaba hablar con usted urgentemente.

Germán, sin indagar el motivo, continuó preguntando:

—¿Cómo has sabido que estaba aquí?

—He oído lo que hablaba con Saturnino y lo he seguido.

—No se me ocurre qué motivo tan importante puede haberte traído hasta aquí ni por qué razón no has buscado en casa el momento para hablarme.

La muchacha, con la mirada baja, respondió:

—Lo que tengo que decirle no es para hablarlo en casa y, además, no he tenido ocasión.

Germán sonrió irónico, y acercándose a Teresa, con el dedo índice doblado de la mano derecha le alzó la barbilla, y bajando la voz para que el conserje que estaba en la puerta no alcanzara a oírlo, habló.

—Ya me gusta que me eches de menos, pero has de ser un poco más comprensiva y discreta. Sabes que he estado fuera de servicio porque me han herido... En fin, ya que has venido, explícate.

—¿Aquí?

—¡Claro que aquí! ¡No querrás que vayamos a la sala de juntas!

La muchacha volvió la mirada hacia el conserje.

Germán entendió y dirigiéndose al hombre indagó:

—¿Hay alguien en la salita de secretaría?

—No, don Germán, por la tarde no vienen nunca.

—Pues ábremela. Y tú, Teresa, sígueme.

El hombre tomó una pequeña llave del cajón del mostrador y abrió una puerta contigua, haciéndose a un lado para que entrara aquella extraña pareja.

Germán cerró la puerta.

—¿Quieres decirme de una puñetera vez qué es lo que ocurre?

—Estoy embarazada, señorito.

96
Decisiones arriesgadas

Claro que me preocupa, y mucho. Si mi padre se entera, esto puede ser un cataclismo y, lo que es peor, el fin de todos mis proyectos.

El que así hablaba era Germán Ripoll, instalado con su amigo Papirer en el pequeño jardín cubierto por una claraboya de vidrios rayados del Gran Café de España, local totalmente reformado y recientemente inaugurado por su nuevo propietario, Pere Batllori, en el n.º 33 de la Rambla del Centro y que hacía la competencia al café Cuyás, uno de los clásicos de siempre. Batllori había cambiado completamente los motivos decorativos, sustituyendo los cuadros que representaban las provincias de España por lienzos pintados con los nombres de todos los antiguos reinos de la monarquía española y unos espejos entre columnas con el escudo de cada uno de los mismos. El afán de estar a la última convocaba todos los días a la hora del café a la crema de la joven burguesía barcelonesa, que se repartía entre las nuevas mesas de billar americano, las de clásico y los juegos del ajedrez y las damas.

Entre el murmullo de conversaciones y el golpeteo de las marfileñas bolas, Fredy Papirer interrogaba a su amigo.

—Y dices que tuvo la osadía de importunarte en el Círculo del Liceo...

—¡Como te lo cuento! Me había reunido con Ardura para hablar del nuevo equipo de esgrima que está montando, del que quiere que forme parte, cuando nos interrumpió Emiliano para decirme que una mujer me aguardaba en el vestíbulo... y recalcó lo de «mujer».

Germán no consideró oportuno referir a Fredy el auténtico tema central de la conversación que había mantenido aquel día con Alfonso, no venía a cuento restregarle por las narices su falta de clase y la opinión que había merecido a su padre su actitud al respecto del duelo.

Papirer presumió de lo contrario.

—Es que la gente hoy día no sabe colocarse en el lugar que le corresponde. —Tras ese comentario despectivo intentó recuperar su territorio de amigo y consejero, que en los últimos tiempos le había usurpado Ardura—. Entonces la tía intentó colgarte el muerto insinuando que el hijo es tuyo. ¡No saben nada las mujeres!

—Puede que lo sea.

—O no.

—¿Qué quieres decir?

—¿Acaso no me contaste que la habías pillado con Silverio en las cuadras?

—Él estaba metiéndole mano, evidentemente, pero de ahí no habían pasado.

—Aquella vez, pero ¿tú qué coño sabes cuántas veces y cómo?

Germán observó a su amigo con interés. Fredy supo que había ganado un tanto.

—Le cuentas que no tragas y que si no te hace caso no vas a ayudarla y que, desde luego, el negrito sale de tu casa sin informes. ¿Sabes el drama que eso representa? En esta Barcelona de mis pecados sin unos buenos informes no trabajas nunca más, aquí todo el mundo quiere referencias; de camareros a lacayos, pasando por porteros, amas de cría y hasta putas todos van rodando de una casa a otra, de un mecenas a un caballo blanco y de éste a un protector, pero siempre con informes; el que se sale del circuito está perdido, entra en el inframundo y acaba pidiendo limosna en la Boquería o haciendo de chapero en Arco del Teatro.

—Como excusa me parece bien, pero la barriga seguirá adelante, y cuando mi madre le pregunte se irá patas abajo, se pondrá a llorar y cantará la palinodia… Y entonces me la puede armar.

—Será tu palabra contra la suya, y además la barriga no tiene por qué seguir adelante.

—¿Qué quieres decir? ¿Estás insinuando que la haga abortar?

—Si quieres estar tranquilo, no tienes otra… Ni tú ni ella.

Germán meditó unos instantes la propuesta de su amigo.

—Es un tema muy delicado. Caso de llegar a oídos de mi madre me traería complicaciones, para ella el aborto es un pecado horrible y, además, un crimen que deshonra no únicamente a la muchacha que lo lleva a cabo, sino también al techo que la cobija.

—Por eso mismo, más a tu favor.

—No te entiendo y no tengo ganas de jugar a los acertijos, o sea que concreta.

—En primer lugar, te haces el tonto. Tú no sabes nada, la iniciativa fue de la chica, por lo que el consejo no tiene por qué ser tuyo, y si te encuentras en el disparadero y no puedes negar la mayor, di que precisamente lo hiciste para salvar el honor de la casa. Que una camarera tenga un hijo siempre es un baldón imborrable que pone en entredicho la honorabilidad de los hombres de la familia, pero si además resulta que el padre es un negro, la cosa se pone de igual color. ¡Ya sabes lo que es esta ciudad! El tema sería el argumento de todas las tertulias, iría de boca en boca y podría tener fatales consecuencias para el prestigio de los Ripoll. No me negarás que el hecho de que un lacayo, y además de color como Silverio, preñe a la hija de los guardeses del *mas* de Reus, que estaba sirviendo en la casa, es tremendamente comprometido a la par que un jugoso manantial de comentarios. Es por ello, has de decir, por lo que tu consejo fue que abortara, aunque la decisión final fue de ella que no fue capaz de plantar cara a su familia de Reus; añade que no sabes nada más y que, desde luego, la que buscó los medios y la manera para llevarlo a cabo fue ella, que tú te lavaste las manos desde el primer día.

—No has dicho cosa baladí. Sin embargo, esa palurda todavía tiene pegado el pelo de la dehesa, si le digo que se busque una abortera, aunque se la pague yo, no sabrá ni cómo empezar la tostada. No tengo más remedio que ocuparme del asunto.

Fredy intuyó la ocasión de recuperar el prestigio perdido y de paso lanzar una andanada a su rival.

—Ardura, que es un hombre de mundo, tal vez pueda echarte una mano.

Germán se dio perfectamente cuenta de la maniobra. No obstante, sabiendo que para ese menester estaba en sus manos, cuidó su respuesta.

—Alfonso no sirve para esas cosas.

—Entiendo, es demasiado exquisito para meterse en un charco así.

—No se trata de eso, simplemente no es su mundo.

—Ya, esa bola de mierda he de tragármela yo.

Germán se dispuso a halagar su vanidad conociendo cuán sensible era Papirer a sus elogios, que recibía cual cachorro al que se le da una galleta de azúcar.

—No, hombre. Lo que pasa es que Alfonso se ha movido toda la vida en un círculo en el que no entran esas cosas; tú, en cambio, eres polivalente y versátil, como el Tenorio, ya me entiendes. Además, Ardura es un amigo de sociedad y tú lo eres en cualquier circunstancia. Fuiste, como él, mi padrino en el duelo que tuve con Serrano. No obstante para este fregado únicamente puedo recurrir a ti, él no me sirve.

Papirer gozó unos instantes de su pequeño triunfo.

—Tengo a la persona.

—¿La conozco yo?

—La viste el día del Royal, después de la conferencia espiritista, y te he hablado de ella en mil ocasiones.

—¿Quién es?

—Mi socia, Pancracia Betancurt.

97

Los oficios de Pancracia

Ninona, la hermosa yegua torda, trotaba alegre arrastrando el ligero tílburi de dos plazas conducido por Germán, quien, acompañado de Fredy Papirer y siguiendo sus indicaciones, acudía al encuentro de Pancracia Betancurt, la cual, según su amigo, tenía la clave para sacarlo de aquel enojoso atolladero.

—Mientras llegamos acaba de explicarme cómo ha terminado lo de Teresa.

—Pues, como ya puedes suponer, la hice ir al pabellón, ya sabes, el quiosco del fondo del terrado donde se refugia mi madre cuando llegan los calores de estío.

—¿Y...?

—Lo de siempre, el recurso de cabecera de las mujeres: aquí una lágrima, allí una queja... Pero hará lo que yo le diga. No tiene adónde acudir, está bastante desesperada.

—Perdona, pero no es para menos. ¡Un embarazo a su edad y sirviendo!

—Ahora se le hace un mundo, pero luego me lo agradecerá —apuntó irónico Germán.

—Imagino que no le habrá dicho nada a su hermana.

—Mudita la tengo, ¡mudita! Ya sabe que como me busque un problema se va de patitas a la calle.

—No te confíes y recuerda lo que te dije.

—Tuviste una buena idea. El recurso Silverio es un as que me guardo en la manga. Ella no moverá un dedo sin mi permiso; sabe que si me busca las vueltas lo pongo en la calle, y aunque como europeos y blancos nos parezca imposible, está enamorada del negrito. —Germán hizo una pausa y luego repreguntó—: ¿Le has contado a Pancracia mi problema?

—Le he dicho que necesitabas de sus servicios, nada más. Cuando se explica una cosa, el interlocutor que la oye por segunda vez no atiende igual. Lo que no le he dicho es que íbamos esta tarde, pero como esta mañana te has puesto tan histérico... Y te advierto que voy a jugármela por ti; es una mujer muy extraña que tiene una manía al respecto de no mezclar sus quehaceres, siempre está recelosa y como en guardia.

—La otra noche estaba en el Liceo.

—Es una de sus actividades. Dos días por semana se disfraza de burguesa y acompaña a su amigo, tú ya me entiendes, a la función de ópera, y ¡Dios te guarde si te acercas a ella en aquel marco y le hablas de otra cosa que no sea de un tema liceístico! Una noche hubo un problema y, como jefe de la claca, bajé al salón de los espejos, y entonces la vi y quise explicarle una situación incómoda que había surgido en el asunto de las fotografías. ¡Y ella me armó la de Dios es Cristo! Me dijo que no sabía distinguir y que entre aquellas paredes no era ni su socio ni nada, y eso que en aquel momento estaba sola. Ya te digo, tiene la obsesión de separar sus actividades. Ah, y no le gusta conocer gente nueva; aun así, te acepta a ti porque sabe quién eres y te relaciona con mosén Cinto, que si no...

—Y me dijiste que tres días por semana ayudaba a tu madre en la carnicería, ¿no?

—Sí, y también se alquila para hacer de niñera y pasear niños cuyas madres no pueden hacerlo, pero para eso cambia de barrio. —Y Alfredo añadió—: Eso cuando no los explota para pedir limosna.

—Pero eso tiene un riesgo y si dices que es tan precavida...

—El riesgo es relativo. Es muy lista y sabe lo que se hace. Cuando intuye que puede haber problemas usa para ese menester a dos críos, un niño al que sacó del orfanato y una niña que le compró a un viudo, que, por cierto, también me han servido de modelos, por los que evidentemente no pregunta nadie... Ahora que lo pienso, al niño no lo veo desde hace días.

Germán meditó un instante los pros y los contras de implicar en su problema a tal personaje.

—Realmente es una mujer extraña y tal vez sería mejor tenerla lejos.

—Sin embargo, en situaciones como la tuya, sus relaciones, conocimientos y actividades tienen un valor impagable.

—Entonces ¿adónde me llevas ahora?

—Dada la urgencia que requiere tu situación, voy a atreverme a molestarla, cosa que no le gustará.

—¿Cuál de sus empleos vamos a interrumpir?

—Hoy le toca hacer de endemoniada en una simulación del padre Piñol. —Ante la expresión de perplejidad de Germán, Fredy apostilló—: ¿No te acuerdas de él? Es aquel franciscano, ayudante de mosén Cinto Verdaguer, que también hace sus pinitos en temas como expulsar demonios, hablar con espíritus y adivinar el futuro.

—No entiendo cómo la gente se traga esas cosas.

—Con la que está cayendo, el personal necesita creer en algo; de no ser así, todas las mañanas aparecerían colgados en los plátanos de las Ramblas ocho o diez obreros. ¡Hoy en día en Barcelona las videntes tienen más trabajo que nunca!

—Es la incultura.

—No creas. Sé a través de Pancracia, que también hace en ocasiones de médium, de tipos muy importantes que van a verla para que les eche las cartas y para que los conecte con los espíritus.

—Como no haya sido a la salida de alguna de nuestras juergas nocturnas que una gitana me haya querido leer la mano y decirme la buenaventura, tú sabes que, de no estar muy colocado, nunca he tragado. —Al ver la expresión del rostro de Fredy ante su afirmación, Germán aventuró—: ¡No me digas que tú sí crees en estas cosas!

—¿Sabes qué te digo? Lo de los gallegos: «Yo no creo en las brujas, pero... haberlas, haylas». Una de las hijas de Deseada Durán, la viuda esa que da coba siempre a mosén Cinto para sacarle dinero, Amparo se llama, presume de arúspice, pero no creas, se lo toma muy en serio. Yo he presenciado alguna que otra actuación bastante increíble.

—Me has dicho que al llegar a la plaza de Horta me indicarías por dónde debo tirar.

—Tuerce ahora a la derecha, es en el pasaje de la Botella. Estamos llegando.

A una señal de Fredy, Germán tiró de las riendas de Ninona, y la yegua, con un alegre relincho y un brioso cabeceo, se detuvo frente a una pequeña torre de dos pisos encajada entre otras dos de iguales características. Se habían edificado en medio de un campito, algo apartadas del núcleo urbano, y estaban rodeadas por un bajo murete de piedra, rematado por una oxidada verja de hierro, que unificaba los tres jardincillos. Frente a las casas estaban aparcados dos coches de alquiler.

Germán anudó las riendas de Ninona a la verja y se dirigió a los dos cocheros cubiertos por capotes raídos que departían, apoyados en la rueda de uno de los simones, fumando un cigarro.

—Buenas tardes.

Los hombres se enderezaron y respondieron al saludo llevándose la punta de los dedos al reborde de sus sombreros copudos.

—Tengo que hacer una gestión aquí dentro. —Señaló la casa—. Cuestión de media hora. —Entonces metió la mano ostensiblemente en el bolsillo de su gabán—. ¿Podrían guardarme el coche?

—Sin duda, señor. Y no se preocupe por el tiempo, que nuestros clientes tardarán lo suyo. Ya hemos venido otras veces y conocemos el paño.

Germán puso en la mano de uno de los dos una peseta.

—Pueden repartírsela y conste que les quedo muy agradecido.

Entonces, tomando a Fredy del brazo, se dirigió a la reja de la torre de en medio.

—Ir contigo por el mundo es un curso de vida.

—Te lo he dicho un millón de veces, Fredy: ¡la propina es una de las instituciones más gloriosas de la burguesía! Si un día te queda en el bolsillo una única peseta, dala de propina; es una lección que aprendí de mi padre hace muchos años y nunca se me ha olvidado; es lo que diferencia a un señor de un menestral.

Los dos amigos ascendieron la corta escalera de peldaños desgastados que subía hasta la puerta de la casa entre dos jardineras de mustias hortensias; la parte inferior era baja, de madera recia; la superior era de cristal biselado, protegido por una reja. Llegando a la altura tiraron de una cadenilla que excitó el badajo de una campanita que sonó a lo lejos.

Apenas había transcurrido un minuto cuando ya los pasos acolchados y frecuentes de alguien que acudía presuroso sonaron en el interior. La puerta se abrió una cuarta. Germán buscó con los ojos a la persona que los recibía y entonces entendió rápidamente el porqué del diapasón de aquellos cortos pasos; la mujer era enana, con los brazos y las piernas muy cortos, de acuerdo con su altura; sin embargo, tenía la cabeza muy proporcionada y no exenta de una rara belleza.

Fredy, sin mostrar el menor asombro, se adelantó.

—¿Eres Greca o Colomba? ¡Os confundo siempre!

—Soy Colomba, don Alfredo. Mi hermana está ayudando a doña Pancracia.

La miniatura de mujer se hizo a un lado para que entrara la pareja, cerrando la puerta a continuación.

—¿Está todavía con el padre Piñol?

—No, el fraile ya se ha ido; la simulación acabó hace media hora. Pero hoy Pancracia tiene una madre que quiere hablar con su hijo fallecido el año pasado, y mi hermana está haciendo las voces. Luego aguarda una viuda que querrá invocar a su esposo. Pero ¡pasen, no se queden ahí!

Los dos amigos fueron introducidos en una deteriorada sala que más bien parecía el almacén de un chamarilero, pues los muebles y enseres se amontonaban sin orden ni concierto.

—Tendrán que esperar aquí, la otra salita está ocupada. Perdonen el desorden, pero es que esta dependencia no se usa casi nunca. Si hubiera avisado usted, don Alfredo…

—No te preocupes, estaremos bien.

Partió la enanita y ambos amigos se sentaron en un desvencijado sofá cuya tapicería de seda raída había vivido mejores tiempos; las crines asomaban por alguna que otra cortadura y el barniz de los brazos estaba en franco deterioro. Se hallaba situado bajo el cuadro de una anciana enlutada de mirada adusta, que parecía escudriñarlos desde el carcomido observatorio de su marco de madera de sicomoro.

—Oye, ¡qué impacto! Podrías haberme avisado… Habré quedado como un bobo. Como comprenderás, lo que uno menos se espera es que lo reciba una enana.

—Creí que te lo había comentado. Greca y Colomba trabajan para Pancracia. Yo, pese a que las he fotografiado en varias ocasiones, las confundo siempre. ¡Son exactas! A veces las utiliza para mostrar lo que llama «el milagroso don de la ubicuidad»; las hace aparecer a la vez en dos sitios para que la gente crea que es la misma persona, con lo que aumenta su prestigio de milagrera.

—Pues no, no me lo habías contado.

En éstas estaban cuando por el pasillo se oyeron voces alteradas que al avanzar iban aumentando en intensidad y tono.

—Ya sabes, imbécil, que si no es con cita no recibo aquí a nadie.

—Como el caballero venía con don Fredy he imaginado que había quedado con usted.

—¡Pues has imaginado mal!

—Si quiere, le digo que no puede recibirlos.

—Ahora ya estamos en el baile. Veremos cuál es esa cacareada urgencia, pero ¡que sea la última vez!

Sonó una nueva voz, quizá más rota.

—Colomba lo ha hecho con buena intención, doña Pancracia.

—A ti, Greca, nadie te ha dado vela en este entierro.

Ante la inminencia de la llegada, Germán y Fredy se pusieron en pie.

El trío, que semejaba talmente unas vinagreras, observó con curiosidad a los visitantes, y Germán no pudo disimular su asombro al ver la similitud de las dos hermanas, que, de tan parejas, parecían una y su reflejo en un espejo.

La voz de Fredy, que conocía bien cómo se las gastaba la Betancurt, sonó, excusándose.

—Perdona, Pancracia, pero mi amigo necesitaba verte con urgencia, y como ya te había hablado del asunto...

La mujer se volvió hacia las dos hermanas.

—Niñas, retiraos. Si os necesito ya os llamaré.

Partieron las dos enanas y quedaron los tres en el desvencijado salón. La mujer se sentó, invitando con el gesto a los dos hombres a hacer lo mismo.

—Usted es Germán Ripoll; lo conozco de vista y de las veces que lo nombra Papirer.

—Fredy es mi mejor amigo, y lo conozco desde cuando íbamos vestidos de soldados, de eso ya hace mucho.

—No me cuente su vida. ¡Ya me sé el canto y el argumento de la obra, y tengo poco tiempo! Veamos cuál es esa urgencia.

En una hora, entre los dos solapando la explicación, pusieron a la Betancurt al corriente del problema que acuciaba a Germán.

—Eso sucede en esta ciudad todos los días. La gente está en paro, y el baile, el circo y el teatro valen dinero; en cambio, la cópula es gratis. Lo que no es gratis es la consecuencia, y el coitus interruptus falla frecuentemente, de manera que las parteras que se dedican a hacer abortos están muy solicitadas y ganan mucho dinero. Que la muchacha venga aquí el sábado a esta misma hora, eso sí, con el dinero por delante. En estas situaciones no hay plazos ni se puede pagar en especie.

—Y ¿por cuánto me saldrá la broma?

—No menos de cien duros. En ello va incluida la partera, el lugar, el material y mi comisión.

—Va a ser el polvo más caro de mi vida.

98
El aborto

Esto es una locura!

La que de esta manera hablaba era Carmen, la primera camarera de casa Ripoll.

—¿Y qué crees que podía haber hecho?

—No lo sé, Teresa. ¡Por lo menos, decírmelo!

—¿Y qué sacaba con ello? Preocuparte a ti, sin solucionar nada.

—No sé qué decirte… Te habría aconsejado o tal vez habría hablado con la señora.

—Eso es, precisamente, lo que no había que hacer. Me lo dijo muy claro: «Si me causas algún problema, tu hermana y el negrito se van contigo a la calle sin informes. Será tu palabra contra la mía. Tendrás que regresar a Reus y explicar tus devaneos de la cuadra, te tildarán de puta y quedarás marcada para toda la vida. ¡Tú misma!».

—¡Qué canalla!

—Así son las cosas, hermana, y no te hagas de nuevas, que esta historia la comentan, cuando bajamos las basuras, de dos de las chicas de la escalera. ¡Y nadie dice nada! Por lo visto, son privilegios de los señoritos.

—¿Y cuántas veces…? Ya sabes.

Teresa dudó. Luego, bajando la cabeza, respondió:

—Cinco… Cinco noches ha venido.

—¡Madre de Dios! ¿Y por qué no te has vuelto a casa?

—¿Y qué digo a los padres? Además, me avisó de que si pasaba cualquier cosa seguiría contigo, y pensé que ya era suficiente con una desgraciada.

Estaban las dos hermanas en el cuarto del lavadero hablando a media voz por si se acercaban Saturnino o Ascensión.

—¿Estás segura de que quieres abortar?

—¡Qué pregunta me haces! ¿Crees que tengo alguna otra opción? Ya te lo he explicado: lo seguí hasta el Liceo, y cuando se lo dije, lo dio por hecho. Esas cosas no se consultan a una camarera.

Tras una breve pausa Carmen se enderezó y opinó, resuelta:

—Voy a acompañarte.

—¡Ni lo sueñes! De hacerlo, sabría que te lo he contado y entonces sería peor.

—Y ¿por qué me lo has explicado?

—Por si me pasa algo y porque al regreso te necesito. Aguantaré lo imposible. Dirás a la señora que he tenido una regla muy dolorosa y que he de guardar cama.

—¡No me asustes!

—No tengas miedo. Me ha asegurado que no es nada.

—¿Dónde va a ser y cuándo?

—Cuándo, mañana. Dónde, no lo sé. Únicamente me ha dicho que me acompañará un amigo suyo y que me traerá de vuelta en cuestión de un par de horas. He de estar frente al Excelsior a las tres en punto.

Y a esa hora, nerviosa como el azogue, estaba Teresa paseando arriba y abajo, con el rostro medio oculto bajo una pañoleta de color granate junto a la parada de coches del Excelsior, llevando bajo el brazo un ejemplar de la revista de *La mujer y la moda*, contraseña que, por si hiciera falta, la identificaba.

Pasados cinco minutos le tocaron el brazo, y Teresa se volvió y se encontró con el rostro algo caballuno de aquel amigo del señorito Germán al que había visto alguna vez aguardando en la portería, que la miraba sonriente y cómplice.

—Perdona el retraso, pero es que se me han liado las cosas. —Luego extrajo del bolsillo de su chaleco un pequeño reloj y, tras consultarlo, comentó—: Llegaremos a tiempo.

Y alzando el brazo izquierdo detuvo el primer coche de la parada.

El corazón de Teresa andaba al galope. La verdad era que el hombre fue muy amable y trató el tema con naturalidad; la invitó a subir al coche y, tras colocarse a su lado, indicó al cochero una dirección de un pasaje de Horta, subrayándole que tenían un poco de prisa.

El auriga, mediante un pequeño silbido y un tirón de riendas, azuzó al jamelgo, que tras mover las orejas adelante y atrás, entre un crujir de ballestas y roces de ejes, se puso en marcha.

Teresa iba en silencio con la mirada baja; pensar que aquel hombre sabía su ignominioso secreto la avergonzaba y la humillaba.

Fredy Papirer, como si la cosa fuera de lo más normal, comentó:

—Dentro de tres días, ¡como nueva! Estas cosas asustan mucho más de nombre que de hecho. En este momento en Barcelona hay por lo menos diez o doce muchachas que están pasando por lo mismo. —Luego, sonriendo y poniéndole la mano confianzudamente sobre la rodilla, añadió—: A lo hecho, pecho.

Teresa se acurrucó en la otra punta del asiento hurtándose al contacto. Fredy hizo como si no se hubiera dado cuenta del detalle.

El trayecto se le hizo eterno a la muchacha. Finalmente, tras indicar al cochero que se detuviera en el pasaje de la Botella ante la edificación compuesta por las tres pequeñas torres y tras ordenarle que aguardara allí, Papirer comunicó a Teresa que habían llegado y la invitó a descender.

Ascendieron los escalones de la entrada y Fredy tiró de una cadenilla. Tal que si los estuvieran esperando, se abrió la puerta y apareció en el marco una mujer peculiar. Vestía de negro, cuerpo abotonado hasta la cintura, mangas largas y en los puños una pequeña hilera de tres botones, cuello redondo con un mínimo bordado y falda recta hasta los tobillos, el pelo negro recogido en un moño alto y en las orejas dos aretes; sus ojos eran profundos y penetrantes, y sus primeras palabras, dirigidas a su acompañante, denotaron su autoridad, ignorando completamente a la asustada Teresa.

—Te has retrasado diez minutos.

—Perdona, Pancracia, pero esto no es el centro de Barcelona.

—Eso ya lo sabías el otro día cuando quedamos, y para el asunto que te trae hay que mover a varias personas, por cierto muy ocupadas, y todas estamos aquí.

Luego, como si descubriera a Teresa, la señaló, afirmando más que preguntando:

—Tú debes de ser la del problema.

Teresa, sin saber qué decir, asintió con un gesto de la cabeza.

—Pues ve pasando hacia el fondo. —Y alzando la voz ordenó—: ¡Colomba, hazte cargo de la chica!

A la pobre Teresa, a quien la camisa no le llegaba al cuerpo, únicamente le faltó la presencia de una enana que más bien era una cabeza de mujer normal, por cierto bastante agraciada, pegada a un cuerpo minúsculo y vestida como si fuera una niña.

Las voces de ella y de Pancracia se entrecruzaron, y al tiempo que ella indicaba a Teresa que la siguiera, la Betancurt se dirigía a Fredy.

—Tú quédate donde el otro día. Allí dentro no se te ha perdido ninguna vela.

Papirer desapareció tras una puerta que estaba junto a la entrada y Teresa siguió a la enana, al tiempo que, cuando ya embocaban la escalera de dos tramos que conducía al primer piso, Pancracia se unió a ellas.

Cuando entró en el cuarto donde entendió que iba a desarrollarse la intervención, el corazón de la muchacha comenzó a batir aceleradamente. La claridad provenía de una ventana que daba a un descampado y de una claraboya del techo que proporcionaba una luz cenital; al otro lado había una puerta que, supuso, daba a otra habitación, y junto a ella un perchero de pie de cuatro brazos y una silla. En el centro vio una alargada mesa de mármol sobre la cual reposaba una descolorida colchoneta con una pequeña almohada en la cabecera, y bajo la ventana había un estante blanco con un bulto alargado y enrollado, sujeto con un cordel rojo, y un frasco de vidrio con el tapón esmerilado; por último, en un rincón vio un quinqué de petróleo encendido.

—¿Has traído la manteca?

—¿Cómo dice?

—¡Que si has traído el dinero! Estas cosas se pagan por adelantado.

—Claro.

Teresa extrajo del bolsillo un sobre que le había entregado Germán y se lo dio a la mujer. Ésta, parsimoniosamente, lo abrió y contó el dinero.

—Eso ya está mejor. Los negocios, aunque sean de cintura para abajo, son los negocios. Ahora todo está en orden.

En tanto que Pancracia abría la puerta y llamaba a alguien, Colomba le indicó:

—Quítate la falda, el refajo y las calzas, cuelga todo en el perchero y acuéstate en la colchoneta.

Teresa, pálida como la muerte, comenzó a desnudarse.

Al requerimiento de Pancracia acudió una mujerona de cara redonda y ojos acuosos, entrada en carnes y muy blanca de piel, con el cabello recogido bajo un gorrito y embutida en una bata blanca. Sin mirar a la muchacha se dirigió al estante y desanudando la cinta del envoltorio redondo lo extendió.

—Luego te doy lo tuyo, Genara.

—Pierde cuidado, tú eres de confianza.

—Os dejo solas. A mí estas cosas me dan mucha angustia.

Tras estas palabras Pancracia Betancurt salió de la estancia.

De refilón y desde la colchoneta, Teresa pudo ver una serie de instrumentos metálicos alineados en sus compartimentos. La mujer, en tanto ordenaba a Colomba que le llevara una palangana y una olla de agua caliente, se dirigió a ella.

—Separa las piernas y encógelas.

En aquel instante le pasaron a Teresa por la cabeza un montón de cosas: su infancia en Reus, sus padres, su hermana Carmen y el rostro sonriente de Silverio. Al ver que dudaba, la voz de la mujer resonó de nuevo en la estancia.

—La última vez que te abriste de piernas, no lo pensaste tanto.

Tuvo el impulso de levantarse de aquella especie de horror, vestirse y salir corriendo, pero el miedo paralizó su cerebro.

Colomba había regresado llevando todo lo solicitado. La voz de la mujer sonó de nuevo.

—Déjalo todo dispuesto.

Después, la mujer destapó el frasco de tapón esmerilado, y un olor dulzón y penetrante se esparció por la estancia. A continuación empapó un trozo de toalla con el líquido de la botella y ordenó a la enana:

—Llama a Greca. Voy a necesitar ayuda.

La enana abrió un palmo la puerta y, a gritos, llamó a otra persona.

—Ponle esto en las narices y no lo muevas de ninguna manera.

La mujer se situó a su lado y, después de entregar el trapo a la enana, le sujetó los brazos.

—¡Ahora!

Teresa percibió que un olor raro invadía sus pulmones e intentó no respirar. Conato baldío; poco a poco una laxitud infinita la invadió y casi perdió el conocimiento. Su postrer recuerdo fue la visión de una enana, exactamente igual a la que le oprimía la nariz y la boca con el trapo húmedo, que entraba por la puerta. «Me estoy volviendo loca», pensó.

Poco a poco Teresa recobró la conciencia, miró a uno y otro lado y se vio echada en la colchoneta, tapada de cintura para abajo con una vieja manta. Tenía un dolor difuso por todo el cuerpo y una puñalada le atravesaba las entrañas. La enana zascandileaba por allí recogiendo paños ensangrentados y colocándolos en una jofaina.

—¿Qué hago con esto, doña Genara? —preguntó señalando una

palangana en la que se veía un pedazo de carne sanguinolento a la gruesa mujer que ocupaba el quicio de la puerta vestida ya con un abrigo y llevando colgado al brazo un gran bolso.

—Entiérralo en el jardín, si no los gatos se darán un festín y eso no es de buenos cristianos.

Luego, al ver que Teresa tenía los ojos abiertos, se dirigió a ella.

—A lo mejor esta noche te duele un poco y puede ser que sangres algo. Ponte un paño y procura estar acostada, y en dos días al lío. Bebe mucha agua azucarada, y la próxima vez ¡ten más cuidado!

Partió la mujer cerrando la puerta, y su voz se fue difuminando por el pasillo mezclada con la de Pancracia.

—Quédate un rato echada porque si te levantas enseguida puedes marearte. Ahora vuelvo y te ayudo a vestir.

La enana salió con la jofaina en un brazo y la palangana en el otro.

Teresa se sintió la mujer más desgraciada del mundo y se puso a llorar.

Greca avanzó por el pasillo hacia la escalerilla lateral que desembocaba en la parte posterior de la pequeña torre, cuando la voz de Pancracia interrumpió su caminar.

—¿Adónde vas?

Greca se volvió, prudente, al oír la voz autoritaria de Pancracia.

—Me ha dicho doña Genara que entierre estos restos en el jardín de detrás. —Señaló la palangana que llevaba bajo el brazo—. Es el feto.

Pancracia se acercó y dio una mirada.

—Ponlo en una caja de zapatos que hay en la cocina, amárrala con una guita y déjala junto a mis cosas.

La enana se atrevió.

—Ha dicho doña Genara que no es de buenos cristianos dejar insepulta a una criatura.

—¡Doña Genara es mi empleada y después de cumplir con lo suyo, que para ello cobra, nadie le da vela para opinar en lo que no es de su incumbencia! ¡Esto no es una criatura! Conque avía.

La enana se resistía, un miedo atávico al mundo de los muertos y a lo esotérico la atenazaba.

—Pero eso habría sido un ser humano y debería enterrarse…

—¡Eso es un trozo de carne como otro cualquiera, imbécil!

Greca porfió.

—Y ¿para qué lo quiere usted?

—¡No te importa! ¡Y no me repliques si no quieres que me saque la alpargata y te ponga el culo como un lirio!

Partió la enana y Pancracia Betancurt pensó que ya tenía producto de primera mano para seguir con sus experimentos sobre aquellas pomadas con las que pretendía obtener productos milagrosos que retardaran el envejecimiento de la piel.

Los cascos del viejo ruano resonaban contra el empedrado de la calle Córcega y el coche se bamboleaba ligeramente a uno y a otro lado.

El dolor que Teresa sentía en el bajo vientre era insoportable. Volvió la mirada y sus ojos se toparon con los de Fredy Papirer.

—¿Lo ves? Tanta historia y ¡ya está! Las mujeres hacéis un mundo de una menudencia.

Teresa apretó los labios dibujados con un rictus doliente; su rostro era una máscara. Fredy se alarmó un poco.

—Imagino que llegando a la calle Valencia te estará esperando alguien. Como comprenderás, yo no voy a subirte.

—Hoy es sábado, y tenemos libre. Mi hermana Carmen estará en la portería.

Por el tono de voz Fredy supo que por aquella tarde la conversación se había terminado. Cuando llegaron a la calle Universidad el coche giró a la izquierda y bajaron hasta Valencia. Luego Fredy se dirigió al cochero.

—Pare en el n.º 209. —Se volvió hacia Teresa—. No quiero toparme con alguien en la portería. En todo caso, si es que tu hermana no está en ella, yo iré a buscarla.

Pero Carmen estaba plantada en la acera de brazos cruzados mirando inquieta a uno y otro lado.

El coche se detuvo.

—Aguarde un momento, que yo sigo.

Tras decir esto al cochero, Papirer se asomó por la ventanilla y con un gesto llamó a Carmen. Ésta se llegó hasta el coche inmediatamente. Fredy ya había abierto la portezuela.

—¿Vas a poder bajar?

Teresa no respondió. Se acercó al borde del asiento cuando la cabeza de su hermana ya asomaba por la abertura. Entre ella y Fredy la bajaron. Apenas en la acera, Fredy cerró la puerta y, tras desear buena suerte a Teresa, ordenó al cochero que partiera. Las dos hermanas quedaron solas; en el rostro de Teresa, un dolor intenso; en el de Carmen, una profunda inquietud.

—¿Cómo te ha ido, hermana?

—Estoy mal.

Carmen tomó a Teresa por la cintura y fueron caminando hacia el portal.

—Si nos ven Jesús o Florencia diremos que me he mareado.

—He estado pensando, Teresa, que en cuanto estés mejor has de irte. Buscaremos alguna excusa.

—¿Y tú qué?

—Ya lo he pensado también: hablaré con Ascensión y me iré a dormir a su cuarto. Ese sátiro no se atreverá.

Llegaron al portal. En la portería no se veía a nadie y la garita de cristales estaba vacía. Las puertas laterales que daban a los despachos, al ser sábado, permanecían cerradas. Las dos hermanas subieron lentamente por la escalera. Teresa se apoyaba en los hombros de Carmen y con la otra mano sujetaba la barandilla en tanto ésta le pasaba el brazo por la cintura. Llegaron al rellano del principal y se dirigieron a la puerta del segunda, que era la del servicio. Carmen, con gran dificultad, sacó un llavín del bolsillo del delantal e introduciéndolo en la cerradura abrió la puerta. Saturnino y Ascensión debían de estar en el piso de los señores, el primero atento a sus mandatos y la segunda haciendo la cena. Mariano, el cochero, debería de estar en las cuadras con Silverio o con el señor.

—Ahora te acostaré, y esta noche duermo contigo. Voy a decir que has regresado mareada y te traeré una tila con unas gotas de Agua del Carmen.

Teresa no tuvo ánimos ni para negarse.

Cuando ya tuvo a su hermana recostada en la cama con dos almohadas en la espalda, Carmen se fue a la cocina en busca de la infusión y a decir a la cocinera que Teresa se había mareado en la calle y que tras servir la cena a los señores se acostaría con ella.

—Si puedo hacer algo, me lo dices. Luego pasaré a verla.

Al regreso de Carmen el rostro de Teresa asustó a su hermana. Recostada sobre los cuadrantes estaba pálida como la cera.

Era la imagen de la muerte. En menos de media hora se le había afilado el rostro y, a la luz del quinqué, las aletas de la nariz se le transparentaban. Carmen dejó la bandejita sobre la mesa de noche, tomó la taza y la aproximó a los labios de su hermana.

—Anda, bebe. Verás qué bien te sienta.

Teresa lo intentó con gran esfuerzo, pero al llegar a la mitad apartó la taza y negó con la cabeza.

—Está bien, cuando te haya hecho efecto te daré un poco más.

—Dejó la taza sobre la bandeja—. Ahora duerme. Si necesitas algo, me despiertas —le dijo, y tras retirarle los cuadrantes, la ayudó a acostarse.

Cuando Carmen se acostó a su lado después de ponerse la camisa de dormir le pareció que Teresa ya dormía. Le dio a la ruedecilla del quinqué y bajó la luz al mínimo. Escuchó atentamente la respiración de su hermana; era apenas audible.

La puerta de la habitación se abrió suavemente y apareció el rostro de Ascensión, la cocinera, quien arqueando las cejas interrogó en silencio.

Carmen indicó que ya dormía juntando las manos contra la mejilla e inclinando la cara. La cocinera se retiró ajustando la puerta.

El sonido del carillón del comedor y una rara sensación de pringosa humedad despertó a Carmen. Eran las dos y media de la madrugada. A tientas buscó la ruedecilla del quinqué y girándola iluminó la habitación. Luego, medio incorporada y con mucho cuidado, apartó las sábanas de la cama. Un grito de espanto acudió a sus labios. Teresa estaba boca arriba, y su camisa de dormir de cintura para abajo y la sábana bajera eran un charco de sangre roja coagulada. Carmen, sin saber qué hacer, tomó la cabeza de su hermana entre sus manos y comenzó a moverla a un lado y a otro, en tanto que con voz contenida decía:

—Teresa… Teresa, ¡despierta, por Dios!

A primera hora de la mañana el doctor Goday, a instancias de Gumersindo Azcoitia, se personaba en casa Ripoll. Un silencio clamoroso se abatía sobre el principal de la calle Valencia n.º 213. Saturnino estaba retirando el servicio de desayuno intacto, pues, con su permiso, una Carmen deshecha en lágrimas sollozaba desconsolada en la cocina, confortada por Ascensión, quien no sabía qué hacer para paliar su dolor. En la galería, Práxedes paseaba nervioso arriba y abajo en tanto Germán calmaba a su madre, que se autoinculpaba de la desgracia sin entender que aquello pudiera acontecer bajo su techo.

—Esto, Práxedes, va a ser la deshonra de nuestra casa.

—En caso de que trascienda, Adelaida, cosa que hemos de evitar a toda costa.

Aprovechando la circunstancia Adelaida intentó quebrar sus defensas.

—¿Me autorizas a avisar a Antonio?

Práxedes, sin variar su eterna postura de las manos en la espalda, detuvo su caminar y, mirando a su mujer por encima de las antiparras y atendiendo a la gravedad del suceso, consintió.

—Cuando yo no esté en casa, haz lo que quieras.

En aquel momento el doctor Goday, anunciado por Saturnino, entraba por la puerta. Tras los saludos de rigor y tras dejar el maletín sobre la mesa indagó los motivos que elucidaran tan urgente aviso.

Germán se levantó del brazo del sofá en el que estaba sentada su madre y, dirigiéndose al médico, apuntó:

—Padre, si le parece bien, mejor sería hablar de este triste asunto en la biblioteca.

Los tres hombres se dirigieron a la citada estancia y allí, tras un mínimo preámbulo, el doctor fue puesto en antecedentes de un modo directo y prolijo.

—Lo primero que he de hacer es examinar el cuerpo.

Práxedes tosió ligeramente.

—Lo que está claro es que esa chica ha abortado.

—Hay que dilucidar si el aborto ha sido natural o provocado.

—El hecho es que es irreversible —señaló Germán—, por lo que en el fondo da lo mismo.

—No, Germán. Si puedo certificar que ha sido natural, cosa difícil sin hacer una inspección a fondo y por un forense, es una cosa; en caso contrario, hay que dar parte a la policía, ya que es el juez quien ha de levantar el cadáver.

—¿Y no podría, tal vez, hacer un certificado de defunción de muerte natural para evitar maledicencias y comentarios? —insinuó Práxedes.

—Lo que me pide, Práxedes, es cosa muy seria; podría perder mi licencia de médico. Además, hay demasiada gente que está al corriente del suceso.

—Únicamente el servicio de la casa, y yo le aseguro, por la cuenta que les trae, que nadie abrirá la boca.

—¿No eran hermanas la primera camarera y la occisa?

Germán aclaró:

—Carmen es quien debe de tener más interés en que el suceso no trascienda; sus padres son los masoveros de nuestras fincas de Reus y, como comprenderá, no va a permitir que, por una indiscreción, su familia quede en la calle.

El doctor Goday pensó antes de responder.

—No perdamos más tiempo. Llévenme al cuarto de la interfecta.

—Un momento, doctor. Creo que hay algo que debe usted saber:

la pobre Teresa andaba tonteando, si no más, con Silverio, el mozo de cuadra de color que trajo mi padre de Cuba hace muchos años.

El doctor Goday se acarició la barbilla suavemente.

—Esas cosas ocurren a menudo. La sangre joven, la inexperiencia y la incultura son mala mezcla. Pero esa información, Germán, guárdela usted para la policía.

Germán había convocado a Carmen en la salita de música, en tanto el doctor Goday examinaba el cadáver.

—Quiero imaginar que estás al corriente de lo que le ha sucedido a tu hermana.

Con la mirada baja, conteniendo el odio y la repulsión que le provocaba la presencia del señorito, la muchacha respondió:

—Me dijo que iba a quitarse un hijo y que quería ir sola.

—¿Y antes no te dijo nada al respecto de quién era el padre?

Carmen pensó rápidamente.

—No me dijo nada.

—¿Tú sospechas de alguien?

—De nadie, señorito Germán.

—¿No intentaste impedirlo?

—Lo intenté, pero fue inútil.

—¿Se te ocurre por qué no quería tenerlo?

—Me dijo que era imposible... —Y añadió—: Que sería un escándalo.

—¿Por qué crees tú que sería un escándalo?

—Fue todo tan inmediato que no tuve tiempo de preguntar nada más; únicamente me ordenó que estuviera en la portería al cabo de tres horas.

—Y la viste llegar sola —afirmó más que preguntó Germán.

Con la voz casi inaudible, Carmen asintió.

—Vino sola.

—En un coche de alquiler, claro está. —Germán había alzado el tono.

—Sí, en un coche de alquiler —musitó la chica.

—¿No era novia o algo parecido de Silverio?

Carmen entendió que no podía negarlo.

—Me dijo que le gustaba.

—Vamos a ver, y no te hagas la tonta, ¿no crees que el escándalo al que se refería tu hermana era comparecer en Reus, ante tus padres y toda la familia, con un hijo de color y además sin estar casada?

—Tal vez.

—¡Tal vez no, estúpida, seguro! ¿Queda claro?

—Sí.

—Sí, señorito Germán —apostilló Germán.

Carmen asintió con la cabeza.

—Pues que no se te olvide nada cuando te pregunte la policía.

Por la tarde, y después de que el juez levantara el cadáver, Silverio salía de las cuadras de la calle Aribau esposado y entre dos guardias municipales.

99
La rebeldía de Máximo

La reunión fue en el Gambrinus, la cervecería instalada en la Rambla de Santa Mónica esquina con el pasaje del Comercio recién inaugurada y que hacía la competencia a la Gran Cervecería Alemana situada en el n.º 28 del portal de Santa Madrona. La cita la había convocado Juan Pedro a través del párroco de la iglesia del mismo nombre, el padre Romero, y la respuesta fue por el mismo conducto.

Juan Pedro aguardaba nervioso acodado en el ángulo de la barra del local, desde donde divisaba la puerta de entrada. Según la nota que le había entregado el cura, los asistentes al cónclave iban a ser Gervasio Gargallo y Matías Cornejo, al que todos conocían como el Enterrador; el primero, en calidad de responsable, y el segundo, de apoyo y vigilancia. Juan Pedro no era demasiado optimista al respecto del resultado de su gestión; las bombas seguían estallando en Barcelona, el personal estaba crispado y las Fuerzas de Orden Público se guiaban más por la apariencia de la gente que por motivos justificados. Una pinta simplemente rústica y una ropa desgastada en el lugar inapropiado era pasaporte seguro hacia los calabozos del Gobierno Civil, donde los registros, los interrogatorios y las palizas eran el pan nuestro de cada día.

Juan Pedro dio el último sorbo de su espumosa cerveza y a través de la gruesa base de cristal del recipiente divisó, entrando por la puerta, a los dos hombres. Matías Cornejo echó una rápida mirada al interior del local; luego sacó de su bolsillo un periódico arrugado y, apoyándose en una columna vuelto hacia la puerta, se dispuso a controlar a todo aquel que entrara o saliera. En el bolsillo izquierdo de su chaqueta un abultado contorno indicó a Juan Pedro que aquella corta cachiporra que tan bien manejaba estaba en su sitio. Gervasio Gargallo lo divisó desde lejos, y un gesto de la mano de Juan Pedro le indicó que él también lo había visto. Gervasio se llegó hasta él; el ruido del ambiente era intenso, de modo que su saludo únicamente la oyó Juan Pedro.

—Salud, camarada.

—Salud, Gervasio.

—¿Hace mucho que aguardas?

—Llegas en punto, soy yo el que ha llegado antes de la hora. ¿Quieres tomar algo?

Gervasio señaló la jarra de cerveza vacía.

—Lo mismo que tú.

Juan Pedro se volvió hacia el camarero, que paseaba arriba y abajo tras la barra atendiendo a todo el mundo, y le indicó que les pusiera dos jarras de cerveza.

Gervasio aguardó a que el pedido estuviera servido y, tras dar el primer trago, se explicó.

—Traigo malas noticias.

Juan Pedro esperó sin comentar nada.

—Tu hermano no puede venir a Barcelona por el momento.

—¿Puede saberse por qué?

—El comité no acostumbra dar explicaciones, pero atendiendo a las circunstancias y a que tú eres únicamente un enlace aleatorio, a título personal, voy a darte alguna pista.

—¿Qué es ello?

—Se está cociendo algo muy gordo y la bofia está tras la huella de muchos compañeros. Nos hace falta gente blanca, que haya estado fuera de circulación mucho tiempo. El asunto de casa Ripoll ha perdido actualidad. Máximo va a desempeñar un papel importante en esta historia, y necesitamos que no esté contaminado.

Juan Pedro, que conocía todas las implicaciones de la ausencia de su hermano, insistió.

—¿Os dais cuenta de que todavía no ha conocido a su hija?

—Nos damos cuenta de que es imposible ser un anarquista comprometido y un padre de familia al uso. Lo que dices es una nadería si lo comparas con el padecimiento de mucha gente. ¿Sabes cuántos camaradas pasarán en la cárcel esta Navidad?

—Me lo imagino. Pero mi madre está muy mayor, y la compañera de Máximo no lo ha visto desde que quedó embarazada.

—Eso no puedo explicárselo al comité. Algunos camaradas no

ven a su familia desde hace más de dos años, han tenido que irse a vivir fuera de Cataluña, y otros, aún peor, están huidos en las montañas perseguidos día y noche por los «picoletos». Tu hermano tiene una buena vida haciendo de payés en un pueblo donde nuestro movimiento despierta muchas simpatías, no pasa hambre y come caliente. Y cuando Paulino lo enroló en nuestro grupo ya le explicó que esto no era un juego. Si uno quiere levantar al pueblo contra el poder constituido, ha de estar decidido a llegar hasta el final.

Juan Pedro observó a Gervasio con un adarme de lástima y sus palabras surgieron preñadas de decepción.

—Sois unos ilusos.

—Tal vez, pero unos ilusos que no nos quedamos mano sobre mano y que con nuestras acciones pretendemos levantar el mundo del proletariado contra la opresión de los patronos.

—Comprendo, vais a volver el mundo del revés: los pobres seremos ricos y los ricos serán pobres. —Las palabras de Juan Pedro rezumaban una amarga sorna.

—No queremos eso. Lo que pretendemos es que todo el mundo pueda comer un plato de sopa.

—Ya entiendo, y desde aquí sublevaréis a los obreros del mundo entero, y os seguirán en los cinco continentes.

—Es cuestión de fe. Cuando se enciende un pequeño fuego en el monte, si eres capaz de aventarlo, ¡no tienes ni idea de la que puedes formar!

Juan Pedro meditó unos instantes.

—Tendré que ir a contárselo a Máximo, y créeme si te digo que no va a ser un plato de gusto.

—No hará falta; el comité ya ha designado a alguien. En estos momentos tu hermano ya sabe que su obligación es quedarse donde está.

Desde la distancia, Matías Cornejo hizo una señal con el periódico que tenía en la mano. Al instante Gervasio Gargallo se volvió hacia él.

—Gracias por la cerveza. Tengo que irme. Si hay algo que comunicarte se hará por el conducto de siempre. Cuídate.

Amelia había encontrado en La Palmera dos motivos para seguir viviendo. El primero era el aplauso del público; cuando subía a la tarima de la orquesta con Los Cinco del Plata y al acabar su actuación sonaban las palmas habría querido quedarse a vivir en el escenario. El segundo motivo era Tomaso, el guapo porteño que con sus requiebros y lisonjas le alegraba la vida y hacía que se sintiera mujer.

Apenas veía a su hija; cuando llegaba de madrugada la niña ya dormía y cuando se iba por la tarde escasamente tenía tiempo de dirigirle una mirada, acoplada a aquella ubre de alquiler que parecía un manantial inagotable y que se llevaba gran parte de su sueldo.

Una de las pocas compensaciones de haber traído aquella hija al mundo era la felicidad de Luisa. La mujer vivía para y por la niña; procuraba llevarse la tarea a casa, y a toda hora el ruido que presidía el pequeño piso del n.º 3 de la calle del Arc de Sant Francesc era el monótono y mecánico sonido que proporcionaba la máquina Singer impulsada por el continuo e incansable pedalear de Luisa.

Don Eloy Roselló estaba encantado con su descubrimiento. Amelia le aportaba mucho más beneficio cantando que las otras chicas prestando sus carnes para satisfacer el voraz apetito de las hambrientas manos de sus clientes. La voz de la muchacha había ido cogiendo cuerpo, se había aplomado, y el personal esperaba su aparición con verdadero entusiasmo y era rara la vez que al comenzar su turno de cantar la pista no se llenaba de inmediato.

El subinspector Fermín Cordero seguía con sus rutinas. Cada tarde, al comenzar la sesión, se instalaba en el extremo de la barra detrás de las dos hileras de sillas donde descansaban las danzantes y desde allí sus ojos de halcón observaban al personal. En aquellos convulsos días el aspecto de las gentes denotaba su origen y casi su condición. Rara era la vez que su olfato de sabueso se equivocaba; cuando, debido a su aspecto, pedía la documentación a alguien, invariablemente el sujeto que había despertado su sospecha había tenido algo que ver con la justicia.

Aquella Navidad, dado el aumento de personal que acudía a los locales de baile, habían asignado a Fermín Cordero un ayudante que hacía sus primeras armas como agente de calle.

Debido a su éxito, don Eloy Roselló había autorizado a Amelia para que durante los descansos, en vez de esperar sola en el camerino, pudiera sentarse en la sala, en la penumbra de la segunda fila bajo los palcos del primer piso, hablando con alguna de las chicas de la Montenegro hasta que la tertuliana de turno era requerida por alguno de los tipos que acudían al salón con diferentes propósitos.

La cuasi perenne interlocutora de Amelia era Carmela Benítez, África para los clientes, cuya afición por hablar con ella hacía que, de vez en cuando y si el asiduo no le apetecía, dijera que le dolían los pies o que pusiera cualquier otra excusa por no interrumpir el charloteo.

Aquella tarde el tema era la abortada autorización para que Máximo bajara a Barcelona a conocer a su hija.

—Y la verdad, Carmela, yo prefiero que no lo hayan dejado bajar; estoy mejor sola.

—No te entiendo, chica, aparte de que no puedo juzgar con criterio porque únicamente me cuentas la mitad de la historia.

—Si te vale, bien, y si no, lo siento.

—Pero, vamos a ver, me dices que tu hombre todavía no conoce a su hija, que está fuera de Barcelona y que a pesar de que es Navidad no lo dejan volver. ¿Sabes qué te digo? Si yo tuviera un jefe así, lo enviaba a la mierda y me buscaba otro trabajo.

—A los jefes de mi marido no se les puede enviar así como así a la mierda porque pueden arruinarte la vida.

—No me cuentas nada nuevo. Conozco los horarios de catorce horas de alguna fábrica y sé cómo se las gastan los patronos, pero de eso a lo que tú dices va un abismo.

—Dejémoslo ahí; ni puedo explicarte más ni lo ibas a entender. Hablemos de otra cosa.

Sin embargo, África insistió, tozuda.

—Pues ¡ve tú a verlo a él! Ya sé que en la mayoría de las ocasiones los hombres son un estorbo, pero no me negarás que de vez en cuando una alegría en la cama no viene mal.

—Prefiero estar sola, ya te lo he dicho. ¡Una se hace a todo! Además, voy a confiarte algo: no estoy enamorada del padre de mi hija.

—No te entiendo, Amelia.

—Es muy fácil, ya te lo conté: fue mi primer novio y nos acostumbramos el uno al otro, pero luego la vida marca las distancias, y al crecer nuestros objetivos fueron diferentes; él se metió en líos de política y yo entonces deseaba a mi lado a un hombre que me cuidara y me quisiera, formar una familia y todo eso; ahora ¡ni harta de vino!

—Pero entonces ¿por qué tuviste una hija?

—Ése es otro folletín que te contaré otro día.

—¿Estás libre?

La voz de uno de los pesados de turno se había acercado a las dos muchachas y con el tíquet en la mano solicitaba bailar con África.

—Estoy de baja.

—Pues yo te he visto bailar antes.

—Me ha venido la regla.

—¡Qué raro! Hace unos minutos estabas moviendo el culo en la pista y ahora no puedes...

—¡Me ha venido luego, leche! ¿O es que crees que eso se programa?

—¡Reclamaré al encargado!

—Vete a bailar con tu madre, ¡pesado!

El hombre se retiró con gesto amenazante y mascullando por lo bajo.

—Te has pasado, Carmela; un día te la vas a cargar.

Intervino Dionisio, que desde la barra había oído la conversación.

—Es que no aguanto a ese tipo.

—Entonces busca faena en una pastelería.

—Hay días que aborrezco este oficio.

—Pues cambia de trabajo, ¿no dices que es fácil? —sugirió Amelia.

—Y ¿adónde voy a ir? Esta cuadra ya me la conozco y a lo mejor la nueva es peor.

—Estás en lo mío.

El despechado danzante estaba al fondo del local explicando a un colega su fracaso y manoteando en el aire.

—¿Quieres que avise a Fermín, por si las moscas?

—No te preocupes, Dioni, que llevo la aguja larga en el moño.

—Eres una bestia, África.

—¿Quién es Fermín?

—¿No sabes quién es Fermín, Amelia?

—No.

—Es un inspector de la secreta que a veces está en el salón. Hoy ha venido a hablar con don Eloy.

Se retiró el barman y las dos mujeres prosiguieron con sus cuitas.

En aquel instante apareció Tomaso por una de las puertas laterales del escenario, y una chispa de luz cabrilleó en los ojos de Amelia.

África se dio cuenta al instante.

—Me parece que ya sé yo lo que te pasa a ti.

Lo que ninguna advirtió era que Fermín Cordero, requerido por Dionisio y por si había jaleo, se había instalado tras una de las columnas que soportaban el altillo.

—¿Y qué es lo que me pasa a mí?

—Ándate con cuidado, que el argentino ese tiene las manos muy largas, la vergüenza muy corta y los dedos muy ágiles.

—Mejor que mejor. Mi novio perdió tres en una máquina en la fábrica de los Ripoll y no me acostumbro a sentir su tacto.

El instinto de cazador de Fermín Cordero se despertó al instante, y volviéndose lentamente observó con interés quién era la muchacha a cuyo novio le faltaban tres dedos.

La sombra se movía, silenciosa y discreta, bajo los soportales del Arc de Sant Francesc. La luz de gas del farol de la esquina hacía que se alargara o se encogiera según los pasos del hombre se acercaran o se alejaran. Máximo tenía un doble motivo para ocultarse. Sabía que la policía no había olvidado su nombre y que de los archivos de la municipal no se salía hasta que el desgraciado que en ellos había entrado caía en sus garras, eso por una parte, y por la otra sabía por experiencia que era mala cosa ignorar las órdenes del comité anarquista, y que en caso de que éste dispusiera su final lo más común sería que apareciera muerto en alguna zanja, como un polichinela desarticulado, a la triste y evanescente luz de la madrugada.

Cuando el enlace del comité acudió a San Acisclo y le entregó la orden estricta de que debía quedarse allí, ordenándole implícitamente que no bajara a Barcelona, su ánimo se encabritó.

Un montón de recuerdos se encadenaron en su cabeza. En primer lugar, se dijo que alguien se habría ido de la lengua en el asunto de casa Ripoll, e imaginó que debía de haber sido el Rata. Luego lo habían confinado allí sin que nadie le diera explicaciones. Todos los días explotaban bombas en Barcelona, y hacía ya un tiempo de los sucesos a él atribuidos, pero nadie le explicaba el porqué de su largo confinamiento y la excusa de que estaba destinado a logros que eran muy importantes para el anarquismo no disipaba sus dudas. Habían permitido que Amelia subiera a verlo; del encuentro guardaba un confuso recuerdo. Y aunque entendía que el día en que perdió sus dedos había comenzado a perder asimismo a la muchacha que él había conocido, las ganas de verla, tenerla en sus brazos y hablarle para aclarar muchas cosas no solamente no habían remitido, sino que se habían visto acrecentadas por el deseo de conocer a aquella hija nacida de tan fugaz encuentro.

A través del enlace del padre Romero había conocido las circunstancias que habían envuelto el nacimiento de la pequeña; sabía que había venido al mundo antes de hora, que su mínimo peso había hecho que la ingresaran en la maternidad y que en la actualidad vivía junto con Amelia en el piso de su madre en la calle del Arc de

Sant Francesc. Desde ese instante la ausencia se hizo necesidad, y la necesidad de verla, obsesión.

Hacía cinco días, apenas despuntando el alba, había caminado a pie desde San Acisclo hasta Arenys de Munt y allí había tomado el faetón que realizaba a diario el recorrido hasta Arenys de Mar. El mismo cochero que manejaba el destartalado carricoche antes de subirse al pescante cobraba el pasaje a los ocho viajeros que, en dos bancos paralelos al sentido de la marcha, hacían el trayecto. Vestido al uso de los payeses de la zona —pantalón de pana, camisa de felpa gruesa, chaleco negro y alpargatas de cintas, y con la gorra calada hasta las cejas—, tras tomar el resguardo de su viaje Máximo se encaramó por la puerta de atrás al asiento que quedaba libre junto a la puerta de la gran tartana, dispuesto a disimularse y procurando no hablar para que nadie le preguntara de dónde venía y adónde iba.

Cuando Juan Pedro comunicó a Amelia la decisión del comité, la muchacha tuvo que hacer un verdadero esfuerzo para que la expresión de su rostro no trasluciera el alivio que ello representaba para ella.

Su vida se había vuelto muy complicada. Vivía en casa de Luisa, a la que conocía y quería desde que era niña, y entendía que su hija había hecho feliz a la que en teoría era su suegra. Máximo había representado para ella el despertar a la vida de una cría de catorce años, y si bien sentía por él un profundo aprecio, el fatal accidente le había abierto los ojos. Odiaba a los anarquistas, y cuando aquella mano con dos dedos luchaba con el borde de su escote para sobarle los senos aprovechando la oscuridad del portal, una angustia invencible se apoderaba de ella. Además, desde que había conocido a Tomaso, había entendido que el amor era otra cosa.

Los requiebros del argentino, sus indisimulados roces al cruzarse por los pasillos y aquel guiño pícaro que dibujaban sus ojos cada vez que al terminar una canción el personal le aplaudía, habían vencido su resistencia.

Desde hacía dos semanas, al finalizar la sesión, y aduciendo que a aquellas horas Barcelona estaba muy peligrosa, la acompañaba hasta embocar la calle de su casa. Allí la dejaba porque Amelia no quería que llegara hasta el portal; cualquier indiscreción de una vecina, la posibilidad de que Luisa la viera desde la ventana de su habitación y, tal vez, el disgusto que podía proporcionar a Juan Pedro, quien tanto la había ayudado en circunstancias tan difíciles, la frenaban cercenando su libertad.

El fino instinto de sabueso que tan buenos resultados había proporcionado en tan diversas circunstancias a Fermín Cordero había detectado una señal en la conversación que invariablemente mantenían África y la cantante de Los Cinco del Plata. Cuando dijo a Peláez que le hacían falta cuatro números vestidos de paisano para cerrar las dos salidas de la calle del Arc de Sant Francesc y de sus bocacalles, su superior alegó, como de costumbre, que se arreglara como pudiera porque no tenía suficiente personal para cubrir meras sospechas. Pero cuando le argumentó para quién era la trampa y la avaló con la certeza de que al final todo el mundo acababa yendo a buscar a su hembra, vio entonces el inspector jefe la posibilidad de complacer al gobernador Luis Antúnez metiendo aquel incómodo pescadito en la almadraba, de modo que autorizó de inmediato el refuerzo de los hombres que pedía Cordero.

Era la quinta noche, y Máximo no había bajado la guardia. Inspeccionó el barrio que tan bien conocía una y otra vez; nada ajeno llamó su atención al respecto de las tiendas, los almacenes, los transeúntes y, en fin, todo lo que atañía a la idiosincrasia del lugar. Una mañana vio a su madre empujando un cochecito de niño, pero, dada la claridad y el número de porteras limpiando con agua jabonosa su parte correspondiente de acera, no se atrevió a acercarse. Le extrañó que Amelia no saliera a esas horas, pues supuso que en algo trabajaría. En cuanto a su hermano, se acercó a la librería del señor Cardona, al que conocía de oídas, y preguntó por Juan Pedro; el librero ciego le informó de que durante un tiempo el chico estaría fuera de Barcelona, pues lo había enviado a Vic a seleccionar los tomos que pudieran interesar de la librería de un fallecido cuya viuda ponía a la venta su biblioteca.

Aquella tarde, por fin, a las cinco en punto vio salir a Amelia. Dudó unos instantes y cuando reaccionó ya era tarde; Amelia había cogido un coche de punto que acababa de dejar allí a un pasajero y había partido con mucha urgencia, sin duda porque la muchacha llegaría tarde a algún sitio y habría apremiado al cochero.

Máximo tomó su decisión rápidamente. Amelia tenía que volver, y él iba a aguardar su regreso a una prudente distancia de la portería. Paseó por el barrio con disimulo, teniendo buen cuidado de ocultar su mano mutilada en un bolsillo. Aquel diciembre era frío y a nadie extrañó un hombre con las solapas de la chaqueta subidas, una bufanda envolviendo su rostro y la gorra, como de costumbre, calada hasta las cejas.

Amelia no regresaba. La oscuridad de la noche fue ganando la batalla al día; el farolero, con su larga pértiga, prendió los tres faroles de gas del tramo de su calle, en la que en aquel momento apenas se veía a nadie.

Fermín Cordero alertó a sus hombres. Su ayudante lo avisó.

—Inspector, parece que es aquél.

—Quietos todos en la mata. Está esperando a alguien, por lo que a lo mejor metemos dos conejos a la vez en el zurrón.

—Tanta paciencia no es común, jefe; las gentes que acuerdan una cita lo hacen a una hora concreta, nadie espera tanto.

—A no ser que aguarden a su pareja y ésta ignore que la esperan.

El joven replicó.

—¿Tan idiotas somos los hombres?

Fermín Cordero miró con suficiencia a su ayudante.

—Al urogallo hay que cazarlo cuando emite su ronco graznido para aparearse; hasta ese momento está alerta.

En el extremo de la calle una pareja se despedía y ella se adentraba sola en el Arc de Sant Francesc.

Cuando Amelia había cubierto la mitad del trayecto, el hombre vigilado sacó sus manos de los bolsillos y cruzó la calle. En aquel instante el inspector Cordero no dudó, se llevó el pito a la boca y emitió dos silbidos. Cuatro hombres se precipitaron sobre el intruso y un coche con rejas en las ventanillas entró por la otra bocacalle. En un momento los balcones se poblaron de vecinos, y los gritos y las conversaciones de balcón a balcón inundaron el ambiente. Amelia se quedó a unos metros, paralizada de espanto, cuando oyó la voz de Máximo gritando su nombre.

—¡Amelia, Amelia!

La voz de Cordero se hizo presente.

—¡Cierren los balcones y váyanse a dormir, que aquí no ha pasado nada!

Tres policías esposaron a Máximo en tanto el cuarto abría la puerta del carricoche.

Amelia distinguió claramente la mano mutilada de Máximo.

La voz de Cordero sonó otra vez.

—¡No se te ocurra intentar lo que estás pensando! Por mucho que corras, las balas corren más.

Máximo comenzó a subir al coche. Un único balcón permanecía abierto a pesar de la recomendación del inspector Cordero.

En aquel instante un grito de mujer atravesó la noche como un cuchillo preñado de angustia contenida. Era Luisa, y en tanto su grito desgarrado horadaba la oscuridad, el coche celular con su amarga carga iniciaba el camino hacia los calabozos del Gobierno Civil.

100
La verdad

Al verlo entrar en la portería del n.º 213 de la calle Valencia por vez primera vestido de eclesiástico, Florencia, que estaba cosiendo tras los cristales emplomados de la cabina, no reconoció a Antonio. Luego, cuando éste ya subía los tres escalones, se puso en pie rápidamente y, dejando la labor a un lado, acudió a su encuentro.

—¡Qué emoción, padre, verle vestido así! ¿Puedo besarle la mano?

—Todavía no soy padre, Florencia, sino tan sólo un humilde seminarista. Y no, no puedes besarme la mano, pero sí el moflete, como cuando era pequeño.

La mujer se alzó sobre las puntas de los pies y besó, emocionada, la mejilla de Antonio.

—¡Uy, cuando se lo cuente a Jesús y a Adoración, no se lo van a creer! Viene a ver a sus padres... por la desgracia —afirmó más que preguntó.

—A mi madre únicamente. Don Gumersindo ha ido al seminario a comunicarme lo sucedido, y he pedido permiso a mis superiores para acudir aquí por ver lo que puedo hacer, además de rezar.

—Suba, suba usted, Antonio. Doña Adelaida está deshecha, y toda la escalera, desolada.

—Da recuerdos a los tuyos, Florencia. Si están por aquí los veré luego, al bajar.

Tras estas palabras, recogiéndose el borde de la sotana, Antonio alcanzó el rellano del principal en cuatro zancadas.

Antes de llamar a la puerta tomó aire. La emoción del regreso lo embargaba, máxime cuando era por algo tan triste. Llamó al timbre y aguardó. Al poco la puerta se abría y aparecía en el zaguán la figura algo encogida de Saturnino, embutido en su uniforme de mayordomo, con camisa blanca, corbata de lazo, pantalón negro y chaleco de finas rayas, negras y granates, y botones dorados.

Al principio al hombre no le cuadró la imagen de Antonio y tardó en reaccionar, pero enseguida, con voz intensa y sin embargo apagada, comenzó a lamentarse.

—Qué desgracia tan grande, señorito Antonio. ¡El demonio ha entrado en esta casa!

—No digas barbaridades, Saturnino. Todo es muy triste e inexplicable, pero la vida tiene estas cosas y hemos de estar preparados para soportarlas. Los caminos del Señor son inescrutables, y únicamente nos queda rezar a Nuestra Señora y pedir por la pobre Teresa.

En aquel instante apareció Bruja, la pequinesa de su madre, que al no reconocerlo comenzó a ladrar furiosamente. Sin embargo, en cuanto oyó la voz de Antonio empezó a mover el rabo y a intentar encaramarse en los faldones de su traje talar.

—¿Dónde está mi madre?

A la vez que cerraba cuidadosamente la puerta, Saturnino respondió:

—En la galería del terrado. ¡No puede imaginarse cómo la ha afectado el suceso!

Antonio, seguido por la perrita, que enredaba entre los faldones de su sotana, enfocó el largo pasillo hasta alcanzar la puerta del comedor. En aquel instante cayó en la cuenta de que los ruidos de la casa no eran los habituales. Sus pasos resonaban extrañamente sordos y los sonidos que acostumbraban salir de las cocinas no eran los mismos. Un extraño silencio lo invadía todo. Abatió el picaporte dorado de la puerta del comedor y entró en la estancia. Su madre, al verlo, dejó a un lado las agujas de tejer con la labor de punto y el ovillo y se puso en pie, aguardando ilusionada su abrazo. Antonio se llegó hasta ella y la estrechó fuertemente entre sus brazos. Al cabo de un largo minuto Adelaida lo apartó con suavidad para colocarlo en la justa distancia para que sus ojos pudieran percibirlo mejor y lo examinó lentamente.

—¡Qué pena, hijo mío, que sea tan triste el motivo que te trae a esta casa después de tanto tiempo!

—Realmente, madre, todo es muy triste. Cuando don Gumersindo me lo ha explicado esta mañana no podía creerlo; por demás, que cuanto más lo pienso menos lo entiendo. Teresa era una muchacha feliz... Recuerdo las veces que usted ordenaba a Saturnino cuando había invitados que dijera en la cocina que no quería oír risas.

—Pues ya ves, Antonio, desde que mi hermano envió a Candela a la casa de postulantas que las monjas del Sagrado Corazón tienen en Azpeitia y tú te fuiste al seminario en esta casa no había motivos para muchas alegrías, pero esto último ha sido la gota que ha colmado el vaso.

—Hay que aceptar las cosas tal como vienen. Lo que ocurre es que cuando el viento sopla a favor no nos damos cuenta y lo encontramos natural.

—¡Déjate, Antonio! Lo que ha ocurrido es demasiado grave y, por lo común, no acostumbra suceder en las familias de nuestro entorno social. Pero sentémonos y hablemos, que he de contarte y has de explicarme muchas cosas.

Madre e hijo se acomodaron en el sofá de la derecha de la galería.

—En primer lugar, madre, dígame cómo están mi padre y Germán.

—Agobiados con todo esto, porque si para mí ha sido un gran disgusto, para ellos ha supuesto un cúmulo de situaciones desagradables, de gestiones a hacer en el Gobierno Civil, en los juzgados, en la sala de autopsias del hospital y en el cementerio para intentar dar cristiana sepultura a esa desgraciada, cosa que ha sido muy dificultosa.

—Explíqueme todo, del principio al fin. No me conformo con la consecuencia final, quiero intentar comprender el cómo y el porqué de tan grave decisión.

Doña Adelaida expuso en una media hora larga todas las circunstancias por ella conocidas que habían rodeado aquel tristísimo asunto.

—¿Y dice usted, madre, que fue Carmen la que a medianoche se encontró con el drama? ¿Acaso no dormían cada una en su cuarto?

—Ya te lo he explicado: aquella noche Carmen se acostó con su hermana para atenderla, pues Teresa había llegado de la calle muy mareada; después de servirnos la cena pidió permiso para retirarse y, por lo que me han contado pues no quise entrar, la despertó la humedad de la cama, encendió el quinqué y se encontró inundada de sangre. ¡Imagínate el susto cuando de madrugada llama Ascensión a la puerta de nuestra habitación y nos despierta, a tu padre y a mí, con esa noticia!

—¡Pobre Teresa! Y ¿se tiene la seguridad de que fue un aborto provocado?

—El doctor Goday ya lo presupuso, pero ahora está confirmado.

—Y cuando Carmen habló con ella, ¿Teresa no le dijo nada al respecto de quién y dónde le habían hecho el aborto?

—Pero ¡si la pobre Carmen creyó que su hermana se había mareado en la calle! Lo del aborto lo supuso después, cuando vio la sangría, y entonces Teresa ya no alentaba.

—Y ¿de dónde se ha sacado que el culpable de todo haya sido Silverio?

—Hijo, ¡los hechos cantan! Tu hermano los sorprendió en las cuadras, Carmen confirmó que eran novios y él, al ser interrogado por la policía, no lo negó.

—¿Qué es lo que no negó?

—Pues eso, que eran novios y que se veían en las cuadras.

—Pero ¿aceptó que era él quien la hizo abortar?

—Pero ¿cómo quieres que aceptara eso? Lo negó de plano, pero los hechos son claros. El inspector Peláez lo entendió así. Una pareja joven que hace lo que no debe, que no puede afrontar las consecuencias y que es consciente de que si nace una criatura cuyos rasgos los delatarán puede costarles a los dos el puesto, ¿qué es lo que se supone que deben hacer? El inspector Peláez lo dedujo inmediatamente: Teresa y Silverio se pusieron de acuerdo para eliminar el fruto de su pecado.

Antonio quedó pensativo unos instantes y, tras una pausa, comentó:

—Lo siento, madre, no me cuadra. Silverio llegó aquí de niño, y aunque suene a barbaridad, fue el primer gran juguete mío y de Germán. Sé que es un buen muchacho, lo conozco. Entiendo que se enamorara de Teresa… Hasta entendería, fíjese bien, que me dijera usted que se han escapado; hasta ahí lo comprendo. Pero de eso a que Silverio buscara una abortera, enviara sola a su amor a hacer frente a esa terrible decisión y a él lo detuvieran al día siguiente en las cuadras, fregoteando a un caballo y, como quien dice, silbando, lo siento, madre, pero no me cuadra.

Adelaida reconsideró su postura.

—Hijo, nosotros no entendemos de esas cosas. La policía es la que se encuentra todos los días con casos similares; si ellos han llegado a la conclusión de que Silverio es culpable, es que debe de serlo.

Otra pausa.

—¿Dónde está Carmen, madre?

—Si no está en las cocinas estará en el cuarto de los criados. Espera un momento, ahora nos lo dirá Saturnino.

Alargando el brazo, Adelaida presionó la pequeña pera del timbre que sonó en la lejanía.

Inmediatamente la cabeza del mayordomo asomaba en el comedor.

—Saturnino, ¿dónde está Carmen?

—Está en nuestra salita. Ascensión le ha dicho que se vaya a descansar, que ella recogerá la cocina.

Antonio se puso en pie.

—Voy a verla.

—Ésa sí es tu misión, hijo. Mejor que la consueles a que te metas a hacer de policía.

Antonio se puso en pie y, dirigiéndose a la pequeña puerta de la galería que se abría al piso de los criados, se dispuso a ir a ver a Carmen para consolarla y dilucidar algunas cosas que no tenía claras, en tanto Saturnino se retiraba.

El personal de la casa de los Ripoll ocupaba parte del principal segunda, con los dormitorios, los servicios, un aseo, otra cocina en la que ellos comían y una pequeña salita donde podían descansar en sus ratos libres.

De no conocer su ubicación, un llanto contenido que sonaba al final del pasillo habría conducido a Antonio hasta allí. La puerta estaba abierta; sentada en el extremo de un viejo sofá que había sido de su casa se hallaba Carmen, apretando en la mano un húmedo pañuelo que se llevaba a los ojos, sollozando amarga y silenciosamente. Al ver aparecer a Antonio se sobresaltó e intentó ponerse en pie. El gesto de él la detuvo.

—No te muevas, Carmen. ¡Por Dios, únicamente faltaría que mi presencia en vez de reconfortarte te incomodara!

—Es que me ha sorprendido, señorito. No imaginaba verle y menos vestido así.

Antonio intentó hacer broma por distender la situación.

—¿Qué te parezco? ¿Me ves de cura?

Carmen hizo una mueca que pretendió ser una sonrisa.

—Le cuadra muy bien, señorito. La otra noche, cuando pasó la desgracia, pensé que de haber podido usted hablar con Teresa tal vez no habría hecho lo que hizo.

Antonio se sentó a su lado.

—Te lo agradezco, pero me atribuyes unas virtudes que no tengo.

—Usted siempre fue lo mejor de esta casa.

Antonio meditó un momento las palabras que iba a decir.

—Carmen, no sé cómo fue todo, ni a nivel humano me interesa, pero quiero que sepas algo. Ignoro lo que llevó a tu hermana a tomar tan terrible decisión, pero puedes estar segura, porque me consta lo buena que era, de que en este momento está con Jesús en el cielo.

En ese instante el diapasón del llanto de Carmen se disparó y la muchacha buscó refugio en él.

Antonio le pasó el brazo por los hombros y aguardó a que se serenara.

—Llora cuanto quieras, ya verás como después te encuentras mejor.

Al cabo de un tiempo el llanto de Carmen fue remitiendo, y cuando ya se encontró con fuerzas se apartó un poco y miró a Antonio con ojos húmedos y agradecidos.

—¿Lo ves? Ya estás mejor.

—Gracias, señorito.

Antonio hizo una larga pausa.

—Si te encuentras con fuerzas, querría preguntarte algunas cosas.

—Pregunte.

El tono de Carmen le extrañó.

—Únicamente quiero pedirte que no me mientas; prefiero que no me contestes si no has de decirme la verdad.

Antonio se había puesto muy serio.

La muchacha mantuvo la mirada sin responder.

—Me parece muy raro que tu hermana no te dijera algo al respecto. ¿Desconocías sus intenciones?

La contestación de la muchacha lo sorprendió.

—Usted ya es casi sacerdote, ¿puede oírme en confesión?

—Yo no soy sacerdote todavía, Carmen; lo que me pides es imposible.

—Entonces prefiero que no me pregunte.

En aquel instante supo Antonio que estaba sobre la pista de lo que realmente había sucedido.

—Vamos a hacer una cosa.

Echó mano al bolsillo y extrajo de él un pequeño ejemplar de los Evangelios.

—Voy a poner mi mano sobre este libro sagrado y voy a jurarte que nada de lo que me cuentes saldrá de mi boca, ¿me crees?

—Le creo.

Entre ambos se había establecido una complicidad de silencios.

—Entonces, Carmen, respóndeme.

Entre sollozos, interrupciones y vergüenza, la muchacha fue vaciando su corazón de angustias, y Antonio se hizo cargo del drama que se había vivido en su casa.

—Pero usted me ha jurado que no diría nada a nadie.

—Te lo he jurado sobre los Evangelios y cumpliré mi juramento, pero tú harás lo que yo te diga. A partir de hoy vas a dormir con Ascensión, y si mi hermano intenta algo contigo, la que va a jurarme que me lo dirá de inmediato serás tú.

—Se lo juro.

—Y otra cosa quiero que entiendas: sin que nadie sepa que yo soy el que mueve los hilos, intentaré sacar de este mal paso al pobre Silverio, al que quiero mucho y bastante tiene con lo que ha pasado.

—¿Cómo lo va a hacer?

—La Iglesia tiene medios e influencia. Yo no soy nadie, pero tengo superiores que me consideran y, si es necesario, pueden recurrir al señor obispo.

—Eso hágalo, señorito, pero, ¡por Dios y los santos!, no me comprometa.

Tras estas últimas palabras ambos se pusieron en pie. Antonio tomó entre sus manos el rostro de la muchacha y depositó un beso en su mejilla.

—Y ahora deja de llorar. Recuerda que tu hermana se reía siempre.

—Es usted muy bueno.

Antonio partió más reconfortado. Sus sospechas se habían confirmado: Silverio era inocente de la felonía de la que lo acusaban, y con todo el dolor de su corazón debía admitir que, además de ser lo que había sido siempre, un vividor, su hermano Germán era ahora también un asesino. Rezaría mucho por él, intentaría que sus oraciones compensaran el mal que había hecho y se preocuparía de hacer cuanto estuviera en su mano para sacar de la cárcel a Silverio tan pronto como fuera posible.

101
La epístola de Serrano

Emilio Serrano se subía por las paredes allí encerrado. El tribunal de honor que lo había juzgado por su duelo con Germán Ripoll había sido implacable. Le habían caído seis meses de confinamiento en el cuarto de banderas de su regimiento y, si bien estaba autorizado a recibir visitas, de ninguna manera podía abandonarlo; además, estaba lo de la suspensión de empleo y sueldo, y un pendiente destino a ultramar que tenía que ratificar el Tribunal Superior de Disciplina del Ejército. Con todo, lo que más lo había defraudado había sido la actitud del coronel Pumariño, quien lo había apartado de su cargo de ayudante sin darle una explicación y sin tener en cuenta su hoja de servicios.

El capitán Serrano repasaba una y otra vez los motivos del duelo, y en su fuero interno se reafirmaba en su actuación y, de ocurrir de nuevo el incidente, pensaba que habría obrado de la misma manera.

Pasaba el tiempo lo mejor que podía; jugaba a las cartas con otros oficiales o leía libros sobre hazañas bélicas, pero sobre todo bebía como una esponja. El cuarto de banderas estaba junto al bar de oficiales, circunstancia que le facilitaba las cosas y por lo que sus amigos, en sus horas de asueto, podían visitarlo. El teniente Cabezón y el alférez Suances también habían sido castigados, pero considerando que asistir a un compañero era una cuestión de honor, sus condenas habían sido de algunos días de arresto, que apenas habían llegado a una quincena.

Otro pensamiento que lo obsesionaba era el recuerdo de Claudia Codinach. Decididamente aquella mujer le gustaba mucho e inclusive pensaba que, si para hacerla suya tenía que pasar por el altar, estaba dispuesto a ello, y así se lo había comentado a Suances la semana anterior.

Recordaba perfectamente el diálogo.

—¿Qué me estás diciendo? ¿Hasta ese punto te ha entrado la fiebre?

—Amigo mío —le respondió—, cuando un hombre se juega la vida por una dama es que ésta es algo más que un pasatiempo.

—¿Dónde la conociste?

—En la fiesta de los Bonmatí. Tú sabes que siempre me gustó el bel canto, y aquella noche fue una revelación. Y, por cierto, ya tuve entonces otro incidente con ese petimetre.

—¿Sabe ella lo que estás pasando por su causa?

—¡Ni quiero! No lo considero digno de un oficial; parecería que exploto el hecho para ganar sus favores.

—Pero ¡tú eres imbécil! En primer lugar, ella estaba presente el día de la ofensa, y en segundo, esas cosas corren por los mentideros de la ciudad como reguero de pólvora. Te diré más: debe de estar muy extrañada de que no te hayas puesto en contacto con ella.

—¿Tú crees?

—Ahora mismo vas a escribirle una carta. Lo que pongas me da igual; no pienso leerla. Pero ¡por mis muertos que ha de enterarse de lo que has arriesgado por ella!

El capitán Serrano recordaba que Suances se dirigió a la puerta.

—¡Ordenanza! —gritó.

Apareció al punto el cabo Villasante.

—¡A sus órdenes, mi alférez!

—Trae inmediatamente pluma, tinta, papel del regimiento con membrete y sobres.

Claudia estaba desolada. Desde el infausto día del incidente, del que ella se sentía culpable, habían llegado a sus oídos noticias de todo color; Barcelona era una ciudad muy grande, pero para ciertas cosas, muy provinciana. A lo primero corrió el rumor de que Germán Ripoll había sido herido en un duelo en la falda de la montaña de Montjuich, después la noticia se confirmó y también corrió la voz de que el rival que lo había herido era un oficial del ejército. Inmediatamente otros detalles ocuparon la primera plana de la imaginación de las gentes y se dejó de hablar del asunto, pero a Claudia no le cupo la menor duda de que la protagonista que había motivado aquel suceso había sido ella.

Tras todo lo acontecido la relación con su madre era escasa y, desde luego, doña Flora ni imaginaba que su hija tuviera algo que ver con aquel lance que durante un par de semanas estuvo en boca de todo el mundo. La buena mujer dolía y callaba; lo primero porque lamentaba la pérdida de aquel generoso protector que había sufragado durante tres años los estudios de Claudia, y lo segundo porque, pese a ello, los únicos ingresos que entraban en su casa se debían a su hija. Doña Flora, en sus eternos soliloquios, no únicamente se arrepentía de haber picado demasiado alto, sino que se maldecía por haber dado carrete a su ambición, soñando por un momento que Claudia podría llegar a ser la esposa del heredero de casa Ripoll.

La carta llegó por la mañana. Todavía no se habían retirado los restos del desayuno cuando sonó el timbre de la puerta.

—Abra usted, madre, porque yo voy al baño.

Doña Flora se ciñó la bata de felpa a la cintura y con paso menudo arrastró sus gastadas chancletas hasta el pequeño recibidor. Abrió la mirilla de latón y al ver a través de ella a un soldado del Regimiento de Cazadores de Alcántara llevando en la mano derecha una rosa, envuelto su tallo en papel de plata, y en la izquierda lo que parecía ser una carta, se ajustó la parte superior de la bata para ocultar su voluminoso seno y abrió la puerta.

—¿Qué se le ofrece, joven?

—¿Doña Claudia Codinach?

—Aquí es. Insisto, ¿qué se le ofrece?

—Traigo para ella una rosa y una carta.

—¿Quién se las envía?

—El capitán don Emilio Serrano.

Doña Flora se hizo a un lado.

—Pase usted, joven.

Entró el soldado, y la mujer, a la vez que cerraba la puerta extendiendo su amorcillada mano, se explicó:

—Entréguemela.

El cabo Villasante dudaba.

—Perdone, pero es que me han ordenado que la entregue en mano.

La mujer hizo valer su autoridad.

—Soy su madre. Mi hija no sale a recibir recados de mensajeros. Si quiere dármela a mí, hágalo; si no, diga a su capitán que se ha equivocado de lugar y de persona.

Acostumbrado a obedecer, aquella autoritaria contestación despejó sus dudas.

—Está bien, tenga usted. —Y añadió—: Me han dicho que espere respuesta.

Doña Flora tomó la rosa y la carta, y después de indicar al militar que podía sentarse en la banqueta del recibidor, tras cerrar la cortina que separaba el pequeño cubículo, se dirigió pasillo adelante hacia el cuarto de baño, donde sabía que estaba su hija.

Dio con los nudillos en la madera a la vez que observaba el nombre del remitente en la parte posterior del sobre y en la parte anterior el membrete distintivo del regimiento.

A través de la puerta se oyó que se cerraba el grifo del agua.

—¿Quién era, madre?

—Un soldado que ha traído una rosa y una carta. Dice que espera respuesta.

Ruidos precipitados dentro del pequeño cuarto de baño, el sonido del pestillo al ser descorrido y la presencia de la muchacha en el quicio, envuelta en una gran toalla y con una especie de turbante en la cabeza.

—Traiga aquí.

La mujer hizo el gesto de dar a su hija la rosa y la carta; ésta tomó precipitadamente la segunda y ordenó a su madre, secamente, refiriéndose a la flor:

—Póngala en agua.

Claudia se dirigió al comedor, arrastró uno de los sillones de mimbre junto a la ventana que daba a la plaza del Ángel, se acomodó y, tras examinar la letra del remite, se dispuso a leer.

Estimada y admirada Claudia:

Imagino que habrá llegado a sus oídos el hecho causa de mi actual situación, pues me consta que esta ciudad, para ciertas cosas, es muy pequeña, y ese tipo de noticia circula y es pasto común que se fagocita en tertulias y círculos.

La defensa de su honra, y no quiero hacer en ello motivo de mérito ni de ninguna manera sugerir que me debe algo, me ha conducido a mi actual circunstancia, que por lo pronto me impide visitarla y explicar en primera persona todo lo que incluyo en esta carta.

Las insidias de ese impresentable caballerete al que me niego a nombrar me llevaron a batirme con él en duelo. La fortuna y la razón hicieron que me fuera favorable, de manera que los hechos se ocuparon de deshacer el entuerto. Mi oponente fue levemente herido, y su honra de usted, lavada.

Como usted bien sabe, el duelo es una actividad prohibida por la ley, pero constituye la única forma de dejar, entre caballeros, las cosas en su sitio.

Intuyo que influencias de todo tipo han hecho que, por lo pronto, esté confinado entre las paredes del cuarto de banderas de mi regimiento y, por ende, incomunicado. Pero eso no es todo: he sido suspendido de empleo y tengo pendiente sobre mí la posibilidad de ir destinado a las fuerzas destacadas en ultramar, que con tanta dignidad y honor están defendiendo a la patria en la provincia de Cuba.

Quiero, por tanto, en esta situación, dar rienda suelta al caudal que rebosa mi corazón, entendiendo que siendo usted su única dueña tiene el derecho de conocerlo, sin que por ello se vea obligada a otra cosa.

Sin embargo, en prueba fehaciente de la firmeza de mis sentimientos hacia usted y aunque sé que mis méritos son escasos, me atrevo a pedir su mano, pues quiero que vea en ello mi honesta intención y mi recto proceder antes de que su fama y su belleza la hagan inalcanzable para mí y se acerquen a usted ese tipo de petimetres engreídos que acuden a la luz de la estrella atraídos por su fulgor pero con otras intenciones que las mías.

Claudia, espero una respuesta, sea del signo que sea, como el náufrago que en una balsa otea en el horizonte la aparición de una vela.

La persona que le ha llevado este mensaje es mi asistente, el cabo Villasante. Tenga la certeza de que su carta, si tiene a bien escribirla, únicamente la leerán mis ojos y habrá de morir conmigo.

Su infeliz enamorado,

EMILIO SERRANO

Claudia dejó sobre la mesa ratonera de su lado la misiva del capitán Serrano y meditó largamente.

Era consciente de que ella había sido la que había desencadenado la secuencia de aquellos sucesos y también lo era de que sus aspiraciones acerca de Germán Ripoll estaban insuficientemente fundamentadas. Había decidido que su carrera fuera lo primero. Emilio Serrano tenía razón, si ella llegaba a triunfar sin apoyos ni padrinos, su triunfo todavía sería mayor y la historia de la ópera estaba llena de admiradores que habían besado la huella en las alfombras por donde habían pasado los pies de las más famosas cantantes, desde marajás de la India hasta príncipes rusos y sultanes turcos; la Malibrán era su ídolo y ejemplo. Por tanto, no desesperaba que algún día Germán Ripoll comiera en su mano, pero entretanto... debía saber nadar y guardar la ropa.

Se dirigió a la alacena, abrió un cajón, tomó papel de carta perfumado y sobres de color rosa, tintero y pluma, y llegándose a la mesa del comedor se dispuso a escribir.

Mi querido amigo:

En primer lugar, decirle que agradezco su acción a la vez que lamento profundamente ser la causante de la situación por la que atraviesa. Sin embargo, mi corazón de mujer se regocija al pensar que en el mundo todavía quedan caballeros como usted.

Como bien sabe, en estos momentos estoy casada con el bel canto y en mi cabeza no cabe otra cosa. Estoy decidida a triunfar en esta difícil profesión y deseo hacerlo sin ayudas ni componendas, por mí misma; no quiero recibir favores de nadie que pueda presumir en el futuro de méritos que, para serlo, deben ser propios.

Su declaración de amor debo decir que halaga a la mujer que toda cantante lleva dentro, y sepa que, aunque no puedo prometerle nada por el momento, a la hora de tomar decisión de tal calibre lo tendré muy presente. La vida me ha enseñado a distinguir lo que es verdadero de lo superfluo.

Por el momento, mi querido amigo, tómese esta respuesta como un «tal vez». Deje que pase el tiempo y téngame al corriente de los avatares de su vida y de la dirección donde puedo escribirle.

Reciba con mi agradecimiento un cálido saludo,

CLAUDIA CODINACH

102
El manicomio

El diálogo entre los cuñados se desarrollaba en el despacho de Orestes, situado junto al de Práxedes, en los bajos derecha de la calle Valencia n.º 213, en la parte anterior del almacén dedicado a la importación de azúcar y tabaco de Cuba y a la exportación de manufacturados de piel fina y curtidos de cuero.

Sentados en los sillones del imponente tresillo de piel, debatían una cuestión sobre la que volvían una y otra vez.

—Lo hemos hablado mil veces. Me consta que tienes sobrados motivos para aconsejarme tal como lo haces, pero he de confesarte que me cuesta mucho tomar la decisión.

—No atiendes a razones, Orestes, y sigues creyendo que las instalaciones del frenopático de San Baudilio de Llobregat son un manicomio, y te repito por enésima vez que estás equivocado. El concepto que se tenía anteriormente de una casa de locos ha variado por completo; el mérito del doctor Pujadas fue inmenso debido, eso sí, a la generosidad del marqués de Santa Cruz de Vilosor, quien cedió el viejo convento y los terrenos para edificar la maravilla que ahora es. La posteridad hará justicia y colocará a cada cual en su sitio.

—Todo lo que quieras, Práxedes, pero allí van a parar la totalidad de los locos de Barcelona y su provincia.

—¡Y dale con lo tuyo! En primer lugar, a algún sitio tienen que ir para que estén recogidos y no se hagan daño, y reconozco que en un principio fue así. Pero las cosas cambian; estamos a finales del siglo XIX y el progreso se nota en todos los ámbitos. Desde que entró mi amigo, el doctor Galceran, todo se ha removido y cada pabellón está destinado a un tipo de enfermedad; es como un balneario, hay salones de lectura, biblioteca, salas de billar y de reunión, se hacen excursiones y, lo que es más importante para ti, tal como te dije, hay villas particulares que pueden amueblarse con los objetos queridos de los internos y, además, éstos están atendidos por personal traído de su casa, si se desea. Me dijiste que habías hablado con Crispín y que el buen hombre se te había brindado para acompañar a Renata. Entonces ¿qué más quieres? ¿Pretendes que un día tengamos un disgusto en la escalera porque vuelva a atacar a alguien y esa vez no sea a un familiar?

—No lo entiendes, Práxedes. Si encierro a Renata y con Candela en Azpeitia, la casa se me va a caer encima.

—No tiene por qué ser así. ¡Un hombre tiene muchas maneras de arreglarse la vida! Además, si quieres podrás ir a verla todos los días. Tienes el ferrocarril de Martorell que te deja a un tiro de piedra. El paisaje es maravilloso, ¡una auténtica postal! Paseos recoletos, glorietas deliciosas y avenidas arboladas que recuerdan cualquier balneario del sur de Francia. Renata estará mucho mejor allí que aquí, y te añadiré que Adelaida piensa lo mismo.

El argumento fue definitivo, pues su hermana siempre había ejercido sobre él una gran influencia. Orestes cedió.

—Está bien, prepárame una entrevista con el doctor Galceran.

Práxedes no perdió el tiempo, y a los tres días estaban él, Orestes y Adelaida sentados en la sala de visitas del frenopático, en el edificio de entrada del establecimiento conocido como el Partenón por su similitud con el famoso templo griego. En esa ocasión Adelaida había querido acompañar a su marido y a su hermano.

—Por lo que he visto, Orestes, esto es un hotel y no precisamente modesto.

—Todo lo que tú quieras, Adelaida, pero ¿no te das cuenta de que no se ve gente?

—Hermano, como puedes comprender, un establecimiento así debe de tener unos horarios definidos. Pero ¿has echado una ojeada al prospecto que nos han dado en la entrada?

En aquel momento un hombre alto, delgado, embutido en una bata blanca de médico y de muy buen aspecto se asomaba en la cristalera de la entrada y acudía a su encuentro, sonriente y afectuoso.

Los dos cuñados se pusieron en pie. Adelaida aguardó sentada en el sofá.

—Sabrán perdonarme, pero créanme que he hecho una excepción por ser ustedes quienes son y por mi vieja amistad con José

Sarquella, amigo nuestro, Práxedes. Mi tiempo en días laborables no me deja hueco alguno.

Las manos se estrecharon y fueron hechas las presentaciones.

La estancia tenía una distribución adecuada al uso al que estaba destinada; varias familias podían acomodarse a la vez separadas por biombos que propiciaban la intimidad que requería el establecimiento. El doctor Galceran ocupó uno de los sillones, los hermanos ocuparon el sofá y Práxedes, el sillón de enfrente.

Rompió el fuego Práxedes, quien se dirigió confianzudamente al doctor.

—En primer lugar, Artur, gracias por recibirnos de forma tan inmediata.

—No tiene importancia. Puedes suponer que viniendo de nuestro amigo común, Sarquella, no podía negarme.

—La paciente es mi cuñada. Su marido —dijo e indicó con el gesto a Orestes— tiene ciertas reservas al respecto de la institución, y me gustaría que se las aclarases.

El médico se volvió hacia Orestes.

—Me tiene a su disposición. Pregunte con toda libertad, pues mi afán es que el familiar que ingresa en esta institución a un ser querido lo haga con plena conciencia de su acto; estoy aquí para disipar cualquier duda que se le ofrezca.

Orestes estaba algo retraído.

—Pregunta, hermano. Creo que éste es el sitio ideal para nuestra querida Renata, pero te conozco, y sé que hasta que no hayas digerido que tomas esta decisión por su bien no estarás tranquilo.

—Mejor preferiría, doctor, que me refiriera un cuadro general que englobara todos los aspectos. Entonces si me queda algo oscuro se lo preguntaré.

—Está bien. Comencemos pues. En primer lugar, le hablaré de la ubicación de este sanatorio. Estamos a unos diez kilómetros de Barcelona, entre Santa Coloma de Cervelló y San Baudilio de Llobregat. La dirección del centro, para que los enfermos nerviosos puedan ser tratados con arreglo a los procedimientos científicos novísimos, ha instalado dos pabellones con todos los equipos necesarios: balneoterapia, piroterapia, electroterapia, método de Klassi, etcétera. Tenemos especialistas en psiquiatría y en neurología, que pueden ser consultados a instancia de las familias de los enfermos. Las habitaciones tienen todas agua corriente, caliente y fría, así como calefacción, y los internos disponen asimismo de biblioteca, teatro y un extenso y florido parque donde pueden disfrutar de una atmósfera pura y apacible.

»Como usted comprenderá, las pensiones de clase de "distinguidos" son objeto de convenio especial. La ropa personal, los medicamentos específicos y demás gastos extraordinarios son a cargo de las familias, si bien el establecimiento se encarga de estos servicios a petición de los interesados.

—Hábleme, doctor, de las condiciones de ingreso. Mis hermanos y yo vemos cómo está mi pobre mujer, pero somos humanos y podemos equivocarnos.

—¡Por Dios, Orestes, cómo puedes decir eso!

—Déjelo, señora. Científica y humanamente, prefiero a las personas que se preocupan por la decisión que han de tomar a aquellas que se toman la misma a la ligera. —Luego se dirigió a Orestes—: Todos podemos equivocarnos, es por lo mismo por lo que ante la menor duda se ha establecido un reglamento que cautela cualquier fallo humano y, por qué no decirlo, cualquier intención aviesa que albergara, quizá, el mezquino corazón de alguna persona, ya me entienden, por cuestiones de herencia principalmente, por ejemplo.

—¿Entonces...?

—Para que un presunto alienado pueda ser admitido en observación es necesario que el pariente más inmediato o su representante legal, en caso de hallarse aquél incapacitado, lo solicite de la dirección administrativa por impreso que el establecimiento facilita. A dicha petición se ha de acompañar un certificado firmado por dos médicos, no parientes del enfermo, ni de la persona que haga la petición del ingreso, ni del superior del establecimiento, ni de ninguno de los facultativos del mismo, justificativo de la enfermedad mental que padece.

—Me parece muy prudente medida, Artur.

—Créeme, Práxedes, nos hemos encontrado de todo.

Orestes parecía más convencido.

—¿Y en cuanto a las visitas?

—Los enfermos pensionistas podrán ser visitados por sus familias, no habiendo contraindicación facultativa, cualquier día de la semana a la hora que el superior señale, teniendo en cuenta el régimen establecido para la buena marcha del establecimiento. Esto, claro está, no afecta a los internos que gozan de una particular atención debido a la individualidad de su alojamiento; los internos de las ocho villas ajardinadas pueden recibir siempre visitas fuera del horario común.

—¿Dónde se encuentran esas villas?

—En el extremo de un ancho lago artificial en la falda de la montaña que llamamos de Abenberg, en recuerdo de Alemania, en cuya cumbre se levanta un bonito quiosco cerrado con cristales de colores que sirve, en días de temperatura bonancible, de salón-comedor a los enfermos de primera clase, y a la vez de atalaya para que los visitantes observen a los pensionistas en sus paseos y distracciones.

Tras esta explicación se hizo un silencio que interrumpió Adelaida.

—Me parece, doctor, que la que va a ingresar aquí soy yo. Ya lo sabes, Práxedes, en cuanto veas que hago algún despropósito me traes aquí. Usted me acogerá, ¿no es verdad, doctor?

—Aunque esté en sus perfectos cabales, doña Adelaida, siempre será bien recibida.

Práxedes se adelantó.

—Entonces, Artur, ¿cuándo podríamos ingresar a mi cuñada?

El doctor Galceran consultó una libreta que extrajo del bolsillo de su bata.

—Cumplidos los trámites, por lo que a mí respecta podría ser el viernes de la semana que viene por la mañana… Así tendrían el fin de semana para acompañarla.

Adelaida se dirigió a su hermano.

—¿Te parece bien, Orestes?

Orestes asintió con la cabeza.

103
Vidas cruzadas

Has podido aclarar algo?
La que preguntaba era Luisa, transida de dolor ante la evidente gravedad de la situación.

Juan Pedro había acudido aquella mañana de enero al encuentro de don Manuel Ferrer a la salida de su juzgado. El nuevo año había comenzado mal para ellos.

—Madre, no quiero engañarla; usted no es tonta y sabía que Máximo andaba metido en un feo negocio. La policía lo buscaba desde el asunto de casa Ripoll. Los jefes de su grupo lo habían confinado en una masía fuera de Barcelona, él ha ignorado la prohibición y se ha presentado aquí. No he de decirle más; lo estaban esperando y lo han cogido.

—Eso me lo temía yo hace tiempo, más aún, lo esperaba. Cuando a un hombre se le notifica que ha tenido un hijo, pretender que no haga lo posible por verlo es tarea inútil. A la que no comprendo, Juan Pedro, es a Amelia.

Juan Pedro, que había pretendido obviar el tema, se vio obligado a afrontarlo.

—Excúsela, madre. Está hecha un lío, trabaja en el turno de noche, viene reventada y su cabeza se niega a admitir que es la culpable de la detención de Máximo.

—No me vengas con monsergas de vieja que no soy tonta.

—Amelia es muy joven y casi sin enterarse se encuentra con un hijo en los brazos, su hombre está huido, no tiene otra familia que nosotros y ha de ganarse la vida como sea.

—Aunque ya tengo una edad y tú me veas como hijo, yo también soy mujer y, créeme, una mujer enamorada no puede quedarse así tal cual cuando detienen al padre de su criatura y lo meten en la cárcel. Nunca lo nombra ni habla del incidente.

—Eso es una autodefensa, madre. Amelia se mata a trabajar precisamente para no pensar.

—Está bien, dejémoslo ahí, no sacaremos nada continuando con esto. Vamos a lo que me interesa: ¿qué ha dicho el señor juez?

—Su mujer la quiere mucho a usted, madre, y no le ha dejado vivir.

—Eso no me interesa, Juan Pedro. ¿Qué te ha dicho él al respecto de Máximo?

—El asunto está muy crudo; el gobernador tiene una fijación especial con el tema del anarquismo y, por lo visto, lo aprietan desde Madrid. Menos mal que a Máximo no se le ocurrió salir corriendo, si lo llega a hacer… ya estaría muerto.

Un temblor recorrió la espalda de Luisa.

—Entonces ¿no hay ninguna esperanza?

—Cuando se lo juzgue y haya sentencia firme, tras pasar dos tercios de la condena en la cárcel, y si no comete otra locura que agrave su pena, podrán darle la condicional.

—¿Eso qué es?

—Podrá salir durante el día y por la noche tendrá que dormir allí.

—Pero ¡pueden pasar años!

—Eso es lo que hay, madre.

Luisa sacó un pañuelo del bolsillo de su arrugada bata y se lo llevó a los ojos.

—Máximo se me morirá; tu hermano no es pájaro para estar enjaulado.

—Él se lo ha buscado, madre, y ¡cuidado que se lo advertí! No quiero preocuparme más, que yo también tengo lo mío; aquí cada uno arrima el ascua a su sardina y el que tiene que aventar el fuego de todos soy yo.

Cuando ya iba a retirarse a su cuarto la voz de su madre, adornada de un matiz de pesadumbre, interrumpió su camino.

—Sobre el aparador tienes una carta, ha llegado esta mañana.

Juan Pedro volvió sobre sus pasos. Apoyado en el angelito de porcelana se veía un sobre de papel rústico. Lo tomó en sus manos y lo examinó; con una caligrafía estudiada y redonda con perfiles gruesos e historiadas curvas, se leía su nombre y arriba, a la derecha, el membrete con el logotipo del Gobierno Militar.

Amelia se había liberado. Al principio no supo cómo encajarlo; la detención de Máximo de noche y en medio de su calle la sorprendió, el desgarrado grito de Luisa desde el balcón la hizo reaccionar y lo último que recordaba era el brillo de las manillas ajustadas a las muñecas de Máximo entrando esposado en el coche celular.

A partir de aquel momento su papel en la casa fue muy complicado. A todas horas se hablaba de Máximo y en cada ocasión se pedía su opinión al respecto de lo que convenía hacer, contando con que la primera afectada por el encarcelamiento del que Luisa consideraba su marido debería ser ella; sin embargo y pese a que lo apreciaba, a la que menos importaba todo aquello era precisamente a Amelia. La muchacha se miraba en el espejo y no se reconocía; un montón de sucesos habían influido en su vida. Ella jamás se tuvo por una mala persona; aun así, y aunque no quisiera admitirlo, el caso era que todos sus pensamientos, desde el primer momento de verlo, giraban en torno al bello argentino; lo demás era aleatorio. Amelia se había enamorado.

Al día siguiente, entre las tandas de baile de la tarde y la noche, salió a cenar con Tomaso y éste la llevó al Comedor del Lebrijano, situado en unos bajos de la calle Parlamento, donde la especialidad eran los chipirones y los calamares fritos a la malagueña. Al principio el espeso ambiente, propiciado por los humos de la cocina y del tabaco, hicieron que Amelia no captara las dimensiones del local; después, cuando sus ojos se fueron acostumbrando, se hizo cargo del lugar. El establecimiento tenía dos alturas mediadas por tres es-

calones y su techo era de vigas vistas barnizadas; la parte de abajo
estaba equipada con una larga barra, a la izquierda de la entrada,
donde se despachaban platillos de pescadito frito regado con manzanilla, vino blanco o cerveza; en la parte de arriba se encontraba un
comedor con mesas de mármol y sillas de enea, en la pared del fondo del cual había un gran cuadro que representaba un tablao flamenco, con dos gitanas bailando en primer plano con los correspondientes chavos en la frente y los pertinentes trajes de faralaes; en los
restantes paños de pared del comedor, lucían viejas guitarras, casta-
ñuelas y algún que otro trabuco oxidado.

Tomaso la condujo sabiamente entre los tertulianos, y por los
saludos y plácemes de los allí reunidos dedujo Amelia que su acompañante visitaba regularmente el bodegón.

Pidieron sus raciones de pescadito y sendas copas de vino blanco, y ya servidos y colocados al fondo del recoleto comedor, Tomaso
la apremió a que acabara de explicarle la barahúnda de pitos que se
había formado la última noche en su calle y que él había oído incluso desde lejos.

Amelia terminó el relato que había comenzado a referirle durante el trayecto hasta el local.

El argentino, tras escuchar las cuitas de la muchacha al respecto
de su insensibilidad ante el drama que vivía Máximo y sus remordimientos de conciencia, le hizo saber su opinión.

—No te atormentes, Amelia. Lo que ocurre es que nunca estuviste enamorada; de joven fuiste noviecita del tipo ese, pero vos cre-
ciste y ese boludo se quedó anclado a la vera del camino, creyendo
que él y un grupo de reverendos pelotudos iban a arreglar el mundo.

—Tengo una hija, Tomaso, y sin embargo ni siento ni padezco
por ella. Pienso que soy una mala madre.

—Lo que ocurre, mi hijita, es que sos una artista. Y los que llevamos dentro el fuego sagrado vivimos para y por el arte.

—Pero sólo pensar que cada noche debo volver a casa y hacer
que me interesa lo que hablan al respecto de Máximo se me hace
una montaña insalvable.

—Si querés lo podés terminar. ¡Tengo una noticia para vos!

Amelia lo observó muerta de curiosidad. ¡Qué endiabladamente
guapo era aquel tipo! Su pelo engominado, su arrastrado acento
porteño y sus ojos, risueños y escrutadores, la tenían hipnotizada.

Tomaso, que se sabía atractivo, extrajo lentamente del bolsillo
interior de su chaqueta una carta.

—Lee.

Amelia tomó entre sus manos aquel papel como quien cogiera una receta que iba a salvarle la vida.

Sus ojos recorrieron rápidamente las líneas. El empresario del más famoso local de Mar del Plata, el Luna Tucumana, ofrecía un contrato de un año al conjunto argentino.

Amelia alzó los ojos hacia Tomaso.

—Si querés, la plaza de cantante es para vos.

104
Dos mil pesetas

La carta del Gobierno Militar, a pesar de que la esperaba, pilló por sorpresa a Juan Pedro, pues las tribulaciones de aquel mes habían sido motivo más que suficiente para que su cabeza estuviera en otras cosas. El contenido de la misiva era claro y taxativo: «El mozo de reemplazo del presente año Juan Pedro Bonafont y Raich deberá presentarse el día 15 del mes en curso, sin excusa ni demora y portando la documentación pertinente abajo reseñada, en las oficinas del Gobierno Militar a fin de que le sean designados día y hora para ser tallado y, en caso de que sea declarado apto para el servicio, destinado a la península o a las provincias de ultramar».

Al pie de la página había una adenda en la que se detallaba la cantidad en metálico que debía depositarse si el interesado quería eximirse del sorteo de ultramar, que ascendía a la para él exorbitante cifra de dos mil pesetas.

En medio de aquel desastre que había representado la detención de su hermano, la actitud de Amelia, que cada día le preocupaba más, la tristeza que arrastraba Luisa desde que había asumido la noticia de que el juez don Manuel Ferrer por el momento poco podía hacer por Máximo y la falta de noticias de Candela, un pequeño arcoíris se había abierto en su horizonte. Cuando fue a pedir al señor Cardona que le adelantara aquella cantidad, el viejo librero lo sorprendió.

Habían dado ya las ocho y media. Juan Pedro había bajado hasta la mitad la persiana metálica que daba a la Rambla de los Estudios y, tras quitarse el guardapolvo y ponerse la chaqueta, consideró que era el momento oportuno para solicitar el adelanto a su patrón.

—Don Nicanor, si me hace el favor, querría hablar un momento con usted.

El viejo librero, guiado por la costumbre, alzó sus apagados ojos que apenas percibían la silueta de las cosas y su respuesta desconcertó a Juan Pedro.

—Yo también quería hablar contigo, mejor vamos al despacho.

La vieja y apolillada estancia se ubicaba en un falso altillo de madera al que se accedía por una corta escalera de tres gastados peldaños.

El señor Cardona, que en su establecimiento se movía con la soltura de un pez de colores en su pecera, lo precedió.

El cuarto era muy pequeño; había en él, además, anaqueles llenos de libros en las paredes, dos archiveros de persiana y apenas espacio para una mesa atiborrada de cachivaches, con su correspondiente sillón de giro, y frente a ella dos sillitas.

El señor Cardona prendió el globo de gas y ambos se sentaron frente a frente. Juan Pedro se sintió observado y, como ya le había sucedido en otras ocasiones, tuvo la sensación de que los ojos del ciego lo escrutaban como un entomólogo que examinara una mariposa y mucho más profundamente que si pudieran percibir la luz.

—Juan Pedro, hace ya años que te conozco. Eres un buen trabajador, honrado y eficiente, pero sobre todo, y eso es muy importante para mí, amas los libros por encima de toda ponderación. Vender cultura no es lo mismo que vender ropa, artículos de regalo o juguetes. Los gobiernos de esta pobre España no se han dado cuenta de que lo único que fomenta el progreso es la educación de la gente, y ésta viene únicamente de los libros. Mientras no entiendan eso, todo lo demás es esfuerzo baladí; de lo que fuimos pasaremos a ser un país pequeñito que jamás contará en el concierto de las naciones, nos dedicaremos a darnos garrotazos los unos a los otros como siempre hemos hecho y en este afán estaremos entretenidos, perderemos Cuba y Puerto Rico, perderemos Filipinas... Pero yo, un pobre ciego, poco puedo hacer.

Tras una respetuosa pausa Juan Pedro aprovechó la coyuntura.

—De eso quería hablarle, don Nicanor... Me ha llegado la carta llamándome a filas y mis circunstancias personales me obligan a intentar servir a la patria en Barcelona. Como ya le expliqué, han detenido a Máximo, y mi madre está deshecha; mi cuñada ha tenido una niña y cuenta con un trabajo precario, y puede decirse que del mío depende el sustento de mi familia, por lo que, aunque mucho me cuesta, me veo obligado a pedirle un adelanto de dos mil pesetas que le iré pagando poco a poco en dos años, que es lo que cuesta hacer la milicia en la península.

Hubo una pequeña espera que a Juan Pedro le pareció una eternidad.

—Tengo ya muchos años y mi única familia es, como sabes, una hermana soltera mucho menor que yo y que desde siempre ha cuidado de mí. Voy a proponerte algo: desde luego, cuenta con las dos mil pesetas, pero no te las presto, sino que te las regalo y lo hago por mi interés.

Juan Pedro estaba asombrado.

—No lo entiendo, don Nicanor.

—Atiende. Vamos a ser socios; te cederé el cuarenta por ciento del negocio, y el sesenta estará a nombre de mi hermana. Durante tu servicio militar, y cuando hayas pasado el período de instrucción y puedas salir del cuartel, vendrás aquí a ayudarme cobrando tu sueldo como siempre, y así será hasta el día que yo falte. Ese día continuarás con el negocio, y todos los meses, después de pagar los gastos de la librería, te retirarás tu parte y darás la correspondiente a mi hermana.

Juan Pedro quedó mudo un instante, intentando asimilar aquella noticia.

—Pero, don Nicanor... yo no puedo aceptar.

—Si no me admites como socio, no hay dos mil pesetas.

A las ocho de la mañana del siguiente lunes estaba Juan Pedro en la inmensa cola que se había formado a las puertas del Gobierno Militar y que ya doblaba la esquina que formaba el Paseo de Colón con el de la Ribera. La bulla era la propia que se armaba siempre que la gente joven se reunía para cualquier cosa. Los tipos eran variopintos y su indumentaria pregonaba su origen. Había mozos venidos de los pueblos que guardaban su turno recelosos y desconfiados; los había de la ciudad, cuya mirada de superioridad quería denotar la mundología que faltaba a los primeros, y los había empedernidos juerguistas de la última noche cuya facha, estulta y beoda, pregonaba la última farra corrida para glosar el hecho y que habían acudido allí, ¡pobres incautos!, como quien acude a celebrar una fiesta.

A Juan Pedro le llamó la atención un muchacho que guardaba turno sin hablar con nadie, precediéndole. Era alto, algo desgarbado y tenía el pelo rojo como una panocha. Con una parsimonia infinita deslió el cordel del paquete envuelto en una hoja de periódico que llevaba bajo el brazo y apareció una barra de medio kilo con una inmensa tortilla de patatas dentro. El muchacho se volvió hacia Juan Pedro.

—¿Quieres?

—No, gracias; ya he almorzado.

Entonces señaló con el dedo las letras de tinta negras del periódico que habían quedado grabadas en el lateral húmedo de la tortilla del inmenso bocadillo y comentó con sorna:

—Si quieres leer algo antes de que me lo coma, te lo presto.

A Juan Pedro le sorprendió el sentido del humor que desprendía aquel tipo en circunstancia tan ingrata.

El muchacho atacó el bocadillo.

—¿Cómo te llamas?

—Basilio.

La respuesta fue acompañada de un diluvio de pequeñas migas.

—Perdona —dijo a la vez que con la mano libre sacudía la solapa de la chaqueta de Juan Pedro.

—No tiene importancia. ¿Basilio de nombre? ¿O de apellido?

—No, no. Basilio es mi apellido; mi nombre, Trinidad. Pero me llaman Trino. ¿Y tú cómo te llamas?

—Juan Pedro Bonafont. Los dos comenzamos por B. ¡Mira, qué bien! A lo mejor vamos a la misma compañía.

—¿Vas a Cuba?

—Afortunadamente no. Traigo el dinero para pagar la cuota.

—¡Coño, qué suerte! Yo cumplo en vez de otro.

—¿Cómo es eso?

—Mi padre ha cobrado dinero del amo y yo vengo en el lugar de su hijo.

Juan Pedro no supo qué decir.

La cola fue avanzando lentamente y al cabo de dos horas, cuando comenzaba a chispear, Juan Pedro ya estaba bajo techo llegando a uno de los mostradores tras los cuales ocho amanuenses, al cuidado de dos oficiales, iban haciéndose cargo de las documentaciones, indicando a cada uno el lugar de su incorporación y su destino.

Juan Pedro, tras mostrar sus documentos al oficial que guardaba la cola, fue destinado a la mesa número uno, sobre la que pendía un cartel con las letras A, B y C.

La voz del escribano sonó clara.

—¡El siguiente!

Se adelantó dos pasos y ocupó la silla que había dejado el anterior.

—Documentos.

Juan Pedro extendió sobre la mesa de cara a su interlocutor su cédula de identidad, su partida de nacimiento y la solicitud de la exención del servicio de ultramar.

El soldado leyó los papeles y consultó una lista. Luego interrumpió la rutina que había llevado a cabo hasta aquel momento, que Juan Pedro había observado desde la cola, alzó los ojos y lo miró fijamente, después dándose la vuelta llamó al oficial.

—¡Mi teniente!

El superior se acercó y el amanuense, sin dirigirle la palabra, le entregó los papeles y señaló el nombre en una lista.

Tras releerlos detenidamente, el oficial lo observó con curiosidad.

—¿Juan Pedro Bonafont y Raich?

—Sí, señor, ése es mi nombre.

—Haga el favor de seguirme.

Partió el oficial con sus papeles en la mano, y Juan Pedro, poniéndose en pie, lo siguió rápidamente.

Por una escalera ubicada al final del espacio llegaron al piso superior. Al fondo se veían cuatro puertas cerradas; el oficial se dirigió a una rotulada con un cartelito en el que se leía CUOTAS LIBERADAS.

—¿Da su permiso, mi capitán?

Desde dentro sonó una orden clara.

—¡Pase!

El teniente abrió la puerta y entró, no sin antes hacer un gesto a Juan Pedro para que lo siguiera.

El oficial, sin decir palabra, colocó la documentación frente a su superior, quien con un conciso «Puede usted retirarse» lo despidió.

Juan Pedro quedó en pie en medio de la estancia aguardando que el militar se dirigiera a él.

El capitán era un hombre de pelo canoso y porte distinguido, con unos ojos penetrantes que bizqueaban tras unas gafas de concha cabalgando sobre su nariz. Lucía en la bocamanga las estrellas indicativas de su rango y en la solapa de la guerrera los rombos esmaltados del arma de infantería.

Lentamente el militar se levantó de su sillón y se aproximó a un archivo. Juan Pedro lo observaba de refilón. Extrajo un cartapacio rotulado con la letra B y regresó a la mesa. Allí tomó una carpeta amarilla y consultó unos papeles; luego alzó la vista, se retrepó en su sillón y cruzó las manos sobre el vientre.

—Siéntese.

Juan Pedro obedeció con la mosca tras la oreja.

—Usted es Juan Pedro Bonafont y Raich.

—Sí, señor, ése soy yo.

—Mejor, «Sí, mi capitán». Váyase acostumbrando.

—Sí, mi capitán.

—Hijo de Máximo y de Luisa. Su padre ya falleció.

—Sí, capitán.

—«Mi» capitán.

—Sí, mi capitán.

—Con antecedentes penales por asalto con escalo al convento de religiosas del Sagrado Corazón de esta ciudad, deterioro de enseres y atentado a la moral y a las buenas costumbres.

—Mi capitán, yo...

—Usted es Juan Pedro Bonafont y Raich, ¿sí o no?

—Sí, mi capitán.

—Con un único hermano del mismo nombre que su padre.

—Sí, mi capitán.

—Que según consta en esta nota no sirvió a la patria porque perdió tres dedos de su mano derecha.

—Exacto, mi capitán.

—¿Y de profesión?

—Cortador, mi capitán.

—Me refiero a su profesión actual.

—No le entiendo, mi capitán.

—Yo se lo diré: anarquista y preso de la justicia, acusado de poner bombas.

Una palidez cadavérica asaltó a Juan Pedro y el color desapareció de su rostro. Luego lentamente reaccionó y oyó su propia voz.

—Ha sido acusado injustamente, mi capitán, y aún no ha sido juzgado.

El oficial retornó a su postura inicial y apoyó los brazos en la mesa.

—Ya... En esta ciudad, las buenas gentes acostumbran escalar las tapias de los conventos para pasar el rato los sábados por la tarde en vez de ir a merendar a La Floresta, y las bombas explotan solas y nadie las coloca. Imagino que su hermano desapareció de Barcelona, tras un atentado en el negocio de los señores Ripoll y Guañabens, que eran sus patronos, y perdiendo su puesto de trabajo en tiempos tan difíciles como los actuales, *gratia et amore*.

Juan Pedro guardó un prudente silencio.

El militar habló de nuevo.

—Desde luego, el ejército nada tiene contra usted, pero las órdenes al respecto son concretas y aquí estamos para cumplirlas.

Tomó un volante que figuraba en la carpeta amarilla y leyó:

El mozo recluta don Juan Pedro Bonafont y Raich, con domicilio en la calle del Arc de Sant Francesc n.º 3, se incorporará al Regimiento de Cazadores de Alcántara en el cuartel de la calle Sicilia para cumplir su período de instrucción, sin demora ni excusa posible, el primer día del próximo mes a la espera de destino. La desobediencia de esta orden acarreará que el citado sea declarado prófugo, asumiendo las consecuencias de su acto.

En Barcelona, a 15 de febrero de 1890.

—Firme aquí la copia del enterado y retírese.

105
Malos augurios

Luisa estaba desesperada. A la negativa del ejército de admitir el pago de la cuota establecida para que Juan Pedro fuera eximido de hacer su servicio en ultramar, se añadía la sentencia recién salida del Juzgado de lo Penal n.º 4 de Barcelona condenando a Máximo a cinco años de cárcel en el castillo de Montjuich por ser probado instigador de las masas obreras al anarquismo. No obstante, don José Anglada, excelente abogado que don Manuel Ferrer proporcionó a Luisa, consiguió que, por falta de pruebas, no pudiera serle achacada la colocación de la bomba en la fábrica de la firma Herederos de Ripoll-Guañabens.

Los últimos acontecimientos habían desbordado a Luisa y su alma se había sumido en un pozo de negra amargura.

Juan Pedro se había incorporado el primer día del mes a su nuevo destino, que precedería al embarque hacia tierras cubanas, no sin antes entregar a su madre el sobre con las dos mil pesetas que le había dispensado el señor Cardona. Amelia seguía trabajando en su turno de noche y aportando su sueldo para el mantenimiento de su hija, que, por cierto, crecía lozana y hermosa alimentada por aquella fuente de la abundancia que eran los senos de Leocadia Basas. En cuanto a Luisa, se dejaba la vista todas las noches hasta altas horas dándole al pedal de la máquina haciendo vainicas, cogiendo dobladillos y alargando pantalones hasta que se le cerraban los ojos, muchas veces cuando el aura rosada de la amanecida asomaba por la ventana.

Aquella mañana iba a ser la primera visita que el señor Anglada le había conseguido para ver a su hijo, y al hilo de esta circunstancia recordaba una emocionada Luisa una de las últimas conversaciones habidas con Juan Pedro antes de su marcha.

—No se lamente más, madre. Dentro de lo malo no podemos quejarnos; su amistad con la esposa de don Manuel Ferrer ha proporcionado a Máximo la oportunidad de tener un abogado, a quien ni en sueños habríamos podido pagar, que ha conseguido que lo acusen de un delito menor. Piense usted que, tal como están las cosas, de haberlo acusado de poner la bomba no quiero ni pensar la que le habría caído.

Luisa, ya vestida con su mejor traje negro y después de repasar mentalmente las vituallas que había colocado en la cesta para llevar a Máximo, miró el reloj del aparador. Viendo que aún faltaban más de dos horas para encontrarse con su hijo mayor, se sentó en la pequeña mecedora, aguardando a que llegara Leocadia para cuidar de la niña, y meditó las raras circunstancias que rodeaban aquella primera visita.

Lo primero que se le ocurrió fue que Amelia subiera con ella a Montjuich a ver a Máximo. Intento fallido; únicamente autorizaban a los parientes en primer grado, y cuando el señor Anglada sugirió a Máximo la posibilidad de contraer matrimonio para obviar esa dificultad, la respuesta de su hijo la sorprendió: si tenía que plegarse a las costumbres de la burguesía y para ver a su compañera hacía falta que un cura bendijera su unión, prefería seguir estando solo. Recordaba Luisa que cuando comunicó el problema a Amelia, ésta no se extrañó. «No me sorprende. Máximo ya no es el que era, tal vez sea mejor así.» Y ya no se volvió a hablar del asunto.

El sonido metálico del timbre devolvió al mundo real a Luisa. Miró el reloj de nuevo; había pasado media hora. Se levantó de la mecedora y se dirigió a la puerta. Al abrirla, la rotunda figura de Leocadia apareció en el marco y ésta, al ver que Luisa estaba preparada para salir a la calle, la interpeló.

—Buenos días, doña Luisa. No llego tarde, ¿verdad?

—No, mujer. ¡Son mis nervios! Después de tanta desgracia se me hace extraño que vaya a suceder algo bueno; ver a mi hijo mayor es para mí muy importante. Le dejo a la pequeña; está durmiendo. Tengo una autorización para dos horas, a la una estaré aquí.

—Vaya tranquila y disfrute, que yo cuidaré de la niña.

Al ver que Luisa no había bajado la voz, la mujer indagó.

—¿Está durmiendo Amelia?

—Ha tenido que salir. Por lo visto le faltaba un papel para el trabajo, y los organismos públicos sólo abren por las mañanas.

—¡Ya me chocaba! Como he visto que usted no me hablaba en susurros como cada mañana...

Las dos mujeres se dirigieron al comedor. La niña dormía beatíficamente en su moisés, y Leocadia se asomó a admirarla.

—No es por decirlo, pero la tengo preciosa.

Luisa, en tanto tomaba su bolso y el capazo con las provisiones que llevaba a su hijo, sonrió a la mujer.

—Me voy, Leocadia. Le confío lo que más quiero.

—Esté usted tranquila, mujer. Y que le vaya muy bien con su hijo.

Partió Luisa y bajando ligera la escalera alcanzó la calle.

Tenía su plan pergeñado hacía muchos días. Se llegaría a las Ramblas y atravesando por la calle Unión alcanzaría la avenida del Marqués del Duero, y allí tomaría el tranvía de mulas que la dejaría en la parada de la calle Lérida, donde haría el transbordo a uno de los coches públicos que, tirados por un tronco de cuatro caballos, ascendían por la ladera de la montaña y pasando por la Font del Gat desencochaban en el castillo de Montjuich.

El tiempo se le hizo muy largo. Tras todo lo sufrido, ver a su hijo mayor representaba para la buena mujer una pócima de Fierabrás.

Los compañeros del último itinerario debían de ir a lo mismo que ella, intuyó por su aspecto Luisa. En su mismo banco había dos mujeres y un niño, imaginó que madre, esposa e hijo de presos; enfrente, un fraile mercedario de los que en la antigüedad rescataban cautivos y un hombre mayor, consuelo espiritual de alguno el primero y padre de otro desgraciado el segundo.

El caminar cansino de los percherones se detuvo frente al rastrillo alzado de la puerta del tenebroso presidio, que parecía talmente las fauces abiertas de un dragón, a cuyo costado derecho se veía la garita del centinela.

El patético sexteto descendió del coche y, atravesando el puente levadizo, se llegó hasta la puerta. La costumbre hacía que el centinela ya supiera a lo que iban.

—¡Cabo de guardia!

La voz resonó en la ahuecada bóveda.

Al punto, un militar bigotudo con uniforme azul marino, banda roja en el pantalón, las solapas de la casaca vueltas del mismo color, en la bocamanga una V invertida y cubierta su cabeza con un gorro blanco de visera negra se llegó hasta ellos y, dirigiéndose al clérigo, afirmó:

—Visita de presos.

El fraile, tras una corta mirada buscando su aquiescencia, asintió.

—Las mujeres, al fondo; los hombres, aquí —dijo señalando una puerta junto al puesto de guardia.

Luisa siguió a sus dos compañeras agarrada a su cesto como si fuera un salvavidas. La estancia a la que fueron conducidas era amplia y estaba dividida en dos espacios mediante un mostrador largo y bajo, y a los costados se veían dos pequeñas puertas.

La voz del hombre, vestido con una bata azul y ubicado tras aquella especie de tablero, ordenó:

—Dejen aquí encima todo lo que lleven: bolsos, cestas, pañuelos anudados... —Se refería a sus acompañantes—. Y cualquier cosa que tengan en los bolsillos.

Luisa y las dos mujeres depositaron allí todos sus pertrechos.

La voz ordenó de nuevo:

—Pasen al registro.

Por lo visto sus dos compañeras ya habían estado allí, pues sin dilación se dirigieron a las puertas que se veían a la derecha.

—Cuando hayan salido, entre usted.

Luisa aguardó su turno más nerviosa que el día que fue a examinarse de costurera.

Al poco tiempo salió la mujer de más edad sin el pañuelo en la cabeza y el pelo algo desarreglado.

—Pase usted ahora.

La voz sonó a su espalda.

Luisa, atravesando la puerta, se encontró en un cuarto pequeño de paredes blancas. En uno de los rincones se veía un biombo y tras él asomaba el extremo de un perchero; la luz entraba por un alto ventanal enrejado. En medio había una inmensa matrona de media edad con el pelo recogido en un tirante moño que, con una voz neutra hecha del tedio y la costumbre, le ordenó:

—Deje en el perchero todas sus cosas, quítese el refajo y las sayas, si lleva, y también la blusa. Y luego vuelva aquí.

Luisa sintió que se le caía el alma a los pies; sin embargo, tal era el ansia de ver a su hijo que obedeció de inmediato.

En aquel humillante estado se presentó ante la matrona. Ésta, siguiendo una rutina preestablecida, comenzó a palparla por todas partes. Las órdenes eran cortas y seguidas.

—Levante los brazos, separe las piernas, agache la cabeza.

Las manos de la mujer, sabias y experimentadas, visitaron hasta el más recóndito rincón de su cuerpo.

La mujer, al ver la vergüenza de Luisa que asomaba a sus ojos, comentó:

—Eso ocurre la primera vez. Ya se acostumbrará.

—Pero ¿es necesaria tanta humillación?

En vez de responder a la pregunta, la matrona preguntó a su vez:

—¿Quiere que le diga hasta dónde he encontrado limas escondidas en el cuerpo de una madre?

—No hace falta, señora; ya me lo imagino.

La funcionaria, tras el minucioso examen, le ordenó:

—Ya puede vestirse. Fuera le devolverán sus cosas; evidentemente, las que pueda usted entrar.

Luisa, tras vestirse y con un seco «Buenos días», salió de la humillante estancia.

Las dos mujeres y el niño aguardaban allí, y al poco aparecieron el fraile mercedario y el que ella había supuesto padre de algún preso.

Sus cosas la esperaban sobre el mostrador bajo en un rincón.

El funcionario informó:

—Ahora los acompañarán a la sala de visitas y allí podrán hablar con sus familiares. Las instrucciones se las dará el oficial al cargo.

La espera fue breve, pues al cabo de diez minutos fue a buscarlos un funcionario, seguido de un soldado con fusil al hombro. Luisa se sintió vigilada como si fuera un animal peligroso.

Atravesaron pasillos, bajaron escaleras, y a su paso se iban abriendo rejas que se cerraban a su espalda. Finalmente llegaron a una sala con un largo banco adosado a una pared que sudaba de humedad manifiesta, evidencia de que habían llegado a los sótanos de la fortaleza. El recinto estaba separado en su mitad por unos barrotes y compartimentado, cada dos metros y medio, por unas divisiones de madera que lo segmentaban. Al otro lado de la reja el espacio era corrido y al fondo se divisaba una puerta.

Otra vez órdenes.

La voz sonó rutinaria y aburrida.

—Cada uno de ustedes ocupará un cubículo. Los presos no pueden ser tocados bajo ningún concepto; por lo tanto, ninguna mano atravesará los barrotes. Los alimentos y los objetos que traigan para entregar lo harán a través del funcionario de guardia. La persona que incumpla este reglamento, además de ser sancionada, no podrá volver nunca más a visitar a su pariente. Y ahora ocupen los cubículos.

Luisa, siguiendo la indicación del oficial, se ubicó en el que estaba al fondo. Los demás hicieron lo propio.

El corazón le batía como el repicar del badajo de una campana y el reloj se detuvo.

Al cabo de un tiempo la puerta del fondo se abrió y por ella, precedidos por un soldado, aparecieron cinco hombres con uniformes rayados, andrajosos, el pelo sucio, calzados los pies con una especie de botas bajas de loneta y esparto sin cordones, con las manos esposadas, la mirada perdida más allá de la reja y la expresión de alguien que sale a la luz desde la más profunda oscuridad.

Al principio Luisa no supo reconocer a su hijo. Repasó la fila una y otra vez, y entonces, al distinguir su mano tullida, dio con él.

Máximo era una ruina. De aquel hombre en plenitud de la edad, de cuerpo musculado y sonrisa optimista no quedaba nada.

Tenía la nariz aplastada y con el hueso partido, las cejas hirsutas, los cabellos largos y apelmazados, las ojeras profundas y las cuencas del rostro alojando unos ojos, brillantes de fiebre como carbunclos, que daban miedo.

A la vez que Luisa lo divisó, él vio a su madre y arrastrando los pies se acercó hasta sentarse en la banqueta que estaba frente a ella.

Las manos de Luisa querían irse solas hacia Máximo, pero se contuvo. La frase que le vino a la boca fue una interrogación absurda: «Pero ¿qué te han hecho, hijo mío?». En lugar de eso, forzando una sonrisa, preguntó:

—¿Cómo estás, hijo?

—Pues ya ve, madre, ¡aquí veraneando por cuenta del Estado!

De tantas cosas como quería comunicarle, apenas nada le venía a la boca.

—Tienes una hija preciosa.

Pausa. La voz de Máximo salió como de una caverna.

—Por favor, no me hable ni de ella ni de Amelia.

—Pero ¿por qué, hijo? Eso te ha de dar fuerzas para aguantar esto.

—No, madre; por el contrario, los dulces pensamientos mitigan el odio y yo no quiero eso.

Luisa insistió.

—Dice don José Anglada que podrías casarte dentro de la cárcel, y entonces sería posible que Amelia te visitara con la niña.

—Amelia será siempre mi compañera. No quiero que me dé permiso ningún cura ni quiero volverme loco aquí dentro.

—Pero ¡hijo…!

—Usted no lo entiende. Aquí únicamente se puede resistir pensando en vengarte de un sistema corrupto que hace que cada día los ricos sean más ricos y los pobres, más pobres. No sé si me soltarán algún día, pero hasta ese momento viviré sustentado por el rencor y la esperanza de poder devolver el daño que me han hecho.

—No puedes cambiar el mundo tú solo.

—No se trata de cambiarlo, madre; se trata de acabar con uno para que nazca otro.

Luisa no se rindió.

—Pero, Máximo, tienes una hija preciosa y te hará mucho bien conocerla… y podríamos bautizarla aquí.

—¡Y dale al manubrio! Parece que no me entienda. ¿Qué me habla usted de bautizos? Mi hija se llamará Libertad, y eso es lo que quiero que sea, libre, y que le expliquen cuando sea mayor, en caso de que yo ya no esté en este mundo, que su padre murió para que ella pudiera vivir mejor.

Para aliviar la tensión, tras una pausa Luisa introdujo otro tema.

—Te he traído embutidos, carne en lata, queso, mermelada de melocotón, que tanto te gusta, y otras cosas.

—Se lo agradezco, madre. Aquí dentro hay compañeros que no reciben nada y lo repartimos todo. ¿Cómo está Juan Pedro?

Luisa no le quiso decir que era por su culpa que le habían negado la posible exención por cuotas.

—Ha cumplido con la edad y lo han llamado a filas. Está en el cuartel de la calle Sicilia, aún no tiene destino.

—¿Cómo se las va a arreglar usted sin dinero y sin sus hijos?

—No te preocupes, he trabajado toda la vida y no me viene de un poco. Además, Amelia también aporta lo suyo.

—¿En qué trabaja Amelia?

—En una fábrica de ropa, pero tiene el turno de noche.

—¿Se da cuenta? Eso es lo que hay: una mujer que recién ha parido y no puede cuidar de su hija. No sé cuánto tiempo estaré aquí dentro, pero le juro por la memoria de mi padre que algún día volveré y seré millones.

106

Los prohibidos

Por lo que me cuentas, te ha salido barato.

El que de esta manera hablaba era Fredy Papirer instalado en una tumbona de la terraza del Club Catalán de Regatas frente al pantalán en el que estaban amarrados veleros de diversos tamaños. Con un refresco de naranja, departía con su amigo Germán Ripoll.

—Me ha salido barato por mi habilidad y mis recursos, no por los de tu socia, que lo único que sabe hacer es cobrar un buen dinero y después, si pasa algo, si te he visto no me acuerdo.

Fredy la excusó.

—Ella no realiza la intervención. Además en esos casos no hay garantías, uno entre mil puede salir mal.

—¡Y me ha tocado precisamente a mí! Pero ella no devuelve el dinero.

—En atención a mí, no cobró comisión; el importe fue íntegro para la abortera. Y ¿qué quieres? La mujer dice que seguramente tras la intervención Teresa no tuvo el cuidado requerido, y que no es su culpa y que la próxima vez lo tendrá en cuenta.

—Como comprenderás, no va a haber próxima vez.

Papirer comentó, filósofo:

—¡Nunca se sabe! Pero te diré que Pancracia es una mujer que vale la pena tener a mano y como amiga. Puedes necesitarla en mil ocasiones y para mil cosas distintas, y siempre tiene soluciones.

—Ni tengo criaturas para pasear, ni compro esas fotos que tú haces y cuando voy al Liceo lo hago en compañía de mujeres de nivel. Así que, por lo que a mí respecta, espero no necesitarla nunca.

—¡Nunca digas de esta agua no beberé! ¿Sabes lo que está haciendo ahora?

—¡Habrá que ver!

—Pues no sé cómo ni de dónde, pero vende unos tarros de ungüentos, cuyas fórmulas, según me dice, ha sacado de un libro antiguo, que conservan la piel tersa y joven como la de un niño.

—Eso son cosas de mujeres.

—Pues no creas, que conozco algún que otro hombre que es cliente suyo.

—¡Poco hombre ha de ser el que usa pomadas y aceites! Lo que ocurre es que hay mucho sarasa suelto que no se atreve a asumirse...

Y no es que yo sea muy quisquilloso, pues ya sabes que en cuestiones de cama lo entiendo casi todo.

Tras esta explicación Fredy dio un sorbo a su bebida y preguntó:

—Oye, hablando de otra cosa, ¿la hermana de Teresa sigue en tu casa?

—Mi madre ha considerado que Carmen debe quedarse. En cuanto a la pobre Teresa, a sus padres se les ha contado la historia de una septicemia, que iba descalza y se clavó un hierro oxidado en el lavadero, que el desenlace fue fulminante, que se hizo todo lo posible pero fue inútil, que no se habría hecho más por un familiar... Cuestión de caridad, ¡ya sabes cómo es mi madre, que además ha pagado el traslado del cuerpo a Reus para que sea enterrada con los suyos! Por cierto, ha habido que pagar un canon a todos los párrocos de los pueblos por donde ha pasado el cuerpo.

—Y ¿no te da miedo que Carmen se vaya del pico?

—No te preocupes. La tengo avisada; es consciente de lo que se juega.

—¡Hablando de juego! Me han comentado acerca de un nuevo garito de lujo que se ha abierto en el pasaje Mercader donde por las noches se juega a los prohibidos; por lo que se dice, las apuestas son altas y se mueve mucho dinero.

—Lo cerrarán pronto.

—No lo creas; parece ser que la policía está sobre aviso, pero lo tolera. La gente que lo frecuenta es de alto copete, y además ya sabes que el lugar condiciona al tipo de público y la gentuza, por la noche, no pasa de la plaza Cataluña para arriba.

—Le buscarán las vueltas, ya lo verás. Siempre hacen lo mismo; en cuanto algún boliche se pone interesante, buscan cualquier excusa, que puede ser el horario o que la licencia corresponde a una actividad diferente del permiso que tiene concedido o cualquier otra estupidez, y el Gobierno Civil lo liquida. Con el tema del anarquismo esta ciudad está imposible; los indeseables campan por sus respetos y a la gente de orden nos fríen a sanciones. Lo que te digo lo sé de buena tinta: un tabuco para jugar a la ruleta o a las cartas entra en el apartado de «industrias peligrosas, nocivas y molestas», ¡como si pretendieras abrir una fábrica de dinamita!

—En esta ocasión no es así. Detrás de la apertura debe de haber alguien de mucho nivel porque el local tiene permiso de club privado y únicamente pueden entrar los socios y acompañantes, y cada uno de los primeros tiene tres invitaciones al mes que puede dar a quien quiera, siempre y cuando salga responsable de él.

A Germán el asunto comenzó a interesarle.

—¿En el pasaje Mercader, has dicho?

—Sí, el que está entre Provenza y Mallorca y entre Rambla de Cataluña y Balmes, relativamente cerca de tu casa.

—¡Cómo no me había enterado yo!

—En los últimos tiempos has estado demasiado ocupado.

—¿Y cómo se llama?

—Club de la Llave.

—Original y muy parisino; denota exclusividad.

—Ya te lo he dicho.

—Habrá que buscar algún socio para poder echarle una mirada.

Fredy se incorporó de la tumbona y sonriendo extrajo del bolsillo exterior de su chaqueta un pequeño cartoncito de color negro y letras doradas, que ofreció a su amigo.

Germán lo tomó en la mano y leyó:

CLUB DE LA LLAVE
Don Ramón Pelfort Piña
Socio n.º 35

—Y ¿de dónde has sacado tú esto?

—Es el amigo de Pancracia, el caballo blanco que la lleva al Liceo.

—¡Tu amiga es una caja de sorpresas! —apuntó Germán con aquella media sonrisa que cautivaba a las damas.

—Ya te lo he dicho, esa mujer sirve para mil cosas.

Germán leyó de nuevo la tarjeta.

—Ramón Pelfort... Me suena de algo de mi padre.

—¡Puede ser! Por lo que tengo entendido, vive en Igualada y no baja mucho a Barcelona, cuando hay Liceo y poco más.

—Podríamos decírselo a Ardura e ir los tres alguna noche.

Fredy saltó rápidamente.

—La invitación es sólo para dos. Si quieres esta noche...

—No, hoy no me viene bien; he de portarme bien. Estoy en el punto de mira de mi padre y de mi tío Orestes, y ¡ya sabes!, me juego la boda con mi prima... y eso es mucho dinero.

Aún no había transcurrido una semana y ya estaban allí.

El sitio era un pequeño chalet a media calle bajando por el pasaje a mano izquierda. Por el exterior, nada tenía de particular. En medio de una verja de hierro montada sobre un muro de piedra se abría una cancela que daba a un jardincillo; en él, a la izquierda, había un único eucalipto; en medio, una corta escalera que desembocaba en un pequeño templete griego; en su centro, entre dos ventanas enrejadas, una puerta pintada de negro con una mirilla y una aldaba en forma de puño cerrado de metal dorado.

Ambos amigos ascendieron los tres peldaños y Fredy tocó el timbre que estaba a la derecha de la puerta. Al punto se abrió la mirilla y, a requerimiento de la persona que los estaba observando, Papirer mostró, bajo la luz del farol que pendía del techo, el cartoncito de invitación del socio Ramón Pelfort.

Tras el consabido ruido de cerrojos se abrió la puerta y, ante ellos, un pequeño recibidor, cerrado al fondo por una gruesa cortina negra con flecos rojos que impedía ver el interior; el ropero estaba a la derecha, atendido por una mujer de una edad indefinida, uniformada y con el logotipo de una llave dorada sobre el bolsillo de la blusa, que recogió los respectivos gabanes y les entregó como resguardo una ficha redonda con el correspondiente número.

El hombre de la entrada preguntó sin ningún tipo de prevención si venían a jugar o a ver el espectáculo.

Cuando Fredy iba a responder, se adelantó Germán.

—Pero ¿es que hay espectáculo?

—Sí, señor, y muy especial.

—Entonces ambas cosas.

El hombre repreguntó:

—¿Al primer pase o al segundo?

—Acláreme eso, por favor.

—El teatrito es muy pequeño, señor, y las plazas se completan enseguida. Hay caballeros que prefieren jugar primero y subir después, y otros, por el contrario, lo hacen al revés. Los pases son a las doce y a la una y media.

—¿Qué nos aconseja?

—Mejor el segundo pase, señor; el primero está ya muy lleno y tendría que darles dos malas plazas.

Germán deslizó con disimulo un billete en la mano del hombre.

—Entonces vamos a seguir su consejo; asistiremos al segundo pase.

—Vayan pues al salón de juegos, que yo les avisaré. Síganme, por favor.

El hombre se adelantó a retirar la cortina de terciopelo y les indicó con el gesto que pasaran.

El salón no era excesivamente grande; sin embargo, estaba decorado con exquisito gusto. Bajo una gran lámpara de cristal se ubicaba una mesa de ruleta y a ambos costados dos mesas de bacarrá. Al fondo, junto a una cristalera que daba al jardín de atrás del chalet, había otras dos de póquer con mucho curioso alrededor; a la izquierda había una especie de taquilla de estación de tren, con la correspondiente ventanilla semicurva protegida por una reja de metal dorado tras la cual se hallaba el hombre que vendía las fichas.

—Esto ha debido de ser hasta hace poco una casa particular. ¡Fíjate en el techo!

Fredy alzó la vista y se admiró de la riqueza de las molduras del artesonado de madera que circunscribía una pintura central que representaba a Zeus expulsando del Olimpo a los dioses menores.

—No creo que haya otra cosa igual en Barcelona.

—El tipo que se ha atrevido a montar algo así seguro que tiene padrinos muy arriba.

—¡Ya te lo dije! Este tugurio no se monta para que te lo cierren.

Después de pasear la mirada por el salón, Germán sacó la cartera, extrajo dos billetes y ordenó a su amigo:

—Compra fichas.

—Oye, me has dado cuatrocientas pesetas.

—Ya lo sé, no soy imbécil.

—Es mucho dinero, ¿no?

—Tengo el pálpito de que ésta es mi noche.

—El dinero es tuyo, ¡tú mandas!

—Evidentemente.

Papirer se dirigió a la taquilla y cambió el dinero, regresando junto a su amigo.

Germán se acercó a la mesa de ruleta haciendo bailar las fichas de una mano a la otra. El crupier tenía un raro acento con profusión de erres que podía ser alsaciano o de Lorena.

—¡Hagan juego, señores, hagan juego! *Faites vos jeux, rien ne va plus!*

Germán colocó dos fichas de cincuenta pesetas en el rombo rojo. Los ojos de los jugadores seguían el recorrido de la bolita blanca como hipnotizados.

Y salió rojo.

—¿Ves qué fácil? ¡Vamos a repetir!

La misma apuesta y el mismo resultado.

—Desde luego, algunos habéis nacido con un crisantemo donde yo me sé.

—Toma, juega.

Germán largó a su amigo cuatro fichas del mismo importe.

La voz del crupier ya invitaba a la siguiente ronda.

—Vamos a calentar la mesa.

Esa vez, en tanto Fredy colocaba al negro una ficha, Germán apostaba en el ocho rojo y lo cubría con un caballo.

La bolita, impulsada por la sabia mano del crupier, comenzó su redondo peregrinar, luego fue ralentizándose y, tras una duda final, cayó en el ocho rojo. El premio fueron quinientas pesetas.

La admiración de Fredy llegaba al éxtasis.

—¡Es que pareces tonto! Si yo juego al rojo, no juegues al negro; ya te he dicho que esta noche la diosa Fortuna está conmigo.

Siguió el juego y la suerte acompañó a Germán de una forma descarada. Al final, las expresiones de admiración de la gente eran continuas.

Entre las mesas paseaba un tipo grande y bigotudo con un monóculo colocado sobre el ojo derecho que habló con disimulo al oído del encargado.

Éste se acercó a la pareja.

—Señores, el espectáculo de arriba va a empezar.

Fredy se atrevió a aconsejar:

—Da igual, Germán. Estás en racha, ¡ya subiremos otro día!

—No hay que tentar a la suerte. ¡Se nota que eres novato! Retírate de una mesa siempre ganando; si no, acabarás perdiendo lo ganado… y más. Anda, ve y cambia las fichas.

Fredy fue y regresó.

—Hemos ganado mil quinientas pesetas.

—Querrás decir que yo las he ganado…

—Sí, sí, claro.

En ésas estaban cuando el del monóculo se llegó hasta ellos.

—Perdónenme, caballeros. Me informa el encargado de que han entrado con invitación de socio. Sería un honor tenerlos entre nosotros y contar con su asidua presencia. Si me dan sus nombres cuando bajen del espectáculo, que espero que les guste, ya tendrán sus carnets preparados.

—Le daré el mío. Mi amigo madruga mucho y ésta no es su zona, las pocas veces que pueda venir lo hará conmigo y yo avalaré su entrada.

—Como sea su gusto, señor.

Fredy ni abría la boca.

—Apunte: Germán Ripoll y Guañabens.

—Gracias, señor, y que disfruten del espectáculo.

El encargado los aguardaba junto a la cortina negra.

Siguiendo sus indicaciones, enfilaron una disimulada escalera que conducía al piso superior. La sorpresa se reflejó en el rostro de ambos amigos. Allí arriba había un teatro en miniatura en forma de media luna abrazando un pequeño escenario que, con las correspondientes candilejas, lucía justo en medio.

El encargado los condujo hasta dos butacas libres que se hallaban en la segunda fila del anfiteatro y, antes de retirarse, les entregó dos grandes llaves de cartón horadadas en la parte central de la sierra dentada por un agujero que imitaba el de una cerradura.

—El espectáculo es más tentador visto a través de este agujero. Que disfruten, señores.

Tras estas palabras el hombre se retiró.

El espacio escénico no tenía cortina; era una cámara negra sin otro aditamento que una vulgar silla, asimismo negra, en cuyo respaldo reposaba una estola blanca de armiño. A su costado había un trípode que sostenía un cartel en el que podía leerse en letra inglesa COCÓ LA BELLE; junto a él y a la derecha, tres músicos, dos blancos y uno de color, se hallaban frente a un piano, dos platillos y un tambor, y un saxofón.

—Fredy, ¡eres grande! Te debo una.

Sin tiempo para más se apagaron las luces de la sala a la vez que se encendían las candilejas. De la entrecaja derecha salió un personaje vestido de un modo estrafalario. Las perneras del pantalón le llegaban hasta media pantorrilla; bajo un raído chaqué lucía un chaleco rojo sobre una camiseta blanca; en el cuello desnudo llevaba un corbatín que le llegaba hasta la cintura y cubría su cabeza con un sombrero de copa.

Aquella especie de mimo gesticulante y expresivo comenzó su perorata:

—¡Damas y caballeros, bienvenidos al espectáculo que presenta La Coquette, nuestro pequeño cabaret literario, el más avanzado y selecto de Barcelona! Tengo hoy el honor de presentar a una artista única en su género que llega directamente del Moulin Rouge de París. ¡Con ustedes, Cocó la Belle!

Se retiró el hombre y un vacío expectante se instaló sobre el escenario.

Comenzó una música lenta y acariciadora, y al poco se abrió la cortina del fondo y apareció una hermosísima mujer luciendo un traje negro con polisón, una blusa con gorgueras y un historiado sombrero, que paseó por el escenario al ritmo lento que marcaba la música exhibiendo en su mano derecha un gran abanico de plumas de marabú.

De pronto los comentarios cesaron y un sonoro silencio se instaló entre los presentes. La hermosa mujer, siempre al ritmo que marcaba la música, con un arte infinito se deslió la cinta que sujetaba el sombrero y lo depositó junto al asiento a la par que el abanico. Luego lentamente, en tanto que crecía la fiebre del personal, se fue despojando de todas las prendas, dejándolas sobre el respaldo de la silla. Finalmente, cuando el ambiente podía cortarse con un cuchillo, se sentó de perfil vestida tan sólo con un cubrecorsé de corchetes que levantaba sus altos senos y unas medias negras con ligas rojas rematadas con una pequeña rosa del mismo color.

Germán y Fredy, copiando a todos los presentes, observaban el espectáculo a través del ojo de la cerradura de la llave que les había entregado el encargado. Entonces comenzó un juego delicioso que subió la temperatura de la sala hasta el paroxismo. Cuando parecía que la mujer se quitaba la última prenda con la mano derecha, con la izquierda se cubría con el gran abanico de plumas, hurtando su cuerpo a la visión de los espectadores. La música iba en crescendo y llegó la eclosión final: la hermosa Cocó quedó frente al público completamente desnuda, cubierta sólo por las medias negras, un pequeño triángulo que le cubría el sexo y la estola de armiño en el cuello. Los aplausos atronaron el pequeño teatro y sin dar tiempo a que los admiradores, puestos en pie, se emborracharan con la imagen, de la entrecaja salió el mimo y rápidamente cubrió a la Belle con una bata negra que al momento ella se ciñó a la cintura.

Cuando se retiró, los aplausos fueron cediendo a los comentarios: «¡Qué hermosura de hembra!», «¡Mujeres así únicamente las hay en París!», «¡Es que Barcelona es la segunda ciudad de Francia!».

Fredy guardó en el bolsillo interior de su chaqueta la llave de cartón.

—Me la llevo de recuerdo —aclaró.

Germán iba dejando pasar al público, quedándose retrasado.

—Vamos, ¿no?

—No tengas tanta prisa, deja pasar al personal.

Fredy lo miró socarrón.

—Te conozco, ¡tienes algo en la cabeza!

Germán, sin contestarle directamente, ordenó:

—Ve a buscar al encargado.

Papirer, que conocía el paño, no intentó disuadirlo y se adelantó. Cuando regresó acompañado del hombre, Germán estaba apoyado en una barra lateral que acababa de abrirse y tras la cual se había colocado un barman que preparaba la coctelera.

El recién llegado se explicó.

—La abrimos después del último espectáculo. Hay gente que sube aquí para reposar un rato y seguir jugando después. Si quieren tomar algo…

—Muchas gracias, es usted muy amable, pero no lo he requerido por eso.

—Usted me manda, caballero.

Fredy presenciaba la escena como algo ya visto otras veces.

—Perdone la indiscreción, pero ¿la señorita, después de la actuación, admite un acompañante que la lleve a su hotel?

El encargado lanzó sobre ambos una mirada cómplice.

—La casa pone por contrato un coche a su disposición. En el camerino acostumbra recibir admiradores tras su actuación; ella es la que decide. —El hombre dudó un momento—. Aunque esta noche ha dado la orden de que no pasara nadie.

Germán metió la mano en el billetero y, como por arte de magia, aparecieron dos duros de plata que colocó en el bolsillo superior del esmoquin del encargado.

El hombre se inclinó servicial y bajando la voz como quien comunica un secreto, dijo:

—La señorita está alojada en el hotel Oriente.

—Si es tan amable de conducirme a su camerino y darle mi tarjeta, le estaré sumamente agradecido.

El hombre leyó:

Germán Ripoll y Guañabens
Ex campeón de España de florete
Director de Herederos de Ripoll-Guañabens

—Inmediatamente, señor; aguárdeme aquí. Regreso en un momento.

Partió el hombre y quedaron solos los dos amigos.

—Fredy, recoge tu abrigo, déjame un coche de alquiler en la puerta y vete a casa. Mañana te contaré.

Papirer respondió, irónico:

—¿No querías acostarte pronto esta noche?

Germán se señaló en la entrepierna discretamente.

—Ya sabes que mi hermanito no atiende a razones.

107

Carta a Luisa

La cabeza de Amelia era una noria; desde el instante en que escuchó la oferta de Tomaso le fue imposible descansar. Volvía a su casa de madrugada y lo hacía paseando, aprovechando la bonanza del tiempo de aquel junio que había entrado, porque sabía que si llegaba tensa por los nervios de la actuación le costaría dormirse y una sucesión de dudas de todo orden acosaría su mente, impidiéndole conciliar el sueño.

Un hecho fundamental presidía todos sus desvelos: estaba enamorada, por primera vez en su vida. Y, como al astro rey todos los satélites, sus problemas giraban en derredor de aquel amor en sus respectivas órbitas, sin interferirse en sus sentimientos. Aquella hija que descansaba en el cuarto del fondo del pasillo era para ella una extraña; sin duda fruto de su vientre, pero de un acto violento y ruin, no consentido por ella, y no estaba dispuesta a tolerar, por lo tanto, que condicionara su vida. Consuelo le había dicho que cuando la tuviera en sus brazos se olvidaría de todo, ¡crasa mentira! Cuando se acercaba para verla durmiendo en su cuna jamás se olvidaba de cuál había sido su origen; muy al contrario, su presencia le recordaba la noche infausta de su desgracia. Y cuando, vencida por el sueño, caía rendida, la pesadilla era siempre la misma: casi como convocado por una médium, se le aparecía el rostro caballuno del progenitor de la pequeña que, riéndose de ella y con voz aguardentosa, la sentenciaba anunciándole que nunca podría apartarlo totalmente de su vida.

Amelia se preguntaba si estaría negada para sentir el amor de madre el día que tuviera en sus brazos un hijo del hombre amado, o acaso era que ella no había nacido para ese oficio.

Después estaba el tema de Máximo; ésa era harina de otro costal y asunto que su cabeza se negaba a debatir. Claro era que lo quería, aunque no de la manera que él habría deseado, y lamentaba profundamente la desgracia acaecida, pero, en el fondo de su corazón, la distancia que su detención le había proporcionado debía reconocer que la apartaba de muchos problemas. Si Máximo estuviera en libertad, evidentemente habría tenido que renunciar a aquel trabajo que tanto le apasionaba, y sólo pensar que tendría la obligación de compartir su lecho le ponía los pelos de punta.

Luego estaba Luisa. En un principio se planteó decirle la verdad, pero al correr de los días se vio imposibilitada de cercenar sus ilusiones contemplando con cuánto amor tomaba a la niña en los brazos y hablaba con ella. Ya fuere por la ausencia forzosa de ambos hijos o porque se había despertado en ella el amor de abuela, el caso era que Amelia se sentía incapaz de desengañarla sumando una nueva pena a las que ya acuciaban a la mujer.

Tomaso le hablaba una y otra vez de lo que representaba un debut como cantante en aquel mítico local estrella de las noches de Mar del Plata con aquel nombre tan sumamente evocador, Luna Tucumana. Amelia dejaba correr su imaginación y se veía en un gran cartel en la fachada principal como reclamo de la orquesta.

—Piba, de ahí a Nueva York hay un paso, seguro. ¿Vos sabés lo que eso significa? Las luces de colores, el Madison, el Château Madrid, la fama... En Buenos Aires, en el barrio de La Boca, ha nacido un nuevo ritmo hijo del candombe y la habanera; lo llaman el tango. Va a conquistar el mundo, y vos podés ser su pregonera —le había dicho Tomaso.

Casi sin darse cuenta iba forjando planes y tomando medidas que conducían a un único final. Amelia no pretendía hacer daño a nadie y, aunque sabía que su decisión iba a acarrear heridas, estaba dispuesta a restañar la sangre en todas aquellas circunstancias que a ella atañeran, por lo que, sin haber respondido todavía a la invitación del argentino, iba ahorrando todas las semanas, peseta a peseta, a fin de dejar a Luisa todo el dinero posible para que Leocadia pudiera seguir amamantando a su hija, contando que tras su debut en Argentina hallaría el medio para poder mandar dinero a Barcelona.

Tenía asimismo muy presente la partida de Juan Pedro. Sabía que era injusto que unos privilegiados se eximieran de ir a Cuba, ya fuere pagando un dinero o enviando a otros que cumplieran aquel servicio en lugar de ellos mismos, pero así y todo envidiaba su oportunidad de cruzar el charco, conocer otros horizontes y escapar de aquella ciudad cuyo ambiente agobiante de desorden, anarquismo y bombas presidía la vida cotidiana de todos sus habitantes.

Amelia quería vivir su vida, cortar las cadenas que la unían a su pasado, demostrarse a sí misma que ni su origen como hija del verdugo de Barcelona, ni las circunstancias negativas que habían rodeado su existencia iban a impedirle cumplir sus sueños. Era mejor morir en el empeño que no intentarlo.

Se puso en pie, respiró hondo llenando de aire hasta el último rincón de sus pulmones y decidió ponerse en marcha. La vida le había enseñado que no podía hacerse una tortilla sin cascar los huevos. La suerte estaba echada.

Luisa estaba desolada. La inminente partida de Juan Pedro hacia Cuba había colmado el vaso de sus desdichas. Su hijo pequeño siempre había sido el sostén de su vida, más aún desde que Máximo, después del día en que había perdido los dedos en aquella maldita máquina, había forzado su destino al punto de haber acabado en una celda de aquel horroroso castillo que cercenaba las ilusiones de todos los desgraciados que allí entraban y que difícilmente volvían a ver en libertad la luz del sol.

El corazón de Luisa alojaba un rencor incontrolado por primera vez en su vida. En primer lugar estaba la decepción que le había causado la familia Ripoll, decepción tanto más profunda cuanto más analizaba las circunstancias que habían afectado a los suyos. No fue únicamente la detención de Máximo por los hechos del día de la bomba sin pruebas fehacientes, sino que estaba segura de que la denuncia por parte de los Ripoll de aquel insensato incidente protagonizado por Juan Pedro al saltar la tapia del Sagrado Corazón de Sarriá para intentar ver a la señorita Candela, aquel loco amor de juventud del que ella se sentía responsable, subyacía tras la negativa del estamento militar de aceptar el pago de la cuota que iba a hacer su hijo para evitar el hecho de tener que servir en ultramar.

La única compensación de su vida era aquella niña que desde su nacimiento se había constituido en el centro de su existencia; a partir de aquel día su vida había cambiado, y tras la partida de Juan Pedro y la detención de Máximo todavía mucho más. Teniendo en cuenta el trabajo nocturno de Amelia y su miedo a que algo le ocurriera en su ausencia, Luisa procuraba estar el mayor tiempo posible en la casa. Leocadia Basas, el ama de cría, era de toda confianza. La buena mujer se había encariñado con la criatura y la atendía con esmero, pero Luisa prefería estar presente, por lo que aparte de dos domicilios a los que todavía acudía a coser, uno de ellos el de la esposa del juez don Manuel Ferrer, hacía lo imposible por llevarse el trabajo a casa, terminarlo durante la semana y repartirlo los sábados de una sola vez.

De acuerdo con Amelia, e ignorando la orden de su hijo al respecto de poner a la niña aquel ridículo nombre de Libertad, Luisa había acudido a su parroquia y hablado con el párroco, quien sabía de la desgracia de Máximo, con el fin de organizar la ceremonia íntima de aquel triste bautizo en el que iban a faltar el padre y el padrino. Este último, el señor Cardona, haría la vez por delegación de Juan Pedro, y Consuelo sería la madrina. Allí estuvieron Leocadia, el ama; el señor Xicoy, que era el responsable de haber traído al mundo a la criatura; doña Justa, la pupilera, en cuya pensión había tenido lugar el alumbramiento, y ella misma. A la neófita se le impusieron los nombres de Justina Luisa, y cuando para cristianarla le empaparon la cabecita de agua, de su pequeña boca no salió ni un gemido, demostrando un aguante poco común. La niñita se disponía, por lo visto, a afrontar desde el primer día con entereza los sinsabores y las vicisitudes que sin duda iba a depararle la vida, los cuales, dados sus orígenes y los padres que le habían tocado en suerte, era presumible que no fueran pocos.

Queridísima Luisa:

¡Sabe Dios lo que me cuesta ponerme a escribir esta carta!

Usted me conoce desde que comencé a comparecer por su casa de muy jovencita en compañía de Máximo. Nos hicimos novios casi sin querer, y todo el mundo dio por sentado que un día u otro seríamos marido y mujer; la primera yo, que no volví a mirar a otro hombre hasta que la vida me obligó a abrir los ojos. Si alguien es testigo directo del cambio que efectuó su hijo, ese alguien es usted. Fue la vida, fueron las compañías... No lo sé, pero aquel muchacho ilusionado siempre pendiente de mí, alegre y dispuesto a compartirlo todo, fue desapareciendo poco a poco y no por el triste suceso de la mano, pues recuerdo muy bien los días posteriores al terrible accidente cuando, todavía en el hospital de la Caridad, hacía planes de futuro y no se resignaba a ser un lisiado. Fue después de la Exposición Universal cuando comenzó a darme excusas y a acudir a reuniones a las que me ofrecía a acompañarle y él se negaba en redondo.

Estoy segura de que no puso la bomba en la fábrica de los Ripoll, pero que estuvo en el ajo y ligado con los que la pusieron, de eso no me cabe la menor duda.

Luisa, aquella semana que fui a verlo me di cuenta de que el hombre que había amado de jovencita había muerto y supe que el que estaba ante mí era un ilustre desconocido de cuyos planes yo no formaba parte.

La historia que vino después usted la conoce bien. Tuve a Justina, pero, ignoro si por las circunstancias o porque yo no sirvo para ello, el caso es que mi sentimiento maternal no se despertó, y lo que siento en mi interior es más propio de un hombre; creo que mi obligación es traer el dinero a casa, y las tareas que se dicen propias de mi sexo me aburren sobremanera y no me interesan.

Querida Luisa, aquí, en Barcelona, me siento presa de mis circunstancias: no soy soltera, ni viuda ni casada; la prueba la tuvo usted el día en que pretendí subir a Montjuich: ni soy la mujer de Máximo ni él quiere papeles que lo comprometan ante la sociedad... Y mis años reclaman su ración de vida. Voy a irme muy lejos, a donde nadie me conozca ni sepa de dónde vengo ni quién soy. Pretendo labrarme un porvenir y, como hicieron antes tantos españoles, voy a atravesar el mar. Dejo a mi hija a su cuidado, pues en mejores manos no podría estar, y en el cajón de la cómoda de su cuarto encontrará un sobre con todos mis ahorros (creo que suficientes para los cuidados de Justina durante casi un año). En cuanto esté instalada allí donde voy, comenzaré a enviarle dinero.

Regresaré a Barcelona ocupando el lugar que creo me debe la vida o mis ilusiones descansarán en tierra extraña.

Intente entenderme y sepa perdonarme.

La quiero mucho,

AMELIA

Tras leer la carta dos veces Luisa se apoyó en el respaldo de la mecedora sin saber si aquello era real o lo estaba soñando.

El lloro de Justina la devolvió al mundo. El ama Leocadia no había llegado. Un sucedido de imágenes invadió su mente; el entierro de su marido en la fosa parroquial, la visita a Montjuich para ver a Máximo, y el tráfico de las Golondrinas del puerto yendo y viniendo al *Ciudad de Santander*, llevándose a Juan Pedro.

El llanto de aquella criatura era lo único que la ataba a Barcelona.

Luisa se levantó y, acercándose hasta el moisés, tomó a Justina en sus brazos. En aquel momento sonaba el timbre de la puerta y fue a abrir al ama, que llegaba puntual con el almuerzo de la niña puesto.

Querida Consuelo:

Cuando leas esta carta yo ya habré partido.

En su momento no hizo falta que te dijera nada porque tú lo sabías hace tiempo. Por fin he conocido el amor, y un amor de mujer madura, no de la niña que se enamoró, porque era lo que tocaba, de un chico de barrio como ella. La persona que se ha adueñado de mi corazón es un hombre hecho y derecho, que conoce el mundo y que por esas veleidades del destino recaló en Barcelona.

Es Tomaso, el argentino, y sólo con oírlo hablar te das cuenta de que nuestro mundo es pequeñito y Barcelona es una gota de agua en el océano. Voy a ir con él a Buenos Aires. Puedo decirte que en mi vida hay un antes y un después; a su lado me siento plena y realizada, me siento mujer, y me ha hecho artista.

Perdóname si no te he contado nada; estaba segura de que habrías comenzado con tus consejos y recomendaciones.

Te hice madrina de Justina porque conozco tus calidades como amiga y porque eres la única persona que lo sabe todo, aparte de Juan Pedro.

He dejado una carta para Luisa, que sin duda te comentará porque sé que lo primero que hará tras leerla será buscarte.

Cuida de ella y de mi hija, y ten la certeza de que en cuanto esté aposentada y tenga una dirección estable, sabrás de mí.

Recibe todo mi cariño y mi gratitud.

Te quiero todo,

AMELIA

108
El día del adiós

El tan temido día había llegado para Juan Pedro. Tras unas semanas de instrucción, primero en orden cerrado en el patio de armas y luego en orden abierto en las montañas adyacentes a Barcelona, y la consiguiente jura de la bandera, que se llevó a cabo dentro del cuartel de la calle Wellington y a la que asistió su madre en compañía del señor Cardona, la superioridad designó la fecha del 30 de marzo para el embarque de las tropas destinadas a ultramar.

Aquel día, pese al boato que intentó darse al evento adornando el puerto con gallardetes, banderolas y escudos de España colocados en las farolas, el ambiente de los asistentes al acto era más bien triste y desangelado. Las noticias, mediante el último invento del telégrafo, iban y venían atravesando los mares a toda velocidad, por lo que las portadas de los principales rotativos llevaban día tras día reseñas poco halagüeñas que, para el lector avezado que supiera leer entre líneas, indicaban que, poco a poco y por mucho que el gobierno de Madrid quisiera ocultarlo, las provincias de ultramar más pronto que tarde iban a desgajarse de la madre patria.

La Policía Municipal había acordonado con vallas de madera pintadas de rojo y blanco el perímetro del puerto de embarque, reforzando el espacio destinado a las tribunas de autoridades y de invitados así como a la banda de música, la cual, mediante la briosa interpretación de marchas militares, pretendía galvanizar el ánimo de las gentes que se apretaban tras el cordón policial.

El *Ciudad de Santander* —navío de vapor y vela de una chimenea y tres mástiles de ciento trece metros de eslora, pintado de negro con una franja roja en la parte superior del casco—, que era el designado para transportar a mil hombres hacinados en sus bodegas hasta su nuevo destino, estaba amarrado junto al espigón del Este. Para acceder a él, la tropa embarcaría en las Golondrinas del puerto, que, yendo y viniendo, harían viajes hasta que subiera a bordo al último hombre de la expedición.

En la tribuna de invitados unas trescientas personas pertenecientes a la más selecta burguesía barcelonesa comentaban festivas tanto la brillantez del acto como la inmensa fortuna y el acierto que representaba aquel régimen de cuotas por el que sus privilegiados vástagos se libraban del servicio de ultramar, con lo que ello conllevaba de peligros adyacentes, pues además de los propios de la guerra, ataques de guerrillas de mambises, sublevación de negros cimarrones, etcétera, se sumaban otros, no menos peligrosos, como eran los mosquitos, la malaria y el dengue.

En el extremo de la primera fila se encontraban las cinco sillas destinadas a la familia Ripoll; y en ellas y por este orden, Orestes, Práxedes, Adelaida, Germán y Gumersindo Azcoitia.

—¿Estás seguro de que en esta expedición parten tus dos recomendados?

El que así hablaba era Orestes.

—Estuve anteayer en la logia. Pumariño me informó de que Serrano lo hará al frente de una compañía de Cazadores, por lo que será fácil de localizar; en cuanto al otro, tengo la certeza de que le han negado la cuota, aunque seguramente entre tantos hombres no lo distinguiremos.

—Creo que has obrado sabiamente. En el futuro ambos personajes podrían habernos complicado la vida.

—Todo es cuestión de subsistencia, querido. Y, cambiando de tema, ¿tienes noticias de Candela?

—Me ha escrito la madre Loyola. Parece que se va amoldando.

—El tiempo y la distancia son la mejor medicina en estos casos. No te darás cuenta, y la tendremos aquí. La boda que ha de fortalecer nuestros negocios será un hecho y la bendición de los nietos, un alivio maravilloso para tu soledad.

Al otro lado de la valla el ambiente era muy distinto. Quien no perdía un hijo perdía un hermano; había familias que se quedaban sin el principal puntal de su sustento, y el injusto régimen de cuotas flotaba sobre aquellas pobres gentes como un presagio de mal agüero, conscientes de que el servicio a la patria lo pagaban siempre los mismos.

La prensa había anunciado a bombo y platillo la ceremonia de la despedida, pero por lo demás ninguna carta ni noticia había llegado a las familias acerca de los que iban a embarcar.

El señor Cardona avanzaba lentamente cogido por un lado del brazo de Luisa, tanteando las irregularidades del adoquinado con el extremo del bastón blanco que llevaba en la otra mano. Luisa lo había avisado, pues conocía el afecto que el librero profesaba a Juan Pedro, siendo ésta una manera de agradecerle su generosa actitud para con el hijo que partía.

El creciente murmullo de la multitud se agitó ante la llegada del capitán general Ramón Blanco y Erenas acompañado del alcalde, Félix Maciá y Bonaplata.

En el palco, Germán comentó a Gumersindo Azcoitia:

—Ya están aquí, ya puede empezar el festejo.

Súbitamente la formación se detuvo antes de entrar en el recinto vallado. Un cornetín de órdenes lanzó al aire su floreado arpegio, la banda de música atacó una conocida marcha y a la orden del capitán Emilio Serrano, que iba al frente del batallón, la tropa se puso de nuevo en marcha.

Juan Pedro, en la segunda fila de la compañía del Cuarto Batallón de Fusileros, marchaba en formación junto a su nuevo amigo Trinidad Basilio, pensando que ya poco le importaba su destino. Su única pena era su madre. Su hermano estaba en la cárcel, y él, al respecto, tenía la conciencia tranquila ya que había removido Roma con Santiago para intentar que su pena fuera la mínima, y que se quedara o partiera para nada afectaba. En lo referente a Candela, era consciente de que la había perdido, y en cuanto a evocarla, su pensamiento era igual de libre en Barcelona que al otro lado del Atlántico.

Un mar de cabezas se agolpaba tras las vallas. Allí estaría su madre. Juan Pedro pensó que no valía la pena atormentarse; él, por el momento, nada podía hacer.

Al llegar a la tribuna de autoridades y a la voz de «¡Vista a la derecha!», la formación desfiló con el banderín abatido en homenaje.

Emilio Serrano divisó en el extremo de la fila a Germán Ripoll y, aun en la distancia, le pareció percibir en su rostro un rictus de triunfo. En aquel momento su pensamiento voló hacia Claudia. Le había escrito dos cartas más, la última despidiéndose, y la bella soprano le había respondido dándole esperanzas; de tan leídas y releídas estaban hechas una lástima, con los dobleces casi rotos y arrugadas, en el bolsillo superior de su guerrera.

Se iba, pero volvería, y pensó que, además de una mujer, una cuenta pendiente con aquel mentecato era un maravilloso acicate para querer seguir viviendo.

—¡Mira, ahí va!

Orestes señaló a Práxedes la compañía al frente de la cual iba el capitán Serrano.

—Pumariño ha cumplido como un hombre de palabra, habrá que agradecérselo de alguna manera.

Luisa intentaba divisar entre las compañías que iban pasando el rostro de Juan Pedro. Vano empeño; a aquella distancia y entre tantos uniformes era tarea imposible.

Al otro lado de donde se hallaban ellos un grupo de señoras repartía escapularios entre la tropa.

Súbitamente, sin que supieran qué estaba pasando, comenzaron a oír un murmullo que al poco se fue tornando en clamor y el clamor en estrépito. Gritos de «¡Fuera, fuera!» atronaron el espacio. Alguien con una barra de hierro arrancó un adoquín del suelo, y luego otro y otro volaron por el aire. La policía, a caballo, cargó contra los causantes del disturbio; hubo huesos rotos y cabezas descalabradas, y un número indeterminado de detenidos por alterar el orden público.

La música arreció de nuevo, se restableció el orden y, finalmente, la compañía que iba en cabeza comenzó a embarcarse en la primera de las Golondrinas del puerto que aquel día habían trocado su rutina habitual de amables paseos para ociosos visitantes para convertirse en tristes barcazas de transporte que llevaban al destierro un universo de vidas truncadas y esperanzas rotas.

Empezó el lento ir y venir desde el embarcadero hasta el *Ciudad de Santander*, que se mecía amarrado en el espigón del Este. La escena duró hasta que el reflejo de la luna comenzó a cabrillear sobre las oscuras aguas del puerto.

La cabeza de Candela era un torbellino. Desde que había ingresado en aquel restringido instituto había perdido cuatro kilos y apenas podía conciliar el sueño.

El lugar no era precisamente un colegio; el caserón de Azpeitia era una casa de ejercicios de las monjas del Sagrado Corazón donde, junto a ancianas madres a las que enviaban allí para finalizar sus días, estaban otras novicias del último curso a quienes, al igual que hacían los jesuitas, habían mandado el año anterior a sus respectivas casas con el fin de que experimentaran la firmeza de sus vocaciones.

El caserón, junto al río Urola, era inmenso y cuadrado, y contaba con un hermoso jardín y una gran huerta en su parte posterior. A su costado derecho tenía adosada una bonita capilla, en sus comienzos muy deteriorada si bien habían ido arreglándola las monjas con paciencia y tesón. Todo el conjunto era la herencia de un benefactor de la orden que murió soltero y que tuvo una hermana abadesa, mucho mayor que él, que había marcado definitivamente su vida. Estaba ubicada a la salida del pueblo, al principio del camino que conducía a Loyola, y ése asimismo era el nombre de la monja que gobernaba aquella ínsula de mujeres de edades tan diferentes: Loyola Gallastegui, oriunda de Navarra y concretamente de Garínoain, un pueblecito próximo a Pamplona.

El lugar era un reducto de paz, y de haber tenido Candela ojos para ello habría apreciado la belleza de su entorno, la pureza del aire y los dones que la naturaleza había otorgado a aquel paraje; en lugar de ello, su pensamiento se abstraía e invariablemente y a todas horas pajareaba libre hacia su amor imposible, al que imaginaba desorientado en Barcelona, intentando leer entre líneas sin entender el mensaje que obligadamente había tenido que enviarle.

Repasaba una y otra vez su conducta y llegaba a la conclusión de que la habían enfrentado a una disyuntiva terrible, de manera que se había visto obligada a optar por la única salida viable si no quería, además de perder a Juan Pedro, cargar sobre su conciencia los males que pudieran sobrevenirle. La velada amenaza que encerraban las palabras de su tío Práxedes no dejaba lugar a dudas: si no cortaba aquella relación, renunciaba a su gran amor y se casaba con su primo Germán, podía desencadenar una tragedia.

Candela revisaba su corta vida y se daba cuenta de que había sido muy distinta a la que habían vivido las muchachas de su edad, o tal vez fuera que la diferente era ella.

En sus primeros recuerdos la imagen de su madre se le aparecía dialogante y muy cercana; luego —tendría seis o siete años— se le difuminaban las remembranzas y comenzaba a evocarla en los comienzos de su enfermedad, ausente, después encerrada en unos largos mutismos, al principio muy espaciados y de grado en grado más frecuentes, y más tarde vino la época de cerrar ventanas, dejar las estancias de la casa en penumbra y recibir visitas de curas y monjas, con los que su madre pasaba largos ratos encerrada en la tribuna que daba a la calle Valencia. Su padre estaba poco en casa y ella, apenas podía, se escapaba al principal, donde su primo Antonio, que era su referencia, la hacía sentir importante, ¡por fin alguien mayor le hacía caso! Recordaba que le hizo unos zancos con los que parecía gigante; salía con ellos al terrado y lo recorría de arriba abajo hasta caer agotada en el banco de la glorieta. Un día a la semana iba Luisa, la costurera, y en la galería del piso del servicio le contaba maravillosas historias de princesas y dragones, y en algunas ocasiones, tras pedir permiso, hasta la dejaban quedarse a comer.

De niña no tuvo amigas; su padre consideró que era mejor que se educara en casa, y enseguida apareció en su vida miss Tanner, la institutriz inglesa que hasta el triste incidente fue el centro de su mundo, un mundo que se abrió de par en par cuando entró en él Juan Pedro.

En el centro no había otras compañeras con quienes departir. Su caso era muy especial, las monjas la habían admitido allí por la influencia que su familia tenía dentro de la orden. Su vida era la de las novicias con alguna que otra licencia. La madre Loyola, en la plenitud de sus cuarenta y cinco años y con su experiencia como instructora de novicias, tenía a su cargo la reconducción de aquella joven vida que, según el criterio de la superiora de Barcelona, estaba en peligro de perderse. Pese a su circunstancia, Candela reconocía que aquella monja le caía muy bien.

Aquella tarde del mes de febrero, con la nieve refulgiendo en los tejados de las casas y los carámbanos pendiendo como cuchillos de cristal desde la boca de las gárgolas, a la vera de la salamandra instalada en el despacho de la superiora, Candela leía la carta que, tras ser abierta y revisada por la monja, le había sido entregada.

Su padre le escribía todas las semanas y sus cartas le eran entregadas sin otro ceremonial, por lo que, al ser llamada por la superiora, Candela intuyó que aquélla tenía algo de especial.

La triste noticia de que su madre había tenido que ser ingresada en una institución para enfermos mentales, si bien la esperaba, no dejó de entristecerla, y al finalizar la lectura de la carta no pudo impedir que las lágrimas acudieran a sus ojos.

La madre Loyola se levantó del despacho y acudió a sentarse a su lado.

—No llore, Candela. El Señor le envía esta prueba, que la hará más fuerte y le mostrará que sus tribulaciones no son nada.

Hacía muchos días que a la muchacha le hacía mucha falta un hombro donde reclinar su cabeza, y la superiora, con su fino instinto de apacentadora de almas, se dio cuenta enseguida.

—Esta noche la comunidad ofrecerá sus rezos por ella.

Ésa fue la gota que desbordó el vaso. Aquella tarde salió todo: la soledad de su niñez, su educación en manos mercenarias y la terrible disyuntiva de tener que renunciar a aquel gran amor y aceptar una boda que le repugnaba a cambio de que nada malo ocurriera al ser que amaba.

La madre Loyola sopesó sus palabras.

—Candela, usted es muy joven y quizá no pueda entenderlo ahora, pero voy a decirle algo: casi ninguna mujer de este país se casa con el elegido de su corazón, y hasta las monjas muchas veces se rebotan cuando la llamada del Señor interfiere en sus planes. Verá… yo no quería ser monja. Aunque a usted le suene raro, amaba a un muchacho de un pueblo vecino, y cuando me llegó la vocación, el día mismo de entrar en el noviciado comencé a dar patadas a la maleta que me había preparado mi madre, diciendo: «Señor, ¿por qué me has elegido precisamente a mí?». Luego entendí que el amor a Jesús es incomparablemente más satisfactorio y hermoso que el de cualquier hombre, y claudiqué.

El espíritu rebelde de Candela se puso en pie de guerra.

—Lo entiendo, madre, y me consta que en mi sociedad casi todos los matrimonios son amañados por intereses y por unir fortunas, pero no conozco a ninguna muchacha de mi entorno a la que hayan amenazado con enviar a la muerte al ser que ama caso de no plegarse a los deseos de la familia.

La madre Loyola agachó la cabeza.

SEGUNDA PARTE

TIEMPO
DE ESPINAS

109
La noche del ñandú

Cuba, 1893

Juan Massons llegó a La Dionisia al atardecer. Durante el trayecto desde el secadero había decidido que aquélla era la noche. Por más que no le importara demasiado, ya que si todo resultaba como lo tenía planeado, la consecuencia iba a ser evidente; Gabriela, su mujer, había marchado aquella mañana a Matanzas a visitar a una de sus amigas que había dado a luz su tercer hijo y, de paso, acudiría a La Favorita para ver figurines donde seguir la última moda llegada de la vieja Europa.

Juan Massons no se resignaba, y el ejemplo de su capataz le servía de estímulo; nada había mejor para alegrarle las pajaritas que intentarlo con ganado nuevo. Massons atribuía sus fracasos en las contiendas del sexo a la frigidez de su mujer; él no tenía erecciones porque a Gabriela no le gustaba la cama, y ni por asomo se le ocurría pensar que tal vez aquella actitud pasiva de su mujer se debiera a que jamás le gustó como hombre y mucho menos que el alcohol tuviera algo que ver en ello.

Lo suyo tenía que ser algo especial; todo lo que su capataz hiciera con las negras le parecía bien, pues el beneficio era claro: cuantas más coyundas hubiera en la hacienda, mejor para el negocio. El ejemplo lo daba Jonathan Shenke, que cumplía como semental y además sabía delegar en los mejores ejemplares de su cabaña para tener ocupadas a las mujeres. Pero Juan Massons pretendía ser un exquisito y a él no le cuadraban aquellos hacendados que descendían sin miramientos a meterse en la cama de sus negras, entre otras razones porque la sífilis lo espantaba; entendía que el amo debía tener un aura especial si quería mantener las distancias y el respeto, por lo que la escogida de entre todas para cumplir ese menester también debía reunir unas condiciones especiales. Él sólo quería a la negra más guapa, a la mejor.

Como cada vez que veía su casa, se sintió henchido de orgullo. Ninguna hacienda era como la suya, y nadie se había atrevido a levantar un edificio de aquellas características en aquellas latitudes. Si algún día consiguiera, ya por herencia o por compra, hacerse con la plantación que había sido de su suegro y encerrar entre las dos la de aquel vecino, Julián Cifuentes, que constituía su gran dolor de cabeza, obligándolo a vender, se consideraría el hombre más afortunado del mundo.

En tanto ascendía la escalinata pensó que, si coronaba con éxito su plan de aquella noche, los ecos llegarían sin duda hasta San Andrés, lo cual no era escaso punto para crear mal clima en el entorno de su odiado vecino. Si su mujer no era capaz de dárselo, él pondría los medios para tener un heredero que perpetuara su estirpe, aunque fuera bastardo. El nido donde había pensado alojarlo era el vientre de la deliciosa criatura en que se había convertido aquella mulatita caboverdiana que había adquirido por un módico precio en la subasta en la que su enemigo se había hecho con el padre. Y pensaba aprovechar esos días, mientras su esposa, Gabriela, estaba de viaje, para consumar su acto.

Cuando Juan Massons llegaba a sus dominios todo el ambiente se tensaba; los criados conocían y temían sus ataques de ira, a veces imprevistos e injustificados, motivados por cualquier suceso que lo incomodara por nimio que fuera —la rotura de una copa o el cierre brusco de un postigo podían ser el fermento de una paliza—, y todo el personal de servicio sabía que el amo comía y cenaba con el corto rebenque sobre la mesa al alcance de su mano y que cualquier fallo o distracción podía acarrear su uso.

El silencio en el comedor era absoluto. Crisanto, el viejo criado, y Pascual, un joven negrito recién escogido por su mujer que era el encargado de llenar sus copas, eran los únicos que trajinaban en la estancia sin hacer el menor ruido. Después de cenar, Massons acostumbraba fumarse un habano en el salón contiguo o en el porche, donde la sinfonía de fondo era el croar de las ranas en el estanque y el eterno cricrí de los grillos. Junto con el cigarro, las largas astillas y los fósforos para encenderlo, lo cual constituía toda una ceremonia, se le servía una copa de Rémy Martin con orden expresa de dejarle al lado la abombada botella, así como el correo y los periódicos que hubieran llegado durante el día.

El amo parecía inmerso en sus pensamientos.

—Si no ordena otra cosa, amo...

—Puedes retirarte, pero antes di a Madi que venga.

—¿Quiere algo de Pascual?

Massons miró a contraluz la botella de Rémy Martin comprobando su contenido.

—Puede irse, pero dile que mañana suba de la bodega una botella nueva.

—Como mande, amo.

El mayordomo y el joven negrito se retiraron.

Al poco los pesados pasos de Madi, la cocinera, hicieron crujir el maderamen del pasillo; luego se detuvieron, al tiempo que sus nudillos sonaban en el cristal biselado de la puerta del saloncito.

—¿Se puede, señor?

—Pasa, Madi.

El inmenso volumen de aquella mujer ocupó en su totalidad el quicio de la puerta.

—Entra y acércate.

La negra obedeció y se quedó a una distancia prudente, con las manos cruzadas sobre su vientre, aguardando a que el amo hablara.

Massons alargó el silencio ex profeso.

Los grandes ojos de la negra lo observaban expectantes.

—Madi, esta noche deseo ver a Nidia. Acicálala como es debido y báñala, ¡no soporto el olor de una mujer sucia! Dentro de una hora la quiero en mi cuarto, ¿me has entendido?

La negra asintió con la cabeza, muda y cariacontecida.

—Puedes retirarte. ¡Aguarda un momento! Escoge ropa de dormir de la cómoda de mi mujer, de esa que le hice traer de París y que no usa... ¡Ah! Y que sea blanca y tenga encajes transparentes.

Nidia estaba pálida. A sus veinticuatro años era sin duda la mulata más hermosa de la hacienda. A la vieja Madi le había extrañado que el patrón no la reclamara antes; por tanto, intentó adornar la circunstancia ante la joven dándole un tono de naturalidad, como si se tratara de algo ineludible que más tarde o más temprano tenía que ocurrir, diciéndole que, al fin y a la postre, iba a ser una privilegiada.

—Ser escogida como querida oficial es un lujo al alcance de muy pocas, y si tienes la suerte de quedarte preñada gozarás de un sinfín de ventajas; no es lo mismo ser la madre de un niño esclavo que serlo de un hijo del amo.

Nidia no se resignaba.

—¿Y por qué yo?

—Te lo dije cuando me preguntaste, recuérdalo, te dije que el ñandú enloquece a los hombres y que dormías conmigo para guardarte de él, pero eso es otra cosa que escapa a mis límites.

—Nadie ha nacido para que lo traten como una bestia, Madi.

—No sabes nada de esto, niña. Ahora las cosas han cambiado mucho, ¡si vieras lo que era antes…! Hoy día apenas se usa el poste, y en el cepo hace años que no han metido a nadie.

—Me han dicho que ya no hay esclavos y que en muchos sitios está castigado el tenerlos.

—Eso es pura fantasía; hecha la ley, hecha la trampa. ¿O acaso no viste cómo trajeron a más de cincuenta mujeres? Y aquí, que yo sepa, no ha venido ninguna autoridad a inspeccionar de dónde han salido ni quiénes son. Además, ¿adónde quieres que vayamos si no sabemos hacer otra cosa que la que hacemos?

—En las montañas hay cimarrones que no quisieron ser esclavos y que tuvieron el coraje de escaparse.

—Que viven robando y matando, y mucho peor que antes.

—Pues yo quiero irme con ellos.

—Y ¿qué crees que te harían si consigues llegar a las montañas?

Nidia calló.

—Yo te lo diré: gozarán de tu cuerpo en una cueva todos ellos y luego te dejarán tirada. Y ahora sal de ahí. Ya verás como no hablas así dentro de un tiempo.

Nidia estaba sentada en un balde de cinc completamente desnuda y con alguna que otra rojez en la piel debido al fregoteo al que la había sometido Madi. Obedeció, y estuvo como ausente mientras la negra la secaba, la perfumaba y le pasaba por la cabeza uno de los bellos camisones de encaje de doña Gabriela.

En tanto le colocaba los rizos en su sitio, Madi insistía intentando convencerla de que aquella situación, según como se mirara, tenía sus ventajas.

—Don Juan es muy selecto. Aquí no se le conoció jamás mujer fija alguna; imagino que iría a La Habana a aliviar sus necesidades.

Por lo visto, con doña Gabriela la cosa nunca fue bien. Si te coge de amante, y ni quiero decirte si te preña, tendrás para toda la vida un montón de ventajas.

Nidia se revolvió.

—Madi, voy a eso como una yegua a que le echen el semental. Por favor, no quieras hacer de mamporrera.

La negra se calló.

El tiempo transcurrió deprisa y antes de la hora prefijada estaba la pareja de mujeres frente a la puerta del dormitorio del patrón; Madi, aguantando el tipo, y la pobre Nidia, temblando como una hoja.

La negra se dirigió a la muchacha.

—Ten calma y procura complacerlo. Voy a esperarte despierta.

Luego la inmensa mujer se agachó y, tras dar un beso en la frente a la joven, golpeó la puerta del dormitorio del patrón con los nudillos.

La inconfundible voz, tal vez más ronca que nunca, sonó dentro.

—¡Pasa!

Madi tomó a Nidia de la mano y la introdujo en la estancia.

Juan Massons estaba sentado en su despacho de espaldas a la puerta, fumando un habano, con la botella de coñac sobre la mesa junto a una copa medio llena del licor dorado y repasando unos papeles. Vestía un batín de terciopelo oscuro con sus iniciales bordadas en el bolsillo sobre un pijama de seda. Al cabo de poco se volvió lentamente.

Nidia, envuelta en aquella nube de encajes, parecía una orquídea negra.

Los ojos del hacendado despidieron un fulgor de lujuria. Sin decir palabra, se puso en pie rodeando lentamente a la pareja.

—Vaya, vaya, vaya... ¿Qué tenemos aquí? —Y sin esperar respuesta y sin mirarla, apostilló—: Buen trabajo, Madi. Ya puedes retirarte; Nidia ya conoce el camino de vuelta.

Tras cruzar una tierna mirada con su protegida, la mujer se retiró.

Nidia quedó en pie en medio de la estancia; sus ojos veían y no veían. Estaba dispuesta a pasar aquel amargo trago y decidida a escapar a las montañas en cuanto hubiera ocasión.

La voz del amo la sacó de su ensimismamiento.

—Quítate la bata y tiéndete sobre la cama. Desde el día en que te compré supe siempre que romperías en hembra importante. Estoy seguro de que tú me harás sentir la que llaman fiebre de ébano, y si lo consigues vas a tener muchos privilegios dentro de la hacienda.

Nidia se despojó lentamente de la bata y se echó en la cama, dispuesta al sacrificio. A la luz de los quinqués ubicados sobre las mesas de noche su carne morena parecía refulgir entre las batistas y los encajes.

Massons a su vez se despojó del batín de terciopelo y de la chaqueta del pijama. Nidia había visto infinidad de veces los torsos desnudos de los trabajadores de la hacienda, lo que no esperaba era la visión de aquel oso peludo. Asustada pero terriblemente serena, permaneció quieta cerrando los ojos y aguantando la respiración.

Súbitamente el hombre se despojó del pantalón del pijama y luego se echó a su lado. Sus manos comenzaron a manosearla, en tanto decía:

—Vamos, ¡seguro que no es tu primera vez! Ya sabes complacer a los hombres, ¿eh?

Nidia se mordió el labio inferior hasta hacerse sangre.

El tiempo fue transcurriendo. La muchacha yacía como muerta asistiendo a aquel asalto de su cuerpo como si lo estuviera viendo desde otra dimensión.

Massons gemía, y en tanto la sobaba con una mano con la otra intentaba excitarse. Aquel ejercicio duró un cuarto de hora. Súbitamente todo cambió; el hombre se incorporó en el lecho.

—¡Maldita sea! ¡Por mis muertos que no vas a salir de aquí intacta para que yo sea el hazmerreír de esta casa!

Se puso en pie y tras coger la fusta que se hallaba sobre la mesa regresó junto al lecho.

—¡Separa las piernas, perra!

Y sin dar tiempo a que Nidia se hiciera cargo de lo que estaba a punto de suceder se abalanzó sobre ella intentando penetrarla con el mango de la fusta.

Nidia se vio perdida. El amo pretendía separarle las rodillas. Sin casi saber lo que hacía extendió los brazos, y su mano derecha palpó sobre la mesita de noche algo frío y metálico. Era un abrecartas de puño de marfil. No lo pensó dos veces: alzó el brazo y con un odio contenido durante muchos años lo abatió sobre la espalda del hombre a la altura de la paletilla.

Entonces sucedieron varias cosas. Un lamento de bestia herida rasgó la noche; Massons se volvió sobre sí mismo, soltando su presa e intentando arrancarse aquello de su espalda; Nidia saltó del lecho y, con la agilidad de una corza, al tiempo que cubría sus carnes con la bata de batista de doña Gabriela salió de la habitación y echó a correr por el pasillo como alma que llevara el diablo, y Jonathan Shenke, el capataz de la hacienda, que estaba leyendo en su cabaña con la ventana abierta, se colocó en el cinto su Colt 45 y, tomando un candil, salió en dirección a la casa grande al presentir que algo grave había sucedido.

En cuanto Jonathan Shenke entró en la habitación de su patrón y vio el cuadro, se hizo cargo de lo que allí había ocurrido.

—Tiéndase sobre la cama y no lo intente. —Se refería al conato de su patrón de quitarse el abrecartas de la espalda.

Dejó el candil y el arma sobre la mesa y fue al cuarto de baño, donde tomó una jofaina y una toalla limpia de lino, que humedeció con agua, antes de regresar. Después de examinar la profundidad de la herida procedió a retirar el pequeño estilete. Massons mordía la almohada para contener los gritos de dolor. Mediante una fuerte presión con el trapo húmedo, el capataz detuvo la sangre, que manaba en abundancia; finalmente en el armario del botiquín halló un desinfectante de yodo, una torunda de algodón y una caja de gasas, y con ello limpió los bordes de la herida y procedió a vendarla.

Al día siguiente, Massons requirió de los cuidados de un médico. El abrecartas había penetrado en la espalda del hacendado a la altura del omóplato derecho, unos dos centímetros, y el galeno opinó que, pese a que se había obrado diligentemente, era necesario cautelar la posible infección, por lo que tras limpiarla le colocó un emplasto y le obligó a llevar el brazo en cabestrillo.

—Ha sido la negra esa de la cocina. Madi la ha preparado, y cuando ya iba a consumar el acto se ha vuelto loca. Pero no dudes que traerá consecuencias.

—¿Quiere que la lleve a los barracones?

—Déjame que piense el castigo.

La decisión fue terrible; a los dos días Massons llamó de nuevo a su capataz.

—Harás correr la voz de que me ha agredido por la espalda cuando estaba leyendo en la biblioteca, por lo que el correctivo deberá ser ejemplar. Cogerás a esa perra y, después de darle treinta latigazos delante de todos, la meterás en el cepo un par de semanas.

Shenke se atrevió a argumentar.

—Desde que yo trabajo para usted ese artilugio no se ha usado.

Massons estalló en uno de aquellos ataques de ira incontrolados y repentinos que tan bien conocían los esclavos de su plantación.

—¡Imagino que tampoco habrás oído que un patrón haya sido atacado en su propia casa! ¡Al cepo con esa perra! Y si no te atreves por no irritar a tus negros o porque no sabes, ¡ya puedes buscarte trabajo!

Shenke insistió.

—Perdone, amo, pero no va a ser popular. El cepo se usaba en otro tiempo; si alguien va con el cuento a la autoridad, tendremos problemas.

—No te preocupes, nadie va a ir. El que lo hiciera tendría que explicar que una negra ha atacado de noche y por la espalda a su patrón, y te juro que el castigo no sería posiblemente el cepo. Mañana por la tarde asistiré al espectáculo, y quiero que lo hagan todos los negros de la plantación... ¡y digo todos!, los domésticos también.

Al llegar a la alcoba de la cocinera negra, Nidia explicó a Madi lo sucedido en el dormitorio del amo. La negra se llevó las manos a la cabeza.

—Pero ¡tú estás loca! Deberías haber sido amable con él y no quedarte como una muerta. Ése, al fin y al cabo, es el destino de todas las negras jóvenes de la plantación. Ya te dije que hace tiempo que no está con el ama, por eso pensé que te buscaba a ti. Y alcanzo a entender que te hayas escapado, pero de eso a agredirle con un abrecartas...

—Pero, Madi, quería hacerme daño con el mango del rebenque.

—Porque tú no te has prestado, y ya eres una mujer y sabías a lo que ibas.

—Y ¿ahora qué pasará, Madi?

—No lo sé, pero nada bueno.

La tensión en las cocinas se hizo insoportable; el ambiente auguraba que algo iba a suceder en la hacienda, si bien nadie entre los cocineros, los pinches y las mujeres se permitía la menor licencia; cada uno iba a lo suyo y no se oía ni una risa.

Al mediodía el capataz, acompañado de dos negros, fue a buscar a Nidia. La muchacha se refugió detrás de Madi. El silencio era absoluto, únicamente se percibía el rumor del bullir del agua en una olla.

Shenke se dirigió a los dos hombres.

—¡Cogedla y llevadla a la gallera!

El lugar era conocido por todos los habitantes de la plantación.

Junto a una gallera que estaba en desuso se encontraban los dos temidos artilugios, el poste y el cepo.

Los negros se dirigieron hacia Nidia, quien, aterrorizada, se agarró al mandil de Madi. Ésta se atrevió a suplicar al capataz.

—¡Por favor, don Jonathan! ¿Qué va a hacer con ella?

—No es de tu incumbencia, Madi. Dedícate a lo tuyo. Y la próxima vez procura hacerlo mejor; si no el látigo medirá también tu espalda.

Nidia estaba sujeta entre los dos hombres y sus pies casi no rozaban el suelo.

Shenke se dirigió ahora a todo el personal de la cocina.

—¡Después de comer os quiero a todos en la gallera!

Desde todos los puntos de la plantación fueron llegando las cuadrillas de hombres y mujeres, al frente de las cuales iba un encargado, que habían dejado el trabajo siguiendo las órdenes del capataz.

La explanada fue llenándose lentamente, y aquella masa de piel oscura se fue colocando en derredor del poste. Los más veteranos ya habían presenciado en alguna ocasión uno de aquellos crueles castigos; para otros, era la primera vez. Todos se hicieron cargo de lo excepcional del momento cuando apareció Jonathan Shenke, pertrechado como siempre con su Colt 45 en la cintura, una carabina Winchester en la mano izquierda y en la derecha un látigo de empuñadura corta con la cinta de piel de búfalo enroscada en el mango.

Tras él y conducida entre los dos negros que la habían ido a buscar a las cocinas, caminaba, si a aquel andar medio a rastras podía llamársele caminar, una Nidia con los ojos desorbitados de terror hacia el tétrico poste de anillas ennegrecido por los restos de sangre de muchos desgraciados.

La esclava fue colocada ante el poste y abrazada a él pasando sus manos en derredor del mismo y sujetándolas a la anilla de la parte posterior. Los negros, tras cumplir su función, se hicieron a un lado. Shenke se colocó el rifle en bandolera y desplegando el látigo aguardó la llegada del amo.

La gente no se atrevía ni a respirar.

Súbitamente el círculo se abrió por la parte que daba a la gallera y en el hueco apareció el patrón, vestido como de costumbre, pero con la camisa de lino ostentosamente abierta para que se viera bien el aparatoso vendaje que envolvía su hombro derecho.

Juan Massons se acercó al poste y, volviéndose hacia la gente, habló alto y claro para que le oyeran todos.

—Ya sabéis que no me gustan estas cosas y sois testigos de que hace mucho tiempo estos instrumentos no se usan en La Dionisia —dijo señalando el poste y el cepo—, pero la buena marcha de la hacienda requiere que en todo momento se guarde la disciplina; de no ser así, el trabajo se resentiría y todos saldríamos perdiendo. Anteayer fui atacado en mi casa... ¡en mi casa!, por esta insensata que ha deshonrado con su acción a todos los trabajadores de la hacienda. Es por ello por lo que ha de ser castigada. Sabed todos que no ha de temblarme la mano para administrar justicia. Nidia recibirá treinta latigazos en la espalda y permanecerá dos semanas en el cepo. Y escuchad bien, ¡el que intente ayudarla recibirá el mismo castigo y ocupará su lugar! Y ahora, Jonathan, comienza tu trabajo. Y tú... —Se dirigió a Nidia—. Tú contarás cada latigazo en voz alta para que todos entiendan lo que es esto. ¡Procede!

El silencio era absoluto. Shenke desenroscó lentamente la serpiente de cuero, se colocó a la distancia oportuna y, tras chascar el látigo, dirigió la mirada al amo. Massons asintió con la cabeza. La mano del capataz ascendió y, con un hábil giro de la muñeca, descargó el utensilio sobre la espalda de Nidia hasta tres veces.

La voz de Massons interrumpió el castigo. Con paso lento se colocó frente a la muchacha.

—O eres sorda, o me tomas por un perfecto imbécil o quieres desafiar mi autoridad. ¡Te he dicho que cuentes! —Y dirigiéndose a Shenke ordenó de nuevo—: Sigue.

El látigo retomó su tarea y dibujó otra vez en el aire su cruel cometido silbante.

De los labios de Nidia no salió ni un gemido.

—¡Para!

Massons estaba pálido de ira. Se puso frente a Nidia, la agarró del pelo y la obligó a levantar la cabeza.

—Negra, ¿me tomas por un reverendo huevón?

Lo que ocurrió en aquel momento quedó durante mucho tiempo grabado a fuego en la mente de aquellos desgraciados y habría de pasar de generación en generación explicado por los viejos por las noches alrededor del fuego.

Nidia, ante el estupor de los presentes, con los ojos fulgurando de odio, lanzó un salivazo al rostro del amo.

A lo primero Massons no reaccionó. Luego, lentamente, extrajo de su bolsillo un pañuelo y se limpió la cara.

—Eres una negrita dura... Me gusta. —Se dirigió al capataz—: Empezarás a contar los treinta latigazos en el momento en que esta estúpida los cuente en voz alta. Hasta entonces, no vale. ¡Comienza de nuevo!

El látigo iba y venía, una y otra vez. Nidia se retorcía a cada golpe; sus muñecas sangraban. Iría por los cuarenta latigazos o más, pero de sus labios no salía una palabra. Shenke transpiraba del esfuerzo. Nidia se derrumbó y cayó desmadejada a los pies del poste.

El alemán expresó su opinión al amo:

—Vamos a perderla... Esta negra no servirá para nada.

Massons estaba furioso.

—Está bien, ¡llévala al cepo! —Luego, hablándole al corro, añadió—: Ya veis lo que ocurre cuando alguien desafía mi autoridad. ¡Volved al trabajo! Cada cuadrilla a lo suyo. Y si alguien se sale de la línea, ¡ya sabe lo que le toca!

Y dando media vuelta se dirigió a la casa a grandes zancadas.

Cuando los negros regresaron a sus tareas, los encargados de las cuadrillas no pudieron impedir que comentaran entre ellos los sucesos acaecidos aquella tarde, y el castigo de Nidia sirvió para que durante la noche siguiente tres hombres escaparan a las montañas para unirse a los cimarrones.

Shenke habló con su patrón.

—Don Juan, si no le damos agua y algo de alimento, la vamos a perder. Es una lástima. Es joven, y aunque ahora tenga la espalda destrozada, sabe leer; podrían pagarle a usted por ella un buen dinero.

—Está bien. Que Madi se ocupe de ella; pero únicamente Madi, y que le dé sólo pan y agua. Di en las cocinas que yo he dado la orden; no quiero que confundan mi clemencia con debilidad.

Una sombra se destacó en la noche. Madi caminaba hacia la gallera con una bolsa de cuero en la que había hojas de saúco maceradas en vino, un cuenco de sopa espesa, un cántaro de agua, un vaso y una cuchara.

Nidia estaba arrodillada con la cabeza abatida y las manos colocadas en el cepo.

La negra se acercó con mucho tiento, se agachó y puso su rostro a la altura del de la muchacha.

—¡Por Olodumaré y por la Virgen María...! ¿Qué te han hecho, mi niña? —Madi era yoruba y mezclaba sus dioses con los santos adoptados de los blancos.

Nidia no respondió.

La negra se colocó a su espalda y, después de lavarla con agua, le cubrió las lacerantes heridas con el emplasto de hojas. Nidia lanzó un gemido y se movió. Madi se puso frente a ella.

—Aguanta, niña, aguanta.

La mujer sacó de la bolsa el vaso, lo llenó de agua y lo acercó a los tumefactos labios de la muchacha; Nidia bebió. Luego extrajo el cuenco de sopa y la cuchara e intentó que tragara; Nidia negó con la cabeza.

—¡Vive, Nidia, vive! Si no te alimentas, morirás.

La voz de la muchacha salió del sótano de sus entrañas.

—Sólo agua. No quiero morir de sed, pero ¡quiero morir!

—¡Por Olorún, no me hagas esto! El amo me permite darte todos los días agua y sopa. ¡Ya verás como te suelta antes!

Nidia negó con la cabeza.

—Sólo tomaré agua.

La negra desistió.

—Mañana vendré a cambiarte el emplasto, y eso te aliviará la espalda.

Nidia ya no oía la voz de Madi.

Gabriela Agüero era posiblemente la mujer blanca más desgraciada de toda la isla. Nadie que la hubiera conocido de niña habría podido augurar que su dorada infancia tuviera tan triste final, pero la rueda de la fortuna, que es la que rige la vida de los hombres, le fue desfavorable y las circunstancias adversas se encadenaron. Su madre murió joven de unas fiebres tifoideas que asolaron la isla y su padre casó en segundas nupcias con Esperanza Galeote, mujer ambiciosa y dominante que convenció al progenitor de Gabriela para que pactara la boda de la muchacha con Juan Massons, rico terrateniente mucho mayor que ella, con fama de cruel e irascible pero poseedor de la hacienda La Dionisia, una de las mejores de Cuba, separada de la suya por la San Andrés, posesión de la familia Cifuentes, con cuyo hijo, Julián, aunque doce años mayor que Gabriela, había compartido muchas horas felices en la niñez. Su padre se resistió alegando que era muy joven, aunque finalmente se allanó a los deseos de su mujer, quien arguyó que en las Antillas las orquídeas se marchitaban muy pronto. Massons aceptó el trato, pues, además de la juventud y la belleza de Gabriela, iba incluido el derecho de tanteo para la compra de la finca cuando el señor Agüero o su mujer decidieran vender. En su noche de bodas, Gabriela presenció el asalto de su virginidad como si estuviera ausente. Juan Massons se colocó sobre ella completamente borracho e intentó penetrarla, sin conseguirlo; los excesos de ginebra y de ron de caña durante tantos años le habían generado impotencia. Su ira aumentaba cada vez que fracasaba en el empeño, y entonces tomaba la botella que había dejado en la mesa de noche, daba dos o tres tragos directamente del gollete, se ajustaba los pantalones y salía de la habitación dando un portazo.

Desde entonces Gabriela había soportado su matrimonio con resignación y aceptado las humillaciones de su marido. Pero ese día, a su regreso de Matanzas, cuando se enteró de lo sucedido en su ausencia, montó en cólera. Su marido había partido para el puerto de Cárdenas, pues de Miami tenía que llegarle una máquina para tratar la melaza, así que Gabriela se encaró con Madi para averiguar lo ocurrido.

—Madi, cuéntame de cabo a rabo todo lo ocurrido o te deslomo.

La negra, retorciéndose las manos en el delantal, no tuvo más remedio que explicar a su ama punto por punto lo que ya era un clamor entre el servicio de la casa.

Gabriela palideció.

—No es que me importe lo que pueda hacer ese imbécil, pero lo que ha intentado es una canallada que rebaja la condición del género humano. Azotes ha habido muchos en todas las plantaciones, pero el motivo es lo que me parece una iniquidad.

—Señora, yo no lo pude impedir... Únicamente soy una pobre sirvienta negra.

—No te culpo, Madi. Sé cómo las gasta ese pobre alcohólico impotente. Lo malo es que se niega a atribuir al alcohol su incapacidad para tener a una mujer. —Luego cambió de tema—. ¿Cómo está Nidia?

—Ha recuperado la conciencia, aunque está muy debilitada, ama, pero sólo bebe agua; se niega a comer, y si no lo hace morirá.

—Voy a verla.

Madi se atrevió.

—El amo ha dicho que durante su ausencia únicamente me acerque yo. Hable con el capataz, señora... Creo que antes de partir para Cárdenas el señor recalcó ex profeso al señor Jonathan que ni usted podía acercarse hasta cuando volviera.

—Está bien. Envía a alguien que diga a Shenke que quiero verlo inmediatamente.

Partió la negra hacia las cocinas en busca de Pascual, el joven negro que hacía las veces de sumiller.

Al cabo de media hora el capataz se asomaba a la puerta de las estancias de Gabriela.

—¿Da su permiso, señora?

—¿Yo no puedo ver a mi camarera?

—Órdenes del amo, señora, que yo no hago otra cosa que cumplir.

—Desde que yo me casé, en esta plantación no se ha azotado a ningún hombre, y mucho menos se lo ha puesto en el cepo.

Shenke intentó defender a su patrón.

—Es que lo ocurrido en la biblioteca fue muy grave.

—¡Jonathan, no me tomes por una estúpida! El hecho ocurrió en el dormitorio, y si crees que me importa un adarme, entonces ¡resulta que el imbécil eres tú!

Shenke calló.

—¡Iré a ver a Nidia!

—Por favor, doña Gabriela, no me obligue.

—¡¿Serías capaz de impedírmelo?!

—Tengo mujer e hijos, señora, y a mi edad, y tal como están las cosas, es difícil encontrar un trabajo como éste.

Gabriela respiró hondo.

—Está bien, ve a lo tuyo que yo iré a lo mío.

—Ama, se lo ruego… Tengo a dos hombres de guardia.

—No te preocupes, no voy a comprometerte. Pero que quede claro que ahora ya sabemos en qué bando estamos cada uno. La vida es muy larga, Jonathan. ¡Arrieros somos y en el camino nos encontraremos! Puedes retirarte.

Era martes, y hasta el sábado no regresaba su marido; tenía, por tanto, tres días para intentar arreglar aquel desaguisado, el tiempo justo para dejar una nota en el sicomoro, cambiar la piedra negra de sitio y reunirse en el bohío del río con Julián Cifuentes. En la mente de Gabriela se iba forjando un plan.

—Que me preparen la volanta, voy a salir.

Gabriela comenzaba a realizar el plan que había urdido. Hasta aquel día siempre había funcionado, y estaba cierta de que si obraba con discreción también funcionaría en esa ocasión.

—Señora, ¿quiere que la haga acompañar por algún hombre armado?

—No, Jonathan. Yo no tengo enemigos. Irá conmigo Valencia, mi viejo cochero, y antes de que anochezca ya estaré de vuelta.

—Señora, hay partidas de mambises descontroladas, y cimarrones que bajan de las montañas y asaltan los caminos.

—No te preocupes. Siempre me he entendido bien con las gentes que aman su libertad.

—El amo me dijo...

—¡El amo que cante misa! Iré sola. ¿Me he explicado con claridad?

En aquella ocasión, por ganar su voluntad y por si las cañas se tornaban lanzas, Shenke asintió.

Valencia, complaciendo la orden de su ama, azuzó al tiro de caballos, de manera que en menos de dos horas se detenía junto a un gran sicomoro que presidía un recodo del camino.

—Valencia, quiero caminar un poco. Aguárdame junto al molino, que yo acudiré.

—Lo que mande la señora.

Descendió Gabriela y partió el carricoche. Cuando ya hubo doblado el recodo Gabriela se precipitó. Se acercó al gran árbol y sacando de su bolsa un cartucho de papel enrollado lo colocó en un agujero del tronco que cubrió con hojas. Luego se agachó y tomando una piedra negra de tamaño regular que yacía a un lado la introdujo al pie del tronco cambiada de posición. Acto seguido comenzó a caminar hacia el coche. Estaba cierta de que Julián Cifuentes, el amigo de su niñez, no le fallaría.

El viernes por la mañana cuando llegó al bohío supo por el bayo que estaba atado en la barra de la puerta que Julián ya había llegado.

Con un ágil brinco saltó al suelo y ató su yegua a su lado.

El relincho de su caballo avisó a Cifuentes de que alguien llegaba; aprestó su Winchester y por el resquicio que dejaba el postigo junto a la ventana miró al exterior.

Al ver a Gabriela descansó. Sentía un profundo afecto por aquella criatura que sabía tan desgraciada y de quien tantas veces había cuidado en su niñez. La urgencia de la nota que le había dejado en el árbol lo tenía inquieto.

Julián Cifuentes fue hasta la puerta, bajó los dos escalones que lo separaban del suelo y abrió los brazos para recibir a su amiga.

Gabriela, en tanto avanzaba a su vez, lo observó con detenimiento. Sería la mezcla de razas, la vida activa que llevaba o su especial genética, el caso era que Julián Cifuentes, el amigo de su infancia, no envejecía.

Julián, como tantas otras veces, la abrazó con profundo afecto, y Gabriela se sintió segura. Luego, cogidos de la cintura, se dirigieron a la puerta del bohío.

—Como es evidente, no pierdo la costumbre: cada vez que voy a la plantación de arriba miro el sicomoro. Hacía ya mucho que había perdido la esperanza... Pero ayer, cuando vi la piedra cambiada de sitio, bajé del caballo para asegurarme, y cuando leí la urgencia de tu mensaje entendí que pasaba algo muy importante. Aparte de eso, ¿cómo es que has podido venir?

—Juan está en Cárdenas, no llegará hasta mañana por la noche.

El bohío estaba habilitado como un lugar de descanso; había una sola pieza en la que se ubicaba una chimenea con los enseres para guisar, un armario de cocina, una mesa con sillas y, junto a la ventana, un viejo sofá con dos silloncitos de respeto; al fondo una puertecilla daba al exterior, donde se hallaba un excusado con un lavabo. La pareja se situó en el sofá.

—¿Cómo está Manuela?

Gabriela sabía que ella no era la única que sufría en la isla. Julián Cifuentes, su buen amigo de la infancia, había soportado la pérdida de su esposa, Alice, que falleció cuando daba a luz a su hija Manuela. Cuando la niña tenía dos meses súbitamente un día rompió en llanto y, ante la alarma de la negra que cuidaba de ella y de su padre, su piel comenzó a adquirir una tonalidad azulada que se tornó más oscura en los labios y en las uñas, y al cabo de poco el episodio se repitió. Julián no aguardó más, tomó su mejor tiro de caballos y se dirigió a La Habana. Las consultas médicas se sucedieron, y los facultativos llegaron a la conclusión de que el motivo de tan rara coloración era algo referente al corazón y el consejo de todos fue unánime: «Coja usted a su hija y vaya a París. Allí encontrará los más adelantados métodos del mundo para poder diagnosticar problemas cardíacos». A los ocho días embarcaba en el *Reina Mercedes* rumbo a Francia. La Ciudad de la Luz fue para él un continuo visitar hospitales y consultas de médicos; la conclusión de los galenos, encabezados por el doctor Fallot, fue definitiva: «Su hija sufre una cardiopatía congénita que le produce una cianosis; la sangre que bombea el corazón no aporta el suficiente oxígeno, de lo cual es consecuencia el color azulado que en ocasiones de nervios tinta, principalmente, los labios y las uñas. El mal es irreparable. La niña vivirá lo que Dios quiera; ni nosotros ni nadie puede asegurarle el tiempo, aunque por lo común esta clase de enfermos no llegan a superar los tres años».

—Ya sabes como es lo suyo. Por el momento vive y me conformo. Manuela no tiene mañana, tiene hoy; procuro darle todo lo que me pide, al igual que intento no estar fuera de casa más de dos días. El médico le dio tres años de vida y, sin embargo, ya ha cumplido nueve...

—Pero ¿no hay esperanza?

—Sólo hay que rezar. Si cuando me voy no quedara al frente de la plantación Celestino Vivancos, no podría ni trabajar. Aun así, tristemente eso se me acaba.

—¿Qué quieres decir?

—Está muy enfermo. Parece que el desenlace no es inminente, pero este maldito mal no para, se te come las entrañas por dentro.

—Lo siento mucho, sé lo que representa para ti.

—Doy gracias a Dios por el tiempo que lo he tenido. De momento no quiero pensar; cuando llegue lo que ha de llegar ya me lo plantearé. Por ahora tengo a Manuela y lo tengo a él.

—¿Sigues trabajando para que este país sea independiente?

—Sigo trabajando con los pies en el suelo. Mi lema es: «Con el mazo dando y a Dios rogando». No me gustan los soñadores de café que gastan la pólvora en salvas, es decir, que hablan y no hacen nada. El día llegará, y yo intento ayudar. Pero hasta que llegue, mejor Cuba española que americana; si los yanquis ponen su bota en la isla, no se marcharán en la vida. Pero hablemos de ti, Gabriela... ¿Para qué me has llamado?

—Ha pasado algo muy gordo, Julián.

—Explícate.

En media hora Gabriela refirió los sucesos acaecidos durante su ausencia en La Dionisia. Al finalizar el relato Julián Cifuentes se puso en pie y comenzó a medir la estancia con pasos lentos y mesurados, mientras sus labios mascullaban:

—Maldito bastardo, algún día arderás en el infierno. —Luego detuvo su caminar frente a Gabriela—. ¿Qué crees que puedo hacer yo?

—Llevo tres días meditándolo. Los negros están asustados, todos temen los estallidos de ira de Juan. Lo que yo sé a través de Madi todavía lo ignora la gente. Como bien sabes, a mi marido le ciega el dinero, de modo que si tiene ocasión de vender a Nidia por una cifra importante y de esa manera la aleja de dar pábulo a las murmuraciones que tarde o temprano estallarán, tal vez transija en vendértela... si eres capaz de inventarte una buena excusa.

—Si eso crees, a más tardar el domingo estaré en La Dionisia con una oferta que no podrá rechazar.

El domingo a las once de la mañana el bayo de Julián Cifuentes cruzaba bajo el portalón en cuyo arco de piedra, en grandes letras, podía leerse un nombre: LA DIONISIA.

En cuanto llegó a la escalinata un negrito de unos doce años se adelantó a tomar las riendas del caballo, en tanto un doméstico se acercaba hasta él para conducirlo al portal de la gran casa. Al llegar al porche le indicó que aguardara y fue en busca del mayordomo. Crisanto se presentó de inmediato. Conocía a aquel hombre, sabía de la influencia que tenía sobre el gobernador militar y asimismo conocía el odio que le profesaba su patrón.

—Bienvenido a La Dionisia, don Julián. Imagino que querrá ver al señor.

—A eso he venido.

—Por favor, acompáñeme.

Cifuentes siguió al hombre, quien lo condujo al salón de billar que estaba junto a la biblioteca.

—Aguarde aquí, si es tan amable.

Los pasos se alejaron. Cifuentes pensó que hacía mucho tiempo que no pisaba el interior de aquella casa.

No tuvo demasiado tiempo para observar la estancia. Los pasos retornaban, y ahora acompañados por otros más rotundos. Una voz, ya en la puerta, ordenó al criado con la palmaria intención de que el visitante lo oyera:

—Crisanto, tráete de la bodega una selección de nuestros mejores caldos. Hoy tenemos el honor de recibir en esta casa a uno de nuestros más preciados vecinos.

Tras este preámbulo se abrió la puerta y en su marco apareció la oronda figura de Juan Massons. El recibimiento no pudo ser más protocolario y artificioso. Massons habló sin tender la mano a Cifuentes.

—¡Mi querido amigo, me honra con su presencia! En esta ocasión aprecio más el detalle ya que no viene incluido en el séquito del capitán general, como la última vez.

Cifuentes entendió la sorna.

—No hay que confundir; una cosa es una fiesta y otra muy diferente, un negocio... Y eso es lo que me trae hoy aquí.

—Sea cual sea el motivo, celebro verle de nuevo en La Dionisia.

Pero mejor sentémonos, que cualquiera que sea el tema que me proponga, ambos estaremos más predispuestos al pacto en tanto podamos tratarlo cómodamente.

A la vez que se sentaban entraba Crisanto un servicio completo de licores apropiados para aquella hora de la mañana: whisky, manzanilla y jerez.

—¿Qué le apetece, amigo mío?

—Lo que usted tome me irá bien.

—Entonces permítame sugerirle —dijo Massons tomando una copa estrecha y alargada y la botella de jerez— Manila Viajado, una verdadera delicia para el paladar, regalo de la reina regente al antiguo capitán general, Camilo García de Polavieja y del Castillo-Negrete. ¡Para mi fortuna, pude hacerme con un barril! Este caldo único se balanceó durante casi un año en el mar, de España a Filipinas y de Filipinas aquí. Como comprenderá, su maceración es irrepetible.

Massons, después de entregar la copa a Cifuentes, llenó la suya y alzándola propuso un brindis.

—¡Por un negocio que debe beneficiar a ambas partes! —Ambos bebieron, y después de ordenar a Crisanto que se retirara, Massons añadió—: Espero su propuesta con sumo interés.

Julián Cifuentes tuvo que hacer un esfuerzo para contener el inmenso asco que le producía aquel individuo; nada de él le gustaba. Sus enfrentamientos habían sido varios; el trato que daba a sus negros le repugnaba; su descarada actitud de servilismo hacia los americanos hacía que, por lo demás, lo considerara políticamente enfrentado a él, y a todo esto se sumaba la desconsideración que mostraba hacia su esposa, Gabriela, la querida amiga de su niñez. El colofón final había sido lo de Nidia. Cifuentes se tragó todos los agravios y se dispuso a negociar.

—El asunto que me trae hoy aquí fue motivo en su día de un enfrentamiento entre ambos, pero creo que las circunstancias han cambiado; el tiempo ha transcurrido inmisericorde y, por encima de todo, hemos de ser humanos.

Tras ofrecerle un habano que Cifuentes desechó, Massons encendió un grueso cigarro con la vitola de La Flor de La Dionisia y se recostó en el respaldo de su sillón.

—Le escucho con verdadero interés.

Cifuentes llevaba preparado el guión de su discurso y de ninguna manera quería traer a colación el castigo de Nidia.

—Voy a ello. Hace muchos años usted y yo cometimos el error

de separar a una familia. La vida, como el agua del río, ha ido corriendo y las circunstancias han ido cambiando. No quiero hacerle perder tiempo... El padre de una muchacha que usted compró está ya mayor y enfermo. Ese hombre ha sido para mí durante años una inestimable ayuda y me ha transmitido su última voluntad, que no es otra que reunirse con su hija. Estoy dispuesto a pagar el precio que usted me solicite, y caso de aceptar mi propuesta, sepa que además de quedar en deuda con usted le estaré siempre profundamente agradecido.

Massons dio una larga calada a su cigarro. Con un golpe seco de su anular descargó el extremo de la ceniza en un platillo e, insospechadamente, sacó el tema que había querido obviar Cifuentes.

—En mala circunstancia llega, amigo mío. Cualquier negro de mi plantación está en venta... menos Nidia.

Cifuentes se hizo de nuevas.

—¿Es posible conocer el motivo?

Massons, ostentosamente, dejó el cigarro en un cenicero y desabrochándose la guayabera mostró a su visitante el hombro vendado.

—Esa desgraciada me atacó. Un hecho así en otro tiempo, y usted lo sabe bien, era motivo más que suficiente para matar a un esclavo a palos. Yo me he conformado con treinta azotes y un corto tiempo en el cepo.

Julián Cifuentes meditó su respuesta.

—Esos castigos hace tiempo que están prohibidos.

—¿No cree usted, querido amigo, que más prohibido estará atacar a un amo?

Cifuentes apretó.

—¿Puede saberse el motivo de tal ataque?

—Perdone, pero la pregunta me parece impertinente. Tal ataque, como usted muy bien dice, jamás estará justificado.

El visitante respiró hondo.

—Apelo a su generosidad. En la situación en que está su padre, creo que es de hombres de bien permitir que los últimos días de su vida los pase con su hija. Le ofrezco a usted por Nidia cinco mil dólares.

Massons no pudo por menos que considerar la oferta; su afán de venganza luchaba contra su avaricia. Finalmente pudo más el primero; sin embargo, quiso dejar una puerta abierta.

—Deme un par de semanas de tiempo. Dentro de quince días tendrá mi respuesta.

Transcurridos doce días un carro plataforma de cuatro ruedas conducido por un negro y portando un cajón sujeto con correas avanzaba traqueteando por el caminal de plátanos que conducía al blanco porche de la hacienda San Andrés.

Julián Cifuentes estaba despachando sentado en un balancín de paja trenzada con su secretario, Celestino Vivancos. Extrajo del bolsillo de su chaleco un pequeño reloj, y lo desusado de la hora llamó su atención; era raro que pasadas las ocho de la tarde alguien visitara una plantación sin ser invitado.

El conductor del carro plataforma detuvo el vehículo frente a los tres escalones que elevaban el porche.

Cifuentes y Vivancos fueron hacia él.

—¿Qué le trae por aquí?

—Vengo de La Dionisia, señor, y mi amo me ha ordenado que le entregue el cajón —dijo señalando la plataforma— y una carta.

—Está bien. —Se dirigió a Celestino—: Ve a buscar un par de hombres para que bajen esta caja.

Partió el mulato y el recién llegado entregó la misiva a Cifuentes.

Respetado vecino:

La charla que mantuvimos el último día me rompió el corazón. Es de justicia que, en la última hora de la vida, padre e hija estén juntos; es por lo que, sin tener en cuenta el precio ofrecido, le envío mi presente en muestra de buena vecindad y cumpliendo sus deseos. Suyo afectísimo,

JUAN MASSONS

Julián Cifuentes tuvo un mal pálpito. De un ágil brinco subió a la plataforma, nerviosa y rápidamente, soltó las correas que sujetaban el cajón y abrió la tapa.

El cuerpo atormentado de Nidia envuelto en un sudario blanco estaba recostado en el fondo de aquella especie de féretro con el rostro marcado por un rictus de sufrimiento y, sin embargo, reflejando paz. Vivancos, acompañado de dos domésticos, avanzaba por el camino que venía de las cocinas.

110

El castillo de El Morro

Juan Pedro se consideraba ya un veterano. Tres años llevaba en la isla y el recuerdo de la injusticia que con él se había cometido todavía lo atormentaba.

En aquellos momentos su acuartelamiento se hallaba en el castillo de El Morro, fortaleza que cautelaba la entrada al puerto de La Habana, y su empleo dentro del ejército era de cabo asistente del capitán Emilio Serrano.

Había finalizado la carta que enviaba a su madre todos los meses, siempre que no estuviera de servicio de armas en avanzadilla. Tumbado en su jergón, después de que su mente divagara sobre el recuerdo de Candela, cuyo rostro se le iba difuminando a medida que pasaban los días, repasaba las raras circunstancias que habían ido jalonando su vida desde la partida de Barcelona.

Sería el cuarto día de navegación rumbo a Cuba cuando el sargento Valmaseda irrumpió en la bodega de popa en la que se reunían los que aguantaban el mareo escuchando las canciones que su amigo Trino Basilio, acompañándose con una vieja guitarra, iba desgranando con una afinada voz y no poco sentimiento, en los oídos de una predispuesta concurrencia que a través de ella evocaba el terruño, una madre o una novia, y le ordenó que acudiera a la sala de oficiales del puente de primera clase, donde lo aguardaba el capitán Emilio Serrano.

Juan Pedro se dispuso a cumplir la orden; el barco cabeceaba rudamente y rociones de espuma batían la cubierta, por lo que sobre el uniforme de rayadillo se colocó el capote impermeable y se dispuso a seguir a Valmaseda.

Llegados a la sala de oficiales aguardó a que el sargento lo anunciara, alisándose en tanto el empapado cabello. El suboficial salió al punto ordenándole que entrara en la estancia. Era ésta alargada, y como único mobiliario contaba con una mesa de notables proporciones rodeada de pequeños sillones, y decoraban las paredes cuadros y maquetas de buques de la armada.

El capitán Emilio Serrano, con los pies colocados sobre la mesa, ocupaba el extremo de la pieza.

Juan Pedro se cuadró con el saludo reglamentario.

—Se presenta el soldado de segunda Juan Pedro Bonafont, asignado a la tercera compañía de Cazadores de Alcántara.

El capitán lo observó detenidamente en tanto que con el pulgar y el índice de la mano izquierda se retorcía la punta de la guía de su bigote.

—Descanse, soldado.

Juan Pedro se colocó en la posición indicada.

Serrano bajó las piernas de la mesa e inclinándose sobre una carpeta de gomas que había abierta sobre ella extrajo un papel que a Juan Pedro, desde la distancia, le pareció un oficio.

—Usted, soldado, es de Barcelona, del reemplazo de este año y, por lo que aquí consta, se le ha denegado la liberación del servicio por cuota depositada.

—Sí, mi capitán.

—Y ¿a qué circunstancia atribuye usted esta negativa? Porque lo que aquí consta me parece fútil.

Juan Pedro pensó que mejor sería aducir la verdadera razón, ya que antes o después el oficial podría averiguarla igualmente.

—Tengo un hermano en la cárcel inculpado injustamente por una acción anarquista.

Serrano lo observó con curiosidad.

—Ya, todo el que está en la cárcel paga culpas por cosas que no ha hecho, ¿no es eso, soldado?

—Hay testigos de que ese día y a esa hora mi hermano no estaba en Barcelona.

—¿Entonces…?

—Huyó por miedo. Explotó una bomba en la fábrica Ripoll y Guañabens, donde él trabajaba y donde había perdido tres dedos de una mano en una máquina, y pensó que le cargarían el muerto por haber cometido el acto por venganza. Es por ello por lo que pensó que mejor sería esconderse hasta que escampara la tormenta, pero evidentemente se equivocó.

Serrano, achinando los ojos, lo miró con interés.

—¿Sabe usted si el dueño de esa fábrica es don Germán Ripoll?

—La fábrica es de su padre, don Práxedes, y de su tío, don Orestes. Don Germán Ripoll es únicamente, en todo caso, el gerente.

Ahora sí que los ojos de Emilio Serrano recorrían ávidamente las letras del expediente completo de Juan Pedro.

—Y usted, además del correspondiente pago oficial, ¿qué argumento aludía para evitar el servicio de ultramar?

—Mi madre es viuda, mi capitán, y yo soy el único sustento de la casa.

—Está bien, soldado. Puede retirarse.

Con un breve taconazo y la voz reglamentaria de «A sus órdenes», Juan Pedro salió del cuarto de oficiales.

El cerebro de Serrano bullía como una marmita al fuego. La orden directa del coronel Pumariño, que podía leerse entre líneas, indicaba que a aquel soldado no se le evitara servicio alguno por arriesgado que fuera, y lo tildaba de elemento peligroso y antisocial a tener en cuenta porque podía corromper la moral de la tropa.

Emilio Serrano se consideraba traicionado por su superior; entendía que había sido castigado en exceso por un hecho que, teniendo en cuenta que atañía al honor, en otras circunstancias y con otros oficiales se había tratado de muy distinta manera; la única diferencia era que su oponente en aquel duelo había sido Germán Ripoll, perteneciente a la misma familia causante de la desgracia de aquel muchacho a quien encarecida y sutilmente se recomendaba enviar a la muerte.

A las dos semanas de llegar a Cuba Juan Pedro Bonafont era ascendido a cabo y nombrado asistente del capitán Emilio Serrano y cartero de la compañía. Con el tiempo, el capitán Emilio Serrano llegó a contarle el porqué de aquella orden directa del coronel, que él desobedeció al deducir que ambos eran víctimas de un enemigo común: la familia Ripoll.

El ascenso al empleo de cartero tuvo sus ventajas; una de ellas era que estaba liberado del servicio de guardia de puerta. Otra era que disfrutaba de un trato especial en según qué circunstancias, como la vez que en la tarde de permiso se interpuso entre la crueldad de un soldado borracho y un jovencísimo limpiabotas mulato al que libró de una paliza porque insistía en que se le abonara el servicio. El veterano, además de humillar al limpiabotas, le propinó una patada en el rostro que costó al muchacho dos dientes. Juan Pedro intervino; el veterano acabó con la nariz rota, y ambos terminaron siendo detenidos por la Policía Militar, que patrullaba principalmente los días de asueto.

—¡Realmente no te entiendo! Te pasas los días tumbado en el jergón mirando el techo mientras las mulatas van por la calle moviendo las caderas y pidiendo guerra. Si no fuera porque te conozco bien, pensaría mal.

El que así hablaba apoyado en el quicio de la puerta era su compañero Trino Basilio y la perorata iba dirigida a Juan Pedro, quien lo escuchaba indolente con una expresión en el rostro de «Olvídame, que ya me sé el discurso de otras veces».

Trino se sentó en el borde del camastro.

—Deja que te cuente... Y cuando haya terminado, si no te interesa no te preocupes, que para este avío encuentro compañía rápidamente.

—¿Por qué no te ocupas de tus cosas y me dejas en paz?

—¡Porque soy tu amigo, coño, y me duele que quemes tu vida evocando fantasmas!

Juan Pedro calló y el otro supo que su silencio era aquiescencia.

—Verás, el sábado pasado el capitán Serrano me envió a llevar unas botas suyas a que el remendón les pusiera medias suelas. En tanto esperaba me fui a tomar un café frío a la bodega de Quilmes, y... ¡madre de Dios, lo que apareció por la puerta! ¡Dos mulatas de muerte! Son primas, y lo tengo hecho con la mayor. He quedado con ellas para mañana por la noche, que tenemos pernocta; nos llevarán a una taberna de canto y baile que está en la zona de Varadero y luego a lo que salga. Si te cuadra, bien, y si no, no te preocupes, que me buscaré compañía y procuraré que sea menos ceniza que la tuya.

Juan Pedro le daba vueltas a la cabeza y volvía siempre a lo mismo: el recuerdo de Candela; era atosigante y únicamente amainaba cuando estaba metido en trajines del cuartel o en patrullas de vigilancia. Su silencio animó a Trino.

—Pero ¿no dices que te dejó tirado para casarse con su primo el rico? Pues, chico, ya es hora de que te espabiles. Y no olvides que un clavo saca otro clavo.

Juan Pedro se puso en pie.

—Está bien, iré.

La aventura duró tres meses. Acostumbraban ir a un merendero de la playa del Tamarindo que estaba abierto toda la noche. Isaura y Jovita eran descaradas y divertidas; la primera, más mujer; la segunda, mucho más espigada y poseedora de unos ojos negros como el azabache. Al tercer encuentro, tras cantar y beber, cuando Isaura y Trino desaparecieron por el foro, Jovita preguntó:

—Oye, negro, ¿tú sabes lo que es el sabor de la canela?

Juan Pedro se hizo el tonto y negó.

—Cuando lo pruebes ya no querrás saber nada más, chico.

Y tras estas palabras lo tomó de la mano y, saliendo, se dirigieron al espacio protegido que había en la playa entre dos barcas.

La noche caribeña era tibia, y el reflejo de la luna creaba en la playa un contraste mágico de luces y sombras.

—Túmbate, mi niño, que yo te enseño.

Juan Pedro llegó al cuartel de madrugada con un regusto amargo en la boca. Se tumbó en el jergón y durmió.

Trino llegó al día siguiente.

—¿Qué tal ayer?

—Bien.

—¿Únicamente bien?

—¡A ti qué te importa!

No volvieron a hablar de ello.

111

La vida de Candela

La Vanguardia, domingo 17 de abril de 1892

Notas de sociedad

Ayer a las doce del mediodía se celebró en la catedral de Barcelona el enlace de la bella señorita Candela Guañabens y Sala, hija de don Orestes Guañabens y Espinós y de doña Renata Sala Mainz, con don Germán Ripoll y Guañabens, destacado *sportman* ex campeón de España y de Cataluña de esgrima, hijo de don Práxedes Ripoll de Grau y de doña Adelaida Guañabens y Espinós. Bendijo la unión su excelencia reverendísima el obispo Morgades. Fueron padrinos, por parte de la novia, doña Isabel Par, doña Clotilde Pla y don Gumersindo Azcoitia; y por parte del novio, don Alfonso Ardura, don José Sarquella y el cónsul americano en Barcelona, mister Howard.

El banquete nupcial se celebró en los salones del Gran Hotel de las Cuatro Naciones.

Los novios partieron de viaje para varias capitales europeas: París, Roma, Berlín y Moscú.

Deseamos desde aquí a la feliz pareja una vida larga y llena de bienaventuranza y prosperidad.

Ocho meses y medio después del día de su boda, Candela, instalada en la tribuna que daba al pequeño jardín posterior de su villa de Muntaner-Copérnico, en las últimas semanas de su embarazo y muy incómoda ya por su gravidez, depositó el periódico sobre la mesa y dejó volar su pensamiento, recordando las circunstancias que habían ido jalonando su vida desde aquel día. Los recuerdos se amontonaban en su cabeza, inconexos y alterados, al punto que le costaba concretar cuál había tenido lugar antes y cuál después. Lo que estaba claro era que era una mujer casada con un hombre al que no amaba, por demás egoísta y desconsiderado que admitía su nuevo estado siempre que no interfiriera en la vida que a él le gustaba vivir y que era la que desde siempre había vivido. Ella ya sabía que jamás lo amaría, su corazón siempre pertenecería a Juan Pedro, pero no había imaginado que la vida a su lado sería tan terrible. Su mente viajó hasta los años pasados en el internado, antes de la boda...

El tiempo pasado en Azpeitia la había ido cambiando. De aquella muchacha en flor, entusiasta, rebelde e inconformista poca cosa quedaba. Ni ella era la misma, ni tampoco lo eran las circunstancias ni las personas que la rodeaban a su regreso. Las charlas con la madre Loyola, paseando arriba y abajo por la explanada de la casa de formación antes de la cena, cuando ya entraba el buen tiempo, habían remansado su espíritu y le habían dado a entender que la vida era un camino y no precisamente de rosas. Ya entonces, en lo único en que se reconocía, pese a que su boda aparecía en el horizonte, era en su invariable amor hacia Juan Pedro, al que el tiempo y la distancia habían idealizado. Los años transcurridos fuera de Barcelona habían encerrado su existencia en un paréntesis. En todo ese tiempo su padre había ido a verla cuatro veces y su tía Adelaida dos. Por su padre se había enterado de la terrible decisión que el hombre había tenido que tomar: aunque él le habló de que había tutelado a Renata en un maravilloso sanatorio instalado en medio de un paraje de ensueño donde iba a estar muy bien cuidada, Candela supo leer entre líneas y entendió que su madre estaba encerrada en un manicomio. La primera duda que la asaltó fue si aquel terrible mal que ella había visto avanzar inexorable era algo hereditario; se le dijo por activa y por pasiva que no, pero ella percibió que su padre no podía responder a aquella pregunta y ni siquiera quería plantearse la cuestión.

Por fin llegó el día de regresar a Barcelona y de enfrentarse a una boda que no deseaba. Todo había cambiado hacia ella en la calle Valencia. La actitud de las personas no era la de antes. Lo más extraño era el ambiente lúgubre de aquella casa donde en su ausencia habían pasado muchas cosas que no se le explicaban por más que ella preguntara a uno y a otro. Candela sentía que a su alrededor habían levantado un muro de silencios y complicidades. Unos no respondían atendiendo órdenes superiores y otros no lo hacían, estaba segura, por miedo a las consecuencias. Al segundo día de su llegada y sabiendo que Germán estaba de viaje, Candela bajó al principal a ver a sus tíos.

La primera en reconocerla fue Bruja, la perrita, que comenzó a saltar a su alrededor loca de contenta. Tío Práxedes había acudido, en compañía de don Gumersindo Azcoitia, a una naviera por un tema de fletes. Tía Adelaida la recibió como siempre cariñosísima. Candela la encontró muy desmejorada. Su tía se justificó alegando sucesos muy tristes: había muerto Teresa, una de las camareras de la casa. Cuando ella preguntó la causa, su tía le dijo que de una infección en la sangre ocasionada por una herida de un clavo en el pie; sin embargo, cuando se lo preguntó a Carmen, la hermana de la fallecida, ésta agachó la cabeza y, desviando la mirada empañada, le rogó que no insistiera.

Cuando preguntó por Antonio fue el único instante en que los ojos de su tía Adelaida brillaron de contento.

—Mi única pena —le dijo— es que a pesar de que ha acabado su carrera de abogado con notas brillantes y que Su Ilustrísima el obispo Morgades tiene depositadas en él grandes esperanzas, he de ir a verlo al seminario porque tu tío no le ha perdonado lo que él considera una traición y no quiere verlo en casa.

Luego se enteró de que la policía se había llevado a Silverio. Preguntó a Jesús, el portero, y a Florencia, y ambos le respondieron que había ocurrido algo en las cuadras y que ellos entendían que había faltado algún objeto, que otra cosa no podían decirle. Candela se extrañó. Silverio estaba en la casa desde que alcanzaba su memoria, y algo muy grave tenía que haber sucedido para que su tío lo hubiera denunciado. La explicación de Jesús y de Florencia le pareció muy pobre y poco creíble.

En cuanto Crispín supo de su regreso, fue a verla por la mañana. El viejo criado le pidió permiso para besarla porque ya era una señorita. Le habló de su madre, y le dijo que estaba muy bien cuidada y que era feliz. Pidió a Candela que le avisara del día que iría a visitarla porque le retrasaría la toma de cloral, que era la medicina que la tranquilizaba, para que de esa manera la reconociera, ya que en caso contrario doña Renata pasaba muchos ratos hablando a las flores del jardín y a los peces del estanque.

—¿Tan mal está? —quiso saber.

—Ella no sufre ni padece, Candela... perdón, señorita. Está en su mundo y únicamente quiere hablar conmigo.

—Pero hablará con los otros huéspedes, ¿no?

Candela se dio cuenta de que Crispín se ponía a la defensiva.

—Nosotros vivimos en una villa aparte. Su madre, señorita, a veces se pone muy nerviosa y entonces sólo la entiendo yo.

—¿Qué quieres decir, Crispín?

—Cuando no conoce puede llegar a agredir, y entonces le dan unas duchas frías y calientes y le suministran calmantes. Pero se queda muy abatida, y yo procuro por todos los medios evitarle eso.

—En cuanto mi padre me autorice, iré a verla. ¡Pobre mamá!

Crispín quiso quitar hierro al asunto.

—Los días que está bien, pregunta mucho por usted, y yo, si no tengo noticias, invento cosas; el caso es tenerla distraída.

—¿Sabe que me caso?

—Su tío Práxedes convenció a su padre para que no se hablara de eso; piensa que podría perturbarla. No le convienen las emociones fuertes. Imagino que, en su momento, ya se lo dirán.

El protocolo se cumplió al pie de la letra. Tío Práxedes y tía Adelaida subieron al segundo primera a pedir la mano de Candela a su cuñado y hermano Orestes, para su hijo Germán. De esta manera concluía todo; se consumaba la desgracia de Candela, pero la firma Herederos de Ripoll-Guañabens salía reforzada y dispuesta no sólo a subsistir, sino a prolongarse en el tiempo, en las generaciones venideras, entre aquel océano de empresas que era Barcelona.

Sus tíos le regalaron un hermoso brillante talla navette de seis quilates, y su padre obsequió a Germán con un reloj Cartier de oro de tres tapas y que, apretando un botoncito, daba los cuartos, las medias y las horas. Ambos cuñados regalaron a la pareja un hermoso chalet con jardín en la calle Muntaner esquina con Copérnico para que pudieran entrar en la joven sociedad barcelonesa recibiendo en su casa y dando fiestas y kermeses en el jardín durante los meses de estío que permanecieran en la ciudad.

La tarde de la pedida fue la primera vez desde su regreso de Azpeitia que Candela vio a Germán. Éste había vuelto de un viaje a Madrid el día anterior. Los años de vida disipada de su primo no habían pasado en balde. Su rostro acusaba los derribos del tiempo; la barbilla ya no tenía la firmeza de antes y se adivinaba en ella una pequeña sotabarba; la piel de las mejillas, bajo el disimulo de las gruesas patillas, se mostraba más flácida, y bajo el tirante chaleco se presentía el perfil de un incipiente abdomen. Lo único que no había cambiado era la mirada penetrante de sus ojos grises.

Como era de rigor, Práxedes dijo unas palabras.

—Queridos hijos, las circunstancias de la vida han hecho que nuestra familia sea muy corta; yo no tuve hermanos, desgraciadamente, y vosotros dos —dijo señalando a su esposa y a su cuñado— no habéis frecuentado a vuestros únicos primos por razón de la distancia; mi otro hijo tristemente no tendrá descendencia. Es por ello... —Ahora señaló a Candela y a Germán—. Que la responsabilidad de que el árbol de nuestra familia dé frutos depende únicamente de vosotros. El libro de los libros que es la Biblia, a la que tan aficionada es mi esposa, dice que el Señor ordenó a Adán y Eva que crecieran y se multiplicaran. Voy por ello a levantar mi copa. Saturnino, por favor.

El fiel criado fue pasando la bandeja con las copas de champán y cada uno de los presentes tomó una.

Práxedes alzó la suya y, refiriéndose a la pareja que estaba en el sofá, anunció:

—¡Por vosotros y vuestros hijos!

En tanto los tres progenitores tocaban los bordes de sus copas, Germán acercó la suya a la de Candela.

—¿No recuerdas, prima, que un día te dije que cuando crecieras tú y yo haríamos faena?

Candela presenciaba todo aquello como si el negocio que allí se trataba nada tuviera que ver con ella. Hacía mucho tiempo que su decisión estaba tomada; su única misión era salvar la vida de su amado, aunque Juan Pedro jamás fuera a tener constancia de ello. La única condición que impuso a su padre fue la de ir a visitar a su madre, internada en San Baudilio.

La visita al sanatorio frenopático fue tristísima. Candela acudió a San Baudilio en compañía de su padre y de tía Adelaida. Intentando hacer más amable el momento, el doctor Galceran le mostró las instalaciones, los jardines y el parque, pero los ojos de Candela se iban sin querer hacia las personas. A su paso se cruzaba con miradas vacías, sonrisas idiotas y con alguno que otro que, creyendo ser quien no era, gesticulaba encaramado en un banco cual si fuera un afamado orador al que escuchara una multitud.

La villa de su madre estaba junto al pequeño quiosco de música en un recoleto rincón que ubicado en otro sitio habría sido un paraíso. A su llegada la frase de Crispín ya anunció lo que iban a encontrarse.

—Hoy tiene un mal día —dijo el sirviente—. Sucede de vez en cuando, pero no es lo común. Cuando le he entrado el desayuno me lo ha tirado por encima, asegurando que alguien quería envenenarla. El doctor me ha ordenado darle una dosis doble de cloral, y en estos casos queda todo el día muy adormecida e inclusive, cuando le sirvo la comida, no me reconoce. Ahora está en el jardincillo que da a la parte de atrás. ¿Quiere ver nuestro pequeño refugio antes de visitar a su madre, señorita Candela?

—Gracias, Crispín, me gustará mucho. Y gracias, otra vez, por tus cuidados hacia mi madre.

—Es lo que he hecho siempre desde que era muy pequeña; creo que no sabría hacer otra cosa.

—Qué suerte, Crispín, que en el mundo todavía queden personas como tú.

En el recorrido del pequeño chalet, Candela reconoció muebles que habían estado antes en su casa y anteriormente en el *mas* de Reus. La villa contaba con un comedor contiguo a una salita de estar que daba, como ésta, al jardín de la entrada; al lado la cocina y en la parte de atrás estaba el cuarto de Renata, con la cama adoselada que había pertenecido a su abuela y su mesa de noche al lado de la ventana, junto con el vestidor y el cuarto de baño; al fondo se hallaba el pequeño dormitorio de Crispín con un excusado. En las paredes Candela vio cuadros de su casa, y sobre los muebles pequeños marcos con fotografías de otros tiempos y objetos diversos, como un reloj, dos estatuillas y un florero.

Orestes y Adelaida recorrían tras ella las estancias ya conocidas.

—Crispín, quiero ver a mi madre. —Y volviéndose hacia su padre y su tía, añadió—: Y quiero verla sola.

Los dos entendieron el mensaje.

—Venga conmigo, señorita.

Candela siguió al mayordomo, quien la condujo a través de un estrecho pasillo a una puertecita que se abría en la parte posterior de la casa. Candela descendió una escalera de peldaños de barro cocido que daba al jardín trasero.

—Mírela, señorita, allí.

El criado señaló a una mujer de edad con el pelo completamente blanco, sentada en una silla de mimbre frente a una mesa de mármol y bajo una pequeña pérgola de uva de parra. Parecía dormida.

Candela se acercó lentamente.

—Déjeme a mí, señorita; a veces se despierta muy desorientada.

Crispín se adelantó y Candela fue tras él.

El criado tocó a la durmiente levemente en el hombro.

—¡Mire quién está aquí, señora!

Renata abrió los ojos y miró en derredor como quien regresa de otro mundo. Finalmente clavó una mirada desorientada en Candela, que, de inmediato, peregrinó hacia Crispín.

—Te he dicho mil veces que no quiero ver a desconocidos. —Dándose la vuelta, volvió a cerrar los ojos.

A Candela acabó de venírsele el mundo encima. Aunque lo peor estaba por llegar...

La pauta la dio la llegada a la torre el día de la boda.

Con el mejor de sus deseos, Adelaida había preparado una cena íntima para dos en el comedor a la que no le faltaba detalle: mantel de lino blanco, cubertería de plata, vajilla de Limoges y copas de cristal de Bohemia, y como iluminación dos esbeltos candelabros. Todo hacía que la estancia tuviera un ambiente mágico a la vez que apropiado para el momento. Candela recordaba que entró en la torre dispuesta al sacrificio; sin embargo, hubo de reconocer que su tía Adelaida, ignorando sus sentimientos más íntimos, se había esforzado al máximo. La joven se sentía una extraña observadora de todo aquello, como si nada tuviera que ver con ella.

Entraron los dos en el comedor, y Germán, de un vistazo, se hizo cargo de todo y su voz sonó despectiva e irónica.

—Debo admitir que mi madre se ha esmerado. Esto está agradable... Hoy no voy a salir.

Y con esa última frase dio a entender cuál iba a ser su conducta desde aquel día en adelante.

Candela no lo lamentó, y menos aún después de consumar su matrimonio.

Su vida estaba truncada; la decisión de estar en aquella gran cama preparada para el sacrificio había sido suya, y mientras ello sirviera para salvar de una muerte segura a su amado todo lo daba por bien empleado. El padre que le dio el cursillo prematrimonial lo dijo muy claro: «El amor se mide por lo que cada uno está dispuesto a sacrificar por el otro». Aunque Juan Pedro no lo supiera jamás, aquella pequeña llama de amor de juventud por el que nadie apostaba se había tornado en una inmensa hoguera capaz de arrasarlo todo. Aquél era el precio, y Candela estaba allí para pagarlo.

Los grifos del cuarto de baño estaban abiertos; Germán estaba acicalándose como un celebrante que fuera a oficiar un rito. Candela pensaba cuán diferente habría sido todo de haber sido Juan Pedro quien estuviera a punto de entrar en la habitación.

Al hilo de su discurso mental, fue recordando. La semana anterior había intentado ver de nuevo a su madre. El hecho fue un fiasco. El pobre Crispín se lo avisó: el médico la tenía atiborrada de cloral. Aquellos días su madre pasaba por crisis de violencia, como si adivinara lo que estaba a punto de vivir su hija y su espíritu se rebelara. En aquella ocasión Renata la miró con fijeza, la abrazó apretándola contra sí y después la apartó para enfocar sobre ella su turbia mirada. Luego lanzó con una voz ronca una frase críptica que, en los siguientes días, martilleó los oídos de Candela con insistencia: «No te dejes, no te dejes». Acto seguido desvió su mirada y ya no volvió a hablar.

El corazón de Candela se aceleró al tiempo que el agua de los grifos dejó de manar. Al punto se abrió la puerta y entró su primo hermano con un impoluto pijama blanco.

Candela lo miró como si lo viera por vez primera, con el rebozo de la sábana recogido hasta la barbilla.

Germán la observó con el deseo reflejado en sus ojos grises.

—No te escondas tanto, primita; si no, no podremos debutar. —Luego señaló su pijama de arriba abajo como excusándose—. ¡Cosas de mi madre! Como puedes suponer, para lo que vamos a hacer todo esto sobra.

Germán apartó la sábana y la colcha y se acostó a su lado.

Candela temblaba.

—¿No vas a apagar la luz?

—¡Y si te parece pondré de espaldas el cuadro de la Virgen de la Misericordia de mi madre! Mira, primita, imagino que, como todas las chicas que he conocido, has soñado con este momento toda la vida. Esto es más sencillo y natural de lo que te imaginas; a lo mejor hoy no, pero verás como dentro de una semana te gusta.

Candela calló. Germán apartó las sábanas y la miró con deleite. Lentamente se incorporó y se quitó la chaqueta del pijama. Después la obligó a ella a quitarse el camisón y a quedarse únicamente con los rizados pantaloncitos sujetos con cintas bajo la rodilla. Candela, cruzando los brazos, se cubrió los pechos. Germán se quitó el pantalón y quedó ante ella completamente desnudo. La chica no sabía dónde mirar.

Después de profanar su cuerpo hasta el rincón más íntimo durante un tiempo que a Candela se le hizo eterno, Germán la poseyó. Después se echó a su lado, derrengado y exhausto.

Finalmente cuando quedó dormido, sin hacer el menor ruido Candela se levantó y fue a lavarse al cuarto de baño. Al regresar observó que su marido tenía en el cuello la huella de los dientes de un mordisco, sin duda fruto de una batalla habida el día anterior de su boda para celebrar la despedida de su soltería. Aquello habría de repetirse invariable y continuamente.

El viaje de novios fue agotador. Se dirigieron a París y allí tomaron el Orient Express. Pasaron por Estrasburgo, Viena, Budapest, Bucarest y Estambul, parando para visitar las diversas capitales, y al cabo de tres o cuatro días volvieron a tomar el ferrocarril para seguir viaje. Tras una última parada, Germán quiso visitar la Rusia de los zares, por lo que se dirigieron a Moscú. Candela regresó a Barcelona embarazada y asqueada. Germán había dejado de ser su primo y era un ilustre desconocido; la usó cuanto y como quiso, y no hubo ciudad donde a la segunda noche no la dejara sola en el hotel y saliera, como él decía, a conocer los ambientes nocturnos, de lo cual se alegró la joven infinitamente y llegó a la conclusión de que aquel acto animal, sin amor, era una asquerosidad y una profanación del cuerpo de la mujer.

Una de las pocas ventajas que adquirió con su nuevo estado fue la libertad. Podía ir a donde y con quien quisiera, siempre dentro de las normas de las buenas costumbres. Candela recobró la amistad de sus amigas del Sagrado Corazón, Isabel Par y Clotilde Pla. Ambas se habían casado; la primera con Enrique Casadevall, asimismo un primo suyo, pero por lo que le contó su amiga dedujo que era feliz. Clotilde, por su parte, había contraído matrimonio con un viudo joven, padre de un hijo muy pequeño, que se la llevó a vivir a Gerona. Cada vez que bajaba a Barcelona, como ella decía, la buscaba, pero esa circunstancia hacía que Candela la frecuentara mucho menos. Hablaron las tres amigas como todas las recién casadas del descubrimiento del sexo, y a través de las revelaciones de Isabel y Clotilde se reafirmó Candela en la idea de que aquello que le aguardaba todas las noches con temor podía llegar a ser algo muy hermoso… para ella estaba vetado.

Otras dos únicas cosas le resultaron positivas. La primera fue que tía Adelaida le prestó temporalmente a Carmen, su primera camarera, para que le organizara el cuerpo de casa; la segunda, que, usando de su libertad, no le era difícil bajar a la Rambla de los Estudios para visitar al señor Cardona por ver si tenía alguna noticia de Juan Pedro.

En esos últimos meses de embarazo Candela no se atrevía a desplazarse, pero, desde la tribuna donde estaba sentada, sus pensamientos y oraciones iban dirigidos a él.

112
Luna Tucumana

La vida que se había prometido al lado de Tomaso no era, desde luego, la que ella había temido.

Ella y Tomaso habían partido desde Barcelona en el *Príncipe Alfonso*, barco de la naviera de Antonio López que tras varias escalas, en Cádiz, Canarias y Montevideo, debía finalizar su singladura en el puerto de Las Catalinas, en Buenos Aires, recién inaugurado por el presidente Pellegrini. Tomaso había regalado a Amelia un anillo con un pequeño brillante en señal de compromiso; la boda se celebraría en cuanto llegaran a Córdoba, de donde era oriundo y donde residía su madre —viuda de un funcionario de Aduanas—, por lo que Amelia se dispuso a disfrutar alegremente de su viaje de novios. Tomaso había logrado que contrataran a la orquesta Los Cinco del Plata para amenizar las comidas y las cenas a bordo, y había conseguido un buen sueldo y, además, un camarote de segunda clase para ellos, así como dos compartidos de tercera para los muchachos.

Tomaso le vendó los ojos con un pañuelo antes de entrar en él; luego, solemnemente, la tomó en brazos por sorpresa y la depositó en el suelo. «Abrí los ojos, piba, y mirá lo que es la vida.» Cuando Amelia, asombrada, paseó la mirada por el camarote y vio un ramo de flores colocado en un búcaro de porcelana sobre la pequeña mesita creyó morir. Después, cuando el ruido del motor del barco aumentó sus giros haciendo vibrar los mamparos y arriba sonaron tres sirenazos secos y hondos, la pareja subió rápidamente a cubierta junto con los demás pasajeros para, apoyados en las barandillas, contemplar cómo el puerto de Barcelona se desdibujaba lentamente en la lejanía, al tiempo que el vapor se acercaba a la bocana. Amelia vio la ciudad pequeña y pueblerina, y todas sus vicisitudes pasaron en un segundo por su cabeza: su niñez, la salida de casa de sus padres renegando de aquel maldito oficio de su progenitor, su trabajo en El Siglo, su amiga Consuelo, Máximo y su triste destino, su violación, su maternidad y, por fin, aquella maravillosa coyuntura que había representado el debut en La Palmera. Un nubarrón apareció en su mente, pero lo disipó tan rápido como había aparecido. Su hija Justina quedaba en buenas manos, el dinero que había dejado a Luisa era suficiente y antes de que se terminara ya habría enviado más, pero en aquel momento no quería pensar en otra cosa que no fuera que de la mano de aquel ejemplar de hombre que tenía al lado iba a conocer el mundo, aquel mundo que de pequeña repasaba una y otra vez en las revistas y que pensaba que pertenecía a otro universo del que ella no formaba parte. Excepto por el mareo que la acosó durante los dos primeros días de navegación, cuando ya pasadas las columnas de Hércules se adentraron en el océano y se acostumbró al balanceo del barco, la travesía le resultó perfecta; el mar acompañó a tal punto que el segundo oficial, que era a quien ellos tenían que referirse para cualquier asunto, les confesó que jamás, desde que él navegaba, había atravesado un Atlántico tan calmo.

Amelia descubrió el sexo, que se abrió ante ella como un mundo inexplorado y maravilloso. Tomaso fue un extraordinario maestro, tanto que el recuerdo de su vergüenza y de su asco por los hombres quedó alojado en un arcano repliegue de su memoria.

Terminaban su turno a las doce y media; entonces, si la noche acompañaba, daban un paseo por cubierta hasta que Tomaso se hubiera fumado tres cigarrillos; después iban al camarote, y una noche hasta descorcharon una botella de champán. Luego hacían el amor hasta la madrugada.

La llegada a Buenos Aires le impresionó. La capital de Argentina era un inmenso alambique donde se mezclaban razas y culturas de todo el mundo. La amplitud de sus enormes avenidas, el modo de anunciar los buhoneros sus mercancías por la calle, los teatros, lo animado de sus noches y lo que hasta entonces había sido para ella una curiosidad, el habla de Tomaso, allí la sorprendía con giros nuevos y acentos heterogéneos que la asaltaban a cada paso en la calle Corrientes. La segunda parte de su asombro fue la llegada a Mar del Plata, la zona turística más exclusiva de Argentina donde la actividad bullía día y noche. Las familias de la alta sociedad porteña habían establecido allí su residencia de verano, por lo que o tenían ya sus villas construidas a la vera del mar o estaban construyéndolas alrededor del hotel Bristol, eje de la vida social veraniega del lugar. El debut en el Luna Tucumana fue todo un éxito, la orquesta tenía dos actuaciones dentro de un elenco de lujo, y Amelia se dio cuenta de que ella aportaba al grupo un tono europeo que encantaba al personal. El número final era un mago con el que hizo buenas migas y al que, pese a mirar la actuación desde detrás del escenario, jamás pudo entender cómo hacía sus trucos. Se anunciaba como el Gran Kálmar, y aunque era armenio hablaba español, si bien con un peculiar acento. Cierta noche, después de actuar, le dijo muy seriamente: «Si un día se aburre usted de cantar, en el mundo de la magia tiene un porvenir como ayudante mía». Ella le dio las gracias y guardó la tarjeta del mago distraídamente en su caja de maquillaje.

De Mar de Plata viajaron a Mendoza, donde los éxitos continuaron hasta que, una noche, mientras Amelia se desmaquillaba en el camerino, la entrada de Tomaso interrumpió sus meditaciones.

—Andate ligera, piba. Vamos a cenar con la muchachada.

Cuando iba a responder que estaría lista en cinco minutos, la voz del regidor sonó en la puerta al tiempo que sus nudillos golpeaban.

—Don Tomaso, permiso.

Tomaso se estaba ajustando el corbatín.

—Pasá, viejo.

Entró el hombre.

—¿Qué ocurre, Pablito?

—Tiene una admiradora que quiere que le firme una postal.

—¿Te das cuenta, Amelia? Ésta es la servidumbre de la fama. —Luego, volviéndose al regidor, añadió—: Andate, decile que pase.

Partió ligero el hombre. Al poco se oyó ruido de pasos diversos en el corredor donde se alojaban los camerinos del teatro. Y de nuevo golpes en la puerta.

—Adelante.

A través del espejo de mano observó Amelia a una mujer de mediana edad que entraba en el lugar seguida por cuatro chiquillos de aspecto modesto, dos varones y dos hembras, que tendrían entre cuatro y doce años.

A Tomaso se le retiró el color del rostro.

La mujer, con voz crispada, habló dirigiéndose a los críos.

—Niños, saludad a papasito, que ya regresó del viaje.

El espejo que Amelia sostenía en sus manos cayó al suelo y se hizo añicos, roto en mil pedazos.

El viaje de Amelia de Mendoza de regreso a Mar del Plata fue un tormento. La red de ferrocarriles argentina era irregular y cambiante, alternaba los convoyes de trocha angosta con los de vía ancha, con lo que el cambio de trenes, la espera en estaciones de segundo orden y el desvío de su ruta para volver a coger el tren que le convenía fue un suplicio añadido. Recordaba letreros de estaciones que habían pasado ante sus ojos de día y de noche: San Luis, Villa Mercedes, Santiago del Estero, Chivilcoy... Eran vagos recuerdos en su memoria. Pero lo peor era que su mente no descansaba. La traición de Tomaso le escocía en el alma. ¡Cómo podía haber sido tan ingenua! El paripé de aquella ceremonia de matrimonio civil hacía que el recuerdo todavía fuera más amargo. Sería que ella estaba destinada a que los hombres la engañaran, o sería que siempre se enamoraba del que menos le convenía. ¡Cómo se acordaba de Consuelo...! ¡Cuánto había durado el engaño! Recordaba el dulce acento de los primeros días de La Palmera que la tenía hechizada, las alabanzas a su voz y el crédito que daba a sus palabras al respecto de que iba a comerse el mundo. ¡Y por aquel bígamo había abandonado su país, sus amigos y, sobre todo, a su hija, a la que no había dado una oportunidad para conocerla! En tanto pudo, envió dinero a Luisa, pero las cosas habían rodado de un modo que hacía que se sintiera culpable. Aquel sinvergüenza, alegando que había que comprar instrumentos para el grupo y que luego se lo repondría, había usado de sus ahorros dejándola casi con lo puesto. En uno de los recorridos un hombre de mediana edad le tiró los tejos y le propuso apearse en la siguiente estación y meterse en una fonda para continuar camino después a cambio de un montón de pesos. Lo que nunca sabría el individuo es que antes de rechazarlo se lo pensó dos veces. Finalmente, tras tres días con sus noches de viaje, su machacado cuerpo se apeó de nuevo en la estación de Mar del Plata cuando las agujas del reloj del apeadero marcaban las tres y media.

En la luna de un escaparate se observó; su aspecto no invitaba a contratarla y, por otra parte, no creía oportuno explicar miserias a nadie. Su fina intuición le decía que el fracaso ahuyentaba a la gente y que si quería obtener algo debía presentar un aspecto mucho más sugerente. Amelia se dirigió a una casa de huéspedes que había sido alojamiento de uno de los componentes de Los Cinco del Plata y alquiló una buhardilla en el último piso. Ajustó el precio con la patrona, una buena mujer entrada en carnes que la reconoció de alguna vez que había acudido con Tomaso a buscar al músico, le pagó una semana por anticipado y, apenas dejado su machacado equipaje sobre una madera que hacía el servicio, lanzó el sombrerito sobre un desvencijado sillón, se quitó los zapatos frotándose un pie contra el otro, se echó en la cama vestida y durmió dieciocho horas.

Al despertar no supo dónde estaba; la luz que entraba por el estrecho ventanuco de la buhardilla hizo que tomara conciencia del lugar. Sus ojos recorrieron lentamente la estancia: un armario de dos hojas con un espejo en una de ellas que había perdido el azogue en algún punto, por lo que se veía lleno de manchas; un arruinado silloncito, con uno de sus muelles a punto de perforar la tapicería;

una mesilla redonda y el soporte donde descansaba su vieja maleta; en un rincón, un aguamanil con su palangana y, entre sus patas, una jarra de cinc con pico de pato. Amelia se incorporó en la cama, el ronroneo de su estómago le dio señal del tiempo transcurrido. Se puso en pie, dispuesta a tomar el timón de su vida.

Retiró la cincha de su maleta y, abriéndola, buscó al tacto su bolsita de aseo. A continuación puso agua en la palangana, se quitó el ajado vestido y la enagua, y quedó únicamente con sus pantaloncitos de cintas; tomó de la bolsa una gastada pastilla de jabón y se dispuso a lavarse en aquellas someras condiciones; luego se arregló el pelo y buscó en la maleta su mejor conjunto —una blusa blanca con gorgueras y una falda tobillera de color vino—, se maquilló, calzó sus mejores chapines y se miró en el desazogado espejo. La imagen que le devolvió ya era muy otra de la que presentaba al llegar del viaje.

Tomó su bolsito y se dispuso a comenzar su aventura.

Al verla bajar la escalera la patrona la observó aliviada.

—¡Parece usted otra persona! Estaba ya a punto de subir... ¡Ha dormido usted casi veinte horas!

—Es que el viaje fue muy pesado; llegué hecha una ruina.

—Es lo que tienen en Argentina los viajes en ferrocarril. ¡Una toma el billete para un lugar concreto, pero antes de alcanzarlo la pasean por medio país!

—No tiene usted acento de aquí.

—Usted tampoco.

—Soy de Barcelona, de España.

—Entonces somos algo compatriotas, pues yo, aunque nacida aquí, soy hija de gallegos, concretamente de Betanzos. —La buena mujer se sintió solidaria con su huésped—. Debe de estar usted muerta de hambre. ¿Quiere que le sirva algo?

Amelia, oyendo a su estómago, que le había dado el tercer aviso, apuntó tímidamente:

—Un vaso de leche tal vez. —Cuidaba drásticamente de su economía.

—¡Quite, mujer! ¿Va a tomar únicamente un vaso de leche? Pase al comedor, hoy la invito yo.

Amelia no se hizo de rogar; su estómago era un festival de gritos y lamentos.

El comedor estaba ya recogido, pero la mujer le indicó que ocupara una mesa que estaba junto a la puerta batiente de la cocina.

—Ahora le traigo algo.

«Algo» fue un plato de chinchulines con arroz, dos piezas de fruta y un tazón de leche. Cuando Amelia le dio las gracias la mujer se justificó.

—No hay de qué, son sobras del mediodía.

Tras el ágape, se sintió reconfortada como no se había sentido desde hacía días.

Se despidió de su patrona y se dirigió al Luna Tucumana. La vista de los carteles del local produjo en ella unas encontradas sensaciones. En aquellos días que le parecían tan lejanos había sido feliz y pensaba comerse el mundo; ahora regresaba con el rabo entre las piernas, intentando salvar lo que pudiera del derribo en que se había convertido su vida.

Para su alivio las letras del espectáculo del mago Kálmar lucían en el segundo lugar en orden de importancia.

El portero la reconoció.

—Qué bueno, de nuevo por aquí. ¿Vino sola?

—Sí. El grupo sigue en Mendoza, pero yo tuve que regresar a Mar del Plata… por temas de familia.

—¡Ah, la familia! Ésa es una carga de la que nunca nos deshacemos.

Amelia no tenía ganas de dar explicaciones.

—¿Ha llegado ya el mago Kálmar al casino?

—Sí, tiene ensayo. Llegó una pibita nueva e iba a probarla para el puesto de ayudanta.

Amelia entendió que el cielo no la había dejado totalmente de lado.

—Entonces, con su permiso, voy a ver el ensayo.

—La dejo entrar porque es usted y porque sé que Kálmar le tiene simpatía; de no ser así, no lo haría, que se pone hecho una fiera cuando lo interrumpen. ¿La acompaño?

—No hace falta, conozco el camino.

Amelia avanzó temblando. El vestíbulo del casino estaba desierto y en semipenumbra; al pasar vio sobre los tablones de terciopelo los horarios de actuación y el nombre de los artistas. Kálmar, al igual que en la calle, ocupaba el segundo lugar en importancia; sus letras eran mayores y de color dorado. En el cartel a cuatro colores se veía la cara del mago, con un gran turbante blanco en la cabeza y en medio de aquél un rojo rubí, cuya mirada profunda parecía atravesar al observador. Llegando a la puerta central se asomó al ojo de buey que la presidía. El teatro vacío visto desde allí impresionaba más que desde el escenario. La peculiar voz del mago, que sonaba impaciente y enojada, llegaba hasta ella atenuada por el tapizado de las paredes y por la distancia. Sobre el tablado y junto a los artilugios de Kálmar una muchacha atendía, aturdida, las instrucciones del mago.

—Tiene usted que sonreír todo el rato, señorita. ¡Esto no es un velatorio! Es muy importante que el público esté atento a su sonrisa y a sus encantos; eso me facilitará a mí el manejo de los trucos... ¿O es que cree de verdad que las cosas desaparecen?

Amelia abrió con sumo cuidado la puerta y avanzó por el descendente pasillo hasta la tercera fila, donde se hallaba Kálmar. Llegando a su altura dejó cuidadosamente su bolso en un sillón y, cubriendo con las manos los ojos de Kálmar, preguntó:

—¿Quién soy?

El mago, sorprendido, tanteó con sus manos las de Amelia.

—Aunque soy el Gran Kálmar, ese truco no lo tengo ensayado. Pero siga hablando, señorita, por favor.

Amelia insistió.

—¡Adivina adivinanza! Me parece que la transmisión del pensamiento hoy no le funciona bien.

Kálmar le retiró las manos y, a la vez que se ponía en pie, dijo:

—¡Por todos los santos, Amelia, qué alegría tan grande verla por aquí! ¿Acaso regresan Los Cinco del Plata?

—No, maestro; la única que ha vuelto soy yo.

El mago se volvió hacia la aspirante.

—Señorita, deje su dirección en conserjería y ya la avisarán.

La muchacha partió, dejando vacío el escenario.

—Pero siéntese, Amelia, y explíqueme el canto y argumento de la obra.

Amelia pensó que lo mejor era ser breve y decir la verdad.

—¿Todavía está en pie su oferta?

—¿A qué se refiere?

—A lo de trabajar con usted.

—¡Desde luego, Amelia! Pero ¿qué pasó?

La muchacha, concisa y práctica, puso al mago al corriente de sus desgracias en un cuarto de hora.

—¡Ah... los hombres! Todos son iguales. Desde que el mundo es mundo, de una manera u otra las muchachas son engañadas siempre. Eso no quita que Tomaso se haya portado como un sinvergüenza, y usted, mi hijita, como una cándida paloma. Pero lo hecho, hecho está... y no tiene remedio.

—Aunque lo tuviera no quiero saber nada de ese cerdo.

—¡Eso está muy bien! Me gustan las mujeres con personalidad. Si el mundo progresa, se deberá a que ustedes han dado un paso al frente y quieren ocupar su lugar. Pero dígame, Amelia, ¿qué puedo hacer por usted?

—Mi intención es ganar dinero para no depender de nadie.

Amelia no le contó que su intención era regresar a España, ya que si pretendía trabajar con Kálmar, aquélla no era buena vía.

—Le dije una vez que tenía usted madera. Eso se ve nada más pisar un escenario; el magnetismo lo desprende la persona, da igual que cante o que haga malabares, y usted tiene ese don divino que o bien se nace con él o no se consigue nunca, lo único que debe aprender es mi especialidad, porque usted sabe que yo no tengo una orquesta.

—Pero tal vez podría cantar un número antes de que usted saliera.

—No, mi hijita. Lo que necesito es una *partenaire* de presencia impactante para ampliar mi número. Además de los juegos de magia que usted ya conoce, quiero incluir la parte de adivinación, y para ello me hace falta una médium que, desde luego, tendría que aprender los trucos. Pero tiene suerte, ¡casualmente estaba buscando una para enseñarle el oficio!

Amelia no estaba dispuesta a dejarse arredrar por difícil que le pareciera todo aquello.

—Estoy dispuesta, maestro. Me dejaré la vida ensayando.

El mago dudó unos instantes.

—En mi especialidad es de capital importancia que el público fije su atención en otras cosas y deje de atenderme a mí, y no hay nada que distraiga más al personal masculino en provincias que un cuerpo de mujer bien formado.

Amelia tragó saliva.

—Eso no es salir y cantar, mi hija. Hay que enseñar lo más que nos permita la censura en cada localidad para que el público pare su atención en sus senos y en su pompa, y eso no es fácil. Es por lo que dejé a mi anterior colaboradora. Como sabe usted, lo hacía bien, pero estaba haciéndose mayor y ya no captaba la atención del público.

—Haré lo que haga falta, maestro; estoy dispuesta a todo.

El armenio la observó dubitativo.

—¡Vamos a verlo! Suba al escenario.

Amelia no esperaba aquello. Dejó su sombrerito junto al bolso, se puso en pie, bajó por el descendiente pasillo, ascendió los peldaños de la escalerilla que, atravesando el foso de la orquesta, desembocaba en el escenario y quedó en pie mirando a Kálmar.

La voz del mago llegaba desde media platea.

—Está bien, Amelia. ¡Enséñeme los pechos!

Y así, esperando reunir el dinero para regresar a España, Amelia seguía soportando la humillación de mostrar su cuerpo ante el público para que el mago pudiera hacer sus trucos.

113
Las pomadas de la Betancourt

Germán quería y dolía. Su nuevo estado requería de él unas obligaciones que no estaba dispuesto a asumir, y para él la vida de casado carecía de alicientes. Llegar a casa a la hora de la cena, ponerse el batín y las zapatillas y sentarse en la galería frente a su mujer —a la que no tenía nada que decir ni tampoco nada que escuchar de ella que le interesara, supuesto que Candela le contara algo— constituía para él un auténtico suplicio, que en el noventa por ciento de las ocasiones solventaba saliendo otra vez y reuniéndose en según qué oportunidades con Ardura y en según qué otras con el imprescindible Fredy Papirer, dependiendo de si el negocio y las mozas eran de calidad o bien la cosa pintaba de barrio chino, de burdel barato o de darle al naipe en cualquier garito de los prohibidos.

Tras la consumación de su matrimonio y de su viaje de novios, y estando Candela ya embarazada, el sexo con ella lo aburría. La muchacha era insulsa e inexperta, y no ponía nada de su parte para que los juegos del tálamo fueran divertidos, y Germán estaba acostumbrado a otra clase de cortesanas. Llegar achispado a su *garçonnière* con una compañera avezada en los juegos del amor y desnudarla en el sofá, escuchando música y vertiendo entre sus senos el dorado y burbujeante líquido de una botella de champán, constituía un deporte del que nunca se cansaba.

Su padre y su tío y suegro Orestes lo trataban con tiento. Podía permitirse el lujo, desde el principio del embarazo de Candela, de llegar al despacho a una hora relativamente cómoda ya que ambos consideraban que había cumplido brillantemente con su primera misión, que era perpetuar la estirpe Ripoll Guañabens. Dos precauciones debía tener si quería ganarse la total consideración de su padre; la primera, cuidar su afición por el bel canto, y la segunda, no defraudar su ambición por figurar entre las familias que mandaban en la ciudad. La primera requería su asistencia al Gran Teatro del Liceo en los días de estreno o de gala, por lo que Práxedes le había regalado dos abonos de platea de la fila 19 —números 30 y 31—, y la segunda exigía que se mezclara con los principales en los descansos, dando vueltas al salón de los espejos, intercambiando saludos con las familias de los notables o asistiendo al *foyer*, cumpliendo de esta manera con la relación social que tanto ambicionaba Práxedes.

La única y gran ventaja de su matrimonio era que Germán había conseguido lo que siempre había ambicionado, pues después del terrible fiasco que había representado para su padre la vocación de Antonio, su boda lo había hecho heredero absoluto de la fortuna de ambas familias. Podía decirse que Candela y él eran hijos únicos, y Germán estaba cierto de que, llegado el momento, sabría manejar la situación para que su mujer delegara en él todo lo referente al negocio de pieles, la importación y exportación de productos de Cuba y, en fin, todo lo que tuviera que ver con la fortuna familiar. Un único obstáculo tendría que salvar entonces: la inasequible honradez del secretario de su padre, don Gumersindo Azcoitia, y su inquebrantable fidelidad hacia la firma Ripoll-Guañabens, pero de eso ya se ocuparía Germán a su debido tiempo.

Aquella tarde tenía un negocio que despachar y para aquel menester le hacía falta Fredy. Una vez resuelto el punto, se le presentaba una amable velada con dos francesitas de avanzadas costumbres, pero de un nivel que requería de un colega de más enjundia: Alfonso Ardura.

Había quedado con Fredy en el salón de fumadores del Cuatro Naciones, en la calle San Pablo, lugar muy frecuentado desde que había abierto sus puertas, siguiendo costumbre muy parisina, bajo el epígrafe afrancesado de «hotel» en lugar del de «fonda», mucho más nacional y carpetovetónico este último.

Candela, que ya había salido de cuentas, soportaba su incómodo embarazo como mejor podía. El médico había dicho que podía tener el bebé cualquier día a partir de mediados de febrero, y ya estaban a 16 de ese mes. La gran ventaja era que Germán había cambiado de habitación, por lo que podía descansar tranquila y relajada. Otra ventaja, y no pequeña, era que por aquellas fechas contaba de nuevo con Carmen, cedida durante un tiempo por su suegra en consideración a su estado. Carmen, tras enseñar al nuevo servicio —un cochero, el señor Ruiz; Juan Romera, un mayordomo recomendado por Alfonso Ardura que había trabajado anteriormente en su casa; una cocinera, Petra, y una doncella, Mari—, después del parto y de examinar al ama de cría que sería contratada para alimentar a la criatura, debería regresar a la casa de la calle Valencia, cosa que a Candela se le hacía muy cuesta arriba.

Cuando Germán le comunicó que aquella noche no iría a cenar, su corazón saltó de gozo. Podría sacar de su escondrijo las cartas de Juan Pedro y leerlas de nuevo una y otra vez, soñar pensando que aquel papel que tenía en las manos lo había tocado él y dejar que su pensamiento volara imaginando imposibles.

El tiempo acompañaba por lo que Germán decidió ir a su cita con Fredy paseando desde la torre de la calle Muntaner hasta la prolongación de la avenida de Argüelles, todavía sin adoquinar, para desde allí descender hasta la plaza Cataluña por la rambla del mismo nombre.

Después de comer se había mirado en el espejo y no se había gustado nada. Los años y, por qué no reconocerlo, su tipo de vida le estaban pasando factura; a su edad no pretendía tener la figura de sus tiempos de campeón de España de esgrima, pero un incipiente y sospechoso rodete de grasa comenzaba a ensanchar su cintura y dos bolsas flácidas afeaban el famoso brillo de sus ojos grises.

Fredy le había cantado las excelencias de unas pomadas que por lo visto estaban haciendo furor en Barcelona y que proporcionaba su socia, Pancracia Betancurt, a los clientes de su confianza que tuviera anotados en su famosa libretita o bien a quienes le fueran recomendados por algún viejo conocido.

Eso fue una mañana, hacía ya algunos días, en el concurso hípico de Can Tenis. Candela, como de costumbre, había excusado su presencia alegando mareos propios de su estado y Germán ocupaba el palco de su familia en compañía de Papirer, quien aprovechaba cualquier oportunidad que le permitiera codearse con lo que él llamaba «rancia aristocracia», ocasiones que Germán procuraba escasear, pues para esas cosas prefería sin duda a su amigo Alfonso Ardura o a otro cualquiera de las clases de esgrima que luciera un apellido más acorde con el estatus al que él pertenecía y que sin darle lustre por lo menos no le restara categoría.

Entre prueba y prueba había un receso de unos quince minutos, y en ocasiones solemnes como aquella que iba a disputarse, la copa que ofrecía el capitán general, el descanso llegaba a los treinta a fin de que la gente tuviera tiempo de hacer sus apuestas y de cambiar impresiones en el bar del club.

Como de costumbre, eran bastantes más los jinetes militares que los civiles y el favorito desde hacía un par de años era el comandante Toquero montando a Dormilón, un alazán de ocho años que de nuevo partía arriba en las apuestas.

Estaban Germán y Fredy en una de las colas que se formaban en las taquillas cuando llegó a su altura Ramón Pelfort, un viejo conocido de su padre, acompañado de una mujer que frecuentemente asistía con él a las veladas del Liceo. Fuera por la pluma exagerada de su sombrero o fuese porque era rara la hembra que escapara de la mirada inquisitoria de Germán, el caso fue que reparó en ella.

—Fredy, ¿quién es la mujer del sombrero de plumas de faisán que acompaña a Pelfort?

—La misma que me dijiste, cuando bajé de pagar a la claca, que te presentaron los Bonmatí hace seis meses la noche de *La Bohème* y que no valía nada.

—¡No puede ser la misma!

—Lo es. Lo que ocurre es que Pelfort le ha proporcionado la crema rejuvenecedora que vende Pancracia y que por lo visto hace milagros.

Germán miró a su amigo con curiosidad.

—Oye, ¿ese ungüento de Fierabrás también funciona con los hombres?

—No lo dudes, las modas que vienen del extranjero, sobre todo de Francia, tienen gran predicamento entre la gente bien y sé de mucho petimetre engomado que tras recortarse la barba se la aplica cada mañana.

—¿Su efecto es inmediato?

—Hay que tener constancia, pero ten por seguro que estira la piel y quita las arrugas.

—¿Estás seguro de lo que dices?

—¿Te he engañado alguna vez?

—Muchas.

Papirer sonrió, cómplice.

—Pero sólo en pequeñas cosas y siempre en cuestiones de dinero.

Desde los tiempos de la milicia, aquel tipo siempre conseguía arrancarle una sonrisa.

—Proporcióname un tarro.

Fredy se hizo el remolón.

—No hay siempre. El fabricante no le suministra desde Francia todo lo que le pide, pero haré lo posible.

El caso era que, ante su insistencia, Fredy había transigido en ir a la calle del Tigre a casa de la Betancurt para que ésta le vendiera un tarro, y el día señalado era aquella tarde.

Apenas traspasada la puerta giratoria del Cuatro Naciones divisó a Papirer al fondo del salón, junto a la pajarera, sentado a una de las redondas mesas de mármol frente a una copa de pipermín con hielo. Agitando el brazo, su amigo lo saludaba alegremente.

Germán llegó hasta él abanicándose con el ligero panamá.

—¡Qué bien vives, ladrón! Aquí fresquito frente a un pipermín con hielo... ¡Y yo bajando a pie desde mi casa para perder kilos!

—«Porque usted querrá», que dice Arniches. Si te cuidaras un poco más, no tendrías que hacer esfuerzos.

—¿Desde cuándo tomas pipermín con hielo?

—Desde que hace tiempo en el bar del Palace oí a un lechuguino engomado pedirlo y me hizo gracia. El tipo dijo al barman: «Ponme un brebaje verde con pececillos». ¡Hay que ser o muy dandi o muy cursi! Pero queda bien, y cuando el calor aprieta es agradable.

Germán tomó asiento. Al instante acudió un camarero, al que despidió con el gesto.

—Acábate esto y vamos a ver lo que hay de la pócima esa que hace milagros.

Fredy dio un largo trago a su bebida.

—Conste que lo hago por ti. No he podido contactar con Pancracia y no le gusta nada que lleve a su casa a desconocidos.

—Yo no soy un desconocido, soy un cliente... y no malo, por cierto. Conque déjate de bagatelas y vamos al tajo. Quiero ver si esa fórmula de alquimia que pregonas tiene los efectos que dices, y procura que sea así porque, si me cargo el cutis, ¡te echaré de España a patadas! .

Papirer se cubrió.

—Yo no la he probado porque no me hace falta. Y tú habla con Pancracia, que no quiero hacerme responsable de nada. Únicamente te diré que quien prueba repite; será por algo, ¡vamos, digo yo!

Germán, con el brazo alzado, dibujó en el aire un número para pedir la cuenta al camarero, y Fredy se excusó, como de costumbre, yendo al servicio.

Tras pagar Germán el pipermín partieron ambos hacia la calle del Tigre atravesando medio Raval.

Germán observó el portal con detenimiento.

—Lo que aquí se venda me parece a mí que de mucha categoría no será.

Fredy excusó a su socia.

—Se lo traen de Francia en un único pedido; ella simplemente hace pequeños lotes, y no les pone marca por no comprometerse. Como comprenderás, si todo fuera legal ni sería este sitio para venderlos ni el precio sería el mismo, por eso anda con mucho cuidado al respecto de a quién se lo ofrece. ¡Vas a comprar futuro, que no se te olvide!

—Mejor será que tus augurios se cumplan. ¡Vamos allá!

Iniciaron la ascensión de la destartalada escalera; en el patio de vecinas se oía discutir a dos mujeres sobre la propiedad de una camisa que había caído abajo; las mentadas de madre y otras lindezas atronaban el aire.

Llegaron hasta el rellano del tercero, donde, en la segunda puerta, lucía una destartalada placa de esmalte desportillado en la que podía leerse: PANCRACIA BETANCURT, CUIDADORA DE NIÑOS, y debajo de ella había una aldaba que representaba una pequeña bandeja de bronce. Papirer golpeó con él la puerta un par de veces. A lo primero, silencio; luego, unos breves y ligeros pasos, y la puerta se abrió un palmo asegurada por una cadena. Por el resquicio asomó la carita desmejorada de una niña de pelo largo y sucio que los miraba con ojos tristes y curiosos.

Fredy le habló en tono cariñoso.

—Soy amigo de Pancracia. ¿Está en casa?

—Mi mamá no está, ha salido a comprar.

—¿Puedes abrirnos la puerta?

—No puedo abrir a nadie si ella no está en casa.

—Soy muy amigo suyo. Si haces que me espere en la escalera, se enfadará contigo.

—Se enfadará más si abro la puerta.

La voz de Germán sonó tras él.

—Déjame a mí.

Fredy se apartó y Germán se puso en cuclillas a la altura de la niña.

—¿Sabes lo que tengo en el bolsillo?

La niñita lo miró con curiosidad sin responder.

En la mano de Germán apareció como por arte de magia una chocolatina, que mostró a la niña.

—Si me abres la puerta, te la doy.

La niña insistió.

—Mi mamá se enfadará.

Germán, sin abandonar la postura, se volvió hacia su amigo.

—No sabía que Pancracia tuviera una hija.

—Ni yo tampoco. Esa mujer es un misterio.

Germán se dirigió otra vez a la niña.

—Mira, tú nos abres la puerta y nosotros no pasamos del recibidor, y entonces la chocolatina es tuya.

La puerta se cerró, se oyó un ruido de cadena y, al punto, se abrió de nuevo.

Germán y Papirer entraron en el tercer piso de la calle del Tigre.

—Lo prometido es deuda. ¡Toma!

La niña cogió la golosina y, tras cerrar la puerta, con un gesto rápido de animalillo desconfiado desapareció atravesando una cortina.

El interior nada tenía que ver con la desvencijada escalera; el recibidor era digno: en la pared de la derecha había un mueble con espejo y, a ambos costados, un paragüero y los ganchos dorados de los colgadores, y frente a él dos sillones para las visitas. Germán y Fredy se sentaron en ellos, dispuestos a aguardar.

—Esta tía es muy rara, ¿no crees?

—Más que rara es muy suya; no le gusta que nadie meta las narices en sus cosas. Como sabes, tiene mil oficios y para cada uno de ellos viste al personaje. He llegado a la conclusión de que su único interés en la vida es el dinero; el cómo alcanzarlo es lo de menos. Lo que sí te diré es que es una trabajadora infatigable. —Aquí Fredy hizo una pausa—. Oye, me estoy meando.

Germán sonrió.

—Tal vez yo esté algo grueso, pero a ti empieza a fallarte la próstata… ¡Acabas de aliviar el pajarito en el Cuatro Naciones!

—Son los nervios.

Fredy se puso en pie y, señalando la cortina, apuntó:

—Imagino que el servicio estará por aquí.

—No tardes, que no me haría gracia que llegara ahora.

—Vuelvo en un periquete.

Partió Fredy tras la cortina y Germán quedó solo en el recibidor.

No era la primera puerta ni tampoco la segunda; a la tercera fue la vencida. El cuarto de aseo era amplio y estaba sorpresivamente bien provisto. Aun así, lo que más asombró a Fredy fue el fuerte olor a formol que despedía un armario cerrado y que su curiosidad le obligó a abrir.

La sangre le desapareció del rostro. Allí, frente a él y troceado en un gran recipiente de cristal sellado por un tapón de vidrio esmerilado, estaba el cuerpo de un niño seccionado en partes. Fredy no pudo impedir dar un respingo y, cerrando el armario sin cumplir con lo que había ido a hacer, salió de nuevo al pasillo y se dirigió al recibidor.

Su aspecto llamó la atención de Germán.

—¿Qué coño te ha pasado? ¿Acaso has visto un muerto?

Fredy no tuvo tiempo de responder porque una llave sonaba ya en el paño de la cerradura.

La puerta se abrió y cargada con una cesta apareció al escorzo la silueta de la Betancurt, quien se sorprendió al verlos. Miró alternativamente a uno y a otro, y se dirigió a Germán.

—¿Cómo usted por aquí? ¿A qué debo el honor?

—Tenía mucho interés en verla y pedí a Fredy que me concertara una visita.

Pancracia miró a su socio.

—Algo me dijo, pero no recuerdo haber quedado para hoy.

Fredy seguía pálido y nervioso.

—Le comenté hace tiempo los milagros que obran tus pomadas, y el otro día mi amigo el señor Ripoll quedó asombrado ante el aspecto de una asistente al concurso hípico que conoce desde hace tiempo y volvió a insistir en que lo acompañara a verte.

Pancracia lo escrutó con desconfianza y, sin querer parecer descortés, envió un sutil aviso a su socio.

—Deberías haberme avisado. Una cosa es que me hables de que alguien tiene interés en mis pomadas y otra muy diferente que traigas a mi casa sin avisar a personas de calidad.

Papirer se excusó.

—A mi amigo Germán Ripoll ya lo conocías de… aquella vez.

—Con más motivo para recibirlo como merece. Pero… no recuerdo haberte dado la llave de este piso. Tú únicamente tienes la de Blasco de Garay.

—Nos ha abierto la puerta su hija, una niña encantadora, por cierto.

Ahora el rostro que cambió de expresión fue el de la Betancurt, que se mostró tenso y desabrido.

Germán intentó aliviar la situación.

—Una chica muy lista que al principio se negaba a dejarnos entrar. He tenido que sobornarla con una chocolatina.

Sin cambiar la expresión la Betancurt replicó:

—Luego hablaré con ella. Su única obligación es obedecerme. Y, por cierto, no es mi hija, pero su madre murió y yo me ocupo de ella.

El momento era tenso, y en esa ocasión fue Fredy quien lo alivió.

—Vayamos a lo nuestro, Pancracia. Don Germán Ripoll quiere probar esa pomada tuya que quita las arrugas y tensa la piel del rostro. Ya le he dicho que es muy cara porque da grandes resultados.

La mujer, husmeando dinero, replicó:

—Voy a ver si tengo algún tarro preparado. —Se dirigió a Germán—. Perdone que no le haga pasar, pero a estas horas la casa está desarreglada.

Partió la mujer tras la cortina y quedaron solos los dos amigos.

—Ya te he dicho que iba a sentarle mal; la conozco muy bien.

En el interior sonó una fuerte bofetada, a la vez que la voz contenida de Pancracia Betancurt montaba una filípica. Supusieron ambos que «hablaba» con la niña, cuyo llanto sofocado también llegó hasta ellos.

Pancracia Betancurt no se hizo esperar. Salió al poco portando en la mano un tarro de vidrio esmerilado a través del cual se veía una pasta amarillenta.

—Hemos tenido suerte, es el único que me queda para caballero —dijo mostrándoselo a Germán.

Fredy, todavía mal repuesto de su descubrimiento, indagó, más por disimular y hacerse el amigo que porque le interesara el tema.

—¿Qué diferencia hay entre la pomada para caballero y la de señora, Pancracia?

—La de las damas la entrego perfumada de un aroma limpio; los caballeros la prefieren neutra, sin olor alguno.

Germán tomó el tarro en la mano y lo observó con curiosidad.

—¿Me está diciendo usted que hay muchos hombres que usan esto?

—Tengo más clientes varones que hembras. Hoy día los hombres se cuidan mucho; aquí seguimos la moda de París.

—Ya te lo he contado antes de subir.

—No sé de qué se extraña, ¡usted mismo es el ejemplo! Al hombre actual no le gusta envejecer.

—Pero ¿de verdad pretende asegurar que esta pomada lo impide?

—No lo impide, pero ayuda a retrasar el imparable paso del tiempo. Eso sí, ha de usarse con constancia; no es la purga de Benito.

Germán, que no parecía del todo convencido, abrió el tarro y aspiró. El olor era de medicamento. Luego, con el dedo medio de la mano derecha, quiso comprobar su textura untándose el envés de su mano izquierda.

—Está bien, probaremos el invento.

—Puedo asegurarle que quedará satisfecho. Lo único que le recomiendo, otra vez, es que sea perseverante; tengo algún que otro cliente que lleva ya más de un año y está entusiasmado con los resultados.

—Vayamos a lo práctico, ¿cuál es su precio?

—El tamaño que se lleva sale por veinticinco pesetas, pero en atención a Fredy y a que usted ya es cliente, aunque por otro concepto, se lo dejaré por veinte.

—Si el resultado es a tenor del precio, para que la gente repita, ¡debe de ser magnífico!

—¡Ya me lo dirá dentro de unos meses!

—¿Cómo debo usarlo?

—Todas las noches, después de lavarse la cara con agua y jabón, debe aplicárselo en el rostro, bien seco, con un masaje circular.

Germán sacó del bolsillo del pantalón un portamonedas de malla de plata y entregó a la mujer cuatro monedas de duro.

Pancracia se las metió en el bolsillo de la bata, a la vez que sacaba de éste una pequeña libreta y un lapicero.

—Si me lo permite, voy a apuntar su nombre completo y la fecha. Me gusta seguir el proceso de mis clientes.

—No hace falta, Pancracia. Si quieres contactar con él, hazlo a través de mí.

—No me gustan los intermediarios, Fredy, ya lo sabes. A mis clientes los llevo personalmente. —Luego se volvió hacia Germán—: Si es tan amable...

—Tome nota: Germán Ripoll y Guañabens.

La mujer pareció dudar.

—Ripoll, ¿así, con dos eles? —dijo mostrando la pequeña libreta.

Germán comprobó lo correcto de la ortografía y no pudo evitar leer el nombre de Dorotea Rincón, apellido de soltera de la Bonmatí, que por orden alfabético le precedía.

—Exactamente, con dos eles. Y perdone la indiscreción, ¿doña Dorotea Rincón de Bonmatí es clienta suya? Lo pregunto porque es persona amiga, y si también usa de sus servicios avala la calidad del producto que he comprado.

—Lo fue en otros tiempos y para otros cometidos, y por cierto muy buena. Usaba de mis servicios al menos una vez por semana;

yo le suministraba clientes de lujo cuando ejercía el oficio en el burdel de Madame Petit. Mire, este colgante dedicado me lo regaló ella.

Pancracia Betancurt mostró colgado de su cuello por una fina cadenita un topacio engarzado en oro, en cuyo dorso, en una fina lámina del mismo metal, había una dedicatoria: «A Pancracia Betancurt, ¡qué le voy a contar que usted no sepa! Su amiga Dorotea Rincón», y la firma original.

Germán, como siempre que algo le interesaba, fue directo al grano.

—¡Se lo compro! ¿Cuánto quiere por él?

—No quiero venderlo, es un recuerdo... y los recuerdos no tienen precio.

—En esta vida todo tiene precio, doña Pancracia; usted lo sabe bien.

La mujer, que adoraba el dinero, meditó unos instantes y, más que pedir, preguntó:

—¿Doscientas pesetas?

Germán extrajo del bolsillo trasero del pantalón el billetero, tomó dos billetes de cien y se los entregó a la mujer.

Ésta, todavía incrédula, desabrochó el cierre de la cadenita y le entregó el topacio.

—Así me gusta hacer negocios, ¡rápidamente y por derecho!

—No le comprendo, don Germán, por el mismo precio podría usted haberlo comprado en una joyería.

—No habría tenido gracia. Dorotea es buena amiga mía, y pretendo regalárselo el día de su santo.

—Es todo un detalle, le agradará recuperarlo.

Tras los tratos, Germán y Fredy se despidieron de la mujer.

—Espero verle otro día con más calma y previa cita.

—Sin duda, doña Pancracia, usted y yo haremos buenos negocios.

La mujer se dirigió a Papirer.

—A ti te veré mañana en Blasco de Garay para pasar cuentas.

—Allí estaré.

Los amigos ganaron la calle.

—No te entiendo, has pagado una fortuna por una piedra que vale la mitad.

—No lo creas. Desde que me he casado la Bonmatí me pone muchas pegas, y este topacio es la llave de su dormitorio. Estoy convencido de que no ha de hacerle mucha gracia recordar sus tiempos de amiga de Pancracia Betancurt, y estoy cierto de que va a interesarle recuperar el regalito.

—¡Eres el cerdo más inteligente que he conocido!

—Viniendo de ti, Fredy, ¡es un halago!

Papirer cambió de tercio.

—¿Vamos a ir después al Edén Concert?

—Hoy tendrás que arreglártelas tú solito. Lo siento, pero tengo un compromiso de nivel y he quedado con Alfonso.

Fredy sintió un ramalazo de celos; no obstante, contuvo el comentario. Los dos amigos se separaron.

Germán acudió a la cita con Alfonso. Luego recogieron a las dos francesitas en el Cuyás y se montaron una noche de fiesta flamenca, guitarras y manzanilla con gitanos del Somorrostro en la Venta de la Carola y acabaron a las tres de la madrugada en la *garçonnière* de Germán.

A las cinco y media, con la camisa abierta, el corbatín en el bolsillo de la levita y el cabello despeinado llegaba a su casa en un simón de alquiler. Nada más descender del carricoche se dio cuenta de que las luces del chalet estaban encendidas. Atravesó rápidamente la cancela del jardín y, cuando ya tenía el llavín en la cerradura, la puerta se abrió desde dentro. Lo que menos sospechaba Germán a aquellas altas horas era encontrarse con su padre en su casa.

Práxedes miró a su hijo con desprecio.

—¿Qué ocurre, padre?

—¿De dónde vienes?

—He tenido que pasear a unos franceses por Barcelona; querían ver flamenco. Hoy día los negocios no se hacen únicamente en los despachos.

—No añadas a tu desvergüenza la mentira. Soy viejo, pero todavía no soy imbécil. Sube inmediatamente a componerte y ve a conocer a tu hijo. Acabas de ser padre. Tu mujer lo ha pasado mal, pero está bien. Tu madre está con ella, y tu tío Orestes ha ido a acompañar al doctor Garriga Roca, el ginecólogo de Candela, a su casa. Mejor será que cuando regrese estés presentable... ¡Lo tienes contento! Dejar a su hija en trance tan importante es imperdonable. ¡Te has jugado tu futuro! Tú verás lo que haces, ya eres mayorcito.

114

Francesco Momo, el Relojero

Finalmente en el horizonte de la vida de Luisa Raich escamparon las nubes y salió un rayo de sol. El abogado señor Anglada le había comunicado que el lunes siguiente por la mañana, gracias a los buenos oficios del juez don Manuel Ferrer, su hijo Máximo iba a ser excarcelado gozando del grado de libertad condicional; pese a que las circunstancias del momento y el entorno eran desfavorables pudo demostrarse, por fin, que el infausto día del atentado en casa Ripoll Máximo tenía testigos que aseveraban que a aquella hora estaba repartiendo mercancía en Sabadell con el carromato de la fábrica. Su hijo debería presentarse en el Gobierno Civil regularmente todas las semanas y observar, desde luego, una conducta irreprochable; en caso contrario, el peso de la ley caería de nuevo sobre él y en esa ocasión ya no habría nada que hacer.

Luisa no cabía en sí de gozo por varios motivos. Su hijo mayor iba por fin a conocer a Justina. Con el paso del tiempo, la pequeña se había erigido en el centro de su vida, y la mujer había adoptado para con la niña el papel de madre más que de abuela. Amelia se había ido diluyendo en su imaginario, y tenía buen cuidado de no hablar jamás de ella a Justina; aun así, debía reconocer que el dinero llegaba con bastante regularidad desde Argentina a través del Banco de Comercio, cosa que había ocultado a Máximo, pues, desde que en una de sus ulteriores visitas no tuvo más remedio que explicarle la situación, su hijo se negaba a hablar de ella. Por otra parte, tenía noticias igualmente irregulares de Juan Pedro, pero noticias al fin. La mujer no era tonta e intuía que el menor de sus hijos, sin intentar convencerla de que aquello era un paraíso, se esforzaba en ocultarle los peligros por los que sin duda estaría atravesando su azarosa vida; sin embargo, Luisa albergaba en el fondo de su corazón la esperanza de que más tarde o más temprano Juan Pedro regresaría a España y lo haría con bien.

La campanilla de la puerta sonó y el corazón de Luisa dio un brinco. Había pretendido ir a esperar a Máximo a la salida de la cárcel, pero don Manuel Ferrer le aconsejó que no lo hiciera porque los trámites para la excarcelación eran procelosos y lentos, y le explicó que iba a ser mejor que el señor Anglada se ocupara de todo y que ella aguardara a su hijo a lo largo de la mañana, en su casa.

Luisa no esperaba a nadie. Algo en su interior le dijo que había llegado la hora. Tomó a la niña en brazos y se dirigió a la puerta. Abrió la mirilla, y sus ojos se posaron en el rostro que estaba al otro lado.

Era Máximo. Hacía tres meses de su última visita, cuando ya se sabía que iban a soltarlo, y desde aquel día, por petición expresa de su hijo, no había vuelto a verlo. «No quiero que venga más, madre —le había dicho—. Esto para usted es una humillación y para mí, un infierno. Ya nos encontraremos cuando me suelten; de no ser así, prefiero no verla.» La mujer no tuvo más remedio que obedecer.

Ahora su hijo estaba al otro lado de la puerta. Cargaba con un macuto al hombro, y en la mano llevaba una muñeca de trapo cuyo pelo estaba hecho con un manojo de estropajo y los ojos con dos botones desiguales. Máximo intuyó a Luisa tras la rejilla, y ella vio que curvaba los labios en una impostada sonrisa que quiso ser risueña, pero la mirada de sus ojos no engañaba. La mujer descorrió el cerrojo y abrió la puerta. Máximo, que a través de la rejilla no había visto a la niña, cambió el rictus de su cara y dudó un instante; luego arrojó el macuto al suelo y, dando un paso al frente, abrazó de una vez a su madre y a Justina. Al principio no hubo palabras. Con la punta del pie arrastró el macuto al interior y con el talón cerró la puerta. La niña, en brazos de su abuela, miraba a aquel hombre sin extrañarlo. Los tres llegaron al comedor abrazados, y Luisa colocó a la niña en pie sobre la mesa.

—Justina, este señor es tu papá. Dale un besito.

La niña, sin ningún reparo, acercó su carita a la de Máximo y lo besó. Ése fue el dique que desbordó el río de las añoranzas de aquel hombre rudo, de barba cerrada y ojos que daban miedo, cuyos hombros comenzaron a agitarse en un llanto sincopado, en un principio apenas reprimido, que luego se desbordó como una torrentera.

Enseguida, ya más calmado, colocó a Justina en el suelo e intentó bromear con ella.

—Mira lo que te ha traído papá.

La muñeca de trapo, ojos de azabache y nácar y cabellera de estropajo apareció como por milagro en sus manos.

La niña se adelantó a cogerla con la ilusión en la mirada de quien iba a recoger un tesoro.

—¿Es para mí?

—Es para ti, y la ha hecho papá.

Cuando ya la tuvo en las manos, preguntó:

—¿Cómo se llama?

—Aún no tiene nombre, tú se lo has de poner.

—Entonces Justina, como yo.

La niña se volvió hacia la muñeca.

—Vamos, Justina, voy a enseñarte tu cuarto.

Máximo y Luisa quedaron frente a frente.

Los ojos de Máximo eran un interrogante.

—¿Por qué no se llama Libertad?

—Máximo, no me vengas con eso ahora. Demasiadas miserias he pasado para cargar a esa criatura con un nombre que no está en el santoral.

—Hemos pasado, madre, no lo olvide, yo el primero. Y que Libertad esté o no en el santoral me importa un pimiento.

—Pero ella tendrá que vivir una vida decente, y en este mundo no se puede salir adelante con el nombre que querías ponerle.

—Pues habrá que cambiarlo, ¿no le parece?

—Es lo que he hecho.

—No me ha entendido... Lo que habrá que cambiar será este mundo.

Luisa palideció.

—No empecemos, Máximo; imagino que lo ocurrido te servirá de escarmiento.

—¡Ni mucho menos! A los que va a servir de escarmiento es a ellos; alguien tendrá que pagarme los años que he estado allí dentro.

Una tregua se estableció entre madre e hijo.

—He hablado con don Manuel Ferrer. Hay una institución que busca trabajo a los que han salido de la cárcel, y he pensado...

—No piense por mí, madre; yo me ocuparé.

—Pero en algo has de trabajar.

—El trabajo que yo busco no se encuentra en la lista de ofertas de los periódicos. Me lo ofrecerán mis amigos, aquellos que piensan como yo.

—Máximo, no me asustes.

Máximo ganó la calle en dos zancadas. Su estancia en la cárcel le había hecho, si cabía, más desconfiado. Tenía en la cabeza muy clara la dirección adonde debía acudir; sin embargo, desconocía los elementos con quienes iba a encontrarse, y únicamente sabía que el mensaje se lo había enviado Paulino Pallás y que el lugar no era la bodega de Salvador. Máximo repasó mentalmente las señas: calle de las Tres Voltes esquina con Tapinería; allí, en el n.º 6, se hallaba la carpintería de Cosme Prats; ése era el lugar.

Por aquellos días las cárceles estaban repletas de gentes de diversa calaña: asesinos, atracadores, rateros, prostitutas... Pero sobre todo había en ellas anarquistas, cuya incesante actividad constituía la obsesión del gobernador señor Larroca. Nadie sabía cómo, pero el caso era que las noticias que debían llegar a un preso lo hacían, atravesando misteriosamente las paredes en pequeñas notas disimuladas dentro de embutidos, tapones de botella y hasta suelas de esparto. A veces hasta indirectamente, cuando alguien estaba incomunicado, la nota llegaba a otro preso que se ocupaba de que su destinatario la recibiera. Así fue como el grupo que capitaneaban en comandita Paulino Pallás y Santiago Salvador se había puesto en contacto con él en cuanto tuvieron noticia de que iban a soltarlo.

Máximo se caló la gorra hasta las orejas y, subiéndose las solapas de su ajada chaqueta, procedió a encender un cigarrillo con el mechero de yesca, en tanto lanzaba de soslayo una mirada a uno y otro lado. Los años pasados «dentro» habían afectado a sus sentidos; acostumbrado a los ruidos habituales de la prisión, el barullo de la ciudad le venía grande, por más que Barcelona había cambiado, y el tráfago de carromatos, la carga y descarga en las estrechas calles, la urgente campanilla de los tranvías, los gritos de los chicos que anunciaban periódicos y el vocinglero clamor de los vendedores callejeros que encomiaban sus productos encaramados sobre un cajón, todo ello le hacía pensar que había desembarcado en otro mundo. En el suelo del paseo central de las Ramblas los habituales amigos de lo ajeno, coreados por un par de elementos que ejercían de ganchos, escamoteaban la bolita bajo una de las medias nueces ante el asombro del incauto paseante que juraba por sus ancestros que la había visto en la de en medio.

A Máximo el trayecto se le hizo corto. En media hora doblaba la esquina de Tapinería y enfocaba el arco de piedra que daba nombre a la calle. Tiró el cigarro y poniendo el pie derecho en un poyo hizo como si se atara los cordones del zapato en tanto observaba la retaguardia. Paso franco, nadie a la vista que pudiera representar peligro; únicamente vio a una mujer charlando de balcón a balcón con una vecina y a dos hombres bajando de un carro plataforma un gran tonel mediante dos tablones en plano inclinado. Máximo avanzó veinte pasos y se encontró frente a la puerta rotulada con el número seis. A través de unos polvorientos cristales observó el interior. Un hombre sentado en un taburete estaba arreglando los muelles de un viejo sillón colocado del revés; al fondo se veía un ventanuco que daba a un patio con un pozo y una puerta de madera. Máximo abatió el picaporte al punto que en el techo sonaba una campanilla anunciando su presencia.

El hombre se volvió hacia él con una colilla apagada entre los labios y lo observó displicente.

—¿Qué se le ofrece?

—¿Es ésta la carpintería de Cosme Prats?

—Ésta es y yo soy.

El hombre se puso lentamente en pie. Vestía un mono ajustado a sus hombros con dos hebillas, tenía el ralo cabello que le quedaba completamente blanco y lucía en la frente una pequeña cicatriz.

—Alguien me ha citado aquí.

—¿Te llamas…?

—Máximo.

El hombre dejó sobre el banco una lezna y un escoplo, y tras llegarse a la puerta, bajar la persiana y cerrar la balda le indicó que lo siguiera.

La puertecilla del fondo daba a un pasillo que desembocaba en un patio. Máximo siguió a su cicerone, quien bordeando el pozo se dirigió a otra puerta, ésta muy disimulada ya que estaba pintada exactamente igual que la pared, incluida una cenefa de flores en su base y sin relieve alguno. Tocó con los nudillos.

—Pasa, Cosme.

Al instante Máximo reconoció la inconfundible voz de Paulino Pallás.

El carpintero empujó la puerta. En medio de la estancia y alrededor de una mesa se hallaba el líder anarquista, y junto a él estaban Gervasio Gargallo, Matías Cornejo, Francesco Momo y un desconocido. A Momo lo recordaba bajo y algo bizco, y el nuevo era delgado, pecoso y con el pelo rojo como una panocha. Paulino se puso en pie y todos lo imitaron.

Máximo dio un paso adelante y tras una fracción de segundo sus tres cofrades se adelantaron hacia él abrazándolo, en tanto que los otros dos quedaban a la expectativa.

Luego de los parabienes y de las preguntas cómo, cuándo y por qué comenzaron las presentaciones.

—Este compañero es Máximo Bonafont, del que te he hablado, que ha estado tres años a la sombra de vacaciones por cuenta del gobierno. —Pallás se dirigió al nuevo—: Lo trincaron por cometer una imprudencia. ¡Que te sirva de ejemplo! En este oficio no hay vacaciones ni mujeres; esto debe ser como una religión. Piénsalo muy bien, y si no estás dispuesto a darlo todo y a obedecer sin preguntar, es mejor que cojas el tole y te largues ahora.

Un silencio absoluto avaló la plena comunión con los principios que exponía el jefe. El sexteto ocupó las sillas alrededor de la mesa.

Paulino hizo las presentaciones del nuevo.

—Mira, Máximo —dijo señalando al pelirrojo—, éste es Cirugeda; ocupa el lugar de su hermano, al que mató el año pasado uno de los pistoleros de los empresarios.

Ambos inclinaron la cabeza en una especie de saludo.

Máximo se sintió en la necesidad de defenderse al respecto de su imprudencia.

—Paulino, sabes que estuve en la granja el tiempo que me indicasteis.

—Pero saliste, a pesar de la negativa del comité, tras unas faldas. Quizá el fallo fue nuestro por permitir que subiera a verte. Tú sabrás si ese polvo valió la pena, tres años de cárcel es mucho tiempo.

Máximo insistió.

—Quería ver a mi hija.

—La habrías visto cuando hubiera escampado la niebla. A ti te encabronó la mujer, y por lo que ha llegado a mis oídos creo que no te ha servido de gran ayuda, ¿o me equivoco?

—Se ha largado con otro.

—Todas hacen lo mismo, consuélate, hermano. ¡Cuando la miseria entra por la puerta los amores salen por la ventana! Pero dejemos eso y vayamos a lo nuestro.

Los presentes intuyeron que el motivo de la reunión iba a serles revelado.

Paulino comenzó a explicar el proyecto.

—Francesco Momo… —El aludido asintió con la cabeza—. Como sabéis, el Relojero es oriundo del Livorno, y es por ello por lo que es amigo de Ettore Mattei, uno de los genios del anarquismo; trabajó con él en Argentina, concretamente en Rosario, donde organizó la huelga de panaderos que fue un éxito de resonancia mundial. Luego con Errico Malatesta fundó los periódicos *La Miseria* y *El Socialista*, y vino aquí para ayudarnos hace ya unos años, ya que es un maestro en su especialidad.

Los confabulados escuchaban. Paulino prosiguió con su discurso.

—Antes os lo he resumido esquemáticamente; ahora voy a daros detalles. El mundo obrero sólo tiene dos armas: la huelga y las bombas. Para la primera el recurso principal es la palabra y eso, aunque no se improvisa, se encuentra. Para la segunda hacen falta artistas; hallar los elementos para fabricar una bomba es relativamente fácil, pero cada situación requiere una distinta, más o menos potente y más o menos fácil o difícil de ocultar, y sobre todo que sirva para la finalidad a que está destinada. No podemos enviar a nadie a que se juegue la vida poniéndola o lanzándola para que después falle. Y ahora me gustaría que escucharais a Momo.

El italiano se retrepó en su silla, se atusó el bigote y, con un acento peculiar, comenzó su disertación en un tono amable y coloquial.

—Amigos, vine a Barcelona enviado por la cúpula mundial del anarquismo para echaros una mano y enseñaros, en mi modesta proporción, el oficio de espantar a los burgueses, que en todas partes se hace de la misma manera. Y traigo el expreso mensaje de los que saben de esto para deciros que nuestro movimiento será mundial o no será.

Los presentes asintieron en silencio como dando por sentado que la afirmación del italiano era indiscutible.

El otro prosiguió:

—En todo el mundo hay gente valiente y dispuesta a poner bombas que causen el espanto y la inquietud entre los empresarios, y nuestra obligación es darles el material oportuno para que su sacrificio, si llega el caso, no sea en vano. La experiencia nos ha enseñado que cada caso es diferente, por lo que, una vez planteado el atentado, si queremos que el efecto sea devastador, hemos de actuar en cada ocasión con el material apropiado; no es lo mismo un recinto cerrado que un espacio al aire libre, y no es lo mismo una multitud que un individuo; nuestra precisión ha de ser la del buen relojero que ajusta sus piezas de modo que el tiempo transcurra puntual y exacto. Yo fabrico bombas, y en esta ocasión y aquí, en Barcelona, se me ha encargado que ponga en vuestras manos el material que os haga falta y que a la vez enseñe a la persona o personas que se me indique la manera de hacerlo. Entonces mi misión habrá terminado aquí y seguiré mi apostolado por el mundo, instruyendo a otros en otros países para que el triunfo del anarquismo sea mundial.

Tras esta explicación Francesco Momo calló y Paulino retomó su discurso.

—Esta vez os aseguro que la resonancia de nuestro acto será mundial. —Ahora Pallás puso un énfasis especial en lo que iba a decir, sabiendo que la noticia sobrecogería a todos—. El próximo 24 de septiembre, día de la Mercè, vamos a atentar contra el capitán general Arsenio Martínez Campos y toda la camarilla que lo acompañará en la parada militar que se celebrará en la Gran Vía de las Cortes esquina con la calle Muntaner. La bomba irá dedicada a él, pero si de paso afecta a la tribuna de invitados, donde sin duda estarán las autoridades, mejor que mejor.

En aquel momento el silencio podía cortarse. Pallás prosiguió:

—Francesco trabaja en un taller de sillería en el n.º 25 de la calle Ausias March, y su trabajo, como comprenderéis, requiere de unas condiciones especiales. El material que se usa para este menester es muy peligroso, tanto en lo referente a su manejo como a su almacenamiento, por lo que, en cuanto me lo diga, habrá que sacar de allí los petardos terminados, que serán trasladados a esta carpintería. —A continuación concretó—: Cirugeda va a ser su ayudante; es habilidoso, y en su pecho anida la llama eterna de la venganza por la muerte de su hermano. Y tú... —Señaló a Máximo—. Tú serás el encargado de trasladar el material en un carro cerrado que llevará en sus laterales el logotipo y las letras de La Maquinista o de Fabra y Barnils. Ése será tu cometido, y hasta ese día quiero que desaparezcas del mapa de la ciudad. —Luego se volvió hacia Momo—. Todo lo que has pedido estará en el almacén, a más tardar el miércoles que viene. Y ahora, si no hay más preguntas, vamos a disolver esta reunión con el cuidado que requiere la circunstancia. Cirugeda y Cornejo, saldréis juntos, Gervasio acompañará a Francesco y yo saldré contigo, Máximo, tú y yo tenemos cosas de que hablar.

115
La caza

Aguantando pelmas como siempre, en eso consiste la vida de una mujer de alterne.

La que así hablaba era África, y su interlocutor en La Palmera era el subinspector Fermín Cordero, quien con su habitual disfraz de chulo de los bajos fondos había acudido aquella noche por ver si pillaba alguna noticia interesante; la superioridad estaba inquieta, y cuando tal sucedía el trabajo se multiplicaba.

—¿Has sabido algo de tu amiga la cantante de Los Cinco del Plata?

—Debutó en el Luna Tucumana, en Argentina, y tuvo mucho éxito. Luego se fue de *tournée* y no he sabido más.

—Erais muy amigas, ¿la echas de menos?

—La verdad es que era muy simpática y nada envidiosa, cosa rara en este gremio, y además me venía muy bien.

—¿Por...?

—Cuando estaba cansada me sentaba con ella junto al ángulo de la barra, en los dominios de Dionisio, porque don Eloy le daba permiso y si ella no quería no salía a bailar.

—¿Y ahora?

—Lo tengo peor porque canta mucho que esté sola aquí, y es precisamente aquí donde se ponen los tíos y hablan.

—Entonces no puedes contarme nada nuevo.

—Nada importante, aunque sí algo curioso: el sábado dos tipos comparaban la forma de poner cachonda a una mujer con una bomba.

Cordero atiesó las orejas cual perro de caza.

—Cuéntame eso, África.

—Pero ¡si es una badulaquería!

—Deja que eso lo decida yo.

—Está bien. Vinieron dos tipos, lo recuerdo porque a uno lo conozco de otras veces. El otro era nuevo, pero olía raro y por la forma de hablar me pareció italiano... Por cierto, bizqueaba lamentablemente del ojo izquierdo. Se pusieron justo en la esquina, y yo me acerqué porque vi que Dionisio les ponía whisky escocés y pensé para mí: «Aquí hay un descorche». Me ofrecí discretamente, pero no coló; por lo visto traían la conversación de la calle y querían seguir hablando de sus cosas.

—Sigue.

—En pista estaba una nueva que está llenita y mueve muy bien el culo, y el español comentó que cuando una mujer baila bien es buena en la cama. A lo que el italiano replicó que todas las mujeres funcionan bien, y dijo: «La mujer es como una bomba Orsini; siempre explota si se le sabe tocar el pistón oportuno».

Cordero estaba en tensión.

—Eres una mina, África. ¡A lo mejor voy a deberte mi ascenso!

Ante el halago, África se creció.

—Lo bueno me parece que es lo que contestó el otro.

—¿Qué fue ello?

—Le respondió: «Si tú lo dices... De eso sabes tú más que nadie».

Cordero salió de La Palmera al galope, y al día siguiente toda la Policía Municipal de Barcelona y también la secreta se pusieron en marcha. Había que localizar a un italiano que olía raro, bizqueaba del ojo izquierdo y, por lo visto, entendía de bombas Orsini.

A partir de la pista que recogió Fermín Cordero a través de África, su confidente de La Palmera, la caza se desencadenó. El gobernador Larroca fue taxativo, toda orden al respecto de perseguir los juegos prohibidos, limpiar las calles de maleantes, asediar la prostitución y similares quedaban en segundo plano; el esfuerzo de la Guardia Civil y de la Policía Municipal iba a concretarse en encontrar el zulo donde aquel maldito italiano, al parecer avezado especialista, fabricaba bombas Orsini.

La oficina dedicada a la inmigración sacaba humo. Se repasaron listas, se consultó a inmigrantes establecidos hacía ya tiempo en Barcelona, se rastrearon los bajos fondos, el ir y venir de soplones en los aledaños de las comisarías era continuo y, finalmente, un delgado hilo que podía desenredar la madeja salió a flote en la comisaría de Arco de Triunfo. El dueño de un colmado de ultramarinos comentó al inspector que andaba por el barrio haciendo preguntas, que un italiano bajito y de pelo ensortijado, panadero de profesión, según decía, trabajaba en un taller de la calle Ausias March n.º 25. Según el tendero, el muchacho que le hacía el reparto le había comentado cierto día que el lugar adonde llevaba los pedidos era una sillería que nada tenía que ver con un horno de pan, que la principal comanda era toda clase de pasta fresca y sobre todo quesos italianos, principalmente gorgonzola, y que el local olía mucho a cordita; con todo, lo más llamativo que comentó el muchacho en plan jocoso a su patrón fue que cuando miraba al hombre a la cara no sabía si hacerlo a un ojo o a otro, porque el italiano bizqueaba lamentablemente.

Aquella mañana de marzo, cumpliendo las órdenes de su jefe, Máximo iba a coronar su cometido. Días antes se había puesto de acuerdo con un carretero amigo suyo de los tiempos de casa Ripoll que trabajaba en Fabra y Barnils para que a la hora de comer y antes del reparto de la tarde le alquilara su carricoche para un cometido que no iba a durar más de tres horas, si bien luego lo amplió a cuatro ya que su delicado reparto sería más largo, pues a última hora había habido una contraorden. De las cajas que iba a recoger en la sillería de Francesco Momo, una debía ser depositada en la carpintería de Cosme Prats y las otras en una cueva oculta de la montaña de Montjuich donde alguien lo estaría esperando.

Tras recoger el vehículo se dirigió Máximo a la dirección que le dieron del italiano. A aquella hora la actividad en Barcelona se detenía. Los bares y las casas de comida se llenaban hasta los topes de trabajadores que no tenían suficiente tiempo al mediodía para ir a sus casas y despachaban sus parvos condumios consumiendo el contenido de sus fiambreras en aquellos lugares pagando únicamente la bebida.

Máximo detuvo el carricoche frente al n.º 25 de la calle Ausias March; en la acera había una hilera de sillas de diverso formato anunciando la mercancía que allí se vendía. Saltó del pescante y tomando al caballo por la brida se dirigió al interior. Un fuerte olor que venía del fondo de un patio asaltó su pituitaria. El ruido de sus pisadas alarmó a un perro callejero, cruce de lobo y pastor del Pirineo, que cumpliendo con su obligación comenzó a ladrar furiosamente sujeto por una cadena que lo amarraba a su caseta y que amenazaba con romper. Los ladridos del can alarmaron a su propietario, que salió de un almacén del fondo del patio vestido con una bata caqui llena de manchas, que debía de proteger sus ropas de las corrosivas sustancias que empleaba para sus peligrosos manejos.

—*Non ti aspettavo così presto!* —La lengua denunciaba el origen del hombre.

—A las dos me han dicho y a las dos estoy aquí.

El italiano, yendo a lo suyo, inició otro tema.

—¿Has manejado alguna vez bombas Orsini?

—No, pero siempre hay una primera vez.

—¡Hay una única vez! El manejo es delicado y no permite equivocaciones; si fallas, saltarás por los aires.

—Estoy en ello. Tú procura dármelo todo en condiciones, y tal como me lo entregues, por la cuenta que me trae, yo lo haré llegar a su destino.

El italiano siguió con lo suyo. Francesco Momo el Relojero, como buen artista, quería que su trabajo fuera valorado.

—Voy a entregarte el material debidamente acondicionado. Las bombas van en cajas, de dos en dos, colocadas en soportes basculantes sujetos con muelles a fin de que los pistones de fulminato de mercurio no toquen con nada. Presionar uno de ellos antes de hora y volar por los aires es casi lo mismo. Me ayudará Cirugeda, que se ha mostrado hábil en el manejo de explosivos y sobre todo muy cuidadoso.

Los tres hombres procedieron de inmediato a llevar a cabo su cometido. El trajín era lento y proceloso. Máximo procuraba imitar en todo al italiano.

Las seis cajas fueron trasladadas al carromato en cuyos laterales lucía el logotipo en rojo y azul de la firma Fabra y Barnils. Cuando estuvieron ubicadas y firmemente trabadas, Máximo se encaramó en el pescante y, tras saludar con la mano al italiano y al pelirrojo, que volvieron a entrar en el portal, se dirigió a la calle Gerona entre el tráfico de carros que ya había vuelto a ponerse en marcha.

No había avanzado dos manzanas cuando las sirenas de dos carricoches de la Policía y de la Guardia Civil hicieron que la caravana se detuviera. Máximo se apartó a un lado y bajó del pescante como los demás cocheros, temiendo que si intentaba proseguir se hiciera notar en demasía, y preguntó a uno y a otro qué era lo que estaba pasando.

—Andarán buscando a alguien. Es el pan nuestro de cada día —opinó el más próximo—. Es lo que hay, gentes desocupadas que pretenden que todos acabemos como ellos. ¡Cera es lo que hay que darles, mucha cera! Al que cojan deberían pelarlo en medio de la plaza Cataluña para aviso de navegantes.

El inspector Peláez y Fermín Cordero mandaban a los municipales en tanto que el teniente Portas hacía lo mismo con los guardias civiles; dominaban la calle las gorras planas sujetas bajo la barbilla por el barboquejo con las porras en la mano, en primera línea, y en segunda, los tricornios con las carabinas terciadas.

A Máximo le habría gustado ver lo que sucedía en el otro extremo de la calle, pero no se atrevió a abandonar el carro confiándolo a un compañero.

La primera línea de guardias cautelaba la entrada de carros del portal n.º 25 de la calle Ausias March, en cuyo final se adivinaba un patio.

—¡Cordero, usted y seis guardias vayan por delante! Yo me quedaré en la calle por si el individuo salta a una de las casas de al lado. El teniente Portas irá con los guardias civiles por detrás.

Súbitamente, cuando ya iba a comenzar la operación, un horroroso estruendo mezclado con el agudo aullido de un can salió del fondo del patio.

Momo se dio cuenta inmediatamente de lo que estaba ocurriendo: el momento supremo del ideal anarquista había llegado para él. Consecuente con sus ideas, decidió irse de este perro mundo en compañía del número máximo de esbirros del capital.

En el fondo del lavadero que estaba en el almacén tenía preparada una masa blancuzca de un compuesto de dinamita al que únicamente faltaba abocar el excitador; en el estante, un gotero con ácido.

Francesco no lo pensó dos veces; tomó la pipeta y abocó el contenido sobre el compuesto gelatinoso.

La onda expansiva fue tan fulminante que lanzó a Peláez y a tres de los guardias hacia atrás como si fueran muñecos de feria.

Al día siguiente *La Vanguardia* publicaría una nota en la que no se daba cuenta de la actuación policial:

> Al cabo de algunos minutos de haber entrado Momo en el almacén oyose una detonación acompañada del ruido de cristales rotos e inmediatamente salió aquél en mangas de camisa, con una herida en el pecho de la cual manaba la sangre en abundancia y la mano izquierda arrancada a cercén.
>
> En su domicilio, situado en la calle Vista Alegre, n.º 12, 2.º 2.ª, se encontraron dentro de un cofre, que hubo necesidad de descerrajar, dos bombas de las llamadas Orsini, cargadas con dinamita y de forma esférica, erizadas de infinidad de pistones, que sobresalían unos dos centímetros de la superficie de la bomba, cuyo peso aproximado es de un kilo. También se encontraron varias sales destinadas a la preparación de materias explosivas y algunos documentos anarquistas.
>
> A última hora circuló el rumor de que parecía que se trataba de una vasta conspiración para dar un golpe de mano el Primero de Mayo, alterando el orden público y produciendo general consternación.

Máximo supuso de inmediato lo ocurrido. Demudado y con el color huido de su rostro, se encaramó en el pescante de su carro y azuzando el caballo con el silbido se dirigió en primer lugar a la carpintería de Cosme Prats, donde dejó su primer cargamento de muerte. Posteriormente, por la calle Lérida subió hasta Montjuich y, abandonando la calzada principal por una disimulada trocha, llegó hasta una explanada donde un desconocido lo estaba aguardando.

Cruzaron la contraseña acordada y, tras darla ambos por buena, a una señal del anfitrión salieron tres individuos de la maleza. El carro fue descargado con sumo cuidado y las cajas fueron transportadas hasta una cueva.

Luego, tras el saludo anarquista, Máximo se dirigió a la casa de la calle Bonaplata, donde lo esperaba el amigo que le había alquilado el carro.

—¡Buena me la has hecho! ¿Ahora cómo justifico yo el retraso en la fábrica?

Máximo no concretó.

—La policía ha parado la calle porque ha ocurrido algo cerca de donde yo cargaba. Como comprenderás, no he podido hacer nada. Lo siento. Hoy por mí, mañana por ti.

Y tras darle la otra mitad del pago ajustado, Máximo se fue para su casa.

116
Antonio y mosén Cinto

Aquel 1893 fue un año muy importante para Antonio. El obispo Jaume Català i Albosa, a instancias del padre Aurelio Víctor, rector del Seminario Conciliar, y del padre Cusach, su confesor, atendiendo a su especial formación y a la delicada tarea a él encomendada, autorizó su ordenación. Así, en marzo de 1893, en el palacio Episcopal, Antonio había cumplido con sus últimos votos en presencia de su madre, de su tío Orestes y de Candela, quien, recuperada de su parto, asistió emocionada a la primera misa de su primo. También lo hicieron, acompañando a su madre, su amiga Hortensia Lacroce y, a petición suya, su compañero de estudios José María Argelaguet.

—Excusa a tu padre, Antonio, ¡ya sabes cómo es! En cuanto a tu hermano Germán, está de viaje; ha tenido que ir a Londres. Eso no quiere decir, y te soy muy sincera, que de estar aquí hubiera asistido. Don Gumersindo Azcoitia te envía también sus mejores deseos.

—Yo no tengo que excusar a nadie, madre. Mi obligación únicamente es rezar por todo el mundo, más aún por los que quiero y, sobre todo, por los que más lo necesitan, y usted y yo sabemos de quién hablo.

—Te envían sus cariños y sus parabienes Ascensión, Carmen y

Mariano, y también los componentes de la portería, Florencia, Adoración y Jesús.

—Agradezco su recuerdo en día tan señalado para mí y les envío mi bendición, que ahora ya puedo, madre.

Candela y él, durante el pequeño refrigerio que se sirvió al finalizar la ceremonia, hicieron un aparte.

—Soy feliz de verte tan feliz, primo. Y además, ¡eres un cura guapísimo!

—¡No cambiarás nunca! ¿Eres tú feliz, Candela?

—Eso ya no importa. Tengo a Pelayo, que es una ternura, y pienso que sólo se puede entender el amor cuando se tiene un hijo. En cuanto a mi matrimonio, precisamente a ti no tengo que explicarte nada; he cumplido un deber y quizá haya salvado la vida del único hombre al que he amado.

—¿Tienes noticias de él?

—Cuando las cosas pintan bastos, el gobierno no da razones. Si no hay éxitos que explicar, no hay noticias dignas de mención. Me acerco cada mes al Gobierno Militar para comprobar las listas de bajas y, ¡a Dios gracias!, Juan Pedro no está en ellas.

La decisión estaba tomada, el obispo de Barcelona don Jaume Català, de acuerdo con don Josep Morgades, obispo de Vic, tras escuchar las quejas del marqués de Comillas concernientes al desaguisado económico que había ocasionado la gestión de mosén Cinto Verdaguer como limosnero del ilustre prócer, decidieron, una vez concluidos los Juegos Florales, y con la excusa de que su salud se resentía, enviar al clérigo al santuario de La Gleva, a pocos kilómetros de la capital de Osona, para alejarlo de determinados círculos barceloneses; además, allí estaría a salvo de la maléfica influencia de gentes que lo expoliaban abusando de su buena fe. Aunque la intención del ilustre poeta era no perder el contacto con el grupo de exorcistas con los que trabajaba, en La Gleva se dio cuenta de que lo que había perdido era el favor del marqués, y saber que el obispo de Vic no le autorizaba a dejar el santuario le produjo una particular desazón porque, sin recursos económicos, no podía hacer frente a ciertos créditos solicitados y a ciertos compromisos hipotecarios. El prelado accedió a la petición del ilustre huésped concediendo que lo acompañara en calidad de secretario el recién ordenado padre Antonio Ripoll, por el que sentía un gran afecto, condición que exigió el poeta para aceptar aquella especie de confinamiento y que Antonio comenzó a ejercer de inmediato.

Jamás pensó que el cargo le produjera tantos problemas.

—Créame, Antonio, por mucho afecto que usted profese a mosén Cinto, no olvide nunca que su primera obligación es con la Santa Madre Iglesia. —El que así hablaba era el obispo de Barcelona, don Jaume Català i Albosa, en presencia de don Claudio López, marqués de Comillas, en el palacete de este último—. Y aunque le cueste entenderlas y le parezcan duras las decisiones que aquí se tomen, serán en beneficio del alma de nuestro insigne poeta.

Don Claudio intervino, amable pero firme.

—Más dolor del que siento yo no tendrá usted. Tenga en cuenta que ha vivido siempre en esta casa, que ha navegado en barcos de mi compañía, que ha sido mi limosnero y que yo he intentado hacer la vista gorda en grandes desajustes económicos que mi contable me dice que ha habido, pero las cosas han llegado a un punto que no tiene retorno. Es por ello por lo que he hecho llamar a Su Ilustrísima. Mosén Cinto es un alma cándida de quien abusan, como usted bien sabe, gentes sin escrúpulos que se acercan a él para medrar y, con mil argucias, le sacan cantidades ingentes de dinero. Y si todo quedara aquí tendría un pase, pero su firma ha comprometido unos pagos que no tienen sentido.

Antonio intentó defender a su admirado mentor.

—Mosén Cinto es un santo.

Ahora intervino de nuevo Català.

—Pero, mi querido Antonio, los santos están en el cielo, donde hablan con otros santos y con los ángeles. Lo malo es que en la tierra estas criaturas escasean, y lo que hay son individuos mendaces y aprovechados, y precisamente su informe deja traslucir que las gentes que rodean a mosén Cinto no son justo las que le convienen.

Antonio sentía que en su interior traicionaba a la persona que más había hecho por su vocación.

La voz del ilustre prócer interrumpió su discurso mental.

—En trazo grueso sabemos más o menos las actividades que desarrollan las gentes que se acercan al mosén, pero, como secretario suyo y persona muy cercana a él, hágame el favor de perfilar mejor sus actividades. Comencemos por esa especie de lugar en el puente de Vallcarca donde instruye a los futuros exorcistas. Luego entraremos en esa familia de doña Deseada Durán y de su hija Amparo, que hipotecan su tiempo y le sacan dinero.

Antonio se sintió atrapado; el momento temido, tantas veces esperado, había llegado. Su relato comenzó dubitativo.

—Desde que me asignaron el cargo de secretario de mosén Cinto, entendí que por su afán de hacer el bien el padre pisaba terrenos pantanosos. La tarea de exorcista es muy compleja y, aparte de la teoría, hay un extenso terreno inexplorado que únicamente la práctica puede ir desbrozando. Mosén Cinto, en su afán de ganar la batalla al maligno, ha asumido la tarea de ir preparando una serie de sacerdotes, a los que adoctrina e intenta traspasarles sus vivencias. Es obvio que siempre que lo llaman para acudir al lado de uno de esos desgraciados, él a su vez cita a uno de sus alumnos para que presencie el exorcismo, pero evidentemente esas situaciones no se dan en demasía, por lo que su tarea de preparar sacerdotes sería muy escasa. La torrecita de Vallcarca sirve para ese fin. Mosén Cinto, acompañado del padre Piñol, prepara un exorcismo para el que hace falta la colaboración de una persona que represente el papel de endemoniada, y es ahí donde entra doña Pancracia Betancurt, que, por cierto, actúa de una manera única y convincente.

Don Claudio y el obispo cambiaron una mirada de inteligencia.

Habló Català.

—Debo recordarle que para realizar un exorcismo real se debe contar con el permiso del obispado. A partir de ahora, será su obligación darme cuenta de cuantas actividades pretenda realizar el padre en este sentido.

Antes de hablar, Antonio pensó unos instantes.

—Ilustrísima, voy a sentirme como un traidor.

—De nuevo se equivoca, Antonio. A usted le encomiendo el alma de nuestro poeta. El maligno hace que el bien y el mal estén muy entreverados, y en muchas circunstancias es difícil distinguirlos. Y ahora, hábleme de esa Deseada Durán y de su hija Amparo.

—Son dos personajes difíciles de encuadrar. No puedo negar que se ocupan del padre solícitamente, ya sabe que mosén no presta demasiada atención a las cosas de este mundo, por lo que a veces iría desastrado y con algún que otro lamparón en su sotana, y hasta en según qué ocasiones no pararía los mediodías ni a comer. Ellas se ocupan de que su ropa esté impecable y de que, sea a la hora que sea, en su casa siempre haya un plato de sopa caliente; pero, en cambio, sí he observado un interés excesivo en controlar sus cosas, y doña Deseada pregunta continuamente por los derechos de autor de sus obras y se ha ofrecido en más de una ocasión para ocuparse de cautelarlos.

—Háblenos de la hija.

—Es una mujer que me desconcierta. Tiene establecido en su casa una especie de estudio donde recibe gentes que le consultan cosas al respecto de su futuro.

—Creo que poco hay que decir. Es la clásica echadora de cartas, que observa una bola de cristal y que engaña a las gentes para sacarles los cuartos. ¿Qué es lo que le desconcierta?

—No emplea para ello ningún disfraz ni parafernalia, en muchas ocasiones dice que no tiene respuesta para sus males, y en ese caso no les cobra, y finalmente yo he presenciado algún que otro augur que me ha sorprendido.

—Explíquese, Antonio.

—Voy a referirme a dos hechos puntuales. En cierta ocasión vino un hombre para consultar el posible beneficio de una herencia del padre de su mujer. Amparo lo despidió con buenas palabras y, cuando ya cerraba la puerta, me comentó: «Hay gentes que se preocupan por el futuro, como este buen hombre... que morirá el próximo martes atropellado por un carruaje».

—¿Y...?

—Fue exactamente así.

El obispo y don Claudio volvieron a cambiar una mirada, esa vez dubitativa.

—¿Y la otra ocasión?

—Acudió una mujer explicando que estaba de tres meses y que quería conocer el sexo de su hijo, ya que su marido quería un chico y ella, una niña.

—Eso es bastante fácil; la probabilidad es del cincuenta por ciento.

—Ya lo entiendo, ilustrísima. Lo que no es común es que se acierte la respuesta que dio Amparo: «Los dos quedaréis complacidos, aunque uno más que el otro, porque vas a tener tres hijos». Y eso es lo que tuvo, ilustrísima, trillizos.

Esa vez la pausa fue larga.

—Voy a preguntarle algo muy importante. El obispado ha tomado una decisión al respecto de mosén Cinto, que ya le ha comunicado. Por el momento nuestro poeta será apartado de toda influencia negativa, por lo que saldrá de Barcelona e irá a vivir a La Gleva, en la diócesis de Vic, bajo la tutela del obispo Josep Morgades. Una única condición nos pone para hacerlo de buen grado.

—Y si tal decisión está ya tomada, ¿qué puedo hacer yo, pobre de mí?

—La respuesta alude a su obediencia dentro de la Iglesia. Mosén Cinto Verdaguer nos ha pedido que usted lo acompañe en esta especie de… llamémoslo destierro espiritual. Usted va a ser el mentor del padre, quien dedicará su tiempo completamente a la escritura. Usted filtrará las visitas con el fin de que no sea interrumpido en su trabajo y, desde luego, lo apartará de otras actividades como el exorcismo y de funestas influencias como la de esa viuda que, con piel de cordero, ha intentado hacerse con la voluntad de su santo mentor. ¿Acepta, Antonio, sin ninguna reserva la tarea que le encomiendo?

—Desde luego, ilustrísima, y no dude que intentaré hacerme digno de ella.

117
La emboscada

La isla estaba cubierta por una red de espías tupida y competente que abarcaba las principales ciudades, tales como Matanzas, Cárdenas, Santiago de Cuba, Cienfuegos y, sobre todo, La Habana. Mayormente funcionaba de ida y vuelta, ya que quien hoy facilitaba una información mañana podía pasársela al enemigo, siempre y cuando tuviera éste suficiente dinero para pagarla.

Los centros de información operaban en diversos lugares que todos conocían, ya fuesen locales públicos, salones de hoteles, mercados municipales, recepciones consulares o casas de comercio. Cada cual se proporcionaba sus fuentes, y éstas alcanzaban mayor rango cuanto más ciertas y frecuentes fueran sus informaciones. Los recolectores de noticias funcionaban en tres direcciones: los gobiernos de España y de Norteamérica, a través de sus respectivos órganos oficiales, y los patriotas cubanos que ansiaban una isla sin nadie que gobernara su futuro y que procuraban por todos los medios transmitir el espíritu de José Martí y el carácter indestructible de sus jefes supremos, el general Máximo Gómez y del Titán de Bronce, Antonio Maceo, aunque en aquellos momentos estuvieran fuera de la isla.

Aquel mes de mayo el capitán Emilio Serrano estaba destacado al frente de su compañía en el límite entre Las Villas y Matanzas, cautelando un tramo de la vía del ferrocarril que, por lo favorable del terreno, había sufrido numerosos atentados por parte de los mambises.

Emilio Serrano prefería la actividad frenética y el peligro a la molicie de la vida cuartelaria; en la primera hallaba el aliciente del oficio de las armas y la posibilidad de un ascenso, mientras que la segunda propiciaba la inactividad, que él procuraba aliviar escuchando en la pianola del cuartel los cartuchos que le había enviado Claudia y aumentaba por lo mismo su afición por el alcohol.

—Permiso, mi capitán.

La voz del sargento Valmaseda lo rescató de sus cavilaciones. El corpachón del suboficial ocupaba la abertura de la tienda de Serrano.

—Pase, sargento.

Se adelantó Valmaseda hasta el centro de la estancia redonda.

—¿Qué es lo que ocurre tan importante para que interrumpas mi siesta?

—Está en el puesto de guardia el Chino Barba, que dice que tiene algo para usted, y como en el cuartel de El Morro me dijo que siempre que llegara lo avisara aunque fuera de noche, es por ello por lo que me he atrevido a interrumpir su descanso.

—Hazlo pasar.

Partió el sargento, y Serrano se levantó del camastro y se dirigió al aguamanil para refrescarse la cara, ajustarse los tirantes y colocarse la guerrera.

El Chino Barba era un tipo difícil de clasificar. El nombre le venía por la expresión de sus ojos rasgados, herencia asiática de su padre, que había llegado a la isla cuando se hizo necesario importar mano de obra para la construcción del tendido de las vías del ferrocarril. El mote también tenía que ver con su oficio, del que siempre presumía, y, si había que creerlo, por lo visto habían pasado por su barbería todos los gobernadores militares de la isla y todos los jefes mambises. El caso era, en experiencia de Serrano, que las tres veces que el Chino Barba le había vendido información, ésta había resultado veraz y por lo tanto rentable.

No habían transcurrido cinco minutos cuando ya la voz del sargento anunciaba la llegada del huésped.

—Retírese, Valmaseda. Si me hace falta, ya le llamaré.

Se retiró el sargento, y quedó en pie frente a Serrano un hombrecillo de piel oscura, pelo liso y ojos rasgados vestido con un blusón de lino, un pantalón corto anudado a la cintura y calzados sus pies con unas sandalias de tiras de cuero.

—Bienvenido a mi humilde morada, Chino. ¿Quieres tomar algo?

—Si tiene, mi comandante, un poco de ron.

Serrano se dirigió a la pequeña alacena y cogió una botella y dos vasos. Después de indicar a su visitante que tomara asiento en un taburete y hacerlo él en el camastro, sirvió dos generosas raciones.

El Chino paladeó el licor y, tras chasquear la lengua, comentó:

—El sitio es humilde, comandante, pero el licor es excelente.

—Todavía soy capitán, Chino, y no te molestes en emplear conmigo el arte de la adulación, porque es inútil. Yo únicamente pago noticias, y las que me traes hoy deben de ser muy importantes porque, hasta ahora, cuando has tenido algo que comunicarme has aguardado a que yo fuera a tu encuentro. Claro que eso en La Habana era más fácil, pues iba a tu barbería a rasurarme... Pero que vengas hasta aquí me indica una relevancia grande y, sobre todo, una urgencia.

—¡Ha dado usted en el clavo! Que esto es importante lo intuyo, pero lo que sí afirmo es que es urgente. Lo he buscado en El Morro, y me han indicado que estaba en campaña, cautelando la vía del tren en esta zona, lo que me ha confirmado que lo que ha llegado a mis oídos debe de ser cierto. Usted siempre me ha pagado bien.

—¿Quién te ha dicho dónde estoy?

—Uno tiene sus fuentes y, como usted sabe, son secretas.

Serrano hizo una pausa. No sabía de dónde, él decía que de su oficio de barbero, pero el caso era que el Chino Barba siempre estaba al corriente de lo último que se trasegaba y que sus noticias eran fidedignas.

—Está bien, desembucha.

—Hablemos primero del precio, capitán.

—¡Mal puedo ofrecerte una cantidad cuando no sé lo que compro!

—Solomillo de primera. Recuerdo un día que, mientras lo afeitaba, me explicó que, al contrario de lo que podía pensar la gente, usted prefería estar en Cuba en medio de un sinfín de peligros que instalado cómodamente en la península, donde sólo se ascendía por escalafón.

—Lo recuerdo muy bien —dijo el capitán.

—De acuerdo, pues si usted sabe emplear con prudencia y decisión la noticia que le traigo, tendrá que recordarme siempre como el hombre que le facilitó el grado de comandante.

Los ojos de Serrano se achinaron más que los de su interlocutor y un breve relámpago parpadeó en ellos.

—Si eso es verdad, te pagaré la noticia de mi peculio personal.

—La mitad ahora y la mitad cuando todo haya finalizado, ¿le parece, capitán?

—Acordemos el precio.

—Un momento, mi capitán. El material que le traigo es de calidad inigualable. Cuando lo haya comprobado y si todo es como le digo, considero que me habré ganado mi parte. De qué manera el mando del ejército sepa aprovechar la ventaja no es de mi incumbencia.

—Si mi ascenso depende de ello, el único mando a quien voy a consultar es a mí mismo. ¿Cuánto vale tu información?

—Mil dólares americanos ahora; no quiero ni pesetas ni dinero de la Revolución.

—Creo recordar que a ti no te gustan los norteamericanos.

—Ellos no, pero su dinero sí —dijo el Chino.

—Está bien, quinientos ahora y quinientos al terminar.

—No me ha entendido, capitán. Mil ahora, que será la mitad.

—¡Estás loco!

—Si no le cuadra, tengo donde vender mi información.

Serrano dudó unos instantes.

—Como comprenderás, no tengo aquí mil dólares; pero te firmaré un pagaré que, caso de incumplirlo, comprometería mi carrera.

—Lo siento, mi capitán, no hay trato.

—Pero ¿has perdido el juicio?

—Cuando sepa de qué va la historia, comprenderá mi exigencia. La ubre de la vaca pasa una vez en la vida delante de un hombre, y éste ha de saber agarrarla. Mi vida, tras darle este soplo, no valdrá nada. Tendré que cerrar la barraca e irme de la isla; pretendo abrir mi barbería en Miami, y para eso hace falta mucho dinero.

El gusanillo de la curiosidad había anidado en el alma de Emilio Serrano.

—Dame una muestra. Si he de tomar dinero de la caja del batallón sin permiso del coronel Sandoval, aunque sea para reponerlo después, he de saber si el motivo vale la pena.

El Chino suspiró.

—Está bien, ¡sea! ¿Le gustaría saber dónde va a estar mañana por la noche el general Quintín Banderas?*

---

* Pese a que las noticias de este militar son posteriores, el autor lo ha escogido para este fragmento por lo interesante de su vida y su triste final. En tiempo del presidente Estrada, llegó a vender jabón vestido de uniforme entre las negras de La Habana. Después fue asesinado.

Serrano se despejó de golpe. El Negro Banderas era el terror de la tropa colonial. Hijo de esclavos negros, mandaba un escuadrón de caballería perfectamente instruido que montaba caballos negros, vestía de negro y atacaba de noche los campamentos de la tropa española a golpe de machete, desapareciendo a continuación como un fantasma y dejando tras de sí un rastro de muerte y desolación.

—Imagino que en su territorio, en los distritos de Sancti Spiritus, Remedios y Trinidad.

—¡Eso es lo que supone todo el mundo! El generalísimo Máximo Gómez, tras los hechos de San Juan de los Yeras, Sagua la Grande y Loma del Tunero, le ha dado un permiso para reunirse con su mujer, Virginia Zuaznábar.

—Y entonces ¿cuál es la noticia? —preguntó Serrano.

—La noticia es que yo sé dónde van a encontrarse; también sé que Quintín Banderas estará solo... y que un oficial osado con un pelotón de hombres decididos podría apresarlo. ¡Y eso es lo que vale dos mil dólares!

Un cúmulo de pensamientos se amontonaron en la cabeza de Serrano; aquélla era la ocasión de su vida. Lo del dinero no sería un problema; lo tomaría de la caja del batallón y luego lo repondría. En su mente ya había comenzado a forjarse un plan. Los problemas logísticos eran varios, todo dependería del lugar y de la distancia.

—Está bien, Chino, voy a fiarme de ti. No te muevas, que vuelvo inmediatamente.

Serrano partió hacia la tienda donde estaba instalada Mayoría; el brigada Lorenzana era el encargado de la caja del batallón. En cuanto entró Serrano el suboficial se puso en pie. La orden fue tajante y, pese a lo extraño de la misma, al ver la disposición de su superior el brigada no hizo ningún comentario; entregó el dinero y, a cambio, el capitán firmó un vale que el hombre guardó en su caja de hierro.

Serrano regresó a su tienda y, mostrando el dinero al Chino, lo urgió.

—Desembucha, suelta todo lo que has anunciado.

—Págueme.

Ahora el capitán se cuadró.

—¡No te atrevas a dudar de mi palabra y no agotes mi paciencia!

—Está bien... Tres kilómetros más allá de la vía del ferrocarril es tierra de nadie, yendo al norte, cuando el Morato desagua en el Canimar, entre el río y la manigua hay un bohío junto a una gran ceiba que casi lo cubre; no tiene pérdida. Mañana al anochecer Quintín el

Negro Banderas estará allí, y tras un año sin ver a su mujer y con la fama de verraco que tiene, creo que no será difícil sorprenderlo, ¡como cuando el urogallo canta y se aparea!

Serrano vaciló unos instantes. Después tomó el dinero y se lo entregó.

—Si me has engañado, no habrá suficientes agujeros en Cuba para esconderte. ¡Que sepas que te buscaré hasta debajo de las piedras!

—Pierda cuidado, que el filón es bueno y la veta, de primera calidad. Los que nos dedicamos a este oficio sabemos que dependemos de la última información. No hace falta que me comunique su éxito; saldrá en los papeles, y yo lo aguardaré en mi barbería para que cumpla con la segunda parte de nuestro trato. Luego marcharé a Miami.

Partió el hombrecillo, y Serrano se dispuso a poner en práctica su plan.

El batallón al mando de su segundo, el teniente Freire, quedaría al cuidado del cambio de agujas de la vía del tren donde estaba asentado su campamento. Él partiría a primera hora de la tarde con doce hombres en seis caballos, además de uno libre de jinete, vestidos al uso de los campesinos de la tierra y con las armas escondidas bajo sus ropas. Había que cuidar la sorpresa, que era su gran baza, y tener muy en cuenta que el campesinado iba a favor del ejército mambí, de manera que las noticias volaban. Suponiendo que alguien los viera no llamarían la atención, pues era costumbre que unos campesinos se desplazaran a los predios de otros para ayudarlos en las tareas del campo, regresando luego a los suyos, por lo que cada cabalgadura llevaba dos hombres. Serrano estaba muy nervioso. Aquella acción podía ser definitiva, y tuvo sumo cuidado en escoger su tropa. El sargento Valmaseda y los soldados Juan Pedro Bonafont y Trinidad Basilio iban entre los escogidos.

A las tres de la tarde salieron del campamento en dirección norte buscando el cauce del río Morato, contando con llegar a su destino a la caída del sol; allí estudiaría el terreno escondido en la manigua. La noche sería oscura, la luna estaría en mínimos, y cuando las luces del bohío hiciera ya un par de horas que estuvieran apagadas intentaría sorprender al general Quintín Banderas, seguramente en plena campaña amorosa, con la guardia baja y los pantalones caídos. El coronel Sandoval pasaría por alto su falta de disciplina presumiendo de un capitán a sus órdenes que había apresado a uno de los generales mambises más temidos.

A las nueve de la noche, como había previsto, llegaron a su destino. El Chino no lo había engañado. La ceiba gigante era inconfundible, y de la chimenea de la cabaña salía un humo que denunciaba vida en su interior. El grupo se ocultó en la manigua, y el río Morato, que bajaba crecido, guardaba su retaguardia; ataron los caballos a los árboles y aguardaron.

Los hombres del comando sabían que iban a detener a un cabecilla mambí, pero desconocían su nombre. Una vez sujetas las caballerías a las ramas bajas de los chopos de la orilla, los hombres se colocaron en derredor del bohío cautelando la entrada principal y la puertecilla trasera. Las armas aparecieron; llevaban las carabinas terciadas, las bayonetas en la cintura junto a las cartucheras y el ánimo dispuesto.

Una mujer salió del bohío y se dirigió a un pozo que había al lado llevando, apoyada en la cintura, una tinaja de agua.

Juan Pedro estaba junto a su amigo Trinidad.

La mujer regresó, y al poco las luces del interior fueron el único alumbrado de la noche.

El capitán Serrano había distribuido a sus hombres en dos grupos: el primero, frente a la puerta principal, a su mando, y el otro, en el que se encontraban Juan Pedro y Trinidad, a las órdenes del sargento Valmaseda. A una señal concertada, se adelantarían silenciosos y entrarían a la vez por las dos puertas. Su retaguardia estaba cubierta por el río, que bajaba caudaloso, y la sorpresa debería ser su mejor aliado. La distancia a cubrir entre la manigua que los protegía y el bohío era de unos cien metros.

Juan Pedro hablaba con su amigo en un susurro.

—La pieza a cobrar debe de ser importante para que Serrano deje el batallón bajo el mando del teniente Freire, que carece de experiencia en combate y que acaba de llegar de la península, y venga él al frente de esta operación.

—Serrano no da puntada sin hilo. Va detrás de la gloria y del ascenso como un poseso; imagino que esta acción le reportará gran beneficio.

—Eso si sale bien.

Las luces de la parte baja del bohío se fueron apagando y una débil iluminación apareció en la ventana del primer piso.

Serrano estaba en tensión; sólo cabía aguardar.

La luz no se apagaba y la espera se hizo insostenible. Después de la acción había que regresar, y cuando amaneciera deberían estar llegando ya al campamento.

Juan Pedro tuvo un mal pálpito; aquello no le gustaba.

Serrano dio la orden. El grupo salió de la espesura y avanzó a campo descubierto, agachado y raudo, con las bayonetas caladas en los fusiles, hacia la casa.

Estarían a veinte metros en descubierta cuando se desencadenó el infierno. Las ventanas se abrieron súbitamente y en cada una de ellas aparecieron las amenazantes bocas de varias carabinas, que empezaron a escupir fuego.

Serrano entendió que había sido traicionado y con un golpe de silbato ordenó retirada. Ya era tarde; a través de la manigua avanzaban luces encendidas a una altura que delataba que sus portadores iban a caballo. Jinetes de la temible caballería negra de Quintín Banderas, machete en mano, habían vadeado el Morato y se precipitaban hacia ellos.

Aquello iba a ser un «sálvese quien pueda». Juan Pedro y Trino consiguieron entrar en la manigua, se tiraron al suelo intentando disimularse entre la maleza, se echaron el máuser a la cara y comenzaron a disparar como diablos. Los mambises del bohío salieron tras ellos y los atraparon entre dos fuegos. Juan Pedro pensó que aquello era el final.

Los demás compañeros hicieron lo mismo. El tableteo de los disparos se oía aquí y allá, mezclado con gritos de heridos, silbatos ordenando maniobras de repliegue y relinchos de caballo.

Los dos amigos estaban junto a un bancal de un metro de desnivel disparando hombro con hombro.

—¿Cuánta munición te queda?

Juan Pedro registró sus cartucheras.

—Tres peines enteros y el puesto. Esto se acaba.

Trinidad se echó la mano al cuello y se arrancó una medalla de la Virgen del Carmen con un nombre y una dirección grabados en la parte posterior.

—Si salgo de ésta lo haré yo por ti, y si es al revés, lleva esto a mi madre. —Y acompañando la palabra con la acción entregó la medalla a Juan Pedro.

La luz incierta de la madrugada comenzó a iluminar la escena. Los disparos iban menguando a la vez que los gritos que pregonaban una ordalía de sangre iban en aumento.

Tres jinetes, dos por la izquierda y uno por la derecha, asomaron en el claro de la manigua frente a la bancada. Trinidad Basilio se puso en pie, afirmando su máuser con la bayoneta calada. Juan Pedro intentó agacharlo tirando de su chaqueta de campesino.

—¡Estás loco, van a matarte!

—¡Ya se me han acabado las balas y no quiero irme solo!

Juan Pedro, por lo mismo, se puso en pie, se echó el máuser a la cara y abatió a uno de los dos jinetes que se les acercaban por la izquierda. Un disparo de la tercerola del que venía por la derecha abatió a Trino.

Cuando Juan Pedro iba a disparar de nuevo sintió que su cabeza estallaba como un coco al que hubieran dado un martillazo, a la vez que algo parecido a un hierro candente le atravesaba el abdomen y la rodilla se le doblaba del revés. Luego cayó atrás. Lo último que oyeron sus oídos fue el toque de reunión de una corneta de órdenes y el galope de un caballo que partía en dirección contraria, y lo último que vieron sus ojos fue el rostro de un mambí al que faltaban los dos incisivos y que decía a su compañero: «Está malherido. No lo remates; a éste le debo un favor».

118
El machete

Julián Cifuentes se veía obligado a actuar con sumo cuidado si quería mantener su privilegiada posición. Amaba su tierra con toda el alma y por lo mismo debía ser prudente hasta que la fruta estuviera madura.

El gobierno español de la isla lo tenía en alta estima y prefería tenerlo de aliado porque conocía su influencia entre los plantadores de las haciendas de azúcar y tabaco, y a él le convenía mantener puesta la careta que le permitía pasar entre líneas de una a otra parte llevando documentos no oficiales que interesaban a ambos contendientes. Así pues, el generalísimo Máximo Gómez le había otorgado un salvoconducto de libre circulación que lo avalaba ante cualquier mando que estuviera en línea de combate.

Julián Cifuentes regresaba a la hacienda San Andrés satisfecho de la negociación que, a través de sus relaciones, había conseguido establecer con Antonio Maceo, quien desde su atalaya costarricense afilaba sus cuchillos a la espera de una nueva y definitiva oportunidad de entrar en Cuba y desde la cual controlaba todo movimiento que pudieran hacer sus seguidores; el insigne caudillo se había comprometido a respetar la línea férrea que conducía a Santiago hasta que la campaña del café hubiera finalizado. Cifuentes volvía, y lo hacía en el pescante de un carro plataforma conducido por Raúl, uno de sus cocheros predilectos, llevando a su caballo sujeto por la brida, atado a la parte trasera del carromato, que a la ida había transportado un cargamento de excelente tabaco para la tropa del general. A la altura de El Carmen había un viejo puente de madera por el que pensaba atravesar el río Morato para adentrarse en el distrito de Cárdenas.

Dos temas ocupaban su pensamiento: la pequeña Manuela y Celestino Vivancos, su secretario caboverdiano. La enfermedad de su hija, conocido el diagnóstico médico, había desbordado sus capacidades, por lo que se obligaba a gozar de ella día a día sin que su mente quisiera plantearse el hecho de que de repente desaparecería. La tenía cuidada como una flor de estufa y le proporcionaba cuantas cosas pudieran ilusionarla; al principio le negó placeres que pudieran entrañar peligro, como montar su pequeño poni o pescar en el Canimar; sin embargo, luego pensó que el tiempo corría para ella más rápidamente que para el resto de los mortales y decidió darle todo aquello que le pidiera, ya que el día fatal llegaría inexorable y cuantas cosas hubieran hecho feliz a la pequeña la arrancaría del maldito destino que la había condenado. Julián Cifuentes aparcó los negros pensamientos a los que indefectiblemente lo abocaba la enfermedad de su hija y pasó a considerar la situación y el estado de su fiel secretario. Como cada vez que meditaba sobre el tema, un ramalazo de ira embargó su espíritu y un regusto amargo de bilis le vino a la boca. El momento estaba grabado a fuego en su recuerdo; cuando Celestino vio el cadáver atormentado de Nidia en aquel cajón empezó a gemir como un animal herido, poniendo un pie en la rueda se encaramó en el carro, se abrazó a Nidia y sus hombros comenzaron a agitarse, repitiendo una y otra vez el nombre de la muchacha. Luego, cuando Cifuentes captó en sus ojos la intención de lo que pensaba hacer, tuvo que sujetarlo, pues sacando el machete de su funda quiso atacar al desgraciado cochero que había conducido el cajón sin ni siquiera saber lo que había dentro. Recordaba Cifuentes que al día siguiente le pidió permiso para enterrarla en un altozano desde donde se divisaba La Dionisia. Con sus manos cavó la tumba, depósito el cadáver de Nidia en la tierra, vestida con una bata blanca y con una corona de florecillas ciñendo su frente y sobre los hombros un chal plateado, y tras cubrirla de piedras y argamasa adornó el túmulo con vidrios de colores, puso una cruz presidiendo y con su navaja grabó en una madera un cartel en el que se leía la frase de la Biblia «Ojo por ojo y diente por diente». Después, durante muchos días, Celestino entró en una silenciosa melancolía, y por más que Cifuentes lo intentó, le fue imposible arrancarlo de ella.

En eso andaban sus pensamientos cuando la voz de Raúl interrumpió su discurso mental.

—Amo, aquí hay muchas pisadas de caballo y son recientes.

Cifuentes observó el terreno.

—Puede haber habido alguna algarada. Estamos en tierra de nadie, lo que quiere decir que es tierra de todos. Para el carro. Montaré el caballo e iré un poco por delante en descubierta, no vaya a ser que unos u otros nos den una sorpresa sin concedernos tiempo para explicarnos.

Raúl detuvo el carricoche, y de un ágil brinco Cifuentes puso pie en tierra y se acercó a la trasera para soltar al bayo.

—Amo, allí hay algo.

Raúl señalaba algo parecido a un pie que asomaba por la bancada. Julián Cifuentes se acercó al borde apartando la maleza.

—¡Baja, Raúl, y ayúdame!

Saltó el mulato del pescante con la mano en el machete mirando a uno y otro lado. Nadie en derredor.

—Aquí hay un hombre… y muy malherido.

Cifuentes había saltado el desnivel y apartando la maleza pudo ver a un hombre desnudo, apenas cubierto con el faldón de un retazo de camisa llena de sangre que le envolvía el tronco, y con la rodilla, asimismo, envuelta con otro trapo. La palidez era la de un cadáver.

—Déjelo ahí, amo. ¡No vayamos a meternos en un lío! Ese pobrecillo ya se ha ido al reino de los muertos.

Julián tenía sus dedos colocados en el cuello del caído.

—¡Trae una manta del carro, date prisa! Este hombre aún alienta, y puede que los que lo han dejado en este estado sean una partida de bandidos y aún estén por ahí.

Las palabras del amo espabilaron al mulato, que examinó los alrededores con desconfianza y partió hacia el carro a traer el pedido.

No había tiempo que perder. Entre los dos transportaron aquel despojo hasta la altura de la trocha y, colocándolo sobre la manta, lo subieron al carro.

Cifuentes lo examinó. Tenía un orificio de bala de entrada por el abdomen y de salida por la espalda, y una rodilla estaba destrozada.

—Está vivo porque ese trozo de tela —dijo señalando el retazo de camisa— le ha taponado la herida, y alguien le ha envuelto la rodilla; de no ser así, ya no estaría en este mundo... y eso en el supuesto de que la bala no le haya afectado en el trayecto una víscera vital.

—Amo, le han abierto la cabeza por detrás, tiene un golpe tremendo en la nuca. No hace falta que se dé usted prisa; este hombre está muerto.

119
Desaparecido en combate

Juan Pedro abrió los ojos. La habitación giraba a su alrededor como si fuera el camarote de un barco en un día de mar gruesa. La luz entraba por el ventanal, y no sabía si los muebles que veía desde la cama provenían de un sueño o eran una realidad; las vigas de madera del techo se movían; en la pared de enfrente distinguió una cómoda y sobre ella una urna de madera y cristal en forma de capilla con una réplica de la Virgen del Cobre en su interior; a su derecha había una mesilla de noche con el sobre de mármol, una frasca de agua y diversos tarros, y a los pies de su cama, la figura imperturbable de un hombre de color, delgado y con mal aspecto. Un vendaje le envolvía el tronco y sentía una extraña rigidez en la pierna izquierda; al intentar cambiar de postura, un dolor lacerante lo atormentó.

Volvió a creer de nuevo que deliraba. Una niñita entró en la habitación, sutil y ligera como una mariposa, y acercándose a su cama lo miró con curiosidad.

—¿Ya estás bien?

La voz del hombre sonó grave e impregnada de una profunda melancolía.

—Deja al señor, Manuela.

—Tiene los ojos abiertos, Celestino.

—¿Dónde estoy?

El negro, al oír su voz, se puso en pie rápidamente y se acercó a la cama por el otro lado. La voz del hombre sonó ahora premiosa y acelerada.

—¡Llama a tu padre, Manuela, y ve deprisa!

Juan Pedro vio que la niñita salía precipitadamente de la pieza.

El rostro del hombre se desdibujaba, y el giro de la habitación lo obligó a cerrar los ojos de nuevo para volver a abrirlos, intentando enfocar su rostro.

—¿Dónde estoy? —insistió.

—Ahora vendrá el patrón. Pero sepa que está usted en la hacienda San Andrés y a salvo de cualquier peligro.

Unos pasos acelerados se acercaban. Desde el lecho Juan Pedro ajustó la mirada por ver mejor la puerta. Por ella, junto a la niña apareció un hombre de nobles facciones, elegantemente vestido, con el cabello canoso y los rasgos ligeramente mulatos aunque de tez muy clara.

—¿Qué ocurre, Celestino?

El hombre de color señaló el lecho.

—¡Se ha despertado, patrón!

El recién llegado se acercó a la cama y lo observó con detenimiento.

—¿Cómo se encuentra?

Juan Pedro insistió.

—¿Dónde estoy?

—Ya se lo he dicho, patrón.

El hombre lo miró a los ojos.

—Está usted a salvo de todo peligro, esta plantación es mía. —Se sentó en el borde de la cama e inquirió—: ¿Quién es usted?

La pregunta alteró a Juan Pedro. El ceño fruncido de éste así se lo indicó al recién llegado, quien le apretó la mano afectuosamente.

—Descanse, no se preocupe por nada. Mañana hablaremos.

La voz de Juan Pedro sonó muy quebrantada.

—¿Quién soy? Y ¿qué hago aquí?

El recién llegado se dirigió al negro.

—Continúa dándole con el pipero la pócima que ha hecho mamá Lola. Bien sabe Dios que yo no creía en sus brebajes, pero la evidencia me obliga.

La voz de la niña llegó atenuada a Juan Pedro.

—Mamá Lola sabe muchas más cosas que tu amigo el doctor Figueras.

El hombre se dirigió a la niña.

—Calla, Manuela; las niñas de nueve años no saben de esas cosas.

El negro enjuto había acercado a su boca una taza con una pajuela que introdujo entre sus labios; Juan Pedro, casi por instinto, comenzó a succionar.

La niña insistió.

—Tú me dijiste que el doctor Figueras había dicho que iba a morirse.

—¡Manuela! Hazme el favor de esperarme en la sala grande.

Desde la cama Juan Pedro apenas pudo ver de escorzo cómo los tirabuzones cobrizos de la pequeña abandonaban la estancia.

Al cabo de diez minutos, tras beber aquella cosa, cayó de nuevo en un sopor profundo y amodorrado.

Juan Pedro se fue recuperando muy lentamente. De una parte los cuidados del negro que le suministraba aquella pócima hecha por mamá Lola —una vieja santera reconocida entre la población negra de la plantación por su habilidad para curar heridas infectadas, picaduras de insectos, de serpientes venenosas y toda clase de fiebres— y de otra la alegría de la pequeña niña transparente que era contagiosa y que lo obligaba a sonreír hicieron el milagro. Luego, poco a poco, le fueron suministrando caldos hechos con hierbas y tuétano de hueso; más adelante le dieron comida sólida, y tras días y días de cambiarle el emplasto que le habían puesto en la maltrecha rodilla, finalmente pudo ponerse en pie con la pierna rígida y entablillada. La persona que se levantó de la cama era un esqueleto andante y no tenía identidad; ignoraba quién era, de dónde venía y cuáles eran sus raíces.

—Pues, como le digo, cuando lo encontramos pensé que estaba, si no muerto, a punto de irse al otro barrio.

Juan Pedro había perdido completamente la memoria y, pese a que asimismo había perdido la flexión en su pierna izquierda, su obsesión principal era recordar.

Sentado al atardecer en el porche de la hacienda San Andrés preguntaba una y otra vez lo mismo a Julián Cifuentes, su salvador, intentando abrir una brecha en su mente que lo condujera despacio a reencontrarse con los recuerdos de su pasado.

La historia, repetida una y mil veces, golpeaba en su cabeza sin que fuera capaz de sacar conclusión alguna.

Le explicaba el hacendado que lo habían encontrado, su cochero Raúl y él, desnudo en la manigua envuelto en un jirón de camisa y con la rodilla destrozada, con el puño diestro cerrado, apretando una medalla escapulario con un nombre y un apellido de mujer, y una dirección. Trinidad Basilio era aquel nombre, pero nada le decía, aunque el hacendado insistiera e insistiera, imaginando que finalmente el recuerdo de alguna novia cubana iría abriéndose paso lentamente en la cabeza del herido.

—Además del terrible golpe de la cabeza recibió usted un tiro que, según el doctor Figueras, quien lo atendió, es milagro que no le afectara algún órgano importante, y también se partió la rótula. El médico, que es amigo mío y durante años fue cirujano de campaña —prosiguió sin concretar que del bando de los rebeldes—, comprobó que la bala había entrado por el abdomen y, en un recorrido sesgado, había salido por encima de la cresta de la cadera, pero no pudo determinar el mal que había ocasionado durante el trayecto. El doctor se limitó a limpiar las heridas y a colocarle apósitos, e informó de que únicamente cabía esperar. Entonces se le ocurrió a Celestino que tal vez fuera bueno que mamá Lola lo visitara. Yo le dije que no creía en esas cosas, pero pensé que mal no podía hacerle.

Juan Pedro no perdía comba.

—La mandé buscar e hice que aquella misma noche lo viera. La negra vino con su cesta de hierbas y potingues, brebajes y bebedizos, retiró los apósitos, examinó las heridas e hizo salir de la habitación a todo el mundo excepto a mí y a Celestino. Entonces colocó en la mesa de noche una imagen negra y en un platito, a sus pies, comenzó a disponer unos palillos que encendió y apagó al instante de un soplo, haciendo que la brasa emitiera caracoleantes sahumerios que invadieron el aire de la habitación. Finalmente, en una jerga incomprensible para mí y en tanto colocaba las manos sobre su vientre, comenzó a murmurar una monótona salmodia. Al terminar entregó a Celestino unos tarros en cuyo interior había algo parecido a una gelatina, y le ordenó que lo mezclara con caldo de gallina vieja y que se lo diera a beber con una paja.

»Argumenté que seguramente usted no iba a poder succionarlo.

»Aún recuerdo su respuesta: "¿A los recién nacidos, patrón, les enseña alguien cómo debe chuparse la teta de la madre?". "Evidentemente no", respondí. "Pues deje que la natura obre en libertad. Un hombre sin el dogal del conocimiento obra como un recién nacido." Y efectivamente el milagro se produjo. Al día siguiente, desde la primera vez que se le acercó el cuenco, usted comenzó a sorber, y a los dos días, cuando el doctor Figueras regresó, esperando lo peor, no entendía cómo se había obrado el milagro. Otra cosa fue cuando tuvo la certeza de que la infección de la pierna estaba solucionada; procedió a entablillársela definitivamente, tras vaticinar que el movimiento de la rodilla se había perdido.

Las charlas se fueron sucediendo a través de los días. Y era curioso observar que Juan Pedro absorbía como una esponja todo lo nuevo y lo almacenaba en su memoria tal que si hubiera nacido el día que recobró el conocimiento; en cambio, nada de lo anterior asomaba entre las brumas de sus recuerdos.

Tomó conciencia de dónde se hallaba sin tener la más remota idea de qué estaba haciendo en Cuba. Cifuentes le fue explicando cosas de su propia vida y, asimismo, de quién era Celestino Vivancos. Supo de la guerra entre España y los mambises sin que nada amaneciera entre sus recuerdos; cuál y cómo era el trabajo en la plantación; quién era aquel malnacido que había entregado el cuerpo muerto de la hija de Vivancos en una caja, y también supo que el negro melancólico y flaco alojaba en su interior un mal irremediable, y admiró a Julián Cifuentes, que se limitaba a vivir sin querer pensar que aquella prodigiosa criatura de tirabuzones cobrizos el día menos pensado ya no estaría allí. Manuela, junto con el brebaje de mamá Lola, fue el milagro que hizo que Juan Pedro saliera de sus abismos particulares y que volviera a sonreír.

En cuanto su padre se ausentaba, la niña se pasaba las horas muertas a su lado, le proponía mil juegos, le contaba mil cosas y le mostraba la plantación montada en su poni en tanto que él lo hacía en uno de los caballos de la cuadra de su padre, acomodada su pierna herida en un artilugio que le hizo Celestino, el cual, acoplado a la silla mediante otra cincha, le mantenía la pierna rígida en una postura que le permitía montar.

En una de tantas charlas nocturnas Julián insinuó que tal vez él fuera un negociante español —su acento lo denunciaba— que había sido asaltado y desvalijado en el camino por una de tantas pandillas de bandidos que pululaban por aquellos parajes en tierra de nadie, aprovechando que las líneas estaban estabilizadas.

Julián Cifuentes buscó noticias en la prensa y partes de guerra de la autoridad militar; tenía que hacer lo imposible por conocer la identidad de su huésped. Sin embargo, todo fue en balde. La censura que impuso el gobierno español impidió que saliera en los papeles aquel vergonzoso suceso ocasionado por la imprevisión de un capitán que, ansioso de gloria, había producido aquel desastre que representó también la pérdida de la compañía encargada de cautelar la vía del tren en aquel tramo, la cual había sido atacada la misma noche y a la misma hora por un comando mambí y totalmente aniquilada al carecer de un mando efectivo.

Los días iban pasando y las conversaciones, cuando ya el crepúsculo invadía el paisaje de sombras, se iban sucediendo. Llegaron a la conclusión de que sus asaltantes, después de desnudarlo y rapiñar todas sus pertenencias, lo habían dado por muerto, y supusieron que sin duda no viajaba solo y que posiblemente también habían desvalijado el bohío, que se veía abandonado. Aquellas cosas acostumbraban a ocurrir en la franja de tierra de nadie que se formaba entre las dos líneas de combatientes por la que campaban grupos de incontrolados, a menudo prófugos del ejército mambí y cimarrones de las montañas, buenos conocedores del terreno, que aprovechaban la coyuntura de la guerra para hacer su agosto.

El doctor Figueras recomendó encarecidamente que el convaleciente tomara responsabilidades y que trabajara en la plantación, y afirmó que lo de sus recuerdos no tenía pronóstico, que el cerebro humano era el gran desconocido y que el muchacho podía recobrar la memoria cualquier día a través de una remembranza fútil que, como hilo de Ariadna, lo ayudara a ir desmadejando el laberinto, o bien no recuperarla jamás, que nadie podía aventurar un pronóstico, pero que, en todo caso, el trabajo lo ayudaría. A Julián Cifuentes le pareció oportuno seguir el consejo del galeno, impelido por varias circunstancias: en primer lugar, el cariño que la pequeña Manuela mostraba hacia aquel hombre que la trataba como si fuera una niña mayor; en segundo, por su buena disposición para el trabajo y sus cualidades de mando, y finalmente, porque las fuerzas de Celestino Vivancos iban disminuyendo día tras día y la San Andrés no podía quedarse sin alguien que mandara durante sus frecuentes ausencias. Además, en aquellos tiempos difíciles y en su particular circunstancia había poco donde escoger, por lo que otorgó al inválido el empleo de capataz.

La historia del mulato triste impresionó a Juan Pedro. Celestino Vivancos ascendía al montículo donde estaba enterrada Nidia todos los días a última hora de la tarde, ponía flores nuevas en el pequeño jarrón que adornaba la tumba y se quedaba sentado junto a ella mirando a lo lejos, con los ojos semicerrados, los ingenios de azúcar y los secaderos de tabaco de La Dionisia.

Manuela bautizó a su nuevo amigo desde el primer momento con el nombre de Jeromín, héroe de un libro que le había regalado su padre que la apasionó y que trataba sobre los días de juventud de don Juan de Austria. Juan Pedro se fue acostumbrando a responder cuando la niña lo llamaba así, y al paso de los días todos los habitantes de la plantación que tenían contacto con él lo llamaban de esa manera.

Después del verano regresó Cifuentes de La Habana, y una noche, tras la cena y ya estando ambos sentados en el porche con el café, le alargó una carpeta que Juan Pedro se dispuso a abrir. En ella había un documento de identidad y un permiso provisional de residencia con unos nombres de familia ficticios: Jeromín Cifuentes de San Andrés, expedidos con los sellos pertinentes y con la firma de Emilio Calleja, gobernador de Cuba.

120
El atentado de la Mercè

Los caminos de muchas vidas se entrecruzarían aquel 24 de septiembre de 1893.

La parada militar que iba a montarse en honor de la patrona de Barcelona a fin de que el público pudiera gozar del brillante espectáculo sería formidable. Los laterales de la calle de las Cortes entre la calle Casanovas y la Rambla de Cataluña estaban atestadas de ciudadanos vestidos para la fiesta; los caballeros con chistera o canotier, levita y pantalón de verano de raya fina, y botines cubriendo el charol de sus zapatos; las damas con historiados sombreros, parasoles y abanicos para aliviar los calores, y trajes de encajes y muselinas que denunciaban que el día iba a ser muy cálido y de gala.

La chiquillería estaba entusiasmada; al lujo de los uniformes de los diversos cuerpos del ejército, las brillantes botonaduras y condecoraciones de los oficiales de alta graduación se unía el brillo de los sables de la caballería, las bayonetas de la infantería y la estampa de los enjaezados caballos, que prendía de entusiasmo sus jóvenes corazones y encendía su imaginación de sueños patrióticos.

En la tribuna de presidencia el general don Arsenio Martínez Campos se encontraba acompañado de sus ayudantes, los señores Busto y Moreno, y rodeado del Estado Mayor, en el cual figuraban el general de división don Andrés González Muñoz, que mandaba la línea, así como los señores don Wenceslao Molins y don Luis de Castellví, ambos generales de brigada.

Antes de verificarse la parada, el gobernador, el señor Larroca, había ordenado que varios agentes de vigilancia se situasen en lugar próximo al ocupado por el capitán general y que la Guardia Civil acordonara la tribuna para evitar el acceso del público e impedir, de esta manera, que pudiese montarse algún altercado.

El inspector Peláez, al frente de dos hombres de la secreta, observaba con su entrenado ojo el paso de personas en las proximidades del improvisado cerco donde estaban encerrados los caballos que iban a montar las autoridades militares, por si entre la aglomeración divisaba gentes de cariz sospechoso que su afilado olfato pudiera detectar como posible amenaza para proceder, en consecuencia, a su detención.

Máximo había madrugado mucho. A preguntas de su madre respondió que tenía intención de salir de Barcelona y dirigirse a Arenys de Mar en el tren de la costa para desde allí desplazarse hasta San Acisclo y pasar el día con los payeses que lo habían acogido en su destierro; de esta manera, dijo, se evitaría la celebración de la fiesta de la Mercè, que no era otra cosa, según su criterio, que una exhibición de lujo y excesos por parte de las fuerzas vivas de la ciudad, el clero, los militares y la burguesía.

Su intención, sin embargo, obedeciendo las razones del comité anarquista, era muy otra. Debía dirigirse a Montjuich, donde alguien le entregaría un alijo que debería bajar desde la montaña hasta la conjunción de las calles Diputación con Villarroel; allí lo aguardaría Paulino Pallás, cuyo cometido era de gran importancia para que la ciudadanía conociera el poder del anarquismo y fuera consciente de que, hasta en las ocasiones más señaladas y entre extremas medidas de vigilancia, sus vidas estaban en peligro. En lo más íntimo de su corazón, Máximo envidiaba a Paulino; él sólo sería aquella vez un mensajero, aunque un día no lejano confiaba en ser el protagonista de un hecho similar o todavía más trascendental.

En esa ocasión su transporte sería un pequeño carro tirado por un mulo que había alquilado en uno de los puntos referidos a tal clase de negocio instalado en la calle Frenería, regentado por un gitano al que llamaban Manolo el Acemilero.

A las siete y media de la mañana estaba en la misma explanada de la montaña de Montjuich de la otra vez, aguardando a que su contacto se hiciera presente. La espera no fue excesiva; primeramente llegó un descubierto encargado de explorar los alrededores para dar el queo* en caso de observar la presencia de algún incómodo vecino.

Nadie en derredor. Dos silbidos largos y uno corto era la señal de que el campo estaba libre. De entre la espesura del boscaje salieron dos hombres llevando una carretilla de mano en la que se veía un bulto dentro de un saco de gruesa arpillera. Llegaron hasta Máximo; uno de los hombres era el de la vez anterior.

—Bienvenido, compañero. Ten mucho cuidado, no vayas a adelantar la verbena. Si esto explota —dijo señalando el saco—, ríete tú de los fuegos artificiales de San Juan.

—No te preocupes; ya sabes que he manejado estas píldoras otras veces.

—No está de más avisar.

Máximo bajó del carro y ayudó a los otros dos a colocar el cargamento. Cuando el trabajo estuvo hecho el más viejo apostilló:

—Di a Paulino que le envío dos regalos. En la cueva aún quedan cuatro. Si el sitio fuera cerrado, con uno habría bastante; pero siendo como es en la calle, es mejor asegurar.

—Se lo diré tal cual. Pero descuida, que Paulino sabe lo que se trafica.

La despedida fue corta. Máximo, una vez asegurada la carga, alzando el puño descendió por la Font del Gat, atravesó la avenida del Marqués del Duero, ascendió por la calle Urgel, y por Diputación llegó hasta Villarroel. Allí, en el chaflán izquierdo de la parte de mar, aguardaba Paulino Pallás vestido al uso de los payeses de las masías cercanas, que inclusive en ocasiones estaban dentro de los límites de la ciudad: pantalón de dril, alpargatas de cintas, camisa de rayadillo y en la cintura una faja negra, y sobre todo ello un blusón suelto y la cabeza cubierta con una gorra.

Máximo detuvo el carro justo a su lado.

—¿Traes la mercancía?

—Todo en orden.

—¿Estás seguro de que nadie te ha seguido?

—La ciudad está vacía; todos están de fiesta y matándose por ocupar un buen lugar en la kermés. ¡Te lo han puesto a huevo!

Pallás miró con detención en derredor. Un carro de lechero, unos niños jugando con un aro, mujeres haciendo cola en una panadería en la acera de enfrente y poco más.

---

* «Aviso», en la jerga de los malandrines para anunciar la presencia de la policía.

—¿Quieres que vaya contigo?

—No te acostumbres, Máximo; sabes que los planes no pueden variarse, hay demasiada gente comprometida en esto. Devuelve el carro y esfúmate durante unos días. Si todo sale bien, va a haber tomate y, como siempre, perderán los nervios y pagarán justos por pecadores. Pero es la guerra, y en las guerras siempre mueren inocentes; no hay revolución que se haga sin sangre. ¿Te acuerdas de lo que te dije la noche que paseamos el año de la Exposición? Cultura y huevos, Máximo, hoy toca lo segundo.

—¿Cómo vas a llevar el paquete?

—Debajo del blusón me he puesto una faja reforzada; la gente únicamente percibirá un individuo algo más gordo.

—Está bien, te daré los caramelos de uno en uno. Me han dicho que van envueltos en papel de periódico. Ten cuidado, que, como dice mi madre, no sea que vayamos a hacer Pascua antes de Ramos.

—Descuida, cuando tú andabas cortando pieles en la fábrica de los Ripoll yo ya manejaba estos juguetes.

El traslado fue rápido y discreto. Paulino se situó tras el carro, Máximo le entregó las bombas una por una y el otro, levantándose el blusón, se las colocó en el interior de la reforzada faja. Acabado el tráfico, Máximo tomó las riendas del mulo en la mano y se despidió de su amigo y mentor.

—Cuídate, Paulino. Mañana quiero leer en los papeles todo el suceso, pero procura que tu nombre no salga por ningún motivo.

—Por la cuenta que me trae...

Dando un tirón de riendas partió el carromato y tras él lo hizo Paulino Pallás con su carga de muerte y destrucción, dispuesto a entrar en la historia negra de Barcelona.

Peláez estaba molesto; la vigilancia en lugares donde él no pudiera controlarlo todo le incomodaba. La presidencia había bajado de la tribuna de honor y, montando cada uno su respectivo caballo, había formado al otro lado del paseo en posición de parada para presenciar el desfile.

La gente pugnaba por hallar el mejor lugar para ver el brillante espectáculo. Peláez, acompañado del inspector Cordero, se había colocado tras un farol a la espalda de la presidencia, intentando descubrir entre los asistentes un rostro patibulario o una actitud sospechosa.

Todo era fiesta y jolgorio. Un tipo llamó su atención; su atuendo era más propio de un payés que cultivara espárragos en el Prat de Llobregat que de un ciudadano acostumbrado a pisar asfalto y adoquines.

La revista estaba efectuándose sin que ningún incidente turbase el orden.

Habían desfilado ya las fuerzas de infantería y las de caballería, cuando el movimiento de aquel hombre procurando abrirse paso hasta la primera fila llamó su atención.

—Emilio, fíjese en aquel tipo.

El inspector Puig intentó acercarse hasta él.

El hombre, que ya había ganado la primera fila, buscó algo bajo su blusón y con un gesto rápido e imprevisible lanzó un paquete y luego otro a los pies de los caballos.

En el intervalo de segundos se oyeron dos detonaciones, en tanto que el hombre intentaba perderse entre la multitud.

Al tiempo, el general Martínez Campos caía herido al suelo, junto a su caballo muerto. Los cascotes de las bombas y la metralla de tornillos y clavos de que estaban ambas cargadas se esparcieron en todas direcciones, hiriendo asimismo al general Castellví en el antebrazo derecho, llevándosele un pedazo de carne sin que por fortuna llegase al hueso.

El inspector Peláez, impelido por la onda expansiva, salía proyectado hacia atrás mientras un segmento de hierro sonaba como el badajo de una campana al chocar contra el farol.

El ruido de las detonaciones y el espectáculo de la caída del general, pasados los primeros segundos de estupor, produjeron en la multitud el pánico consiguiente; hubo carreras, desmayos y atropellos; las puertas de las tiendas y las de los balcones se cerraron con estrépito y todo el mundo pensó únicamente en ponerse a salvo.

El capitán Moreno, ayudante del general, fue el primero que le prestó auxilio, ayudándole a levantarse. Incorporado ya Martínez Campos, ordenó al general González Muñoz, que mandaba la línea, que continuara el desfile, encargándole representar la jefatura en su nombre.

El inspector Cordero comenzó a gritar como un desaforado.

—¡Detengan a ese hombre! ¡Por Dios, que no escape!

El teniente Canales de la Guardia Civil, auxiliado por un particular, don Agustín Freixas, así como por dos guardias municipales, pudo detenerlo pese a la feroz resistencia que presentó el individuo.

Al día siguiente, el 25 de septiembre, *La Vanguardia* publicaba la siguiente noticia:

Los sucesos de ayer, 24 de septiembre.

Ayer por la mañana en la celebración de la parada militar en la calle de las Cortes por motivo de la festividad del día de la Mercè, un individuo lanzó a los pies del caballo del capitán general don Arsenio Martínez Campos dos bombas Orsini que causaron gran quebranto de personas y bienes.

El detenido se llama Paulino Pallás, de 30 años de edad, natural de Cambrils, Tarragona, y vivía en Sants, calle Castillejos, n.º 7, piso 1.º, 2.ª puerta.

Es casado, tiene dos hijos de corta edad y es cajista de oficio.

En un registro que los inspectores señores Peláez y Tressols practicaron en el domicilio del preso, encontraron gran número de proclamas y periódicos anarquistas, españoles y extranjeros.

La mujer de Pallás al presentarse los inspectores dijo nada saber de lo ocurrido, ignorando que su esposo anduviera en algo ilegal y mucho menos que perteneciera a círculo anarquista alguno.

El juicio fue sumarísimo.

El detenido, Paulino Pallás Latorre, ingresará directamente en las cárceles de Atarazanas a disposición del juez instructor militar.

Paulino Pallás se confesó, sin el menor reparo, aunque sin mostrar petulancia, autor único del hecho horrible que nos ocupa. Según una versión de la cual no podemos garantizar los extremos, Pallás escondió las bombas en una cueva de la montaña de Montjuich, junto con otras que guardaba. Ayer fue a por las bombas, escondiéndoselas en la faja, y se dirigió a la Gran Vía, donde consumó el hecho. Tirando la gorra al aire, dio un «¡Viva la anarquía!», en cuyo instante lo rindieron.

Unos días después, *La Vanguardia* publicaba:

30 de septiembre de 1893

LOS SUCESOS DE LA CALLE DE LAS CORTES

A las doce en punto de ayer tarde empezó el consejo ordinario de guerra celebrado para ver y fallar la causa instruida contra Paulino Pallás Latorre, como autor convicto y confeso del atentado del domingo último. Presidió el acto el teniente coronel de la zona n.º 60, don Juan Cirlot. Previa orden del señor presidente, fue introducido en el cuarto de estandartes del 9.º Regimiento Montado de Artillería, alojado en Atarazanas.

En la declaración que prestó Pallás ante el fiscal de S. M. y que consta en el sumario, manifestó que el día del atentado salió de su casa a las siete y media de la mañana, y que después de dar un paseo y haber almorzado en una taberna de la ronda de San Antonio se dirigió a Montjuich, desenterrando dos bombas que, según dijo, se las había entregado un amigo suyo anarquista apellidado Momo, y que murió en un taller de sillería del Fuerte Pío, por haber estallado una bomba de dinamita en el momento en que la estaba cargando.

La sentencia del consejo fue remitida al general Pavía, presidente del Tribunal Supremo de Guerra y Marina, que ratificó la condena a muerte.

3 de octubre de 1893

Durante la madrugada de ayer fue trasladado Paulino Pallás del calabozo que ocupaba en los cuarteles de Atarazanas al castillo de Montjuich.

Pallás iba atado codo con codo, escoltándolo un piquete del batallón de Figueras hasta las Cadenas, al llegar a cuyo punto se hizo cargo del preso un piquete de Alfonso XII. Paulino Pallás quedó encerrado en el calabozo n.º 5, colocándose a la puerta centinelas de vista.

7 de octubre de 1893

NOTIFICACIÓN DE LA SENTENCIA

Pallás entró en la secretaría donde el juez instructor, don Pantaleón de Obregón, a quien acompañaba el secretario señor Mola, dio lectura a la sentencia condenando a Pallás a la última pena. Al intimarle el fiscal para que a fin de cumplir una de las prácticas de la ley se arrodillara para escuchar la lectura del fallo, Pallás se negó a obedecerle, diciendo: «No quiero arrodillarme, si no es por fuerza». «Considere el reo —repuso el señor Obregón— que el juez tiene medios para hacerle arrodillar, si no es de grado por fuerza, aunque desea vivamente no recurrir a este medio.» «Pues si es así —replicó Pallás—, me arrodillo y protesto.»

Pallás en capilla: a las nueve en punto del reloj entró Pallás en capilla. Dos hermanos de la Paz y Caridad, que se relevan cada hora, le prestan los servicios propios de aquella institución benéfica. El gobernador militar del castillo, señor Fontseré, dio orden de que sólo entrasen en la capilla los dos hermanos y los sacerdotes encargados de administrar los auxilios de la religión al reo.

A las nueve y media entraron a visitar a Pallás los jesuitas padres Goberna y Domènech, quienes le indicaron la necesidad de que se preparase a morir como buen cristiano, reconciliándose con Dios.

A las once y cuarto pedía el reo que le sirvieran un *beefsteak* guisado con manteca y con un poco de perejil. Con la comida tomó algunos vasos de vino común, y después tomó café, una copa de ron y fumó un cigarro habano de un paquete que le regaló el cura del batallón de Alfonso XII, el reverendo Martorell.

A las doce se presentaron en Montjuich la madre y la esposa de Paulino Pallás. Esta última llevaba en brazos a un niño de catorce meses.

Las tropas que formarán en el acto de la ejecución serán mandadas por el coronel del Estado Mayor don José García Navarro.

A las ocho de la noche cenó el reo. Los hermanos de la Paz y Caridad le sirvieron una sopa de caldo de gallina. A las once de la noche se acostó el reo, algo fatigado.

Los padres jesuitas Luis Domènech y Anselmo Larrúa se despidieron definitivamente del reo, renunciando a exhortarle nuevamente. A la ejecución, pues, no asistirá ningún sacerdote para acompañar al reo y el entierro será puramente civil, dándose sepultura a su cadáver en el cementerio libre.

Al toque de diana despertose el reo. Pallás, al advertir que era de día, pidió una taza de café, que tomó mojándolo con bizcochos. A las cinco llegaba a Montjuich el Regimiento de Lanceros de Borbón, que ha de situarse en las inmediaciones del glacis donde ha de ejecutarse la sentencia. El reo, para ser conducido al lugar de la ejecución, en vez de salir por la puerta principal del castillo tomará un camino secreto, desde la plaza de Armas, dirigiéndose a la luneta de mar. El reo saldrá a las nueve menos cuarto. El piquete del Regimiento de Asia se situará en la línea libre, disparando cuatro de los ocho soldados a una señal hecha con el sable por el jefe del piquete.

Al reo se lo fusilará de espaldas y arrodillado conforme se prescribe en la sentencia. Mandará las fuerzas el general de división don Andrés González Muñoz, como oficial general de día, teniendo a sus órdenes como jefe del Estado Mayor al coronel don José García Navarro y al teniente del expresado cuerpo don José Pelegrín.

A las nueve menos cuarto era sacado Pallás de la capilla y conducido al lugar de la ejecución. A las nueve menos diez minutos se presentaron en el lugar de la ejecución el juez instructor acompañado de su secretario, el señor Molas, con la sentencia. A las nueve menos cinco minutos se abrió la puerta de la poterna del castillo, en la cual termina el camino subterráneo que conduce al glacis.

A las nueve en punto, y antes de ser ejecutado, el reo pronunció unas palabras que llenaron de espanto a los presentes: «La venganza será terrible».

Inmediatamente se oía la voz de fuego dada por el capitán que mandaba el piquete de Asia y simultáneamente una descarga, cayendo Pallás en redondo al suelo, con el cuerpo y la cabeza atravesados por las balas. Un médico militar reconoció luego el cadáver, que fue conducido a la fortaleza y desde allí en uno de los coches de la Casa Provincial de Caridad al cementerio nuevo, donde se le enterró en el lugar destinado a los que mueren fuera de la religión católica.

El féretro llevaba en la cabecera el emblema de la Virgen de los Desamparados, por cuya congregación ha sido costeado.

121

La Gleva

Era impensable el número de personas que sin autorización pretendían visitar a mosén Jacinto Verdaguer. Durante esos meses Antonio había ejercido su misión cual perro de presa; las instrucciones eran concretas: nadie sin una expresa carta de cualquiera de los dos obispados podía acceder al poeta.

El primer enfrentamiento fue con el padre Piñol. El inmenso franciscano pretendía ver a mosén Cinto portando un escrito de su prior.

—Lo siento, padre; sin una carta de uno de los dos obispados de Vic o de Barcelona nadie puede visitarlo.

—Vamos a ver, Ripoll, nuestro querido poeta ¿está recluido aquí para recuperar su salud o está incomunicado?

—Entiéndame, padre, yo estoy aquí para obedecer, no para juzgar. Le repito que las órdenes son concretas: sin una cédula del obispado autorizando la visita, nadie puede verle.

—¿Ya sabe usted que cuando él se entere de que he venido y no me han dejado verle se va a disgustar?

—Me arriesgaré, padre.

—¿Y es consciente, Ripoll, de que deja en el más absoluto desamparo a pobres gentes que sufren posesiones demoníacas?

—Le sugiero, padre, que acuda usted al obispado de Vic aportando sus razones y aludiendo a ese desamparo; tal vez allí le autoricen a visitarlo o envíen a esas pobres gentes otro exorcista cualificado.

El trasiego era continuo; gentes de Barcelona del mundo literario, vecinos de la comarca de Osona que se sentían honrados al tener tan ilustre huésped entre ellos, monjas de conventos cercanos que buscaban su bendición; todo era un continuo ir y venir desde su celda, desde los jardines o desde el refectorio hasta la portería. Al cabo del tiempo Antonio cayó en la cuenta de que tal vez fuera él el personaje más impopular de la comarca.

Durante el día el ilustre poeta había retomado su actividad literaria y al acabar el trabajo, cuando caía la tarde, tenía por costumbre llamar a Antonio, ponerse sobre los hombros una capa de lana y pasear por el huerto hablando con él de diversos temas.

Antonio no acababa de creer en su buena estrella. Pensar que podía gozar en solitario de la compañía del príncipe de las letras catalanas era algo impensable.

Aquella tarde notó algo raro en el tono y el talante con el que le habló el clérigo. Por costumbre, filosofaba sobre mil temas, hablaba de sus viajes por mar en los barcos de la Compañía Trasatlántica y, en ocasiones, le comentaba las ideas que iba teniendo sobre nuevas obras literarias. Pero aquel día fue distinto.

—En primer lugar, padre Ripoll, quiero decirle que agradezco infinito su compañía. Que haya aceptado recluirse aquí conmigo, porque, desengáñese, esto es una reclusión, da idea de la bondad de su corazón y de la firmeza de su voto de obediencia.

—Querido mosén Cinto, dudo que a lo largo de mi vida me ordenen algo tan enriquecedor y tan grato como hacerle compañía.

Aquí el poeta hizo una pausa. Los únicos sonidos que se percibían eran el zumbido de los pequeños habitantes del campo en su atareado ir y venir y el ruido de los zapatos de ambos sobre los guijarros del camino.

—Antonio, tengo un problema mundano y no me veo capaz de resolverlo.

—Si en algo puedo ser útil...

—Usted me conoce, soy una nulidad para el dinero, y bien sabe Dios que no lo he gastado en mi provecho, pero las circunstancias son las que son y los hechos son irrebatibles.

—Me alarma usted, padre.

—Como usted sabe, yo era el limosnero del marqués de Comillas, fui en sus barcos, residí en su palacio y manejé los fondos destinados a caridad. Es por ello por lo que pedí un crédito, para comprar una casita en Vallcarca donde practicar mis exorcismos a pobres endemoniados a fin de intentar arrebatarlos de las garras de Satanás. Y súbitamente, y no descarto los posibles celos que mi actividad y la confianza de don Claudio despertaban en algunas personas, han logrado que gente tan influyente como doña María Gayón, esposa del prócer, y su primo, quien me ha sucedido en el cargo, don Joan Güell, hayan influido para que yo haya caído en desgracia.

—No entiendo adónde quiere ir a parar.

—Ahora mismo llego, Antonio. Usted sabe cómo entré en su familia a tal punto que todos los domingos celebraba la Santa Misa en la capilla de su casa; su padre cree que su vocación es cosa mía, y la vocación es cosa de Dios. Piense que me dirijo a usted porque me siento perdido; sé que la relación con su padre no es buena y también sé que su hermano Germán, con el que me complacía polemizar, se ha casado y lleva parte de los asuntos de su casa.

—Sigo sin comprender, padre.

Mosén Cinto detuvo sus pasos y se enfrentó a Antonio.

—Mi querido amigo, he de resolver un problema crucial. Me hacen falta cinco mil pesetas que debo entregar al padre Piñol para pagar la hipoteca de Vallcarca, si no el banco se quedará con todo, lo hecho hasta ahora quedará en nada y aquellas pobres gentes irán a la calle.

—¿Y qué puedo hacer yo?

—Hablar con su hermano y explicarle mi problema.

Antonio intentó excusarse.

—No vino a mi ordenación y estamos muy distanciados.

—Inténtelo, por favor, Antonio, y le tendré por siempre presente en mis oraciones.

—Sin permiso del obispado no puedo salir de aquí.

—Será únicamente una tarde, y el beneficio de su gestión, en caso de que fuera positiva, será ante Dios mucho más valiosa que una ligera desobediencia.

Antonio, tras meditar profundamente la decisión que debía tomar, enternecido por la buena fe de aquel santo varón y considerando los pros y los contras, decidió bajar a Barcelona, intentar ver a su hermano y, apelando a su conciencia, pedirle algo que jamás habría pedido para él mismo. Por otra parte ver a Candela y conocer a su sobrino era algo que tenía clavado en el corazón.

Después de hablar con el superior que tenía a su cargo a los cinco frailes que constituían la comunidad de La Gleva, si bien no poseía sobre él jurisdicción alguna, para comunicarle que debía ir a Barcelona por asunto grave, se desplazó a Vic en la tartana del convento. Allí se dirigió a la estación y, tras adquirir el cartoncito del billete de tercera clase, se sentó en un banco del andén y se dispuso a aguardar que llegara el tren de las nueve de la mañana.

Al cabo de media hora, entre nubes de vapor y chirridos de frenos, la locomotora se detuvo frente al depósito de agua y, en tanto cargaba, los pasajeros accedieron a los vagones.

Una mujeruca de aspecto sencillo acompañada de dos niñitas se precipitó a tomar la mano de Antonio para besarla, cosa que lo agobiaba en grado sumo porque además el hecho era mirado con recelo por mucha gente que consideraba a los frailes, y en general a cualquier hombre de la Iglesia, culpables de muchas cosas que pasaban en el mundo de los obreros, echándoles en cara que el clero siempre había estado más cerca de los ricos que de los pobres.

Antonio aprovechó el viaje para pensar. Aparecieron en su cabeza una miríada de recuerdos. De pequeño Germán era su referencia, pero después la vida misma y la forma de ser de cada uno los separó; Dios lo llamó a él por el camino del sacerdocio y Germán, después de sus logros deportivos, entró en una espiral que Antonio consideraba nefasta. En un principio pensó que la boda con Candela podría conducir a su hermano de nuevo al buen camino; también creyó que aquel amor de juventud de su prima se lo habría de llevar el viento, ya que al fin y a la postre todas las muchachas de Barcelona se casaban con quien designaban sus mayores y luego eran más o menos felices; Candela no iba a ser una excepción. Todo cambió cuando supo lo ocurrido con Teresa; pese a que rogaba a Dios que no fuera así, un odio hacia su hermano invadió sus entrañas considerando que el hecho era una felonía agravada por la circunstancia de que Teresa era casi una niña, por haber abusado de su superioridad, siendo como era el heredero de la familia, y por haber consentido que el pobre Silverio cargara con la culpa, aunque él había logrado interceder por el joven y sacarlo de la cárcel a los seis meses de su ingreso en ella. Por todo ello Antonio se obligaba a rezar, y tomó la decisión de que aquella tarde intentaría acercarse a su hermano.

A la una en punto estaba frente a la cancela del chalet de la calle Muntaner esquina con Copérnico. Empujó la reja y atravesando el jardín llegó hasta la puerta. Tocó el timbre; al cabo de un instante una muchacha de uniforme exactamente igual que el de las camareras del hogar de sus padres le abría la puerta.

—¿Están en casa mi hermano Germán o mi prima Candela?

La chica, que no ignoraba que el hermano del señor era cura, se retiró a un lado.

—La señora está en la galería y el señor estará a punto de llegar. —En tanto cerraba la puerta añadió—: Si es que viene a comer.

En aquel momento oyó unos pasos por el pasillo que daba al interior. Candela había reconocido la voz de su primo y se precipitaba hacia el recibidor.

—¡Qué alegría, Antonio, qué insospechado regalo!

La muchacha se echó en sus brazos.

—He pensado que no podía pasar un día más sin conocer a tu hijo. Además, es hora de que hable con Germán; cuanto más tiempo pasa, el espacio se hace más grande y es más difícil el reencuentro.

Tras indicar a Petra que se retirara, Candela condujo a su primo a la galería; junto a la cristalera había un moisés vestido de azul y en su interior, durmiendo como un ángel, se veía un hermoso niño de cabello rubio.

Antonio lo contempló con ternura.

—¿A quién se parece, Antonio?

—Lo de los parecidos es muy personal, pero yo diría que tiene algo de tu madre.

En ésas estaban ambos primos cuando la voz de Germán sonó en el pasillo.

—¿Y me dices que ha venido mi hermano el cura?

La voz de la camarera sonaba, respondiendo:

—Está con la señora en la galería viendo a su hijo.

Los pasos se aceleraron. La cortina se apartó, y Antonio y Germán quedaron frente a frente.

La imagen de Germán sorprendió a Antonio. Su hermano estaba más grueso; no podía decir que gordo, pero su cuerpo había adquirido un volumen muy superior al que él recordaba. Aun así, lo que todavía lo sorprendió más fue la tirantez y el brillo de la piel de su rostro.

—¡Qué estupenda sorpresa, Antonio! ¿Has visto, Candela? ¡Nuestro curita ha venido a vernos!

Germán se acercó y estrechó entre sus brazos a su hermano.

Antonio no quiso obviar la circunstancia.

—Me dio mucha pena que no vinieras a mi ordenación.

—Te juro... Perdona, sé que no está bien tomar el nombre de Dios en vano, así que mejor te prometo. Te prometo, pues, que estaba de viaje; de no ser así, a pesar de ganarme una buena reprimenda por parte de nuestro padre, no me habría perdido la ceremonia por nada del mundo. Además, en representación de mi familia te envié a mi mujer, Candela, y a mi regreso me puso al corriente de todo.

—Germán contraatacó—. Pero si Mahoma no va a la montaña, la montaña puede venir a Mahoma.

—Tienes razón, pero en mi nuevo estado se me han venido encima tal cantidad de cosas que hasta hoy no me ha sido posible conocer a mi sobrino.

Germán se acercó al moisés.

—¡Aquí está el heredero de Ripoll Guañabens! Ni mi padre ni tío Orestes podrán tener queja de mí. Como dicen en la meseta: «Al primer tapón, zurrapa». Yo ya he cumplido.

Antonio, por aliviar aquella grosería, comentó:

—Un hijo es cosa de dos.

—Desde luego, he tenido la colaboración de Candela; a cada cual lo suyo. Pero ya sabes lo que dice tu Biblia: «Dios creó primero al hombre y viendo su obra incompleta de una costilla de Adán hizo a la mujer»; o sea, que la mujer no nos ha costado un ojo de la cara, pero sí una costilla. —Germán rió su propia gracia—. Te quedarás a comer, imagino.

—Si me invitas...

—No hace falta, Antonio; ésta será siempre tu casa, ¿verdad, Candela? Aunque a veces parece que te has olvidado de tu hermano mayor.

Al cabo de quince minutos estaban los tres sentados a la mesa. El ágape transcurrió entre indirectas, en ocasiones hasta groseras, de Germán metiéndose con la religión y con la dudosa vocación de seminaristas demasiado jóvenes para saber realmente lo que querían, y entre silencios de Candela y comentarios de Antonio, quien recurría a tiempos pasados y más felices para llenar huecos y fabricar un ambiente cómodo y familiar.

En los postres, al hablar de su cargo y acerca de mosén Cinto Verdaguer y de su caída en desgracia dentro del imperio del primer prócer de Barcelona, don Claudio López, marqués de Comillas, las bromas de Germán cesaron y su atención se disparó.

—Me parece, hermanito, que estos temas no interesan a las damas y, por otra parte, tampoco los entienden. Te sugiero que pasemos al despacho; me gustaría tratar este tema en profundidad.

Antonio vio su oportunidad y pensó que Dios le propiciaba aquella ocasión.

—Como quieras. Candela, ¿nos perdonas?

—¡Cómo no, primo! Pero antes de que te vayas quiero volver a verte. —Luego se dirigió a la camarera—: Petra, los señores tomarán el café en el despacho del señor.

Partieron Germán y Antonio. El despacho del primero estaba situado al otro lado de la torre; su ventana daba a la calle Muntaner, por lo que al no tocar el sol a aquella hora el ambiente en aquel noviembre ya era fresco.

Germán se acercó a la ventana y ajustó la cortina. Ambos se sentaron en los sillones del tresillo ubicado frente a la mesa; al lado de la otra pared había una librería y sobre el sillón giratorio un cuadro firmado por Masriera, que Antonio reconoció ya que había pertenecido a la colección del tío Orestes.

Petra sirvió el café, y Germán tomó además una copa de coñac. Cuando la criada se hubo retirado Antonio comentó:

—Recuerdo esta pintura.

—Ya sabes que para Orestes los cuadros de la modelo misteriosa eran una obsesión. Me lo regaló para la boda.

Antonio aprovechó la oportunidad.

—¿Cómo van las cosas entre tú y Candela?

—Socialmente muy bien. Padre me ha regalado dos abonos de platea de la fila diecinueve, ya sabes que le gusta tener el palco libre para sus amistades. Y particularmente procuro estar más fuera de casa que dentro. El matrimonio es una pesada carga, aunque si no afecta a tu libertad, puede soportarse. Aunque seas fraile, hermano, tú estás en el mundo, dime pues ¿por qué una sociedad tan puritana y tan pacata como la catalana admite dos funciones del Liceo a la semana para que los hombres vayan con sus queridas? ¿No es ello un tácito permiso para que las costumbres sigan como hasta ahora? Te aseguro, hermano, que, de no ser por estas pequeñas válvulas de escape, eso no hay quien lo aguante.

Antonio argumentó:

—Nadie te obligó a casarte, al igual que a mí nadie me obligó a tomar los hábitos.

—¡Mira qué listo! Pero tú puedes salirte cuando quieras, ¡los cuelgas y ya está! Pero lo mío es para toda la vida.

—La familia es la columna vertebral de la sociedad; si ese eslabón fallara, sería un caos.

—¿En el santuario coméis cada día lo mismo?

—Evidentemente no.

—Pues a eso me refiero: si cada día te dan caviar, como me pasó en mi viaje de novios a Rusia, al cabo de una semana lo escupes. La monotonía de las cosas es insoportable. Pero dejémonos de filosofar sobre el matrimonio y hablemos. Eres mi hermano y te conozco bien. El verdadero motivo de tu visita aún no ha salido.

—El verdadero motivo era acercarme a ti y conocer a mi sobrino, pero debo reconocer que hay algo más.

—¡Ahora me gustas! Te escucho con atención. Algo me dice que el tema tiene que ver con tu maestro, con el que, por cierto, pasé una deliciosa tarde que aún recuerdo. Tengo un alto concepto de él como polemista; lo de echar los demonios es harina de otro costal, como cuentos para vieja puede ser, pero científicamente no se tiene en pie. Pero hablemos del auténtico motivo de tu visita.

A lo largo de una hora Antonio expuso con pelos y señales el problema que acuciaba a su mentor y la petición que le hacía en su nombre.

Germán, después de dar la última calada al puro que había encendido y tras aplastar la colilla en un cenicero, con una socarrona sonrisa en sus labios comentó:

—¡Vaya, vaya, vaya...! O sea, que un agnóstico como yo debe acudir en ayuda de un fraile que ha servido hasta hace cuatro días en la casa de la persona que, con sus influencias, perjudicó la compra de nuestro barco y que luego lo ha dejado tirado en la cuneta.

—Germán... —Antonio se puso serio—. La petición es mía. Si quieres, la atiendes, y si no te parece oportuna, la desechas; pero te ruego que no hagas comentarios peyorativos sobre mosén Cinto Verdaguer.

Germán se desplazó hasta el sillón de detrás del despacho.

—Te diré algo, Antonio. El estilo de vida que has escogido me es tan lejano como el de un pastor de cabras del Himalaya, pero es tu gusto y lo respeto. Voy a brindarte la ocasión de sacar del pozo a ese buen hombre que mejor haría, en vez de entrar en negocios con bancos, en seguir escribiendo versos. Pero la decisión será tuya.

—Te escucho.

Germán se inclinó sobre la mesa del despacho y juntando las manos bajo la barbilla expuso su oferta.

—Me molesta hablar de dinero, hermano, pero el tema lo has

traído tú. Como comprenderás, nuestro padre ha hablado conmigo al respecto del futuro de la firma Ripoll-Guañabens cuando él y el tío Orestes falten. Ofendería a tu inteligencia si supusiera que no te imaginas que de la herencia de casa Ripoll no va a llegar a ti ni un mísero duro; por lo tanto, comprende que mi oferta se debe exclusivamente a mi generosidad y a mi afecto fraternal. ¿Entendido?

Antonio asintió con un gesto.

—Quiero tener la conciencia tranquila. Si te parece, vamos a redactar un documento por el que renunciarás en el futuro a todo cuanto pudiera corresponderte y que pertenece a la familia. Y si por una decisión de nuestra madre al respecto del usufructo que le corresponde en vida te legara algo, deberías asimismo renunciar a ello. Todo eso lo valoro yo en las cinco mil pesetas que me pides para tu fraile. Soy consciente de que pago ese dinero a cambio de nada, pero mi rectitud moral me obliga a ello, dormiré más tranquilo. Si te cuadra, adelante; en caso contrario, que tu clérigo busque dinero entre sus admiradores. ¡Ya sabes cómo es la gente! «Perrito bonito, pero pan poquito.» Cuando estás en la cumbre todo son parabienes, pero cuando se cae en desgracia el personal cambia de acera para evitarse el saludo.

Antonio ni se inmutó ante la abusiva propuesta de su hermano. Respondió con calma y valorando en el fondo la oportunidad que se le presentaba de ayudar a su mentor.

—Germán, agradezco tu gesto. Soy consciente de que nada de la herencia Ripoll iba a pertenecerme, y desde luego no ha sido nunca ésa mi pretensión. Así que renuncio, en el caso de que en su día nuestra madre pudiera dejarme algo, a cualquier beneficio. Nunca me interesó lo material, y tú lo sabes, y menos aún ahora que he hecho un voto de pobreza. Ese dinero podrá ayudar a salvar a muchas personas, por lo que lo daré por maravillosamente empleado. Te lo pagaré en oraciones, y permíteme que te dé un consejo para que el día que te llegue la hora te presentes allá arriba ligero de equipaje y con un cargamento de buenas obras: cuando hagas una caridad, no busques, como en esta ocasión, un beneficio para ti; recuerda que la mortaja no tiene bolsillos.

Al cabo de una hora partía Antonio hacia Vic, después de firmar un documento redactado por Germán, despedirse de Candela y besar a su sobrino, con el alma henchida de gozo imaginando la inmensa alegría que iba a proporcionar a su querido maestro.

122
Vísperas sicilianas

Claudia Codinach no cabía en sí de gozo. Su tenacidad y su talento, y, por qué no decirlo, la fe en sí misma, la habían hecho merecedora de la llegada de aquella nota tan esperada que la devolvía al primer escalón del lugar que creía merecer desde siempre, conseguido por derecho propio ya que en aquella ocasión nadie podría hablar de padrinos, prebendas o influencias.

Cuando doña Encarna Francolí le negó sus enseñanzas, al retirarle don Práxedes su tutoría, creyó morir. Luego se rehízo y siguió adelante, entendiendo que el amor de aquel disoluto de Germán Ripoll perjudicaba su carrera y que ésta debía prevalecer sobre cualquier otra consideración.

Con la nota en la mano recordaba las actuaciones en salas de conciertos de segunda categoría en ciudades del sur de Francia como Perpiñán, Toulouse, Narbona o Montpellier; los teatros que no merecían el título de tales; los viajes en trenes con un solitario vagón de pasajeros, con asientos de madera y la redecilla para colocar el equipaje agujereada, ubicado entre otros de carga y de ganado; las pensiones en los barrios más humildes y las noches que el hambre visitaba su estómago y que, agotadas casi las provisiones que llevaba su madre, renunciaba a la cena por mor de que la pobre mujer comiera algo. Luego, cuando el eco de sus éxitos fue sonando, las condiciones económicas mejoraron, al igual que la calidad del maestro acompañante y, cómo no, del dúo de bajo y violín que en ocasiones señaladas prestaban categoría a sus conciertos.

Por otra parte, Claudia no había nacido para vestir santos. Desde jovencita fue muy dada, le encantaban los hombres y, aun reconociendo que el primogénito de los Ripoll la había enloquecido, aquel bizarro capitán del Regimiento de Cazadores de Alcántara que había salido en defensa de su honor era un buen ejemplar de semental para, pese a la opinión de su madre, mantener en la reserva. Era por ello por lo que de vez en cuando le escribía a Cuba y le enviaba el cartucho de gramola de su último registro, con el fin de que siguiera viva la llama de la admiración de aquel hombre que lo había conducido indirectamente a aquel destierro.

La nota decía así:

Señorita Claudia Codinach:

Por indicación de don Daniel Dorado me pongo en contacto con usted para ofrecerle la posibilidad de un contrato en nuestro primer coliseo.

El próximo 7 de noviembre se escenificará la ópera *Guillermo Tell* bajo la batuta del insigne maestro don Leopoldo Mugnone, con las voces de la soprano María Rollants, la mezzo Luigia Leone, el tenor Rawner, el bajo Francisco Daddi y Constantino Thos. Es por ello por lo que esta dirección se pone en contacto con usted para ofrecerle la posibilidad de ensayar los papeles de las dos protagonistas femeninas para, como es costumbre, prevenir cualquier incidente ejerciendo la cobertura de ambas divas.

Esperando una respuesta por su parte, le presenta sus respetos y besa su mano,

FEDERICO BÉJAR

La oferta no le garantizaba nada, y de no mediar un incidente que apartara a una de las dos divas ella quedaría en la reserva, pero por algo se comenzaba, y que la dirección del gran teatro, pese a la opinión negativa de la Francolí, su antigua maestra, la tuviera en cuenta la llenaba de orgullo.

La reunión era extremadamente secreta. Los tiempos lo exigían. Desde el atentado del día de la Mercè, la policía parecía haberse vuelto loca. El gobernador civil, el señor Larroca, exigía resultados, y éstos eran que las cárceles estaban llenas a reventar —en Reina Amalia, en celdas de cuatro internos se hacinaban hasta diez reclusos, y la cosa no hacía más que aumentar—, que a partir de ciertas horas no se podía pisar la calle con garantías y que cualquiera con pinta de obrero sin papeles tenía todos los números para pasar la noche en los calabozos del Gobierno Civil si lo encontraban a hora intempestiva, en lugar equivocado o en compañía improcedente.

Era domingo. Santiago Salvador, Matías Cornejo, Gervasio Gargallo y Máximo Bonafont se habían citado en el antiguo almacén de las cocheras de tranvías de Horta, donde se llevaba a cabo el mantenimiento de los coches y donde Gargallo prestaba sus servicios como portero del complejo.

Al ser festivo nadie se encontraba en el tinglado. Fueron llegando por separado, y Gargallo, sin aguardar a que llamaran, atento al momento fue abriendo la pequeña puerta recortada en la corredera que permitía la entrada de los tranvías de mulas.

Cuando los cuatro conjurados estuvieron dentro, Gervasio los condujo a uno de los coches medio desguazados que en su interior todavía conservaba sus viejos asientos.

Tras los saludos de rigor tomó la palabra Matías Cornejo, inquiriendo a Salvador el motivo por el que había escogido aquel disfraz de fraile franciscano para acudir a la cita.

—He llegado a la conclusión de que lo que menos llama la atención en un bosque son los árboles, y en esta ciudad si algo prolifera, aunque según dicen no crían, son los frailes. Ya he usado esta indumentaria en otras ocasiones, y puedo asegurar que si alguien se dirige a mí son las beatas, y ésas no son peligrosas. Pero dejémonos de estupideces y vamos a lo nuestro.

»El eco de la venganza anarquista por la muerte de nuestro camarada Paulino Pallás ha de tener resonancia mundial. He estado dándole vueltas a la mollera durante muchas noches y he llegado a conclusiones fundamentales. En primer lugar, el sitio escogido ha de ser sitio cerrado. El efecto de una bomba al aire libre es mucho menor, y si por el mismo gasto conseguimos mejores resultados sería de imbéciles desaprovechar esta circunstancia.

Los tres asintieron con la cabeza.

—En segundo lugar, desde la Mercè las autoridades están muy alertadas, y nuestro enemigo no es la autoridad, que es circunstancial y que si nos cargamos a uno vendrá otro; nuestro enemigo es la burguesía. ¿Dónde se reúne la burguesía catalana? Su templo es el Liceo. Si conseguimos una mortandad indiscriminada en un día muy señalado como el de la inauguración o el de Navidad, nadie estará seguro en su pellejo y la inquietud ciudadana favorecerá a nuestras ulteriores acciones. ¿Estáis de acuerdo?

—Tus argumentos son irrechazables, Santiago. —La respuesta fue de Máximo.

—Con que uno de vosotros me ayude, tengo suficiente. ¿Quién se ofrece?

En esa ocasión los tres compadres alzaron la mano.

—Tened presente, compañeros, que no hemos de jugar a héroes; nuestra misión es hacer daño y salir con vida. Si alguien cae en el empeño será una baja para el anarquismo, pero de ninguna manera hemos de procurar ir al sacrificio gratuito; aquellos que de nosotros queden con vida serán potenciales oportunidades.

Habló Gargallo.

—Tú eres el jefe, Santiago, o por lo menos eres el que tiene la idea en la cabeza. Explícate y decide. Lo que tú digas nos estará bien. ¿No es así, compañeros?

Máximo y Matías Cornejo asintieron.

Santiago Salvador, tras aquella profesión de fe, se sintió trascendente.

—Vayamos por partes. En primer lugar, el día de la inauguración del Liceo es fecha muy importante. La flor y nata de la burguesía se da cita en el coliseo, aunque cada uno va a lo suyo. Me explico: el Bolsín estará a rebosar, y algunos tipos son tan inmorales que, como siempre, tendrán a la mujer en el palco y a la querida en la platea; luego está que también se inaugurará el restaurante y, finalmente, que muchas debutantes harán su primera aparición, con lo que la familia de cada una de ellas reunirá a amigos y conocidos. Queda claro, pues, que la fecha es ideal. Además se dan unas condiciones simbólicas y otras extremadamente favorables; entre las primeras está que la ópera será *Guillermo Tell*, héroe del pueblo y de la independencia suiza, y entre las segundas cuenta que la familia del capitán general asistirá en pleno.

—Has pensado en todo, Santiago.

—Llevo mucho tiempo rumiando nuestra venganza, Gervasio.

Habló Matías, que siempre fue un enamorado de la precisión.

—Explícanos el operativo.

—¡Hombre de poca fe!

—No es eso, es que nos jugamos la vida todo el grupo. Si fracasamos, nos perseguirán como a conejos.

—Tienes razón. La cosa la tengo muy pensada, pero siempre puede mejorarse. La entrada de los dos últimos pisos y del gallinero es por la calle San Pablo. Al público lo estarán vigilando, pero los de la claca entran con más comodidad porque siempre son los mismos y ya los conocen. Tengo un amigo que me facilitará el número de uno de la claca que está de baja. Máximo, que ya conoce el camino, traerá las dos bombas que tenemos guardadas en la carpintería de Cosme y me las entregará en una bolsa en el bar de abajo, La Campana, ya lo conocéis, que es de un compañero. La manera de subir al cuarto piso y ganarme un lugar cerca de la barandilla es cosa mía. A lo mejor moriré en el empeño, eso está por ver, pero lo que es seguro es que conmigo se irán muchos y que, desde luego, saldremos en todos los papeles del mundo.

En el comedor de los Ripoll, la tensión flotaba en el aire:

—Me da exactamente igual que el niño llore o no quiera el biberón. Mi padre nos ha regalado el abono del Liceo y me niego a hacerle un desaire.

—Estoy muy preocupada, Germán. El pediatra ha dicho que la semana que viene lo verá un especialista. Nuestro hijo parece no oír, no reacciona a los sonidos...

—¡A mi hijo no le pasa nada! Y no busques excusas porque en esta ocasión necesito que me acompañes. ¡Y no se hable más!

Candela se había refugiado en Pelayo y siempre que podía se excusaba de acompañar a su marido a eventos públicos. Sus amigas Isabel y Clotilde la visitaban frecuentemente, pero nada la complacía tanto como quedarse sola con sus queridas cartas y sus recuerdos. En todo caso, cuando acudía a algún acto público, ya se tratara de una inauguración o un evento en los que su presencia fuera inexcusable, procuraba asistir siempre con alguien que no fuera su esposo, ya que cuanto más avanzaba su matrimonio más repulsión le proporcionaba la forma de ser de Germán. Éste, por su parte, usaba a Candela y no dudaba en hacerse acompañar de ella en los actos sociales en que la presencia de su mujer le reportara algún beneficio; por lo demás, su vida seguía como si hubiera continuado con su soltería.

—No entiendo por qué nos ha regalado estos abonos cuando siempre sobra sitio en el palco.

—Ya sabes cómo es mi padre. Además, su pasión por el bel canto ha hecho que este año haya cambiado su palco por el de los Colomer, añadiendo una fortuna, claro está, el primero del segundo piso. Así, cuando se baja el telón, puede ver el escenario por dentro, cómo la tramoya mueve el atrezo y cómo los cantantes se preparan para el siguiente acto. Y ya sabes que siempre tiene invitados y, como es natural, les ofrece los mejores asientos, por lo que a ti y a mí nos tocaban las dos butacas del altillo. La verdad, prefiero estar en platea como un señor.

—¡Qué más te da! Tú no tienes la pasión por la ópera que tiene tu padre. Cuando hemos ido al Liceo te has pasado el tiempo en el antepalco, y únicamente has salido cuando el tenor y la soprano se disponían a cantar el aria más conocida.

—Todavía no te enteras de cómo funciona tu ciudad. Al Liceo se va a ver o a que te vean; si no, fíjate cuando ya están cantando adónde dirige la gente los prismáticos. ¡Éste es el país de las chafarderías! A la gente le gusta más un escándalo que comer con la regente.

123
Fatales augurios

La alegría que reflejaron los ojos de mosén Cinto Verdaguer cuando Antonio le dio la buena nueva de que su hermano Germán le había prestado las cinco mil pesetas lo compensó del mal trago que había representado para él el hecho de pedírselas.

—Antonio, jamás olvidaré el inmenso favor que me ha hecho, y no dude que, en cuanto cobre mis derechos de autor, la cantidad le será reintegrada a su hermano con intereses.

—Déjelo, mosén; el dinero sólo es dinero, y le aseguro que a él no le hace falta.

—De todas maneras, me niego a considerar esto como un donativo.

—Permítale ejercer por una vez la caridad. No sólo con oraciones se gana el cielo, y si hemos de hacer caso a la parábola del camello, del rico y del agujero de la aguja, creo que mi hermano lo tendrá muy difícil.

—Esto es innegociable, Antonio: al césar lo que es del césar y a Dios lo que es de Dios.

—Llegado el momento, si le parece, lo discutiremos.

Tras una breve pausa reemprendieron su peripatético deambular por el huerto.

—Antonio, mi querido joven, para que todo se resuelva ha de continuar su buena obra y hacerme un último favor.

—Ya sabe, mosén, que usted me manda siempre que no falte a mis obligaciones.

—Es que si no es así, de nada servirá el favor que me ha hecho.

Antonio miró a su superior con recelo.

—Le escucho, padre.

El insigne poeta reanudó el paseo al tiempo que ponía confianzudamente su mano sobre el hombro de Antonio y, a la vez, a él al corriente de sus tribulaciones.

—Usted ha hecho lo más difícil, que era buscar cantidad tan elevada. Cuando yo me conformé con este confinamiento mi anterior vida no se detuvo, y los planes trazados contando con mi cargo de limosnero y con mi libertad quedaron truncados. Tengo que entregar ese dinero al propietario de Vallcarca, y la mediadora es la que ha sido siempre. Usted ya conoce a doña Deseada Durán y a su hija Amparo; ellas acudirán a buscar el dinero. Al haber cambiado mi situación a tal punto que me impide actuar por mí mismo, me veo en la necesidad de delegar en ellas muchas cosas, por lo que he de entrevistarme con doña Deseada para darles instrucciones.

Antonio estaba violento.

—Padre, de nuevo me obliga a desobedecer.

—No lo vea de esa manera, Antonio. Es simplemente completar la buena obra iniciada; si el dinero no llega a quien debe llegar, es como si no lo hubiera conseguido.

—Yo lo entregaré a quien usted me diga.

—No quiero meterlo en esas cosas. Usted es muy joven y no conoce el mundo. Doña Deseada se maneja perfectamente en estas situaciones.

El 6 de noviembre por la mañana el hermano portero avisó a Antonio de que dos señoras de Barcelona lo aguardaban en la biblioteca del santuario.

—¿Han dicho su nombre?

—Se han limitado a indicarme que usted las está esperando, que mosén Verdaguer ya sabe.

Antonio se puso sobre la sotana un jersey de punto de lana negro que le había hecho su madre y se dispuso a recibir a las visitas. El pequeño monasterio de La Gleva era, cuando asomaba el invierno, una nevera; a las bajas temperaturas se sumaba casi siempre un viento del norte que se colaba por los intersticios de las ventanas, provocando traidoras corrientes de aire.

Desde la embocadura de la escalera en la planta baja se divisaba a través de los cristales el interior de la biblioteca del monasterio. Cuando Antonio observó el perfil de las dos mujeres, al punto se hizo cargo del asunto a tratar. Abrió la puerta, y ellas, que estaban observando el paisaje desde la ventana, se volvieron hacia él al unísono.

Antonio se llegó hasta allí y al llegar a su altura ambas se precipitaron a besarle la mano.

—¿Cómo está usted, padre Ripoll?

—Muy bien, doña Deseada, aunque extrañado por la visita.

—¿No le había avisado mosén Cinto que hoy era el día?

—No habíamos concretado nada.

La mujer desvió el tema principal como dándolo por sobreentendido.

—No le había presentado a mi hija Amparo.

—Ya nos conocíamos. Pero, insisto, hablamos por encima de que usted era la persona para finiquitar este mal paso donde se ha metido el padre, si bien, repito, tocamos el tema por encima sin nada concretar.

—Pues ha llegado el momento de hacerlo. De no ser así, habremos llegado tarde y la torrecita de Vallcarca se perderá.

Antonio dudaba.

—Créame, señora, es ésta para mí una situación muy incómoda. La cifra de dinero para solventar esta cuestión no es cosa baladí ni es ésta la manera de proceder.

—Creo que este malentendido únicamente puede aclararlo mosén Cinto. Si es tan amable de anunciarle mi presencia, todo quedará resuelto en un minuto.

—Es que casualmente mi misión es impedir que las visitas interrumpan el trabajo del insigne poeta.

—En ese caso, mala solución veo al problema. El vencimiento del pago hipotecario es mañana. Los bancos no tienen corazón, no saben de Juegos Florales ni de príncipes literarios; su lenguaje es el vil metal, y si usted pone impedimentos a que yo me entreviste con mosén Cinto, será su responsabilidad la pérdida de ese patrimonio.

Antonio se sintió atrapado.

—Aguarde aquí un momento, voy a ver.

Partió hacia la habitación del presbítero y golpeó la puerta con los nudillos.

La amable voz del eclesiástico dio el plácet.

—Pase, Antonio.

Mosén Cinto estaba junto al ventanal con el breviario en las manos.

—Padre, han venido de Barcelona...

—Sí, ya sé, doña Deseada y su hija Amparo.

Antonio se incomodó.

—Perdone, paternidad, pero el que no sabía nada era yo.

—Tal vez fue mi culpa no haberle concretado el día. Doña Deseada, que hasta ahora se ha ocupado de todos mis asuntos económicos, sabe desde siempre que la primera semana de mes es cuando pasamos cuentas para que ella pueda realizar los pagos, y al no tener contraorden ha acudido aquí como de costumbre para entrevistarse conmigo. En esta ocasión voy a poder cumplir gracias a usted. Dígale, por favor, que suba.

Antonio se encontró entre la espada y la pared. Y, por decir algo, objetó:

—Pero tendrá que subir ella sola y esta única vez.

—Desde luego, Antonio; no quiero comprometer su responsabilidad.

Antonio se retiró ofuscado. La bondad de aquel hombre, su simplicidad, su amor a los demás y su carácter, que le hacía en muchas ocasiones no tocar con los pies en el mundo, le tenían ganada la moral.

Regresó de nuevo a la biblioteca acompañado de un fraile menor.

—Doña Deseada, ahora la acompañarán a la celda de mosén Cinto. En cuanto haya despachado con él y me avisen yo iré a buscarla. —Luego se dirigió a Amparo como justificando su actitud—. Usted, Amparo, debe aguardar aquí.

Partió la mujer acompañada del religioso llevando en la mirada un aire de triunfo.

Antonio y la joven quedaron frente a frente.

—Si lo tiene a bien, podemos sentarnos.

Ambos lo hicieron en el tresillo arrumbado junto al ventanal.

Súbitamente, sin otro preámbulo, la joven lo sorprendió.

—A usted, mi madre y yo no le caemos bien.

—Amparo, ése es un lujo que un religioso no puede permitirse. Dios a nadie excluye cuando dice «Amarás a tu prójimo como a ti mismo».

—Usted cree que mi madre le saca el dinero al mosén y, pese a que en alguna ocasión se lo he demostrado, no cree en mis dotes de vidente.

Antonio dudó, no queriendo entrar en polémicas.

—Dejo esas cosas para gentes alejadas de Dios. Yo únicamente creo en lo que me indica mi fe.

—Es curioso, precisamente su fe es algo singular. Los católicos creen en milagros, en apariciones, en profecías y en muchas cosas que la más elemental lógica obliga por lo menos a poner en duda, y en cambio una cosa tan simple y tan comprobable como el anuncio de un acontecimiento que en breve va a acaecer, eso les parece cosa de brujas y por lo tanto deplorable, y hasta hace muy poco su religión condenaba a la hoguera a ese tipo de mujeres.

—No voy a entrar ahora en disquisiciones filosóficas y mucho menos en cuestiones de fe.

—Permítame.

Con un gesto sorprendente que cogió desprevenido a Antonio, Amparo le asió fuertemente la mano derecha, cerrando los ojos.

Cuando iba a hacer por retirarla, la mujer quedó rígida y como en trance, reteniendo su mano con una fuerza sobrenatural.

Antonio no sabía qué hacer.

Súbitamente a la garganta de Amparo subió una voz ronca y monótona.

—Aquella mujer que es casi tu hermana, si no abandona su trono del palacio de las vanidades antes de que el arquero dispare su flecha contra la manzana, morirá por el fuego que bajará del cielo cual nueva Sodoma.

Sin saber por qué, a Antonio se le pusieron los pelos de punta.

Luego Amparo regresó como de un sueño, soltó su mano y le pidió un vaso de agua.

124
Planeando el chantaje

Me tiene harto! Le he dejado tres o cuatro notas, pero se hace la estrecha. Y, francamente, a estas alturas de la partida estoy algo descolocado; esta temporada voy un tanto corto de hembras.

Los dos amigos se habían reunido en el Gran Café de España bajo el cuadro que representaba las cadenas de Navarra y desde su mesa, a través de uno de los espejos que forraban las columnas, podían ver quién entraba o salía por la puerta giratoria, cosa que a Germán le divertía sobremanera.

—Y ¿el tema de Claudia?

—Es una batalla perdida. Me achaca a mí el hecho de que mi padre le retirara la protección. Aun así, ha trabajado en el sur de Francia, y por cierto con notable éxito.

—Y me dices que la Bonmatí se niega a verte.

—¡La muy zorra!

—Lo que te ocurre, Germán, es que estás perdiendo facultades. Has entrado en el gremio, y lo que te toca ahora es un poco de papada y algo de barriguita —respondió Papirer palpando amigablemente el vientre a su amigo.

—Pues se va a enterar. ¡Si no es por las buenas será por las malas! Hasta el día de hoy no he chantajeado a ninguna mujer, siempre he entrado por derecho, pero para todo hay una primera vez. Además, se me está ocurriendo algo que me divierte mucho.

—Cuando hablas así me das miedo.

—He descubierto que en el tema del amor si no haya un poco de riesgo no hay aliciente.

—¿Qué quieres decir?

—Que no se trata simplemente de beneficiármela; el momento y el lugar tienen mucha importancia.

—Hablas en jeroglíficos, no te entiendo.

—¿Recuerdas cuando te expliqué mi aventura con Claudia en el pabellón del terrado de casa de mis padres minutos antes de su actuación?

—Reconoce que aquello fue una temeridad.

—Pues esas cosas me ponen cachondo.

—Y ¿ahora qué se te ocurre?

—Me gustaría hacerlo en el Liceo un día que esté toda la familia, Candela incluida, y desde luego el marido de la Bonmatí.

—¡Estás mal de la azotea! Además, se va a negar de plano.

—Tengo poderosos argumentos para convencerla.

—¡No seas fantasma! Una cosa es tu *garçonnière* y otra muy distinta que se juegue su bienestar y su futuro.

—Si tú me ayudas, la tengo en mis manos. ¡Y la llave me la dio Pancracia!

—Aclárame eso.

—¿Acaso no recuerdas que pagué una barbaridad por aquel colgante y que tú te extrañaste? ¿Qué crees que esa zorrita estará dispuesta a hacer para que su marido no tenga en las manos el topacio con la dedicatoria y se entere de las singularidades de su anterior vida?

—No serás capaz.

—Necesitaré de tu ayuda, pero eso está hecho.

Fredy lo observó desconfiado.

—¿Y esa ayuda en qué consiste?

Germán, en vez de responder, inquirió:

—Me dijiste que como jefe de la claca puedes moverte por todo el Liceo sin problemas...

—Así es. Todos los conserjes me conocen y tengo acceso libre por todos los pisos, excepto en el escenario.

—Entonces tu misión será únicamente entregar a la Bonmatí un pequeño sobre antes de que empiece la función.

125
Tribunal de honor

Pese a que la autoridad militar había procurado obrar con discreción al respecto de aquel juicio, fue imposible ocultar que una compañía de Cazadores de Alcántara había sido prácticamente aniquilada junto a uno de los ramales del tren que atravesaba la isla e iba desde La Habana hasta Santiago, por una desafortunada acción de su capitán don Emilio Serrano.

El salón era una pieza de unos cuarenta metros de largo por quince de ancho. En la pared frontal, tras el estrado donde estaba colocada la alargada mesa con los tres sillones donde iba a ubicarse el tribunal, presidía un cuadro de la reina regente, con la bandera de España en uno de los extremos y en el otro el banderín del Regimiento n.º 4 de Cazadores de Alcántara.

En la misma tarima, a la derecha, se hallaba la mesa donde habría de colocarse el fiscal acusador, el comandante Félix Yáñez, y a la izquierda la del abogado de la defensa, el capitán Calixto Mendo.

La bancada del público estaba ocupada por civiles destacados de la isla, hombres y mujeres, nombres ilustres del estamento local, y gran número de militares de diversa graduación compañeros del reo, al que unos justificaban en tanto que otros criticaban con acritud.

La voz del teniente portavoz del tribunal interrumpió las conversaciones.

—¡En pie!

Con el rumor propio de la situación todo el mundo se levantó para recibir a los jueces militares que iban a juzgar, tras escuchar a la acusación y a la defensa, el caso de aquel capitán cuya imprudencia había ocasionado tanto quebranto al ejército en vidas humanas y en pérdidas materiales.

La puertecilla del fondo se abrió y por ella entraron los tres jueces militares encargados de lidiar aquel asunto.

La voz del teniente sonó de nuevo.

—¡Preside el tribunal el coronel don Roberto Sanfélix asistido por el comandante Carlos Fabiano en calidad de oficial instructor y del teniente coronel Ángel Lino!

Los tres jefes ocuparon su lugar, dejando cada uno de ellos sobre la mesa su respectivo abultado cartapacio. Tras hacerlo el tribunal se sentó el público.

—¡Se abre la sesión!

El coronel Sanfélix golpeó ligeramente la mesa con la pequeña maza que tenía a su alcance.

—Que entre el acusado, capitán don Emilio Serrano Freire.

Una puerta lateral se abrió y por ella, en medio de dos soldados de uniforme en cuya manga lucía un brazalete blanco con las P M reglamentarias de la Policía Militar, y a las órdenes de un sargento, entró el capitán Emilio Serrano, taciturno, desmejorado, mal afeitado y con un principio de barba sorprendentemente canosa, quien se adelantó quedando en pie ante un banco ubicado frente al tribunal con los dos guardianes a los lados.

A su entrada un murmullo se levantó entre el público.

El mazo del juez militar impuso silencio y se oyó de nuevo su voz.

—Siéntese el acusado.

Lo hizo el capitán Serrano, mientras que sus vigilantes, de pie a ambos costados, se mantenían en posición de descanso.

Don Carlos Fabiano, en su calidad de oficial instructor, tomó la palabra.

—Se abre la causa contra el capitán don Emilio Serrano Freire. Cargos de los que se le acusa: primero, tomar por su cuenta y riesgo una desacertada iniciativa sin recabar permiso del jefe de su regimiento, el coronel Sandoval; segundo, encabezar una arriesgada operación de comando sin las garantías suficientes; tercero, tras la fracasada tentativa, dejar abandonados a su suerte a los componentes de la facción; cuarto, disponer a su criterio de la caja de su compañía.

»Resultado: pérdida de ochenta y cinco hombres entre muertos y desaparecidos; pérdida de equipos, armas y enseres de toda una compañía de infantería. Con la consecuencia del desprestigio de la oficialidad de nuestras tropas, pérdida de fe por parte de las mismas en sus mandos y el consecuente refuerzo en la moral del enemigo.

Tras estas palabras el juez instructor cedió la palabra al ministerio fiscal. El comandante Félix Yáñez se puso en pie.

—Se abre la causa. El Reino de España contra el capitán don Emilio Serrano Freire.

La acusación fue demoledora. El fiscal no se ahorró nada. Serrano fue acusado de tomar iniciativas que no le correspondían, usar del dinero del Estado sin ningún derecho, intentar una acción sin medir las posibles consecuencias ni proyectar un plan de retirada en caso de dar la operación por fallida, además de dejar inerme una compañía sin haber medido las posibles consecuencias de pérdidas humanas y materiales, así como también del menoscabo del prestigio del ejército español.

—Tiene la palabra el abogado defensor, capitán don Calixto Mendo.

El letrado militar se puso en pie.

Intentó justificar la iniciativa de su defendido en base a que había recibido información de una fuente probada en otras ocasiones y aduciendo que, en aquella circunstancia, debía obrar por cuenta propia pues no había tiempo de seguir los cauces oficiales. Al respecto de dejar la compañía huérfana de mando, alegó que al frente de la misma quedaba el segundo oficial, con graduación de teniente. Al respecto del dinero tomado de la caja de la compañía, argumentó que lo había hecho a título personal, dejando como contrapartida un vale firmado por él que avalaba el dispendio. Finalmente al respecto de abortar la operación, alegó que se dio a través del silbato la orden de retirada, y que cada uno debía obrar según su criterio intentando salvar la vida y que desde luego nada habría conseguido en aquella situación dejándose matar.

Tras esta defensa, los tres jueces se retiraron a deliberar.

El público estaba nervioso; los comentarios eran de todos los colores. Al cabo de un tiempo el portavoz pidió silencio y los jueces ocuparon de nuevo su lugar.

El presidente tomó una cuartilla en las manos y ordenó:

—¡Póngase en pie el acusado!

Serrano así lo hizo entre sus guardianes.

El silencio era tan denso que la vibración de las alas de un moscardón en el cristal de una ventana sonaba como la erupción de un volcán.

El coronel Sanfélix se colocó los quevedos en el puente de su nariz y leyó:

—Escuchadas ambas partes, fiscal y defensa, meditados sus argumentos y consultados los artículos del Código Militar que afectan a esta situación, debemos resolver y resolvemos:

»Condenando a don Emilio Serrano Freire a abandonar la isla de Cuba en el próximo barco que parta hacia Filipinas, donde se incorporará a nuestras fuerzas allí destinadas. Además perderá todas las condecoraciones de las que hasta ese momento se haya hecho acreedor y, finalmente, cumplirá arresto de un año en las dependencias que determine en Filipinas la autoridad competente.

»Esta sentencia es firme y no cabe recurso alguno contra ella.

Dado en La Habana, a siete de noviembre de mil ochocientos noventa y tres.

» ¡Se levanta la sesión!

126
Contrabando de armas

La recuperación física de Juan Pedro fue tan sorprendente que el doctor Figueras, quien lo visitaba regularmente, al principio una vez por semana y luego cada quincena, se hacía cruces de aquel milagro. Julián Cifuentes nada le dijo por no faltarle al respeto de los manejos de mamá Lola, pero el caso era que a los seis meses Juan Pedro era otra persona en lo físico y en lo psíquico. En lo primero porque de aquel despojo que llegó en un carro a la hacienda San Andrés medio moribundo nada quedaba y en lo segundo porque su memoria no reaccionaba ante estímulo alguno, y ninguna situación ni ningún paisaje le aportaba el más remoto recuerdo.

Julián Cifuentes se asombraba. Aquel muchacho dispuesto, trabajador y dotado de interés por las cosas de la hacienda parecía haber nacido de nuevo. Ahora no hablaba, ni se preocupaba por saber quién era o cuál había sido su anterior vida. De sus charlas con él deducía que sus recuerdos comenzaban cuarenta y ocho horas después de haber recobrado la conciencia, y la pizarra de su memoria parecía comenzar a emborronarse a partir de aquel momento. Nada referente a la hacienda se le escapaba, los trabajos a él encomendados se cumplían puntualmente, no había tarea ni encargo que no se realizara y su interés se ceñía a todo lo posterior a aquel aciago día.

Figueras se había reiterado en su pronóstico. «Cualquier día —había explicado a Cifuentes—, alguna situación o circunstancia hará de percutor; de pronto comenzará a recordar, y un recuerdo traerá al otro, será como una cadena de eslabones, y la cosa acontecerá súbitamente: de no recordar nada pasará, como por milagro, a recordar todo. Dicen en Europa los más preclaros científicos que las neuronas de los circuitos cerebrales se conectan repentinamente, y el pasado regresa y se hace presente. Intente llevarlo a lugares que pueda haber conocido anteriormente; cada imagen es una oportunidad.»

Cifuentes, siguiendo los consejos del doctor, se llevó a Juan Pedro a Matanzas, a Cárdenas y a La Habana. Empeño inútil, pues aquel muchacho recorría las ciudades preguntándole acerca de todo, como si el paisaje le fuera totalmente desconocido.

Las charlas por las noches en el porche de la hacienda se prorrogaban hasta la madrugada, y las preguntas de Juan Pedro sobre los conocimientos adquiridos después de su recuperación eran infinitas.

Uno de los temas centrales era casi siempre Celestino Vivancos. El doctor Figueras se lo había anunciado al darle el alta: «Tomará fijaciones sobre ciertas cosas, y preguntará y repreguntará hasta la extenuación». Ése era el caso; la historia del esclavo caboverdiano, su compra en el claro de la manigua, la decepción que le proporcionó la pérdida de su hija en la subasta, las maniobras de su vecino Juan Massons para hacerse con la niña y el trágico final de la muchacha colmaba la capacidad de odio del mulato. «Piense, Jeromín —le había dicho Cifuentes, empleando aquel nombre por el que ahora todo el mundo lo llamaba—, que su desgracia ha sido para mí una bendición. Celestino ha sido para mí como un hermano, pero en estos momentos de no ser por usted la San Andrés no funcionaría.»

También le explicó quién era Gabriela Agüero, su amiga de la infancia, y le habló de su desgraciado matrimonio y de sus espaciadas entrevistas en el bohío cuando tenía la oportunidad de dejarle un mensaje en el sicomoro. Julián Cifuentes, que por circunstancias casi nunca había tenido interlocutor, halló en Juan Pedro la almohada particular para depositar sus cuitas y sus aflicciones, y lentamente, casi sin darse cuenta, le fue confiando su papel en la guerra soterrada que los patriotas cubanos sostenían para alcanzar su libertad.

Los cuidados de Juan Pedro hacia Manuela aumentaron cuando supo por boca de su padre la terrible enfermedad que la acosaba y el imprevisible final que acechaba a la niña. En cuanto tenía un hueco en sus obligaciones la buscaba para jugar con ella, y la niña correspondía a aquel afecto con tal ternura y urgencia que parecía que supiera que su tiempo era finito y quisiera aprovecharlo.

El día en que su padre, haciendo de tripas corazón, decidió que Juan Pedro lo acompañara a la feria de tabaco que se iba a celebrar en Miami, la niña tuvo un disgusto considerable, aunque lo entendió.

—Manuela, te quedarás cinco días con Celestino, que sabes que, aunque ahora habla poco porque está malito, te adora. No tengo más remedio que llevarme a Jeromín conmigo. ¡Te traeré de Miami la muñeca más bonita del mundo! Tú quedarás al cargo de la hacienda, y, por favor, esa semana ni montes a caballo ni te acerques al río. ¿Me lo prometes?

Manuela se conformó.

En aquel viaje Juan Pedro descubrió un mundo. Sin embargo, nada parecía sorprenderlo, ni el viaje por mar ni la novedad ni las costumbres de América. Se hizo cargo de lo importante que era el negocio de los puros habanos, tomó nota de proveedores recorriendo la feria de arriba abajo todos los días, se enteró de las preferencias del consumidor norteamericano a diferencia del europeo y llegó a la conclusión de que el que diera con un veguero económico y de tamaño medio cuyo consumo no fuera una ceremonia semanal sino, por el contrario, una costumbre diaria se haría con el mercado americano.

Cifuentes volvió a admirarse de las cualidades que tenía aquel hombre y en su interior tomó decisiones de futuro al respecto de Manuela, por si algo le ocurriera, pues la pantalla de su vida como hacendado del tabaco quizá tuviera alguna fisura que dejara al descubierto su otra comprometida actividad.

Habían acudido a la feria en el barco que un grupo de hacendados afines a las ideas de Cifuentes habían comprado para ahorrarse los fletes de sus exportaciones, aprovechando los tiempos muertos alquilándolo a una naviera dedicada a los negocios del mar. El día del regreso observó con Juan Pedro que ciertas cajas en vez de estibarlas en la bodega eran conducidas a proa, donde no recordaba que hubiera espacio alguno aprovechable.

—Ven conmigo; voy a enseñarte algo.

Cifuentes le descubrió junto al pozo del ancla y en la amura de estribor, entre la primera y la segunda cuadernas y entre el casco y el forro, un compartimento secreto.

—¿Y esto?

—Aquí va mercancía que conviene que llegue a Cuba. Su descarga no tendrá dificultad; somos muchos los que deseamos la independencia de la isla. Pero durante la travesía, en cambio, no podemos saber si encontraremos un patrullero español que quiera examinar nuestra bodega.

127
Preparativos

El día, al igual que el ánimo de Candela, amaneció lluvioso. Por la mañana, desayunando con Germán, tuvo que hacer esfuerzos por contenerse. Él, como de costumbre, no reparó en ella; leyó sus periódicos, concediendo singular atención a las noticias de ultramar y a las cotizaciones de bolsa a la vez que daba cuenta de dos huevos pasados por agua, que si hubieran estado excedidos de cocción habrían sido motivo para la primera bronca del día, y distraídamente iba sorbiendo un café muy negro y sin azúcar. Al acabar la colación se puso en pie, y mientras Mari retiraba el servicio y el mayordomo le colocaba la levita se dirigió a su esposa.

—Recuerda que esta noche es la inauguración del Liceo, y quiero presumir de mujer. Ve al salón de belleza ese que han abierto en la Rambla de Cataluña esquina con Provenza y que te hagan todo lo que hay que hacer, que por lo que se ve habrá de ser mucho pues se te nota en la cara que has pasado mala noche. Que te lleve Ruiz. Yo no necesito el coche, pero dile que a la vuelta se dedique a limpiarlo a fondo; lo quiero pulido como mis zapatos de charol. ¿Me has entendido? Y ponte el traje de lamé de plata y encaje gris, ese escotado que a mí me gusta... ¡a mí y al público masculino en general! No puedo remediarlo, me enloquece que te observen cuando paseamos por el salón de los espejos y responder con la mirada a esa pandilla de petimetres babosos: «¿Os gusta? Pues ¡es mía!».

Candela, que estaba acostumbrada a su trato, asintió con la cabeza.

—No vendré a comer, lo haré en el club. Te recogeré a las seis y media, estate preparada; ya sabes que no me gusta esperar.

Y sin más, para alivio de Candela, Germán salió de la estancia.

Candela no se reconocía. Atribuía el hecho de que todo le diera lo mismo a sus soledades, a sus carencias de afecto, a la triste enfermedad de su madre y, sobre todo, a su forzado matrimonio consentido únicamente para salvar la vida de su gran y único amor. Y para acabar de dejar sin sentido su existencia, había recibido un último batacazo. De no ser por Pelayo, que la obligaba a vivir, más de un oscuro pensamiento habría pasado por su mente.

—Señorita Candela, ha venido la señorita Isabel.

—Dígale que pase.

Sus dos amigas, Clotilde e Isabel, eran las dos columnas sobre las que sustentaba su vida.

Para su alivio, Germán y ella dormían separados. Una vez hubo aceptado que nunca más iba a ver a Juan Pedro y cumplida su obligación de darle un hijo, su matrimonio se había convertido en un absoluto fracaso; se sentía usada cuando alguna noche casi de madrugada Germán se metía en su cuarto y, oliendo a alcohol, asaltaba su cuerpo sin ninguna consideración, despachando el acto, a Dios gracias, en cinco minutos.

—La señorita Isabel.

La voz de Juan Romera las sacó de sus cavilaciones.

Candela se puso en pie. Las dos amigas se besaron y pasaron a la galería, sentándose en los dos silloncitos que había junto a la cristalera.

—Todavía estás en bata y tenemos muchas cosas que hacer.

—Excepto verte a ti, ninguna me interesa.

—Candela, has de hacer algo; tienes tendencia a la melancolía y eso no es bueno.

—Te juro, Isabel, que me metería en la cama todo el día y no me levantaría.

Los ojos de Candela se llenaron de lágrimas.

Isabel, que conocía muy bien el origen de las cuitas de su amiga, le puso la mano sobre las rodillas e indagó.

—¿Qué ocurre, Candela?

Ahora Isabel se asustó. Un llanto incontrolado sacudió los hombros de su amiga, al punto que ella se volvió temiendo llamar la atención del servicio.

—Pero ¿qué te sucede?

Candela no podía hablar, tal era el calibre de su disgusto.

—Pero ¡por Dios!, mujer, así no solucionas nada... ¡Todo tiene arreglo!

—Esto no.

—Cuéntame lo que sea.

Finalmente Candela pudo hablar.

—¡Ha desaparecido en combate! Me lo han matado...

Isabel estaba perfectamente al corriente de todo lo referente a Juan Pedro. Sabía del inmenso amor de su amiga por aquel muchacho, un sentimiento nacido cuando eran unas niñas; conocía el inmenso sacrificio que representó para Candela su boda y el motivo del mismo, por lo que por el momento no tuvo palabras para consolarla, y se limitó a abrazarla y a dejar que reposara la cabeza en su hombro.

Cuando ya los espasmos del llanto se calmaron, Isabel preguntó:

—¿Cómo lo sabes?

—Ayer bajé a la librería del señor Cardona, y nada más verlo supe que algo gordo había pasado. Me contó que por la mañana había enviado un propio al Gobierno Militar para ver las listas de bajas, cosa que hacía periódicamente. En la lista de desaparecidos en combate figuraba Juan Pedro Bonafont, y ya sabes lo que eso significa. Tomé un coche y me fui allí directamente para comprobarlo con mis propios ojos, y cuando leí su nombre casi me desmayo, al punto que tuvieron que asistirme en el comercio de enfrente dándome Agua del Carmen.

—Candela, no está muerto... Esas cosas pasan en las guerras. Igual ha caído prisionero y luego lo canjean.

—Tú sabes que eso no ocurre nunca con la tropa; no te negaré que pueda suceder con algún oficial de familia conocida, pero ¿quién va a pagar un rescate por un pobre soldado de reemplazo?

Isabel no sabía qué argumentar.

—No puedes hacer nada, Candela. Te vendrá bien distraerte. Hoy es un día señalado, la inauguración de la temporada del Liceo es un acontecimiento en la ciudad; goza de él y ten confianza en Dios. —Luego añadió—: Además no tienes otra; tu marido no lo entendería. ¿No me has dicho que irás al salón de belleza? Pues que te pongan guapa, que, por cierto, lo hacen muy bien. Y no te atormentes... ¡Esta noche estará en el Liceo toda Barcelona!

128
Los dos hermanos

Los planes de Germán eran muy otros. Había perfilado perfectamente su estrategia; su espíritu de cazador se excitaba ante lo que podía ser el cobro de su última pieza.

Cuando Dorotea Bonmatí supo de su aventura con Claudia años atrás se negó a acudir a su *garçonnière*, le entraron ínfulas de gran dama, lo llamó sinvergüenza y le dijo que ella no era plato de segunda mesa.

¡Por Dios que él le daría una lección! La vida tenía recovecos inesperados, pues ¿quién iba a decirle que yendo a buscar una pomada para las arrugas se enteraría de que la señora había ejercido el oficio de prostituta de lujo en el exquisito burdel de Madame Petit?

La prueba le había costado unos buenos duros, pero los daba por bien empleados si gracias a ello la noche de la inauguración de la temporada del Liceo podía tener a aquella mujer y en unas condiciones que lo excitaban sobremanera.

El día anterior, cuando había ido al círculo para apuntar a su padre y a su suegro a la inauguración de Bolsín, comprobó la lista de todos aquellos que se habían apuntado al estreno. Aquella temporada en el gran teatro y como gran novedad se había abierto una sucursal de la Bolsa que iba a funcionar toda la noche, de manera que los interesados pudieran comprar y vender acciones directamente desde allí. La suerte había estado de su lado porque entre los optantes a aquel privilegio figuraba el señor Bonmatí, por lo que hasta el segundo acto su presa iba a estar sola en su palco. Por otra parte, el palco del padre de Germán estaría vacío también hasta entonces porque su madre, que estaba acatarrada, no podría asistir al estreno de *Guillermo Tell* y el propio Práxedes estaría en el Bolsín. Antes de la media parte, Fredy llevaría a la Bonmatí aquella carta que Germán había redactado con tanto cuidado y que no se prestaba a confusión alguna, y si la dama no acudía a su encuentro en el solitario palco proscenio del segundo piso de Práxedes y no se prestaba de buen grado al juego sexual que Germán pensaba improvisar allí, el colgante que denunciaba el contacto de Dorotea con el mundo de la prostitución sería enviado anónimamente a su marido.

Antonio estaba inquieto. Desde el día en que la viuda Durán había acudido a La Gleva a visitar a mosén Cinto y Amparo, la hija de aquélla, había querido decir a Antonio algo a fin de reafirmar sus dotes de vidente, con aquel críptico mensaje, la idea de que un trágico suceso amenazaba a alguien muy querido por él le quitaba el sueño. Su mente despierta analizaba una y otra vez las palabras de Amparo, sin encontrar un posible sentido en ellas.

Aquella mañana se le hizo la luz.

Había ido a la portería a recoger la prensa que el cartero, como siempre, dejaba a primera hora del día en el pequeño monasterio, e iba a subírsela al prior. Pero una noticia en primera página captó su atención, y fue como un relámpago que aclaró sus ideas.

Se inauguraba la temporada en el teatro del Liceo... ¡El palacio de las vanidades al que se había referido Amparo! Y la ópera a representar era *Guillermo Tell*. «Antes de que el arquero dispare su flecha contra la manzana...» ¡Candela, su querida prima y mujer de su hermano, a quien su padre había regalado dos butacas de platea, iba a acudir! «Si no abandona su trono... morirá por el fuego que bajará del cielo cual nueva Sodoma.»

Antonio ya no dudó y pidió permiso a mosén Cinto aun sabiendo que faltaba por obligación para ausentarse un día y una noche. Alarmado y confuso, hizo precipitadamente su pequeño equipaje y con la tartana del santuario se dirigió a la estación de Vic a fin de tomar el primer tren a Manresa para hacer transbordo allí y dirigirse a Barcelona.

129
Reparto de papeles

Doña Flora no cabía en sí de gozo. Su pequeña Claudia por fin iba a ver su nombre en letras de molde en los carteles de anuncio del Liceo. La exhibición de su talante de gallina clueca ante sus vecinas fue una pequeña venganza; doña Flora había tenido que tragar mucho, y ahora, pese a que el tamaño de las letras que anunciaban a Claudia Fadini era menor, pues figuraba al final del mismo como soprano suplente, el hecho de estar en los carteles del gran teatro en compañía de ilustres nombres era un logro importantísimo.

Doña Flora era una buena cristiana, pero pensó que aquel día el Señor la perdonaría. A las diez de la mañana estaba en la iglesia de los santos Justo y Pastor arrodillada ante el altar de santa Rita, patrona de los imposibles, de la que era fiel devota, pidiéndole que una de las dos sopranos titulares tuviera una leve afonía que le impidiera cantar; prometió, caso que su petición fuera atendida, llevar el hábito de la santa durante un año.

Los consejos que dio a su hija aquella semana fueron inacabables. Los «No te pongas en corrientes de aire», «Acuéstate pronto, que ya sabes que si no descansas se te enturbia la voz», «No tomes nada frío por la calle» y otros muchos fueron un tormento.

—Madre, lo más probable es que me pase la noche entre cajas viendo la función.

—Eso no importa. En primer lugar, ¡cuántas querrían estar en tu lugar! Y en segundo, me has dicho que irá a verte el señor Dogan, el empresario del Nacional de La Habana que además programa teatros en América. ¡Eso es lo que significa estar en un cartel junto a figuras de renombre, aunque sea de suplente! Quiere decir que la empresa del Liceo te considera a la altura de cantar cualquier papel que interpreten esas dos italianas.

—María Rollants no es italiana, madre.

—Pero la Leone sí... Y además ¡no me importa!

Lo que sí importaba a Claudia, y para ella representaba un desquite, era que su antiguo protector, don Práxedes Ripoll, su ex profesora, doña Encarna Francolí, y sobre todo el sinvergüenza de Germán leerían su nombre en los carteles, y caso de no hacerlo, algún alma caritativa se lo remarcaría.

Después de tomar un caldo de gallina, unas espinacas con un huevo duro y una pieza de fruta como postre, y tras descansar una hora en su cama sin pegar el ojo, a las cuatro en punto, acompañada por su madre, Claudia partió hacia el Liceo. Tenía que ponerse en manos de peluqueras y maquilladoras que se ocuparían de cuidar su imagen y sus cabellos para que, posteriormente, enfundada en una bata, aguardara a que el regidor la avisara caso que hubiera algún impensado percance.

Máximo, al fondo del mostrador del bar La Campana, lugar de reunión de todos los amantes del bel canto que no tenían suficientes medios o categoría para ocupar plaza en la platea o en los palcos del gran teatro, aguardaba la llegada de Santiago Salvador con la bolsa que contenía su mensaje de muerte junto a sus pies, cuidando de ella como si fuera la niña de sus ojos. Vestía un guardapolvo azul marino que le llegaba hasta las rodillas y un pantalón de dril, y se cubría la cabeza con una gorra cuya visera le ensombrecía los ojos.

El trayecto desde la carpintería de Cosme hasta la calle San Pablo se hizo sin novedad. Más debido a su aprensión que a la realidad, cuando embocaba la calle le pareció que una pareja de municipales le seguía la huella, y se detuvo en un escaparate y en el reflejo de la luna observó sus manejos.

Era una falsa alarma. Lo que le ocurría es que el día tan señalado los dedos se le hacían huéspedes.

La inconfundible imagen de Salvador acompañado por Matías Cornejo se hizo visible en la entrada. El humo de los cigarros y el barullo de las conversaciones impedían que los recién llegados lo vieran y que su voz llegara hasta ellos, por lo que Máximo alzó la mano para hacerse notar.

La pareja llegó hasta él. Al reparar en la vestimenta de Santiago, Máximo comentó con sorna:

—Se diría que eres un burgués. No te había visto nunca con chaqueta y pantalón, ¡únicamente te falta un corbatín!

—Eres poco observador; date cuenta de la cantidad de tipos vestidos como yo.

Máximo miró en derredor y hubo de reconocer que Santiago tenía razón.

Cornejo aclaró:

—Casi todos los de la claca visten así. Es conveniente no destacar.

—¿Has traído el encargo? —preguntó Salvador.

—Lo tienes a tus pies. Si le das una patada, adelantamos la función.

—Está bien. No conviene que nadie nos recuerde juntos, de manera que ahora tú y Cornejo os vais y os instaláis, si queréis ver los fuegos artificiales, en el salón de limpiabotas que hay frente al Liceo. Cuando el festival haya finalizado, acudiré.

Máximo no pudo disimular su admiración y bajando la voz, comentó:

—Tienes más atributos que el caballo de Santiago, estás a punto de armar la de Dios, ni siquiera sabes si saldrás con vida, o si te trincará la Guardia Civil o los municipales, y das por sentado que te reunirás con nosotros.

—Ya te lo dijo Pallás, ¿o es que no te acuerdas? «¡Cultura y huevos!» Hoy lo segundo es lo que toca.

Los conspiradores se separaron. Máximo y Cornejo salieron juntos a la calle San Pablo en tanto que Salvador, colocando con mucho cuidado su pie derecho sobre la bolsa para tenerla controlada, se dirigió al camarero y pidió un Pernod.

Por la puerta entró un hombre joven con cara caballuna y dirigiéndose al extremo de la barra solicitó la atención del grupo que ocupaba el extremo de la misma. Salvador estaba avisado; eran los componentes de la claca, cuya misión era, dirigidos por Papirer, arrancar el aplauso del público en general en los momentos oportunos. Para su tranquilidad, observó que casi todos llevaban un paquete o una pequeña bolsa; cuando la ópera era larga, en la media parte, en tanto que la burguesía de Barcelona acudía al restaurante, que aquel día se inauguraba, dispuesta a degustar las *delicatessen* que allí se servían, ellos tenían licencia para, sin abandonar su lugar en el quinto piso, desempaquetar sus provisiones de boca y dar buena cuenta del modesto condumio preparado en casa.

Santiago se alegró al comprobar que los detalles que le había dado el componente de la claca que le había cedido su plaza eran ciertos. Su bolsa, como las de los demás, pasaría inadvertida.

Por primera vez en su vida Fredy había llegado diez minutos tarde a la convocatoria. El día anterior había tenido una bronca importante con Pancracia Betancurt en el estudio fotográfico de Blasco de Garay. La mujer le había llevado dos nuevos modelos, un niño y una niña de muy corta edad, y al acabar la sesión se terció la agarrada.

—Me cuesta mucho enseñarles para que me los cambies. Mi tarea es un trabajo artístico, y posar es un don que no tiene todo el mundo; unos lo hacen con naturalidad y en otros se nota que están forzados.

—Tu trabajo, como sabemos tú y yo, es una guarrada, pero es lo que se vende… ¡No me vengas ahora con sutilezas artísticas u otras zarandajas! Tú fabricas material para pervertidos y yo lo vendo, y asunto concluido.

Que Pancracia llamara «guarrada» a su trabajo soliviantó a Papirer y lo llevó a cometer un desliz imperdonable.

—Mi trabajo será una guarrada, pero por lo menos no es un crimen.

Pancracia supuso al instante lo acontecido en su piso el día en que, acompañando a Germán, Fredy acudió a buscar un tarro de pomada antiarrugas.

—¡Has curioseado mis cosas invadiendo mi intimidad! ¡Pedazo de cretino…! ¡¿Cómo te atreves a juzgarme sin saber nada?!

Papirer no podía quedarse a medio camino.

—¡Tuve que ir al lavabo y me encontré con lo que tú sabes!

—¿Qué imaginas, que cuando se me muere uno de mis huérfanos además de haberlo alimentado debo pagar su entierro? No, querido, no… Procedo a despiezarlo, cosa que aprendí trabajando en la casquería de tu madre, y luego de retirar lo que me hace falta para mis pócimas lo meto en una bolsa y lo llevo al basurero municipal.

—¿Y por eso lo tenías en un recipiente con formol?

—¡Lo puse allí porque el domingo el basurero está cerrado, y un muerto en casa dos días apesta! Además, te lo dije muy claro al principio: somos socios únicamente para el tema de las fotografías. Y si no te conviene, abandonamos el negocio, dejas el estudio y, en vez del señorito que quieres ser, te conviertes otra vez en el desgraciado que eras cuando te recogí del arroyo, cuando vivías de dar coba a tu amiguito, ¿o es que ya no te acuerdas?, y asunto concluido. Y si por casualidad se te ocurre abrir la boca, te juro por mis muertos que yo palmaré, pero tú acabarás tus días en Reina Amalia con el culo como un colador, ¡como que me llamo Pancracia Betancurt!

Tras esta filípica, Fredy bajó velas.

Pancracia vistió de harapos a los dos niños y, dando un portazo, salió a la calle.

Aquel incidente trajo a mal traer a Fredy durante todo el día, y eso había hecho que llegara tarde a la convocatoria para reunir a los de la claca y hablarles, como tenía por costumbre hacer, pero sobre todo en un día tan significado como aquél cuando, además de inaugurarse la temporada liceística, se estrenaba una ópera tan importante como *Guillermo Tell*.

130
El 7 de noviembre de 1893

Las luces de los faroles reflejadas en el pavimento de las Ramblas, mojado por la lluvia, tenían brillos insospechados que hacían que la noche fuera todavía más mágica. En la entrada del Liceo los porteros no daban abasto para organizar el tráfico de todo tipo de coches cuyos aurigas se las veían y se las deseaban para dejar a sus patronos en las puertas del gran teatro. Como de costumbre, un público menestral separado del brillante escenario por una hilera de municipales aguardaba expectante la llegada de la flor y nata de la burguesía barcelonesa. Las mujeres iban ataviadas con sus mejores galas y los hombres mayores, con impecables fracs; en cuanto a los más jóvenes, ellos lucían su primer esmoquin y las quinceañeras, sus blancos vestidos —alguno con un escote iniciático—, celebrando su presentación en sociedad y dando a entender a todo el mundo que entraban en el escaparate que componían las muchachas por merecer.

Aquella noche era especial; además de la consabida inauguración de la temporada, que se iniciaba con la ópera *Guillermo Tell* de Rossini, había otros estrenos: el restaurante, el Bolsín y un salón de los espejos reformado y dispuesto para que, en los descansos y en la media parte, el personal girara en hileras concéntricas en derredor del mismo, lo que permitía el intercambio de saludos y que las damas respondieran a los caballeros con los signos que marcaba el lenguaje de los abanicos.

Las distancias entre las diferentes clases eran tan grandes que el poeta Maragall, poco antes, había anunciado en la prensa que un día u otro habría un estallido social.

Quien no estuviera en el Liceo aquella noche no era nadie. Los apellidos más ilustres de la ciudad, como los Güell, Moreu, Cardellach, Sanlleí, Sentmenat o Desvalls, que aquella velada acompañaban a la familia del capitán general don Arsenio Martínez Campos, competían en preeminencia presumiendo de la situación de su palco y de la altura del piso donde se ubicaba. Más aún, un día a la semana, con un acuerdo tácito que respetaba todo el mundo, los próceres barceloneses acudían con sus queridas, alguno hasta con dos, luciendo joyas exorbitantes y trajes de noche elaborados por las firmas de los mejores modistos de París.

El Liceo era un teatro social, no únicamente un espacio de melómanos. En muchas ocasiones se hacía vida en los antepalcos, donde se cenaba o tenían lugar encuentros secretos entre amantes. Cuando aparecía la estrella de la ópera para cantar su aria principal, los palcos se llenaban de golpe, pues nadie quería perderse la ocasión de opinar al día siguiente sobre las virtudes o los defectos del artista, como si todos fueran unos expertos en el bel canto.

Práxedes y Orestes llegaron juntos. Mariano, cubierto con su capote de hule que lo protegía del aguacero, los dejó en la puerta tras acordar la hora y el lugar donde debía recogerlos al acabar la función, teniendo en cuenta que la cojera de su patrón, debido a un ataque de reuma que aliviaba apoyándose en un bastón de puño de plata, obligaba a que éste fuera cercano.

—Querido Orestes, me encanta que se haya instalado en nuestro teatro una sucursal de la Bolsa. ¡Me reconocerás que alguna ópera es un auténtico tostón!

—La italiana es más ligera, pero para seguir la partitura de una ópera alemana hay que ser un entendido... aunque debo confesar que alguna me gusta.

—¡Yo me rindo! ¿A ti te gusta Wagner?

—Si no se sientan, sí. En caso contrario debo admitir que se me hace un poco denso —respondió Orestes con su humor británico.

Fueron entrando. Los saludos y el intercambio de frases socialmente estereotipadas fueron continuos. Finalmente, tras dejar los abrigos y las chisteras en el antepalco anfiteatro de Práxedes ubicado en el segundo piso, se dirigieron al Bolsín, donde se respiraba un ambiente mucho más ruidoso y ligero.

—Esto me gusta más. Hasta la segunda parte, cuando canten el aria Giacomo Rawner y la Rollants, no me verán el pelo. Por cierto, me han dicho que Luigia Leoni estuvo soberbia en La Fenice.

—Habrá que subir un poco antes, ya sabes que cuando ha empezado no dejan entrar.

Papirer, al frente del grupo de la claca, aquel día algo más numeroso que de costumbre, entraba por la puerta de la calle San Pablo para dirigirse al quinto piso del coliseo. El número de hombres convocado para aquel día, previniendo cualquier posible ausencia, hacía que no todas las caras le fueran conocidas. Fredy se colocó junto al guardia que controlaba la entrada, viejo conocido suyo, y fue autorizando con el gesto el paso de los componentes de su grupo. Santiago Salvador se situó muy hábilmente entre tres hombres vestidos exactamente igual que él y portadores de una bolsa parecida.

Cuando ya pasó el fielato, se desmarcó diestramente y al llegar al quinto piso buscó un lugar en la segunda fila, detrás de una columna que impedía la visión de medio escenario pero que estaba situada junto al pasillo, lo que le permitía lo mismo asomarse a la barandilla y lanzar las dos bombas que, tras cumplir su cometido, abandonar, aprovechando el alboroto de la gente, el gran teatro sin otra complicación.

Fredy tenía un problema. Los ocupantes del cuarto y el quinto piso tenían acceso por la calle San Pablo, por lo que para cumplir el encargo de Germán debería salir a la calle, doblar la esquina, entrar por la puerta principal y subir al segundo piso, donde estaba situado el palco de los Bonmatí.

El problema logístico era únicamente de tiempo. Tras los años transcurridos conocía a todo el personal de porteros y conserjes del teatro, de manera que podía moverse libremente por todo el espacio; sin embargo, en cuanto acabara el descanso de la media parte debía estar de nuevo en su lugar de jefe de la claca para arrancar el aplauso al finalizar el aria del segundo acto entre el tenor Rawner y la Rollants.

Siguiendo el plan de Germán, Fredy entregaría en mano la carta a Dorotea Bonmatí y aguardaría respuesta en su antepalco. Ella, sin duda, le pediría que la acompañara hasta el proscenio del segundo piso propiedad de don Práxedes Ripoll, dentro del cual la aguardaría Germán, y a partir de ese momento la misión de Fredy sería únicamente de vigilante para impedir que nadie pretendiera entrar en el pequeño recinto antes de que su amigo rematara la faena. Luego, como si nada hubiera ocurrido, acompañaría de nuevo a la dama hasta el palco de su marido.

Todo se había calculado con esmero. No se aguardaba visita alguna, pues encontrándose Práxedes con Orestes en el Bolsín, era obvio que nadie estaba citado con él en su palco.

Germán había preparado a conciencia su plan; quería demostrar a Dorotea que era él quien mandaba en su relación, y para ello nada podía fallar; su experiencia de conquistador empedernido le decía que para triunfar había que cuidar el más pequeño de los detalles, pues por el clavo de una herradura podía perderse un reino, y él, como estratega del riesgo, en el amor no podía permitirse el lujo de cometer un desliz. Recordaba otros lances, y entre ellos su aventura con Claudia en el pabellón del terrado de su madre el famoso día de la audición, así como su aventura con Teresa la noche en que los ladridos de Bruja casi dieron al traste con su plan.

Aquella noche nada podía fallar. Su padre hasta el comienzo del segundo acto, o más bien algo más tarde, no accedería al palco, y tenía perfectamente controlada a Candela, su mujer, a la que divisaba abriendo un palmo la cortinilla que separaba el antepalco, en la butaca n.º 30 de la fila 19. En cuanto Fredy le llevara a la Bonmatí, aquél montaría guardia en el pasillo para impedir la llegada de cualquier intruso. Además, tendría el champán a punto y, por su parte, había cuidado al límite todo lo referente a su persona: la pajarita de su esmoquin era de lazo hecho sujeta con una goma y los tirantes que ocultaba bajo el chaleco eran de cierre fácil, de manera que soltarlos le llevaría un segundo y, en cuanto la Bonmatí hubiera aceptado de mejor o peor grado el papel que le tocaba interpretar en aquel vodevil, él se ocuparía rápidamente de soltar corchetes y facilitar las cosas.

Candela, pese a su reticencia y su desánimo, y por no aguantar una vez más el mal genio y el despotismo de su marido, acudió a la inauguración del Liceo hermosa como una flor de invernadero. Finalmente lució un traje negro de raso que dejaba al aire sus bonitos hombros y, en el centro del escote, un espléndido broche de brillantes y rubíes en forma de mariposa, obra del joyero Masriera, que le había regalado su tía y suegra Adelaida para el nacimiento de Pelayo; llevaba el cabello recogido, con una pequeña diadema con igual pedrería, en un sofisticado peinado que dejaba a la vista el elegante perfil de su cuello.

Germán entró en el vestíbulo llevándola del brazo y presumiendo de mujer hermosa, saludando a uno y otro lado enfundado en su elegante esmoquin con el sombrero de copa en la mano. Dejaron el abrigo de él y la capa de armiño de ella en el ropero y recogiendo los cartones de sus números se dirigieron a su localidad.

El gran teatro era un estallido de luz. La pareja ocupó su lugar en la platea saludando a sus nuevos vecinos. Las dos butacas estaban perfectamente ubicadas en la fila 19, en los n.ºs 30 y 31.

Germán se dirigió a Candela empleando el tono con el que siempre lo hacía en público.

—Ha sido un detalle por parte de mi padre, ¡las localidades son excelentes! La ópera es más ópera vista y escuchada desde aquí que desde los palcos. Por cierto, tendré que dejarte sola, mal que me pese, en la media parte; tengo un compromiso ineludible con Paco Font, ya sabes que el viejo aprovecha cualquier circunstancia para hacer negocios. Estaré en su palco, veré la segunda parte desde allí. Al acabar, espérame en el salón de los espejos.

Candela, expresando por otra parte lo que sentía, respondió:

—No importa, haz lo que tengas que hacer.

Dorotea Rincón de Bonmatí se instaló en su palco del segundo piso sin la compañía de su marido. Éste, siguiendo la tendencia de la nueva moda y queriendo estar entre las gentes que figuraban en la ciudad, se dirigió al Bolsín para inaugurar aquella sucursal de la Bolsa barcelonesa donde esa noche, y por vez primera, iban a cantarse las cotizaciones e iba a moverse el mercado de acciones; Cecilio Bonmatí no era amante de la ópera y había comprado su palco del segundo piso en el gran teatro más por ser visto que por cualquier afán de diletante propenso a la música.

Dorotea, recargada como si fuera la mujer anuncio de una joyería, se instaló en su palco tras saludar a su vecina, la viuda Llobatera, amojamada y seca como un bacalao, quien con sus prismáticos nacarados y su abanico de plumas de marabú en mano observaba curiosa, desde el último piso hasta la platea, a todos los asistentes al gran teatro.

A la vez que la gran lámpara central y los apliques de las paredes se iban apagando también lo hacía el rumor de las conversaciones hasta tornarse en un imperceptible murmullo turbado únicamente por el ris ras de los abanicos y por alguna nota suelta que se escapaba del foso de la orquesta en el último afinar del violín concertino antes de que el maestro Leopoldo Mugnone ocupara su lugar en el atril frente a los músicos.

El momento mágico iba a comenzar. Podría afirmarse que la *rentrée* la marcaba la inauguración del gran teatro. El palco presidencial lo ocupaba la familia del capitán general don Arsenio Martínez Campos, el alcalde señor Henrich i Girona, y el gobernador Larroca y su esposa.

La soberbia cortina de terciopelo rojo con flecos de oro de la embocadura del escenario se abrió lentamente y ante el asombrado público apareció el nuevo decorado de la ópera *Guillermo Tell*.

Fredy comenzó su maniobra de aproximación. Avanzó por la herradura que circunvalaba el teatro a la altura del segundo piso y al llegar a la puerta del palco n.º 12, tras observar si había moros en la costa, tocó discretamente con los nudillos.

En el interior se oyó el ligero roce de una silla y un frufrú suave de seda.

En el palco de al lado la viuda Llobatera dejó sobre la barandilla de terciopelo sus pequeños binoculares con mango de marfil y lanzó una airada mirada a aquella advenediza que se atrevía a moverse cuando la orquesta había arrancado los primeros compases.

Dorotea Rincón de Bonmatí se dirigió a su antepalco procurando no mover las anillas de la cortina con el exagerado bulto de su polisón, abrió con mucho cuidado la puerta y se sorprendió al ver la sonrisa caballuna de aquel amigo inseparable de Germán.

Su voz fue un susurro.

—¿Qué desea?

—¿Me permite pasar? Es algo incómodo hablar desde aquí.

La Bonmatí se hizo a un lado, permitiendo con su gesto que entrara el intruso, y ajustó a continuación la puerta.

—Soy un mero mensajero, cumplo con el deber de amigo. Me ha dicho Germán que le entregue esta carta.

El murmullo contenido del palco de al lado excitó la curiosidad inagotable de la viuda Llobatera, quien, abandonando su lugar y dirigiéndose a su antepalco, se quitó el pendiente que le molestaba y aplicó la oreja a la pared intermedia.

La femenina voz de su vecina llegaba hasta ella nítida.

—De ese aprendiz de donjuán no quiero saber nada.

Ahora la que se oía era una voz de hombre.

—Perdone, Dorotea, pero creo que le conviene leer la carta; no hacerlo puede causarle problemas.

Ruido de un sobre al ser rasgado y crujir de papeles.

Mi querida Dorotea:

Su pertinaz negativa a entrevistarse conmigo me ha obligado a emplear este subterfugio; el amor es ciego y no se resigna fácilmente. En la media parte la espero en el palco de mi padre. Estaré solo, y para que no tenga problema alguno la acompañará mi fiel amigo Fredy Papirer, a quien ya conoce.

Caso de negarse, me obligaría a hacer algo que me repugna, pero, como bien sabe, en el amor y en la guerra todo es lícito. Su marido recibirá una nota anónima y un pequeño estuche.

¿Recuerda el colgante que, en lejanos tiempos de ingrato recuerdo, regaló a nuestra común amiga Pancracia Betancurt?

Ése sería el precio de su desprecio.

La espera su fiel enamorado,

GERMÁN

Dorotea palideció.

—¡Jamás imaginé que la indignidad pudiera llegar a tanto!

La Llobatera no cabía en sí de gozo.

La voz de Fredy la urgió.

—¿Qué responde? Me requieren mis obligaciones. Vendré a buscarla justo antes de comenzar el descanso de la primera parte.

—Está bien... ¿Cuál es el palco del señor Ripoll?

—El proscenio n.º 1 del 2.º piso. La recogeré cuando aún no hayan finalizado los aplausos. Buenas noches.

Fredy abrió la puerta y se dirigió rápidamente a la salida para ocupar su puesto en la claca. La Bonmatí, con el recuerdo del maldito colgante en su cabeza, volvió a ocupar su puesto. Y la viuda Llobatera se dispuso a seguir la trama de aquella improvisada comedia hasta el final.

131
El desastre

El anuncio de un petardo de dinamita en las vías del ferrocarril retuvo a Antonio durante dos horas antes de Manresa. Llegó a Barcelona a las nueve y media del 7 de noviembre, y nada más pisar el apeadero fue en busca de un simón de alquiler y se dirigió al gran teatro.

Comenzada la función, los municipales, cumpliendo con su obligación, tenían despejada la puerta principal. En aquella circunstancia el hábito hizo un gran servicio a Antonio, pues cuando el guardia de turno pretendía desviarlo, él asomó su tonsurada cabeza por la ventanilla y pidió perdón a Dios por la mentira piadosa que iba a decir.

—Perdone, agente, pero me han enviado recado de que alguien ha tenido un desmayo y piden a un religioso.

El guardia, conocedor de la influencia de un sacerdote en aquella sociedad burguesa de finales de siglo, se llevó el silbato a la boca para llamar la atención del compañero que cautelaba la puerta y, alzando la mano diestra, dio paso al simón.

Antonio, tras pagar la carrera, se precipitó a la entrada principal del Liceo. Los porteros estaban acostumbrados a atender a clérigos de mayor categoría que en ocasiones asistían a la ópera, pero la llegada de un sacerdote de sotana negra llamó su atención.

—Por favor, ¡es una urgencia! Debo atender a una persona.

El conserje dudó.

—Perdone, padre, esta contingencia escapa a mi autoridad. Si aguarda un momento, iré a buscar a don Federico Béjar.

—¿Hace mucho que ha empezado la ópera?

—Apenas diez minutos.

—Entonces, por favor, ¡dese prisa! Soy hijo de don Práxedes Ripoll y hermano de don Germán.

Al oír estos nombres el talante del portero, que hasta entonces había sido correcto, se tornó sumamente amable.

—No tardo nada. Espere aquí, por favor, padre.

Partió el hombre como alma que llevara el diablo, y al cabo de nada compareció acompañado de un hombre bajito y embutido en una levita que no le abrochaba que se dirigió a él con voz melosa y servicial.

—Usted me manda, padre. Mi nombre es Federico Béjar, para servirle.

—No querría molestar, pero es una emergencia familiar... Debo hablar con mi cuñada, doña Candela Guañabens de Ripoll.

—Sé quién es. Ocupa con el hermano de usted dos butacas de platea. Y eso puede ser un inconveniente.

—¿Por qué lo dice?

—Si estuviera en el palco de su señor padre, no habría problema. Pero en la platea no se permite la entrada hasta la media parte, por lo que, sintiéndolo mucho, tendrá que aguardar. Puede hacerlo, si le parece, en el salón de los espejos.

—Prefiero un sitio más discreto; mi hábito llamaría la atención en un lugar tan transitado.

—Como usted guste. ¿Tal vez en mi despacho...?

—Donde usted me diga.

—Pues no se hable más. Acompáñeme, por favor, padre.

Antonio, angustiado y sin poder explicar el motivo de su desazón, porque, además, en aquel momento le parecía una solemne tontería, siguió al hombre, quien le condujo amablemente hasta su oficina.

Al finalizar el dúo que cerraba la primera parte, las inmensas manos de Papirer arrancaron el aplauso de la claca, que fue seguido por la totalidad del coliseo.

En aquella ocasión, la media parte, debido al trasiego del montaje del segundo acto, iba a durar media hora.

Fredy, maldiciendo la ocurrencia de Germán, voló hacia la salida de la calle San Pablo para, entrando por la puerta principal, llegarse hasta el palco de la Bonmatí, que aguardaba nerviosa envuelta en su chal la llegada de su cicerone.

La viuda Llobatera abrió con sumo cuidado la puerta de su palco y por una leve rendija aguardó por ver el desenlace de la otra comedia, que en verdad le interesaba mucho más que *Guillermo Tell*.

El público iba invadiendo los pasillos. Fredy llegó a su destino y, apenas rozar sus dedos la madera tapizada de la puerta, la imagen de Dorotea apareció en el quicio.

—¿Adónde me lleva?

—Al palco proscenio n.º 1 del 2.º piso, donde la aguarda Germán.

—Pues vamos rápido, que quiero despachar de una vez este maldito asunto.

Partió Fredy con paso ligero y Dorotea Bonmatí lo siguió procurando disimular su rostro con el borde de su chal amarillo.

A la vez la viuda Llobatera, tomando sus prismáticos, se instaló cómodamente en su balcón enfocando el círculo redondo de los mismos sobre el palco de Práxedes Ripoll, que en aquellos momentos se veía extrañamente desocupado. Giró la ruedecilla central y enfocó el fondo del mismo. Vio que la cortinilla que separaba ambos espacios estaba medio descorrida, y que en el antepalco sí había luz y que, desde luego, alguien se movía.

La voz de Federico Béjar sacó a Antonio de su ensimismamiento.

—Su cuñada lo espera en un reservado que hay en la planta baja. Cuando he ido a buscarla, su hermano no la acompañaba.

—No importa. A quien quiero ver es a ella.

—Entonces, si me hace el favor de seguirme, lo conduciré por el camino más discreto.

Partió el hombre seguido por Antonio, que se asombró entrando por una puerta disimulada de los entresijos del gran teatro. Bajaron una escalera de servicio y, sin apenas ser percibido por la gente que se dirigía a los diversos lugares de descanso, como el restaurante, el *foyer* o el salón de los espejos, se encontró ante una puerta rotulada con un cartel de latón en el que se leía la palabra GERENCIA.

Béjar la abrió, cediéndole el paso.

—Aquí les dejo, padre. Disponga a su gusto. Cuando finalice llame al timbre que hay sobre la mesa y acudiré a acompañarlo.

El rostro de Candela lo impresionó. Bajo el leve colorete se veía pálida y desencajada.

La muchacha se puso en pie.

—¿Qué le ha pasado a mi madre?

Antonio la besó en las mejillas.

—¡Por Dios, Candela, tu madre está bien! Soy un estúpido por haberte asustado.

—Entonces ¿qué es lo que ocurre?

—Sentémonos, prima, y deja que te explique.

Tras ocupar los dos silloncitos que había frente a la mesa del despacho, Antonio tomó entre las suyas las manos de la muchacha. Las tenía heladas.

—Soy un imbécil, ¡no tengo perdón de Dios! Te he asustado por una estúpida corazonada.

—Nunca has sido un imbécil, Antonio. Cuéntame qué es lo que ha ocurrido.

En diez minutos Antonio puso al corriente a Candela de sus temores y aprensiones.

La muchacha adoraba a su primo.

—Anteriormente jamás habías sentido algo así.

—Es por ello por lo que te suplico que avises a Germán y a nuestros padres, y abandonad el Liceo.

—¡No conoces a tu hermano! En primer lugar, ha ido a ver a alguien y no sé exactamente dónde se encuentra, y además es absurdo imaginar que vaya a hacerme caso.

—Entonces, Candela, sal tú de aquí.

Germán aguardaba nervioso midiendo el antepalco, por cierto más grande que los demás, con pasos inquietos.

Se acercó por enésima vez a la puerta y su corazón de conquistador empedernido dio un salto. Tal como había supuesto, la codiciada pieza avanzaba por el pasillo, precedida por su batidor.

Ambos llegaron al palco, y Germán abrió la puerta con solemnidad.

—Bienvenida a su casa, Dorotea.

—Acabemos este asunto lo antes posible y déjate de historias.

Germán, viendo que ella había apuntado el tuteo, procedió de la misma manera.

—No tan deprisa, princesa, ¡las cosas de palacio van despacio! ¿Quieres una copa de champán para celebrar nuestro encuentro?

—Quiero acabar pronto con este sainete.

—Como prefieras.

Luego, dirigiéndose a Fredy, ordenó:

—Aguarda en el pasillo, en el ángulo desde donde se domina toda la perspectiva. Si viene alguien, lo detienes o das la voz de alarma. ¿Me has entendido?

—No me repitas las cosas, que no soy tonto. Y ten en cuenta que he de regresar a mi trabajo cuando empiece la segunda parte.

—Tú regresarás a tu trabajo cuando nosotros hayamos terminado el nuestro.

Esto último lo dijo Germán dirigiendo a Dorotea una cínica mirada, cómplice y burlona.

Papirer partió sin nada añadir y Germán cerró la puerta.

—Siempre supuse que tu comportamiento carecía de escrúpulos… Lo que jamás imaginé es que fueras un canalla.

—Mal comenzamos, Dorotea. Tu conducta me ha obligado a obrar así.

—Está bien, ¿qué es lo que quieres?

—¿Tú qué te imaginas?

—No se me ocurre, pero conociéndote como te conozco, imagino que recuperar mi colgante tendrá un precio.

—¡No seas vulgar! A las cosas hay que darles su lugar... Yo sólo pretendo que nuestra relación sea la de antes.

—Olvídate, eso se acabó. No quiero jugar mi futuro a una carta de la que desconfío. Mi marido es feo, gordo y aburrido, pero tiene una cualidad que aprecio en grado sumo: es muy rico. Cecilio no vivirá siempre; no tuvo hijos en su primer matrimonio, así que yo seré su heredera universal. Me volví loca por ti hace un tiempo, pero eso ya pasó. En esta sociedad una mujer sin medios no existe, por lo que la prudencia aconseja invertir en futuro... Conque vamos al tajo.

Germán calculó sus palabras. El tiempo pasaba y no era cuestión de perderlo; restarían unos veinte minutos para el comienzo de la segunda parte.

—Como gustes. Tengo algo que tú deseas y que, de llegar a manos inconvenientes, haría que fueras la viuda de Barcelona que pudo llegar a ser la más rica pero que, además de perder su herencia, se convertiría en una marginada social. Quiero que hagamos el amor aquí y ahora.

Dorotea, que en su juventud en casa de Madame Petit había lidiado toda clase de morlacos, no se descompuso.

—Está bien, pero no pretenderás que me fíe de ti. Dame el colgante y me tendrás.

Germán la miró entre burlón y desconfiado.

—Entiendo, alguien ha de fiarse de alguien... Pero ten en cuenta que, si me engañas, no tendré consideración de tu condición de mujer y haré que me lo devuelvas, por las buenas o por las malas.

—Siempre cumplo mis compromisos.

Germán echó mano al bolsillo, extrajo el colgante y se lo entregó.

Dorotea no respondió. Con mano firme y experta se soltó los corchetes laterales, y sus senos grandes y bien formados se asomaron al balcón de su escote; luego se arremangó la falda y se bajó las breves calzas, dejándoselas a la altura de las rodillas.

Germán sintió que su sexo se hinchaba bajo su pantalón.

—Acabemos de una vez.

Germán la apoyó contra la pared y procedió a abrirse la pretina.

La viuda Llobatera no daba crédito a lo que veían sus ojos. Ajustó los prismáticos con mucho tiento y los enfocó para asegurarse de que aquello era lo que suponía. En el antepalco de don Práxedes Ripoll y junto a un chal amarillo se veía al escorzo el ampuloso seno de una señora.

La viuda Llobatera, que gustaba ser protagonista de cualquier situación, no lo pensó dos veces. Salió del palco y sin dudarlo se dirigió al Bolsín, donde dedujo que debía de estar Práxedes, ya que no se encontraba en su palco.

Efectivamente su suposición había sido la correcta. Al fondo a la derecha, junto a la pizarra de cotizaciones, se veía al señor Ripoll en amena conversación con su vecino de la derecha.

—Conserje, avise a don Práxedes Ripoll que la viuda Llobatera tiene urgencia de hablar con él.

Ante el tono autoritario de la mujer, partió el hombre a cumplir el mandato.

La viuda siguió con la mirada al conserje y vio que cambiaba unas palabras con Práxedes Ripoll y que éste, desde la distancia, la observaba con curiosidad. Al poco Práxedes dejó el grupo y, siguiendo al hombre, se dirigió hacia ella.

—Buenas noches, doña Emilia. ¿Qué afortunada circunstancia me regala su presencia?

—Buenas noches, don Práxedes. Tal vez la circunstancia no sea tan afortunada como usted cree, pero mi deber de ciudadana amante del bel canto me obliga, como a todos, a cuidar de la moralidad de este sacrosanto recinto.

Práxedes cambió de registro.

—Me parece muy bien, pero ¿qué tiene que ver eso conmigo?

—El Liceo lo es en su totalidad, escenario, palcos y platea. Es sabido que usted ha adquirido el proscenio primero del segundo piso.

—Efectivamente.

—Entonces, si mis ojos no me han engañado, le recomiendo que acuda lo antes posible a su palco… Creo que lo que allí está pasando es indigno y ensucia su nombre.

Práxedes iba a preguntar más, pero la viuda Llobatera se adelantó.

—Vaya ahora. ¡Tiempo habrá después para explicaciones!

Sin casi despedirse partió Práxedes. Tan rápido como le permitía su incipiente cojera, cruzando atropelladamente el espacio que mediaba hasta la escalera principal y poco menos que apartando a la gente, llegó al segundo piso y comenzó a caminar la herradura hacia su palco.

Cuando Fredy divisó en lontananza la silueta del padre de su amigo, avanzando apoyado en su bastón, casi le dio un síncope. El peligro era letal e inminente. Cubrió como alma que llevara el diablo la distancia que lo separaba del proscenio y, sin aguardar, abrió la puerta.

La Bonmatí estaba con la espalda pegada a la pared, la parte delantera de su falda levantada y un seno blanco desbordando el corpiño, mientras Germán, totalmente vestido pero con el pantalón desabrochado, remataba la faena.

Fredy no acertó a otra cosa que a tocarle el hombro y exclamar:

—¡Tu padre, Germán, tu padre!

Germán se volvió tan rápido como la luz y actuó como un hombre acostumbrado a situaciones comprometidas.

Se abrochó el pantalón y, sin dar tiempo a que Dorotea pensara algo, tomó a Fredy por los hombros y dándole la vuelta lo colocó junto a la mujer. Entonces, ante la sorpresa de ambos, asestó dos soberbios puñetazos en la cara de su amigo, quien comenzó a sangrar por la nariz y por la herida que se le había abierto en el labio superior al clavarse en él los incisivos, saltándole uno de ellos.

Por el pasillo ya se oía el cojitranco paso de su padre.

La puerta estaba abierta. La voz de Germán sonó a través de ella llegando a los oídos de su progenitor.

—¡Cerdo inmundo, cómo te has atrevido en el palco de mi padre...! Por favor, doña Dorotea, cúbrase y sepa excusarme.

—¿Qué está ocurriendo aquí?

La mujer, que había dejado caer la orilla de su falda al suelo después de subirse precipitadamente los pantaloncitos de encaje, ahora intentaba componer su escote.

—Ocurre, padre, que complaciendo a doña Dorotea la he invitado a visitar el palco, pues quería ver el escenario por dentro durante el descanso, por lo que, habiendo quedado citado un momento con Paco Font, le dije a esta inmundicia —apuntó señalando a Papirer— que conoce el teatro, pues trabaja aquí, que me hiciera el favor de acompañarla y atenderla mientras yo llegaba, y cuando yo he llegado el muy canalla estaba intentando abusar de ella.

La escena era un vodevil con visos de drama: la Bonmatí cubriéndose y tratando de forzar una lágrima que vistiera e hiciera creíble la situación; Fredy restañando con un pañuelo la sangre que manaba abundante por su rostro; Germán retorciéndose con una mano el puño con el que lo había golpeado...

En aquel momento estalló la famosa ira de don Práxedes Ripoll. Miró a Papirer, alzó su bastón y lo dejó caer con furia sobre la espalda de éste, que ya buscaba la salida.

—¡Es usted un malnacido, una escoria como todos los de su clase! Y no doy parte de este triste suceso a la dirección por no perjudicar el honor de una dama, pero ¡le aseguro que sabrá quién soy y, desde luego, dé por finiquitado su trabajo en esta casa!

Cuando la orquesta ocupaba su puesto para comenzar la segunda parte, el aplauso de la claca sonó desajustado y a destiempo. Su director estaba en la enfermería del teatro curando sus heridas y mascando su odio.

A las diez y media en punto comenzó la segunda parte. Santiago Salvador miró a uno y otro lado por ver si alguien reparaba en él. Llegaba uno de los momentos cumbres de la ópera, el aria principal entre el tenor y la soprano, y en esos casos se observaban unos signos externos que señalaban el apogeo de la representación. Maridos que hasta aquel momento habían estado jugando a las cartas en los antepalcos se asomaban curiosos, todavía con los naipes en la mano, interrumpiendo la partida por gozar del instante supremo de la ópera para poder comentarlo al día siguiente; algunos lo hacían asimismo con la copa de vino aplazando su cena, y otros hasta suspendían algún que otro escarceo amatorio.

Salvador pensó que no había prisa y se dispuso a gozar del momento. El dúo finalizó entre un gran aplauso, que la claca inexperta no afinó por carecer de dirección. A las once menos veinte en punto, Salvador tomó disimuladamente su bolsa y se acercó a la barandilla. Los intérpretes, señalándose mutuamente, aceptaban hipócritas el aplauso del respetable.

Salvador se dispuso a cumplir el cometido que lo había llevado allí aquella noche. El recuerdo de su amigo Pallás le dio ánimo. Asomó la cabeza por la barandilla, calculó la distancia y pensó que el artefacto haría más destrozos si lo lanzaba en medio de la platea.

Tomó aire, metió la mano en la bolsa y palpó con cuidado la bola de hierro erizada de pistones, la extrajo cuidadosamente y, sin más, lanzó su primer mensaje de muerte más o menos sobre la fila 13 de la platea.

El estallido fue brutal; una lluvia de fuego y metralla se expandió por todo el recinto. Primero se hizo el silencio y luego se desencadenó el infierno.

En ese momento, Salvador aprovechó para lanzar el segundo artefacto. No tuvo suerte en esa ocasión, pues la bomba cayó sobre la falda de una señora que, horrorizada y pese al espanto, no se movió. Lentamente la gente fue dándose cuenta de que aquello era un atentado anarquista. Sangre por todos lados; miembros cercenados; muertos, algunos rígidos en sus localidades como si estuvieran dormidos, uno sin cabeza. Milagrosamente la lámpara de la derecha no se apagó. Gritos, lamentos, órdenes que no se cumplían... Sin embargo, el público fue saliendo empujándose pero no atropellándose, como habría justificado la ocasión. La bomba explotó entre las butacas 27 y 28 de la fila 13.

Los bomberos y la Policía Municipal comenzaron a actuar.

Los cadáveres fueron quedando alineados en la sala de los espejos y en el vestíbulo.

En medio de aquella barahúnda Santiago Salvador abandonó el coliseo por la escalera secundaria que bajaba desde el quinto piso a la calle San Pablo; luego se dirigió a las Ramblas, donde anduvo curioseando y mirando cómo la gente abandonaba el Liceo, conmocionada y medio loca de espanto y dolor, y finalmente se reunió en el salón del limpiabotas con Máximo y con Cornejo, que lo observaban admirados como si fuera un héroe.

A la una y media de la madrugada retiraron los cadáveres. Familias destruidas en un instante; de una de ellas murieron el marido, la mujer, dos hermanos del primero y la niña de diecisiete años que hacía su presentación en sociedad. En conjunto fallecieron veinte personas —diez hombres y diez mujeres—, entre las cuales había cuatro extranjeras —un militar francés y un comerciante alemán, entre otras—, y hubo veintisiete heridos graves, como un caballero del quinto piso que, por efecto de la metralla, perdió un ojo.

Tras la deflagración el comportamiento del público fue muy diverso. Hubo quien se encerró en el palco con su familia y no salió hasta que lo sacó de allí la Policía Municipal; hubo gentes que mostraron su solidaridad desde el primer instante ayudando a unos y a otros, sin tener en cuenta clase o condición, en tanto que otros, espantados por el terrible suceso vivido, buscaban enloquecidos a sus familiares apartando de cualquier manera a quien se pusiera en su camino.

La explosión de la bomba sorprendió a Germán y a su padre en el antepalco de su proscenio. La viuda Bonmatí, tras haber recompuesto su figura, haber simulado una expresión de gratitud hacia su salvador y habiendo recibido las excusas de don Práxedes, había partido hacia su palco dejando a padre e hijo frente a frente.

—Siempre te dije que ese mentecato no tenía categoría para ser tu amigo.

—Entiendo sus razones, padre... Tiene usted motivo para pensar así; pero lo conocí siendo muy joven, y he de confesar que me divertía y que jamás lo imaginé capaz de tal felonía. Sin embargo, le juro que esta relación se ha terminado.

—¡Faltaría más! Y ahora no cometas la torpeza de intentar excusar tu falta de tacto enviando flores a esa dama. Su marido estaba en el Bolsín, en una fila detrás de mí, y podría tomárselo de otra manera... Ya tuvimos un duelo en casa y sabes cómo acabó.

Al acabar la frase explotó la bomba.

Padre e hijo se miraron espantados. Práxedes se apoyó en la pared donde estaba el perchero sin entender lo que había ocurrido. Germán se asomó con cuidado, y sus ojos no dieron crédito a lo que estaba viendo. A través del polvo que había provocado el estallido de la bomba y gracias a que la lámpara de la derecha del techo permanecía encendida, fue dándose cuenta de aquel horror: gente que intentaba salir despavorida del patio de butacas; personas que permanecían en sus localidades apenas moviendo algún miembro, reclamando ayuda con una voz débil que llegaba hasta él extrañamente nítida; sangre por todos lados; en el escenario medio ciclorama descolgado, la soprano desmayada en el suelo atendida por el tenor, un tramoya y su camarera... Y para su asombro le pareció ver asomado entre cajas el perfil del rostro de Claudia, pero entendió que había sido una jugarreta de su mente desquiciada por lo ocurrido.

Entonces, de súbito, todo volvió a colocarse en su lugar. Dos municipales y un inspector retiraban de la falda de la señora Cardellach otra bomba, que por lo visto y por milagro no había explotado, y ayudaban a la mujer medio desmayada a salir de aquella trampa mortal que representaban sillones despanzurrados y arrancados de su sitio.

La mirada de Germán buscó sin quererlo la localidad que debería haber ocupado, caso que el destino no hubiera querido que estuviera en otro lugar. La fila parecía hallarse en su sitio, y todavía había gente intentando salir, pero... Candela no se encontraba allí.

Su mente elucubró. Si a aquella infeliz le hubiera ocurrido algo, el único heredero de la firma Ripoll y Guañabens sería él. Su padre y Orestes no iban a ser eternos...

El escenario se llenó de cristales y como por arte de magia un violonchelo destripado, un fagot y un oboe quedaron en la corbata tumbados como en una feria de viejo.

Claudia, que estaba en la segunda entrecaja maquillada y compuesta, envuelta en una bata para cubrir cualquier eventualidad y observando el acto, súbitamente notó que la fuerza expansiva de la deflagración la lanzaba hacia atrás, a tal punto que si no llega a sujetarse a una de las patas del decorado y al manojo de cuerdas que trincaba una de las varas del telar habría caído de espaldas.

Al principio, su mente no reaccionó. Luego se puso en pie y, aterrorizada, se tapó la boca con la mano cuando vio lo que habría podido ocurrirle de haber estado en la entrecaja del otro lado. La hermana de la segunda soprano yacía en el suelo con un trozo de metralla clavado en la frente.

El anarquismo se había instalado en Barcelona y si había sido capaz de atentar en el templo sagrado de la música, ¿qué no se atrevería a hacer? Claudia Codinach tomó una decisión. Aquella ciudad no era lugar para vivir. El señor Dogan, empresario del Nacional de La Habana y de otros teatros de Norteamérica, quería verla y le había enviado al camerino un ramo de flores; el escudo del papel timbrado que figuraba en la cartulina era del hotel Oriente.

Sin falta, al día siguiente se presentaría allí. El motivo por el que deseaba marcharse de Barcelona había quedado patente aquella noche, y sin duda el empresario lo había presenciado, lo cual era una ventaja. Si nada le había ocurrido que le hiciera cambiar de opinión, no había sufrido daño y le proponía un contrato, ella partiría en cuanto pudiera hacia La Habana. La ópera, a Dios gracias, era universal, y Claudia no pretendía pasar sus mejores años en aquel histérico clima de Barcelona al que no se le veía final.

Además su eterno enamorado, el capitán Serrano, estaba en Cuba. Claudia se había ocupado de mantener bien viva la llama de su admiración en un calculado «por si acaso», y debía reconocer una vez más que el bizarro militar no le disgustaba.

Tras jurar a Antonio que aguardaría a Germán en el salón de los espejos y que no volvería a entrar en la platea, en tanto su primo partía para coger un tren que de madrugada le llevaría a Vic, Candela se dirigió a la guardarropía a fin de recoger su capa de armiño, dispuesta a esperar a su marido.

La explosión la sorprendió cuando ya entraba en el imponente salón.

En un principio no entendió lo que pasaba; luego los gritos de terror de la gente, las carreras atropelladas y, sobre todo, la llegada de los primeros heridos hicieron que tomara conciencia de lo ocurrido.

Al cabo de poco tiempo apareció Orestes.

—¡Hija, qué alivio! ¿Estás bien? Cuando han dicho en el Bolsín que el estruendo que habíamos oído se debía a que han arrojado una bomba en la platea ¡he querido morir! ¿Dónde está Germán? ¿Has visto a Práxedes?

Candela intentó responder al torrente de preguntas de su padre.

—Estoy bien, padre. Me he entretenido en la *toilette* con una amiga, y cuando me he dado cuenta ya había comenzado el acto y no podía regresar a mi localidad.

—¡Alabado sea Dios!

—Germán ha tenido que reunirse con Paco Font, y me ha dicho que no vería la segunda parte y que nos encontraríamos aquí.

—¡El ángel de la guarda de la familia merece hoy un monumento!

—En cuanto al tío Práxedes, pensaba que estaba contigo. Puesto que no es así, imagino que habrá visto el segundo acto desde su palco.

Cuando Candela decía esto último entre el barullo de la entrada del salón asomaban las cabezas de Germán y de su padre.

132
El desconsuelo

Luisa Raich era la imagen del desconsuelo. Cuando, acompañada por el señor Cardona, acudió al Gobierno Militar para cerciorarse de que la carta que había recibido con la noticia de que su hijo

Juan Pedro había desaparecido en combate era fidedigna y lo comprobó leyendo las listas, creyó morir. Su desesperación no tuvo límites y la gota que colmó el vaso fue esta última noticia.

—No desespere, doña Luisa. Juan Pedro siempre fue un muchacho lleno de recursos. ¡Ponga su fe en Dios y confíe!

—Don Nicanor, hace mucho tiempo que el de arriba se ha olvidado de mí.

—No diga eso… Tiene usted a Justina en esa edad que los niños están para comérselos, su hijo Máximo ya salió libre y verá como el día menos pensado aparece Amelia. La vida tiene esas cosas, súbitamente el destino da un giro y lo que ayer era negro hoy es blanco.

Luisa, que caminaba sujetando por el brazo al señor Cardona, sacó un pañuelo del bolsillo de su abrigo y discretamente se enjugó una lágrima.

—Hace mucho que espero que las cosas cambien, pero para mí por el momento hoy es negro y mañana seguirá siendo negro.

—No llore, doña Luisa.

El ciego con su fina sensibilidad se había dado cuenta de que la mujer estaba llorando.

—Cuando menos lo espere recibirá una carta diciendo que Juan Pedro ha aparecido.

—¡Dios le oiga! Pero por el momento lo que hay es muy diferente. La vida de Máximo es un misterio; aparece un día, ve a su hija, coge algo de ropa, me deja la sucia y desaparece. Intuyo que de nuevo anda con malas compañías. De Amelia no sé nada, hace meses que no me envía dinero. Me dejo las pestañas cosiendo, y lo que gano se lo lleva doña Leocadia, el ama que crió a Justina, pues de no ser por ella yo no podría trabajar; aun así, cada vez son menos las clientas, la competencia es mucha y los sueldos bajan… Lo que ocurrió la otra noche en el Liceo no es un hecho aislado y volverá a repetirse.

El ciego dudaba. No sabía si hablar a Luisa de la visita de Candela, pero pensó que al fin y al cabo iba a alegrarla, y ese buen deseo lo empujó a hacerlo.

—Doña Luisa, el otro día vino a verme la señorita Candela, preguntándome por Juan Pedro.

Luisa se detuvo de golpe.

—¡No me nombre a esa familia! Quise mucho a esa criatura, pero ellos han sido la causa de nuestra desgracia.

Don Nicanor Cardona quedó un instante confuso.

—Soy muy viejo para que se me escapen ciertas cosas, pero esos muchachos se quisieron mucho. Achaqué a la vida y a las estúpidas convenciones sociales el hecho de que no les permitieran ser felices, pero le digo yo, y no me equivoco, que estaban hechos el uno para el otro.

—Era una locura, don Nicanor, y así acabó. Y si me apura, ahora todavía es más locura: ella está casada y mi hijo, desaparecido.

Siguieron caminando en silencio hasta la librería de la Rambla de los Estudios; allí, tras agradecer al señor Cardona su consuelo y su compañía, Luisa lo dejó y tomó rumbo hacia su casa del Arc de Sant Francesc. Su cabeza era un tumulto de negros pensamientos.

En la comisaría continuaban las investigaciones por la bomba del Liceo, que había conmovido a toda la ciudad.

—¡Fíjese usted, Cordero, lo que son las cosas! —dijo Peláez—. Resulta que el día que Francesco Momo, llamado el Relojero, voló por los aires, dos hombres atestiguaron que un carro de la fábrica textil del señor Fabra y Barnils quedó detenido a la altura de la calle Gerona esquina con Ausias March, y mire usted que era la hora de comer y que, por tanto, no había reparto, y resulta que el carro era el n.º 14 y, fíjese bien, al carretero le faltaban tres dedos en una mano... Pero aún hay más: resulta que el auténtico carretero de la fábrica era un hombre mayor que estaba autorizado a ir a comer con su carro, el 14, y para ganarse unas perras lo alquiló durante dos horas a un tipo al que le faltaban tres dedos, y por lo que se sabe el trato fue para tres horas y el individuo llegó tarde. Y resulta, para más inri, que en La Campana vieron a un individuo asimismo sin tres dedos llegar con una bolsa y salir sin ella. ¿No le recuerda algo todo esto?

—Me huele mucho que nuestro amigo Máximo Bonafont ha vuelto a meterse en líos, y que siendo la bomba que no explotó en el Liceo de iguales características que las que manejaba el italiano y estando ese carro ahí cerca, es muy posible, mejor dicho, muy probable que en ese carro se transportara la bomba que ha matado a veinte personas y ha herido a casi treinta.

—Por tanto, Cordero, que si damos con ese individuo habremos dado seguramente con el canalla culpable de la matanza. Y de no ser él, hábilmente interrogado, usted ya me entiende, ese tipo nos conducirá hasta el otro. Conque póngase manos a la obra y dedique todo su tiempo a pescarlo. Use de los recursos que le hagan falta de hombres y de medios, pero ¡tráigamelo!

Llegó al humilde portal, subió la escalera con las llaves en la mano y, ya en el rellano, oyó en su recibidor voces de hombre.

Un mal pálpito hizo que el corazón le subiera a la garganta y, sin poder tragar saliva, metió la llave en la cerradura y empujó la puerta.

El rostro de doña Leocadia Basas, al verla llegar, reflejó un alivio inmediato. La mujer tenía a Justina en brazos, y la niña, que a su vez sostenía la muñeca de ojos de nácar y azabache y cabello de zanahoria, intentó abalanzarse hacia su abuela.

—Mire, inspector, aquí llega su madre; ella podrá decirle.

Luisa escudriñó, interrogante, al hombre.

—Llévese a la niña, Leocadia. Ahora estoy con usted.

—No, señora, es mejor que se quede aquí.

El hombre se presentó.

—Soy el subinspector Fermín Cordero.

Sacó del bolsillo interior de su chaqueta una carterita de cuero con su acreditación, que Luisa ni miró.

—Explíqueme, señor, qué es eso que podré decirle.

El hombre, más que preguntar, afirmó:

—Es usted la madre de Máximo Bonafont.

Luisa comenzó a temblar por dentro.

—Máximo es mi hijo, sí.

—¿Él vive aquí?

—¿Qué es lo que ocurre?

—Yo soy quien pregunta, señora. ¿Vive aquí?

El sexto sentido de Luisa funcionó.

—No, y desde que salió de la cárcel no he vuelto a verlo.

—¿Adónde se fue?

—Si usted que es policía no lo sabe, yo menos.

—En la ciudad, como nadie ignora, han ocurrido hechos gravísimos y hay suficientes indicios para asegurar que su hijo anda por medio.

El color huyó del rostro de Luisa.

—¿Está segura de que su hijo no ha regresado aquí?

—Ya le he dicho que no he vuelto a verlo.

—Y ¿esta niña?

—Es hija suya, pero como la madre de la pequeña se escapó con otro hombre, y ha renegado de ella y no ha querido verla nunca más, yo soy su única familia.

Cordero se volvió hacia la criatura, que seguía en brazos de Leocadia.

—¡Qué muñeca tan bonita! ¿Me dejas mirarla?

Justina apretó fuertemente la muñeca de trapo contra su pecho.

—No.

—Te la cambio por otra más bonita aún.

—No.

—¿Por qué no?

—Porque ésta me la regaló mi papá.

Cordero se volvió hacia Luisa.

—Señora, tendrá que acompañarme.

—Yo no he hecho nada.

—Eso lo determinará el juez. Por lo pronto, ha encubierto a un sospechoso. Y ha mentido, a sabiendas, a un servidor de la ley.

—¡Esta niña quedará en la más absoluta orfandad!

—Ése no es problema de la policía. Y si no se aviene a acompañarme, me veré obligado a esposarla.

Luisa se volvió hacia Leocadia.

—Ama, por favor, ¡cuide de ella mientras yo aclaro esto!

—Mejor es que se la lleve a su casa. Este asunto no va a resolverse en un par de días.

133

Dolor de madre

Cuando al fin, al cabo de un mes y medio, Luisa salió de Reina Amalia, era un triste saco de huesos; la mugre, la miseria y las condiciones infrahumanas que había allí dentro hicieron mella en su organismo, tanto física como psíquicamente. Llegó a la conclusión de que si una cárcel de hombres era terrible, la de mujeres era aterradora; salía a flote lo peor de los instintos de cada una de ellas, los celos, el egoísmo y los tratos de las más débiles buscando protección de las más fuertes y pagando después con favores sexuales daban pavor y eran el pan de todos los días.

Los interrogatorios fueron interminables; las trampas que le pusieron para que cayera en contradicciones, infinitas. Pensar qué sería de Justina durante los primeros días de su internamiento fue un martirio que le hizo pasar las noches sin pegar ojo, llorando en silencio y pensando qué habría sido de su nietecita.

Cuando el teniente Portas transmitió al inspector Peláez su idea de que aquella mujer, aparte de atender a las necesidades de su hijo si se presentaba en su casa, nada sabía de sus actividades delictivas ni del escondrijo donde se amagaba, decidieron acudir al juez aduciendo que no tenían cargo alguno contra ella y que era mejor soltarla, argumentando que si la mujer estaba libre era probable que un día u otro la rata, yendo a comer el queso, cayera en la trampa.

Cuando Luisa llegó a su casa del Arc de Sant Francesc lo hizo por puro instinto, pues en verdad casi ni sabía quién era; recorrió las calles como una autómata y, sin saber cómo, se encontró frente a su portal.

Buscó la llave en el bolso que le habían devuelto a la salida de la cárcel y abrió la puerta. El pequeño piso olía a cerrado. Cuando iba a dejar el bolso sobre la mesa para abrir el ventanuco de la cocina, vio el papel; la letra era de palo y de trazos irregulares.

Luisa leyó con ansia:

Doña Luisa:

Le escribo ésta por si vuelve a casa y no encuentra a Justina.

No pase pena; está conmigo y conmigo quedará hasta que usted vuelva.

Ya sabe dónde vivo.

LEOCADIA

Luisa abrió el grifo de la pila de la cocina y se mojó la cara con las manos. Luego se arregló un poco el pelo, fue a su cuarto y se cambió la bata, tirando la que llevaba al cubo de la basura. Tomó de nuevo el bolso y partió hacia casa de Leocadia; estaba a menos de dos calles de la suya.

El doctor Goday había examinado en profundidad a Pelayo. El niño no atendía a su palabra y miraba a su madre distraído. La exploración fue muy completa. Candela observaba al médico con la angustia asomada a sus bellos ojos.

—Voy a enviarte a un especialista de mi confianza, pero temo que mi diagnóstico sea definitivo.

La voz del doctor Goday sonó en los oídos de Candela como una sentencia de muerte.

—Mejor que pasemos a mi despacho.

Candela tomó en brazos a su hijo, que estaba en la camilla junto a la mesa de curas, y pasó a sentarse frente al médico.

En las paredes, títulos y diplomas; estantes atestados de libros de medicina; un reloj de cuco, y muebles de recia madera oscura y torneadas patas.

Tras su escritorio y embutido en la bata blanca abierta sobre el chaleco, con antiparras de oro sobre la nariz, melena leonina y canosa, largas patillas y pequeña perilla, el doctor observaba a la joven madre con ojos bondadosos.

En aquel instante el pajarito de colores rojo y azul salió por la ventana de la casita de madera y emitió su clásico sonido. El doctor Goday observó atentamente a Pelayo, que en brazos de su madre y de espaldas al cuco ni se inmutó.

El médico señaló el reloj.

—Esto ratifica mi opinión. Candela, no querría darte esta noticia, pero mi deber profesional me obliga. Tu hijo es sordo de nacimiento: no hay niño en el mundo que no se vuelva cuando oye el canto del cuco.

Candela, que sospechaba el diagnóstico, palideció. Cambió a Pelayo de una rodilla a otra y tomando su abanico comenzó a darse aire.

—¿Tiene cura, doctor?

—No quiero darte falsas esperanzas y prefiero remitirte a un especialista. —Luego afirmó—: Germán y tú sois primos hermanos, y estas cosas suceden. Las endogamias pueden tener resultados muy inconvenientes, casi todas las casas reales de Europa tienen problemas... Es por lo que hay que pedir licencia a Roma antes de contraer matrimonio en casos de consanguinidad.

Candela no se resignaba.

—Pero, doctor, cuando usted lo estaba examinando me ha dicho que los tímpanos estaban bien.

—Querida Candela, el sentido del oído es muy complejo, y está compuesto por una serie de elementos que es muy dificultoso determinar cuál es el que falla, más aún sin los medios pertinentes que únicamente tiene un especialista. Aun así, me temo que el mal de Pelayo es más profundo. Con su sordera de nacimiento tampoco podrá nunca aprender a hablar. Te daré una carta para el doctor Vilacoro, y él será el que tenga la última palabra.

Goday tomó una hoja de su papel timbrado y, mojando la plumilla en el tintero de cristal de roca que estaba sobre el despacho, comenzó a escribir. Al finalizar aplicó el secante curvo sobre el escrito, y tras doblar el pliego por la mitad lo metió en un sobre y tras escribir en él el nombre y la dirección del otorrino se lo entregó a Candela.

—Cuando te haya recibido, ven a verme. Ten ánimo, ¡no debe perderse nunca la esperanza!

Candela llegó a la torre de Muntaner aguantando el llanto. Despidió al señor Ruiz, que se fue a la cuadra a desenganchar el tiro de caballos, y ella, atravesando el jardín con su hijo en brazos, ascendió los escalones y llamó al timbre.

Al instante Mari, la menuda y pizpireta camarera, le abrió la puerta.

—¿Ha llegado el señor?

—Está en la galería leyendo los diarios.

—Dé de cenar a Pelayo y acuéstelo.

Candela entregó a su hijo a la camarera y salió apresurada hacia el fondo de la torre.

Germán se hallaba en su orejero leyendo la prensa de la noche bajo el círculo de luz que daba la lámpara de pie que estaba a su lado. Cuando la oyó llegar, no levantó la vista.

—Germán, deja lo que estás leyendo y atiéndeme.

Alzó la mirada con un mohín fastidioso.

—¿Qué es lo que te ocurre?

—A mí nada. He llevado a Pelayo al doctor Goday; nuestro hijo es sordomudo.

Germán dobló violentamente el periódico y se quitó los binóculos que usaba, desde hacía poco, para leer.

—¿Quién ha dicho ese disparate? ¿Cómo va a ser sordomudo mi primogénito?

Hacía ya tiempo que Candela había perdido el miedo a su marido. Le repugnaban su soberbia y su despotismo, sobre todo con los que consideraba inferiores, pero no lo temía; sus arranques de violencia terminaban en palabras, y Candela era consciente además de que el dinero de su padre la protegía.

—¡Cómo puedes ser tan soberbio! Tu hijo, tristemente, ha nacido con esta tara a buen seguro por ser nosotros primos.

Germán se puso en pie y, lanzando violentamente el periódico sobre la mesa del centro, replicó enfurecido:

—¡Esta mierda es la dote que has aportado a nuestro matrimonio, y viene·de la familia de la loca de tu madre! Mañana me ocuparé de este asunto, y si he de irme con Pelayo a Alemania a que lo visiten los mejores especialistas, eso haré. No voy a quedarme cruzado de brazos ante esa dificultad, ¡mi heredero no puede ser un subnormal!

Candela, acostumbrada a aquellos arrebatos de ira, mucho más frecuentes desde que la noche del atentado del Liceo había dejado de ver a aquel amigo que tanto lo entretenía y que anteriormente siempre lo acompañaba, lo dejó partir por no empeorar la situación.

Respiró profundamente, y sin querer sus ojos se posaron en el titular de la página de *El Noticiero Universal*, el diario de la noche que estaba leyendo Germán a su llegada.

Han sido detenidos los cómplices del autor del terrible atentado del Liceo. Mariano Cerezuela, Josep Codina, Manuel Archs, Josep Sabat, Josep Bernat, Jaume Sogas y Máximo Bonafont.

Al leer el último nombre un aluvión de recuerdos asaltaron su cabeza y, sin casi darse cuenta, decidió ir a ver a Luisa. Juan Pedro estaba desaparecido y ahora Máximo, su hijo mayor, había sido detenido por anarquista... Por lo visto ella no era la única madre que pasaba penurias por sus hijos.

134
El cloral y Crispín

Tras la noticia de la sordomudez de su nieto Pelayo, Orestes sintió la necesidad de visitar a su mujer. Su experiencia al respecto había sido muy diversa; en ocasiones se podía hablar con Renata y ésta respondía coherentemente, otras veces se encerraba en aquel mutismo aterrador y ni siquiera cuando él se levantaba para despedirse le dirigía la palabra.

Crispín era el único posible nexo de unión entre ella y el mundo; el fiel criado siempre tenía la manera de acercarse a Renata y entablar una conversación con pies y cabeza.

Orestes, como de costumbre, tomó el tren de las nueve que salía hacia Martorell, y llegado a la estación del pueblo alquiló un coche de caballos que lo condujo hasta el sanatorio frenopático de San Baudilio. Como cada vez que embocaba el ancho caminal que conducía hasta el Partenón, volvió a admirar la espectacular arquitectura del edificio. El cochero detuvo el trote cansino del modesto caballejo. Tras pagar el viaje y acordar con el auriga la hora de su recogida, Orestes ascendió la escalinata y se dirigió a la recepción por ver si era posible saludar al doctor Galceran, siempre ocupadísimo, para recabar información sobre el estado de Renata.

Tras el mostrador halló a una mujer impecablemente uniformada con una bata azul, en cuyo bolsillo superior vio bordado en blanco el logo de la institución.

Orestes se acercó a ella.

—Buenos días, señora. ¿Sería posible ver a don Artur Galceran?

—¿Tiene usted concertada hora de visita?

Orestes, sabedor de que, como casi en todas las instituciones, tenía mucho que ver la categoría económica de las personas, aclaró:

—Mi esposa ocupa la primera villa del lago frente a la montaña de Abenberg, y a veces me es complicado enviar un propio para anunciar mi visita.

A la par que hacía sonar una campanilla que descansaba sobre el mostrador, la mujer respondió atenta:

—En ese caso y haciendo una excepción, le anunciaré al doctor.

A la llamada de la celadora acudió un botones que partió rápido hacia el despacho del director portando la nota que acababa de darle la recepcionista.

—Si es tan amable de aguardar en la biblioteca... —insinuó la mujer poniéndose en pie para acompañarlo.

—No se moleste; conozco el camino.

Orestes se llegó a la imponente estancia y, siguiendo su costumbre, se acomodó en uno de los sillones situados bajo la ventana de vidrios policromados que matizaba la luz que entraba del exterior. Sobre la mesa, simétricamente colocados, había varios periódicos. Orestes tomó un ejemplar de *La Renaixensa* y tras hojearlo se puso a leer un artículo de Enric Prat de la Riba, periodista muy de su gusto.

La espera fue muy corta. Al cabo de unos escasos diez minutos la figura del doctor Artur Galceran se perfiló en la puerta.

A la vez que el galeno se acercaba, Orestes dejó el diario sobre la mesa, se puso en pie y tras los saludos de rigor agradeció al doctor la deferencia de recibirlo pese a no tener concertada la hora.

Los dos hombres se acomodaron en sendos sillones.

—No tiene usted por qué agradecerme nada, don Orestes. Sé de sus múltiples ocupaciones y del esfuerzo que debe hacer para llegarse hasta este instituto.

—Realmente me gustaría poder acudir más a menudo, pero la

vida en Barcelona, más aún tras la tragedia del Liceo, se ha puesto muy complicada.

—Ha sido un horror, es cierto... Pero vayamos al motivo que le trae hasta aquí.

—¿Cómo está Renata, doctor?

El doctor Galceran se retrepó en su sillón y cruzando sus largos dedos se dispuso a dar una explicación a aquel riquísimo prócer barcelonés cuya esposa era una de las más estimadas pacientes de su sanatorio.

—Su esposa, don Orestes, padece una de las esquizofrenias más difíciles de tratar que he conocido, y voy a explicarme. Por lo general, tras el estudio correspondiente, trazamos para cada enfermo una línea de actuación, pues la experiencia nos dice que las crisis se repiten periódicamente y podemos prevenir, si eso es posible en medicina, el siguiente ataque. Permítame que le hable en el lenguaje de la montaña, a la que soy gran aficionado: tras un pico viene una meseta y ambos son previsibles. Tratamos al enfermo en el punto crítico con una actuación de choque, y una vez superada sabemos que casi siempre entra en un estado laxo en el que no requiere otros cuidados de los comunes que recibiría el cliente de un balneario. Con su esposa es prácticamente imposible bajar la guardia.

Orestes, con la mirada interrogante, seguía atentamente la explicación del médico.

—Renata requiere una atención particular; es imposible prevenir de un día para otro a la enferma que nos encontraremos cada mañana. Debo decirle que no he conocido a lo largo de mi experiencia, que no es poca, criado tan atento y tan entregado como Crispín. Él es el único barómetro capaz de intuir los estados de ánimo de su esposa, cosa que para nosotros representa una ayuda capital. Súbitamente nos encontramos en el jardín de la villa a una persona que podría hallarse en cualquier hotel de Dauville o Biarritz, por cierto, en los últimos tiempos dedicada, los días que se encuentra bien, claro está, a escribir frenéticamente. Antes de comer, y acompañada siempre por el criado, da el paseo que tiene programado, come lo que ha encargado por la mañana, hace una siesta y... ¿puede usted creer que al levantarse cae en un mutismo absoluto? Su mirada se pierde en la lejanía y en voz muy baja murmura cosas incomprensibles. Si en ese estado se la interrumpe, puede tornarse hasta peligrosa.

—¿Y entonces, doctor?

—Los recursos pertinentes: baños alternos de agua helada y agua muy caliente, administración inmediata del fármaco cloral y, en casos extremos, suaves tratamientos eléctricos que la calman al instante.

Orestes, para disimular sus sentimientos y justificar la pausa, descabalgó sus lentes de la nariz y procedió con un pañuelo a limpiar los cristales.

—¿Sufre?

—Estamos aquí para curar, y a veces nos es imposible evitar algo de dolor; evidentemente, procuramos que sea el mínimo. Y desde luego el beneficio supera, con mucho, al mal rato.

Otra pausa.

—¿Y qué es lo que escribe con tanta dedicación en los ratos que su estado se lo permite?

—Quiero imaginar que puede ser un diario o algo parecido. Lo que me dice Crispín es que en cuanto termina todas las tardes recoge sus papeles y los pone a buen recaudo en una caja cuya llave siempre lleva colgada del cuello.

Orestes lo observó extrañado.

El médico justificó aquella actitud.

—Cada enfermo es diferente, pero si todos tienen algo en común es una manía por alguna cosa; unas guardan con celo una labor que no acaban jamás; otros practican, por cierto con mucha habilidad, la papiroflexia y miman con esmero a los animalitos que fabrican, colocándolos en los estantes de su habitación... pero ¡ay! del celador o de la enfermera que pierda o arrugue alguno de ellos, ¡los gritos pueden oírse desde mi despacho!

Orestes se puso en pie.

—Ya le he robado demasiado tiempo, doctor.

El médico lo imitó.

—¿Quiere que lo haga acompañar?

—No es necesario, conozco el camino.

Ambos hombres se despidieron afectuosamente, y el doctor Galceran se dirigió a su despacho en tanto que Orestes, tras saludar cortésmente a la amable celadora, bajando la escalera central embocó la arteria principal del sanatorio que conducía a las villas individuales que rodeaban el pequeño lago al pie del castillo de Abenberg.

Cada visita representaba para Orestes un esfuerzo terrible. La visión de Renata en aquel estado lamentable era como una daga clavada en su corazón.

Había amado tanto a aquella mujer que, de no ser por la actitud agresiva que a veces adoptaba, jamás la habría encerrado en aquella jaula que, aunque era de oro, no dejaba de ser un encierro.

La casita de Renata era la última y, al igual que las demás, estaba limitada por una reja de hierro que bordeaba un muro de cipreses recortados de igual altura. A través de la puerta, siempre cerrada con llave, se veía un jardín de ocho metros de largo por diez de ancho; en una esquina había un sauce llorón y en la otra, junto a la casa, una pequeña glorieta cubierta de parra en cuya mitad había una mesa de jardín y tres sillones de mimbre.

Orestes tiró de la cadena que accionaba la campanilla.

Al punto se abrió la puerta de la casita y compareció Crispín. Nada más verlo, con una agilidad impropia de su edad, el viejo criado salvó los tres escalones de la entrada y se precipitó a su encuentro.

—¿Cómo estás, Crispín?

—Como siempre, muy bien, señor. —Señaló en derredor—. Esto es vivir en el paraíso.

El criado abrió la reja, teniendo buen cuidado de cerrarla a continuación. Orestes dio un paso adelante y procedió a quitarse el hongo y los guantes.

—¿Cómo está la señora?

—Lo siento, señor; hoy tenemos un mal día.

El criado hablaba en plural siempre que se refería a Renata.

—¿Crees que va a reconocerme?

—La señora reconoce siempre a la gente que la visita, el problema radica en adivinar si va o no a querer hablar. Estuvo aquí el otro día su sobrino Antonio, y pasó una tarde feliz hablando con él de los viejos tiempos. A la salida me dijo que volvería, y doña Renata, desde lejos, apuntó: «¡Que sea pronto!». En cambio el martes compareció la señora Pujadas, que creo tiene un pariente internado aquí, y doña Renata ni se volvió para saludarla.

La pareja entró en la casa. Renata estaba sentada a la mesa camilla de la salita, arreglada y compuesta como si estuviera a punto de salir a la calle; frente a ella había unas cuartillas de papel y un tintero, y en la mano tenía una pluma de ave.

Orestes se extrañó, y Crispín, al ver su mirada, le explicó.

—Me han prohibido darle plumillas de acero. La otra tarde, cuando el jardinero acabó de podar los rosales y fue a despedirse de doña Renata a la glorieta y la interrumpió, ella intentó arañarle con el plumín.

Orestes se acercó y, apartándole una guedeja de pelo que pugnaba por escaparse del pasador de carey, la besó en la frente.

Renata se volvió, lo observó con aquella mirada ida que tanto entristecía a Orestes y continuó a lo suyo.

Orestes profirió un hondo suspiro.

Crispín, atento como siempre a salvar situaciones, comentó:

—No se haga pena, señor. Seguramente cuando se vaya me hablará de usted como si fuera un día cualquiera.

Orestes la miró con ternura.

—Crispín, sigue siendo la mujer más guapa de Barcelona... o al menos a mí me lo parece.

—¿Quiere tomar algo?

—Tráeme un vaso de agua y quédate a hablar conmigo.

El viejo criado desapareció en tanto Orestes se sentaba en el sofá que había estado anteriormente en su dormitorio.

Al instante compareció de nuevo Crispín con una salvilla, una copa y la botella de agua de Vichy.

—Verá, señor, que me acuerdo de sus costumbres.

—Tú estás en todo. ¡No sé qué habría hecho esta familia sin ti!

Crispín arrimó una mesilla, llenó la copa y cuando iba a retirarse la voz de Orestes lo interrumpió.

—Deja todo eso ahí y siéntate conmigo.

El criado obedeció.

En aquel momento el único sonido era el rasgar de la pluma de Renata sobre el papel.

Orestes hablaba con Crispín sin dejar por ello de mirar a su mujer. Abordaron varios temas; desde luego, el principal fue el atentado del Liceo y la coyuntura que tocaba de cerca a la familia al saberse que uno de los anarquistas que al parecer había transportado las bombas era Máximo Bonafont, aquel antiguo obrero de casa Ripoll que había perdido tres dedos en una cortadora de pieles.

—Lo siento más por su madre que por él, aunque siempre me pareció buena persona.

—Es lo que hacen las malas compañías, Crispín... ¡Quien mal anda mal acaba!

—Eso dice el refrán.

Tras una pausa, Crispín preguntó:

—Con todo esto no le he preguntado por la señorita Candela ni por el señorito Germán.

Antes de responder y casi sin pensar Orestes miró a Renata y le pareció que se ponía tensa.

—Estamos pasando un gran disgusto. Su hijo, el pequeño Pelayo, parece ser que es sordomudo. Y lo más duro es que su padre no lo admite.

A la vez que sonaba la voz del viejo criado lamentándose: «¡Qué me dice! ¡Qué desgracia tan grande!», Renata se puso violentamente en pie arrastrando el sillón y, dirigiéndose a Orestes, exclamó airada:

—¡Lo sabía, lo sabía! El canalla de Práxedes y sus maniobras para quedarse con tu dinero, ¡ya ves cómo acaban!

Y dejando desconcertado a su marido, partió de la salita y se encerró en su dormitorio.

135
La visita de Candela

Luisa estaba devastada. Cuando supo que la policía había detenido a su hijo mayor, las pocas ganas de vivir que le quedaban se vinieron abajo. La mujer que salió de la cárcel ya no era la de antes; al maltrato físico recibido, que era lo de menos, se sumaba la desaparición en combate de Juan Pedro, que para ella era lo mismo que la muerte, y ahora la terrible pena que esperaba a Máximo. Después de recoger a Justina y agradecer a Leocadia lo que había hecho por ella, se dedicó a visitar a las pocas personas que pensaba que podían hacer algo por su hijo.

El juez don Manuel Ferrer y el abogado Anglada eran las dos únicas columnas que podían soportar su exigua esperanza. En la cárcel había perdido ocho kilos y ella no había sido nunca una mujer gruesa; se ajustó su mejor bata, se arregló un poco el pelo y fue al encuentro de ambos.

El dictamen de los dos fue demoledor. La autoridad no podía permitir que aquel crimen quedara impune; el culpable del atentado todavía no había sido detenido, por lo que cualquier sospechoso de haber colaborado de alguna manera, más aún los reconocidos por testigos o meramente sospechosos de anarquismo, estaban irremisiblemente perdidos. Una característica tan puntual como eran los tres dedos que faltaban a Máximo había sido su perdición. La prensa daba cuenta todos los días de los avances de la justicia, y las confesiones se obtenían por las buenas o por las malas. Máximo, para más inri, ni se defendió, y lo que no salió de su boca a pesar de las palizas y de los ahogos fue el nombre de Santiago Salvador.

Don Manuel Ferrer fue tajante.

—Luisa, no hay nada que hacer, pero quiero que sepas que, en esta ocasión, aunque pudiera no haría nada. Tu hijo ha colaborado, y lo ha reconocido, en el asesinato de más de veinte personas, sin contar a los heridos.

Luego acudió al abogado señor Anglada.

—Lo siento, doña Luisa... Su hijo, como todo acusado, tendrá un abogado de oficio, pero de cualquier manera y aunque pudiera, yo no lo defendería; hay crímenes que repugnan al ser humano y éste es uno de ellos. Me conoce bien, usted sabe que abogo por terminar con los abusos que se cometen contra los obreros, pero de esto a aprobar que un desalmado acabe con la vida de tantos inocentes va un abismo, y por tanto todos aquellos colaboradores indispensables que hayan coadyuvado a cometer tal felonía merecen la misma pena que el que haya lanzado las bombas.

Luisa volvió a casa deshecha en llanto, se sentó a la mesa del comedor celebrando que su nieta estuviera en casa de Leocadia y no pudo impedir que por su cabeza pasaran negros pensamientos.

El timbre de la puerta la sacó de sus meditaciones. A nadie esperaba, y los pocos amigos que tenía en el barrio, al correr la voz del reconocimiento de la culpa de Máximo, se habían apartado de ella como de la peste.

Con paso cansino, arrastrando los pies se dirigió al pequeño recibidor y abrió la puerta. La falta de luz y lo impensado de la aparición hizo que al principio no reconociera a la visitante. Una mujer alta, elegantemente vestida con una torera ajustada de color granate oscuro sobre una blusa de seda marfileña, falda larga de terciopelo negro y en la cabeza un gorrito del mismo color con un tupido velo que disimulaba sus facciones.

—¿No me reconoce, Luisa?

La mujer intentó adivinar.

—No recuerdo...

—¿Puedo pasar?

La mujer se hizo a un lado.

Candela, a la vez que entraba en el pequeño recibidor, se retiró el velo de los ojos.

Luisa se llevó la mano a la boca emitiendo un grito ahogado, y todas sus prevenciones al respecto de la niña a la que de pequeña contaba cuentos mientras cosía se vinieron abajo.

La mujer, tan falta de afectos aquellos días, se abrazó a la visitante y el llanto contenido se tornó en desatado.

Candela, emocionada, abrazó fuertemente a aquella pequeña mujer que había traído al mundo a Juan Pedro.

Tras un largo rato de mudo consuelo, ambas se apartaron y se observaron con mutua curiosidad. Candela se impresionó del aspecto que presentaba la antigua costurera, y Luisa no pudo dejar de admirar a la mujer en que se había convertido la antigua oyente de sus relatos.

—Por favor, señorita Candela, pase al comedor.

—¿Qué es eso de «señorita Candela»? Luisa, se lo pido, llámeme como me llamaba entonces… o me voy a enfadar.

Candela, siguiendo a la mujer, llegó hasta el pequeño comedor de la humilde vivienda.

—¿Puedo ofrecerle algo?

—Sí, Luisa, su afecto y una hora de su tiempo. Tenemos que hablar de tantas cosas…

Las dos se sentaron junto a la mesa del comedor. Al principio no hablaron, luego comenzaron a hacerlo a la vez y, finalmente, se impuso la cordura. Candela colocó su mano derecha sobre la de Luisa, que descansaba en su regazo.

—He tardado mucho en venir a verla, perdóneme, pero estaba muy avergonzada de mi familia. ¡Nos hemos portado tan mal con usted…!

—Usted no ha hecho nada; a veces la vida nos equivoca.

—¿Por qué dice eso?

—Jamás debí permitir que Juan Pedro se acercara a usted. Todos tenemos nuestro lugar, y cuando alguno se equivoca la sociedad se encarga de ponerlo en su sitio. Usted se casó con su primo y mi hijo se fue a Cuba con los muchachos de su condición, que son los que van a defender a España porque ya sabe usted que los ricos no van, y allí dejó la vida en los únicos años que la existencia de un pobre vale la pena.

—No hable así, Luisa. Las listas lo dan por desaparecido en combate… —Los ojos de Candela se llenaron de lágrimas—. Déjeme vivir con alguna esperanza.

Luisa se sorprendió. Ahora la que tomó entre sus manos la de Candela fue ella.

—Pero, muchacha, ahora es usted una mujer casada y aquello fue una locura de juventud.

—No hay firma en documento alguno, ni presión familiar, ni mandamiento de la Iglesia que impida que la semilla del amor fructifique en el corazón de una mujer. Amo a Juan Pedro desde que era una niña y lo amaré hasta el último día de mi vida.

La costurera respiró profundamente.

—Ahora ya da igual, aunque pienso que mi hijo, desde donde esté, se alegrará de oír eso.

—¿Por qué cree, Luisa, que me casé con mi primo Germán?

—Imagino que por intereses familiares, como casi todas las muchachas de su edad.

—No, Luisa, lo hice por salvar la vida de Juan Pedro.

Ante la mirada entre asombrada e interrogante de la costurera, Candela comenzó a explicar la historia.

Al finalizar, el sollozo entrecortado de las dos mujeres era el único sonido que rompía el silencio de la estancia. Cuando ya se rehicieron, habló de nuevo Candela.

—No sé si lo sabe, Luisa, pero tengo un hijo.

—Lo sé, lo leí en la prensa.

—Lo que no sabe es que es sordomudo y estoy sufriendo mucho por esa deficiencia, e imagino que también sabe que tengo a mi madre encerrada en un manicomio, por mucho que ahora se pretenda atenuar esa palabra con apelativos que la disimulen. Por tanto, entiendo lo que es sufrir. Pero ahora que la veo a usted, como madre me hago cargo de lo que está pasando.

—No, Candela, ¡nadie se lo imagina! Por terrible que sea perder un hijo no es comparable con saber que van a matarte a otro.

—Luisa, si puedo hacer algo, dígamelo. A lo mejor de esta manera se me diluye la mala conciencia que tengo con usted por todo lo ocurrido.

—Usted no ha hecho nada, ha sido la vida que llevó a Máximo por malos caminos. —La mujer reflexionó un momento—. Pero sí, hay algo que puede hacer. No me dejan ver a mi hijo. Si consigue que Antonio, valiéndose de su condición de sacerdote, pueda ir a consolarlo, le estaré eternamente agradecida.

—Cuente con ello, Luisa, y cuente también con que volveré a verla.

—No sé, no sé… A lo mejor me he ido a otro sitio.

—Entiendo que quiera irse de Barcelona, pero ¿adónde se marcharía?

—A un lugar donde pueda dormir sin que nada ni nadie interrumpa mi sueño.

—Ese lugar no existe en este mundo.

—En este mundo no.

—Luisa, ¡por Dios!, no diga tonterías.

136
El interrogatorio

Máximo era un hombre derrotado. Su nombre y sus características, al igual que los de sus compañeros, figuraban en todas las comisarías de barrio y en todos los cuarteles de la Guardia Civil. Su mano lisiada era demasiado notable para pasar desapercibida.

En una redada y en uno de los merenderos de la playa de La Barceloneta había sido apresado junto con tres compañeros por el teniente Portas al frente de cuatro guardias civiles, y conducidos y esposados de dos en dos a la prisión de Reina Amalia.

—A ver si me dais la alegría de intentar escaparos —masculló el cabo por lo bajo mientras los ataba—. Por mucho que corráis, las balas corren mucho más.

Portas, famoso entre la población penal por sus duros interrogatorios, recalcó:

—Con el Dos Dedos no reza la orden, cabo. Ése tiene mucha información y habrá que exprimirlo como un limón.

Aquellas palabras fueron el anuncio del tormento que aguardaba a Máximo.

Al llegar a Reina Amalia los separaron con el fin de interrogarlos individualmente, de manera que no pudieran coordinar ninguna respuesta.

Las celdas de los hombres estaban en el primer piso y eran cubículos de un metro y medio de ancho por dos y medio de largo. En el suelo de las mismas había un jergón de paja; a los pies, un cubo para hacer las necesidades fisiológicas, y a media pared, una pequeña ventana fuertemente enrejada desde donde se divisaba el patio.

Máximo tuvo el honor de ser el primero en los interrogatorios que fueron sucediéndose a lo largo de los días.

Lo condujeron a una estancia apenas alumbrada, amueblada con cinco sillas y una mesa de madera de pino. En el centro había una especie de sillón con abrazaderas a la altura de las muñecas, y en las patas delanteras lo mismo para los tobillos; pendiente de una viga del techo, vio una cuerda, y en las paredes descubrió cadenas acabadas en esposas y en una especie de paragüero porras de goma con alma de acero, ganchos de hierro y, colgadas en el borde, tenazas de tres tamaños.

El comienzo fue demoledor.

El teniente Portas recurría a cualquier añagaza para desmoronar la resistencia de los interrogados.

—Te he traído aquí por puro formulismo. Si colaboras, mejor para todos. Sé lo que has hecho. Yo me ahorraría tiempo y tú un mal rato para, al fin y a la postre, acabar como todos denunciando a su madre si es preciso para salvar si no el cuello, sí muchos inconvenientes. ¿Sabes quién es Segismundo Claret el Rata?

Máximo callaba sin querer mostrar el espanto que sentía.

—Yo te lo diré: es el que os ha denunciado a todos indicando, con pelos y señales, los lugares donde os reuníais. ¡Ya veo que no me crees y te preguntas cómo es que no está detenido! Es un pájaro muy listo y hubo que soltarlo porque tenía la coartada perfecta: ese día estaba detenido por un robo que había perpetrado junto con un compinche en una farmacia. Conque vamos a lo nuestro: ¿me cuentas tu vida el día de la bomba... o empezamos la sesión?

Lo que ignoraba Portas en aquel momento era que el Rata tenía un jardín de jaramagos sobre el vientre.

Al tercer día el despojo que se sentaba allí nada tenía que ver con el muchacho robusto y de mirada ardiente que había sido Máximo. Las repetidas sesiones de día y de noche por interrogadores que se sucedían en el tiempo habían acabado con él.

Aquella mañana volvía a ser el teniente Portas el que, en mangas de camisa, sudoroso y mal afeitado, lo obligaba a mirarlo a los ojos sujetándolo por los cabellos.

—¿Quieres hacerme creer, pedazo de estiércol, que habiendo entregado las bombas a Paulino Pallás el día de la Mercè y la noche del Liceo a Santiago Salvador, no sabes nada de una gruta en Montjuich donde hemos hallado cuarenta bombas de pera, un cajón lleno de frascos con líquido incendiario, dieciocho chimeneas para bombas Orsini, manuales de química para la fabricación de explosivos y una colección de folletos de propaganda anarquista escritos en diversas lenguas? ¡Lo que más me jode es que me tomes por idiota!

Máximo callaba, no ya por tozudez sino porque ya no le quedaban fuerzas para hablar. La sesión había durado aquella vez dos horas. Cuando el teniente Portas le soltó la cabeza, ésta le cayó sobre el pecho como si su cuello no fuera capaz de sostenerla.

Entre las brumas de su cerebro le pareció a Máximo percibir que alguien entraba en la estancia.

El cabo se acercó a Portas.

—Mi teniente, hay un sacerdote con un permiso especial para ver a este preso. —Señaló a Máximo.

Portas se extrañó.

—¿De dónde viene la autorización?

—La firma es del secretario del Gobierno Civil.

—¡Hay que joderse con esos burgueses! Quieren que los libremos de esta basura y luego mueven influencias para que estos tipos reciban auxilio.

—Perdone, teniente, pero he oído que el obispado tiene algo que ver.

—No entiendo a estos curas... Les queman las iglesias, en alguna parroquia los han molido a palos... ¡y ellos piden árnica para estos desalmados! Está bien, adecentadlo un poco, limpiad la celda y que pase a verlo.

Tras mostrar hasta tres veces la credencial que le habían suministrado en la secretaría de la prisión de Reina Amalia, Antonio fue siguiendo al guardia que le hacía de cicerone hasta una última puerta enrejada del primer piso, donde, tras el ritual intercambio de contraseñas de rigor, lo entregó al celador de aquella galería. Éste leyó el papel, alzó la vista para ver quién era el cura que se atrevía a llegar hasta allí y, lanzándole una mirada que quería decir algo así como «Usted mismo», con dos vueltas de llave abrió el cerrojo que aseguraba la reja y lo instó a pasar.

Tras despedirse del compañero y cerrar la reja, lo invitó a seguirlo hasta la celda n.º 9. Echó mano del aro de llaves que llevaba sujeto a la cintura y, antes de escoger la correspondiente para abrir la puerta, retiró la corredera de la mirilla y observó al preso.

Habían retirado el cubo y junto a la puerta habían colocado una silla.

El hombre se justificó.

—Estamos desbordados, y éste aún tiene suerte porque dispone de una celda para él solo. —Luego abrió la puerta y se hizo a un lado para que entrara el eclesiástico—. Tienes visita —anunció.

Antonio dio un paso adelante y oyó que la pesada puerta se cerraba tras él.

Máximo estaba echado en el jergón de paja con los ojos hinchados y la cara tumefacta. Antonio se arrodilló junto a él.

Máximo intentó separar los párpados para ver quién era el visitante.

Antonio se hizo cruces al ver el lamentable aspecto que mostraba el preso y, a la par que le acariciaba el cabello, se presentó.

—Soy Antonio Ripoll, ¿me reconoces?

Máximo asintió ligeramente.

—Vengo a reparar el daño que te ha hecho mi familia.

Máximo no entendía.

—Tu madre habló con mi prima Candela y ésta me avisó a mí. Mi obispo me ha autorizado para asistirte; vendré a verte las veces que sea preciso.

La voz salía entrecortada y apenas audible.

—Váyase, no quiero saber nada de curas.

Antonio no se desanimó.

—Si permites que venga a verte, harás feliz a tu madre.

—No meta a mi madre en esto. Van a romperme el cuello y echarán en una fosa mi cuerpo... —Luego pretendió ironizar—. ¡Menos los tres dedos que me quitó su familia! Guarde sus bendiciones para sus beatas y déjeme morir en paz.

Antonio no cejaba.

—Esta vida es un tránsito, todos hemos de irnos un día u otro. Pon tu alma en paz con Dios, y yo te prometo que descansarás, cuando le llegue su hora, junto a tu madre.

Máximo dudaba.

—¿Si pido perdón a su Dios, me jura que se ocupará de mi hija?

Antonio vio una fisura en el coriáceo caparazón de Máximo y, sin pensar en el compromiso que estaba a punto de adquirir, afirmó:

—Te juro que me ocuparé de tu hija.

Máximo comenzó a sollozar.

137

El garrote vil

Nicomedes Méndez, mientras desayunaba un plato de gachas con torreznos de pan frito, comentaba con su mujer, que estaba trajinando en la pequeña cocina.

—Mañana quiero que me pongas dos huevos fritos con tasajo de cerdo, que bien me lo habré ganado.

—Si traes el dinero no habrá problema, pero sin las primas que pagan por ejecución, con tu paga base de funcionario no hay para muchas alegrías.

—La verdad es que hoy día la gente se ha puesto tan quisquillosa que protestan y gritan cuando hay bombas, pero a la hora de escarmentar a los asesinos todos se la cogen con papel de fumar. Hacía muchos años que no apretaba la tuerca y ahora parece que la cosa se está animando: en cinco años he apiolado a dos, uno fue Isidre Mompart y el otro, si no recuerdo mal, Aniceto Peinador. Si no fuera por los bolos que he ido haciendo en otras provincias donde no tienen gente que quiera el cargo, no sé de qué habríamos comido. —El que así hablaba era Nicomedes Méndez, verdugo oficial de Barcelona—. Lo del Liceo ha ido bien porque ha sido tan gordo que parece ser que la cosa se está moviendo, más pronto que tarde apiolaré a ese Santiago Salvador.* Y hoy, fíjate bien, va a ser la primera vez que despache a un tipo a gusto.

—No te entiendo.

—¿Recuerdas cuando me opuse a que Amelia saliera con aquel Máximo Bonafont porque el olfato me decía que no era trigo limpio?

—¡Ya lo sé! Me dijeron en la lechería que parece ser que fue él quien llevó las bombas al Liceo.

—Pues eso, hoy a las doce voy a apiolarlo.

—Ya te he planchado la capucha y el blusón. ¡Y no te despistes! Cuando termines te quiero aquí con el dinero, nada de ir al bar a contar tus hazañas.

—Pues no creas... Se me está ocurriendo algo que podría aliviar nuestra economía.

—¿Qué cosa es ésa?

—Montar en el local apropiado o en un teatrito unas matinales donde revelar a la concurrencia los últimos momentos de los condenados, sus últimas palabras antes de cagarse patas abajo, en fin, toda la trama de anécdotas que surgen alrededor del cadalso y que nada más puede oír el que está más cerca, que soy yo.

---

* Santiago Salvador fue detenido en Zaragoza, en casa de su primo Julio Sancho, el 2 de enero de 1894. Cuando fue acorralado intentó suicidarse disparándose un tiro en el vientre. Fue conducido a Barcelona, a la prisión de Reina Amalia, donde fue curado de sus heridas, pero al ser traspasado a la zona común se quejó del trato. Para mejorar sus perspectivas, simuló una conversión al catolicismo.

La fecha del juicio se fijó el día 11 de julio de 1894, con jurado popular bajo la presidencia de don Agustín Moreno. Santiago Salvador fue defendido por el abogado de oficio señor Suñer, pero cuando vio que no había indulto posible cambió de nuevo de parecer, renegando de toda la comedia.

Santiago fue ejecutado, al grito de «¡Viva la revolución social!» y cantando «Los hijos del pueblo», el 21 de noviembre de 1894.

—La autoridad no te dejará. Les gusta que haya mucho misterio alrededor de estas cosas.

—No creas, la situación está cambiando.

—¡Te guste o no, Pelayo vendrá conmigo! Es hora ya de que se despegue de tus faldas. Además, quizá no haya otra ocasión de ver un espectáculo semejante.

—Germán, te lo suplico, ¡no me hagas esto! ¿Qué enseñanza pretendes que saque un niño de su edad de un espectáculo tan cruel?

—Muchos padres llevan a sus hijos allí para mostrarles cómo acaba el que mal anda en la vida, y además tengo un particular interés en ver cómo abandona este mundo, si no la mano ejecutora, sí la cabeza que planeó ponernos la bomba en el taller de la fábrica de pieles.

—Ese muchacho salió libre de la acusación, y tú lo sabes. ¡Y tenía motivos para odiarnos! Perdió tres dedos en la cortadora de abajo.

—Si crees que tienen derecho a poner bombas todos los que sufren un accidente laboral en una fábrica, en Barcelona no quedaría una empresa en pie. Por otra parte, lo que sí está demostrado es que fue él quien llevó la bomba al Liceo que casi te cuesta la vida. Justo es que tu hijo vea su ejecución. Te juro que es un acontecimiento que no olvidará jamás.

—Pero ¡si tiene poco más de un año!

—Me da lo mismo, la educación ha de comenzar desde muy joven. ¡He dicho que va a ir y, quieras o no, allí estará cuando el verdugo liquide al hermano de tu enamorado! Y esas cosas quedan para siempre grabadas en la retina.

El patio de Cordeleros de la prisión de Reina Amalia estaba lleno a reventar. En medio se hallaba el patíbulo, con el terrible artilugio en su centro; en derredor y tapando las patas que lo sostenían, había un faldón negro, y en la parte posterior, una escalera de cinco peldaños. Un cordón del Regimiento de Granaderos de Tetuán impedía que nadie se acercara en exceso. Un público variopinto, formado principalmente por hombres bien vestidos, bastantes acompañados por sus hijos, se arracimaba frente al tablado; en un costado se encontraban los representantes de la prensa y en el otro se ubicaba la tribuna, donde tres jueces y un notario iban a certificar la perfecta realización del acto.

El redoble de tambores anunció el comienzo del mismo. De la

parte que daba a la prisión salió el reo rodeado por cuatro guardias y llevando a su lado un sacerdote, precedido por los componentes de la Archicofradía de la Sangre, que tenía el privilegio desde hacía más de un siglo de acompañar a los condenados, cubiertas sus cabezas con las dramáticas caperuzas. Tras él iba el verdugo encapuchado cubierto hasta los pies por una saya negra.

El acto se fue desarrollando entre un silencio estremecedor.

Subido al tablado sentaron al reo, atado de pies y manos de espaldas al poste, y el verdugo ajustó el mortal anillo metálico a su cuello. Los hermanos de la Archicofradía de la Sangre, con los rostros cubiertos por los capirotes, se hicieron a un lado. Todo el mundo bajó de la plataforma y quedó únicamente delante del reo el sacerdote y tras él el encargado de la ejecución.

El silencio se tensó como el bordón de una guitarra. El sacerdote alzó el brazo derecho para hacer la señal de la cruz ante el condenado.

Germán se estremeció, para su desesperación; el cura que asistía en sus últimos momentos al reo era el imbécil de su hermano Antonio.

Cumplida su tarea también él abandonó la tarima. El reloj de la torre comenzó a dar las campanadas. El verdugo miraba al estrado de los jueces. Cuando sonó la última el notario certificó que no había llegado el indulto. El juez que ocupaba el centro de la mesa tomó un mazo e hizo sonar un pequeño gong que estaba sobre la misma a la vez que asentía con un gesto.

El verdugo dio media vuelta al tornillo, y la cabeza de Máximo cayó desmayada sobre su pecho. El espectáculo había terminado.

El pequeño Pelayo, sin entender nada de lo que había visto, salió llorando en los brazos de su padre.

138
Planeando la venganza

Cuando Fredy Papirer entró por la puerta le pareció que su vida había retrocedido un par de años por lo menos. El Ramillete seguía igual, y el Arco del Teatro continuaba siendo una calle con olor a orines, a col hervida y a miseria; en cada esquina y a la luz del día una ramera vieja vendía su ajada mercancía defendiendo fieramente su puesto ante el asalto de cualquier pueblerina que, recién llegada a la ciudad con un mundo de ilusiones metido en la cabeza, acababa como todas ofreciendo su cuerpo a cualquier transeúnte, principalmente a marineros de barcos mercantes que querían recuperar en una noche el tiempo perdido durante muchos meses bregando con el ancho mar. Los anuncios que más proliferaban eran los referidos al negocio que mayormente se trajinaba: pomadas milagrosas para la blenorragia, arsénico para la sífilis, gomas y lavajes.

El local continuaba igual que siempre: al fondo el mostrador, con el tipo del mandil manchado colocando los vasos de la fregadera en un estante; las mesas en forma de pequeños barriles rodeadas de taburetes; y en total cinco parroquianos: dos prostitutas y un marino francés —lo dedujo por el pompón rojo de su gorra—, y en un rincón un cobrador del tranvía, con su uniforme de pana marrón y la placa de latón de la compañía, departiendo con un inspector sobre un tema de horarios. Evidentemente Pancracia Betancurt no estaba. Fredy, consciente de que desde el día de la bomba había abusado del alcohol, pidió un café y, en cuanto le sirvieron aquella especie de agua sucia tintada de achicoria, se sentó en uno de los barriles desocupados y esperó la llegada de su socia.

A pesar de los días transcurridos el recuerdo de lo ocurrido aquella noche ocupaba todos sus pensamientos y, pese a conocer a fondo las reacciones de Germán Ripoll, su cabeza se negaba a admitir que el hombre con quien había compartido tantas cosas y del que presumía de ser amigo se hubiera portado con él como un canalla. Papirer se sentía humillado. No había recibido noticia alguna de Germán, y ni siquiera éste había intentado disculparse. Era consciente de que la suya siempre había sido una relación desigual en la que el rico, como era costumbre, había abusado del pobre sin darle casi nada a cambio, en su caso, apenas unas tristes invitaciones para comer y unos trajes viejos; en suma, las migajas de su opulenta vida; y ello a cambio de divertirle, de aguantar sus chanzas y de dejarlo en la puerta de su casa en más de una ocasión cuando lo había tumbado alguna que otra borrachera... ¡y hasta se había jugado la cárcel por asistirlo en el duelo que mantuvo con el capitán Serrano de ingrata memoria!

Tenía la nariz partida y había perdido dos dientes, pero lo que más le dolía era que don Federico Béjar, a instancias de Práxedes Ripoll y con la excusa de que el día del estreno la claca no había funcionado correctamente, lo había puesto de patitas en la calle. Al día siguiente la prensa no hablaba de otra cosa que del terrible atentado. Y él en el momento de la deflagración estaba en la enfermería del teatro intentando restañar la sangre de su nariz, mas luego, cuando comenzaron a llegar heridos y casi moribundos, lo echaron sin contemplaciones y apenas tuvo ánimo para llegarse a casa de su madre, donde se recluyó sin querer ver a nadie.

Dijo a su madre que comunicara a Pancracia, cuando ésta fuera a la casquería, que tenía la gripe y que cuando se recuperara ya la avisaría. Y por el mismo conducto, cuando ya se sintió con fuerzas, pactó aquella cita con su socia a fin de acercar posiciones tras su última bronca.

La Betancurt no se hizo esperar. En un principio la penumbra del local y su aspecto impidieron a Pancracia reconocer a Papirer, por lo que se dirigió al mostrador a preguntar a Nicolás si alguien había pedido por ella. Fredy no movió ni un dedo por ver hasta qué punto su desfigurado rostro era reconocible; ante la negativa del tabernero, la mujer se volvió y repasó lentamente a los presentes.

Cuando el tipo que estaba en el rincón junto a una columna le hizo una señal con la mano, la mujer fijó su atención en él. El semblante de Pancracia reflejó su asombro al reconocer el tumefacto rostro de su socio.

Pancracia se sentó en el taburete junto a él.

—¡Por mis muertos! ¿Por qué no me ha dicho tu madre que la explosión de la bomba te había afectado? Te juro que cuando me contó lo de la gripe sospeché algo. ¡Eres un imbécil! Somos socios, y de haberlo sabido habría ido a verte.

—No me gusta que me compadezcan, y además la última vez nos separamos cabreados.

—Ante una cosa así las diferencias entre amigos se entierran. Más aún cuando uno de los dos es víctima del atentado más bestia que ha visto esta ciudad.

—Esto —dijo señalándose su rostro— no tuvo nada que ver con la explosión.

—¿Entonces…?

Durante una hora larga, Fredy explicó a Pancracia su increíble aventura y las consecuencias de la misma. Al finalizar, adornó su relato con una prolongada pausa; pretendía que sus palabras calaran en el ánimo de su socia.

—Me dejas confundida. Supe siempre que tu amigo Germán era un pisaverde, pero de eso a cometer una canallada de tal calibre media un abismo.

Sin haber pedido nada, se acercó el tabernero con la absenta con picón, bebida habitual de la Betancurt. Una vez que Nicolás se hubo retirado, ella dio un sorbo y tras chasquear la lengua preguntó:

—¿Y qué piensas hacer?

—Depende de ti. Además de romperme la cara y partirme la nariz, ha hecho que perdiera mi trabajo.

—Un trabajo secundario. Tus principales ingresos proceden de la fotografía... y tú ya me entiendes.

—No tiene que ver. Soy desde siempre un melómano, y la plaza de jefe de la claca del Liceo colmaba mi ego, hacía que me sintiera imprescindible.

—¿Por qué has dicho que depende de mí?

—Estos días recluido en casa de mi madre he tenido mucho tiempo para pensar... Estoy decidido a que esto no quede así.

—¿Y qué tengo yo que ver?

—En verdad, nada en absoluto; la venganza es mía personal. Pero se me ocurre que puedo ofrecerte un negocio mucho más importante que lo que representa que Germán Ripoll sea tu cliente para pomadas, ungüentos de eterna juventud y otras minucias. Lo que voy a proponerte es un gran negocio que te producirá réditos toda la vida sin tener que hacer nada más.

—No creas que soy tan hija de puta como parezco. Podemos discutir, pero tú eres mi amigo y me cabrea que ese pollo pera te haya roto la cara. Tengo clientes mucho mejores, y perder uno no afectará a mi economía.

—Entonces ¿me ayudarás?

—Cuenta con ello, y si el asunto me reporta algún beneficio, ¡sea bienvenido!

Fredy respiró profundamente.

—¿Sigues controlando a Greca y a Colomba?

—Son dos de mis principales bazas, y te consta que sirven para todo.

139
Greca y Colomba

El plan estaba perfectamente pergeñado. Si alguien conocía las costumbres de Germán Ripoll ése era Fredy.

Desde que lo había descubierto, su antiguo protector y amigo acudía todos los miércoles al Club de la Llave, el exquisito club privado del pasaje Mercader, a quemar la noche. Allí, tras perder en la ruleta o en el bacarrá ingentes cantidades de dinero, salía invariablemente muy colocado a acabar la velada en el burdel de Madame Petit donde se hacía montar un número de patricio romano con esclavas, o en cualquier otro local donde hubiera mujeres, y lo hacía habitualmente en un simón de alquiler, por no evidenciar ante el servicio de su casa lo arraigado de sus vicios.

Lo que ignoraba Fredy era la profundidad del pozo donde iba cayendo Germán. Dos eran los motivos que aceleraban su caída. La minusvalía de Pelayo lo obsesionaba. Pensar que su hijo era un deficiente tal vez incapaz de llevar adelante, en su momento, los negocios de la familia constituía para él un fracaso de enormes dimensiones, por lo que había aumentado considerablemente su afición al alcohol, al juego y a las mujeres. Sus tiempos de campeón de esgrima estaban ya muy lejanos, y el perfil de su abultado vientre delataba el principio del derribo de aquel cuerpo que había encandilado a tantas hembras. Otro asunto era el tema de Papirer. Germán era un hombre sin principios, de manera que su conciencia nada le reprochaba sobre el asunto en sí de lo ocurrido en el palco la terrible noche del atentado; sin embargo, echaba de menos a su bufón favorito. La noche sin Fredy no era lo mismo; desde hacía mucho tiempo quien le organizaba la juerga era su amigo, y él únicamente se dejaba llevar, en la certeza, además, de que al finalizar la noche, muchas veces sin saber cómo, acababa invariablemente en la puerta de su torre de Muntaner con las llaves en la mano, como anteriormente lo había hecho en la calle Valencia n.º 213.

Fredy había cuidado hasta el último detalle.

La noche anterior había acudido al Club de la Llave y había tenido una larga conversación con el portero encargado de llamar a los coches de alquiler que guardaban riguroso turno en la calle Mallorca, apoyando sus argumentos con una generosa propina. El miércoles, cuando pidieran un simón para don Germán Ripoll, avisaría a un landó cerrado que estaría ubicado a medio pasaje.

Germán pisó la calle a las tres de la madrugada con acusados signos de embriaguez; la chistera medio ladeada, el gabán sobre los hombros, la pajarita del esmoquin desabrochada y el paso un punto vacilante. El portero lo condujo hasta el landó, y Germán no se dio cuenta hasta que estuvo dentro de que, acurrucada en el rincón opuesto del asiento tapizado, se hallaba otra persona. El portero cerró la puerta, y Germán intentó enfocar con la mirada vidriosa a la persona que estaba a su lado.

—Buenas noches, don Germán. Perdone mi atrevimiento.

Germán reconoció a la Betancurt. La voz salió de su garganta estropajosa y vacilante.

—¿Qué coño hace usted aquí, Pancracia?

—Tengo algo que ofrecerle, y me han informado de que posiblemente a esta hora lo encontraría aquí.

A Germán ya no le interesó el cómo, sino el qué.

—A estas horas únicamente me interesa una cosa.

—Y si esa cosa es diferente a lo habitual, ¿qué le parecería?

—Soy un hombre de negocios, escucho su propuesta.

—¿Tiene usted un lugar adonde llevar a dos preciosidades que se salen de lo común porque son como dos gotas de agua y pueden volver loco a un hombre en la cama?

Germán pareció recobrar el tino.

—Cuénteme más cosas.

—Usted las conoce. ¿Recuerda el día que contrató mis servicios en aquella torre de Horta?

Germán arrugó el entrecejo y pareció recordar.

—Greca y...

—Colomba. ¿Le interesa el dúo?

—Evidentemente.

—No acostumbran hacerlo, pero las he convencido. No son baratas...

—Eso es lo de menos.

—¿Le parece ciento cincuenta?

—Muy buenas han de ser, pero me interesa el trato.

—Está bien. Y ¿el lugar?

—Iremos a mi *garçonnière*, está junto a la plaza Urquinaona.

—De acuerdo. Le dejaré allí, usted me dará la llave del portal y yo iré a buscarlas.

Entonces, ocultas hasta aquel momento bajo la ancha falda de la mujer, sin saber cómo aparecieron en las manos de Pancracia Betancurt una botella de champán y dos copas.

—Vamos a brindar por nuestro trato antes de que el coche se ponga en marcha y el traqueteo nos impida hacerlo.

La mujer dejó las copas en el suelo y tras descorchar hábilmente la botella escanció el líquido burbujeante en ambas. Al entregar la suya a Germán, ya había depositado en su fondo una pequeña pastilla que, en tanto ella pronunciaba el largo brindis, se disolvió rápidamente.

—Por éste y por los futuros negocios que sin duda realizaremos. Usted y yo somos dos figuras, cada cual en lo suyo, que tienen que trabajar al unísono en esta Barcelona de pánfilos que tantas oportunidades ofrece a los que saben verlas. Esta noche va a ser el principio de muchas cosas. ¡Por usted y por mí!

Al decir esto la Betancurt alzó su copa, que tintineó contra el cristal de la de Germán, y tras indicar al cochero la dirección lo invitó a beber.

Papirer aguardaba en otro coche, en compañía de las dos enanas, un joven efebo y todo su equipo de trabajo, junto a la fuente ubicada frente a la portería de la *garçonnière* de Germán a que llegara el coche contratado por la Betancurt.

El plan era sencillo. Aguardaría allí hasta que ella bajara de nuevo notificándole que Germán dormía ya el sueño de los borrachos.

Fredy se palpó el bolsillo. El llavín de la cerradura del estudio estaba en su bolsillo desde los tiempos en que la Bonmatí visitaba a su ex amigo, pero en aquella ocasión no iba a hacerle falta.

La silueta de Pancracia apareció en el portal haciéndole la señal convenida. El plan de Papirer se puso en marcha.

Descendieron los cuatro del coche y entre todos transportaron el material de trabajo de Papirer hasta la portería. Entre tantas manos no fue problema subirlo hasta la *garçonnière* de Germán. Entonces, como en una obra de teatro, cada cual fue a lo suyo. En tanto las enanas se desnudaban, el efebo ayudó a Pancracia a hacer lo propio con Germán, quien, echado en la cama, roncaba beatíficamente.

El trípode con la pesada máquina de fuelle fue instalado frente al lecho. El efebo preparó las antorchas de magnesio y el fulminante para encenderlas; Pancracia colocó a las dos enanas gemelas como si estuvieran trabajando a la vez el cuerpo de Germán; Fredy, cubierto por un trapo negro, encuadró la escena en el visor de la máquina, corrigiendo posiciones y buscando siempre el ángulo oportuno para que el rostro de Germán quedara bien visible. A una orden suya el efebo encendió el magnesio, que iluminó el cuadro con una intensa luz azul a la vez que Fredy oprimía el disparador. Con los consiguientes tiempos para cambiar las placas y buscar nuevos encuadres, las escenas se fueron repitiendo. Después fue el muchacho con una de las gemelas el que actuó, y como número final del pequeño maletín de Colomba salió una peluca rubia con tirabuzones y una enagua de blonda. Ponerle los aderezos a un Germán completamente dormido no fue tarea fácil; cuando el disfraz estuvo completo, lo colocaron de espaldas con la cabeza de medio lado, y Greca sujetó la antorcha. Antes de concretar su actuación, el efebo dijo que si la cosa iba en serio quería más dinero; Pancracia le soltó un rapapolvo que lo dejó tieso, y finalmente acordaron que tan sólo tenía que situarse de escorzo simulando la violación.

Cuando terminaron, recogieron todo el material y lo metieron en sus respectivos transportes. A las seis de la mañana todo estaba en orden como si nada hubiera ocurrido.

140
La muerte de Práxedes

El buen Crispín sufría lo indecible, pues Renata era desde pequeña la niña de sus ojos. En un principio quiso ignorar su enfermedad, pero la evidencia era tan clara que no tuvo otro remedio que rendirse a los hechos.

Habría preferido que, aunque peor, su actitud hubiera sido siempre la misma, pero eso de levantarse e ignorar con qué Renata iba a encontrarse lo traía por el camino de la amargura. En circunstancias, y ya al entrarle el desayuno, intuía el día que se le venía encima; otras veces, a media mañana ella cambiaba su talante, y entonces él tenía que vigilar que no se hiciera daño o que no lo hiciera a cualquier persona que entrara a arreglar la pequeña villa o a trabajar en el jardín. En tales casos no tenía otro remedio que avisar al pabellón central a fin de que los loqueros acudieran a sujetarla y se la llevaran para, siguiendo las instrucciones del doctor Galceran, aplicarle aquellas sesiones de agua helada y corrientes eléctricas, y para que le administraran una dosis doble de cloral que hacía que se la devolvieran hecha un fardo que ni siquiera abría los párpados.

La irregularidad adquiría tintes insospechados. Los días que ya en los ojos reconocía Crispín que Renata iba a estar bien, podía sentarla tranquilamente en la glorieta del jardín, darle lápiz o pluma de ave y papel para que escribiera, o bien entablar con ella una conversación completamente coherente, siempre que en ella no surgiera el nombre de Práxedes.

El lunes de la semana siguiente de la visita de Orestes, Crispín se sorprendió. Después del desayuno Renata regresó al dormitorio, y el viejo criado oyó que hablaba sola al tiempo que buscaba y rebuscaba en la caja de madera donde guardaba bajo llave varios papeles. Luego se puso a escribir en la glorieta, poseída por una rara excitación; a media mañana pidió a Crispín que fuera a por un sobre grande y estampillas de correo, pues deseaba enviar una carta, y a la hora de comer rehusó los alimentos para continuar escribiendo casi sin pausa. Crispín observó que súbitamente detenía la escritura y, apoyándose en el respaldo del sillón de mimbre, se quedaba abstraída y meditando hasta que volvía a iniciar la tarea enfebrecida. Finalmente, cuando sonaban las seis de la tarde en el gran reloj de la torre del Partenón, Crispín, que no había apartado sus ojos de Renata en todo el día, vio que metía el escrito en el sobre que le había llevado y que humedecía con la lengua el revés de los sellos y los pegaba en la parte superior. Luego, con un raro brillo en los ojos, le ordenó:

—Ven aquí y escribe la dirección que yo te diga; no quiero que al reconocer mi letra tiren la carta a la basura sin leerla.

A la vez que se sentaba, Crispín indagó:

—Y ¿por qué van a hacer eso, niña Renata? —Así la llamaba cuando estaban solos.

—¡No preguntes y escribe lo que te dicte!

Crispín se dispuso y Renata dictó: «Señor don Práxedes Ripoll de Grau, calle Valencia, 213, principal primera, Barcelona».

—Echarás este sobre al correo mañana sin falta. Y ahora deja de mirarme, que no tengo monos en la cara.

Crispín, que estaba acostumbrado a aquellos cambios de humor, no se sorprendió.

Con los pequeños binoculares colocados sobre la nariz, Práxedes repasaba documentos en su despacho cuando el suave repicar de los nudillos de Saturnino en la puerta lo sacó de sus cavilaciones.

Su orden de que no le molestaran era tajante, por lo que dedujo que el criado le llevaba correo de Cuba u otra cosa que considerara importante.

—Pasa, Saturnino.

El mayordomo entró dando explicaciones desde la puerta.

—Ha llegado este sobre, y como trae el membrete de la institución donde está doña Renata he pensado que tal vez se hayan equivocado y sea para don Orestes. Aun así, puesto que está a su nombre, don Práxedes, y siendo algo excepcional, me he atrevido a molestarle.

—Bien hecho, Saturnino. Trae aquí.

El mayordomo entregó el sobre y, tras demandar si su señor deseaba algo más, se retiró.

Práxedes miró lentamente la carta por uno y otro lado. El destinatario era él, desde luego; a la derecha se distinguía claramente el membrete del frenopático, pero la letra de redondilla le era completamente desconocida.

De momento un sinnúmero de motivos se le vinieron a la cabeza. Tal vez el estado de Renata había empeorado y el doctor Galceran prefería dirigirse a él, dada la amistad con que lo distinguía, antes que escribir a Orestes, o tal vez, como ya le había insinuado en un par de ocasiones, el doctor le pedía su ayuda económica para levantar un nuevo pabellón que coronara su obra.

Decidió salir de dudas. Se colocó los anteojos y con el abrecartas de puño de marfil rasgó la solapa del sobre, extrajo un papel doblado por la mitad y se dispuso a leer. Su corazón comenzó a batir de un modo acelerado. Ahora sí que reconocía la letra; incluso después de tantos años, la caligrafía de Renata era inconfundible.

Práxedes:

Espero que al recibir la presente te encuentres en la misma situación de angustia en la que yo me hallo, y de no ser así, que la recepción de esta carta te la proporcione.

Ya ves cuál ha sido el resultado de ese matrimonio que concertaste de acuerdo con Orestes entre Germán y Candela, un niño deficiente que sufrirá durante toda la vida esa minusvalía. A mí, una pobre loca, ni me consultasteis ni me dejasteis intervenir; de haber sido así me habría opuesto con todas mis fuerzas, y ahora voy a decirte el porqué.

Candela y Germán no son primos, son medio hermanos; tú eres el padre de ambos.

El pulso de Práxedes se aceleró; sin embargo, no pudo apartar su vista del escrito.

Tras tu humillación y tu desprecio, cuando estaba en boca de todos tus amigos, y antes de hacer un mes de la última vez que había estado contigo, me casé con Orestes en Biarritz. Yo creía que había quedado embarazada en el viaje de novios, pero fallé en mis cálculos porque ya lo estaba. Al nacer Candela creí honestamente que el padre era Orestes; luego tuve la prueba de que me había equivocado.

Pasado el tiempo Orestes quiso tener un varón, pero por más que lo intentamos no conseguí quedarme encinta, de modo que acudí a ver al doctor Rodoné y no encontró en mí motivo alguno que lo impidiera. Entonces le hablé de unas paperas que había sufrido Orestes, ya mayor, y me dijo que le pidiera que fuera a verlo porque en ocasiones esa enfermedad ocasionaba impotencia. Mi marido, ante mi ruego, acudió al doctor Rodoné, que en su juventud, en París, había sido pretendiente de mi madre, por lo que entre él y mi familia hubo siempre una gran amistad y mucha confianza. Tras visitarlo y con mucho tacto, el doctor me llamó para decirme que Orestes no era impotente, sino estéril, y por tanto incapaz de procrear. En resumen, como a pesar de mi talante liberal no había conocido íntimamente a ningún varón antes de ti, supe entonces que Candela era hija tuya.

A Práxedes la vena del cuello, como siempre que una situación lo superaba, se le marcó bajo la piel.

Prosiguió.

Me dirás que todo es fruto de mi desequilibrada mente; te equivocas completamente, recuerdo aquellos días con una precisión que te asombraría. Si tienes dudas acerca de lo que te cuento ve a ver al doctor Rodoné con esta carta y él te aclarará todo lo referente a Orestes; lo que no podrá revelarte, pues no lo sabe, es quién es el padre de Candela.

Obra en mi poder su diagnóstico al respecto de la esterilidad de mi marido, que con su ayuda pude disfrazar de impotencia sobrevenida después de la parotiditis, y como es lógico también está en mi poder el diagnóstico real.

Si no acudes al obispado y con estas razones haces anular el matrimonio de mi hija para impedir que venga al mundo otro ser que todavía sea más desgraciado, enviaré a Adelaida una carta igual a ésta con el auténtico diagnóstico del doctor Rodoné. Y si alguien duda de lo que asevero al respecto de tu paternidad, aportaré un dato que tan sólo puede saber alguien que te ha conocido íntimamente...

La monorquidia* no es algo que se perciba fácilmente a simple vista, y a mí, como comprenderás, a estas alturas de mi vida ya nada me importa.

Te doy quince días a partir de hoy para que obres en consecuencia; en caso contrario, pondré en marcha mi propósito.

Tu cuñada, que no te olvida,

RENATA

Práxedes se puso en pie, tambaleante, y rodeó la mesa. Un fuerte dolor le oprimía el pecho; instintivamente trató de aflojarse el cuello de la camisa bajo la pajarita, a la vez que intentaba llegar al cordón que avisaba a Saturnino... Pero no llegó a tiempo. Se agarró al cortinón de la balconada que daba a la calle Valencia, dio dos pasos y, arrancando la pesada tela de la barra de latón que la sostenía, cayó sobre la alfombra golpeándose en la caída con el canto de bronce de la gran mesa del despacho.

Carmen, la primera camarera, con un plumero de suave textura y subida en una escalerita de tres peldaños, estaba quitando el polvo de los lomos de la última hilera de libros de consulta y contabilidad de la pequeña biblioteca ubicada junto al despacho de don Práxedes con el que se comunicaba mediante una falsa puerta disimulada con un panel de libros imitados.

Súbitamente el ruido sordo de un cuerpo al caer y los ladridos de Bruja, la pequinesa de doña Adelaida, hicieron que saltara desde la escalera, lanzara a un lado el plumero y se precipitara sobre la puerta disimulada.

Golpeó fuertemente con la mano abierta el panel de separación a la vez que con voz alterada llamaba al señor.

—¡Don Práxedes, don Práxedes, por favor...! ¿Se encuentra bien?

Tras golpear de nuevo sin recibir respuesta, abrió la puerta y entró en el despacho al tiempo que la perrita, llegando desde el salón de música, hacía lo mismo.

Práxedes estaba tendido sobre la alfombra, con las gafas caídas sobre el pecho, un papel arrugado en una mano y una gran brecha en medio de la sien por la que manaba abundante sangre.

* Caso de un solo testículo.

Carmen se aterrorizó sin saber qué hacer. La perra daba vueltas sobre el caído lanzando sordos gemidos. La muchacha se arrodilló y comenzó a dar a su señor palmadas en la mejilla a la vez que intentaba incorporarlo. Inútil empeño; el caído pesaba demasiado para las fuerzas de la joven.

Luego, a grito pelado, empezó a llamar a Saturnino, en tanto que, sin saber por qué, tomaba las gafas del pecho de don Práxedes y las metía en el bolsillo de su delantal junto con el arrugado papel que él llevaba en una mano.

141
El entierro

La noticia corrió como reguero de pólvora. Al ser inesperada y siendo como era Práxedes un personaje importante, los dimes y diretes sobre su muerte se multiplicaron, y puesto que se propagó de boca en boca, además de irse dramatizando se fue ampliando, y los comentarios, según el nivel social de las tertulias, tomaron un sesgo u otro. Entre las chicas de servicio del barrio llegó a afirmarse en los corros que se formaban cuando se bajaban las basuras que el señor del principal primera del n.º 213 había muerto envenenado; entre la gente de su nivel se rumoreó que su corazón, ya muy tocado por el disgusto de la vocación religiosa de su hijo pequeño, no había aguantado el ritmo de trabajo que le exigían la indolencia y las francachelas de su heredero, sumando a todo ello lo dificultoso de los negocios referentes a Cuba y al pesar que le proporcionaba la deficiencia de su único nieto.

En aquellas circunstancias Gumersindo Azcoitia se convirtió en el personaje principal del drama. Orestes, intuyendo lo que se le venía encima, se disminuyó; Práxedes, su cuñado, era mucho Práxedes, y desde luego supo al momento que iba a echarlo mucho de menos. Adelaida, ya fuera por carácter o porque de alguna manera había esperado aquel terrible desenlace, se mantuvo mucho más entera; a ello ayudó la constante compañía de Candela y el consuelo que representó para ella que su querido Antonio volviera a entrar en la casa.

Los dos hermanos se encontraron en el recibidor; el saludo estuvo acorde con la circunstancia.

—Me gusta mucho verte por aquí, Antonio, pero… te ruego que no olvides nuestro pacto.

—Ya sabes que lo material me importa poco, hermano, por no decir nada.

—Igual que a mí lo espiritual; por tanto, entiendo que somos el complemento perfecto. Preocúpate tú del otro mundo que yo me ocuparé de éste.

—Además, con el cuerpo de nuestro padre todavía presente en casa no creo que sea el momento para hablar de nimiedades terrenales.

—Es fácil opinar así cuando se alimenta uno con el pan de los ángeles, pero cuando, como yo, se tiene a cargo el de cien familias, la cosa cambia.

—Si se han de fiar de tu competencia, los veo en la calle. Menos mal que las cosas seguirán como hasta ahora, al cuidado de Gumersindo Azcoitia y de tío Orestes.

Tras este comentario Antonio dio media vuelta y se dirigió a la galería, donde sin duda se encontraría su madre, en tanto que Germán, conteniendo su respuesta, se fue en el otro sentido.

Una vez que el doctor Goday certificara la defunción y ya colocado su padre de cuerpo presente en el salón del fondo, cuando al día siguiente empezaron a llegar inmensas coronas de flores con historiados lazos en cuyas cintas negras y en letras doradas se leía el nombre del particular o de la empresa que lo enviaba, Germán se encerró en el despacho de la fábrica revolviendo cajones y buscando papeles. La caja fuerte Fichet-Bauche que su padre había importado de París estaba cerrada, por lo que Germán hizo llamar a Gumersindo Azcoitia pidiendo explicaciones.

El fiel secretario se presentó de inmediato; sobre la manga de su seria levita gris lucía un ancho brazalete negro.

Tras tantos años el tono que empleaba en el trato con los patrones era una mezcla de confianza y respeto.

—¿Qué se le ofrece, Germán?

—¿Tiene la llave de la caja?

—Yo únicamente tengo la clave de la combinación. Sólo hay dos llaves; una la guardaba su padre en su llavero y la otra, su tío Orestes.

—Espéreme aquí. Subo a buscarla, y en tanto apúnteme en un papel la secuencia de números y letras.

Azcoitia se mostró visiblemente incómodo.

—La combinación también la tiene su tío Orestes; pídasela a él.

Germán se sulfuró.

—¡¿Pretende que el único heredero de la firma no se entere de cómo están las cosas?!

Gumersindo, en un tono respetuoso y sin embargo firme, respondió:

—Me limito a cumplir con mi obligación. Esta empresa era de dos socios; don Práxedes ha muerto, y por tanto el único que tiene potestad, por el momento, para hacer lo que me pide, Germán, es su tío. Usted será el heredero de don Práxedes cuando se abra el testamento, pero hasta que eso tenga lugar sigue siendo lo que era antes, director adjunto sin firma.

Germán no pudo contenerse.

—Está bien... ¡Le juro que cuando tome posesión de mi herencia en esta empresa van a cambiar muchas cosas!

El entierro fue un espectáculo. En el principal primera de la calle Valencia n.º 213 no cabía un alma. El cuerpo de Práxedes —vestido con levita, camisa blanca, cuello de plastrón, chaleco, pantalón gris de rayas finas y zapatos con botines— estaba colocado en un féretro ubicado sobre un catafalco presidido por un gran crucifijo, respetada voluntad de Adelaida, quien en ese punto se había mostrado intratable. En cada esquina del catafalco había un gran ambleo con un cirio grueso encendido, y la base cubierta por las principales coronas enviadas por diversas firmas y personalidades; el resto de las mismas estaba apoyado en las paredes rodeando la tapa del ataúd.

La gente iba desfilando ante él, unos comentando el aspecto del difunto y otros, los más creyentes, rezando una oración.

Debido a las diversas actividades del fallecido, el personal era de lo más variopinto. La logia Barcino estaba al completo, y los componentes de las diversas juntas a las que había pertenecido Práxedes mostraban sus condolencias a Adelaida, desfilando ante ella sombrero en mano y expresando su dolor en manidas frases repetidas invariablemente en todos los velatorios.

Don Gumersindo Azcoitia, ayudado por Saturnino, se desvivía por conseguir que la gente circulara sin detenerse en demasía ante la viuda, quien, asistida por Candela y por su amiga Hortensia Lacroce, recibía el pésame de sus conocidos en el salón de música. Las camareras, Carmen y Juanita, vestidas de riguroso luto con delantal de encaje y puños negros, pasaban entre los asistentes bandejas con copas de agua y pequeños canapés.

En estancias separadas, Orestes en la biblioteca y Germán en el que había sido antiguo despacho de su padre, tío y sobrino recibían las condolencias de los más interesados en seguir contando con la colaboración de la importante firma; los unos suponiendo que el poder se concentraría ahora en el otro socio y los otros pensando que a partir de aquel momento el que iba a tomar el mando sería Germán.

Súbitamente los allí reunidos se movieron como si fueran un solo hombre y el nivel de las conversaciones disminuyó. Saturnino entró precipitadamente a dar el parte.

—Doña Adelaida, Su Ilustrísima el obispo Morgades, acompañado por mosén Cinto Verdaguer, por su secretario y por su hijo Antonio, ya está entrando por el recibidor.

—Avisa a mi hermano y a Germán.

—Don Orestes ya está avisado y el señorito Germán también.

Adelaida se puso en pie y rogó a las damas que la estaban acompañando en aquel momento que hicieran el favor de abrir el círculo.

La entrada de la imponente figura del prelado en el salón de música obligó a los presentes a guardar silencio.

El obispo, vestido de riguroso pastoral y con capa pluvial morada, guardando luto, se llegó hasta ella adelantando su mano para darle a besar su anillo. Adelaida hizo el gesto de arrodillarse, pero el obispo, con una actitud paternal cargada de afecto, se lo impidió.

—Por favor, doña Adelaida... Únicamente debemos arrodillarnos ante Dios.

Su Ilustrísima se hizo a un lado para que mosén Cinto la saludara y para que Antonio, finalmente, pudiera besar a su madre.

El obispo Morgades estaba perfectamente al corriente de los entresijos de aquella familia, y pese a conocer el sentir de Práxedes y en atención a Adelaida y a su hijo, aquel joven sacerdote que tan bien servía a la Iglesia, y también en consideración a la generosa actitud que la presidenta del Laus Perennis había mostrado siempre hacia el obispado de Barcelona, había accedido a presidir el entierro si éste se ajustaba a la norma católica.

—Si le parece, doña Adelaida, pasaré a dar mi bendición al difunto.

—¡Cómo no, excelencia reverendísima, ahora mismo!

La ceremonia ya no se interrumpió. Después del rezo de dos salmos del «De profundis» en latín, secundado por mosén Cinto, Antonio y tres sacerdotes del séquito del prelado, se dio la orden para que avisaran a los servidores de la funeraria, que en número de seis, embutidos en sus batas negras y gorra en mano, acudieron para colocar la tapa del ataúd, recoger las coronas y bajar a hombros al difunto a fin de colocarlo en la majestuosa carroza imperial que aguardaba en la puerta de la calle Valencia, tirada por seis caballos enjaezados con arreos y plumeros negros, y servida por dos cocheros, que irían en el pescante conduciendo el historiado vehículo mortuorio, junto con dos lacayos, montados en la trasera y uniformados a la Federica.

La multitud se agolpaba en la calle para ver el espectáculo.

Tres filas de gente por lado invadían la portería, a tal punto que por el centro casi no se podía pasar. Jesús, Florencia y Adoración, en una actitud respetuosa que no compartía todo el personal, veían pasar el ataúd de su patrón. En la segunda hilera alguien comentó: «Este que se va ha dejado muchos duros». «¡Todos, los ha dejado todos! No conozco a nadie que se haya llevado alguno», respondió jocosamente otro de los curiosos.

Detrás del coche fúnebre se fue formando la comitiva. El cortejo se puso en marcha; en primer lugar Su Ilustrísima con seis sacerdotes, además de Antonio y mosén Cinto, en dos filas de tres, el del medio llevando el gran crucifijo y los otros con hachones encendidos en las manos. En primera fila iba el alcalde señor Manuel Henrich i Girona, de chaqué y portando la vara, acompañado por tres componentes de la corporación, el vicegobernador civil —puesto que el gobernador estaba en Madrid—, a su derecha el jefe de Protocolo, el señor Bonifacio, y a su izquierda el coronel adjunto del capitán general. Los seguían los representantes de la alta burguesía barcelonesa, componentes de todos los gremios —el textil, el metalúrgico, la seda, el fomento, etcétera— así como los compañeros del difunto en el comité que había hecho factible la Exposición Universal de 1888, al frente del cual estaba don Manuel Girona Agrafel.

El cortejo iba a subir por la Rambla de Cataluña hasta la calle Rosellón, en cuya intersección se hallaba ubicada la iglesia de Montesión, donde celebraría la misa corpore insepulto.

Allí aguardaban dos coches de respeto para los familiares y catorce berlinas de acompañamiento para quien quisiera acudir al cementerio del Oeste y asistir al sepelio.

La comitiva de hombres se puso en marcha. En tanto que en las dos tribunas del principal de la calle Valencia se agolpaban compungidos rostros femeninos de riguroso negro, en el terrado, el servicio doméstico de toda la escalera —cocineras, camareras, criados, cocheros y demás— se asomaba, curioso y dicharachero, alegre ante aquel acontecimiento que rompía la monotonía de los días.

El párroco de la iglesia de Montesión aguardaba en la puerta acompañado por el vicario y el coadjutor, los tres vestidos de ceremonial, al frente de un grupo de monaguillos embutidos en pequeñas sotanas moradas y cubiertos por sobrepellices blancas. El imponente coche se detuvo en el pórtico, y en tanto se bajaba el ataúd y se colocaba frente al altar en medio del pasillo la gente fue entrando en el templo, apretujándose en los bancos que quedaban libres tras los reservados para familia, amigos y autoridades.

En la iglesia sonó la música del órgano ejecutada por el chantre acompañando a un coro de voces que entonaba los acordes del «Adagio en sol menor» de Tomaso Albinoni, partitura escogida, entre otras, por doña Adelaida Guañabens.

Concluida la ceremonia, la comitiva fue ocupando los coches para dirigirse al cementerio del Oeste, donde estaba el panteón de los Ripoll. A mitad del trayecto comenzó a llover. El traslado fue largo y dificultoso; a aquella hora el tráfico en la ciudad era intenso, y al ser la caravana de coches muy larga, los municipales, dada la importancia del entierro, se vieron obligados a parar la circulación creando un sinfín de problemas. Al paso del cortejo las mujeres se santiguaban y los hombres descubrían sus cabezas de chisteras, bombines y gorras.

Finalmente las primeras berlinas fueron atravesando el arco de piedra de la entrada, y ocupando el camino principal y los laterales; muchas de ellas quedaron tan alejadas del panteón que el tránsito hasta el mismo se fue llenando de paraguas, lo que hizo todavía más complicada la operación.

El mausoleo de los Ripoll estaba en lo alto de una pequeña elevación a la que se ascendía por una corta escalera de piedra que dividía en dos el jardincillo que la rodeaba. El bisabuelo, orgulloso de lo conseguido, había levantado una capilla gótica de mármol negro cuya puerta de hierro y bronce estaba custodiada por dos ángeles de mármol blanco que cautelaban el sueño eterno de los difuntos allí inhumados.

Llegados hasta allí, y una vez que el ataúd fue depositado frente a la puerta, el párroco del cementerio, al ver la categoría de los asistentes y avisado de quién era el fallecido, invitó a mosén Cinto a despedir al difunto. El santo varón, agradecido y generoso, olvidando antiguos agravios, exhortó a Antonio a que hiciera el panegírico de su padre. Antonio, no obstante, renunció, y el eclesiástico se vio obligado a ascender los breves escalones para dirigir la palabra a los allí reunidos.

Seguía lloviendo, y bajo los paraguas se atisbaban rostros interesados por descubrir cómo resolvía mosén Cinto aquella papeleta.

La voz del poeta sonó alta y clara, resaltando lo positivo de aquel controvertido carácter.

—Queridos hermanos, hemos venido aquí para acompañar a su última morada a nuestro amigo don Práxedes Ripoll.

»Todos estamos hechos de barro y de dudas, es por ello por lo que el Señor, en su trayecto por este mundo, perdonó desde mujeres adúlteras hasta pecadores, y dice una frase que describe en el fondo lo que piensa al respecto: "Por sus obras los conoceréis". Podemos hablar, decir, opinar y equivocarnos, pero lo que cuenta al final es las veces que, directa o indirectamente, hayamos ayudado a nuestro prójimo. Don Práxedes Ripoll fue un gran empresario; cuidó de sus obreros, de sus amigos y de su familia, y ayudó con su esfuerzo a hacer más grande esta Barcelona que tanto amó.

»Voy a terminar con una cita de san Agustín. El obispo de Hipona fue en su juventud un gran pecador; sin embargo, las oraciones de su madre, santa Mónica, lo llevaron a la santidad. Éste fue su ruego: "Permite, Señor, que estemos juntos en el cielo los que tanto nos amamos en la tierra".

»Elevemos pues nuestras plegarias al Creador para que acoja en su seno a su siervo Práxedes Ripoll.

Tras estas palabras, y después de asperger con agua bendita la caja, mosén Cinto indicó a los enterradores que procedieran.

Terminado el acto la pequeña multitud se dirigió a los coches. Germán recibía, junto con el pésame, los plácemes de todos aquellos que intuían que a partir de aquel momento, dado el poco espíritu de Orestes y el sacerdocio de Antonio, era él quien iba a representar la firma Herederos de Ripoll-Guañabens.

Gumersindo Azcoitia miraba desde lejos la escena con los ojos todavía turbios por las lágrimas; el fiel secretario era, tal vez, una de las personas que más había sentido la muerte de su patrón, y estaba muy lejos de imaginar la sorpresa que lo aguardaba cuando el notario abriera el testamento.

Antonio acompañaba a mosén Cinto tomándolo del brazo y evitando los charcos que la persistente lluvia había ido formando. Al pasar junto a la abertura del muro de cipreses reparó en que un enterrador desproporcionadamente alto y corpulento se dirigía, empujando una cargada carretilla, hacia el espacio donde se hallaba la fosa común, donde se enterraba a los indocumentados y gentes de mal vivir que morían en las cárceles de Barcelona.

142
El testamento

El despacho del notario Enrique Duart estaba situado en un edificio de los jardincillos del Paseo de Gracia, por encima de la avenida de Argüelles, en un edificio que hacía chaflán cuando el camino ya se estrechaba.

Mariano detuvo los caballos del coche grande de los Ripoll justo antes para no entorpecer el paso del tranvía que se dirigía a la villa de Gracia, y Sebastián, el joven lacayo que había sustituido a Silverio, saltó desde el pescante y se precipitó a abrir la portezuela.

Una enlutada Adelaida salió en primer lugar, seguida de su sobrina-nuera, Candela, de su hijo Germán, de su hermano, Orestes, y del secretario de su difunto marido, don Gumersindo Azcoitia.

Desde hacía una semana el mal tiempo no cesaba en Barcelona; en aquel momento el cielo lucía encapotado y, aunque había dejado de llover, las losas del suelo brillaban mojadas y resbaladizas.

Candela sujetó a su suegra del brazo.

—Cuidado, madre, no resbale.

Adelaida se dejó ayudar. Después de aguantar estoicamente la muerte de Práxedes y la parafernalia del entierro, su espíritu se desmoronó y su rostro envejeció de golpe, en parte por el triste suceso y en parte por su absoluto desinterés al respecto del cuidado del mismo.

El grupo se fue alargando un poco. Germán daba las últimas instrucciones a Mariano al respecto de dónde debía aguardar el coche, y tras las dos mujeres iban Orestes y don Gumersindo. Al fin todos se reunieron en la puerta.

El despacho del notario ocupaba el entresuelo derecha del edificio. El arranque de la escalera que conducía a los pisos superiores era soberbio; la ancha barandilla de caoba seguía siendo la original de cuando el edificio de tres plantas pertenecía a una acaudalada familia de Barcelona que, venida a menos a causa de los malos negocios, se vio obligada a venderlo, situación que hizo que la torre original se hubiera convertido en aquel edificio actual de tres viviendas separadas, pero todavía, sin embargo, de gran categoría.

La puerta, enmarcada en un perfil de piedra de hojas de acanto y de palmas, lucía sobre la mirilla una placa de latón con la palabra NOTARÍA. Germán tocó el timbre, y sin dilación un botones uniformado abrió y los invitó a entrar. El mostrador de la señorita encargada de la recepción, pulcra y atildada, estaba a la derecha del recibidor. A ella se dirigió Orestes.

Apenas anunciado quiénes eran, a la orden de la mujer partió el botones en busca del primer oficial, en tanto que la recepcionista salía de su cubículo y los acompañaba a la sala de espera.

El tiempo fue brevísimo; el peso del apellido Guañabens abría puertas y agilizaba circunstancias.

El primer oficial de la notaría se presentó. Era un hombre pequeño y acelerado con un talante nervioso y servicial.

—Jaime Riera, para servirles. Tengan la bondad de aguardar un instante. Don Enrique les estaba esperando, y hoy me ha ordenado no concertar visitas. —Entonces, para darse tono, habló en plural—. Cuando tenemos que despachar una testamentaría importante, no señalamos otras entrevistas.

Partió el hombre sin casi dar tiempo a responder.

El notario apareció al cabo de breves minutos. Era el contrapunto de su primer oficial. Más que alto era grande, y bajo la levita de color gris marengo, el ajustado chaleco le hacía más gordo; tenía el pelo rizado y canoso, la barba le arrancaba desde las patillas y unas pequeñas antiparras le cabalgaban sobre su voluminosa nariz, y todo ello junto hacía que su rostro tuviera el aspecto de un perro pachón.

El hombre saludó a los presentes, solemne e historiado como correspondía a su profesión.

Besó la mano a las damas.

—Doña Adelaida, a sus pies. Doña Candela, no tenía el gusto de conocerla. —Luego pasó a los caballeros, apretando manos—. Don Germán... Amigo Orestes... Todo está preparado. Si me hacen el favor de seguirme a mi despacho, procederemos de inmediato a la lectura del testamento. Ya les ha dicho mi oficial que hoy son ustedes las únicas visitas; el testamento que me confió don Práxedes y sus últimas voluntades no son tarea que se despache en un cuarto de hora.

Germán, al oír las palabras del notario, supuso que su padre al morir había determinado poner en sus manos las riendas de los negocios.

El grupo, siguiendo a don Enrique, se dirigió al gran despacho.

Nada más llegar, el primer oficial comenzó a trasladar sillones para agrandar el círculo frente a la mesa, de modo que todos los presentes pudieron instalarse delante del notario.

La estancia era solemne, y excepto un gran lienzo colgado tras la butaca del funcionario, que representaba la justicia —una mujer con los ojos vendados, cubierta por una clámide blanca y sujetando con sus manos una balanza—, y a la derecha de éste los títulos que daban fe de los méritos del ilustre colegiado, el resto de las paredes estaba atestado de libros de consulta, archivos y toda clase de textos legales.

En el centro del semicírculo se sentaron Adelaida y Candela; al otro lado, Orestes y Germán, y en el extremo opuesto, don Gumersindo. A su vez, don Enrique Duart se ubicó en su sillón, y en tanto el primer oficial le llevaba el archivo de protocolos el notario, con un gesto ampuloso para entretener la espera, comenzó a repasar concienzudamente con una pequeña felpa los cristales de sus antiparras.

El primer oficial, ayudado por un pasante de mangas verdes sobre la camisa, dejó dos voluminosos libros en la mesa del despacho, a la derecha del notario. Luego, tras cerrar la doble puerta, ocupó su lugar en un rincón de la estancia, lápiz y libreta de taquigrafía aprestados en la mano, dispuesto a tomar las anotaciones que indicara su jefe.

El ambiente era algo tenso, y en el rostro de Orestes se reflejaba cierta curiosidad ante aquel añadido que representaba el capítulo de últimas voluntades del que ni él tenía noticia.

Tras las formales palabras de rigor y pidiendo, sobre todo a doña Adelaida, algo de paciencia por lo extensa que podía resultar la sesión, el notario inició la lectura del testamento.

La cosa iba quedando tal como había supuesto Germán. Él sería el propietario del patrimonio paterno en cuanto a propiedades se refería: la mitad del edificio de la calle Valencia, el *mas* de Reus, tres de los cinco pisos ubicados en diversos lugares de Barcelona —los otros dos pasarían a Pelayo, a su mayoría de edad—, el palco del Liceo y dos casas en Sabadell. Su madre quedaría usufructuaria de todas las rentas y titular de todas las acciones y obligaciones de las sociedades de las que formaba parte; en cuanto al negocio, Germán pasaba a ser director general de la empresa de pieles y curtidos, y respecto a los negocios de Cuba ocuparía el lugar que había ocupado su difunto padre, compartiendo con el tío Orestes todas las decisiones.

La fidelidad de Gumersindo Azcoitia quedaba generosamente recompensada con una sustanciosa cantidad de dinero y el cinco por ciento de las acciones del negocio; luego había mandas piadosas para todo el servicio de la casa en proporción a los años que llevaban en ella y, finalmente, una elevada cantidad para su fraternidad masónica y otra para el mantenimiento de la sociedad liceística.

Finalizada la larga perorata el notario, para cortar la sesión, ofreció a los presentes una copa de vino, a los hombres, y un refresco, a las damas, antes de proseguir. Candela acompañó a su tía a la *toilette* y Orestes fue al servicio de caballeros, lugar al que hacía ya tres años acudía frecuentemente.

Tras la pausa, la sesión se reanudó. Antes de iniciarla, el notario se creyó obligado a dar una explicación y, dirigiéndose principalmente a Adelaida, se dispuso a aclarar en qué consistía el capítulo de últimas voluntades.

—El transcurso del tiempo marca, como ustedes saben bien, el paso del hombre por este mundo; es por ello por lo que hay conductas, situaciones y elementos que influyen haciendo que las circunstancias varíen, pues lo que hoy es de un color mañana puede ser de otro, y así un testamento que hoy nos parece acabado y perfecto mañana puede ser un texto a modificar, moderar o cambiar en parte o en su totalidad. La obligación de mi oficio consiste en leer ante los interesados toda documentación que me haya llegado del difunto.

»Su padre... —Ahora se dirigía a Germán—. Don Práxedes pensó, dadas las circunstancias, que tenía que proteger de alguna manera, y precisamente por su peculiaridad, la vida de su nieto Pelayo, y por esa razón me hizo unas consideraciones al respecto y decidió cambiar ciertas cosas.

Los cambios fueron de tal enjundia que el rostro de Germán pasó de púrpura a lívido, recorriendo todas las tonalidades intermedias.

Germán quedaba como director de la fábrica de curtidos y gerente del negocio de importación y exportación con la isla de Cuba. No podía vender ninguna propiedad, que en su totalidad pasaban a poder de su madre; debía dar cuenta a su tío Orestes de cualquier cantidad que pretendiera sacar del banco y que excediera de cinco mil pesetas mensuales, y sus poderes se veían limitados a un giro y tráfico de los negocios, sin que pudiera disponer de cantidad alguna sin la aquiescencia de Orestes o, en su ausencia, de la de Gumersindo Azcoitia, quien sería albacea y valedor de los derechos de Pelayo.

Germán no pudo reprimirse y, sin importarle un ardite crear una situación tensa en extremo, se puso en pie violentamente e increpó al notario.

—¡Se supone que un funcionario público está obligado a cautelar los derechos que corresponden a un hijo que ha dedicado su vida a los negocios familiares!

Don Enrique, sorprendido por la reacción y sin perder la compostura, se justificó.

—Excúseme, don Germán, pero mi obligación es atender los deseos de aquellas personas que quieren testar en mi despacho; no puedo estar en el día a día de las familias, ni estoy obligado a ello. Lo que un padre de familia decida hoy y desee cambiar mañana no es de mi incumbencia. La situación que se ha dado aquí es el pan nuestro de cada día y está sujeto a relaciones humanas entre padres e hijos que varían según los comportamientos de unos y otros.

—¡Cuando un viejo chochea la obligación de un notario es velar por que no haga ningún disparate!

—¡Te prohíbo que hables así de tu padre!

—Perdone, madre, pero hoy se ha cometido aquí una ofensa contra mi honestidad que no estoy dispuesto a tolerar.

El notario, sin descomponerse, anunció:

—Le ruego, don Germán, que tenga la bondad de escuchar la última disposición; aún no he terminado.

Germán, creyendo que podría tratarse de una adenda que arreglara algo las cosas, se sentó de nuevo.

Don Enrique leyó lentamente con voz clara.

—«Aquel o aquellos de mis beneficiados que impugnaran estas disposiciones quedarán automáticamente desheredados.»

El notario prosiguió, pero Germán ya no quiso oír nada más. Con un gesto brusco e intemperante se puso en pie y, dando un portazo que hizo que los cristales de la puerta temblaran, se dirigió a la salida, dejando anonadados a los presentes.

El notario intentó recomponer la situación.

—Voy a dar esta escena como no ocurrida.

Orestes, mirando a su hermana en busca de complicidades, argumentó:

—Déjelo, don Enrique; mañana se le habrá pasado el berrinche. No compliquemos las cosas.

Luego buscó a Candela.

—¿Te parece, hija?

—Siempre que no pueda tocar la herencia de Pelayo, lo demás me da igual. Hace mucho tiempo que conozco el carácter de mi primo.

A Adelaida le extrañó que Candela nombrara de esa manera a su marido.

Tras la tarde de la lectura del testamento el ambiente en la torre de la calle Muntaner se hizo irrespirable.

Si el matrimonio de Candela fue desde el primer día un fracaso, la constatación de la sordomudez de Pelayo y ahora las disposiciones del testamento de Práxedes habían sido el colofón que coronaba la obra.

Germán apenas comparecía por casa, cosa que a Candela poco importaba; si comía en el círculo, en el club de esgrima o en el ecuestre a ella le daba lo mismo, lo que no admitía es que a su llegada el niño pagara sus intemperancias y frustraciones.

Entre la pareja no había diálogo posible, más aún desde que Candela se opuso frontalmente el día en que Germán le insinuó que sería conveniente que convenciera a Gumersindo Azcoitia para que como albacea le cediera los derechos de las propiedades que el finado había dejado a su nieto Pelayo.

—Si tío Práxedes dispuso que así fuera, así ha de ser. Muévete en otra dirección; si te hace falta vender algo, convence a mi padre de esa necesidad, habla con Adelaida o recurre a los bancos, que para eso están… Pero lo de Pelayo es innegociable.

Germán mascullaba su resentimiento y cultivaba un odio cada día más acendrado al recuerdo de su progenitor. ¡Tantos años de espera, tantas humillaciones, para llegar a lo más alto en la firma y ahora, cuando acariciaba el momento, un estúpido documento redactado en un día de mal humor de su padre, motivado por cualquier impuntualidad suya o cualquier otra nimiedad, lo apartaba del tan ansiado anhelo!

Desde el día de la bomba del Liceo los diálogos de la pareja a la hora de comer se reducían a lo más convencional. Apenas servido el café, Candela se retiraba a su dormitorio, que ya casi nunca, gracias a Dios, compartía con Germán. Las veces que éste acudía a ella para someterla lo hacía de madrugada, interrumpiendo su descanso y en un estado etílico que difícilmente permitiría a hombre alguno yacer con mujer. Candela hacía ya mucho tiempo que había admitido que aquélla iba a ser para siempre su vida; al principio había aceptado el hecho con resignación, en la creencia de que su sacrificio iba a servir para algo; ahora, tras entender la inutilidad del mismo, Pelayo era el único muro de contención que hacía que no echara en cara a su padre el castigo que para ella, desde el principio, había significado aquella vida.

Sus ratos en compañía de sus pocas amigas, y principalmente la penumbra de aquellas soledades que permitían que su pensamiento volara tras el señuelo de la quimera que había nacido casi en su niñez, eran sus más queridos momentos. Sus recuerdos eran tan vívidos que a veces, en la oscuridad de la noche, se incorporaba en la cama y avanzaba su mano intentando rozar aquella adorada presencia que se diluía como un fantasma, inaprensible como el agua que se escurría de entre los dedos apretados de las manos.

Juan Pedro estaba muerto, y ella, tristemente y contra su voluntad, seguía viviendo.

El cielo le había enviado un motivo para ello: Pelayo, aquel ser indefenso que se refugiaba en Candela y que de ella iba a depender toda la vida.

143
El chantaje

Desde el día de la lectura del testamento de su padre, Germán dormía mal. Llegaba como de costumbre a altas horas y se iba directamente al dormitorio que había habilitado en la planta baja de la torre de Muntaner. Sus citas amorosas las despachaba, como había hecho siempre, en la *garçonnière* de la calle Bilbao, junto a la plaza Urquinaona, por lo que pocas veces tenía que recurrir a Candela para satisfacer su insaciable libido. Sus encuentros con ella se habían ido espaciando; su primita no lo satisfacía en absoluto; al principio pensó que, como todas las potrancas, con el tiempo entraría en los juegos amorosos, pero debía reconocer que se había equivocado.

Candela asistía impasible al asalto de su cuerpo como si estuviera en otro lugar, jamás ponía algo de su parte, y en esas lides Germán tenía claro que, como en la esgrima o en el tenis, hacía falta que los dos contrincantes quisieran participar.

Sus noches habían cambiado; Alfonso Ardura era un buen compañero para muchas cosas, pero no tenía la chispa y el desparpajo de Fredy, al que de vez en cuando echaba de menos. Germán tenía problemas económicos. El juego era una actividad formidable, sobre todo cuando se ganaba, pero cuando la racha se torcía y entraba la mala, y la bolita blanca de la ruleta, caprichosa y esquiva, se negaba a caer en el número apostado, entonces el dinero se iba a espuertas y era cuando había que darle con todo y seguir amarrado a la mesa.

Germán llevaba dos meses muy malos. En el Club de la Llave del pasaje Mercader le habían cerrado el crédito, y hasta que no pagara la deuda contraída no podía volver a jugar; en la timba de póquer de los martes del Círculo Ecuestre y en la del tiro de pichón de los sábados, tres cuartos de lo mismo; su prestigio estaba en entredicho, por lo que su mente iba barruntando una solución que afectaría a la contabilidad del despacho; cobraría un talón destinado a pagar a un proveedor de curtidos de Ubrique para poner a cero el contador de sus deudas, y luego ya vería la manera de reponerlo.

Todos esos pensamientos pasaban por la cabeza de Germán en la duermevela de después de comer, cuando las campanadas del carillón del comedor acabaron de espabilarlo. Comprobó, como era su costumbre, si la hora coincidía con la de su reloj de bolsillo, y al hacerlo se dio cuenta de que iba a llegar tarde a su cita en el Jockey Club con Ardura. No vendría de un cuarto de hora; Alfonso sabría excusarlo. Le hacía falta otro café, de manera que extendió el brazo y oprimió el pulsador del timbre. Al punto oyó los pasos de Romera, el mayordomo recomendado por Ardura, por cierto, un gran fichaje: silencioso, efectivo y sobre todo discreto, cualidad esta última imprescindible en su profesión.

El hombre compareció apartando la cortina verde de pesado terciopelo que separaba el comedor de la galería portando en su mano derecha una pequeña bandeja de plata con un sobre de color crema bastante abultado.

—¿Qué me traes aquí?

El mayordomo, a la vez que respondía, avanzó la bandeja de plata a su patrón.

—El portero ha subido este sobre después de comer. Al parecer lo ha dejado un mensajero.

—Está bien. Dame un abrecartas y tráeme un café muy cargado y sin azúcar.

En tanto que el mayordomo, diligente, le acercaba lo pedido y partía en busca del estimulante líquido, Germán sopesó con actitud curiosa el abultado sobre. Frunció los labios y se dispuso a rasgar la solapa.

Al punto percibió que lo que había dentro era más bien de cartón que de papel. Para ser exacto, contenía dos cartulinas y una hoja doblada. Extrajo esta última, y en un principio no entendió lo que leía.

Tenemos una conversación pendiente. Si te interesa, voy a esperarte el jueves a las cuatro en mi estudio de Blasco de Garay.
Afectuosamente,

FREDY

P.D.: Si lo crees oportuno, puedes mostrar a quien quieras el contenido del sobre.

Germán procedió lentamente a extraer las cartulinas. Si llega a estar de pie, tal vez habría tenido que sentarse de inmediato.

Ante sus ojos y en un tono sepia aparecía él, desnudo en su cama de la *garçonnière*, en compañía de Greca y Colomba en la primera fotografía, y en la segunda con un efebo desconocido en una postura que no admitía dudas.

La voz de Juan Romera lo sorprendió.

—¿El señor se encuentra bien?

Cuando llegó al Jockey Club de la Rambla de Santa Mónica, Alfonso Ardura lo aguardaba sentado a una de las mesas del salón de lectura, con el mango del vástago de madera que sujetaba *La Vanguardia* en su mano izquierda en tanto que con la derecha pasaba la página.

Al ver el aspecto de su amigo dejó rápidamente la prensa sobre la mesa y exclamó, alarmado:

—¿Te encuentras bien? ¿Qué te ha pasado? Tienes un aspecto horrible…

Germán se sentó en el otro sillón.

—Me encuentro todo lo bien que uno puede encontrarse en mis circunstancias. Pasar, aún no me ha pasado, pero si me pasa puedo perder el prestigio ante toda Barcelona.

—¿Puedes hacerme el favor de no hablarme en jeroglíficos?

Germán paseó la mirada de uno a otro lado, asegurándose de

que ningún otro socio estuviera en la sala de lecturas; luego, lentamente, extrajo el sobre del bolsillo de su levita y entregándoselo a Alfonso le susurró:

—Mira esto.

Ardura, contagiado del tono misterioso que empleaba su amigo, tomó el sobre y extrajo de él las enigmáticas cartulinas.

Un estupor contenido amaneció en su rostro.

—Pero ¿qué es esta barbaridad?

—Lee esto. —Germán ahora le entregó la nota.

Ardura procedió sin dilación a leerla y acto seguido miró a Germán.

—¡Te lo advertí! Este tipo es un canalla que ha vivido de ti durante años y ahora no se resigna. —Enseguida, como interpretando la mirada de Germán, añadió—: Comprendo que lo del Liceo fue muy fuerte, pero los amigos están para solventar situaciones comprometidas, que luego se aclaran, más aún en circunstancias como las de aquella noche. Claro que para eso hace falta tener clase, y ese individuo es un patán. Pero ¿cómo te dejaste hacer estas placas?

En menos de un cuarto de hora, Germán puso al corriente a Ardura de lo ocurrido la infausta noche, de la que poco a poco había ido haciéndose una composición de lugar.

—¿Y esa tipeja? ¿Vas a permitir que ese par de sinvergüenzas te chantajeen? Si lo admites una vez, estarás en sus manos... ¡Será el cuento de nunca acabar!

—Esa tipeja, como tú la llamas, es comida aparte; tiene información de todo lo que ocurre en Barcelona, una agenda muy peligrosa que la policía pagaría a precio de oro y en la que figuran nombres que ni te imaginas. Pero todavía no sé el papel que representa en esta comedia; desde luego, fue ella la que me recogió en el club... y lo demás todo son suposiciones y no sé hasta qué punto está involucrada.

—Evidentemente ella fue la que te proporcionó a las enanas.

—De eso no hay duda, pero lo que ocurrió después es lo que ignoro, y no querría tenerla como enemiga si puedo evitarlo. —Luego añadió—: Fredy tenía llave de mi *garçonnière*. ¡Yo qué sé si se puso en contacto con las enanas directamente!

—¿Y el efebo?

—Ése es uno de sus modelos habituales.

Ardura fue asimilando la información.

—Y ¿qué piensas hacer?

—Por lo pronto acudiré a la cita; allí sabré las intenciones de Fredy y hasta dónde llega su rencor, y entonces obraré en consecuencia.

—Aclárame eso.

—Depende.

—¿Depende de qué? ¡Ponte en lo peor!

—Si quiere dinero, que es lo más probable, se lo daré a cambio de las placas originales. Ni a él ni a mí, como comprenderás, nos conviene ir a la policía; a él porque se le acabaría el negocio y a mí… ¡ni te digo!

—Intuyo que eso no va a ser tan sencillo. Dale una vuelta; lo que persigue es tenerte en sus manos, y si no buscas otra solución tendrás eternamente sobre tu cuello esa espada de Damocles.

—Entonces ¿qué me aconsejas?

—Que busques una solución definitiva.

—Y eso ¿cómo se come?

—Lee la página de sucesos de los periódicos… En el barrio chino todos los días pasan cosas.

—¿Me aconsejas que busque un par de matones para cargármelo?

—¡No me atrevería a tanto! Pero si consigues que le den un buen susto, a lo mejor atiende a razones. Para hacer un pastel primero hay que amasar el hojaldre.

Germán achinó los ojos y observó a su amigo Ardura desde otra perspectiva.

—Si quieres, te acompaño.

—Prefiero ir solo; igual si acudo contigo se niega a hablar del asunto.

—Como gustes. Pero te aconsejo que vayas preparado.

144
El incendio y el ácido

A Germán aquella tarde no le convenía tener testigos de sus andanzas, por lo que cedió los servicios de Ruiz, su cochero, a Candela, que tenía que llevar a Pelayo al otorrino. Germán tenía muy claro a lo que iba y también cómo iba a comenzar aquel asunto, lo que ignoraba era su final.

En tanto bajaba por Marqués del Duero en un simón de punto,

su mente iba devanando las diversas circunstancias en las que se podría encontrar. Instintivamente se palpó el bolsillo interior de su levita; el fajo de dos mil pesetas estaba en su sitio.

Conocía bien a Fredy; desde los lejanos tiempos de la milicia siempre había obrado igual. Papirer no conocía la dignidad, sus ansias de medrar eran infinitas y por un duro habría matado a su madre; soportaba desplantes, humillaciones y hasta insultos si, al fin y a la postre, éstos le rentaban un resultado. Había ganado la primera peseta con el negocio de la pornografía, eso marcaba la medida de su falta de escrúpulos. Germán reconocía que la noche del Liceo se había pasado un tanto, pero Fredy debía entender que aquélla era su única salida. Su padre, Práxedes, había complicado las cosas al influir para que echaran a Papirer de su cargo de jefe de claca, pero eso también habría podido tener remedio. Lo que nadie podía imaginar es que la explosión de aquella bomba suspendiera toda actividad en el gran teatro, impidiendo además las circunstancias personales de Germán haber buscado a Fredy para aclarar las cosas, que en aquel momento ya estaban definitivamente estropeadas.

Las palabras de Alfonso Ardura resonaban en el interior de su cabeza: «Has de buscar una solución definitiva; de no ser así, siempre estarás en sus manos». La frase batía su mente como el martillo al yunque; instintivamente, palpó el puño del bastón que reposaba apoyado en el mullido asiento.

—Conozco bien a Germán, Pancracia, he tenido muchos años para saber cómo funciona su cabeza. Pataleará, me insultará al principio, luego apelará a nuestra antigua amistad, que no ha sido obstáculo para partirme la cara y hacerme perder mi cargo en el Liceo, pero al final pagará; todo lo que pueda arreglarse con dinero para él no es obstáculo, más aún ahora que, muerto su padre, imagino que habrá trincado un buen pellizco.

—Recuerda que no quiero tener problemas con él. Yo le envié a las chicas, y tú, que lo sabías porque ellas se encontraron contigo aquella misma noche y te lo comentaron, les ofreciste un dinero para que lo emborracharan, luego llegaste allí con tus trastos y con Cirilo, entraste con tu llave y el resultado fue el que fue.

—¡Qué lista eres, Pancracia! Hago el trabajo sucio, me la juego a una carta, remato la operación y, cuando todo está hecho, tú vienes y cobras.

—¿Quién fue la que tuvo la idea para que pudieras cumplir tu venganza? ¿Quién llevó a las chicas? ¿Quién es la cabeza pensante de nuestra sociedad? Evidentemente que quiero mi parte y no sólo hoy; cada vez que tú cobres, a la media hora estaré allí a por lo mío. ¡Tenlo claro! Te doy un margen de dos horas, tiempo suficiente para que hayas llevado a cabo la transacción. A las seis y media me tendrás allí, y si has cobrado el primer plazo, me darás lo que me corresponde.

En la esquina con Blasco de Garay Germán ordenó al cochero que se detuviera. Pagó la carrera y antes de entrar en el estudio de Papirer lo hizo en un pequeño establecimiento de comidas situado en la acera de enfrente, un poco más arriba, y situándose en el extremo del mostrador de mármol que daba a la calle se dispuso a observar el campo donde iba a librarse la batalla. Pidió un coñac, que le sirvieron en un vaso de vidrio grueso, y escudriñó el barrio. La zona era la de los teatros de los espectáculos más atrevidos de la ciudad, la conocía bien. A aquella hora no era peligrosa, pues el personal que hormigueaba por la calle era de una condición ínfima; carga y descarga de carros, mozos de cuerda buscando trabajo, hombres anuncio con los carteles sobre los hombros, alguna que otra mujer pintarrajeada en el quicio de algún mísero portal requebrando a los paseantes que buscaban sexo a aquella temprana hora… No era fácil encontrar entre aquel magma gente de su condición que pudiera reconocerlo, los de su mundo acudirían por la noche, muchachos más jóvenes que él acompañados por bellas alocadas que buscaban quemar su juventud, cual polillas en el pabilo de una palmatoria, en aquel mundo de francachela y diversión que nada tenía que ver con el que lo habitaba en aquellos momentos.

Germán observó cuidadosamente el edificio en cuyos bajos tenía Fredy el estudio fotográfico. En la parte que daba a Blasco de Garay se veía la puerta de entrada con el rótulo que anunciaba su oficio; en la parte trasera había una tapia y una puertecita por la que también podía accederse al estudio a través de un patio, e imaginó que por allí entrarían los figurantes que después eran los modelos de las fotografías.

Pagó la consumición, lanzó al suelo el cigarro que había encendido y, tras aplastarlo con la punta del pie, tomó su bastón, cruzó la calle y se dispuso a entrar en la guarida del zorro.

Descendió lentamente por Blasco de Garay, y después de mirar a uno y otro lado cruzó la calzada hasta la acera de enfrente. Ya en el portal del estudio que daba a la calle, abatió el picaporte y con el hombro presionó la puerta, que cedió. Germán se halló en el pequeño zaguán en cuyo fondo se adivinaba el arranque de la escalera y en el lienzo de pared de la derecha la pequeña puerta del estudio fotográfico. Consultó su reloj; llegaba a la hora exacta. Hizo girar la palomilla del timbre y al instante la puerta se abrió un palmo, todo lo que daba la cadenilla que la aseguraba, y en la abertura apareció el rostro de Fredy; luego volvió a cerrarse; ruido de la falleba del cerrojo y del pasador de la cadena, y a continuación volvió a abrirse, esta vez totalmente.

Papirer se hizo a un lado sin abrir la boca, invitándolo a pasar con un gesto.

Germán se adentró en la estancia. Con la vista abarcó el espacio. Todo estaba más o menos como lo recordaba; el escenario montado a la izquierda, esa vez sin la cortina del fondo; el sofá; la pequeña columna de mármol con el florero; la cámara en el trípode y cubierta con el inevitable paño negro, y en la pared de detrás, la puerta que imaginó daba al patio trasero, enfrente la del laboratorio y a la derecha la del despacho de Fredy.

Por el ruido, supo Germán que Fredy había cerrado con pestillo.

Sin decir palabra, Papirer pasó por su lado y se dirigió al despacho; Germán fue tras él. Esperando que iniciara la conversación, colgó su hongo del perchero del rincón y, sin soltar el bastón, dio media vuelta sobre sí mismo y aguardó.

Los antiguos amigos se encontraron frente a frente. Germán tenía cierta curiosidad por ver cómo Papirer afrontaba aquella situación. El tono y la actitud de Fredy no dejaron de sorprenderlo. El talante servil había desaparecido. Su rostro tampoco era el mismo, pues la falta de dos piezas dentales daba a su boca una expresión torcida y afeada, y en el fondo de sus ojos brillaba una llama de rencor contenido.

Las costumbres no se cambian en un día, por lo que Germán, como si nada hubiera sucedido y sin intentar excusarse por lo acontecido, se dirigió a Fredy en el mismo tono de siempre. Extrajo del bolsillo de la levita el sobre con las fotografías y lo lanzó despectivamente sobre la mesa.

—¿Quieres decirme qué coño es esto?

Fredy lo miró con un desprecio infinito y, a la vez que se sentaba, comenzó a hablarle en un tono completamente desconocido.

—¿Estás ciego o tu soberbia y tu estupidez te impiden reconocerte?

Germán acusó el golpe; sin embargo, se repuso y alzó la voz.

—¡Desde luego que me reconozco! Y también reconozco mi *garçonnière*, y deduzco que alguien entró abusando de mi confianza y sin mi permiso e hizo estas placas, lo cual constituye un delito.

—¡El tiempo de alzar la voz se acabó, pedazo de cabrón! Al igual que el Fredy amable y complaciente que tú conocías murió el día del Liceo, y no por la explosión de la bomba, sino por la decepción que le produjo la actuación de alguien que hasta aquel momento había tenido por amigo y por el que hizo un montón de cosas.

—¿Qué cosas has hecho por mí, además de vivir de gorra?

—Entre otras, asistirte en un duelo, llevarte al hospital, reírte las gracias y soportar tus desplantes y estupideces. ¡Conque siéntate! Y mejor que entiendas lo que voy a decirte.

Germán amainó velas e intentó un acercamiento.

—Si alguien conocía aquella noche mis planes eras tú. La presencia de mi padre me cogió por sorpresa y precipitó los acontecimientos; en aquel momento no se me ocurrió otra cosa que hacer, y pensé que luego te daría una explicación y te compensaría. Nadie podía imaginar lo de la bomba; toda otra cuestión pasó a segundo término. Más tarde murió mi padre, imagino que te has enterado, y pensé que, como de costumbre, te pondrías en contacto conmigo... Pero las cosas pueden reconducirse y arreglarse.

—¡Ya es tarde! Me partiste la boca, me cargaste con un mochuelo que nada tenía que ver conmigo, perdí mi trabajo... Y ¿ahora me vienes con paños calientes? ¡No, querido! Nuestra historia no da para más.

Germán intentó una defensa desesperada.

—Hemos sido amigos durante muchos años.

—¡Yo he sido tu amigo! Tú no sabes lo que es eso. Me has dado las sobras del banquete, cuatro trajes y tres mierdas a cambio de hacerte reír, de aguantar tus desplantes y de soportar tus borracheras... para acabar en la calle sin trabajo y con la boca partida.

—Tienes razón. Te llevaré a mi dentista, te pagaré el arreglo de la boca y lo que haga falta.

Papirer lo interrumpió. Un odio de clases antiguo como el mundo subió a borbotones por su garganta y fluyó silbando entre el hueco de sus dientes.

—Cierto: vas a pagarme lo que me haga falta... pero ¡durante toda la vida!

—¿Qué quieres decir?

—Es muy sencillo: en mi situación es muy difícil encontrar trabajo, y tengo la mala costumbre de comer todos los días. Por lo que, a partir de hoy, además de una generosa entrada que luego señalaré, me pagarás puntualmente cada primero de mes quinientas pesetas, cantidad que irá subiendo según lo haga el coste de la vida.

Germán tardó unos instantes en encajar el golpe.

—Y ¿en caso contrario?

—¡Simple! Todas tus amistades recibirán un sobre exactamente igual que el que has recibido tú. No tengo que decirte que socialmente estarás muerto, tu matrimonio se irá a la mierda y tu suegro te desheredará. Si crees que esto no vale quinientas pesetas es que no estás en el mundo de los negocios.

—¿Te has vuelto loco? ¡Eso es una fortuna!

—Es lo que hay; lo tomas o lo dejas.

El cerebro de Germán iba como una devanadora. Ardura tenía razón: debía acabar aquello de alguna manera; en caso contrario, estaría toda la vida en manos de aquel canalla.

Fredy echó más leña al fuego regodeándose en un triunfo que ya veía en sus manos y su odio jugó en su contra.

—Si quieres verlas, tengo más fotos.

—Está bien, quiero saber lo que compro.

—Entonces ven al laboratorio. ¡Y no se te ocurra intentar algo! Tengo los originales a buen recaudo.

Al decir esto y sin querer, Fredy señaló el cajón de la mesa. Luego se puso en pie y lo invitó a seguirlo. Atravesaron la estancia principal, y condujo a Germán hasta la puerta del laboratorio. Sacó un manojo de llaves y encajando una de ellas en la cerradura la abrió. La oscuridad era absoluta.

—Aguarda aquí a que encienda un quinqué. Soy pobre, y en este cuarto aún no tengo luz eléctrica; además, casi siempre tiene que estar a oscuras para el revelado y cubriendo el quinqué con un trapo rojo.

Germán aguardó en el quicio de la puertecilla hasta que Fredy, encendiendo una cerilla y retirando la chimenea de cristal de la lámpara, prendió la mecha y se hizo la luz.

La habitación estaba atestada de cajas de negativos de vidrio en el suelo; a la derecha había un mostrador de mármol y en su extremo una pila de agua; al otro lado, cuatro gavetas medio llenas de diversos líquidos; bajo el mismo, un armario con puertas corredizas y sobre él un alambre que iba de lado a lado y del que colgaban, sujetas con pinzas de la ropa, varias placas a medio secar.

Fredy se agachó y del interior extrajo una caja de cartón, la colocó sobre el mostrador y se volvió hacia Germán:

—Ahí tienes tus placas. En prueba de nuestra antigua amistad, te invito a que escojas la que más te guste para que te acuerdes siempre de nuestro trato.

Germán dejó el bastón a su lado y comenzó a examinar aquella basura.

Un velo rojo nubló su vista; el odio le impidió razonar con serenidad y en ese momento sólo supo que tenía que acabar para siempre con aquella amenaza.

Tiró rápidamente del mango del bastón y desenfundó el estoque, poniendo la punta sobre el pecho de un Fredy que, aterrorizado, dio un paso atrás; conocía muy bien a su ex amigo y sabía de lo que era capaz cuando se desbocaba el torrente de su ira.

—¿Qué vas a hacer?

—Pero ¿de verdad, tras tantos años, creías que ibas a poder conmigo, sabandija de mierda?

El Fredy de antes amaneció de nuevo.

—De acuerdo, llévatelo todo.

—No desprecies mi inteligencia, estúpido... Antes te has delatado. ¿Tienes otras copias guardadas para hundirme en la miseria?

—Te juro que no...

Fredy, amenazado por la punta del estoque, dio otro paso atrás. Sin querer tropezó y, al intentar agarrarse al mármol, cayó de espaldas arrastrando consigo dos gavetas de ácido que se derramaron sobre su rostro. El grito fue aterrador; se llevó las manos a la cara, luego trató de aferrarse a algo y, finalmente, volvió a caer de espaldas.

Germán, sorprendido, dudó unos instantes. Fredy yacía en el suelo retorciéndose a causa del dolor.

Reaccionó rápidamente. Con el pomo del bastón descargó un tremendo golpe en la cabeza de Fredy. Luego se abalanzó sobre el quinqué, retiró la protección del cristal y, tras arrojarlo sobre el cajón de los negativos, tomó la funda del bastón y salió del laboratorio, fue al despacho, recuperó su sombrero hongo y, llevado por una intuición, con la punta del estoque descerrajó el cajón del despacho. ¡Allí estaban los originales de sus placas! Tomó el sobre y se lo metió en el bolsillo interior de la levita, enfundó el estoque y, sin volver la vista atrás, salió a la calle cuando las sombras iban ganando la batalla al día y en el reloj de la espadaña de Santa Madrona daban las seis y media. La normalidad era absoluta, cada cual iba a su avío. Se caló el hongo y manejando el bastón con soltura se dirigió a la parada de los coches de punto que había junto a la entrada del teatro Arnau.

Casi al tiempo que Germán salía por la puerta principal de Blasco de Garay, Pancracia, acompañada de Cirilo, el efebo, introducía la llave en la cerradura y abría la parte posterior que daba al pequeño patio interior del edificio que correspondía al bajo derecha.

La mujer se dirigió al joven señalando la manguera que estaba tirada en medio del suelo como una culebra.

—¡Como no te hagas tú mismo las cosas y tengas que depender de los demás, estás arreglado! Tengo encargado a Fredy que después de regar las plantas recoja la manguera. ¡Pues no! Y milagro es que haya cerrado el grifo.

El muchacho, que aquella tarde tenía una sesión de posado, comentó:

—Si quiere, la recojo.

—No, déjala como está. Una vez que haya pasado cuentas y mientras tú posas, regaré un poco las plantas. Y ¡después os invitaré a cenar a ti y a Fredy para celebrar el negocio!

Cuando Pancracia estaba abriendo la puertecilla que comunicaba el patio con el interior del estudio, Cirilo comentó:

—¿No huele a quemado?

Pancracia acabó de abrir la puerta.

Una densa humareda invadía el espacio y al fondo el resplandor de una llama que iba creciendo alertó a la pareja de que el origen del fuego podría estar en el laboratorio.

—¡Me cago en todos sus muertos! Ese cabrón se ha dejado algo encendido y va a quemarme la casa. ¡Rápido, abre el agua; yo voy a por la manguera!

Cirilo, asustado, se dirigió al grifo redondo y lo desenroscó. La mujer tomó la boquilla de latón del extremo y tiró de la gruesa manguera de caucho negra, que se fue desenrollando como una serpentina. Pancracia entendió que, en efecto, el origen del fuego estaba en el laboratorio, y en esa certeza y sin otra idea dirigió el potente chorro a la base de las llamas.

—¡Abre la ventana para que se vaya este humo o vamos a ahogarnos!

El muchacho, que había retirado los muebles del escenario, se dispuso a obedecer.

Poco a poco el humo fue cediendo y entonces fue cuando Pancracia reparó en el bulto del suelo del laboratorio. El chorro de agua había vencido al incipiente fuego.

—¡Ven aquí, mantén el chorro en las brasas! Y ¡ayúdame!

Lo primero que hizo la mujer fue abrir las dos ventanas del estudio. Con la puerta abierta la luminosidad era suficiente para hacerse cargo de la escena del laboratorio.

Pancracia, metiendo los pies en el agua, se llegó hasta Fredy, se agachó e intentó incorporarlo. Pese a los redaños de los que siempre había presumido, al ver el rostro de su socio sintió que sus bríos flaqueaban; media cara, incluido el ojo derecho, era una llaga.

—¡Lleva la manguera al jardín, cierra el agua, vete por un coche de punto y tráetelo a la puerta! Luego llégate al colmado y di al señor Aquilino que venga, que lo llama Pancracia; es amigo mío. Y ¡corre, que pareces lelo!

Cirilo partió a la encomienda blanco como la cera. Pancracia arrastró por las axilas el peso muerto del cuerpo de Fredy hasta dejarlo fuera del laboratorio; allí pudo hacerse cargo del estado de su socio. Era urgente llevarlo al hospital.

Su cabeza zumbaba como una caldera a presión. En modo alguno le convenía que la policía o algún curioso entraran en el estudio; ignoraba lo que guardaba Fredy en los armarios y con qué podría encontrarse quien revisara aquello a fondo. Lo sucedido tenía que haber sido un accidente; sin duda el candil, cuyos cristales todavía estaban por el suelo, había caído y había prendido en las cajas de cartón. Todo lo demás eran suposiciones que aclararía cuando su socio recuperara la consciencia.

Cirilo regresó acompañado del señor Aquilino.

—Doña Pancracia, el simón está en la puerta.

—¡Por Dios…! Doña Pancracia, ¿qué ha pasado?

—Luego se lo explico. El señor Papirer ha tenido una desgracia, pero ahora no tenemos tiempo… ¡Ayúdeme a llevarlo al coche!

El tendero se hizo cargo de la situación.

—Este hombre está muy mal. Voy a por una lona que tengo en el almacén, así podremos improvisar una camilla.

Partió el hombre y en tanto regresaba Pancracia ordenó a Cirilo:

—Te quedas aquí, cierras todo con llave y mañana me la traes a casa. ¿Te has enterado?

—Sí, doña Pancracia. No se apure.

—¡Eso espero! Obedéceme y no me causes problemas, que ya tengo muchos.

El señor Aquilino regresó con una lona en la que, con la ayuda de Cirilo y del cochero del simón, colocó a Fredy. Luego, con sumo cuidado, lo metieron como pudieron en el coche, y Pancracia se acomodó a su lado en tanto que el señor Aquilino, que era un buen hombre, se subió al pescante junto al cochero.

—Yo la acompaño, doña Pancracia.

—¡Al hospital de la Santa Cruz, tan rápido como pueda!

El cochero arreó al caballo y éste, poco acostumbrado al látigo, salió disparado por la avenida del Marqués del Duero, en tanto que los gritos del auriga abrían paso entre los asombrados transeúntes.

145
El gran cocodrilo

El trabajo era el único recurso que tenía Juan Pedro para no volverse loco dándole vueltas a su cabeza. Recordaba a la perfección todo lo acontecido desde que había llegado a la hacienda San Andrés, pero intentar hacer memoria de lo anterior era para él como adentrarse en un desierto infinitamente negro que de manera invariable terminaba frente a un muro de piedra contra el que se estrellaba todo su esfuerzo una y otra vez.

Durante el día, con tanto que hacer por delante, no tenía tiempo para pensar, pero al llegar la noche alargaba sus tertulias con Cifuentes en el porche, frente a un café negro o un vaso de ron, evitando irse a la cama ya que allí comenzaba su infierno.

Su fortaleza natural y los cuidados de mamá Lola habían hecho el milagro. Su cuerpo apenas acusaba una cojera, que solventaba al caminar usando un bastón, y montar a caballo lo había resuelto haciéndolo por la parte de la pierna buena, pasando la rígida al otro lado y colocándola en el artilugio de cuero y madera que habían hecho para él los guarnicioneros de la hacienda.

Ajeno a su propia desgracia, Juan Pedro trabajaba a destajo, apasionándose por el negocio del tabaco. Reorganizó el sistema, reubicando a las liadoras, y dividió el producto en dos líneas, cuya idea nació de la visita a la feria de Miami: una de menos calidad, el Cifuentes Club, y otra de gran lujo, el Único Cifuentes. Su idea era conseguir que fumarse un purito no fuera para las clases populares norteamericanas un rito dominical; si tan sólo conseguía que los obreros de las fábricas de Detroit donde estaba naciendo un mundo alrededor de aquel vehículo que se desplazaba sin caballos, después de comer el condumio de su fiambrera encendieran un cigarro más estrecho y corto que el habano normal en el patio o en el andamio, el éxito sería brutal, y para eso nació el Club. Como contrapunto, pensó que saltando la zona intermedia del mercado, que estaba muy trillada, debía irse al otro extremo del arco y sacar un cigarro que hiciera del arte de encenderlo una ceremonia de elegancia única, que se distinguiera por ir estuchado individualmente en un tubo de aluminio y que, siendo carísimo, fumarlo fuera un sello de distinción de riqueza y de poder; su nombre significaba todo ello Único.

A Julián Cifuentes le convenció el proyecto, y el éxito fue inmediato. A partir de aquel momento, y dadas las circunstancias de su vida, en la cabeza del hacendado fue germinando una idea. Su querido Celestino no podría cuidar de su Manuela, y el destino le había ofrecido a Jeromín, alguien capaz y joven, sin raíces que pudieran arrebatárselo, a quien su hijita adoraba y que en el caso de que algo le ocurriera a él, cosa bastante probable a tenor de su peculiar vida y de la situación por la que iba a pasar su patria, podría cuidar sin duda de ella hasta que la parca se la llevara.

Aquel domingo habría de ocurrir un hecho que cambiaría el futuro de Juan Pedro.

Era al mediodía. Julián Cifuentes había partido muy de mañana sin explicar a dónde ni cuándo habría de volver, y lo había hecho en compañía de Vivancos; cuando se daba tal circunstancia, quería decir que iba al encuentro de alguien o en busca de algo que precisaba de un absoluto secreto. Manuela, acompañada por una niñera de color, estaba jugando con el nuevo juguete que le había traído de Matanzas su padre. Consistía el invento en dos palillos unidos por un bramante que, hábilmente tensado, lanzaba al aire a gran altura un artilugio formado por dos conos de goma, unidos por un aro de metal con una muesca en su centro, y el mérito era recogerlo en su caída; su nombre era diábolo.

Juan Pedro, que temía los días festivos ya que al ser menor el trabajo su cabeza se desmandaba, se buscaba siempre algo que hacer. El ejercicio le hacía bien, en aquella ocasión estaba cavando una zanja en la que pensaba plantar un macizo de magnolias. Vestía un pantalón de dril con los bajos embutidos en unas botas y su torso desnudo, fibroso pero muy fuerte, brillaba de sudor mientras manejaba una herramienta mitad pico y mitad azada cuyo cabezal de hierro subía y bajaba al ritmo que imprimían sus poderosos brazos.

El jardín que rodeaba la casona era un vergel único ya que pocas haciendas podían presumir de que un río afluente del Caminar pasara por ellas. El único sonido, aparte del murmullo del agua, era el rítmico sonsonete que salía de las cuadras debido al golpeo de un martillo clavando una herradura en el casco de un caballo.

Juan Pedro dejó por un instante su trabajo y apoyando en el suelo la herramienta se incorporó para con el antebrazo enjugarse el abundante sudor de su frente.

—¡Mírame, Jeromín, ya sé!

Juan Pedro hizo pantalla con su mano sobre los ojos para mirar a Manuela lanzando al aire el diábolo con la intención de luego cazarlo. Vano intento; el artilugio ascendió a bastante altura y, trazando una parábola, fue a caer a unos quince metros de la corriente de agua.

Manuela dejó los palillos en el suelo y partió corriendo en su busca.

La escena se desarrolló en un momento; el aya negra gritó a la pequeña con su inconfundible acento criollo:

—¡Manuela, mi niña, no vayas al río!

Un aligátor de unos cuatro metros de largo, que había distinguido desde su escondite entre las cañas que algo se acercaba a la orilla, con un golpe de su poderosa cola llegó hasta el borde y comenzó una rápida carrera hacia aquello que podía ser su comida.

La reacción de Juan Pedro fue inmediata.

Tomó la herramienta en sus manos y se abalanzó para interferir la carrera de la bestia.

Manuela había recogido el diábolo y estaba de espaldas.

El embroque entre Juan Pedro y el caimán fue brutal. Llegando a la altura de la bestia por su lado izquierdo, Juan Pedro alzó el pico y lo descargó con todas sus fuerzas sobre la cabeza del inmenso saurio. Éste, en un estertor de muerte, lanzó un tremendo coletazo y quedó muerto sobre el limo de la orilla.

La negra comenzó a gritar aterrorizada; Manuela empezó a llorar; de la casa salieron corriendo dos camareras y de la cuadra el guarnicionero y el herrero de la forja, todavía con el delantal de cuero que usaba para herrar a las cabalgaduras, y Juan Pedro cayó de rodillas junto al caimán, sin saber cómo había podido recorrer aquella distancia con su pierna lesionada a aquella velocidad y todavía abrumado por lo que había estado a punto de ocurrir.

146
El tren

El desespero de Luisa no conocía límites; jamás habría podido imaginar que su ordenada vida de tantos años de esfuerzo y de ahorro se hubiera convertido en aquella miserable existencia. Juan Pedro, muerto en tierras lejanas en lo más florido de su juventud, y ahora Máximo, ajusticiado ominosamente como un criminal. Las dos muertes le dolían por un igual; sin embargo, la de su hijo pequeño ante sus vecinos justificaba algo; en cambio, la de Máximo la llenaba de oprobio y vergüenza. Las malas compañías lo habían arrastrado hasta aquella sima de odio, y pese a que sus sentimientos de madre se mantenían incólumes, no podía ignorar que su hijo mayor había colaborado para segar la vida a más de veinte personas. Sus vecinas, mujeres que conocía de toda la vida, evitaban su encuentro y cuando éste era ineludible, ya fuera en la panadería, en el colmado o en la lechería, el diálogo era de lo más justo y superficial, apenas un «Hola, doña Luisa», y si el número las obligaba a hacer cola, un somero comentario sobre el tiempo o preguntas al respecto de cómo se encontraba la pequeña Justina.

Toda esta situación había devenido en un estado de cosas que había conseguido ir minando poco a poco la salud de Luisa.

De no haber sido por la niña muchos días no se habría levantado de la cama; por las noches tenía terribles pesadillas, se imaginaba perdida en una noche oscura, en medio de un desierto de arena, finalmente llegaba casi arrastrándose a un oasis, y al ir a beber en el pozo tiraba del dogal que sujetaba el cubo y ascendía éste, golpeando las paredes lleno de sangre en vez de agua, entonces Luisa se sentaba agitada en la cama con una sensación de ahogo insoportable, y le costaba Dios y ayuda tomar conciencia de que aquello solamente era un sueño.

Su mente poco a poco se fue llenando de lúgubres pensamientos. Justina era su única atadura; sin embargo, comenzaba a barruntar que su presencia en el mundo agrandaría la larga sombra de ignominia que siempre pendería sobre la niña, manteniendo vivo el recuerdo de que su padre había sido un asesino ajusticiado.

Luisa, sin darse cuenta, iba actuando como la persona que tiene una finalidad que cumplir y está dispuesta a realizarla.

Sus pocos ahorros se iban agotando, y el empleo de sus energías en llevar a cabo lo que la vida le planteaba en cada momento le mermaba facultades para ir buscando pequeños trabajos aquí y allá que les permitiera subsistir a ella y a la niña. El papeleo y las colas frente a un sinfín de ventanillas que tuvo que hacer y visitar para que le entregaran el cuerpo de su hijo resultaron ser tantas que fueron consumiendo las pocas fuerzas que le quedaban. Finalmente y tras entregar una montaña de papeles y de instancias, que le redactaron el juez don Manuel Ferrer y el cura de su parroquia, consiguió recoger el cuerpo de Máximo metido en un cajón en el depósito de la prisión de Reina Amalia y conducirlo al cementerio del Este para darle sepultura en la fosa parroquial junto a su padre, exención conseguida mediante los buenos oficios del juez, ya que un ajusticiado, al igual que un apóstata o un suicida, no podía ser enterrado en sagrado.

La decisión fue tomando cuerpo en su cabeza, y Luisa sin casi darse cuenta fue dando los pasos pertinentes para que, llegado el día en que se sintiera con valor para realizar su plan, todo estuviera bien atado para que a última hora nada perturbara su conclusión.

La chispa que sirvió de botafuego para desencadenar la tragedia fue una llamada a su puerta.

A nadie esperaba ni nadie sabía que estuviera en casa, por lo que, con paso lento pues su cuerpo ya no estaba para muchos trotes, se dirigió a la puerta y sin observar por la mirilla la abrió.

Frente a ella se hizo presente la silueta de su casero.

Don Rómulo Masa era la imagen del avaro. Pequeño y encorvado como un sarmiento, pretendiendo dar siempre imagen de indigencia, vivía miserablemente a pesar de que por el barrio corría la voz de que tenía mucho dinero; su casa continuaba iluminándose con candiles y velas que las malas lenguas decían que muchas de ellas procedían de hurtos que, por las noches y antes de cerrar, llevaba a cabo en las iglesias del distrito. Poseía tiendas, almacenes y varios pisos, y en vez de tener un coche decente con un cochero era propietario de un simón, que alquilaba siempre que a él no le fuera necesario. Para salir a la calle no se molestaba en adecentarse; vestía un pantalón raído, envolvía su cuerpo con un batín de cuadros sobre una camisa de felpa, calzaba unas zapatillas de fieltro y cubría su calva con una especie de gorro ruso que se encasquetaba hasta las cejas.

Cuando Luisa percibió sobre ella sus taimados ojillos un escalofrío le recorrió la columna vertebral.

—Ya lo sé, don Rómulo, con éste le debo cuatro meses… Han de pagarme unos remiendos que hice el mes pasado, pero todavía no he cobrado y estos días he empleado muchas horas en el papeleo que me ha requerido el entierro de mi hijo.

La voz del viejo sonó cascada y exigente.

—Como usted comprenderá, señora mía, yo no soy la institución de caridad del barrio... A mí no me importa que su hijo fuera un asesino, lo que sí me importa es que me pague.

La última frase fue la gota que colmó el vaso. Por la mañana en la carbonería Luisa ya había sufrido el desprecio de una vecina impertinente y, dado que ya nada le importaba, no estaba dispuesta a aguantar más humillaciones.

Luisa se encabritó.

—¿Sabe lo que le digo? ¡Váyase a la mismísima mierda!

En un principio el casero se desconcertó; estaba acostumbrado a ruegos y a lamentos, pero que alguno de sus inquilinos se atreviera a faltarle al respeto no entraba en sus cálculos.

La voz le salió cascada y aguda.

—¡Mañana recibirá el papel del desahucio! Esto me pasa por ser demasiado considerado.

Quedaron frente a frente como dos gallos de pelea.

Luisa intentó contemporizar.

—Perdone usted, don Rómulo; estoy pasando por momentos muy malos. Dentro de una semana podré pagarle un mes.

—Querría atender su ruego, pero desde aquí, desde la mierda, ¡no se oye nada! ¡Dese por desahuciada! ¡Que tenga un buen día!

El hombre dio media vuelta y Luisa cerró la puerta. En aquel instante en su cabeza se puso en marcha el mecanismo que iba a desencadenar el drama.

Se dirigió a su armario y extrajo del cajón dos cartas escritas hacía ya un tiempo. Justina estaba en casa de la señora Basas. Miró el reloj del comedor y calculó el tiempo; en dos horas estaría de vuelta, y por la tarde culminaría su obra.

Se puso el abrigo, se colocó en la cabeza un pañuelo grande que se anudó bajo la barbilla, guardó las cartas en el bolsillo y se dirigió a la salida. Nadie en el rellano. Cerró su puerta con dos vueltas de llave y con paso decidido bajó a la calle. El día, al igual que su mente, estaba cubierto de nubes. La gente transitaba por el Arc de Sant Francesc como si nada ocurriera en tanto que su mundo se desmoronaba.

La mujer se sentía tan cansada que pese a lo limitado de sus posibilidades pensó en tomar un coche. Dos eran las gestiones que le quedaban por hacer, además de acompañar a Justina al lugar escogido, y una vez que las hubiera finalizado sería por fin libre. Pasó frente al hostal de l'Oli y se dirigió a la calle de las Tres Voltes, lugar poco recomendable para los transeúntes que no pertenecían al barrio y que Luisa procuraba evitar aun de día, y desde allí dirigió sus pasos a la calle Tapinería y por Canuda salió a las Ramblas.

Las Ramblas, como siempre, eran un hervidero de gentes; aquel paseo tan concurrido, lleno de la más variopinta multitud y que siempre había constituido para ella una fascinante distracción, en aquella oportunidad le parecía un lúgubre hormiguero en el que cada cual iba a sus asuntos sin importarle nada la peripecia del vecino.

El personal, si cabía, todavía era más denso a la altura de la puerta del hotel Oriente. Luisa supuso de inmediato el motivo; los tres coches descubiertos, el último de gran capacidad, estaban sin duda aguardando las cuadrillas de Rafael Guerra, Guerrita, y Francisco Fuentes, que esa tarde iban a medirse por primera vez aquella temporada en el coso de El Torín lidiando seis toros de don Eduardo Miura; Luisa pensó en lo absurdo de aquel teatro del mundo donde los unos se dirigían a la fiesta y los otros, al drama.

Finalmente llegó a su destino, que no era otro que la librería Cardona en la Rambla de los Estudios. Luisa respiró hondo, miró a uno y a otro lado —no fuera que un tranvía, a última hora, adelantara las cosas impidiéndole coronar su plan— y atravesando la calzada se abrió paso por la estrecha acera hasta la puerta del prestigioso comercio. La inefable campanilla anunció como siempre la presencia de un visitante. El señor Cardona debía de estar en la trastienda, pues un joven que podría recordarle vagamente a su hijo Juan Pedro cuando entró de aprendiz con el librero le salió al paso tras el mostrador, amable y diligente.

—¿Qué se le ofrece, señora?

—Querría hablar con el señor Cardona.

—¿De parte de quién le digo?

—Dígale de Luisa Raich.

—Aguarde un momento, voy a ver si puede; estaba muy ocupado tasando una colección.

La voz del ciego se oyó al fondo.

—¡Sí puedo! Para doña Luisa puedo siempre.

El señor Cardona avanzaba hacia ella como si sus ojos pudieran ver. Desde la muerte de Máximo no se habían encontrado.

Al llegar junto a la mujer, dejó el bastón apoyado en el mostrador y tanteó el aire hasta rozarla. Entonces, ante la extrañeza de su aprendiz, la apretó contra sí, y la mujer, como si fuera un pariente querido ausente durante mucho tiempo, correspondió echándole los brazos al cuello y descansando la cabeza en el hombro del ciego.

Tras una pausa de silencio los dos se separaron.

—Ignoro el motivo que hoy la conduce hásta mí, doña Luisa, pero lo bendigo.

«Si usted supiera», pensó la mujer.

—Pero mejor que hablemos en mi despacho. —Y dirigiéndose al aprendiz, añadió—: Atiende a los clientes, y si no es para tasar una colección importante no me interrumpas. —Luego se volvió hacia ella—. Si es tan amable de seguirme... Aunque en verdad podría ir delante, ¡usted conoce el camino!

—Perfectamente, don Nicanor.

El señor Cardona se manejaba en aquel entorno tan absolutamente conocido como pez en el agua.

Llegaron al despacho, y el ciego, sin tan siquiera rozar el borde de la mesa, se sentó en su sillón e indicó a Luisa que lo hiciera frente a él.

—Ha cambiado usted de colonia, doña Luisa.

La mujer se asombró e improvisó.

—He salido deprisa de casa y me he puesto la colonia de mi nietecita.

—Le cuadra mejor que la que usaba, es usted todavía tan joven...

Luisa se enterneció; hacía tanto tiempo que nadie le dedicaba una palabra amable que no pudo impedir que una lagrimilla, acompañada de un silencio más largo de lo normal, asomara a sus ojos.

Volvió a asombrarse.

—No llore, doña Luisa... ¡No imagina cuánto he llegado a pensar en usted durante este tiempo! Nadie sabe mejor que yo lo que ha luchado por sus hijos, y de su esfuerzo por criarlos y educarlos, pero a veces siendo la semilla la misma, no es la misma la tierra; además, luego cuando crecen tampoco son las mismas las compañías. Juan Pedro acertó con las suyas y a Máximo el destino le deparó malos compañeros de viaje.

—Es usted la mejor persona que he conocido, y me asombra esa capacidad suya para ver a las personas.

—¡Oficio de ciego! La pérdida de un sentido nos obliga a aguzar los otros. Pero dígame, doña Luisa, ¿cuál es el motivo real de su visita?

Luisa se removió incómoda en su sillón temiendo no poder burlar aquel sexto sentido del viejo librero.

—Voy a hacer un largo viaje. El médico me ha recomendado un cambio de aires, y como tengo parientes por parte de madre en Navarra estaré un tiempo fuera.

—Es lo más inteligente que le he oído decir. El aire puro de aquellos valles le sentará muy bien. Y ¿entonces?

—Usted sabe que a pesar de todo siempre he tenido la esperanza de que Juan Pedro regrese y, tras tantas noches aguardándolo, no querría que esa circunstancia se diera estando yo fuera... Y como sé que lo primero que hará cuando vuelva, si no me encuentra a mí, será venir a verlo a usted, le pido que le entregue esta carta.

Y metiendo la mano en el bolsillo de su gastado abrigo sacó un sobre y lo depositó sobre la mesa del despacho del ciego.

Don Nicanor Cardona palpó la carpeta que había frente a él y al tacto buscó el sobre cuyo suave deslizar había captado su atención.

Luego respiró hondo.

—Estoy cierto de que un día u otro aparecerá, y tenga la certeza de que le entregaré el sobre. Pero ¡por Dios, que ese día pueda usted regresar inmediatamente! A veces hay lugares desde los cuales no se puede volver.

Luisa supo de inmediato que el viejo librero había adivinado sus propósitos, pero la circunstancia hizo que se viera obligada a mentir.

—No pase pena, don Nicanor, que todavía hago falta aquí.

—Tenga en cuenta, Luisa, que cada día sale el sol, y lo que hoy es negro mañana puede ser blanco.

—Lo mío ya siempre será negro.

Un extraño silencio se instaló entre los dos. El ciego se alzó de su sillón y, tirando de una cadenilla de oro que iba desde la trabilla de su cinturón hasta su bolsillo derecho, sacó un juego de llaves y buscó al tacto una de ellas, que encajó en la cerradura de la pequeña caja de caudales que estaba empotrada en la pared tras su sillón. Después de mover la ruedecilla de la combinación, la obligó a dar medio giro, abrió la portezuela y, tras poner la carta en su interior, la cerró de nuevo, movió la rueda otra vez y, finalmente, se volvió hacia Luisa.

—¡Ya está! Espero que sea usted quien venga a buscarla en compañía de Juan Pedro.

Luisa se puso en pie.

—¡Que Dios le bendiga, don Nicanor! ¡Qué pena que el resto del mundo no sea como usted!

—Apañados estaríamos.

Luisa dudó unos instantes.

—¿Me deja que le dé un beso?

La primera parte de su plan estaba cumplida. Luisa, tras despedirse del librero, subió lentamente las Ramblas al tiempo que gozaba de aquel paisaje que deseaba retener en las pupilas de su memoria y recordó las veces que, acompañada de Juan Pedro, había ido hasta la casa de los Ripoll. Llegando a Puerta Ferrisa le pareció que el canoro gorjeo de los pájaros pugnaba por librarla de sus negros pensamientos y agradeció el inútil esfuerzo de las humildes avecillas para alegrarle la mañana. Pero ya era tarde; su decisión estaba tomada.

Desde la calle Pelayo se dirigió por las rondas hasta Muntaner y allí tomó el tranvía de Sarriá. El trayecto tantas veces recorrido le parecía nuevo; la mente tiene esas cosas, y el alma se aferra a paisajes que sabe que ya no volverá a ver.

Dejó su asiento del lado de la ventanilla, se puso en pie y, excusándose por las molestias que causaba a una payesa que con un gran cesto de mimbre de dos tapas ocupaba el asiento contiguo, tiró de la cadena de cuero haciendo sonar la campanilla que avisaba al conductor que un pasajero quería bajar. El carricoche se detuvo en la parada de la calle Copérnico, y Luisa bajó del vehículo.

Tomó la acera de la derecha y descendió lentamente por Muntaner hasta la esquina de Copérnico; Luisa sabía por información que le había suministrado Jesús, el portero de la calle Valencia, que Candela vivía allí. ¡Qué contrastes los de aquella Barcelona! ¡Cómo iban a ser iguales sus gentes! Recordó el entorno de su humilde casa y el paisaje humano que la rodeaba: hombres de barba cerrada y mirada adusta, muchos de ellos en el paro tras la celebrada Exposición de 1888, con la expresión aviesa y desesperada, presa fácil para los ideales del anarquismo... ¡Así se había perdido su Máximo! Mujeres de carnes secas, cabellos desgreñados y pechos flácidos que criaban a los hijos hasta que hacían la primera comunión y que, apenas parían, su hombre las volvía a preñar porque la coyunda era el pasatiempo más económico y fácil de la semana; borrachos y prostitutas y piojos, ¡ése era su mundo! En cambio, y como contrapartida, ahí estaban aquellas torres de perfiles originales con tejados de tejas vidriadas marrones, verdes y azules en forma de cúpula, rodeadas de cuidados jardines con niños jugando con aros y bicicletas, alguna todavía de inmensa rueda delante y pequeña detrás, vigilados por niñeras vestidas de blanco impoluto con moño recogido y grandes ajorcas en las orejas. Lo odiaba, pero lo comprendía; aquellas diferencias sociales iban a hacer que un día no lejano Barcelona estallara.

Luisa presionó la cancela de hierro y pisando la grava del jardín se llegó a la puerta de la torre. Cuando iba ya a tocar el timbre apareció por la derecha un jardinero con unas enormes tijeras de podar y un capazo lleno de hojas.

—¿En qué puedo servirle?

Luisa se sorprendió.

—Vengo a ver a la señorita Candela.

—Debe de referirse usted a la señora Ripoll.

—Sí. —La mujer se excusó—. Es que como la conocí de pequeña... No me acostumbro.

—¿De parte de quién le digo?

—Dígale que soy Luisa, la costurera.

El hombre dejó el capazo y la herramienta en el suelo, y antes de tomar un caminito que entre los arriates conducía a la parte de atrás de la torre se justificó.

—Es que la señora está en el invernadero. Aguarde un momento.

Partió el hombre y frente a la casa quedó Luisa, inquieta pero resuelta; su decisión final estaba tomada.

La voz inconfundible de Candela rebotando en el muro lateral del jardín llegaba hasta sus oídos.

—... Pero, Jaime, ¿cómo es que me la ha dejado frente a la puerta y no la ha hecho pasar?

—Señora, yo no sabía... La mujer no me ha dicho de entrar, únicamente quería hablar con usted.

Las voces iban aumentando de volumen, por lo que Luisa dedujo que ya estaban llegando. Con un gesto automático se arregló el pañuelo y se estiró la falda.

Candela y el jardinero doblaron la esquina de la torre. Candela lanzó al desgaire los guantes que usaba para arreglar las flores en el capazo del hombre y, precipitándose hacia ella, la tomó por los hombros y le dio dos besos.

—¡Qué alegría tan grande, Luisa! ¿Por qué no me ha avisado que venía? Precisamente esta mañana estaba pensando en usted... Mejor dicho, pienso muy a menudo.

Luisa dudó en responder a lo primero o comentar lo segundo.

—Señorita Candela, ha sido todo muy precipitado. Desde aquel día he pensado muchas veces en venir a verla, pero un día por una cosa y otro día por otra ha ido pasando el tiempo.

—Bueno, no me diga nada más, ¡ha venido y está aquí! Vamos adentro, que tenemos que hablar de muchas cosas... ¡Es tan cara de ver...! Sígame.

Candela tomó a Luisa de la mano y dando la vuelta a la torre la guió por la parte de detrás. Cuando ya llegaban a la puerta trasera, cambió de idea.

—Vayamos al invernadero. Tengo allí dos sillones de mimbre, y estaremos mejor.

En la parte posterior del jardín, junto a las cocheras, había un cobertizo cerrado de madera verde y cristal con un techo a dos aguas cuyas lucernas se podían levantar, de dos en dos, mediante sendos tornillos sin fin que se manejaban a partir de dos ruedas dentadas, girando una manivela. Candela la condujo hasta allí. Entraron ambas en el cobertizo. Junto a las paredes y en el centro estaban instaladas unas inmensas jardineras con toda clase de plantas y arbustos. Al fondo, frente a una ventana abierta, había dos sillones de mimbre; allí se instalaron las dos mujeres.

—Luisa, sentí en el alma la muerte de Máximo. La vida fue muy injusta con él... Y aunque ya se lo dije en su casa antes de que sucediera, sepa que me siento culpable por la parte que toca a mi familia.

—Ya le dije, y le repito, que usted no tiene nada que ver; al contrario, la agradecida soy yo. Antonio atendió mi ruego y a última hora me consta que fue su gran consuelo.

—Antonio es muy bueno y su acción redime en algo lo que les hicimos.

—Déjelo, señorita Candela, el tiempo nunca va para atrás; lo sucedido ya no tiene remedio.

Las dos mujeres se enfrascaron en un diálogo sin fin. Candela quería hablar de Juan Pedro, de los recuerdos de su niñez y de su amor contrariado, y Luisa, pese al dolor que ello le producía, comenzó a hurgar en su memoria entendiendo que el amor de aquella mujer por su hijo había rozado lo heroico y que sacrificar su juventud en aras de salvarle la vida avalaba su crédito. Luego hablaron de Pelayo, de la amargura de su sordomudez, y de Renata. Finalmente, cuando ambas hubieron vaciado el pozo de sus remembranzas, volvieron al presente.

En el reloj de la iglesia de San Antonio dieron siete campanadas.

—En fin, Luisa, imagino que no únicamente ha venido para hablar del pasado. Si puedo hacer algo por usted, no tiene más que pedírmelo.

La mujer vaciló un instante. Si en algún momento estuvo a punto de desistir de su idea, fue aquella tarde.

—Quiero que me haga otro favor, si es que puede.

—Lo que sea, Luisa, cualquier cosa.

—¿Ve frecuentemente a Antonio?

—Siempre que baja de La Gleva me busca. Casualmente, la última vez me dijo que vendría a verme el miércoles.

Luisa rebuscó en el bolsillo de su falda.

—Entonces, señorita Candela, si es tan amable, entréguele esta carta.

Candela tomó el sobre y la miró a los ojos extrañada.

Luisa se sintió obligada a dar una explicación.

—Está muy ocupado, y no quiero importunarlo... Es para darle las gracias por lo que hizo por Máximo.

—Pero ¡por Dios, Luisa, no hace falta! Él ya sabe que...

—¡Por favor, Candela, entréguesela!

—Descuide, Luisa. Tenga por seguro que será lo primero que haga en cuanto venga.

—Se lo agradeceré en el alma.

Tras dudar unos instantes por no ofenderla, Candela se atrevió.

—Luisa, si le hace falta algo... aunque no dispongo de dinero puedo darle alguna joya para que haga con ella lo que le convenga.

La buena mujer se puso en pie.

—De ninguna manera, señorita Candela. Sigo trabajando y tengo ahorros. Con que entregue la carta a Antonio ya es bastante.

Candela se colocó frente a la antigua costurera y, cuando ésta iba a darle la mano, la muchacha se adelantó y la estrechó fuertemente entre sus brazos.

Tras la emocionada despedida partió Luisa a completar su plan para poder así ultimar su propósito.

Mientras iba a buscar a Justina a casa de su antigua ama de cría, Leocadia Basas, se acordó de Consuelito. Tal vez de no haberse casado la muchacha con el señor Xicoy y de no haberse ido a vivir a La Coruña, ella se habría planteado las cosas de otra manera. Pero su decisión estaba tomada y era inamovible, y su atormentado espíritu no daba para más; el ajusticiamiento de Máximo había sido la gota que había colmado el vaso de sus desdichas.

Eran las ocho y media de la tarde, y el asilo del Bon Consell cerraba sus puertas a las nueve y a ella no le convenía llegar antes de esa hora.

Tras agradecer a Leocadia sus desvelos, recogió a su nieta y regresó a su casa.

Antes de salir a ver al señor Cardona lo había dejado preparado todo. Encima de la cama estaba el pequeño bulto con toda la ropa de la niña y sobre él la muñeca que le había regalado su padre. No quiso entretenerse; temía que si se dedicaba a pensar su decisión trastabillara. Recorrió una a una las habitaciones, y cada rincón le trajo un recuerdo de sus hijos o de los lejanos días en que fue feliz con su marido. Finalmente fue al mueble del comedor y de su cajón central extrajo las dos últimas cartas. Luego, tras metérselas en el bolsillo de su viejo abrigo, cogió el hatillo de Justina y a la niña de la mano y partió hacia el torrente de los Muertos, donde se levantaba el edificio del asilo del Bon Consell sobre la antigua finca de Can Duran, en el norte del barrio de Les Corts, en el camino que conducía a Sarriá. El conjunto lo constituían una serie de edificios que había ido juntando la familia, entre los que destacaba una masía medieval y una torre que presidía una capilla; todo ello rodeado de grandes extensiones de huertos y jardines. A mediados del siglo la finca había pasado a manos del obispo Josep Morgades, quien en 1886 encargó a las mojas dominicas francesas de la orden de la Presentación la gestión del recinto, que fue destinado a una triple función: asilo para jóvenes de mala reputación, colegio para educar en la fe católica a niñas huérfanas o abandonadas y pensionado.

Para aquel viaje, y con la natural alegría de la niña, tomó un coche de caballos. El trayecto era largo, pero a Luisa le alegró poder complacer aquella última vez a su nietecita.

Cuando el simón dejó atrás los últimos edificios de la ciudad, el olor a campo invadió sus sentidos. Justina estaba enajenada y con su lengua de trapo expresó sus anhelos.

—¡Mira, abuela, vacas! ¡Y patos y gallinas...! Abuela, ¡cuánto me gustaría vivir aquí!

Luisa miró con ternura a la niña y se preguntó qué le depararía la vida. Si su plan se desarrollaba como había previsto y Antonio cumplía la promesa hecha a Máximo, sin duda le aguardaría un porvenir mucho mejor que el que tendría si seguía a su lado, en cuyo caso el estigma de su nombre marcaría sin duda su futuro.

El cochero silbó al caballo y girando la rueda del freno ajustó las zapatas contra las llantas. El hombre, siguiendo las indicaciones de Luisa, detuvo el coche pasado el convento.

La noche cerraba. Tras dar la orden al cochero de que la aguardara allí, se dirigió hacia la puerta del convento, con el hato de Justina en una mano y en la otra la manita de la niña, que no soltaba su muñeca.

La zona era solitaria y poco iluminada. Cuando ya llegaban, Luisa se volvió hacia Justina.

—Vas a hacer lo que yo te diga, y si lo haces bien podrás vivir en un sitio precioso donde verás todos los días a los animalitos que tanto te gustan. Pero no has de hablar de mí a nadie. Yo vendré a verte todos los domingos. ¿Me has entendido, Justina?

—¿Podré tener un conejito blanco?

—Y podrás montar en un burrito y cuidar corderitos, ¡ya verás qué bien!

La niña afirmó con la cabeza.

—Atiende, pequeña… Es como un juego; la abuela tocará la campana de la puerta y se esconderá, luego saldrá una monjita muy amable y tú, sin decir nada, le entregarás esta carta. —Luisa le dio el sobre a la niña—. Y ya no has de decir nada más. ¿Me has entendido, Justina?

La niña se reafirmó con la cabeza.

La noche se había cerrado del todo y en aquel extrarradio de la ciudad la iluminación era escasísima.

Las lágrimas se agolpaban en los ojos de la mujer, pero en aquella circunstancia debía ser más fuerte que nunca. Besó a la niña y lo hizo con un arrumaco húmedo y apretado.

—Me pones babas, abuela… —Justina se frotó la cara con el dorso de la mano libre.

—Bueno, ya está, cielo.

La mujer colgó del hombro de la niña el pequeño hatillo, estirando el brazo tiró de la cadena que movía la campanilla y salió rápidamente al camino, ocultándose tras un carro de heno que estaba en el extremo del muro con las varas reposando en el suelo.

La puerta del convento se abrió, y Luisa vio a contraluz en el quicio las blancas alas de la toca de la hermana tornera. La mujer se agachó a la altura de Justina y luego, tras volverse hacia el interior, aguardó un instante. Salió otra monja en tanto que la primera bajaba los escalones de piedra de la entrada con la carta en la mano y se asomaba al exterior mirando a uno y otro lado. Finalmente Luisa vio que su nieta entraba en el orfanato de la mano de las dos mujeres.

Aguardó un tiempo prudente y se dirigió con paso rápido al simón que la esperaba tras la vuelta de la esquina de la tapia del huerto de las monjas.

—Lléveme ligero a la calle Aragón esquina con Villarroel.

El hombre, sin hacer comentario alguno, aguardó a que su pasajera estuviera acomodada y chascando el látigo sobre la grupa del viejo ruano enfiló el carricoche hacia la dirección indicada, celebrando la buena suerte de haber pillado a última hora de la tarde un viaje tan largo y tan cómodo.

Durante el trayecto Luisa repasó una y otra vez los pasos llevados a cabo aquel día por si algo se le hubiera quedado en el tintero.

El cochero detuvo al caballo en el cruce de ambas calles. Luisa pagó la carrera y lo despidió. Miró a uno y otro lado; los transeúntes eran escasos, la gente ya había salido del trabajo y se había recogido en su casa para la hora de la cena.

Luisa se acercó al pretil de piedra que guardaba el foso por donde pasaba el tren. Lentamente se quitó el abrigo y el pañuelo que llevaba sobre la cabeza, comprobó que la última carta de las escritas estaba en su bolsillo y, a la pobre luz que le llegaba de un farol de gas, leyó una vez más las letras del anverso: «Para el juez don Manuel Ferrer». Luego, con parsimonia, volvió a colocarla en su sitio, consiguiendo que la punta blanca del sobre asomara un poco del bolsillo del abrigo, y finalmente, doblándolo con cuidado, lo dejó en el suelo de forma que fuera imposible reparar en él sin ver la carta. Hecho esto se dispuso a aguardar el tiempo preciso.

El pitido hondo y seco de la locomotora del tren que hacía el trayecto Barcelona-Tarragona sonó a lo lejos. Luisa se encaramó despacio en la balaustrada con las piernas colocadas hacia el negro abismo de la vía. A su espalda le pareció oír gritos. La locomotora, piafando por el esfuerzo de arrastrar la ristra de vagones, asomó por la curva. Luisa aguardó a que enfilara la recta y entonces, cuando el rumor de gente se acercaba hacia ella gritando, saltó al vacío.

147
Vidas cruzadas

Las tensiones entre Germán y su suegro eran constantes. La guerra soterrada y los atentados a las vías del ferrocarril por parte de los mambises hacían que los negocios de ultramar fueran cada día más procelosos; las remesas de cigarros no llegaban con regularidad, y era cada vez más difícil cumplir los compromisos con concesionarios y estancos. Pero, por encima de todo, lo que había perjudicado más a la firma Ripoll-Guañabens había sido sin duda la muerte de Práxedes. Orestes, amparado por su inmensa fortuna, había vivido hasta entonces dedicado a cautelar su cartera de acciones, formada en un ochenta por ciento por valores seguros y el veinte restante en títulos especulativos a los que viera porvenir aun a riesgo de un pequeño quebranto, y había dedicado parte de su dinero y de su tiempo a la compra de pinturas de nuevas firmas a las que asimismo adivinara un futuro interesante.

La muerte de Práxedes había trastocado todos sus planes. Ahora se veía obligado a bajar a diario al despacho de la firma de importaciones cubanas y a despachar día sí día no con don Gumersindo Azcoitia, única persona que gozaba plenamente de su confianza, pues ya hacía tiempo que había desechado las esperanzas depositadas en un cambio de actitud por parte de su yerno. Su semana se repartía entre el despacho de la calle Valencia, las visitas al frenopático de San Baudilio los días que correspondía para ver a Renata y las que hacía siempre que le era posible, a última hora, a la torre de Muntaner para ver a Candela y enterarse de los progresos que hubiera podido hacer su nieto Pelayo.

Por su parte, Germán tenía muchos frentes abiertos. El asunto Papirer había llegado a preocuparlo, y por más que su buena suerte y su intuición le habían hecho recuperar los negativos de vidrio al colodión que constituían la base del burdo chantaje al que pretendía someterlo Fredy, el hecho de no haber hallado en las páginas de sucesos de los periódicos referencia alguna del incendio que había provocado en el estudio de Blasco de Garay lo había inquietado al extremo de que, a los tres días, hizo que el señor Ruiz le enganchara el tílburi, y tirado por Ninona se desplazó de mañana hasta la esquina donde estaba el estudio de Papirer para ver los resultados del incendio. Dejó la yegua atada y vigilada por un mozo de cuadra en un descampado preparado al uso, y se desplazó a pie por toda la zona dando la vuelta por la parte de atrás, donde estaba el patio, intentando descubrir señales del fuego; sin embargo, aparte de un trozo de muro tiznado nada delataba que allí hubiera ocurrido algo. Por más vueltas que le dio, Germán no entendía lo que podía haber pasado, pero no tenía otra que esperar. Su coartada estaba perfectamente estructurada: la noche de autos la había pasado jugando al póquer en su *garçonnière* con Alfonso Ardura y dos amigos más del club de esgrima, y en última instancia era su palabra contra la de Fredy y, sin duda, ante quien fuera, la suya tendría más crédito.

Su mente se fue hacia el póquer. Últimamente había perdido grandes cantidades, que había podido ir cubriendo tomando dinero prestado a alto interés pero a bastante largo plazo de un prestamista que trabajaba principalmente con jóvenes herederos de la alta burguesía a los que debía socorrer en algún que otro apuro y al que podía encontrarse tanto en el Ateneo como en el Círculo Ecuestre, e inclusive en el hipódromo de Can Tunis los días que había carreras.

Su gran problema se llamaba Gumersindo Azcoitia. El secretario de su padre, tras la lectura de las últimas voluntades, se había constituido en el perro fiel de Orestes, y a Germán le resultaba muy difícil mover dinero dentro de la fábrica. Así las cosas, había decidido obrar sin tapujos y, en momentos de mucha necesidad, había adoptado la decisión de dejar un vale de caja firmado por él por el importe correspondiente del metálico que había tomado, y a la pregunta pertinente respondía con un «Ya lo repondré. Me ha hecho falta para el tratamiento de mi hijo», contando con que sin duda Gumersindo se lo reportaría a Orestes, pero éste, por el momento, no le diría nada.

Buscando una noticia referida al incendio se topó con un suelto en la sección de Sucesos de *La Vanguardia* que llamó su atención.

Nuestras autoridades tendrán que hacer algo al respecto; los suicidas, generalmente gentes desesperadas o enfermas, han tomado por costumbre lanzarse a las vías del ferrocarril en su paso por la calle Aragón contando con la ventaja de que, al estar hundido, poco podrá hacer el público allí presente por impedir el fatal salto.

El pasado miércoles, más o menos sobre las nueve de la noche, una mujer, Luisa Raich (de casada Bonafont), estando sentada en el pretil del puente parece ser que saltó al paso del ferrocarril de Tarragona sin que nadie de los allí presentes pudiera hacer algo para impedirlo. Esta dirección ha sabido por sus canales restringidos que la presunta suicida había perdido un hijo en una acción de los rebeldes cubanos, y habiendo tenido además la desgracia de traer al mundo a uno de los anarquistas inculpados en el terrible atentado del 7 noviembre en el Gran Teatro del Liceo, que costó la vida a más de veinte personas, el cual consecuentemente fue ajusticiado, su acción nos impide decir que descanse en paz.

887

Fredy Papirer, enloquecido de dolor, yacía en una cama del hospital de la Santa Cruz en un cuarto compartido con tres obreros que habían sufrido quemaduras de diversa consideración debido a la explosión de un petardo de dinamita manejado de un modo imprudente en las minas del Garraf, aledañas a Barcelona.

Si los lamentos en aquel hospital eran continuos, en la estancia referida a los quemados su nivel alcanzaba cotas agudas pese a las continuas inyecciones de opiáceos y otros productos que se les suministraban.

Las visitas eran de cuatro a seis de la tarde, repartidas entre los cuatro heridos, de manera que las familias podían entrar de dos en dos y únicamente durante una hora.

Aquel día las visitantes para Fredy eran su madre y Pancracia.

La Betancurt había vestido el muñeco inventando una historia plausible: Fredy, intentando impedir la caída de un quinqué encendido, había volcado una gaveta llena de ácido para el revelado de placas y ésta le había caído en el rostro; nada habló del incendio y sí de la casualidad de que en aquel momento llegara ella con Cirilo, quien inmediatamente partió en busca del señor Aquilino, el del colmado; eso fue lo que salvó la situación.

Pese a que procuraban hablar en voz baja, la cercanía hacía que el murmullo llegara hasta el herido.

—De no ser por su diligencia, habría perdido a mi hijo.

—Fue la Providencia, doña Rosario; las cosas nunca suceden por casualidad.

—Quite, quite... Usted ha sido para mi Fredy como su ángel de la guarda.

—Es mi socio y somos amigos. Si alguien se cae delante de usted en la calle, sin duda hará por ayudarlo a levantar.

—Pero en ese afán no me va la vida.

—Y aunque así fuera, estoy cierta de que haría usted lo mismo.

Un lamento más fuerte que los demás hizo que las mujeres detuvieran su charla.

Doña Rosario se levantó por ver de aliviar a su hijo, pero poco pudo hacer además de arreglarle los cobertores.

Fredy yacía postrado y sudoroso con un único ojo cerrado y media cara cubierta con un emplasto amarillo. A pesar de que llevaba ya tiempo ingresado, la recuperación era lenta y el dolor, insoportable.

Doña Rosario suspiró y regresó a su sitio.

—Pancracia, yo soy una pobre mujer que poco entiende, pero usted ha hablado con el doctor... Por favor, no se ande con paños calientes conmigo y dígame la verdad. —La mujer, más que preguntar, afirmó—: Perderá el ojo, ¿a que sí?

—No quiero engañarla, lo perderá. Y además en un principio media cara será como una llaga, que irá cicatrizando poco a poco, y mientras supure habrá que ir con mucho cuidado para que no se le infecte.

—¡Dios mío, qué desgracia! ¿Y qué voy a hacer ahora con este pobre hijo? ¿Dónde encontrará trabajo si queda hecho un monstruo?

—No se preocupe por eso ahora, tiempo habrá para ello.

Tras una pausa la buena mujer, queriendo compensar la amabilidad de Pancracia, intentó de alguna manera corresponder.

—Durante el tiempo que Fredy esté en el hospital no venga usted a trabajar a la casquería, ya intentaré arreglarme sin ayuda.

—No, doña Rosario, aquí no se puede estar ni por la mañana ni a partir de las seis. Yo abriré su negocio, recibiré el género y despiezaré los cuartos; le dejaré todo preparado para que usted a las nueve pueda ya vender.

Fredy se había quedado con la última frase de su madre referida a cómo iba a quedar su rostro. La palabra «monstruo» rodó por su cabeza e hizo que la fiebre de su odio hacia Germán Ripoll subiera a una temperatura muy superior a la que le habían ocasionado las quemaduras.

El *Ciudad de Santander*, pilotado por el práctico del puerto de La Habana que había subido a bordo cuando la proa del barco enfilaba la bocana de El Morro, amarradas las estachas a dos remolcadores, estaba haciendo la maniobra para amurar el transatlántico por estribor al contrafuerte del puerto.

Por los altavoces se había avisado al personal que tras subir a cubierta los equipajes cada uno debía aguardar en los salones de la clase correspondiente a que estuviera finalizada la maniobra, que, por lo complejo, iba a durar más o menos una hora.

Claudia Codinach se había instalado en una de las hamacas de la sobrecubierta a fin de saturar sus sentidos con la vista de aquella ciudad que había encandilado sus sueños desde el día que mister Dogan le había ofrecido aquel contrato para cantar *Madame Butter-*

fly y *La Bohème* en el teatro Tacón* de La Habana, para luego debutar en la Pequeña Atenas, nombre por el que se conocía la ciudad de Matanzas debido a su afición al bel canto y a la cultura en general, y pasar después a Norteamérica, donde posiblemente haría una *tournée* de seis meses.

Claudia examinaba los motivos que la habían llevado a La Habana. En primer lugar estaba, sin duda, el espanto que le había producido la explosión de la bomba en el Liceo, siete meses atrás, cuando se hallaba entre cajas observando el comienzo del segundo acto de la ópera *Guillermo Tell*. La fortuna había estado de su parte, pues cualquier cosa podría haberle ocurrido ya que su papel de suplente de la segunda soprano la habría obligado a estar en el escenario en caso de enfermedad de la diva, y entonces puede que en aquellos momentos no estuviera llegando a La Habana. Aquella noche decidió su destino, aprovechando que su madre, doña Flora, todavía estaba más afectada que ella.

Después estaba el contrato de mister Dogan; el empresario americano la había visto y oído cantar en Narbona, en el sur de Francia, en el papel de Ofelia en la ópera *Otelo* y se había enamorado de su voz, y había decidido que aquella oportunidad no podía despreciarse. Finalmente estaba el asunto de Germán; aquel imbécil la había humillado como mujer. Claudia tenía la necesidad de sentirse halagada, y pese a la reticencia de su madre, quien seguía considerando que un capitán era poca cosa para ella, pensó que para distraerse Emilio Serrano no estaba mal, que un clavo quitaría otro clavo y que si se descuidaba el tiempo de mocita por merecer pasaba muy deprisa.

Doña Flora le había aconsejado que por lo menos escribiera al capitán Serrano una carta anunciándole su llegada, pero Claudia había preferido sorprenderlo y, por más que hacía tiempo que no tenía noticias de él, pensó que tal vez se debiera a que estaba en campaña, fuera de cualquier punto civilizado, y le hacía ilusión que la viera anunciada en los carteles con letras muy grandes junto a su fotografía, y que acudiera al teatro y se asombrara al comprobar que Claudia Codinach se había convertido en la Fadini, una primera figura del bel canto.

La voz del sobrecargo sonó en los altavoces: «Los pasajeros de

---

* El capitán Miguel Tacón en 1834 hizo levantar un nuevo coliseo que alojó a las grandes figuras de la época.

primera clase pueden comenzar a desembarcar». Claudia se puso en pie, se estiró la falda de viaje plisada y, ajustándose la chaqueta de cheviot y atándose las cintas de su pamela bajo la barbilla, se dispuso a descender a la primera cubierta, donde debía encontrarse con su madre para despedirse del capitán del *Ciudad de Santander*, quien había tenido la amabilidad de invitarlas durante la travesía dos veces a su mesa, y aguardar el turno para descender la rampa con pasamanos de cuerda que apoyaba sus ruedecillas en los adoquines del puerto y en cuyo extremo custodiaban dos marineros.

Para Juan Pedro las charlas en la sobremesa de la cena con Julián Cifuentes en el porche de la hacienda San Andrés siempre representaban un placer, más aún cuando en las noches de luna llena el asincopado croar de las ranas de la charca llenaba de mágicos sonidos el escenario plateado. El hacendado era un pozo de conocimientos; su acendrado patriotismo y su inmenso deseo de que su isla fuera libre no le hacían bajar la guardia al respecto del cuidado que debía tener para poder seguir gozando de la confianza del gobierno de la isla y, de esa manera, continuar ayudando al movimiento de rebelión mambí. Juan Pedro bebía sus palabras, pretendiendo entender aquella forma de vida que tras su percance era la única que había conocido.

Los criados iban y venían de las cocinas, retirando el servicio de la cena y dejando sobre la mesa, junto con los cafés, las botellas de licores y las correspondientes copas.

La voz de Celestino Vivancos irrumpió en la escena.

—Señor, si no desea otra cosa, iré a acostarme. Mañana debo dirigir el traslado de la nueva remesa de hojas al secadero del río. —Y luego, sonriendo, añadió—: ¡Y ya no somos los de antes!

—Ya te he dicho que descanses, que te dediques a pescar y que dejes el trabajo a los jóvenes. ¡Tú ya no estás para estos trotes!

El mulato, con una ligera inclinación de cabeza, se retiró.

Cifuentes lo vio alejarse con la pena reflejada en el rostro. Aquel hombre había representado para él un gran apoyo, pero desde la muerte de Nidia sus fuerzas flaqueaban y ya no era el mismo.

—Todos nos hacemos viejos, Jeromín, y casi nadie quiere darse cuenta. Nacemos condenados a muerte; sin embargo, perdemos la vida en trajines de este mundo pretendiendo ignorar el inevitable final.

—Todo en la vida llega cuando llega; si no es la hora, puedes correr los mayores peligros y nada ocurre, y si ha llegado, un mísero tablón descolgado de un andamio acaba contigo. ¡Míreme a mí! Debería estar muerto, pero aquí estoy.

—Tienes razón. Manuela está condenada desde que nació, y por si fuera poco el día del cocodrilo, de no ser por ti, podría haber muerto y además de una manera horrible.

Si la actitud de Cifuentes hacia él siempre había sido cordial, tras el incidente de aquella infausta mañana se había tornado en una relación paternofilial. Hasta aquel día los temas a tratar habían sido de trabajo al respecto de los ingenios de azúcar, del cultivo del tabaco o del inusual trato de los negros en aquella plantación, pero después el hacendado comenzó a tocar temas íntimos, al respecto del futuro, acerca de su idea de lo que representaría la autogestión de la isla así como del control que debería ejercerse para que no se desbocara la ambición de unos y otros y una guerra civil sustituyera a aquella otra, por el momento, larvada.

Aquella noche Juan Pedro, que ya conocía bien a Cifuentes, tuvo el pálpito de que el hombre buscaba tratar un tema especial.

—Quiero pensar que gozo de tu confianza, ¿o no es así?

—Absoluta, don Julián. Le debo la vida.

—Estamos en paz entonces, pues tú salvaste la de Manuela... Y a propósito de ella deseo hablarte.

—Le escucho atentamente.

No había ni un soplo de brisa. El hacendado dio un sorbo al brandy y una larga calada al puro que había encendido, expelió el aire y se quedó absorto mirando los círculos concéntricos que formaban las anillas de humo.

—Vivimos tiempos turbulentos, y si las cosas ahora ya están difíciles todavía pueden ponerse mucho peor. Tú conoces parte de mi vida e imagino que supones otra, pero ignoras lo principal.

Juan Pedro sostuvo impertérrito la mirada del hacendado asintiendo con un leve movimiento de la cabeza.

Cifuentes prosiguió:

—No busco la muerte, pero ella puede venir a mi encuentro en cualquier instante. Ya conoces la fábula del comerciante que queriendo huir de la profecía del oráculo marchó a Samarcanda y la encontró allí.* La rebelión tiene sus cabezas visibles tanto en el extranjero

---

* Se refiere a la leyenda del hombre que conoció el oráculo de que había llegado su última hora y decidió huir, sin tener en cuenta que aquella noche la muerte no viajaba porque su presa iba a su encuentro.

como en la isla, Martí y Maceo son las principales, pero luego hay otras que se mueven en la clandestinidad y que sin ellas el movimiento fracasaría. —Hizo una pausa—. Las armas no llegan a la isla por arte de birlibirloque; hay que comprarlas, embarcarlas y traerlas... Tú tuviste ocasión de ver el escondrijo.

La explicación de sus responsabilidades dentro de la sublevación fueron extensas y prolijas, y Juan Pedro entendió entonces muchas cosas.

—Es por ello por lo que, dada la situación, he tomado varias decisiones, y tú formas parte de ellas. Si algo me ocurriera, quiero que sigas puntualmente las instrucciones que he dejado a mi notario en La Habana, y no olvides que te llamas Jeromín Cifuentes de San Andrés. —El hacendado dio un ligero golpe con el meñique de su mano izquierda en el cigarro y al suelo cayó la punta blanca de ceniza. Luego prosiguió—: No sé lo que nos deparará el destino, pero en el tablero hay cuatro fichas: Manuela, Celestino, tú y yo. Dadas las circunstancias, el que tiene más probabilidades de vivir eres tú, por lo que te he nombrado albacea de mi hija en caso de que yo falte y mientras ella exista; luego todo esto —dijo abarcando la extensión con el brazo— será tuyo, y únicamente tendrás otra obligación... para con Gabriela Agüero, la mujer de Massons, con el que algún día la historia deberá pasar cuentas. Ella fue mi amiga de la infancia y si algo le ocurre, pues su marido es un canalla maltratador, quiero que esta casa sea su refugio.

Juan Pedro se emocionó. Aquel hombre le había dado, además de una nueva identidad, una nueva vida, y él, le costara lo que le costase, no iba a defraudarlo. Al responder, no pudo impedir que la emoción embargara su voz.

—No se preocupe, don Julián. Nunca olvidaré lo que le debo.

148
El torrente de los Muertos

El silencio era el de costumbre; hacía ya mucho tiempo que Candela se limitaba a las mínimas reglas de urbanidad ante el servicio. Aquel día Germán se había levantado a la hora acostumbrada y compartían la mesa del desayuno.

—Me ha comentado Juan Romera —dijo Germán refiriéndose al mayordomo, a quien solía llamar por su nombre y apellido—

que esta mañana quieres el coche para ir a la estación. ¡No sé por qué pierdes el tiempo yendo a ver a la loca! Ella ni se entera, y tú regresas siempre peor que de costumbre. Lo siento, pero hoy necesito los servicios de Ruiz.

—No te preocupes, ya me las arreglaré. Y, si no te importa, cuando te refieras a mi madre llámala por su nombre.

Germán, que cuando se levantaba con el pie izquierdo tenía el genio agrio y le gustaba lanzar pullas a quien estuviera junto a él, dobló la prensa que estaba leyendo, se quitó los pequeños lentes, que ya habían empezado a hacerle falta para ver de cerca, y tras dar un pequeño sorbo del café cargado que estaba bebiendo respondió con expresión inocente intentando justificarse:

—¿Es que he dicho algo que no sea verdad?

—Mi pobre madre está enferma, ésa ha sido mi cruz y la de mi padre, y no es preciso recalcar su dolencia. Por otra parte, que la llames «loca» me parece una falta de caridad hacia ella y una falta de delicadeza hacia mí... Claro que a eso ya estoy acostumbrada.

Germán aguardó a que la camarera entrara en la salita del desayuno, pues conocía las circunstancias que debían concurrir para que una respuesta pudiera doler más a su esposa.

—Querida, ¡a todo hay que acostumbrarse! A mí también me molesta dormir solo porque mi mujer no sabe cumplir con sus deberes conyugales.

La camarera, al oír esto, se retiró apresuradamente sin atinar a recoger la jarra de leche vacía, que era lo que había ido a hacer.

Candela estaba pálida.

—¡Por Dios, cómo pude equivocarme tanto! Siempre supe que en ti había algo cruel, pero ese afán tuyo de hacer daño a los que tienes más cerca no alcanzo a comprenderlo.

—Estás tú muy sensible esta mañana... Las verdades te ofenden. Por lo visto tu madre no está loca, y tú, gentil y enamorada, me abres todas las noches las puertas de tu dormitorio.

—Me casé contigo obligada por las circunstancias, y eso te consta. Mi única pretensión era que nuestra convivencia fuera soportable, pero al parecer eso contigo es imposible. ¡Para ti casarte fue como comprar una yegua! Y no es que me importe, pero, siendo como es ese lazo indisoluble, pienso que es de gente inteligente intentar que, por lo menos, esa carga sea soportable. Pero no, ¡a ti te gusta zaherir a las personas donde más duele! Hace tiempo que no te oigo nombrar a Fredy Papirer... ¿Por qué no te buscas otro chivo expiatorio que aguante tus impertinencias y nos dejas en paz a los demás?

La voz respetuosa de Juan Romera, precedida de un leve carraspeo, interrumpió la conversación del matrimonio.

—Señora, el padre Antonio pregunta por usted.

Candela se volvió hacia Germán.

—¿Quieres hablar con tu hermano?

—Si no es necesario prefiero evitarlo; ya he tenido esta mañana mi ración de aceite de ricino.

—Está bien, como prefieras. —Luego se volvió hacia el mayordomo—. Haga que pase a la biblioteca y dígale que ahora mismo voy.

Partió el mayordomo, y apenas lo hizo, Candela, tras doblar la pequeña servilleta, se puso en pie y compuso la figura mirándose de refilón en el espejo que había sobre el trinchante. La falda gris perla hasta los tobillos y el cuerpo granate ajustado al cuello, con el adorno de la gorguera negra en forma de uve sobre el pecho, favorecían su figura.

Germán comentó, irónico:

—No te arregles tanto, no vaya a ser que provoques al curita.

Candela se revolvió indignada.

—¡Eres un necio! No mereces ni el beneficio de mi desprecio.

Y sin añadir una palabra más, salió del comedor seguida por el delicado frufrú de su falda de raso. La risa cáustica de Germán la siguió hasta el pasillo.

Vio de escorzo a Antonio a través de los cuadraditos de cristal, de pie en la biblioteca con un pequeño tomo en la mano. El traje talar de su primo siempre la había impresionado. El ruido de la puerta hizo que Antonio alzara el rostro, que al ver a Candela se iluminó. La muchacha se alzó sobre la punta de sus pies y lo besó en la mejilla como tenía por costumbre.

—Tus escasas visitas constituyen uno de los pocos momentos gratos que se viven en esta casa.

—¡No digas eso, Candela! Vives en un sitio privilegiado, tienes un hijo precioso y amigas estupendas... ¡Cuánta gente se conformaría!

—Yo lo cambiaría todo por vivir en cualquier sitio con la persona elegida de mi corazón, y si alguien puede entender lo que digo, ése eres tú.

Ambos primos se sentaron en el sofá.

—En la vida son muy pocos los que consiguen todo lo que desean... Si vieras las cosas que yo he visto y la miseria que se expande en los aledaños de Barcelona, tal vez entenderías que, a pesar de todo, eres una privilegiada. ¡Y ahora no me cuentes cómo es mi hermano, que lo conozco bien!

Candela estuvo a punto de relatarle la escena vivida en el comedor hacía un instante, pero pensó que no valía la pena y aprovechó la pausa para cambiar de tema. Después de preguntarle cómo le iban las cosas con mosén Cinto en La Gleva e informarse de la incomodidad que representaba para él la insistencia de la viuda Durán al respecto de ver al ilustre poeta, Candela la excusó argumentando que, sin embargo, la profecía de su hija le había salvado la vida.

—Ya se lo comenté a mosén Cinto, pero me dijo que fue un pálpito, que esas cosas suceden de una forma esporádica y puntual y que, a veces, la Providencia se vale de personas y circunstancias para torcer el destino. Aun así, eso no quita que la madre sea una arpía que lo único que pretende es el dinero del canónigo, y mi misión es impedirlo.

Candela creyó oportuno comenzar a relatarle la visita que le había hecho Luisa.

—La pobre mujer está muy mal y te agradece en el alma lo que hiciste por Máximo.

—Era mi obligación por doble motivo; en primer lugar, creo que a ese hombre lo perdieron las malas compañías y opino que el origen de su mal tal vez se hallaba entre las paredes de la fábrica de nuestros padres; en segundo lugar, como hombre de la Iglesia, era mi obligación intentar en última instancia salvar su alma y acompañarlo en sus últimos momentos, y eso es lo que hice.

—Dejó una carta para ti y me rogó encarecidamente que te la entregara.

Antonio la observó con el ceño interrogante.

—¡Qué raro! Una carta se escribe cuando no hay medio de ver a una persona, y ya le aclaré en su momento que me tenía a su disposición.

—Tal vez te pida consejo y no se atreva a molestarte.

—No hagamos cábalas, mejor la leemos.

Partió Candela en busca de la carta y apenas ida regresó con el sobre de Luisa, que entregó a su primo.

Antonio no se entretuvo un instante. Tenía un mal presentimiento, y su estado de ansiedad se reflejaba en su mirada. Con el abrecartas que le entregó Candela rasgó el sobre y, tras desplegar la hoja, comenzó a leer en voz alta a la vez que una pálida lividez invadía su rostro:

Perdone mi atrevimiento y sepa dispensar mis limitadas capacidades ya que ni sé cómo dirigirme a usted, si como padre Ripoll o como Antonio.

Cuando esta carta llegue a sus manos yo ya no estaré en este mundo. Mi vida, tras la muerte de mis dos hijos, carece de sentido y siento que mis fuerzas se acaban. El único eslabón que me ata a este mundo es mi nietecita, Justina, a la que apartándome beneficio más que perjudico, y a la vez es el porqué de que le escriba esta carta. La última vez que nos vimos fue con motivo de la muerte de mi hijo Máximo, y le reitero que jamás podré agradecer lo que hizo por él. Ese día usted me dijo que le pidiera cualquier cosa que pudiera hacer por mí. Pues bien, a punto de abandonar este mundo me atrevo a suplicarle dos cosas. La primera es que haga lo posible para que mis restos reposen en la fosa parroquial n.º 1 de la calle Siete del cementerio del Este, junto a mi marido y a mi hijo Máximo; a través del juez don Manuel Ferrer conseguí que mi hijo, a pesar de morir como murió, pudiera ser enterrado en sagrado, y ahora le suplico a usted que se ocupe de que mi cuerpo, que será el de una suicida, pueda descansar allí.

Mi segunda petición estoy cierta de que estará a su alcance. He dejado a mi nieta, Justina Luisa Bonafont Méndez, en el asilo del Bon Consell que, como usted sabrá, está situado en la antigua finca de Can Duran, en el norte del barrio de Les Corts, en la esperanza de que se eduque junto a otras huérfanas, que es lo que es ya que no tiene a nadie en el mundo, pues su madre se escapó a Argentina con un hombre y hace años nada sé de ella, y su padre... usted ya sabe. Espero que se ocupe de ella, ya que las buenas madres la tendrán más en cuenta si saben que su protector es alguien tan cercano al señor obispo como usted.

Creo en Dios y espero que en su misericordia, y pese a mi pecado, me haga un sitio en el último rincón del inmenso cielo cosiendo las alas de los ángeles, que es lo único que sé hacer.

Gracias por su paciencia, y reciba la gratitud de su segura servidora,

LUISA RAICH

Candela y Antonio se miraron sobrecogidos en el preciso momento en que Germán irrumpía en la biblioteca. La cara de ambos lo sorprendió y, sin saludar a su hermano, preguntó:

—¿Qué es lo que pasa aquí? ¿Se ha muerto alguien?

—Luisa, la costurera, parece ser que se ha suicidado —respondió Antonio.

—No estás en el mundo, hermano, ¿o es que a Vic no llegan los periódicos?

Candela apostilló:

—Hace poco estuvo aquí.

—Pues se tiró al tren en la calle Aragón. ¡Hermosa ralea de malnacidos acogimos en nuestra casa!

Candela se levantó como expelida por un muelle, con la cara encendida y echando fuego por sus ojos grises como una gata enfurecida. A punto estuvo de lanzarse sobre su marido y, de no ser por Antonio, le habría arañado la cara.

El alto concepto que de Antonio tenía el obispo Català, sumado a los ruegos de mosén Cinto y a la carta que le remitió su querida y generosa feligresa Adelaida Guañabens de Ripoll intercediendo por su antigua costurera, consiguieron el milagro. Las cartas de Luisa despidiéndose del mundo no aparecieron, y el sacerdote encargado de seguir la causa no pudo certificar si la interfecta se había tirado al tren o se había caído, y nada importó la nota de prensa que salió en *La Vanguardia*, pues el obispado no daba crédito a noticias de esa índole; todo se despachó con el sigilo que la Iglesia reclamaba para situaciones semejantes. El caso fue que antes del plazo fijado de la semana Luisa era enterrada en la primera fosa parroquial de la calle Siete del cementerio del Este, junto a su marido y su hijo Máximo. El padre Antonio Ripoll condujo las plegarias, y asistieron Candela y Adelaida, la esposa de don Manuel Ferrer, Mariano, el cochero, y Carmen, la primera camarera de los Ripoll, quien había solicitado permiso a su señora y ésta, atendiendo a su ruego, se lo había concedido.

149
La ópera

A partir de la noche de la gran confesión de Julián Cifuentes, la vida para Juan Pedro tomó un sesgo insospechado y un ritmo frenético. Desde aquel día aquella pared invisible alzada entre los dos, que desde el principio había percibido y que lo había separado de su bienhechor, se derrumbó. Su nueva vida le resultaba placentera, aunque no conseguía evitar una sensación de agobio cuando pensaba que de la anterior nada sabía.

Cifuentes lo había adoptado como hijo y como tal lo trataba;

poco a poco fue poniéndolo al corriente de su vida, y aparte de explicarle el pasado una y otra vez, de cómo perdió a su mujer y del tormento inclasificable que constituía el conocimiento de que Manuela, su única hija, estaba condenada a muerte, fue confiándole todos los secretos de su complicada existencia, que intuyó Juan Pedro le servían de excusa para no pensar en el momento fatal e inevitable de cuándo habría de presentarse la desdentada para arrebatarle lo que más quería.

Don Julián, como miembro de la logia Unión Latina, tenía una misión dentro del Comité de Liberación de Cuba y ésta se dividía en dos brazos; el primero era el transporte de armas y pertrechos militares a la isla por los medios que había puesto a su disposición el comité revolucionario, y el segundo era ejercer de enlace interior para coordinar los distintos grupos —el ejército mambí por un lado, los insurrectos incontrolados por otro, y en tercer lugar los cimarrones de la montaña, antiguos esclavos negros escapados de las plantaciones— que pretendían ocupar un lugar importante que les rindiera beneficios cuando llegara la paz. Para ello, a Julián Cifuentes le convenía tener un disfraz ante las autoridades de la colonia, por lo que acudía a todas las fiestas y todos los saraos a los que fuera invitado, y asimismo a todas aquellas actividades donde pudiera moverse entre las altas esferas de la isla, escuchando conversaciones y captando con oído atento cualquier noticia que pudiera beneficiar a la insurrección.

La ópera era uno de los lugares escogidos principalmente en los días de estreno, donde la flor y nata de la ciudad se reunía para gozar de la buena música, reverdecer amistades cuyas haciendas estaban separadas por muchos kilómetros y establecer nuevos contactos que servían desde para hacer negocios hasta para sellar compromisos de hijas casaderas.

Juan Pedro, impecable dentro de su chaqué y luciendo aquella cojera que lo hacía tan interesante entre las jóvenes criollas de la buena sociedad, paseaba su palmito por las losas blancas y negras del gran salón, cambiando impresiones con uno y otro, investido por el rango que le daba ser el heredero de la hacienda San Andrés.

Podría afirmarse que todo Matanzas había acudido aquella noche para ver el estreno de aquella mezzosoprano, unos decían que italiana y otros que española, que iba a cantar el papel de Desdémona en *El moro de Venecia* de Gioacchino Rossini.

El acontecimiento que representaba la inauguración de la temporada se magnificaba por la presencia del capitán general de la isla, don Emilio Callejo, quien intuyendo su próximo relevo y queriéndose ganar el afecto de los nativos, aprovechaba todo acontecimiento importante para acudir a las principales ciudades y conversar con autoridades locales, empresarios y gentes de la alta sociedad.

Momentos antes de comenzar la función, Julián Cifuentes, acompañado por Juan Pedro, al que en público en vez de Jeromín llamaba Jerónimo, departía amablemente en un pequeño grupo que presidía el edecán del capitán general y que estaba constituido por plantadores de tabaco y caña de azúcar que habían acudido aquella noche en compañía de sus mujeres e hijas para presenciar el debut de Claudia Fadini. Sonó el timbre del primer aviso y antes de que el grupo se pusiera en marcha para ocupar sus respectivos asientos, un poderoso plantador compañero de logia de Julián Cifuentes, y en muchas ocasiones correa de transmisión de órdenes concretas, se acercó hasta ellos junto con una bellísima joven.

—Si me haces el favor de prestarme a tu hijo para que haga de acompañante de mi hija, tú y yo podríamos hablar un minuto antes de entrar.

—¡Cómo no, Escosura! Eso está hecho.

—¡Se me ocurre algo mejor! Que nuestros hijos ocupen mis butacas de platea, y tú y yo nos acomodaremos en el palco; de esta manera, nuestra entrada tardía será más discreta.

—Me parece muy bien. —Y dando media vuelta Cifuentes llamó a Juan Pedro, que se había retrasado un poco—. ¡Jerónimo! —Le hizo un gesto con la mano—. Acércate, que quiero que conozcas a estas personas.

Juan Pedro, arrastrando su leve cojera, se aproximó al trío.

—Mira, te presento a Mariana, hija de Juan Escosura, que es íntimo amigo mío y socio en ocasiones. Vas a acompañarla esta noche. Yo tengo que hablar con su padre.

La muchacha era una belleza morena impresionante, genuino producto de la isla, y poseedora de unos ojos negros que hechizaban a sus admiradores. Iba especialmente engalanada para la ocasión, con el cabello delicadamente peinado en tirabuzones. Sus bellísimos hombros sobresalían de su traje blanco, y llevaba guantes largos hasta los codos y al cuello una ristra de perlas imponentes.

Juan Pedro saludó a ambos y contestó resueltamente, a la vez que ofrecía su brazo a la muchacha:

—Estoy encantado con el cambio, que sin duda me favorece. No tengan ustedes prisa por despachar sus asuntos. Mariana y yo, al finalizar la representación, los aguardaremos en el salón de las arañas de cristal, ¿no es verdad, señorita?

La criolla, colgándose de su brazo, asintió con un delicioso mohín.

Los dos hombres se quedaron solos en el gran salón. Las luces se fueron apagando, permaneciendo ambos en una semipenumbra que invitaba a las confidencias.

Escosura se arrancó.

—De no estar cierto de que te encontraría aquí te habría enviado recado por el conducto habitual para concertar una entrevista. Han pasado muchas cosas, y van a pasar muchas más en nuestro bando y en el español.

—Soy todo oídos.

—Cuando los mambises se rebelaron, el gobierno español no adivinó en un principio el alcance de la insurrección y consideró la situación totalmente solventada al reducir el foco separatista, pretendiendo minimizar el hecho ante la prensa mundial, que sigue atentamente todos los acontecimientos. Tú sabes que en la isla hay muchos intereses encontrados y que cada parte quiere su hueso, pero cuando nuestros caudillos José Martí y Máximo Gómez proclamaron el Manifiesto de Montecristi, que considero que es el programa de nuestro movimiento separatista, la situación se volvió extraordinariamente grave para España, y ya no han podido ocultarla, por lo que ahora en Madrid todo son prisas para intentar remediar lo irremediable.

—Dime, ¿qué debo hacer?

—Déjame terminar, que aún hay más.

Julián, como adivinando que lo más importante estaba a punto de salir, se arrimó a Escosura. Éste miró a uno y a otro lado, intentando evitar cualquier escucha, y en voz si cabía más baja reinició el diálogo.

—¿Sabes por qué está en Matanzas Emilio Calleja?

—Imagino que para ver la ópera, creo que no pudo ver a la Fadini cuando cantó en La Habana.

—Eso es una excusa, Cifuentes, la realidad es que ha venido a despedirse. Viene a sustituirlo Arsenio Martínez Campos, lo sé de buena tinta.

—Y ¿cuál es el motivo?

—El gobierno de Madrid lo considera más apto para manejar la actual circunstancia, y piensan que sabrá reconducir la situación como cuando la Paz de Zanjón... Pero lo de ahora no tiene vuelta atrás.

—¿Opinas que ahora es la definitiva?

—¡Ahora o nunca! Si no somos capaces de echar a los españoles nosotros solos y tienen que ayudarnos los norteamericanos, lo único que habremos conseguido habrá sido cambiar de amo.

—Dime entonces cuál es la misión que me encomienda el comité.

—En primer lugar, prepárate para viajar. Hay un cargamento listo en Miami que hay que transportar por el conducto habitual. La tapadera será maquinaria pesada para los ingenios de azúcar, y en el escondite que tú conoces vendrán, debidamente acondicionados, quinientos rifles Remington; en su momento se indicará al capitán el lugar del desembarco. Tú serás la cara visible de los plantadores, caso que algún guardacostas de la marina estadounidense aparezca durante la travesía.

Cifuentes, más que preguntar, afirmó:

—Jerónimo vendrá conmigo.

—¿Crees conveniente implicarlo en esto?

—No únicamente conveniente, sino necesario. Hay mucho en juego, y alguien tiene que saber todo lo que a mí atañe, por si me pasara algo.

—Me han dicho que lo has adoptado como hijo.

—Si Manuela me vive es gracias a él.

—Ya me contaron lo del cocodrilo.

—La Providencia lo puso en mi camino, y eso es una deuda que tengo con la Virgen del Cobre.

—¿Cómo fue eso?

—Es una larga historia que otro día te contaré. Únicamente debes saber que es un hombre con unas calidades humanas fuera de lo común, y cuando ocurra lo que ha de ocurrir con Manuela, a mi muerte heredará toda mi fortuna.

Escosura, como dejando caer una idea, comentó:

—Mariana será mi única heredera.

Hablando de sus cosas, ambos hombres perdieron la noción del tiempo. Cuando cayeron en la cuenta las luces ya se encendían y los aplausos sonaban cada vez más fuertes al abrirse las puertas de la sala.

Los dos muchachos llegaron hasta ellos; el rostro de Mariana, arrebolado y luminoso, reflejaba el venturoso momento.

—¡Ha sido precioso, padre! Esa mujer tiene una voz de cristal.

Jerónimo apuntó:

—Aunque el nombre es italiano dicen que es española.

Escosura se dirigió a su hija.

—Mariana, ¿te gustaría conocerla?

—Me encantaría, padre.

—Pues vamos allá. —Luego se dirigió a Jerónimo—: Su acento no es de aquí.

Cifuentes interrumpió.

—Ésa es también otra historia que asimismo te contaré otro día.

El grupo comenzó a caminar por el pasillo que circunvalaba la platea hacia una puerta, cautelada por un portero, que daba paso a los camerinos.

Claudia, sumamente nerviosa como siempre que debutaba, estaba sentada en su camerino con una ligera bata sobre los hombros acabando de perfilar su maquillaje frente al espejo, rodeada de un jardín de flores. Doña Flora zascandileaba por allí, hablando como una cotorra y mucho más nerviosa que ella.

—Hija, ¡ya no sé dónde poner los ramos! No te apliques tanto colorete. Quedan quince minutos. Después de la obra, cuando hayas firmado autógrafos, nos vamos al hotel...

Claudia la interrumpió.

—Madre, debutar en un teatro como éste no es hablar con una amiga en un patio de vecinos. ¿Por qué no se calla un poco? ¡Me tiene harta!

—Hija, lo hago por tu bien, procuro distraerte.

—No me hace falta. Salga usted, que voy a calentar la voz.

La mujer, que había aprendido a no contradecir a su hija, sin decir palabra abandonó el camerino cerrando la puerta.

Claudia dio un hondo suspiro y procuró distraer sus nervios, y en tanto que comenzaba a hacer escalas dejó que su pensamiento vagara libre.

Su vida había dado un cambio extraordinario. Lo que al principio le pareció una desgracia, con el tiempo hubo de reconocer que había redundado en su beneficio. Tras meditarlo en profundidad había decidido dirigirse al acuartelamiento de la tropa en La Habana situado en El Morro para dar la sorpresa a Emilio Serrano. La idea del reencuentro con su antiguo admirador había sido el fermento que, junto con el tremendo pánico que le causó el atentado del Liceo, había justificado su huida de Barcelona.

Cuando a través de un amable comandante supo que Serrano había sido destinado a Filipinas el alma se le cayó a los pies. Indagó el motivo, pero no le dieron razón. El militar le comunicó únicamente que la superioridad había considerado pertinente su traslado y que eso era todo; luego le preguntó cuál era su relación con el capitán Serrano, y Claudia respondió que eran simplemente amigos.

Claudia abandonó el acuartelamiento rabiosa con ella misma e indignada con su pretendiente, del que no había tenido noticias anunciándole el hecho. Pero estaba hecha a esos avatares; la vida le había enseñado que cuando se cerraba una puerta se abría otra, y así, si su protector don Práxedes Ripoll no le hubiera negado su patrocinio, no habría hecho ella su *tournée* por el sur de Francia y mister Dogan tal vez no la habría contratado. Claudia se echó a la espalda aquel contratiempo y decidió que a partir de aquel momento su carrera iba a ser lo más importante y que cuando llegara a la cumbre usaría a los hombres como se merecían; es decir, como objetos de usar y tirar.

Mister Dogan se había portado con ella maravillosamente, y desde su llegada la cuidó como una flor de estufa. Preparó el debut en La Habana presentándola como una gran diva europea y atendiendo sus más pequeños deseos. La orquesta era magnífica, y avanzando los ensayos la joven intuyó que aquél era un momento decisivo en su vida. El éxito fue rotundo. Luego cantó en Santiago y tras un corto descanso, que aprovechó para conocer los lugares de la isla que permitían visitar sin que el peligro mambí acechara, iba a debutar en Matanzas, considerada la élite de la cultura cubana, y nada menos que frente al capitán general don Emilio Calleja, quien, por dificultades de agenda, no había podido asistir a su anterior debut.

Emilio Serrano ya no estaba en su cabeza, y Germán Ripoll era como un extraño que se había colado de rondón en su vida y al que desde la distancia veía pequeño e intrascendente. Sin embargo, si se examinaba en profundidad debía reconocer que lo que más ansiaba era triunfar en Norteamérica, de la mano de mister Dogan, y luego regresar a Barcelona, debutar en el Liceo y refregar su éxito por la cara a quien tanto mal le había hecho.

La voz del regidor y una suave llamada a la puerta la advirtió.

—Señora, con su permiso voy a dar la segunda. Quedan diez minutos.

La velada resultó un triunfo impresionante; jamás en Matanzas se había visto una Desdémona tan frágil y desamparada. El público, puesto en pie, aplaudió a rabiar, y ella y el tenor tuvieron que salir a la corbata del escenario dieciocho veces y el telón se abrió seis veces más.

Al finalizar, el público quería ver de cerca a la nueva diva, y la cola que se organizó a la puerta del camerino de Claudia salía hasta la calle. Finalmente el grupo formado por Julián Cifuentes, Juan Escosura, Mariana y Jerónimo llegó hasta ella. La Fadini, sentada a una mesa, envuelta en una bata de seda blanca y con un marabú de plumas alrededor del cuello, iba firmando las postales que le pasaba su empresario, en tanto una mujer de mediana edad recogía las prendas de ropa que colgaban de un biombo instalado al fondo y las acondicionaba en un baúl.

Al ver a Escosura mister Dogan se adelantó, solícito.

—Pero, don Juan, ¿por qué no me ha avisado? Usted y sus amigos no tenían por qué hacer la cola.

Dogan y Escosura se habían conocido en la embajada estadounidense en La Habana.

—No era necesario importunarle. Todo el mundo quiere ver a la señora —dijo señalando a Claudia—, e intentar saltarse el turno es algo que no entra en mi forma de proceder.

—Siempre hay una excepción para autoridades y amigos.

—Dejémoslo tal como está. No acostumbro atosigar a los artistas cuando acaban de salir de la escena, pero mi hija… —Señaló a Mariana—. Ella tenía una gran ilusión esta noche por conocer a la Fadini.

Claudia dejó las postales y se puso en pie.

—El honor es mío esta noche.

Se hicieron las presentaciones, y tras preguntar al empresario por los futuros planes de la artista y saber que iba a debutar en Norteamérica, Cifuentes apuntó:

—Mi hijo y yo tal vez tengamos ocasión de verla en Miami.

—Nada me complacería más —respondió Claudia tras lanzar una breve mirada al apuesto joven que había entrado cojeando ligeramente.

150
Tráfico clandestino

El *Santo Tomé*, un bergantín-goleta mixto de vela y motor, navegaba con todo el trapo recogido y con las luces apagadas en una oscura noche entre Miami y Sagua la Grande, en pleno estrecho de la Florida y todavía a veinticinco millas de su destino. La mar estaba calma, y a lo lejos únicamente se distinguían dos luces de navegación que habrían coincidido con el verde y rojo de las suyas, caso que las hubieran llevado encendidas, de lo cual se deducía que el barco avistado iba en el mismo rumbo que el *Santo Tomé*. Acodados en la barandilla de popa y observando la estela de espuma de su barco, Julián Cifuentes y su adoptado hijo Jeromín comentaban las singularidades de aquel viaje, los riesgos asumidos y los cómo y porqué de su futuro, teniendo en cuenta que la guerra entre Cuba y España era ya una evidencia y que, al ser muchos los compromisos del hacendado, las obligaciones de Jerónimo al frente de la San Andrés iban a multiplicarse.

—Quiero que no te signifiques en nada. En tanto sea posible, las actividades de la hacienda deben ser las de siempre; me interesa que el gobierno de La Habana siga creyendo que me mantengo neutral y que únicamente me ocupo de exportar habanos y azúcar a Europa, por lo que mi máximo interés es que haya paz. Continuarás asistiendo a cuantos eventos sociales seas invitado. Toda tu documentación está en regla, si bien nadie sabe de dónde has salido. Aunque tienes un deje cubano, tu acento te denuncia; sin embargo, la evidencia de la pérdida de tu memoria está avalada por los médicos. Por otra parte, la lesión de tu rodilla te invalida para cualquier actividad relacionada con la guerra. Y a estas alturas, con la que está cayendo, a nadie importa la peripecia personal de alguien como tú.

Durante mucho tiempo Juan Pedro estuvo obsesionado por recordar quién era, de dónde venía y cuál era su historia, en la vana pretensión de recobrar su identidad. Los médicos coincidieron en su diagnóstico: cuanto más se esforzara en hacer memoria, menos probabilidades tenía de lograrlo. Su mejor aliado sería el tiempo y el reposo; la actividad en el campo y ocuparse en muchas cosas podrían ayudarlo a recuperarse, y un día, quizá, algo despertaría en su interior, como una luz, y tirando de ese bramante aflorarían sus recuerdos. A la espera de ese venturoso momento había ido transcurriendo su nueva vida, adoptando nuevas costumbres, adquiriendo nuevos aspectos y ocupándose de cosas que jamás anteriormente habían despertado su interés. Su integración en la vida cubana era total, y su afecto y su gratitud por Julián Cifuentes, infinitos; a todo ello sumaba el amor que sentía por aquella criatura, Manuela.

El hacendado prosiguió con su monólogo:

—Desembarcaremos la carga motivo de este viaje en Sagua la Grande. Espero no encontrar problemas; mis compañeros de la logia Unión Latina se han ocupado de ello. Yo me quedaré allí hasta que la mercancía haya sido recogida, cuestión de días. Tú continuarás viaje hasta Cárdenas, y allí se hará el desembarco oficial, que quedará consignado en el puerto hasta que los destinatarios de la maquinaria que traemos se hagan cargo de ella. Luego el *Santo Tomé* se reintegrará a sus rutas habituales, lo cual nos ayuda a mantenerlo ya que un barco parado es lo más caro del mundo, hasta que surja la oportunidad de otro viaje. Después, si hay una emergencia, búscame en Matanzas.

Juan Pedro había ido comprendiendo el papel que desempeñaba Cifuentes en la rebelión. El comité de guerra le había asignado un delicado rol. Su figura era bien vista por los españoles, que lo tenían catalogado como hombre de paz y en esencia antiamericano, dedicado a sus negocios, a los que la guerra perjudicaba notablemente, y su inmensa fortuna le hacía ser bien recibido en saraos, embajadas y fiestas en la Casa de Gobierno, donde se mezclaba con lo más conspicuo de La Habana. Allí, aguzando el oído y moviéndose en círculos donde su presencia no extrañaba a nadie, se enteraba de noticias y planes que, debidamente comprobados, servían después de base para muchas operaciones, principalmente de guerrilla, que los mambises llevaban a cabo contra expediciones de la tropa que protegía la vía férrea o contra campamentos establecidos.

—Cuando llegue a casa y compruebe que todo está en orden, si usted me lo permite, me gustaría acudir a la fiesta que da en el hotel Excelsior de La Habana la señorita Mariana Escosura. La invitación llegó antes de nuestra partida.

—No únicamente lo autorizo, sino que lo apruebo. Mariana es una excelente y preciosa muchacha que será muy rica, cosa que no es obstáculo, pues a nadie amarga un dulce. Y tú tienes una edad para empezar a pensar que no es bueno que el hombre esté solo... No lo digo yo, lo dijo Dios en el paraíso, y ¡no irás a contradecir algo que decimos Dios y yo! Y ahora vamos adentro, que estoy loco por encender un cigarro y aquí fuera no se puede.

151
Manuela

La llegada de Juan Pedro a la hacienda San Andrés se produjo en medio de un diluvio torrencial. La cuenca del Canimar era incapaz de acoger el cauce de sus afluentes, principalmente del Morato, y las aguas se habían salido de madre. El viaje se alargó al tener que sacar varias veces el quitrín de las trampas que el barro supuso en aquel trayecto de mal augurio; el postillón y él mismo, en varias ocasiones, tuvieron que poner pie en tierra y arrimar el hombro empujando las ruedas, a la vez que el cochero urgía al tiro de caballos con la voz y con el látigo hasta lograr ponerlo de nuevo en el camino.

Llegaron en plena noche, y nada más enfocar el caminal Juan Pedro entendió que algo anormal estaba ocurriendo. Las luces del porche permanecían apagadas, y la silueta de la casa aparecía en medio de la lluvia como si fuera una construcción vetusta y abandonada. Hasta los naturales sonidos de la noche —algún grito de lechuza, el croar de las ranas y el eterno cricrí de los grillos— sonaba más matizado que de costumbre. El aguacero había remitido, y le pareció que el silbo del aire entre las ramas de los árboles tenía el tono solemne de los tubos de un inmenso órgano que tocara a difuntos.

Por detrás de la casa salía un resplandor y el rumor de unas voces que entonaban un melancólico canto coral, conducido por una voz solista que con ritmo pausado guiaba aquella especie de salmodia.

Juan Pedro saltó del carricoche antes de que el auriga lo detuviera y casi a la carrera se dirigió a la parte posterior de la casa.

El cuadro era desolador. Casi todo el servicio estaba reunido en las cocinas, donde en el mostrador de mármol habían montado un pequeño altar presidido por una estatuilla de la Virgen del Cobre y, a ambos lados de ésta, dos deidades africanas, Ñapango y Chenitrá, a las que los santones negros atribuían milagros y sanaciones. Al grupo de los criados domésticos se había sumado una representación de toda la sociedad negra que vivía en la plantación.

Al ver al hijo del amo los cánticos se detuvieron, y ante la inquisitoria mirada de Jeromín, Natalio, el mayordomo, se puso en pie dispuesto a dar explicaciones.

—¿Qué ocurre aquí?

La gente que estaba arrodillada comenzó a ponerse asimismo lentamente en pie.

—Es Manuela, amo, se ha puesto muy malita. El señor Vivancos ha enviado a un cochero a buscar a mamá Lola, pero está tardando.

—Luego, como justificándose, añadió—: La noche está muy negra y no hay luna, eso es mal presagio.

Juan Pedro, a la par que entregaba el capote mojado a uno de los criados, se precipitó escalera arriba hacia la habitación de Manuela.

El cuadro lo impresionó. La niña, cuya silueta apenas se dibujaba bajo las sábanas, tenía los ojos cerrados, el rostro completamente azulado y respiraba con dificultad. A un lado de la cama estaba Celestino, tomando entre sus huesudas manos negras la manita de Manuela, y al otro lado se encontraba su aya, arrodillada y canturreando una letanía ante una imagen negra que, junto a una pequeña vela encendida, había colocado sobre la mesilla de noche. El suave golpeo de las gotas de lluvia en la ventana eran el único sonido que perturbaba el silencio de la estancia.

Vivancos, al ver a Jeromín en el quicio de la puerta, dejó con delicadeza la mano de la niña sobre el cobertor de la cama y se dirigió hacia él por no levantar la voz, al tiempo que la vieja y gruesa ama se ponía dificultosamente en pie.

La palabra de Vivancos fue un susurro.

—Ha sido a la hora de la cena; se ha atragantado y ha comenzado a ponerse azul, después ha puesto los ojos en blanco y se ha desmayado. La hemos subido rápidamente a la cama, he enviado a buscar a mamá Lola y eso es todo.

—¿Y el doctor Figueras?

—Con esta noche es imposible llegar de Matanzas.

Juan Pedro dialogó con Celestino sin dejar de mirar a Manuela. Luego lentamente se acercó a la cama.

El respirar de la niña era un silbido. Se sentó en el taburete que había dejado Vivancos y tomándole la mano comenzó a hablarle suavemente.

—Ya estoy aquí, Manuela. Te has puesto malita, pero vas a ponerte buena otra vez enseguida, y volveremos a galopar juntos.

La niña lentamente abrió los ojos y lo miró de un modo indescriptible. Su voz era apenas un murmullo.

El ama y Vivancos se miraron asombrados.

—No, Jeromín, ya no podré montar nunca más.

—¡Claro que sí, Manuela! Ya sabes que yo no te engaño.

La niña volvió a cerrar los ojos, al tiempo que en la antesala sonaban pasos de dos personas.

Juan Pedro dirigió la mirada a la puerta; mamá Lola, acompañada del mensajero que había ido a buscarla, ambos empapados de agua, apareció en el marco. La negra se acercó a la gran cama y con la mirada interrogó a Celestino.

—Se ha atorado durante la cena y se ha puesto así.

—¿Cenaba pescado con espinas o algo que tuviera huesos pequeños?

—Sopa de puré de patatas era lo que estaba tomando —respondió el aya.

Mamá Lola retiró la sábana y el camisón a Manuela, y procedió a examinar atentamente su cuerpecito. Juan Pedro se impresionó; la niña estaba totalmente azul. La negra se agachó y colocó su oreja junto al corazón de Manuela; luego, tras olfatear su aliento y escuchar el silbido de su respiración, volvió a taparla y alzando la mirada hacia él movió la cabeza de un lado a otro.

—Olofi* la quiere con él esta noche, y nada puede hacerse.

El ama comenzó a sollozar.

Un silencio sobrecogedor se instaló entre los presentes. Juan Pedro dio orden a Vivancos para que pagara a mamá Lola, pero ésta se negó a cobrar un céntimo. El cochero se fue con ella para acompañarla y quedaron junto a la niña el ama, Celestino y él, dispuestos a pasar la noche esperando que tal vez la madrugada hiciera el milagro. La lluvia continuaba repiqueteando en los cristales.

A las seis de la mañana Manuela abrió los ojos y los fijó en Juan Pedro con una intensidad inusitada. Luego su voz sonó queda y muy lejana.

—Jeromín, ¿tú crees que en el cielo tendré un poni para montar?

Juan Pedro tuvo que sofocar un sollozo ahogado que le subió a la garganta.

Manuela ya no volvió a hablar. Exactamente a las seis y veinte minutos de la madrugada la niña dejó de respirar a la vez que la llama del candil que estaba sobre la mesilla de noche tembló ligeramente, despidiendo a aquella preciosa alma que marchaba hacia el cielo de los niños blancos y negros.

Un correo partió urgente hacia Matanzas. El mensajero galopó hacia la capital a uña de caballo llevando la carta que Juan Pedro había redactado, en la que podía leerse entre líneas que Manuela había fallecido aunque sin decirlo claramente.

El texto era casi telegráfico.

* Dios creador en la religión yoruba.

Querido Julián:

Lamento profundamente el envío de estas noticias. Cancele cualquier obligación o actividad y regrese inmediatamente a casa; Manuela está muy grave.

JEROMÍN

El hacendado se dirigió al mensajero.

—¿Qué le ha pasado a mi hija?

El hombre temblaba en su presencia.

—No sé de cierto, don Julián. En las chabolas se dice que la señorita está muy mala... Sólo puedo decirle que ayer noche hubo que llamar a mamá Lola.

Cifuentes pagó la cuenta del hotel, y dirigiéndose al mejor comercio dedicado al alquiler de coches y caballerías compró un bayo resistente y poderoso, pagó el precio que le pidieron por el excelente animal sin regatear un peso y partió hacia su hacienda con el corazón encogido, temiendo que la larga espera hubiera llegado a su final.

A las seis horas, con el caballo reluciente de sudor y la boca llena de espuma, llegó a la San Andrés y, apenas un negrito palafrenero de la cuadra sujetó la brida del animal, el hacendado saltó a tierra. Juan Pedro y Celestino se precipitaron hacia él bajando la escalinata. Nada más verlos Julián Cifuentes tuvo la certeza de que Manuela había muerto, a tal punto que su pregunta fue:

—¿Ha sufrido, Jeromín?

Juan Pedro respondió:

—Se ha ido como un ángel.

—Como lo que era —añadió Celestino.

Julián Cifuentes tuvo que sentarse en el pretil del banco de piedra ubicado en el arranque de la escalera.

El tan temido y demorado momento para el que creía estar preparado lo sobrepasó. Manuela había sido el centro de su vida, y se encontró al borde del abismo y sin agarraderos; todos sus negocios, sus afanes y sus luchas le parecieron un sinsentido, ya nada valía la pena.

Juan Pedro le apoyó la mano en el hombro.

—Todo el mundo está deshecho. Quiero que sepa que lo he sentido como si fuera mi hija; usted sabe que desde el día que la conocí adoré a Manuela.

Celestino apostilló:

—Con todo respeto, don Jeromín, puedo decirle que la única manera de entender el dolor de un padre es haber perdido un hijo. —Entonces se volvió hacia Cifuentes—. Yo sí que le entiendo, amo.

Julián se puso en pie.

—Vamos, quiero verla.

—Está como dormida, don Julián.

Partió el grupo hacia la casa, seguido a distancia por varios criados y jardineros que se sumaron al cortejo.

Al llegar a la puerta del cuarto de la niña, Julián se detuvo como si necesitara aire para respirar. Luego entró decidido en la habitación. El ama negra que estaba junto a la cama se puso en pie.

Las frazadas blancas de la cama llegaban hasta la barbilla de Manuela. La niña había recuperado su color, su melenita de oro viejo heredada de Alice, su madre, enmarcaba su rostro y silueteando su frágil cuerpecillo las mujeres habían esparcido pétalos de rosa rojos.

Por más que sabía que aquel día había de llegar, el padre no pudo contenerse; se sentó junto a su hija en la cama y, a la vez que le acariciaba el cabello, un grueso lagrimón comenzó a resbalar por sus curtidas mejillas.

Julián Cifuentes no admitió razones. Quería que Manuela fuera enterrada en la San Andrés. No estaba dispuesto a tener que desplazarse a Matanzas o a La Habana cuando deseara pasar una tarde con su hija, por lo que dispuso algo que tenía pensado hacía ya mucho tiempo. En el norte de la hacienda, casi junto al linde de la plantación con la de los Agüero, existía una gruta inmensa que era en sí misma una capilla natural impresionante; sus paredes de roca se alzaban convergentes a ambos lados en forma de cono, al punto que parecían la espadaña de un campanario. Allí enterraría a Manuela y sobre su tumba haría levantar, por los mejores escultores de la isla, un monumento que la recordara por siempre.

Después de que el doctor Figueras firmara el acta de defunción de Manuela, los trámites para lograr los propósitos de su padre fueron complejos. Los días que pasaba la isla hacían que los funcionarios se dedicaran a cosas mucho más urgentes que el entierro de una niña, de manera que los permisos para habilitar la tumba fueron muy simples, máxime teniendo en cuenta quién era en Cuba Julián Cifuentes. Éste, quien no quiso hacer de aquel luctuoso suceso un sarao social, decidió dar sepultura a Manuela en la intimidad de su gente sin comunicar el hecho a amigos ni autoridades.

Al entierro acudió toda la plantación como si fuera una sola persona; los negros de toda condición —recolectores, especialistas, liadoras de hoja de tabaco, herreros, guarnicioneros, gentes de cuadra y domésticos; en fin, todo el batey— quisieron acompañar a la joven ama en su último viaje. Realmente no hicieron ninguna falta plañideras, pues todas las mujeres de la plantación la lloraron como auténticas magdalenas. En aquella ocasión única Julián Cifuentes recogió también el afecto que le profesaban sus libertos y que su comportamiento hacia ellos había merecido. La ceremonia fue una explosión de cánticos espirituales negros, pensando que de esa manera cumpliría con su esposa, Alice, que falleció en el seno de la Iglesia católica; la celebró un viejo amigo jesuita de la misión de Esmeralda en Camagüey, aunque la presidencia la ostentó Ismael Poyatos, el hermano mayor de la logia Unión Latina, quien se asombró de la existencia de aquel lugar único e insospechado, reconociendo a la vez que jamás había asistido a una ceremonia donde se respirara tanto amor.

Por la noche, a escondidas y alumbrado por una luna pálida, se acercó un grupo de negros de la plantación al frente de los cuales iba mamá Lola. Por su cuenta hicieron una corta ceremonia yoruba y al pie de la tumba de Manuela enterraron la imagen de Atanor, una deidad negra encargada de acompañar al espíritu del difunto en su viaje a la otra vida.

Al cabo de una semana partió Cifuentes en misión secreta a reunirse con Máximo Gómez en un lugar oculto, que le sería revelado al llegar a Las Minas, y dos de los principales cabecillas, José Luis Ardavín y Marcos Vargas, lo acompañarían. Antes de marchar encargó encarecidamente a Juan Pedro que le pusiera al día el correo.

—Jeromín, hazme el favor de despachar toda la correspondencia comercial. Con todo lo ocurrido he descuidado los negocios americanos; pónmelo todo al día, por favor.

—Descuide, Julián, que a su regreso todo estará en orden.

152

El payaso triste

Si bien la llaga que era el rostro de Fredy iba curando lentamente, la herida del alma no cicatrizaba. Mil ideas asesinas asediaban su mente, impidiéndole conciliar el sueño día y noche.

Papirer se había visto obligado a abandonar su tan ansiado piso de la calle Notariado y, por indicación de Pancracia y siguiendo su sugerencia, se fue a vivir con su madre en el n.º 8 de la calle Ponent; no podría haber sido de otro modo, ya que era incapaz de valerse por sí mismo para las curas, que además de dolorosas eran muy delicadas. Nada más llegar, obligó a la mujer a retirar todos los espejos de la casa amenazándola, en caso de desobedecerle, con tirar por la ventana todos los muebles.

Rosario estaba aterrorizada. Desde la salida del hospital, a los seis meses del percance, en dos ocasiones había tenido que intervenir de urgencia para impedir que su hijo se suicidara. La primera de ellas sucedió cuando tras ver Fredy su rostro por vez primera en el cristal de una ventana, le arreó un puñetazo con tan mala fortuna que el vidrio le sesgó las venas de la muñeca derecha. La mujer lo encontró sentado a la mesa del humilde comedor, pálido como la muerte, intentando restañar con una toalla la sangre que manaba abundante por la herida. La segunda vez fue voluntaria; aprovechando una ausencia suya, Fredy se tomó un tubo de pastillas y hubo de ser conducido de nuevo al hospital, donde le hicieron un lavado de estómago. El médico que lo atendió no dio parte a la policía gracias a los buenos oficios de Pancracia. El hombre estaba determinado a hacerlo, en cuyo caso habría ingresado Fredy temporalmente en una casa de salud, pero doña Rosario llamó a Pancracia, y ésta se encerró con el doctor en su despacho y al cabo de un poco salieron ambos, el doctor descompuesto y ella guardando su famosa libreta de direcciones en el fondo de su bolso.

Las dos horas que por la mañana bajaba su madre a la casquería las pasaba Fredy paseando arriba y abajo por el corto pasillo haciendo mil cábalas al respecto de su futuro, que veía negro como los pensamientos que le inspiraba el recuerdo de Germán.

Sonó el timbre de la puerta. Cuando doña Rosario estaba ausente, Fredy escrutaba por la mirilla y de no ser su madre o Pancracia no abría a nadie, pero en aquella ocasión era Pancracia, así que se hizo a un lado para que pasara. Acto seguido cerró la puerta con cuidado y siguió a su socia, que ya se había adelantado hasta el comedor.

—¿Qué tal vas?

Ambos se sentaron.

—¿Cómo quieres que vaya? ¡Desastrosamente mal!

—Estás vivo, y eso al fin y al cabo es lo que cuenta.

El único ojo de Fredy miró a Pancracia con un brillo asesino.

—¿Tú crees que lo que me queda es vida?

—El hombre está muerto cuando no tiene una motivación, y desde luego si yo fuera tú, la tendría.

—Entiendo lo que quieres decirme… Y reconozco que hacer pagar a ese bastardo lo que me ha hecho es mi único estímulo.

—Pues en vez de lamentarte, ¡ponte a ello manos a la obra!

—Y ¿eso cómo se come? Ni me atrevo a pisar la calle, ¿adónde voy con estas pintas? No quiero que los niños me tiren piedras.

—Pues si no te pones en marcha, cuando palme tu vieja dudo que alguien te traiga la comida a casa.

Fredy se sulfuró.

—¡Pero ¿es que no me ves?! ¡¿Adónde voy a ir a buscar trabajo?! ¡¿Qué quieres, que trabaje en el circo para que me exhiban como un monstruo, junto a la mujer barbuda y al hombre elefante, como el nuevo Polifemo?!

—Has dado medio en el clavo.

Papirer frunció el entrecejo y clavó su único ojo en el rostro de la mujer.

—A ver si me explicas eso.

—Vas a trabajar en el circo, pero de una manera que nos rendirá beneficios, y no te exhibirán de forma alguna.

Fredy tuvo que asimilar el discurso y, tras una pausa, comentó:

—¡Tú estás loca! ¿Quién me contratará con esta cara?

—Don Gil Vicente Alegría a través de su mujer, doña Micaela Ramírez, que es amiga mía, y por supuesto nadie te verá la cara.

—Si no te explicas mejor, no podré entenderte.

—Es muy sencillo: hablé con doña Micaela, a la que conozco desde hace muchos años pues Greca y Colomba, mis enanas, ya sabes, trabajaron a sus órdenes; su marido es el amo del Circo Ecuestre de la plaza Cataluña, empresario de gran empuje y abierto siempre a nuevas ideas. Voy a ir por partes.

—Mejor será.

—Cuando desmonté el estudio fotográfico salvé lo que pude y sobre todo lo que consideré de más valor, como las dos máquinas de fuelle, que llevé a mi casa. Por el vecindario se corrió la voz de que allí se guardaban materias inflamables y peligrosas y, cuidando mis otros oficios, pues, como comprenderás, no me gusta crearme problemas, decidí hacer saber a todos que allí ya no volvería a abrirse tu negocio.

—¿Entonces...?

—Me tuviste noches sin dormir porque la inspiración no viene del cielo, hasta que un buen día se me hizo la luz. Hablé con doña Micaela y ésta habló con su marido, a quien el asunto le pareció muy interesante.

—¿Me haces el puñetero favor de explicarte de una vez?

—¡Ya llego! Escucha, que la cosa tiene miga. Fui paso a paso porque en tu condición si falla la primera premisa, que es que no te vean esa cara, ya no es posible seguir. Por tanto, primer requisito: que se pudiera trabajar con la cara oculta o disimulada; segundo: aportar algo nuevo que interesara a algún empresario; tercero: que en ese menester hiciera falta alguien de tus capacidades... ¡Y ahí nació el invento!

—Sigo sin entender nada.

—¡Quieres dejar que termine! En el circo los reyes son los niños. Los ricos ocupan las primeras filas o los palcos y los más pobres, las gradas de madera; pero ricos y pobres están dispuestos a inmortalizar ese día tirando la casa por la ventana y harán cualquier cosa para que esa tarde sus hijos sean felices, y lo que más puede complacerlos es que la velada quede enmarcada en el recuerdo, para siempre, como un día especial. Propuse a doña Micaela montar junto al vestíbulo un pequeño estudio con cuatro cortinas negras; allí colocarás tu cámara. En la media parte y al finalizar se ofrecerá a los niños hacerse una foto con el artista que más les haya impactado, ya sea el domador, la pareja de equilibristas, los de la cama elástica, la amazona del caballo blanco, etcétera. Tu misión será hacer las fotografías y, sobre todo, tomar en un cuaderno a cada uno el nombre de sus padres y la dirección de su casa para enviarles la foto cuando esté revelada. ¿Me vas captando?

Fredy repreguntó:

—Y mi cara, ¿qué?

—¡Ahora viene lo mejor! Aún he de pulirlo, pero... una de tres: o llevarás una careta de payaso triste y el correspondiente disfraz, o bien la cara medio enharinada de blanco y negro, o tal vez un disfraz de pirata con un parche sobre el ojo malo.

El ojo bueno de Fredy comenzó a hacer chiribitas.

—Y ¿qué haremos con la libreta?

—Tú nada; eso es cosa mía.

—¡Te tengo miedo! Quiero saber dónde me meto.

—Tú, o a hacer fotografías en un circo o a comerte una mierda encerrado en casa, ¡puedes escoger!

Fredy varió la táctica y cambió el tono.

—En principio estoy de acuerdo, pero... Oye, tú y yo hemos sido siempre muy legales el uno con el otro, ¡podrías explicarme algo!

—Está bien. La venta de fotos pornográficas tuvo su momento, pero ahora ya hay mucho material en el mercado y, por el peligro que comporta, es poco negocio. Estoy dispuesta a asumir más riesgos. Escogeré entre las direcciones que me suministres según edades, posición social de la familia y dificultad, los niños y las niñas más adecuados para mi negocio, que irá variando según el momento... Tú ya sabes a qué me refiero.

Fredy recordó el frasco descubierto en el cuarto de baño de su socia, y llegó a la conclusión de que para él aquel asunto se acababa haciendo la fotografía y entregando a Pancracia la dirección de la familia del niño o de la niña.

—Estamos de acuerdo, socia, pero tengo una duda.

—Explícate.

—Desde aquí, o desde donde sea, hasta el Circo Ecuestre tendré que andar por la calle, y como no me ponga una capucha, no hay sombrero ni bufanda que oculte el horror de mi cara.

—Todo está pensado. Tengo un amigo artista que hace maravillas con piel de badana y pinceles; te hará medio rostro tan guapo que no podrás enseñar la parte buena. ¡Déjalo en mi mano! Si es necesario, mi amigo vendrá a trabajar aquí.

Fredy meditó un momento.

—Está bien. Te digo lo mismo que el día que pactamos nuestro primer negocio: ¿cuándo empezamos, socia?

153
El nuevo negocio de Pancracia

No sé de dónde coño sacas tú a esa gente tan rara.

—Es cuestión de espabilar. Mis negocios son especiales y, como comprenderás, mis necesidades no las cubre El Rey de la Magia.

Fredy acompañaba a Pancracia caminando por la calle de la Cera, en el Raval, a la altura de Fernandina, con el rostro cubierto por un pasamontañas y la gorra calada hasta la única ceja que le quedaba.

—¿Qué tal te va el ojo de cristal que te proporcioné?

—Me imagino que si tuviera sensibilidad me molestaría, pero no es mi caso. ¿Has hablado con don Gil Vicente Alegría?

—Don Gil se ocupa de todo lo referente a números circenses, ya sea trapecistas, domadores o forzudos; es mi amiga, doña Micaela, la que lleva la cuestión doméstica.

—¿Y ella qué ha dicho?

—Cree que es una buena idea. Nos pondrá la cámara oscura y nos cederá un ayudante; nosotros pondremos todo lo relativo a las fotos. De lo que saquemos el sesenta será para nosotros y el cuarenta, para ella. Pero da igual; nuestro negocio está en otra cosa.

—Y al final ¿cómo disimularé mi aspecto? Porque de no hacerlo, así asustaré hasta al miedo.

—Veremos qué tal te quedan los disfraces que te he preparado, uno de pirata tuerto y otro de payaso blanco con una luna en negro en cuarto creciente pintada sobre el ojo malo.

—De cualquier manera, estaré hecho un adefesio.

—¡No pretendo que estés guapo! Lo que quiero es que el disfraz cumpla nuestro propósito: que los niños te vean con simpatía, que hagas muchas fotografías y que cojas muchas direcciones.

La pareja avanzaba entre el tráfico de la estrecha calle con dificultad.

—Y dices que la primera profesión de ese hombre es la de taxidermista...

—¡Eso es! Se dedica a disecar pájaros principalmente, pero también trabaja otras especies.

—¿Cómo me dijiste que se llamaba?

—Remigio Antolín, Tolo para los amigos.

Caminaron unos metros sin hablar.

—Va a ser la primera persona, aparte de los médicos, de mi madre y de ti, que me vea la cara.

—No te preocupes, que él también está acostumbrado a que lo miren... raro.

—¿Por qué lo dices?

—Ya lo verás. Pero ¡sobre todo, disimula! A él no le gusta.

—No te entiendo, Pancracia.

—Da igual. Ya me entenderás, y entonces te darás cuenta de que no eres único y de que cada uno pecha con lo suyo.

Fredy renunció a hacer más preguntas.

—¿Y tú crees que sabrá hacer lo mío?

—Cuando se lo expliqué dijo que tenía que verte, pero no encontró mayor problema. Me contó que tenía guardadas dos pieles finísimas de una especie de gamuza no nata que, una vez rasurada, imita perfectamente la piel humana, y añadió que además se puede lavar y pintar sobre ella.

En éstas andaba la pareja cuando llegaron a la altura de una pequeña tienda cuyo escaparate a la calle mostraba un gato montés encaramado en una rama a un lado y al otro un búho de ojos saltones que parecía vigilar a los transeúntes.

Pancracia empujó la puerta, una campanilla sonó en el techo y, seguida por Fredy, entró en la oscura tienda.

El aire olía a moho y a desinfectante. Las paredes y las estanterías estaban llenas de animales disecados: pájaros, roedores, mustélidos y algún que otro pequeño felino. Por la puerta del fondo apareció un hombrecillo peculiar. Fredy lo examinó con su único ojo y entonces comprendió el aviso de Pancracia. Vestía una manchada bata marrón que le llegaba hasta las rodillas, su cara era la de un pájaro y adornaba su espalda una media joroba que hacía que uno de sus hombros estuviera más alto que el otro.

Cuando vio a Pancracia avanzó hacia ella, melifluo y obsequioso, dando pequeños saltos como un gorrión.

—¡Señora Betancurt, estaba esperando su visita! El señor debe de ser ese amigo del que me habló… He procurado cancelar todos mis compromisos para poder dedicarme a ustedes. Háganme el favor de pasar al fondo, que es mi lugar de trabajo. Además, tarea tan delicada necesita mucha luz y aquí, en la tienda, no la hay.

Esta retahíla le dio tiempo para llegar hasta donde estaba la pareja.

Pancracia presentó a Fredy.

—Éste es el señor Papirer, el amigo del que le hablé, efectivamente. Y él es don Remigio Antolín.

Fredy, que se había quitado la gorra, tendió la mano al hombre. Éste, tras estrechársela, como si llevar un pasamontañas fuera la cosa más normal del mundo, ni lo miró.

—Síganme, por favor.

Avanzaron a través de aquel zoo inanimado y llegaron a una estancia llena de anaqueles y mesitas, poblada a su vez de la más variada fauna, pero, en esta ocasión, con sus componentes todavía sin terminar. Arrumbada a una pared había una gran mesa de trabajo y sobre ella toda clase de instrumentos cortantes, muestras de hilo y cordeles diversos, frascos con diferentes sustancias, pinceles y trapos, una potente luz eléctrica con flexo regulable, y junto a ella una gran lupa, un compás de puntas, un metro, un cartabón, lápices de colores y una libreta.

El hombrecillo arrastró un taburete y dos sillas hasta la mesa.

—Siéntense, por favor, y perdonen la sobriedad del lugar. —Luego aclaró—: Aquí únicamente entramos mis animales y yo, hoy es un día especial.

Cuando ya iban a acomodarse, el taxidermista ordenó a Fredy:

—Usted aquí, por favor, junto a la luz.

Se sentaron ambos según lo ordenado y el hombrecillo prosiguió:

—Quítese el pasamontañas.

Fredy pareció dudar.

Remigio aclaró:

—Si no lo hace, no podré trabajar.

—¡Fredy, no seas estúpido! Hemos venido a lo que hemos venido.

La voz de Papirer, efecto de la quemadura y del pasamontañas, sonó distante y extraña al justificarse.

—Mi cara es una llaga impresentable.

—Ya verá como dentro de poco cambia.

Fredy procedió a retirarse la prenda, esperando el comentario del taxidermista. Éste, como si la máscara del rostro de Fredy fuera lo más natural del mundo, tomando la lupa y enfocando la luz comentó:

—Vamos a ver qué tenemos aquí.

El silencio era absoluto. El hombre procedía con método y orden. Con sus dedos repasó el perímetro de la quemadura, después tensó la arrugada piel por un lugar y por otro, luego con el metro y el cartabón fue tomando medidas que apuntó en una libreta, a continuación fue a un rincón y tomó unos rollos de piel curtida, los desenroscó y palpó su textura y su tacto, y finalmente los colocó junto al rostro de Papirer del lado que el ácido no había perjudicado.

Tras aquella inspección Fredy ya se sentía cómodo.

El hombrecillo tomó el taburete y se sentó a su lado.

—Dentro de la desgracia, ha tenido usted suerte: casi medio rostro está impecable. Voy a hacerle una máscara para la calle y otra para el trabajo en la que puedan pintarse perfiles, cejas, medias lunas, etcétera, tal como me explicó Pancracia, y que después se podrá lavar; ambas, como es lógico, las haré siguiendo el perfil de su rostro. Usted mismo se asombrará del resultado; la gente a tres metros no notará nada, y en todo caso hasta sus antiguos conocidos lo encontrarán más favorecido.

En el único ojo de Fredy Papirer asomó una lágrima.

154
La memoria

Cuando Juan Pedro se percató del trabajo que requería leer y clasificar todo lo acumulado, solicitó la ayuda de Celestino, y ambos hombres se pusieron a ello en el despacho del patrón. Sobre la mesa colocaron todas las cartas y en un rincón junto a la biblioteca la paquetería. La tarea les llevó la mañana entera; tras separar la correspondencia comercial de la privada, clasificaron los asuntos para que a su regreso Julián decidiera lo que quisiera hacer en cada caso.

—¿Le parece, Jeromín, que comencemos con los paquetes?

—Déjamelo a mí, eso no corre tanta prisa.

Antes de retirarse, Celestino, que hasta aquella fecha se había ocupado de la tarea de clasificar los periódicos, señaló con el dedo uno de los bultos.

—Eso es prensa. El amo recorta todos los anuncios de fertilizantes y de maquinaria agrícola de las publicaciones de la isla; de los rotativos americanos los que más le importan son *San Francisco Examiner* y *The Washington Herald*, los dos de ese provocador de William Randolph Hearst que, según dice el amo, inventa noticias para vender papeles; de los de España le interesan más el *ABC* de Madrid y *La Vanguardia* de Barcelona; el punto de vista del gobierno español al respecto de los asuntos de aquí y la opinión que tienen de los americanos son para él de suma importancia.

Vivancos se retiró y Juan Pedro, para distraer su mente que de continuo se le iba a Manuela, decidió iniciar la tarea de repasar la prensa. Inclinándose tomó el primer paquete y con las tijeras, que junto con los lápices y las plumas descansaban en una bandeja de cuero que había sobre la mesa, procedió a cortar el bramante que sujetaba el cartón que envolvía el pequeño fardo.

Los diarios amontonados eran muchos. Los sucesos acaecidos en la hacienda San Andrés habían roto la costumbre de examinar semanalmente los envíos, por lo que los rotativos cubanos, españoles y americanos se habían acumulado. Juan Pedro se deshizo del cartón del envoltorio y tras clasificar la prensa comenzó a examinar la que procedía de Estados Unidos. Su natural inteligencia y la obligación de entenderse con los compradores americanos en las ferias de tabaco a las que había acudido acompañando a Cifuentes lo habían obligado a esforzarse en aprender el inglés, y aunque su lenguaje todavía era muy parco, sin embargo leía correctamente. Hubo de reconocer que Vivancos tenía razón: aquel desaprensivo de William Hearst esparcía infundios al respecto de España promocionando una guerra que favorecía principalmente a sus intereses; las noticias en letras de palo que entre admiraciones formaban la cabecera de sus periódicos eran escandalosas. Juan Pedro recortó todo aquello que le pareció interesante y, apartándolo por fechas y por temas, fue clasificándolo. Luego comenzó con la prensa española, primero la de Madrid, ya que las declaraciones gubernamentales estaban mucho más detalladas en el *ABC*, y después tomó el montón de números de *La Vanguardia*, que cubrían casi todo el mes, y los fue examinando lentamente.

De súbito una fotografía con el perfil de una mujer colocando una flor en la solapa de un caballero frente a una mesa petitoria del Paseo de Gracia lo golpeó en el rostro. Ávidamente leyó el pie de página: «Doña Candela Guañabens de Ripoll recabando fondos para los huérfanos de los soldados caídos en ultramar». Un sudor frío comenzó a empapar su frente. De un cajón de la mesa extrajo una lupa y la colocó sobre la fotografía. Dentro de la cabeza le estalló un mundo. Juan Pedro se puso en pie y la lupa cayó al suelo, se agarró al canto de la mesa y, sintiendo que todo giraba en derredor de él, apenas le dio tiempo de llamar a Celestino antes de caer.

Cuando uno de los criados domésticos que estaba limpiando los quinqués del pasillo se asomó a la puerta y lo vio tendido en el suelo boca abajo, a la vez que tiraba los trapos que tenía en la mano y se precipitaba a darle la vuelta empezó a llamar como un desaforado pidiendo auxilio.

Al cabo de media hora un fortísimo olor le hizo recobrar el conocimiento. Cuando volvió en sí estaba en su cama y tenía frente a él a mamá Lola con una torunda de algodón que le sujetaba debaj de su nariz humedecida en un líquido oscuro que olía a rayos; a su lado y en pie se hallaba Celestino Vivancos, en cuyo rostro percibió una expresión de ansiedad indescriptible.

—¿Qué me ha ocurrido?

—Estaba usted repasando noticias de periódicos y parece ser que se ha desmayado —respondió Vivancos.

Juan Pedro empezó a sudar de nuevo de una forma que anunciaba malos augurios. Su frente arrugada presagiaba la tormenta que se desencadenaba en lo más recóndito de su memoria; las remembranzas se amontonaban en su cabeza sin orden ni concierto. Sus labios se movían sin emitir sonido alguno.

Mamá Lola lo predijo.

—Este hombre viene de otra vida. Hasta que no recupere sus recuerdos sufrirá.

El ataque de fiebre le duró tres días y tres noches. Juan Pedro comenzó a delirar al regresar a la vida. Celestino, que no se había apartado de su lado suministrándole los mejunjes de la negra, fue explicándole las frases que había ido diciendo en su alucinación, y entonces la memoria de Juan Pedro inició el galope. Todo se tornó en una torrentera incontenible.

Súbitamente tuvo conciencia de quién era y de dónde venía. Candela, su madre, su hermano Máximo tomaron cuerpo en su pensamiento, a la vez que los sucesos más remarcables de su existencia se iban ordenando, desde los más lejanos hasta los más próximos.

A las dos semanas Julián Cifuentes regresó a la plantación. Las órdenes del caudillo Máximo Gómez a José Luis Ardavín y Marcos Vargas, los dos cabecillas que lo habían acompañado en su viaje, fueron concretas y referidas a acciones puntuales que debían llevar a cabo frente a sus hombres para tratar de incomodar a la tropa española con la táctica del abejorro, aguijonear y huir. En cuanto a él, debía seguir con su papel haciendo el doble juego dispuesto a regresar a Miami, si era necesario, en busca de más armamento, que volvería a desembarcar en Sagua la Grande, y por otra parte seguiría acudiendo a todas las recepciones oficiales de La Habana, procurando recabar información que, debidamente clasificada y filtrada, podría cobrarse en objetivos concretos de la guerra de guerrillas que se había establecido en aquella tierra de nadie que mediaba entre ambos bandos contendientes.

Cuando Celestino Vivancos lo puso al corriente de lo sucedido a

Jeromín, Julián se posicionó de inmediato. Su afecto hacia el joven era muy grande, lo había adoptado como hijo y nunca olvidaría lo que había hecho por Manuela. Hablaría con él. Lo primero era conocer su anterior vida y los deseos que albergaba su corazón al respecto de su pasado, al haber recobrado la memoria; luego, junto con él y de acuerdo con sus deseos, pondría en la balanza las ventajas y los inconvenientes que pudieran afectar a la decisión que tomara y obraría en consecuencia.

Un Juan Pedro mucho más flaco pero con una mirada mucho más seria, que nada tenía que ver con la risueña de Jeromín, estaba, como tantas otras noches, frente a él en el porche de la gran casa, degustando sendos cafés, fumando sendos vegueros y hablando sin parar.

La historia había surgido a borbotones de los labios de Juan Pedro; su alma atormentada había descargado sus angustias en los oídos de aquel benefactor a quien tanto quería y al que debía la vida.

Cifuentes preguntaba lo que creía oportuno, llenando los huecos que le faltaba conocer para que el relato fuera coherente, y opinaba y aconsejaba al respecto de lo que debería hacerse frente a las autoridades españolas en Cuba, y si sería más conveniente recobrar su antigua identidad o seguir como hasta aquel momento.

La Vanguardia con la fotografía de Candela colocando la rosa en la solapa de aquel ciudadano estaba sobre la mesa entre los dos.

—Y ¿el desengaño de ese amor fue en el fondo lo que te trajo a Cuba?

—Fueron muchas cosas. En primer lugar, no me concedieron la exención por cuotas; en segundo lugar, estaban los antecedentes de mi hermano Máximo, y en tercer lugar, imagino que pesaron las influencias de esa familia para apartarme de ella. Lo que sí es cierto es que cuando recibí su carta y supe que no iba a verla nunca más todo me dio igual.

—¿Todavía la quieres?

—Me gustaría volver a verla.

—Si pudieras escoger, ¿regresarías como mi heredero o como Juan Pedro Bonafont?

—Que me haya elegido como hijo es lo que me importa; la patria se ha portado muy mal conmigo. Pero el amor de mi madre y de mi hermano es innegociable, y si fuera incompatible con ser su heredero, renunciaría a ello. A lo que no renunciaré jamás es al afecto que le tengo a usted y a esta casa, y al recuerdo de Manuela.

El hacendado suspiró.

—Eso te honra, Juan Pedro... A partir de ahora te llamaré así.

—Sin embargo, Julián quiso tentarlo y jugó sus armas—. Me dijiste que encontrabas maravillosa a Mariana Escosura. Deberías escribirle para excusar tu falta de asistencia a su fiesta, aunque no considero necesario explicarle el motivo.

—Es una muchacha magnífica y desde luego me disculparé, pero en mi circunstancia no me veo capaz de ofrecerle nada antes de regresar a España y recuperar mi pasado.

—Podrías escribir a tu madre para explicarle lo que te ha ocurrido.

—Ya lo he hecho, pero el correo es lento e inseguro.

—¿Le has anunciado que en cuanto te sea posible volverás?

Juan Pedro se incorporó en el sillón de mimbre.

—¿Permitirá que regrese?

—No soy quién para gobernar tu vida; debes aclarar tu destino. Jamás querría que te sintieras obligado a permanecer aquí a la fuerza. Iremos a La Habana, expondremos tu caso a las autoridades competentes, aportaremos los consiguientes certificados médicos, explicaremos que eres mi hijo adoptivo... No creo que en tu circunstancia intereses al ejército; un cojo impedido es un estorbo, no una ayuda. Moveré mis hilos e influencias para que sigas siendo mi hijo aunque te llames Juan Pedro Bonafont.

155
La sombrilla roja

Ya fuera por las raíces africanas que tan presentes estaban en la isla o por aquel sexto sentido que compartían esclavos de haciendas y cimarrones de las montañas, el caso era que a las veinticuatro horas, como si el resonar de un tam-tam hubiera esparcido el hecho, todas las plantaciones habían conocido la noticia de que Manuela, la hija del propietario de la San Andrés, había fallecido.

La información también llegó a La Dionisia y Gabriela Agüero, esposa de Juan Massons, conociendo el odio visceral que su marido profesaba a Julián Cifuentes y recelando de su antigua amistad, tuvo la certeza de que nada iba a comentarle, por lo que decidió obrar por su cuenta y riesgo. Sentía un gran afecto por el compañero de juegos de su infancia y se creyó en la obligación, en tan triste momento, de darle un abrazo que sabía que paliaría su pena.

Para ello se dispuso a emplear el método acordado. El problema en aquella ocasión iba a ser dejar la nota en el sicomoro y mover la piedra negra, pues después de la muerte de Nidia, a Madi se le habían echado los años encima y el número de sus aliados en La Dionisia —debido al temor que inspiraba la crueldad de Juan Massons— era muy escaso, por lo que ausentarse sola, sin la obligada compañía de alguien impuesto por su marido, no era cuestión baladí. De cualquier manera lo intentaría, dejando esa vez un margen más amplio de tiempo para el encuentro, de modo que al hacer Julián su ruta acostumbrada se topara con el mensaje donde se le daba razón del día y la hora de la cita, teniendo en cuenta, como siempre, que si ella no podía acudir, al cabo de aguardar un tiempo prudencial él se marcharía, compareciendo a la misma hora y el mismo día cada semana.

Tras meditarlo largamente y sopesar pros y contras, Gabriela llegó a la conclusión de que debía aguardar una de las ausencias de su marido, y entonces lo primordial sería apartar a Shenke de la hacienda para poder llevar a cabo la primera parte de su plan, ya que en esa ocasión no le serviría la excusa de ir de compras a Matanzas o a Cárdenas porque en tal caso estaba cierta de que su marido le pondría escolta en el coche. Su única chance era salir a dar un paseo a caballo montando a Gloria, su yegua torda. Estando ausente el capataz, nadie se atrevería a pedirle explicaciones, y si éste a su regreso se las pedía, Gabriela diría que la yegua, que no había salido en varios días, había cogido una caña y le había costado Dios y ayuda detenerla. Una vez dejado el mensaje, cada ocho días tendría ocasión de acudir. Ella tendría la paciencia suficiente para aguardar el día propicio; lo que urgía en aquel momento era dejar el mensaje en el sicomoro.

Esa vez la suerte le sonrió. Massons iba a partir hacia La Habana, donde por lo menos se demoraría unas tres semanas. Su plan, pues, sería mucho más factible.

Jonathan Shenke, el inmenso capataz de Juan Massons, se hallaba en pie ante el amo dando vueltas entre sus manos a un viejo sombrero cuya flexible copa estaba rodeada de una piel de serpiente. El hombre aguardaba a que el hacendado dejara de leer el papel que tenía ante sí y se ocupara de comunicarle el motivo de su llamada.

Vestía camisa de cuadros y unos viejos leguis embutidos en sus botas de montar; al cinto, como de costumbre, llevaba un cinturón de cuero con una gran hebilla plateada, habilitado de canana, y a la altura de su cadera izquierda colgaba una funda por la que asomaba amenazante la nacarada culata de un Colt 45.

El alemán conocía su oficio y quería a toda costa conservar su cargo. En La Dionisia vivía muy bien; nadie discutía su autoridad, tenía una buena vivienda y dos negras a su servicio, la vieja se ocupaba de la cocina y la joven de tener caliente su cama. Jonathan Shenke sabía que para desempeñar su cargo con tranquilidad tan sólo requería una condición: seguir puntualmente las indicaciones de su iracundo patrón.

Massons terminó de leer la carta y alzó la mirada hacia su capataz. Aquel hombre que había optado al cargo debido a una concatenación de casualidades había resultado ser el perfecto ejecutor de sus deseos. En un tiempo que la esclavitud estaba prohibida, había conseguido que La Dionisia continuara funcionando, al respecto de los negros, de igual forma que en tiempos pretéritos; el látigo todavía era el argumento más convincente para seguir gobernando a aquella panda de indisciplinados gandules, y el cepo y el cajón aún estaban vigentes.

—¿Todo bien, Jonathan?

—Sin novedad, patrón.

—Así me gusta, que los días transcurran felices y productivos. ¿Tienes algún problema con los negros?

—Ninguno, patrón. De día trabajan y de noche hacen negritos, que son el futuro de la plantación.

—Siempre y cuando esta maldita guerra nos deje en paz. Hemos de estar vigilantes. Los mambises están quemando haciendas y los muy cabrones escogen las de aquellos plantadores a los que consideran sus enemigos. A nosotros nos protege el río y la vecindad de la San Andrés; para llegar a nosotros primero han de destruir la hacienda del amigo Cifuentes, y eso no les conviene. —Massons hizo una pausa—. Por cierto, imagino que sabes que murió su hija.

—Mucho le ha durado, estaba condenada hace tiempo.

Massons se levantó y dirigiéndose hacia la puerta la cerró con cuidado, cosa que no dejó de extrañar al alemán. Luego regresó sobre sus pasos, se sentó de nuevo tras la mesa y habló bajando la voz.

—Esto ha de quedar entre nosotros. No es que me importe, y tú lo sabes, pero a nadie le complace que lo tilden de cornudo.

Al capataz no le gustó aquella conclusión; su experiencia le decía que cuando a un hombre se le escapaba algo que lo avergonzaba con el tiempo, si se arrepentía, el depositario de su secreto se tornaba en su enemigo.

—Nadie se atrevería a pensar eso.

El sombrero comenzó a girar entre las manos de Shenke más velozmente.

—No tengo la certeza, pero lo sospecho... Y la ocasión de comprobarlo me viene pintiparada.

El alemán no preguntaba por no significarse. Si el patrón cambiaba de opinión, lo mejor era olvidar aquel incidente.

Massons prosiguió:

—No sé si lo sabes, pero de niña mi mujer admiraba en grado sumo a su vecino. La hacienda de su padre, mi suegro, estaba al otro lado de la San Andrés, y, por decirlo de alguna manera, Julián Cifuentes era su referencia. ¡Y ahora voy a lo actual! Sin duda habrá llegado a oídos de Gabriela, mi mujer, la muerte de la hija de su amigo, por lo que intuyo que si mis sospechas tienen fundamento y soy lo suficientemente listo para darle tiempo y ocasión, intentará ponerse en contacto con Cifuentes.

Shenke estaba expectante.

—Ahora es cuando entras tú. Voy a viajar durante tres semanas y tú quedarás al frente de la plantación. Mi mujer hará por ver a su amigo, no sé ni dónde ni cuándo, pero me huelo algo, y tu misión, que no será fácil, consistirá en darle carrete suficiente para que lo intente... y entonces obrarás en consecuencia.

El alemán frunció el entrecejo.

—No acabo de entenderle, patrón... ¿Qué es obrar en consecuencia?

—A buen entendedor pocas palabras bastan. Si se confirman mis sospechas y me solventas el asunto, te estaré eternamente agradecido.

Jonathan Shenke pareció dudar.

—¿Está insinuando que lo elimine?

—Si quieres mejorar tu estatus, recuerda lo de Napoleón: «París bien vale una misa».

—Pero... ese hombre es importante. ¡Puede traer consecuencias!

—Dependerá de tu habilidad.

El alemán continuaba poniendo trabas.

—Dispense, amo, si me dedico a vigilar a su esposa, y perdone el atrevimiento, difícilmente se pondrá en contacto con su amante, y si dejo de hacerlo, no podré saber dónde ni cuándo.

—Vengo dándole vueltas al asunto desde hace mucho tiempo... Aquí en La Dionisia, como es evidente, no se estilan las señales de humo de los cherokee —comentó con sorna—, de modo que por fuerza deben de tener una clave secreta para establecer contacto. Mi mujer es muy lista. Si sale acompañada de alguien de su confianza déjala salir; será entonces cuando establezca la fecha y el lugar de la cita. Tú preocúpate de seguirla la vez que intente salir sola y hazlo sin que se dé cuenta, porque será cuando vaya a reunirse con su amante... y, como ya sabes, el sexo hace que el hombre baje la guardia, así que ése será tu momento.

El capataz dudaba.

—Pero doña Gabriela no debe verme...

—Evidentemente, nadie te dice que has de apiolarlo con un cuchillo en el momento del coito. Cuentas con el hermoso Winchester que te regalé, y si no recuerdo mal tiene un alcance de quinientos metros.

—Suponga que localizo el lugar, cosa que no es fácil... ¿Quiere que lo elimine antes o después del encuentro?

—El cómo lo hagas es tu problema, lo único que te digo es que la recompensa te valdrá la pena: cincuenta acres de tierra para ti y dos mil dólares contantes y sonantes, si me quitas de en medio ese incordio y lo realizas sin dejar huellas. ¡Tú verás lo que haces!

Gabriela Agüero había perfilado su plan y Jonathan Shenke, el suyo.

El martes siguiente de la partida de su marido hacia La Habana, Gabriela llamó al capataz y le ordenó que prepararan su volanta.

—¿Quiere que la acompañe, señora?

—No, Jonathan. Vendrá conmigo Madi, y quiero que el cochero sea Valencia, que lleva el coche sin altibajos y no maltrata a los caballos.

—¿Va a un sitio concreto?

—Me apetece pasear; hace días que no salgo y la casa se me cae encima.

—Como mande la señora. Dentro de media hora el coche estará preparado.

El capataz se retiró. La operación se había puesto en marcha. Madi era intocable, pero él sabría sonsacar al viejo Valencia el trayecto realizado aquella mañana y el lugar o lugares donde se hubieran detenido; únicamente tenía que esperar.

Gabriela tenía muy en cuenta el detalle, aquélla era su maniobra de distracción. Estaba segura de que su marido había encargado su vigilancia a Shenke y sabía que éste la ejercería con celo cumpliendo su obligación, pero la suya era burlarlo, como la del preso era escapar del penal.

Madi, que estaba ya muy mayor y que movía sus abundantes carnes con dificultad, la interpeló:

—Pero ¿qué cosa te ha dado ahora, niña, para querer salir de la hacienda? ¡Pues no tienes dentro pocos caminos por recorrer! Con llegar tan sólo al secadero de tabaco grande ya habrás empleado tres horas.

—Cada día estás más vieja y más gruñona. He dicho que quiero salir y vamos a salir y no se hable más.

La vieja se fue refunfuñando a cambiarse de ropa.

A los veinte minutos montaban en la volanta con Valencia al pescante.

—¿Adónde vamos, señora?

Gabriela le indicó el camino contrario del bohío donde se encontraba con Julián.

Al cabo de dos horas y media, llegados al enclave donde el Morato vertía sus aguas en el Canimar, indicó al cochero que se detuviera y obligó a Madi a descender del carricoche con la excusa de que quería pasear por la orilla alzada del río donde no había peligro de caimanes. Tuvo buen cuidado de que Valencia pudiera verla todo el rato, por lo que, para mayor evidencia, abrió su sombrilla roja, que podía distinguirse a cien metros de distancia, y llegada a un punto desde donde se divisaba perfectamente la otra ribera movió de manera visible la sombrilla arriba y abajo; finalmente, ante las quejas continuadas de Madi, volvieron a montar en la volanta y regresaron a La Dionisia.

Por la tarde Jonathan Shenke convocó en su pequeño despacho al cochero. El interrogatorio fue profundo. Al principio Valencia se hizo el remolón, hasta que el capataz lo amenazó con despellejarle la espalda.

—Está bien, si prefieres que te desuelle vivo, ése es tu problema.

—No, patrón, pero al ama no le gustará.

—Mejor te conviene estar a bien conmigo, y además te prometo que doña Gabriela no va a enterarse.

—No me cuadró nunca ser un negro chivato de mierda.

—Te confundes, Valencia. Negro de mierda lo eres, sí, pero únicamente informador... y por el bien de doña Gabriela.

Entonces el anciano cochero se dispuso a relatar los detalles de la excursión.

—Y me dices que sólo han bajado del coche una vez.

—Eso es, señor.

—Y que tú no las has perdido de vista ni un instante.

—Eso digo, señor.

—Y que en derredor no había ninguna construcción, caseta o refugio.

—Eso es.

—Y que durante el trayecto no se ha encontrado con nadie, ni ha hablado con persona alguna ni ha hecho nada que se saliera de lo normal.

—Bueno, tal vez...

—Tal vez ¿qué?

—La señora ha caminado todo el rato con la sombrilla roja abierta, era muy fácil de distinguir, y luego se ha vuelto hacia el río y la ha agitado un par de veces.

¡Ahí estaba la señal de humo de los cherokee!, pensó Shenke. Al día siguiente realizaría en persona el recorrido tomando nota de los puntos elevados desde donde pudiera verse una sombrilla roja con la que, sin duda, había pretendido enviar una señal a alguien oculto al otro lado del río. Si hallaba huellas, serían la evidencia de que el encuentro iba a llevarse a cabo; entonces solamente habría de soltar carrete para que la señora lo condujera al lugar.

Gabriela estuvo atenta desde primerísima hora de la mañana. A las nueve en punto vio partir al capataz montado en su poderoso ruano, atravesando la puerta de la plantación y rompiendo sus hábitos en dirección contraria a la que acostumbraba ir todos los días.

Ya estaba vestida de amazona en su cuarto, de modo que bajó rápidamente a las cuadras y ordenó que ensillaran a Gloria, su veloz yegua torda, que en aquella ocasión tendría que correr para regresar antes de que lo hiciera Shenke.

Todo salió según lo previsto. Gabriela se llegó al sicomoro, dejó su mensaje en el lugar de costumbre y cambió la piedra negra de sitio. Y antes de que el capataz hubiera regresado, Gloria, sudorosa y cansada, ocupaba su lugar en la cuadra.

Gabriela regresó a su habitación, se cambió de ropa y pidió a uno de los domésticos negros que le sirviera una limonada en la pérgola.

A las dos horas de que ella lo hubiera hecho, regresó Shenke algo desorientado. Por más que buscó señales, no había hallado huella alguna, por lo que durante unos instantes dudó. Luego, al dejar su caballo en la cuadra, observó que la yegua de Gabriela se veía muy sudada y dedujo que el animal había salido. Interrogó al respecto al palafrenero que aquella mañana estaba de guardia.

—Sí, señor —respondió el hombre—, doña Gabriela hizo ensillar a Gloria.

¡La mala pécora había conseguido lo que pretendía, que no era otra cosa que apartarlo durante unas horas de la plantación para avisar a su amante, porque sabía a ciencia cierta que hasta aquel día no había salido de la hacienda ni un momento! ¡Ahora lo veía claro!

El mensaje debía de haber llegado ya a su destino. En la mente de Shenke estaba ya la manera de seguirla cuando fuera al encuentro de su galán sin que hubiera posibilidad de ser descubierto. De no haber ideado ya el modo, sus cincuenta acres y sus dos mil dólares habrían volado. Al fin iba a verse quién era más listo, si el cazador o la presa. Shenke se dijo que quien riera el último reiría mejor.

156
Peláez

El inspector Peláez, uno de los pilares más sólidos del cuerpo de Vigilancia y Seguridad de Barcelona, aprovechando la coyuntura de la inauguración del gabinete antropométrico que por orden del gobernador señor Sánchez de Toledo se había instalado en el tercer piso del Gobierno Civil, departía con el teniente Delmiro Portas de la Guardia Civil y con el subinspector Fermín Cordero, ascendido últimamente a subjefe del cuerpo de Vigilancia de la ciudad. Asistían al acto el director del gabinete, el señor Bianchi, el jefe de Vigilancia, el señor Freixa, el de Ronda, el señor Tressols, así como representantes de casi todos los diarios de la localidad.

—¡Ya era hora de que dieran un vino decente! —comentaba el subinspector Cordero, auténtica autoridad en caldos y espumosos.

—Como el gobernador es abstemio, la comida siempre ha estado bien, pero lo que es el vino ha dejado mucho que desear, ¿o no, Peláez?

—Lo que ocurre, Félix, es que te has vuelto muy quisquilloso. Como vas por ahí por las noches de local en local haciendo la ronda y todos los propietarios te invitan a una copa por darte coba, el paladar se te ha puesto muy exigente.

—¡Vosotros sí que vivís a cuerpo de rey! Si no hay una emergencia, dormís en vuestra cama todas las noches; en cambio yo, llueva o truene, estoy pateando las calles para que la gente de bien tenga dulces sueños, lidiando con rateros, atracadores, borrachos y otras gentes de mal vivir a los que meto en el calabozo, y si no tienen antecedentes, al día siguiente ya los han soltado.

—A partir de ahora van a tenerlos y les será más difícil hurtarse de la justicia. Lo del gabinete antropométrico es impresionante, ese Bertillon es un genio —apuntó Peláez.

—Aún no sé bien cómo va a funcionar.

—Yo te lo cuento, Delmiro: cuando cojan a un tío lo fotografiarán de frente y de perfil, le tomarán todas las medidas, como si fuera al sastre, y en una ficha se anotarán todas las imperfecciones, pecas, tatuajes y signos destacables, de manera que cuando vuelva a hacer otra fechoría, si ya está fichado, se va para dentro sin remedio.

—Eso está muy bien —asintió el guardia civil.

—Se te van a quedar las calles vacías, ¡no podrás quejarte, Félix!

—Que Dios te oiga, porque últimamente con el tema ese de la desaparición de niños voy de cráneo.

Los tres conocían bien la ciudad y, dando por sentado que el peligro más importante radicaba en los atentados anarquistas, eran conscientes de que según el momento y las modas unos delitos subían y otros bajaban en el barómetro de los sucesos, y últimamente los raptos de niños ocupaban uno de los primeros lugares.

—Lo que me desorienta —apuntó Peláez— es que no veo la finalidad de esos raptos ya que nadie pide el supuesto rescate, y entonces me hago la primera pregunta de rigor que siempre acostumbra ser la que te conduce al culpable del delito: ¿a quién aprovecha y dónde van a parar esas criaturas?

—Comprendo lo que dices, tirando del hilo se saca el ovillo, pero si no te dan la punta del cabo es mucho más complicado llegar al final —dijo Delmiro.

—Siempre vamos por detrás más o menos unas veinticuatro horas. La gente es reacia a denunciar. Cuando desaparece una criatura, buscan la parte lógica que explique el suceso: «Habrá ido a casa de los tíos», «Estará con la abuela», y pierden un tiempo precioso porque, como ya sabéis, las primeras horas son fundamentales.

—Estoy de acuerdo contigo, Félix. Otra cosa es cuando quien desaparece roza los quince o dieciséis años; entonces hay que interrogar a amigos, conocer con quién salía preferentemente y si los padres habían prohibido esa relación, porque casi nunca es un rapto, sino una huida en toda regla.

Los tres ocupaban un rincón de la gran sala situada junto a un ventanal que el subinspector Cordero había abierto ligeramente para que el humo de su pipa no molestara a nadie. Súbitamente el silencio provocado por el sonido argentino de una campanilla manejada por el jefe de Protocolo, el señor Bonifacio, fue ganando la batalla al ruido de las conversaciones; el gobernador civil, el señor Sánchez de Toledo, iba a dirigir la palabra al respetable.

El alto funcionario subió a la tarima y, tras un nervioso carraspeo que acabó de apagar el murmullo, comenzó su disertación sobre la utilidad del gabinete antropométrico recién instalado.

—Señoras y señores, ilustrísimo obispo Català, excelentísimo señor capitán general don Valeriano Weyler, excelentísimo señor alcalde José Collaso, autoridades civiles, militares y eclesiásticas, y representantes del digno gremio de la prensa.

»Ya me conocen y saben que soy hombre más de acción que de palabra; no voy a darme pero tampoco a quitarme méritos, como alguien dijo: "La falsa modestia es la virtud de los que no tienen otra". El gabinete antropométrico que hoy inauguramos se debe, sin duda, a los avances de este siglo XIX que tanto ha aportado a la modernidad y también a mi insistencia en pedir al gobierno de Madrid los fondos necesarios para dotarlo de los últimos instrumentos que van a permitirnos tener a raya el anarquismo y todo acto de criminalidad que se realice en Cataluña.

Luego vino una alabanza a Bertillon y a la unión y la colaboración de las policías europeas, y finalmente atacó el tema que había constituido el centro de la conversación de Peláez, Portas y Cordero.

—Hemos de conseguir ir por delante de los delincuentes, ya sean anarquistas, estafadores o ladrones, y este gabinete será el instrumento que los haga más vulnerables, ya que, una vez fichados y teniendo antecedentes, al siguiente delito que cometan darán con sus huesos en la cárcel.

»Hay algo que últimamente preocupa en grado sumo a este Gobierno Civil, y me refiero a un acto especialmente vil que repugna a cualquier ser civilizado. En nuestra ciudad ha proliferado el rapto de niños; cada mes tenemos una mala noticia que comunicar al público, y desde aquí exhorto a los responsables de la Policía de Investigación y de los agentes de calle para que pongan todo su celo en acabar con esta plaga. Nos tememos que es una organización criminal que actúa allende nuestras fronteras, pero hoy y aquí comprometo mi prestigio y afirmo que aunque se escondan en el centro de la tierra, el peso de la ley caerá sobre ellos.

Tras estas palabras, y con los vivas correspondientes a España y a la reina regente, el gobernador dio por finalizada la velada.

Después de las despedidas los tres representantes de la ley bajaron juntos la escalera del Gobierno Civil hasta la calle.

157
El sicario

Jonathan Shenke era astuto como un zorro, y la posibilidad de encontrarse propietario de cincuenta acres y de una cantidad de dinero que iba a permitirle establecerse hacía que su intelecto se afilara todavía más. Había dado mil vueltas a su plan; no quería que su ocasión de hacerse rico e independiente fracasara.

Sin duda alguna doña Gabriela intentaría ir al encuentro de su amante y habría de hacerlo sola, por lo que a buen seguro pretendería aprovechar cualquier ausencia suya para montar su yegua y partir sin darle tiempo a seguirla. Estaba cierto de que, a la menor sospecha de que eso ocurriera, el ama volvería grupas y regresaría a la casa diciendo, como única explicación, que le había apetecido dar un paseo. A Shenke le interesaba que ella realizara su plan y sin embargo poder seguirla de manera que no se diera cuenta. Rumió varias noches su proyecto hasta que finalmente dio con una idea que le pareció sumamente brillante, y hasta que llegara el día se ocupó de estar muy a la vista para que ella entendiera que, por el momento, no podía ir al encuentro de su amado.

Por la mañana Jonathan Shenke bajó a las cuadras. Era consciente de que cuando entraba en cualquier dependencia de la plantación los murmullos de las conversaciones entre los negros se apagaban y cada uno iba a su avío.

Liberato, un viejo de cabello completamente blanco y tuerto de un ojo, retirado hacía ya mucho tiempo de cualquier tarea pero que tenía mano para los caballos, ejercía su autoridad sobre los demás palafreneros que se ocupaban de tener las cuadras limpias y los pesebres arreglados.

La figura de Shenke, acompañado de Blitz, su fiero mastín con collar de pinchos, terror de los negros, apareciendo en el quicio de la puerta a aquella desusada hora, hizo que el negro sospechara que pasaba algo extraordinario.

—Sígueme, Liberato. Deja lo que estás haciendo.

El viejo negro soltó el escobón que tenía en las manos, apoyándolo en la pared, y fue tras el capataz sin rechistar.

Shenke se encaminó al cubil de Gloria, soltó la cadena y se introdujo en él. Liberato aguardó a una distancia prudencial a que el capataz le dirigiera la palabra. Éste se apoyó en la grupa de la yegua y se sacudió el polvo de su pantalón de montar con el eterno sombrero ceñido por la piel de serpiente. Iba a encender un cigarro, pero al darse cuenta de la cantidad de paja allí reunida y recordando que tenía prohibido que nadie hiciera fuego en las cuadras, volvió a guardar la petaca en su bolsillo.

—Liberato, voy a confiar en ti en un asunto que debe quedar entre tú y yo… y que es de suma importancia.

—Usted me dirá, patrón.

—Lo que te encargaré has de hacerlo personalmente y sin que nadie te vea.

—Desde luego, patrón; lo que usted mande.

—Buscarás una perra que esté de alta y todos los días le pasarás una esponja o un trapo por sus partes. Cuando entiendas que es suficiente, fregarás las ancas de la yegua —dijo a la vez que palmeaba la grupa de Gloria—, asegurándote de que quede bien impregnada.

Ante la mirada interrogante del negro, Shenke respondió:

—¡Limítate a hacer lo que te digo! El porqué no es de tu incumbencia.

Sin que lo supiera Gabriela el juego del gato y el ratón estaba en marcha. El día de su cita había llegado, y las jornadas en la plantación se sucedían con normalidad. Los negros comenzaban la tarea a las cinco de la mañana y a las seis y media salía Shenke para iniciar su inspección a las siete en punto. Lo que ignoraba Gabriela era que el capataz había dado la orden puntual de que en cuanto ella hiciera un movimiento fuera de lo común inmediatamente debía ser avisado.

Cuando consideró que Shenke se había alejado lo suficiente vistió sus pantalones de montar y una blusa verde y marrón —poco llamativa y fácilmente camuflable en el paisaje—, y se dirigió a las cuadras cuidando de no encontrarse con Madi, ya que en aquel instante lo que menos le convenía era tener que dar explicaciones.

Llegó a la cuadra, donde Liberato, al fondo de la misma, estaba llenando de paja los pesebres.

La voz de Gabriela resonó en los altos techos.

—¡Liberato! Ensíllame a Gloria, que voy a salir.

El viejo negro entendió que lo que fuera que esperaba el capataz había comenzado.

—Sí, señora, ahora mismo.

A la vez que colocaba los arreos a la yegua, el negro sacó con disimulo el trapo que llevaba prendido en la cintura, y con él hizo ver que limpiaba la grupa y las ancas al animal. Cuando la yegua estuvo pertrechada, juntó las manos para que el ama, colocando la rodilla en ellas, pudiera montar más cómodamente, y apenas partió la señora de inmediato envió a un joven palafrenero, jinete en una mula, con un corto mensaje: «Ya ha partido».

Shenke estaba en el campo de tabaco n.º 2 montado en su ruano, con la cuerda que sujetaba la traílla del mastín enrollada en su antebrazo derecho y el Winchester en el arzón de su silla de montar. El negrito llegó hasta él dando espuela al animal con sus talones desnudos. Jonathan tuvo el pálpito de que su aventura había comenzado.

El palafrenero transmitió el mensaje, y Jonathan Shenke no perdió tiempo. De la cartera que colgaba de la parte izquierda de su silla de montar extrajo un trapo y, al tiempo que lo daba a su mastín para que lo olfateara, azuzó a éste gritando:

—¡Vamos, Blitz, busca ahora!

El gran mastín husmeó la toalla, venteó el aire volviendo la cabeza a uno y otro lado rastreando la huella, y en el instante que notó que la cuerda que sujetaba su collar se aflojaba partió a paso ligero, seguido a pocos metros por el ruano de Shenke.

La yegua galopaba alegre; aquella salida con su ama a hora temprana de la mañana colmaba sus ansias de libertad. Gabriela no le exigía, pues había tenido buen cuidado de salir de La Dionisia para ir al encuentro de su amigo campo a través para evitar tropiezos incómodos. De vez en cuando detenía a Gloria y se volvía sobre la grupa por ver si alguien la seguía. Su preocupación era a la ida, ya que después de entrevistarse con Julián poco le importaba encontrar a alguien a su regreso. Oficialmente nadie le había prohibido salir de la hacienda, por lo que con decir que lo había hecho para que la yegua galopara estaba al cabo de la calle. Su pensamiento se adelantaba imaginando situaciones. Con toda certeza su mensaje habría llegado a Julián; el sicomoro estaba en una de las trochas que más frecuentemente atravesaba su amigo, por lo que con un margen máximo de tres días el mensaje tenía que estar en su poder. Otra cosa era si él podría acudir de inmediato o no debido a sus múltiples ocupaciones, sobre todo a aquellas referidas a su doble vida, sin duda todavía más complicada en los azarosos momentos por los que atravesaba su amada Cuba.

A la vuelta del último recodo del camino apareció, al fondo del paisaje, el pequeño bohío. Gabriela detuvo la yegua con un firme tirón de riendas y respiró profundamente; aquel amado rincón era el único reducto donde recobraba su infancia y donde se sentía feliz, hablando con Julián de entrañables y lejanos recuerdos.

Por última vez, tras asegurarse de que nadie la había seguido, dio espuelas y Gloria reemprendió la marcha. Julián Cifuentes no había llegado, ni se veía su bayo atado en la barra colocada al lado del abrevadero ni se avistaba volanta o carretela alguna. Gabriela desmontó y, tras atar a la yegua, circunvaló con la vista todo el entorno, desde el río hasta el comienzo de los árboles que limitaban la manigua, y tras asegurarse una vez más de que nadie la había seguido se dirigió a la ventana donde estaba ubicada la maceta que ocultaba la llave. La consigna era que quien llegara primero aguardara dentro. Gabriela estaba a punto de alcanzarla cuando la puerta se abrió y apareció en el quicio la reconfortante figura de Julián Cifuentes.

El mismo estremecimiento de seguridad conocido y añorado y aquella sensación de refugio la invadieron de nuevo, como siempre que su amigo se hacía presente.

Julián fue hacia ella conmovido como de costumbre, pero en esa ocasión con aquella amarga sonrisa en la boca que desde la muerte de Manuela se había tornado en rictus permanente.

Gabriela avanzó a la vez que su amigo abría los brazos y se refugió en ellos cual balandra que en una tempestad llegara a puerto seguro.

Tras dejar atado al ruano en un árbol, Jonathan Shenke avanzó entre la espesura hasta divisar a través de un claro la figura de Gabriela caminando desde el abrevadero hacia alguien que había salido del bohío. Entonces, dejando el Winchester apoyado en un árbol, desplegó el catalejo que había llevado con él y enfocó la escena.

La actitud del mastín, quieto junto a él como una estatua de mármol, le indicó que había llegado a su destino. El gran perro, perfectamente adiestrado, ni se movía; las orejas enhiestas y la cola entre las piernas señalaban que estaba presto para el ataque en cuanto recibiera la orden.

Tras distinguir perfectamente a la pareja entrando en la barraca, Shenke barrió con el catalejo todo alrededor por asegurarse que no hubiera en la proximidad algún incómodo vecino. Al divisar que en la barra donde se ataban las caballerías únicamente estaba la yegua del ama, pensó que el amante había dejado la suya más lejos. Mejor para él, más tiempo tendría para apuntar y disparar.

Se habían instalado en el viejo sofá. Aquel rincón tenía la calidez del inmenso afecto que se profesaban los dos amigos.

Gabriela tomó entre las suyas las manos de Julián.

—He sentido lo de Manuela como si hubiera sido hija mía.

—Ha sido muy duro. Pese a que su final estaba cantado, me había acostumbrado tanto a tenerla que había conseguido olvidar que estaba condenada a muerte, de manera que cuando ha ocurrido lo inevitable me ha pillado de perfil. Piensa, Gabriela, que cuando voy a las cuadras y veo su poni, me parece que de un momento a otro vendrá corriendo hacia mí con su trajecito de amazona, pidiéndome que la ayude a montar.

Gabriela se tragó las lágrimas.

—¡Me habría gustado tanto estar junto a ti en este trance!

Julián le acarició la mejilla.

—Lo sé, no hace falta que digas nada. Aunque el tiempo y las circunstancias nos han separado, tú y yo estamos siempre juntos.

—Dicen por ahí que la has enterrado en la San Andrés.

—Ha sido complejo, pero lo he conseguido.

Julián le explicó con todo detalle el maravilloso lugar escogido a fin de que Manuela reposara en un rincón de por sí único y cercano.

Gabriela quedó un instante pensativa.

—No sé cuándo, pero estoy cierta de que un día podré acompañarte a ese lugar a rezar por ella.

Tras otra pausa, Julián replicó:

—Algún día…

Luego el diálogo se aceleró, pues ambos querían conocer todo lo referente al otro y sabían que, además de ser en aquella ocasión el tiempo escaso, las oportunidades para verse iban a ser cada vez más peregrinas.

—¿Cómo está Celestino?

—Vegeta y resiste. A veces pienso que mantiene a raya su enfermedad porque hay algo que bulle en su cabeza y que hasta que no lo cumpla no descansará. A los hombres los alimenta la pasión, ya sea el amor o el odio, y a él la llama del odio lo conserva vivo. Cualquier daño que tu marido pudiera hacerme es minucia al lado de lo que hizo a Celestino.

—Me lo hizo a mí; Nidia fue el medio que empleó para hacerme daño. Juan sabía que era mi único consuelo en La Dionisia y que arrebatármela era enterrarme en vida. La castigó a ella en público porque no podía castigarme a mí, y como es una bestia desmedida, el asunto se le fue de las manos.

—¿Por qué no intentas huir?

—¿Adónde?

—Por ejemplo a España.

—No me dejaría en paz. Además, tiene socios en Barcelona. Murió Práxedes Ripoll y ahora es su hijo Germán quien está en contacto con él. No, Julián, su orgullo no soportaría una afrenta así, me perseguiría hasta el infierno. Estoy atada a él hasta que la muerte nos separe.

—Mi casa siempre está abierta para ti.

—La ley está de su parte, y yo no quiero meterte en esto; ya te odia bastante.

—Me da igual, no me asusta; si me busca me encontrará. Hay una guerra y tengo amigos en ambos bandos. Además, hace muchos años que conozco sus bravuconadas; tu marido se atreve con los débiles, pero a la hora de la verdad se le va la fuerza por la boca. —Luego Julián cambió de tema—. ¿Qué ocurrirá si descubre que has venido aquí?

—Ya nada me importa... Nadie me ha seguido, pero aunque Juan llegara a saberlo, peor que estamos no podemos estar.

—Dime la verdad: ¿te ha pegado alguna vez?

—Dejemos eso.

—¡Maldita escoria!

—No te preocupes, que sé manejarme.

Gabriela se levantó y, dirigiéndose a la fregadera para beber un vaso de agua, miró al exterior y viendo a su yegua en el abrevadero preguntó a Julián:

—¿Cómo has venido hasta aquí? No he visto tu caballo.

—Me ha acompañado Juan Pedro y vendrá también a recogerme.

—¿Quién es Juan Pedro?

—Es verdad, ¡no había tenido ocasión de contártelo! Jeromín recobró la memoria.

—¡Qué me dices!

Gabriela regresó a su lugar con el asombro reflejado en el rostro; su curiosidad de mujer en aquel momento se imponía a toda otra cuestión. Conocía a aquel muchacho de una sola ocasión, a raíz del incidente del cocodrilo, y sabía del afecto que su amigo le profesaba y de la inmensa ayuda que había representado para él, al punto de haberlo prohijado y de reformar sus disposiciones testamentarias.

—Cuéntamelo todo.

Julián comenzó desde el principio, y en menos de una hora puso a Gabriela al corriente de todas las vicisitudes ocurridas, de las decisiones tomadas y de los planes que tenía pergeñados para Juan Pedro.

—Y que sepas que si algo me sucediera he dispuesto que acuda en tu ayuda y que haga todo lo necesario para cubrir cualquier incidencia que te sobreviniese.

El rumor de la llegada del coche interrumpió el diálogo.

—Es Juan Pedro. Y es hora de que regreses, antes de que se percaten de tu ausencia.

Gabriela se puso en pie y Julián hizo lo mismo.

—Estate atento, pues en cuanto pueda me pondré en contacto contigo; has de acabar de contarme esa historia.

—No hay día, si es que no estoy de viaje, que no pase por el sicomoro.

Los amigos se abrazaron con profundo afecto.

—Adelántate tú, Gabriela. Quiero subir leña para la chimenea, y Juan Pedro me ayudará.

Unos discretos golpes en la puerta obligaron a la pareja a finalizar el diálogo. Cifuentes fue a abrir la cancela.

Juan Pedro, conociendo la dificultad de aquellos encuentros, por no molestar se había limitado únicamente a anunciar su presencia.

—Pasa un momento. Gabriela quiere saludarte.

La peripecia vital del muchacho había hecho que su aspecto cambiara no sólo en lo físico. Ante Gabriela se presentaba un hombre hecho y derecho de mirada profunda y talante grave, al que hasta la leve cojera acompañaba.

Vestía como un joven hacendado, con camisa de lino y pantalón de dril embutido en unas botas de caña corta, y encima una ligera chaqueta que no ocultaba la culata del Colt 45 que llevaba a la cintura.

—¿Debo llamarle Jeromín o Juan Pedro?

—Como mejor le cuadre, señora, mientras me haga el honor de llamarme, llámeme como quiera.

—Gentil como buen español. Me han contado su vida y cómo ha recuperado usted sus recuerdos.

—Ha sido un milagro... Puedo decir que soy un hombre con dos destinos.

—¿Y cuál piensa seguir?

Juan Pedro pareció dudar.

—Habré de regresar a Barcelona a arreglar alguna cuenta que tengo pendiente, y dejé allí a mi madre y a mi hermano, pero siempre estaré al servicio de don Julián, que es a quien debo la vida.

Ahora intervino Cifuentes.

—Esa cuenta está saldada con creces. —Se dirigió a Gabriela—: Lo que ocurre es que además dejó sin terminar una conversación con alguien, tú ya me entiendes.

—Entonces, joven, regrese y aclare lo que tenga que aclarar; no permita que un malentendido tuerza uno de los dos destinos que dice que tiene su vida. El agua del río no pasa dos veces.

—Agradezco su consejo, señora, y no dude que lo cumpliré, pero debo más a Cuba que a España y soy hombre que acostumbra pagar sus deudas.

Cifuentes interrumpió.

—Regresa ya, Gabriela; no tentemos a la suerte.

—Tienes razón, Julián.

Entonces la mujer, tras un cariñoso abrazo a Cifuentes, se puso de puntillas y sorprendió a Juan Pedro con un cálido beso en la mejilla.

—Gracias por ser el apoyo de mi amigo. Sé lo que ha hecho por él y lo que hizo por Manuela.

Y sin añadir palabra y seguida por los dos hombres se dirigió a la puerta.

Fueron los tres hasta donde estaba Gloria, y Gabriela, sujetándose al arzón de la silla ayudada por Julián, se encaramó en la yegua. Tras el último saludo, dio talones y partió al galope.

Julián Cifuentes dio un profundo suspiro.

—Es una gran mujer.

—Y habría sido una excelente ama para la San Andrés —apuntó Juan Pedro.

—Todo se torció. Cuando quedé viudo de Alice, aunque llevo a Gabriela demasiados años, seguro que le habría propuesto matrimonio de no haberla casado su padre con esa víbora de Massons... Habría sido una gran madre para Manuela. —Luego filosofó—: ¡La vida está llena de ucronías! Que te sirva de ejemplo: no permitas que un desajuste en el tiempo gobierne tu destino. Y ahora vamos, que quiero recoger algo de leña antes de partir.

Los dos hombres hicieron cuatro viajes desde la leñera hasta el interior de la cabaña, cargaron la chimenea y dejaron las dos cestas llenas. Después Cifuentes recogió la chaqueta del perchero, y tras cerrar la puerta con doble llave y ocultarla en la maceta de la ventana se dirigieron a la volanta, uno por cada lado. Juan Pedro, más ágil, se puso al pescante. Luego se desencadenó el infierno.

Cuando ya tenía Julián puesto el pie en la estribera del carricoche, desde la espesura de la manigua y con un intervalo de medio segundo sonaron tres disparos. Juan Pedro al instante se hizo cargo de la situación. Julián Cifuentes, con el asombro reflejado en el rostro, se miraba la mancha de sangre que iba invadiendo la pechera de su camisa blanca. Primero intentó agarrarse al coche con una mano en tanto que con la otra pretendía taponar la herida. Juan Pedro arrojó las riendas sobre la grupa de los caballos y saltó al suelo con el Colt desenfundado para intentar ayudar a su amigo. Cifuentes se había ido resbalando y estaba sentado en el suelo, apoyado en la rueda del carro. Entonces a un tiempo sucedieron dos cosas: a la vez que Juan Pedro disparaba dos veces a ciegas hacia el lugar de donde creía que procedían los tiros, desde la espesura salió galopando un inmenso mastín negro que, en un santiamén, ganó la distancia. El can, poderoso y terrible, ya se abalanzaba sobre ellos cuando Juan Pedro, sin poder evitar el embroque, disparó tres veces a la inmensa cabeza. El animal cayó muerto sobre él, derribándolo al suelo.*

Al tiempo que del interior tomaba su carabina, gritó al herido:

—¡Aguante, Julián, aguante, que voy a por él!

La voz amortiguada de Cifuentes detuvo la acción.

—¡Estás al descubierto! ¡Antes de que llegues hasta él, te matará! Intenta cubrirme y ayúdame a subir al coche. Ya habrá ocasión de ir a por ese malnacido.

A continuación se oyeron los cascos de un caballo que se alejaba.

Juan Pedro se echó la carabina a la espalda y ayudó a Cifuentes a subir al coche. El hacendado sangraba abundantemente. Juan Pe-

---

* La escena se refiere a la muerte de Jaime Partagás, importante comerciante de tabaco de la época, al que mató un sicario cuando salía de una entrevista con su amante.

dro rasgó su liviana chaqueta e intentó taponar la herida, y cuando vio que la sangre remitía, sin perder un instante se dispuso a partir.

La voz ahogada del herido detuvo su gesto.

—No... Recoge ese animal.

—Está muerto. ¡Qué más da!

—Es el perro del capataz de Massons, es nuestra prueba. ¡Recógelo!

Juan Pedro se llegó hasta el perro. La cabeza era una masa sanguinolenta e irreconocible; la bala, limada por la punta, le había estallado dentro. Con un terrible esfuerzo, Juan Pedro cargó el cuerpo en la parte posterior del carromato. Entonces de un salto se encaramó a la guía y, tomando las riendas en una mano y en la otra el látigo que estaba en el candelero, arreó a los caballos con el chasquido de la sierpe de cuero y la voz. El carricoche saltó sobre sus ballestas y enfocó el camino, dando tumbos como si fuera una barquichuela en medio de un mar encrespado.

El doctor Figueras acudió al instante, y ayudado por Juan Pedro y por Celestino, que sujetaban a Cifuentes, le retiró el vendaje y le examinó las heridas. En la expresión de su rostro adivinó Juan Pedro que no había nada que hacer.

—Dos balas lo han atravesado, una le ha destrozado la clavícula y la otra le ha perforado el pulmón derecho haciendo un gran destrozo. Este hombre está muerto —sentenció el doctor.

—¿Y si lo llevamos al hospital de Matanzas...?

—No llegará con vida. Es un milagro que haya resistido hasta aquí.

—Pero ¡algo podrá hacerse!

—Inmovilizar la clavícula para intentar amortiguar el dolor, darle morfina y rezar para que el tránsito sea rápido.

Juan Pedro no se resignó, y cuando partió el doctor hizo buscar a mamá Lola.

La vieja santera acudió con su colección de imágenes negras, sus potingues, sus velas de cera y sus sortilegios. Después de examinar al patrón, a su vez emitió su veredicto, que a su manera fue el mismo que había dado el doctor.

—Este hombre ha cumplido ya su tiempo y quiere irse. En mi mano está únicamente la posibilidad de que el paso sea amable. Yo puedo actuar tan sólo cuando aún queda vida; en caso contrario, no hay nada que hacer.

—Entonces, mamá Lola, que no sufra.

Después de colocar un emplasto de hierbas sobre el pecho vendado de Cifuentes, la negra procedió a encender diversas velas cuyos sahumerios invadieron la habitación en tanto que de sus labios salía el murmullo de una salmodia monótona y reiterativa.

Al finalizar la mañana del segundo día Julián Cifuentes recuperó la conciencia y, con una voz como salida de ultratumba, ordenó a Vivancos que fuera a Matanzas en busca del notario.

Don Santiago Anadón acudió a mata caballo en su coche de doble ballesta tirado por un poderoso tronco, así manufacturado ex profeso para soportar los intransitables caminos y trochas por los que frecuentemente debía acudir a lejanos predios, y en seis horas se plantó en la San Andrés.

El hacendado estaba recostado en el adoselado lecho con dos cuadrantes a la espalda, ya que totalmente echado no podía respirar. El doctor le había vendado el hombro derecho con anchas franjas de tela blanca, que ya estaban manchadas de sangre, y le había taponado la herida del pecho sobre la que la negra había colocado su emplasto, además de atiborrarlo de morfina.

Ante la gravedad del hacendado y urgido por la voz ronca y sibilante del moribundo, el notario se dispuso a actuar.

De una escribanía portátil que parecía un maletín sacó sus trebejos para la escritura y se situó a la derecha de la cama.

Con una floreada letra cursiva encabezó el documento:

Ante mí, don Santiago Anadón y Bou, notario de Matanzas, y en su domicilio de la hacienda San Andrés, comparezco para asistir a don Julián Cifuentes do Marco, en estado de vital emergencia, para el acto de testimoniar sus últimas voluntades.
Al que en este instante procedo.

Julián dispuso que su cuerpo debía reposar en la gruta junto al de Manuela. Por renuncia de Vivancos, por razones que él se reservaba, y con la excepción del montículo donde estaba enterrada la hija de éste, Nadia, la entera y nuda propiedad de la hacienda San Andrés pasaba a su hijo adoptivo Juan Pedro Bonafont y Raich, quien a partir del día inscrito pasaba a llamarse Jerónimo Cifuentes de San Andrés, y con el obligado compromiso de acoger de por vida, si ésta lo solicitaba, a doña Gabriela Agüero, que habitaría y moraría en la mansión en calidad de ama. Etcétera, etcétera.

Julián Cifuentes estuvo agonizando tres días y tres noches, en las que Juan Pedro y Vivancos no se apartaron ni un segundo de su cabecera, y en la madrugada del cuarto día entregó su alma al Creador en tanto los cánticos sonaban en los barracones de los negros.

Dos horas antes del deceso, abrió los ojos y con un gesto de la mano izquierda que reposaba sobre el cobertor blanco de la cama indicó a Vivancos y a Juan Pedro que se acercaran.

La voz era un susurro.

—Sois las dos personas, después de Manuela, Alice y Gabriela, que más he querido en este mundo. Me voy en la esperanza de que reivindiquéis mi memoria haciendo justicia. Juan Massons me ha matado en la vil sospecha de que había profanado mi amistad con doña Gabriela Agüero, como tal vez habría hecho él; el testimonio de su iniquidad es el mastín de su capataz, Jonathan Shenke, quien sin duda fue quien disparó. Haced lo imposible por vengarme... Celestino sabe cómo hacerlo. Ésta es mi última disposición.

Luego ya no habló más.

158
La carga de la prueba

Una vez cumplidas las exequias de Julián Cifuentes y concluidos todos los trámites, Juan Pedro hizo sacar de la gran cámara de hielo el cadáver del mastín, lo cubrió con una lona y cargándolo en un carro plataforma se dirigió a La Dionisia por la vía más corta, que era atravesando la zona de los secaderos de tabaco y entrando en la hacienda contigua por el lado opuesto al camino que conducía a Matanzas, llegando a su destino después de la comida.

Celestino había pugnado por acompañarlo.

—Es una bestia inmunda. No es bueno que vaya usted solo.

—Si me ocurriera algo, quedarías tú; si nos ocurre a los dos, no quedará nadie. Iré solo.

Juan Pedro se había acercado en un par de ocasiones a La Dionisia acompañando a Cifuentes, y fuera porque en ambas ocasiones ya había atardecido, fuese porque en aquellos momentos su mente y su obligación estuvieran en otras cosas o quizá porque se habían aproximado por la parte opuesta al palmeral, el caso era que no había tenido ocasión de observar detenidamente la mansión desde aquel ángulo desde el que realmente lucía soberbia. Todo lo que en la San Andrés era discreción, practicidad y buen gusto allí se tornaba en lujo suntuoso y ostentación.

Los negros que trabajaban en los campos paraban su actividad a medida que transitaba entre ellos y haciendo visera con la mano lo miraban con curiosidad; sabían quién era e intuían a lo que iba, prueba de que el misterioso tam-tam que los comunicaba seguía funcionando todas las noches.

Cuando llegó a la base de la escalinata de piedra salió a su paso un palafrenero a sujetar los caballos. Juan Pedro saltó ágilmente del pescante tras atar las riendas en la barra de hierro que se alzaba sobre el reposapiés inclinado. Antes de que tuviera tiempo de pedir por su amo, ya bajaba la escalera Crisanto, el viejo mayordomo de Juan Massons.

—¿Qué se le ofrece, señor?

—¿Está en casa tu patrón?

El sirviente repreguntó:

—¿El señor tiene cita?

—No la tengo, pero seguro que querrá verme. Ve y pregúntale, dile que ha venido a verle…

El negro lo interrumpió.

—Ya sé quién es usted, señor. Si me pregunta el motivo, ¿qué le digo?

—Dile que Jerónimo Cifuentes, el nuevo patrón de la San Andrés, viene a presentarle sus respetos.

El criado dio media vuelta y ascendió la amplia escalera con una agilidad impropia de su edad.

Al cabo de un corto espacio de tiempo la oronda figura de Juan Massons apareció en lo alto de la escalinata, observando a Juan Pedro con curiosidad. Vestía una amplia guayabera con un sospechoso bulto al lado izquierdo de la cintura, pantalón de dril y en los pies ligeras sandalias, y remataba su imagen un inmenso veguero recién encendido. Se sacó el puro de la boca sosteniéndolo entre los dedos índice y medio de la mano izquierda, y con voz melosa y engolada se dirigió a su huésped.

—Pero ¡por favor, don Jerónimo…! Mi criado es un lerdo, ¡dejarlo a usted aquí abajo, esperando, es casi una ofensa! Hágame el favor de compartir un café y una copa de brandy conmigo.

Juan Pedro ascendió la escalinata hasta llegar a la altura de Massons y, plantándose frente a él, ignoró la mano tendida que éste le ofrecía.

Massons disimuló la ofensa, pues quería saber por dónde iban los tiros, tiempo habría para cobrársela.

—¡Jeremías, da pienso a los caballos y coloca sin demora el carro en la sombra, no vaya a ser que con estos calores se estropee la mercancía!

Juan Pedro pensó por unos instantes que aquel malnacido sospechaba lo que había debajo de la lona.

Cuando el negro contestaba con un «Sí, amo», los dos se dirigían ya hacia el porche.

Contando con las dos laterales, la galería abierta constaba de nueve arcos abovedados que sostenían la terraza de la parte superior, por lo que en aquel espacio había varios ambientes: dos hamacas de cuerda trenzada; un grupo de dos merecedoras con un sofá columpio; una especie de pequeña barra que podía ser servida por un camarero, y en el extremo opuesto, una mesa redonda —blanca y azul— hecha con un sinnúmero de pequeños mosaicos, alrededor de ella, cuatro sillones de mimbre, y sobre la misma, un archivero abierto, una campanilla así como una bandeja con un servicio de café, una botella de brandy y una copa balón.

—Como puede ver, me ha pillado usted trabajando... Aunque bien es verdad que, tras una buena comida, con un café y una copa de coñac se trabaja mejor. Si me hace el favor...

Massons indicó a Juan Pedro uno de los sillones, y éste se sentó. Decidido a ser frío como el hielo, iba a tragarse el odio que le atenazaba las entrañas porque la venganza era un plato que debía servirse frío. Massons ocupó su lugar y, a la vez que hacía sonar la campanilla, demandó a su huésped qué era lo que quería tomar. Juan Pedro decidió seguir con su comedia hasta el final.

—Un brandy me vendrá bien.

Al cabo de un escaso minuto de sonar la campanilla compareció Crisanto.

—Tráeme una copa para el señor. —Luego, dirigiéndose a Juan Pedro, encomió su bebida—. ¡Es un brandy excelente! Me traen todos los años un barril de Francia.

Al acabar la frase Massons, el mayordomo había regresado con una pequeña bandeja de plata en la que había una copa balón semejante a la primera.

Massons escanció una generosa ración de aquel coñac y, levantando su copa, brindó, cínico y socarrón:

—¡Porque nuestra nueva vecindad sea origen de un futuro esplendoroso y para que cada cual sepa estar en su lugar... sin invadir los terrenos del otro ni abusar de su confianza intentando conquistar la pertenencia de otro!

Juan Pedro luchó por contenerse.

—Mejor otro brindis —apuntó sin tocar su copa de encima de la mesa—. Por que sepamos dirimir nuestras diferencias, si las hay, de frente y sin recurrir a sucias artimañas ni a terceros, dando la cara como los hombres.

»Julián Cifuentes era un caballero, y su esposa de usted, doña Gabriela, era únicamente su amiga.

—Comprendo, una buena amiga de juventud con la que se veía a escondidas en una mala barraca —soltó, sibilino.

—«Maldito sea quien mal piensa», he leído en algún libro que ésa es la divisa de la Orden de la Jarretera.

En aquel momento ambos supieron que la auténtica razón de la visita estaba encima de la mesa.

Massons había controlado su ira y removía su copa como si nada se hubiera dicho; por encima de todo quería saber a quién se enfrentaba.

—Ya sabe que aquí no hay correo, pero las noticias vuelan. ¡Dejémonos de hipocresías! He lamentado profundamente la muerte de Julián… Un buen enemigo es un bien inapreciable; te impide bajar la guardia y eso te conserva joven.

—Imagino que no ha sido una sorpresa.

—No, no lo ha sido. Cuando la gente se busca enemigos gratuitamente, la calamidad puede venir por cualquier parte. Jugar con dos barajas es de tahúres, amigo mío, y acostumbra acabar mal.

En esta ocasión el que se contuvo fue Juan Pedro, que quería ver hasta dónde llegaba el cinismo de aquel malnacido.

—¡Precisamente es todo lo contrario! Lo que a mi padre putativo le sobraba eran amigos. El que lo ha matado lo ha hecho alevosamente y a traición, y por si no bastara no ha tenido el valor de hacerlo en persona y ha tenido que alquilar un sicario.

—Comprendo su defensa… Cuando a uno le cae una hacienda como llovida del cielo, lo menos que puede hacer es defender a su benefactor. Además, para insinuar semejantes mendacidades hay que tener pruebas.

Juan Pedro entendió que la situación no daba para más y que aquella comedia debía tener fin. Sin saber por qué y en expresión de su máximo desprecio, le apeó el tratamiento y comenzó a tutearlo.

—Respecto a lo primero, te diré, porque por lo visto aquí se sabe todo, que Julián me prohijó libremente y sin que yo nada hiciera, y respecto a lo segundo, si me acompañas hasta mi coche, te mostraré algo.

Esto último lo había dicho poniéndose en pie.

Massons hizo lo mismo; sin embargo, tuvo buen cuidado de que Juan Pedro reparara en que se palpaba ostensiblemente el bulto de debajo de la guayabera.

—Veamos qué es eso tan importante que quieres enseñarme.

—Massons encajó el tuteo y siguió el juego.

Juan Pedro atravesó la explanada del jardín y, seguido de Massons, descendió la escalinata y se dirigió a las cuadras, donde, en último lugar, se veía aparcado su carricoche. En aquel momento nadie había en el recinto.

Massons estaba junto a él.

—Me has dicho que quieres pruebas.

—Eso he dicho.

Con un rápido gesto, Juan Pedro soltó los ganchos que sujetaban la lona y tirando de ella dejó al descubierto el cadáver del perro descabezado.

Por un momento Massons quedó desconcertado; luego reaccionó.

—¿Qué quieres mostrarme, que hay gente muy cruel que maltrata a los animales?

—Quiero mostrarte al mastín del hijo de mala madre de tu capataz.

Massons se había recuperado de la sorpresa y comentó, irónico:

—¿Y eso qué prueba? En primer lugar, me traes un can descabezado de una raza que en la isla hay miles y aun así afirmas que es propiedad de mi capataz; en segundo lugar, en caso de que lo fuera, no prueba otra cosa que aquí hay mucho cabrón emboscado que se dedica a matar perros, y en tercer y último lugar, nadie puede impedir que un chucho se escape en busca de una hembra que esté de alta. Si éstos son todos tus argumentos para incriminarme, lo tienes muy mal.

—Sabes bien que el perro no vino solo... Acompañó a su amo y, posiblemente, oyendo los disparos se escapó. Y los disparos los hizo tu sicario.

—Eso tendrás que probarlo en un juicio.

—No dudes que así lo haré.

Massons dio una larga calada a su veguero.

—¡Dudo que llegue ese día! Con una guerra por medio y con la que está cayendo, como comprenderás, la muerte de un perro, sea animal o humano, como es el caso, a nadie importa. Y además no olvides que Gabriela estaba allí y será testigo de todo cuanto afirmo.

Juan Pedro, entendiendo que Massons quería soslayar el posible problema insinuando que el mismo afectaría a Gabriela, respondió:

—¡Juro por Dios que pagarás tu asqueroso crimen! El cómo y el cuándo no lo sabrás nunca, pero ¡no volverás a vivir en paz!

—Venir a amenazarme a mi casa… ¡Qué atributos tienes!

—¡Qué indiscreta es tu madre!

Cuando Massons echó mano a su Colt, el de Juan Pedro ya estaba en la suya.

—¡Dame una excusa, hijo de la gran puta, y te dejo frito aquí mismo!

Massons colocó lentamente sus manos a la vista con las palmas abiertas.

—Cada cosa a su tiempo. Arrieros somos y en el camino nos encontraremos.

—No puedes imaginar cómo espero ese día.

Juan Pedro colocó la lona sobre el perro sin apartar la vista de Massons. Luego saltó sobre el pescante, tomó las riendas, azuzó a los caballos y, enfocando el camino, partió en la certeza de que, dentro de la ley o fuera de ella, la cabeza que había planeado la muerte de su padre putativo pagaría por ello.

159
Ojo por ojo

Desde el Grito de Baire la quema de haciendas se había generalizado. De una parte el ejército mambí se ocupaba de todos aquellos plantadores desafectos a sus ideales y que no colaboraban con la insurrección, y de la otra los cimarrones de las montañas se dedicaban al asalto y al robo de las más aisladas o desguarnecidas, arrasando los campos, llevándose el ganado y liberando a todos aquellos pseudoesclavos que querían sumarse a su guerra.

Juan Pedro meditaba sobre su increíble destino. Desde que había recuperado la memoria tenía frecuentes ausencias mentales, y, sin saber cómo, se retrotraía a su tiempo de Barcelona y todavía un puñal le atravesaba el costado cuando recordaba la traición de Candela.

Las dudas lo acosaban todos los días, pero aquella mañana tenía un doble motivo; la carta enviada a su madre le había sido devuelta con un sello de tampón donde se leía: DESTINATARIO DESCONOCIDO. Esta circunstancia lo obligaba, en cuanto pudiera, a regresar a España, pero por otro lado la obligación de vengar la memoria de Cifuentes se había tornado una obsesión.

El colofón llegó al mediodía.

Estaba comiendo en la glorieta cuando llegó Vivancos con una expresión en la cara que él conocía bien.

—¿Qué ocurre, Celestino? Y no me digas que nada.

El mulato se acercó hasta la mesa.

—Malas noticias.

—Dime, ¿qué sucede?

—Esa bestia que mató a mi niña e hizo asesinar a don Julián tiene a doña Gabriela encerrada en uno de los torreones a pan y agua.

—¿Estás seguro de lo que dices?

—¡Como que he de morirme! Y además está enferma.

—¿Cómo lo sabes?

—Como se saben aquí todas las cosas... Pero tenga por seguro que es cierto.

—Siéntate, Celestino.

El mulato ocupó el sillón frente a Juan Pedro.

—Yo también quería hablar con usted, patrón.

—Te he dicho mil veces que no me llames «patrón». Soy tu amigo, y si toda esta tierra es mía —dijo señalando en derredor— es porque tú así lo has querido.

—Ahora usted es mi patrón, y no me sale llamarlo de otra manera. Y ya se lo he dicho: la única tierra que me interesa es donde tengo a Nidia enterrada.

—Como quieras. Eres terco como una mula.

Los dos hombres estaban solos frente a frente.

—Únicamente puedo hablar de esto contigo. Después de la visita que hice a nuestro vecino, siento dentro de mí que tengo una inmensa deuda con don Julián que debo de cumplir, y para ello he de contar con tu ayuda.

El mulato meditó unos instantes en tanto que sus largos dedos tamborileaban sobre la mesa.

—Sé de lo que me habla, patrón, y ese rencor lo llevo yo en las entrañas desde que enterré a Nidia. Su deuda conmigo es mucho mayor, y es por ello por lo que quería hablarle. Ese cerdo merece mil muertes, y mil veces me planteé la venganza. Cuando el que mata tiene interés en salvar su vida la cosa se complica, pero cuando uno ya la tiene perdida es relativamente fácil; lo único que me detuvo es que yo no soy un asesino y no quería ponerme a la altura de ese malnacido, pero ahora la cosa ha cambiado porque a la muerte de don Julián se suma el encargo que nos hizo a los dos, «Cuidad de doña Gabriela», dijo, y recuerde que añadió: «Haced lo imposible por vengarme. Celestino sabe cómo hacerlo». Y yo sé cómo hacerlo y, además, la justificación está ahí: la vida de doña Gabriela está en peligro.

—¿Entonces…?

—Déjeme a mí, patrón. Cuando esté todo preparado, lo avisaré.

Celestino estuvo tres días con sus noches fuera de la plantación. Ni tan siquiera dijo a Juan Pedro adónde iba, pero a su regreso se encerró con él en el despacho que había sido de Cifuentes y lo puso al corriente de su gestión.

—Vamos a salvar a doña Gabriela y a arruinar a ese malnacido.

—¿Y cómo se hace eso?

—Usted sabe que todos los días se queman haciendas. —Al oírlo, Juan Pedro asintió—. He conseguido aliados… Los cimarrones buscan las más apartadas o aquellas cuyo acceso es más fácil. Pues bien, una partida de unos cuarenta entrarán en La Dionisia, la mitad a través del río y la otra mitad a través de nuestras tierras; lo quemarán todo, nosotros les cederemos el ganado y la rapiña, ellos liberarán a sus hermanos y nosotros a doña Gabriela, y ella, una vez libre, tomará la decisión que quiera.

—¿Y Massons?

—Lo perderá todo, puede ser que hasta la vida.

—¿Cuándo será eso?

—El primer día del mes que viene no habrá ni una mala tajada de luna. Y no va a haber lluvia, por lo que el vado del río Morato estará transitable; ésa será la noche.

A la una de la madrugada de aquel día de otoño cuarenta sombras fantasmagóricas a las que únicamente se les veía el blanco de los ojos, veinte a través del río y otras veinte a través de la trocha del aserradero de la San Andrés, iban apareciendo, silenciosas y cautas, y colocándose en los límites de la periferia de ambas plantaciones, aguardando que sonara el canto del búho que pondría en marcha la operación.

Un negro grande como Sansón, cabeza rapada, apenas cubierto el torso con una deteriorada camisa que, en tiempos, debía de haber sido azul, pantalón corto y botas de lona, con una vieja carabina en la mano y al cinto un machete de cortar caña, se llegó hasta Juan Pedro, quien aguardaba con el Colt 45 a la cintura acompañado por Vivancos.

—Éste es mi patrón —presentó Celestino— y éste es Mala Sangre, el jefe de la facción más numerosa de los cimarrones de la montaña.

—Está bien, patrón... Si así te gusta que te llamen, no discutiremos ahora por esa minucia. Vamos a repasar lo acordado: la plantación se quema, los compañeros se libertan y que cada cual vaya a donde quiera; los animales son nuestros y, desde luego, lo que haya de valor o de armas en la casa también. Ocho de los míos os acompañarán para que liberéis a la mujer. Luego, ni nos habéis visto, ni sabéis de dónde venimos ni quiénes somos. Que los españoles y los mambises piensen lo que quieran. ¿Estamos?

—Estamos, pero te has dejado algo —apuntó Juan Pedro—. El hombre blanco es mío, debo hablar con él.

—Tendrás ocasión, pero después, como es de justicia, será de los negros que han sido sus esclavos; si ellos quieren dejarlo con vida, es cosa suya. Aunque con la experiencia que tengo de otras plantaciones, te diré que acostumbran pasarlo mal.

A las cinco de la mañana La Dionisia ardía por los cuatro costados. Los negros habían salido de los barracones y, ebrios de ira y venganza, sumaban sus fuerzas para que la destrucción fuera total. Habían abierto las puertas y sacado a los animales de las corraleras, y todo era pasto del fuego. Un grupo de ocho comandado por Mala Sangre acompañó a Juan Pedro y a Celestino al interior de la gran casa.

En lo alto de la gran escalera apareció Massons con un rifle en las manos apuntando al grupo. En un momento se hizo cargo de la situación. La gran araña de cristal de la lámpara del centro le impedía ver todo el panorama, pero sí pudo divisar entre los negros armados el perfil de Celestino Vivancos, y desde aquel momento, intuyendo su final, intentó pactar.

Estaba claro quién mandaba en el grupo; el inmenso negro de la camisa azul destacaba entre todos.

La costumbre y su soberbia le impidieron dirigirse a él en el tono que le convenía.

—¡Tú, negro! El asunto está entre éste y yo... —Al decir esto señaló a Vivancos con el cañón del arma—. Sacarás mejor tajada si pactas conmigo. Me habéis destrozado la hacienda sin que esto os reporte ningún beneficio; si os vais sin otro daño, os daré todo el dinero y las joyas de mi mujer. Lo otro no hace falta que os lo entregue, pues ya os lo habéis tomado sin mi permiso.

El odio a todo lo que representaba Massons fulguró en los ojos de Mala Sangre.

—¡Tú, blanco! No me tienes respeto, te has dirigido a mí como si fuera una mierda sin tener en cuenta que estás en mis manos y que hay muchas maneras para morir... y alguna es muy larga e incómoda.

Massons se engalló.

—¡Te juro que no me iré solo! Te tengo en la mira de mi rifle. Y antes de que alguno de vosotros me ponga su sucia mano encima, me pegaré un tiro.

Desde la protección de la lámpara central, apareció Juan Pedro.

—¡¿Dónde está Gabriela?!

—¡Hombre, si está aquí mi vecino, que, plagiando a su protector, juega con dos barajas...!

Juan Pedro ignoró la afrenta.

—Si entregas a Gabriela, tal vez podamos llegar a un acuerdo.

La tensión del momento podía cortarse con un cuchillo.

Cada uno de los protagonistas de aquel drama pretendía alcanzar su propósito: Massons, salvar la vida y si era posible la tierra; Juan Pedro, rescatar a Gabriela; Celestino, vengar a Nidia, y Mala Sangre, volcar en aquella bestia todo el odio que ardía en su pecho por el mal que había hecho a sus hermanos.

En medio de aquel silencio sonó una voz rara y gutural que galvanizó de nuevo la escena.

—No pacte con nadie, patrón. Vamos a hacer que se maten entre ellos.

Por la puerta del fondo del primer piso avanzó hacia la barandilla Jonathan Shenke con un Colt en la mano derecha y con la izquierda retorciendo el brazo a una mujer flaca y desgreñada que le hacía de escudo. Juan Pedro, si bien le costó, reconoció a Gabriela.

—¡Que nadie se mueva! —bramó Juan Pedro dirigiéndose a Mala Sangre.

—No es así como hemos quedado. ¡Este hombre es de sus esclavos! —respondió gritando el jefe cimarrón.

—¿Lo ve, patrón? Ya empiezan a pelearse.

Desde la boca de la escalera Massons miraba asombrado a su capataz.

Éste, para apoyar su discurso, cometió un error fatal. A la vez que decía dirigiéndose a Mala Sangre:

—El patrón y yo pasaremos entre ustedes e iremos hacia las cuadras, y sus negros nos darán escolta impidiendo que alguien se equivoque.

Colocó el cañón del arma a la altura de la sien de Gabriela, y en aquel instante sonó un estampido aterrador y el brazo del alemán saltó por los aires, hecho un guiñapo. En tanto que cada uno intentaba protegerse, todos dirigieron la mirada hacia un humillo gris que denunciaba el lugar desde donde había partido la perdigonada que, al ser tan cercana, no había tenido tiempo de abrir la circunferencia.

La vieja Madi, con una de las escopetas de caza de Juan Massons, le había volado el brazo al capataz.

Todo se paró durante unos instantes. A la vez que el cuerpo de Jonathan Shenke caía al suelo y la sangre salpicaba todo el cuadro, la voz de Madi rompió el estruendoso silencio.

—Niña Gabriela, venga aquí conmigo. Nadie va a hacerle nada.

—Y dirigiéndose a Massons, masculló—: Si se mueve, aún queda otro cartucho para usted, patrón.

Entonces Massons cometió el segundo desliz. Sin encararse el rifle y desde la cintura disparó dos veces intentando abatir a Mala Sangre, erró el tiro y alcanzó a uno de los negros, que cayó al suelo, y a continuación dirigió el cañón del arma debajo de su barbilla. No le dio tiempo a disparar, pues un tremendo culatazo en la cabeza lo hizo trastabillar y soltar el rifle; Madi había cogido la escopeta de caza por los cañones y le había arreado tal golpe que hizo que el arma se partiera.

Entonces se desató la ira de los negros. Cogieron a Massons y lo llevaron medio arrastrado en volandas. Vivancos se puso al frente de la operación y, alzando el brazo, la detuvo.

—¡Mala Sangre, tú y yo tenemos un trato!

El negro de la camisa azul se dirigió a sus hombres.

—¡Haced lo que os mande Celestino!

En tanto Juan Pedro se hacía cargo de Gabriela y de Madi y las acompañaba a uno de los carros, Vivancos hizo conducir a Juan Massons hacia el espacio posterior comprendido entre las cuadras y una gallera en desuso.

Allí estaban el poste y el cepo.

El viento soplaba a favor, y las llamas estaban a menos de veinticinco metros.

Vivancos abrió el cierre y separó los dos maderos.

—¡Colocadlo ahí, que pruebe la medicina que ha recetado a tanta gente!

Massons había recobrado plenamente el conocimiento y se daba perfecta cuenta de lo que iban a hacer con él. En un momento se hizo cargo de todo: aquellos salvajes lo colocarían en el cepo, y el viento irremediablemente llevaría el fuego hasta allí. Su muerte podría ser terrible.

—¡Por favor, clemencia! ¡Os daré todo lo que tengo en Matanzas! ¡No hagáis caso a este hombre, que está loco! ¡Os haré ricos a todos!

Vivancos permanecía imperturbable.

—¡Voy a tener la misma clemencia que tuviste tú con mi hija Nidia! Pagarás una deuda cuyos intereses se han amontonado durante muchos años. ¡Metedlo en la madera!

Los cimarrones miraron a su jefe, y Mala Sangre asintió con la cabeza.

—Este hombre tiene razón, los pactos son los pactos.

Colocaron a Massons en el cepo y Celestino se ocupó de cerrar la balda del pestillo. Entonces se puso frente a él y proclamó, solemne:

—Lo dice la Biblia... Éxodo, 21-24: «Ojo por ojo, diente por diente, mano por mano, pie por pie, quemadura por quemadura, herida por herida y golpe por golpe». Ahora podré morir en paz.

La Dionisia ardió toda la noche.

160

El *SS Pío IX*

El *SS Pío IX*, transatlántico perteneciente a la naviera gaditana Sáez y Compañía y construido en Sunderland, con una eslora de trescientos setenta y nueve pies ingleses, cuarenta y tres de manga y veintinueve de puntal, y un tonelaje bruto de 4.029 toneladas, mixto de vela y motor, con dos palos —mesana y mayor—, una chimenea, cuatro grúas, cabina de mando a popa, treinta y ocho camarotes y dos suites de lujo, ciento sesenta pasajeros y cuarenta tripulantes, había comenzado hacía cuatro días la travesía del Atlántico entre Cuba y Canarias con mar calma y una ventolina fuerza dos en la escala de Beaufort. El barco venía completo en las tres categorías del pasaje, y en ocasión tan señalada, como era el regreso a la patria, la alegría era común y no hacía distingos entre ricos y pobres. Más aún, hilando muy fino, podría decirse que en el comedor de tercera clase el jolgorio era mucho más notable que en el de la primera, pues tras el almuerzo y la cena siempre salía una guitarra y rápidamente se formaba un ambiente de canto y baile mucho más espontáneo y sugerente que el encorsetado de primera, cuyo discreto encanto de conversaciones a media voz, amenizado únicamente por el sonido de un piano, denotaba el nivel de educación y cultura de sus comensales.

Juan Pedro había adoptado en aquella ocasión, y para el futuro, el nombre con el que su padre adoptivo le había inscrito, y para toda circunstancia era Jerónimo Cifuentes de San Andrés, viajero distinguidísimo que ocupaba una de las dos suites de lujo alojadas en la primera cubierta.

Juan Pedro deseaba aprovechar aquellas cuatro o cinco semanas —según estuviera la mar— de estar a bordo para poner en orden sus pensamientos. Los últimos acontecimientos cubanos habían ocasionado un gran cambio en su vida que lo obligaba a reflexionar sobre su futuro, y su deseo de volver a España para saber qué había sido de su familia y tal vez, en alguna oportunidad, ver a Candela para aclarar sus sentimientos habían hecho el resto. Aun así, había esperado a que terminara el año antes de partir para dejar los asuntos arreglados en la hacienda.

Hasta mediada la semana de navegación no pudo ver a la ocupante de la otra suite de lujo. A la mañana del tercer día divisó de lejos, paseando con el primer oficial por un puente cuyo acceso estaba prohibido a los pasajeros, a una mujer de bella estampa protegiéndose del sol con una inmensa pamela sujeta bajo la barbilla con una cinta rosa y con una sombrilla, que manejaba con soltura y elegancia.

Por la tarde preguntó al sobrecargo quién era la mujer, pero el hombre le respondió que no estaba autorizado para revelar su nombre, que era una pasajera famosa que no deseaba ser molestada.

La noche anterior, tras la cena, se había asomado a la barandilla de popa del segundo puente, que daba al sollado de la bodega, y al oír el rasgueo de una guitarra, un ramalazo de añoranza sacudió su pecho al recordar a Trino Basilio y a las tan desiguales circunstancias que diferenciaban su actual momento con el vivido en su viaje de ida. Instintivamente metió la mano en el bolsillo derecho del pantalón y buscó su llavero, en el que desde el primer día llevaba la medalla que le había dado su amigo para su madre. Lo único común entre los dos momentos era el rielar de la luna que, como en aquella ocasión, al ser plena marcaba sobre las tranquilas aguas del océano un camino de plata tan ancho y misterioso como el que iba desde su triste pasado hasta su esplendoroso presente.

Juan Pedro no tenía sueño. La noche era increíblemente cálida y ni una brizna de viento agitaba las aguas, por lo que el barco avanzaba a través de la oscuridad empujado por su poderoso motor de 470 caballos de vapor. Las tumbonas que todos los días se desplegaban en la cubierta estaban arrumbadas contra la pared del puente superior. Juan Pedro sujetó con los labios su pipa de espuma y, desatando la cuerda, desplegó la primera de ellas, la colocó mirando al mar, se acomodó y se caló la gorra, dispuesto a desliar la madeja de sus pensamientos hasta que el sueño lo venciera.

En primer lugar iba a ordenar lo que dejaba a su espalda, que le era conocido y que dependía directamente de su voluntad; luego se plantearía su futuro, devanaría todos los escenarios que podría plantearle su llegada a Barcelona y mediría las consecuencias de sus actos, guiado sin duda por las realidades con las que se encontrara. Tres eran sus vectores principales: su madre, Máximo y Candela, a la que amaba a pesar de todo, como si su ausencia de recuerdos hubiera animado sus mejores sentimientos, y hubiera hecho desvanecer el rencor.

Tras la terrible noche de La Dionisia las piezas del puzle fueron colocándose en su lugar. La quema de la hacienda y el final de su propietario eran pieza de cambio común en aquellos agitados días, por lo que las autoridades no pudieron dedicar tiempo ni personal a un tema particular que iba repitiéndose periódicamente. Ya fueran los mambises —en su pretensión de ejército regular— o los cimarrones —tenidos por ambos contendientes por incontrolados que vivían en las montañas— los causantes del desaguisado, el gobierno de la isla lo había considerado una desgracia colateral motivada sin duda por el comportamiento del propietario al respecto de sus negros, y ése y no otro era el motivo por el que unas haciendas fueran incendiadas y otras, respetadas. De cualquier manera, la autoridad no tenía medios ni tiempo para dedicar esfuerzos a asuntos que consideraba menores ante los inmensos problemas que representaba la rebelión total de la isla en busca de su independencia.

La recuperación de Gabriela fue milagrosa. Cuando Juan Pedro supo de las humillaciones y los malos tratos a los que había sido sometida la que fuera íntima amiga de su protector, dejó de sentir remordimientos por la muerte cruel a la que había sido entregado Massons.

Por primera vez en muchos años, Gabriela se sentía libre y por tanto feliz. Juan Pedro recurrió a amigos que lo habían sido de Julián Cifuentes; Massons había muerto sin dejar testamento, por lo que La Dionisia, cuando se recobrara del trauma del fuego y volviera a ser rentable, sería de su total y libre propiedad. La mujer, pese a que la casa, aparte de ser desvalijada, no había sufrido daños, se negó a volver a ella y se instaló con la vieja Madi y algunos domésticos que quisieron seguirla en la San Andrés, a resguardo de cualquier peligro o incidente.

Juan Pedro recordaba perfectamente los diálogos habidos durante varios días con ella y con Celestino Vivancos, y el peso que desniveló la balanza y aceleró el proceso de su regreso a Barcelona fue la asamblea celebrada por los rebeldes en Jimaguayú, donde se aprobó la constitución de la nueva República de Cuba, delegando José Martí y Céspedes la representación exterior de la misma en Tomás Estrada Palma pese a la desconfianza que por ser proamericano despertaba en ambos dirigentes. Dejando las negociaciones con los mambises a Vivancos, habría de ser Gabriela, en calidad de nueva apoderada de la San Andrés, quien afrontara el problema si hubiera que salvar la hacienda de las murmuraciones que la suponían procubana.

Antes de su partida y referido a su regreso Juan Pedro tomó muchas decisiones. Por Gabriela supo que el principal socio de Massons en Barcelona había sido desde siempre la firma Ripoll-Guañabens y que había oído conversaciones entre su marido y el capataz, Jonathan Shenke, acerca de que en los últimos tiempos, y tras la muerte de don Práxedes, estaban pagando mal y con notable retraso. De acuerdo con él, Gabriela escribió cartas como nueva propietaria de La Dionisia explicando la triste situación en la que había quedado la plantación y los peligros que había corrido ella misma, pero aclarando que se había preocupado, para que los socios que habían sido de su marido no tuvieran merma en sus negocios, comprometiéndose a que, pese a las dificultades, continuaran llegando a Barcelona puros habanos de excelencia contrastada, ya que había cerrado acuerdos con plantaciones de pequeños propietarios que hasta la fecha no habían exportado a España y a cuyas labores, si era necesario, cambiaría hasta las vitolas que habrían de garantizar la calidad del nuevo producto. La última disposición de Juan Pedro antes de embarcarse para Barcelona fue que enviara a la firma Ripoll-Guañabens todo lo que pidiera y que aceptase pagarés de futuro hasta que se acumulara una gran deuda, pero ocultando sobre toda otra consideración: que el último tenedor de los documentos bancarios de sus aplazados pagos iba a ser el nuevo propietario de la hacienda San Andrés. Un plan comenzaba a germinar en su cabeza.

Acusando la humedad y el relente de la noche, Juan Pedro se subió las solapas de su americana.

Muchos eran sus planes al respecto de su llegada a Barcelona. Naturalmente lo primero y lo que más le preocupaba era saber de su madre. La devolución de la carta con el membrete de DESTINATARIO DESCONOCIDO le certificaba el hecho de que, por la circunstancia que fuera, su madre había cambiado de domicilio y se había ido a vivir a otro lugar. Luego estaba Máximo, pero entendía que su hermano era caso perdido y que él poco o nada podía hacer, ¡a saber por dónde andaría y en qué compañías! Su obligación para con él ya había terminado; ahora debería trasladar sus cuidados a la pequeña Justina, a pesar de saber que no los unían lazos de sangre y de que había quedado abandonada bajo la custodia de Luisa, quien a su edad estaba para ejercer de abuela y no de madre. Por un momento su recuerdo llegó hasta Amelia, de quien supo de su huida a través de las cartas que su madre le había enviado al castillo de El Morro durante los dos años que allí estuvo, en unos tiempos tan pretéritos que le parecían de otra vida. Nunca entendió la actitud de Amelia; pese a que sabía mejor que nadie que aquella hija fruto de una violación no había sido deseada, siempre pensó que cuando la criatura estuviera en el mundo las cosas cambiarían, pero se había equivocado. Amelia había abandonado a Justina en Barcelona, si bien por lo visto desde Argentina seguía atendiendo, aunque irregularmente, las necesidades de la pequeña. Luego estaba el tema del señor Cardona. Era evidente que la librería debía de continuar en el mismo sitio porque su carta no le había sido devuelta, pero tampoco contestada, y ése era un asunto que debía aclarar apenas pusiera el pie en tierra. Y finalmente… Candela. Haría lo imposible por verla, su recuerdo lo obsesionaba. ¿Cómo estaría? ¿Sería feliz? ¿Tendría hijos? Cuando pensaba en ella una niebla densa invadía su mente, como queriendo huir de su recuerdo. Para seguir adelante con su vida tenía la necesidad absoluta de que le dijera, mirándolo a los ojos, que lo había olvidado y que aquello había sido un sueño de juventud; solamente entonces Juan Pedro podría replantearse su futuro, cerrar definitivamente el arcón de sus recuerdos e intentar recoger los restos de aquel naufragio.

Era el primer sábado de navegación. Al mediodía un marinero le llevó hasta su cabina una carta del sobrecargo. Aquella noche, siguiendo la costumbre, se iba a celebrar la cena del capitán y él, como pasajero distinguido, estaba invitado a su mesa. A las ocho y media debían estar en el comedor de primera clase, las señoras con traje largo y los caballeros con esmoquin o chaqué; se rogaba puntualidad y se anunciaba una gran sorpresa.

Juan Pedro pasó la tarde entre el salón de fumadores y una partida de ajedrez que tenía acordada todos los días con un rico comerciante de productos coloniales con sede en La Habana Vieja, y a las siete y media se dirigió a su camarote para acicalarse debidamente.

Julián Cifuentes habría estado orgulloso de él. Juan Pedro se miró en el espejo del armario, y la imagen que le devolvió el azogado cristal era la de un hombre alto, delgado sin ser enjuto, de facciones agraciadas, ojos penetrantes, mentón anguloso, largas patillas, moreno de piel y con alguna cana en las sienes; en resumen, un auténtico indiano. Tomó su bastón y después de cerrar la puerta de la cabina con doble llave enfiló el pasillo y por el interior del barco se dirigió al comedor ubicado en el primer piso.

A su llegada se dio cuenta de inmediato de que aquella noche iba a ser diferente. El elegante comedor estaba profusamente adornado con guirnaldas y gallardetes, que recorrían el artesonado techo y descendían hacia el suelo por las columnas de hierro forjado; en la tarima de la orquesta donde acostumbraba estar el piano en aquella ocasión, además del Steinway, había tres taburetes y frente a ellos los correspondientes atriles; los camareros vestían de gala con pantalón de esmoquin y ajustadas chaquetillas blancas; las mesas eran para nueve comensales, ocho pasajeros y un oficial de la tripulación.

Juan Pedro entregó el cartoncillo de su invitación a un camarero y éste, tras comprobar el número, lo condujo hasta la mesa de presidencia, donde ya aguardaban tres damas con sus correspondientes acompañantes y en la que se veían tres asientos libres, uno de ellos sin servicio de mesa, únicamente con una copa para champán y otra para vino. Tras las consiguientes presentaciones ocupó uno de ellos, y al poco se presentó don Fermín Urmeneta, capitán de navío, con uniforme blanco de gala y acicalado hasta el último detalle, quien saludó a los presentes luciendo una misteriosa sonrisa bajo unos inmensos bigotes que se unían con las pobladas patillas. El capitán ocupó su lugar dejando una silla libre entre él y Juan Pedro. El grupo de cuatro músicos subió al escenario; el pianista era el de siempre, y lo acompañaban un violonchelo, un percusionista y un violín que iniciaron de inmediato una suave melodía. A una indicación del capitán, los sumilleres comenzaron a llenar las copas y los camareros a circular; se sirvió la sopa, una excelente crema de langosta, y comenzó la cena.

Tras los saludos de rigor el capitán se vio obligado a dar una explicación.

—Señoras y caballeros, este lugar —dijo indicando la silla vacía— está reservado para la sorpresa que no puedo revelar.

El segundo plato fue espectacular. Se apagaron las luces y salieron los camareros en fila con las bandejas en alto portando tortillas de bechamel flambeadas, y hasta que cada uno ocupó su lugar junto a la mesa correspondiente no se encendieron las luces; a continuación se sirvió lenguado a la meunière aderezado con pequeñas patatas hervidas acompañadas de dos salsas. El ágape finalizó con un pastel helado de tres pisos.

Cuando ya se hubieron servido los vinos y licores con el café, a una señal del sobrecargo el capitán abandonó la mesa y ocupó la tarima.

—Señoras y señores, queridos pasajeros. Soy Fermín Urmeneta, capitán de esta nave, y les doy la bienvenida a bordo en esta primera noche de gala que espero que la mar nos respete. Es un honor para mí presentar la sorpresa que les he reservado para este primer encuentro. Hay entre nosotros una pasajera muy especial que tiene la gentileza de brindarnos su arte. Con ustedes, la eximia soprano Claudia Fadini, que regresa a España tras su triunfal gira por América y que nos va a deleitar con su voz. Ayúdenme a recibirla como se merece. ¡Señoras y señores, que las palmas saquen humo! Eso sí, ¡sin incendiar mi barco!

El capitán se hizo a un lado, los caballeros se pusieron todos en pie al igual que alguna dama, las palmas sonaron atronadoras y por la puertecilla de detrás de la tarima asomó, bellísima y engalanada como la diva que era, la Fadini. Llevaba un precioso traje blanco, ceñido hasta la cintura, con falda drapeada al bies que le llegaba a los tobillos y escote imperio; en el centro de éste, un gran broche de brillantes, y lucía el pelo recogido con una diadema de rubíes que realzaba los rizos de su cabellera negra. Claudia accedió al escenario tomando la mano que le ofrecía el capitán, quien aprovechó la vez para reincorporarse a la mesa. Los comensales se sentaron de nuevo, las luces de ambiente se apagaron y quedó ella sola, magnífica, iluminada por los dos candelabros colocados encima del Steinway. Volviéndose hacia el pianista y con una voz acariciadora y solemne, anunció:

—Maestro, cuando quiera.

Sonaron los primeros acordes, Claudia Codinach se apoyó en el piano con gesto liviano y desmayado, con un pequeño pañuelo de batista se secó la comisura de los labios y comenzó el recital. Su voz maravillosa y acariciadora inundó la estancia con una catarata de matices que evocaban por igual una cascada de aguas cristalinas como un trueno de oro que culminara una tempestad, al punto que cuando dio la nota aguda final, el cristal de las copas de champán comenzó a tintinear. La eminente soprano interpretó seis fragmentos de ópera y tres lieder. La actuación fue un éxito.

La diva ocupó su lugar a la mesa del capitán al finalizar, y la gente se arremolinó a su alrededor con programas, invitaciones y hasta servilletas, buscando la firma de la famosa soprano.

Cuando todo se remansó Juan Pedro se dirigió a ella.

—Imagino que no debe de acordarse de mi nombre. Es Jerónimo...

Ella lo interrumpió.

—... Cifuentes de San Andrés. Nos presentaron en mi camerino en el teatro de la Ópera de Matanzas, y usted acudió en compañía de una muchacha, bellísima por cierto, con la que hacía muy buena pareja.

Juan Pedro estaba admirado.

—¿Cómo puede acordarse usted de todas las personas que quieren verla después de una actuación?

—De todas no, únicamente de las que me interesan.

La pequeña orquesta a la que se añadió un músico de color sumando a los instrumentos presentes un pequeño timbal y dos tambores unidos que sujetaba con las rodillas, comenzó a tocar mazurcas, cakewalk, racket, polcas y ragtime; este último ritmo era el que galvanizaba el acharolado negrito percutiendo los tambores con las yemas de los dedos. La pista se fue llenando de parejas de diversas edades, según fuera la pieza que interpretaba el grupo. Los mayores se mecían al ritmo de las más clásicas y la gente joven se atrevía con el ragtime, el nuevo ritmo negroide que comenzaba a hacer furor en Norteamérica.

—¿Usted no baila, Jerónimo?

La voz acariciadora de Claudia Codinach, pese al sonido de la orquesta, llegaba nítida hasta Juan Pedro.

—Me temo que esta pierna —dijo, y con la mano se golpeó suavemente la rodilla dañada— no me lo permite. Soy hombre al que no gusta hacer el ridículo, y para parecer un pato mareado, prefiero quedarme quieto.

Claudia recordó claramente la escena de la llegada de la pareja a su camerino en Matanzas.

—¿Y cómo se dañó la rodilla? ¿Tal vez montando a caballo?

—Es una larga historia que me temo le aburriría.

—¿Por qué no me la cuenta y yo decido si me interesa o no? Pero mejor le diré lo que vamos a hacer: concédame unos minutos para ir a cambiarme de ropa, y si le parece nos encontramos en el salón de fumadores. Ya sé que las damas no pueden entrar ahí, pero creo que esta noche el capitán hará una excepción conmigo.

—Soy su humilde servidor, permítame que la acompañe.

Juan Pedro se puso en pie ofreciendo su brazo derecho a la Fadini.

—Vamos a ser la comidilla de todo el barco.

—Soy consciente de que despertaré muchas envidias; es uno de los pocos deportes que me permite ejercitar mi pierna, y no he de negar que me encanta.

Claudia también se puso en pie a la vez que tomaba el brazo que le ofrecía el joven indiano.

—Es una de las ventajas de ser una cantante famosa; lo que en otra mujer sería una locura y un escándalo en mí es una excentricidad.

La pareja se despidió del capitán y de los compañeros de mesa, y atravesando el salón, ante las miradas de admiración y de envidia de unos y otros, se dirigió hacia la embocadura de la escalera principal.

Al cabo de media hora estaban cómodamente sentados en el salón de fumadores, Juan Pedro con su pipa de espuma en la boca y la Fadini con una larga boquilla de marfil en cuyo extremo se consumía un fino cigarrillo egipcio.

—Es usted un plantador original, ¡el primero que veo fumar en pipa! Lo propio es un veguero de proporciones desmesuradas.

—Tiene usted razón, tal vez será que soy un plantador improvisado.

—¡No me diga eso! El Único Cifuentes es famoso en todo el mundo, y su apellido lo delata.

—Es por lo que digo que soy improvisado. Mi apellido no es Cifuentes; Julián me adoptó y a su muerte me hizo su heredero.

—Cuánto lo siento... No sabía que Julián Cifuentes hubiera muerto. Lo recuerdo relativamente joven el día de mi debut en Matanzas.

—No murió, lo mataron.

—¡Qué me está usted diciendo!

El relato fue largo y prolijo, y Claudia seguía el hilo del mismo subyugada por la trama.

—Ahora, pasado el tiempo, pienso que la vida le ahorró muchas cosas. Desde la muerte de Manuela, a la que salvé, como le he explicado, de un cocodrilo, que fue cuando me hizo su heredero, excepto la libertad de Cuba, ya nada le importaba.

—Y me dice que durante todo ese tiempo usted había perdido la memoria.

—¡Totalmente! Desde la emboscada del capitán Emilio Serrano hasta el día que esa foto de *La Vanguardia* me la devolvió, todo fue una nebulosa.

Claudia se incorporó rápidamente del sillón.

—¿El capitán Serrano, ha dicho?

Entonces fue cuando empezaron a hablar de mil cuestiones y un tema condujo al otro.

Claudia, que ya estaba informada del traslado de su antiguo pretendiente a Filipinas, supo entonces cuál había sido el motivo del mismo: el consejo de guerra y el destierro subsiguiente al que el capitán fue condenado. Y fue consciente de que su carrera quizá se habría frustrado si hubiera encontrado a Emilio Serrano en La Habana cuando fue a buscarlo a El Morro. Entonces, como de carambola, surgió el nombre de Germán Ripoll. Claudia no explicó a Juan Pedro que había sido su amante, lo que sí le dijo fue que era el culpable de haber arruinado su carrera en Barcelona, y lógicamente salió la terrible noche del Liceo.

—Tremenda coincidencia... ¡Algo nos une! Esa familia causó la desgracia de la mía; a ella debo mi venida a ultramar, y a mi hermano Máximo le deben tres dedos. Éste es el auténtico motivo de mi regreso, junto con algo que quiero aclarar con cierta dama.

—*Cherchez la femme!* En el fondo, siempre hay una mujer —filosofó la Fadini.

Juan Pedro respondió con una pregunta.

—¿Y cuál es el motivo de su regreso a Barcelona?

—Debuto en el Liceo. Es algo que me debo a mí misma. Mi empresario, mister Dogan, quería que debutara en La Fenice de Venecia, pues por lo visto el contrato era mucho mejor, pero para mí hacerlo en el Liceo es una revancha.

—¿Quiere vengarse de alguien?

—Tal vez... Aunque yo no lo llamaría «venganza».

—¿Viaja sola?

—Con mi madre, que lleva tres días encerrada en el camarote; el mareo la está matando. ¿Y usted?

—Por el momento. Todo el personal de mi servicio acudirá cuando ya tenga decidido si me quedo en Barcelona o regreso a la isla.

—Y eso dependerá de una mujer —afirmó Claudia.

—Eso dependerá de que cierre una parte de mi vida que debo cerrar.

—Mi instinto de fémina me dice que todo este interrogatorio se debe a algo concreto.

—Se me ha ocurrido que...

—¡Soy toda oídos!

—... Tal vez una alianza nos convenga a los dos. Si unimos nuestras fuerzas, seremos más fuertes. Y cada uno podrá cobrarse su deuda.

Claudia sonrió, misteriosa.

—¿Qué me propone?

—Desembarquemos en Barcelona dando a entender que somos amantes. La llegada de una gran artista en compañía de un caballero misterioso al que nadie conoce removerá los cimientos de la sociedad.

—Me cuadra. Que me vean volver del brazo de un rico indiano me dará protección y lustre.

—Y a mí empaque, que hará que al segundo día todo el mundo sepa que he llegado a Barcelona. Habrá fotos en la prensa, y aunque sea con el nombre cambiado, la persona que ha de reconocerme me reconocerá.

La Fadini le tendió la mano.

—Trato hecho.

161

La llegada del indiano

A las ocho y media de la mañana del domingo 3 de febrero de 1895, el *SS Pío IX*, con el práctico del puerto a bordo y con la ayuda de dos remolcadores, lanzaba estachas a tierra y se amuraba en el contrafuerte del puerto viejo.

El movimiento tanto en tierra como a bordo era febril. Referido a los pasajeros de tercera clase, los que llegaban pugnaban por lograr un lugar preferente junto a las barandillas de estribor, buscando entre la masa que aguardaba la llegada del barco a parientes y amigos, y cuando lo lograban agitaban pañuelos, saludaban con la gorra en la mano e inclusive tomaban en brazos a sus hijos pequeños y los mostraban, gozosos, a unos abuelos que tal vez todavía no los conocieran. Las clases superiores esperaban con modales más contenidos tras los cristales del comedor y de los salones que daban al lado correspondiente, tratando de localizar asimismo a sus familiares.

En el puerto la barahúnda era total; junto a los que esperaban a sus parientes de ultramar, estaban los guardias que cautelaban el descenso de los pasajeros procurando que los raterillos no hicieran su agosto al descuido de una maleta o de un bolso, y finalmente los aduaneros, al pie de las pasarelas, a punto de controlar las documentaciones que fueran presentando los viajeros.

Siguiendo las instrucciones recibidas, las maletas y los baúles del pasaje distinguido habían sido dejados junto a la puerta de los camarotes y deberían ser recogidos después de pasar en la aduana la inspección del cuerpo de carabineros.

En cuanto el barco embocó la bocana del puerto un tropel de pensamientos acudió a la mente de Juan Pedro. Desde el día de la partida hasta el de la llegada habían transcurrido hechos para llenar tres vidas. Como si fuera el cuadro circular del Panorama de Plewna los sucesos más importantes iban desfilando ante él como si en vez del protagonista fuera un mero espectador de todos aquellos hechos. Barcelona, su tan añorada Barcelona, estaba allí mismo, a sus pies, y la estatua de Colón avalaba que no se había equivocado de ciudad. A su lado se hallaban Claudia y su madre. Esta última, aliviada ya de sus mareos, la última semana de navegación había acudido recelosa al comedor para conocerlo, pero cuando a través de personas del pasaje y del servicio tuvo noticia de quién era aquel caballero todo fueron amabilidades y melifluas actitudes.

Palmadas y abrazos; la gente valoraba los días transcurridos en la singladura como si fuera el final de un veraneo en un balneario, se cambiaban direcciones y se juramentaban para verse de nuevo en cuanto hubiera ocasión en los círculos restringidos a los que perteneciera cada cual.

Juan Pedro y Claudia, con la total aquiescencia de doña Flora, habían decidido alojarse en el hotel España para dar pábulo a los dimes y diretes que sin duda iban a formarse en cuanto la ciudad tomara conciencia de la llegada de los dos interesantes personajes.

La nota oficial que publicó *La Vanguardia* en la sección «Fletes y llegadas» decía así:

> Ayer llegó a nuestra ciudad procedente de La Habana, con escala en Canarias, el transatlántico *SS Pío IX*.
>
> Entre su distinguido pasaje hemos de resaltar la presencia de la soprano Claudia Codinach, conocida artísticamente como Claudia Fadini, nacida en nuestra ciudad y consagrada como gran artista en Cuba y en Norteamérica. En fechas próximas, si nuestras noticias son fidedignas, la veremos debutar en la catedral del bel canto que es nuestro Liceo barcelonés. Ha venido acompañada por su madre, doña Flora, y por don Jerónimo Cifuentes de San Andrés, amigo de la familia que partió para hacer las Américas... y podemos decir, con conocimiento de causa, que las ha hecho.
>
> Ya pasada la aduana y con tres mozos de cuerda llevando los carretones se dirigieron a los coches de punto que aguardaban pasaje detrás de las vallas que, cauteladas por municipales, marcaban el perímetro del espacio portuario.

—Mire, Jerónimo, ¡qué cosmopolita se nos está volviendo Barcelona! —observó Claudia señalando la tez oscura del mozo que tiraba del primer carretón.

—No me había dado cuenta. Puede decirse que mi pensamiento todavía está en La Habana, y allí es común.

Llegados a la parada de los coches de alquiler, Juan Pedro comentó:

—En un solo coche no cabremos. Mejor será que, como vamos al mismo sitio, pongamos los equipajes en uno de los coches y nos acomodemos en el otro; así iremos más desahogados.

—Es usted un encanto, don Jerónimo. No sé cómo nos las habríamos arreglado sin usted... ¡Dos pobres mujeres indefensas, perdidas en la gran ciudad!

—Eso sería antes, doña Flora. Usted ya ha demostrado saber defenderse en cualquier ciudad y circunstancia.

—La necesidad obliga, don Jerónimo.

Colocaron los equipajes en uno de los coches y las dos mujeres subieron al segundo. Juan Pedro, en tanto que liquidaba la cuenta del transporte con el más viejo de los mozos, dirigiéndose al cochero que llevaba los bultos ordenó:

—Llévelo todo al hotel España, en el n.º 12 de la calle San Pablo. Diga que es el equipaje de don Jerónimo Cifuentes y de doña Claudia Codinach. Empiece a pasar, que nosotros iremos más ligeros. Nos encontraremos allí.

Partió el coche con el equipaje y Juan Pedro, de un ágil salto, se encaramó en el otro.

El mozo de carga mestizo con la gorra calada hasta las cejas se quedó mirando cómo partía el coche.

—¡Venga, coño, Silverio...! No te entretengas, que hay trabajo.

El coche subía ligero por las Ramblas arrastrado por el trote brioso de un alazán joven y bien alimentado.

Juan Pedro admiraba el paisaje que, aun siéndole conocido, le resultaba completamente nuevo. Al ser domingo, la persiana metálica de la librería del señor Cardona estaba bajada al igual que la de otros comercios. El corazón se le desbocaba. En cuanto dejara a las dos mujeres instaladas en el hotel partiría hacia la casa de su madre y aguardaría a que ella regresara, aunque lo hiciera a altas horas de la noche y tuviera que pasarse allí el día entero.

Los chicos voceaban la prensa mañanera con la bolsa de periódicos en bandolera y haciendo milagros para devolver el cambio, inclusive subiendo y bajando en marcha de los ómnibus.

Cuando llegaron al hotel dos mozos estaban bajando ya los baúles del otro coche. Descendieron del suyo, y después de que Juan Pedro pagara la carrera a ambos cocheros se introdujeron en el hermoso edificio. Las reservas se habían hecho mediante un telegrama que había llegado el día anterior.

Doña Flora, admirada de la suntuosidad del nuevo hotel, venía enajenada del salón principal comentando la belleza de la chimenea de alabastro.

—Don Jerónimo, hija, ¡deben pasar a verla, es una verdadera joya!

—Ya habrá tiempo, madre. Ahora vamos a descansar, y aliviemos a don Jerónimo de nuestra compañía, que ha sufrido durante cinco semanas con santa paciencia.

—Vayan a descansar. Yo tengo una montaña de cosas que hacer.

Claudia se volvió, amable, hacia Juan Pedro.

—Entonces, si le parece, nos vemos mañana... o mejor pasado. Ya tengo dos entrevistas en el Liceo, y hasta que llegue mister Dogan he de ocuparme personalmente de asuntos que me enojan en grado sumo. Ya sabe usted que lo mío es cantar, pero esta profesión tiene mil flecos que hay que resolver.

Juan Pedro besó la mano que le adelantaba la Fadini e hizo lo mismo con doña Flora.

—Así pues, señoras, hasta pasado mañana.

Tras rellenar los impresos de la entrada, ordenó que enviaran los equipajes a las respectivas habitaciones, y después de despedirse de las damas, Juan Pedro emprendió su particular vía crucis por Barcelona.

Salió a la calle San Pablo y tomando uno de los coches que siempre aguardaba en la puerta al posible pasaje ordenó al cochero que se dirigiera a Arc de Sant Francesc n.º 3.

La memoria del olfato le indicó que estaba llegando al barrio que lo vio nacer. El cochero detuvo al caballo con esa frase tópica que usan los aurigas para entenderse con sus cabalgaduras:

—¡Sooo! Afloja, Perdigón.

Juan Pedro pagó la carrera y de un salto bajó del coche y se precipitó hacia el interior del humilde portal.

Acostumbrado a espacios abiertos y a los olores de la naturaleza del Caribe, aquella entrada le pareció mucho más miserable de la que hasta aquel momento había guardado en su recuerdo.

El esmalte del Sagrado Corazón, aunque aún más desconchado, era el mismo. Sin saliva en la garganta, llamó a la puerta. La cadencia del sonido de los pasos que él recordaba era más lenta de la que le llegaba a través de la puerta; ésta se abrió, y ante sus ojos apareció una mujer de unos treinta y cinco años, de complexión fuerte, con un niño de unos cuatro o cinco sujeto a su pierna y otro de uno y medio en brazos. La presencia de aquel inusual visitante la sorprendió. El personaje no encajaba ni en el barrio ni con los tipos de hombre que por allí pululaban.

—¿Qué se le ofrece?

Juan Pedro imaginó de momento que aquella mujer debía de ayudar a su madre cuidando a la niña, por lo que tal vez, al no poderlos dejar solos, debía de traer consigo a sus hijos.

—¿Está en casa Luisa?

La mujer frunció el entrecejo y observó extrañada a aquel hombre, como si fuera un ser llegado de otro planeta.

—¿Quién es Luisa?

Un estremecimiento le recorrió la espalda a Juan Pedro.

—Luisa Raich... Vive aquí.

La mujer pareció comprender en aquel momento a quién se refería el visitante.

—Me temo que esa persona ya no vive en ningún lado.

Ahora fue un sudor frío el que recorrió la espalda de Juan Pedro.

—No la comprendo.

—Pero ¿de dónde viene usted?

—He estado fuera muchos años.

—Ya se le nota. La persona por quien usted pregunta se tiró al tren en la calle Aragón hace casi un año.

El impacto fue terrorífico. Juan Pedro tuvo que agarrarse a la barandilla de la escalera, lívido como un cadáver.

La mujer lo vio tan demudado que, creyendo que iba a desmayarse, lo invitó a pasar y le ofreció una copa de vino.

Juan Pedro, sin saber cómo, se encontró sentado en una de las sillas del comedor de su niñez.

El niño mayor pagó los nervios de su madre.

—¡Suéltame de una vez y llévate a tu hermano al dormitorio, que he de hablar con este señor!

El crío entendió por el tono que pintaban malvas y tomando al pequeño de la mano lo arrastró a la habitación contigua.

La mujer, tras poner una copa de vino a Juan Pedro, retiró una silla, se acomodó frente a él e intentó darle una explicación.

—Cuando ocurrió la desgracia este piso quedó libre; mi hombre conocía al casero por lo que, pese a que había otro aspirante, al pagarle mi marido los atrasos del otro inquilino nos lo adjudicó a nosotros. Imagino que, al ignorar la desgracia, lo ha cogido a usted de sorpresa... ¿Conocía a Luisa Raich?

—Era mi madre.

La mujer se llevó la mano a la boca, ahogando un grito sofocado.

—¡Válgame la caridad! ¡Cuánto lo siento! ¡Perdóneme usted!

—No hay nada que perdonar; las cosas son como son, y usted no tiene la culpa de nada.

—Mi marido siempre me lo dice, ¡hablo demasiado!

—No ha sido su culpa; yo he sido quien ha preguntado.

—Pero, sin saber quién era usted, debí haber sido más prudente.

—Nada cambia las cosas, dejémoslo así.

Juan Pedro se puso en pie.

—¿Cuánto fue lo que pagó su marido de atrasos?

La mujer también se incorporó.

—No lo sé... Esas cuestiones las lleva él.

Juan Pedro sacó la cartera del bolsillo interior de su levita y dejó sobre la mesa dos billetes de cien pesetas del cambio de dólares que le habían dado en el hotel.

—Creo que eso será suficiente.

El tono de la mujer cambió de inmediato.

—Pero ¡eso es una barbaridad! ¡No creo que llegara ni a la mitad!

—Así está bien. A lo mejor vuelvo otro día.

—Cuando quiera. Ya sabe, ésta sigue siendo su casa.

Juan Pedro partió aceleradamente. Le bullía la cabeza; cualquier cosa habría esperado al respecto de Máximo, pero no de su madre.

Tenía urgencia de ver a don Nicanor Cardona, y sabiendo que, al ser domingo, la librería estaba cerrada se dirigió a su domicilio, que recordaba en la calle San Antonio Abad esquina con la del Carmen. De nuevo tomó un coche, al que se subió como un sonámbulo, y al cabo de una media hora, algo más repuesto de la terrible noticia, se apeaba en el portal. A pesar de ser día festivo la portería estaba abierta, y una buena mujer regaba la acera echando el agua de un cubo a golpe de mano.

Juan Pedro se acercó a ella suponiendo que era la portera.

—¿Está en casa don Nicanor Cardona?

—Claro.

Juan Pedro no entendió la aseveración, pero con la urgencia no atinó a preguntar.

Subió la escalera apresuradamente hasta el tercero primera, donde vivía el señor Cardona, y al tiempo que él llegaba al rellano la puerta se abría. Josefa, la hermana de don Nicanor, salía en aquel momento con una lechera en la mano. A lo primero la sorpresa no la dejó reaccionar. El tiempo, el encuadre de la situación, la algo exótica vestimenta y el empaque de aquel hombre moreno y bien parecido que se presentaba ante ella cojeando ligeramente la desorientó. Luego, con una voz dudosa e interrogante, indagó:

—¿Juan Pedro Bonafont?

—El mismo, doña Josefa.

La mujer dejó la lechera en el suelo y se precipitó llorosa a sus brazos.

—¡Madre del amor hermoso, Virgen santa, qué milagro maravilloso has hecho! —Se apartó como queriendo enfocar la distancia y exclamó—: Pero ¡si le dábamos por muerto!

—Podría decirse que estuve muerto, pero ¡ya ve usted! La Providencia ha vuelto a traerme hasta aquí. He llegado de Cuba esta mañana, y lo primero que he hecho tras dejar las maletas ha sido buscar a mi madre... Ignoraba la tragedia ocurrida, que ha supuesto para mí un terrible mazazo. La mujer que ahora ocupa nuestro domicilio de Arc de Sant Francesc, sin saber quién era yo, me ha comunicado la desgracia. Entonces he necesitado hablar con don Nicanor para conocer todos los detalles; he pasado por la librería y al verla cerrada, como es domingo, me he llegado hasta aquí. Han pasado muchas cosas y necesito que él me las explique.

Josefa se hizo a un lado invitando a Juan Pedro a entrar.

—Lo de su madre fue terrible, lo sentimos todos mucho. Pero mi pobre hermano, en su estado, me temo que poco podrá explicarle.

La mujer con un gesto lo instó a pasar.

Al llegar al comedor, Juan Pedro observó a un hombre con un gorro de lana colocado en la cabeza que, sentado de espaldas en una silla de ruedas, miraba sin ver el patio a través de los cristales de una galería.

Juan Pedro se detuvo en seco y volvió la mirada, interrogante, hacia Josefa.

—Un derrame cerebral. Hace seis meses más o menos me lo traje así del hospital. Ni siente ni padece. Únicamente vive.

Juan Pedro, seguido de Josefa, se adelantó para ver de frente al inválido.

Vistiendo un pantalón de pijama, una camiseta de felpa y sobre ésta un batín de lana, y calzado con unas zapatillas de cuadros, don Nicanor observaba el vacío con su mirada ausente en tanto que una baba cruel y desconsiderada asomaba por la comisura de sus labios.

—Ahora comprendo el «claro» de la portera cuando le he preguntado si don Nicanor estaba en casa.

Josefa le limpió la boca con un pañuelito. Luego habló como excusándose.

—Al principio lo sacaba a la calle, pero para hacerlo requería la ayuda de alguien y cada vez era más complicado.

Los dos se sentaron a la vera de don Nicanor, Juan Pedro en un silloncito y la hermana del ciego en una mecedora a la que primeramente desembarazó de unas madejas de lana y de una labor empezada.

—Fue muy triste. Le dio en la librería, y el muchacho que ocupó el lugar de usted tuvo el acierto de llevarlo al hospital, pero poco pudieron hacer.

—Ahora entiendo por qué no contestó mi carta.

—Yo no llego a todo... Van dejando el correo comercial por debajo de la persiana echada. He puesto el local en venta... Una librería es algo muy personal; vender libros no es vender pescado, la persona que esté al frente debe amarlos y no es fácil dar con alguien de esas calidades. ¡Qué le voy a contar a usted de libros que no sepa!

La mujer hizo una pausa como si meditara; luego indagó:

—Algo no me cuadra, Juan Pedro... Si usted ha regresado vivo, ¿cómo en este tiempo no estuvo en contacto con su madre? Nicanor me decía que no había noticias suyas y que lo habían dado como desaparecido en combate.

—Doña Josefa, durante un largo período de tiempo, por un accidente de la guerra que no viene al caso, perdí la memoria... Fui, por explicarlo de alguna manera, otra persona; no sabía ni de dónde venía ni quién era. Ni que decir tiene que en cuanto me reencontré, escribí a mi madre, pero evidentemente no me contestó.

La mujer pareció meditar lo que iba a decir.

—Afirma que ha llegado usted esta mañana.

—En efecto. He desembarcado a las ocho y media.

—Y tan sólo ha visto a la persona que le ha comunicado lo de su madre.

—Exactamente.

—Perdone que escarbe en la herida, pero creo que ha venido a ver a mi hermano para saber cómo fue todo.

—Necesito saberlo. No se me ocurre que sin un terrible motivo mi madre, que era tan fuerte, se derrumbara hasta ese punto.

Josefa se tomó un tiempo para responder. Al principio tanteó el terreno intentando que Juan Pedro llegara por sí mismo a la conclusión.

—Doña Luisa tuvo un terrible motivo que, pese a que no soy madre, entiendo perfectamente.

Juan Pedro lo intuyó.

—¿Máximo?

—Tras la noticia de su desaparición en combate, ése fue el colofón.

—Hábleme claro, doña Josefa, se lo suplico.

—Su madre salió muy tocada de la cárcel de Reina Amalia. Me decía Nicanor que ya no era la misma.

Juan Pedro la interrumpió.

—¿Mi madre... en la cárcel?

—La detuvieron creyendo que ocultaba a Máximo.

Juan Pedro se toqueteó los cabellos con desesperación.

—Siga por favor.

—¿Oyó hablar de la bomba del Liceo?

—Evidentemente, pero entre otras muchas noticias. Mi patrón, don Julián Cifuentes, me lo comentó como información destacada ya que Barcelona tenía y tiene una larga relación con Cuba.

—A su hermano Máximo lo cogieron cuando buscaban al autor del atentado y lo acusaron de colaboración con Santiago Salvador.

—¿Y entonces...?

Josefa miró intensamente a Juan Pedro en silencio.

Juan Pedro afirmó con un susurro de voz:

—Lo condenaron a muerte.

La mujer asintió con la cabeza. Se levantó de la mecedora y se dirigió a un canterano ubicado en la esquina de la galería, abrió un cajón y de él extrajo un antiguo recorte de *La Vanguardia*, que entregó a Juan Pedro. Éste lo tomó lo mismo que si asiera una tea encendida. En un patíbulo frente a un cura, con la infamante anilla rodeando su cuello, estaba su hermano Máximo, sentado en un taburete, tres minutos antes de morir.

Juan Pedro regresó al hotel y, tras pedir tres botellas de whisky, ordenó que bajo ningún concepto lo molestara nadie. Ya en su habitación, vació los bolsillos de su ropa en la cómoda y, después de una postrera mirada al recorte de *La Vanguardia*, fue al lavabo y tomó el vaso de enjuagarse los dientes del estante. Tras abrir una de las botellas, escanció el licor, se sentó en la cama, vació el vaso de un trago y volvió a llenarlo. Luego se acostó en el lecho, predispuesto a que el alcohol contribuyera a eliminar los recuerdos de la emborronada pizarra de su mente.

El lunes por la mañana un mestizo vestido humildemente con un mono sobre una camisa de sarga y unos viejos zapatos sin calcetines, seguido a dos pasos por el portero del hotel España, se acercaba hasta el mostrador del conserje, quien lo observó extrañado.

—Querría ver a don Jerónimo Cifuentes.

El color del hombre desorientó al conserje. De preguntar por otro huésped lo habría mandado a la calle con viento fresco, pero al tratarse de aquel indiano alojado el día anterior pensó que tal vez fuera un criado traído de aquella lejana isla, consciente de las rarezas de la gente que llegaba de Cuba exhibiendo sus peculiaridades, acompañada de criados negros, cocheros y especies autóctonas de animalitos, ya fueran papagayos, cacatúas, algún que otro mono e inclusive, en cierta ocasión, una cría de caimán que hubo que colocar en una bañera cuyos empinados bordes impedían que el reptil escapara.

—¿Quién le busca?

—Dígale que Silverio.

—¿Trabaja usted para él?

—He trabajado y tal vez vuelva a hacerlo en el futuro.

El conserje ganó tiempo.

—Por el momento me es imposible anunciarlo. Cuando el señor Cifuentes se retiró a descansar ordenó que nadie lo molestara hasta nuevo aviso. Llegó ayer del largo viaje. Tendrá que buscar mejor ocasión.

—Ya lo sé, lo vi en el puerto. Volveré mañana, y si no puedo hablar con él, regresaré pasado. Dígale cuando lo vea que volveré todos los días hasta que me reciba.

El conserje se mosqueó.

—Pero ¿lo conoce o no lo conoce?

—Lo conozco desde hace muchos años, de antes de que se fuera a Cuba. Recuérdele mi nombre: Silverio. Y hágale memoria, dígale que fuimos en el mismo coche juntos a La Barceloneta.

Silverio regresó al día siguiente y ocurrió lo mismo. El ilustre huésped seguía descansando y la orden de no molestarlo continuaba vigente. La historia se repitió hasta el tercer día.

El martes a media tarde llegó Claudia Codinach agotada de la calle; doña Flora, por el contrario, eufórica. Un telegrama había anunciado el día anterior que mister Dogan retrasaba su presencia en Barcelona tres días por problemas de embarque, por lo que la soprano había tenido que despachar asuntos que le eran ingratos y ajenos a sus acostumbradas rutinas, que se limitaban, antes de un debut, a ensayar con la orquesta y a conceder las consabidas entrevistas a los periodistas acreditados de periódicos y revistas.

Doña Flora, sin embargo, no había perdido el tiempo. Lo primero que hizo, en tanto que su hija todavía descansaba, fue dirigirse al n.º 6 de la plaza del Ángel. Allí, junto a su antigua portería, había un comercio mixto de bar y de bodega donde hacían parada y fonda todas sus vecinas al regreso del mercado. Doña Flora, compuesta con sus mejores galas, aunque ciertamente no correspondían a la estación teniendo en cuenta la diferencia de climas entre Cuba y Barcelona, aguardaba inquieta la hora de su triunfo. Éste llegó a las once y media, cuando doña Asunción, su vecina de la tintorería, la descubrió y al instante se ocupó de hacer de vocera pregonando por el barrio que había llegado de las Américas doña Flora y que su hija, Claudia, iba a debutar en un próximo futuro en el templo de la lírica de Barcelona, en el Gran Teatro del Liceo.

A las nueve de la noche del mismo martes Claudia, extrañada por la falta de noticias de Juan Pedro, se llegó hasta la conserjería.

—Si me hace el favor…

El conserje acudió de inmediato.

—Mande, doña Claudia.

—¿Don Jerónimo Cifuentes ha regresado?

—Perdone, señora, pero el señor Cifuentes se recogió en su habitación el domingo por la noche y dio orden de no ser molestado bajo ningún concepto.

—¿Me está usted diciendo que hace dos días que no ha salido de su habitación?

—Su orden fue concreta.

—Pero ¡por el amor de Dios…! ¿Cómo va a estar un hombre sin comer ni beber un día y medio o más?

—Ignoro si tenía en la maleta algo para comer; agua hay en el cuarto… y se llevó tres botellas de whisky.

—Pero ¡¿estamos todos locos?! Nadie está en un hotel casi dos días sin bajar, puede haberse encontrado mal o haberse desmayado.

—Señora, yo no he hecho otra cosa que cumplir órdenes.

La Fadini se sulfuró y sacó el genio recién adquirido de diva de la ópera.

—¡Es usted un incompetente! Llame inmediatamente al director... ¡Y ruegue a Dios que no haya sucedido algo irreparable!

El hombre se asustó, comenzó a pulsar como un poseído el timbre de mesa que descansaba en el mostrador y, al ver que no acudía ningún botones, empezó a dar voces intempestivas intentando rebotar la bronca en un subalterno. Finalmente acudieron no uno sino dos botones.

—¡Ve ahora mismo a buscar al señor Catalán!

Partió el muchacho como alma que llevara el diablo, intuyendo que la emergencia era grave y que, como siempre, el capazo de las bofetadas, si las había, iba a ser uno de ellos.

El señor Catalán, director del hotel España, compareció rápidamente en la recepción con la levita a medio poner.

—Mande, doña Claudia.

El conserje se adelantó a explicar el motivo de la urgente llamada, remarcando la orden recibida de «no molestar».

Claudia remató.

—Si usted cree que un huésped puede estar recluido en su cuarto dos días y eso no produce una alarma inmediata entre el personal, es que este establecimiento en vez de un hotel es un manicomio... o peor, ¡una casa de lenocinio!

El director miró azorado a uno y otro lado esperando que en la cercanía no hubiera otro huésped.

—Por favor, señora.

Entonces todo se disparó; el director mandó al segundo botones a buscar al médico del hotel, que vivía en la misma calle San Pablo, a dos porterías en dirección hacia las Ramblas, y él, tomando el aro de las llaves maestras de las habitaciones, partió hacia el primer piso seguido a menos de un metro por doña Claudia Codinach, que caminaba tras él sujetándose el elegante sombrero con una mano y con un paso tan amplio como le permitía la orilla de su estrecha falda.

Llegados a la puerta rotulada con el n.º 9, el director la golpeó con el puño a la vez que iba subiendo el tono de la voz.

—¡Don Jerónimo...! ¿Se encuentra bien, don Jerónimo? ¡Voy a abrir la puerta! —Se volvió hacia Claudia—. Permítame.

Claudia se hizo a un lado en tanto que el señor Catalán intentaba atinar con la llave el agujero de la cerradura.

Finalmente al tercer intento pudo abrir la puerta.

La peste a alcohol derramado en la alfombra lo invadía todo. El director dio la luz. El cuadro era deprimente: don Jerónimo Cifuentes sobre la cama con el torso desnudo, lleno de vómito y con una botella de whisky vacía en la mano, los miraba con ojos vidriosos sin ver pero como queriendo adivinar qué era lo que estaba pasando.

Tras las explicaciones correspondientes Claudia entendió el drama vivido por su amigo.

Juan Pedro relató, punto por punto, todo lo acaecido después del desembarco, y acabó de rematar la explicación mostrando a Claudia el viejo recorte de periódico donde se veía la ejecución de su hermano.

—Yo que usted tiraría esto. De no hacerlo, cada vez que lo vea el recuerdo de lo ocurrido atormentará su memoria.

—Es por ello por lo que quiero guardarlo. Todo tuvo un origen, y en él está el nombre de la familia de la que hablamos en el barco y que ha sido, en mayor o menor medida, la causante de todo el drama vivido por la mía. Si un día se me diluye el odio que siento en las entrañas, este recorte me servirá de acicate.

—Hay un viejo refrán árabe que le brindo por si le sirve: «Si preparas una venganza, prepara dos tumbas».

—Lo que pueda ocurrirme me da lo mismo; tengo una deuda con mi madre y con mi hermano, y debo cumplirla.

—Y tiene otra conmigo… Acordamos que nos mostraríamos en público para dar pie a la maledicencia antes de mi debut en el Liceo. Pues bien, tenemos dos semanas; hemos de ser muy malos en público para que la gente me machaque y comente las disipadas costumbres que ha traído la Fadini de Norteamérica. Eso hará que el teatro esté lleno a reventar.

—Ya sabe que estoy dispuesto y ahora por doble motivo. Representaré mi papel de amante celoso a la perfección, y tendrá en público al más rendido de sus admiradores.

—Empezaremos la función pasado mañana. Todavía me quedan unos enojosos problemas que solventar; el retraso de mister Dogan ha representado para mí un cataclismo.

La campanilla del botones, colocada sobre la pizarra enmarcada en metal dorado donde se leía el nombre del cliente al que reclamaban en conserjería, sonó en el salón de lecturas.

Juan Pedro alzó la mirada del periódico que estaba leyendo y con un chasquido de sus dedos llamó al muchacho.

—¿Quién pregunta por mí?

—Me ha dicho el conserje que tenga la amabilidad de pasar al salón de la chimenea, que ahora mismo acude él.

Dejó Juan Pedro la prensa sobre la mesa y se dirigió a dicho salón, aguardando la llegada del jefe de recepción.

El hombre, que tras el fracaso del día de marras que le costó una buena reprimenda andaba con un cuidado extremo, se llegó hasta él con paso rápido.

—Don Jerónimo, hay alguien que lleva viniendo todos los días desde que usted llegó y que quiere verle.

—¿Y por qué no se me ha avisado?

—Los dos primeros días porque usted lo ordenó, y ayer porque cuando él vino usted no estaba, y además...

—Además ¿qué?

—Pues que es casi negro, don Jerónimo. Si llega a preguntar por otro cliente, le aseguro que ya lo habría puesto en la calle; pero al venir usted de Cuba, he pensado que tal vez fuera un criado o alguien allegado a usted por cosas de trabajo. ¡Como allí mucha gente es de color...!

Juan Pedro se extrañó.

—¿Ha dicho su nombre o ha dado alguna referencia?

—Dijo llamarse Silverio y que hace mucho tiempo fue con usted en coche a La Barceloneta.

En la cabeza de Juan Pedro estalló un relámpago. Silverio... no podía ser otro que el joven cochero mestizo que los paseó a Candela y a él el día del merendero de La Barceloneta, el que le llevó la última carta de amor de Candela y le entregó a ella su respuesta... La penumbra del beso que se dieron en aquel coche había alumbrado sus noches en el cuartel de El Morro durante dos años; luego perdió la memoria y su vida entró en un paréntesis negro interminable. Lo que no se explicaba era cómo lo había encontrado Silverio ni por qué sabía su nombre cubano.

—Dígale que pase.

El conserje comenzó a retorcerse las manos con evidente apuro.

—Don Jerónimo, sus ropas son un desastre, no lleva ni calcetines... Si lo hago pasar, puedo tener problemas.

Juan Pedro comprendió la situación.

—Está bien, entonces proporcióneme un lugar discreto para poderlo ver.

El hombre, al sentirse aliviado, quiso colaborar.

—Si le parece, en el despacho que hay detrás de conserjería.

—Me parece muy bien. Acompáñeme y luego hágale pasar.

—Iremos por detrás de las cocinas. Él está en la entrada y podría verlo.

—Lléveme por donde le parezca, pero vayamos rápido.

Al poco estaba Juan Pedro sentado en una de las dos butacas que había frente a una mesa de despacho en un pequeño recinto lleno de armarios y de archivos que era el cuarto de mando de los jefes de sala y de comedor.

El conserje, tras dejarlo instalado, había partido en busca del visitante.

La mente de Juan Pedro era un batiburrillo desordenado de recuerdos inconexos del tiempo pasado.

El doble murmullo de los pasos anunció la visita.

Juan Pedro se puso en pie, y ante él compareció el conserje seguido de un hombre de color. Apenas estuvieron frente a frente, el servidor del hotel se retiró cerrando la puerta.

El mulato se quedó junto a la puerta dando vueltas entre sus manos a una gorra de un color desvaído que en sus tiempos debió de ser verde. Tenía el pelo crespo, la mirada huidiza y una miríada de pequeñas arrugas que pregonaban una vida hecha de intemperies y de madrugadas.

—¡Silverio!

—¡Señor!

Juan Pedro se adelantó hasta él y le tendió las dos manos.

El mulato, tímidamente, hizo lo mismo.

Los dos hombres se unieron, y estuvieron un largo tiempo sin soltarse y mirándose a los ojos.

—¿Cómo me has encontrado y has sabido mi nombre?

—Yo fui uno de los mozos de cuerda que usted alquiló en el puerto para llevarle los bultos hasta el coche, y mientras cargaba oí la dirección de este hotel y el nombre raro que dio al cochero… Pero lo reconocí…

—Ven, sentémonos. ¡Hemos de hablar de un montón de cosas!

Ambos se acomodaron en las dos butacas que había frente al despacho.

—Entonces me reconociste.

—Al principio dudé. El tiempo no ha pasado en balde y eso se nota, y su cojera me desorientó; pero luego, cuando le oí hablar, ya no tuve dudas.

Juan Pedro no pudo remediarlo.

—¿Volviste a ver a la señorita Candela?

—Ni a ella ni a nadie de esa familia. Pagué yo las culpas de la muerte de Teresa y me metieron en la cárcel. Entiendo, aunque no lo sé de cierto, que me soltaron por los buenos oficios del señor Antonio, que es de lo poco decente que hay en aquella casa.

—¿Estuviste en la cárcel?

—Más de medio año. Y cuando salí se ocuparon de llenar de mierda, y perdone, mi nombre para que no encontrara trabajo en ninguna casa ejerciendo mi oficio de cochero. Marcar en Barcelona a un hombre de color es muy fácil, y sin unos buenos informes no hay nada que hacer.

—¿Entonces...?

—No quería meterme en el hampa de Barcelona porque al tener antecedentes, si volvían a trincarme, me caerían cinco o diez años, como poco, y con lo del anarquismo el horno no estaba para bollos. Entonces, a través de un amigo, acabé en el puerto en una de las cuadrillas de carga y descarga; brazos no me faltan, y además de saber leer y escribir, cosa, ésa sí, que le debo al difunto don Práxedes, soy honrado, no hago catas en los sacos que se almacenan en los tinglados y, salga el sol o diluvie, a las seis estoy en la cola. Así me he ganado la vida hasta hoy.

—¿Te has casado?

—Soy mulato... Y además no quiero llevar la desgracia a otra chica.

Esa reflexión hizo que entre los dos se estableciera una pausa. Luego Silverio se arrancó.

—Y usted ¿qué? ¿Se casó? ¿Por qué se ha cambiado el nombre? Su barco venía de Cuba, ¿vive allí?

—Son muchas preguntas, Silverio, cuyas respuestas nos ocuparían demasiado tiempo. Por el momento voy a quedarme en Barcelona. Si quieres trabajar para mí, tendremos muchas ocasiones para contarnos todo.

—¿Lo dice en serio?

—Jamás he hablado tan en serio.

Los ojos del mulato se arrasaron en lágrimas.

—Además tenía una deuda contigo, y yo siempre pago mis deudas.

162

Las dos caras de la moneda

El deterioro de Germán era patente. Se había quedado dormido después de comer en el sillón orejero de la galería y Candela lo observaba como el entomólogo que estudiara un insecto recién capturado. ¡Aquel ser era su marido! Pasados los años se daba cuenta del inmenso sacrificio realizado para salvar a Juan Pedro; perdido su amor, nada le habría importado quedar soltera cuidando a su madre hasta su ingreso en el manicomio. Candela se sentía presa de su deber; hacía falta a su padre, que tras la reclusión de Renata y la muerte de su cuñado Práxedes había envejecido notablemente, y mucho más a su hijo, Pelayo, que ya tenía casi dos años, y al que debía proteger por encima de todo ya que su sordomudez era definitiva. De no ser por esas dos ataduras, tal vez se habría atrevido a romper las normas sociales, abandonando a aquel ser egoísta que no quería envejecer y que pretendía seguir viviendo como un soltero adinerado deteniendo el tiempo, aspirando en su delirio a ser el nuevo Dorian Gray para que su imagen envejeciera únicamente en el espejo.

Germán y ella vivían, hacía ya tiempo, como dos extraños, y eso era preferible a tener que soportar el asalto a su cuerpo las noches, cada vez más frecuentes, que habiendo fracasado en el logro de alguna conquista, llegaba a su casa en unas condiciones deleznables y trataba, entre vapores de alcohol, de satisfacer su libido desatada invadiendo la intimidad de su dormitorio.

Germán se desperezó. Acostumbraba descabezar un sueño después de comer, pero había llegado a la conclusión de que no debía sobrepasar la media hora, pues en caso contrario lo asaltaba un dolor de cabeza que comenzaba a martillearle las sienes y que no lo abandonaba en toda la tarde.

Su vida le aburría soberanamente. Ése era el canon que debía pagar aguardando a que, muerto Orestes, la dirección total de la firma Ripoll-Guañabens pasara a él definitivamente. Entonces su único problema sería aquel perro fiel de Gumersindo Azcoitia, pero faltando su suegro ya vería él la manera de darle puerta. Aunque también era verdad que al no tener a nadie a quien rendir cuentas tal vez el celo del secretario remitiera.

Jamás habría pensado que llegara el momento de añorar la compañía de Fredy Papirer. Había hecho averiguaciones a través de un ex policía amigo suyo y sabía que había salido de aquel mal paso algo deteriorado pero vivo. De nada se arrepentía; esperaba, por el contrario, que aquel escarmiento le sirviera para el futuro, por más que él lo conocía bien y sabía que a Fredy en el fondo le faltaba cuajo para ser una amenaza real.

Otra circunstancia lo había salvado por el momento de un gran problema. La quema de la plantación La Dionisia y la muerte del ex socio de su padre, Juan Massons, en vez de ser un inconveniente había resultado una ventaja. Su viuda, Gabriela Agüero, mujer dispuesta y sumamente eficiente, heredera absoluta de todos los bienes de su marido, había arreglado las cosas para que, en tanto se recuperaba la tierra, pudiera enviarle labores y habanos de igual calidad y con igual vitola, permitiendo además pagarle con efectos demorados de seis meses a un año, lo cual había representado para él un gran alivio, pues había podido saldar deudas de juego con los justificantes de pago al día; cuando llegara al vencimiento, ya vería él la manera de ir atendiéndolos o de buscar nuevo aplazamiento.

Germán observaba a Candela, que frente a él traspasaba con una larga aguja la urdimbre de cañamazo para hacer una alfombra de nudos para el cuarto de Pelayo. En el fondo de la cuestión pensaba que la boda con su prima le había dado una respetabilidad social que de continuar soltero no tendría, y que al fin y a la postre era el seguro vitalicio de que la fortuna de Orestes, a través de ella y de Pelayo, llegara tarde o temprano a parar a sus manos, y entonces todo sería suyo.

El diálogo entre él y su mujer era prácticamente nulo. Candela se dio cuenta de que se había despertado.

—¿A qué hora vas a salir?

A Germán le extrañó la pregunta.

—¿Acaso interrumpo algo o molesto en mi casa?

—A estas alturas, como comprenderás, tu vida me tiene sin cuidado.

—Mejor diría yo que siempre.

—Tanto me da que salgas o entres; lo único que pretendo es evitar violencias, y como vendrá a verme Antonio, preferiría que no te cruzaras con él.

—Pues si llega y aún no me he ido, que dé una vuelta a la manzana o que se espere. ¡Bastante hago con permitirle que venga a verte! Estaríamos frescos si tuviera que irme de mi casa por no molestar a mi hermanito.

Tras decir esto estiró perezosamente el brazo, tomó de la mesita contigua *La Vanguardia* y se dispuso a leer.

Candela no porfió. Cuando Juan Romera anunciara la llegada de Antonio, si Germán todavía estaba allí, sería ella quien saldría de la galería y se entrevistaría con su cuñado en la salita del piano.

Germán fue pasando hojas hasta llegar a la sección «Notas de sociedad», y al llegar al apartado «Visitantes ilustres» no pudo evitar dar un respingo que hizo que Candela alzara la mirada de la labor.

Allí, a dos columnas, encuadrando una fotografía junto a la chimenea de alabastro del hotel España, se veía la fotografía de una hermosa mujer junto a un hombre ataviado al modo de un indiano, y en el pie de la misma podía leerse:

El domingo pasado a bordo del *SS Pío IX* llegó a nuestra ciudad la eximia soprano Claudia Fadini, triunfadora al otro lado del Atlántico y que próximamente debutará en nuestro primer coliseo, y lo hizo en compañía de nuestro ilustre conciudadano don Jerónimo Cifuentes de San Andrés, orgullo de Barcelona y que ha dejado en Cuba muy alto el pabellón de Cataluña. Este periódico da la bienvenida a ambos.

Un agradable cosquilleo asaltó a Germán. El envite le apetecía; presumir de haber recuperado aquel ejemplar soberbio de hembra estrenado por él y pasearlo en triunfo en cualquiera de las sesiones del Liceo dedicada a las queridas lo estimulaba en grado sumo.

La noticia era increíble. Merecía la pena, aunque pareciera que dejaba libre el terreno a su hermano Antonio, llegarse al Círculo Ecuestre y ver si Ardura todavía estaba allí.

Germán se puso en pie y se dispuso a salir llevándose *La Vanguardia*, cosa que sorprendió a Candela.

—Me voy. Ya puedes recibir a tu cuñado.

Candela, que lo conocía bien, intuyó que en la prensa había una noticia que le había hecho cambiar de opinión.

Apenas había pasado un cuarto de hora de la partida de Germán cuando el mayordomo anunciaba la llegada de Antonio.

—Dígale que pase. Y, Juan, hágame el favor de bajar a la calle y traer otro ejemplar de *La Vanguardia*. —Luego añadió—: El señor se la ha llevado, y hay un artículo que me interesa.

—Enseguida, señora.

Partió Juan Romera en busca de Antonio y apenas introducido

se llegó al quiosco de la calle Laforja para cumplir el encargo de la señora.

Candela, intentando deshacerse del cañamazo que la aprisionaba, quiso ponerse en pie para recibir a su cuñado.

Antonio se precipitó hasta ella.

—No te muevas, Candela. Me doy por saludado.

Se inclinó el clérigo y depositó un afectuoso beso en la frente de su prima.

—Tu hermano se ha ido.

Antonio se sentó frente a ella.

—Lo sé, es lo primero que he preguntado a Juan Romera al llegar. Vengo a verte a ti, no a discutir con él.

—Te veo más delgado... Y no tienes buena cara, Antonio.

—He tenido una temporada muy movida y, por qué no decirlo, muy desagradable.

Candela dejó a un lado la aguja clavada en el cañamazo y lo interrogó con la mirada.

—Largas sesiones con el obispo Morgades que han sido casi un interrogatorio en toda regla.

—¿Y pues?

—La prensa ha querido vestirlo como algo natural, pero lo cierto ha sido que, de alguna manera, mosén Cinto se ha escapado de La Gleva y se ha ido a vivir a casa de la familia Durán, de ese grupo de oración que tanto daño le está haciendo.

—¿Y tú?

—Yo estaba allí para velar por él y me he limitado a informar al obispo. No soy su carcelero; como comprenderás, no podía atarlo a la pata de la cama con una cadena.

—Y ahora ¿qué pasará?

—Hay mucho mar de fondo: informes médicos, cargos contra él de desobediencia a sus superiores, acusaciones sobre el estado de su salud; en resumen, un sinfín de cosas que pueden hacerle mucho daño y son muy desagradables.

—Y ¿tú qué opinas?

—Mosén Cinto es un alma de Dios cuyo único defecto es ser demasiado bueno, y por demás confiado, y mucha gente se acerca a él para medrar. Pero ¡dejemos de hablar de él! ¿Cómo estás tú?

—Preocupada y confusa.

—Explícame.

—Preocupada por Pelayo. He pagado muy cara la consanguinidad de nuestra familia. Tu hermano ni lo mira; su tara ha lastimado su orgullo, y parece que el niño se da cuenta. Cuando está conmigo me habla con los ojos, es cariñoso y bueno; cuando Germán está en casa Pelayo se mete en sí mismo y pretende pasar desapercibido por no molestar. Pero yo me doy cuenta, las madres nos damos cuenta de todo.

—Y tu madre, ¿cómo está?

—La visité el jueves y volví hecha polvo. Al llegar me miró como si me reconociera, pero luego empezó a excitarse y Crispín tuvo que llamar a los enfermeros. De no ser por Crispín, no sé lo que haríamos. Es terrible… Como puedes ver, primo, mi vida no es fácil.

Antonio meditó unos instantes.

—A veces se nos pide sacrificio. No olvides que esto es un valle de lágrimas y que el premio está arriba.

—Eso está bien para ti, pero no para los de a pie. Querría tener tu fe, pero tu argumento no me sirve. Dios no puede habernos hecho para ser desgraciados; el ser humano está hecho para la felicidad. Entiendo que el camino está lleno de obstáculos… Pelayo es para mí el continuo reproche que me hago por haber sido débil. Pero si hallas el compañero con el que recorrer ese camino, la cosa es diferente; triste es no encontrarlo, pero más aún tener la certeza de haberlo hallado y no haber sido capaz de seguir los designios de tu corazón. En mi caso fue por no hacerle daño; lo mío fue un chantaje emocional.

—¿Todavía piensas en él?

—Todos los días.

Antonio reflexionó al respecto:

—Pertenecíais a mundos distintos, no habríais sido felices.

—Habríamos tenido la oportunidad de intentarlo. Y más desgraciada de lo que soy, no podría haberlo sido.

En aquel instante se hizo presente Juan Romera con *La Vanguardia* en la mano.

—Aquí tiene, señora.

—Gracias, Juan. Puede retirarse.

Antonio se extrañó.

—¡Te hacía lectora de revistas más para la mujer! ¿Buscas algo en particular?

—La verdad es que sí. Nos la traen cada día, pero hoy tu hermano se la ha llevado.

Candela había comenzado a pasar las páginas lentamente y a la vez que lo hacía, se explicó:

—Germán ha comenzado a hojearla cuando se ha despertado de

la siesta y habrá visto algo que le ha sorprendido en gran manera, pues ha dado un respingo y ha salido disparado con ella, después de haber dicho, cuando le he anunciado tu visita, que no ibas a echarle de su casa y que dieras vueltas a la manzana.

—Ya sabes cómo es.

De repente Candela se detuvo en la página de sociedad. Instintivamente buscó la luz y aproximó la hoja hasta la distancia óptima para sus ojos.

Antonio se asustó; la vio palidecer a ojos vistas dejando el periódico abierto a su lado. Cuando iba a cogerlo para ver lo que había afectado tanto a su prima, ésta lo retuvo y volvió a mirarlo.

—Pero ¿qué ocurre, Candela?

—¿Crees en los milagros?

—Evidentemente.

—Pues hoy yo también —dijo alargándole el periódico abierto por la página de sociedad y viajes.

Allí, en pie junto a la chimenea del hotel España y al lado de una hermosa mujer, se veía a Juan Pedro Bonafont mucho más hombre que cuando partió para Cuba, vestido a la moda de los indianos y mirando a la cámara fotográfica del reportero de frente, como retando a la ciudad que tan mal lo había tratado. El único inconveniente era que al pie de la foto podía leerse: «Jerónimo Cifuentes de San Andrés».

Cuando Antonio se volvió hacia su prima, Candela estaba apoyada en el respaldo del sillón, pálida como la cera y con la mirada perdida en la lejanía, a punto de desmayarse.

Antonio no dudó un momento. Se precipitó hacia el mueble bar, donde Germán guardaba sus botellas predilectas, y tomando la de coñac francés y una copa regresó junto a su prima, escanció un dedo del fuerte licor en la copa y, obligándola a incorporarse con la mano izquierda, le acercó el coñac a los labios.

Candela reaccionó poco a poco; enfocó su mirada en los ojos de su primo y, agarrando con fuerza insospechada la manga de su sotana, exclamó:

—¡Es un milagro! En este momento estábamos hablando de él... No está muerto, ¡está vivo y ha regresado a Barcelona! ¡Aunque sea lo último que vaya a hacer en mi vida, he de verlo!

Antonio la obligó a beber otro sorbo y sentándose a su lado, tras dejar la botella en la mesita y volver a mirar la foto, habló con criterio.

—Desvarías, Candela. Entiendo que esa fotografía te ha trastornado. Cabe la confusión, puede ser alguien muy parecido, pero el pie de foto es clarísimo: «Jerónimo Cifuentes de San Andrés». La prensa no puede incurrir en error tan palmario. Por otra parte, a estas alturas mejor es dejar las cosas como están, tanto por su bien como por el tuyo. Y además, por viciado que fuera tu consentimiento, eres una mujer casada y con un hijo. Me pregunto a qué conduciría remover el pasado... Yo te lo diré: a haceros más desgraciados a los dos, o por lo menos a ti.

Candela observaba la foto con una intensidad infinita. Se volvió hacia su primo.

—Lo siento, Antonio, desde pequeña he sido manejada por unos y otros, pero en esta ocasión no va a ser así. Aunque entiendo tus razones, no me sirven. En primer lugar, estoy cierta, como sólo puede estarlo una mujer enamorada, de que la persona de la fotografía es Juan Pedro; en segundo lugar, he de saber si me quiere o si me ha olvidado, y en tercer lugar, para poder seguir adelante con mi vida necesito que sepa que me casé para salvar la suya. Lo que ocurra después escapa a mis previsiones de futuro y dependerá en gran manera de las respuestas que dé a mis preguntas.

Antonio no cejó.

—Ya es tarde, prima. Mejor déjalo todo como está; serás más feliz sin saber que olvidó su sueño de juventud. Y si no es así, ya es tarde. Tu vida ha cambiado y la suya también. Entiende que una foto tan señalada al lado de una mujer famosa quiere decir algo.

—Nunca es tarde, primo. Lo que necesito es saber, conocer si mi sacrificio sirvió para algo... Y lo quiero feliz, aunque sea al lado de otra.

—Es un absoluto disparate, Candela.

—Un disparate que tú me ayudarás a cometer.

—Candela, por lo que más quieras, no me metas en esto.

Llegado al Círculo Ecuestre, tras dejar su gabán en el ropero Germán se dirigió sin dilación al salón de fumadores, lugar habitual de Ardura caso que aún no se hubiera ido a su despacho. Había tenido suerte, pues su amigo todavía estaba allí, con la prensa abierta sobre las rodillas y con su eterna copa de Calisay con hielo.

—Pensaba que ya no te encontraría.

Ardura alzó la vista de la lectura y, conociéndolo bien, entendió que Germán llegaba algo acelerado. Plegando el periódico inquirió, solícito:

—¿Pasa algo en particular?

Germán se sentó en el borde del sillón contiguo abriendo *La Vanguardia* por la correspondiente página.

—¿Has visto esto?

Ardura tomó el periódico y examinó detenidamente la fotografía que le mostraba Germán.

—¡Verlo para creerlo! Tu padre, que en gloria esté, entendía de este negocio. ¡Fíjate tú, su Claudia Codinach convertida en una soprano de fama mundial, lo que son las cosas...! Y ese que está a su lado está revolucionando la sociedad barcelonesa; por lo que dicen, tiene el dinero por castigo. Debe de ser su amante.

—Mejor para mí, ya sabes que cuando hay obstáculos me vengo arriba. —Germán tomó el periódico de las manos de su amigo y volvió a mirarlo con detenimiento—. La verdad es que estaba pasando una mala temporada y algo como esto me estimula.

—Cuando te veo así te temo. ¿Qué piensas hacer?

—Por lo que dice aquí, debuta dentro de tres semanas. Por el momento, voy a llenarle el camerino de rosas rojas; eso a las mujeres les encanta. Luego me presentaré, ¡a ver cómo respira! Y finalmente adecuaré mi táctica a las circunstancias.

—Y ¿si ese Jerónimo resulta ser su amante y te sale al paso?

—No te preocupes, que se me da bien la lidia, y más aún cuando sale un manso.

—Ándate con ojo. La última vez esta mocita te costó un duelo. ¡No vaya a salirte otro capitán Serrano que te agujeree el hombro!

Germán se mosqueó.

—¡A él le fue peor! Creo que ahora anda por Filipinas hecho una ruina. Y yo sigo aquí, en Barcelona, y voy a ser el que al final se quede con la chica.

—Eres incorregible.

—¿Cuento contigo o no?

—Ya sabes que te soy fiel, y tienes la ventaja de que no soy celoso, pero ¿no crees que ya es hora de cambiar de vida? Ya no somos el par de jovencitos que éramos, y además tú eres un hombre casado.

—Voy a hacerte una confidencia que no debe hacer un caballero, pero tú eres mi único amigo y me entenderás.

Ardura aguardó, temiendo la confidencia.

—Mi mujer es frígida y no le gusta la cama; yo, por el contrario, si no tengo sexo un par de veces por semana me encuentro mal.

—Pues te casaste mayorcito para saber lo que hacías.

—¡Sabes bien que yo no escogí, que fue un acuerdo entre familias! Si quería heredar la fortuna Ripoll-Guañabens, tenía que pasar por las horcas caudinas de una boda impuesta, y aun así, hasta que todo sea mío he de salvar un montón de obstáculos que hacen que muchas veces me falte liquidez.

—Por cierto, ¿qué hay de lo mío? —Ardura había asistido a su amigo hasta tres veces en los últimos tiempos y se había acumulado una deuda que empezaba a ser elevada—. Mi padre no es fabricante ni importador, y yo soy un pobre arquitecto interiorista que vive de su trabajo.

—Lo sé, y perdona, pero últimamente me ha abandonado la suerte.

Alfonso Ardura se puso serio.

—No es por lo mío, que para ti será una miseria, pero para el resto de la humanidad es una cifra. Permíteme un consejo... Aquel Fredy Papirer de ingrata memoria te hizo mucho daño. Vas mal, Germán, con lo que te has dejado en las mesas podrías ser dueño del Ritz. A estas alturas del partido, no deberías hablarme de suerte en el juego. Me dijiste que tu padre había bloqueado tu herencia; perdona, pero lo comprendo.

A Germán le pudo la vena de la soberbia.

—No he venido a que me sueltes el sermón de las siete palabras, para eso ya tengo a mi madre. No te pido nada, únicamente un poco de paciencia. Estoy a punto de cerrar la venta de la parte de mi familia en el barco que compró mi padre y que traficaba con esclavos; la cosa se ha puesto imposible y el riesgo no compensa. Voy a tocar dinero en serio.

Ardura vio la ocasión de atemperar la discusión.

—¿Puedes venderlo por tu cuenta?

—Me he arreglado con Almirall, quien también opina que lo de los negreros ha tocado a su fin. Tiene un grupo de socios y trabajará por el Mediterráneo; me pagará a plazos la parte que nos corresponde, y hasta hacer efectivo el último de ellos el barco continuará siendo mío.

163
La visita inesperada

La vida de Jerónimo Cifuentes era un torbellino, y los días pasaban en un sin sentir. Apenas veía a Claudia, embarcada en sus ensayos del Liceo preparando su debut. Por lo pronto, alquiló las dos habitaciones contiguas del hotel, que hizo decorar la una como salita de recepción de invitados y la otra como despacho suyo, y alojó a Silverio en el último piso y lo empleó en múltiples ocupaciones. Compró un faetón de bella factura y, aconsejado por Silverio, en las mejores cuadras de la ciudad, que eran las de Arsenio, se hizo con una pareja de palominos de soberbia estampa con las crines blancas; pagó por ellos un sobreprecio, pero no le importó, y los acomodó en una cuadra de alquiler de la calle Notariado que pertenecía a la Compañía de Tabacos de Filipinas. Aquel espectacular carruaje y su precioso tiro era su tarjeta de presentación en Barcelona.

Cuando tuvo su alojamiento resuelto se dirigió al Banco Hispano Colonial y al presentarse a su director mostró sus credenciales, abriendo las correspondientes cuentas particular y de giro y tráfico de negocios para poder descontar papel desde Barcelona. Cuando el banquero intuyó las posibilidades que ofrecía aquel indiano puso la institución a sus pies, y al mediodía brindó con champán con sus apoderados entendiendo que aquella mañana se había abierto para el banco una formidable ventana de negocios.

La contratación de Silverio mostró en pocos días haber sido un gran acierto. En su oficio de cochero era indiscutible, pero además por las tardes, vestido y arreglado como secretario, sabía recibir a las visitas, hacerlas aguardar en la salita y tomar nota de cuantas órdenes le diera su patrón. Por otra parte conocía Barcelona muy a fondo, desde los barrios de rango hasta los últimos rincones del Raval, y desde la Barcelona festiva hasta los entresijos portuarios donde no era bueno acudir a ciertas horas. Lo que no pudo conseguir Juan Pedro, porque Silverio argumentó que de hacerlo se sentiría desnudo, fue quitarle la costumbre de alojar su faca de Albacete en la caña de su bota izquierda.

Juan Pedro fue perfilando sus planes; quería que, llegado el día, todo estuviera como había planeado. Una mañana acompañó a Claudia al Liceo y tras presentarse al director del patronato se hizo con el palco proscenio izquierdo del primer piso, propiedad de la viuda de un fenecido fabricante que se había visto obligada a vender por evitar problemas con la herencia de sus hijos, ya que el dinero podía repartirse pero el palco no. Luego citó en el hotel a uno de los más reputados arquitectos de la ciudad, don José Luis Sagnier y Villavecchia, profesional muy bien relacionado con las clases dirigentes barcelonesas, con la intención de encargar los planos de la vivienda que pensaba hacer; el gran inconveniente fue la urgencia. Casualmente el ilustre arquitecto había construido un palacete casi en las afueras de la ciudad, en la carretera que subía hacia el Tibidabo. Su propietario, afectado precisamente por la guerra de Cuba, se había visto obligado a venderlo sin siquiera estrenarlo. Se citaron al día siguiente en el lugar. La construcción era magnífica, pero dado que no cumplía exactamente las exigencias de Juan Pedro se llegó a un acuerdo con la propiedad, y encargó la reforma a Sagnier y los jardines del parque a Josep Fontseré, que había diseñado los de la Exposición Universal. Cuando corrió la voz, toda la ciudad se hizo lenguas de la magnificencia y fortuna de su nuevo conciudadano.

Las semanas iban pasando, y las reformas de la mansión de Juan Pedro estaban en marcha. El señor Sagnier y el señor Fontseré habían interpretado perfectamente sus deseos. El pequeño casino particular que quería instalar se ubicaría en la galería porticada, que el antiguo propietario había destinado como invernadero; en el centro del parque iba tomando forma un lago romántico con cascada y embarcadero, y en medio del mismo habría una fuente de mármol con náyades y tritones; tras un laberinto, arrancaba el camino que conducía al mirador, y desde aquel observatorio el espectáculo de Barcelona a sus pies, de noche, en los días de luna, era impactante. Tras la balaustrada, el acantilado bajaba a pico en un cortado que daba vértigo. Todo auguraba que tanto el palacete como el parque circundante iban a ser el asombro de la burguesía barcelonesa.

Juan Pedro era consciente de que el misterio propiciaría los chismes, por lo que había hecho correr la voz de que el palco proscenio del primer piso del Liceo tenía nuevo propietario. Sin embargo, no quería ocuparlo ni dejarse ver hasta el día del debut de Claudia; la espera acrecentaría la curiosidad de la gente, coadyuvando a aumentar la rumorología. Ambos habían decidido que la ocasión para acabar de asombrar a Barcelona era única.

Por la mañana, muy temprano, había partido acompañado de Silverio para cumplir una de las obligaciones que se había impuesto y que consideraba inaplazable. Sin darse cuenta apretó en su mano la medalla que Trino le entregó antes de morir.

En el reverso de la misma, tras la imagen de la Virgen del Carmen, estaba claramente grabada una dirección y una dedicatoria:

A mi querido hijo Trino. Tu madre, que te adora, Carmen Rius. Calle Ginebra, 21.

A medida que iban alejándose del centro pudo ver Juan Pedro cuánto había cambiado la ciudad en su ausencia. Todas las gentes que habían levantado los pabellones de la Exposición Universal, al quedar en el más absoluto desamparo, se habían ido asentando como habían podido ocupando rieras y terrenos inhóspitos, construyendo otra ciudad de barracones y chabolas en medio de marismas insalubres desde las que los niños detenían sus juegos y levantaban su mirada, curiosa y famélica, al paso del lujoso coche.

Silverio tenía en la cabeza el callejero de la ciudad. El tiro de palominos arrastrando el faetón llamaba poderosamente la atención en aquellos barrios. Finalmente llegaron a una corta travesía junto al poblado de pescadores de La Barceloneta, y a la altura del n.º 21 Silverio detuvo el tiro.

—Creo que es aquí, señor.

El número correspondía a un mísero local con aspecto de pequeño almacén con una sola ventana a la calle, junto a la puerta, y que tenía como tejado una cubierta de uralita.

La llegada del faetón hizo que la chiquillería se alborotara como una bandada de gorriones. Silverio, que se sentía amo y señor del coche y de las cabalgaduras, saltó rápido del pescante.

—¡Mirad sin tocar! No sea que alguien estrene esto... —Y al decir lo último, y poniendo cara de ogro, blandió mansamente el látigo a uno y otro lado.

Juan Pedro bajó del coche.

—¿Alguien conoce a Carmen Rius?

El más espabilado de los chiquillos dio un paso al frente.

—Vive aquí. —Señaló el chamizo—. Pero ahora está en el mercado para vender la sardina que le han dado esta mañana cuando han llegado las barcas.

Juan Pedro echó mano al bolsillo, sacando un puñado de monedas.

—Si vais a buscarla, os regalaré este dinero.

Partió la chiquillería como alma que llevara el diablo, con los talones tocándoles las nalgas.

—No conoce el paño, patrón; dentro de nada estarán aquí el doble de los que han partido. ¡Ha hecho usted en un momento un montón de amigos!

Efectivamente, a los diez minutos embocaba la calle, rodeada de una guardia de honor de cincuenta chiquillos, una mujeruca de pelo rojizo veteado de blanco, piernas torcidas y mirada apagada, que vestía una bata de sarga negra y a los hombros llevaba una vieja toquilla de color indefinido, e iba empujando un carretón vacío de una sola rueda.

El grupo se llegó hasta Juan Pedro. Silverio apartó con firmeza a las criaturas para permitir que la mujer se aproximara. Ésta se detuvo a unos tres pasos, prudente y desconfiada.

—¿Es usted Carmen Rius?

—¿Quién me busca?

Juan Pedro no consideró oportuno empezar el diálogo en aquel lugar y en aquellas condiciones, y señalando la casa indicó:

—Tal vez podríamos pasar al interior.

—¿Qué quiere de mí? Mi casa no está en condiciones de recibir a nadie.

Juan Pedro dudó.

—Traigo algo para usted.

La expresión de la mujer cambió un punto, y como si una voz interior le hubiera dictado algo aparcó el carretón junto a la puerta y, sacando una llave de tamaño regular del bolsillo de sus sayas, indicó:

—Sígame. Ya le he dicho que mi casa no está para recibir visitas, pero ¡usted mismo!

Introdujo la llave en la cerradura y empujando la puerta ésta se abrió con un chirriar de goznes oxidados. Tras ordenar a Silverio que repartiera las monedas entre la chiquillería, Juan Pedro dio un paso al frente y siguió a la mujer. La penumbra dominaba el ambiente, iluminado únicamente por la luz que entraba por la ventana. El interior no podía ser más humilde. En la pared del fondo vio una chimenea ennegrecida que hacía de cocina; a ambos costados había sendas alacenas llenas de cacharros; arrumbadas en las paredes estaban unas sillas desvencijadas y un banco, y en medio de la estancia se veía una vasta mesa de cocina sobre la que había un candil apagado y un porrón de vino.

La mujer había cerrado la puerta cuando un gato grande saltó del banco para restregarse en sus piernas.

—¡Déjame, Micifuz! Ahora no estoy para ti. ¿No ves que tenemos visita?

Y con un gesto indicó a Juan Pedro que tomara asiento, y éste, alcanzando una de las sillas de la pared y colocándola junto a la mesa, obedeció. La mujer, sin consultarle, plantó ante él un vaso de latón y escanció por el pitorro grueso del porrón una generosa ración de vino.

—No tengo otra cosa —se justificó—. Y ahora dígame, ¿quién es usted y por qué me busca?

Juan Pedro sintió súbitamente una inmensa compasión por la mujer. Tomó un sorbo del áspero vino, más por ganar tiempo que por satisfacer su sed.

—No me deje beber solo; acompáñeme, por favor.

A la mujer le cambió la expresión como intuyendo algo extraordinario.

Tomó otra silla y un vaso de la alacena, y recogiéndose la falda se sentó frente a él, se sirvió una doble dosis de vino y de un trago se lo metió entre pecho y espalda.

—Cuénteme lo que me tenga que contar, que sospecho no será nada bueno.

Juan Pedro, sin saber bien lo que decía, se puso a la defensiva.

—Me llamó Jerónimo Cifuentes, aunque tal vez a usted el nombre de Juan Pedro le diga algo más... He venido para cumplir la obligación que contraje con su hijo.

Ahí los ojillos de la mujer reverberaron, recogiendo la poca luz que entraba por la ventana.

—Recuerdo que mi hijo nombraba a un tal Juan Pedro en sus cartas.

—Pues ése soy yo.

—No entiendo.

—Sería muy largo de explicar. De cualquier manera, da lo mismo. Hace años que a su hijo se le dio por desaparecido en combate, es un subterfugio que emplea el gobierno para dirigirse a las familias de los caídos... Pero yo estaba presente el día en que Trino murió.

Juan Pedro extrajo del bolsillo de su levita la medalla de su amigo y la depositó encima de la mesa.

—Poco antes, me dio esto para usted.

La mujer la tomó entre sus manos, la miró con intensidad y, tras un momento de vacilación, se la llevó a los labios. Luego se volvió hacia Juan Pedro y le pidió:

—Por favor, cuénteme cómo fue ya que usted estaba con él cuando murió.

Juan Pedro dudó un instante.

—No se preocupe, estoy hecha a todo.

—Caímos en una emboscada, y cuando fuimos conscientes de ello ya era tarde. Unos instantes antes pactamos que si alguno de los dos sobrevivía visitaría a la madre del otro... Y aquí estoy.

La mujer se sirvió otra ración de vino y la acabó de un trago.

Ante aquel silencio sobrecogedor Juan Pedro se vio obligado a decir algo.

—Murió como un héroe, doña Carmen.

—Murió en vez de otro, y eso le costó la vida a su padre.

—Me lo dijo el día en que nos incorporamos, que se presentaba en lugar del hijo del patrón de su marido de usted. —Luego añadió—: Lo que él no sabía es que su padre había muerto.

—Mi hombre falleció después, cuando vimos su nombre en las listas de desaparecidos.

—Entonces... vive usted aquí sola.

—Con el gato. —Y añadió—: Mejor que vivir, digamos que espero morirme. Ya nada me ata a este mundo.

—Y ¿de qué vive?

—Cuando llegan las barcas me dan jurel y sardina a cambio de remendar las redes; comemos el gato y yo, y vendo el resto a las vecinas.

Juan Pedro procedió lentamente; extrajo del bolsillo interior de su levita la chequera, una libreta y la pluma fuente que le había regalado Julián cuando fueron a la primera feria de tabaco a Nueva York, y ante el silencio expectante de la mujer comenzó a escribir. Al finalizar separó el cheque de la matriz y se lo acercó, junto con la hoja de la libreta que asimismo había rellenado.

—Tenga, doña Carmen. Cómprese una casa, y cuando le falte algo acuda a mí.

La mujer no entendía nada.

—Aquí tiene mi dirección actual y la futura. Y en el Banco Hispano Colonial, con este resguardo, le darán tres mil pesetas.

Carmen quedó un momento sin reaccionar; luego tomó incrédula el cheque y, con un hilo de voz, preguntó:

—¿Por qué hace usted esto?

—Trino fue mi amigo, y si él hubiera podido, habría hecho lo mismo por mí.

164
El regreso de Amelia

Una mujer derrotada por la vida de una edad indefinida hacía cola avanzando lentamente hacia la pasarela de embarque del *Cabo San Vicente*, buque mixto de carga y pasaje de la Compañía Trasatlántica que realizaba la travesía Buenos Aires-Recife-Londres-Santander. La mujer vestía humildemente: blusa azul de sarga, ancha falda de color marrón oscuro y de grueso paño, recios zapatos de tacón bajo de piel vuelta y sobre los hombros una especie de poncho, y como todo equipaje llevaba un bolso de piel colgado del cuello en bandolera y, a sus pies, una gran maleta acribillada con mil etiquetas de todos los colores y formas que anunciaban fondas, pensiones y cuchitriles de mala muerte, y reforzada por una ancha cincha de lona. La cola avanzaba poco a poco, y Amelia, en tanto empujaba la maleta con los pies, dejaba volar su imaginación, poblada de recuerdos mayormente ingratos.

La decisión fue tomando forma en su cabeza muy despacio. Tras recorrer Argentina de cabo a rabo, desde Uruguay hasta Tierra del Fuego y desde el océano hasta la cordillera de los Andes, llegó un momento en que se preguntó qué estaba haciendo allí. La decepción que le proporcionó la traición de Tomaso tardó en cicatrizar, y aunque tardío sintió en su corazón un instinto maternal que hasta aquel momento no había sentido. A partir de ese instante se propuso regresar a España, recabar el perdón de Luisa y, tal vez, reiniciar su relación con Máximo, esperando que el tiempo y la cárcel hubieran atemperado sus afanes de arreglar el mundo él solo y que, por el bien de Justina, fuera capaz de olvidar su traición y comenzar una nueva vida; de no ser así, Amelia recuperaría a su hija, buscaría un refugio donde vivir y trabajaría para ganar el sustento para las dos.

Su vida trashumante le había impedido cambiar correspondencia con la península, y aunque había intentado ponerse en contacto con Consuelo y también con África, su amiga de La Palmera, ignoraba si sus cartas habían llegado a su destino, pues aunque en alguna ocasión había puesto el remite del teatro o el local donde iba a trabajar en el futuro, cuando había partido hacia el nuevo destino no había llegado respuesta alguna, cosa normal, por otra parte, teniendo en cuenta que la travesía de los barcos más rápidos duraba, si el mar lo permitía, unas tres semanas. Su obsesión durante todo el tiempo fue guardar dinero; jamás volvería a pasarle lo que le había ocurrido con Tomaso. El mago Kálmar era buena persona, pagador puntual y maestro del género. Amelia aprendió con él un sinfín de trucos, y aunque le costó vencer sus pudores, comprendió que el consejo que le había dado el primer día no había sido gratuito, de modo que salía a la escena muy ligera de ropa y en según qué lugares casi desnuda. El personal masculino se distraía y al mago le era más fácil realizar sus juegos. Amelia igual desaparecía en una caja que era atravesada por sables o manejaba grandes naipes que entregaba al público bajando a la platea, recibiendo en alguna ocasión al retirarse al escenario más de una palmada en el trasero, situación esta última que había aprendido a salvar airosamente con ciertas muletillas repetidas que provocaban la carcajada del personal, dejando en ridículo al osado donjuán de pacotilla. Cuando en algún lugar estaban más de quince días, entonces buscaba alojamiento en un conventillo; desde luego no era lo mismo que una fonda, pues el excusado estaba en el extremo del pasillo, la ducha era común y tenía que lavarse la ropa, pero el ahorro era evidente.

La cola había avanzado hasta la pasarela que subía al *Cabo San Vicente*, donde un encargado de la aduana del puerto y un marinero comprobaban la documentación de los pasajeros. Tras entregar sus papeles, Amelia tomó con dificultad la inmensa maleta y subió al barco. Los pasajeros de tercera clase se alojaban en el primer sótano bajo cubierta; el hombre que a bordo comprobaba los billetes le indicó que su camarote era el 12 B y que se hallaba ubicado a proa. La mujer, arrastrando su equipaje, se dirigió al lugar indicado; los escalones metálicos que descendían desde cubierta estaban húmedos, lo que dificultó todavía más su tarea. La gente iba y venía buscando sus respectivos alojamientos, y cruzar los pasillos cargada de bultos constituía una auténtica aventura y la angostura de los mismos dificultaba notablemente el tráfico. Finalmente llegó al 12 B, donde iba a compartir habitáculo con otras tres mujeres, dos más o menos de su edad y otra más vieja, y puesto que había sido la última en entrar le tocó una de las literas superiores y la cuarta parte de un pequeño armario. Saludó a sus compañeras de travesía y se dedicó a acomodar sus pertenencias en el lugar que le habían reservado.

La auténtica aventura de su vida acababa de comenzar. Lo vivido hasta aquel día era una pobre muestra de lo que era capaz de depararle el destino.

Cuando el *Cabo San Vicente* amarró estachas en el puerto de Barcelona, Amelia sintió que una nube de recuerdos asaltaba su memoria, a tal punto que el aire faltaba en sus pulmones y el ahogo le impedía la respiración. Apenas puestos los pies en tierra y despachadas las diligencias de la aduana, se encontró sentada dentro de un simón de alquiler con su inmensa maleta a los pies y, sin saber por qué, dando al cochero la dirección de la calle Corribia n.º 6, donde estaba ubicada la pensión de señoritas de doña Justa Esteban. Tras tantos años de ausencia y después de haber vivido en el gran Buenos Aires, la ciudad le pareció pequeña y provinciana. El coche avanzaba por el Paseo de Isabel II, circunvaló la plaza San Sebastián, atravesó la calle Ancha siguiendo por Regomir para continuar por la calle Ciudad y, atravesando la plaza San Jaime por la calle del Obispo, llegó hasta Corribia. Una vez allí, tras pagar la carrera a un precio que le pareció exorbitante, se dirigió arrastrando el maletón al portal que tan ingratas evocaciones traía a su memoria.

Durante el viaje había ido dando vueltas al tema de su llegada a Barcelona y de lo que debería hacer en días sucesivos, y llegó a la conclusión de que lo mejor sería actuar sobre la marcha ya que ignoraba con qué iba a encontrarse y qué acogida recibiría de personas con las que, por circunstancias, había quedado tremendamente mal. Su fracaso en Argentina la había obligado a llevar una vida nómada, y si ya de por sí las noticias y las cartas desde España llegaban con retraso, el hecho de moverse de una ciudad a otra sin tiempo para aposentarse había hecho todavía más dificultoso contactar con las personas que había dejado atrás. Durante un tiempo, y mientras estuvo con Tomaso, procuró enviar dinero a Barcelona con regularidad; luego su propia subsistencia la obligó a ocuparse de sí misma y a ahorrar hasta el último peso, porque desde el primer momento y tras su fracaso tomó la decisión de regresar a España en cuanto le fuera posible, y el precio de los pasajes en cualquier barco, aun en los de ínfima categoría, no era precisamente económico.

La primera prioridad de Amelia era recuperar a Justina, por lo que el encuentro con Luisa era inaplazable. Sin embargo, decidió tomarse un tiempo a fin de perfilar el momento, ya que era consciente de que se le iban a echar en cara muchas cosas. Casi instintivamente decidió que lo mejor antes de llevar a cabo su intento era ponerse en contacto con Consuelo. Durante el tiempo que trabajó en Luna Tucumana se carteó con ella en un par de ocasiones, pero las cartas tardaban una eternidad en ir y venir. Luego, cuando inició la *tournée* por toda la geografía argentina, la cosa se tornó en intento vano ya que la desconexión con Barcelona fue absoluta, al punto que una de las pocas cosas que llegó a su conocimiento durante aquellos días fue el atentado del Liceo, y eso porque salió en la prensa bonaerense. Amelia recordaba que en aquellos momentos se alegró de que Máximo estuviera en la cárcel, pues el hecho era garantía de que nada habría tenido que ver con aquel horror. Europa estaba muy lejos, y los sucesos que no acontecían en París, en Londres, en Berlín o en Roma eran difícilmente seguibles.

Amelia hizo de tripas corazón y tras un instante de vacilación empujó la puerta y se introdujo en el portal.

Pasó ante la puerta del entresuelo que había sido la consulta del señor Xicoy y observó la marca que había dejado en ella la placa que anunciaba su actividad. Subió la escalera hasta la primera planta y, antes de pulsar el timbre y tras dejar la gran maleta en el suelo, se apoyó en la pared a fin de acompasar su respiración. Finalmente se armó de valor y apretó el pulsador. El corazón le latía en la boca recordando los momentos vividos en aquel piso. De la Amelia que partió de allí ilusionada y decidida a emprender una nueva vida a la que regresaba derrotada y humillada por el destino mediaba un abismo. Un ruido antiguo y convencional la devolvió al presente; la puerta iba a abrirse.

Enmarcada en ella apareció doña Justa, con su eterna bata floreada y el pelo entreverado de mechas blancas recogido en unos bigudíes, que intentaba observarla a través de unos lentes de gruesos cristales, nuevo aditamento que no figuraba entre los rescoldos de la memoria de Amelia.

Las dos mujeres quedaron frente a frente separadas únicamente por el marco de la puerta. Amelia, a pesar de todo, la reconoció al instante. Doña Justa frunció el entrecejo, quizá dudando de la imagen que aparecía ante sus ojos; luego pareció hacer un esfuerzo para enfocarla.

La voz sonó interrogante e insegura.

—¿Amelia?

—Sí, doña Justa, soy Amelia.

Ahora fue la mujer la que tuvo que apoyarse en el quicio por no caer al suelo.

—¡Virgen santísima! Si llegamos a creer que habías muerto...

Amelia hizo una pausa antes de responder.

—Pues le diré que para mi desgracia sigo viva.

Las dos mujeres se abrazaron. Luego doña Justa se hizo a un lado.

—¡No digas barbaridades! Y pasa, pasa adentro, que si hemos de explicarnos aquí fuera pueden darnos los maitines.

Tras agarrar el asa de la maleta Amelia entró en el piso en tanto la mujer cerraba la puerta.

Al fondo se oían voces.

—Afortunadamente sigo teniendo pupilas, aunque a mi edad ya voy prefiriendo estar sola. Hoy, al ser festivo, no han ido a trabajar —justificó.

La pupilera abría paso y tras ella, cargada como una acémila, marchaba Amelia por el tan recordado pasillo.

Doña Justa, llegando al comedor, dio dos palmadas recabando la atención de las presentes.

—Señoritas, dejen el comedor vacío que tengo que hablar con una vieja amiga.

Partieron las tres mujeres allí presentes, no sin lanzar una curiosa mirada de soslayo a aquella recién llegada que las apartaba de su sabático entretenimiento.

Doña Justa cerró la puerta de cristales a su espalda.

—¿De dónde sales? Debes de estar reventada… ¿Quieres tomar algo? Tengo un caldo de gallina que resucitaría a un muerto.

Amelia se derrengó en una butaca.

—Gracias, doña Justa. Luego tal vez, todavía tengo el mareo del barco.

La pupilera se acomodó frente a ella.

—Cuenta, chiquilla. Eres la persona que más se ha nombrado en esta casa hasta el día en que Consuelo partió con su marido…

Amelia interrumpió incorporándose de súbito.

—¿Que Consuelo se casó?

—Con el señor Xicoy, que se licenció de médico. O ¿es que crees que el tiempo sólo ha pasado para ti?

—Y ¿dónde está ahora?

—Vive en La Coruña. Me escribe de vez en cuando y siempre me pregunta si ha llegado una carta para ella.

Amelia quedó en suspenso unos instantes.

—¿Tiene hijos?

—Un niño precioso. La última vez que estuvo en Barcelona, intentando dar con el paradero de Justina después de la gran desgracia, me lo trajo para que lo conociera.

—Justina debería estar con su abuela… ¿Dónde está mi hija? ¿Por qué no está con Luisa?

Por la expresión de su rostro supo doña Justa que Amelia desconocía la dimensión de la tragedia.

—Entonces ¿no sabes nada?

—¿Qué es lo que debería saber?

Doña Justa, viendo lo que se le venía encima, intentó prevenir. Se puso en pie y de la alacena del comedor tomó dos copas y la botella de coñac; escanció dos generosas raciones y, alargando la suya a Amelia, ordenó:

—Bebe, te va a hacer falta.

Intuyendo lo peor, Amelia obedeció. Luego dejó la copa sobre la mesa y lanzó a doña Justa una mirada preñada de mil interrogantes.

La mujer procedió con orden, pero no le ahorró nada. Amelia se enteró en aquel momento de las consecuencias de la bomba del Liceo; del suicidio de Luisa lanzándose al tren en la calle Aragón; de la desaparición de Justina y de la lucha de Consuelo por hallarla; de la noticia que ésta conoció a última hora, antes de regresar a La Coruña, a través del ama doña Leocadia Basas, quien lo supo a su vez por un municipal amigo suyo que sabía que ella había criado a la niña, al respecto de que la cría había ido a parar a un hospicio de Barcelona, aunque ignoraba a cuál, y supo asimismo de la horrible y casual apostilla que fuera su padre el verdugo que dio la vuelta al tornillo que acabó con la vida de Máximo.

Durante unos instantes permaneció Amelia con la vista clavada en el infinito, pálida y ausente, con la expresión vacía de una muñeca.

Unas palmadas de doña Justa en su mano la hicieron regresar al mundo.

—El pasado no puede arreglarse; el destino de cada cual está escrito y cada uno es responsable de sí mismo. Carga en tu conciencia lo que tengas que cargar, pero no más. Cuando mi marido me dejó con tres hijas creí morir, pero ¡aquí estoy! El tiempo lo borra todo y la historia la escriben los supervivientes, y tú me demostraste en su momento que estás hecha de ese material.

Amelia miró intensamente a la mujer.

—Agradezco su intento de consolarme, pero yo sé que he sido el desencadenante de tanta desgracia. Enloquecí por un hombre y me escapé con él, dejé abandonada a mi hija, acabé de hundir en la miseria a Máximo y todo ello llevó a Luisa a la desesperación.

—Consuélate, Amelia… El amor es la única fuerza que hace que las mujeres cometamos disparates.

—No tengo excusa; deberé vivir con ello toda mi vida.

—Lo entiendo, pero a tu vida no le vendrá de un día. Ahora voy a darte un caldo con un poco más de coñac. Luego te acostarás en la cama de la misma habitación que compartiste con Consuelo, y ¡te garantizo que mañana verás las cosas de otra manera!

Amelia se dejó conducir por la pupilera como una sonámbula. La mujer la arrastró a su cuarto y, tras obligarla a acostarse en la cama y taparla con la colcha, ajustó los postigos. Petra, su sobrina, apareció en la puerta con la taza de caldo humeante.

—¿Has puesto el coñac?

—Sí, tía.

—Trae para acá.

Doña Justa se inclinó sobre la cama y, obligando a Amelia a incorporarse, la forzó a beber.

Cuando las dos mujeres abandonaron la habitación, Amelia había caído rendida en un atormentado sueño. Se vio como una mendiga implorando trabajo de puerta en puerta y buscando, como desesperada, en un bosque a una niña pequeña que le sonreía mientras se alejaba lentamente.

165
Bienaventurados los mansos

Las semanas anteriores al debut de Claudia, previsto para el mes de mayo, fueron de una actividad febril. A ambos socios convenía que Barcelona hablara de ellos; a la Fadini porque su primera actuación en el Liceo debía tener visos de suceso extraordinario. Venían al encuentro de su memoria las actuaciones por los teatros del sur de Francia viajando con su madre en precarias condiciones y alojándose en pensiones de ínfima categoría con el fin de ahorrar hasta el último franco, la humillación de haber sido abandonada por su protector artístico y el deseo de demostrar a doña Encarna Francolí que se había equivocado con ella, pero sobre todo para demostrar al hombre que había querido hacer de ella un juguete de sus caprichos que por sus propios méritos había llegado a lo más alto en su profesión, y además en muy poco tiempo, y que él a su lado, a nivel del conocimiento mundial, era un mequetrefe anónimo y provinciano. Mister Dogan había preparado para ella una gira internacional, pues sus triunfos en Norteamérica habían despertado una curiosidad inusitada que había hecho que los más encopetados palacios líricos del mundo —la Ópera de París, la de Berlín, la de Viena, la Scala de Milán y La Fenice de Venecia— se disputaran las fechas de sus actuaciones; desde la Malibrán o de la Sontag, ningún debut había despertado tanta curiosidad, no se había dado circunstancia semejante. Lo que más le apetecía era, pues, el desprecio que iba a hacerle a Germán Ripoll, quien sin duda acudiría a la première intentando reverdecer laureles, por lo que el plan ideado por Jerónimo Cifuentes le venía como anillo al dedo. Así, además de su éxito, le restregaría por la cara la compañía de aquel ejemplar de hombre aureolado por una fama de riqueza y exotismo inigualable, que atraía tanto a hombres como a mujeres y que todos suponían su amante... Aquello le producía en el estómago un cosquilleo delicioso y especial.

Juan Pedro, por su parte, cumplía a pie juntillas con su rol y lo hacía a gusto. Se dejaba ver en todo acontecimiento ciudadano donde acudiera la prensa, jugaba ingentes cantidades de dinero en el hipódromo de Can Tunis y acudía en noches señaladas a los tapetes verdes más significados de Barcelona. Poco a poco se fue creando una fama legendaria, mitad cierta y mitad acrecentada por la fantasía desbordada de la gente que hacía del boca a oreja la más fiable fuente de información.

Una de las primeras actuaciones de Juan Pedro fue presentar sus respetos al gobernador señor Sánchez de Toledo, y junto con una generosa donación de dinero para una institución de caridad que presidía su esposa, le explicó las circunstancias que habían jalonado su extraordinaria vida, justificando de esta manera lo que ya había hecho en compañía de Julián Cifuentes en La Habana y que no era otra cosa que argumentar la duplicidad de su personalidad. Había partido de Barcelona como Juan Pedro Bonafont a servir a la patria y tras cumplir con ella en exceso había regresado como Jerónimo Cifuentes, riquísimo plantador indiano dueño de una de las más extensas propiedades dedicadas al tabaco y al azúcar, dispuesto a invertir en Barcelona creando puestos de trabajo y ayudando en todos cuantos empeños sirvieran para mejorar la ciudad.

El gobernador le dio la bienvenida poniéndose a sus órdenes en todas aquellas cosas que ayudaran a facilitar sus negocios, e inclusive se decía que desde aquel día en que el indiano acudía a cualquier lugar donde se jugara blackjack, ruleta, póquer u otro juego de azar, el señor Sánchez de Toledo había ordenado a la Policía Municipal que hiciera la vista gorda.

Por otra parte, el arreglo de su mansión marchaba viento en popa, aunque la dirección del hotel España deseaba que fuera lenta, ya que se sentían honrados y agradecidos por la fama que daba al establecimiento el hospedaje de tan ilustre visitante.

El número de gentes que deseaban entrevistarse con Juan Pedro para proponerle negocios y pedirle ayuda para un sinfín de centros benéficos iba cada día en aumento.

Aquella tarde, tras la última visita, cuando la morena cabeza de Silverio asomó en el quicio de la puerta, en la expresión de su rostro adivinó Juan Pedro que algo insólito se había presentado, por lo que en vez de aguardar a que el sirviente le anunciara el problema indagó:

—¿Qué ocurre, Silverio?

El mulato vaciló.

—Tiene un visitante que presumo incómodo y al que tal vez no quiera recibir.

A Juan Pedro le extrañó el anuncio.

—Ya han pasado por aquí todos los pedigüeños de Barcelona, ¿por qué no voy a recibir a otro?

—Tal vez éste no venga a pedir... o quizá le pida algo que usted no pueda concederle.

—Déjate de misterios y explícate.

—Quiere verlo un cura.

—No te entiendo, Silverio... Ya han venido otros a los que he atendido.

—Es que a éste lo conocemos los dos desde hace muchos años, aunque tal vez entonces no fuera aún con sotana.

Juan Pedro se extrañó de la respuesta.

—Si no te aclaras, no te sigo.

—Está en la recepción del hotel don Antonio Ripoll, muy conocido en la ciudad porque ha sido durante varios años secretario de mosén Cinto Verdaguer. Insiste en ser recibido, y ya le he dicho que sin cita previa no acostumbra usted, pero ha insistido.

Una oleada incontrolada de recuerdos asaltó la memoria de Juan Pedro, quien meditó unos instantes.

—Lo recibiré. Creo que tengo yo más cosas que preguntarle a él que él a mí.

Juan Pedro aprovechó el intervalo para ir un momento a su dormitorio, ponerse su mejor levita y repasar su aspecto ante el espejo. Cabía que el porte de su visitante le impactara, de modo que, por lo mismo, quiso que el suyo también impresionara a aquel clérigo que él había conocido en un tiempo del que parecía mediar una eternidad.

El regreso a su despacho coincidió con el de Silverio.

La voz susurrante del criado le indicó que la visita del sacerdote también lo había impresionado.

—Ya está aquí.

Juan Pedro ocupó su lugar detrás de la gran mesa y, de pie, aguardó a que entrara el visitante, le indicó:

—Hazlo pasar.

Silverio lo introdujo.

—Señor, don Antonio Ripoll.

La imagen del clérigo sorprendió a Juan Pedro. En su recuerdo se perfilaba un hombre joven, casi un muchacho, al que había visto en un par de ocasiones siempre subordinado a la memoria de Candela, y ante él comparecía un sacerdote vestido con el traje talar propio de un clérigo, con el pelo tonsurado cortado casi al rape y la mirada franca, que avanzaba hacia él con una media sonrisa en los labios y con la mano tendida.

Juan Pedro quiso ignorar el saludo, y aprovechó el momento para dar media vuelta y sentarse en el sillón de su despacho, a la vez que invitaba con un gesto al visitante a hacerlo frente a él y daba una última orden a Silverio, quien ya se retiraba.

—Quédate. Quiero que seas testigo de esta conversación. Además, considero que debes ocupar el lugar de protagonista que sin duda también te corresponde.

Silverio permaneció en pie al lado del balcón en tanto ambos hombres se sentaban frente a frente.

Juan Pedro se sintió escrutado al punto de sentirse incómodo.

—Recibo un montón de visitas todos los días y mi tiempo es escaso, por lo que le ruego que no me lo haga perder... Explíqueme el motivo de su interés por verme.

—En primer lugar, pretendo encuadrar la situación, de manera que creo que será mejor para los dos mostrarnos francamente sin intentar desvirtuar el escenario. —Antonio extrajo de su hondo bolsillo la foto de *La Vanguardia*—. Pese a lo que diga el pie de la fotografía, y no soy quién para indagar el motivo, usted es Juan Pedro Bonafont, hijo de Luisa Raich y hermano de Máximo, y es a usted y no a don Jerónimo Cifuentes de San Andrés a quien vengo yo a ver.

Juan Pedro meditó un instante su respuesta.

—Efectivamente, y ni a usted ni a nadie que me conociera en Barcelona voy a negar quién soy... porque no tengo nada que ocultar. Pero resulta que, por motivos que no vienen al caso, también soy la persona que dice el pie de foto. Y usted, pese al hábito, es

Antonio Ripoll, hijo de una familia de ingratísimo recuerdo para mí, pues fue la ruina de la mía. Y en su honor debo decir que, casi con seguridad, lo único aprovechable de ella ha sido usted, y es por ello por lo que lo he recibido.

Antonio atajó por derecho.

—Soy consciente de que tengo un hermano con el que no estoy de acuerdo en nada, pero mi padre, que en paz descanse, fue un prohombre en Barcelona y mi madre es una santa.

—No puedo decirle que sentí la muerte de su padre. Él dirigía su fábrica cuando mi hermano Máximo perdió tres dedos por trabajar sin el guante de malla de acero... que proporcionaron al que después ocupó su lugar. Luego, por caridad, colocaron a mi hermano de carretero, y a pesar de los testimonios que afirmaron que el día de la explosión del petardo en la fábrica él estaba en Sabadell, lo echaron a los perros y ahí comenzaron sus desventuras. Soy consciente de que se juntó con quien no debía, pero fue la familia de usted el origen de su desgracia. Otrosí, la santa de su madre despidió a la mía, quien cometió el fatal desliz de pretender defender a su hijo. La explicación que dio doña Adelaida aún resuena en mis oídos: «Cuando la policía lo busca es que algo habrá hecho». Y para rematar la faena aquí tiene usted la evidencia viva de la malignidad de los suyos. —Señaló a Silverio—. Este hombre fue acusado vilmente de algo que no había hecho y pagó con la cárcel. Si quiere le cuento más cosas, como que, por la influencia de su padre, estuve a punto de ser enviado a los peores puestos de Cuba, donde habría podido perder la vida. ¿Sigo? Y, por lo que sé, su hermano es digno hijo de su padre.

Antonio miró serenamente a Juan Pedro.

—No voy a defender lo que no tiene defensa; mi hermano es una mala persona, pero todo queda ahí. Mi madre hizo lo que mandó mi padre, y mi padre se equivocó. Y yo, en la medida de mis posibilidades, he procurado remediar tanto dislate y estoy aquí para contarlo.

—Crea que le escucho atentamente.

—Yo fui... Perdón, no quiero atribuirme méritos que no me corresponden, así que mejor diré que, por mi mediación, hombres de la Iglesia muy influyentes sacaron a Silverio de la cárcel. —Antonio extrajo de su bolsillo una cartera sujeta con gomas y, desplegando sus dobleces, mostró por encima de la mesa una fotografía a Juan Pedro—. A petición de su madre, asistí a su hermano Máximo en sus últimos momentos, y debo decirle que partió de este mundo en gracia de Dios. Luego removí Roma con Santiago para que todos los componentes de su familia, Luisa y Máximo, junto con su padre, descansaran en la fosa parroquial del cementerio del Este, y créame que, dadas las circunstancias, no fue tarea fácil. Y finalmente, y por si le interesa, me he ocupado todo este tiempo de Justina, la hija de su hermano, a la que Luisa antes de morir ingresó en el asilo del Bon Consell, cuya superiora es buena amiga mía, pues la madre de usted me encomendó la custodia de la pequeña en una carta que dejó a Candela.

Juan Pedro fue asimilando aquel torrente de información. A la mente se le venían un sinfín de preguntas, pero sin darse cuenta lo primero que le vino a la boca fue:

—¿Cómo está Candela?

Antonio meditó la respuesta. Su postura era muy delicada; de una parte no quería mentir y de la otra, por su condición de sacerdote, debía defender los principios de la Santa Madre Iglesia.

—Infelizmente casada, pero casada al fin.

Juan Pedro, siguiendo su costumbre cuando algo lo inquietaba o lo agobiaba, tamborileó la mesa con los dedos.

—Cada cual se busca su destino.

—Algunos sí, pero a otros se lo buscan.

—La maravilla del ser humano es que siempre puede escoger.

—A veces las circunstancias y la presión nos obligan a hacer cosas que no habríamos hecho libremente.

—Su defensa le honra, pero hay situaciones que no admiten excusa. Su prima de usted entre el dinero y el amor escogió lo primero.

—Ella no escogió, Juan Pedro; la obligaron, y ha pagado por ello un excesivo precio.

—¿A qué se refiere?

Antonio recogió velas.

—No viene al caso; ahora ya no tiene remedio. El matrimonio es un sacramento indisoluble. Además, la consanguinidad le ha jugado una mala pasada; el único hijo de Candela nació sordomudo, y el estúpido de mi hermano, y que Dios me perdone, no lo acepta. Desde niños lo suyo tenía que ser lo mejor, por lo que cualquier deficiencia para él es una tara.

Juan Pedro meditó unos instantes. En lo más hondo de su corazón sintió que el rescoldo de su amor mantenía las brasas vivas y se dispuso a luchar contra aquel sentimiento.

—Si la ve, dígale que lo siento en el alma. Pero comprenderá que al lado de lo que yo he vivido lo suyo es una minucia.

—No lo crea. Candela ya ha sufrido bastante. He venido aquí por encargo suyo, para confirmar la certeza de que usted es quien es, y con eso ya habré cumplido con ella, pero no quiero ser mensajero de dolor ni de esperanza. Mi prima ha encadenado circunstancias muy dolorosas; su madre está recluida en el frenopático de San Baudilio, su matrimonio ha sido un fraude y su hijo, como ya le he dicho, no es un niño normal; creo que su joven vida ya ha cubierto su cupo de desgracias. Por otra parte, es mejor que esté resignada en su actual situación... Candela es una mujer casada, y eso no tiene vuelta de hoja.

A partir de aquel instante Juan Pedro miró con otros ojos al clérigo.

—¡Qué cosa tan extraña es la vida! De padres iguales y de una misma educación, hijos tan diferentes... Usted nada tiene que ver con Germán.

—Ni usted con Máximo, pero así es la vida.

—Le agradezco lo que ha hecho por mi familia, y le rogaría que la mañana que pueda me acompañe al cementerio del Este para terminar lo que tan bien comenzó usted.

—¿Y qué es ello?

—Quiero comprar una tumba digna para los míos y trasladar sus restos. Es de justicia que reposen juntos, creo que le debo eso a mi madre.

—Cuente con ello.

—Y también, si no es mucho pedir, le agradecería que me acompañara al Bon Consell y que diera fe de que soy quien soy. En cuanto tenga mi nueva casa en condiciones, deseo que la última familia que me queda, que es la hija de mi hermano Máximo, viva y se eduque conmigo.

—Me parece una fabulosa decisión que le honra, y desde luego también puede contar conmigo.

Hubo una pausa.

—Y dígale a Candela...

—Le ruego que dejemos el tema de Candela tal como está, será lo mejor para todos.

166
El panteón y el orfanato

La Vanguardia, 13 de abril de 1895

Las noticias sobre nuestro ilustre huésped se suceden sin interrupción. Se dice que es hijo de Barcelona y uno de tantos héroes anónimos que salpican la geografía de nuestra guerra colonial; otros sostienen que es hijo de un indiano que lo adoptó en agradecimiento de no se sabe qué acto heroico, y finalmente se rumorea que es un enviado especial del presidente McKinley para intentar sentar las bases de un posible acuerdo hispanoamericano que evite males mayores.

Lo que este periódico puede afirmar con rotundidad es que el viernes pasado adquirió al escultor Josep Llimona una hermosa escultura en mármol que representa una mujer afligida, consolada por un ángel, que en el futuro deberá presidir un mausoleo en el cementerio del Este sin nombre alguno y que tal vez algún día alojen sus restos. Lo que sí ha podido saber este periodista es la frase de san Agustín que se leerá en la lápida y que denota la clara intención de reunirse con alguien: «No permitas, Señor, que estemos separados en el cielo los que tanto nos amamos en la tierra».

Otro acontecimiento que denota el peculiar talante de nuestro huésped es lo acontecido ayer por la mañana. Don Jerónimo Cifuentes acudió a los almacenes El Siglo, y del nombrado establecimiento envió al orfanato del Bon Consell una plataforma tirada por dos caballos llena de los más diversos juguetes para niños y niñas.

Este periodista tendrá a sus lectores al corriente de las andanzas del ilustre mecenas.

Tras la entrevista con Antonio y una vez que éste le indicara el nombre de la madre superiora del orfanato del Bon Consell, Juan Pedro, en el coche conducido por Silverio, se dirigió al barrio de Les Corts donde estaba ubicado el asilo en lo que había sido la finca de Can Duran. Detuvo el auriga el faetón en la misma puerta, y Juan Pedro, tras ordenarle que aguardara allí, ascendió los tres escalones que separaban la entrada del pabellón que presidía la edificación y con un gesto rápido tiró de la cadena que obligaba a la campanilla a sonar en el interior. El ruido argentino del badajo golpeando el bronce llegó hasta él. Desde el lateral se abrió una mirilla, y la mirada inquisitiva de la hermana tornera lo examinó de arriba abajo.

Juan Pedro, con el sombrero de media copa en la mano, se dirigió a ella.

—Buenos días, hermana. Mi nombre es Jerónimo Cifuentes y querría ver a la reverenda madre Sagrario.

La monja, que el día anterior había oído el nombre del benefactor que había circulado por todo el convento como reguero de pólvora, acompañando la llegada de un carro lleno de juguetes, saltó presta de su observatorio y al punto estaba descorriendo cadenas y cerrojos para dar paso al ilustre visitante.

—Sea bienvenido, señor, a esta su humilde casa.

Juan Pedro atravesó la cancela y esperó a que la monja cerrara de nuevo la puerta torneada y le indicara qué hacer.

—Ahora mismo le anuncio. Si es tan amable de aguardar en el salón de visitas…

—Donde usted me diga.

—Sígame, por favor.

La hermana tornera lo condujo a través de un pasillo, que transcurría bajo un techo abovedado de *volta* catalana, hasta un humilde salón presidido por una espléndida talla de la Virgen de la Misericordia y en cuyas paredes se abrían tres ventanales sobre el grueso muro.

—Tenga la bondad de aguardar un momento. La reverenda madre bajará enseguida.

Se retiró la tornera y Juan Pedro se sentó en uno de los sillones que componían el tresillo principal.

A lo lejos sonó la campana de un reloj anunciando las once horas.

Al poco una monja de otro porte mucho más distinguido que el de la hermana tornera se asomó en el arco de la cancela. Su ajustada toca enmarcaba el rostro totalmente limpio de una mujer que en su tiempo y en el mundo exterior debía de haber sido muy bella.

Juan Pedro se puso en pie y ella avanzó, sonriente y segura de sí misma, con el talante de una condesa medieval recibiendo a un siervo de la gleba.

—Créame que es para mí una satisfacción especial recibir a tan señalado visitante cuyas credenciales indican una generosidad de carácter poco común.

La reverenda madre, que vestía un hábito azul marino con la toca que enmarcaba su rostro de un azul más claro, se llegó hasta él sin mostrar las manos, que ocultaba tras las anchas mangas de su vestidura.

Juan Pedro aguardó a que la monja se sentara y él lo hizo a continuación.

La superiora abrió el diálogo.

—Lo esperábamos tras el anuncio que nos hizo el padre Ripoll. Lo que no imaginamos jamás es que lo precediera el maravilloso regalo que nos hizo ayer. Nuestras niñas se lo han agradecido hoy en la capilla pidiendo por usted a la santa patrona.

Juan Pedro se sintió agobiado.

—No tiene más importancia; el hecho de recuperar una sobrina no sucede todos los días.

—Eso se nos ha dicho en la carta que nos ha enviado el padre Ripoll. Aunque en verdad lo que ha llamado mi atención es la no coincidencia de sus apellidos con los de la niña que nos fue confiada al respecto de los suyos.

—Esta carta se lo aclarará.

Juan Pedro tendió a la monja un oficio certificado del Gobierno Civil donde figuraba su doble identidad y la legitimidad de ambas anotaciones.

La monja, tras leer el documento, se lo devolvió.

—No soy quién para descifrar este acertijo, y de cualquier manera mi alegría es grande como cada vez que una de mis niñas parte para integrarse en una familia de adopción, más aún cuando resulta ser, como en esta ocasión, que la persona que la reclama es un familiar directo.

Liquidado el trámite de la autenticidad de su pretensión, Juan Pedro indagó:

—Hábleme de Justina.

—Como usted sabe, el origen de su caso fue muy triste, lo que ocurre es que aquí se hizo todo lo conveniente para ocultarlo. Justina se integró rápidamente a la disciplina del centro, y tras unos días de preguntar cuándo vendría su abuela a buscarla su intuición le dijo que no iba a ser posible y que lo mejor sería que no insistiera más. A partir de ese momento, y en cuanto cogió confianza con las hermanas, su carácter alegre y comunicativo le facilitó el camino. No negaré que los comienzos fueron duros, pero hoy puedo decirle que es una niña feliz.

—Cuánto me alegra oír todo esto.

—¿Es usted casado, don Jerónimo… o mejor lo llamó don Juan Pedro?

—Llámeme como guste, madre. En cuanto a su pregunta, no, no estoy casado.

—Lo he imaginado, ya que los trámites de adopción, cuando se producen, acostumbran realizarse en pareja. Y si me apura le diré que es más propio de mujeres que no han podido concebir que de hombres, quienes en general lo hacen más por complacer a su esposa que otra cosa.

—Mi caso es diferente; Justina es hija de mi fallecido hermano y únicamente me tiene a mí en el mundo.

La madre demoró un momento su respuesta.

—Permítame un consejo, don Jerónimo, pues a veces la premura por llevarse a uno de nuestros niños hace que los futuros padres se equivoquen.

—La escucho, madre. Su experiencia para mí es impagable.

—Ahora bajará Justina para que la conozca. Sin embargo, sería conveniente que nos la dejara aquí un tiempo durante el cual usted viniera a verla de vez en cuando para ganarse su confianza y su afecto. El día en que consigamos que ella lo espere ilusionada, ése será el que estará preparada para comenzar una nueva vida.

—Me ha adivinado usted el pensamiento. No únicamente acepto su consejo, sino que, además, debo decirle que ha previsto mi deseo. Es poco el tiempo que llevo en Barcelona; vivo en un hotel, que no es lugar para niños, y todavía no tengo el hogar que pretendo tener. He comprado una casa y debo proveerla del correspondiente servicio, al que ahora añadiré personal para cuidar de una niña. Durante ese tiempo vendré a verla en cuantas ocasiones pueda. Y desde luego pienso que no puede estar en mejor lugar que con ustedes; por tanto, el favor me lo hace usted a mí.

—Me alegro entonces por Justina de esta coincidencia de pareceres, y ahora, si lo tiene a bien, voy a mandar que vayan a buscarla.

La superiora se puso en pie y llegándose a la puerta pulsó el timbre que allí estaba, regresando a continuación junto a Juan Pedro.

Al punto una monja muy joven, que enmarcaba su rostro en una toca blanca diferente de la de la reverenda madre, se asomó a la puerta y tras una reverencia aguardó en silencio a que la superiora hablara.

—Sor Bernardita, vaya a buscar a Justina Bonafont y acompáñela hasta aquí.

La monjita, tan silenciosa como había llegado y tras otra inclinación, se retiró.

La madre superiora aclaró:

—Sor Bernardita es postulanta. Nuestras aspirantes en prácticas llevan la toca blanca antes de sus segundos votos.

Quedaron los dos hablando de cosas inherentes a la institución, de las necesidades del centro y de la dureza de los tiempos. Juan Pedro se comprometió a ayudar a las monjas y a atenderlas, en memoria de su madre, asignando a la institución una cantidad al mes que aumentaría al paso del tiempo.

Estaba la superiora agradeciendo su gesto cuando el sonido doble de unos pequeños pasos acompañando a otros de mayor diapasón interrumpió el diálogo.

Apareció en el quicio de la puerta la monjita llevando de la mano a una niña preciosa, uniformada con una bata de sarga azul sobre su vestidito y con el pelo recogido en dos trenzas, la cual, a su vez, llevaba en su otra mano una viejísima muñeca de trapo con un ojo de botón de azabache y otro de nácar y como cabellera un estropajo. Juan Pedro observó que el rostro de la pequeña era el vivo retrato de su madre.

167
El debut de la Fadini

Finalmente llegó el tan ansiado día. El 12 de mayo de 1895, la Fadini iba a debutar en el Liceo en el papel de Gilda en *Rigoletto*, de Giuseppe Verdi, bajo la batuta de Arturo Toscanini, y sus principales compañeros de reparto serían el barítono Ettore Borelli en el papel del bufón y el famoso tenor Francesco Tamagno en el del duque de Mantua.

Dos semanas antes, todo el papel estaba vendido. Las llamadas entre las familias de la alta burguesía de Barcelona por si a alguien le sobraba una entrada en el palco eran continuas; las modistas no daban abasto para satisfacer los deseos de sus clientas, y las peluqueras estaban contratadas con una antelación de quince días para repasar cabezas, retocar peinados intentando componer postizos y añadir bucles haciendo el milagro de que se viera más cabello donde ya no lo había.

La dirección del gran teatro estaba desbordada en su intento por complacer a todo el mundo. La petición de entradas oficiales para el capitán general, el gobernador civil, el alcalde de Barcelona y sus séquitos era constante, y la curiosidad por ver a aquella soprano barcelonesa, consagrada allende los mares y protagonista de una historia tan singular como misteriosa, rebasaba los límites del mero debut teatral. No era ajeno a todo aquel ajetreo el interés por ver al nuevo propietario del primer palco proscenio izquierdo del primer piso, a quien la fantasía popular había atribuido una historia de heroísmo y de triunfo allende los mares, al mejor estilo de una novela de Alejandro Dumas, y al que todo el mundo otorgaba la categoría de amante de la diva.

El día anterior Germán, en el despacho de las importaciones de Cuba, había tenido un notable incidente con su suegro. Orestes le echó en cara lo descuidada que tenía a su familia; le reclamó una mayor atención hacia Candela y todavía mucho mayor hacia Pelayo. Germán no tuvo otro remedio que encajar el rapapolvo, pues la paciencia era fundamental en su situación de espera. El tiempo no pasaba en balde y, pese a las cortapisas del testamento y del incordio que representaba Gumersindo Azcoitia, llegaría el día en que como esposo de Candela o como padre de Pelayo todo estaría a su alcance, y tendría entonces mucho más margen de maniobra, podría cubrir sus deudas de juego y atender la inmensa deuda que había adquirido con doña Gabriela Agüero, viuda del difunto socio de su padre, Juan Massons, y ocupar al fin ante la burguesía barcelonesa el lugar que creía merecer por categoría y por nacimiento.

Aquella mañana se había citado en la peluquería del Círculo Ecuestre con Alfonso Ardura. Su amigo estaba al corriente de sus planes y ocupaba el sillón contiguo de la barbería que, como todas, aquel día tenía un cupo extra de trabajo.

—Entonces, si vas con Candela, tu intención de acabar la noche como pretendías, aunque a mí siempre me pareció una insensatez, se va a ir al garete.

—Eso está por ver. Ya sabes que me encanta el riesgo; no hay peor aventura que la que no se intenta. ¡Sólo tropieza el que camina! Por intentarlo no voy a perder nada, Alfonso, y además te diré una cosa: ninguna mujer se olvida de la primera vez.

—Pero tal como me dijiste que acabó la cosa…

—Eso se cicatriza con el tiempo. Lo que queda en el cerebro de la mujer es el recuerdo del que fue el primero, ¿o no, Claudina?

La manicura, una mujer de unos treinta años que entre los clientes tenía fama de dada y que estaba aplicando el *polisoir* a las uñas de la mano derecha de Germán, asintió servicial, pensando sin duda en la rumbosa propina.

—Lo que usted diga, don Germán.

—¡Chica lista, complaciendo al hombre y al cliente! Más de una mujer casada debería aprender.

Los dos amigos finalizaron a la vez la puesta a punto, Ardura con el mostacho ajustado a las patillas, y Germán con la barba y el bigote pulidos y perfilados.

Aquélla iba a ser una gran noche. La natural curiosidad que representaba una pareja tan peculiar como la que formaban Claudia y él así como la desmedida afición del personal por saber más que el vecino de la vida de la gente de moda habían logrado que el bulo que intencionadamente habían hecho correr, debidamente adobado y aumentado por la tendencia humana a exagerar las cosas, fuera de boca en boca, y con él los nombres de ambos. Los «Lo sé de muy buena tinta», «El dueño del hotel España es cuñado de un amigo mío» o «Vargas, el consuegro de mi hermano, fue el que lo introdujo en el casal de Cataluña en La Habana» eran frases comunes que daban tono al que las pronunciaba.

El caso iba a ser que aquella noche, sin duda, todos los binoculares del gran teatro se dirigirían hacia el palco que Juan Pedro había comprado y remozado de arriba abajo, y en el que iba a instalarse él solo.

Por la mañana en el Liceo todo era actividad; el equipo de limpieza, dejando impecable la platea; la tramoya, colgando telones, ajustando varas y fijando en el suelo las patas que debían marcar las salidas de las entre cajas; los electricistas encaramados en las escaleras, ajustando focos, colocando gelatinas en las diablas y limpiando el polvo de las candilejas; los músicos, distribuyendo sus atriles en el foso, según las últimas órdenes de don Arturo Toscanini; en el sótano, la sastrería invadida por todo el elenco artístico, montando pelucas, ajustando trajes y poniendo junto a cada uno de ellos todos los aderezos que debía llevar el personaje; los jefes de acomodadores y de claca, dando instrucciones a sus respectivos equipos, el primero para mejorar el tráfico de la ubicación de la gente y el segundo para dar brillantez a los momentos cumbres de las arias principales y a los finales de acto, y finalmente un subinspector de policía y el jefe de bomberos, coordinando sus fuerzas para impedir una desgracia que volviera a marcar de modo indeleble la vida del gran coliseo.

Doña Flora no cabía en sí de gozo. Daba por bien empleadas todas las penurias, angustias y dificultades pasadas hasta aquel momento. A partir de aquel día su hija, su querida Claudia, iba a figurar en el libro de oro de la historia de la ópera junto a las grandes de la época. Su reino era el camerino de su hija, donde en la puerta, junto a una estrella plateada, lucía su nombre artístico, Claudia Fadini; en el interior, al fondo, había un tocador de mármol rosa presidido por un espejo enorme, rodeado por una ristra de pequeñas bombillas; de lado a lado del paño de pared de la izquierda, un perchero con toda la ropa que debía usar en los diferentes cambios y a continuación una inmensa *chaise longue* para que la diva descansara en los entreactos; al fondo estaba la puerta del servicio y a la derecha, tres anaqueles en forma de grada, llenos hasta arriba de ramos de flores con las respectivas tarjetas de las personas o entidades que los habían enviado.

Después del ensayo general de la tarde anterior, Claudia se había dedicado a descansar y había tomado un refrigerio muy ligero. Y el día del debut, más para calmar los nervios que por otra cosa, se había dirigido al teatro en el soberbio coche de caballos de Juan Pedro, con cinco horas de antelación, dispuesta a ponerse en manos de peluqueros, maquilladoras y modistas; y en todo ese interludio la única persona autorizada a entrar en el camerino era don Jerónimo Cifuentes.

Doña Flora, mucho más nerviosa que ella, iba arriba y abajo del camarín cambiando de sitio los tarros de maquillaje o estirando una arruga imaginaria en alguna de las piezas de ropa que tenía que vestir Claudia. De pronto unos discretos golpes sonaron en la puerta.

—¡Otro ramo! —profetizó doña Flora.

Efectivamente, una inmensa cesta de mimbre desbordada de rosas rojas y amarillas, ornadas con un gran lazo dorado, aparecía en el quicio de la puerta tapando hasta la gorrilla del botones que la portaba.

El muchacho era la cuarta vez que hacía el viaje; la cesta provenía de la floristería Feliu, una de las más famosas de las Ramblas.

—Déjala aquí —ordenó doña Flora tomando el sobre de la tarjeta e indicando un hueco en el último estante de la floral gradería.

El botones, tras cumplir, aguardó la propina.

—No hay más por hoy, ya te he dado tres veces.

Claudia miró a su madre con desaprobación. El muchacho se retiró, y la mujer se dispuso a abrir el sobre para ver quién era el espléndido admirador.

Doña Flora palideció.

La demora en leer la cartulina puso a Claudia sobre aviso.

—¿Qué ocurre? ¿Se ha muerto alguien?

—No, hija.

—¿Pues entonces...?

Ante el silencio de su madre, Claudia, extendiendo la mano, exigió:

—¡Deme!

La mujer le entregó la tarjeta, y Claudia se acercó con ella hacia la luz del espejo.

Deseándote el mayor de los éxitos; siempre dije que eras una artista extraordinaria; mi padre, QEPD, tenía razón.

Tu rendido admirador,

GERMÁN RIPOLL

Claudia no pudo impedir que un ligero temblor de su mano denunciara el impacto que le había ocasionado la recepción del ramo de flores.

Doña Flora, al darse cuenta, tomó la cesta por el asa con violencia y se dispuso a llevársela del camerino.

—¡Ahora mismo saco estas flores de aquí! ¡Por Dios, qué momento tan inoportuno!

—¡Déjelas donde están, madre! Su señor padre fue uno de los fundadores del patronato, tenía el palco frente al de don Jerónimo e imagino que ahora debe de ser de Germán. ¿Acaso piensa que no imaginaba que ocurriría algo así? Lo que sucede es que el momento me ha sorprendido, pero no dude que esta noche él estará entre el público. Y no quiero engañarla, una de las cosas que más me motiva es que vea mi triunfo.

—¡No me digas que ese pisaverde te importa algo!

—Nada en absoluto, al contrario. Sin embargo, la venganza es un plato que se sirve frío, y por otra parte he de reconocer que esa familia algo ha tenido que ver en mi formación. —Después señaló la inmensa cesta—. Déjela aquí, que luego le encontraré acomodo.

Unos discretos golpes en la puerta con una cadencia especial anunciaron la llegada de Juan Pedro.

—Adelante.

La puerta se abrió un palmo.

—¿Puedo?

Doña Flora respondió en un tono melifluo y coqueto que nada tenía que ver con el anterior.

—¡Usted puede siempre, don Jerónimo! Bueno, casi siempre...

Juan Pedro se introdujo en la estancia cerrando la puerta tras de sí.

—¡Qué barbaridad, esto parece el jardín botánico! ¡Lo que va a ser este camerino cuando acabe la función! —Luego se dirigió a Claudia—. Sólo puedo decirle esto a alguien que conozca Cuba: ¡me encantan las plantas y los arbustos! Pero no me gustan las flores cortadas, porque empiezan a morirse. Te he traído un detalle. —Del bolsillo de su levita extrajo un paquete cuadrado y se lo entregó—. Para que siempre te recuerde tu triunfo en Barcelona y dé pábulo a que las malas lenguas tengan tema de conversación.

Doña Flora estaba extasiada.

En tanto deshacía el paquete, nerviosa y agobiada, leyendo en la etiqueta dorada que adornaba el lazo las letras de Bagués y Masriera, Claudia pronunció unas palabras de cortesía.

—No tenías que regalarme nada, tu amistad es lo único que me importa.

Retirado el papel, apareció un estuche de terciopelo rojo.

Claudia se demoró unos instantes mirándolo con arrobo.

—¡Ay, hija, por Dios, ábrelo de una vez!

Claudia oprimió el resorte que liberaba la tapa. Ante sus ojos, recostado en un fondo de terciopelo blanco, apareció un fino collar de zafiros y en medio un colgante que imitaba una hermosa rosa roja de rubíes enclavada en un finísimo trabajo de orfebrería.

El gran teatro refulgía como un ascua de oro. La inauguración de la temporada, coincidiendo con la curiosidad que despertaba el debut de la Fadini, había logrado que el lleno fuera total. La familia o la entidad pública que aquella noche no estuviera representada entre el público asistente no era nadie en Barcelona. La platea estaba totalmente ocupada y en los palcos la sobresaturación era evidente; inclusive por la puertecilla que los separaba del pequeño vestíbulo asomaban dos o tres cabezas. La joyería de las damas en collares, brazaletes y diademas adornando escotes, brazos y cabellos destacaba sobre el negro de los esmóquines y los chaqués. El palco de autoridades se hallaba al completo; el capitán general, el alcalde y gobernador civil con sus respectivas esposas y sus séquitos rebosaban su capacidad.

Un único palco por el que pasaron todos los prismáticos del teatro estaba vacío.

El proscenio del primer piso esperaba apagado a que su propietario hiciera acto de presencia.

Con diez minutos de cortesía, ya que cuando empezara la ópera se cerrarían las puertas y nadie que no hubiera llegado a la hora iba a poder entrar, se apagaron las luces lentamente a la par que el sonido de las voces se amortiguaba, y se encendieron la corbata del escenario y los pequeños puntos de luz del foso. Un caluroso aplauso saludó la entrada de los músicos, que con don Arturo Toscanini al frente, ocuparon su lugar.

Poco a poco la inmensa cortina granate con flecos dorados se fue abriendo al tiempo que las luces del escenario iluminaban el gran salón del palacio del duque de Mantua y daba comienzo el primer acto de *Rigoletto.* Cuando el tenor finalizó de cantar el aria «Questa o quella», el público fue consciente de que estaba ante un acontecimiento operístico con un reparto de primera categoría.

De súbito, y sobre todo entre el elenco femenino, se fue transmitiendo misteriosamente la noticia de que el palco proscenio del primer piso tenía dueño. De inmediato los binoculares se repartieron entre el escenario y aquel palco con un único propietario que, elegante y displicente, no apartaba la mirada de la soprano que en el papel de Gilda y en la segunda parte del primer acto había ocupado la escena interpretando el dúo «Figlia! Mio padre!». La temperatura fue subiendo; el público estaba arrebatado. Cuando llegó «Caro nome» el entusiasmo se desbordó, y el aplauso, que detuvo la representación y que no tuvo que esperar el arranque de la claca, duró cinco minutos.

El final fue apoteósico. La compañía al completo saludó, saliendo de uno en uno en orden de importancia. El telón de gloria se abrió y se cerró un sinfín de veces; la corbata del escenario se llenó de ramos de flores y, por insistencia del respetable y con el telón de boca ya echado, tuvieron que salir por el corte que separaba la T y L doradas varias veces, y cuando finalmente la Fadini llamó al escenario a Arturo Toscanini se desató el delirio; Barcelona había descubierto a su soprano.

A la salida los comentarios eran de diferente color y la gente pugnaba por demostrar que conocía a la nueva diva de antes de aquella gloriosa noche. «Cuando era una promesa yo la oí cantar en casa de los Bonmatí», «Dicen que Práxedes Ripoll la descubrió», «Vete tú a saber lo que vio en ella el viejo libertino, porque hay que reconocer que es una hembra de tronío», decían. Hortensia Lacroce, atrevida como siempre y que había captado este último comentario, apostilló al oído de la mujer del cónsul italiano, tapándose la boca con el encaje de su abanico: «El que es de tronío es su amante, ¡qué ejemplar de hombre, válgame Dios!».

La cola que se formó para entrar a saludar a la Fadini en el camerino llegaba hasta la calle. Alguien incluso propuso retirar los caballos del enganche de la diva para arrastrar el coche hasta el hotel España.

El protocolo del Liceo recurrió a los municipales para poner orden. Como era de rigor, las primeras en entrar en el camerino fueron las autoridades; Claudia, todavía maquillada y peinada como Gilda, envuelta en una bata de raso de seda y sentada en la banqueta de su tocador con la pose de una reina restaurada, en compañía de don Jerónimo Cifuentes, de pie tras ella, iba recibiendo los parabienes de los espectadores como algo natural y que le fuera debido desde hacía mucho tiempo.

El capitán general don Eulogio Despujol besó su mano.

—¡Ha estado usted divina! Parto en breve para Cuba, y si no estoy mal informado fue en La Habana donde comenzó su carrera.

Claudia presentaba a Juan Pedro como su amigo cubano.

—Tengo recuerdos inolvidables de la isla... Y sí, puede decirse que allí me di a conocer.

El militar se hizo a un lado.

—Mi ayudante me dice que la conoció cuando usted comenzaba. Hoy no ha podido venir porque su mujer, que es filipina, está de parto.

—¿Y quién es su ayudante?

—El comandante don Emilio Serrano.

Claudia se desconcertó un instante, pero al punto se repuso.

—Cierto, era buen amigo mío en los viejos tiempos. Le tengo un gran aprecio.

—Se lo diré, seguro que estará encantado. Y ya habrá ocasión, espero, para que la salude.

Tras las autoridades fueron pasando los componentes de la alta burguesía barcelonesa en tanto el jefe de Protocolo del Liceo iba haciendo las presentaciones.

—Las señoras doña Dorotea Rincón de Bonmatí y doña Zenaida Villavecchia.

Claudia prestó poca atención a la presentación, pues en la puerta le pareció ver el perfil de la persona que buscando su ruina había propiciado su gloria.

Luego atendió a las dos mujeres; eran de un mismo corte: vulgares pero guapas. El escote del traje de la primera era exagerado.

—¡Ha sido maravilloso! Mi marido no se perdonará habérselo perdido. Está de viaje, ¿sabe? Es un gran admirador de su arte. No sé si lo recordará, pero cuando usted comenzaba cantó en una fiesta que dimos en casa, en la calle Ganduxer, con César Ventura y el maestro Rodoreda.

—Lo recuerdo perfectamente. Transmita mi saludo a su esposo.

Tras unas palabras de cortesía, el encargado de Protocolo las hizo salir intentando agilizar las visitas. Justo en la puerta la Bonmatí reconoció a Germán y hurtó la mirada, recordando la terrible noche de la bomba como si fuera el augurio de otra desgracia. Luego a su espalda resonó la voz del ordenanza anunciando:

—Don Germán Ripoll y don Alfonso Ardura.

En aquel instante ante ella estaba Germán, acompañado por otro caballero de su misma edad a quien Claudia reconoció como su amigo.

Germán se inclinó, meloso, y tomando la mano de Claudia entre las suyas la besó con unción. Luego su acompañante hizo lo mismo.

—Alfonso Ardura, de nuevo a sus pies.

Germán se arrancó.

—¡Qué maravillosa coyuntura, Claudia! El destino nos proporciona situaciones increíbles.

—Conoce usted… —Con la mano señaló a Juan Pedro, y remarcó el «usted» para colocar la escena como ella quería.

—No tengo el gusto.

Juan Pedro se presentó.

—Jerónimo Cifuentes de San Andrés. Y sí, tiene el gusto… o el disgusto, no sé yo, de conocerme, aunque sea a través del trato comercial.

—Si no me lo aclara…

—Desde hace un año. mi socia y apoderada, doña Gabriela Agüero, le está suministrando puros habanos de mi plantación y, aunque no es el momento de decirlo, creo que está habiendo algunos problemas.

Germán trastabilló.

—Desde luego no es el momento. Si le parece, podemos encontrarnos mañana en el Círculo Ecuestre para hablar de esa minucia.

—No acostumbro hablar de negocios fuera de mi despacho y además tengo una agenda muy complicada. No obstante, sé que hasta el próximo jueves no dispongo de un hueco libre. Lo esperaré a las cuatro del viernes en el hotel España, donde en estos días me alojo.

En aquel instante un jarro de cristal se deslizó al suelo desde las manos de doña Flora.

Germán pareció recuperar el pulso del ambiente, y tras un instante de vacilación, esa vez de usted, se dirigió a Claudia.

—Imagino que habrá recibido mis flores.

—Se ve que no es usted hombre de teatro… Las he colocado en el servicio; las flores amarillas dan muy mala suerte.

La noche había resultado un fiasco. Germán salió del camerino de la Fadini desairado y colérico, apartando a la gente a codazos y abriéndose paso hasta la calle seguido por Alfonso Ardura, quien, conociendo los raptos de furia de su amigo, se temía lo peor.

La gente se arremolinaba en la puerta del teatro bajo la marquesina, aguardando los coches al resguardo de la lluvia. Germán se colocó la capa, con un fuerte golpe en el mollar de su mano izquierda desplegó el paraguas y tras cubrirse se abrió paso hasta la primera fila entre las protestas del personal, llamando con gestos descomedidos al señor Ruiz, que al pescante de su coche esperaba su turno.

Alfonso Ardura se situó a su lado.

—Eres bastante incómodo. Yo he venido a la ópera, no a pelearme con la gente.

El coche del señor Ruiz se detuvo en doble fila a su altura, y los dos amigos se instalaron en el interior.

—¡Tira para delante!

—¿Adónde vamos, señor?

—¡Tú tira, ya te diré!

El coche arrancó entre los abucheos del público.

—Lo siento, Alfonso, tenía muchas esperanzas puestas en esta noche… Y tú, que me conoces bien, sabes que cuando algo se me tuerce me salgo de madre.

—Ya he visto que venías torcido.

Una pausa se estableció entre los dos amigos, y el único sonido que interrumpió el silencio fue el traqueteo de las ruedas sobre el empedrado de la calle y el rítmico clip clop de los cascos de los caballos.

—Tenía especial interés en que Candela me acompañara. En noches como la de hoy viste mucho llevar a la propia enjoyada a tu lado. Me costó un triunfo convencerla porque, cosa rara, en velada tan señalada como ésta, con el debut que tanta expectación había despertado, se había negado a asistir. Y finalmente un ataque de fiebre de Pelayo, mi hijo, le ha servido de excusa. Es cuando he recurrido a ti. Luego la estúpida esa, que debe todo a mi familia, se ha puesto divina y estrecha, y sin tener en cuenta que me batí en duelo por ella, y tú sabes el resultado, me ha despreciado como si fuera un don nadie e inclusive ha querido darme una lección indicándome qué color de flores no hay que enviar a una artista. He empezado hablándole de tú para crear un clima de confianza, y delante de ese mamarracho, que, por cierto, ahora ya sé quién es, ha pretendido ponerme en mi sitio ninguneándome. Y para más inri, y te cuento esto porque tú sabes todas mis cosas, esta noche me apetecía mucho el reencuentro; había puesto a enfriar el champán en la *garçonnière* y tenía preparados los rollos del fonógrafo con su voz para crear ambiente, ¡y todo se ha ido a tomar viento!

Ardura observó a su amigo de un modo especial.

—Te casaste con una mujer que es preciosa, un día u otro te hará millonario, los años pasan... ¿Cuándo piensas sentar la cabeza?

—Qué quieres que te diga, ¡es mi natural! Como sabes, Candela y yo dormimos separados; ella nunca me quiso, lo he sabido desde el principio, y hemos llegado a un entente: yo no la molesto, ella vive para su hijo y para la loca de su madre, y yo vivo mi vida; ésa es la única forma de que mi matrimonio se mantenga.

Hubo otra pausa.

—Y ¿dices que sabes quién es el famoso acompañante de la Fadini?

—¡Él se ha delatado! La plantación de Juan Massons, el que fuera socio de mi padre y primer proveedor, fue quemada por los mambises y a él le costó la vida; por lo visto su viuda, Gabriela Agüero, se puso al frente del negocio asociada con este tipo, y es ella la que me suministra los puros habanos y el azúcar que llega de Cuba. En estos momentos, y porque no puedo manejar las cosas como me gustaría, debo un dinero e imagino que es a ello a lo que se refiere.

—¿Qué vas a hacer?

—Mañana me preocuparé; esta noche tengo otros planes.

—¿Qué planes? ¡Si acabas de decirme que todo se te ha torcido!

—Los buenos estrategas maniobran sobre la marcha... Delante de nosotros ha entrado la mujer de Bonmatí, como sabes, y he oído que le comentaba a la diva que su marido no ha podido asistir porque está de viaje.

—No me querrás decir que...

—Que está sola, y que no hay peor negocio que el que no se intenta.

Tras dejar a Ardura en su casa, Germán indicó al cochero que siguiera hasta Ganduxer y que al llegar a la altura correspondiente ya lo avisaría. La lluvia había cesado, las nubes se habían abierto y una luna casi llena iluminaba el cielo de Barcelona. Llegando a la mansión de Cecilio Bonmatí ordenó a Ruiz que detuviera el coche.

—Aguárdame aquí y espérame dos horas; si no he salido para entonces, vete, que a lo mejor me quedo a dormir.

El señor Ruiz, que estaba acostumbrado a las excursiones noctámbulas de su patrón, se limitó a asentir como de costumbre y arrimando la rueda del coche al bordillo se aprestó a esperar.

Germán se acercó a la inmensa reja de hierro, en medio de la cual destacaban dos letras de bronce enlazadas, una B y una R, y a la derecha estaba la garita del guarda. No hizo falta que Germán tirara de la cadena que movía la campanilla, pues el portero, que lo había reconocido, ya se llegaba hasta la cancela.

—Buenas noches, don Germán, ¿qué se le ofrece?

—El señor está de viaje y tengo un recado urgente para la señora.

El hombre, a la vez que sacaba el aro de las llaves y escogía una de ellas para abrir la puerta, se explicó:

—No hace mucho que la señora ha llegado del Liceo. ¿Quiere que lo anuncie?

—No va a hacer falta, conozco el camino.

Se abrió la puerta y tras un «Buenas noches» apenas susurrado, Germán enfiló el caminal.

A la par que ascendía, iluminado por la lechosa luz de la luna, fue recordando el parque tal como estaba el día de la fiesta; la explanada iluminada de hachones donde se aparcaban los coches, el lugar donde se instaló la carpa para la actuación de los artistas, el templete que alojó al cuarteto de cuerda… Sin querer, tuvo un recuerdo desvaído para Fredy Papirer, quien tan buenos ratos le había proporcionado.

Germán llegó a la puerta de madera torneada con refuerzos de bronce y tocó el timbre.

Un mayordomo cuyo rostro le era ligeramente conocido la abrió creyendo que era su señor o alguien muy allegado, ya que de no ser así el guarda de la reja no le habría permitido entrar.

—¿Está la señora?

El hombre terminó de abrir la puerta.

—Acaba de llegar del Liceo, don Germán.

La cosa iba bien, lo había reconocido.

—Si es tan amable, pregúntele si puede recibirme. Es algo urgente. De no serlo, como usted comprenderá no habría venido a estas horas.

—Sin duda, señor. Si es tan amable de seguirme al salón, la avisaré enseguida.

El mayordomo acompañó a Germán hasta el salón de la biblioteca.

Germán se llegó hasta el fuego y tomando el atizador removió las brasas hasta conseguir que de nuevo saliera una llama. Cuando estaba colocando otro leño sonó a su espalda el picaporte de la puerta, lo que lo obligó a volverse, y en el quicio apareció la ampulosa figura de Dorotea Bonmatí.

El rostro de la mujer, al estar sobre aviso por el mayordomo, no reflejó sorpresa, sino más bien curiosidad y un punto de intriga. Dorotea se ciñó la bata y avanzó hacia él.

—¿Qué has venido a hacer a mi casa a estas horas?

Germán sonrió burlón.

—Te he visto en el Liceo tan turbadora y tan hembra que, sabiendo que tu marido está de viaje, no he podido contenerme.

—Eres un canalla que nunca dejará de sorprenderme.

—Pero te encanta.

—El camino de entrada es el mismo que el de salida, conque ya sabes.

El semblante de Germán cambió un instante y un rictus cruel amaneció en sus labios.

—No me gusta que me den órdenes, ya lo sabes.

—¿Prefieres que te haga echar por el servicio?

Visto y no visto, un tremendo bofetón que la tumbó en el sofá estalló en la mejilla de Dorotea.

La mujer, devastada, se cubrió el rostro con el antebrazo. Germán, dejando a un lado la levita, en tanto que con una mano se desabrochaba la pretina del pantalón con la otra rasgaba la fina tela del *négligé* de Dorotea, dejando sus senos al descubierto.

—¡Zorra, me preguntas a qué he venido y me recibes en bata y peinador!

—¡Por favor, Germán!

En aquel instante un ruido en la puerta le hizo levantar la mirada.

La sorpresa fue mutua. En el quicio apareció la rechoncha figura de Cecilio Bonmatí, quien al punto se hizo la composición de lugar.

El hombrecillo dio tres pasos al frente.

—¡Cómo se atreve, de noche y en mi casa…! ¡Voy a llamar a los criados y al vigilante!

Germán se fue hacia él.

—¡No vas a llamar a nadie! —Lo cogió por el cuello y lo arrastró hasta la puerta—. Vas a esperarte fuera a que termine, y si no lo haces te armaré tal escándalo que se enterará de esto hasta el obispo.

Abrió la puerta y suministró a Cecilio un terrible empujón que hizo que trastabillara, cayendo sobre la alfombra.

—¡Cuidado, no vayas a romperte los cuernos!

Bonmatí se quedó llorando en un rincón como un niño al que hubieran quitado un juguete el día de Reyes.

Germán se llegó hasta Dorotea.

—¡Desnúdate, guarra, y acabemos pronto! Esto se ha puesto muy incómodo.

168
Los trajines de Amelia

Desde el primer día que amaneció en la pensión de doña Justa, Amelia se planteó dos prioridades: la primera, encontrar trabajo para poder mantenerse ya que no eran excesivos los ahorros que había traído de Argentina; la segunda, recuperar a Justina dedicando a tal finalidad todo el tiempo libre que le quedara. Los remordimientos que no había tenido cuando se escapó con aquel sinvergüenza le remordían la conciencia y el instinto maternal que no había sentido entonces la asaltaba ahora, a tal punto que su mente rechazaba de plano el recuerdo del amargo origen de aquella criatura. Para Amelia, Justina era toda suya, y en todo caso la única persona que podía reclamar derechos, que era Luisa, había muerto. Y desde aquel instante dedicó todos sus esfuerzos a esa finalidad.

Comentó con doña Justa sus afanes, y el consejo de ésta le sirvió para ir ordenando las cosas.

Escribió a Consuelo y aguardó su respuesta en la esperanza de que pudiera orientarla más exactamente al respecto del destino de Justina, pero el resultado fue el que en ese punto le había adelantado doña Justa. Consuelo, aunque fríamente, se alegró de su regreso, y justificó su falta de noticias ya que las tres últimas cartas le habían sido devueltas y asimismo el hecho de no haber podido ocuparse de su ahijada como hubiera sido su deseo, en primer lugar porque Luisa nada le dijo sobre sus planes, y en segundo lugar porque la incorporación de su marido a su nuevo puesto de trabajo fue urgente y La Coruña estaba muy lejos de Barcelona. Lo que sí le reiteró Consuelo, ante su insistencia, fue la afirmación del ama de cría al respecto del rumor que había llegado hasta ella y que no era otro que la criatura había sido depositada en uno de los asilos de la ciudad, aunque insistió en que no sabía en cuál. Le habló después de su hijo, de la suerte que había tenido con Xicoy, y le prometió seguir escribiéndole y que en cuanto pudiera regresar a Barcelona la buscaría donde fuera que estuviera para verla y hablar con ella.

Después de darle mil vueltas al asunto, espigando sus oportunidades de trabajo, llegó a varias conclusiones. Ni hablar de intentar ocupar plaza de vendedora en El Siglo, pues un horario de mañana y tarde que no le dejara tiempo para su principal objetivo no le interesaba. ¿Qué podía ofrecer que tuviera interés de todo cuanto sabía hacer? Lo primero que se le vino a la cabeza fue ofrecerse de cantante en La Palmera, donde en tiempos había mostrado su capacidad, pero dándole vueltas el plan no la sedujo, en primer lugar porque el local le traía ingratos recuerdos y en segundo porque, siendo su horario desde la tarde hasta altas horas de la noche, y tomando copas, era consciente por experiencia de que sus mañanas serían inútiles. Un anuncio en la prensa le proporcionó luz. El Circo Alegría de la plaza Cataluña anunciaba un espectáculo para niños únicamente de tarde, excepto los sábados, cuando también se trabajaba de noche, y entre los números de funámbulos, domador, trapecistas, payasos y caballos se anunciaba un mago, Joaquín Partagás Jaquet, propietario además de El Rey de la Magia, afamado local de la calle Princesa donde se vendían trucos del oficio, además de darse clases de manipulación de cartas. Amelia no lo dudó, se puso sus mejores galas, sacó de su maleta toda la publicidad que había recogido de carteles donde se la anunciaba por todas las ciudades de Argentina como médium del mago Kálmar y, tras colocar todo el material en una carpeta de gomas, a las ocho de la tarde de aquel sábado dirigió sus pasos hacia el Circo Alegría para llegar cuando la función hubiera terminado.

El local estaba situado a la derecha de la plaza mirando a la villa de Gracia, en el arranque del paseo del mismo nombre. El sitio era magnífico; se hallaba en la confluencia de las dos Barcelonas, la que acababa de derribar las murallas y la que se abría al futuro. Don Gil Vicente y su esposa, doña Micaela Ramírez, habían sido dos soñadores; un espectáculo como aquél, que daba de comer a tantas personas, requería un flujo de público que de fallar condenaría al fracaso aquel hermoso proyecto. Se accedía al mismo por una gran arcada, a modo de puerta de reminiscencias árabes, que daba paso a un solemne pasillo que conducía al auténtico vestíbulo antesala del circo; estaba formado éste por una gran carpa de tela impermeable sostenida por la pared exterior y por columnas de madera levantadas alrededor de la arena, con carteles colgados de figuras del circo a modo de adorno; un círculo de gas situado a altura regular en las columnas iluminaba el local, y en la parte posterior de la construcción estaban ubicadas las cuadras, un espacio para las *roulottes* de los artistas, locales para café y restaurante, así como una plazoleta para desahogo del público.

Amelia llegó cuando el personal de puerta estaba ya a punto de cerrar. Un hombre provisto de un guardapolvo azul se llegó hasta ella.

—Estamos cerrando para preparar la función de noche. ¿Qué desea?

Amelia preguntó por el mago Joaquín Partagás.

—Dudo que la reciba. Hoy, como le comentaba, hay dos funciones, y él acostumbra descansar entre ambas. ¿De parte de quién le digo?

Amelia, para asegurar el tiro, soltó las gomas de la carpeta y escogiendo dos de los carteles donde las letras de su nombre y su figura lucían más destacadas se los entregó al hombre.

—Dé esto a don Joaquín. —Señaló con el dedo su imagen—. Y dígale que ésta soy yo.

El de la bata azul extrajo del bolsillo superior de la misma unos lentes y, tras colocárselos, observó el cartel con curiosidad. En el mismo se veía la dama que tenía frente a él con los ojos vendados y muy ligera de ropa. Sus ojos recorrieron varias veces el espacio que iba de la mujer al cartel, como queriendo asegurar la concomitancia de ambas figuras. Con un «Aguarde aquí, que iré a ver, aunque no creo que...» escueto y lacónico, desapareció tras una cortina lateral que con otras dos limitaba el vestíbulo del circo.

Amelia no pudo reprimir su curiosidad y, después de comprobar que nadie la observaba, se acercó a curiosear a través de la rendija de la más grande de las cortinas, situada frente a la puerta de entrada. Un viejo olor indefinible, mezcla de perfume barato, tabaco, alfombras viejas y desinfectante asaltó los recuerdos de su pituitaria. Frente a ella y entre las dos gradas de asientos descendientes se abría un amplio pasillo que, atravesando la instalación y a través de los palcos y de las cinco primeras filas, desembocaba en la pista central. El conjunto era impactante, y Amelia calculó a ojo que el aforo podría rondar los tres mil espectadores. Su corazón se aceleró levemente y un cúmulo de recuerdos de salas de espectáculos de teatros, de casinos y de otro circo pasó por su cabeza con la velocidad del relámpago. Se acercó a una de las cortinas laterales y, tras volver a comprobar que estaba sola, curioseó. Los caminos de la memoria son infinitos, y la visión de aquel espacio la retrotrajo a momentos mucho más amargos; en un ambiente limitado por tres cortinones formando una caja negra podía observarse una máquina de fotografiar de fuelle, cubierta con un trapo negro y cabalgando en un trípode, y frente a ella y al fondo, un conjunto de atrezos infantiles, un caballo de cartón, tres muñecas apoyadas en un almohadón, y en una barra con varios percheros, disfraces infantiles de payaso, pirata, muñeca Lenci, camarera, princesa, guardia municipal y domador.

Los pasos del hombre la devolvieron al presente. Al instante sintió que el de la bata azul la miraba con otros ojos.

—¡Ha tenido usted suerte! Don Joaquín va a recibirla. Haga el favor de seguirme.

El corazón de Amelia brincó en su pecho. El hombre ya había iniciado su caminar atravesando la cortina del otro lado, y Amelia lo siguió por un pasillo curvo, que circunvalaba el recinto redondo, hasta llegar a una puerta en la parte opuesta que daba a un gran espacio abierto, limitado por una tapia, donde se ubicaban simétricamente varias *roulottes* de diversos tamaños con el vástago de enganche de las caballerías reposando en el suelo. En casi todas ellas había luz y se oían voces, y por las chimeneas salía un humo que delataba que en su interior se estaba guisando.

El hombre se dirigió a una de las más alejadas.

—Aguárdeme aquí un instante.

Subió los tres peldaños de la escalera de madera que conducían al carromato y con los nudillos golpeó suavemente la puerta. Una voz respondió desde el interior.

—Pasa, Sebastián.

El hombre asomó la cabeza.

—Don Joaquín, aquí está la artista.

—Dile que pase.

Descendió el hombre y, en tanto bajaba, anunció:

—Dice don Joaquín que puede pasar.

Amelia se recogió el bajo de la falda y subió la corta escalera con el corazón latiéndole en la garganta. Aquél iba a ser un paso importante; la consecución del empleo representaba para ella la libertad de buscar durante todo el resto del día a Justina.

La puerta situada en el centro del carromato estaba entreabierta.

—¿Puedo entrar?

Una voz respondió desde el fondo.

—Adelante.

Amelia se introdujo en el lujoso espacio. En su periplo argentino no había visto cosa igual. Aquello era un pequeño hogar. Frente a ella había un saloncito que podía convertirse en comedor con todos sus aditamentos, cuadros de actuaciones circenses, fotografías dedicadas, diplomas y objetos diversos, y a ambos lados vio sendas puertas, que supuso que conducirían al dormitorio y a la cocina.

El hombre que estaba sentado al fondo vestido con un quimono de seda se puso en pie. Era de mediana estatura, de facciones nobles, con las manos muy finas, los ojos inquisidores y el cabello unido por las patillas al bigote y a la barba recortada.

—Pase, señorita, y siéntese.

Amelia dudó un instante, la presencia del mago le imponía; el nombre de Joaquín Partagás era famoso en el mundo de la magia.

El hombre le tendió la mano y Amelia adelantó la suya. El apretón fue cálido y cordial, y ya más tranquila se sentó frente al gran Partagás.

—¿A qué debo el honor?

Amelia, que había preparado dos o tres presentaciones, decidió entrar por derecho.

—Mi nombre es Amelia Méndez, he regresado de Argentina hace pocos días y necesito trabajar.

—Entiendo, y por lo visto conoce el mundo del espectáculo.

—Es donde he trabajado los últimos años y... es por lo que se me ha ocurrido recurrir a usted.

—El mago Kálmar es un gran profesional, no lo conozco personalmente pero sí por referencias, tiene mucho nombre en todo Sudamérica, y si ha trabajado con él, es que conoce el oficio.

Amelia, entendiendo que ya había dicho todo lo que debía decir, quién era y lo que deseaba, aguardó a que el mago prosiguiera.

—¡Tal vez sea su día de suerte! Aunque antes debemos hablar de muchas cosas. Yo soy un hombre muy limitado en cuanto a tiempo.

El Circo Ecuestre Alegría me viene muy bien porque está fijo en Barcelona; además de este trabajo, tengo una tienda en el n.º 11 de la calle Princesa, que tal vez usted conozca, El Rey de la Magia es su nombre, a la que debo atender y que me impide girar por otras ciudades. Mi mujer ha sido hasta ahora mi ayudante, pero hemos tenido un hijo que la obliga a estar en casa y, de paso, atiende el negocio. Precisamente estuvimos hablando de la conveniencia de buscar una ayudante, y he de decirle que no es cosa fácil, pues no es lo mismo que buscar una camarera o una modista.

A Amelia los ojos le hacían chiribitas. ¿Sería posible que por una vez la suerte viniera en su ayuda?

El mago prosiguió:

—¿Qué tipo de magia hacía con Kálmar?

—Magia espectáculo; el cajón, los sables, el rostro parlante, la adivinación de naipes...

—Ya veo por dónde va. La mía es más cercana, pero con su experiencia creo que podría aprender rápido.

—Estoy dispuesta a todo, señor.

—No adelantemos acontecimientos. Acudirá mañana a mi establecimiento, y enseguida veré si me vale o no. Si es como pienso, hablaremos de sueldo y de condiciones. Ni que decir tiene que todo lo que experimente conmigo, tanto si la contrato como si no, será absolutamente confidencial; el mundo de la magia es y debe seguir siendo muy misterioso; en caso contrario, perdería todo su encanto.

El hombre de la bata azul asomó la cabeza por la puerta.

—Voy a dar la primera, señor Partagás.

—Puedes hacerlo, ya estoy listo.

El hombre se retiró.

—¿Le parece mañana a las once?

—Allí estaré sin falta.

En tanto Amelia se disponía a salir, Partagás se deshizo del quimono y se colocó la chaqueta del frac de cola larga que colgaba de una percha.

—Ahora la haré acompañar a la salida.

—No hace falta, encontraré el camino.

—Entonces hasta mañana.

Partió Amelia sin todavía creer en su buena suerte. El espacio entre los carromatos era un hervidero de gente vestida de extrañas maneras, unos hablando, otros tirando bastones al aire, tres hombres cepillando dos caballos blancos, una *troupe* de gitanos, al fondo rugido de fieras... Amelia buscó la embocadura del pasillo de salida sin darse cuenta de que un payaso con el rostro enharinado de blanco y media cara pintada de negro la seguía con su único ojo fijo en ella.

<h1 style="text-align:center">169</h1>

Las piezas del rompecabezas

Juan Pedro había dado muchas vueltas a aquel ansiado encuentro. Finalmente el causante de sus desdichas iba a estar frente a él en inferioridad de condiciones. Él sabía quién era Germán Ripoll, pero Germán Ripoll ignoraba que Jerónimo Cifuentes de San Andrés era Juan Pedro Bonafont, al que sin duda hacía muerto o desaparecido en la lejana Cuba. Lo que jamás podría imaginar es que aquel desgraciado a quien su padre había enviado a la muerte tornara millonario a Barcelona y además, por una curiosa pirueta del destino, siendo su acreedor y amante de la mujer que había sido una de sus presas. Juan Pedro barajó la posibilidad de que lo hubiera asociado al joven de quien se enamoró Candela, pero la desechó de inmediato. Tal vez hubiera podido oír su nombre, pero de aquella familia los únicos que habían visto su rostro eran doña Adelaida, y eso en los lejanos tiempos de su juventud, y después Antonio, pero ya había quedado claro que éste ni veía a su hermano ni mucho menos iba a nombrar a alguien que sería sin duda una piedra de discordia entre el matrimonio. De cualquier manera, en caso de que por rara circunstancia asociara su nombre cubano con el del soldado que partió a la guerra de Cuba, tenía prevista otra alternativa mucho más directa, por más que en su fuero interno deseaba alargar aquella circunstancia. El odio hacia el hombre que tanto daño había hecho a su familia le inspiraba el deseo de hacerle sufrir una larga agonía; quería jugar con él como el gato con el ratón, y deseaba cobrarse que le hubieran robado a su amor, la muerte directa o indirecta de su madre y de su hermano, ambas en terribles escenarios, y su amistad con el sinvergüenza de aquel fotógrafo que había destrozado la vida de Amelia.

Previendo circunstancias, tuvo buen cuidado de ordenar a Silverio que la tarde del viernes a las cuatro no se dejara ver por el hotel, pues el rostro del mestizo habría sido sin duda reconocido, y Juan Pedro no quería que el visitante pudiera sacar conclusiones tirando del hilo. Su servicio doméstico había aumentado. Silverio, con su supervisión, había reclutado a un secretario, un mayordomo, dos cocineras, tres camareras, dos cocheros, tres mozos de cuadra y tres jardineros; todos, excepto el secretario, se incorporarían en cuanto inaugurara su mansión.

La voz de Luciano Marco, el nuevo secretario, interrumpió su meditación.

—Don Jerónimo, en el vestíbulo aguarda don Germán Ripoll.

—Dile que suba. Y una vez que lo hayas introducido aguarda en la antesala por si te necesito.

Partió el nuevo secretario en busca del visitante, y Juan Pedro se puso en pie dispuesto a representar el papel de su comedia.

Los pasos anunciaron a los dos hombres.

El gran momento había llegado, y Juan Pedro no quería que sus nervios o la premura de la situación lo obligaran a cometer algún desliz; tenía que representar su papel de acreedor incómodo hasta el final y ninguna actitud, frase o tono debía denunciar que aquello no fuera otra cosa que un negocio. Pretendía tender la maraña de su red de tal manera que el pececillo se metiera él solo en la almadraba. Más que otra cosa, Juan Pedro buscaba la destrucción social de aquel individuo de forma que su muerte no fuera física sino moral; el desprestigio entre sus iguales de aquella sociedad tan pacata y conservadora era la muerte en vida, y eso era la peor de las suertes que podían caber a Germán Ripoll.

Desde la noche del debut de Claudia, coronada con su aventura con la Bonmatí, la mente de Germán daba vueltas y vueltas al incidente habido con aquel personaje que desde su llegada era la comidilla de todas las tertulias de Barcelona. Desde la muerte del socio de su padre, Juan Massons, su contacto con la isla se había reducido al epistolario comercial que requería su negocio de importación de puros habanos y azúcar; en un principio bendijo su suerte ya que doña Gabriela Agüero, la viuda de Massons, se había mostrado mucho más asequible y fácil de manejar de lo que había sido su difunto marido; ahora, sin embargo, cuando la deuda era ya insoportable había surgido aquel individuo que por lo visto era socio mayoritario de la viuda y, por tanto, el amo de su deuda. Había consultado con Ardura y habían llegado ambos a la conclusión de que no cabía otra que arriar velas, dar explicaciones, firmar nuevos documentos si el individuo aceptaba el pacto y mostrarse civilizado y complaciente olvidándose para siempre de Claudia e intentando que él, caso que ella hubiera insinuado algo, olvidara asimismo la ofensa pasada.

La puerta del despacho se abrió y Luciano anunció al visitante.

—Don Germán Ripoll.

—Hágalo pasar.

El secretario introdujo en el despacho al visitante y se retiró a la antesala, siguiendo la orden de su patrón.

Los dos hombres se hallaron frente a frente; el uno con el talante de un cazador que avistaba su presa, el otro como un taimado fullero que intentaba sacar partido de una baraja de cartas marcada. Ambos, irremediablemente, vistieron al muñeco de la comedia.

Germán se adelantó hasta donde estaba Juan Pedro y le tendió la mano; éste, llevando su disimulo hasta el final, se la estrechó con la repugnancia de alguien que tuviera la necesidad de coger un sapo.

—Lamento profundamente el incidente del Liceo; Claudia es una vieja amiga de la que guardo un grato recuerdo... pero nada más.

—Lo celebro. Para mí es algo más, y al entender por su actitud que algo la incomodaba por lógica me puse de su lado. Pero dejemos eso ahora y hablemos de lo que nos concierne.

. En tanto se acomodaban, Germán quiso justificar su actitud.

—Mi padre la ayudó mucho en los principios de su carrera.

Ambos hombres se sentaron frente a frente, y Juan Pedro tuvo ocasión de observar con detalle el rostro de su némesis; las facciones recordaban al hombre que había sido, pero el derribo del tiempo y la mala vida se acusaban notablemente, sobre todo en su mirada apagada y en sus grandes ojeras. Guardó un silencio que obligó a Germán a seguir hablando.

—Si le parece, ocupémonos del negocio que me ha traído aquí.

—Créame que soy todo oídos y que tengo un gran interés en que todo se resuelva como debe ser entre caballeros.

—Eso es lo que espero... No obstante, dependerá de usted. —Germán tosió, visiblemente nervioso—. Sepa excusarme, pero hasta el otro día ignoraba que mi deuda fuera con usted; yo entendía que mi acreedora era doña Gabriela Agüero, viuda del socio de mi padre, Juan Massons, y el primer sorprendido fui yo cuando en el camerino de doña Claudia usted recalcó... me dio a entender que no era así.

Juan Pedro prosiguió con la farsa:

—El socio de su padre era un indeseable, y he de decirle que mereció de sobra en vida la terrible muerte que tuvo. Sin atender leyes ni razones, maltrataba de una forma cruel y gratuita a sus trabajadores, tratándolos como esclavos, cuando, como usted sabe bien, la esclavitud está abolida desde la ley Gamazo. Su viuda era de niña muy amiga de mi padre, pues sus plantaciones estaban contiguas. Cuando quemaron La Dionisia me vi en la obligación de atenderla, y luego acordamos, ajustando las cosas, asociar la hacienda San Andrés con los restos calcinados de su plantación, de modo que adquirí, junto con su futuro, sus deudas, y de esa manera nos hicimos socios. Debido a mis viajes, Gabriela quedó al frente de ambas plantaciones, pero es mujer y tiene el corazón blando, más aún con los antiguos socios del que fue su marido... Es por ello por lo que usted ha obtenido beneficio de tal situación, y lamento decirle que su actitud comercial no ha sido la correcta.

Germán, que odiaba que alguien le enmendara la plana, se revolvió guardando las formas.

—Lo que no entiendo es que los mambises quemaran únicamente La Dionisia.

—En primer lugar no fueron los mambises, fueron los cimarrones, gente de las montañas que hacen su guerra y tienen larga memoria. Mi padre siempre trató bien a sus negros, de modo que respetaron sus tierras. A Massons le pasó todo lo contrario. Pero eso no viene al caso; hablemos de lo que nos concierne. Usted ha pedido aplazamientos para su deuda y por tres veces se le han concedido; me dice el Hispano Colonial que ahora la suma ya es importante, y si tengo que atender en el mundo las deudas de mis comerciales y renovar el papel hasta el infinito, el que acabaría arruinado sería yo; por tanto, debo decirle que si no se pone al día en el plazo de dos meses no tendré más remedio que ejecutarla.

Germán sudaba copiosamente.

—¿Es consciente de que eso sería mi ruina?

—Yo, señor mío, no tengo una institución de caridad. Estamos hablando de más de trescientas cincuenta mil pesetas. Y, repito, si no paga antes de sesenta días, lo cual a mi entender es un plazo prudente, ejecutaré los avales. Por otra parte, no creo que sea un problema para usted ya que tiene un suegro adinerado.

Germán se retorcía las manos. Había falsificado la firma de Orestes como avalista de las letras de cambio, y si esa bomba estallaba ni de lejos podría tocar la herencia de Pelayo ni el dinero de Candela.

—No puedo recurrir a él, mi relación familiar pasa por un momento crítico.

—Como diría el Tenorio: «Son pláticas de familia de las que nunca hice caso». Como usted comprenderá, el asunto no me concierne; los negocios son así. Repito: le doy sesenta días. Búsqueme en mi nueva dirección. —Al decir esto Juan Pedro le entregó una tarjeta con su nombre en letra inglesa y los datos de la mansión del Tibidabo—. Espero sus noticias. Y ahora, si me permite, tengo otras visitas y odio hacerlas esperar.

Germán, todavía abrumado, en un acto reflejo le entregó la suya mientras Juan Pedro oprimía el pulsador del timbre de mesa y al instante aparecía Luciano.

—Acompañe al señor.

Aquella mañana doña Josefa Cardona dejó a su hermano al cuidado de la portera de su casa, cosa que ya había hecho en otras ocasiones, y se dirigió a la librería de las Ramblas con una antelación de dos horas al respecto de la cita que había concertado con don Anselmo Boniperti, afamado librero italiano que siempre había estado enamorado de los incunables de su hermano y con quien ella había llegado a un acuerdo al respecto de la compra de la librería, pues tras entrevistarse con el médico de Nicanor llegó a la conclusión de que la salud de éste era ya irrecuperable.

Don Anselmo había aceptado comprar el negocio ya que Josefa se negó a vender parte de él y el hombre entendió que o adquiría todo el lote o su deseo de hacerse con la vieja colección de incunables era tarea imposible. La negociación duró varios meses y finalmente se ajustó un precio, si bien excepcionándose de la venta una edición del *Quijote* del siglo XVII y una primera impresión de *Las peregrinaciones de Childe Harold*, de Lord Byron, amén de los efectos personales de su hermano, esto es, libretas, apuntes, el libro de contabilidad del último año y, por lógica, todo el contenido de la caja fuerte, cuya llave ella llevaba colgada al cuello de una cadenita.

Doña Josefa bajó las Ramblas y al llegar a la altura de la librería, cuya persiana metálica estaba bajada, y ver el rótulo serigrafiado en letras doradas sobre fondo negro no pudo impedir un hondo suspiro de añoranza. Los recuerdos se agolparon en su mente. La librería la había inaugurado su bisabuelo, al que ella no llegó a conocer, pero se acordaba perfectamente de cuando su abuelo y luego su padre regentaban el local, y de ella misma y de su hermano jugando de pequeños, husmeando libros y casi aprendiendo a leer allí.

Josefa no quiso ponerse sentimental; tenía muchas cosas que hacer y su hermano no podía estar desatendido largo tiempo. Era una mujer fuerte y dispuesta; buscó en el fondo de su bolso la llave del candado que sujetaba la persiana y, agachándose, procedió a abrirlo; después, tirando de la anilla con un violento gesto, obligó a la persiana a enrollarse y ésta lo hizo entre quejidos de muelles oxidados por falta de uso y estertores metálicos. Con otro llavín Josefa abrió la puerta de cristal y madera, y se introdujo en el interior. Un viejo olor a cerrado y a libros asaltó su olfato, y un rayo de sol en el que flotaba una miríada de pequeñas motas de polvo interrumpió, insolente, la penumbra. Josefa se llegó al viejo contador y conectó la luz. Allí dentro el tiempo se había detenido: los mostradores desgastados por el uso, los anaqueles llenos de libros y todavía un tomo a medio encuadernar colocado bajo el gran tornillo de la prensa mecánica, que sin duda daba fe del último trabajo que estaba haciendo su hermano el día del fatal ataque.

Josefa dejó a un lado su bolso y se dirigió al pequeño despacho del fondo. Sabía dónde guardaba Nicanor los dos ejemplares de incunables que no entraban en el pacto; los encontró en la estantería de detrás envueltos en papel de cera. Luego, sacándose por la cabeza el cordoncillo que sujetaba la llave de la caja, se dirigió hasta la misma e intentó abrirla, pensando que la combinación no estaba puesta; lo intentó un par de veces; en vano: la ruedecilla de bronce numerada estaba codificada. Josefa ignoraba la combinación, e inútil es decir que la cabeza de su hermano era un cofre cerrado e inaccesible.*

Lo primero que le vino a la mente fue acudir al señor Ollé, el cerrajero de la calle Regomir cuya dirección figuraba en una pequeña placa de latón colocada encima de la puerta, para que empleando la habilidad o la fuerza pudiera abrir el armatoste. Ya había recogido el bolso y se dirigía a la salida cuando se le ocurrió un recurso que tal vez fuera plausible; en caso contrario, siempre podría recurrir al herrero. El hotel de Juan Pedro Bonafont estaba en la calle San Pablo, relativamente cerca de la librería, y Josefa consideró que puesto que él había sido el más querido ayudante de Nicanor y éste era ciego, sería muy posible que su hermano hubiera confiado la clave de la combinación a su asistente.

---

* Se trata de una licencia, ya que las cajas fuertes con combinación son posteriores.

Miró el reloj; tenía una hora y media de margen antes de que el señor Boniperti acudiera al establecimiento. Josefa no lo pensó dos veces; se puso el abrigo, se ajustó el sombrerito en la cabeza y, cerrando únicamente la puerta exterior, se dirigió con paso vivo al hotel España por ver si el milagro se realizaba.

El conserje le informó, y Josefa oyó que el hombre consultaba a alguien que estaba en un despacho trasero. «Cuando he acabado mi turno el Indiano no había salido todavía», dijo. Así pues, pensó para sí ella, ése era el nombre que le daban.

—Señora, el señor Cifuentes de San Andrés está en su despacho. Si lo desea, le enviaré un botones.

—Hágalo, si es tan amable.

El conserje llamó a un muchachito vestido con una chupa gris de doble botonadura y un gracioso gorrito en la cabeza y le ordenó:

—Ve al piso y di a Silverio que doña Josefa Cardona espera al señor Cifuentes aquí, en el vestíbulo.

El botones partió como una exhalación subiendo los peldaños de la historiada escalera de dos en dos. No habían transcurrido cinco minutos cuando el que descendía por ella era el Indiano en persona.

—Doña Josefa, ¡qué inesperada visita y qué bueno verla! —La expresión de su rostro cambió—. ¿Ocurre algo con don Nicanor?

Juan Pedro terminó de bajar la escalera y besó a doña Josefa.

—A él ya casi nada puede ocurrirle, pero yo tengo un problema.

—Explíquemelo y ya está resuelto.

La mujer expuso brevemente la contrariedad.

—Y si por casualidad supiera usted la combinación me facilitaría mucho las cosas.

—Quiso decírmela, pero me negué. Lo que sí sé es dónde tenía costumbre guardarla. Si le parece, pienso que será mejor que la acompañe y así no correremos aventuras.

—No me gustaría molestarle…

—¡No es molestia! Además, de todos modos iba a salir para dar una vuelta.

En menos de media hora estaban la mujer y Juan Pedro en el despacho de don Nicanor frente a la caja fuerte.

—La guardaba en la pestaña derecha superior de la carpeta de cuero.

—Cójala usted mismo, por favor, que yo para estas cosas soy un desastre.

Juan Pedro se instaló tras el despacho y tras abrir la carpeta extrajo del ángulo indicado, bajo la pequeña solapa, un cartoncito con varias cifras.

—¿La abro?

—Por favor… Y tenga usted la llave.

Juan Pedro procedió; giró la ruedecilla sucesivamente a derecha e izquierda varias veces, siguiendo la numeración predeterminada, hasta que un breve clic anunció que el mecanismo se había desbloqueado. Acto seguido introdujo la llave en la pequeña cerradura y procedió a abrir la gruesa puerta de tres baldas.

Lo primero que vieron sus ojos fue el viejo Colt de Máximo envuelto en el mismo trapo amarillo, que reconoció al instante y, sin saber por qué, un sudor frío le bajó por la espalda. Dejó el revólver sobre la mesa, después extrajo los libros de contabilidad y tras éstos una pequeña carpeta con gomas elásticas y una etiqueta blanca en el centro en la que se leía en letra de palo: «Para Juan Pedro. De Luisa».

Juan Pedro se vio obligado a sentarse.

Doña Josefa se alarmó.

—¿Qué le ocurre?

Sin decir palabra, Juan Pedro, a través de la mesa, mostró la pequeña carpeta a la mujer.

—Sin duda es para usted; su madre debió de confiársela a Nicanor por si usted regresaba sabiendo que ella ya no estaría… Ábrala.

Juan Pedro procedió. Las manos le temblaban. Finalmente retiró las gomitas y abrió la tapa; dentro había un único sobre y con la inconfundible letra de su madre en el anverso: «Para Juan Pedro. Por si un día regresas».

Dudó un instante; quedó inmóvil con la mirada fija en aquellas letras. Doña Josefa, a través de la mesa del despacho, le alargó un abrecartas. Pero demoró el momento; estaba a punto de tener la última conversación con su madre. Aquella carta podía ser la explicación de muchas cosas, su caja de Pandora o su paz.

Como si fuera un ritual procedió a rasgar la solapa del sobre y extrajo de él dos hojas de papel con la apretada caligrafía de su madre.

Oyó a lo lejos la voz de doña Josefa.

—Voy afuera para que esté tranquilo. Si me necesita, me encontrará en la tienda.

Partió la mujer y dejó solo a Juan Pedro frente a su destino.

Desdobló las hojas y comenzó a leer.

Queridísimo hijo:

Escribo esta carta en la vana esperanza de que un día tus ojos puedan posarse sobre estas líneas.

Te han dado por desaparecido, que es lo mismo, en otras palabras, que darte por muerto, pero mi corazón de madre se rebela ante esta noticia y se niega a admitirla.

Un hilo sutil une a todas las madres con sus hijos y una voz interior las avisa cuando algo irreparable les ocurre. No sé dónde estás ni cuál es tu condición, ya que dejé de recibir tus noticias, aunque mi voz me dice que estás en algún lugar y que tal vez algún día puedas regresar. Sin embargo estoy tan mal que no me siento capaz de seguir esperando por ver si ese día llega.

Mi cabeza es un desierto; he perdido a Máximo de un modo terrible y tú, si es que estás, estás en un lugar inaccesible para mí que hace que mi vida no tenga horizontes.

Estoy tan agotada, tan cansada de luchar, que mis días son como un pozo al que me asomo sin esperanza y con la cabeza llena de terribles presagios. No tengo miedo a la muerte; lo que me aterra es un pensamiento que me atormenta… No sé si tengo derecho a condenar a Justina a vivir, por lo que se me ocurre que tal vez lo mejor sería llevármela conmigo, eso le ahorraría muchas cosas.

Condeno el día y la hora en que entré a trabajar en la casa de los Ripoll, pues de esa familia han venido todos los males; Máximo perdió los dedos en la maldita máquina y ése fue el origen de que se arrimara a malas compañías, el odio lo condujo por un camino equivocado y pagó el más elevado de los precios. Ellos fueron también los culpables de que tú no pudieras evitar el servicio en ultramar pagando la cuota correspondiente. Me consta que don Práxedes hizo lo posible para que ello no ocurriera porque quería que su hijo Germán se casara con Candela, vuestro amor imposible era un gran obstáculo y puso los medios para apartarte de su camino. Pero eso merece una explicación más profunda y que es de justicia. En aquellos días pensé que lo vuestro era una locura de juventud, un amor pasajero, una enfermedad que acosa a todos los jóvenes y que con el tiempo se olvida, pero me equivoqué; el amor se mide por lo que cada cual está dispuesto a sacrificar, y la señorita Candela sacrificó su vida por salvar la tuya. Ella y el señorito Antonio son lo único decente de esa familia; yo sentía un gran afecto por doña Adelaida, pero me decepcionó.

Juan Pedro tuvo que parar la lectura unos instantes. Luego prosiguió.

En los platillos de la balanza pusieron tu vida contra su felicidad; si Candela no se casaba con su primo y se olvidaba de ti, las influencias de don Práxedes harían que te encomendaran los servicios más peligrosos. Candela aceptó la condición; por encima de cualquier otra cosa, puso tu vida sacrificando la suya a cambio.

Querido hijo, yo ya me habré ido, pero si un día regresas, aunque sea tarde, busca a esa mujer y agradécele lo que ha hecho por ti. El reconocimiento de su acto le dará fuerzas para seguir viviendo.

Busca a Antonio Ripoll, pues él sabrá dónde está Justina.

Me voy no sé adónde, pero desde allí pediré por ti. ¡Que Dios te conceda la felicidad que a mí me ha negado!

Recibe mi último beso y mi bendición.

Tu madre, que te quiso hasta el último aliento,

LUISA

Cuando doña Josefa, tras cerrar sus acuerdos con el señor Boniperti, entró en el despacho, extrañada por la tardanza de Juan Pedro, lo halló con la carta en la mano y la mirada perdida en el vacío.

Al ver a la mujer, Juan Pedro reaccionó. Guardó la carta, se pasó un pañuelo por el rostro y, después de coger el revólver que fue de su hermano y guardarlo en el hondo bolsillo de su levita, se despidió de doña Josefa diciéndole que para cualquier cosa que se le ofreciera contara con él. La mujer entendió que no quería hablar de la carta y respetó su silencio, y Juan Pedro, tras agradecerle infinitamente lo que había hecho por él, cosa que la mujer no captó, con paso acelerado se dirigió a su hotel.

Silverio, que había aprendido a interpretar las expresiones del rostro de su patrón, intuyó que aquella mañana algo muy importante había acontecido.

—Voy a escribir una carta, y tendrás que ingeniártelas para que llegue a las manos de la señorita Candela. Ahora vive en la calle Muntaner, pero esa carta no puede ir por el correo normal, ha de entregarse en mano. Deberás instalarte en la puerta de su torre y aguardar a que salga sola.

—Creo, señor, que tengo una mejor manera. Sé de alguien que puede entregársela en persona.

—¿La conozco yo?

—Es Carmen, la hermana de Teresa. Puedo esperarla en la vaquería de enfrente; a las ocho y media de la mañana bajan las basuras... Ella y Teresa se alternaban.

—¿Crees que todavía estará en la casa?

—Irremediablemente. Sus padres eran los masoveros de la finca de Reus y seguro que les ocultaron todo lo que pasó. De todos modos, si no está ya buscaré otra manera.

Con una hora de antelación estaba Silverio en la vaquería de la calle Valencia frente al n.º 213 esperando que la corneta del basurero avisara a las mucamas de las casas que debían bajar los respectivos cubos a riesgo de tener que guardar los desperdicios hasta el día siguiente. El temor del mestizo a ser reconocido se disipó cuando vio que el establecimiento había cambiado de dueño. Los años habían pasado, pero el color de su piel lo denunciaba, por lo que se disimuló tras el portón de madera medio cerrado y aguardó paciente a que las domésticas fueran compareciendo. La ventaja era que la espera no podía ser muy larga ya que el carro no se detenía; el hombre del pescante ni siquiera bajaba y el otro, con la gorrilla puesta y la camisa anudada en la cintura, volcaba el contenido de los cubos en un capazo y con un hábil movimiento vaciaba éste en el interior del carromato verde.

La vieja Florencia trajinaba con un trapo en la cintura y un plumero en la mano en tanto que Jesús, su hijo, ayudaba a las sirvientas en el ajetreo procurando que ninguna monda u otro desperdicio cayera en la portería.

Silverio ya se resignaba a tener que volver al día siguiente cuando compareció en última instancia Carmen en el momento en que el carro ya había sobrepasado la portería, con el cubo en una mano y una zapatilla que se le había caído en la otra.

Silverio no pudo impedir que la imagen de la muchacha le recordara la única etapa feliz de su vida. El tiempo no había transcurrido en vano, y la chica se había transformado en una mujer alta y fuerte que, al ver que el carro ya estaba en la siguiente casa, sin aguardar ayuda de nadie corrió ligera por la acera y alzando el cubo con facilidad lo abocó en el interior del basurero. Luego se calzó la zapatilla que llevaba en la mano y se dispuso a regresar al n.º 213. Silverio tuvo tiempo de observar a Carmen; de alguna manera, aunque en rústico, le recordaba a Teresa, de modo que no pudo impedir que una turbia nube invadiera su mente y un regusto amargo le viniera a la boca. Sin embargo había acudido allí por algo concreto y no estaba dispuesto a que sus recuerdos entorpecieran su misión.

Salió de la vaquería, se adelantó hasta el bordillo y desde allí con un silbido corto llamó la atención de la muchacha. En un principio

Carmen vaciló, aunque en esa ocasión el color de su piel vino en ayuda de Silverio. El mestizo supo al instante que lo había reconocido. Carmen miró a uno y otro lado, se adelantó hasta la portería y, tras cambiar unas palabras con Florencia y entregarle el cubo, cruzó la calle y se llegó hasta él.

En un primer momento quedaron frente a frente sin hablarse. Luego ella le apretó el antebrazo de un modo especial, como queriéndose asegurar de que quien tenía delante no era una aparición.

—¡Silverio! ¿Eres tú?

—Sí, Carmen.

—Ha pasado tanto tiempo...

—Ha pasado una vida. Pero vayamos adentro, si es que dispones de tiempo, porque tenemos mucho que hablar.

La pareja entró en la vaquería, donde había varias mujeres con lecheras aguardando turno y otra despachando.

Carmen se adelantó e hizo una señal al hombre que estaba tras el mostrador, y éste, secándose las manos en el mandil, acudió a la llamada.

—Melchor, necesito pasar adentro para poder hablar, ¿te importa?

El hombre miró a Silverio con curiosidad.

—Ya sabes, Carmen, que estás en tu casa —comentó retrechero—. Espero no te importe compartir el espacio con Florita y Azucena.

—No me importa. —Luego señaló a Silverio—. Es un viejo amigo.

—Si es tu amigo, también lo es mío.

—Te debo una, Melchor.

El hombre se dirigió de nuevo al mostrador al tiempo que ellos dos, atravesando un patio, se encaminaban al fondo, donde estaba el establo con dos vacas lecheras que, al verlos llegar, apartaron por un momento las cabezas del respectivo pesebre y los observaron con curiosidad, volviendo después a su quehacer cotidiano.

Al principio las explicaciones fueron atropelladas e incoherentes; cada uno preguntaba y a la vez intentaba responder a las preguntas del otro. Luego fue imponiéndose la cordura y el diálogo se estableció, mucho más ordenado y racional.

—Hablé con el padre Antonio y se lo expliqué todo; aún no era cura, pero me juró sobre el Evangelio que me guardaría el secreto.

Fue tan injusto y cruel lo que te hicieron... que el recuerdo me ha atormentado todos estos años. Pero no podía hacer nada porque mis padres hubieran muerto.

—No te preocupes, Carmen, lo pasado pasado está. Lo mío con tu hermana fue una locura, pero éramos muy jóvenes y vivíamos el presente.

—Que sepas que el remordimiento no me ha dejado vivir, soy la única persona que sabía toda la historia porque me la contó Teresa y no pude hacer nada por evitarte la cárcel. Desde aquel día, la presencia del señor Germán me provoca náuseas.

—Desde aquel día lo tengo presente en mis oraciones, y no por mi cárcel, sino por la muerte de tu hermana. Pero mejor no hablemos del pasado; hablemos de ahora.

En diez minutos ambos se pusieron al corriente de sus vidas. Cuando Carmen supo que el famoso Indiano del que hablaba todo el mundo era Juan Pedro Bonafont no se lo podía creer, y desde luego se comprometió a entregar a la señorita Candela la carta que le entregó Silverio.

—¿Por qué no te vas de esta casa que tan malos recuerdos guarda para ti?

—Porque me iría sin informes. Doña Adelaida hace todo lo que dice su hijo, y él me quiere cerca porque sabe que lo sé y así me controla.

—¿Te vendrías con mi amo de ama de llaves a la nueva casa?

—¡Mañana mismo, si pudiera!

—El próximo lunes te espero aquí a la misma hora. Si hay respuesta, me la traes. Y, de todas maneras, yo te diré cuándo puedes despedirte para incorporarte conmigo; la casa se inaugurará antes del verano. ¡Ni imaginarte puedes lo que es aquello!

—Mi tarde de salida es el jueves. Cuenta que sin falta habré entregado para entonces la carta.

—Así pues hasta el lunes.

A las tres en punto de la tarde del jueves estaba Carmen en la parada del tranvía que había en la confluencia de la calle Muntaner con la de Copérnico. Vestía un traje de tartán a cuadros, lila y morado, delantal de percal, un gabán negro de la misma tela y una pañoleta que le disimulaba el rostro, y desde allí miraba, a través del cristal del escaparate de una pastelería, la entrada del jardín de la torre de los Ripoll esperando a que Germán saliera de la casa. Cuando en el reloj de la torre de la iglesia de San Antonio daba la media, la berlina de don Germán, conducida por el señor Ruiz, se paraba ante la verja para aguardar a su amo. Instintivamente la muchacha se palpó una vez más el bolsillo de la chaqueta, comprobando que la carta que le había entregado Silverio seguía allí. La espera no fue muy prolongada. A los cinco minutos, con una cartera bajo el brazo, vistiendo un terno marrón oscuro de levita corta y cubriéndose con un sombrero hongo, salió por la puerta de la torre Germán Ripoll, medio de espaldas, hablando de escorzo con alguien que estaba en el interior. Después dio media vuelta y traspasando la cancela se dirigió al coche; antes de poner el pie en el estribo y de desaparecer en el interior, dio una breve orden al cochero y, a la vez que cerraba la portezuela, la berlina se puso en marcha.

Carmen aguardó un tiempo asegurándose de que el coche se alejaba Muntaner abajo. Cuando consideró que ya no había peligro atravesó la calle, empujó la cancela, cruzó el jardín y llegada a la puerta tocó el timbre. No hubo de esperar mucho, pues enseguida una camarera impecable de uniforme negro con delantal y cofia abrió la puerta.

La chica la reconoció de la última Navidad, cuando a la hora de comer había bajado para reforzar el servicio de la calle Valencia con la estricta misión de cuidar de la siesta de Pelayo. En aquella ocasión los comensales habían sido doña Adelaida, Germán y Candela, Orestes, don Gumersindo Azcoitia y su esposa, y finalmente y con el permiso del señor obispo el padre Antonio, quien desde la muerte de Práxedes y cuando sus obligaciones se lo permitían acudía a ver a su madre con normalidad.

Sin saber por qué, Juanita la saludó bajando la voz.

—Hola, Carmen. ¿Qué te trae por aquí? —Y creyendo que era portadora de un recado de doña Adelaida para su hijo, añadió—: Don Germán acaba de salir.

—No he venido a ver a don Germán, Juanita. ¿Está la señora Candela?

La muchacha terminó de abrir la puerta.

—Pasa, no te quedes ahí.

Carmen traspasó el umbral.

—Aguarda, voy a ver... Acostumbra descansar un rato después de comer.

Desapareció Juanita tras el cortinón que cubría la embocadura del pasillo, y Carmen oyó su voz, que se alejaba, informando a alguien.

—Es Carmen, la camarera de doña Adelaida... Pregunta por doña Candela.

El tiempo pareció transcurrir más despacio; ahora las voces se acercaban, y distinguió la de Candela reconviniendo a Juanita.

—Pero ¿por qué la has dejado en el recibidor? Te he dicho mil veces que a la gente de casa la pases a la salita de la chimenea.

—Señora, se lo diría usted a Petra... A mí nadie me ha dicho nada.

—Bueno, da igual, déjalo.

Las voces ya llegaban hasta Carmen. La cortina se abrió y compareció Candela, por la que desde siempre su hermana y ella habían sentido una debilidad especial. La encontró más hermosa que nunca, con el pelo recogido hacia la nuca y dos pequeños tirabuzones cayéndole por los lados, la cara despejada y los ojos tristes; vestía un traje tobillero de un tono marrón metálico con un corpiño verde de raso, adornado con un alamar negro en ángulo que iba desde los hombros hasta el centro de la cintura.

—¡Qué contenta estoy de verte! ¿Cómo no me avisaste el último día cuando fui a ver a tía Adelaida? ¿Ocurre algo?

—No, señora, en casa todo está bien. Y no la avisé porque entonces aún no sabía que tenía que venir a verla.

Candela la miró extrañada, y volviéndose hacia Juanita, le ordenó:

—Sirve dos tés en la salita de la chimenea.

Luego tomó a Carmen del brazo y la condujo a aquel recoleto lugar que era su zona favorita en la torre.

—Ven, Carmen. Te veo muy misteriosa.

Las dos mujeres se sentaron junto a la ventana en sendos silloncitos separados por el costurero de Candela.

Juanita entró con el servicio del té completo y, después de servirles, se retiró.

—Bueno, dime, ¿cuál es esa novedad que ignorabas el último día?

—Señora, ¿recuerda usted a Silverio?

Candela sostuvo la taza en el aire.

—¡Cómo no voy a recordar a ese pobre muchacho!

—Vino a verme.

Candela frunció el entrecejo.

—Después de tanto tiempo... ¿Cómo está? ¿Qué fue de su vida?

—Eso daría para tres tardes, pero lo principal es que... me trajo una carta para usted.

—¿Una carta para mí?

Candela comenzó a intuir algo, y la cucharilla empezó a sonar contra el borde de la taza debido al temblor de su mano.

—Trabaja para el señor Juan Pedro, que ahora se llama de otra manera.

Ahora sí, taza, plato y cucharilla se fueron al suelo, y la ardiente infusión se derramó sobre la falda de Candela, quien, pálida como una muerta, tuvo que apoyarse en el respaldo del sillón.

Carmen se abalanzó a ayudarla en tanto que los labios de la muchacha musitaban:

—Lo sabía... lo sabía.

Juanita compareció en la puerta.

—¿Qué ha ocurrido?

—¡Trae Agua del Carmen! La señora se ha mareado.

En tanto Carmen aventaba el rostro de Candela con la servilleta desplegada, se presentó en el arco de la entrada el mayordomo, Juan Romera, interesándose por la señora.

Candela había vuelto en sí.

—No ocurre nada, Juan, un ligero vahído.

—¿Aviso al doctor?

—No hace falta, estoy bien.

Juanita ya regresaba con la estrecha botella de Agua del Carmen en una mano y en la otra una cucharilla. Carmen tomó un terrón del azucarero, lo colocó en la cucharilla y tras empaparlo en el medicamento se lo dio a Candela.

—Tenga, señora. Esto le hará bien.

Regresó Candela al mundo y el color a su rostro.

—Déjennos solas, Juan. Si me hacen falta, ya les llamaré.

Los dos servidores se retiraron, y las dos mujeres quedaron frente a frente.

Los ojos de Candela tenían una luz especial. Antes de comenzar a hablar hizo una pausa aguardando a que los pasos del mayordomo y de Juanita se alejaran por el pasillo; luego se volvió hacia Carmen.

—¿Tienes esa carta?

Carmen buscó en el bolsillo.

—Aquí la tengo, señora.

—Dámela, por favor.

Carmen le alargó el sobre, que Candela tomó con pulso tembloroso. Al instante, a pesar del tiempo transcurrido, reconoció la amada caligrafía.

En el envés únicamente una palabra: «Candela».

Se puso en pie; el pulso se le había acelerado, tenía la boca seca y era consciente de que la vena del cuello marcaba los latidos de su corazón. Sin decir palabra, tras tomar las tijeras del costurero y rasgar la solapa, se acercó al ventanal que daba a la parte posterior del jardín, extrajo la carta del sobre, desdobló la cuartilla y comenzó a leer.

Adorada Candela, luz de mis días:

No sé si tengo derecho a dirigirme a ti de esta manera. Me arrancaron de tu lado en el momento más hermoso de nuestro amor y me enviaron al otro confín del mundo. Ignoro si fue el destino y no quiero en este momento acusar a nadie, pero sé que cometí el inmenso error de dudar de ti, y pensé que entre el amor y el dinero escogías lo último. Una carta de mi madre, que en el fondo de su corazón siempre tuvo la esperanza de que regresara, me ha abierto los ojos y he sabido que aquella decisión la tomaste únicamente para intentar salvar mi vida sacrificando la tuya. He vuelto, y sólo me apartará de ti tu voluntad. Necesito verte una sola vez, y después, si oigo de tus labios que quieres que me vaya, partiré sin echar la vista atrás. Sé que eres una mujer casada, pero el mundo es muy grande, y si tu corazón todavía siente por mí lo que sentía entonces, te juro que encontraré un lugar para que tu hijo, tú y yo podamos vivir felices.

Lo que me ha ocurrido en estos años es demasiado extenso y complicado para explicar en una carta. A partir de hoy, estaré las tardes enteras de todos los jueves durante un mes en el merendero de La Barceloneta de nuestra segunda cita. Ten compasión de mí y, por favor, acude... aunque sea una última vez.

Te quiero y te querré todos los días de mi vida,

JUAN PEDRO

Candela tuvo que sujetarse a la cortina de damasco recogida al lado del ventanal. Luego se llevó a los labios la hoja de papel y la besó con unción como si fuera un objeto de culto.

La voz de Carmen sonó a su espalda.

—¿Se encuentra bien, señora?

La berlina de Ripoll se detuvo frente al bar del Astillero en la calle San Fernando. Hasta allí lo había llevado un negocio que requería solución urgente.

Como de costumbre el ambiente estaba cargado, la principal clientela eran hombres de mar y el humo de las pipas flotaba creando una nube que hacía que los rasgos de los rostros se difuminaran, lo que dificultaba reconocer a los más alejados.

Germán irrumpió a través de la puerta batiente con el bombín en una mano y el bastón de bambú en la otra. El barullo que salía de la barra de la derecha era notable; paseó la mirada entre la concurrencia y en principio no distinguió el rostro de Almirall.

El ruido de la suela de los tacos golpeando las bolas de marfil sobre el tapete verde de un grupo que jugaba al chapó en el fondo del local llamó su atención, y allí, sentado a una mesa individual bajo una maqueta de la pared donde lucía un marlín disecado, pudo divisar el curtido rostro de Almirall.

El reconocimiento fue mutuo. El viejo negrero le hizo una señal agitando la pipa para darle a entender que lo había visto. Germán, evitando molestar a los jugadores del billar, circunvaló la mesa y se acercó al marino, y éste se puso en pie para estrechar su mano.

—¿Hace mucho que me espera?

—Apenas diez minutos.

Ambos tomaron asiento.

—Excúseme, pero me ha sido imposible venir antes.

—No importa, los de mi gremio estamos acostumbrados a esperar; al mar no se lo puede urgir con impaciencias.

El camarero se acercó.

—Yo otra absenta —indicó el marino señalando el vaso vacío frente a él.

—A mí tráigame una cerveza.

Partió el hombre con la bandeja redonda bajo el brazo a buscar el pedido.

—Hábleme de ese gran negocio que me ha insinuado en la carta.

Germán carraspeó.

—Es usted muy directo.

—El tiempo es mi único capital y me queda poco.

—¡No diga tonterías! Está hecho un roble.

—Únicamente es la fachada. Mis viejas cuadernas están para el desguace, soy consciente de ello.

El camarero regresó con las consumiciones, y antes de que Germán hiciera el gesto, Almirall ya había pagado.

—El próximo día usted, que en este barco mando yo.

Cuando se retiró el hombre, Germán, tras otro carraspeo, tomó la palabra.

—En primer lugar, decirle que reconozco que mi padre falleció sin poder cumplir en su totalidad el pacto que había establecido con usted. Como comprenderá, con su muerte finalizó la influencia que como secretario tenía en la logia Barcino, por lo que a mí me es imposible cancelar ese compromiso. Soy consciente de que estoy en deuda con usted y, dándole vueltas al asunto, creo que he dado con la fórmula para zanjarla.

El negrero se explayó.

—Sentí mucho la muerte de su padre... Era un gran hombre y lo demostró cuando las cosas se pusieron difíciles. Muy fácil es navegar con viento de popa, eso lo hace cualquiera, pero cuando crecen las dificultades y allí dentro sopla, es cuando se ve el fuste de los hombres. Hicimos grandes negocios... ¡Fueron buenos tiempos! Hasta la prohibición todo el mundo trajinó con bultos; luego, unos señores sentados en sus despachos en Londres y en Madrid que no sabían cómo iba la comedia decidieron que, negros y blancos, todos éramos iguales y se acabó el negocio. Pero su señor padre tuvo los redaños de seguir, compró el barco y todavía hicimos cuatro viajes. Después... se acabó.

—¿Y ahora a qué se dedica?

—Estoy casi siempre varado en tierra. A veces me salen viajes; transporto mercancías, digamos que prohibidas, por el Mediterráneo y lo hago por cuenta ajena.

—¿Le gustaría volver a patronear su propio barco?

Almirall dio una honda calada a su cachimba antes de responder.

—Desde que enviudé me gustaría que mi tumba fuera el mar.

—Le ofrezco un trato. No puedo venderlo hasta que falte mi madre, pero sí puedo gestionar el arrendamiento del *Nueva Rosa*. Haremos un contrato de venta diferida; usted busca cien mil pesetas a cuenta de la venta y por otras cien mil a pagar a plazos el barco es suyo; ahí, desde luego, irá incluida la deuda. A partir de ese momento estaremos en paz, y usted será el responsable de los cargamentos que acepte y de las rutas que haga. Usted se convierte en armador de su barco y yo salgo de un apuro urgente; en tanto, figuraremos un contrato de arrendamiento.

A Almirall le brillaban los ojos. El viejo negrero era un hombre sin escrúpulos acostumbrado al contrabando, que fuera de personas o de mercancías era lo de menos. El caso era que lo prohibido estaba mejor pagado que lo legítimo, y además a él el riesgo le hacía hervir la sangre.

—¡El tiempo de vender mi casa a mi cuñado, que siempre la quiso! Desde que murió mi mujer nada me ata ya a la tierra... Usted tendrá su dinero y yo tendré mi barco. Pero no se equivoque conmigo, Ripoll. Está usted tratando con un hombre que se viste por los pies, así que no intente engañarme. Yo no soy de los que buscan a los municipales para que le resuelvan el problema; los problemas me los resuelvo yo solo.

170
Cada cosa en su sitio

Amelia pensó que por una vez en la vida había tenido suerte. Don Joaquín Partagás pensaba lo mismo. Cuando el mago temía que iba a ser una ardua tarea encontrar una ayudante que reuniera las condiciones que él exigía y con la que desde luego habría de emplear un tiempo para enseñarle el oficio, le había caído del cielo aquel mirlo blanco. La solicitante aunaba todos los requisitos. En primer lugar, su prestancia en la pista del circo era notable. Enseguida el mago se dio cuenta de que Amelia tenía potencial con el que se nacía o no se adquiría nunca, y que en lenguaje circense se denominaba «traspasar las candilejas», lo cual para su negocio era una ventaja indudable, pues adecuadamente desvestida aquella mujer captaría la curiosidad del respetable, sobre todo la de los caballeros. En segundo lugar, la experiencia adquirida por Amelia con el mago Kálmar resultó ser de capital importancia, pues tenía la base del oficio bien aprendida, y no sólo porque alguno de los trucos fuera semejante, sino porque incorporaba fácilmente la enseñanza de los nuevos. A la semana de haber acudido a El Rey de la Magia, Partagás le dio el visto bueno para que hiciera su debut el sábado siguiente por la tarde en el Circo Alegría, eso sí, en la *matinée* de las cuatro de la tarde.

Los progresos de Amelia fueron inmediatos; en un principio tenía dos entradillas, y al mes tenía ya cinco. Salía en la primera con un turbante en la cabeza y una túnica blanca que le retiraba un ayudante de color graciosamente vestido; quedaba entonces con un corsé que silueteaba su figura, medias de malla y botas plateadas, y de esta guisa y colocada en medio de la pista la cubría algo parecido a una cúpula de tela que bajaba del centro de la carpa, y tras unos pases de magia y a la vista del respetable desaparecía en su interior. Más tarde levitaba, y Partagás hacía pasar en derredor de su cuerpo unos aros metálicos que aseveraban que se mantenía en el aire sin soporte alguno. Luego venía su número de transmisión del pensamiento; alguien de entre el público era invitado a acudir a la pista para escoger naipes de una baraja que después ella, con los ojos vendados, adivinaría rozando únicamente con la yema del dedo medio su envés. Y cerraba su actuación entrando en un baúl de madera del que poco más tarde, al ser serrado por la mitad, aparecía su cuerpo dividido en dos partes. Después, en la apoteosis final, comparecía montada en un elefante.

Apenas transcurridas dos semanas, el mago le subió el sueldo y le dijo que era la mejor ayudante que había tenido en su larga vida dedicada a la magia.

Eso, unido al horario del circo, permitió a Amelia, tras saldar su cuenta con doña Justa, poner en marcha la segunda y principal parte de su plan. Iba a remover Roma con Santiago para encontrar a Justina.

Eran muchas en Barcelona las casas de caridad, los hospicios y los orfelinatos regidos por órdenes de curas o monjas y auspiciados por gentes de posibles, devotas de algún santo. Amelia se dispuso a recorrerlos todos, comenzando por los más próximos y agrandando los círculos hasta llegar a la periferia de la ciudad. En su recorrido se encontró en circunstancias diversas, desde aquella institución que le negó cualquier información por no poder aportar el certificado de su matrimonio hasta aquella otra que, viendo la manera de dar un hospiciano en adopción, le ofreció facilidades, creyendo que su intención era la de adoptar un niño, para entregarle una niña de más o menos la edad de Justina aunque nada tuviera que ver con ella. Ese tráfico le llevó más tiempo del deseado.

Al llegar a la finca de Can Duran que alojaba el convento, Amelia ordenó al cochero del simón que se detuviera y, tras pagar la carrera, se dirigió hacia el portal, pasó el arco de piedra de la entrada, se acercó a la garita de la tornera y con los nudillos golpeó el cristal de la ventanilla.

La monja, que estaba tomando notas en una libreta, alzó el vuelo de su almidonada toca y con su mirada miope observó a la mujer que reclamaba su atención.

Con gesto acostumbrado abrió la portezuela.

—Ave María Purísima. ¿Qué se le ofrece?

La salutación sorprendió a Amelia, quien recordando otros tiempos respondió:

—Sin pecado concebida. Querría ver a la superiora del convento.

—¿Quién la busca?

—Mi nombre es Amelia Méndez, pero eso no le dirá nada.

—La reverenda madre no acostumbra recibir visitas sin cita previa.

—¡Por favor, hermana! Vivo muy lejos, y tengo un horario de trabajo muy exigente. Si fuera tan amable...

La mujer se puso en pie y Amelia intuyó que había ganado el tanto.

—Voy a ver. Pero he de dar un motivo; de no ser así, la madre Sagrario difícilmente la recibirá.

Amelia se dispuso a jugar sus bazas.

—Tuve que irme a trabajar fuera de España y, por circunstancias que no vienen al caso, la abuela de mi hija hubo de ingresarla en uno de los hospicios de Barcelona. Luego mi suegra murió sin poder contactar conmigo... En resumen, madre, estoy buscando a mi hija.

Un asomo de ternura apareció en los ojos de la tornera.

—Aguarde aquí. Y si viene alguien, hágame el favor de decirle que ahora vuelvo.

Partió la monja entre un crujir de refajos y el sonido de las cuentas del rosario que ceñía su gruesa cintura y se balanceaba al caminar.

El corazón de Amelia se desbocó. Lo que no había ocurrido otras veces sucedió en esa ocasión; algo en su interior le dijo que el destino, la Providencia o lo que fuera la acercaba a Justina.

Apenas transcurridos cinco minutos compareció la tornera acompañada de una monja muy joven, bien parecida y delgada, con una toca mucho más recogida y de un color azul pálido distinto del de la tornera.

—La reverenda madre va a recibirla. Sor Bernardita la acompañará.

La novicia la saludó con una ligera inclinación de cabeza.

—Si hace el favor...

Amelia se puso a su altura y se dispuso a seguirla.

La postulanta la condujo a un pequeño salón del primer piso que estaba junto al despacho de la superiora.

—Aguarde aquí, por favor.

Tras indicarle un par de sillones instalados junto a una mesita redonda en cuya parte inferior se veían revistas religiosas e impresos que anunciaban las actividades del centro, sor Bernardita se dirigió a una puerta de cristales biselados y, tocando levemente con los nudillos, preguntó:

—Permiso, reverenda madre.

Una voz respondió dando la venia, y la joven monja desapareció en el interior.

Amelia oía voces. Los nervios la comían por dentro y se frotaba las manos intentando calmar su angustia. Las voces fueron aumentando el registro... Se acercaban a la puerta. Finalmente ésta se abrió y, seguida por la monjita que la había acompañado, entró en la estancia una mujer delgada de rostro anguloso y distinguido que ni siquiera el hábito religioso podía ocultar la pertenencia a una clase privilegiada.

La monja se detuvo a un metro de Amelia, la escudriñó con detenimiento de arriba abajo y, con un aire altivo y sin darle la mano, le indicó con el gesto uno de los dos sillones. Luego se presentó.

—Soy la madre Sagrario, directora de este centro. Si puedo servirle en algo... —A la vez que se sentaba Amelia y antes de hacerlo ella, se dirigió a la monja—. Sor Bernardita, ordene los papeles de mi despacho y ponga los libros que estaba usando en la librería.

La hermanita se retiró y entonces la superiora se sentó en el sillón frente a Amelia.

—La he recibido a instancias de nuestra tornera. Debo decirle que sin hora prefijada de visita no tengo costumbre.

—Lo sé, reverenda madre, y se lo agradezco en el alma.

—Entonces hágame la caridad de explicarse lo más brevemente posible.

Cuidando mucho el argumento de su relato, Amelia reinventó su historia. Había partido para hacer las Américas buscando un mejor porvenir para su hija, pues era viuda y su esposo la había dejado en la miseria más absoluta; había confiado a la niña al cuidado de su abuela, pero ésta había muerto y tenía entendido que la mujer, afectada de una grave enfermedad, había entregado antes a la niña en una institución de caridad; en cuanto a ella, desde su llegada no había hecho otra cosa que buscar a su pequeña.

—¿Cuál es el nombre de la niña?

—Justina Bonafont Méndez.

Unas finísimas arrugas surcaron la frente de la monja.

—Y esa niña ¿no tenía ningún otro pariente?

Amelia comenzó a temblar.

—Nadie más en el mundo.

—¿Puede usted demostrar que es su madre?

Amelia extrajo del fondo de su bolso su cédula en la que figuraba como soltera.

La monja se caló unas gafas que sacó del bolsillo de su hábito y examinó el documento. Luego, a la vez que se las quitaba, le devolvió la acreditación.

—Es evidente que su apellido corresponde al segundo de la niña, lo que no prueba es que usted sea su madre.

Amelia no pudo contenerse y alzó algo la voz.

—Pero ¡¿mi hija está o no está aquí?!

La monja respondió con una calma absoluta:

—Una niña con ese nombre estuvo con nosotras, pero debe de haber algún malentendido porque la pequeña a la que me refiero sí tenía parientes, que vinieron a buscarla.

Amelia perdió los estribos.

—¡No hay ningún malentendido, madre, y le exijo que me diga ahora mismo quién era ese pariente y dónde está mi hija!

La monja cambió de talante.

—El reglamento de la casa, del que soy la última servidora, nos prohíbe dar noticias de las adopciones... por evitar situaciones violentas. Ha habido casos de padres o madres que habiendo abandonado a sus hijos de la forma más miserable, al saber que habían sido adoptados por una familia de posibles, han intentado recuperarlos o renunciar a ellos a cambio de dinero. En una única ocasión de entre todas las que he vivido resultó cierto que un progenitor había perdido a su hijo sin culpa alguna; de cualquier manera, debió demostrar su buena fe y, sin reclamar nada a cambio, mostrar los documentos que certificaban que con su trabajo podía mantener a la criatura.

—¡Yo no pediré nada a cambio, trabajo en el Circo Alegría y puedo mantener a mi hija! Soy ayudante de mago.

—Lo siento, pero su petición escapa a mi autoridad, amén de que su trabajo no es precisamente el apropiado para educar a una criatura.

Amelia comenzó a llorar amargamente. Entendió que había equivocado la manera de abordar el problema. Rogó, suplicó y no tuvo inconveniente en arrodillarse delante de la monja. Ésta se puso en pie y, tras ayudarla a levantarse, llamó a la hermanita que la había acompañado y le ordenó:

—Sor Bernardita, acompañe a la señora, que tiene prisa. —Luego se volvió hacia Amelia—: Lo siento en el alma, pero no puedo hacer nada. Que Dios la guarde.

Amelia, hecha un mar de lágrimas, abandonó la estancia del brazo de la monjita. Descendió la escalera ahogada en sollozos; en el último escalón trastabilló y, de no ser por el brazo firme de la hermana, habría dado con sus huesos en el suelo. La tornera, al ver su estado, salió de la cabina alarmada.

—Voy a acompañarla hasta el coche, si usted me lo permite.

—Claro, sor Bernardita, vaya con ella.

Agarrada a la hermanita llegó Amelia a la calle. Iba ya a volverse para darle las gracias cuando la monja, mirando a uno y otro lado, metió su mano en el bolsillo y sacando un papel doblado se lo entregó. Luego le susurró al oído:

—Ahí tiene la dirección y el nombre de la persona que recogió a Justina. ¡Que Dios la acompañe!

Amelia se serenó de golpe, tomó el papel en sus manos como quien toma una reliquia y preguntó:

—¿Por qué hace esto por mí?

—Yo también fui adoptada, y supe más tarde que mi madre murió buscándome. Si puedo evitar que eso le ocurra a otra niña ya habré pagado mi deuda.

171
La función

Me da miedo que Amelia me reconozca, Pancracia.

—Vestido de payaso con la cara enharinada y un ojo negro cubierto por un cuarto de luna en primer lugar, es bastante improbable, y en segundo, ¡a ti qué te importa!

—Puede buscarme problemas con la dirección del circo.

—¡Tú estás mal! Aquello pasó hace varios años, y si entonces no te denunció, ¡menos lo hará ahora! Además, ¿de qué quieres que te acuse, de que echasteis un polvo?

—Nuestro negocio no era precisamente un quiosco de bebidas.

—Eso habría que haberlo probado entonces, a toro pasado es muy difícil.

—Si alguien mete las narices en lo nuestro y se descubre en lo que andamos metidos, se nos puede venir abajo el negocio.

—No te preocupes. Tú sigue fotografiando niños y tomando direcciones; lo otro me lo dejas a mí.

—Por cierto, dijiste que querías dar un nuevo rumbo al tema.

—Ya sabes, Fredy —dijo Pancracia y se palmeó la cabeza— que ésta nunca para. Lo de pedir limosna se está poniendo crudo; en esta ciudad hay demasiado mendigo. Por otra parte, lo de la venta de pomadas...

—De eso no quiero saber nada. Ya lo sabes.

—Está bien, te cuento mi plan. Hay que sacar la mercancía al extranjero, pues Barcelona se ha quedado pequeña y cada vez es más difícil dar con barrios seguros para la mendicidad. Si intercambiamos niños con Francia, Inglaterra, o Italia, por ejemplo, es menos probable que alguien los reconozca, y a la inversa.

—Entonces ¿qué piensas hacer?

—Muy fácil: traer niños mendigos del extranjero y enviar a cambio críos de aquí. Hay redes en Marsella y en Nápoles que se dedican a ese comercio.

La función de la tarde estaba a punto de empezar. Fredy Papirer, en tanto departía con Pancracia, se retocaba el maquillaje en el camerino que le habían asignado, junto a la cámara negra donde realizaba su trabajo.

—¿Y aquello que dijiste al respecto de cobrar un rescate por alguna pieza que valiera la pena?

—Lo estoy puliendo. Lo complicado de estas situaciones es el momento del cobro, ahí es donde pescan a la gente; pero se me ha ocurrido algo que... Bueno, cuando lo tenga perfilado ya te lo contaré.

La campana del circo que anunciaba la función del sábado tarde sonaba insistente, y la gente se amontonaba en el pasillo de entrada que mediaba entre la calle y la carpa propiamente dicha. Las voces emocionadas de los niños comentando los carteles pegados en las paredes que anunciaban los diversos números —el Hombre Bala, el Tragasables, los famosos payasos Andrew, Luis Dorian y sus leones, el mago Partagás, miss Priscila Mayer y sus caballos amaestrados— se mezclaban con las autoritarias de los padres y las nerviosas de las madres reclamando a un hijo perdido o exigiendo al mayor que diera la mano a su hermano pequeño.

En la cola de los palcos reservados, Candela, que llevaba a Pelayo al circo con su amiga Isabel Par y la hija mediana de ésta, que tenía la misma edad que Pelayo, y acompañada de Juanita, quien hacía las veces de niñera los días que libraba Petra, aguardaba turno. Tras la bronca de Orestes al respecto de que no cuidaba a su familia, Germán acudiría más tarde, pues había alegado la urgencia de un negocio que lo obligaría a llegar a la media parte.

A Candela se le había parado el reloj; el jueves por la tarde iba a ver a Juan Pedro y a partir del día en que recibió la carta con sus noticias, todo su mundo había girado alrededor de ese instante.

La cola avanzaba. Pelayo miraba asombrado a uno y otro lado, y dando con el codo a su amiguita luego interrogaba a su madre señalando cualquiera de los carteles esperando que ella, que tan bien lo entendía, le hiciera comprender la respuesta.

La cola siguió avanzando y, por fin, tras la última cortina, ante los asombrados ojos de los niños, se abrió el espacio lleno de luz que alojaba bajo la inmensa carpa el anillo central de la pista del circo en el que unos payasos entretenían al personal mientras ocupaba sus localidades, haciendo volatines o corriendo amenazados por unos falsos municipales que los perseguían, porra en mano, tocando el pito, tropezando y cayendo, ante el jolgorio de los críos, en tanto unas muchachas con uniformes rojos, botones dorados y unos graciosos gorritos vendían manzanas caramelizadas y otras golosinas que llevaban en unas bandejas colgadas del cuello mediante una ancha cinta.

Pelayo tiró de la falda de su madre señalando la bandeja de las golosinas.

—No, Pelayo, ahora no.

Isabel se adelantó y al comprar una bolsa de caramelos se justificó.

—Déjalo, mujer, ¡un día es un día!

—Vas a hacer de él un malcriado.

—Privilegios de madrina.

El quinteto ocupó el palco con capacidad para seis personas y se dispuso a ver el espectáculo; Pelayo, al lado de su amiguita y de la mano de Juanita, devoraba todo con sus ojos asombrados. En cuanto a Candela estaba feliz por un doble motivo: primero, por ver en aquel estado de exaltada felicidad a su hijo y, segundo, porque faltaban cuatro interminables días para reunirse con el único hombre que había amado en toda su vida. Isabel, que tan bien la conocía, afirmó:

—A ti te pasa algo que no me dices.

—¿Qué quieres que me pase?

—Hace mucho que no te veía tan feliz.

—¡No voy a venir al circo a llorar!

Candela dudó, pero no pudo contenerse y acercando su boca a la oreja de su amiga en un susurro le anunció:

—Juan Pedro ha regresado.

La bolsa de caramelos se fue al suelo mientras Isabel, con ojos desmesurados, miraba a Candela.

—¿Qué me estás diciendo?

—Lo que oyes.

—¿Y qué vas a hacer?

—De momento tocarlo para cerciorarme de que no es una aparición, luego… Dios dirá.

—¡Por Dios, Candela, ten cuidado! Si se entera Germán, te matará.

—Por lo pronto… el jueves tú y yo estamos en la modista.

A pesar de lo enharinado de su rostro, Fredy Papirer temió que la persona que estaba entrando por la puerta de la calle lo reconociera. El tan temido momento había llegado. Desde su terrible accidente no había vuelto a ver a Germán Ripoll, y una mezcla de ira, rencor contenido y deseos de venganza asaltaron su pecho. Tras la careta de piel de gamo que le había fabricado Remigio Antolín se ocultaba otro hombre, pero la quemadura del ácido, el ojo perdido y sus deterioradas cuerdas vocales iban a recordarle de por vida el nombre del causante de su desdicha.

Había engordado. Pasó por su lado como un huracán quitándose el gabán, sin reparar en el payaso que lo observaba desde su único ojo. Faltaban dos números para la media parte, y Germán tuvo un incidente con el portero de la carpa ya que la entrada estaba prohibida durante las actuaciones. Fredy reparó en que el director de pista intervenía y, para evitar males mayores, lo hacía acompañar a uno de los palcos ocupado por tres mujeres y dos niños.

Candela, que había observado el incidente de la puerta y se había dado cuenta de que su hijo, al ver a su padre, cambiaba de actitud y se refugiaba en ella, le recriminó en voz baja:

—Pase que llegues tarde, pero ¿no puedes pasar desapercibido, sin montar un sacramental en la puerta?

—Bastante he hecho con venir. Las mujeres creéis que los negocios son hacer calceta e ir al circo… Hola, Isabel, ¡ya ves cómo me recibe mi esposa!

Isabel, que conocía la historia de la pareja y siempre defendía a su amiga, replicó:

—Los hombres únicamente llegáis puntuales a los toros o a vuestras citas amorosas, y esto último en tanto os ilusiona una mujer.

Germán, que nunca renunciaba a su condición de inveterado conquistador, medio en broma y medio en serio, rezongó al oído de Isabel:

—Y la mujer que más nos ilusiona es la más cercana y más difícil. Si tú quisieras...

—¡No tienes remedio! El que nace crápula muere crápula... Soy una mujer casada y amiga de la tuya —comentó jocosa.

—Lo primero no me importa, no soy celoso. En cuanto a lo segundo, ¡no tendría por qué enterarse! Me resulta más fácil ir a París que verte a escondidas en Barcelona.

La voz de un padre de familia que estaba con sus hijos en la primera fila después de los palcos interrumpió.

—Si no le importa, hemos venido a ver el circo, no a escucharlo a usted.

—¡Y yo he cogido un palco para no mezclarme con tipos como usted!

Candela se había vuelto y pudo oír que su amiga pedía excusas.

—Perdone, señor, tiene usted razón.

—Pero ¿qué ha pasado?

—Nada, Candela. Germán me contaba el motivo de su retraso y hemos molestado a este señor.

Llegó la media parte. Los niños quisieron ir al espacio exterior donde estaban las jaulas de los animales, y al regresar Isabel oyó una conversación en la que una mujer joven comentaba a otra mayor que la idea de las fotos de los críos en la entrada del circo era estupenda porque, de esta manera, tenían un recuerdo de aquella tarde.

—Parece ser que en la entrada hay un gabinete fotográfico donde los niños se disfrazan y les hacen una foto de recuerdo.

—Ahora va a empezar la segunda parte, Isabel. Cuando acabe la función podemos ir.

El espectáculo estaba muy bien pensado; los niños disfrutaron con los payasos, los equilibristas, los caballos y los leones, y los mayores con los números de prestidigitación y de magia.

El número del mago Partagás interesó a Germán en grado sumo. Aquel hombre era magnífico, y no precisamente por los trucos espectaculares; ni le interesó la desaparición de la mujer, ni la levitación ni tampoco el hecho de que la partiera en dos con una sierra; lo que le enajenó fue su manejo de los naipes. El mago pidió que subieran tres voluntarios; dos lo hicieron motu proprio, pero a instancias del hombre, que lo señaló a él, y de Isabel, que lo animó, sin saber cómo Germán se encontró en medio de la pista.

Lo que hacía Partagás en la distancia corta era absolutamente increíble; desde escoger un naipe que aparecía en el bolsillo interior de la americana del hombre que estaba enfrente, hasta hacer escoger una carta de una baraja sin tocarla él para nada, o hacerla aparecer en el interior de un huevo que había entregado a una mujer antes de comenzar el número. Todo le pareció a Germán absolutamente asombroso. Cuando regresó a su asiento su cabeza maquinaba un plan. Recordaba que a la entrada, junto al anuncio del mago, figuraba un dato invitando al público a hacer lo mismo que él acudiendo a las clases que Partagás daba en su local de El Rey de la Magia, en la calle Princesa.

En los últimos tiempos la suerte lo había abandonado y se levantaba de las mesas de póquer acumulando cuantiosas pérdidas; hacer lo que hacía aquel hombre era quimérico, pero manejar la baraja para salir airoso en casos de mucho apuro tal vez fuera posible.

Finalizó el espectáculo con el número de los leones. El montaje de la jaula llevó un tiempo, y cuando el voluminoso artilugio estuvo ensamblado y los animales dentro, tras un rato de hacerlos pasar por aros inclusive de fuego, el domador pidió un voluntario para entrar en ella.

Germán se volvió jocoso hacia Isabel.

—Ha pedido un hombre. Si llega a pedir una mujer y entras tú, ¡pobres leones!

—Eres un grosero.

Después, pulsando la tecla de la crueldad que tanto le divertía, indicó a Juanita a viva voz y con gestos para que lo entendiera su hijo:

—Entre con los niños, así podrán ver de cerca a los leones.

Isabelita miró incrédula a su madre y Pelayo se acurrucó contra Candela.

—¡Cómo se puede tener tan mala sombra! ¡Eres un cretino!

—Si no empiezas a acostumbrar a tu hijo a encajar una broma, lo harás un desgraciado.

—¡Bastante desgracia tiene para, encima, haber de aguantar tus torpezas!

Isabel intervino.

—Haya paz.

—Tienes razón, mejor me voy. Haced las fotos a los niños y dentro de media hora acudid a la puerta del Casino Militar, que es donde os aguardará el señor Ruiz con el coche.

—¿No vas a venir con nosotros?

—Tengo cosas que hacer. Y, por cierto, no cenaré en casa.

El grupo fue saliendo en dirección al gabinete de las fotografías, y Germán, dando media vuelta, se fue en sentido contrario hacia el exterior, donde se alineaban las *roulottes* de los artistas.

Los carromatos estaban dispuestos a lo largo de la pared y con las respectivas puertas hacia el interior, y en cada una de ellas un cartelito anunciaba a su propietario. Germán fue siguiendo el perímetro hasta llegar a una de las más lujosas, en cuyo rótulo podía leerse: JOAQUÍN PARTAGÁS JAQUET, y debajo en letra cursiva: *EL REY DE LA MAGIA*. No lo pensó dos veces; sujetó en la mano derecha el sombrero hongo y su bastón, y con paso decidido subió los tres escalones de madera que conducían a la entrada.

Dentro se oían voces; Germán, por lo que oyó, dedujo que el mago y su ayudante comentaban las particularidades de la sesión. Con el mango del bastón golpeó suavemente el cristal biselado.

Las voces cesaron, y Germán oyó unos pasos. La puerta se abrió y apareció la mujer con el rostro maquillado tal como salía a la pista, pero envuelta con una bata que la cubría hasta los pies.

—¿Don Joaquín Partagás?

Una voz desde el interior interrogó:

—¿Quién me busca?

—Dígale que don Germán Ripoll, un ferviente admirador de su arte que quiere hablarle de un negocio.

En los ojos de la mujer se reflejó la sorpresa de alguien que tuviera un encuentro imprevisto. Amelia había reconocido a Germán en la pista, lo que no esperaba era su visita. Volviendo la cabeza, transmitió el recado.

—Dile que pase.

Amelia abrió la puerta del todo, procurando ocultar el desconcierto que le había proporcionado el nombre del inesperado visitante.

—Pase usted.

El mago, que estaba preparado para la función de la noche, se había despojado de su frac y se encontraba en mangas de camisa y con los tirantes sueltos, tomando una infusión de té en el tresillo que había bajo la ventana del carromato.

—Adelante, y perdone el vestuario, pero tengo poco tiempo entre pase y pase.

—Perdóneme usted a mí, que vengo a importunarle.

El mago lo reconoció.

—¡Lo ha hecho usted muy bien! Ha mostrado mucho temple, y

no es común. Hay gente que tiene fama de graciosa con sus amigos y que cuando se ve bajo los focos hasta tartamudea al hablar.

—Su opinión me halaga, don Joaquín.

—Bien, aquí estamos, usted me dirá.

Germán lanzó una mirada de soslayo a la mujer, indicando que quería hablar a solas con el mago. Éste captó de inmediato el mensaje.

—Déjanos solos, por favor... ¿No quiere antes que le sirva un té o una bebida?

—No, muchas gracias, tengo después una cena con amigos y ya sabe usted lo que es eso.

Amelia, aliviada, entendió la orden y desapareció por la puerta del fondo.

Partagás se dirigió a Germán.

—Bien, veamos eso tan misterioso que quiere decirme.

—Verá usted... —Pretendía que el mago entendiera con medias palabras lo que había ido a decirle y no deseaba entrar por derecho, por no causar mala impresión, de manera que empezó con circunloquios—. Me ha asombrado su manejo de la baraja en distancia corta. ¡Lo que hace usted es completamente incomprensible!

—¿Es usted aficionado a la magia?

—Me gustaría serlo, pero entiendo que, como todo arte, necesita de mucha dedicación y gran esfuerzo, y además hay que valer para ello.

—Pero, dígame, ¿cuál es su deseo?

—Querría aprender algún truco básico para sorprender a los amigos y en verdad tengo poco tiempo.

—Entonces lo tiene usted mal.

—De todas maneras me gustaría aprender y, según he visto en los carteles, usted da clases.

—Evidentemente, tengo una tienda importante que no me permite salir de *tournée*, y es por ello por lo que siempre que puedo trabajo en Barcelona.

—Me gustaría probar.

—¡Eso está bien, la magia da muchas satisfacciones! Doy clases por las mañanas de nueve a una, con grupos de cuatro alumnos, que suelen durar de hora a hora y media.

Germán fue entrando lentamente en el terreno.

—Verá, don Joaquín, me gustaría que mis clases fueran particulares.

El mago lo miró extrañado.

—Eso le resultará mucho más gravoso.

—Pero aprenderé más deprisa y emplearé menos tiempo; vaya, lo uno por lo otro.

—La manipulación de la baraja no se adquiere en un día, la práctica es fundamental.

—Tal vez algún recurso que no se base en la manipulación, como un aparato o un truco quizá, algo que me permita cambiar una carta por otra... Tengo una peña de amigos y quiero engañar a uno que es un fanfarrón, ¡pura broma!

—Está bien, yo le enseñaré lo que pueda. El uso que usted haga de ello no es de mi incumbencia. Evidentemente, si quiere que le dé la clase a usted solo tendrá que pagar el precio de los cuatro alumnos.

—Lo comprendo muy bien. Y ¿cuál es ese precio?

—Cada uno me paga un duro; la clase para usted solo le costará veinte pesetas.

—¿Cuándo puedo empezar?

—El próximo lunes le espero a las nueve.

—Allí estaré.

Germán tomó su hongo y su bastón y se puso en pie.

—¿Quiere que lo haga acompañar?

—Conozco el camino.

Partió el extraño aspirante a mago, y Amelia apartó la oreja de la puerta.

Tuvieron que aguardar turno, pues la cola que se formó en la entrada del gabinete fotográfico llegaba hasta la cortina que delimitaba la salida de la carpa. Jóvenes matrimonios con sus hijos, amas y niñeras cuidando de un montón de nerviosas criaturas y hasta algún cochero que se ocupaba de aquel menester por encargo de un abuelo al que hacer la cola le resultaba gravoso, todos esperaban.

Candela, Isabel y Juanita, junto con los dos pequeños, avanzaban lentamente.

—¿Tú crees que ha sido buena idea?

—Sí, Candela. La verdad es que no pensé que iba a haber tanta gente, pero ya verás como luego te alegras de haberlo hecho... Será un recuerdo para toda la vida.

Llegó el turno para el matrimonio que los precedía, y al quedar la cortina de la cámara negra ligeramente abierta pudieron observar cómo se disfrazaban los tres niños hijos de la pareja: la niña de Colombina y los niños de Pierrot. Luego una mujer, que debía de ser la ayudante, los colocaba sentados sobre unos dados gigantes para enseguida aguantar la antorcha de magnesio que, a la voz de tres que dio el payaso fotógrafo, prendiera la llamarada que entre una humareda blanca iluminó la escena, haciendo posible la impresión de la placa. Después, en tanto el fotógrafo tomaba el nombre y la dirección de la pareja para poder enviarle la foto revelada y cobraba el trabajo, entraron ellos y se dispusieron a prepararse para el posado.

Mientras Juanita disfrazaba a los niños las dos mujeres se instalaron tras la máquina para no estorbar. Isabelita escogió un traje de princesa y Pelayo señaló con el dedo el de pirata. Una vez compuestos, la mujer los colocó por separado; tras la niña plantó un castillo de cartón, y cuando le tocó el turno a Pelayo el decorado del fondo fue un barco pirata. Acto seguido se repitió el proceso, el abono del trabajo y la toma de las respectivas direcciones.

Isabel se adelantó.

—Tú has pagado el circo, así que yo pago las fotografías ¡y aún salgo ganando!

Los niños estaban muy excitados y querían ver el resultado al instante; en tanto salían, Juanita fue explicándoles que aquello era imposible y que para ver el resultado tendrían que aguardar unos días.

Luego se dirigieron al coche, que estaba en la puerta del Casino Militar con el señor Ruiz junto a la portezuela.

—Candela, yo cogeré un coche de punto.

—No, mujer, ¡de ninguna manera!

—Sí. Ya que estoy aquí, me llegaré al despacho de mi marido, que está muy cerca, en la calle Vergara.

—Como quieras.

Las dos amigas se besaron e hicieron lo propio con los niños; Isabel se despidió de Juanita, y la última en subir al coche fue Candela.

El señor Ruiz cerró la portezuela y se encaramó en el pescante. Candela asomó por la ventanilla.

—Recuerda que el jueves tenemos modista.

Fredy y Pancracia pasaban cuentas y tras comprobar direcciones calculaban cuál de ellas podría ser más rentable para su negocio.

El único ojo de Fredy fulguró.

—El niño mudo es el hijo de Germán Ripoll, vive en la calle

Muntaner. Si has decidido poner en marcha el nuevo negocio, ése es el primer candidato.

—Se la tienes jurada.

—¿A ti qué te parece? Hasta que ese hijo de puta no pague lo que me ha hecho no descansaré.

—¿Y qué es lo que quieres?

—Me gustaría que además de pagar el rescate no volviera a verlo nunca jamás.

Pancracia sonrió misteriosamente.

—¿De qué te ríes?

—La cosa tiene gracia.

—¿Qué es eso tan chocante?

—Estoy llegando a un acuerdo con un ex negrero que hace contrabando por el Mediterráneo, y, si no lo he malentendido, su barco había pertenecido en parte al padre de tu amigo... Los Ripoll habían enviado negros en ese barco a Cuba.

172
El merendero de La Barceloneta

Por fin llegó el tan ansiado día. Silverio, que se había encontrado con Carmen en la vaquería, comunicó puntualmente a su patrón el mensaje oral que la muchacha le había transmitido: al siguiente jueves Candela estaría a la hora en punto en el merendero de La Barceloneta, y si no podía acudir, él debía esperarla al otro jueves, y si no al otro, y había dicho también que no contestaba a su carta porque de hacerlo correría gran peligro. Luego Silverio le describió el momento vivido cuando Carmen entregó la suya. «La señorita Candela estuvo a punto de desmayarse... —explicó—. Hubo que suministrarle Agua del Carmen.»

Desde aquel día la espera se hizo insoportable. Ni la inmediata inauguración de su casa, prevista para el próximo 10 de junio, ni el rumbo de sus negocios lo apartaban de su sueño. ¡Iba a ver a Candela! Y si no ese jueves, ¡sería al otro o al otro! Juan Pedro deducía en su interior que tal vez la llama del amor siguiera palpitando en el corazón de la muchacha.

Claudia, que estaba a punto de partir para Madrid junto a mister Dogan, quien le había firmado dos fechas en el teatro Real, se le acercó en el comedor.

—Te veo muy feliz y muy nervioso, Jerónimo. Ese estado casi gaseoso únicamente lo vive el hombre cuando está muy enamorado.

—¡Más bien estoy aterrorizado! Cuando sabes que tu vida depende de una palabra, te sientes como una hoja al viento.

Claudia le apretó la mano cariñosamente.

—A lo mejor el collar que me regalaste no era para mí... Si quieres, te lo devuelvo.

—Nada tiene que ver una cosa con la otra. Eres mi amiga y siempre lo serás.

La diva suspiró.

—¡Las hay con suerte! Cambiaría todos los éxitos por encontrar un hombre como tú.

—No te engañes, Claudia; no estás hecha para el matrimonio. Las gentes que nacéis tocadas por la varita de los dioses os debéis a vuestro arte. Tu hogar, como dice Dogan, está en los coliseos del mundo.

—Es un hogar demasiado grande y demasiado frío para envejecer.

—Eso dependerá siempre de ti. ¡Vas a tener postrados a tus pies a todos los hombres del mundo!

—Que tengas mucha suerte, Jerónimo.

—Lo mismo te deseo, Claudia. Recuerda que cantarás en la inauguración de mi casa.

—Descuida, esa fecha la he anotado en mi agenda personalmente.

La acompañó a la estación del tren para despedirla. Un cortejo de aficionados al bel canto la siguió hasta el andén con ramos de flores y otros obsequios, y la diva se asomó por la ventanilla del vagón envuelta en un marabú de plumas para decir adiós. Juan Pedro supo que el último gesto había sido para él.

Regresó al hotel a pie para hacer tiempo; cualquier cosa que le distrajera era buena para aliviar su angustia. Llegó la noche y no pegó ojo, y por la mañana se acercó a su nueva casa, donde una multitud de operarios trabajaba dando los últimos toques a mil detalles. El jardín estaba prácticamente terminado, y a través de un corredor umbrío que transcurría bajo una enramada, y que arrancaba desde el fondo del parque detrás del lago, se llegó al mirador colgado sobre una hondonada cortada a pico desde el que se divisaba una vista majestuosa de Barcelona. Juan Pedro pensó que era un lugar maravilloso para compartir con Candela; de no ser así, no se veía ubicado en ningún lugar, más bien se identificaba con el Judío

Errante, viajando de Cuba a España, y viceversa, tal vez en alguna ocasión siguiendo los debuts de Claudia en los diversos teatros del mundo, yendo de París a Moscú y de Moscú a Londres... Ya sólo cabía esperar.

Almorzó en el Siete Puertas, pero apenas probó la comida. Y a las tres en punto subía al elegante Milford recién estrenado que, tirado por sus palominos y conducido por Silverio, debía llevarlo bien al cielo o bien al infierno.

—¿Sabes adónde vamos?

—Sí, señor.

—¿Recuerdas el camino?

—Claro, señor. Ayer por la mañana lo hice por ver si todo estaba donde debía o el ayuntamiento había cambiado algo. El merendero está en su sitio.

—Entonces ¿a qué esperas?

Arrancó el coche arrastrado por el trote alegre de los palominos. Al llegar a la plaza Palacio giró a la derecha, y tras atravesar las vías del tren por el paso a nivel y rodear la plaza de El Toril se dirigió siguiendo el contrafuerte del puerto hasta el espigón de Poniente, desde donde arrancaba la arena de la playa. En aquel punto comenzaba el mundo de los pescadores ambientado en un fondo de barcas varadas en tierra sobre traviesas de madera recia, con los soportes de las luces de petróleo preparadas para ir de noche al calamar, con niños corriendo descalzos y mujeres sentadas en la arena, con el pelo recogido en un pañuelo y las sayas a media pierna, comentando los avatares de la jornada en tanto sus manos hábiles, armadas de largas agujas, iban reparando los desperfectos de las redes.

El número de los merenderos había aumentado; lo que en un principio habían sido únicamente modestas casas de comer para pescadores se habían convertido con el paso del tiempo en el punto final de muchas excursiones de la burguesía catalana, que tenía a gala bajar hasta la playa las mañanas de verano para ocupar las casetas de los Orientales y tomar baños de mar o bien acudir al Club Natación Barcelona para practicar deportes náuticos, y por las tardes de los días festivos para tomar un plato de pescadito frito, de mejillones a la marinera o de pulpitos, regado todo ello con un porrón de vino.

La silueta de Casa Joanet apareció al fondo del paisaje. Parecía que allí el tiempo se hubiera detenido; todo seguía igual: el perfil azul del barracón, el techo de lona embreada y el pequeño porche de cañizo rodeado del perfil enjaretado de la valla.

—Para aquí.

Silverio detuvo el coche y Juan Pedro puso el pie en tierra.

—Mejor que me esperes detrás de la barraca, que no quiero llamar la atención. Los caballos, el coche y mi pinta de indiano no cuadran en el paisaje.

Sin bajar del pescante, Silverio comentó:

—Son otros tiempos, ahora baja aquí mucha más gente.

—Tienes razón, y debería haberlo pensado.

—Se me ocurre…

Silverio dudó.

—¡Habla! ¿Qué se te ocurre?

—Joanet murió, pero conozco a la viuda. En mis tiempos de estibador, al acabar la faena venía con un amigo.

—Y ¿entonces?

—En la parte de atrás hay una especie de bodega donde por las noches se daba al naipe o a la manilla. Los tricornios aparecían de vez en cuando y conocían el escondrijo, pero tomaban un vaso de vino y se largaban en busca de alijos de contrabando de más provecho, permitiendo que los pobres también se divirtieran un poco. Si no le importa estar rodeado de botas de vino y de cachivaches de pesca, la Quimeta le armará una mesa con un par de sillas.

—Ve y ocúpate. Yo me quedo con los caballos.

Saltó Silverio del pescante y, atravesando el espacio donde un grupo de parroquianos jugaba al dominó, se introdujo en el barracón mientras Juan Pedro sujetaba los palominos.

Consultó su reloj; faltaba media hora para las cuatro.

Al poco salió Silverio seguido de una mujer gruesa y bajita, con el moño recogido, la cara curtida por mil intemperies y la mirada viva de horadar las noches de tormenta aguardando divisar en lontananza la barca de su marido, que iba secándose las manos con el mandil. Silverio señaló en su dirección y ella asintió con un gesto de la cabeza.

—Ya está. Dice que va a adecentar la bodega y que cuando llegue la señora entren por la puerta de atrás.

—¡No sé cómo me las había arreglado sin ti hasta ahora!

Silverio tomó las riendas de los caballos.

—Vaya a ver el lugar.

Juan Pedro atravesó entre los jugadores. Quimeta lo esperaba en el interior, donde todo estaba como él lo recordaba: la gran chimenea al fondo, las ahumadas vigas del techo, las dos columnas que lo soportaban y en la percha los dos loros con la cadenilla en la pata que lo observaban con curiosidad.

La mujer aclaró:

—Se los regaló a mi hombre un viejo marino que hacía la ruta del ron, desde Cuba y Jamaica hasta aquí, cuando los barcos eran como gaviotas blancas y no ese horror de monstruos que echan humo. —Señaló las policromadas aves—. Ellos nos sobrevivirán a todos —comentó, filosófica. Luego observó lentamente el aspecto de Juan Pedro—. Usted debe de venir de allí, ¿o me equivoco?

—De allí vengo.

La mujer tenía ganas de hablar.

—Según dicen, las cosas pintan mal.

—Según para quién.

—Para los españolitos de a pie que no pueden redimirse por la cuota de ir a la guerra.

—Tiene usted razón, para ésos pintan mal.

Juan Pedro, para cortar el diálogo, miró su reloj; faltaban diez minutos para las cuatro.

—Si es tan amable de mostrarme ese lugar...

—Perdone, perdone... Mi Joanet, que en paz descanse, siempre me lo decía: «Quimeta, ¡no te callas ni debajo del agua!». Pero sígame, venga para acá.

Juan Pedro siguió a la mujer, y ésta lo condujo a un cuarto instalado en la parte posterior del barracón que hacía la función mixta de almacén y bodega.

—Aquí estarán tranquilos —dijo colocando una mesa redonda de mármol en el centro y arrimando un banco de madera y dos sillas. Luego se dirigió a una puerta que daba al exterior—. Por aquí podrán entrar y salir sin pasar por en medio de la gente.

—Gracias, me ha hecho un gran favor.

—No hay de qué. Silverio era amigo de mi difunto.

Juan Pedro regresó al exterior y comenzó a pasear arriba y abajo por el lateral de la barraca que daba al puerto. Silverio había desaparecido para llevar el Milford a una explanada dispuesta al uso como aparcadero.

El momento crucial de su vida había llegado. Candela lo había sido todo para él; si una sola chispa del fuego que ardía en su corazón se mantenía viva en el de ella, se veía capaz de cambiar el mundo. La vida, la guerra, el mar y su terrible pérdida de memoria no habían podido con su amor, y si ella le daba un punto de apoyo ¿cómo no iba a poder con las costumbres de una burguesía vieja y anquilosada aferrada a unos privilegios que habían de morir con los nuevos tiempos?

Los nervios atenazaban su garganta. Extrajo del bolsillo de su levita la pitillera de plata regalo de Julián Cifuentes, tomó un cigarrillo y, haciendo cazuela con las manos para proteger la llama del fósforo, prendió el extremo y aspiró profundamente. Cuando después de lanzar a la arena la astilla de madera alzó la vista, se le detuvo el pulso; enfilando la recta que desembocaba en el merendero avanzaba un vetusto simón tirado por un alazán cuyos mejores días ya habían pasado y que se detuvo a unos veinte metros.

Candela divisó en la lejanía desde el fondo del coche de alquiler a un hombre de noble perfil, barba recortada, vestido con una levita de color azul marino, pantalón gris de corte y sombrero de media copa, que paseaba junto al merendero arriba y abajo, cojeando ligeramente, mientras fumaba un cigarrillo.

El corazón le comenzó a latir desbocado. ¡Allí estaba! ¡El momento tantas veces soñado había llegado! Tras tanta lucha, tanto sufrimiento y tantas soledades, allí estaba él, más hecho, más cuajado y más hombre, y en aquel instante supo que el sacrificio de su vida había valido la pena.

Candela pagó al cochero y puso el pie en tierra.

Juan Pedro divisó la figura de aquella joven mujer de porte elegante, vestida con una blusa blanca de mangas abullonadas, ceñida la cintura por un ancho cinturón de cuero de gran hebilla, una falda de capa de color granate oscuro hasta los tobillos, sobre los hombros un chal de igual color y cubiertos los rizos de la cabeza con una graciosa boina ladeada.

La mujer comenzó a caminar hacia él... Juan Pedro no dudó un instante; lanzó al suelo el cigarrillo y, arrastrando su cojera, se precipitó a su encuentro.

Aquellos dos seres tan maltratados por la vida se encontraron y se abrazaron con la intensidad con que la uña se aferra a la carne.

Súbitamente el entorno desapareció. Candela y Juan Pedro se encontraron solos en el mundo como dos náufragos en una isla, y se separaron para mirarse con arrobo. Luego sus labios se juntaron, hambrientos uno del otro, sellando su destino con la pasión del fanático que sacrifica su vida en la hoguera de sus ideales.

Instalados en aquel refugio improvisado las horas pasaron sin sentir. ¡Era tanto lo que necesitaba saber uno del otro! ¡Eran tantas las explicaciones que, ¡cual manojo de cerezas, al tirar de una surgía otra! Eran tantas las pausas que brotaban en la urgencia de aquellos besos demorados durante tantos años... que a ambos les costó mucho situar en el tiempo los hechos que relataba el otro.

Todo fue surgiendo a borbotones como la lava de un volcán; ambos amantes querían saciarse de las vivencias del otro, y cada detalle era importante. Juan Pedro la miraba a los ojos y se maldecía por haber dudado de ella; después le besaba las manos, agradeciendo el terrible sacrificio que había hecho para salvar su vida. Candela preguntaba por los detalles de los hechos puntuales que le habían acontecido en la lejana Cuba, cómo lo habían destinado a un pelotón de castigo, cómo había caído en una emboscada, cómo había perdido la memoria y todas las vicisitudes ocurridas desde que lo recogió su amigo y protector Julián Cifuentes, y se emocionó al saber que la imagen de ella en la foto de un periódico había sido el catalizador que había precipitado la recuperación de sus recuerdos. Y esa emoción pugnaba contra la rabia que sentía contra su tío Práxedes, quien la había engañado vilmente asegurándole que su sacrificio evitaría a Juan Pedro un destino peligroso.

Luego Juan Pedro quiso reemprender la historia de su amor como si todo lo acontecido estuviera en un paréntesis desde el día que asaltó la tapia del convento de las monjas del Sagrado Corazón hasta aquel momento; ahora que era rico y poderoso, se negaba en redondo a perderla otra vez.

—Estoy casada, tengo un hijo con el problema que te he explicado, un padre mayor y muy delicado, y una madre en el frenopático de San Baudilio que únicamente me tiene a mí y al bueno de Crispín. Mi marido se negará a pedir la nulidad de nuestro matrimonio porque Pelayo es la llave de la herencia de mi padre. Lo que yo pueda decir ante la curia él lo negará de plano; en esas cosas es muy difícil hallar testigos, y la Iglesia es proclive a dejar todo como está, en especial tratándose de apellidos que pesan en Barcelona.

—Pero, Candela, si es necesario iré a ver al Papa de Roma. La vida ya me ha robado una vez tu compañía, y no voy a permitir que eso suceda de nuevo.

—Pides mucho, Juan Pedro. Yo me conformo con verte a escondidas de vez en cuando... —Aquí Candela hizo una pausa y, poniéndose roja como la grana, añadió—: Donde tú quieras.

Juan Pedro no pudo contenerse. Tomó el rostro de la muchacha entre sus manos y la besó de una manera que le hizo comprender lo que era el auténtico amor de un hombre. .

—¡Así no, Candela! Quiero levantarme cada mañana a tu lado, abrir las ventanas y gritar al mundo: ¡Candela Guañabens es mi mujer!

—He aprendido que cuanto más se espera de la vida más grande es el desengaño. Has vuelto y te tengo junto a mí, quiero conformarme con eso.

—Yo no, Candela. Aprendí en Cuba que el que se rinde pierde. La vida me ha dado otra oportunidad, y no estoy dispuesto a dejarla pasar sin luchar por ella con todas mis fuerzas. ¡No me conformo con las migajas del banquete de los demás!

Cuando salieron del merendero ya había comenzado a anochecer. Fueron caminando hasta el Milford, donde aguardaba Silverio hablando con un hombre que en aquel momento se despedía de él.

La alegría del mestizo fue auténtica.

—¿Cómo está, señorita Candela?

—Feliz como la última vez que estuvimos los dos juntos. ¿Y tú?

—Si usted y el patrón son felices, yo también.

—Mi familia te hizo mucho daño.

—Las familias no hacen daño, son las personas.

—Tendrías que odiarnos a todos.

—Vivir en el rencor es morir en vida. Prefiero recordar que usted y el padre Antonio fueron muy buenos conmigo.

Subieron al coche y partieron por el camino de la playa hasta salir al Paseo de Isabel II. El coche, hábilmente conducido por Silverio, subió hasta la confluencia de la calle Muntaner con la Travesera de Gracia, y allí quiso Candela separarse por evitar un mal tropiezo, no sin antes establecer las claves de su futuro encuentro.

173
La carta de Renata

Y ¿adónde vas a ir sin informes?

Carmen estaba frente a doña Adelaida con una ajada maleta a sus pies sujeta con una cuerda y un hatillo de ropa en el brazo.

—Esperaba que me los diera.

—Aún espero que me comuniques el motivo de tu despedida.

—Se lo conté a Saturnino, y él me dijo que se lo había explicado a usted.

—Algo me comentó, pero no lo creí... Que te cojan sin informes en otra casa no me cabe en la cabeza, y además creo que tengo derecho a oírlo de tus propios labios.

—Está bien, señora. Me han ofrecido el cargo de ama de llaves en la casa de un señor que tiene una torre en el Tibidabo.

Doña Adelaida sonrió displicente.

—¡Di mejor de un nuevo rico! Eso son todos los que están edificando allí. No creo que éste tenga mucho de señor.

—Únicamente sé que voy a cobrar el doble de lo que cobro aquí.

—¡Cría cuervos y te sacarán los ojos! ¿Es así como pagas los desvelos de esta casa por traerte del pueblo y enseñarte el oficio?

—Creo que no ha de tener queja de mí, siempre he intentado cumplir con mi obligación.

—¡Faltaría más! ¿Saben algo tus padres al respecto de tu decisión?

—Soy mayor de edad, señora. En cuanto a mis padres, ya son ancianos. Les envío dinero todos los meses y eso hace que vaya justa; en mi nuevo cargo podré atenderlos mejor.

Doña Adelaida aflojó.

—Al respecto de los informes, por mí no habría inconveniente, pero mi hijo Germán me lo prohibió en su día y sin su autorización nada puedo hacer.

—Lo entiendo, señora. Me habría gustado irme de otra manera, pero si no puede ser… ¡qué le voy a hacer!

—La vida es larga, Carmen. Si no te va bien y quieres regresar aquí, volvería a cogerte, pero, eso sí, con el mismo sueldo que tienes ahora.

—Espero que no, señora. De cualquier manera, si me lo permite, bajaré algún día a ver a Saturnino, a Ascensión y a los porteros, Jesús, Florencia, y también a Adoración.

—Avisa antes. No me gustaría que te encontraras con el señorito Germán.

Carmen no pudo aguantarse.

—Descuide, yo también prefiero no encontrármelo. Adiós, doña Adelaida.

—Adiós, Carmen.

La chica tomó la maleta, sujetó el hatillo y tras salir por la puerta de servicio bajó a la portería. De sus compañeros ya se había despedido. En la garita estaba Adoración leyendo un ejemplar del semanario *El bello sexo*, y al oírla llegar alzó la mirada. Al verla cargada con la maleta y el bulto se extrañó.

—¿Adónde vas, Carmen?

—Me he despedido.

La portera dobló la revista, se quitó las gafas y se puso en pie.

—Pero ¿cómo es eso?

Carmen aclaró:

—Me ha surgido una oportunidad. Quédese tranquila, que me voy para mejorar.

—¿Lo has pensado bien? Mira que estás en una buena casa...

—No tanto como parece.

—No te entiendo.

—No haga caso, son cosas mías. —Carmen cambió de tercio y dirigiendo la mirada a la maleta y al hatillo preguntó—: ¿Podría dejar todo esto aquí un par de horas?

—Claro, mujer. Pásalo al fondo y ven a recogerlo cuando quieras.

—Gracias, Adoración.

Dejó Carmen los bultos donde le dijo la portera, y ya cuando salía ésta insistió:

—¡Piénsatelo bien! Mejor malo conocido que bueno por conocer.

—He tenido mucho tiempo para pensar... Cuando murió Teresa ya debería haberme ido. Me despediré de Florencia y de Jesús cuando venga a por la maleta. Hasta luego, Adoración.

En cuanto Carmen pisó la calle Valencia con gesto rápido se ajustó la pañoleta a la cabeza y se dirigió a la calle Balmes para descender por el costado de la vía del tren de Sarriá, protegida en aquel tramo por una reja metálica, hasta la calle Diputación, donde torció a la derecha y encaminó sus pasos hasta la entrada principal del Seminario Conciliar.

Al pisar la entrada del imponente edificio vaciló y estuvo a punto de retirarse. Aquel secreto había convivido con ella todos aquellos años, y con el acto que estaba a punto de realizar era consciente de que iba a quemar sus naves. Metió la mano en el bolsillo de su saya y le reconfortó palpar lo que allí llevaba. Carmen se llegó hasta la garita del hermano portero y golpeó el cristal con los nudillos. El religioso alzó el rostro del libro de horas que estaba leyendo y la observó con detenimiento por encima de las pequeñas gafas que cabalgaban sobre su nariz. Abrió la ventanilla e indagó:

—¿Qué se le ofrece?

—Querría ver al padre Ripoll.

—¿Tiene usted cita con él?

—No, hermano.

—¿Ha venido usted otras veces?

—Es la primera, hermano.

—¿Él la conoce?

—He servido durante años en casa de sus padres cuando él todavía no había entrado en el seminario. Mi nombre es Carmen.

Tras esta aclaración el religioso la miró con otros ojos.

—Aguarde allí. —Y con el gesto le indicó un banco de patas torneadas y oscura madera.

Tocó un timbre y apareció un hombrecillo de pelo ralo y ojillos curiosos, vestido con una bata azul de dril de la que sobresalían unos gastados pantalones y unos pies calzados con alpargatas, que en tanto la miraba a ella habló con el portero.

—Mande, hermano.

—Luis, súbete a la celda del padre Ripoll y dile que Carmen, una doncella de casa de sus padres, lo aguarda en la portería.

Desapareció el hombre tras una puerta de maderas curvas, cristal biselado y tirador de latón curvo que al abrirse dejó ver el inicio de una escalera.

Al cabo de poco los pasos ágiles y acelerados de un hombre joven fueron acercándose. La puerta se abrió de nuevo, y la imagen del padre Antonio Ripoll vistiendo la sotana negra con la ancha faja ciñendo su cintura compareció en el quicio, buscando a Carmen con la mirada. Al verla, una ancha sonrisa iluminó la cara del religioso.

Carmen se puso en pie.

El sacerdote se llegó hasta ella, y cuando la muchacha estaba a punto de hacer una pequeña genuflexión para besarle la mano, Antonio la tomó por los hombros, la obligó a alzarse y, ante la extrañeza del portero, la besó en la frente.

—¡Qué grata sorpresa, Carmen! Ignoro el motivo, pero lo bendigo. ¡Cuánto me gusta verte! —Luego se dirigió al portero—: Hermano, ¿está abierta la sala pequeña?

—Sí, padre. El padre Cusach acaba de salir.

—Si alguien me busca, estaré allí. —Luego se dirigió a Carmen—: Ven, allí estaremos mejor y me podrás contar el motivo de tu visita.

Partió el clérigo con zancada amplia y decidida seguido por Carmen, quien no pudo dejar de admirar el cambio habido en aquel joven que había salido de su casa de muchacho y se había transformado en aquel hombre que respiraba empaque y seguridad. La mujer pensó por un instante en justificarse diciendo que lo visitaba simplemente para despedirse pues se iba de casa de su madre, doña Adelaida, pero el tacto de lo que llevaba en el bolsillo de la falda la reafirmó en su decisión; aquel terrible secreto no le pertenecía, y la única persona que sabría manejar aquello con discreción y sabiduría era el padre Antonio Ripoll.

El saloncito era un pequeño anexo de la sala de visitas y estaba decorado con el gusto y la sobriedad que reinaba en todo el edificio. Tras una mesa grande de despacho totalmente equipada se veía un sillón de cuero repujado y madera noble, y frente a ella dos más pequeños para los visitantes; en el lado contrario, bajo un gran cuadro que representaba al fundador de la Compañía de Jesús, Ignacio de Loyola, departiendo con Francisco de Javier y con el padre Laínez señalando en una bola del mundo las islas de Japón, se ubicaba un tresillo Chester, en uno de cuyos sillones se sentó el religioso al tiempo que invitaba a Carmen a hacerlo en el sofá.

—Imagino que en casa todo marchará bien.

—Sí, padre, no hay novedad. Su madre sigue con sus rezos y sus novenas en Montesión, y un día a la semana sus amigas del Laus Perennis van a verla. Por cierto, la señora Lacroce no falla ningún martes, y tampoco la señorita Candela, quien todos los jueves le lleva a Pelayo.

—Cuando la gente se hace mayor, y más aún si enviuda, le cuesta mucho salir a la calle.

Una larga pausa llamó la atención a Antonio y le hizo intuir que la muchacha había ido por algo concreto.

—Bueno, y dime, Carmen, ¿qué puedo hacer por ti?

Carmen dudó un instante.

—Vengo a despedirme, padre. Me han ofrecido un nuevo trabajo y voy a aceptarlo.

Antonio de momento se sorprendió.

—¿Lo has pensado bien?

—La decisión me ha quitado el sueño muchas noches.

—¿Entonces...?

—Asciendo de categoría, voy de ama de llaves, y me pagan casi el doble. Pero he de ser sincera con usted: no es ése el motivo. La verdad es que, desde lo que pasó con mi hermana, la casa se me viene encima.

Antonio palmeó con su mano la de la muchacha, que descansaba en su regazo.

—Te lo juré y he guardado el secreto. Lo siento por mi madre, pero comprendo tu decisión.

—Cada vez que aparece por allí su hermano, se me cae el mundo.

—Germán es un caso perdido, Carmen… Únicamente me cabe rezar por él.

Carmen tenía los ojos llorosos.

—Padre, he de confesarle algo.

—¿Quieres que te escuche en confesión? Ahora ya puedo.

—No precisamente. Lo que he de decirle es algo concreto que me ha atormentado desde que falleció su padre.

En aquel instante supo Antonio Ripoll que iba a conocer una información de capital importancia y que ése era el auténtico motivo de la visita.

—Te escucho, Carmen. Descarga en mí tu conciencia y queda en paz.

La muchacha echó mano al bolsillo de su saya y extrajo un pequeño paquete envuelto en una cinta.

—Usted verá, padre, lo que debe hacer con esto.

Antonio tomó en su mano el envoltorio y, ante el silencio de Carmen, procedió a abrirlo.

Lo primero que vieron sus ojos fue los antiguos quevedos de su padre, y junto a ellos una arrugada hoja de papel que parecía una vieja carta.

Antonio alzó la mirada.

—¿Qué es esto, Carmen?

—Los lentes de leer de su padre y una carta.

—Eso ya lo estoy viendo, pero ¿por qué tienes tú todo esto y me lo traes ahora?

—Lo he guardado todos estos años, y ahora que me voy de su casa creo que es usted la persona que debe decidir qué hacer con ello.

Antonio, sin mirar todavía el contenido de la carta, insistió:

—No entiendo nada, Carmen.

—Yo fui la primera persona que llegó junto a su padre cuando éste tuvo el fatal ataque. Intenté incorporarlo, pero no pude, pues don Práxedes pesaba mucho. Bruja ladraba y enredaba mordisqueando el bajo de sus pantalones, y pensé en sujetarlo por debajo de los brazos y tirar de él. Las gafas y el papel que estaban sobre su pecho me estorbaban… y me atolondré. Sin pensarlo, me lo metí todo en el bolsillo del delantal y comencé a gritar pidiendo auxilio, luego empezó a llegar la gente y se desencadenó el pandemónium; aquel día fue una locura. Cuando por la noche llegué a mi dormitorio y fui a colgar el delantal, me di cuenta de lo que había en el bolsillo.

—¿Y por qué no se lo entregaste al día siguiente a mi madre?

—¡Por favor, don Antonio, lea la carta!

Antonio desplegó lentamente el papel y comenzó a leer aquellas líneas. A la vez que avanzaba la lectura su rostro iba cambiando de color. Al llegar al fin alzó los ojos hacia Carmen.

—¿Eres consciente de lo que pone aquí?

La muchacha asintió con la cabeza.

Antonio leyó la carta otra vez.

—¿Por qué la has guardado todo este tiempo?

—No sabía qué hacer con ella. Usted no estaba, como comprenderá no podía dársela a su madre y su hermano Germán me aterroriza. Pensé qué haría él conmigo si sabía que yo la había leído, siendo él quien era y el papel que desempeñaba en esta historia. Luego le confesaré que pensé que la carta era para mí una garantía de tranquilidad, aunque habría sido incapaz de usarla contra su hermano ni siquiera para salvar mi vida... Ahora que me voy todo cambia. Usted ya es un sacerdote y sabrá cómo manejar este terrible secreto.

Antonio se puso en pie y comenzó a pasear por el despacho a grandes zancadas y absolutamente concentrado, a tal punto que Carmen no sabía si tenía que irse o esperar.

Finalmente Antonio se plantó frente a ella.

—En primer lugar quiero que sepas que, conociendo a mi hermano como lo conozco, entiendo que guardaras esto —dijo, y le mostró el papel— sin saber qué hacer. Lo que dice esta carta es una bomba Orsini tan destructiva para mi familia como lo fue la del Liceo. La explosión alcanzaría a mi madre, a la memoria de mi padre, al tío Orestes, a Candela y a Germán, y lo terrible es que aunque mi tía Renata esté encerrada por loca sin duda éste fue un momento lúcido; nadie puede escribir con tanto detalle sin estar algún rato cuerdo. Un día me hiciste jurar algo que yo cumplí, ahora tú vas a hacer lo mismo.

Antonio se acercó a la librería y tomando un libro de los Evangelios encuadernado en piel se llegó de nuevo junto a la muchacha.

—Carmen, pon tu mano sobre este libro sagrado y repite conmigo.

La mujer, como un pajarillo asustado, procedió a obedecer.

La voz de Antonio sonó grave y lenta, y Carmen fue repitiendo punto por punto lo que él decía.

—Juro ante Dios y sobre los Evangelios y por mi salvación que jamás repetiré ni hablaré ante nadie y con nadie de lo escrito en la carta que tomé de las manos del difunto don Práxedes Ripoll la mañana de su muerte. Si lo cumplo, que Dios me lo premie, y si no, que me lo demande.

Carmen partió del seminario como si se hubiera quitado de encima la piedra de Sísifo. Aquel secreto le había robado muchas horas de sueño. Por fin había cortado amarras con su antiguo mundo, y quería comenzar su nueva vida ligera de equipaje. Se sentía igual que el día en que hizo la primera comunión con Teresa en la ermita de la Virgen de la Misericordia.

Antonio no pegó ojo en toda la noche. Tras las completas comenzó a dar vueltas en su estrecho catre sin poder quitarse de la cabeza la carta que su tía Renata había escrito a su padre.

Prendió la luz de la mesilla, se incorporó en la cama y tomando el escrito comenzó a releerlo.

Aquello le desbordaba. Pensar que Germán y él eran hermanastros de Candela rebasaba sus capacidades, pero su cabeza se negaba a imaginar a su madre conociendo aquello. ¡Renata y su padre habían sido amantes! Lo certificaba el hecho de que de no ser así ¿cómo sabe una mujer de una anomalía tan íntima en un hombre sin conocer su cuerpo a fondo?

Y ¿cómo encajaría su tío Orestes aquella evidencia? Desde el instante de su boda y hasta el último día había sido el eterno enamorado de Renata. ¿Querría volver a verla? ¿La seguiría cuidando o se apartaría? Quizá creyera, más bien, que eran divagaciones de una pobre loca.

Con respecto a él mismo, ¿cuál era su compromiso como cristiano y sacerdote? Y como hermano de Germán y de Candela, ¿cuál era su obligación para con ellos? ¿Tenía que poner los medios para que la Iglesia anulara aquel matrimonio?

En aquel momento vio claro como una luz el motivo de la deficiencia de su sobrino Pelayo... ¿Qué era él ahora al respecto del niño? ¿Doblemente tío?

Antonio se incorporó, buscó a tientas las zapatillas de fieltro que dejaba junto a la cama y se llegó hasta el estante de sus libros, donde cogió un tomo de derecho canónico. Luego se sentó con él a su pequeña mesa de despacho, encendió la luz del flexo y, ajustando la pantalla verde, se dispuso a leer.

Al día siguiente por la mañana, en cuanto hubo cumplido con sus obligaciones y en el primer rato libre que tuvo, se dirigió a la celda de su superior y padre espiritual, Ramiro Cusach. Tocó a la puerta, y la respetada y conocida voz respondió desde el interior.

Antonio asomó la cabeza.

—¿Da usted su permiso, padre?

—Pasa, Antonio.

El clérigo, algo grueso y campechano, estaba sentado a su mesa de despacho clasificando un archivo.

—Siéntate y déjame acabar esto, que en un momento estoy contigo.

Antonio obedeció y aguardó a que el padre se dirigiera a él.

—Ya está. Hay que tener la voluntad que predicamos a los novicios pero que no practicamos. Ese archivo me ha esperado un mes, y no veía el momento de acabar, de lo cual se infiere que una cosa es predicar y otra dar trigo.

El cura se sentó frente a Antonio.

—¿Qué ha ocurrido desde ayer por la mañana, cuando nos vimos en el patio y charlamos, para que vengas hoy con esa cara de mal dormido?

Antonio, que había preparado cuidadosamente su discurso, pensó que lo mejor era dejarse de rodeos.

—Me ha caído un terrible dilema, padre.

El padre Cusach, que conocía a Antonio desde su llegada al seminario, intuyó que el joven sacerdote tenía algo importante que decirle.

—Veamos qué es ello, y si este viejo párroco de pueblo tiene el remedio apropiado.

Antonio extrajo del hondo bolsillo de su sotana la carta que le había entregado Carmen y la puso encima de la mesa.

—Ayer me la trajo una camarera de casa de mi madre, excelente persona por cierto, que por circunstancias que no vienen al caso la ha conservado en su poder desde el día en que murió mi padre.

El padre Cusach, mirando a Antonio, tomó la carta y desplegando la cuartilla se dispuso a leerla. A medida que sus ojos pequeños y astutos recorrían los renglones la expresión de su rostro iba cambiando. Al finalizar dejó el pliego sobre la mesa, juntó las manos y se tomó un respiro antes de responder.

—Me pides una respuesta que escapa a mis conocimientos. Es

una situación terrible sobre la que no me veo capaz de opinar. Comprendo tu dolor y tus dudas, pero creo que, dada la gravedad del problema y el escándalo que originaría en Barcelona, las instancias a las que has de acudir son mucho más elevadas y exceden el nivel de este pobre cura. Te diré lo que voy a hacer: procuraré que te reciba Su Ilustrísima el obispo Català, quien desde los tiempos del seminario me ha honrado con su amistad. Ni que decir tiene que es un hombre muy ocupado, de modo que buscaré el momento oportuno. Y, si te parece bien, para que cuando llegue ese día Su Ilustrísima esté informado del asunto, me quedaré con la carta y se la haré llegar por un propio de mi absoluta confianza que se la entregará en mano. —Señaló el papel—. Esto no puede leerlo nadie.

—Confío a ciegas en usted y en su mejor criterio. Haga lo que crea conveniente.

174
Diálogos y raciocinios

El obispo Català citó al padre Ripoll en el palacio Episcopal a las diez de la mañana del siguiente lunes posterior a su charla con el padre Cusach.

Antonio, después de consultar con su superior, quien le confirmó que la carta estaba ya en poder del obispo, partió con antelación suficiente para poder desplazarse a pie hacia el barrio Gótico, de manera que pudiera ir pensando en las consecuencias que se derivarían sin duda de la entrevista con el prelado.

Llegado al palacio Episcopal atravesó el patio y enfiló la escalera de la entrada. Para Antonio aquélla era la cuarta vez que visitaba el edificio; las dos primeras había ido acompañando a su padre en actos oficiales y la tercera había acudido con mosén Cinto Verdaguer, y en esta última ocasión recordaba que se quedó en la antesala, y por cierto bastante sorprendido de los gritos que en son de reprimenda salieron del despacho del obispo amonestando al poeta.

Cuando se dio a conocer al eclesiástico que salió a su encuentro intuyó Antonio que se lo esperaba por la atención que le dispensaron, pues lo hicieron pasar de inmediato a la antesala privada del obispo adelantando a clérigos de mayor jerarquía que aguardaban en la sala general.

Antes de dejarlo solo el acompañante le anunció:

—Aguarde aquí. Enseguida se abrirá aquella puerta. —Señaló al fondo de la estancia—. Y el camarlengo de Su Ilustrísima lo hará pasar.

Desapareció el sacerdote y dejó a Antonio realmente agobiado ante la situación en la que iba a encontrarse de inmediato. Desde que leyó la carta de Renata una angustia opresiva invadió su pecho. Las consecuencias de la misma podían ser demoledoras y afectarían sin duda a muchas personas de su familia, sobre todo a su querida madre. Enseguida pensó en Candela. ¿En qué situación quedaría su prima, mejor dicho, su media hermana? En una sociedad tan cerrada como aquélla sería la comidilla de todas las tertulias; su vida se cerraría en un círculo y ya no sería ni casada, ni viuda ni soltera; quedaría como un cuerpo extraño flotando en medio de la nada. ¿Qué ocurriría con tío Orestes? Y ¿cómo reaccionaría Germán? De inmediato se recordó que todo aquello era el motivo que lo había llevado hasta allí, y dijo que sin duda debería aceptar el consejo y la orden de gentes que, además de ser sus superiores, tenían la cabeza mucho mejor estructurada para resolver aquel problema.

En ésas andaba Antonio cuando la enorme puerta se abrió y apareció el secretario episcopal con su sotana negra orlada en el borde con un rojo vivo.

—Padre Ripoll, si es tan amable, acompáñeme, por favor.

Antonio siguió al clérigo, quien lo introdujo ante el obispo. La estancia era ostentosa; las paredes estaban forradas de tapices y de cuadros religiosos, había dos inmensos tresillos bajo las ventanas góticas y, tras el soberbio despacho del prelado, vio un tapiz representando a san Sebastián atado a un poste y asaeteado con flechas, manufacturado por la Real Fábrica de Tapices de Santa Bárbara y regalo de la reina regente.

El obispo estaba en aquel momento finalizando la lectura de un documento que le habían entregado para que lo firmara, por lo que el camarlengo se detuvo a prudente distancia aguardando a que terminara; Antonio quedó asimismo un metro más atrás.

Después de la firma el prelado alzó el rostro, instante que aprovechó el secretario para presentarlo.

—Ilustrísima, el padre Ripoll, citado por usted con urgencia. Como de costumbre, lo he introducido sin guardar antesala.

El obispo Català, a la vez que se levantaba de su sillón y acudía con la mano tendida hacia Antonio para darle a besar su anillo pastoral, se dirigió a él afectuosamente, no sin antes despachar al camarlengo.

—Puede retirarse, monseñor. Si lo necesito ya le avisaré.

En tanto el secretario se retiraba, Antonio procedió al besamanos a la vez que el obispo, en un gesto muy cariñoso, lo empujaba por el hombro hacia uno de los tresillos de la estancia.

Los dos religiosos quedaron frente a frente.

—Mi querido Ripoll, desde la huida de nuestro poeta de La Gleva me había propuesto verle y agradecerle el inmenso y sacrificado servicio llevado a cabo por usted al respecto de la vigilancia de mosén Cinto Verdaguer.

—Ilustrísima, para mí fue un honor y un aprendizaje. Y más que mérito por todo lo sucedido después entiendo que es fracaso.

—No fue culpa suya. Nuestro poeta está muy delicado y cabe suponer que tal vez su cabeza no rija como debe. De no ser así, no se explican los artículos que está publicando titulados «En defensa propia» y que están confundiendo a los buenos feligreses que no saben a qué atenerse. Cuando gente tan excepcional y devota como don Claudio López, el marqués de Comillas, le retiró su protección es que algo pasa.

Antonio intentó justificarlo.

—Mosén Cinto es la bondad… Es por ello por lo que se ha dejado influir por esos nefastos personajes que son la viuda Durán y su hija Amparo.

—Soy consciente, hijo mío, de que esa mujer lo tiene dominado, a tal punto que han conseguido que haya tenido que suspenderlo *a divinis*. Pero eso no es óbice para que valoremos sus servicios; más aún, lo tomamos como un mérito que avala sin duda mi vaticinio. Antonio, creo que le espera a usted dentro de la Iglesia un lugar de privilegio.

—Agradezco infinito su benevolencia, ilustrísima, y sepa que me tiene siempre a su disposición para lo que guste mandar.

El obispo hizo una pausa. Se levantó del sillón y, llegándose a la mesa del despacho, regresó con la carta. Antonio supo que iba a entrar en el tema que lo había llevado hasta allí.

—El padre Cusach, buen amigo mío desde los tiempos del seminario, me ha remitido esta carta que me ha llenado de preocupación.

—Imagínese a mí, reverencia, pues todo afecta a los míos, y pienso que si una solución es mala la otra es peor. Cuando llegó a mis manos me sentí impotente y, aparte de cumplir con mi obligación, se la entregué a mi padre espiritual para recabar su consejo. El problema me supera porque, además de que afecta a personas vivas para mí muy queridas, además está el recuerdo de mi padre, cuya memoria caería en el deshonor.

—En todo ello hemos pensado, querido hijo. Intentaremos salir de este mal paso con el menor daño posible.

—¿Y eso cómo se hace, ilustrísima?

—Verá, hijo, el matrimonio entre consanguíneos en primer grado es una aberración que, de saberse a tiempo, lo hace inviable. Pero no es éste el caso porque la unión ha sido consumada, y su fruto además es un niño que, según me dijo el padre Cusach, tiene una deficiencia. Y nadie puede ser juzgado porque en su día la circunstancia se ignoraba.

»Dentro de los parámetros normales, la reclamación de nulidad debe hacerse a instancia de uno o de ambos cónyuges. Y en caso de que la Iglesia, al ser escándalo público, deba entrar de oficio debe hacerlo a través del promotor eclesiástico que iniciará el proceso.

»He valorado todas las circunstancias y he consultado con catedráticos del tribunal eclesiástico. Teniendo en cuenta las proporciones del escándalo, que alcanzaría a toda la ciudad, he pensado en una solución transitoria que cautelaría el buen nombre de su familia y nos daría una pausa para decidir… y usted desempeñaría en ello un importante papel.

—Lo que esté en mi mano…

—Tendría que conseguir que su hermano y Candela vinieran a verme y que se comprometieran, bajo juramento, a renunciar al débito matrimonial viviendo bajo el mismo techo. De no ser así, incoaríamos los trámites de la nulidad con el consiguiente escándalo… porque mi experiencia me dice que esas cosas finalmente trascienden.

Antonio meditó unos instantes.

—Lo que usted determine, ilustrísima. A mí no me queda más que agradecer todo lo que usted haga por los míos. Únicamente una salvedad: mi hermano Germán es agnóstico, de una parte, y de la otra, muy ambicioso; la herencia de mi tío Orestes, por cierto muy importante, queda salvaguardada por su matrimonio, de modo que sin duda se opondrá a cualquier cosa que lo invalide. Intentaré convencerlo, pero dudo que lo consiga. Sin embargo, habré de buscar el momento oportuno y la ocasión propicia para hablar de ello con él, y eso puede demorarse un tiempo.

—Si no se aviene, la Iglesia deberá actuar de oficio.

—Eso, conociendo a mi hermano, tendría gravísimas consecuencias para su mujer. Germán puede ponerse terriblemente violento.

—Lo tendremos en cuenta, Antonio. Sé de su diligencia, y el hecho de hacernos partícipes del problema avala su deseo de solucionarlo. Proceda lo antes que pueda, y en cuanto lo que le he indicado sea posible, hágamelo saber sin demora. Recibiré a su hermano y a su cuñada al día siguiente.

Tras estas palabras el obispo Català se puso en pie dando por terminada la entrevista.

175
Amelia

El desasosiego y la angustia se habían instalado en el corazón de Amelia. Desde que tuvo en su poder la nota que le dio sor Bernardita a la salida del Bon Consell comenzó su particular vía crucis. En cuanto tenía ocasión tomaba un coche de punto que la dejaba al principio de la cuesta del Tibidabo, entonces aguardaba a que pasara por allí cualquier carretero que tuviera que subir la montaña y le pedía, por favor, un lugar en su carro. Por norma la compañía de una hermosa mujer no amargaba a nadie, por lo que, obtenido el permiso, Amelia se encaramaba en la trasera y en cuanto comenzaba el largo muro que limitaba la propiedad del Indiano, saltaba ágilmente y caminaba a pie el último tramo hasta instalarse frente a la reja que cautelaba la majestuosa entrada de la finca, en la esperanza de ver, aunque fuera de lejos, a su hija Justina.

Aumentaba su desazón el hecho de que el ayuntamiento de Barcelona había denegado a don Vicente Alegría la moratoria de su circo, instalación provisional concedida para seis meses que se había prorrogado durante doce años. En aquellos momentos todo eran suposiciones, y aunque se decía que iban a concederle otra ubicación, el tiempo que sin duda mediaría entre derruir uno y abrir el otro sería largo, y, por más que el mago Partagás le había ofrecido trabajo durante el tiempo del traslado en su tienda de El Rey de la Magia, Amelia no veía claro el futuro.

Al paso de los días descubrió la ubicación perfecta para vigilar la mansión, que no era otra que un gran castaño de Indias cuyo tronco la salvaba de miradas indiscretas y desde el cual se divisaban los dos planos del ángulo norte del muro donde estaban instaladas las dos puertas, la principal y la de entrada de carros del servicio; la primera daba al parque y la segunda, a la parte lateral de la mansión, muy al fondo.

En aquellos días el tráfico era increíble; luego supo Amelia el porqué; iba a darse una gran fiesta de inauguración a la que acudiría toda Barcelona, y en el circo había corrido la voz de que se montaría allí la carpa portátil y habría todo tipo de atracciones dedicadas a los niños, sin grandes fieras ni números complicados, pero sí magia, funambulismo, payasos y hasta caballos amaestrados. Si la leyenda del Indiano era ya notable, a partir de aquella fecha iba a rebasar, sin duda, toda elucubración.

Amelia, también por la nota de sor Bernardita, conoció el nombre del personaje: Jerónimo Cifuentes de San Andrés. Luego, por indagaciones, supo que cojeaba de una pierna, que era alto, delgado y bien parecido, que llevaba la barba corta y recortada, y que con sus servidores era generoso en extremo.

Desde su árbol tenía muy vista la entrada. Llamaba la atención el nombre de la finca, que coronaba en letras curvas doradas la inmensa reja. VILLA MANUELA, podía leerse. Por lo que supo Amelia, aquel hombre era soltero y Barcelona murmuraba que, al igual que el virrey Amat tuvo a su Perricholi, aquel prohombre cubano tenía por amante a la soprano Claudia Fadini; no obstante, todo eran suposiciones.

En el parque aquel día trabajaban jardineros colocando macetones de flores que señalaban un camino que, si bien desde donde estaba Amelia no se divisaba, debía de conducir, circunvalando el surtidor central, hacia una explanada lateral que, en su opinión, sería para el aparcamiento de carruajes la noche de la fiesta.

Amelia se desesperaba. Desde su observatorio era imposible ver la parte posterior de la casa, pero por los árboles que sobresalían tras el muro supuso que el jardín por el que Justina correría sería aquél.

Lo que sucedió aquella mañana le extrañó en grado sumo. De la garita del guarda, ubicada a la derecha de la reja, salieron dos hombres, blanco el uno y mulato el otro, y el segundo parecía dar órdenes al primero. La reja se abrió y vio, aterrorizada, cómo el blanco se dirigía hacia ella.

Sin previo saludo el hombre le espetó:

—Hace semanas que se instala usted aquí vigilando la casa. El amo quiere verla. Caso de negarse, llamaremos a los municipales.

Amelia trató de excusarse y de dar una explicación.

El hombre no la admitió.

—Venga conmigo. Lo que tenga que decir lo dirá dentro y ante quien corresponda.

Amelia se recogió la falda y ajustándose el sombrerito abandonó su escondrijo para seguir al portero.

Si desde la distancia la entrada era magnífica, pisando ya la grava del parque la magnificencia de la casa, por demás iluminada de noche, habría de ser el asombro de la burguesía barcelonesa.

El portero entregó su custodia a un mayordomo que esperaba en la puerta del inmenso y redondo recibidor, y éste, apercibido ya de su llegada, indicó a Amelia que le hiciera el favor de seguirlo. La mujer se encontró en un instante de pie en una tribuna circular y acristalada que daba al jardín trasero, y entonces sí que su corazón se puso a galopar, pues una hermosa criatura vestida de amazona montada en un poni blanco y marrón, llevado por la brida por un mozo de cuadra, daba vueltas a un estanque, profiriendo palabras que ella no podía oír y agitando en el aire una pequeña fusta intentando que el animal se pusiera al trote.

La voz que sonó a su espalda hizo que la sangre se helara en sus venas.

—Buenos días, Amelia, te esperaba mucho antes; has tardado en venir.

Un sudor frío la invadió a tal punto que tuvo que buscar un apoyo para no caer redonda. Luego tanteó el brazo del sofá que estaba tras ella y, sin aguardar licencia alguna, se sentó en el borde del asiento.

Quien estaba de pie frente a ella, impecablemente vestido, ligeramente apoyado en un bastón de bambú, luciendo una levita de excelente corte, un pantalón gris a rayas, una camisa de plastrón en cuyo centro lucía una aguja de corbata adornada con un zafiro que hacía juego con los gemelos de los puños no era otro que Juan Pedro Bonafont, el hijo de Luisa y hermano de Máximo, con la única diferencia de una barba recortada y un talante mucho más cuajado en hombre de lo que alcanzaba a evocar su memoria.

Ante la mirada impasible del que otrora debía haber sido su cuñado, Amelia intentó ponerse torpemente en pie.

—Quédate, estás bien donde estás.

Cojeando ligeramente, Juan Pedro se sentó frente a ella.

La pausa antes de empezar el diálogo se le hizo eterna.

—Desde el día en que te instalaste en la esquina del árbol de enfrente tuve noticias de que eras tú, pero he querido asegurarme para conocer hasta dónde llegaba tu desvergüenza. ¿Qué vienes a buscar?

Amelia tenía la boca seca y respondió con un hilo de voz:

—Quería ver a mi hija.

Juan Pedro la observó con una mirada preñada de lástima y desprecio.

—¿Cómo te atreves a llamar a Justina hija tuya?

Amelia no pudo dominarse, agitada por un llanto incontenible.

—¡Llora, llora mucho, que te hará bien! Llora por lo que no lloraste anteriormente y purga el mal que has hecho a tantas personas que te querían bien.

Amelia restañó sus lágrimas con un pañuelo que sacó de su bolso; cuando contuvo su llanto, hizo frente a la acerada mirada de Juan Pedro e intentó explicarse.

—Ya sé que no tengo perdón, pero antes de juzgarme deja que te explique.

Juan Pedro se dispuso a escucharla hasta el final.

—¡Habla…! ¡Di lo que tengas que decir y sal de mi vida!

Amelia comenzó su discurso. Sobre toda otra consideración se justificó explicando todo lo sucedido en La Palmera, cómo fue engañada por un sinvergüenza al que siguió hasta Argentina, donde descubrió que él estaba casado, pero añadió que además no se había visto capaz de enfrentarse a Máximo y seguir a su lado cuando éste saliera de la cárcel, por demás que el Máximo que había conocido había muerto y el anarquista que fue después le daba miedo, y ya no se sentía con ánimo de acostarse con él, que le parecía que con su actitud engañaba a todo el mundo y que se había quitado de en medio para hacer que Justina creciera al lado de Luisa con la intención de enviarle dinero desde donde fuera a dar con sus huesos, cosa que hizo hasta que decidió volver, y entonces entre mantenerse y ahorrar para su billete de regreso ya no pudo enviar más.

Tras una pausa, que a Amelia se le hizo eterna, con voz lenta y grave Juan Pedro tomó la palabra.

—Entiendo que perdieras la cabeza con un tipo; no eres ni la primera ni la última mujer a la que le sucede esto. Y ése, tú lo sabes, fue el principal motivo de tu huida; lo demás son milongas. Voy a hacerte un poco de memoria. Te recuerdo desde siempre entrando en mi casa, novia de mi hermano… Cuando te pasó lo que te pasó, fui yo el que se jugó el tipo para rescatar tus fotografías; cuando quedaste preñada te ayudé a engañar a Máximo montando el paripé de San Acisclo, de lo cual no me arrepiento porque en mi casa mi madre te quería y el hijo que tuvieras iba a ser su consuelo, aparte de que no podías regresar con tus padres, y además pensé que tal vez aquella circunstancia apartaría a mi hermano de las malas compañías y creí que casado contigo sentaría la cabeza. Máximo estaba en la cárcel, yo estaba en Cuba, tu hija tenía meses… y sin tener en cuenta nada de todo esto dejaste a mi madre sola con su pena y te largaste con viento fresco, pensando únicamente en ti. Y ahora vienes, no sé en nombre de qué derecho, reclamando a tu hija. Voy a decirte algo: ignoro cómo me has encontrado, pero da igual, porque Justina vivirá y se educará conmigo, y si cometes la insensatez de pretender robármela, acabaré contigo.

Amelia no aguantó más. Se dejó caer de rodillas e intentó abrazarse a las piernas de Juan Pedro.

—¡Por favor, ten piedad de mí! ¡Déjame ver a Justina de vez en cuando! Te juro que no he de molestarte. Vendré cuando tú no estés y me iré antes de que regreses. Pero ¡por favor, déjame remediar mi equivocación!

A Juan Pedro se le removió el alma; se acordó de su madre e imaginó lo que la buena de Luisa pensaría de aquel acto de venganza, cuando ella tanto había querido a Amelia.

—¡Levántate!

Ayudada por él, Amelia se puso en pie.

—¿Tienes trabajo?

—Por el momento soy dependienta en El Rey de la Magia, pero se va a acabar.

—Te diré lo que harás: entrarás en esta casa como niñera, te ocuparás de Justina intentando recuperar su afecto; si lo consigues, permanecerás a su lado; en caso contrario, te marcharás, sin nada reivindicar ni pedir, y bajo ningún concepto dirás que eres su madre, ni a ella ni a nadie del servicio, y tanto en público como en privado me llamarás de usted, y para ti seré don Jerónimo Cifuentes de San Andrés. Por mi parte, te pagaré generosamente. Si te cuadra, podrás empezar cuando quieras tras despedirte de tu trabajo.

Amelia habló con voz entrecortada.

—Jamás te agradeceré... perdón, jamás le agradeceré lo que hace por mí.

—No lo hago por ti, lo hago por el recuerdo de mi madre. Y ahora siéntate.

Amelia obedeció.

Juan Pedro se fue hasta la esquina de la tribuna y tiró de la borla de un cordón que pendía del techo. Al cabo de un instante entró una mujer vestida de negro que en la cintura llevaba colgando un manojo de llaves.

—Carmen, traiga a Justina.

Amelia se puso en pie dispuesta a vivir uno de los momentos más trascendentes de su vida.

Pasados unos minutos unos pequeños pasos acompañando a los de Carmen anunciaron la presencia de la niña.

—Justina, ésta es tu nueva niñera. Dale un beso.

La niña se puso sobre la punta de sus pies y ofreció su carita a Amelia.

En aquel momento el tiempo se detuvo.

176
Futuro perfecto

Don Germán, su hermano quiere verle.

Don Gumersindo Azcoitia anunciaba la presencia del padre Ripoll desde la puerta de la pieza.

A Germán le extrañó; Antonio no acostumbraba acudir al despacho de la calle Valencia. En alguna ocasión lo había encontrado casualmente visitando a su madre en el principal, pero se perdía en la noche de los tiempos la última vez que se habían visto allí.

—Dígale que pase.

Cuando apareció Antonio en el quicio, su aspecto lo sorprendió. Amén de que jamás se acostumbró a verlo con sotana, en aquella ocasión el rictus de su rostro no era el de siempre.

Germán se puso en pie.

—Bienvenido, hermano. Sea cual sea el motivo que te ha traído por aquí, celebro el verte.

Ambos se sentaron frente a frente.

—No vengo en mi nombre, lo hago en el de Su Ilustrísima el obispo don Jaume Català i Albosa.

Germán, extrañado, comenzó a juguetear con un lápiz de dos colores.

—¡Ya me extrañaba a mí este hecho tan inusual! Encontrarnos en casa de nuestra madre... pase, pero que vengas ex profeso a mi despacho es que algo muy grave ha ocurrido.

—Extremadamente grave.

La explicación duró tres cuartos de hora. Al finalizar, Germán estaba lívido. Si aquella bomba estallaba, y tal como se hallaban sus relaciones con Candela, el tan esperado premio de tantos años podía irse al garete.

Sus ojos eran dos afiladas rayas.

—Y todo eso basado en la carta de una loca...

—Con el consiguiente testimonio del doctor Rodoné, que fue quien visitó a tío Orestes.

—¿Quieres decirme que Candela es nuestra hermanastra?

—Ni más ni menos.

—¿Y qué espera de mí tu obispo?

—Hablar con ella, decirle la verdad y haceros jurar sobre el Evangelio que viviréis bajo el mismo techo sin ejercer el uso matrimonial.

—En eso está implícito que Candela lo sepa.

—Exactamente.

Germán soltó el lápiz violentamente sobre la mesa del despacho.

—El trato no me conviene; estaré con mi mujer cuando me apetezca. A mí estas patrañas no me interesan. Por lo que a mí respecta, Pelayo es el nieto de Orestes y, por tanto, el heredero de su fortuna... que yo administraré en parte. ¡No he tragado mierda tantos años para que ahora tu Iglesia me cague el estofado! Di a tu obispo que no se meta en mi matrimonio o él será responsable de lo que ocurra. Si este escándalo estalla y mi suegro muere de un ataque de corazón, tu Iglesia tendrá la culpa.

A partir del primer encuentro con Candela la vida de Juan Pedro había entrado en otra dimensión. Ni siquiera la futura inauguración de su casa la había apartado de su pensamiento. Aquel amor en quien nadie creyó, de viento del este se había tornado en huracán desatado; vivía para y por Candela, y sus negocios cubanos y sus reuniones con el arquitecto Sagnier o con el diseñador del parque habían pasado a segundo término, a tal punto que a veces cualquier pregunta se quedaba en el aire colgada de una respuesta que no llegaba porque su pensamiento estaba muy lejos. Todo se circunscribía a la siguiente cita con ella.

Desde su reencuentro semanas atrás se habían visto en varias ocasiones. Candela quería conocer hasta el último detalle de su tiempo en Cuba, y cuando Juan Pedro le explicaba cualquier momento, ya fuera de su vida en el ejército o de después de su encuentro con Julián Cifuentes, ella hurgaba y hurgaba en sus recuerdos, y ambos cotejaban los tiempos para saber qué estaba haciendo ella en aquel momento en Barcelona. Candela deseaba saberlo todo: si la enfermedad de Vivancos tenía remedio, quién era Gabriela Agüero, cómo fue lo de su pérdida de memoria, lo referente a su amigo Trinidad Basilio y si era muy hermosa Mariana Escosura.

Aquella tarde, cuando faltaba únicamente una semana para la fiesta, se habían reunido en el hotel España. El director, en atención al espléndido cliente que había sido don Jerónimo Cifuentes y a petición del mismo, le había cedido una habitación que a través del despacho adjunto tenía salida a una segunda escalera.

A Juan Pedro la espera se le hizo eterna.

Llegó Candela más hermosa que nunca. Sobre los hombros llevaba un chal negro de flores, vestía un traje verde de cuerpo ceñido a su brevísima cintura ornado con dos hileras de alamares negros de azabache, con falda tobillera, y chapines sujetos a los tobillos por una fina tira de cuero abrochada con un pequeño botón negro. Pero en su rostro detectó una expresión, hasta aquel momento desconocida, que traslucía un miedo invencible.

Juan Pedro interpretó al instante que algo había sucedido. Tras besarla urgiendo su boca la hizo sentar junto a él en el sofá.

—¿Qué ha ocurrido?

Candela se quitó el sombrerito y, dejándolo junto a ella, miró intensamente a Juan Pedro.

—El viernes por la noche llegó a casa descompuesto. —Cuando sin nombrarlo hablaba de esta manera, se refería siempre a su marido—. Por lo que parece por la mañana se vio con alguien, y sin que viniera a cuento me soltó una frase que me desconcertó. «Si estás buscando una excusa para separarte de mí, mejor que subas en globo y te tires al mar porque jamás lo conseguirás, y además olvídate de Pelayo porque no volverás a verlo. Este burdo chantaje, viniendo de quien viene, me tiene sin cuidado», me dijo. «No entiendo a qué te refieres», le contesté. «Ándate con mucho ojo, que quien me busca me encuentra y, si he de defender lo mío, puedo ser muy mala persona.» Tengo mucho miedo.

Juan Pedro le apretó la mano.

—No lo tengas, Candela. Dame un poco de tiempo y yo acabaré con esta situación aunque tenga que ver al Papa de Roma. A mí tampoco me gusta esconderme contigo como el ladrón que roba algo. Es a mí a quien la vida le ha robado el gozo de levantarme cada día a tu lado.

—Tú no lo conoces. Estoy aterrorizada... Después de esta tarde dejaremos de vernos un tiempo.

Juan Pedro sintió que el mundo se le venía encima.

—Si dejo de verte, me moriré.

—No, tú y yo viviremos del recuerdo de hoy. Vuélvete de espaldas hasta que yo te avise.

—No entiendo.

—Hazme caso… antes de que me arrepienta.

Juan Pedro obedeció.

Candela se puso en pie y comenzó a desnudarse.

Un frufrú de sedas precedió al momento mágico.

—Ya puedes.

Juan Pedro se dio la vuelta y se puso en pie.

La mujer que había habitado sus más enloquecidos sueños de juventud estaba ante él apenas cubierta su espléndida desnudez por el chal negro de flores.

Lentamente Candela, tomándolo de la mano, lo condujo hasta el gran lecho. Ella se echó dejando caer el chal a un costado.

Junto con los amortiguados ruidos de la calle San Pablo, entraba a través de las láminas de la persiana la luz mortecina de la tarde barcelonesa, trazando sobre el cuerpo de Candela un arabesco de luces y sombras.

Juan Pedro la miró con arrobo. Allí estaba, ofreciéndole su desnudez en el altar de su amor, el sueño que tantas noches le había robado el reposo a lo largo de su vida.

La voz de Candela le llegó lejana.

—Me muero de vergüenza. Si no te echas a mi lado, me iré.

Juan Pedro comenzó a desnudarse lentamente; quería eternizar aquel instante.

Se acostó a su lado. Ella lo abrazó, y Juan Pedro sintió contra su cuerpo las magnolias de sus senos y la tibieza de su vientre.

Luego salió el arcoíris.

177
La fiesta

Fredy y Pancracia ultimaban los detalles de su malvado plan.

—¡Ésa será la ocasión! Me dices que el circo montará la carpa pequeña y que tú irás a hacer fotografías. Yo ya sé que mi caballo blanco, Ramón Pelfort, está invitado y yo lo acompañaré. El momento tan esperado de tu venganza puede haber llegado. Hablaré con Almirall y esa madrugada el hijo del tipo que te quemó la cara con ácido saldrá hacia Marsella para no regresar jamás. ¿Te parece bien?

—Me parece perfecto. Hasta que ese día llegue no voy a pegar ojo. Pero ¿has pensado cómo lo haremos?

—Voy barruntando cosas. De momento, al lado de la carpa me dices que estarán almacenados todos los baúles y las cajas de madera del espectáculo.

—Así será.

—Muy torpe habrás de ser si no consigues meter en una de ellas al niño, que además es sordomudo, ¿no? Y antes de que acabe la fiesta y haya la menor oportunidad de que la policía registre algo, la mercancía ya estará en alta mar.

—Pero el niño puede patalear y rebelarse.

—No si está dormido. —Y al decir esto último Pancracia tendió a un asombrado Fredy un pequeño frasco con un líquido en su interior—. Es cloroformo —aclaró.

—¡Desde que te conocí supe que eras un genio! Después de esto podré retirarme en paz.

En los cafés, en los círculos sociales, en los talleres de modistas de renombre y en todas las reuniones urbanas de Barcelona no se hablaba de otra cosa que de la fiesta que aquella tarde iba a celebrar don Jerónimo Cifuentes de San Andrés para inaugurar su nueva mansión y a la que estaban invitados todos aquellos que eran alguien o que significaban algo en la ciudad.

Los teléfonos de los afortunados que habían accedido al nuevo invento echaban humo. Y éstas eran algunas de las conversaciones: «¿A qué hora iréis?», «Tengo cita en la peluquería», «Podríamos acudir en un solo coche», «Sé de buena tinta que Esmeralda Cervantes, la genial concertista de arpa hija de Ildefonso Cerdá, el del Ensanche, acompañará a la Fadini. Su auténtico nombre es Clotilde Cerdá, lo de Cervantes se lo puso la reina regente, y su protectora es la condesa de Montijo; además es la editora de *El Ángel del Hogar*», «¡Va a ser la fiesta más importante de la temporada!».

La actividad en la mansión del Tibidabo era total. Juan Pedro, que había conseguido que toda Barcelona hablara del acontecimiento, quería estar a la altura, por lo que secundado por una tropa de operarios, los mejores en cada una de las especialidades, adecuaba todos los escenarios donde iba a celebrarse la fiesta. Ya estaba lista la explanada para el aparcamiento de carruajes a la izquierda de la rotonda de la puerta de entrada. En cuanto a las cocinas de campaña en las que se prepararían los platos calientes a la vista del público, serían las de Casa Cuyás, las más prestigiadas de Barcelona, y Melchor Bonadío, el italiano que había servido el banquete de la

Exposición Universal, sería el encargado de la brigada de más de ciento cincuenta personas entre criados, camareros y lacayos que se ocuparía de los invitados. Tres orquestas amenizarían la velada. La Principal de Gracia lo haría durante la cena; la de cuerda del Liceo, dirigida por el maestro Rodoreda, acompañaría el recital de la Fadini, quien por alimentar el morbo que se había creado se había puesto de acuerdo con Juan Pedro para hacer los honores a las ilustres autoridades en el momento de la llegada; pero sin duda uno de los acontecimientos más comentados de la noche iba a ser la orquesta al frente de la cual estaría el joven maestro Maurice Ravel, traída expresamente de París por consejo de Claudia, a quien el talento de Ravel había subyugado durante una visita que realizó al conservatorio de dicha capital. Esta orquesta, montada en una plataforma movida por cuatro *traginers* provistos con largas pértigas que, clavadas en el limo del fondo, la hacían avanzar, iba a dar vueltas alrededor de la isleta del lago, adonde el público que deseara bailar habría de acceder por el puente que la unía con el parque. En el mismo y en todo su perímetro se habían montado barracones, cada uno de ellos adornado con flores cuya inicial coincidía con los apellidos solicitados, la lista de los cuales figuraba al costado de los mismos; así, en la A de Azucena estarían los Albor, Aymerich, Anglada, etcétera; en la B de Buganvilia, los Basegoda, Bernades, Bonmatí y demás; en la C de Clavel, los Carulla, Coll o Ciurana; en la D de Dalia, los Desvalls, Deulofeu, Doria y otros; en cada uno de ellos se realizaría una tómbola con valiosos premios mediante la compra de tiras de números cuyo importe íntegro iría a parar a las obras benéficas del obispado, cuyo titular había bendecido aquella mañana la impresionante mansión. Antes del castillo de fuegos artificiales, estaba previsto realizar dos eventos que hermanarían Cuba y Cataluña. Frente al templete partenopeo de la entrada los Xiquets de Valls levantarían un *castell*, a la vez que un grupo de *cantaires* de Palafrugell entonaría, acompañado de guitarras y bandurrias, una selección de habaneras.

La fiesta infantil no iba a desmerecer a la de los mayores; además de una carpa montada por el Circo Alegría en la que se ofrecerían diversos números, se había instalado un parque de atracciones en miniatura con un tiovivo, una pequeña noria, un castillo encantado, barracas de tiro al blanco y un recorrido con doce ponis, cada uno conducido por un payaso, que atravesando el bosquecillo harían las delicias de los niños. La fiesta de los pequeños comenzaría a las seis de la tarde, y excepcionalmente se iba a alargar hasta la noche para dar tiempo a que gozaran del ruido y del colorido de los fuegos artificiales. Para mejor ordenar las cosas, la entrada de la misma se efectuaría por la puerta lateral, por la que habitualmente accedían las mercancías, dejándose la principal para el tráfico de los carruajes de los invitados.

Aunque a Peláez le molestaba vestirse de tiros largos, en esa ocasión no le había quedado más remedio que buscar su mejor traje para el trabajo que le había encomendado el gobernador civil. La falta de logros en los últimos meses, ante el constante rapto de niños de la calle lo había enemistado con el jefe de la ronda secreta, Antonio Tressols, y aquélla parecía una ocasión perfecta para tener una tarde tranquila. Debía repasar las medidas de seguridad que habría que adoptar en la fastuosa fiesta que iba a dar el indiano don Jerónimo Cifuentes de San Andrés para celebrar la inauguración de su mansión en la falda del Tibidabo, a la que habrían de asistir las autoridades de la ciudad y, desde luego, lo más granado de la alta burguesía barcelonesa.

Un rato antes de abrir las puertas para la recepción de los mayores, los niños y sus acompañantes estaban ya en la carpa del circo.

Juan Pedro, acompañado por Silverio y por su nuevo secretario, Luciano Marco, comprobó una a una todas las estancias de la mansión que iban a ser abiertas al público: el salón de música, el casino de juegos instalado en la galería, los cinco bares decorados de distinta manera, el salón de las porcelanas, el dedicado a Cuba, la biblioteca, la sala de los billares y los servicios destinados a las damas y a los caballeros. Después se dirigió al exterior y realizó la misma operación caminando desde la explanada de los carruajes hasta el parque de atracciones infantil, recorriendo los puestos de la tómbola, las cocinas de campaña, la pista de baile en la isleta del estanque y los escenarios y la plataforma de los músicos, e hizo encender los quinientos puntos de luz instalados en el jardín. Cuando tuvo todo a su gusto envió aviso a Claudia, que estaba acicalándose en uno de los dormitorios de invitados acompañada de su madre, para que bajara al recibidor a hacer los honores a los concurrentes, y tras una última mirada al inmenso espejo del vestíbulo a fin de darse el visto bueno, dio la orden de que se abrieran las puertas. Eran las seis de la tarde.

Debido a la asistencia de autoridades, alrededor del muro que circunvalaba la inmensa finca se había instalado un cordón de seguridad formado por dos compañías del cuerpo de Vigilancia de los municipales, así como un retén de la Guardia Civil a las órdenes del teniente Portas.

Claudia y Juan Pedro se situaron al pie de la escalinata junto al jefe de Protocolo del Liceo —contratado al uso por ser la persona que mejor conocía a la sociedad barcelonesa— y de su secretario, Luciano Marco, quien iría poniendo una cruz al lado de los nombres que figuraban en su lista a la vez que los invitados entraban.

Silverio estaba en la entrada junto a la enorme reja como jefe de porteros; la gente bajaba de los coches y, en una ordenada cola que transcurría entre dos hileras de hachones encendidos clavados en el suelo marcando un pasillo, se dirigía lentamente, circunvalando el surtidor, hacia el templete para saludar a los anfitriones.

Súbitamente, y pese a que estaba prevenido, un rictus amargo amaneció en su rostro; de un landó tirado por un hermoso tronco de alazanes descendió, acompañando a Candela, Germán Ripoll, el hombre que le había proporcionado los momentos más amargos de su vida. Por su cabeza apareció el recuerdo de Teresa, y tras ella sus seis meses de cárcel y el tormento de tantas madrugadas al sereno junto a las hogueras que los estibadores encendían en el puerto por mor de calentar sus extremidades heladas.

Silverio no lo pudo impedir; su mano diestra descendió hasta la caña de su bota y, sin querer, palpó la empuñadura de la daga que desde tiempos remotos se alojaba allí.

En aquel instante la gente comenzó a aplaudir. De un coche oficial descendía el capitán general de Cataluña, don Eulogio Despujol y Dusay, conde de Caspe, acompañado de su esposa y de su comandante asistente, don Emilio Serrano. Ante la llegada del ilustre militar, muy respetado por la alta burguesía barcelonesa pues admiraba en él su autoridad y energía, el público se apartó para abrirle paso. Germán, visiblemente contrariado, se hizo a un lado y al retroceder sintió que unos ojos lo observaban insistentemente. Su antiguo enemigo, Emilio Serrano, luciendo en su pecho la Cruz de Guerra, la del Mérito Militar con distintivo rojo, la Real Orden de San Hermenegildo y la de Mutilado por la Patria, al pasar junto a él le espetó:

—¡Muchas gracias, Ripoll! Sin su intervención no habría conseguido todo esta quincalla. —Se señaló el pecho con la mano izquierda a la vez que con la derecha, con un gesto sutil, palpó la funda del nueve corto reglamentario que llevaba a la cintura. Luego se dirigió a Candela, que estaba al lado de Germán—. A sus pies, señora.

El color abandonó el rostro de Germán al reconocer a aquel hombre al que suponía desterrado en Filipinas, o tal vez muerto, y que había estado a punto de matarlo en duelo.

El grupo del capitán general llegó hasta el comité de recepción cuando ya los séquitos del alcalde don José María Rius y Badía y del gobernador civil don Valentín Sánchez de Toledo lo habían hecho. En tanto que Despujol saludaba calurosamente a Claudia, Emilio Serrano rebuscó en el archivo de su memoria el recuerdo de la cara de aquel hombre con patillas y barba recortada apoyado en un bastón de ébano con puño de plata, que lo observaba con mirada risueña. ¡Aquel rostro le recordaba a alguien conocido en otras circunstancias y en otro lugar! Pero ya la voz de su superior y la presencia de la Fadini llevaron su pensamiento por otros derroteros.

—Ésta es nuestra ilustre soprano, Emilio. —Serrano se agachó ceremonioso para besar la mano que le tendía Claudia—. ¡Me ha costado mucho arrancarlo del lado de su esposa! Mi ayudante acaba de ser padre, y si lo he conseguido es porque me dijo que eran amigos de los viejos tiempos.

—Por tal me tengo, y si fui únicamente amigo de la señora no fue por mi culpa, pues mis intenciones iban más allá.

—Tengo en alto concepto al comandante, y tuve en alta estima su oferta de matrimonio, pero el destino quiso otra cosa. —Luego señaló a Juan Pedro como dando a entender que era su hombre—. Le presento a don Jerónimo Cifuentes.

Juan Pedro, que había reconocido perfectamente a Serrano, le tendió la mano.

—Le felicito por su nueva paternidad. ¿Niño o niña?

—Una hermosa niña de rasgos orientales, como su madre.

Claudia apostilló:

—La felicidad de los hombres, pese a que no se entiende hasta más tarde, son las niñas. Le aseguro, comandante, que cuando lleguen los años de su vejez estará muy bien cuidado, como se merece el hombre de honor que es usted.

—Gracias, Claudia. Viniendo de usted, este halago vale el doble.

—Tras estas palabras miró fijamente a Juan Pedro—. ¿Nos conocemos de algo?

—Tal vez… pero no recuerdo.

El grupo siguió adelante por no parar la circulación de los invitados.

La crema de la sociedad barcelonesa fue pasando. El banquero Manuel Girona entró acompañando a la eximia Sarah Bernhardt, que al siguiente sábado debutaba en Barcelona; Àngel Guimerà, presidente del Ateneo Barcelonés, entró junto al escultor Josep Llimona, quien acudió con su esposa; el padre Antonio Ripoll, que debería haber acompañado al sublime poeta, hizo de acompañante de don Antonio Gaudí, pues mosén Cinto Verdaguer, que estaba defendiendo su honor mancillado publicando en el noticiero sus artículos «En defensa propia», había excusado su presencia al igual que el marqués de Comillas, al que no agradaba la instalación provisional de un casino de juego pese a la buena intención de su finalidad y haber dado su venia el obispo Català i Albosa. Después de don Eusebio Güell y Bacigalupi, consejero del Banco Hispano Colonial, y de su esposa, Luisa Isabel López Bru, iba la familia Ferrer-Vidal, y tras ellos, Germán y Candela, quienes llegaron frente a los anfitriones.

La voz del edecán los anunció.

—Don Germán Ripoll y señora.

El intercambio de saludos sirvió de fachada a los pensamientos de cada uno de ellos.

Desde su último encuentro Juan Pedro no había visto a Candela. En aquel instante toda la fiesta, los invitados, las autoridades, los artistas y el servicio pasaron a segundo término, tornándose en comparsas de aquella inmensa pantomima cuya actriz principal era aquel ángel, y el malo de la obra, su dueño, aquel tipo petulante y soberbio que le debía una fortuna y que lo había apartado de Candela causando su desgracia y la de su familia.

Juan Pedro tuvo que hacer un enorme esfuerzo para guardar la compostura y estrechar su mano.

Candela, que había entendido a través del encuentro con Juan Pedro lo que era el amor, sintió, al ver a la soprano a su lado, el aguijón de los celos.

Claudia, por su parte, no entendió cómo aquel imbécil no se había percatado de la intensa mirada que había cruzado Juan Pedro con su mujer, y desde el fondo de su corazón pensó que tal vez por un amor tan sublime como aquél habría cambiado la vida de éxitos que se abría ante ella.

Pero la primera reacción de Germán, si es que se había percatado de aquella mirada, fue de rabia contenida; cuando alguien pretendía algo que él consideraba suyo la ira lo desbordaba. No obstante, luego pensó que quizá hubiera una manera de saldar sus deudas. De hecho, Candela era para él un mero efecto bancario y si encontraba un primo a quien endosar su letra de cambio, los jueves de cinco a siete, con el sigilo y la discreción que se le suponía a un caballero, su cornamenta estaría bien pagada.

Cuando hubieron pasado y todavía no había llegado el siguiente grupo Claudia comentó:

—Hay gentes que nacen para hacer daño.

Desde distintos lugares dos personas divisaron a Germán Ripoll: Carmen desde las cocinas del primer piso y doña Flora desde el excusado del vestidor de su hija; el gesto de ambas reflejó el sentimiento que el personaje les inspiraba. La madre de Claudia apretó los puños y escupió en la taza del inodoro recordando que casi había destrozado la carrera de su hija, y Carmen se acordó de Teresa y, sin saber por qué, apretó fuertemente el mango de un cuchillo de carne que estaba junto al fregadero.

Después de la recepción, Claudia se retiró para preparar el recital junto al maestro Rodoreda y Esmeralda Cervantes, la eximia concertista de arpa.

El circo de los niños comenzó finalmente a las seis y media de la tarde. La dirección del Alegría había seleccionado las atracciones de manera que el espectáculo fuera absolutamente infantil. Además de caballos, funambulistas, trapecistas y perros amaestrados, lo que privaba sobre todos ellos era la Familia Frediani, famosísimos payasos que sin duda iban a colmar de alegría a aquellas almas infantiles.

El gabinete fotográfico de Papirer se había instalado junto a la carpa, pues don Gil Vicente Alegría había considerado que aquélla era una ocasión única para inmortalizar una velada dedicada a los niños, para lo cual Fredy había llevado en un baúl una gran cantidad de disfraces de toda condición, tanto de niños como de niñas, más toda la parafernalia de sus aparatos, antorchas y cámaras.

Un mal trago vino a amargarle la velada, reafirmándolo en su decisión. Cuando estaba ayudando en el exterior a cargar uno de los carros que ya partía de regreso en tanto la función, que había comenzado a las seis y media, seguía su curso, desde la entrada lateral divisó en la principal a Germán Ripoll; sin darse cuenta se acarició el rostro, palpando sin querer la piel de gamuza que le cubría media cara. Una náusea de odio le vino a la boca, recordándole la deuda que se cobraría aquella noche.

Todo estaba en orden; su socia había ido a verlo atravesando la rosaleda que separaba la carpa del parque de los mayores.

—¡Esto es una maravilla! Fíjate bien, Fredy, la de cosas que puede conseguir el dinero...

—¿Dónde has dejado a tu manso, Pancracia?

—No te preocupes, que tengo a Pelfort alucinando. ¡Con lo que le gusta conocer a gente importante, esta noche se me va a morir! Y tu parte del negocio ¿cómo va?

—En el intermedio he tirado muchas placas. Los mayores se vuelven locos cuando ven a sus hijos disfrazados.

—¿Y respecto de lo nuestro?

—El baúl con el fondo acolchado ya está listo, mi amigo Frediani, avisado y la botella de cloroformo, en el bolsillo. ¿Y lo tuyo?

—La carta para el señor Ripoll, en mi bolso y la entrada del carro en el puerto, solucionada. Si te preguntan en la caseta de los carabineros di que vienes de mi parte, cuando tú llegues el resto de la mercancía ya estará a bordo. Mañana por la tarde el género estará en el puerto de Marsella.

Ya antes de la cena y de los fuegos artificiales, la fiesta estaba en todo su apogeo. Desde la terraza del primer piso las autoridades y los más conspicuos invitados saludaron al *enxaneta* que coronó el *pilar de vuit amb folre i manilles* de la *colla* de los Xiquets de Valls. Antes de los cohetes, tendría lugar la actuación de las habaneras del grupo de *cantaires* de Palafrugell a la vez que, finalmente, en tanto que en el lago actuaba Maurice Ravel, la Fadini, acompañada por el arpa de Esperanza Cervantes y por la orquesta de cuerda del Liceo dirigida por el maestro Rodoreda, iba sin duda a causar las delicias de los aficionados al bel canto. En cuanto al casino de juego, permanecía abierto durante toda la fiesta para diversión de los caballeros.

Las casetas de la tómbola estaban animadísimas; en la adornada de buganvilias correspondiente a la letra B el matrimonio Bonmatí discutía al respecto de un guacamayo azul y amarillo instalado en una gran jaula dorada que les había tocado en la rifa y que querían cambiar por algo más llevadero.

En el prado, junto a la fuente del tritón, se había instalado el comedor, por primera vez en Barcelona a la manera de las fiestas cubanas, lo cual encantó al personal.

Un gran bufet presidía el espacio tras el cual diez impolutos cocineros vestidos al uso, gorro y mandil incluidos, iban sirviendo a los comensales al tiempo que pasaban frente a ellos, plato en mano. Las viandas estaban colocadas en orden: potajes de marisco, verduras y pollo; huevos fríos rellenos de *foie* y de trufa; volovanes de hojaldre; diversas carnes y caza, con los correspondientes purés de manzana, patata y castaña; ensaladas de todo tipo e inmensas lubinas a la sal, cerrando el extremo tres torres de pastel de diversas clases y decorando el fondo una catarata de frutas tropicales en una cascada de hielo.

La mesa de presidencia estaba ubicada en el extremo, y en ella cenaban las autoridades y los más selectos de entre los invitados, servidos por diligentes camareros. El resto de las mesas eran redondas y para diez comensales cada una de ellas, donde la gente se instalaba según su gusto y criterio buscando amigos o dispuesta a establecer nuevas relaciones.

Gran parte del público se había desplazado al islote para bailar a los compases de la orquesta flotante de Maurice Ravel, en el otro extremo los aficionados al género estaban escuchando las habaneras del grupo de Palafrugell. En el gran salón de música había comenzado el recital de la Fadini con un público mayormente femenino y grupos de hombres se dirigían al casino para disfrutar de las mesas de juego.

El Indiano iba de un lado a otro atendiendo a sus invitados. En el centro se había colocado la ruleta y en derredor mesas de blackjack, bacarrá y póquer, estas últimas con el correspondiente tapete verde y en cada ángulo un cenicero.

Criados con cajas de puros de diversas vitolas y diferentes tamaños circulaban entre la gente ofreciendo las mejores labores de la hacienda San Andrés.

Súbitamente un ligero golpe en el codo obligó a Juan Pedro a volverse.

—Si no tiene inconveniente, me gustaría cambiar unas palabras con usted.

—Creo que no es el momento oportuno.

—Sólo serán unos instantes.

—Dígame de qué se trata.

—Quizá he dado con la fórmula para liquidar mi deuda.

—La fórmula es muy sencilla: me entrega usted trescientas cincuenta mil pesetas y estamos al cabo de la calle.

—Tal vez pueda ofrecerle algo que le interese más.

—Está bien, sígame.

Embocó Juan Pedro el pasillo que conducía a su despacho seguido por Germán Ripoll, cuando vio venir en sentido contrario a Amelia con un capotillo de lana.

—¿Adónde vas?

La demora en dar respuesta sorprendió a Juan Pedro. Amelia tenía la mirada clavada en Ripoll, al que observaba como si hubiera visto un fantasma. Él ni siquiera reparó en ella.

—Te he preguntado algo, Amelia.

—Le llevo un capotillo a Justina; se acerca la media parte de la función de circo, los niños saldrán de la carpa y tengo miedo de que la niña, con el relente del lago, coja frío.

—De acuerdo.

Ya iba a proseguir cuando la voz de la mujer lo detuvo.

—¿Puedo hablar un instante con usted?

—Ahora no es el momento, Amelia; tengo que atender a mis invitados.

—Sólo será un minuto.

A Juan Pedro le extrañó la insistencia.

—Lleva el capotillo a la niña y luego aguárdame aquí.

Partió la mujer y Juan Pedro, seguido de Ripoll, se dirigió al despacho.

La estancia, forrada toda ella de paneles de caoba oscura, era soberbia, inclusive para un hombre tan acostumbrado a lo excelente como Germán, y los muebles ingleses de estilo Chester tapizados de cuero hacían que el ambiente tuviera un olor especial.

—Se ve que el negocio de los habanos y el azúcar le va viento en popa, amigo mío.

—Siempre que los compradores me paguen. Y recuerde que soy su acreedor, no su amigo.

Germán se rebotó; su soberbia le pudo.

—Es una mera forma de hablar, yo todavía escojo a los míos.

—Pues me alegra no encontrarme entre ellos. Ah, y no olvide que Claudia Codinach sí lo es mía, y por cierto no le tiene en gran estima.

—¡Acabáramos, ahora comprendo mejor su animadversión! Pero espero que, de hombre a hombre, nos entendamos.

Ambos tomaron asiento, Juan Pedro tras la mesa de despacho y Ripoll frente a él.

—Veamos esa importante propuesta.

—Antes he de hacerle una previa.

—Le escucho.

—Verá, el caso es que mi matrimonio no funciona como tal.

Juan Pedro aguantó un largo silencio esperando que el otro se explicara.

—Fue un matrimonio de conveniencia, y sigue siéndolo, pero al respecto de mujeres, y le repito que le hablo de hombre a hombre, he de buscarme el alimento en otros pesebres... En mi caso, el débito conyugal está olvidado.

Juan Pedro atendía las razones de aquel crápula; sin embargo, se confesó asimismo que aquella noticia lo aliviaba.

—No entiendo qué me va a mí en ello.

—No disimule ahora, que he visto cómo miraba usted a mi esposa en la entrada, y eso pese a que estaba junto a su amante.

—No sé adónde quiere usted ir a parar.

—¡Es muy sencillo! La naturaleza es así de caprichosa... Si a mí no me va y a usted sí, podríamos llegar a una transacción.

Juan Pedro guardó silencio y Ripoll pensó que era señal de que daba su aquiescencia. Había perdido en el juego el dinero obtenido por el barco y se encontraba en una situación desesperada.

—Verá usted, yo me hago el loco y usted se ve con Candela, eso sí, discretamente, una vez al mes. ¡Y mi deuda queda condonada!

Un silencio asombrado por parte de Juan Pedro inundó la estancia. Ripoll pensó que estaba pensando en su propuesta y que tal vez se había quedado corto.

—Podrían ser dos.

Juan Pedro hizo un esfuerzo por contenerse. Luego habló dominando su ira.

—¡Es usted uno de los mayores sinvergüenzas que he conocido, y no le parto la cara porque está en mi casa! Faltan cuarenta días para completar el plazo. Busque el dinero porque si no le juro que lo arruino. Y ahora ¡fuera de mi presencia!

Germán Ripoll se puso en pie.

—No es bueno acalorarse. Creí que era usted un hombre de negocios, pero veo que me he equivocado.

Y sin más dio media vuelta y salió del despacho, dirigiéndose a la sala de juegos.

Tras repasar la escena varias veces, Juan Pedro llegó a la conclusión de que debía hacer lo imposible para apartar a Candela de aquella bestia. Pensó que, igual que a él, aquel sátiro podría proponer lo mismo a otras personas... y entonces se vería obligado a matarlo.

Tenía la casa llena de invitados, por lo que se levantó del despacho y salió al pasillo.

La había olvidado, pero Amelia lo estaba esperando.

Se extrañó que se dirigiera a él, faltando a su pacto, tuteándolo como en los viejos tiempos.

—Lo he reconocido, Juan Pedro, ese hombre era el patrón de Máximo.

—Eso ya lo sé, pero no es motivo para que te saltes nuestro acuerdo.

—Perdona... Perdone, don Jerónimo, pero vigílelo, porque si entra en alguna partida de envite a la carta más alta, va a hacer trampas.

—¿Qué estás diciendo?

—Lleva los puños de Pinkerton.

—¿Los puños de qué?

—Los usaba el mago Kálmar en Argentina. Los inventó un jugador de ventaja que iba en los barcos arriba y abajo del Mississippi estafando a los incautos.

—No te entiendo bien, Amelia.

—Germán Ripoll tomó clases de manipulación con el señor Partagás en El Rey de la Magia; él los utilizaba para hacer juegos de manos. Oí que hablaban de ello en su *roulotte* el día que vino a ver el espectáculo. Los puños son de celuloide y apretando el gemelo escupen una carta por la parte inferior que queda oculta bajo la mano del tramposo; a un lado tiene ases y en el otro reyes, aguarda a que el contrario saque carta y entonces, con un hábil gesto, saca él la que le convenga y gana el envite.

Juan Pedro pensaba rápidamente.

—¿Y si el contrario saca un as?

—Es una probabilidad contra cincuenta y dos. Entonces pierde, pero eso nunca ocurre.

—¿Estás segura?

—Tanto como que he de morir.

Al finalizar la media parte de la función del circo, los niños, acompañados de sus amas, *nurses* e institutrices, fueron al exterior y se repartieron, como una bandada de gorriones, entre las diversas atracciones de feria montadas para el evento. La locura se había desatado; un centenar de niños yendo de atracción en atracción eran auténticamente ingobernables, de manera que sus cuidadores buscaron acomodo en los bancos que había en la periferia sabiendo que la *troupe* de chiquillos no podía salir sola del espacio vallado.

Amelia llegó después de haber hablado con Juan Pedro y buscó a la niña. La encontró en el tiovivo. Justina bajó arrebolada llevando de la mano a un niño que la seguía como si fuera su sombra.

—Te vas a enfriar, criatura. ¿No te dije que te pusieras el capotillo?

—Déjame, Amelia. Va a arrancar la noria, y hay muchos niños que quieren subir.

—¿Quién es tu amiguito?

—Pelayo, y su señorita está allí con Carmen. —Luego añadió—: Se llama Juanita.

Amelia se fijó en que Carmen se encontraba sentada en un banco hablando con una muchacha vestida de un blanco impoluto.

Se volvió hacia los niños y se dirigió a Pelayo.

—¿Cuántos años tienes?

—Él no habla, Amelia.

La mujer entendió que el niño era mudo.

—Está bien. Cuida de él, que tú eres la niña de la casa... Y de vez en cuando acercaos al banco, que yo voy para allá con Carmen.

Los niños se perdieron en la vorágine de criaturas corriendo y gritando.

Carmen, que conocía a Juanita de las veces que acompañando a Candela había bajado a Pelayo a la casa de la calle Valencia para que lo viera su abuela Adelaida, estaba en uno de los bancos, supervisando, siguiendo las instrucciones de su nuevo patrón, el desarrollo de la fiesta infantil y hablando con la niñera de Pelayo de las ventajas de su nuevo cargo de ama de llaves en la mansión de aquel riquísimo indiano. Amelia se llegó junto a ellas y se sentó a su lado.

—Mira, Amelia, ésta es Juanita, la niñera del hijo de don Germán y de doña Candela. Y ella es Amelia, la cuidadora de Justina, la sobrina del patrón.

Las dos mujeres se saludaron y esperaron a que llegara el momento de regresar a la carpa de circo para asistir a la segunda parte de la función.

El plan urdido por Pancracia era muy ingenioso. Fredy le comunicó que uno de los números finales de la sesión era el duelo entre vaqueros e indios que, montados en los ponis amaestrados, corrían por la pista, controlados por los payasos, para lo cual era necesario escoger a diez críos que, alzando los brazos y chillando para llamar la atención, se prestarían encantados a representar el papel. Uno de los Frediani había hecho buenas migas con Fredy, por lo que éste, siguiendo instrucciones de Pancracia, le pidió que, atendiendo a un compromiso de un matrimonio amigo, tuviera a bien escoger a un niño que al ser sordomudo no gritaría, pero que él le diría en qué localidad estaba ubicado y cómo iba vestido.

—¡Señoras y caballeros... si hay alguno! La batalla de la pradera va a comenzar y necesitamos la colaboración de todos ustedes. Nos hacen falta diez esforzados jinetes para que se integren en la compañía del Circo Alegría.

El griterío aumentó, y el payaso pidió silencio con un gesto de las manos.

—Después de que los seleccionemos, pasarán al interior para vestirse y maquillarse, los indios con sus pinturas de guerra y los vaqueros con barbas y bigotes. Nuestro mérito será que cuando salgan a la pista ¡no los reconozcan ni sus padres!

La selección del personal comenzó al instante; dos de los payasos cogían a los elegidos por los brazos y los ayudaban a saltar el ancho borde rojo que delimitaba la pista. Ya estaban en ella cinco niños, y los brazos alzados de los aspirantes se multiplicaban. Fue entonces cuando el payaso amigo de Fredy actuó.

—¡Aquél! ¡Aquel niño de la cuarta fila, el del traje azul y el cuello blanco, que venga aquí!

Juanita, que se sentía responsable de Pelayo, dudó un momento, pero Carmen la decidió.

—¡Deja al niño, mujer! ¿No ves que quiere ir?

—¡Es que no va a entender lo que le digan!

—¡Claro que sí!

Juanita se volvió hacia el crío y le habló como acostumbraba, frente a él y moviendo mucho los labios.

—¿Quieres montar en los caballitos?

Pelayo asintió varias veces con la cabeza.

Juanita le quitó el jersey que llevaba puesto y lo empujó suavemente hacia la pista.

—¡Yo también quiero ir, Amelia!

—¡Tú no, Justina! Es un juego de chicos.

El número ya estaba completado. El grupo desapareció tras el cortinaje del fondo en tanto que unos payasos disfrazados como si fueran búfalos, mediante unos tirantes que les sujetaban los cuartos traseros y unas cabezas con cuernos, correteaban por la pista fingiendo una estampida.

Al cabo de quince minutos salieron los niños. El resultado era espectacular. Indios y vaqueros, sujetas las piernas a unas sillas de seguridad que a la vez que les dejaban las manos libres impedían que alguno se hiciera daño, corretearon por la pista lanzando gritos y simulando pelearse los unos con arcos y flechas y los otros con rifles y pistolas de madera; los ponis conocían perfectamente su trabajo, de manera que al llegar al borde se volvían, una y otra vez, sin que en esa maniobra tuvieran nada que ver los jinetes.

Los búfalos se metían entre medio y se dejaban atropellar.

La representación era una pura delicia, y al finalizar grandes aplausos premiaron la exhibición. Los búfalos desmontaron a los niños, que tras saludar, ya en tierra, se retiraron por la cortina del fondo.

El espectáculo prosiguió, ocupando la pista una pareja de funambulistas que paseaban sobre un alambre con la tranquilidad de quien lo hiciera por una ancha calle.

Al estar la pista ocupada, al cabo de un tiempo y por una puerta lateral fueron saliendo los niños ya desmaquillados, reintegrándose a su localidad donde recibieron mimos y carantoñas de los mayores, orgullosos de sus vástagos.

Juanita se inquietó; ya habían salido todos y Pelayo no regresaba.

Cuando el niño embocaba el pasillo aquel payaso del ojo negro le mostró un largo caramelo en forma de bastón a rayas en espiral, blancas y rojas, y le dio la mano invitándolo a seguirle.

Pelayo, al que todo lo que ocurría aquella tarde le parecía maravilloso, tomó el caramelo y aceptó su mano, y con él se fue hacia el exterior.

En el estrecho pasillo que mediaba entre la carpa y la valla no había nadie; las risas sonaban con fuerza en el interior. El niño iba delante.

Fredy Papirer extrajo del bolsillo un pañuelo y un frasquito marrón de tapón esmerilado, y con un movimiento preciso derramó parte del líquido, empapando el trapo. Enseguida sujetó al niño por la espalda y le cubrió con el lienzo boca y nariz. El pequeño hizo un movimiento y luego se desmadejó. El payaso, tomándolo en sus brazos, pasó al otro lado de la valla.

Al cabo de diez minutos Fredy Papirer, con su careta de calle, conducía desde el pescante cuidadosamente uno de los carros del circo cargado con dos baúles; uno estaba lleno de utillajes y en el otro había cortinas plegadas en las que iba recostado un niño dormido.

Él ya había cumplido su parte. Pancracia sin duda cumpliría con la suya.

El guardia de la puerta lo saludó con desgana; se hallaba allí para cautelar a todo aquel que entrara, no al que saliera. En ese momento, el estallido de un petardo de gran potencia anunció el inicio del castillo de fuegos artificiales.

El humo de los cigarros saturaba el ambiente del casino de juego, donde la mayoría de quienes jugaban eran hombres. La mesa de ruleta estaba abarrotada, y los jugadores cambiaban fichas y apostaban con despreocupación, sabiendo que aquella noche los prohibidos no lo eran ya que, excepcionalmente, el gobernador los había autorizado teniendo en cuenta el buen fin a que estaba destinada la recaudación de la entrada.

En una de las partidas de póquer se estaba apostando fuerte. Juan Pedro, que se paseaba entre las mesas, se abrió paso atraído por el murmullo de los espectadores. Germán Ripoll se había llevado el bote de cinco mil pesetas y a la vez que repartía cartas retaba al resto de los jugadores.

—¡Es mi noche de suerte, señores! El que opine que juego de farol no tiene más que poner el dinero en la mesa para verlo. ¿No es así, Subirana?

El así llamado acababa de perder una cantidad importante.

—Su manera de jugar no es de caballeros.

—¡Las cartas no son precisamente juegos florales! La finalidad del póquer es desplumar a los demás. ¿O va a ponerle usted mala cara a un *full* de ases y reyes servido?

El tal Subirana se puso en pie, recogió de la mesa el mechero y la pipa y se explayó a gusto.

—¡Tiene usted mala fama! No me gusta cómo baraja y dos *fulls* servidos me dan mala espina... ¡Prefiero jugar a la ruleta!

Germán lanzó las cartas sobre la mesa y también se puso en pie.

—¿Qué insinúa usted con eso de «no me gusta»?

—Baraja usted como un tahúr.

—¡No le permito a usted...!

Juan Pedro intervino.

—Señores, ésta es mi casa, y no es lugar ni momento para batirse en duelo. Usted, amigo Subirana, preferirá sin duda jugar a la ruleta, y yo, por complacer al señor Ripoll, voy a sentarme en su lugar para cubrir su puesto. Pero como no me gusta el póquer, voy a retar al señor Ripoll a jugar una mano a la carta más alta y voy a atreverme a hacerlo en su noche de suerte.

Juan Pedro se sentó a la mesa y en el rostro de Ripoll adivinó una mirada de complacencia.

La gente se arremolinó en rededor de ellos.

Germán se sentó frente a él.

—Admito el envite. ¿Qué quiere usted apostar?

—Voy a darle ocasión de pagar su deuda. —Juan Pedro se volvió hacia el personal—. El señor Ripoll en estos momentos tiene conmigo una deuda importante. —Se dirigió de nuevo a Germán—. ¡Las trescientas cincuenta mil pesetas que me adeuda contra su fábrica de curtidos a tres manos a la carta más alta!

—Me parece bien, con el mazo en medio de la mesa y barajando un neutral.

—Sea a su gusto.

La gente se apretujaba por ver el envite; se había corrido la voz, y media sala estaba pendiente de los jugadores.

—Como estoy en mi casa y es usted mi huésped, le cedo la prioridad.

—¡De ninguna manera! No quiero abusar de su hospitalidad.

—Está bien, como quiera.

Juan Pedro adelantó la mano hacia la baraja y tomando la carta superior la mostró a la audiencia.

—La J de corazones.

Ahora fue Germán Ripoll quien, tras arreglarse el puño izquierdo de su camisa, avanzó su diestra hacia la baraja, sacando carta y mostrándola al público.

—Lo siento, Cifuentes... ¡El rey de picas!

El silencio, que era absoluto, se tornó en murmullo.

—Ahora le toca a usted, Ripoll.

Después de que uno de los espectadores barajara, Germán avanzó la mano hacia la baraja y muy lentamente dio la vuelta a la carta.

Habiendo ganado la primera apuesta, quería vestir de honorabilidad el muñeco, guardándose eso sí la última mano.

—El ocho de tréboles.

La vez era de Juan Pedro.

—El diez de corazones.

—Ya ve, Ripoll, que la suerte se reparte.

El clímax había subido al máximo.

—Vamos con la última. Es su turno.

Las cartas barajadas estaban entre los dos jugadores, y Juan Pedro levantó el naipe superior.

—El rey de tréboles. ¡Se lo he puesto difícil!

Germán, vistiendo la respuesta con una rara confianza, comentó:

—No se fíe... Como dicen los buenos aficionados: «Hasta el rabo todo es toro».

Con una pasmosa tranquilidad, que subió la temperatura del casino a cien grados, se manipuló, con un gesto habitual, el puño derecho de su camisa; luego, lentamente, su mano avanzó hacia la baraja.

Toda clase de pensamientos se abatió sobre Juan Pedro. ¿Y si Amelia se había equivocado? ¿Por qué no había ganado el segundo envite pudiendo finalizar la partida? Si fallaba en su apuesta, iba a ser la comidilla de toda Barcelona.

Con una sonrisa triunfante, Germán Ripoll dio la vuelta muy despacio a su mano mostrando su naipe.

—Señores, ¡el as de picas! Ya le he dicho que era mi noche de suerte.

Juan Pedro ya no vaciló. Era el momento de desprestigiar a su enemigo ante toda la sociedad barcelonesa. Adelantó su mano como un gato que lanzara la zarpa para cazar un ratón y sujetó sobre la mesa el puño de Ripoll, quien al intentar retirarlo se lo rasgó, dejando caer sobre el tapete verde tres ases.

Al principio se hizo un silencio preñado de amenazas; todos los que habían perdido aquella noche en la mesa de Ripoll se miraron sin acabar de creer lo que estaban presenciando. Luego, de súbito, estalló la tormenta.

Los gritos conminatorios de «¡Sinvergüenza!», «¡Tramposo!» y «¡Fullero!» sonaron amenazadores.

Juan Pedro se puso en pie.

—¡Salga inmediatamente de mi casa! Y sepa que daré parte de este incidente a la policía si no repara en el plazo de veinticuatro horas todo lo robado.

Ante los gritos de «¡Fuera! ¡Fuera!», Germán, pálido como un muerto, retrocedió un paso y después, dando media vuelta, salió precipitadamente del casino.

Cuando llegó al jardín, los cohetes de los fuegos artificiales iluminaban la noche. Con las manos temblorosas encendió un cigarro. Miró a un lado y a otro y tuvo la sensación de que todo el mundo estaba observándolo. Necesitaba pensar.

Al fondo del parque, detrás de la carpa del circo, se abría un túnel de ramaje que desembocaba en el mirador desde el que se divisaba toda Barcelona, y allí dirigió sus pasos... sin darse cuenta de que una sombra, ocultándose por los rincones, lo seguía a prudente distancia.

Llegado al mirador, Germán se acercó a la rústica barandilla hecha con troncos de árbol y allí se quedó, en pie, sudando copiosamente. ¡Aquel malnacido lo había desprestigiado ante toda la sociedad de Barcelona! A partir de aquel momento era consciente de que muchas puertas iban a cerrársele, de que jamás volvería a ser aceptado en los círculos de su nivel y de que, de enterarse Orestes, se desencadenaría un cataclismo; aquel incidente podía tener para él funestas consecuencias. Lo romántico en aquellas circunstancias era pegarse un tiro, pero a él le gustaba demasiado la vida.

En el instante en que la llama iluminaba temblorosa su rostro al intentar encender otro cigarro, un empujón brutal e inesperado lo sorprendió. La barandilla le impidió dar un paso adelante; intentó, manoteando, agarrarse a algo y ver de escorzo a su asesino, pero fue inútil; su cuerpo comenzó a caer al vacío, golpeándose y rebotando contra las rocas hasta que un ruido sordo y luego un silencio certificaron que había tocado fondo.

La sombra sonrió para sus adentros. Había escogido la noche perfecta para su venganza; en la fiesta estarían sin duda reunidas muchas personas que tenían cuentas pendientes con Ripoll... y nadie habría reparado en su ausencia. Los cohetes seguían iluminando el cielo de la noche y el ruido era ensordecedor. Nadie había seguido hasta allí a la sombra, y era probable que el cuerpo del delito no se hallara en varios días. En menos de un suspiro, la sombra se había disimulado entre el resto de los invitados.

178

El desespero

Juanita, siguiendo a Carmen y a Amelia, que llevaba a Justina sujeta firmemente de la mano, entró por la puerta de la cocina en la gran casa.

—El concierto ha finalizado y la gente está saliendo del salón de música, así que seguramente encontraremos allí a la señora Candela —apuntó Carmen dirigiéndose a Juanita—. Y ya verás como el niño está con ella.

Juanita estaba desolada.

—Pero ¿cómo va a estar con ella? No creo que haya atravesado el parque solo y de noche.

—Se habrá despistado, y alguna persona lo habrá reconocido y lo habrá acompañado hasta dejarlo con su madre.

—¡El niño se ha perdido! ¡Esto es muy grande!

—¡No seas pájaro de mal agüero, mujer! Tal vez lo habrá recogido su padre —opinó Amelia.

—Don Germán sabía que estaba conmigo… ¡Antes de llevárselo me habría dicho algo!

—Si te ha visto conmigo, no —afirmó Carmen.

—¿Por qué?

—Ahora no viene al caso, lo importante es encontrar a Pelayo. Esperad aquí que yo voy a por la señora.

Partió Carmen en tanto que Amelia iba a acostar a Justina, dejando a Juanita en las cocinas, donde el tráfico de camareros era continuo, hecha un manojo de nervios.

El público iba saliendo del salón del recital comentando el éxito de la Fadini y la maestría de la arpista Esmeralda Cervantes.

Súbitamente Carmen divisó a Candela, que iba conversando con dos señoras.

La muchacha se acercó discretamente y, tocándole el brazo por detrás, llamó su atención.

Candela se dio la vuelta y se sorprendió al reconocer a la antigua camarera de su suegra.

—¡Qué sorpresa, Carmen! ¿Qué haces aquí?

—Ahora trabajo en esta casa, señora.

—Me dijo doña Adelaida que te habías despedido, pero lo que menos me imaginaba era encontrarte hoy aquí.

Al ver la expresión de la muchacha Candela se sorprendió y más aún al oír su pregunta.

—¿Está Pelayo con usted?

—¡Qué me dices! Pelayo está con Juanita, que es su niñera.

El silencio de Carmen alarmó a Candela.

—¿Qué es lo que ocurre? ¿Dónde está mi hijo?

—Estábamos en la función del circo, y el niño había salido a la pista con otros niños a...

En una embarullada explicación Carmen dio cuenta a Candela de lo sucedido.

—Pero ¿me estás diciendo que mi hijo ha desaparecido?

—Hemos preguntado a todo el mundo y hemos entrado donde están los artistas... Todos los demás niños que han participado en el espectáculo han salido, y parece que Pelayo se ha desorientado.

Candela estaba fuera de sí.

—Pero ¡¿cómo se le ocurre a esa mujer dejarlo solo, conociendo las dificultades de mi hijo para comunicarse?!

—Perdone un momento, Carmen.

Isabel, que estaba con Candela, intervino y tirando de su amiga la obligó a hacer un aparte.

—Candela, parece ser que ha habido un... incidente con Germán en la sala de juegos. Lo han visto atravesar el parque e irse hacia el circo.

—¿Qué quieres decirme con eso?

—Lo siento, Candela, pero por lo que se cuenta lo han sorprendido haciendo trampas y lo han echado del casino.

Candela tuvo que sentarse; aquello era la gota que colmaba el vaso.

Isabel prosiguió:

—Tal vez ha ido a recoger a su hijo y se ha marchado a vuestra casa por no ver a nadie.

—No lo creo, y menos en estas circunstancias. —Luego, tras una pausa y bajando la voz para que únicamente la oyera su amiga, afirmó—: He de ver a Juan Pedro.

—Va a ser muy complicado, Candela. Hay gente por todos lados y esto es muy grande.

—Entonces llamaré por teléfono a casa. —Y volviéndose hacia Carmen, preguntó—: ¿Dónde hay un teléfono?

—Venga conmigo, señora. Hablará mejor desde el despacho de don Jerónimo.

Candela, acompañada por Isabel, siguió a Carmen hasta el estudio en el que un par de horas antes su marido había pretendido venderla para saldar su deuda.

—Aquí está, señora. Esperaré fuera.

Partió la muchacha y dejó a las dos amigas solas.

Candela se precipitó al aparato, que estaba sobre el despacho, descolgó el audífono y le dio a la manivela.

Al cabo de insistir varias veces una voz metálica le respondió.

—Teléfonos de Barcelona, dígame.

—Señorita, póngame con el cuatro-uno-cinco.

—Un momento, por favor.

En el auricular sonó un carraspeo de interferencias eléctricas y después la misma voz.

—Pueden hablar.

Candela oyó la voz somnolienta de Juan Romera, el mayordomo.

—Aquí casa de los señores de Ripoll, dígame.

—Juan, soy la señora.

—Dígame, doña Candela.

—¿Está el señor?

—Creo que no, señora.

—¿Está usted seguro?

El hombre dudó.

—Yo no he oído la puerta, pero voy a ver. Aguarde un instante.

Ruidos de dejar la boquilla sobre la mesa y de nuevo la voz del mayordomo.

—No, señora, no ha venido, pero...

—Pero ¿qué... Juan?

—Han pasado un sobre por debajo de la puerta de la entrada.

—¿Un sobre y a estas horas?

—Sí, señora. Cuando he cerrado la puerta antes de irme a dormir, no estaba; tiene que haber sido esta noche.

—¿Para quién es la carta?

—Para don Germán, señora, y pone «urgente». No lleva sellos; la han traído en mano.

A Candela casi le dio un pasmo, a tal punto que tuvo que sentarse en el sillón del despacho.

Isabel la vio tan agobiada que se llegó a su lado, y tomándole el audífono con una mano y la boquilla con la otra habló al mayordomo.

—Soy la señora Isabel. Si llegara el señor o se presentara alguien con Pelayo, dígale que ya vamos hacia ahí.

Ahora la voz de Juan Romera sonó alarmada.

—¿Qué le ha ocurrido al niño?

—Enseguida estaremos ahí, Juan. Ya se lo explicaremos después.

Apenas colgado el auricular, Candela se puso en pie.

—¡He de ver a Juan Pedro ahora mismo!

—Tranquilízate y no te signifiques en público, que las peores lenguas de Barcelona están hoy aquí.

—¡Me da igual! Lo primero es mi hijo.

—Quédate aquí. Yo iré a buscarlo.

—Pide a Carmen que diga a Juanita que me espere en la puerta principal y que llamen al señor Ruiz para que tenga el coche preparado.

—Espérame, que yo me ocupo de todo.

Partió Isabel y quedó Candela hecha un mar de lágrimas.

¿Dónde estaría su pobre hijo? ¡Aquella carta, estaba segura, eran noticias de mal augurio! Estaba acostumbrada a que todo lo referido a Germán conllevara disgustos y problemas. Pero aquella noche había rebasado los límites. Conociendo a aquel hombre, que hiciera trampas en un tugurio cabía en su cabeza; pero que lo hiciera ante toda Barcelona le parecía que además de una inmoralidad era una solemne estupidez. ¡La familia Ripoll iba a estar en boca de todos los foros de la ciudad! Pero ya nada le importaba, únicamente recuperar a Pelayo.

Isabel Par había tenido ocasión de ver a Juan Pedro en el Liceo una vez y otra aquella noche en la entrada de la fiesta, y creía recordarlo del lejano día de la infausta escalera en el colegio del Sagrado Corazón de Sarriá.

Tras ordenar a Carmen que Juanita aguardara con el coche en la puerta, se dispuso a encontrar al anfitrión fuera como fuese.

Los invitados habían comenzado a marchar, en el lago seguía sonando la música y el público se repartía entre el parque y los puestos de la tómbola.

Isabel se llegó a la puerta de la casa en el momento en que uno de los maîtres del comedor se dirigía a las cocinas. Isabel lo detuvo.

—Hágame el favor. Es urgente que encuentre a don Jerónimo. Dígale que es de parte de la señora de Claravall… Bueno, mejor dígale de Isabel Par. Lo esperaré aquí mismo. Si hay algún problema, comuníquele que el asunto es grave.

—Encargaré a un par de camareros que lo busquen, todavía hay mucha gente.

Partió el hombre. El personal entraba y salía, animado y festivo, gozando de aquella fiesta excepcional y comentando las mil facetas del evento.

El tiempo se le hizo eterno a Isabel.

Finalmente desde la explanada de la cena vio aparecer a Juan Pedro, arrastrando su leve cojera, acompañado del maître. Su corazón de mujer no pudo evitarlo. ¡Por Dios, qué atractivo era aquel hombre!

Juan Pedro llegó hasta su lado y en el acto reconoció a la que sabía era la mejor amiga de su amada; nada más verla supo que algo grave había pasado.

—¿Qué ocurre, Isabel?

—Pelayo, el hijo de Candela, se ha perdido.

Juan Pedro frunció el entrecejo.

—No es posible... Debe de estar en algún rincón, desorientado y asustado; esto es muy grande. Además a la calle, si no es por la puerta principal o por la del circo, nadie puede salir; la casa está rodeada por la policía de Vigilancia a cargo del inspector Peláez y por la Guardia Civil.

—Estaba con su institutriz y con Carmen, tu ama de llaves. Ellas son las que han comunicado la noticia.

—¿Dónde está Candela?

—En tu despacho.

—Vamos.

Llegaron a la puerta.

—Yo esperaré aquí —dijo Isabel.

Juan Pedro entró en la estancia, y Candela se puso en pie y se refugió en sus brazos; su llanto era incontenible.

Cuando pudo calmarla la apartó un tanto para mirarle el rostro; sus ojos eran como dos lagos brillantes, la cara, la de la Virgen de las Angustias.

—¿Qué ha pasado, amor mío?

En cinco minutos Candela lo puso al corriente de la desventura de aquella noche y a su vez le preguntó acerca de lo ocurrido con Germán. Juan Pedro no tuvo más remedio que darle cuenta del incidente.

—He tenido que echarlo. Además de un malnacido es un tahúr, y en mi casa no le permito que robe a mis invitados.

—Ya me da todo absolutamente igual, lo que quiero es encontrar a mi hijo.

—Te diré lo que haremos: te vas a tu casa en tanto yo despido a los principales que aún queden aquí, y en cuanto llegues me telefoneas y me dices lo que sea de la carta esa. Dentro de la desgracia, tenemos la ventaja de que media policía de Barcelona está hoy aquí. ¡Dios quiera que no haga falta y que el niño aparezca! Ahora haré encender todas las luces y pondré a cincuenta personas a buscarlo. —Luego intentó animar a Candela—. Igual lo encontramos dormidito en el sitio menos pensado.

—¡Dios te oiga! Pero mi corazón de madre me dice que no será así.

Tras besarla en los labios, partió Juan Pedro a poner en marcha todo el dispositivo de busca, y ella, acompañada de Isabel, quien se había despedido de su marido tras explicarle el problema, se dirigió a la reja de entrada donde junto al coche la aguardaban Juanita y Carmen. Candela vio tan agobiada a Juanita que ni ánimos tuvo para regañarla.

Antes de acomodarse en el interior del coche, quedando Carmen para colaborar en la búsqueda como única testigo de lo ocurrido, Candela se dirigió al señor Ruiz, que aguardaba tenso en el pescante.

—Mate a los caballos si es necesario, pero lléveme a casa volando.

—Señora, es de noche y la bajada es muy pronunciada, podríamos tener un percance.

—Haga lo que le he dicho.

El coche bajó traqueteando la peligrosa carretera, dando tumbos a uno y otro lado, gimiendo el ballestaje, animado el tronco de alazanes por las voces del auriga y los inusuales chasquidos de su látigo.

A mata caballo bajaron hasta Balmes, luego giraron por el paseo de San Gervasio para embocar Muntaner hasta Copérnico, donde, de un violento tirón de riendas, el señor Ruiz detuvo al tronco. El vapor que salía de los ollares de los caballos evidenció el esfuerzo realizado por la pareja de alazanes.

Apenas detenido el carruaje saltó Candela al suelo, seguida de su amiga Isabel y de Juanita, que no paraba de llorar.

Sin tener que llamar a la puerta ésta se abrió; Juan Romera había estado vigilante aguardando a su señora.

—El señor no ha regresado —afirmó Candela sin preguntar al pasar la puerta.

—No, señora.

—Deme esa carta.

El mayordomo le alargó el sobre.

—Mejor que pasemos a la galería —insinuó Isabel, que estaba a su lado.

Juanita seguía sollozando.

La voz de Juan Romera sonó contenida.

—Y tú, mejor que pases a la cocina y que te laves la cara.

Las dos amigas, seguidas por el mayordomo, se dirigieron a la galería. El criado encendió las luces en tanto que con unas tijeras del costurero Candela rasgaba la solapa del sobre.

Isabel leía por encima del hombro de Candela.

La nota, escrita con letra de palo, decía así:

Para Germán Ripoll:

Tengo a tu hijo en mi poder. Dentro de unos días recibirás información sobre el cómo y el cuándo del rescate que deberás pagar si quieres volver a verlo vivo.

Es inútil que llames a la policía, porque esta madrugada Pelayo ya estará fuera de España. Si pagas, regresará; en caso contrario, será vendido en el extranjero.

De no haber estado el mullido canapé tras Candela, ésta habría caído redonda al suelo.

Isabel se puso al frente de las operaciones. Apareció de inmediato el Agua del Carmen, que se le suministró con una cucharilla directamente y sin azúcar, y a la puerta de la pieza llegaron Petra y Juanita, esta última ya un poco más reconfortada e intentando de alguna manera ser útil.

Candela ya volvía en sí y murmuraba medio inconsciente:

—¡Me lo han robado, Isabel, me lo han robado!

La orden fue tajante.

—¡Cuiden de ella! Yo voy al teléfono.

Partió Isabel, que conocía la casa, seguida por Juan Romera en tanto que las dos mujeres se ocupaban de su señora.

Tras el pertinente protocolo y la espera para que lo buscaran, la voz de Juan Pedro sonó en el auricular de baquelita.

—¿Candela?

—Soy Isabel. Candela no está en condiciones de hablar contigo en este momento.

—¿Qué le ha pasado?

—Está un poco mareada, nada más.

—¿Qué hay de Pelayo?

—Ya hay una evidencia... Lo han raptado.

—¿Cuál es la evidencia?

—Una nota.

—¿Qué dice?

—Piden un rescate; la manera la detallarán dentro de unos días. Pero afirman que esta noche el niño saldrá de España, y sólo si Candela y Germán pagan volverán a traerlo de vuelta; de no ser así, lo venderán en el extranjero.

Silencio en el auricular.

—No hagáis nada, que ahora mismo voy hacia ahí. ¿Se sabe algo de su padre?

—Nadie sabe nada.

—Enseguida llego.

—No tardes.

La espera se hizo eterna. Isabel trataba de consolar a su amiga en tanto recababa de Petra si había oído algún ruido.

—Nada de nada, señora, la verdad es que tengo el primer sueño muy profundo.

A la vez que sonaban las campanadas de las cuatro y media en el carillón del comedor, el violento ruido del tascar de las zapatas de un freno contra las llantas de una rueda se oía en la calle. Sin necesidad de oír que llamaban al timbre, Romera se dirigió al recibidor para abrir la puerta.

Voces de hombre venían por el pasillo. Precedido por el mayordomo, llegó Juan Pedro junto con un desconocido y, sin tener en cuenta a los presentes, se dirigió a Candela.

—Candela, éste es el inspector Peláez, que estaba a cargo de la vigilancia en mi casa. Le he explicado lo ocurrido y ha creído conveniente acompañarme.

El timbre de la puerta sonó.

A varios de los presentes se les ocurrió que podía ser Germán, y en ese caso la violencia de la situación habría sido extrema.

Era Silverio.

Había dejado el carruaje junto a la puerta tras atar la rienda del tronco a un farol.

El mulato se excusó.

—Es por si hay que hacer algún mandado.

El inspector Peláez, urgido por las circunstancias, consideró que era muy importante no perder el tiempo.

—Señora, si me permite la nota...

Candela se la entregó.

Todos aguardaron en silencio a que el inspector Peláez acabara de leerla. Tras revisarla una segunda vez, se la pasó a Juan Pedro.

—Tenga, don Jerónimo. Es más de lo mismo, ¡el mal de nuestros días! Hay una organización que rapta niños en Barcelona. Pero esta nota se sale de lo común.

Juan Pedro leyó en voz alta la terrible carta.

—¿Qué puede hacer?

—Dada la especial circunstancia, ahora mismo desde la central pondré en marcha las cuatro comisarías de Barcelona. Las primeras veinticuatro horas son fundamentales; las veces que hemos podido recuperar a alguno ha sido en ese lapso de tiempo.

Desde un rincón sonó la voz de Silverio.

—Perdón, don Jerónimo... Si no he oído mal, dice que esta noche saldrá de España.

Juan Pedro repasó la misiva.

—Eso dice.

—El único medio para sacar a alguien de España esta noche es por mar. De otra manera no se llega, pues hasta la primera frontera hay más de cien kilómetros.

Todos se lo quedaron mirando.

—Eso debía de habérseme ocurrido a mí —comentó el inspector.

El mulato apostilló:

—Hay un barco que carga los sábados de madrugada.

—¿Cómo lo sabes?

Silverio, teniendo en cuenta que no estaban solos, desdibujó la escena.

—¿Recuerda, señor Cifuentes, la última tarde que se reunió usted con un socio en el merendero de Casa Joanet?

—Perfectamente.

—Yo estaba a la salida con un hombre.

—¿Y...?

—Era un estibador amigo mío. Me extrañó que no estuviera trabajando, y me explicó que habían escogido a un grupo de confianza para cargar un barco que salía los sábados por la noche y que pagaban doble sueldo, por lo que tenía que dormir toda la mañana para estar dispuesto.

Ahora fue Peláez el que preguntó.

—¿Dijo el nombre de ese barco?

—Creo que es una goleta mixta de vela y carbón cuyo nombre es *Nueva Rosa*.

—¡Lo conozco de cuando estaba de inspector de muelles! Por cierto, hace tiempo que no lo he visto.

Juan Pedro interrogó:

—¿Y ahora qué, inspector?

—Déjeme hacer una llamada. Luego iremos hacia allí inmediatamente.

Peláez dio la orden. Un destacamento de policías de Vigilancia debía estar en el puerto en el mínimo tiempo posible junto al portón de los tinglados.

—Yo voy con ustedes.

—Candela, sería mejor que aguardaras aquí.

—Es inútil, Isabel, voy a ir.

—Entonces voy contigo.

—Si le parece, Peláez, yo bajo al puerto con Silverio, y usted lo hace con el coche de la señora y aguarda a sus hombres.

—No perdamos tiempo.

Cuando ya estaban en la puerta, el mayordomo preguntó:

—Si viene don Germán, ¿qué le digo?

—Si viene don Germán, cosa que dudo, lo mejor que puede hacer es meterlo en la cama.

Partieron los dos coches uno tras otro buscando el camino más corto para llegar al puerto. Peláez se encaramó en el pescante en marcha y, haciendo sonar el silbato que distinguía al cuerpo de Vigilancia, obligó al personal a retirarse dejando el paso libre por las Ramblas.

Llegados a Colón se dirigieron hacia las Atarazanas y de allí al portón de la dársena, donde el inspector instó al vigilante a que abriera la puerta y, cumpliendo el plan establecido, quedó a la espera de sus hombres, quienes deberían estar al llegar. Las mujeres permanecieron con él, en tanto Juan Pedro se adentraba con Silverio hacia el malecón del final, en el que se detectaba actividad.

Las dos grúas del *Nueva Rosa* junto al palo mayor y al de mesana, respectivamente, se hallaban ya recogidas y el hombre que cautelaba la pasarela que conducía a bordo del barco estaba soltando el chicote que lo amarraba a la cornamusa del suelo para retirarla.

Silverio detuvo el coche a la vez que Juan Pedro saltaba a tierra y, palpándose el bolsillo donde había colocado su Remington de cañón corto, corría sobre los adoquines húmedos del puerto hacia el hombre que retiraba la plancha.

—¡Voy a subir a bordo, apártese!

Silverio ya estaba junto a él y agachándose buscaba en la caña de su bota izquierda el mango de su navaja.

—Ya no puede subir nadie a bordo, vamos a zarpar.

—No hasta que la Policía del Puerto registre el barco.

—No son ésas mis órdenes.

Juan Pedro, seguido por Silverio, puso el pie en la palanca.

La voz del centinela rasgó el silencio de la noche.

—¡Contramaestre!

Cuando ya coronaban la ascensión, un hombre les cerró el paso.

—¡¿Adónde creen que van?!

—Nosotros a impedir que el barco zarpe antes de que lo registre la policía y usted, si pretende impedirlo, ¡al infierno!

Al decir esto el Remington de Juan Pedro amaneció en su mano diestra.

Unos pasos sobre el maderamen de la cubierta y una voz denunciaron la presencia de alguien que se aproximaba.

—¿Qué ocurre aquí, Mayayo?

—Capitán Almirall, parece que embarcamos polizones a bordo.

El viejo bucanero llegó a su altura y rápidamente se hizo cargo de la situación.

—¿Con qué autorización han subido a mi barco?

—Con la sospecha de que se está a punto de cometer un delito.

—¿Son acaso ustedes agentes de la Policía del Puerto? Tengo todos mis papeles en regla y voy a zarpar. Están invadiendo una propiedad privada, esto es allanamiento de morada. ¡Y guarde su pistola si no quiere que lo fría ahora mismo a tiros!

Juan Pedro dudó; necesitaba ganar tiempo como fuera.

Almirall insistió.

—Si no me cree, levante la vista.

En el castillo de popa un marinero con un máuser terciado aguardaba que le dieran la orden.

Súbitamente oyó un ruido, y la voz de Silverio sonó tras él.

—No nos iremos solos, señor, éste vendrá conmigo.

El mulato, ágil como un gato, se había colocado a la espalda del contramaestre y sujetándolo por el cuello con un brazo amenazaba su garganta con el filo de su navaja.

El del castillo de popa se echó el rifle a la cara.

Almirall dudó un momento.

En el puerto se oían voces. Al cabo de nada la cabeza del inspector Peláez asomaba por la borda.

Tras él fueron subiendo a bordo dieciséis vigilantes y un destacamento de carabineros al mando de un sargento. En un segundo Peláez se hizo cargo de la situación.

—¡Que nadie se mueva y que todo el mundo baje las armas!

Almirall se adelantó hasta él.

—¡Esto es un atropello! ¡El barco está despachado y he pasado la revisión esta mañana! ¿Con qué derecho…?

Peláez sacó la placa que lo identificaba como inspector jefe.

—Tengo fundadas sospechas de que en este barco se comercia con sustancias prohibidas, y voy a comprobarlo.

—Le repito que todo está en orden y que el perjuicio que me están causando tendrá que pagarlo alguien.

—¡No pase pena…! El país todavía puede pagar una deuda así.

—Luego se volvió hacia los hombres—. Sargento, hágase cargo. Quiero todas las mercancías revisadas y comprobado hasta el último agujero de este barco: bodega, camarotes, dependencias de la marinería y hasta los barriles de salmuera de la cocina. ¿Está claro?

—Como la luz, inspector.

—Pues proceda. Y usted… —Ahora se volvió hacia Almirall—. Usted va a darme todas las guías de las armas que haya a bordo. Y diga a sus hombres que se estén quietecitos y que colaboren en todo lo que se les pida. Y, sargento, que nadie suba ni baje del barco hasta que yo lo diga. Ponga dos agentes en la pasarela.

El registro comenzó, y Almirall fue recluido en su camarote y vigilado por un hombre.

Los nervios atenazaban a Juan Pedro. Mantenía la esperanza de que la corazonada de Silverio fuera cierta; en caso contrario, le aterrorizaba tener que dar la noticia a Candela.

El registro fue metódico y completo, y al cabo de dos horas no había en todo el barco un rincón que no se hubiera inspeccionado.

Estaba amaneciendo ya y Juan Pedro seguía aguardando sobre el puente de popa. Peláez se llegó hasta él.

—Parece que hemos errado el tiro… La carga es legal y no hemos encontrado nada.

—Entonces ¿qué hacemos, inspector?

—Por lo pronto, salvar la situación y retirarnos. Esto va a costarle dinero al erario público y a mí tal vez me cueste una amonestación.

—Habría apostado mi vida a que estábamos en el buen camino.

—Esas cosas pasan. Vamos a dar la cara con ese hombre y a autorizarlo para que zarpe.

Ambos se dirigieron al camarote del capitán.

Almirall sacaba humo por los colmillos, y cuando le dijeron que no habían encontrado nada a bordo y que podía zarpar se desahogó.

—¡Me han causado un perjuicio inmenso! ¡Tenía contratada la

descarga en los puertos, la singladura ajustada dependiendo únicamente del estado de la mar...! Y ahora ustedes, con sus estupideces, han conseguido que todo el viaje se convierta en un caos. ¡Les juro que este desaguisado costará un buen pico!

—Ya le he dicho que el seguro del Estado reintegrará sus pérdidas —se excusó Peláez.

Juan Pedro estaba junto al mamparo leyendo una placa de latón donde rezaban las características del barco.

El corazón comenzó a acelerársele.

La frase que se leía al final, tras los datos de eslora, manga, calado, tara, capacidad de bodega y demás lo retrotrajo a un viejo recuerdo.

Junto a la fecha del flete del barco se veía: «El *Nueva Rosa* y el *Santo Tomé*, buques de iguales características, fueron entregados en los astilleros de Portsmouth en las fechas...».

A Juan Pedro no le hizo falta leer nada más.

—¡Inspector, venga conmigo! ¡Y que sigan vigilando a ese hombre!

Peláez no entendía la orden.

—¿Qué ocurre?

—¡Hágame caso, por Dios!

Salió disparado Juan Pedro atravesando la cubierta hasta proa, subiendo y bajando escaleras metálicas, seguido por Peláez y por cuatro hombres que había recogido el inspector durante el camino.

Finalmente llegaron hasta el pozo del ancla. El barco era un desbarajuste; para revisar toda la carga había habido que remover la estiba. Juan Pedro se abalanzó hacia la última cuaderna, buscó a tientas junto al forro el resorte que en su día le mostró Julián Cifuentes en el *Santo Tomé* y sus dedos dieron con él. Ante el asombro de Peláez y de los hombres que lo acompañaban, el mamparo cedió. Allí en la oscuridad, profundamente dormido sobre un pequeño catre y con una argolla en la muñeca que lo sujetaba a una de las patas, apenas tapado con una manta, yacía Pelayo.

El inspector Peláez señaló con su dedo a un espantado Almirall y ordenó a su segundo, Fermín Cordero:

—Prendan a ese hombre y que nadie baje del barco hasta que yo lo diga. —Después se dirigió al capitán—: Usted y yo tenemos una charla pendiente en su camarote antes de que el peso de la ley caiga sobre usted.

—Inspector, soy un hombre de mar que se dedica a transportar mercancías. Alguien puso eso ahí sin mi conocimiento.

—Tiene que contarme muchas cosas… Hace tiempo que busco a las mentes malignas que se han dedicado a raptar niños en Barcelona, y aunque usted sea el último eslabón, le juro que tirando del hilo sacaré todo el ovillo.

La luz de las linternas titilantes dibujaban en la bodega el camino que seguía Juan Pedro para alcanzar la cubierta. Su principal objetivo era aliviar la pena de Candela, de lo demás ya se ocuparía la policía.

Descendió a tierra con el niño en brazos, y Candela, que lo divisó de lejos, bajó del coche precipitadamente y corriendo se dirigió hacia él. En medio de la madrugada los tres se fundieron en un apretado abrazo.

179
El hallazgo del cuerpo

Un hombre con la gorra en la mano y el rostro demudado saltó del carro y se llegó hasta la caseta del centinela del cuartelillo que la Guardia Civil tenía en la población del Vallvidrera.

—¡Hay un muerto, señor, hay un muerto!

El número, veterano de mil situaciones, lo detuvo con el gesto de su mano.

—¿Qué dices, dónde hay un muerto?

—¡Al fondo del barranco que hay junto a la vieja cantera! ¡Lo he visto con estos ojos que han de comerse la tierra!

La mirada del viejo guardia civil, desconfiada en un principio, se tornó precavida e inquisitoria.

—Está bien… Aguarda aquí. —Y dando media vuelta se asomó a la puerta del cuartelillo y dio voces hacia el interior—. ¡Cabo de guardia!

De otra puerta, al fondo, asomó el bigotudo rostro de un suboficial de unos cuarenta años que salía ajustándose la botonadura de su guerrera.

—¿Qué ocurre, Nicomedes?

—Cabo, aquí hay un hombre que dice que ha encontrado un muerto.

Ante la noticia el guardia civil se adelantó a la entrada.

El recién llegado estaba aguardando, pálido y nervioso, dando vueltas a la vieja gorra que sujetaba entre las manos.

—Vamos a ver... ¿Quién eres tú?

Al ver al suboficial el hombre se tranquilizó, intuyendo que su aventura había llegado a puerto.

—Mi nombre es Sebastián Argudo Mercader, soy carretero y trabajo a lo que sale. Ayer me encargaron cuatro sacos de grava para arreglar un camino en mal estado de una masía que está en la vertiente norte del Tibidabo. Me dirigí a la vieja cantera, donde otras veces he cargado un tipo de piedra fácil de triturar, y cuando iba con un saco de arpillera y una pala al lugar donde acostumbro sacarla, ¡casi me da un pasmo! Al fondo de la barranca, entre los arbustos, asomaba un brazo vestido con su correspondiente puño de camisa blanca y una mano.

El cabo lo miró con desconfianza.

—¿Cómo sabes que estaba muerto?

—Se veían moscas por todos lados.

El cabo meditó un momento.

—Está bien. Nicomedes, que cubra el puesto Braulio. Y tú, acompáñame. —Luego, dirigiéndose al hombre, añadió—: Vas a llevarme a donde está ese muerto... y procura que esté bien muerto. ¡Como me hagas perder el tiempo, esta noche dormirás en el calabozo!

Unos días después, el inspector Peláez y su segundo, Fermín Cordero, se presentaron en casa de Juan Pedro, quien los hizo pasar a la biblioteca. Ya acomodados en el tresillo Chippendale de debajo del ventanal que daba al parque del lago, Peláez tomó la palabra.

—Por lo visto lo encontró un carretero que trajinaba piedras, justamente debajo del cortado al que se asoma su mirador. Le han realizado la autopsia y las señales evidencian lo ocurrido. El occiso había ingerido una gran cantidad de alcohol, por lo que nuestra única duda es si cayó o se tiró. Y agradeceré su colaboración para establecer mejor la composición de lugar de lo ocurrido aquella noche, por si algo se me ha podido escapar.

La noticia sorprendió a Juan Pedro. La desaparición de Germán durante los siguientes días de la fiesta, de la que tuvo conocimiento a través de Candela, le hizo hacer mil cábalas. No era la primera vez que una ausencia semejante acaecía, pero la circunstancia de todo lo referente a Pelayo y el hecho de que Germán no hubiera dado señales de vida se combinaban en algo realmente extraño, por más que la última vez que él lo había visto había sido cuando el susodicho salió avergonzado y deshonrado la noche de autos después de que lo sorprendiera haciendo trampas.

—Usted era el encargado de la vigilancia aquella noche, inspector. Mi casa se abrió para lo más granado de la sociedad barcelonesa. Como usted comprenderá, creo que poco voy a poder ayudarle.

—Soy consciente de ello, pero únicamente pretendo hallar un punto de apoyo para establecer una teoría sobre si fue suicidio o accidente. He hablado con la señora Ripoll y, leyendo entre líneas, he concluido que el matrimonio no iba muy bien. Aun así, no creo que ese detalle fuera lo que lo decidiera aquella noche precisamente a acabar con su vida. ¿Es cierto que tenía negocios con usted?

—Así es, inspector, no tengo por qué ocultarlo.

—Y también me consta que había contraído con usted una gran deuda.

Juan Pedro hizo una pausa que no pasó inadvertida a Peláez.

—De no ser por causa tan importante, no acostumbro hablar de las deudas de juego; no es de caballeros. Como usted bien sabe, esa noche se montó en mi casa un casino. Don Germán Ripoll pretendió enjugar esa deuda con un envite de cartas, y cometió el disparate de intentar hacer trampas en mi propia casa y ante todo el mundo. Al ser descubierto, cayeron sobre él la vergüenza y el oprobio. Todo el mundo asistente al casino fue testigo de su deshonor... Esos chismes corren como el fuego.

—Algo supe aquella noche, pero quería oírlo de sus labios. —Peláez se golpeó con la mano la rodilla—. ¡Eso cuadra las cosas! El señor Ripoll iba muy bebido, pero no lo suficiente para no darse cuenta de su desprestigio. Al día siguiente toda Barcelona comentaría el suceso, de modo que se escabulló de entre la gente, se dirigió al mirador y... Ahí me cabe la duda: ignoro si inconscientemente se despeñó o si por propia voluntad se lanzó al abismo. Lo que no tiene caso es buscar al culpable de un asesinato, pues todo apunta a que, de una forma u otra, él fue quien acabó con su vida.

Luego, tras comentar los sucesos de aquella terrible noche, el rescate de Pelayo y la aprehensión de los socios de Almirall, el inspector Peláez y su ayudante se despidieron del Indiano.

En la sección de Sucesos de *La Vanguardia* del miércoles día 26 de junio de 1895, se publicó la siguiente noticia breve:

Ayer por la mañana bajo el mirador de la finca Manuela que posee en el Tibidabo don Jerónimo Cifuentes de San Andrés, al fondo del barranco que allí se abre, apareció el cadáver de don Germán Ripoll y Guañabens, conocido industrial barcelonés y antiguo campeón de Cataluña de florete, que se había dado misteriosamente por desaparecido la noche del sábado durante la fiesta que allí tuvo efecto y a la que acudieron, junto a ochocientos invitados, todas las autoridades de la ciudad.

Este periódico lamenta tan notable pérdida y envía sus más sentidas condolencias a su familia. Descanse en paz.

Un año después y en la misma sección del mismo periódico:

Un triste suceso aconteció ayer en la cárcel de mujeres de Reina Amalia. Un grupo de reclusas, durante la hora de esparcimiento en el patio, atacó y dio muerte, sin que pudieran evitarlo las celadoras, a Pancracia Betancurt, famosa presa que estaba a la espera del cumplimiento de sentencia.

Este periódico se resiste a decir que lo lamenta, dado lo repugnante de los crímenes llevados a cabo por esa mujer en compañía de su socio, Alfredo Papirer, quien ya está en prisión cumpliendo una pena de veinte años, y de su colaborador necesario Facundo Almirall, que asimismo está todavía en espera de juicio.

Podemos decir que a Pancracia Betancurt se le ha evitado el garrote vil al que sin duda estaba destinada.

180
La boda

Había transcurrido un año.

Cuando Juan Pedro vio aparecer en el fondo de la capilla del seminario a Candela del brazo de su padre, vestida con un elegante traje chaqueta de color gris metálico, con las solapas y los alamares de la botonadura en azul marino, la falda hasta los tobillos y una blusa de encaje, y cubierta la cabeza con un gracioso sombrero adornado con un manojo de violetas, un mundo de imágenes invadió su mente. Candela, sonriente, avanzaba hacia él acompañada al órgano por la «Marcha nupcial» de Mendelssohn, cerrando un círculo que a Juan Pedro le parecía que había comenzado a trazarse hacía un millón de años. Como si fuera el efecto circular del Panorama de Plewna, fueron apareciendo sucesivamente las imágenes de Luisa, su madre, de Julián Cifuentes y de la pobre Manuela, de Máximo, del entrañable señor Cardona, de Gabriela Agüero y de Celestino Vivancos, de Amelia y de Justina, y de todas aquellas personas que, para bien o para mal, habían ido jalonando los tramos de su azarosa vida.

Candela ascendió los dos escalones del altar y don Orestes, tras entregársela, se retiró y fue a sentarse al lado de su nieto Pelayo, que observaba la escena maravillado.

Juan Pedro la tomó de la mano y la condujo ante el altar. La pareja se sentó frente a Antonio, que iba a oficiar la ceremonia, sin dejar de mirarse ni un solo instante y sin terminar de creerse que aquel momento hubiera llegado.

La ceremonia había finalizado, y los novios, acompañados de los invitados, habían partido en varios coches hacia el hotel Oriente, donde se celebraría el ágape nupcial. El cortejo era reducido ya que sus circunstancias particulares y la muerte de Renata, acaecida seis meses atrás, habían hecho que la boda fuera un acontecimiento íntimo.

Por expreso deseo de los novios, al final del templo se habían agrupado los servidores de la familia, todos excepto los cocheros, Mariano y el señor Ruiz, que estaban de servicio, así como Silverio, quien en aquella ocasión había querido conducir el coche de los nuevos esposos.

Carmen aguardaba nerviosa en la puerta de la sacristía; cuando ya iba a salir acompañando a Petra y a Juanita, se acercó hasta ella un monaguillo que le indicó que le siguiera, ya que el padre Antonio quería hablar con ella.

Finalmente la pesada puerta se abrió y apareció en el marco la figura amable y sonriente del padre Antonio, que hizo que la mujer recuperara la confianza.

—Pasa, Carmen. Quiero hablar contigo de algo que únicamente nos concierne a los dos.

Carmen dio un paso al frente y se introdujo en la cámara; la altura de los techos sustentados por inmensas vigas, los armarios acristalados donde se guardaban las casullas, el oscuro maderamen de las paredes y la gran cómoda central le impresionaron, pero sobre todo llamó su atención un sólido atril que acogía un enorme tomo de los Evangelios repujado en oro y con cierres del mismo metal, al lado del cual había un ambleo con un cirio encendido. En aquel entorno se sintió pequeña y desvalida.

Tras cerrar la puerta, Antonio se dirigió hasta ella.

—Ven, Carmen. Hemos de hablar.

Y con estas palabras la condujo hasta un rincón donde se hallaban, junto a una pequeña mesa, dos sillones frailunos de madera repujada.

Ambos tomaron asiento.

Carmen no tenía la menor idea de por qué estaba allí ni de qué quería decirle el padre Antonio.

—Hoy ha sido un día muy importante para mi prima Candela y para tu patrón. ¡Fíjate, cuántas vueltas da la vida y cómo son los designios del Señor...!

La muchacha estaba desconcertada.

—He pensado mucho sobre ello y creo que tienes derecho a saberlo ya que, de no ser por ti y por tu prudencia, las cosas podrían haber tenido consecuencias terribles para mi familia.

—Perdone, padre, pero no entiendo nada.

Antonio prosiguió como si no hubiera oído esa última frase.

—Un día me entregaste una carta, carta que podía desencadenar un infierno, si bien tu sensatez hizo que me consultaras.

Ahora Carmen comenzó a ver la luz.

Antonio prosiguió:

—Comprendo el rencor que puede almacenar tu corazón al respecto de mi familia, pero la Divina Providencia ha solventado un problema prácticamente irresoluble. Tía Renata ha muerto, y el terrible secreto que guardaba su carta únicamente lo conocen además de nosotros hombres santos de la Iglesia que, por su condición, no hablarán jamás. Lo he meditado mucho... Si saliera a la luz, podría hacer todavía un gran daño a gente que queremos mucho. Voy a pedirte algo... a cambio de algo que, a tu vez, me pediste en una ocasión. ¿Recuerdas que solicitaste de mí que guardara un secreto de confesión y, como aún no era sacerdote, tuve que jurar sobre los Evangelios?

—Lo recuerdo perfectamente, padre.

—Pues ahora yo voy a pedirte lo mismo. Vamos a destruir la carta los dos juntos, y juraremos, de nuevo sobre los Evangelios, que jamás saldrá de nuestra boca nada relativo a tan horrible tema. Mi hermano Germán ha muerto y Candela se ha casado con el elegido de su corazón; a nada conduciría ahora que la maldita carta viera la luz o que alguien la nombrara, ya que sólo haríamos daño a demasiadas personas. ¿Te parece justo?

—No tema, padre, que de mi boca no saldrá una palabra, ¡antes muerta!

Antonio palmeó la mano de la muchacha.

—Tu gesto para mí será como un perdón. Yo soy quien te lo pide en nombre de mi hermano, que tanto daño os hizo.

Carmen no pudo reprimir las lágrimas.

—Ven. —Antonio se puso en pie y la condujo hasta el atril que junto al velón soportaba el gran Evangelio—. Pon tu mano derecha sobre este libro sagrado y di conmigo: «Juro por Dios que jamás saldrá de mi boca nada relativo a la carta que encontré sobre el cadáver de don Práxedes Ripoll».

Carmen y el padre Ripoll juraron a la vez. Luego ambos contemplaron cómo la carta ardía hasta desaparecer.

La Vanguardia
Notas de sociedad

Ayer por la mañana contrajeron matrimonio en la capilla del seminario de Barcelona y en la más estricta intimidad, doña Candela Guañabens y Sala, hija de don Orestes Guañabens, reputado industrial, y de su fallecida esposa, doña Renata Sala, y don Jerónimo Cifuentes de San Andrés, ilustre hacendado de Cuba y benefactor de esta ciudad. Bendijo la unión el padre Antonio Ripoll, primo hermano de la contrayente.

La pareja saldrá de viaje de novios hacia la isla de Cuba el próximo martes en el transatlántico *Virgen de las Mercedes*. Deseamos a los novios los más felices augurios.

181
La confesión

Un año y medio había transcurrido desde la fiesta del Indiano. Eran las siete de la tarde de un invierno rigurosamente crudo, esa hora bruja en que las sombras del crepúsculo comienzan a vencer al día.

En la iglesia de Belén era el tiempo de las confesiones, por lo que varios sacerdotes impartían la absolución a los feligreses que acudían, arrepentidos, buscando el consuelo del sacramento y dispuestos a cumplir la penitencia.

El padre Antonio Ripoll ocupaba el tercer confesionario de la derecha entrando por la puerta del templo. Fuera por su talante bondadoso poco dado a preguntar más de lo que explicara el arrepentido o porque tenía fama de imponer leve penitencia, el caso era que en los bancos aledaños a su confesionario aguardaban seis personas, en tanto que en los del padre Vicente Muro, a su lado derecho, había dos y en los del padre Modesto Domènech, frente al suyo, estaba vacío.

Había abierto la cortinilla que cubría la espalda del último penitente al que acababa de dar la absolución cuando vio que se arrodillaba en un banco vecino un hombre cuyo rostro le resultaba vagamente conocido, cosa que le extrañó dado que para confesarse con él habría de aguardar mucho más tiempo que si lo hubiera hecho con cualquiera de los otros padres.

Fue escuchando los pecados de los fieles hasta que, corriendo la vez, llegó el turno al hombre que ocupaba el último lugar. Como de costumbre, se arrodilló frente a él y quedaron ambos aislados del mundo por la cortinilla morada.

—Ave María Purísima.

—Sin pecado concebida.

—¿Cuánto hace que no se confiesa?

—Más de un año, padre.

—Está bien… Lo importante es que hoy esté aquí. Dígame, hijo mío, ¿qué pecados tiene?

El hombre suspiró profundamente y aguardó un instante.

—¿Lo que aquí le diga quedará entre usted y yo?

Al padre Ripoll le sorprendió la pregunta.

—Desde luego, hijo; el secreto de confesión es absoluto.

El hombre prosiguió por raros vericuetos:

—Imagino que se ha dado cuenta de que he esperado para confesarme con usted precisamente.

—Lo he observado, pero no es cuestión que a mí concierna; cada feligrés es libre de confesarse con el padre que desee.

Otra pausa.

—Los remordimientos no me dejan dormir desde hace más de un año.

—Bendígalos, pues son ellos los que lo han traído hasta aquí.

—Vengo a recabar su perdón como sacerdote y como hermano.

Por el momento Antonio no entendió lo que quería decirle aquel feligrés.

—Desde luego, todos los hombres son hermanos y los sacerdotes todavía lo somos más.

—No me ha entendido, padre... Yo maté a Germán Ripoll.

A Antonio le costó asimilar aquello.

Cuando la idea fue abriéndose paso en su mente intentó reaccionar como lo habría hecho caso de no ser su hermano el interfecto.

—Hijo mío, matar a un semejante es un pecado muy grave.

—Fue en defensa propia, padre.

—Explíquese.

El hombre hizo una pausa, se toqueteó los cabellos y volvió a suspirar.

—Él mató en mí la hombría de bien, mató mi honra y profanó la santidad de mi casa. No tuve más remedio que defenderme. Lo hice en defensa propia.

Antonio hizo un esfuerzo supremo para continuar la confesión con las normas que le había enseñado su maestro de novicios en el seminario.

—¿Qué más?

—Únicamente y porque quiero su perdón personal, deseo decirle quién soy.

—No es necesario.

—Para mí sí lo es... Usted me conoce. Y cuando era usted muy joven, yo le escuché tocar el violín en su casa.

—No atino a...

—Soy Cecilio Bonmatí.

Haciendo un esfuerzo supremo, Antonio habló de nuevo.

—Rezará un rosario como penitencia. Y ahora... voy a darle la absolución. —Entonces, con las lágrimas al borde de los ojos, comenzó—: *Ego te absolvo a peccatis tuis in nomine Patris et Filii et Spiritus Sancti...*

Nota del autor

Querido lector:

La ley de los justos es una novela histórica, por este orden; me explico: novela, porque es un relato de ficción, e histórica, porque se mueve en un escenario que es preciso describir para que el lector sea consciente de la época en la que transcurre la acción. El espectador de teatro no necesita componer el lugar porque el escenario se lo delata; el lector, en cambio, ha de imaginarlo, por lo que la ciudad, las modas, los periódicos y los sucesos deben ser los de la época en la que se ambienta la novela.

Quiero dejar clara alguna cosa: he procurado ceñirme a los sucesos que jalonaron aquel momento, pero este libro no es un tratado histórico ni una biografía, por lo que me he permitido la licencia novelística de descuadrar algún suceso y aprovechar algo que sucedió antes o después para dar más interés al relato; por ejemplo, el personaje de Pancracia Betancurt está inspirado en el de Enriqueta Martí, la Vampira de la calle de Ponent, a pesar de que ésta vivió a principios del siglo XX; comprenderá el lector que el personaje era demasiado novelístico para despreciarlo.

Por otra parte, he ubicado la vivienda de los Ripoll-Guañabens en el n.º 213 de la calle Valencia de Barcelona pese a que entonces el edificio aún no existía, pero, dado que necesitaba un lugar que me resultara muy familiar y conocido, he elegido éste porque era la casa que hizo mi abuelo Martín y en ella nací. Asimismo, he usado nombres que me recuerdan situaciones, trabajos y aficiones, sin que por ello los sucesos que aquí se relatan tengan algo que ver con personas vivas o muertas.

Finalmente, amigo lector, te hago entrega de mi último hijo; deseo que te proporcione buenos ratos y que sus páginas se te hagan pocas.

Un abrazo,

CHUFO LLÓRENS,
24 de septiembre de 2011 - 24 de marzo de 2014

Agradecimientos

A Núria Cabutí, timonel de este transatlántico que es Penguin Random House Grupo Editorial y, a través de ella, a todas aquellas personas y departamentos sin cuya colaboración esta novela no habría visto la luz. Gracias por vuestra dedicación y vuestro esfuerzo.

A Ana Liarás, mi editora. Gracias, sobre todo, por el magnífico don de tu amistad.

Y a Pedro Vidal de Ochoa, quien excedió en mucho su labor de documentalista y se constituyó en filtro de esta historia con la que se entusiasmó desde el primer día en el ya lejano septiembre de 2011. Gracias, Pedro.

Bibliografía

Hemeroteca de *La Vanguardia*

Artículos

«El Circo de la Concordia: El circo estable de Gil Vicente Alegría en Bilbao (ES)», INFOCIRCO, Fuente: Alberto López Echevarrieta.

«El país de las ejecuciones», *El País-Cataluña*, 26 de agosto de 2012.

«La guerra de Cuba», *Sàpiens*, n.º 99, enero de 2011.

Audiovisuales

«Alfonso XIII – La guerra de Cuba y Marruecos (1893-1923)», *Memoria de España*, Elías Andrés, Televisión Española. S. A., 2004.

«El comercio transatlántico de esclavos», *Trotamundos* (Programa Especial), Pilot Film and TV Productions.

La bomba del Liceo, de Carles Balagué, Diafragma Producciones Cinematográficas, 2010.

«La Masonería», *National Geographic*, Arcadia Entertainment Production in Association with Vision TV and National Geographic Channel and Parthenon Entertainment LTD.

«La Rambla: secrets d'un escenari», *Sense Ficció*, Canal 33. TV3-Televisió de Catalunya, Fundació Videoteca dels Països Catalans. 2011.

«Los masones dan la cara», *Documentos TV*, Miguel Ángel Nieto, La 2, RTVE.

Libros

Adam, Roger; Antebi, Andrés, y González, Pablo, *Cops de gent: crónica gráfica de les mobilitzacions ciutadanes a Barcelona, 1890-2003*, Barcelona, Viena Edicions, 2005.

Alier, Roger, *Historia del Gran Teatro del Liceo*, fascículos coleccionables, Barcelona, La Vanguardia, 1983.

Altés i Aguiló, Francesc Xavier, *Jacint Verdaguer i Montserrat*, Barcelona, Publicacions de l'Abadia de Montserrat, 2002.

Avilés, Juan, y Herrerín, Ángel, *El nacimiento del terrorismo en Occidente: anarquía, nihilismo y violencia revolucionaria*, Madrid, Siglo XXI de España Editores, 2009.

Babiano i Sánchez, Eloi, *Antoni Rovira i Trias. Arquitecte de Barcelona*, Barcelona, Viena Edicions y Ajuntament de Barcelona, 2007.

Blas de Vega, José, *Recorrido por la Barcelona de los cafés cantantes y los colmaos flamencos*, Editorial El Patio.

Brotons Segarra, Ròmul, *Coses de la vida moderna: 58 invents que han transformat Barcelona*, Barcelona, Albertí Editor, 2012.

Cabré, Tate, *Cuba a Catalunya: el llegat dels indians*, Valls, Cossètania Edicions, 2008.

Carandell, José María, *Guía secreta de Barcelona*, Madrid, Al-Borak, 1974.

—, *El Ensanche*, Barcelona, HMB, 1982.

Cortijo, Dani, *Històries de la història de Barcelona*, Teià, L'Arca-Robinbook, 2010.

Dalmau, Antoni, *El procés de Montjuïc: Barcelona al final del segle XIX*, Barcelona, Base CA, 2010.

Escrigas Rodríguez, Juan, *Atlas ilustrado de la guerra de Cuba*, Madrid, Susaeta Ediciones, 2012.

Fernández de la Reguera, Ricardo, y March, Susana, *Héroes de Cuba*, Barcelona, Editorial Planeta, 1998.

—, *Los marqueses de Comillas, 1817-1925. Antonio y Claudio López*, Madrid, LID Editorial Empresarial, 2001.

Figuero, Javier, y Santa Cecilia, Carlos G., *La España del desastre*, Barcelona, Plaza & Janés Editores, 1996.

García Espuche, Albert, *El Quadrat d'Or. Centre de la Barcelona modernista*, Barcelona, Lunwerg, 2002.

Grau, Ramon, et al., *Dilemes de la fi de segle, 1874-1901*, Barcelona, Arxiu Històric de la Ciutat de Barcelona, 2010.

Gómez Guerra, Juan Manuel, *Camajuaní: la plantación azucarera en el siglo XIX*, Santa Clara, Cuba, Editorial Capiró, 2001.

Hernández, F. Xavier; Tatjer, Mercè, y Vidal, Mercè, *Passat i present de Barcelona. Materials per l'estudi del medi urbà*, Barcelona, Publicacions Universitat de Barcelona, 1991.

Huertas, Josep Maria, y Maristany, Gerard, *Barcelona com era, com és*, Cornellà de Llobregat, Àmbit de Serveis Editorials, 2005.

Manzoni, Ugo, *Barcelona a través del tiempo*, Madrid, Ediciones Amberley, 2010.

Martí i López, Elisa, et al., *Barcelona a través dels seus cementiris. Un passeig pel cementiri de Poblenou*, Barcelona, Ajuntament de Barcelona, 2004.

Miracle, José, *Estudis sobre Jacint Verdaguer*, Barcelona, Publicacions de l'Abadia de Montserrat, 1989.

Nolla Martí, Jaume, y Ruig, Margarita, *Morts il.lustres als cementeris de Barcelona: tot el que cal saber dels que ens han precedit*, Barcelona, Angle Editorial, 2007.

O'Hara, Georgina, *Enciclopedia de la moda*, Barcelona, Ediciones Destino, 1989.

Pabón, Jesús, *El drama de Mosén Jacinto*, Barcelona, Alpha, 2002.

Permanyer, Lluís, *Establiments i negocis que han fet historia*, Barcelona, Edicions La Campana, 1990.

Pierrot (Gracia José, Antonio), *Los diarios de Enriqueta Martí. La Vampira de Barcelona*, Barcelona, Morales i Torres, 2006.

Pol i Alguer, Zenon de, *Històries i llegendes de negrers i esclaus*, Arenys de Mar, De Pol Alguer Editor, 2002.

Portabella, Jordi, *Històries de Can Fanga*, Valencia, Tres i Quatre, 2001.

Rickover, Hyman G., *El Maine y la guerra de Cuba*, Madrid, Susaeta Ediciones, 1997.

Risques i Corbella, Manel, *El govern civil de Barcelona al segle XIX: desenvolupament institucional i acció política*, Barcelona, Universitat de Barcelona, Facultat de Geografia i Història, Departament d'Història Contemporània, 1994.

—, *Palau de la Duana. Del Govern Civil a la Delegació de Govern*. Barcelona, Delegació del Govern de Catalunya, 2008.

Rodrigo y Alharilla, Martín, *El banco Hispano Colonial y Cuba*, Barcelona, Universitat Pompeu Fabra. Illes i Imperis, 4, primavera de 2001, pp. 49-70.

Roglan, Joaquim, *La Barcelona eròtica*, Barcelona, Angle Editorial, 2003.

Roy, Joaquín, *Catalunya a Cuba*, Barcelona, Editorial Barcino, 1988.

Sobrequés i Callicó, Jaume, et al., *Historia de Barcelona*, vol. VI, *La ciudad industrial*, Barcelona, Enciclopèdia Catalana, 2008.

Sánchez Montalbán, Alicia, y Pomés Fons, Maria, *Historia de Barcelona*, Barcelona, Editorial Óptima, 2001.

Tatjer Mir, Mercè, *La Barceloneta: del siglo XVIII al Plan Ribera*, Barcelona, Saturno, 1973.

Vallesca, Antonio, *Las calles de Barcelona desaparecidas*, Barcelona, Ediciones Alba, 1984.

Verdaguer, Mario, *Medio siglo de vida íntima barcelonesa*, Palma de Mallorca, Universidad de las Islas Baleares y Guillermo Canals Editor, 2008.

Villar, Paco, *La ciutat dels cafès: Barcelona, 1750-1880*, Barcelona, Ajuntament de Barcelona y Edicions La Campana, 2009.

VV. AA., *El món indià*, Begur, Xarxa de Municipis Indians.

VV. AA., *La Barcelona de la dinamita, el plomo y el petróleo, 1884-1909. Apuntes para un recuento final de cadáveres*, Barcelona, Grupo de afinidad Quico Rivas, 2011.

MAPAS

Biblioteca de Catalunya

«Barcelona y sus contornos» (Mapa de finales del siglo XIX con el que hemos trabajado más tiempo), en: <http://cartografic.wordpress.com/2011/10/10/barcelona-4-2/>.

Mapa de la isla de Cuba. 1892. Publicación original [Barcelona]: Felipe González Rojas [ca. 1892].

Matanzas, Cárdenas y Colon. Matanzas (Cuba) Provincia. Publicación original: [Barcelona: Felipe González Rojas, 1895?].

Plano de la reforma interior de la ciudad de Barcelona aprobado por reales decretos de 12 de abril de 1887 y 14 de julio de 1889. Publicación original: Barcelona: Fot. Lit. Thomas & Ca., 1891.

PRENSA

Diversos artículos, entre los años 1888 y 1895.

WEBGRAFÍA

«Álbum de la sección arqueológica de la Exposición Universal de Barcelona con un catálogo de objetos por el orden alfabético de expositores: año 1888», en: <http://fonsantic.upc.edu/handle/ 2099.4/ 983#page/1/mode/1up>.

Alcaide González, Rafael, «La reglamentación de la prostitución en la Barcelona de la Restauración (1870-1890)», *Hispania. Revista española de historia*, vol. 64, n.º 218, (2004), en: <hispania. revistas.csic.es/index.php/Hispania/article/view/172/174>.

Artigas i Candela, Jordi, *Joaquim Partagàs: de l'agonia de la llarterna al naixement del cinematògraf*, en: <http://publicacions.iec. cat/repository/pdf/00000085%5C00000081.pdf>.

Arxiu Fotogràfic de Barcelona, <http://arxiufotografic.bcn.cat/>.

Azcoytia, Carlos, «Historia de los primeros restaurantes de Barcelona», en: <http://www.historiacocina.com/gourmets/articulos/ barcelona1.htm>.

«Barcelofília. Inventari de la Barcelona desapareguda», en: <http:// barcelofilia.blogspot.com.es>.

«Cementerio del Este», en: <http://cementeriodeleste.blogspot.com. es/>.

Fradera, Josep M., *La participació catalana en el tràfic d'esclaus (1789-1845)*, en: <http://www.raco.cat/index.php/Recerques/article/viewFile/137618/241428>.

Garay Tamajón, Luis Alfonso, *La Exposición Universal de las Artes y las Industrias de Barcelona (1888). Un evento clave en la primera etapa del turismo en Cataluña*, en: <http://www.um.es/ixcongresoaehe/pdfB13/La%20Exposicion%20de%20Barcelona. pdf>.

Garolera, Narcís, *[Verdaguer] Un escriptor a la defensiva*, en: <http:// www.bnc.cat/expos/expo_verdaguer/articles/garolera.pdf>.

Guía secreta de la Rambla, catálogo de la exposición en La Virreina, 2010, Vaixell blanc, en: <http://vaixellblanc.blogspot.com. es/2012/06/la-rambla-guia-secreta-llibre-exposicio.html>.

«Historia del Café de la Ópera», en <http://www.cafeoperabcn.com/ historia.php>.

«Hotel Orient», Pobles de Catalunya. Guia del Patrimoni històric i artístic dels municipis catalans, en: <http://www.poblesdecatalunya.cat/element.php?e=1852>.

Ibarz Serrat, Virgilio, El caso Jacint Verdaguer (1845-1902), Universitat Ramon Llull, Publicacions de la Universitat de València, en: <http://u.jimdo.com/www9/o/sfcb11628de7748e1/download/m788073634d2ead4f/1361808404/1-+IBARZ.pdf?px-hash=fc4 4888316e150da440b71098112f0917914d5d2&px-time=1372 395648>.

«La fi de l'esclavitud» (monogràfic), El Temps, n.º 1030, Edicions del País Valencià, Generalitat de Catalunya, 2004 (pp. 54-73); en: <http://www.xtec.cat/monografics/socials/eltemps/marc_04.pdf>.

Maluquer de Motes, Jordi, La burgesia catalana i l'esclavitud colonial: modes de producció i pràctica política, en <http://www.raco.cat/index.php/Recerques/article/download/137504/241295>.

Miguel Fernández, Enrique de, Azcárraga, Weyler y la conducción de la guerra en Cuba, en <http://www.racv.es/files/Guerra_Cuba_0.pdf>.

«Nicomedes Méndez, el botxí mes famós de Barcelona», en: <http://claudipuchades.blogspot.com.es/2013/11/nicomedes-mendez-el-butxi-mes-famos-de.html>.

«Nomenclàtor dels carrers de Barcelona», Ajuntament de Barcelona, en: <http://www.bcn.cat/nomenclator/>.

Pladevall i Font, Antoni, «Mossèn Jacint Verdaguer i Santaló. El sacerdot: vida i drama», Butlletí de la Reial Acadèmia Catalana de Belles Arts de Sant Jordi, XVI, 2002, pp. 85-109, en: <http://www.raco.cat/index.php/ButlletiRACBASJ/article/viewFile/219386/329998>.

«Psiquifotos – Imágenes de la Psiquiatría», en: <http://www.psiquifotos.com/2010/05/143-frenopatico-para-senores.html>.

Siguan, Miguel, «Un siglo de psiquiatría en Cataluña (1835-1936)», Anuario de Psicología, n.º 51, Universidad de Barcelona, en: <http://www.raco.cat/index.php/AnuarioPsicologia/article/download/64678/88705>.

Soler i Fontrodona, Jaume, «El mataroní Jaume Fontrodona i Vila, empresari sucrer», en: <www.raco.cat/index.php/FullsMASMM/article/view/116262/147126>.

Tatjer, Mercedes, «La industria en Barcelona (1832-1992). Factores de localización y cambio en las áreas fabriles: del centro histórico a la región metropolitana», Scripta Nova, vol. X, n.º 218

(46), 1 de agosto de 2006, en: <http://www.ub.edu/geocrit/sn/sn-218-46.htm>.

Ucelay-Da Cal, Enrique, *Cuba y el despertar de los nacionalismos en la España peninsular. Cuba and the Awakening of Nationalism in Peninsular Spain*, Universidad Autónoma de Barcelona, 30 de mayo de 1997; en: <http://gredos.usal.es/jspui/bitstream/10366/80097/1/Cuba_y_el_despertar_de_los_nacionalismos.pdf>.

«Un gran esdeveniment: L'Exposició Universal de 1888. Relació de documents», en: <http://w110.bcn.cat/ArxiuContemporani/Continguts/Documents/Fitxers/Documents_Exposició1888_%201-16.pdf>.

«Un milenio de patrimonio cultural en el Raval Sud. Arquitectura religiosa», en: <http://www.ravalsudpladebarris.cat/mil_lenni.php?idioma=1>.